ग्रीस पुराण कथा-कोश

कमल नसीम

राजकमल प्रकाशन

ISBN : 978-81-267-1486-5

मूल्य : ₹1895

पहला संस्करण : 2008

This book is printed on **Print on Demand** Technology : 2025

प्रकाशक : राजकमल प्रकाशन प्रा.लि.
1-बी, नेताजी सुभाष मार्ग, दरियागंज
नई दिल्ली-110 002

शाखाएँ : अशोक राजपथ, साइंस कॉलेज के सामने, पटना-800 006
पहली मंजिल, दरबारी बिल्डिंग, महात्मा गांधी मार्ग, प्रयागराज-211 001
1, अनमोल सोराबजी संतुक लेन, धोबी तलाव, मरीन लाइंस, मुम्बई-400 002

वेबसाइट : www.rajkamalprakashan.com
ई-मेल : info@rajkamalprakashan.com

GREES PURAN KATHA-KOSH
by Kamal Nseem

राजी को सस्नेह समर्पित

बहुत इच्छा थी माती की इस किताब को देखने की। मगर वे कुछ दिन और इन्तज़ार न कर सकीं और 28 जून 1983 को नश्वर देह त्याग गईं। प्रस्तुत पुस्तक उनके आशीर्वाद का साकार रूप है।

डॉ. महेशसिंह कुशवाहा, प्राध्यापक अंग्रेज़ी-विभाग, लखनऊ विश्वविद्यालय की प्रेरणा से यह पुस्तक सम्भव हुई। उनके निजी संग्रह से विषय से सम्बन्धित दुर्लभ सामग्री भी प्राप्त हुई।

प्रस्तावना

प्रत्येक देश और काल का अपना एक तर्क होता है। समय बीतता है, स्थितियाँ बदलती हैं, सन्दर्भ बदल जाते हैं। युक्ति और बुद्धि की तुला पर पुराकथाएँ आज भले ही पूरी न उतरें किन्तु उनके सहज सौन्दर्य, कोमल कल्पना और तात्कालिक मानव-समाज द्वारा उनकी सम्पूर्ण स्वीकृति को झुठलाया नहीं जा सकता। ये कथाएँ निर्मल दर्पण हैं उस पुरातन मानव-मन का जो जीवन के तमाम तनावों और सुविधाओं से मुक्त, वन-पर्वतों पर स्वच्छन्द विचरता था, जिसकी आँखें उगते सूरज, बरसते पानी और कड़कती बिजली को देखकर कौतूहल से फैल जाती थीं और जिसका मन, धर्म और दर्शन के पूर्वाग्रहों से स्वतन्त्र सोचने लगता था, "यह धरती किसने बनाई? यह पानी कैसे बरसा? उजाला कैसे हुआ? फूल किसने खिलाए?" जिज्ञासा की कोई भौगोलिक सीमा नहीं होती। भारत और मिस्र की भाँति ग्रीस और रोम की पुराण-कथाओं को इस जिज्ञासा ने ही अखंड यौवन और अनन्त जीवन का वरदान दिया। श्रीमन् रोज के शब्दों के कहें तो उनके 'विज्ञान और कला' ने, जो इन कथाओं में प्रचुरता से उपलब्ध है।

पानी बरसता है। यह एक प्राकृतिक घटना है। प्रश्न उठता है—पानी क्यों बरसता है? वैज्ञानिक उत्तर `1'वातावरण में अमुक दबावों के कारण।' पुराण-कथाएँ कहती हैं—'ज़्यूस आकाश से पानी गिरा रहा है', 'इन्द्र की कृपा है', 'येहोवा ने अन्तरिक्ष की खिड़कियाँ खोल दी हैं' अथवा 'फरिश्तों ने आकाश में स्थित एक बहुत बड़े छेदोंवाले टब में पानी भर दिया है।' आज के वैज्ञानिक युग में, यह जानते हुए भी कि दिन और रात पृथ्वी के परिक्रमण के कारण हैं न कि सूर्य की गति से, हम यही कहते हैं कि सूरज पूरब से 'निकलता है' और पश्चिम में 'डूबता' है। क्या यह प्राचीन मानव के उसी विश्वास की प्रतिध्वनि नहीं कि सूर्य देवता प्रतिदिन प्रातःकाल अपने अलौकिक अश्वों से जुते रथ में बैठकर पूर्व से निकलता है और चार पहर की आकाश-यात्रा से थककर सन्ध्या समय स्नान के लिए समुद्र में उतर जाता है!

ऑक्सफोर्ड क्लासिकल डिक्शनरी ने पुराण-कथा (मिथ) की परिभाषा देते हुए लिखा है :

"इसकी परिभाषा विज्ञान के अभ्युदय से पूर्व के एक ऐसे कल्पनाशील प्रयास के रूप में की जा सकती है जो किसी घटित अथवा सम्भावित घटना की व्याख्या के लिए पुराख्यान-स्रष्टा के कौतूहल को उद्दीप्त करता है। ऐसी घटनाओं से मन में पैदा हुए विकल सम्भ्रम से निकलकर सन्तोष की स्थिति में पहुँचने का प्रयास ही इनके पीछे है।"

और पुराकथा-शास्त्र के विषय में :

''व्युत्पत्ति शास्त्र के अनुसार इस शब्द का अर्थ यद्यपि कथा कहना मात्र है किन्तु आधुनिक भाषाओं में इसका प्रयोग कुछ लोगों अथवा समस्त लोगों की परम्परागत कथाओं के व्यवस्थाबद्ध अध्ययन के लिए किया जाता है जिसका उद्देश्य यह समझना है कि ये कथाएँ किस तरह अस्तित्व में आईं और किस सीमा तक उन पर विश्वास किया जाता था, या किया जाता है।''

पुराण-कथाएँ पुरातन मानव की सक्रिय कल्पना का प्रमाण हैं; यह मिथ की परिभाषा से स्पष्ट किया गया है किन्तु साथ ही देवकथा शास्त्र सम्बन्धी उपर्युक्त कथन उस शास्त्र के व्यवस्थाबद्ध अध्ययन की अपेक्षा करता है जहाँ केवल मिथ को जान लेना पर्याप्त नहीं, धर्म और दर्शन से उसके सम्बन्ध; प्रासंगिक, सामाजिक प्रचलनों एवं धार्मिक अनुष्ठानों की विवेचना, मिथ की उत्पत्ति, उसकी **सागा और मार्येन** (इसी प्रस्तावना में इन दोनों विधाओं पर भी कहा गया है) से तुलना भी अपेक्षित है। पुराण-कथाओं की उत्पत्ति एवं उनकी व्याख्या को लेकर विभिन्न विचारधाराएँ हैं जिन पर यहाँ संक्षेप में विचार किया जाएगा।

एक बहुत पुरानी और प्रचलित धारणा है कि ये पुराण-कथाएँ **रूपकात्मक** हैं और अपने सुन्दर झिलमिल आवरण में कोई ''गहरा, सन्मार्ग निर्देश करनेवाला अर्थ'' छिपाए हैं। इस तरह इन कथाओं का केवल एक वही अर्थ नहीं जो सतह पर दीखता है बल्कि इनके माध्यम से एक सुसम्बद्ध दर्शन को पाठकों तक पहुँचाने का प्रयास किया गया है। उदाहरणार्थ, **क्यूपिड** और **साइके** की प्रेमकथा महज़ एक मनोहारी कथा ही नहीं, एक रूपक भी है। **क्यूपिड** यहाँ अनन्त, अनश्वर प्रेम का प्रतीक है और **साइके** वह आत्मा जो माया के जाल में फँसकर दुख सहती है। दुखों से आत्मा का परिमार्जन होता है और वह प्रिय से मिलन के योग्य हो जाती है। **हेडीज़** द्वारा **पर्सीफ़नी** का अपहरण केवल एक देवता की आसक्ति की कहानी ही नहीं, **ज़्यूस** द्वारा **पर्सीफ़नी** का चार माह मृत्यु लोक और आठ माह पृथ्वी पर बिताने का निर्णय ऋतु परिवर्तन से जोड़ा जाता है। पृथ्वी पर **पर्सीफ़नी** की उपस्थिति से माँ डिमीटर हर्षाती है। सो फ़सलें लहलहाती हैं, फूल खिलते हैं। किन्तु **पर्सीफ़नी** के मृत्यु लोक लौटते ही **डिमीटर** शोकमग्न हो जाती है, हरियाली अदृश्य हो जाती है और सारी पृथ्वी बर्फ की चादर से ढँक जाती है। रीछ द्वारा **एडॉनिस** की हत्या और उसका मृत्यु लोक से हर वर्ष **ऐफ़्रॉडायटी** के लिए पृथ्वी पर आना भी एक ऐसा ही रूपक है। **इओ** चाँद है और सौ आँखोंवाला **आगू** सितारों से भरा आकाश जो रात-भर उसे देखा करता है। सेलेस्टियस के अनुसार देवियों की सौन्दर्य-प्रतियोगिता में पेरिस आत्मा है और सेब समष्टि। प्रतियोगी देवियाँ लालच देकर **पेरिस** को अपने पक्ष में करना चाहती हैं। **ऐफ़्रॉडायटी** उसे पृथ्वी की सुन्दरतम स्त्री, पत्नी के रूप में देने का वचन देती है। माया-मोह में फँसी आत्मा केवल इन्द्रियों से बाह्य जगत् का साक्षात्कार करती है और **एफ़्रॉडायटी** को विजयी घोषित करती हुई सेब उसे दे देती है।

ग्रीस पुराण-कथाओं में से कुछ एक की व्याख्या रूपक अथवा अन्योक्ति के रूप में की गई है किन्तु सभी आख्यानों पर कोई गूढ़ रहस्यात्मक अर्थ आरोपित करना मोतियों को छोड़ घोंघे तलाश करने जैसा होगा। इन कथाओं का सौन्दर्य उनकी सहजता में है। इनके माध्यम से हमारा साक्षात्कार उन देवताओं से है जो शक्ति में भले ही मानव से श्रेष्ठतर हैं किन्तु मूलतः रूप-गुण में मानव की ही प्रतिकृति हैं। वे भी प्रेम में अन्धे होकर उचित-अनुचित का विचार खो बैठते हैं और प्रिय को पाने के लिए भाँति-भाँति के रूप भरते हैं। इन प्रेमकथाओं में कहीं भी रूपकात्मकता नहीं। ये उनकी भावनाओं का सीधा-सादा चित्रण है। **ज़्यूस-हेरा** के प्रणय और विवाह-सम्बन्ध में कहीं कोई अन्योक्ति नहीं। देव-सम्राज्ञी होने पर भी **हेरा** किसी भी साधारण मानवी की भाँति अपने पति की कामुक-प्रकृति के प्रति शंकालु है। इसी प्रकार **एरीज़, हेफ़ास्टस, हेमीज़, आर्टेमिस, हेस्टिया** आदि प्रमुख दैवी शक्तियों के जीवन से सम्बद्ध किसी घटना का रूपक के रूप में विवेचन करना, निर्दोष पर बल-प्रयोग करने जैसा है।

एच.जे. रोज़ ने बड़े ही स्पष्ट शब्दों में इस धारणा को निराधार बताते हुए अपनी पुस्तक 'ए हैंड बुक टू मायथॉलजी' की प्रस्तावना में लिखा है कि इस मत को भले ही कुछ समय पूर्व मान्यता प्राप्त रही हो, किन्तु अपने ग्रीस और रोम के इतिहास के आज के ज्ञान के आधार पर हम निश्चित रूप से यह कह सकते हैं कि पुराख्यानों का सृजन करनेवालों के पास ब्रह्मांड और उसकी दृश्य-अदृश्य शक्तियों से सम्बद्ध कोई व्यवस्थाबद्ध दर्शन नहीं था और न ही उनकी नैतिक चेतना इतनी विकसित थी। यदि वे कोई आधार दे पाते तो सदियों बाद आनेवाले उनके महान् दार्शनिकों को क-ख-ग से न आरम्भ करना पड़ता। वस्तुतः रूपक नाम की किसी रचनाविधा से उनका परिचय नहीं था। वे तो केवल अपने सन्तोष के लिए सृजन कर रहे थे और ये रचनाएँ शताब्दियों बाद के कवियों ने कलमबद्ध कीं। इस मत की लोकप्रियता का कारण बताते हुए रोज़ लिखते हैं कि ग्रीसवासियों में अपने पूर्वजों के लिए असीम श्रद्धा थी और सम्भवतः इसी कारण वे अपने अन्वेषणों का श्रेय भी उन्हें दे देते थे। रूपक ग्रीस में लोकप्रिय रहा है। देवस्थलों पर भविष्यवाणी भी बड़े श्लिष्ट शब्दों में की जाती थी। शायद इसी कारण एक वक्तव्य के कई अर्थ निकालने का रिवाज-सा चल पड़ा और हर आख्यान में एक से अधिक अर्थ देखने की कोशिश की जाने लगी।

पुराण-कथाओं की उत्पत्ति के सम्बन्ध में प्रचलित एक अन्य मत यह है कि इन आख्यानों के नायक देवी-देवता किसी प्राचीन सम्राट्-सम्राज्ञी अथवा किसी वीर योद्धा का दैवीकरण हैं। ये यदि पूर्णतया नहीं तो पाक्षिक रूप से अवश्य ही ऐतिहासिक अथवा अर्ध-ऐतिहासिक व्यक्तित्वों का प्रतिनिधित्व करते हैं। यह धारणा अव्यवस्थित रूप में बहुत पहले से विद्यमान थी; किन्तु इसको सुसम्बद्ध रूप सिकन्दर महान् के कुछ ही समय बाद के यूमेरॉस ने दिया। उसके अनुसार **ज़्यूस** प्राचीन क्रीट का एक शक्तिशाली सम्राट था। यूमेरॉस को पूर्णतया ग़लत नहीं ठहराया जा सकता क्योंकि महान् एवं प्रभुत्वशाली व्यक्तित्वों के दैवीकरण की प्रवृत्ति मनुष्य में सदा से ही रही है किन्तु जैसा कि श्रीमन्

रोज़ ने कहा है, मनुष्य के दैवीकरण के लिए मानव-मस्तिष्क में देवत्व की पूर्व-अवधारणा होना आवश्यक है। और फिर इस मत को भी कुछ एक आख्यानों पर ही लागू किया जा सकता है, सब पर नहीं। **ट्रॉय** के युद्ध का ऐतिहासिक परिप्रेक्ष्य है, यह श्लीमन का प्रयास आज से सौ वर्ष पूर्व सिद्ध कर चुका है। ग्रीक सभ्यता के दीवाने इस **जर्मन** ने न केवल **ट्रॉय** के नगर को खोद निकाला, बल्कि उससे भी सैकड़ों वर्ष पुरानी **क्रीट** की सभ्यता के अवशेष, **मायनॉस** के महल, ढेरों स्वर्णाभूषण और एक के ऊपर एक बसी नौ नगरियों को भूगर्भ से निकालकर संसार को आश्चर्य में डाल दिया। **हेराक्लीज़** अवश्य ही प्राचीन ग्रीस का कोई अतुलनीय योद्धा रहा होगा। सम्भवतः **ओडिसियस** जैसे नाम के किसी व्यक्ति ने समुद्र से एक बहुत लम्बी यात्रा की होगी जिसके आधार पर होमर ने 'ओडिसी' महाकाव्य रचा।

संस्कृत के विद्वान श्री मैक्स मुलर के अनुसार पुराण-कथाओं का जन्म भौतिक शक्तियों के कल्पनाशील निरूपण से हुआ। आकाश का कोई देवता नहीं, आकाश ही देवता है। सूर्य का कोई देवता नहीं, सूर्य ही देवता है। इसी प्रकार नदी का देवता अथवा देवी स्वयं नदी है। इस प्रकार आदि मानव ने अपनी सीमित शब्दावली में प्राकृतिक शक्तियों का मानवीकरण किया। किन्तु यहाँ यह विचारणीय है कि **ज़्यूस** आकाश नहीं, आकाश उसका निवास है। **पॉसायडन** समुद्र नहीं, समुद्र उसका महल है। इसी तरह **हेडीज़** भूगर्भ नहीं, भूगर्भ में उसका शासन है। अतः ये देवता प्राकृतिक शक्तियों का मानवीकरण नहीं माने जा सकते। और हम यह पहले कह चुके हैं कि भाषा के अलंकारों से आदि मानव का परिचय नहीं था। देव-जगत् के सृजन में उसकी बुद्धि की अपेक्षा कल्पना अधिक सक्रिय थी।

मानव-मन की कल्पना मनोविज्ञान का क्षेत्र है, अतः फ्रॉयड और यंग के शिष्यों ने भी इस आधार पर पुराण-कथाओं की उत्पत्ति पर प्रकाश डालने का प्रयास किया है। उनके अनुसार ''पुराण-कथाएँ पूर्व-चेतन मन का मौलिक रहस्योद्‌घाटन हैं, अचेतन मन की घटनाओं का असंकल्पित वक्तव्य।'' लेकिन ग्रीक पुराख्यानों में कुछ भी रहस्यात्मक और संदिग्ध नहीं। एक तरह की स्पष्टता ग्रीसवासियों का वैशिष्ट्य है। भावनाओं का दमन सिखानेवाले नैतिक मूल्य तब विकसित नहीं थे।

रॉबर्ट **ग्रेब्ज** ने 'द ग्रीक मिथ्स' की भूमिका में कहा है कि ''सामूहिक पर्वों पर किए जानेवाले प्रहसन-अनुष्ठानों के आशुलिपि में प्राप्त वर्णनों को सच्ची पुराण-कथा (मिथ) के रूप में परिभाषित किया जा सकता है। बहुधा इनको ही चित्रों के रूप में मन्दिरों की दीवारों, फूलदानों, कटोरों, आइनों, बक्सों, कवचों और चित्र-यवनिकाओं पर उतारा गया।'' इस प्रकार **ग्रेब्ज़** के अनुसार पुराण-कथाओं की उत्पत्ति उन सामूहिक अनुष्ठानों और नाटकीय प्रदर्शनों से हुई जो प्राचीन ग्रीस के निवासी समय-समय पर आयोजित करते थे। **ग्रेब्ज़** यूरोप के इतिहास, धर्म, पुरातत्त्व, राजनीति एवं मानव-विज्ञान के गहन अध्ययन के बाद इस नतीजे पर पहुँचते हैं कि सुदूर उत्तर और पूर्व से आर्यों के आने से पहले यूरोप में धार्मिक विचारों की एक समरूप प्रणाली थी और इसका आधार थी

'बहुत-सी उपाधियोंवाली मातृ-देवी' की अर्चना, जो सीरिया और लीबिया में भी प्रचलित थी। ''प्राचीन यूरोप में देवता नहीं थे। एक देवी थी जिसे अनादि, अपरिवर्तनशील और सर्वव्यापी माना जाता था और पितृत्व की अवधारणा का धर्म-प्रणाली में समावेश नहीं था। वह प्रेमी चुनती थी, केवल सुख के लिए, न कि अपने बच्चों को पिता देने के लिए। पुरुष मातृदेवी से भय खाते थे, उसकी आराधना करते थे, और उसकी आज्ञा का पालन करते थे। जिस अग्निकुंड की वह गुहा या घर में देखभाल करती थी वह उनका सर्वप्रथम समाज-केन्द्र था, और मातृत्व उनका गहनतम रहस्य। इसी कारण ग्रीसवासी जब सामूहिक रूप से बलि देते तो पहली भेंट सदा अग्निकुंड की रक्षिका **हेस्टिया** को दी जाती।'' इस सिद्धान्त के अनुसार चन्द्रमा और सूर्य मातृदेवी के प्रतीक मात्र थे। कालान्तर में चन्द्रमा को सूर्य से अधिक मान्यता दी जाने लगी क्योंकि वह अपने रात्रि से सम्बन्ध तथा घटते-बढ़ते आकार के कारण अन्धविश्वासी भय उपजाता है और स्त्री-जीवन को निरूपित करता है। उसके नवीन, पूर्ण और गतवय रूप को मातृदेवी की तीन अवस्थाओं से जोड़ा गया—कन्या (मेडन), अप्सरा (निम्फ़) एवं खूसट बुढ़िया (क्रोन)। फिर मातृदेवी की इन अवस्थाओं का सम्बन्ध ऋतुओं से हुआ—वसन्त कन्या, ग्रीष्म अप्सरा और शीत वृद्धा, और फिर कन्या को आकाश, रूपसी युवती को पृथ्वी और समुद्र तथा वृद्धा को पाताल कहा गया और इनका प्रतिनिधित्व किया क्रमशः **सीलीने, ऐफ्रॉडायटी** तथा **हेकटी** ने। ये मूलतः एक ही देवी के तीन नाम थे और उस देवी की उपासना बहुत समय तक हेरा के नाम से हुई। कालान्तर में पुरुष की धार्मिक स्थिति सुधरी और प्रजनन में उसके महत्त्व को स्वीकार किया जाने लगा। कबीले की निम्फ़ अब भी कबीले के किसी युवक को अपने प्रेमी के रूप में चुनती थी और एक वर्ष बाद इस युवक की बलि देकर उसका रक्त खेतों में अच्छी फ़सल प्राप्त करने के लिए छिड़क दिया जाता। इस तरह प्रजनन से पुरुष का सम्बन्ध तो जुड़ा, लेकिन अब भी वह पूर्णरूपेण मातृदेवी के अधीन था। मातृसत्ता के क्षीण हो जाने पर भी यह परम्परा बहुत समय तक चली। यद्यपि विशेष अवसरों पर वह अब भी स्त्री-वस्त्र धारण करता, किन्तु धीरे-धीरे उसकी बलि की प्रथा समाप्त हो गई और उसके स्थान पर पशु की बलि दी जाने लगी। **परसियस** के हाथों गॉरगन **मेडुसा** का वध **हेलेनीज़** द्वारा मातृदेवी के प्रमुख मन्दिरों के नाश का प्रतीक है। **बेलरफ़ेन किमेरा** का वध कर डालता है जिसका अर्थ है कि **हेलेनीज़** आक्रमणकारियों ने मेडुसा के पुराने कैलेण्डर (किमेरा साँप के सिर, बकरी के शरीर और साँप की पूँछ के कारण वर्ष का प्रतीक है) को समाप्त करके महीनों की गणना की नई प्रणाली का प्रतिपादन किया। **डेल्फ़ी** में **अपोलो** द्वारा पायथन की हत्या सम्भवतः एकियन्स द्वारा क्रीट की पृथ्वी-देवी के मन्दिर को हस्तगत करने की घटना का कल्पनाशील विवरण है। **डाफ़ने** के सतीत्व भंग का **अपोलो** का प्रयास और **हेरा** द्वारा उसका लॉरेल-वृक्ष में परिवर्तन भी यही सम्प्रेषित करता है। तेरहवीं शताब्दी ईसा पूर्व के एकियन्स और उसके बाद डोरियन्स के आक्रमण के साथ ही मातृसत्ता बिल्कुल समाप्त हो गई और अब स्त्री विवाह के बाद अपना घर छोड़कर पति के देश जाने लगी।

हेस्टिया का स्थान **ओलिम्पस** पर **डायोनिसस** ने ग्रहण कर लिया। **ज़्यूस** द्वारा **मेटिस** को निगलना, सिर से **एथीनी** को जन्म देना और **एथीनी** द्वारा पितृ-सत्ता को स्वीकार किया जाना, सभी इस विचारधारा को पुष्ट करते हैं।

पुराण-कथाएँ मूलतः 'अनुभूत तथ्यों पर उद्दीप्त कल्पना का परिणाम हैं' (रोज़)। इनमें आस-पास के वातावरण, प्राकृतिक घटनाओं और उनके प्रति मानव की प्रतिक्रिया है। कहीं-कहीं तात्कालिक राजनैतिक घटनाओं और अर्ध-ऐतिहासिक व्यक्तित्वों का भी समावेश है जो कि सागा (saga) का क्षेत्र है। अतः सागा से इनका सम्बन्ध स्पष्ट करना जरूरी है। मिथ, सागा और मार्येन तीन अलग शैलियाँ हैं। मुख्य रूप से सागा उन रचनाओं को कहा जाता है जिनके नायक मनुष्य हों। ये भूले-बिसरे ऐतिहासिक व्यक्तित्व भी हो सकते हैं। सागा इनकी शूरवीरता और साहसपूर्ण उद्यमों की गाथा है और मार्येन मुख्य रूप से मनोरंजन करनेवाली कथा को कहते हैं। इन्हें अंग्रेजी में फ़ेयरी टेल्स (परियों की कहानियाँ) भी कहा जा सकता है। पुराख्यान जिस रूप में हमें प्राप्त हैं वहाँ बहुधा अनेक स्थलों पर यह तीनों शैलियाँ आपस में इतनी घुल-मिल गई हैं कि केवल मिथ को अलग करना सम्भव नहीं रह गया है। **हेराक्लीज़, ओडिसियस** और **एगनॉट्स** की यात्रा के विवरण में इन तीनों का मिश्रण है। **पिरेमस थिज़बि** तथा **नारसिसस-ईको** संवेदनशील प्रेम की कहानियाँ हैं, **पिगमेलियन-गेलेशिया** मूलतः मनोरंजन के लिए। हास्य-विनोद के प्रसंग भी कहीं-कहीं उपलब्ध हैं, जैसे **हेराक्लीज़, ऑम्फ़ेल** और **पैन** की कहानी में। कुछ कथाएँ स्पष्ट रूप में उपदेशात्मक भी हैं। वास्तव में पुराण-कथाओं का जो रूप हमारे सामने है वह महान् कवियों और लेखकों के कलम का चमत्कार है। उनका मूल रूप क्या रहा होगा यह अनुमान लगाना सम्भव नहीं। इनका समय भी अनिश्चित है। सर्वप्रथम कब और कैसे कोई कथा मूल रूप में अस्तित्व में आई और पीढ़ी-दर-पीढ़ी उसमें क्या-क्या परिवर्तन हुए, एक ने दूसरे से कथा कहते हुए क्या कुछ अपनी ओर से जोड़ा या घटाया, यह नहीं कहा जा सकता। ये पुराण-कथाएँ किसी एक समय के व्यक्ति या जाति की कल्पना का परिणाम नहीं। इनके ग्रीस कवियों तक पहुँचने में अनेक पीढ़ियों का योगदान है।

इस पुस्तक के लिए हमने जिन स्रोतों का उपयोग किया है यहाँ उनका परिचय देना भी आवश्यक है।

ग्रीक पुराख्यानकों का सिरमौर है **होमर,** जिसका समय 1050 से 850 ई.पू. के बीच बताया जाता है। **होमर** को **'इलियड'** और **'ओडिसी'** दो महाकाव्यों का श्रेय दिया जाता है। 'इलियड' में **ट्रॉय** के युद्ध की कहानी है और यह ग्रन्थ **हेक्टर** की हत्या के साथ समाप्त हो जाता है। 'ओडिसी' में ग्रीक वीर **ओडिसियस** की **ट्रॉय** से वापस समुद्र-मार्ग से स्वदेश-यात्रा का वर्णन है। पुराणकथाओं में **हीसियड** का स्थान किसी भी तरह होमर से कम नहीं। इसकी दो पुस्तकें प्राप्त हैं–'वर्क्स एण्ड डेज़' तथा 'थियोजनी'। 'थियोजनी' से हमें सृष्टि की कहानी तथा देव-परिवारों के विस्तृत वृत्तान्त मिलते हैं। **हीसियड** के एक अन्य ग्रन्थ 'केटेलॉग ऑव वीमेन' का केवल एक अंश ही उपलब्ध है। इसमें उन

मर्त्य स्त्रियों की कहानियाँ हैं जिन्होंने देवताओं के संसर्ग से वीर पुत्रों को जन्म दिया। **हीसियड** का समय नवीं शताब्दी ईसा पूर्व बताया जाता था। **ओविड** से भी हमें लगभग सभी पुराण-कथाएँ मिलती हैं। **ओविड** मनोरंजन के लिए कथा कहता है, अतः उसकी शैली में कथात्मकता अधिक है, लेकिन कथानक में वह श्रद्धा और आस्था नहीं जो **होमर** और **हीसियड** में है। **ओविड** का समय 43 ई. पू. से 18 ए. डी. है। इस प्रकार वह राजा **ऑगस्टस** का समकालीन है। बहुत-सी सूचनाएँ हमें छठी शताब्दी ई. पू. के ग्रीक गीतकार **पिण्डार** से मिलती हैं। **अपोलोडॉरस** से भी हमें पुराण-कथाएँ विस्तृत रूप में मिलती हैं लेकिन उसकी शैली में **ओविड**-सी रोचकता नहीं। इनके अतिरिक्त हमें देवताओं के सम्मान में लिखे गए तैंतीस श्लोक प्राप्त हैं। इनका समय आठवीं से चौथी शताब्दी ई. पू. बताया जाता है। इनमें एक से अधिक कवियों का योगदान है किन्तु उनके नाम ज्ञात नहीं। इन गीतों को होमरिक हिम्स के नाम से जाना जाता है। **रोड्स के अपोलोनियस** से हमें **एगनॉट्स की** कॉलकिस-यात्रा और सुनहरी भेड़ की प्राप्ति की पूरी कहानी मिलती है। **अपोलोनियस** का समय 200 ई. पू. के आस-पास अनुमान किया जाता है। ईसा बाद दूसरी शताब्दी के ग्रीक कवि **लूसियन** से हमें 'डॉयलॉग्स ऑव द गॉड्स' और 'डॉयलॉग्स ऑव द डेड' प्राप्त हैं जिनका 'डॉयलॉग्स' शीर्षक से अनुवाद हुआ है। इसी समय के ग्रीक **पॉसेनियस** के यात्रा-संस्मरणों से भी पुराण-कथाओं के स्वरूप और उनकी भौगोलिक स्थिति पर प्रकाश पड़ता है। **एयूलियेस** एकमात्र ऐसा रोमन कवि है जिससे हमें **क्यूपिड** और **साइके** की प्रेमकथा मिलती है। इसी कारण इस कथा में **एरॉस** का रोमन नाम **क्यूपिड** प्रयुक्त हुआ है। **थियोक्राइटस, बायन** और **मोसकस** के ग्राम्यकाव्य में भी ग्रीक पुराण-कथाओं का समावेश है। इनके बाद हम उन तीन महान् ग्रीक त्रासदी लेखकों के ऋणी हैं जिन्होंने ग्रीक पुराण-कथाओं पर नाटक रचकर उन्हें सदा के लिए कालजयी साहित्य का अभिन्न अंग बना दिया और जिनकी रचनाओं के बिना साहित्य का पाठ्यकम और पाश्चात्य नाटक का इतिहास अधूरा रह जाता है। ये तीन नाम हैं—**ईस्किलस, यूरीपिडीज़** और **सोफ़ॉक्लीज़। ईस्किलस** की पाँच त्रासदियाँ उपलब्ध हैं—'सेवेन एगेन्स्ट थीब्ज़', 'प्रोमिथ्युस बाउण्ड', 'द सप्लाएण्ट्स' (इसमें डॉनास की पचास पुत्रियों की कहानी है), 'ऐगमेमनन' और 'यूमेनायड्स'। **ईस्किलस** को ग्रीक त्रासदी का जन्मदाता कहा जाता है। इसका समय 525-456 ई. पूर्व है। **यूरीपिडीज़** (480-406 ई. पू.) के हमें अनेक नाटक प्राप्त हैं जिनके शीर्षक हैं—'एल्सेसटिस', 'मेडीया', 'हिप्पॉलिटस', 'हिप्पोलिटस', 'हेक्यूबा', 'ट्रोजन वीमेन', 'हेलेन', 'एण्ड्रॉमकी', 'इयों,' 'द सप्लाएण्ट्स', 'हेराक्लायड्स', 'इलेक्ट्रा', 'ऑरेस्टीज़', 'इफ़ीजीनिया एट ऑलिस,' 'इफ़ीजीनिया अमंग द टॉरी'। **सोफ़ॉक्लीज़** से हमें **थीब्ज़** से सम्बन्धित तीन नाटक मिलते हैं—'ईडिपस द किंग', 'ईडिपस एट कोलोनस', और 'एण्टीगनी'। इनके अतिरिक्त उसका 'एजैक्स' और 'फ़िलॉक्टेटीज़' उपलब्ध हैं।

अब कुछ देव-परिवार और तत्कालीन ग्रीक-संसार के विषय में भी विचार कर लिया जाए।

ग्रीस की पुराण-कथाओं का सुन्दर संसार द्विगुणित हो उठा है उसके देवताओं की मानवाकृति से। मिस्र की तरह ग्रीस की दैवी शक्तियाँ पशु-आकृति की न होकर विशुद्ध रूप से मनुष्य की अनुहार पर रची गई हैं। ये सुन्दर और गौरवर्ण हैं। इनके कद लम्बे और अंग साँचे में ढले हैं। सिर पर काली अथवा सुनहली घुँघराली केश-राशि है। आकृति में अपने-अपने कार्यक्षेत्र के अनुसार गरिमा अथवा लालित्य का समावेश है। उदाहरणार्थ **ज़्यूस** का चित्रण एक तेजयुक्त, वैभव सम्पन्न, बलिष्ठ पुरुष के रूप में हुआ है जबकि संगीत एवं अन्य ललित कलाओं के अधिष्ठाता होने के कारण **अपोलो** में पुरुषोचित सुगठन के साथ कमनीयता का मिश्रण है। उसका चित्रण एक लम्बे सुडौल शरीर, सुनहरे बालोंवाले युवक के रूप में हुआ है। इसी तरह **हेरा** में गरिमा विशिष्ट है तो **ऐफ़्रॉडायटी** में रूप। **ओलिम्पस** ग्रीस-वासियों की कल्पना का स्वर्ग है, जहाँ कोई दुख नहीं। यहाँ न मूसलाधार वर्षा होती है और न झंझावात उठते हैं। किसी प्राकृतिक झरने-सा जीवन स्वच्छन्द बहता है। दिशाओं में सदा मनभावन उजाला खिला है और वातावरण में है संगीत-लहरी। प्रत्येक ऋतु के फूल यहाँ सदा खिलते हैं। देवताओं के निवास-स्थल पर ही नहीं, पृथ्वी पर भी अमानवीय शक्तियाँ बहुत कम हैं और जो हैं वे भी इस कारण कि ग्रीस के देवता एवं शूर-वीर उनका वध करके अनन्त यश अर्जित कर सकें। **पायथन** का **अपोलो**, एक दृष्टि में मनुष्य को पत्थर कर देनेवाली **मेडुसा** का **परसियस,** सर्पाकार दैत्य **किमेरा** का **बेलरफ़ेन**, और वृषभ का थीसियस के हाथों वध होता है। **हेराक्लीज़ जेसन** तथा **थीसियस** मानव को कष्ट देनेवाले दुष्ट दैत्यों से पृथ्वी को मुक्त कराते हैं और अक्षयकीर्ति प्राप्त करते हैं। मृत्युलोक भयावह अवश्य है और पृथ्वी के गर्भ में स्थित है, किन्तु इतना नहीं कि जीवित व्यक्ति वहाँ जा ही न सके। **ओडिसियस** और **थीसियस** सशरीर ही मृतकों के देश की यात्रा कर सकुशल पृथ्वी पर लौट आते हैं। इतना ही नहीं **हेराक्लीज़** तो अपने मित्र **एडमेटस** की मृत पत्नी **एल्सेसटिस** की आत्मा को लेने आए हुए मृत्यु के देवता से युद्ध करके उसे वशीभूत कर लेता है और उससे **एल्सेसटिस** के प्राण वापस ले लेता है। अपने बारहवें प्रयास में वह मृत्युलोक के ज़हरीली लार टपकाते और तीन सिरों से भौंकते कुत्ते **सेब्रस** को कन्धे पर उठाकर पृथ्वी पर ले आता है। संगीतकार **ऑरफ़ियस** तक अपनी मृत पत्नी को वापस लाने के लिए **टारटॉरस** की यात्रा करता है। वहाँ अन्धकार अवश्य है, किन्तु अन्धकार में **पर्सीफ़नी** की रूपशिखा प्रज्वलित है।

ग्रीक देवता केवल आकृति में ही मानव के अनुरूप नहीं, उन्हें सुख-दुख, हर्ष-विमर्श, काम-कोध आदि संवेगों की अनुभूति भी मानव के समान ही होती है। ये शक्ति में भले ही मानव से उत्तम हैं, किन्तु इनकी दुर्बलताएँ इन्हें मानव के साथ एक ही धरातल पर ला खड़ा करती हैं। **ज़्यूस** में कामप्रवृत्ति उद्दाम है और एक बार किसी लावण्यमयी पर रीझ जाने पर **ओलिम्पस** का सम्राट् अपनी सारी गरिमा भूलकर पृथ्वी पर कभी बैल का रूप धारण करता है तो कभी हंस का। अपनी कामान्धता में वह अपनी एकनिष्ठा पत्नी **हेरा** को भी विस्मृत कर देता है। हाँ, उसकी दृष्टि से बचने के लिए सतर्क अवश्य है

और भाँति-भाँति के छल करता है। **हेरा** देव-सम्राज्ञी है तो क्या, मूलतः स्त्री है, एक पत्नी। अपने पति के स्वभाव से परिचित है। किसी भी ईर्ष्यादग्ध शंकालु मानवी की तरह पति की गतिविधियों का ध्यान रखने की चेष्टा तो करती है, लेकिन **ज़्यूस** उसे धोखा दे ही जाता है। **ज़्यूस** शक्तिशाली है। पत्नी आलोचना नहीं कर सकती सो अपना क्रोध **ज़्यूस** की प्रेमिकाओं पर निकालती है। हो सकता है यह किसी भी तरह न्यायोचित न हो। **ऐफ्रॉडायटी** को रूप का अभिमान है। वह किसी भी अन्य स्त्री के रूप की प्रशंसा नहीं सह सकती। इसी कारण बेचारी निर्दोष **साइके** को दण्ड का भागी बनना पड़ता है। अभिमान और ईर्ष्या से **एथीनी** भी सर्वथा मुक्त नहीं। बुनाई की प्रतियोगिता में पराजित होने पर वह विजेता प्रतिद्वन्द्वी **आर्कने** को श्राप देकर मकड़ी बना देती है। **ज़्यूस** न्याय-परायण है किन्तु पक्षपात से सर्वथा मुक्त नहीं। अपनी मर्त्य प्रेमिकाओं के साथ तो उसने कभी भी न्याय नहीं किया। बहुधा वह किसी भी पक्ष को नाराज़ न करने के लिए न्याय का अधिकार ही हस्तान्तरित कर देता है जैसा कि उसने देवियों की सौन्दर्य-प्रतियोगिता में **पेरिस** को निर्णायक नियुक्त करके किया। देवी-देवताओं में आपस में भी द्वेष की भावना है और **एरीज़** को तो लड़ाई-झगड़े कराने में आनन्द आता है। मज़े की बात तो यह कि युद्ध का देवता होने पर भी **एरीज़** खुद लड़ने से घबराता है और युद्ध-क्षेत्र से अक्सर घायल होकर रोता हुआ **ओलिम्पस** लौटता है। एक बार तो उसे दो **ओट्स** भाइयों ने पकड़कर एक कलश में बन्द कर दिया। **हेमीज़** देवता अवश्य है मगर उसे चोरी की आदत है। **हेफ़ास्टस** देवता होने पर भी लँगड़ा है और अपनी रूपसी पत्नी **ऐफ्रॉडायटी** के नित नए प्रेम सम्बन्धों से परेशान। देवता शक्तिशाली हैं, किन्तु ऐसा नहीं कि मनुष्य के शस्त्रों से घायल न हो सकें। ट्रॉय के युद्ध में **एरीज़, ऐफ़ॉडायटी** और **हेरा** जख़्मी होकर रोते-चिल्लाते **ओलिम्पस** भागते हैं। **ज़्यूस** देव-सम्राट है, प्रभुत्वशाली है और उसके वज्र अमोघ हैं किन्तु फिर भी राक्षसों के विरुद्ध युद्ध में उसे **हेराक्लीज़** की सहायता लेनी पड़ती है। **ज़्यूस** पृथ्वी पर होनेवाली बहुत-सी घटनाओं की खबर रखता है लेकिन लगता है कि ग्रीसवासी अभी सर्वव्यापकता के गुण से परिचित नहीं थे। उसे बहुधा सूचनाएँ दी जाती हैं। कभी-कभी वह वेश-परिवर्तन करके पृथ्वी पर भ्रमण भी करता है जैसा कि **फ़िलमॉनबॉसिस** की कहानी से स्पष्ट है। वह पुण्यात्माओं को पुरस्कृत करता है और दुराचारियों को दंडित। **ओलिम्पस** के देवता मानव के बहुत निकट हैं और उससे सौहार्द का सम्बन्ध रखते हैं। यहाँ तक कि विशेष अवसरों पर वे उनका आतिथ्य भी स्वीकार करते हैं। **टैंटलस** और **पीलॉप्स** के प्रीतिभोज को देवताओं ने अपनी उपस्थिति से सुशोभित किया। किन्तु इस निकटता का यह अर्थ कदापि नहीं कि मनुष्य उनका अनादर करें। उद्दण्ड व्यवहार के लिए वे कठोरतम दण्ड-विधान भी करते हैं। अभद्रता के लिए **टैंटलस** और **इक्सायेन** को मृत्युलोक में मिलने वाली निरन्तर यंत्रणा इसका प्रमाण है। किन्तु ऐसे उदाहरण बहुत कम हैं। बहुधा देवताओं का मानव के प्रति व्यवहार उदारतापूर्ण ही रहा है और मनुष्य ने अपने प्रतिपालक के रूप में उनकी अभ्यर्थना की है। पृथ्वी की देवी **डिमीटर** और अंगूर लता

तथा मदिरा का देवता **डायोनिसस** तो शत-प्रतिशत पृथ्वी की माटी से ही बने लगते हैं। वे पृथ्वी पर ही भ्रमण करते हुए अपनी कला का प्रसार करते हैं और **ओलिम्पस** पर उनका जाना कभी किसी विशेष कारण से ही होता है।

जैसा कि पहले कहा गया है ग्रीस की इन पुराण-कथाओं में मार्येन का मिश्रण भी यत्र-तत्र देखने को मिलता है। साँप के दाँत बोने से योद्धाओं की टुकड़ी का पृथ्वी से उग आना एक ऐसी ही घटना है और इसका विवरण हमें दो बार मिलता है। **कॉलकिस** में **जेसन** और **लीबिया** में **कैडमस** इन योद्धाओं को पराभूत करते हैं। मुँह से पानी उगलकर समुद्र में भँवर पैदा करनेवाली राक्षसी, एक आँखवाले **साइक्लॉप्स,** वन एवं जल-परियों की कहानियाँ, दैवी शक्ति से स्त्रियों का वृक्ष अथवा लताओं में रूपान्तर इत्यादि अप्राकृतिक घटनाएँ बहुतायत से उपलब्ध हैं। फिर भी ऐसा प्रतीत होता है कि ग्रीसवासियों का प्राकृतिक शक्तियों में तो विश्वास था, लेकिन जादू-टोने में नहीं। सारी ग्रीक पुराण-कथाओं में केवल दो जादूगर स्त्रियाँ हैं—**सेसी** और **मेडीया**—वे भी सुन्दर युवतियाँ हैं और उनकी कला का प्रयोग क्रमशः **ओडिसियस** एवं **जेसन** की सहायता के लिए ही होता है। हस्तरेखा एवं नक्षत्र-ज्ञान का विकास नहीं हुआ था किन्तु **टियरेसियस** एवं **कज़ैण्ड्रा** को दैवी कृपा से भविष्य-ज्ञान का वरदान था। **मेलाम्पस** पशु-पक्षियों की भाषा समझता था और देवस्थलों पर लोग भविष्य जानने के लिए बहुधा जाया करते थे। **डेल्फ़ी** स्थित अपोलो का प्रश्न-स्थल विशेष रूप से लोकप्रिय था। यहाँ देवता द्वारा अभिप्रेरित पुजारिन और **डोडोना** में **हेरा** के पवित्र ओक वृक्ष भविष्यवाणी करते थे। आध्यात्म से ग्रीस वासी अपरिचित थे। उनकी श्रद्धा, उनका परमार्थ इहलोक तक ही सीमित था। पुनर्जन्म में उनके विश्वास का कोई संकेत नहीं मिलता। मृत्योपरान्त बहुधा आत्माएँ **टारटॉरस** ही जाती थीं। केवल कुछ अनन्य शूर-वीरों तथा जन-हित चिन्तक एवं न्यायपरायण व्यक्तियों को **ईलीसियन** क्षेत्र में प्रवेश मिलता था। मन्दिर के पुजारी-पुजारिनें संयम का जीवन व्यतीत करते थे, किन्तु समाज में गायकों और संगीतज्ञों का मान उनसे अधिक था। यहाँ उल्लेखनीय है कि जब **ओडिसियस** अपनी पत्नी **पिनेलपी** के प्रणयेच्छुकों का वध कर रहा था तो एक पुजारी और एक गायक उसके पैरों पर गिरकर प्राण-भिक्षा माँगने लगे। **ओडिसियस** ने पुजारी को तो तलवार के घाट उतार दिया किन्तु गायक को यह कहकर क्षमा कर दिया कि गायन देवताओं की असीम अनुकम्पा है और जन-मानस को इस कला से आनन्दित करनेवाले स्वर को सदा के लिए समाप्त करना अपराध है। **ओडिसियस, थीसियस** एवं **हेराक्लीज़** के अतिरिक्त **ऑरफ़ियस** जैसा कोई गायक ही सशरीर मृत्युलोक की सकुशल यात्रा कर सकता है। उसकी वीणा और उसके स्वर की आर्द्रता से द्रवित होकर **सेब्रस** चुप हो जाता है और **टारटॉरस** की दंडित आत्माएँ कुछ पल को अपनी यन्त्रणा भूलकर उसके संगीत में खो जाती हैं।

ग्रीस ने हर रूप में सौन्दर्य की उपासना ही नहीं की, उसकी रचना भी की है; पुराण-कथाओं से अधिक उपयुक्त इसका प्रमाण नहीं। **चैपमैन** के **होमर** से अभिभूत 'ओड ऑन ए ग्रेशियन अर्न' के कवि **कीट्स** की पंक्ति 'ए थिंग ऑव ब्यूटी इज़ ए ज्वॉय

फ़ॉर एवर' यहाँ चरितार्थ है। आज पृथ्वी पर **ज़्यूस** और उसके देव-परिवार का एक भी उपासक नहीं है, उनकी प्रतिमाएँ देवालयों में धूप-दीप से पूजी नहीं जातीं; ये केवल संग्रहालय की वस्तुएँ होकर रह गई हैं। वे वंदनीय नहीं, केवल दर्शनीय हैं किन्तु उनके सौन्दर्य से साहित्य और कला जगत आज भी अभिभूत है और सदा से उनका ऋणी रहा है। **ट्रॉय** के 'ट्रॉयलस एण्ड क्रेसिडा' पर केवल **शेक्सपियर** का नाटक ही नहीं, इस कथानक पर **बोकेशियो, चॉसर, लिडगेट** से लेकर **ड्राइडेन** तक ने लिखा है। **मार्लो** के 'डॉ. फ़ॉस्टस' का हेलेन को सम्बोधन 'वाज़ दिस द फ़ेस दैट लॉन्चड ए थाउज़ेंड शिप्स...' अविस्मरणीय है। **शैली** का 'एडॉनिस' और 'प्रोमिथ्यूस अनबाउण्ड', **स्विनबर्न** का 'एटलाण्टा इन कैलिडॉन', **टैनीसन** का 'इनूनी', लोटस ईटर्स', 'यूलीसिज़' और **बायरन** का 'द ब्राइड ऑव एबीडॉस' ग्रीक पुराण-कथाओं पर आधारित हैं। शेक्सपियर से लेकर आज तक के कवियों और लेखकों ने इन सन्दर्भों का कितनी बहुतायत से प्रयोग किया है उसकी तो सूची तक बना पाना सम्भव नहीं। रोमांटिक कवियों की तो एक-एक पंक्ति में तीन-चार ग्रीक सन्दर्भ मिल जाना एक सामान्य-सी बात है। क्या इन सन्दर्भों की पृष्ठभूमि जाने बिना पाश्चात्य साहित्य का रसास्वादन सम्भव है? ग्रीक भाषा से परिचय के अभाव में **कीट्स** को **होमर** का दर्शन **चैपमैन** के अनुवादों में हुआ। **अरस्तू, सुकरात, प्लेटो** का दर्शन ग्रीक भाषा के माध्यम से आज विश्व में पढ़ा और समझा नहीं जाता। **वोल्तेयर, रूसो, प्रूस्त, काफ्का** और **नीत्शे** के लिए फ्रेंच और जर्मन भाषा का जानना आवश्यक नहीं। **टॉलस्टाय, गोर्की** और **दोस्तोव्स्की** को रूसी भाषा में ही पढ़ा जा सके, ऐसा नहीं है। आज विश्व-साहित्य एक साहित्य है। अंग्रेजी भाषा न जाननेवाले भी अंग्रेजी साहित्य से अनभिज्ञ नहीं, बल्कि **एटलस, हर्क्युलिस, अपोलो, वीनस** आदि नाम तो आम आदमी की ज़बान से मुहावरों की तरह इस्तेमाल होते हैं। हिन्दी की समसामयिक रचनाओं में ग्रीक पुराण-कथाओं के सन्दर्भ मिल जाना कोई आश्चर्य की बात नहीं रह गई। बहुत से आधुनिक हिन्दी लेखक तो पाश्चात्य साहित्य के रस में ऐसे सराबोर हैं जैसे उसका स्रोत टेम्स और वोल्गा न होकर गंगा ही है। साहित्यकारों और साहित्य-प्रेमियों के लिए आज भाषा बन्धन नहीं, प्रसार है। केवल साहित्य ही क्यों, स्थापत्य, मूर्तिकला एवं अन्य शिल्प भी उनसे प्रभावित हैं। मनोविज्ञान भी इनका ऋणी है। नारसिसस काम्पलेक्स के **नारसिसस** और **ईडिपस** काम्पलेक्स के मूल इतिहास का स्रोत इन्हीं पुराण-कथाओं में है।

प्रस्तुत पुस्तक में मैंने ग्रीस की पुराण-कथाओं को उनके प्रामाणिक रूप में सविस्तार कहने का प्रयास किया है। साथ ही यह भी ध्यान रखा है कि पुस्तक पढ़ने में रोचक और सरस हो। कलात्मकता के लिए मूल विवरणों को बदला नहीं गया। जहाँ किसी कथा के एक से अधिक विवरण प्राप्त हैं वहाँ दोनों विवरणों के साथ विभिन्न स्रोतों का भी स्पष्ट उल्लेख किया है। पुस्तक में सर्वत्र ग्रीक नामों का प्रयोग किया गया है किन्तु साथ ही वे रोमन नाम और उपाधियाँ भी दी गई हैं जिनका कालान्तर में ग्रीक देवी-देवताओं से सादृश्य स्थापित किया गया। **हर्क्युलिस** अधिक प्रचलित नाम होने पर

भी एकरूपता की दृष्टि से उसके ग्रीक नाम **हेराक्लीज़** का ही प्रयोग किया गया है। नक्षत्र-विद्या में अवश्य ही रोमन नामों का प्रचलन है किन्तु साहित्य ने सदा ग्रीक नामों को ही प्राथमिकता दी है और आधुनिक रुझान भी उन्हीं की ओर है। ग्रीक संज्ञाओं की हिन्दी वर्तनी के लिए डेनियल जोन्स की 'डिक्शनरी ऑव प्रनन्सिएशन' की सहायता ली गई है। एक नाम के एक से अधिक उच्चारण भी प्राप्त हैं, अतः इस विषय में एकान्तिकता का दावा नहीं। मुझे आशा है कि प्रामाणिकता और कथात्मकता के समन्वय से प्रस्तुत पुस्तक साधारण पाठकों और साहित्य के निष्णात पारखियों, दोनों के लिए ही उपयोगी सिद्ध होगी और न केवल पाश्चात्य साहित्य और संस्कृति को समझने में सहायक होगी, बल्कि पुराण-कथाओं के तुलनात्मक अध्ययन का मार्ग प्रशस्त करने में भी योग देगी।

ग्रीस पुराण कथा-कोश का प्रथम संस्करण सन् 1983 में आया था और दिल्ली हिन्दी अकादमी ने इसे सन् 1983-84 के सर्वश्रेष्ठ साहित्यिक कृति पुरस्कार से सम्मानित किया था। कोश का दूसरा सचित्र संस्करण आपके हाथों में है। इसे इतने सुन्दर और सुरुचिपूर्ण ढंग से प्रकाशित करने के लिए राजकमल प्रकाशन समूह के प्रबन्ध निदेशक श्री अशोक महेश्वरी के प्रति मैं विशेष रूप से आभारी हूँ।

फरवरी, 2008

—डॉ. कमल नसीम
रीडर, अंग्रेजी विभाग
श्यामाप्रसाद मुखर्जी महाविद्यालय, नई दिल्ली

अनुक्रम

ग्रीस की प्रसिद्ध प्रेम-कथाएँ

विविध आख्यायन

ग्रीक देव-परिवार

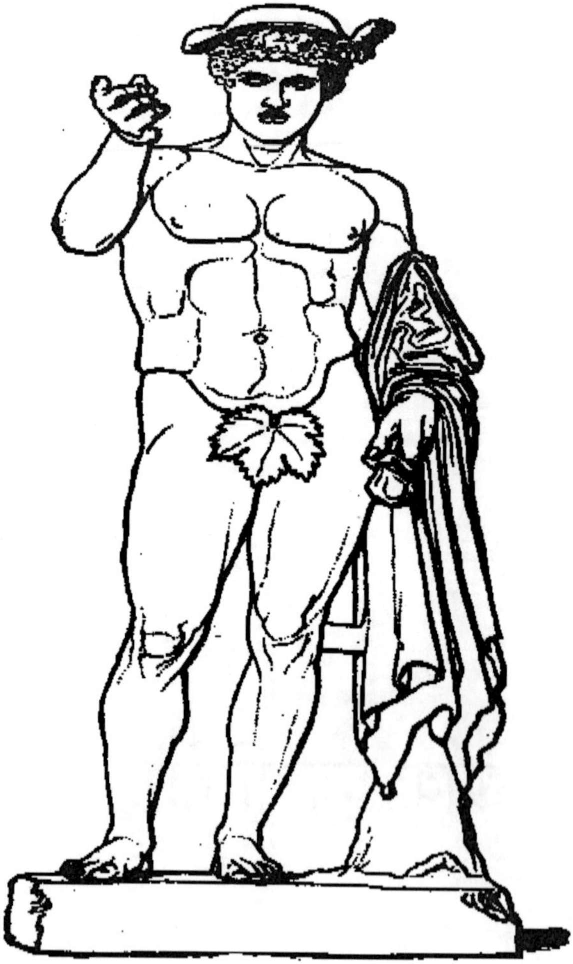

सृष्टि का आरम्भ

जीवन के उजाले में जब मानव ने पहली बार आँखें खोलीं और अपने चारों ओर बिखरी प्रकृति की अनुपम सौन्दर्य-सम्पदा और वैभव को देखा तभी से उसके मन में 'कब? क्यों? और कैसे?' जैसे अनेक दुर्बोध प्रश्न उभरने लगे। समुद्र के आलिंगन में बँधी हँसती-गाती-लहलहाती पृथ्वी को किसने बनाया? ये फूल क्यों खिलते हैं? ये फल कैसे बने? झरनों में लहरें किसने उठाईं? उसने देखा वहाँ बहुत दूर जहाँ आकाश धरती पर झुका है, प्रतिदिन पृथ्वी के उन्नत भाल पर सुहाग का टीका जगमगा उठता है, प्रकाश फैल जाता है, पक्षी चहचहाने लगते हैं और पल-भर में नींद झाड़कर सारा विश्व सक्रिय हो उठता है। फिर साँझ घिर आती है। धुँधलका छा जाता है। दिन का थका-माँदा सूरज सागर में उतर जाता है। आकाश पर तारे बिखरते हैं और चाँद खिल उठता है। यह दिन और रात का क्रम किसने बाँधा? ये ऋतुएँ क्यों बदलती हैं? पानी क्यों बरसता है? आँधियाँ क्यों उठती हैं? तूफान क्यों आते हैं? बिजली कैसे चमकती है? किस अदृष्ट के संकेत पर होता है यह सब? किस महासत्ता के ये साकार प्रमाण हैं? किसने कब और कैसे इनकी रचना की? मानव-मस्तिष्क सक्रिय हुआ। प्रश्नों की बाढ़ को नियन्त्रित करना होगा। कल्पना और विश्वास के बाँध बनने लगे। उच्चतर शक्तियों के अस्तित्व को स्वीकार किया गया। विभिन्न देशों के रहनेवालों ने अपने-अपने अनुभव के आधार पर सृष्टि के सृजन का चित्र तैयार किया। प्रकृति के रहस्य जानने को उत्सुक और व्यग्र मानव-मन की सन्तुष्टि के लिए बाइबिल, इंजील, वेद एवं कुरान जैसे पवित्र धर्म-ग्रन्थों की रचना हुई। ग्रीस ने अपना तर्क खोजा और इस संसार की व्याख्या करने के लिए एक और अनूठा संसार रच डाला—देवी-देवताओं का संसार। मानवेतर एवं उच्चतर शक्तियों का संसार। धर्म-ग्रन्थों के अभाव में ग्रीस और रोम के निवासियों ने विश्व-सृष्टि के सिद्धान्त की जो कल्पना की उसके अनुसार :

'पहले था यहाँ विप्लव, विपुल अनन्त रसातल,
सागर-सा प्रबल, गहन, ध्वंसक, उच्छृंखल।'

—मिल्टन

देवताओं के जन्म से भी पहले यहाँ एक विपुल आकृतिहीन अव्यवस्था थी। अनन्त अन्धकार व्याप्त था। इस शून्य विस्तार का विस्तृत वर्णन **हीसियड** ने किया है। उसके अनुसार सबसे पहले यहाँ **केआस** अर्थात् विप्लव की सत्ता स्थापित हुई। **केआस** से पूर्व की स्थिति का कहीं स्पष्टीकरण नहीं किया गया है। **केआस** से ही यह कहानी आरम्भ

होती है। उसके समय में एक अरूप, अथाह विशृंखलता सब कहीं व्याप्त थी। कहीं कुछ स्पष्ट नहीं था। प्रकाश का अस्तित्व नहीं था। गहन अन्धकार था। पृथ्वी जैसी कोई वस्तु नहीं थी, न ही समुद्र की कोई स्वतन्त्र सत्ता थी। जल, थल एवं वायु इस प्रकार आपस में घुले-मिले थे कि कोई भी तत्त्व अलग नहीं किया जा सकता था। इस स्थिति का सजीव चित्रण ओविड के 'मेटामारफ़ासिस' में हुआ है :

गहरी नीली ऊँचाइयों पर अभी कोई सूरज नहीं चमका था,
न ही प्रकाश शिखाओं से कोई चन्द्र-बिम्ब सज़ा था।
कोई स्वतः सन्तुलित धरणी अभी न पिघलते निरभ्र में टिकी थी,
न कोई उग्र समुद्र-लहर विश्व आलिंगन को उठी थी।
पृथ्वी को वारि-वात का अपूर्ण भ्रूण ठहरा था,
न धरा स्थिर थी, न समुद्र गहरा था।

ऐसे परिमंडल पर राज्य था **केआस** का। **केआस** से बहुत समय बाद जन्म हुआ अर्थ अथवा **गी** (पृथ्वी), **टॉरटारस** (हीसियड के अनुसार पृथ्वी की गहराइयों में एक अन्धकारपूर्ण स्थान), **एरीबस** (अन्धकार) तथा **नाइट** (रात्रि) का।

और फिर एक अद्भुत घटना घटी। **नाइट** ने पच्छिमी वायु के संयोग से **एरीबस** के वक्ष में एक अंडा दिया। प्रसिद्ध नाटककार **एरिस्टोफ़ेनीज़** ने एक चमत्कार का वर्णन इस प्रकार किया है :

...काले पंखों वाली रात ने
गहरे और अँधेरे एरीबस के वक्ष में एक अंडा दिया,
और जैसे-जैसे ऋतुएँ बीतीं,
चिरईप्सित, दीप्तिमान, स्वर्णपंखों वाले
प्रेम ने जन्म लिया।

नाइट और **एरीबस** से **ईथर** (व्योम) और **हेमरा** (दिवस) का भी जन्म हुआ। अन्य विवरणों के अनुसार ये **ईथर** और **हेमरा** ही **एरॉस** (प्रेम) के माता-पिता थे। शून्य अन्धकार में पहली बार प्रकाश की किरण फूटी और उस विस्तृत विच्छृंखलता का असंस्कृत रूप सामने आया। उस समय पृथ्वी आज की तरह लुभावनी नहीं थी। तब न तो ऊँचे पर्वत थे, न गहरी घाटियाँ, न झूमते हुए वृक्ष, न खिलते हुए फूल और न ही गाते हुए पंछी। सब कुछ स्थिर था, गतिहीन। **एरॉस** ने इस अपूर्णता को देखा और फिर अपने सुनहले जीवन देनेवाले बाणों से अर्थ (पृथ्वी) के ठंडे वक्ष को भेद डाला। बस फिर क्या था! धरती के पथरीले सीने को हरियाली ने ढँक लिया, चिड़ियाँ चहचहाने लगीं, नदियों के पारदर्शी स्वच्छ जल में मछलियाँ खिलवाड़ करने लगीं। अब सब कहीं गति थी, जीवन था और था उत्साह, आनन्द।

अर्थ अथवा **गी** (पृथ्वी) ने **एरॉस** (प्रेम) द्वारा किए गए अपने शृंगार को देखा और उसे पूर्ण रूप देने का निश्चय किया। तब उसने बिना किसी साथी की सहायता के **यूरेनस** (आकाश), **पांटस** (समुद्र) और पर्वतों को उत्पन्न किया। यह कैसे हुआ, कुछ

निश्चित नहीं है। **हीसियड** से हमें इतना ही पता चलता है :

सुन्दरी धरणी ने पहले जन्म दिया
अपने समकक्ष, तारों-भरे आकाश को,
जो उसे हर ओर से ढँक सके
और समृद्ध देवताओं का घर बन सके।

इस पृथ्वी की कल्पना ठोस भूमि के साथ एक अस्पष्ट से व्यक्तित्व के रूप में की गई। उसके ऊपर छाए हुए नीले शून्य को **यूरेनस** (आकाश) का नाम दिया गया। **यूरेनस** की देवता के रूप में ग्रीक्स द्वारा आराधना किए जाने का कहीं उल्लेख नहीं मिलता। उसकी गणना अर्थ की तरह सृष्टि के आरम्भ के प्रमुख व्यक्तित्वों में नहीं की जाती। कला और साहित्य ने भी उसे प्रतिनिधित्व नहीं दिया। इसी कारण उसके जन्म और कुल के विषय में भी विभिन्न धारणाएँ हैं। बाद में **ज़्यूस** ने उसका स्थान ले लिया।

इसके अतिरिक्त पृथ्वी की एक महत्त्वपूर्ण देवी के रूप में उपासना की जाती थी। यह सम्भवतः पृथ्वी की उत्पादन-शक्ति के कारण था। बहुधा चित्रों में भी इस देवी को ज़मीन से बाहर निकलते हुए दिखाया गया है। पृथ्वी का मानवीकरण उसकी गति और परिवर्तन की क्षमता एवं जीवन के अन्य लक्षणों के आधार पर किया गया। आकाश और समुद्र के मानवीकरण की पृष्ठभूमि में भी यही कारण क्रियाशील थे। किन्तु यह मानवीकरण बड़ा अस्पष्ट और अनिश्चित-सा था। न तो वे पूर्णतया मानव ही थे और न अमानव। उनमें पर्वतों से आग बरसाने, आँधी, तूफान और भूकम्प लाने की असाधारण शक्तियाँ थीं और इन शक्तियों के कारण ही उनकी कल्पना भीमकाय विकट जीवों के रूप में की गई। लेकिन इसके साथ ही उनमें मानवीय गुण भी विद्यमान थे।

पृथ्वी और आकाश के संयोग से **ओकिनॉस, क्वॉस, क्रिऑस, हाइपिरियन, इएपिटस, थिआया, रिआ, थेमिस, नीमाज़िनी, फ़िआबी, टेथिस** और अन्त में **क्रॉनस** का जन्म हुआ। इन्हें सामूहिक रूप से **टाइटन्स** के नाम से जाना जाता है। **टाइटन्स** प्राकृतिक शक्तियों का प्रतीक है। **हाइपिरियन** सूर्य-देवता है, **थेमिस** पृथ्वी की देवी है। **ओकिनॉस** का सम्बन्ध सम्भवतः **ओसिनस** नामक नदी से है जो पुरानी मान्यता के अनुसार पृथ्वी के गिर्द बह रही है। **क्वॉस** और **क्रिऑस** के सम्बन्ध में कुछ निश्चित रूप से नहीं कहा जा सकता। **थिआया** का अर्थ है 'दिव्य' और **फ़िआबी** का 'द्युतिमान'। **नीमाज़िनी** अमूर्त स्मृति का मानवीकरण है। इन **टाइटन्स** में से छह प्रमुख थे—**क्रॉनस, ओकिनॉस, इएपिटस** तथा क्रमशः उनकी सहनारियाँ **रिआ, टेथिस** एवं **थेमिस।**

टाइटन्स के अतिरिक्त पृथ्वी से तीन **साइक्लॉप्स, ब्राण्टिस, स्टरॉप्स** और **आरगिस** तथा तीन सौ हाथवाले दैत्यों **काटास, ब्रायेरिअस** तथा **गाइस** का जन्म हुआ। पहले तीन दानवों को **साइक्लॉप्स** (गोल आँखें) कहा जाता है क्योंकि उनके चेहरे पर दो आँखों के स्थान पर माथे के ठीक बीच केवल एक आँख थी। वे देवताओं के शिल्पी थे। **ज़्यूस** के अमोघ वज्र इन **साइक्लॉप्स** ने ही तैयार किए थे। किन्तु **होमर** के अनुसार **साइक्लॉप्स** वनचर दैत्यों की एक जाति थी जो सम्भवतः **सिसली** में निवास करती थी। ये लोग

सभ्यता, संस्कृति एवं नैतिक मूल्यों से पूर्णतया अपरिचित थे। सम्भवतः इन्हीं में से एक दैत्य **पालिफ़ीमस** से **ओडेसियस** का पाला पड़ा था जिसके सम्बन्ध में आप आगे पढ़ेंगे।

हीसियड से हमें विस्तृत वर्णन मिलता है उन अमूर्त भावों का जिनका प्राचीन ग्रीस निवासियों ने मानवीकरण किया। इनके अनुसार **नाइट** (रात्रि) ने **मरोस** (भाग्य), **केर** (विनाश), **थैन्टॉस** (मृत्यु), **हिप्नॉस** (नींद), स्वप्न, **मोमॉस** (प्रत्येक वस्तु में दोष ढूँढ़ने की क्रिया), **वायज़िस** (पीड़ा), **नेमेसिस** (प्रतिशोध), **फ़िलाटीज़** (प्रेम का आनन्द), **गेरास** (बुढ़ापा) तथा **एरिस** (कलह) को जन्म दिया। **नाइट** की बेटी **एरिस** (कलह) ने **पानास** (परिश्रम), **लीथी** (विस्मृति), अकाल, दुख, युद्ध, संहार, मानव-हत्या, झगड़े, झूठे शब्द, वैमनस्य, स्वेच्छाचारिता तथा मूढ़ता इत्यादि को जन्म दिया।

नाइट को **हेस्पेरिडीज़** की माँ भी कहा गया है। **हेस्पेरिडीज़** का अर्थ है संध्या से उत्पन्न। इनके नाम थे **एग्ली, एरीथिआ, एरेथुसा** और **हेस्पीरिआ**। इन्हें सोने के फूलों वाले उस अद्‌भुत वृक्ष की रक्षा का भार सौंपा गया था जो **गी** ने **हेग** के विवाह के अवसर पर उसे भेंट किया था। इस बाग की स्थिति बहुधा उत्तर-पश्चिम अफ्रीका में **एटलस** पर्वत के पास बताई जाती है। या सम्भवतः यह आर्केडियन प्रदेश में था और **लेडान** नामक विशाल सर्प इस स्वर्ण फलोंवाले वृक्ष की सुरक्षा में **हेस्पेरिडीज़** की सहायता करता था।

नाइट से **म्वारॉय** अथवा **फ़ेट्स** (नियति) की उत्पत्ति भी हुई। वस्तुतः ये शिशु के जन्म के समय उसे देखने आतीं और उसका भाग्य निश्चित करतीं जैसा कि वे **मेलियगर** की कहानी में करती हैं। बाद में इन्हें नियति की अमूर्त शक्तियों का मूर्त रूप मान लिया गया। ये गिनती में तीन हैं—**क्लॉथो** (सूत कातनेवाली), **लैकिसिस** (अनुभाजन करनेवाली) तथा **ऐट्रॉपॉस** (कठोर)। **होमर** तथा अन्य कवियों की साहित्यिक कृतियों में उनका चित्रण सूत कातने वालियों के रूप में हुआ है। बाद में कवियों ने अपनी कल्पना से इस चित्र को और भी सुन्दर और अर्थपूर्ण बना दिया। नियति की ये देवियाँ मनुष्य के भाग्य का धागा कातती हैं। विशेष रूप से सौभाग्यशाली प्राणियों का धागा सुनहरी होता है। सूत कातते-कातते **ऐट्रॉपॉस** अतीत के गीत गाती है, **क्लाथो** वर्तमान और **लैकिसिस** भविष्य के। एक अन्य विवरण के अनुसार **क्लाथो** के हाथ में तकुआ है, **लैकिसिस** सूत बनाती जाती है, और **ऐट्रॉपॉस** कैंची से इसे कहीं भी काट देती है जिसका मतलब है एक जीवन का अन्त। कहीं-कहीं इन्हें भाग्य की पुस्तक पढ़ते हुए दिखाया गया है जिसके आधार पर **हाइजीनस** जैसे विद्वान ने उन्हें ग्रीक वर्णमाला के कुछ अक्षरों के आविष्कार का श्रेय दे डाला। कला और साहित्य में इनका चित्रण बहुधा सूत कातती हुई वृद्ध स्त्रियों के रूप में हुआ है। ग्रीक परिवारों में सूत कातने का काम वृद्धाओं का ही था।

पॉन्टॉस से **नीरियस** का जन्म हुआ जो नए देवताओं के आविर्भाव से पूर्व महत्त्वपूर्ण समुद्र-देवता था। **हीसियड** तथा **होमर** के अनुसार **नीरियस** दयालु, बुद्धिमान और दूसरों का हित करनेवाला था। वह युवक वीरों का मित्र था और यथासम्भव उनकी सहायता

करता। उसी ने **ऐफ़्रॉडायटी** का पालन-पोषण किया और **हेराक्लीज़** को सूरज की नाव दी थी।

नीरियस तथा **डोरिस** से **नेरियड्स** (जल-परियों) का जन्म हुआ। **थेटिस** इन्हीं में से एक थी जिसे देवताओं के सम्राट् **ज़्यूस** का अनुग्रह प्राप्त था। उसका विवाह बाद में **पीलियस** से हुआ।

गी से **पॉन्टस** को दो पुत्र **थॉमस** और **फ़ॉरकीज** तथा दो पुत्रियों **केटो** और **यूरीबी** की प्राप्ति हुई। **थॉमस** अपने आप में विशेष महत्त्वपूर्ण नहीं किन्तु **आइरिस** तथा **हार्पीज़** के पिता के रूप में प्रसिद्ध है।

आइरिस (इन्द्रधनुष) वर्षा की सूचक है, अतः इसकी कल्पना पानी बरसानेवाली पश्चिमी वायु के देवता **जेफ़िरॉस** की पत्नी के रूप में की गई। एक-दो स्थानों पर उसे **एरॉस** (प्रेम) की माँ भी कहा गया है। सम्भवतः प्रेम-देवता के आर्द्रता और प्रजननशक्ति से सम्बन्ध के कारण ही यह कल्पना की गई। इन्द्रधनुष के मानवीकरण के अतिरिक्त **आइरिस** का महत्त्व देवताओं की सन्देशवाहिका के रूप में है। **यूरीपिडीज़** तथा बाद के कवियों ने उसे मुख्यतः **हेरा** की दासी तथा सन्देशवाहिका माना है। इस प्रकार वह **हेमीज़** की समकक्ष है जो **ज़्यूस** का पुत्र एवं सन्देशवाहक है। **आइरिस** की गणना मुख्य देवियों में नहीं होती। वह ग्रीसवासियों की सरल और सुन्दर कल्पना का उदाहरण है।

हार्पीज़ के विषय में हमें दो भिन्न विवरण मिलते हैं। **हार्पीज़** का अर्थ है छीनने या झपटनेवाले। होमर की ओडिसी में **हार्पीज़** का आचरण उनके नाम के बहुत अनुकूल है।

पण्डारिओस और उसकी पत्नी की मृत्यु के बाद उनकी पुत्रियों की किसी कारण विशेष से **हेरा, आर्टेमिस** तथा **ऐफ़्रॉडायटी** जैसी महान देवियों का संरक्षण प्राप्त हुआ। इन देवियों ने ही उनका पालन-पोषण किया और उचित शिक्षा दी। उनके युवावस्था प्राप्त करने पर **ऐफ़्रॉडायटी** उनके लिए सुयोग्य वरों की खोज में **ज़्यूस** के पास गई। कुमारियाँ पीछे अकेली रह गईं। **हार्पीज़** ने इस अवसर से लाभ उठाया और झपटकर उन्हें उठा ले गए और एरिनीअस को दासियों के रूप में दे दिया। इस विवरण के अनुसार भी **हार्पीज़** निस्सन्देह किन्हीं प्राकृतिक शक्तियों, सम्भवतः झंझावात का मानवीकरण हैं। उनके नाम **ईलो** (महावात), **ओकीपिटे** (तेज पंख) तथा **किलायनो** (अन्धकार) भी इस मत की पुष्टि करते हैं। लेकिन **हीसियड** तथा **होमर** के अतिरिक्त अन्य कवियों की कृतियों तथा कुछ चित्रों में उन्हें एक प्रकार की विशाल चिड़ियों के रूप में दिखाया गया है जिनके चेहरे स्त्रियों के हैं। कुछ विद्वानों का विचार है कि ये तत्कालीन प्रचलित रूढ़ि के अनुसार आत्मा का रूप हैं।

हार्पीज़ का एक बिल्कुल भिन्न चित्र हमें आगे **फ़ीनियस** की कहानी में मिलेगा।

फ़ॉरकीज़ ने अपनी बहन **केटो** से विवाह किया। यहाँ यह उल्लेखनीय है कि प्राचीन ग्रीस में आज की भाँति नैतिक मूल्य स्थिर नहीं हुए थे अतएव ऐसे सम्बन्ध अनुचित नहीं समझे जाते थे। इस प्रकार के उदाहरण यत्र-तत्र इन कथाओं में मिलेंगे। **फ़ॉरकीज़**

और **केटो** के सम्मिलन से जन्म से सफ़ेदबालों वाले **ग्राया, पेम्फ्रीडो, एनियो, डेनो** तथा तीन **गॉरगन्स–स्थेनो, यूरियाल** और **मेडुसा** का जन्म हुआ। **ग्राया** बहनें वस्तुतः वृद्धावस्था की प्रतीक हैं। सभी प्राप्त विवरणों के अनुसार इन दो या तीन बहनों के पास सिर्फ एक दाँत और एक आँख थी जिसका वे बारी-बारी से प्रयोग करती थीं। **ग्राया** तथा **गॉरगन्स** का विस्तृत विवरण आगे परिसयस की कहानी में प्राप्त होगा।

क्रिसाअर तथा **कैलिरोई** से तीन सिर अथवा तीन शरीरोंवाले दैत्य **गेरियन** का जन्म हुआ। **गेरियन** अपने चरवाहे **यूरिटियन** तथा कुत्ते **आरथ्रास** के साथ **ऐरिथीये** द्वीप (लाल द्वीप) में रहता था। उसके पास बहुत से पशु थे। बाद में उनका सामना **हेराक्लीज़** से हुआ जो इस दैत्य को मारने और उसके पशु छीनने आया था।

गेरियान की एक बहन थी **एकिडना**। उसका आधा शरीर स्त्री का था और आधा साँप का। यह पृथ्वी के नीचे रहती थी। वहीं पर **टायफ़ून** नामक दैत्य से उसने **आरथ्रास** तथा **सेब्रस** नामक कुत्तों को जन्म दिया। जैसा कि पहले कहा जा चुका है कि **आरथ्रास** **गेरियान** के पशुओं की रक्षा करता था। **सेब्रस** के, **हीसियड** के अनुसार, पचास सिर थे। उसके भूँकने की आवाज़ भी बड़ी कर्कश थी। इसे पाताल लोक के द्वार पर चौकसी के लिए नियुक्त किया गया था। इन दोनों के अतिरिक्त **एकिडना ने लरनायन, हाइड्रा, कायमेरा, थीबन स्फिंक्स** तथा **नेमियन शेर** को जन्म दिया। ग्रीक कवियों की सौन्दर्यानुभूति ने ऐसे भयानक दैत्यों को पाताल में स्थान देना ही उचित समझा।

ओकिनास और उसकी पत्नी **टेथिस** से संसार की सभी नदियों और लगभग तीन हज़ार समुद्र-कन्याओं का जन्म हुआ जो केवल जल में ही नहीं स्थल पर भी क्रियाशील रहती हैं। **स्टिक्स** इन्हीं में से एक महत्त्वपूर्ण नदी है जिसकी देवता भी झूठी कसम नहीं खा सकते।

टाइटन **हाइपिरियन** से **थिआया** ने **हीलियस** अथवा **सॉल** (सूर्य) तथा **लूना** अथवा **सिलीने** (चन्द्रमा) को जन्म दिया। इन देवताओं की उपासना ग्रीस में अधिक प्रचलित नहीं हुई। **हीलियस** की पूजा **रोड्ज** में होने के संकेत मिलते हैं। **हीलियस** का चित्रण साहित्य और कला में एक रथवाहक के रूप में किया गया है जिसके रथ में **पाइरोयेस** (आग्नेय), **इऊस** (उज्ज्वल), **आइथॉस** (देदीप्यमान) तथा **फेल्गन** (उद्दीप्त) नामक चार घोड़े जुते हुए हैं। उसका महल सुदूर पूर्व में है। सारा दिन वह यात्रा करता है, पृथ्वी को प्रकाश देता है और शाम को दूर पश्चिम में समुद्र में डूब जाता है। वहीं स्नान और विश्राम करने के बाद रातों-रात अपनी विशाल नाव पर बैठकर समुद्र के सीने पर तैरता हुआ अपने पूर्व दिशा में स्थित महल में वापस लौट जाता है जहाँ से उसे दूसरे दिन सवेरे फिर यात्रा आरम्भ करनी होती है। **हीलियस** की धर्मपत्नी का नाम है **पर्सी। पर्सी ईटीज़** और **सेसी** की जननी है।

पाँचवीं शताब्दी ईसा पूर्व के आस-पास **हीलियस** तथा **अपोलो** को सादृश्य के कारण एक ही देवता माना जाने लगा। धीरे-धीरे प्रचलित कथाओं में **हीलियस** का स्थान **अपोलो** ने पूर्णतया ले लिया।

लूना अथवा **सिलीने** (चन्द्रमा) को भी **आर्टेमिस** अथवा **डायना** से एकरूप कर दिया गया। **सिलीने** के पास भी एक रथ है जिससे वह रात-भर यात्रा करती है। होमरिक हिम में उसे **हीलियस** की पुत्री बताया गया है। सम्भवतः यह इस कारण कि चन्द्रमा को वस्तुतः सूर्य से ही प्रकाश मिलता है।

हाइपिरियन और **थिआया** की तीसरी सन्तान **ऑरोरा** अथवा **इऑस** (उषा) है। अपनी बहन और भाई की तरह उसके पास भी एक रथ है जिसमें दो घोड़े जुते हैं। गुलाबी मुखड़े और गुलाबी वस्त्रोंवाली यह **ऑरोरा** के प्रतिदिन प्रातःकाल संसार को अपने भ्राता **हीलियस** के आने की सूचना देती है और पूर्व के विशाल द्वार सूर्य का रथ आने के लिए खोल देती है। **ऑरोरा** के प्रेम सम्बन्धों के विषय में आप आगे पढ़ेंगे।

अन्य टाइटन युगल **क्रिआस** तथा **यूरीबी** से **एस्ट्राइयस, पैलस** और **पर्सी** का जन्म हुआ। **हीसियड** के अनुसार **एस्ट्राइयस** (नक्षत्र-युक्त) **ऑरोरा** का मित्र था और इस संयोग से हवाओं, सुबह के तारे और अन्य नक्षत्रों का जन्म हुआ। **पैलस स्टिक्स** का पति था जिससे **जिलास** (प्रतिस्पर्धा), **नाइकी** (विजय), **क्रेटास** (शक्ति) तथा **बाया** (शौर्य) का जन्म हुआ। जब **ज़्यूस** और **टाइटन्स** में भयंकर युद्ध चल रहा था, उस समय **स्टिक्स** अपने बच्चों को **ज़्यूस** की सहायता के लिए लाई थी। इससे देवता बहुत प्रसन्न हुए और उसका बहुत आदर किया। **स्टिक्स** के नाम से खाई हुई सौगन्ध देवता हर हाल में पूरी करने को बाध्य हैं। यदि कोई ऐसा नहीं करता तो उसका दण्ड है एक वर्ष की अचेतन अवस्था और उसके बाद स्वर्ग-लोक से नौ वर्ष का निर्वासन।

पर्सी का विवाह **एस्टरी** से हुआ जो **क्वास** और **फ़ीबी** की पुत्री थी। इस समागम से **हेकटी** का जन्म हुआ। **क्वास** और **फ़ीबी** की एक पुत्री **लीटो** भी थी।

यूरेनस देवताओं और दैत्यों के इस विशाल समुदाय पर बहुत समय तक निश्चिन्त होकर शासन नहीं कर सका। अपनी पत्नी **गी** (पृथ्वी) से उत्पन्न शक्तिशाली **टाइटन्स, साइक्लॉप्स** तथा सौ हाथवाले दैत्यों से वह सदा भयभीत रहता। सत्ता के लोभ में वह अपनी ही सन्तान से घृणा करने लगा। यह घृणा और भय इतना बढ़ गया कि **यूरेनस** ने बिना किसी कारण विशेष के केवल अपने सुरक्षित भविष्य के लिए अपने सभी पुत्रों तथा पुत्रियों को पृथ्वी के गर्भ में स्थित **टारटॉरस** नामक गहरे अँधेरे स्थान में कैद कर डाला। यह सूचना हमें **हीसियड** से मिलती है। **अपोलोडॉरस** के अनुसार **टारटॉरस** में केवल विद्रोही प्रकृति के **साइक्लॉप्स** तथा सौ हाथोंवाले दैत्यों को ही बन्दी बनाया गया था। **टाइटन्स** के विरुद्ध **यूरेनस** ने कोई ऐसा कदम नहीं उठाया था। वास्तविकता जो कुछ भी रही हो, इतना स्पष्ट है कि पृथ्वी अपनी सन्तान के प्रति उनके पिता **यूरेनस** के इस दुर्व्यहार से क्षुब्ध हो उठी। उसने अपने टाइटन पुत्रों को पिता से बदला लेने के लिए भड़काया। लेकिन **यूरेनस** शक्तिशाली था। किसी में भी उसका खुलेआम विरोध करने का साहस नहीं था। **टाइटन्स** ने चुप रहने में ही कुशल समझी। केवल **क्रॉनस** अथवा **सैटर्न** ही इस अत्याचार का प्रतिशोध लेने को तैयार हुआ। पृथ्वी ने उसे हँसिए के आकार का एक बड़ा मजबूत शस्त्र और विजयी होने का आशीर्वाद दिया। अपने

अस्त्र-शस्त्रों से सज्जित होकर **क्रॉनस** ने अकेले अथवा कुछ अन्य **टाइटन्स** के साथ **यूरेनस** पर अप्रत्याशित आक्रमण करके हँसिए से उसकी हत्या कर दी। रक्त की जो बूँदें पृथ्वी पर गिरीं उनसे **एरिनीज़** (मनुष्य को पाप का दण्ड देनेवाली शक्तियाँ), **मेलाया** तथा राक्षसों की एक पूरी जाति उत्पन्न हो गई। **यूरेनस** के शरीर के कटे हुए प्रजनन अंगों को **क्रॉनस** ने समुद्र में फेंक दिया। ऐसा कहा जाता है कि इन अंगों के गिर्द जमा हुए समुद्र के फेन से ही **ऐफ्रॉडायटी** अथवा रोम में **वीनस** के नाम से विख्यात सौन्दर्य की देवी का जन्म हुआ।

टाइटन्स ने तब अपने भाई **साइक्लॉप्स** को **टारटॉरस** से मुक्त कराया। इस उपकार के बदले में वह **क्रॉनस** की सत्ता स्वीकार करने को सहर्ष तैयार हो गए। इस प्रकार **क्रॉनस** सर्वसम्मति से विश्व-सम्राट् घोषित हो गया।

सैटर्न अथवा **क्रॉनस** (समय) ने एक लम्बी अवधि तक शान्तिपूर्वक राज्य किया। सम्राट् हो जाने पर उसने राज्य के विभिन्न विभाग अपने भाई-बहनों को सौंप दिए। उदाहरणार्थ संसार की सभी नदियों और विशाल सागर के शासन का भार **ओकिनास** तथा **टेथिस** को, तथा सूर्य और चन्द्रमा के दिशा-निर्धारण और अनुशासन का काम क्रमशः **हाइपिरियन** और **फ़ीबी** को सौंप दिया। **हीसियड** के अनुसार शक्ति हाथ में आ जाने पर **सैटर्न** ने **साइक्लॉप्स** तथा सौ हाथोंवाले दैत्यों को फिर से **टारटॉरस** में धकेल दिया। एक अन्य प्राचीन प्रचलित कथा के अनुसार **क्रॉनस** के राज्य में सब सुखी थे। पृथ्वी अपने आप प्रचुर अन्न, फल उपजाती थी, जो सभी को आवश्यकतानुसार मिल जाता। इस कारण पारस्परिक झगड़ों और कलह का प्रश्न ही नहीं उठता था। लोग समृद्ध थे किन्तु संयमित जीवन जीते और लम्बी आयु पाते थे। **क्रॉनस** का राज्यकाल पुराण-कथाओं का स्वर्ण-युग था।

क्रॉनस ने अपनी बहन **रिआ** से विवाह किया। **रिआ** का लैटिन नाम **ओप्स** है और उसमें तथा एण्टोलियन देवी **सिबीले** में काफ़ी सादृश्य है। पृथ्वी की देवी **गी** से **रिआ** को अलग करना कठिन है क्योंकि यदि **रिआ** स्वयं पृथ्वी नहीं थी तो भी पृथ्वी के देवी-देवताओं से उसका घनिष्ठ सम्बन्ध और सादृश्य था। ग्रीसवासियों ने उसके रूप में एक ऐसी दिव्य शक्ति की कल्पना की जो माँ की तरह दयालु, स्नेहशील, हितकारी और प्रजननशील हो। **रिआ** का माता के रूप में ही अधिक महत्त्व है। **रिआ** की **क्रीट** में बहुत मान्यता थी।

समय आने पर **रिआ** ने एक बालक को जन्म दिया। **क्रॉनस** अशान्त हो उठा। उसे याद आया उसके पिता **यूरेनस** ने मरते समय यह अभिशाप दिया था कि उसका पतन भी उसके अपने ही शक्तिशाली पुत्र के हाथों होगा। जिस अपवित्र परम्परा के बीज **क्रॉनस** बो रहा है उसका फल भुगतना पड़ेगा।

क्रॉनस शक्ति खोना नहीं चाहता था, भले ही उसे अपनी सन्तान से हाथ धोना पड़ जाए। नवजात शिशु को समाप्त कर देने का निश्चय करके वह **रिआ** के पास गया। **रिआ ने** सहर्ष बच्चा **क्रॉनस** की गोद में दे दिया। लेकिन यह क्या! **क्रॉनस** ने बच्चे को

मुँह में डाल लिया और **रिआ** के देखते ही बच्चा पल-भर में **क्रॉनस** के पेट में पहुँच गया। माता **रिआ** के क्रोध और दुख की सीमा न थी लेकिन वह **क्रॉनस** की शक्ति का सामना नहीं कर सकती थी। क्षुब्ध होकर उसे चुप रह जाना पड़ा। यह क्रम इसी प्रकार चलता रहा। जब भी **रिआ** किसी शिशु को जन्म देती, सूचना पाते ही **क्रॉनस** आता और बच्चे को समूचा निगल जाता। इसी तरह **हीसियड** के अनुसार **रिआ** ने पहले **हेस्टिया** फिर **डिमीटर** और **हेरा,** फिर **हेडीज़** और फिर **पॉसायडन** को जन्म दिया। सभी का वहीं अन्त हुआ। एक के बाद एक सब **क्रॉनस** अर्थात् समय के गर्भ में समा गए। **रिआ** की प्रार्थनाएँ और रुदन व्यर्थ गए। **क्रॉनस** का कठोर हृदय न पसीजा। अब **रिआ** ने चतुराई से काम लेने का निश्चय किया। जैसे भी हो इस बार वह अपने बच्चे को इस तरह नष्ट नहीं होने देगी। समय आने पर **रिआ** ने अपने तीसरे और सबसे छोटे पुत्र **जुपिटर** या **ज़्यूस** की **ऑर्केडिया** में जन्म दिया। अँधेरी काली रात में जन्म के बाद **नीडा** नदी में स्नान कराने के बाद **रिआ** ने बाल **ज़्यूस** को धरती माँ को सौंप दिया।

बच्चे के जन्म की सूचना पाते ही **क्रॉनस** आ पहुँचा। **रिआ** ने सदा की भाँति आतुर हो बच्चे के प्राणों की भिक्षा माँगी, रोई और अन्ततः बाध्य किए जाने पर कपड़ों की तह में लिपटा हुआ बच्चे के बराबर का एक पत्थर उसे दे दिया। **क्रॉनस** ने छानबीन नहीं की और उस पत्थर को निगल गया। इस तरह **ज़्यूस** अपने भाई-बहनों की भाँति **क्रॉनस** के उदर में समाने से बच गया।

रिआ ने **ज़्यूस** को मृत्यु के मुँह से तो बचा लिया, लेकिन गुप्त रूप से उसकी रक्षा और पालन-पोषण भी सरल नहीं था। माता पृथ्वी उसे क्रीट में स्थित **लिक्टास** में ले गई और वहीं **एगियन** पर्वत की **डिक्टे** गुफा में **ज़्यूस** का शैशव बीता। उसकी देखभाल के लिए राजा **मेलिसियस** की दो पुत्रियों **एड्रास्टिया** तथा **इओ** और **एमल्थिया** नामक एक बकरी की नियुक्ति हुई। **एमल्थिया** का अर्थ है कोमल। इसी बकरी के दूध से **ज़्यूस** तथा उसके साथी **पैन** का पालन हुआ। उन्हें खाने को मधु दिया जाता। अन्य स्रोतों के अनुसार समुद्र-कन्या **इओ** वास्तव में एक गाय थी जिसका दूध **ज़्यूस** को पिलाया जाता था और वनमक्खियाँ उसे मधु देती थीं। **ज़्यूस** ने वयस्क होने पर इन तीनों सागर-कन्याओं के प्रति अपना आभार प्रदर्शित किया। उसने **एमल्थिया** को नक्षत्र बनाकर अमरत्व प्रदान किया और **एमल्थिया** का एक सींग लेकर उपहार रूप में **मेलिसियस** (मधु-पुरुष) की दोनों पुत्रियों को दे दिया। यह सींग एक गाय के सींग के समान था और 'कानफ्रकोपिया' अथवा 'हार्न ऑफ एबण्डन्स' अर्थात् प्रचुरता का सींग के नाम से प्रसिद्ध है। इसकी यह विशेषता थी कि यह अपने स्वामी की इच्छानुसार भोजन विशेष अथवा पेय पदार्थ से भर जाता था।

ज़्यूस का स्वर्ण का पालना एक वृक्ष पर लटका रहता था। इस प्रकार वह न आकाश में था, न पृथ्वी पर और न जल में। किसी के लिए भी उसे खोज पाना कठिन था। **ज़्यूस के** पास **रिआ** के पुत्र **कुरेटीज़** अस्त्र-शस्त्रों से सज्जित होकर रहते थे। वे अपने शस्त्रों के संघट्टन से तीव्र ध्वनि करते, चीखते-चिल्लाते और ज़ोर-ज़ोर से युद्ध गीत गाते

ताकि **क्रॉनस** शिशु **ज़्यूस** के रोने की आवाज़ न सुन सके। उधर **क्रॉनस** अपने सभी बच्चों से इतनी सरलता से छुटकारा पा लेने के कारण बहुत खुश था। **यूरेनस** का शाप झूठा सिद्ध होगा और वह अनन्त काल तक राज्य-सुख का भोग करेगा। वह इस तथ्य से अनभिज्ञ था कि उसके पेट में **ज़्यूस** के स्थान पर एक पत्थर है, और जिसे वह मृत समझ रहा है वह उसका काल दूर **डिक्टे** की गुफा में दिन दूना रात चौगुना बढ़ रहा है। किन्तु कुछ समय बाद ही **क्रॉनस** को किसी तरह **ज़्यूस** के अस्तित्व का आभास मिल ही गया। **क्रॉनस** ने सोच-विचार कर **ज़्यूस** की हत्या कर देने का ही निश्चय किया और उसका पीछा किया लेकिन **ज़्यूस** ने अपने आपको एक सर्प और अपनी परिचारिकाओं को भालुओं के रूप में परिवर्तित कर दिया। **क्रॉनस** उन्हें पहचानने में असमर्थ रहा।

युवावस्था प्राप्त कर लेने पर **ज़्यूस** ने टाइटनैस **मेटिस** को खोज निकाला जो समुद्र के पास रहती थी। मेटिस ने उसे **रिआ** से मिलने और **क्रॉनस** का पानपात्र-वाहक पद पा लेने की सलाह दी। **ज़्यूस** अपनी माँ **रिआ** से मिला और दोनों ने मिलकर **क्रॉनस** के विरुद्ध षड्यन्त्र किया। **रिआ ने ज़्यूस** को कुछ वमनकारी औषधि तैयार करके दी। **ज़्यूस** ने **मेटिस** के परामर्श के अनुसार इस औषधि को **क्रॉनस** के मधु-युक्त पेय में मिला दिया। इसको पीते ही **क्रॉनस** वमन करने लगा। सबसे पहले उसके पेट से वह पत्थर निकला जो उसने शिशु समझकर निगल लिया था, और उसके बाद **ज़्यूस** के सभी बड़े भाई-बहन स्वस्थ अवस्था में बाहर आ गए। उन सबने **ज़्यूस** को धन्यवाद दिया और **टाइटन्स** के विरुद्ध युद्ध में उसका पूरा साथ देने का वचन दिया। **क्रॉनस** अब युवावस्था लाँघ चुका था, अतः **टाइटन्स** का नेतृत्व असाधारण शारीरिक शक्तिवाले **एटलस** ने अपने हाथ में ले लिया। **ज़्यूस** तथा **टाइटन्स** का यह युद्ध दस वर्ष तक चला।

माता पृथ्वी ने यह भविष्यवाणी की कि **टारटॉरस** में बन्द कैदियों की सहायता लेने पर ही **ज़्यूस** की विजय सम्भव होगी। अतः **ज़्यूस टारटॉरस** गया। **टारटॉरस** की भयंकर द्वारपालिका **कैम्पी** को मारकर उसकी चाबियाँ लेकर **ज़्यूस ने साइक्लॉप्स** तथा सौ हाथ वाले दैत्यों को मुक्त किया। **साइक्लॉप्स** ने इस महान् उपकार के बदले में **ज़्यूस** को वज्र बनाकर दिया। यह **ज़्यूस** का अमोघ अस्त्र था और इसका निर्माण **साइक्लॉप्स** के अतिरिक्त और कोई नहीं कर सकता था। उन्होंने **हेडीज़** को अन्धकार का टोप और **पॉसायडन** को त्रिशूल दिया। इन शस्त्रों की सहायता से **ज़्यूस** और उसके साथी अदम्य साहस से **टाइटन्स** से लड़े। बड़ा भयंकर युद्ध था। अमर योद्धाओं के शस्त्रों के संघट्टन से पृथ्वी और आकाश काँपने लगे। हाहाकार मच गया। **ज़्यूस** (जुपिटर), **हेडीज़** (प्लूटो) तथा **पॉसायडन** (नेपच्यून) ने मिलकर **क्रॉनस** पर आक्रमण किया, उसके हथियार छीन लिए और उस पर वज्राघात किया। सौ हाथवाले दैत्यों ने बड़ी-बड़ी चट्टानें उठाकर शत्रुओं को मारना शुरू किया। थिसली में, जिसे इस युद्ध का स्थल माना जाता है, आज भी वे चट्टानें इधर-उधर अस्वाभाविक रूप से लुढ़की पड़ी हैं। **पैन** ने अपने मुँह से ऐसी भयंकर आवाज़ें कीं कि संत्रस्त **टाइटन्स** घबड़ाकर दौड़ने लगे। देवताओं ने दूर तक उनका पीछा किया। जो **टाइटन्स** बन्दी हुए उन्हें **टारटॉरस** में धकेल दिया गया। दस

वर्ष के भयानक युद्ध और संहार के बाद विजयश्री **ज़्यूस** के हाथ लगी।

अमरलोक का वासी **क्रॉनस** दिव्य पुरुष था, अतः उसकी हत्या नहीं हो सकती थी। वह अपने कुछ साथियों के साथ स्वर्ग से निर्वासित किए जाने पर सुदूर पश्चिम में जाकर बस गया। **प्लूटार्क** की एक दिलचस्प कहानी के अनुसार ब्रिटेन के पास एक पवित्र द्वीप में **क्रॉनस** अपने साथियों के साथ सोया है और **ब्रायेरिअस** दैत्य उनकी रक्षा कर रहे हैं। क्योंकि **क्रॉनस** का राज्य काल स्वर्ण युग कहा जाता है, अतः ऐसे महान् और उदार शासन की सत्ता-पुनर्स्थापन की कल्पना स्वाभाविक ही थी। कुछ लोगों ने उसे स्वर्गिक-द्वीप का शासन माना है जबकि अन्य विद्वानों ने इस कथा को युक्तियुक्त बनाने के लिए **क्रॉनस** को पश्चिम का सम्राट् माना। **ज़्यूस** से बचकर वह **इटली** में आकर बस गया और वहीं पर उसने एक नगर की नींव डाली जिसे **सैटर्निया** (क्रॉनस का लैटिन नाम सैटर्न है) कहा गया। यहीं पर बाद में रोम की स्थापना हुई।

इस युद्ध में कुछ **टाइटन्स** ने भी **ज़्यूस** का साथ दिया। उनमें **प्रमीथ्यु, निमाज़नी, थेमिस** प्रमुख थे। अन्य **टाइटन्स** को दंडित किया गया। **टाइटन्स** के सेनापति **एटलस** को आकाश अपने कन्धों पर उठाकर खड़े रहने की आज्ञा दी गई। तभी से आकाश **टाइटन एटलस** के कन्धों पर टिका है। इस भार से **एटलस** कभी भी छुटकारा न पा सका। अन्त में इस व्यथा का अन्त वीर **परसियस** के हाथों हुआ।

ज़्यूस देव-सम्राट् के सिंहासन पर आसीन हुआ। वह पत्थर जिसे **क्रॉनस** ने **ज़्यूस** समझकर निगला था स्वयं **ज़्यूस** द्वारा **डेल्फ़ी** में स्थापित कर दिया गया। यह आज भी वहीं है और उसे नियमित रूप से तेल से अभिषिक्त किया जाता है।

नव-स्थापित इस देव-परिवार में बारह प्रमुख देवता थे। इन देवी-देवताओं की आराधना रोम में भिन्न नामों से की जाती थी। ये इस प्रकार थे : 1. **ज़्यूस**–जिसे रोमवासियों ने **जुपिटर** का नाम दिया और जिसे साधारणतया **जोव** भी कहा जाता है। **ज़्यूस** देव-प्रमुख है। उसका आदेश सर्वमान्य है। 2. **पॉसायडन**–जो समुद्र का देवता है। शक्तिशाली है। **ज़्यूस** का समकक्ष है किन्तु उसके अधिकार-क्षेत्र में हस्तक्षेप नहीं करता। **पॉसायडन** का रोमन नाम **नेपच्यून** है। 3. भूगर्भ का देवता **हेडीज़** अथवा **प्लूटो। टारटॉरस** इसका राज्य है। इसे धन का देवता भी माना जाता है। 4. **हेस्टिया** अथवा **वेस्टा–ज़्यूस** की बड़ी बहन है। प्राचीन ग्रीस में कुमारियों में इसकी बड़ी मान्यता थी किन्तु समयान्तर से **हेस्टिया** की पवित्र अग्नि ठंडी पड़ गई। 5. **हेरा**–देव सम्राट् **ज़्यूस** की धर्मपत्नी। गरिमामयी किन्तु **ज़्यूस** के कामुक स्वभाव के कारण सदा शंकाग्रस्त। **हेरा** का रोमन नाम **ज्यूनो** है। 6. **एरीज़** अथवा **मार्स**–युद्ध का देवता, **ज़्यूस** तथा **हेरा** का पुत्र। 7. **एथीनी**–**ज़्यूस** के सिर से उत्पन्न होने के कारण विशेष महत्त्वपूर्ण एवं बुद्धिमत्ता की देवी के रूप में प्रसिद्ध है। **एथीनी** कुशल योद्धा भी है और हस्तकलाओं तथा पाक-विद्या की संरक्षिका भी। इसका रोमन नाम है **मिनर्वा**। 8. **अपोलो**–संगीत का देवता। समयान्तर से **हीलियस** को अपदस्थ कर सूर्य-देवता के रूप में विख्यात हुआ। 9. सौन्दर्य की देवी **एेफ्रॉडायटी** अथवा **वीनस**। 10. **ज़्यूस** का पुत्र एवं सन्देशवाहक **हेमीज़** जिसे रोम में **मर्करी** के नाम

से जाना गया। 11. आखेट की कुमारी देवी **आर्टेमिस** अथवा **डायना। 12. हेरा** का पुत्र, **ओलिम्पस** का कुशल शिल्पी **हेफ़ास्टस** जिसका रोमन नाम **वल्कन** है।

ये बारह प्रमुख देवी-देवता थे जो **टाइटन्स** के पतन के बाद शक्ति में आए। इनको ओलम्पियन कहा जाता है क्योंकि इनका निवास-स्थान **ओलिम्पस** था। यह **ओलिम्पस** क्या था अथवा कहाँ स्थित था निश्चित रूप से नहीं कहा जा सकता। पहले कुछ ऐसी धारणा थी कि **थिसली** का **ओलिम्पस** पर्वत ही देवताओं का घर था जो ग्रीस देश के उत्तर-पूर्व में स्थित है। **होमर** के **'इलियड'** से भी दो भिन्न धारणाएँ बनती हैं। जहाँ **ज़्यूस** सबसे ऊँची चोटी से देवताओं से बात करता है, वहाँ स्पष्टतया **ओलिम्पस** को एक पर्वत माना गया है। किन्तु इसी ग्रन्थ में कुछ ही बाद **ज़्यूस** यह घोषणा करता है कि यदि वह चाहे तो पृथ्वी और समुद्र को **ओलिम्पस** के शिखर से बाँधकर लटका दे। किसी भी ऐसे पर्वत की कल्पना बुद्धिगम्य नहीं जिस पर धरती और सागर को लटकाया जा सके। तो फिर यह **ओलिम्पस** है क्या? सम्भवतः यह शब्द आकाश के अर्थ में प्रयुक्त हुआ हो। लेकिन ऐसा भी नहीं है। **होमर** का **पॉसायडन** या **नेपच्यून** एक स्थान पर कहता है कि समुद्र पर उसका राज्य है, आकाश में **ज़्यूस** का शासन है और पाताल में **हेडीज़** का, लेकिन **ओलिम्पस** पर सबका समान अधिकार है।

स्थिति कुछ भी हो **ओलिम्पस** का वैभव कल्पनातीत है। **ओलिम्पस** का द्वार बादलों से बना था और उस पर ऋतुएँ पहरा देती थीं। अन्दर देवताओं के विशाल सुन्दर महल थे। आमन्त्रण मिलने पर अथवा विचार-विमर्श की आवश्यकता पड़ने पर सभी देवता ओलिम्पयन सम्राट् **ज़्यूस** के महल में एकत्र हो जाते। वे देवाहार ग्रहण करते, अमृत का पान करते और अपोलो के संगीत में खो जाते। **म्यूज़ेज़** की मधुर आवाज़ का जादू उन्हें मन्त्रमुग्ध करता। जब सूर्य पश्चिम में संध्या समय डुबकी लगाता तभी वे अपने-अपने घरों को लौटते और विश्राम करते।

होमर की **ओडिसी** के अनुसार इस अद्भुत देश में न झंझावात उठते, न भयंकर शीत आता, न पाला पड़ता। बादलों से रहित नीले आकाश के सूरज की लुभावनी सुनहली धूप में **ओलिम्पस** फूल-सा खिला रहता।

ज़्यूस

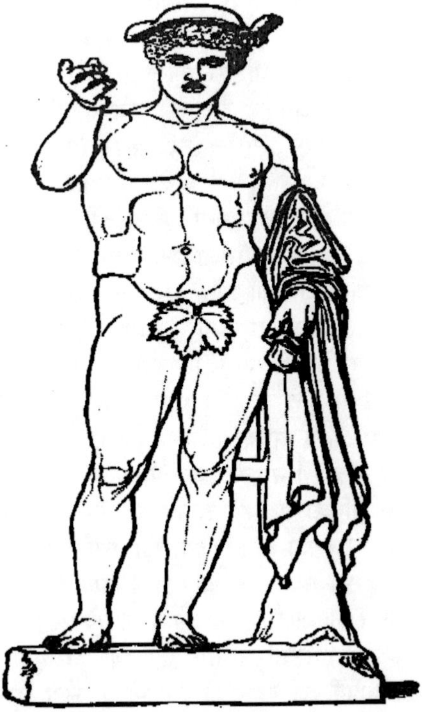

ज़्यूस (कान्तिमान), जुपिटर अथवा जोव ओलिम्पस के देवताओं का सम्राट, विश्व का नियन्त्रणकर्ता, मानवता का प्रतिपालक, सत्य का रक्षक, आकाश के वृत्त का एकमात्र स्वामी था। यद्यपि पृथ्वी और समुद्र पर उसके भाइयों का शासन था फिर भी परोक्ष रूप से सृष्टि के सभी विभागों पर **ज़्यूस** का निमन्त्रण था। ज़्यूस द्वारा समुद्र देवता **पॉसायडन** तथा मृत्यु देवता **हेडीज़** एवं अन्य देवी-देवताओं के कार्यक्षेत्र में हस्तक्षेप किए जाने के उदाहरण कम ही मिलते हैं किन्तु यह स्पष्ट है कि उसकी सर्वोच्च सत्ता, **ओलिम्पस** के सभी देवताओं को मान्य थी। उसकी शक्ति असाधारण एवं अजेय थी। **होमर** के 'इलियड' में एक स्थान पर वह देव-परिवार को बताता है कि यदि वे सारे मिलकर आकाश से स्वर्ण-रस्सी बाँधकर **ज़्यूस** को नीचे खींच लाना चाहें तो यह उनके लिए सम्भव न होगा। इसके विपरीत यदि **ज़्यूस** अन्य देवताओं को नीचे गिराना चाहे तो वह अकेला ही इसमें समर्थ है। इतना ही नहीं, वह चाहे तो पृथ्वी और समुद्र को **ओलिम्पस** की एक चोटी से बाँधकर लटका दे।

असाधारण शौर्य और साहस के बल पर ही **ज़्यूस** ने **क्रॉनस** तथा अन्य शक्तिशाली **टाइटन्स** को परास्त किया। **ओलिम्पस** के सभी देवता उसके भय से थर-थर काँपते और उसे अप्रसन्न करने का दुस्साहस नहीं कर सकते थे। जब वह क्रोध में पैर पटकता तो सारा **ओलिम्पस** थर्रा उठता। केवल भाग्य की देवियाँ ही ऐसी दुर्धर्ष शक्तियाँ थीं जिनके

आगे **ज़्यूस** की भी नहीं चलती थी। अद्वैतवाद के अनुयायियों ने तो **ज़्यूस** को ईश्वर ही मान लिया। किन्तु यह स्मरणीय है कि प्राचीन स्रोतों से हमें जितना भी विवरण प्राप्त है उसके अनुसार **ज़्यूस** न तो सर्वशक्तिमान है, न सर्वज्ञ त्रिकालदर्शी और न सर्वव्यापी जो कि ईश्वर के विशेष गुण हैं। मनुष्य एवं अन्य देवताओं की तुलना में उसकी शक्ति अवश्य ही असाधारण थी किन्तु उसका विरोध भी किया जा सकता था, चतुराई से धोखा भी दिया जा सकता था। मानव की भाँति वह भी सुख-दुख, आशा-निराशा, क्रोध आदि संवेगों का अनुभव करता और कामासक्ति तो उसकी विशिष्टता ही थी।

ज़्यूस का सम्बन्ध मुख्यतः वर्षा, मेघगर्जना एवं तड़ित से था। इसी कारण **ज़्यूस** को उन वस्तुओं से भी सम्बद्ध कर दिया गया जिन पर वर्षा और मौसम का प्रभाव पड़ता है जैसे कि पृथ्वी की उपजाऊ शक्ति। **ज़्यूस** की मुख्य उपाधियाँ–हेटियॉस (वर्षक), यूरियॉस (अनुकूल वायु को भेजनेवाला), ऐस्ट्राथियॉस (बिजली चमकानेवाला), ब्रान्टन (गर्जना करनेवाला), तथा जियार्जस (कृषक) आदि भी इस मत की पुष्टि करते हैं। **ज़्यूस** की उपासना इतने विस्तृत क्षेत्र में प्रचलित थी कि प्रकृति के लगभग प्रत्येक रूप से उसका सम्बन्ध जोड़ दिया गया। **होमर** की कृतियों में राजनैतिक जीवन पर भी उसका प्रभाव स्पष्ट है। राजा-महाराजा इसी उच्चतम सत्ताधारी से शक्ति प्राप्त करते। पाताल भी उसका अधिकार क्षेत्र था और **हेडीज़** को 'दूसरा ज़्यूस' एवं 'पाताल का ज़्यूस' कहा गया।

साहित्य और कला में **ज़्यूस** को एक तेजस्वी गरिमा-सम्पन्न, सुदृढ़ एवं सुन्दर शरीर वाले व्यक्ति के रूप में दिखाया गया है। उसके बाल घुँघराले और लम्बे हैं, आँखें दीप्त। कमर से नीचे तक का भाग ढँका है। वह एक स्वर्ण सिंहासन पर आसीन है। उसके हाथ में वज्र अथवा राजदण्ड है और दूसरे में **नाइकी** अथवा विक्टोरिया अर्थात् विजय की मूर्ति है। **नाइकी** स्वयं भी सदा उसकी सेवा में प्रस्तुत रहती थी। **ज़्यूस** को अपनी इस सेविका से बहुत लगाव था और इसी कारण वह उसकी एक प्रतिकृति सदा अपने हाथ में रखता था। विजय सदा उसके हाथ ही रही। **ज़्यूस** के पास ही शक्ति का प्रतीक गरुड़ भी सदा रहता था। सौ जिह्वावाली यश की देवी **फ़ामा** भी सदा **ज़्यूस** की प्रत्येक आज्ञा का अक्षराक्षर पालन करने को प्रस्तुत रहती। **ज़्यूस** के दूसरी ओर सदा घूमते हुए पहिए पर स्थित सौभाग्य की देवी **फ़ारच्यूना** खड़ी रहती। इनके अतिरिक्त यौवन की देवी **हीबी,** जो **ज़्यूस** की पुत्री भी थी, सदा अपने पिता के संकेत पर उसके पात्र में अमृत ढालने को प्रस्तुत रहती। किसी कारणवश बाद में **हीबी** को पदच्युत करके पानपात्रवाहक के रूप में **ट्रॉय** के शासक के सुन्दर किशोर पुत्र **गैनीमीड** को नियुक्त कर दिया गया।

ज़्यूस के दो विशिष्ट शस्त्र थे–वज्र और ईजिस। ईजिस सम्भवतः एक प्रकार का कवच था। ग्रीसवासियों ने अनुमानतः वज्र की कल्पना चमकती हुई बिजली को देखकर की। उनका विचार था कि इस चमक के साथ ही कोई बड़ा भारी, विशाल और नुकीला शस्त्र शत्रु पर वार करने के लिए फेंका जाता है। सम्भवतः इस शस्त्र में पंख भी लगे होते हैं। **ज़्यूस** का यह शस्त्र जिस पर गिरता उसका अन्त निश्चित था। ईजिस का अर्थ है बकरी की खाल। बालोंवाली खाल से प्राचीन काल में एक प्रकार का लबादा-सा तैयार

किया जाता था जो सर्दी और शत्रु के वार से बचाता। ग्रीस में कृषक आज भी ऐसा पहनावा पहनते हैं। **ज़्यूस** के सम्बन्ध में बकरी की खाल का कोट एक प्रकार का कवच माना जा सकता है। देव-सम्राट द्वारा धारण किए जानेवाले इस कवच में दिव्य शक्ति थी और शत्रु उसे देखते ही भाग खड़े होते थे। वर्षा के देवता द्वारा पहने जाने के कारण इसका अर्थ मेघ से भी लगाया गया है।

वज्र एवं ईजिस से सज्जित **ज़्यूस,** जिसकी विजय, यश और समृद्धि की देवियाँ सेवा करती थीं, जब **टाइटन्स** को परास्त करके **ओलिम्पस** के देवताओं का सम्राट हुआ तो सबसे पहले उसने विजित साम्राज्य को शासन की सुविधा के लिए कुछ भागों में बाँट देने का निश्चय किया। इस विभाजन के अनुसार **पॉसायडन** के हिस्से में आया समुद्र और पाताल का शासक **हेडीज़** घोषित हुआ। अन्तरिक्ष का स्वामी स्वयं **ज़्यूस।** पृथ्वी और **ओलिम्पस** पर सबका समान अधिकार रहना निश्चित हुआ।

ग्रीक समाज में बहु-विवाह की प्रथा नहीं थी। अतएव यद्यपि **ज़्यूस** की प्रेमिकाएँ अनगिनत थीं, उसकी विधिसम्मत पत्नी **हेरा** ही थी। माता **रिआ ज़्यूस** के स्वभाव से परिचित थी। उसे भय था कि **ज़्यूस** की कामुक प्रवृत्ति के कारण कहीं **ओलिम्पस** पर गृह कलह न हो जाए। उसने **ज़्यूस** को विवाह करने से रोका। किन्तु इस पर **ज़्यूस** ने उसका अपमान किया और **क्रॉनस** तथा **रिआ** की पुत्री, अपनी बहन **हेरा** से विवाह कर लिया। **ज़्यूस** एवं **हेरा** के संयोग से युद्ध-देवता **एरीज़,** यौवन की देवी **हाबी,** और शिशु-जन्म के समय स्त्रियों की सहायता करनेवाली देवी **एलीथिया** का जन्म हुआ।

एथीनी का जन्म

हीसियड के अनुसार **ज़्यूस** की पहली सहगामिनी **मेटिस** अर्थात् प्रज्ञा थी। यह प्रेम-सम्बन्ध ही **मेटिस** के अन्त का कारण बना। माता पृथ्वी ने यह भविष्यवाणी की कि **मेटिस** की कोख से पहले एक पुत्री और फिर एक ऐसे पुत्र का जन्म होगा जो अपने पिता को अपदस्थ करके अपना प्रभुत्व स्थापित करेगा। **ज़्यूस** चिन्तित हो उठा। मानव की भाँति देवताओं को भी सत्ता का लोभ होता है। एक बार शक्ति और समृद्धि पाकर कौन उसे छोड़ना चाहेगा। **ज़्यूस** ने अपने पिता **क्रॉनस** की तरह भूल नहीं की। जब **मेटिस** को पहली बार गर्भ हुआ तो शिशु-जन्म से पूर्व **ज़्यूस** ने **मेटिस** को ही निगल लिया। **मेटिस** का आकार मिट गया किन्तु **ज़्यूस** के कथनानुसार वह बाद में भी उसके पेट से ही उसे प्रत्येक समस्या को सुलझाने में सहायता करती रही। इस रूपक का सम्भवतः यह अर्थ है कि प्रज्ञा सदैव देव-प्रमुख के भीतर विद्यमान रहती है।

एक दिन जब **ज़्यूस ट्रिटन** झील के किनारे विचरण कर रहा था, अचानक उसके सिर में पीड़ा होने लगी। धीरे-धीरे इस पीड़ा ने इतना भयंकर रूप धारण कर लिया कि **ज़्यूस** चीखने-चिल्लाने लगा। उसका सिर जैसे फटा जा रहा था। **ज़्यूस** के आर्तनाद से आकाश हिल उठा। सभी देवी-देवता दौड़े आए। **हेमीज़** ने आते ही **ज़्यूस** की इस

असहनीय शिरोवेदना का कारण जान लिया। बालिका के जन्म का समय आ गया था। तत्काल **हेमीज़** ने **हेफ़ास्टस** से एक मूसल और खूँटा मँगवाया और उनसे **ज़्यूस** के सिर में दरार कर दी। इस दरार से **एथीनी** उछलकर बाहर आ गई। **एथीनी** अस्त्र-शस्त्र से सज्जित थी और तुमूल युद्धघोष करती हुई भाला घुमा रही थी। उसका यह भयंकर रूप देखकर सारी सृष्टि काँप उठी, सूर्य तक पल-भर को स्तब्ध खड़ा रह गया। जब उसने अपना कवच उतारा तब सूर्य में गति हुई और देवताओं की समझ में आया कि **ओलिम्पस** पर एक नई देवी का जन्म हुआ है।

देवताओं का विद्रोह

शक्ति पाकर **ज़्यूस** की निरंकुशता और अभिमान बहुत बढ़ गए। देवता उसकी उद्दंडता से क्रुद्ध थे। उधर **हेरा** अपने पति के नित नए प्रेम-सम्बन्धों से दुखी थी। देव सम्राज्ञी के समर्थन से **अपोलो** एवं **पॉसायडन** आदि देवताओं ने मिलकर **ज़्यूस** के विरुद्ध षड्यन्त्र किया। कुछ स्रोतों के अनुसार इस षड्यन्त्र में **हेस्टिया** के अतिरिक्त सभी शामिल थे। एक अन्य विचारधारा यह है कि केवल **हेरा, पॉसायडन** और **एथीनी** ने ही **ज़्यूस** के विरुद्ध विद्रोह किया। **ज़्यूस** और **पॉसायडन** की शत्रुता का कोई विशेष कारण नहीं मिलता यद्यपि उनके सम्बन्ध कभी भी बहुत मैत्रीपूर्ण नहीं थे। **हेरा** की स्त्री-सुलभ ईर्ष्या भी समझ में आती है किन्तु **एथीनी** का इस षड्यन्त्र में भाग लेना कुछ युक्तिसंगत नहीं जान पड़ता। साहित्य में पिता-पुत्री का सम्बन्ध सदैव बड़ा सहृदयतापूर्ण दिखाया गया है। सम्भव है सत्ता के लोभ के कारण यह विद्रोह हुआ हो।

एक दिन जब **ज़्यूस** गहरी नींद में सो रहा था, षड्यन्त्रकारियों ने उसे घेर लिया और चर्मरज्जुओं से उसे सौ गाँठें लगाकर बिस्तर से ही कसकर बाँध दिया। **ज़्यूस** हिलने में भी असमर्थ था, फिर भी वह देवताओं को धमकाता रहा कि वह उन सबको मार डालेगा। देवतागण खूब हँसे। **ज़्यूस** का वज्र उसकी पहुँच के बाहर था। जब देवता अपना विजय उत्सव मना रहे थे, **थेटिस ओलिम्पस** पर गृह-युद्ध के लक्षण देखकर आशंकित हो उठी। वह तत्काल **ज़्यूस** की सहायता के लिए सौ हाथोंवाले **ब्रायेरियस** को लेकर आ पहुँची। **ब्रायेरियस** ने पलक झपकते अपने सौ हाथों के प्रयोग से सारी गाँठें खोल डालीं। अब **ज़्यूस** स्वतन्त्र था। देवताओं के लज्जाजनक समर्पण के लिए इतना ही पर्याप्त था। इस षड्यन्त्र में **ज़्यूस** की पत्नी **हेरा** का मुख्य हाथ था, अतः कठोरतम दण्ड उसी को दिया गया। उसके हाथों में सोने की हथकड़ियाँ पहनाकर उसे आकाश से लटका दिया गया और दोनों पैरों में लोहे के भारी टुकड़े बाँध दिए गए। **हेरा** हृदय-भेदी स्वर में आर्तनाद करती रही किन्तु किसी देवता में उसे मुक्त कराने का साहस न था। **ज़्यूस** ने घोषणा की कि वह **हेरा** को तभी मुक्त करेगा यदि सभी देवता भविष्य में कभी उसके विरुद्ध विद्रोह न करने की शपथ लें। विवश होकर सभी देवताओं ने बारी-बारी से वचन दिया और तभी कहीं जाकर **हेरा** का उस असह्य पीड़ा से छुटकारा हुआ। **ज़्यूस** के

विधान से **अपोलो** तथा **पॉसायडन** को पृथ्वी पर राजा **लाओमीडन** के दास के रूप में रहना पड़ा। इन दोनों देवताओं ने दासत्व की इस अवधि में ही **ट्रॉय** की अभेद्य दीवारें बनाने में राजा की सहायता की। अन्य देवताओं को कोई दण्ड नहीं दिया गया क्योंकि इस षड्यन्त्र में उन्होंने सक्रिय भाग नहीं लिया था।

ज़्यूस तथा प्रमीथ्यु

आप पहले पढ़ चुके हैं कि सृष्टि की रचना के समय **एरॉस** ने अपने बाणों से भेद कर पृथ्वी को परिष्कृत किया था। इसके फलस्वरूप अब चारों ओर हरियाली थी और जीवन के चिह्न दृष्टिगोचर होते थे। **एरॉस** के साथ **प्रमीथ्यु** एवं **एपीमीथ्यु** इन दोनों भाइयों ने भी धरती के प्राणियों की रचना में अपनी निधियाँ मुक्त कर से लुटाई थीं। पशु-पक्षियों को मूल-प्रवृत्तियाँ इन्हीं दोनों भाइयों ने प्रदान कीं जिनसे वे अपने जीवन का आनन्द उठा सकें और अपनी रक्षा कर सकें। झूमते वृक्षों, चहकते पक्षियों, स्वच्छन्द विचरण करते पशुओं और कलकल निनाद करते झरनों से पृथ्वी का पूर्ण रूपान्तर तो हो गया किन्तु अब एक ऐसी कृति की कमी महसूस की गई जो इस प्राकृतिक सौन्दर्य का रसास्वादन कर सकें, जो इन निधियों का उपभोग कर सकें और जो पृथ्वी के सभी प्राणियों से उत्कृष्ट हो। सारांश यह कि अब मानव की आवश्यकता हुई। और इस काम के लिए, कुछ लेखकों के अनुसार नियुक्त किया गया **प्रमीथ्यु** को।

टाइटन **इथेपिटस** ने समुद्र-कन्या **क्लिमिनी** से विवाह किया। उनके चार पुत्र हुए– **एटलस, मेनीटियस, प्रमीथ्यु** (पूर्व विचार) तथा **एपीमीथ्यु** (पश्च विचार)। **टाइटन्स** तथा ओलिम्पियन देवताओं के युद्ध में **एटलस** तथा मेनीटियस ने टाइटन **क्रॉनस** का साथ दिया। **मेनीटियस ज़्यूस** के वज्र का शिकार हुआ और **एटलस** को आकाश कन्धों पर उठाकर खड़े रहने का दण्ड दिया गया। बुद्धिमान **प्रमीथ्यु** ने अपनी दूरदृष्टि से युद्ध के परिणाम का पहले ही अनुमान लगा लिया था। अतः उसने **ज़्यूस** का साथ देने का निश्चय किया और **एपीमीथ्यु** को भी ऐसा ही करने की प्रेरणा दी। इस युद्ध में, जैसा कि पहले बताया जा चुका है, विजयश्री ने **ओलिम्पस** के देवताओं का वरण किया। **प्रमीथ्यु** सर्वाधिक विवेकशील एवं दूरद्रष्टा टाइटन घोषित किया गया। **ओलिम्पस** ने उसका सम्मान किया और मानव की रचना का भार उसी को सौंपा।

प्रमीथ्यु पृथ्वी के अन्य प्राणियों पर अपना बुद्धि-कौशल एवं अपनी निधियाँ इतनी व्यय कर चुका था कि मनुष्य की रचना उसके लिए एक समस्या हो गई। बहुत सोच-विचार के बाद अन्ततः उसने मानव की संरचना देवताओं की प्रतिकृति के रूप में करना निश्चय किया। इस प्रतिकृति के निर्माण में प्रयोग हुआ माटी का। देवताओं की-सी आकृतिवाले ये मिट्टी के पुतले जब बनकर तैयार हुए तो **एरॉस** ने उनमें जीवन फूँका और **एथीनी** ने आत्मा दी। सृष्टि स्रष्टा का अंश है, कलाकृति कलाकार का, बालक माता-पिता का। अपने अंश से वियुक्ति कैसी! **प्रमीथ्यु** को दिन-रात मानवजाति को

अधिकाधिक सुखी, समृद्ध, सभ्य एवं सुसंस्कृत बनाने की चिन्ता लगी रहती। देवताओं की इस प्रतिकृति को वह देवताओं का-सा ही स्पृहणीय जीवन देना चाहता था। उसने **एथीनी** से सीखी हुई सभी विद्याएँ—भवन निर्माण कला, नक्षत्र-विद्या, गणितशास्त्र, नौका-परिचालन, औषधि-शास्त्र, आदि मनुष्य को सिखा दीं। भय हुआ कि कहीं मनुष्य देवताओं का समकक्ष न बन जाए। **ज़्यूस** आशंकित हो उठा। इस विलक्षण-जीव के बुद्धि-वैभव से कहीं **ओलिम्पस** के वैभव पर संकट न आ जाए। **ज़्यूस** का मानवता से अभी कुछ विशेष सम्बन्ध नहीं था और न ही उसके प्रति पिता का-सा अनुराग। वह इस प्राणी की शक्ति अनुशासित करने के प्रश्न पर विचार ही कर रहा था कि एक और अप्रिय घटना घट गई जिससे **ज़्यूस** और **प्रमीथ्यु** के बीच सौहार्द बिल्कुल ही समाप्त हो गया।

एक दिन **सीक्यान** में यह विवाद उठ खड़ा हुआ कि मनुष्य द्वारा बलि किए गए बैल के शरीर का कौन-सा भाग देवताओं को अर्पित किया जाए और कौन-सा भाग मनुष्यों के उपयोग में आए। समस्या का समाधान न हो पाने पर मानवजाति के स्रष्टा **प्रमीथ्यु** को मध्यस्थ बनाया गया और यह निश्चित हुआ कि उसका निर्णय मानवों और देवताओं दोनों को मान्य होगा। **प्रमीथ्यु** को तो सदा ही मानव-हित की चिन्ता लगी रहती थी। उसे सुअवसर मिला। लेकिन देवताओं को कैसे चकमा दिया जाए? **प्रमीथ्यु** की चाह ने राह ढूँढ़ ली। उसने एक बैल को मारकर उसकी खाल के दो थैले सिले। एक थैले में बलि-पशु का सारा मांस भरकर ऊपर पेट का भाग रख दिया जो कि पशु के शरीर का निकृष्ट भाग होता है। दूसरे थैले में सारी अस्थियाँ भरकर उनके ऊपर चर्बी की एक मोटी तह लगा दी। इतना कर चुकने पर उसने **ज़्यूस** को दोनों थैलों में से कोई एक चुन लेने को आमन्त्रित किया। ओलिम्पस का सम्राट धोखा खा गया। उसने चर्बी की मोटी प्रलोभक तह पर हाथ रख दिया और प्रज्ञाशील **प्रमीथ्यु** मन-ही-मन मुस्करा दिया। चर्बी की तह के नीचे लगे हड्डियों के ढेर को देखकर **ज़्यूस** आग-बबूला हो उठा। **टाइटन्स** जिसके नाम से थर-थर काँपते, जिसके पदाघात से पृथ्वी सिहर उठती, प्रकृति की समस्त शक्तियाँ जिसकी अभ्यर्थना करतीं, उस महातेजस्वी देव-सम्राट **ज़्यूस** का ऐसा अपमान! मानव और उसके स्रष्टा दोनों को इस धृष्टता का मूल्य चुकाना होगा। **ज़्यूस** मनुष्य को अग्नि से वंचित कर देगा। 'ठीक है! मनुष्य सदा कच्चा मांस ही खाए।' **ज़्यूस** ने क्रोध से गरजते हुए निर्णय दिया और **ओलिम्पस** वापस लौट गया।

प्रमीथ्यु उदास हो गया। वह मानव को पृथ्वी के सभी प्राणियों से श्रेष्ठतर बनाकर उन्हें देवताओं के समान सक्षम देखना चाहता था। वह उन्हें धातु-कर्म आदि विद्याएँ सिखाना चाहता था जिससे मनुष्य विविध अस्त्र-शस्त्रों का निर्माण करके अपने हित और सुरक्षा के लिए उनका उपयोग कर सके। लेकिन यह अग्नि के बिना कैसे सम्भव होगा? क्या देवता अपने इस विशेषाधिकार का उपभोग मानव को सदिच्छा से करने देंगे? क्या देवलोक का कोई भी वासी **ज़्यूस** की आज्ञा का उल्लंघन करने का साहस करेगा? असम्भव! तो फिर मानवोत्थान के चरम उत्कर्ष का **प्रमीथ्यु** का स्वप्न क्या होगा? क्या

उसकी मधुर कल्पना यों ही बिखर जाएगी? नहीं। वह मनुष्य को पशुओं का-सा जीवन नहीं जीने देगा। श्रेष्ठ व्यक्ति किसी भी काम को आरम्भ करके अधूरा नहीं छोड़ते। **प्रमीथ्यु** अपने स्वप्न को साकार करने के लिए अपने प्राणों की बाज़ी लगा देगा। वह **ज़्यूस** की शक्ति से टक्कर लेगा। **प्रमीथ्यु** ने अमर लोक से अग्नि चुराकर लाने का निश्चय कर लिया। **प्रमीथ्यु** भली-भाँति जानता था कि यह काम कितना कठिन है और यदि इसमें सफलता मिल भी जाती है तो **ज़्यूस** की प्रचंड क्रोधाग्नि दोषी को जलाकर राख कर देगी। लेकिन **प्रमीथ्यु** का निश्चय अटल था। उसमें तर्क-वितर्क और सन्देह के लिए स्थान नहीं। दूसरे ही पल वह **ओलिम्पस** की ओर बढ़ा चला जा रहा था।

रात्रि के अन्धकार में **प्रमीथ्यु** ने **एथीनी** की सहायता से पिछले द्वार से **ओलिम्पस** में प्रवेश किया। सारे देवता सुख की नींद सोते थे। **ओलिम्पस** में भी चोरी हो सकती है, ऐसी आशंका किसी को नहीं थी। **प्रमीथ्यु** ने सूर्य के दीप्तमान रथ अथवा **हेफ़ास्टस** की भट्ठी से एक जलती हुई मशाल लेकर अपने वक्ष में छिपा ली और द्रुत वेग से वापस लौट पड़ा। आनन्दातिरेक से उसके हृदय की गति बढ़ गई। यह **ज़्यूस** की दूसरी हार थी। सफलता की देवी ने इस बार भी शक्ति को छोड़कर विवेक और उत्सर्ग को समादृत किया।

दूसरे दिन **ओलिम्पस** के ऊँचे सिंहासन से **ज़्यूस** ने पृथ्वी पर एक असामान्य प्रकाश देखा। यह क्या? **ज़्यूस** चौंक उठा। शीघ्र ही वस्तुस्थिति स्पष्ट हो गई। **प्रमीथ्यु** की उद्दंडता ने **ज़्यूस** की क्रोधाग्नि में घृत का काम किया। उसने **प्रमीथ्यु** को कठोरतम दण्ड देने की घोषणा की। देवता तक **ज़्यूस** के इस निश्चय से भयभीत हो उठे। तुरन्त **हेफ़ास्टस** के साथ **क्रेटस** और **बाया** (शक्ति और बल) को **ज़्यूस** के आदेश को कार्यरूप देने के लिए भेजा गया। वे तीनों पृथ्वी पर गए, **प्रमीथ्यु** के अदम्य साहस पर उसे बधाई दी, बातों-बातों में बहकाकर उसे सुदूर स्थित **काकेशियन पर्वत** पर ले गए और धोखे से एक चट्टान के साथ अखंड शृंखलाओं से बाँध दिया। वहीं नग्न **प्रमीथ्यु** भयानक शीत, चट्टानों तक को तहस-नहस कर डालनेवाली आँधी, तूफान और पेड़-पौधों को जला डालनेवाली सूर्य की प्रचंड अग्नि से जूझ रहा है। इतना ही नहीं **ज़्यूस** द्वारा भेजा गया गरुड़ नोच-नोचकर दिन-भर उसका कलेजा खाता है और रात जब वह विशालकाय पक्षी सो जाता है तो **प्रमीथ्यु** के कलेजे पर मांस फिर बढ़ जाता है। प्रतिदिन यही क्रूर क्रिया चलती। **प्रमीथ्यु** की व्यथा का अन्त नहीं लेकिन इस भयंकर यातना से डरकर उसने हार नहीं मानी।

प्रमीथ्यु के प्रति **ज़्यूस** के विद्वेष का एक और भी कारण था। आगम द्रष्टा **प्रमीथ्यु** ने यह भविष्यवाणी की थी कि जैसे **क्रॉनस** ने **यूरेनस** को और **क्रॉनस** को **ज़्यूस** ने अपदस्थ किया था, उसी प्रकार **ज़्यूस** का एक शक्तिशाली पुत्र उसके पतन का कारण बनेगा। लेकिन **प्रमीथ्यु** ने यह बताने से इनकार कर दिया था कि उस दुर्जेय पुत्र की माता कौन होगी। **ज़्यूस** के भयातुर चित्त को कामलीला में भी आनन्द न मिलता। इन असंख्य प्रेमिकाओं में कौन होगी उस पुत्र की माता? और यह रहस्य केवल **प्रमीथ्यु** ही

जानता था। **ज़्यूस** ने उसे भाँति-भाँति की यातनाएँ दीं किन्तु मानवजाति के इस जनक ने सिर न झुकाया। इस रहस्य का उद्घाटन कर देने पर **प्रमीथ्यु** की मर्मान्तक यन्त्रणा का अन्त हो जाता और देव-सम्राट का अनुग्रह भी प्राप्त हो सकता था किन्तु **प्रमीथ्यु** की अन्तरात्मा बाह्य शक्तियों से कहीं अधिक बलवान थी। **प्रमीथ्यु** अत्याचार और अन्याय के विरुद्ध सभी यन्त्रणाएँ सहकर अटल रहनेवाली अन्तर की पुकार का प्रतीक बन गया, कवियों ने मुक्त-हृदय से इस महानात्मा को काव्य-पुष्प अर्पित किए। समय बीतता गया, शताब्दियाँ काल के गर्भ में समा गईं, पीढ़ियाँ आईं और मिट गईं लेकिन **प्रमीथ्यु** के इस महान उपकार को भुलाया नहीं जा सका।

पंडोरा की रचना

सृष्टिकर्ता को कठोरतम दण्ड देकर भी **ज़्यूस** का क्रोध शान्त न हुआ। **प्रमीथ्यु** द्वारा दिए गए उपहारों और विद्याओं के कारण मनुष्य बहुत सुखी और समृद्ध था। दुखदाई शीत, भूख, बीमारी, वृद्धावस्था, मृत्यु आदि व्याधियों से उसका परिचय न था। पृथ्वी पर आनन्द और उल्लास की स्थिति थी। मानव पूर्णतया सन्तुष्ट। यह बात **ज़्यूस** को न भायी। अग्नि को **प्रमीथ्यु** से स्वीकार करने का अपराध तो मनुष्य ने भी किया था। उसे भी दण्ड मिलना चाहिए। **ओलिम्पस** पर देवताओं की सभा बुलाई गई और इस प्रश्न पर विचार हुआ कि मानव को क्या दण्ड दिया जाए। अभी तक स्त्री की रचना नहीं हुई थी। पुरुष पृथ्वी पर अकेला था। **ज़्यूस** ने **हेफ़ास्टस** को स्त्री की रचना करने का आदेश दिया।

ज़्यूस के आदेशानुसार **हेफ़ास्टस** ने गीली मिट्टी से स्त्री की प्रतिमा तैयार की। वायु-देवताओं ने उसमें प्राण फूँके, **एथीनी** ने सुन्दर वस्त्रों से

सजाया, अभिप्रेरणा की देवियों **चैरीटीज़** एवं **पीथो** ने उसे आभूषणों से विभूषित किया, **होरायाँ** ने उसके अंगों का फूलों से शृंगार किया, **ऐफ्रॉडायटी** ने उसे सौन्दर्य और आकर्षण दिया, **अपोलो** ने संगीत और **हेमीज़** ने प्रेरणा की शक्ति दी। सम्मिलित प्रयास से जब स्त्री की रचना पूर्ण हुई तो स्वयं देवता भी उसके अनुपम रूप को देखकर मुग्ध हो गए। उसकी दृष्टि जिधर उठती हृदय-कुसुम खिल उठते। फूल की पंखुड़ियों-सी स्निग्ध, प्रातःकालीन समीर-सी मधुर, लहरों-सी चंचल इस लावण्यमयी का नाम **पंडोरा** रखना निश्चित हुआ। **पंडोरा** का अर्थ है उपहार। इस संरचना **में** सभी देवी-देवताओं ने योग दिया था। अब **पंडोरा** को देवताओं ने **हेमीज़** के साथ पृथ्वी पर **एपीमीथ्यु** के पास भेजा। **एपीमीथ्यु** जिसका अर्थ है पश्चविचार, अपने भाई **प्रमीथ्यु** की भाँति विवेकशील और दूरद्रष्टा नहीं था। **प्रमीथ्यु** ने उसे **ज़्यूस** की ओर से भेजी गई किसी भी भेंट को स्वीकार न करने की चेतावनी दी थी। वह जानता था कि अब देवता विशेष रूप से देव-सम्राट मनुष्य का अहित करने की चेष्टा करेगा। लेकिन **पंडोरा** को देखते ही **एपीमीथ्यु** अपने भाई की चेतावनी **भू**ल गया। उसके भोले रूप ने **एपीमीथ्यु** का मन मोह लिया। हृदय ने मस्तिष्क पर विजय पाई और **एपीमीथ्यु** ने **ज़्यूस** के इस अनूठे उपहार को सहर्ष स्वीकार कर लिया।

अमर लोक से **पंडोरा** को पृथ्वी पर भेजते समय देवताओं ने उसे एक बन्द कलश या बक्सा भेंट किया लेकिन साथ ही यह चेतावनी दी कि वह कलश को कभी न खोले। **पंडोरा** और **एपीमीथ्यु** अपने आपमें इतने मग्न हो गए कि उन्हें उस कलश की सुध ही न रही। वे दोनों सारा दिन वन में विहार करते, हरी घास पर उन्मुक्त नृत्य करते, नदियों के जल से क्रीड़ा करते, पुष्प मालाएँ बनाते और वृक्षों की घनी छाँव में सोते। उनके जीवन में न कोई दुख था, न कोई चिन्ता। उनमें परस्पर स्नेह था। अक्षय सौन्दर्य और यौवन से परिपूर्ण जीवन आनन्द और उल्लास से ओत-प्रोत था।

एक शाम। **पंडोरा** स्वर-लहरी में खोई घर आई। अकस्मात उसकी दृष्टि देवताओं द्वारा प्रदत्त उस कलश पर जा पड़ी। क्या हो सकता है इस कलश में? **पंडोरा** सोच में पड़ गई। कहीं ऐसा तो नहीं कि हम किसी सौभाग्य से अपने को वंचित किए हुए हैं। शायद इससे हमारे सुख-समृद्धि की वृद्धि हो सके। वह कलश के पास गई। कलश किसी दैवी शिल्पकार की कला का अनूठा नमूना था। स्वर्ण की डोरी के बन्धन में कुछ ऐसा मूक आमन्त्रण था जिसकी **पंडोरा** की जिज्ञासा अवहेलना न कर पा रही थी। लेकिन देवताओं की चेतावनी उसके आगे बढ़ते कर रोक देती। द्वन्द्व में उलझा **पंडोरा** का मन, तभी **एपीमीथ्यु** ने प्रवेश किया। वह **पंडोरा** को बुलाने आया था। बाहर उनके साथी प्रतीक्षा कर रहे थे। **पंडोरा** ने कलश खोलने की इच्छा व्यक्त की। **एपीमीथ्यु** को देवाज्ञा का उल्लंघन अनुचित प्रतीत हुआ किन्तु **पंडोरा** के मुख पर क्रोध के चिह्न देखकर चुप रह गया। वह **पंडोरा** को अपने साथ बाहर खुले आकाश के नीचे ले जाना चाहता था लेकिन जीवन में पहली बार उसकी प्रियतमा ने उसकी इच्छा का आदर नहीं किया। निराश और आश्चर्यचकित **एपीमीथ्यु** अपने वृन्द में लौट गया। उसे आशा थी **पंडोरा**

उसके पीछे आएगी।

एपीमीथ्यु के बाहर चले जाने पर **पंडोरा** कलश की डोरी खोलने लगी। खेद! वह न जान सकी कि उसकी स्त्री-सुलभ उत्सुकता का मानवता कितना बड़ा मूल्य चुकाएगी। **पंडोरा** कलश को बन्धनमुक्त करने में संलग्न थी। वायु के गुदगुदे झोंके के साथ कभी **एपीमीथ्यु** और उसके साथियों का हास कक्ष में भर जाता तो कभी कोई पुकार कानों से आ टकराती लेकिन डोरी में उलझा **पंडोरा** का मन उनके आमन्त्रण को द्वार से ही लौटा देता। एक के बाद एक। धीरे-धीरे सभी गाँठें खुल गईं। डोरी के गिरते ही **पंडोरा** की आँखें हर्ष से चमक उठीं किन्तु पलांश में ही उसमें भय आ मिला। ''यह क्या करने जा रही है तू पंडोरा? सर्व समर्थ देवताओं की अवज्ञा का अपराध? देव-सम्राट **ज़्यूस** के आदेश की अवहेलना!! यह मूर्खता है, पागलपन है।...''

इतने आयास से यहाँ तक पहुँची हूँ, अब क्या अपना सन्तोष किए बिना लौट जाऊँ? **पंडोरा** ने सोचा। तभी उसे ऐसा लगा जैसे कोई उससे कलश खोलने का अनुरोध कर रहा है। यह भ्रम नहीं था। कलश से एक अत्यन्त दयनीय स्वर उभरा :

''सुन्दरी **पंडोरा,** हम पर दया करो। हमें इस कारा से मुक्त कराओ। अपने कोमल करों से इस कलश को खोल डालो। कृपा कर हमारी प्रार्थना स्वीकार करो।''

पंडोरा की हृदय-गति बढ़ गई। कौन है इस कारा में बन्दी? क्या वह उसकी सहायता करे? तभी द्वार पर आहट हुई। **एपीमीथ्यु** आ रहा था। **पंडोरा** ने सोचा, **एपीमीथ्यु** यदि आ पहुँचा तो कदाचित उसे अपना कौतूहल न शान्त करने दे। अतः बिना सोचे-विचारे झट कलश का ढक्कन उठा दिया।

देव-सम्राट **ज़्यूस** ने मानवजाति को दण्ड देने के लिए इस कलश में सभी प्रकार की व्याधियों, दुखों, अपराधों और पापों को बन्द करके **पंडोरा** को भेंट कर दिया था। **पंडोरा** संयम से काम लेती तो सदा के लिए उन्हें बन्दी ही बनाकर रखती। किन्तु अब कलश के खुलते ही छोटे-छोटे पंखवाले जीवों के रूप में वृद्धावस्था, रोग, कलह, द्वेष, दुख, क्रोधादि, संवेग, अपराधवृत्ति और पाप—सब उड़कर बाहर आ गए और अपने विषाक्त नुकीले दंश **पंडोरा** को मारने लगे। **पंडोरा** पीड़ा से कराह उठी। उसने तत्काल कलश को बन्द कर दिया। लेकिन जो हो चुका था, अब उसे वापस नहीं लौटाया जा सकता था। **एपीमीथ्यु** ने जैसे ही कक्ष में प्रवेश किया, इन जीवों ने उस पर आक्रमण कर दिया। **पंडोरा** और **एपीमीथ्यु** के अंग-अंग में जलन होने लगी। वे कराहते हुए एक-दूसरे को भला-बुरा कह रहे थे। इन दोनों को काटने के बाद ये जीव बाहर उड़ गए और **एपीमीथ्यु** के क्रीड़ा-मग्न साथियों को काटने लगे। पल-भर में हँसी रुदन में बदल गई। भाँति-भाँति की कराहने और रोने की आवाज़ें आने लगीं। **एपीमीथ्यु पंडोरा** की बुद्धिहीनता पर उसे बुरी तरह डाँट रहा था। तभी एक धीमी, मधुर आवाज़ सुनाई दी। यह भी उसी कलश से आ रही थी : ''कृपया एक बार इस कलश को फिर खोलो **पंडोरा।** मुझे बाहर आने दो। मैं तुम्हारी पीड़ा शान्त करूँगी। मैं तुम्हारी जलन मिटाऊँगी। मुझे मुक्त कर दो।''

स्त्री-पुरुष ने एक-दूसरे की ओर प्रश्नसूचक दृष्टि से देखा। वह स्वर निरन्तर

प्रार्थना कर रहा था। जितने दुख और कपट मानव को डसने के लिए संसार में आ चुके हैं अब उनसे अधिक भयानक क्या होगा! यही सोचकर **एपीमीथ्यु** ने **पंडोरा** को कलश खोलने का आदेश दिया।

पंडोरा ने कलश खोल दिया। देवताओं ने उस कलश में व्याधियाँ भरते समय मानव पर दया करके आशा की देवी **होप** को उसमें रख छोड़ा था। कलश खु**लते** ही हिम श्वेत पंखोंवाली देवी **होप** उड़कर बाहर आ गई। उसने **पंडोरा** और **एपीमीथ्यु** के घावों को हल्के से छुआ। उसके स्पर्श मात्र से ही पीड़ा कम हो गई और वे दोनों फिर से स्वस्थ अनुभव करने लगे। अब **होप** उड़कर बाहर चली गई और **एपीमीथ्यु** के साथियों को भी उस असह्य वेदना से छुटकारा दिलाया। संकट से परिपूर्ण इस संसार में मानव आज भी आनेवाले सुनहले कल की आशा पर ही जीवित है।

एपीमीथ्यु और **पंडोरा** की यह कहानी भिन्न प्रकार से बताई जाती है। एक विवरण के अनुसार मानव मात्र को दुख-क्लेश से बचाने के लिए तमाम व्याधियों को एक कलश में बन्द करके **प्रमीथ्यु** ने अपने भाई **एपीमीथ्यु** के संरक्षण में रख छोड़ा था। एक दिन **पंडोरा** ने उत्सुकतावश इस कलश को खोल डाला और दुखों के विषैले नाग विश्व में फैल गए। एक अन्य विवरण के अनुसार एक दिन **हेमीज़** एक भारी बक्से को सिर पर उठाए, थका-हारा **पंडोरा** और **एपीमीथ्यु** के पास आया और वह बक्सा एक धरोहर के रूप में रख गया। जाते-जाते वह यह भी कह गया कि वह इस अमूल्य निधि को शीघ्र ही आकर ले जाएगा। **हेमीज़** के जाते ही उन दोनों ने उत्सुकतावश वह बक्सा खोल डाला और मानवता ने उनकी इस भूल का मूल्य चुकाया। तीसरी कथा के अनुसार देवताओं ने स्वर्ण-कलश में मानव के लिए उपहार और शुभ-कामनाएँ भरकर दी थीं। जब तक वे मनुष्य के अधिकार में रहतीं, वह सुखी रहता। किन्तु **पंडोरा** की मूर्खता से वे सब उड़ गईं और कलश में रह गई केवल आशा।

दैत्यों का विद्रोह

टाइटन दैत्यों को हराकर **ओलिम्पस** का सिंहासन प्राप्त कर लेने के बाद भी **ज़्यूस** शान्तिपूर्वक राज्य नहीं कर सका। उसे नित नई विपत्तियों का सामना करना पड़ता। एक बार पृथ्वी के चौबीस दैत्य पुत्र **ज़्यूस** के विरोध में उठ खड़े हुए। इस विद्रोह का विवरण हमें **पिंडार** से पहले किसी कवि में नहीं मिलता। एक-दो स्थलों पर नाममात्र संकेत भर मिलते हैं। **अपोलोडॉरस** ने इस कथा को विस्तार से बताया है।

क्रॉनस द्वारा **यूरेनस** की हत्या किए जाने पर जो रक्त की बूँदें पृथ्वी पर गिरीं उनसे दैत्यों का जन्म हुआ। इन्हें **जेजेनीस** अर्थात् पृथ्वी से उत्पन्न कहा जाता है। कुछ पुराख्यानों में इनका उल्लेख **साइक्लॉप्स** के समान वनचर प्राणियों के रूप में हुआ है। हेतुवादियों का यही दृष्टिकोण है। इन्हें प्रकृति की उग्र शक्तियों का प्रतीक भी माना जा सकता है। इनका सम्बन्ध विशेष रूप से ज्वालामुखी पर्वतों से जोड़ा जाता है। परास्त

होने पर इन्हें पृथ्वी के गर्भ में जहाँ-जहाँ कैद किया गया वहीं से ज्वालामुखी का विस्फोट होता है। ये दैत्य संख्या में चौबीस थे।

प्राप्त विवरणों से यह ज्ञात होता है कि इन दैत्यों को इनकी माता पृथ्वी ने **ज़्यूस** के विरुद्ध भड़काया। वह **क्रॉनस** की हत्या का बदला लेना चाहती थी। एक अन्य कारण यह बताया जाता है कि सिंहासनासीन होने के बाद **ज़्यूस** ने एक बार पृथ्वी का अपमान किया था, अतः पृथ्वी ने अपने दैत्य पुत्रों से आग्रह किया कि वे माता का प्रतिशोध लें। अथवा सम्भवतः इन राक्षसों ने **टारटॉरस** में कैद अपने **टाइटन** भाइयों को मुक्त कराने के लिए **ज़्यूस** के विरुद्ध विद्रोह किया। ये दैत्य बड़े भयावह थे। इनके शरीर का ऊपरी भाग मनुष्य की भाँति था। लम्बे बाल और दाढ़ी-मूँछ थी किन्तु पैरों के स्थान पर फुंकारते हुए सर्प थे। इसके अतिरिक्त इनकी माता पृथ्वी ने एक ऐसी जड़ी-बूटी उत्पन्न की थी जिसके सेवन से ये दुर्जेय हो जाते थे।

पृथ्वी-पुत्र इन दैत्यों ने एक दिन अकस्मात् **ओलिम्पस** पर आक्रमण कर दिया और विशाल शिला-खंड तथा जलते हुए ओक वृक्ष देवताओं पर फेंकने लगे। देवलोक में आतंक व्याप गया। अपनी तमाम दैवी शक्तियों के बावजूद भी देवता इन दैत्यों को पराभूत करने में असमर्थ थे। राक्षसों की दुर्जेयता के कारण की खोज हुई। साथ ही ओलिम्पस सम्राज्ञी **हेरा** ने यह भविष्यवाणी की कि देवता तब तक विजय प्राप्त नहीं कर सकते जब तक कि शेर की खाल धारण करनेवाला एक मर्त्य उनकी ओर से युद्ध न करे। **हेरा** का संकेत **हेराक्लीज़** अथवा **हर्क्युलिस** की ओर था। तुरन्त **हेराक्लीज़** को बुला भेजा गया। **ज़्यूस** का यह पुत्र अदम्य शौर्य से राक्षसों से लड़ा। दूसरी समस्या उस जड़ी को खोज निकालने की थी जिसके सेवन से राक्षस अजेय हो जाते थे। **ज़्यूस** ने सूर्य, चन्द्रमा और उषा को छिपे रहने का आदेश दिया। सारे संसार में अन्धकार छा गया। अब **ज़्यूस** अपनी पुत्री **एथीनी** के साथ सितारों के धुँधले प्रकाश में पृथ्वी पर गया, उस बूटी को ढूँढ़ा और उसे समूल उखाड़कर **ओलिम्पस** पर ले आया। इसके बाद भी दोनों पक्षों में घमासान युद्ध हुआ। इस युद्ध का स्थल **फ्लेग्रा** बताया जाता है, जो सम्भवतः **थ्रेस** में स्थित था। इस युद्ध में **हेराक्लीज़** को बड़ा गौरव प्राप्त हुआ। उसने शत्रु-पक्ष के नायक **एल्सीओनिस** पर बाण से प्रहार किया। वह आहत होकर गिर पड़ा किन्तु पृथ्वी पर गिरते ही अपनी मातृभूमि के स्पर्श से चेतना पाकर दुगुनी शक्ति से उठ खड़ा हुआ। इस तरह **हेराक्लीज़** जितनी बार उसे नीचे गिराता वह उतना ही शक्तिशाली हो उठता। तब **एथीनी** ने उसे समझाया, "वीर **हेराक्लीज़!** इस राक्षस को किसी दूसरे देश ले चलो। यह उसकी मातृभूमि है।" तब **हेराक्लीज़** ने उसे पकड़कर अपने कन्धों पर उठा लिया और **थ्रेस** की सीमा के बाहर लाकर मार डाला। एक अन्य विवरण के अनुसार **हेराक्लीज़** ने उसे पृथ्वी का स्पर्श ही नहीं करने दिया और दोनों हाथों से ऊपर उठाकर हवा में ही उसका गला घोंट दिया।

पॉरफ़ीरियन नाम का एक दूसरा बली राक्षस चट्टानों के ढेर पर से छलाँग लगाकर **ओलिम्पस** जा पहुँचा। देवताओं में भगदड़ मच गई। केवल **एथीनी** ने डटकर उसका

सामना किया। किन्तु वह **एथीनी** को छोड़कर **हेरा** की ओर लपका। इससे पहले कि वह **हेरा** का गला घोंट डालता **एरॉस** का पुष्प बाण उसे भेद गया। फलस्वरूप **पॉरफ़ीरियन** की रक्तलिप्सा काम-पिपासा में बदल गई। **ज़्यूस** ने जब **हेरा** पर आए इस संकट को देखा तो तत्काल उस राक्षस पर वज्र से आघात किया। वज्र से **पॉरफ़ीरियन** घायल तो हो गया लेकिन मरा नहीं। तभी भाग्यवशात् **हेराक्लीज़ फ्लेग्रा** से आ पहुँचा और उसने शत्रु का काम तमाम किया।

इधर **एफियाल्टीज़** ने युद्ध-देवता **एरीज़** का मार-मारकर बुरा हाल कर दिया था। **एरीज़** की चीख-पुकार सुनकर **अपोलो** शीघ्रता से वहाँ पहुँचा और अपने बाण से राक्षस की बाईं आँख फोड़ दी। तभी **हेराक्लीज़** आ पहुँचा और उसने तीर से राक्षस की दाईं आँख भेदकर उसे मार डाला। देवतागण दैत्यों को घायल तो कर देते थे किन्तु उनका अन्त **हेराक्लीज़** के हाथों ही होता था। इसी प्रकार **डायोनिसस** ने **यूरीटस** को घायल किया तो उसकी मृत्यु भी **हेराक्लीज़** के प्रहार से ही हुई। इसी तरह जब **हेकटी ने क्लीटियस** को अपनी मशाल से झुलसा डाला, जब **हेफ़ास्टस** ने **मेमास** को तपते हुए धातु के छड़ से दग्ध कर डाला, या जब **एथीनी** ने कामोन्मत्त **पालास** को एक विशाल पाषाण-खंड से कुचल डाला तो भी उनकी मृत्यु नहीं हुई। प्राणान्तक प्रहार करने का श्रेय सदा **हेराक्लीज़** को ही मिला। **एन्सीलायड्स** नामक एक अन्य दैत्य को बन्दी बनाकर जीवित ही **एटना** के भूगर्भ में डाल दिया गया। वहाँ कारावास में भी यह राक्षस नाक और मुँह से आग उगला करता था। समय के साथ-साथ उसकी उग्रता कम होती गई और अब तो वह बिल्कुल ही शान्त हो गया है। हाँ, अब भी जब कभी वह करवट बदलता है तो पृथ्वी काँप उठती है। इसी को हम लोग भूकम्प कहते हैं।

अपने इतने साथियों का संहार हो जाने पर दैत्यों के छक्के छूटने लगे। उनकी संख्या और शक्ति घटती जा रही थी। उधर **हेराक्लीज़** और देवताओं के प्रहार निरन्तर हो रहे थे। हताश राक्षस भागने लगे। देवताओं ने उनका पीछा किया। **पॉसायडन** ने अपने त्रिशूल का एक भाग तोड़कर **पॉलीबाटस** को मारा और उसे धराशायी कर दिया। यह स्थान **निसीरॉस** द्वीप के नाम से जाना गया। बचे-खुचे राक्षस अब **बैथॉस** में एकत्रित हुए और वहीं देवताओं से अन्तिम युद्ध करने का निश्चय किया। भयंकर रक्तपात हुआ। मनुष्यों की भाँति राक्षसों और देवताओं के अस्त्र-शस्त्र साधारण नहीं होते। उनमें दिव्य शक्तियाँ निहित रहती हैं। यदि **ज़्यूस** का वज्र बिजली-सा कड़कता था तो राक्षसों के मुख आग उगलते थे। कहते हैं, जिस स्थान पर यह युद्ध हुआ था वह आज भी जल रहा है। इस युद्ध में **हेमीज़** ने **हेडीज़** का अदृश्य कर देनेवाला टोप पहनकर **हिपॉलिटस** को मार गिराया, **आर्टेमिस** ने बाण से **ग्रेटियन** को धराशायी किया और **फ़ेट्स** अर्थात् भाग्य की देवियों ने अपने मुग्दरों से **एग्रीयस** और **थाओस** के सिर फोड़ डाले। शेष राक्षस **ज़्यूस** के वज्र एवं **एरीज़** के भाले के शिकार हुए। अन्तिम प्रहार के लिए **हेराक्लीज़** प्रस्तुत था ही। एक-एक कर सभी दैत्यों का काम तमाम हुआ।

इस प्रकार महत शारीरिक बल, असाधारण अस्त्र-शस्त्र, नीति-प्रयोग तथा

हेराक्लीज़ की सहायता से **ज़्यूस** ने अन्ततः पृथ्वी-पुत्र दैत्यों पर विजय पाई।

ज़्यूस एवं टायफ़ून

ज़्यूस तथा ओलिम्पस के अन्य देवताओं के हाथों अपने पुत्रों का वध होते देख पृथ्वी क्षुब्ध हो उठी। माँ की ममता आहत हुई। उसने **ज़्यूस** से प्रतिशोध लेने का निश्चय किया। **टारटॉरस** के संयोग से पृथ्वी ने **सिसीलिया** की कारीशियन गुहा में अपने सबसे छोटे और सबसे भयानक पुत्र **टायफून** को जन्म दिया। **टायफून** अपने सभी भाइयों से अधिक विशाल-काय एवं भीषण था। समय-समय पर विभिन्न कवियों और लेखकों ने **टायफून** के चित्रण में अपनी कल्पना-शक्ति का खुलकर प्रयोग किया है। **हीसियड** के अनुसार उसकी जंघाओं से नीचे के भाग में सहस्रों सर्प फुँकारते थे। उसका शरीर दृढ़ और कभी न श्रान्त होनेवाला था। उसके कन्धों से भुजाओं के स्थान पर सैकड़ों लपलपाती जिह्वाओं से आग बरसानेवाले सर्प थे। साधारण जीव तो इस अग्नि से ही भस्म हो जाते थे। वह इतना लम्बा था कि उसका सिर आकाश को छूता था। जब वह अपनी बाँहें खोलता तो वे दोनों दिशाओं में तीन-तीन सौ मील तक फैल जातीं। इस तरह वह एक स्थान पर बैठा ही दूर-दूर के प्राणियों को पकड़कर खा जाता। उसकी आँखें आग बरसातीं और मुँह से वह दहकती हुई चट्टानें उगला करता था। जब वह अपने भीमकाय डैने खोलता तो सूरज धुँधला जाता और उसके पंखों के नीचे अमावस की रात छा जाती। इसके अतिरिक्त भिन्न प्रकार के स्वर निकालने की उसमें अद्‌भुत शक्ति थी। कभी वह देवताओं की भाषा में बात करता, कभी मेघ-सा गरजता, कभी फुँकारता, कभी सिसियाता और कभी इतने तीव्र स्वर में चीखता कि पहाड़ियाँ काँप उठतीं।

यह विकट **टायफून** जब अपने विशाल पंख खोले, लम्बी बाँहें फैलाए, आँखों से आग बरसाता **ओलिम्पस** की ओर लपका तो देवताओं का साहस छूट गया। कुछ विवरणों के अनुसार तो **ज़्यूस** तक भयभीत हो उठा। संत्रस्त देवतागण **ओलिम्पस** छोड़कर भाग खड़े हुए और **मिस्र** जाकर ही दम लिया। वहाँ भी वे **टायफून** के भय से मुक्त नहीं थे, अतः शत्रु को धोखा देने के लिए उन्होंने अपनी आकृतियाँ बदल लीं। **ज़्यूस** ने एक दुम्बे का रूप धारण कर लिया, **अपोलो** ने कौवे, **डायोनिसस** ने बकरे, **हेरा** ने श्वेत गाय, **आर्टेमिस** ने बिल्ली, **ऐफ़्रॉडायटी** ने मछली, **एरीज़** ने भालू और **हेमीज़** ने सारस का। केवल **एथीनी** ही **टायफून** के विरुद्ध डटी रही।

देवताओं के इस पलायन एवं रूप-परिवर्तन की कहानी केवल बाद की कृतियों में मिलती है। सम्भवतः इसकी पृष्ठभूमि में यह तथ्य रहा हो कि कौआ **अपोलो** का प्रिय पक्षी है, बकरा **डायोनिसस** का और **हेरा** को तो सदा गाय जैसी आँखोंवाली कहा जाता है। **लूसियन** ('आन सैक्रीफ़ाइस') ने कहा है कि देवताओं के मिस्र पलायन की कहानी का आविष्कार इस कारण हुआ कि **मिस्र** में देवताओं की पूजा पशु रूप में होती है। **लूसियन** ने ग्रीक और मिस्री देवताओं में साम्य स्थापित किया है। **मिस्र** के निवासी **एमॉन**

की पूजा एक दुम्बे के रूप में करते हैं और **एमॉन** का **ज़्यूस** से सादृश्य है। वहाँ **थॉथ** की सारस और **आइसिस** की पूजा गाय के रूप में की जाती है और ये दोनों क्रमशः, **हेमीज़** एवं **हेरा** के समकक्ष मिस्री देवता हैं।

देवतागण भयभीत होकर **ओलिम्पस** से भागे या नहीं, किन्तु इतना निश्चित है कि **टायफ़ून** की असाधारण शक्ति से वे त्रस्त अवश्य थे। **एथीनी** को देव-सम्राट की कायरता तनिक न भायी। उसने **ज़्यूस** को व्यंग बाणों से भेदना शुरू किया। **ज़्यूस** का पौरुष तिलमिला उठा। अपनी कायरता पर वह लज्जित हुआ और वज्र धारण कर **टायफ़ून** का सामना करने निकल पड़ा। उसके पास हँसिए के आकार का वह शस्त्र भी था जिससे **क्रॉनस** ने अपने पिता **यूरेनस** की हत्या की थी। **ज़्यूस** के इस तेजस्वी रूप के सामने **टायफ़ून** अधिक समय तक न टिक सका। **ज़्यूस** ने उसे घायल कर दिया। **टायफ़ून** भागा। **ज़्यूस** ने उसका पीछा किया। **कैसियस** पर्वत पर एक बार फिर दो दुर्धर्ष शक्तियाँ आपस में टकराईं। उनके घात-प्रतिघात से पृथ्वी और आकाश काँप उठे, नक्षत्रलोक में हलचल मच गई, समुद्र की बौखलाई हुई उत्ताल तरंगें अन्तरिक्ष से टकराने लगीं। देवसमाज साँस रोके यह अनूठा युद्ध देखता था। कभी **टायफ़ून** अपने नुकीले पंखों में **ज़्यूस** को दबोचता तो कभी **ज़्यूस** अपने हँसिए से उसे घायल कर डालता। कभी **टायफ़ून** की आग **ज़्यूस** को झुलसाती तो कभी **ज़्यूस** के वज्र की कौंध से **टायफ़ून** अचेत होने लगता। समझ में नहीं आता था कि विजय किस पक्ष की होगी। अन्ततः **टायफ़ून** की बन आई और उसने अपनी सर्पिल बाँहों में **ज़्यूस** को कस लिया। उसने **ज़्यूस** का हँसिया छीनकर बड़ी निर्दयता से उसके हाथों और पैरों के स्नायु काटकर निकाल लिए और उसे घसीटते हुए **कारीशियन गुहा** में ले जाकर पटक दिया। **ज़्यूस** अनश्वर सही, **टायफ़ून** ने उसे अपंग कर दिया। अब वह एक उँगली तक हिला नहीं सकता था। **टायफ़ून** ने **ज़्यूस** के स्नायु एक भालू की खाल में लपेटकर उनकी रक्षा का भार अपनी बहन **डेलफ़ीना** को सौंप दिया। **डेलफ़ीना** भी अपने भाई की भाँति साँपों के पाँववाली एक भयानक राक्षसी थी।

ओलिम्पस में भरी दुपहरी में अँधेरा छा गया। देवताओं के भासमान मुख फीके पड़ गए। सभी क्षोभ और निराशा से व्याप्त थे। जिस **टायफ़ून** को देव-सम्राट **ज़्यूस** अपने वज्र से परास्त न कर सके, उसका सामना अब कौन करेगा! **ज़्यूस** को मुक्त कराना भी एक भारी समस्या थी। देवताओं ने सभा की, विचार-विमर्श हुआ। **टायफ़ून** को चुनौती देना किसी के बस की बात नहीं थी। लेकिन जो काम बाहुबल से नहीं हो सकता उसे बुद्धि-कौशल से सम्पन्न किया जा सकता है। **हेमीज़** और **पैन** ने **ज़्यूस** को स्वस्थ अवस्था में वापस लाने का बीड़ा उठाया।

ज़्यूस कारीशियन गुहा में बन्दी था। राक्षसी **डेलफ़ीना** उसके स्नायुओं की रक्षा करती थी। **हेमीज़** और **पैन** गुप्त मार्ग से वहाँ पहुँचे। **टायफ़ून** को खबर न होने दी। गुप्त-द्वार पर पहुँचकर **पैन** ने अपने मुँह से इतना भयंकर नाद किया कि राक्षसी भयभीत होकर स्नायु वहीं छोड़ भाग खड़ी हुई। पल-भर में **हेमीज़** ने **ज़्यूस** के स्नायु यथास्थान लगा

दिए और वायुवेग से उड़नेवाले रथ में सवार हो वे तीनों **ओलिम्पस** वापस पहुँचे।

कहानी का यह रूप हमें **अपोलोडॉरस** से मिलता है। **नॉनॉस** के अनुसार **ज़्यूस** के स्नायु लाने का उत्तरदायित्व **कैडमस** को सौंपा गया था। वह चरवाहे का वेश धारण करके वीणा बजाता हुआ **डेलफ़ीना** के पास गया। **डेलफ़ीना** वीणा के राग पर मुग्ध हो गई। तब **कैडमस** ने उससे **ज़्यूस** के स्नायु अपनी वीणा के तार बनाने के लिए माँग लिए। स्नायु प्राप्त हो जाने पर **अपोलो** ने बाण से उस राक्षसी की हत्या कर दी।

ओलिम्पस पहुँचकर **ज़्यूस** ने दिव्य भोजन एवं पेय से अपनी शक्ति पुनः अर्जित की और एक बार फिर वज्र धारण कर पंखोंवाले अश्वों के रथ में बैठकर **टायफ़ून** का सामना करने निकल पड़ा। **टायफ़ून नीसा पर्वत** पर चला गया था। वहाँ भाग्य की देवियों **फ़ेट्स** ने उसे धोखे से मर्त्य प्राणियों के उपयुक्त फल खिला दिए जिससे उसकी शक्ति का ह्रास होने लगा। **टायफ़ून हेमास पर्वत** की ओर भागा। वहाँ फिर दोनों का आमना-सामना हुआ। **टायफ़ून** ने बड़े-बड़े पर्वत उखाड़कर **ज़्यूस** पर फेंके लेकिन **ज़्यूस** के वज्र से टकराकर वे फेंकनेवाले को ही वापस जा लगे। **टायफ़ून** के रक्त की नदियाँ बह गईं। वह **सिसली** की ओर भागा। **ज़्यूस** ने **एटना पर्वत** उखाड़कर **टायफ़ून** पर फेंका। **टायफ़ून** उस पर्वत के नीचे पृथ्वी में धँस गया और आज तक उसी कारा में है। अब भी जब कभी वह क्रोध से फुँकारता है तो **एटना** का ज्वालामुखी फट पड़ता है।

ज़्यूस एवं ऐलूयिड्स

इस कथा का उल्लेख **होमर** की 'ओडिसी' तथा **वरजिल** के 'ईनियड' में हुआ है किन्तु इसका विस्तृत विवरण केवल **अपोलोडॉरस** से मिलता है।

ऐलूयिड्स भाई **ऊटस** और **एफ़ियल्टीज ट्रियाप्स** की पुत्री **एफ़ीमीडिया** के अवैध पुत्र थे। ऐसा प्रसिद्ध है कि **एफ़ीमीडिया** समुद्र-देवता **पॉसायडन** पर आसक्त थी और उसके संसर्ग की इच्छा रखती थी। वह प्रतिदिन समुद्र के तट पर बैठी आहें भरा करती। समुद्र का जल अंजलि में भर-भरकर अपने गोरे अंगों पर डालती और अपने प्रिय की कामना में घुलती जाती। अन्ततः एक दिन **पॉसायडन** ने उसकी प्रणय-याचना स्वीकार कर ली। **एफ़ीमीडिया** की अभिलाषा पूरी हुई और समय आने पर उसने **ऊटस** तथा एफ़ियल्टीज नामक दो पुत्रों को जन्म दिया जो **ऐलूयिड्स** भाइयों के नाम से प्रसिद्ध हुए।

ओविड से प्राप्त एक अन्य कथा के अनुसार **एफ़ीमीडिया** नदी के देवता **एनीपियस** से प्रेम करती थी। **पॉसायडन** ने **एनीपियस** का रूप धारण करके **एफ़ीमीडिया** का भोग किया। दोनों कथाओं के अनुसार **ऐलूयिड्स** का पिता समुद्र-देवता **पॉसायडन** ही सिद्ध होता है। उनकी माता **एफ़ीमीडिया** का विवाह बाद में बोआशियन **एसोपिया** के राजा **हीलियस** के पुत्र **ऐलूयिड्स** से हुआ।

ऐलूयिड्स विशालकाय दैत्य थे किन्तु वे देखने में दैत्यों की भाँति भयावह नहीं थे। **होमर** के **ओडिसियस** ने उन्हें देखा था। वह कहता है कि पृथ्वी द्वारा पोषित समस्त जीवों

की अपेक्षा ये **ऐलूयिड्स** लम्बे थे और सुन्दरता में उनका नाम केवल प्रसिद्ध **ओरियन** के बाद आता था। उनके विकास की गति आश्चर्यजनक थी। वे एक माह में नौ इंच और साल-भर में लगभग नौ फुट लम्बे हो जाते थे। इसी तरह उनकी चौड़ाई भी बड़ी तेजी से बढ़ती थी। **ओडिसियस** ने जब उन्हें देखा उस समय वे केवल नौ वर्ष के थे और उनकी लम्बाई 54 फीट और चौड़ाई 15 फीट थी।

छोटी आयु में ही **ऐलूयिड्स** भाइयों ने स्वयं को देवताओं से उत्कृष्ट सिद्ध करने की ठान ली। सबसे पहले उन्होंने युद्ध-देवता **एरीज़** को पकड़ने की योजना बनाई। **एरीज़** से उनका सामना **थ्रेस** में हुआ। **ऐलूयिड्स** ने **एरीज़** के अस्त्र-शस्त्र छीन लिए और उसे शृंखलाओं में बाँधकर एक बड़े पात्र में बन्द करके अपनी सौतेली माता **एरीबोइया** के महल में रख दिया। देवता क्रुद्ध हो उठे लेकिन वे **पॉसायडन** के पुत्रों के विरुद्ध शक्ति का प्रयोग नहीं करना चाहते थे। अतः उन्होंने बुद्धि प्रयोग से **एरीज़** को मुक्त कराने के लिए **हेमीज़** को भेजा। **हेमीज़** ने **एरीबोइया** की सहायता से **एरीज़** को उस अँधेरी कारा से मुक्त कराया और वापस **ओलिम्पस** ले आया।

अब **ऐलूयिड्स** ने **ओलिम्पस** का घेरा डालने का निश्चय किया। वे देवताओं को नीचा दिखाना चाहते थे। साथ ही उनका विचार **हेरा** एवं **आर्टेमिस** का अपहरण करने का भी था। उनका आत्मविश्वास उद्दंडता में बदलता जा रहा था। उन्हें वरदान था कि वे किसी भी अन्य मानव अथवा देवता के हाथों नहीं मारे जा सकते थे, अतः वे निर्भय थे। उनका साहस इतना बढ़ गया कि उन्होंने **ओस्सा** पर्वत पर **पीलियन** पर्वत को रखकर **ओलिम्पस** की ऊँचाई पा ली। यह धृष्टता **ज़्यूस** को असह्य हो उठी। लेकिन फिर भी देवताओं ने युद्ध की अपेक्षा नीति का प्रयोग उत्तम समझा। **अपोलो** के परामर्श के अनुसार **आर्टेमिस** ने **ऐलूयिड्स** को यह सन्देश भेजा कि यदि वे **ओलिम्पस** का घेरा उठा लें तो वह स्वयं उन्हें **नैक्सस** द्वीप में मिलेगी। **ऊटस** जैसा वीर प्रेमी पाना उसका सौभाग्य होगा।

आर्टेमिस का यह सन्देश पाकर **ऊटस** के हर्ष की सीमा न रही। **आर्टेमिस** के सम्भोग का स्वप्न इतनी शीघ्र और सरलता से सच हो जाएगा उसे यह आशा न थी। वह उत्कंठा से निश्चित समय संकेत स्थल पहुँचने की तैयारी करने लगा। इधर **एफ़ियल्टीज़** ईर्ष्या की आग में जल रहा था। उसे **हेरा** की ओर से कोई प्रणय-सन्देश नहीं मिला था। यद्यपि इन दोनों भाइयों का प्रेम घर-घर में चर्चा का विषय था लेकिन इस समय ईर्ष्या और द्वेष ने उनके परस्पर सौहार्द को जलाकर राख कर डाला। **नैक्सस** के मार्ग में ही उनमें आपस में झगड़ा हो गया। **एफ़ियल्टीज** ज्येष्ठ होने के नाते **आर्टेमिस** का भोग पहले करना चाहता था। **ऊटस** को यह स्वीकार नहीं था। विवाद धीरे-धीरे उग्र रूप धारण कर गया। तभी अचानक एक दूध-सी सफ़ेद चंचल हरिणी के रूप में **आर्टेमिस** दिखाई दी। आखेट-कुशल भाइयों ने विवाद छोड़ अपने भाले सँभाल लिए। किन्तु हरिणी पलक झपकते ही अदृश्य हो गई। फिर कभी वह कहीं दिखाई देती, तो कभी कहीं। दामिनी-सी गति और चमक रह-रहकर कहीं झलक जाती। **ऐलूयिड्स** उसका

प्राणपण से पीछा करने लगे। सुविधा की दृष्टि से दोनों भाई अलग दिशाओं में उसे खोज रहे थे। दोनों पसीने से लथपथ थे किन्तु दृढ़ निश्चय। तभी एक कुंज में भय से कान खड़े किए वह हरिणी दिखाई दी। **ऊटस** ने पूरी शक्ति से भाला फेंका। उधर दूसरी ओर से झाड़ियों के पीछे से **एफ़ियल्टीज** ने वार किया। हरिणी अदृश्य हो गई और **ऊटस** का भाला **एफ़ियल्टीज** और **एफ़ियल्टीज** का भाला **ऊटस** के वक्ष के आर-पार हो गया। **आर्टेमिस** ने बड़े चातुर्य से शत्रु का अन्त करके अपने कौमार्य की रक्षा की। **ओलिम्पस** से संकट टला और **फ़ेट्स** की भविष्यवाणी के अनुसार **ऐलूयिड्स** किसी अन्य के नहीं एक-दूसरे के हाथों ही मारे गए।

ऐलूयिड्स के शव बोआशियन राज्य में ले जाकर उनका उचित सम्मान के साथ अन्तिम संस्कार किया गया। **हाइजीनस** के अनुसार उनकी आत्माओं को **टारटॉरस** जाना पड़ा। उन्होंने **स्टिक्स** के नाम से **हेरा** और **आर्टेमिस** का सतीत्व भंग करने की शपथ खाई थी। वे अपनी प्रतिज्ञा पूरी नहीं कर सके। **स्टिक्स** की झूठी कसम खाने के परिणाम भयंकर होते हैं। अतः **टारटॉरस** में उन्हें जीवित सर्पों द्वारा एक स्तम्भ के साथ जकड़कर बाँध दिया गया। इस स्तम्भ के ऊपर समुद्र-कन्या **स्टिक्स** बैठी उन्हें उस अपूर्ण शपथ की याद दिला रही है।

ज़्यूस के प्रेम सम्बन्ध

ग्रीक-समाज में प्रचलित एक-विवाह की प्रथा के अनुसार **ज़्यूस** की वैधानिक पत्नी **हेरा** थी। यह निस्सन्देह एक प्रेम-विवाह था। **ज़्यूस** तो अवश्य ही **हेरा** के प्रेम में पागल था। किन्तु विवाह के उपरान्त **ज़्यूस** की काम-लालसा दुस्तोष्य हो उठी। उसकी तृप्ति केवल **हेरा** से सम्भव न थी। वह नित नई प्रेमिकाएँ खोजता, नित नए सम्बन्ध स्थापित करता। सभी प्राप्त स्रोतों के अनुसार **हेरा** सदा अपने पति के प्रति वफ़ादार रही किन्तु **ज़्यूस** पर उसकी नैतिकता का भी कोई प्रभाव नहीं पड़ा। जैसे उसकी शक्ति असीम थी वैसे ही उसका प्रणय-उन्माद भी अनन्त था।

हेरा के अतिरिक्त कई अन्य देवियाँ **ज़्यूस** की अंकशायिनी बनीं। **हीसियड** के अनुसार उसकी पहली प्रेमिका **मेटिस** (प्रज्ञा) थी जिसके दुखद अन्त के विषय में आप पहले पढ़ चुके है। **एथीनी** के जन्म से पूर्व ही **ज़्यूस** ने उसे समूचा निगल लिया था। देव-सम्राट की दूसरी प्रेयसी थी **थेमिस** अर्थात् पृथ्वी। यह धरती और आकाश का मिलन था। इस संयोग से जन्म हुआ **होरई** अर्थात् ऋतुओं का। इनकी संख्या दो से चार तक बताई जाती है। किन्तु बहुधा तीन का ही उल्लेख मिलता है। **हीसियड** के अनुसार उनके नाम हैं—**यूनोमिया, डाइकी** एवं **एरीनी** जिनके क्रमशः अर्थ हैं—विधा, न्याय और शान्ति। किन्तु वसन्त, ग्रीष्म एवं शीत ऋतुओं के रूप में उनके ये नाम उपयुक्त नहीं प्रतीत होते। इनका सम्बन्ध पृथ्वी की उत्पादन शक्ति से भी है लेकिन इनकी गणना गौण शक्तियों में होती है। **होरई** बहनों के अतिरिक्त **क्लॉथो, लैकिसिस** और **एट्रॉपॉस** इन तीनों **म्वॉराय**

बहनों को भी **ज़्यूस** और **थेमिस** की सन्तान कहा जाता है।

ओकिनास और **टेथिस** की पुत्री, **यूरीनोमी** और **ज़्यूस** के संसर्ग से **चैरीटीज** का जन्म हुआ। **चैरीटीज़** पुराकथाओं में अपने लैटिन नाम **ग्रेसेज़** से अधिक प्रसिद्ध हैं। ये लालित्य और चारुता की देवियाँ हैं। **चैरीटीज़** संख्या में तीन हैं। इनका चित्रण साहित्य और कला में **ऐफ्रॉडायटी** के साथ हुआ है। सौन्दर्य की देवी के लिए इनका सान्निध्य अपेक्षित है। इनके नाम हैं—**एग्लाया, यूफ्रोसिनी** एवं **थालिया।**

ज़्यूस का अगला महत्त्वपूर्ण सम्बन्ध कृषि की देवी **डिमीटर** से हुआ। **डिमीटर ओलिम्पस** की प्रमुख देवियों में से है। **ज़्यूस** और **डिमीटर** का संयोग आकाश और अनाज के विवाह का प्रतीक है। इस सम्बन्ध से **पर्सीफ़नी** अथवा **कोर** का जन्म हुआ। एक अन्य आरफ़िक कथा के अनुसार **ज़्यूस** ने अपनी पुत्री **पर्सीफ़नी** का एक सर्प अथवा दैत्य के रूप में बलात् भोग किया। **पर्सीफ़नी** ने **जैगरियस** नामक एक अद्‌भुत बालक को जन्म दिया। **ज़्यूस** के इस अनुचित सम्बन्ध का पता **हेरा** को चल गया था, अतः **ज़्यूस** ने बालक की सुरक्षा के लिए **क्रीट** के **क्यूरेट्‌स** को नियुक्त किया। **जैगरियस** का पालना **ईडियन गुहा** में था। वहीं **क्यूरेट्‌स** उसके चारों ओर नाचते-गाते और हथियार बजाते थे जैसा कि उन्होंने पहले शिशु **ज़्यूस** की रक्षा के लिए किया था, किन्तु **हेरा** द्वारा भड़काए गए **ज़्यूस** के शत्रु **टाइटन** अवसर की ताक में थे। एक रात जब **क्यूरेट्‌स** सो रहे थे, **टाइटन्स** की बन आई। उन्होंने बदन पर खड़िया मली और चेहरे भी एकदम सफ़ेद कर लिए ताकि बाल **जैगरियस** भयभीत न हो उठे। आधी रात गए उन्होंने अपनी योजना कार्यान्वित करना आरम्भ किया। **टाइटन्स** ने बाल **जैगरियस** को शंकु, गरजनेवाला बैल, सुनहरे सेब और दर्पण आदि देकर फुसला लिया और फिर उस पर आक्रमण कर दिया। **जैगरियस** ने आत्म-सुरक्षा के लिए कई रूप बदले। कभी वह **ज़्यूस** बना तो कभी **क्रॉनस।** लेकिन **टाइटन्स** को धोखा देना आसान न था। अब वह एक घोड़ा बन गया, फिर सींगों वाला साँप, शेर और अन्त में बैल। बैल बने **जैगरियस** को **टाइटन्स** ने दृढ़ता से पैरों और सींगों से पकड़ लिया, उसके शरीर को अपने दाँतों से चीर डाला और उसे कच्चा ही खाने लगे। **टाइटन्स** अभी **जैगरियस** का भक्षण कर ही रहे थे कि **एथीनी** उधर आ निकली। भाग्यवश **टाइटन्स** ने अभी **जैगरियस** का हृदय नहीं खाया था। **एथीनी** ने हृदय उनसे बचाकर उसे एक मिट्‌टी के पुतले में लगाकर उसमें प्राण फूँक दिए। इस प्रकार **जैगरियस** अमर हो गया। उसकी हड्‌डियों को **डेल्फ़ी** में दफ़ना दिया गया और क्रुद्ध **ज़्यूस** ने वज्र से **टाइटन्स** को मौत के घाट उतार दिया।

टाइटनैस **निमाज़िनी** (स्मृति) **ज़्यूस** के संसर्ग से नौ **म्यूज़ेज़** की माता बनी। दिव्य स्मृति की सहायता से ही साहित्य, कला, शिल्प आदि की अभिवृद्धि होती है। **म्यूज़ेज़** का विस्तृत वर्णन आगे किया जाएगा।

कुछ स्रोतों के अनुसार **ओकिनास** की पुत्री, प्रतिकार की देवी **नेमेसिस** भी **ज़्यूस** की कामुकता का शिकार हुई। **नेमेसिस** ने उससे बचने के लिए कई रूप और स्थान बदले लेकिन **ज़्यूस** ने पृथ्वी, आकाश, समुद्र में सब कहीं उसका पीछा किया। अन्त में

जब **नेमेसिस** ने एक हंसिनी का रूप धारण किया तो **ज़्यूस** हंस के रूप में उससे संयुक्त हो गया। समय आने पर **नेमेसिस** ने एक अंडा दिया जिससे विश्व सुन्दरी **हेलेन** का जन्म हुआ। **नेमेसिस** एक समुद्र-कन्या के रूप में **लिडा** नाम से भी जानी जाती है।

ज़्यूस की प्रेमिकाओं में एक महत्त्वपूर्ण नाम **एटलस** की पुत्री **माया** का है। एक रात जब **हेरा** गहरी नींद सो रही थी, **ज़्यूस** और **माया** का **आर्केडिया** में मिलन हुआ। इस संयोग से **हेमीज़** का जन्म हुआ जो **ओलिम्पस** के प्रमुख बारह देवताओं में से एक है।

फ़ीबी की पुत्री **लीटो** और **ज़्यूस** के संसर्ग से **अपोलो** और **आर्टेमिस** का जन्म हुआ। **हेरा** की ईर्ष्या के कारण **लीटो** को कितने कष्ट उठाने पड़े इसका विस्तृत वर्णन आगे दिया जाएगा।

हीसियड ने **ज़्यूस** की प्रेमिकाओं में कहीं **डायोनी** का उल्लेख नहीं किया है यद्यपि वह उसके नाम से परिचित है। **होमर** ने **डायोनी** का नाम **ऐफ्रॉडायटी** की माता के रूप में दिया है और इस प्रकार **ऐफ्रॉडायटी** को अपनी कृतियों में ज़्यूस-पुत्री माना है। बाद के कवियों द्वारा विशेष प्रतिनिधित्व न दिए जाने के कारण **डायोनी** का इतिहास धुँधला पड़ गया। वह सम्भवतः पृथ्वी की देवियों में से एक थी। इस देव-दम्पति की उपासना **डोडोना** में की जाती थी।

केवल इन अमर्त्य देवियों से ही नहीं, मनुष्य की रचना के बाद **ज़्यूस** ने अनेक नश्वर रमणियों से भी शारीरिक सम्बन्ध स्थापित किए। जिस **पंडोरा** को **ज़्यूस** ने पुरुष मात्र को दण्ड देने के लिए रचा था, वह उसी के प्रणय का स्वयं प्रार्थी बन गया।

ज़्यूस एवं इओ

नदी के देवता **इनाकस** की पुत्री, **हेरा** के मन्दिर की पुजारिन **इओ** अद्वितीय सुन्दरी थी। यौवन के पराग से सने अंग, दूध-सा गौर वर्ण, कपोलों पर फूटती ऊषा की लालिमा जैसे लिली के बदन में रक्त का संचार हो गया हो। **ज़्यूस** ठगा-सा रह गया। पृथ्वी पर ऐसे मनोहारी रूप की उसने कल्पना तक न की थी। देव-सम्राट एक मर्त्य किशोरी पर हृदय हार बैठा। **इओ** के सपनों में एक देव-आकृति झाँकने लगी। "**इओ**", वह कहता, "मैं देव-सम्राट **ज़्यूस** तेरे प्रणय का प्रार्थी हूँ। तेरे सरल रूप ने मेरा हृदय जीत लिया है। सौन्दर्य और यौवन की अमूल्य निधि क्या ऐसे ही खो देगी। आ, मेरे पास आ **इओ...**"

वह आकृति बाँहें फैलाए आगे बढ़ने लगती। **इओ** सिहर उठती।

एक दिन। **ज़्यूस** एवं **इओ** नदी के किनारे विहार कर रहे थे। **हेरा** की शंकालु दृष्टि से बचने के लिए **ज़्यूस** ने उस भू-भाग को एक बादल की ओट में कर दिया था। **हेरा** उस समय **ओलिम्पस** में अपने स्वर्ण-प्रासाद में विश्राम कर रही थी। **ज़्यूस** और **इओ** प्रेम-मग्न थे। तभी अकस्मात् **हेरा** की दृष्टि उस बादल के टुकड़े पर जा पड़ी। जब सारा आकाश दर्पण-सा निर्मल और स्वच्छ है तो अन्तरिक्ष के एक कोने में यह बदली कैसी?

अवश्य ही कुछ रहस्य है। **हेरा** अपने पति की प्रकृति से परिचित थी। तत्काल उस घुँघराले बादल को एक ओर झटका। **ज़्यूस** जान गया कि **हेरा** का आगमन निकट है। उसने तत्काल **इओ** को एक गाय बना दिया। **हेरा** के मन में सन्देह उत्पन्न करना उचित नहीं। यह आपत्ति टल जाए। गाय का रूप-परिवर्तन कर लिया जाएगा। **ज़्यूस** ने ऐसा सोचा।

बादल के हटते ही **हेरा** ने देखा दर्पण से स्वच्छ जलवाली नदी के तट पर **ज़्यूस** के पास एक गाय खड़ी है। गाय बहुत सुन्दर थी। उसमें **इओ** की मानव-आकृति के अतिरिक्त उसका सारा सौन्दर्य था। **हेरा** निकट आई। स्नेह से गाय की पीठ सहलाई और बोली :

''इतनी सुन्दर गाय तो आज तक पृथ्वी पर नहीं देखी। यह अद्भुत प्राणी कहाँ से आया महाराज? कौन भाग्यशाली है इस निधि का स्वामी?''

ज़्यूस ने अधिक प्रश्नों से बचने के लिए झट बड़े सहज स्वर में उत्तर दिया, ''देवी! यह पृथ्वी की नवीन कृति है। इसकी रचना अभी ही हुई है।''

''आश्चर्य!'' **हेरा** ने कहा। उसकी शंका का अभी समाधान नहीं हो पाया था। उसे एक बात सूझी। ''क्या समस्त प्राणियों के स्वामी महाराजधिराज **ज़्यूस** मेरी एक प्रार्थना स्वीकार कर अनुगृहीत करेंगे? इस गाय ने मेरा मन मोह लिया है। इसे दासी को प्रदान करने की कृपा करें।''

''अवश्य, अवश्य,'' अपने मनोभाव छिपाते हुए **ज़्यूस** ने कहा।

हेरा की इतनी साधारण-सी प्रार्थना को कैसे अस्वीकार करें। न करने से सन्देह भी उत्पन्न हो सकता है। यही सोचकर **ज़्यूस** ने स्थिति सँभालने के लिए अनिच्छा से गाय के रूप में अपनी प्रेयसी **इओ** को **हेरा** को दे दिया। **हेरा** अभी भी शंका मुक्त नहीं हो पाई थी, अतः उसने गाय की रक्षा का भार अपने विश्वस्त सेवक **आगू** को सौंप दिया। **आगू हेरा** के आदेशानुसार गुप्त मार्ग से उस सुन्दर गाय को **नेमिया** ले गया और वहाँ उसे एक वृक्ष से बाँध दिया।

हेरा के इस सेवक **आगू** की सौ आँखें थीं और वह सोते समय सब आँखें बन्द नहीं करता था। बहुधा एक समय में उसकी दो ही आँखें बन्द होती थीं। बेचारी **इओ** एक पल भी उसकी दृष्टि से दूर नहीं हो सकती थी। उसकी आकृति अवश्य बदल गई थी किन्तु मन और मस्तिष्क मानव-समान थे। वह चाहती कि **आगू** से मुक्ति की प्रार्थना करे किन्तु भाषा पर अब उसका अधिकार नहीं था। वह आते-जाते पथिकों से बात करना चाहती किन्तु उसके मुँह से केवल रँभाने का स्वर निकलता जिससे वह स्वयं ही भयभीत हो उठती। उसका मन आकुल हो उठता। लोग आते, उसकी सुन्दरता और सुडौलता की प्रशंसा करते, स्नेह से उसकी पीठ सहलाते और चले जाते। बेचारी **इओ** चुपचाप खड़ी आँसू बहाया करती। चेतना उसके लिए अभिशाप बन गई थी। एक दिन भाग्यवश नदी का देवता **इनाकस** वहाँ आ निकला। सुन्दर गाय देखकर वह वहीं रुक गया। अपने पिता को देख **इओ** का मन व्यथित हो उठा। वह चाहती थी कि अपने

पिता को अपने दुर्भाग्य की कहानी सुना सके, उससे मुक्ति दिलाने की प्रार्थना करे। उसका दम घुट रहा था। शब्द उसके भीतर ही मर रहे थे। हृदय में भाव थे लेकिन अभिव्यक्ति के लिए भाषा नहीं थी। वह प्रेमावेग में अपने पिता का हाथ चाटने लगी। तभी उसे अचानक एक उपाय सूझा। उसने सींग से मिट्टी पर लिख दिया–"**इओ**"। **इनाकस** ने अपनी खोई हुई बेटी को पहचान लिया। वह कातर स्वर में विलाप करने लगा, "हा! मेरी बच्ची, यह मैं क्या देख रहा हूँ। तेरा यह क्या हाल हो गया है? मेरी फूल-सी सुकुमार इओ पर किसने यह अत्याचार किया? हे प्रभु **ज़्यूस**! इससे तो अच्छा था तुम इस अभागी के प्राण ले लेते...।" यह दृश्य देख **आगू** सतर्क हो उठा और गाय को दूर ले गया। गाय को एक अन्य पेड़ से बाँध वह स्वयं कुछ ऊँचाई पर बैठ गया जिससे सभी दिशाओं में देख सके।

उधर **ओलिम्पस** पर **ज़्यूस** को कल न पड़ता था। **इओ** की दुर्दशा का वह उत्तरदायी था। बहुत सोच-विचार के बाद **ज़्यूस** ने **इओ** के उद्धार का भार अपने पुत्र **हेमीज़** को सौंपा। **हेमीज़** ने तत्काल अपने पंखोंवाले जूते पहने, पंखोंवाली टोपी पहनी, हाथ में बाँसुरी और जादू की छड़ी ली और **नेमिया** की ओर प्रस्थान किया। निर्दिष्ट स्थान पर पहुँचकर उसने अपने जूते और टोपी छिपा दिए और एक ग्वाले का वेश धारण कर लिया। हाथ में छड़ी ली और अपनी बाँसुरी पर दिव्य राग छेड़ दिया। ऐसा संगीत पृथ्वी पर कहाँ! भोले-भाले चरवाहे और उसकी मधुर रागिनी ने **आगू** का मन मोह लिया। उसने बड़े स्नेह से **हेमीज़** को अपने पास एक वृक्ष की घनी छाया में बिठा लिया और उससे बातें करने लगा। **हेमीज़** केवल एक दक्ष बाँसुरी-वादक ही नहीं, एक कुशल वक्ता भी था। वह तरह-तरह की बातों से **आगू** का मन बहलाता रहा। उसे कई कहानियाँ सुनाईं। काफ़ी समय बीत गया। रात घिर आई। **आगू** को नींद आने लगी। बाँसुरी के मधुर स्वर में **आगू** की आँखें एक-एक कर बन्द होने लगीं लेकिन कुछ आँखें अभी भी खुली थीं। **हेमीज़** ने अब उसे बाँसुरी का इतिहास सुनाया। इस बीच ही **आगू** की सभी आँखें सो गईं। उसका सिर आगे को झुक आया। अब **हेमीज़** ने तलवार के एक ही वार से उसकी गर्दन धड़ से अलग कर दी। **आगू** की सौ आँखें सदा के लिए बन्द हो गईं। **हेमीज़** ने **इओ** को मुक्त कर दिया किन्तु उसके कष्ट के दिन समाप्त नहीं हुए थे।

आगू हेरा के आदेश का पालन करते हुए मारा गया था, अतः **हेरा** ने उसकी सौ आँखें मोर के पंखों में लगा दीं।

इओ के प्रति **हेरा** का क्रोध अभी भी शान्त नहीं हुआ था, अतः उसने **ज़्यूस** को **इओ** को उसके वास्तविक रूप में लाने का अवसर ही न दिया। **हेरा** ने गाय रूपी **इओ** के पीछे गोमक्षिका लगा दी। उसके दंश से आहत **इओ** देश-विदेश घूमने लगी। पहले वह **डोडोना** गई और फिर उस समुद्र तक जो बाद में उसके नाम से **इओनियन** समुद्र कहलाया। क्षुब्ध, पीड़ित, संत्रस्त **इओ** इधर-उधर भटकती **ज़्यूस** को उसके प्रेम की दुहाई देती। लेकिन उस अभागी की व्यथा का अन्त न था। **इओनियन** समुद्र से वह फिर

लौटकर उत्तर की ओर चली और **हेमस** पर्वत पर पहुँची। फिर काले सागर से होती हुई, क्रीमियन **बॉसफ़ारस** पार करके **हिब्रीस्टीस** नदी के स्रोत **काकेसस** पर्वत पर पहुँची। एक ऊँची चोटी पर **इओ** को एक विशाल आकृति दिखाई दी। एक गरुड़ उस आकृति का मांस नोच-नोचकर खा रहा था। यह **ज़्यूस** के क्रोध का शिकार, मानव का समर्थक **प्रमीथ्यु** था। **इओ** ने जब चट्टान से बँधे इस विशालकाय किन्तु असहाय **टाइटन** को देखा तो वह उसके पास ही रुक गई और दुखित स्वर में बोली :

"इस भयंकर यातना को निःशब्द सहनेवाले वीर, तुम कौन हो? क्या अपराध किया है तुमने जो प्रचंड सूर्य, गरजते तूफ़ान और लपलपाती आग के निरन्तर प्रहारों को सहने का दण्ड मिला? क्या मेरी तरह तुम्हारी पीड़ा का भी अन्त नहीं? क्या मुक्ति की प्रतीक्षा ही हमारी नियति है? बोलो वीर! मुझे पशु न समझो। मैं एक स्त्री हूँ और तुम्हारा दुख समझती हूँ।"

भविष्यद्रष्टा **प्रमीथ्यु** ने यह समवेदना युक्त स्वर सुनकर **इओ** की ओर देखा और पल-भर में उसका इतिहास जान लिया।

"**इनाकस** की पुत्री **इओ**।" उसने कहा, "मैं **ज़्यूस** को क्रुद्ध करने का फल भोग रहा हूँ और तू? तू उसके प्रेम का। तेरे प्रति **ज़्यूस** के प्रेम के कारण ही **हेरा** तुझसे घृणा करती है और तुझे इतना कष्ट दे रही है।"

इओ को आश्चर्य हुआ। इस सुनसान बर्फीले प्रदेश में जहाँ मनुष्य तो क्या चिड़िया तक नहीं फटकती, यह अकेला चट्टान से बँधा हुआ प्राणी उसका नाम कैसे जान गया। कौन है यह दिव्यद्रष्टा? **प्रमीथ्यु** ने उसका मनोभाव पढ़ लिया और अपना परिचय दिया : "**इओ!** तेरे सामने मानव-जाति को अग्नि देनेवाला **प्रमीथ्यु** खड़ा है।"

"**प्रमीथ्यु!**" हठात् **इओ** के मुख से निकला, "मानव-जाति का स्रष्टा और उद्धारक **प्रमीथ्यु!** हमारे हित के लिए देवताओं से लोहा लेनेवाला **प्रमीथ्यु!** आह!!" उसकी आँखों से आँसू बहने लगे, "मानव के कारण तुम इतना कष्ट झेल रहे हो। उसके सुख के लिए, इतनी मर्मांतक यातना चुपचाप सह रहे हो! तुमने क्यों मनुष्य के लिए **ज़्यूस** का क्रोध अपने सिर लिया?"

"ऐसा मत बोल **इओ!** मैंने जो उचित समझा वही किया। मैं मानव को सुखी और समृद्ध देखना चाहता था। मेरा सपना साकार हो गया। मेरे मन में कोई दुविधा नहीं, कोई द्वन्द्व नहीं। **ज़्यूस** अपनी शक्ति का दुरुपयोग कर मुझसे प्रतिशोध ले रहा है। वह नहीं जानता **प्रमीथ्यु** का विश्वास अटल है। वह मेरे शरीर को क्षत-विक्षत कर सकता है, मेरी अन्तरात्मा को नहीं।"

"लेकिन क्या इस कष्ट का कभी अन्त न होगा?" **इओ** ने पूछा।

"होगा **इओ!** अवश्य होगा।" आगम द्रष्टा **प्रमीथ्यु** ने कहा, "एक दिन इस अत्याचार का अन्त होगा। **ज़्यूस** को उसके कर्मों का फल मिलेगा। उसका अपना ही पुत्र उसे अपदस्थ करेगा। और **इओ!** तेरी भी मुक्ति होगी। लेकिन अभी प्रतीक्षा कर। देश-विदेश, जंगल-जंगल चलती जा, नदी-नाले पार करती चलती जा। अन्त में **नील** नदी

के पास पहुँचकर तेरा उद्धार होगा। वहीं **ज़्यूस** तुझे तेरा स्त्री-रूप देगा और तुझे एक पुत्र की प्राप्ति होगी। जा! चली जा। इस लम्बी काली रात का अवश्य प्रभात होगा।''

''और तुम पिता?'' **इओ** ने व्यग्रता से पूछा।

''अभी शताब्दियों तक मुझे इस अत्याचार से जूझना है। अन्ततः तेरे एक वंशज के हाथों मेरी इस यातना का अन्त होगा। देवताओं-सा शक्तिशाली और समर्थ वह युवक मेरी शृंखलाएँ तोड़ेगा। एक बार फिर मैं स्वतन्त्र वायु में साँस ले सकूँगा। मेरा कष्ट तेरे कष्ट से बड़ा है और छुटकारा भी कठिन। किन्तु मैं निराश नहीं हूँ। तू भी हिम्मत न हार और आगे बढ़ती जा।''

इओ ने मन ही मन **प्रमीथ्यु** को प्रणाम किया और अपने रास्ते चल पड़ी। **कॉलकिस** और **थ्रेशियन बॉसफ़ारस** होती हुई **यूरोप** पहुँची और फिर **एशिया माइनर** से **टारसस, जोप्पा, मीडिया, बैक्ट्रिया, भारत** और **अरब** होती हुई **इथोपिया** पहुँची। **नील** के उद्गम से चलती हुई **मिस्र** आई। यहीं उसका यातना का अन्त हुआ। **ज़्यूस** ने उसे स्त्री-रूप दिया और **टैलीगोनस** से विवाह के पश्चात उसने **ज़्यूस** के पुत्र **इपैफ़स** को जन्म दिया। **इपैफ़स** ने चिरकाल तक **मिस्र** में राज्य किया। **कैलिमेकस** के अनुसार उसकी पुत्री **लीबिया** समुद्र देवता **पॉसायडन** के संसर्ग से **एगनर** और **बीलस** नामक दो प्रतापी पुत्रों की माता बनी।

स्ट्रैबो के अनुसार **इओ** ने गाय के रूप में ही **यूबोइयन** गुहा में **एपाफ़स** नामक दिव्य बैल को जन्म दिया और वहीं गोमक्षिका के निरन्तर आघातों के कारण **इओ** की मृत्यु हो गई। मरते समय इस गाय का रंग पहले सफेद, फिर लाल और अन्त में काला हो गया था।

ज़्यूस के प्रेम, **हेरा** की ईर्ष्या और **इओ** की यातना की यह कहानी **ईस्किलस** और **ओविड** से मिलती है।

ज़्यूस और कैलिस्टो

ज़्यूस की कामुकता और **हेरा** की ईर्ष्या का शिकार होनेवाली दूसरी अभागी स्त्री थी **कैलिस्टो। कैलिस्टो आर्केडिया** के राजा की बेटी थी। यथा नाम तथा गुण। **कैलिस्टो** का अर्थ है सुन्दरी। **कैलिस्टो** रूपवती थी और शुचिता की देवी **आर्टेमिस** की सखी थी। एक बार जब वह अन्य कुमारियों के साथ आखेट कर रही थी, **ज़्यूस** ने उसे देखा और उस पर आसक्त हो गया। **ज़्यूस** के संसर्ग से **कैलिस्टो** को गर्भ हो गया। जब **आर्टेमिस** को इस बात का पता चला तो उसने **कैलिस्टो** को अपने संगठन से निकाल दिया। **कैलिस्टो** ने एक पुत्र को जन्म दिया। शीघ्र ही **हेरा** को इस बात का पता लग गया। **ज़्यूस** पर तो उसका वश न चलता था, अतः उसने **कैलिस्टो** को ही दण्ड देने की ठानी। जिस अनुपम रूप ने **ज़्यूस** का मन मोह लिया, वह उस **रूप** को नष्ट कर देगी। **कैलिस्टो** लाख रोई, गिड़गिड़ाई मगर **हेरा** ने उसे एक रीछ बना दिया। देखते ही देखते उसके कोमल

अंग काले-लम्बे बालों से भर गए और सुकुमार हाथों-पाँवों के पंजे बन गए। **ज़्यूस** के कानों में रस घोलनेवाला उसका मधुर स्वर गुर्राहट में बदल गया। लेकिन **इओ** की भाँति उसकी आकृति ही बदली थी, प्रकृति अब भी मनुष्यों जैसी थी। वह रीछ के रूप में भी सदा दो ही पैरों पर चलने का प्रयास करती। अहेरियों को देखकर उनसे बात करना चाहती। अन्य भालुओं के बीच उसे चैन न पड़ता। कभी-कभी रात में वह डर भी जाती–मनुष्यों या देवताओं से नहीं, वन्य पशुओं से। इसी तरह मानसिक कष्ट झेलते और वन-वन भटकते कई वर्ष बीत गए।

एक दिन एक युवक उस जंगल में शिकार खेलने आया। वह **कैलिस्टो** का बेटा था। **हेरा** की प्रेरणा उसे वहाँ लाई थी। **कैलिस्टो** ने अपने बेटे **एरकास** को पहचान लिया। माँ की ममता उमड़ पड़ी। वह अपना रूप भूलकर स्नेहार्द हो अपने बच्चे की ओर बढ़ी। एक भालू को अपनी ओर आते देखकर **एरकास** सतर्क हो उठा। उसने झट भाला साधा और रीछ के वक्ष को लक्ष्य किया। इससे पहले कि **एरकास** मातृ-हत्या का अपराध करता **ज़्यूस** ने माता और पुत्र दोनों को नक्षत्र बनाकर आकाश में स्थान दे दिया।

हेरा ने जब अपनी प्रतिद्वन्द्वी का ऐसा सम्मान होते देखा तो वह जल-भुन उठी। जिसे वह मिट्टी में मिलाना चाहती थी, **ज़्यूस** ने उसे आसमान पर बिठा दिया। **हेरा** यह नहीं सह सकती थी। अमरलोक की सम्राज्ञी यदि अपनी इच्छा से एक मर्त्य को दंडित न कर सके तो उसका मान-सम्मान, उसकी कृपा-अकृपा का अर्थ ही क्या रह गया। यह अपमान था। **हेरा** की प्रतिष्ठा को धक्का लगा था। लेकिन अब करे क्या? नक्षत्रों को च्युत नहीं किया जा सकता था। वरदान लौटाया नहीं जा सकता था। अतः अब वह समुद्र की शक्तियों के पास गई और उनसे कहा : ‘‘देव-सम्राट ने मेरा अपमान किया है। अपनी प्रेयसी और अपने अवैध बेटे को नक्षत्र बना दिया है। आप लोग मेरी सहायता करें। मेरा आपसे आग्रह है कि अब आप इन दोनों अपराधी नक्षत्रों को कभी भी अपने निर्मल जल में विश्राम न करने दें। ये सदा आकाश-मंडल में ही भटकते रहे।’’

हेरा की अभिलाषा पूरी हुई। अपनी यात्रा पूरी करके सभी नक्षत्र समुद्र के जल में आकर अपनी क्लान्ति दूर करते हैं लेकिन **कैलिस्टो** और **एरकास** के भाग्य में विश्राम नहीं। वे सदा चलते ही रहते हैं।

ज़्यूस और यूरोपे

लीबिया का पुत्र और **बीलस** का जुड़वाँ भाई **एगनर मिस्र** से **कैनन** देश में आ गया और वहाँ राज्य करने लगा। यहीं **एगनर** ने **टेलफ़ासा** से विवाह किया। **टेलफ़ासा** ने **कैडमस फ़ीनिक्स, सीलिक्स, थासस, फ़ीनियस** नामक पुत्रों तथा **यूरोपे** नाम की एक पुत्री को जन्म दिया। **एगनर** की दुलारी बेटी, भाइयों की चहेती बहन **यूरोपे** असाधारण सुन्दरी थी।

एक दिन **यूरोपे** ने अद्भुत स्वप्न देखा। **इओ** की भाँति उससे किसी ने

प्रणय-याचना नहीं की। उसने देखा कि दो स्त्रियों के रूप में दो महाद्वीप उसके पास आए हैं। ये दोनों ही स्त्रियाँ उस पर अपना अधिकार जमाना चाहती हैं। इनमें से एक का नाम है **एशिया** और दूसरी का अभी कोई नाम नहीं। **एशिया** का कहना था कि उसने **यूरोपे** को जन्म दिया है, उसे पाला-पोसा है, अतः **यूरोपे** पर उसका अधिकार है। बिना नाम की दूसरी स्त्री बार-बार यही कहती : "प्रभु **ज़्यूस** ने **यूरोपे** को मुझे देने का वचन दिया है। तुम चाहे कुछ भी कहो, **यूरोपे** मुझे ही मिलेगी।"

यूरोपे उठ बैठी। गुलाबी परिधान में लिपटी **ऑरोरा** सूर्य के रथ के लिए पूर्व के विशाल द्वार खोलने को प्रस्तुत थी। **यूरोपे** ने अपनी सखियों को बुलाया और समुद्र के निकट स्थित उपवन में क्रीड़ा करने और फूल चुनने को चल पड़ी। यह उपवन **यूरोपे** को बहुत प्रिय था। वैसे भी वसन्त ऋतु थी। **यूरोपे** की सभी सखियाँ कुलीन परिवारों की थीं। आज वे सभी फूल चुनने के लिए छोटी-छोटी सुन्दर टोकरियाँ लेकर आई थीं। **यूरोपे** के हाथ में स्वर्ण की टोकरी थी जिस पर बड़े मोहक चित्र बने थे। इसको **ओलिम्पस** के शिल्प-देवता **हेफ़ास्टस** ने अपने हाथों से बनाया था। **यूरोपे** टोकरी हाथ में लिए अपनी सखियों के साथ हँसती-गाती फूल चुन रही थी। सभी कुमारियाँ थीं और प्रियदर्शिनी भी किन्तु फिर भी **यूरोपे** उनमें अलग ऐसे ही दिखाई देती थी जैसे सितारों के बीच चाँद। ओलिम्पस में बैठा ज़्यूस इस रूप-राशि को देख रहा था। तभी कहीं ऐफ्रॉडायटी के नटखट बेटे **एरॉस** (क्यूपिड) ने अपने पुष्प बाण से उसका हृदय भेद डाला। अब देव सम्राट को धैर्य कहाँ। झट **यूरोपे** के अपहरण की योजना बना डाली। **हेरा** की शंकालु दृष्टि से बचने के लिए सावधानी बरतना श्रेयस्कर होगा, यही सोचकर **ज़्यूस** ने एक बैल का रूप धारण किया।

पृथ्वी के सभी पशुओं से श्रेष्ठ और सुन्दर यह बैल दूध की तरह सफ़ेद था। इसके सिर पर चन्द्रमा की शिखाओं की तरह छोटे-छोटे दो सींग थे और सींगों के बीच एक काली लकीर। इतना ही नहीं वह एक मेमने की तरह सुकुमार और सीधा था। जब यह बैल समुद्र-तट पर क्रीड़ा करती हुई रमणियों के बीच पहुँचा तो वे भयभीत नहीं हुईं अपितु उन्होंने उसे चारों ओर से घेर लिया। कोई उसे सहलाने लगी तो कोई फूलों से सजाने लगी। कुछ ने उसके गले में पुष्प-मालाएँ पहना दीं। बैल ने कोई विरोध नहीं किया। वह **यूरोपे** की ओर बढ़ा और उसका स्पर्श पाकर बड़े मधुर स्वर में रँभाया। **यूरोपे** प्यार से उसकी पीठ सहलाने लगी। वह बैल उसके पैरों के पास लेट गया जैसे **यूरोपे** को अपनी धवल पीठ पर चढ़ने का आमन्त्रण दे रहा हो। **यूरोपे** निर्भीकता से उसकी पीठ पर चढ़ गई और खिलखिलाती हुई अपनी सखियों को भी बुलाने लगी। लेकिन इससे पहले कि कोई उसके निकट आता वह बैल वायु-वेग से समुद्र की ओर चल पड़ा। भय से आक्रान्त **यूरोपे** विह्वल स्वर से रक्षा के लिए पुकारती थी लेकिन किसका साहस कि बैल रूपी **ज़्यूस** को रोकता। **यूरोपे** की सखियाँ विलाप करती रह गईं। कुछ ही देर में बैल पानी की लहरों पर दौड़ने लगा। **यूरोपे** का डर से बुरा हाल था। हर कदम पर उसे मृत्यु साक्षात् दिखाई दे रही थी। उसने एक हाथ से बैल का सींग पकड़ रखा था

और दूसरे में स्वर्ण की टोकरी। बैल का समुद्र पर चलना एक अद्‌भुत घटना थी। **यूरोपे** ने देखा, ज्यों-ज्यों वह आगे बढ़ता उद्‌दण्ड लहरें शान्त हो जातीं। तभी समुद्र से अनेक प्राणी निकलने लगे। नदियों की संरक्षक शक्तियाँ, समुद्र कन्याएँ, शंख ध्वनि करते हुए **ट्रिटन** बालक और उनका नेतृत्व करते हुए हाथ में त्रिशूल लिए समुद्र-देवता **पॉसायडन। यूरोपे** ने आश्चर्यचकित हो यह दृश्य देखा। उसे विश्वास हो चला था कि यह बैल अवश्य ही कोई देवता है। तभी बैल ने उसे आश्वस्त करने के लिए मानव-स्वर में कहा :

''डर मत **यूरोपे।** तेरी कोई हानि नहीं होगी। मैं ओलिम्पस का सम्राट **ज़्यूस** हूँ—तेरे प्रणय का प्रार्थी। मैं तुझे सुदूर देश ले जाऊँगा जहाँ उज्ज्वल भविष्य तेरी प्रतीक्षा कर रहा है। तेरे नाम से उस महाद्वीप का नाम होगा। तुझे तेजस्वी पुत्रों की प्राप्ति होगी और तेरा नाम सदा के लिए अमर होगा।''

यूरोपे ने संघर्ष करना छोड़ प्यार से अपनी बाँहें उसके गले में डाल दीं। **ज़्यूस** ने **क्रीट** में अपनी यात्रा समाप्त की और अपना वास्तविक रूप धारण किया। इस सम्बन्ध से **यूरोपे** ने **मायनास, रॉडामिन्थस** और **सरपेडन** नामक तीन पुत्रों को जन्म दिया। इनमें से पहले दो अपने न्याय के लिए पृथ्वी पर इतने प्रसिद्ध हुए कि बाद में उन्हें पाताल में मृतकों का न्यायाधीश नियुक्त कर दिया गया। तीसरे ने **ट्रॉय** के युद्ध में वीरगति प्राप्त की। बिना नाम के दूसरे महाद्वीप को **यूरोप** के नाम से जाना जाने लगा।

कहा नहीं जा सकता कि **ज़्यूस** की इस प्रणय-लीला के समय **हेरा** कहाँ थी। **इओ** और **कैलिस्टो** की भाँति **यूरोपे** को **ज़्यूस** के प्रेम का मूल्य नहीं चुकाना पड़ा।

ज़्यूस और **यूरोपे** की इस प्रेम कथा का उल्लेख **अपोलोडॉरस, हाइजीनस** तथा **ओविड** से मिलता है। लेकिन इसका रुचिकर विस्तृत वर्णन तीसरी शताब्दी के एलैग्ज़ेण्ड्राइन कवि **मोस्कस** ने किया है।

उक्त वर्णित इन तीन के अतिरिक्त भी **ज़्यूस** की अन्य कई मर्त्य प्रेमिकाएँ थीं और अनेक अवैध बालक। **ज़्यूस** और **पैसिफ़े** के संसर्ग से **लीबिया** के **एमान** का जन्म हुआ, **एन्टीयोपी ने एम्फ़ियन** और **ज़ीयस** को जन्म दिया। **लामिया** और **एगीना** पर भी देव-सम्राट की अनुकम्पा हुई। **ज़्यूस** और **सीमीले** के संसर्ग से मदिरा के देवता **डायोनिसस** और **डाने** के सम्भोग से वीर **परसियस** का जन्म हुआ। इनका विस्तृत वर्णन आगे किया जाएगा।

फिलमॉन और बॉसिस

मानव-जाति का आचरण परखने, अपराधियों को दण्ड देने और पवित्रात्माओं का उद्धार करने के लिए **ज़्यूस** बहुधा वेश बदलकर पृथ्वी पर जाता। एक बार **ज़्यूस** और **हेमीज़** थके-हारे पथिकों के रूप में **फ़ीजिया** की पहाड़ी के पास स्थित एक ग्राम में गए। वे आश्रय की खोज में थे। रात हो चुकी थी। उन्होंने कई द्वार खटखटाए लेकिन कोई भी उसके स्वागत के लिए न उठा। वे हर द्वार से निराश हुए। अन्त में एक पुराने टूटे-फूटे घर में रहनेवाले वृद्ध दम्पति **फ़िलमॉन** और **बॉसिस** ने उन्हें आश्रय दिया। ये पति-पत्नी

बड़े ही उदार और सन्तोषी स्वभाव के थे। उन्होंने अपना जीवन परोपकार और देवोपासना में व्यतीत किया था। यद्यपि उनके साधन सीमित थे फिर भी कभी कोई पथिक उनके द्वार से निराश न गया। **फ़िलमॉन** और **बॉसिस** ने आदरपूर्वक अपने अतिथियों को एक साफ स्थान पर बिठाया। फिर वृद्धा ने कमरा गरम करने के लिए राख हटाकर कोयलों को उल्टा और उन पर सूखी पत्तियाँ और लकड़ी के छोटे-छोटे टुकड़े रखकर बड़े आयास से आग जलाई। फिर कुछ सूखी डालियाँ लेकर आई और उन्हें प्रज्वलित कर उन पर केतली चढ़ा दी। उसका पति जड़ी-बूटी लाने बाहर चला गया। वृद्धा ने अतिथियों के हाथ गर्म पानी से धुलाए और फिर पति की लाई हुई कुछ बूटियाँ और शूकर का मांस केतली में डालकर आग पर चढ़ा दिया। फिर अतिथियों को भोजन कराने के लिए एक तीन टाँगवाला मेज़ साफ किया और उसे सुगन्धित बूटी से रगड़ा। तिपाई की एक टाँग छोटी थी, अतः उसके नीचे लकड़ी का टुकड़ा रखकर उसे स्थिर किया। फिर अपने काँपते हाथों से एक बहुत पुराना किन्तु विशेष अवसरों पर प्रयोग किए जानेवाला वस्त्र उस पर बिछाया। **ज़्यूस** और **हेमीज़** उनके अतिथि-सत्कार को प्रशंसा की दृष्टि से देख रहे थे।

वृद्ध दम्पति के घर में एक हंस था। वे चाहते थे कि उस हंस का मांस अतिथियों को खिला सकें। अतः वृद्ध उसे पकड़ने बाहर गया। लेकिन हंस इतना चंचल था कि हर बार उसके हाथ से निकल जाता। बहुत देर तक यही खेल चलता रहा। आगे-आगे हंस और बूढ़ा पीछे। तभी वह हंस दौड़कर कमरे में घुस आया और **ज़्यूस** के चरणों में शरण ले ली। **ज़्यूस** ने हंस को गोद में ले लिया और अपने वास्तविक रूप में प्रकट हो गए। वे **फ़िलमॉन-बॉसिस** की उदारता एवं मैत्रीपूर्ण आतिथ्य से बहुत प्रसन्न थे।

वृद्ध दम्पति ने जब देवताओं को अपने वास्तविक रूप में देखा तो **वे** उनके चरणों में गिर पड़े और अपनी त्रुटियों के लिए क्षमा माँगने लगे। **ज़्यूस** ने कहा :

"मैं तुम दोनों पर प्रसन्न हूँ किन्तु शेष सारे गाँव को नष्ट कर दूँगा। इस गाँव के निवासियों ने आतिथ्य के नियमों का उल्लंघन किया है। **उन्हें** क्षमा नहीं किया जाएगा। तुम लोग हमारे साथ पर्वत की चोटी पर चलो।"

काँपते, लड़खड़ाते, छड़ी के सहारे **फ़िलमॉन** और **बॉसिस** उस पहाड़ी पर चढ़ गए। जब उन्होंने मुड़कर पीछे देखा तो सारा गाँव जलमग्न हो चुका था। केवल उनका अपना घर इस सर्वनाश से बचा था। देखते ही देखते वह घर एक भव्य मन्दिर में बदल गया। अब **ज़्यूस** ने वृद्ध दम्पति से कहा कि वे जो चाहें वरदान माँग लें। **फ़िलमॉन-बॉसिस** ने परस्पर परामर्श किया और फिर देवताओं से निवेदन किया :

"देव-प्रमुख! हम अपना जीवन इसी मन्दिर में देवार्चना करते हुए बिताएँ। और आप तो जानते ही हैं कि हम दोनों पति-पत्नी किशोरावस्था से साथ हैं, सुख-दुख के साथी रहे हैं। यह वरदान दीजिए कि हमारी मृत्यु भी एक साथ हो। हममें से कोई अपने साथी का दुख देखने को जीवित न रहे।"

"तथास्तु।" **ज़्यूस** ने कहा और दोनों देवता अन्तर्धान हो गए। **फ़िलमॉन-बॉसिस**

ने अपना शेष जीवन उसी मन्दिर में पूजा-पाठ करते व्यतीत किया। एक दिन जब दोनों मन्दिर की सीढ़ियों पर खड़े उस मन्दिर का इतिहास बता रहे थे, अकस्मात **बॉसिस** ने देखा कि **फ़िलमॉन** के बदन से पत्ते निकलने लगे और साथ ही उसके अपने शरीर से भी। दोनों ने जान लिया कि अन्तिम समय आ गया है। शीघ्र ही एक-दूसरे से विदा ली। देखते ही देखते उनके शरीर दो बड़े ओक वृक्षों में परिवर्तित हो गए। इस तरह **फ़िलमॉन-बॉसिस** की अन्तिम अभिलाषा पूरी हुई।

ज़्यूस की उपासना

प्राचीन काल में **ज़्यूस** की बड़ी मान्यता थी। **ज़्यूस** के दो प्रमुख मन्दिर **रोम** और **लीबिया** में थे। ये मन्दिर विश्वविख्यात थे। **ज़्यूस** का एक मन्दिर **डोडोना** में भी था। ओक **ज़्यूस** का प्रिय वृक्ष है। **डोडोना** का ओक वृक्ष देवता द्वारा अभिप्रेरित होकर भविष्यवाणी किया करता था। दूर-दूर से लोग यहाँ प्रश्न पूछने आते थे।

ज़्यूस का एक भव्य मन्दिर **ओलम्पिया** में भी था। यहाँ **ज़्यूस** की टाइटन राक्षसों पर विजय की स्मृति के उपलक्ष्य में हर पाँचवें वर्ष ओलम्पिक खेलों का आयोजन किया जाता था। सुदूर देशों के युवक इन खेलों में भाग लेने के लिए आते थे। विजेताओं का बहुत सम्मान होता था। ग्रीसवासी वर्षों की गणना पाँचवें वर्ष होनेवाले ओलम्पिक से करते थे। **ओलम्पिया** के देवालय में देव-सम्राट **ज़्यूस** की स्वर्ण एवं हस्तिदन्त की बनी एक भव्य प्रतिमा थी। इसे प्राचीन काल में अद्भुत सौन्दर्य, आकार एवं सजीवता के कारण विश्व के सात आश्चर्यों में से एक माना जाता था। इसका निर्माण प्रसिद्ध शिल्पी **फ़ीडियस** ने किया था। कहा जाता है कि इस प्रतिमा के निर्माण के बाद **फ़ीडियस** ने इसे देवता को अर्पित कर सच्चे मन से प्रार्थना की कि **ज़्यूस** अपनी स्वीकृति का कोई संकेत दें। **फ़ीडियस** की प्रार्थना स्वीकार हुई और बिजली की एक लपट मूर्ति के चारों ओर कौंध गई लेकिन इससे कोई हानि नहीं हुई।

लगभग सभी प्राचीन साहित्यकारों की कृतियों में **ज़्यूस** का उल्लेख मिलता है। **होमर, हीसियड, अपोलोडॉरस, हाइजीनस** इत्यादि के अतिरिक्त **ज़्यूस** को **ईस्किलस** की रचनाओं में विशेष प्रतिनिधित्व मिला है। कहीं-कहीं उसे ईश्वर भी माना गया है। किन्तु बहुधा **ज़्यूस** का चित्रण एक उदार, समृद्ध, महामना के रूप में हुआ है। बाद की कृतियों में **पी.बी. शैली** का 'प्रमीथ्यु अनबाउंड' एक अपवाद है जिसमें **ज़्यूस** को अत्याचार और कठोरता का प्रतीक बना दिया गया।

पॉसायडन

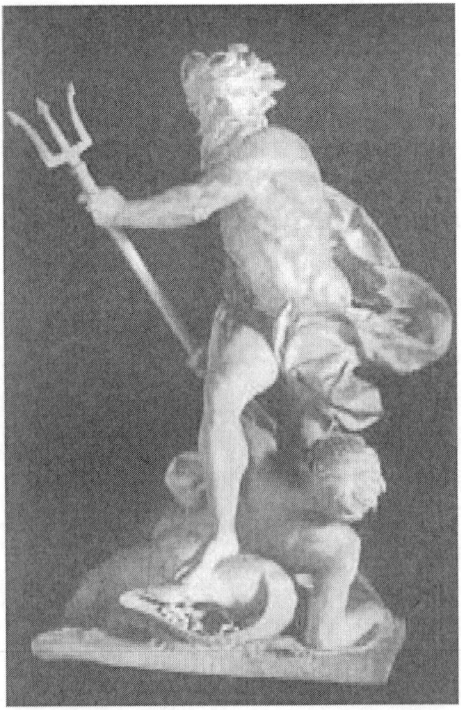

शक्तिशाली **टाइटन्स** को परास्त करने के बाद नया देव-परिवार अपने राज्य की व्यवस्था में लग गया। स्वजनों को दुर्दम्य **क्रॉनस** के पेट की अँधेरी गुहा से स्वतन्त्र कराने तथा **टाइटन्स** के विरुद्ध देवताओं के युद्ध का नेतृत्व करनेवाले **ज़्यूस** को सबने देव-सम्राट के रूप में स्वीकार किया। आकाश उसका अधिकार-क्षेत्र था। **ज़्यूस** के भाई **पॉसायडन** के हिस्से समुद्र का राज्य आया और पाताल की राजसत्ता **हेडीज़** को मिली। यह निश्चित हुआ कि पृथ्वी पर सभी देवताओं का समान अधिकार होगा।

लगभग सभी प्राप्य स्रोतों से हमें **पॉसायडन** का परिचय समुद्र-देवता के रूप में ही मिलता है। समुद्र तथा पृथ्वी पर बहने वाली सभी नदियों पर उसका आधिपत्य है। वह इच्छानुसार जल में डुबकी लगा सकता है, बाहर आ सकता है, और समुद्र के जल पर अपने रथ को दौड़ा सकता है। **पॉसायडन** की आज्ञा से ही भयंकर तूफान उठते हैं, आँधियाँ चलती हैं, समुद्र की लहरें आकाश को छूने की होड़ लगाती हैं, बड़े-बड़े समुद्री-जहाज़ पल-भर में क्षत-विक्षत होकर सदा के लिए जल-समाधि ले लेते हैं। **पॉसायडन** की एक कोप-दृष्टि से विशाल नगर, विस्तृत भूभाग क्षण-भर में जलमग्न हो जाते हैं, भरे-पूरे गाँव तिनकों की तरह बह जाते हैं, प्रलय मच जाती है। किसी में भी इतनी शक्ति नहीं कि वह समुद्र-देवता के प्रकोप का सामना करे। लेकिन प्रसन्न होने पर **पॉसायडन** का आचरण इसके बिल्कुल विपरीत होता है।

झंझावात रुक जाते हैं, सागर की लहरें शान्त और निर्मल हो उठती हैं और सूर्य की रश्मियाँ उनमें झिलमिलाने लगती हैं।

पॉसायडन शब्द की व्युत्पत्ति के सम्बन्ध में विभिन्न मत हैं। कुछ विद्वानों के अनुसार **'पॉसायडन'** का अर्थ है 'डा का पति' और **'डा'** सम्भवतः पृथ्वी की देवी का पुराना ग्रीक नाम है। उसे कुछ स्थलों पर पृथ्वी का आलिंगन करनेवाला भी कहा गया है। 'पौधों का पोषक' उसकी एक अन्य उपाधि है। यहाँ यह स्मरणीय है कि **पॉसायडन** वस्तुतः समुद्र और जल का देवता है। उसके लिए प्रयुक्त उक्त लिखित विशेषण सम्भवतः पृथ्वी की प्रजनन शक्ति का सिंचाई के लिए जल से सम्बन्ध स्पष्ट करते हैं अथवा ये **पॉसायडन** के पृथ्वी की देवी **डिमीटर** से संयोग का निर्देश करते हैं। जल के देवता का पृथ्वी की प्रजनन-शक्ति से सम्बन्ध कुछ भी अस्वाभाविक नहीं किन्तु क्योंकि **पॉसायडन** मुख्यतः समुद्र का देवता है और समुद्र का खारा जल कृषि के लिए अनुपयोगी है, अतः **ज़्यूस** की अपेक्षा हमें **पॉसायडन** के पृथ्वी की देवियों और मर्त्य स्त्रियों से प्रेम-सम्बन्धों के वृतान्त कम मिलते हैं। रोम निवासियों ने **पॉसायडन** अथवा **नेपच्यून** का चित्रण साहित्य और कला में एक लम्बे, बलिष्ठ और गरिमा-सम्पन्न व्यक्तित्व के रूप में हुआ है। **होमर** की 'ओडिसी' के अनुसार भी वह असाधारण रूप से शक्तिशाली है। जब यह शस्त्रों से सज्जित होकर रणभूमि में आता है तो पाताल का स्वामी **हेडीज़** इस भय से आक्रान्त हो उठता है कि पृथ्वी कट-कटकर न गिरने लगे। **पॉसायडन** को 'पृथ्वी को कम्पित करनेवाला' भी कहा गया है। वह हाथ में सदा एक त्रिशूल धारण किए रहता है। इस त्रिशूल का एक आघात किसी भी पर्वत-खंड को ध्वस्त कर देने में समर्थ है।

पॉसायडन के **ज़्यूस** के विरुद्ध षड्यन्त्र के विषय में आप पहले पढ़ चुके हैं। इस षड्यन्त्र के असफल हो जाने पर देव-सम्राट **ज़्यूस** ने **पॉसायडन** को एक निश्चित समय के लिए **ओलिम्पस** से निष्कासित कर दिया। इस निर्वासन काल में **पॉसायडन** ने **प्रायम** के पिता **लाओमीडन** की सेवा की। उसी समय देवता **अपोलो** को भी किसी कारणवश **ओलिम्पस** से निर्वासित कर दिया गया था। दोनों देवताओं ने मिलकर **ट्रॉय** नगर के चारों ओर दीवार बनाई। **लाओमीडन** ने इस सेवा के लिए उपयुक्त पारिश्रमिक एवं पुरस्कार देने का वचन दिया था, किन्तु जब दीवार बनकर तैयार हो गई और देवता वापस **ओलिम्पस** जाने को उद्यत हुए तो उसने अपना वचन निभाने से इनकार कर दिया। फलतः वह **पॉसायडन** के कोप का भाजन हुआ और युद्ध में **पॉसायडन** ने **ट्रॉजन्स** के विरुद्ध **एकियन्स** की सहायता की।

समुद्र-सम्राट **पॉसायडन** एक ऐसी स्त्री की खोज में था जो समुद्र के तल में मूँगे और मोतियों से बने और जल-पुष्पों से सजे उसके भव्य महल को सुशोभित कर सके। तभी उसकी दृष्टि नेरीयड **थेटिस** पर पड़ी। **थेटिस** एक अतीव सुन्दर जल-कन्या थी। **पॉसायडन** उसे अपनी पत्नी बनाने के स्वप्न देखने लगा। तभी **थेमिस** ने यह भविष्यवाणी की कि **थेटिस** से उत्पन्न बालक अपने पिता से अधिक शक्तिशाली और महान होगा। यह सुनकर **पॉसायडन** सुन्दरी **थेटिस** की ओर से विमुख हो गया। देवताओं को

प्रणय-प्रार्थना स्थानान्तरित करते देर नहीं लगती। अब **पॉसायडन** एक अन्य नेरियड **एम्फ़ीत्राइत** की ओर आकृष्ट हो गया। लेकिन सुन्दरी **एम्फ़ीत्राइत** इस प्रणय-याचना से घबरा उठी और **पॉसायडन** की दृष्टि से बचने के लिए एटलस पर्वतश्रेणियों में जाकर छिप गई। **पॉसायडन** ने उसे ढूँढ़ने के लिए दूतों को भेजा। **डॉल्फ़िनस** नामक दूत ने **एम्फ़ीत्राइत** को ढूँढ़ निकाला और इस कुशलता से **पॉसायडन** के रूप, गुण और शक्ति, वैभव का बखान किया कि **एम्फ़ीत्राइत** मुग्ध हो गई। **डॉल्फ़िनस** ने उसे समझाया कि ऐसे महान और तेजस्वी देवता की प्रणय-प्रार्थना ठुकराना नहीं चाहिए, और फिर इस जल-कन्या का अद्वितीय रूप और मर्यादित आचरण समुद्र की महारानी के ही उपयुक्त था। सरल-हृदया **एम्फ़ीत्राइत** के सारे सन्देह मिट गए, और उसने **पॉसायडन** से विवाह के लिए अपनी सम्मति दे दी। इस प्रकार **डॉल्फ़िनस** के प्रयासों के फलस्वरूप **एम्फ़ीत्राइत** और **पॉसायडन** विवाह-सूत्र में बँध गए। **डॉल्फ़िनस** की इस सेवा से समुद्र-देवता **पॉसायडन** बहुत ही प्रसन्न हुआ और उसने **डॉल्फ़िनस** को नक्षत्र बनाकर आकाश में स्थान देकर अपनी प्रसन्नता और कृतज्ञता का प्रदर्शन किया। वह **डालफ़िन** तारा आज भी आसमान की ऊँचाइयों में टिमटिमा रहा है।

पॉसायडन के संसर्ग से **एम्फ़ीत्राइत** ने तीन बच्चों को जन्म दिया : **ट्रायटन,** रोड्‌ द्वीप की विद्याधरी **रोड्‌** अथवा रोडोस तथा **बेन्थेसिकिम। हीसियड** में हमें केवल **ट्रायटन** का उल्लेख मिलता है किन्तु **अपोलोडॉरस** ने तीनों नाम दिए हैं। इनमें से केवल **ट्रायटन** ही जल-पुरुष के रूप में कुछ महत्त्वपूर्ण है।

यद्यपि बड़े आयास के बाद **पॉसायडन** को **एम्फ़ीत्राइत** की प्राप्ति हुई थी किन्तु वह अन्य देवताओं की भाँति ही पत्नी के प्रति अनुराग में दृढ़ न रह सका। वह **फ़ॉकीस** की सुन्दरी कन्या **स्किला** पर आसक्त हो गया और उसका भोग किया। **एम्फ़ीत्राइत** को जब इस सम्बन्ध का पता चला तो वह क्षुब्ध हो उठी। **पॉसायडन** पर उसका वश न चलता था, अतः उसने **बेचारी स्किला** से ही प्रतिशोध लिया। **एम्फ़ीत्राइत** ने ज़हरीली जड़ी-बूटियों से तैयार एक द्रव उस तालाब में मिला दिया जहाँ **स्किला** स्नान करने आती थी। इसके प्रभाव से **स्किला** का कमर के नीचे का भाग एक भयंकर दैत्य के रूप में बदल गया जिसके नीचे छह भयानक भौंकते हुए कुत्तों के सिर थे। **स्किला** फिर कभी अपना खोया हुआ रूप न पा सकी और एक भयानक दैत्य के रूप में समुद्र में यात्रा करनेवाले निर्दोष नाविकों को पकड़-पकड़कर निगलने लगी। **स्किला** के रूप-परिवर्तन के सम्बन्ध में एक अन्य कहानी भी प्रचलित है, जो आप आगे पढ़ेंगे।

स्किला के अतिरिक्त **पॉसायडन** का गॉर्गन **मेडुसा** से भी शारीरिक सम्बन्ध था। जिस समय वीर **परसियस ने मेडुसा** की हत्या की वह गर्भवती थी। उसके कटे धड़ से **पेगासस** नामक एक पंखोंवाले घोड़े का जन्म हुआ। **पॉसायडन** को घोड़े विशेष रूप से प्रिय हैं और ऐसा कहा जाता है कि दुनिया का पहला घोड़ा **पॉसायडन** की ही भेंट थी। **पॉसायडन** के अश्व-प्रेम के सम्बन्ध में एक अन्य कथा प्रचलित है।

अपनी पुत्री **पर्सीफ़नी** के अकस्मात्‌ अपहरण से **डिमीटर** क्षुब्ध और अशान्त हो उठी

थी। इस क्षोभ का विशेष कारण यह था कि **डिमीटर** को अभी अपहरणकर्ता का पता नहीं था। पृथ्वी की यह देवी जंगलों, पर्वतों, स्थल, गली-कूचों में अपनी पुत्री को ढूँढ़ती फिर रही थी। वह बहुत दुखी थी और किसी भी क्रिया में उसका मन न लगता था। वह किसी भी देवता अथवा टाइटन से प्रेम-क्रीड़ा की भी इच्छुक नहीं थी। अतः उसने इच्छुक प्रेमियों की दृष्टि से अपने आपको बचाने के लिए एक वाजिनी का रूप धारण कर लिया। लेकिन कामुक **पॉसायडन** की तीव्र दृष्टि ने उसे ढूँढ़ ही लिया और एक अश्व के रूप में अनिच्छुक **डिमीटर** का बलात् भोग किया। इसके परिणामस्वरूप वन-कन्या **डेस्पोइना** तथा अद्‌भुत घोड़े **एरियन** का जन्म हुआ।

इसके अतिरिक्त **पॉसायडन** का **हार्पीज़** से भी प्रेम-सम्बन्ध था। पृथ्वी की देवी **गी** ने **पॉसायडन** के संसर्ग से **एन्टायोस** नामक दैत्य को जन्म दिया जिसकी मृत्यु **हेराक्लीज़** के हाथों हुई। **पॉसायडन** की एक अन्य प्रेमिका **एल्कीयोनी ने हाइरियस** अथवा **यूरीअस** को जन्म दिया। **एथुसा** नामक एक अन्य युवती से भी समुद्र-देवता का सम्बन्ध था। **किलेनो पॉसायडन** के संसर्ग से तीन बच्चों की माता बनी और हिम-सुन्दरी **किआनी** ने **यूमालपोस** को जन्म दिया। यह **किआनी बोरिअस** एवं **ओरीथिया** की पुत्री थी। समुद्र-देवता **पॉसायडन** का उन अनेक नक्षत्रों से सम्बन्ध बताया जाता है जो पुराने ग्रीक विश्वास के अनुसार सागर में डूबते और वहीं से फिर उगते थे।

पॉसायडन के सम्बन्ध में प्रचलित कथाओं में उसकी प्रज्ञा की देवी **एथीनी** से प्रतियोगिता महत्त्वपूर्ण है। इसके विषय में आप आगे पढ़ेंगे। यहाँ इतना स्पष्ट कर देना उचित होगा कि समुद्र का सम्राट होने पर भी **पॉसायडन** की प्रभावलिप्सा शान्त न हुई थी और वह पृथ्वी के विभिन्न क्षेत्रों को भी अपने अधिकार में करना चाहता था। **एट्टिका** नामक नगर को लेकर **एथीनी** एवं **पॉसायडन** में यह प्रतियोगिता हुई जिसमें **पॉसायडन** को हार खानी पड़ी। इसके अतिरिक्त **ट्राजीन** के लिए **पॉसायडन** और **एथीनी** में एक बार फिर विवाद पैदा हो गया। **ज़्यूस** ने यह निर्णय किया कि दोनों ही नगर का आधा-आधा भाग ले लें। **एगीना** के आधिपत्य के लिए उद्‌दण्ड स्वभाव **पॉसायडन ज़्यूस** से भी झगड़ा मोल ले बैठा। **नैक्सस** के लिए **डायोनिसस** तथा **कॉरिन्थ** पर अधिकार के लिए **हीलियस** से उसका विरोध हुआ। देव-सम्राट **ज़्यूस** के हस्तक्षेप से **इस्थमस पॉसायडन** और **एक्रॉपॉलिस हीलियस** को मिला। **पॉसायडन** इस विभाजन से बड़ा क्रुद्ध हुआ और **ज़्यूस** की पत्नी **हेरा** से **आरगोलिस** छीनने का प्रयत्न करने लगा। इस बार **पॉसायडन** ने देव-सभा के समक्ष निर्णय के लिए प्रस्तुत होने से इनकार कर दिया। वह जानता था कि देव-सभा का निर्णय किसके पक्ष में होगा। अन्ततः **ज़्यूस** ने नदी के देवताओं **इनाकस, सेफीसस** तथा **एस्टेरियन** को निर्णायक नियुक्त किया और **पॉसायडन** से यह वचन लिया कि वह निर्णय प्रतिकूल होने पर जलप्लाव से उन्हें दंडित नहीं करेगा। फैसला **हेरा** के पक्ष में हुआ। **पॉसायडन** ने अपना वचन निभाया, उसने निर्णायक नदी-देवताओं को जल-प्लावन से दंडित नहीं किया पर उन्हें शुष्क कर दिया। परिणामस्वरूप उनकी नदियाँ आज भी ग्रीष्म में सूखी पड़ी रहती हैं। पर इस आपदा

से व्यथित **एमीमोनी** नामक वन-कन्या की प्रार्थना पर **पॉसायडन** ने **लरना** की **आरगिव** नदी को बारह महीने बहने का वरदान भी दिया था। इन घटनाओं का वर्णन हमें मुख्यतः **प्लूटार्क** से मिलता है।

पॉसायडन अथवा **नेपच्यून** का चित्रण बहुधा एक तेजस्वी, गरिमासम्पन्न, बलिष्ठ अधेड़ व्यक्ति के रूप में हुआ है। उसकी लम्बी दाढ़ी है और पीछे खुले बाल लहरा रहे हैं। माथे पर समुद्री-शैवाल का मुकुट है और हाथ में राजदण्ड की तरह त्रिशूल। जल में निवास करनेवाले सभी प्राणी उसके आधीन हैं। समुद्र के अतिरिक्त समस्त नदियों, तालाबों, झीलों पर उसी का आधिपत्य है। नदियों के वृद्ध सफ़ेद दाढ़ीवाले देवता, सुन्दर जल-परियाँ, सुकुमार किशोर, तुतलाते हुए नन्हे-मुन्ने गोल-मटोल बच्चे हमेशा उसकी सवारी के समय प्रस्तुत रहते हैं। **नेरियड्स, ट्रायटन्स** एवं **प्रोटियस** सभी उसकी सेवा में लगे हैं। **पॉसायडन** के साथ समुद्री शैवाल का मुकुट धारण किए, एक मोती के रथ में अधलेटी-सी **एम्फ़ीत्राइत** का भी चित्रण हुआ है। **पॉसायडन** की पूजा समस्त **ग्रीस** एवं **इटली** में होती थी। वहाँ उसके अनेक मन्दिर थे। नाविकों एवं घुड़सवारों में उसकी विशेष मान्यता थी। समुद्र-यात्रा के समय लोग उसकी अभ्यर्थना किया करते थे। **पॉसायडन** के सम्मान में भाँति-भाँति के उत्सवों एवं खेलों का आयोजन किया जाता था। इनमें **कॉरिन्थ** में प्रत्येक चार वर्ष बाद होनेवाला इस्थमियन उत्सव प्रमुख था। दूर-दूर से युवक इसमें आयोजित खेलों, काव्य एवं संगीत की प्रतियोगिताओं में भाग लेने आया करते थे।

हेडीज़

क्रॉनस तथा **रिआ** का पुत्र, देव-सम्राट **ज़्यूस** का भाई **हेडीज़** पृथ्वी के गर्भ में स्थित साम्राज्य तथा उसमें निवास करनेवाली मृत-आत्माओं का एकछत्र अधीश्वर घोषित किया गया। अपने कार्य के अनुरूप ही विकट है **हेडीज़** का व्यक्तित्व एवं स्वभाव। पृथ्वी के प्राणी उसके विचार से ही थर-थर काँप उठते। वे उसका नाम लेने से भी डरते थे। किसी स्वजन अथवा मित्र की मृत्यु हो जाने पर वे बहुधा यह घोषणा इस प्रकार करते कि 'अमुक व्यक्ति गुज़र गया' अथवा 'अमुक भाग्यवान् स्वर्गवासी हो गया।' यद्यपि **हेडीज़** मृत्यु का नहीं केवल मृत-आत्माओं के देश का स्वामी है तथापि जन-साधारण में उसका नामोच्चारण अनिष्टकारी माना जाता था। **हेडीज़** मानव का शत्रु नहीं है। सम्भवतः इस विश्रुति का कारण **हेडीज़** की अपरिवर्तनीय न्यायशीलता है। अपराध की गुरुता के अनुसार अपराधी को दंडित करना उसका कर्तव्य है और इस विषय में उससे दया की अपेक्षा व्यर्थ है। किन्तु इसका यह अर्थ कदापि नहीं कि **हेडीज़** अपनी निर्ममता को तृप्त करने के लिए अकारण ही दण्ड-विधान किया करता है। पुण्यात्माओं को पुरस्कृत करने को भी वह उसी तत्परता से सदा प्रस्तुत है। **हेडीज़** निष्ठुर भले ही हो, दुराचारी अथवा अन्यायी नहीं।

हेडीज़ का दूसरा नाम **प्लूटन** है। रोम निवासियों का सम्भवतः अपना कोई विशेष मृत्यु-देवता नहीं था, अतः उन्होंने **प्लूटो** को ही इस पद पर प्रतिष्ठित कर दिया। **प्लूटो** का अर्थ है—धन-वैभव का देवता। **हेडीज़** भूगर्भ स्थित अमूल्य रत्न-जवाहरात, स्वर्ण तथा

अन्य धातुओं का स्वामी है। **हेडीज़** को 'दिस' भी कहा जाता है। यह लैटिन शब्द धनाढ्य का पर्यायवाची है। **हेडीज़** को 'अतिथिपूजक' तथा 'कुशल परामर्शदाता' भी कहा जाता था। यह सम्भवतः इसलिए कि लोग उसका नाम नहीं लेना चाहते हैं। **हेडीज़** के पास एक अद्भुत शिरस्त्राण था जिसे पहनने पर वह अदृश्य हो जाता था। यह शिरस्त्राण उसे **साइक्लॉप्स** ने भेंटस्वरूप दिया था। **हेडीज़** के रंग-रूप के विषय में निश्चित रूप से कुछ कहना कठिन है। प्राचीन स्रोतों में तो उसका नाम तक नहीं मिलता। पृथ्वी के गर्भ में स्थित अपार धनराशि पर उसका आधिपत्य था किन्तु धरती पर उसकी कोई निजी सम्पत्ति नहीं थी। यहाँ तक कि **ग्रीस** में कहीं उसका एक मन्दिर तक नहीं था। सौन्दर्य-प्रेमी ग्रीक कलाकारों तथा मूर्तिकारों को उसके श्यामवर्ण तथा रुक्ष नख-शिख ने आकृष्ट नहीं किया। अन्य देवताओं की अपेक्षा **हेडीज़** का कला में भी बहुत कम चित्रण हुआ है। परन्तु **सेनेका** के अनुसार **हेडीज़** के मुख पर सदा वर्तमान क्रूर भाव उसे भयावह बना देता था, अन्यथा उसके तथा देव-सम्राट **ज़्यूस** के व्यक्तित्व में कुछ विशेष अन्तर नहीं था। वह एक हाथ में शक्ति का प्रतीक राजदण्ड धारण करता और दूसरे में दो नोक का भाला। **हेडीज़** पृथ्वी पर बहुत कम आता था और न ही उसका आना लोग पसन्द करते थे। यहाँ तक कि **ओलिम्पस** पर भी वह शायद ही कभी कार्यवश गया हो। **डिमीटर** की पुत्री **पर्सीफ़नी** से विवाह की अनुमति लेने के लिए **ज़्यूस** से उसके साक्षात्कार का विवरण मिलता है। इस सम्बन्ध के विषय में आप आगे पढ़ेंगे। **पर्सीफ़नी** का अपहरण करने के लिए **हेडीज़** चार काले घोड़ों से जुते अपने रथ में बैठकर विद्युत वेग से एक बार पृथ्वी के वक्ष को चीरकर आया था और पलक झपकते ही अदृश्य भी हो गया था। इस घटना के अतिरिक्त **हेडीज़** यदा-कदा उद्दाम वासना से प्रेरित होकर किसी सुन्दरी की खोज में कभी-कभी पृथ्वी पर आ निकलता था। किन्तु अपने इन प्रयासों में वह विशेष सफल नहीं रहा। एक बार तो वह सुन्दर वन-कन्या **मिन्थी** को अपनी गरिमा तथा वैभव से प्रलुब्ध करने में सफल भी हो गया। निकट था कि वह उस कुमारी का सतीत्व भंग कर डालता किन्तु तभी अचानक **पर्सीफ़नी** आ पहुँची और उसने अपनी शक्ति से **मिन्थी** को पुदीने के पौधे में परिवर्तित कर दिया। इसी तरह एक बार **हेडीज़** अपनी पत्नी **पर्सीफ़नी** के हस्तक्षेप के कारण रूपसी **ल्यूसी** के संसर्ग से भी वंचित रह गया। **पर्सीफ़नी** ने **हेडीज़** की वासना-तृप्ति से पहले ही उसे एक श्वेत चिनार के वृक्ष में बदल दिया। यह वृक्ष पृथ्वी के गर्भ में बहनेवाली स्मृति की नदी के किनारे खड़ा है।

हेडीज़ के साम्राज्य को भी **हेडीज़** के नाम से ही जाना जाता है। यह एक गहन अन्धकार में डूबा स्थल है जहाँ सूर्य का प्रकाश भी नहीं पहुँच सकता। वहाँ दिन और रात का कोई भेद नहीं। **होमर** के 'इलियड' के अनुसार यह स्थान पृथ्वी के गुप्त स्थलों के नीचे स्थित है। किन्तु **हेडीज़** की स्थिति के सम्बन्ध में विभिन्न धारणाएँ प्रचलित रही हैं। एक अन्य विवरण के अनुसार यह क्षेत्र सुदूर पश्चिम में स्थित है और वहीं इसका प्रवेश-द्वार है। समुद्र के विस्तार से परे **किमेरियन्स** का देश है जहाँ कभी सूर्य नहीं

निकलता। यहीं एक चिनार तथा बेंत के वृक्षों का सघन वन है। यहाँ यह स्मरणीय है कि चिनार महारानी **पर्सीफ़नी** का प्रिय वृक्ष है। यह वन भूगर्भ के देवता **हेडीज़** के निवास स्थल के बाहर ही है। यहीं से **हेडीज़** की ओर पृथ्वी के गर्भ में एक मार्ग जाता है। इस वन के एक ओर सूर्य का अस्ताचल है और दूसरी ओर स्वप्नों की नगरी। **रोम** में प्रचलित धारणा के अनुसार **हेडीज़** में **एवर्नस** नामक स्थान से प्रवेश किया जा सकता है। **वरजिल** द्वारा **हेडीज़** की स्थिति का जीवन्त वर्णन हुआ है। अपने महाकाव्य 'ईनियड' में **वरजिल** ने वीर **ईनियस** की **सिबिल** के साथ **हेडीज़** की यात्रा का विस्तृत वर्णन किया है। इसके अनुसार **हेडीज़** का द्वार **वेसुवियस** के निकट ज्वालामुखी पर्वतों के मध्य स्थित है। यह सारा प्रदेश ऊबड़-खाबड़ है, जगह-जगह पर पृथ्वी कटी-फटी और दरारों से क्षत-विक्षत है। इन दरारों से रह-रहकर आग की लपटें निकला करती हैं, धुएँ से आच्छादित वातावरण काँप-काँप उठता है, वायु सीत्कार करती बहती है और पृथ्वी के गर्भ से डरावनी आवाज़ें निकलती हैं। यहीं एक फटे हुए ज्वालामुखी में **एवर्नस** झील का जल भर गया है जो एक विशाल भँवर-सा प्रतीत होता है। इसकी चौड़ाई लगभग आधा मील है किन्तु गहराई का अनुमान तक लगा पाना असम्भव है। इस झील के ऊँचे-नीचे किनारों पर घना अँधेरा जंगल है। इस पानी से दुर्गन्धमय-विषैला वाष्प उठा करता है जिस कारण इस प्रदेश में जीवन असम्भव है। दूर-दूर तक न कोई जीव-जन्तु विचरते हैं, न ही चिड़ियों की चहक सुनाई देती है। जीवन के चिह्नों से इसका विरोध है। चारों ओर मृत्यु का भयानक सन्नाटा छाया है। यहीं, इसी प्रदेश में वह गुहा है जो सीधी **हेडीज़** की ओर जाती है। इस रास्ते पर गरीबी, भूख, बीमारी, दुख-दर्द, बुढ़ापा, अस्वस्थ एवं अपूर्ण इच्छाएँ, भय, पाप, यन्त्रणा और मृत्यु अपने भयानक पंजे खोले बैठे हैं।

मृतकों के देश को जीवित मनुष्यों की पृथ्वी से अलग करती है **हेडीज़** की एक नदी। इस नदी का नाम **स्टिक्स** अथवा **एक्रों** बताया जाता है। **हेडीज़** में कुल पाँच नदियाँ हैं—**स्टिक्स, एक्रों, फ्लेगेथों, कॉकीटॉस** तथा **लीथी** जिनके क्रमशः अर्थ हैं—वीभत्स, त्रासयुक्त, आग्नेय, आक्रन्दक तथा विस्मरण। एक प्राचीन स्रोत के अनुसार **फ्लेगेथों** अग्नि से भरी है और वह नरक के देवता **हेडीज़** तथा देवी **पर्सीफ़नी** के महल को चारों ओर से घेरे है। बाद के कुछ कवियों ने इसे पापी आत्माओं का यन्त्रणास्थल भी कहा है परन्तु सम्भवतः यह चिता की अग्नि की ओर एक संकेत मात्र है। **होमर** के अनुसार **कॉकीटॉस** सम्भवतः **स्टिक्स** नदी की एक शाखा है और अन्ततः **एक्रों** में मिल जाती है। **लीथी** विस्मरण की नदी है। इसके सम्बन्ध में आप आगे पढ़ेंगे। **स्टिक्स** वह भयानक नदी है जिसकी सौगन्ध लेने पर देवता भी अपना वचन पूरा करने को बाध्य **हैं**। यही नदी **हेडीज़** की सीमा पर स्थित है। इस नदी का बहाव इतना तेज है कि अतीव कुशल और साहसी तैराक भी इसकी तलवार की धार-सी पैनी लहरों का सामना नहीं कर सकते। **हेडीज़** का साम्राज्य नदी के उस पार है। **स्टिक्स** के इस किनारे पर मृत व्यक्तियों की असंख्यों आत्माएँ मौत की आँधी से झड़े पतझड़ के पीले पत्तों की-सी बिखरी पड़ी रहती हैं। इस नदी को पार करने के लिए कोई पुल नहीं। अपने कर्मों का फैसला सुनने

के लिए नदी के पार जाने को उत्सुक आत्माओं के लिए एक पुरानी नाव है जिसका खेवक है बूढ़ा **कायरो**। **कायरो** की बूढ़ी झुर्रियों पर क्रूरता और वीभत्सता नग्न नाचती है। **कायरो** के विषय में विभिन्न अनुमान लगाए गए हैं। एक प्राचीन मृत्यु-देवता से भी उसका सादृश्य स्थापित करने की चेष्टा की गई है। **कायरो** जब अपनी नाव लेकर इस पार आता तो सहस्रों विकल आत्माएँ अपनी असहाय बाँहें उसकी ओर फैला देतीं। **कायरो** बड़ी कठोरता से उन्हें एक ओर झटक देता और कुछ गिनी-चुनी आत्माओं को नाव में बिठाकर **हेडीज़** की ओर चल पड़ता। वस्तुतः **कायरो** उन्हीं आत्माओं को प्रसन्नता से पार ले जाता था जो उसे उसका पारिश्रमिक देने में समर्थ थीं। इसी कारण प्राचीन **ग्रीस** में मृत व्यक्ति की जिह्वा के नीचे एक सिक्का रख देने की प्रथा थी ताकि उसकी आत्मा उस सिक्के की सहायता से शीघ्र ही नदी पार कर अपने भाग्य निर्णायकों के पास पहुँच सके। जिन व्यक्तियों के साथ यह सिक्का नहीं रखा जाता था, उनकी आत्माएँ सहस्र वर्ष तक **स्टिक्स** के इस ओर ही भटकती रहतीं। एक सौ वर्ष व्यतीत हो जाने पर **कायरो** को उन्हें बिना पारिश्रमिक के **स्टिक्स** के पार **हेडीज़** के राज्य में बेमन से ले आना पड़ता था।

स्टिक्स के उस पार नियुक्त है **हेडीज़** का द्वारपाल—तीन सिरवाला विशालकाय कुत्ता। **सेब्रस** के गले से सहस्रों फुँकारते हुए सर्प लिपटे हैं। **हेडीज़** में केवल मृत आत्माएँ ही प्रवेश कर सकती हैं। वहाँ जीवित व्यक्ति का प्रवेश निषेध है। यदि कोई व्यक्ति **स्टिक्स** को किसी प्रकार पार कर **हेडीज़** में प्रवेश करने का प्रयत्न करता तो **सेब्रस** उसे जीवित ही निगल जाता। **सिबीले** के साथ जब वीर **ईनियस** ने **हेडीज़** में प्रवेश करने का प्रयत्न किया तो **सेब्रस** के तीनों सिर ज़ोर-ज़ोर से भौंकने लगे। **ईनियस** ने तलवार खींच ली किन्तु **सिबीले** ने उसे रोक दिया और एक स्वादिष्ट केक उसकी ओर फेंक दिया। **सेब्रस** जल्दी-जल्दी उसे खाने लगा। उस केक में कुछ ऐसा नशा मिला था कि **सेब्रस** शीघ्र ही ऊँघने लगा और **ईनियस सिबीले** के साथ **हेडीज़** में प्रवेश कर गया। इसी प्रकार एक अन्य अवसर पर प्रसिद्ध गायक एवं संगीतज्ञ **ऑरफ़ियस** ने सदेह **हेडीज़** में प्रवेश किया था। उसके स्वर में इतनी वेदना और उसके संगीत में ऐसा जादू था कि **सेब्रस** तक मुग्ध हो गया। जीवित व्यक्तियों के अतिरिक्त उन आत्माओं का भी **हेडीज़** में प्रवेश-निषेध है जिनके शव का अन्तिम संस्कार विधिवत नहीं किया गया। मृतात्मा के **हेडीज़** में प्रवेश के लिए शव का दफ़नाया जाना आवश्यक है। यह संगत भी है क्योंकि **हेडीज़** का साम्राज्य पृथ्वी के गर्भ में स्थित है और प्राचीन काल में सदा ही इस धारणा पर विश्वास किया जाता था कि मृत्यु के बाद कब्र में भी आत्मा का अपना एक जीवन है जो देह के नाश से प्रभावित नहीं होता। अतः शवों को दफनाने की प्रथा का प्रचलन था। लाश को जलाया भी जाता था। ऐसी स्थिति में उसकी राख को कलश में भरकर पृथ्वी में गाड़ दिया जाता था। यदि शव को दफनाने अथवा जलाने का भी अवसर न हो, जैसा कि युद्ध में बहुधा होता था, तो मृत के शव पर तीन मुट्ठी मिट्टी डाल दी जाती थी ताकि उसकी आत्मा को भूगर्भ स्थित **हेडीज़** के साम्राज्य में प्रवेश मिल जाए।

अन्यथा उसका प्रेत पृथ्वी पर ही भटकता रहता था।

हेडीज़ में प्रवेश करने पर सबसे पहले वही स्थान है जहाँ मृत आत्माएँ निवास करती हैं। इस स्थल को कुछ स्रोतों में **एसफ़ाडेल** कहा गया है। यह आत्माएँ जीवित व्यक्ति की छाया की भाँति हैं जिनका कोई रंग-रूप नहीं, जिनमें जीवन की उष्णता नहीं। सबसे पहले भाग में उन नन्हे-मुन्ने बच्चों की आत्माएँ हैं जिन्हें फूलने-फलने से पहले ही मृत्यु के निष्ठुर हाथों ने कुचल डाला। उसके साथ ही उन अभागे व्यक्तियों की आत्माएँ भटक रही हैं जिन पर झूठे आरोप लगाकर प्राण-दण्ड दे दिया गया। अगली श्रेणी में वे मूर्ख लोग हैं जिन्होंने जीवन की महत्ता को न जानकर अपने ही हाथों उसका अन्त कर दिया। यदि **हेडीज़** की यन्त्रणा से उनका थोड़ा-सा भी परिचय होता तो वे सहर्ष जीवन के दुख और कठिनाइयाँ झेल लेते किन्तु आत्म-हत्या न करते। उनके आगे वे दुखी आत्माएँ हैं जिन्हें जीवन में अपने प्रेम का प्रतिदान नहीं मिल सका। असफल प्रेम की पीड़ा का मृत्यु भी अन्त नहीं कर सकी और वे आत्माएँ अब भी उसी की स्मृति में घुल रही हैं। उसके आगे के क्षेत्र में उन सैनिकों की आत्माएँ हैं जो युद्ध-स्थल में वीर गति को प्राप्त हुए।

हेडीज़ में आई हुई आत्माओं के पाप-पुण्य का निर्णय करने के लिए तीन न्यायाधीश नियुक्त हैं। इनके नाम हैं—**मायनास, रॉडामिन्थस** तथा **एकॉस।** ये तीनों सम्भवतः प्राचीन काल के तीन पुण्यात्मा महापुरुष थे जो अपने आदर्श कर्मों के कारण मृत्यु के उपरान्त **हेडीज़** में इन पदों पर प्रतिष्ठित किए गए। ये तीनों देवता **हेडीज़** तथा **पर्सीफ़नी** के प्रतिनिधि हैं। **होमर** की 'ओडिसी' में **मायनास** का उल्लेख एक न्यायाधीश के रूप में हुआ है किन्तु उसका काम केवल मृतकों के आपसी झगड़ों को निपटाना है, उनके भाग्य का निर्णय करना नहीं। **होमर** तथा **पिन्डार** दोनों ने **रॉडामिन्थस** को इलीसियम का अधिकारी माना है। **होरेस** के अनुसार **मायनास** ही सभी मृतकों के भाग्य का निर्णायक है। **वरजिल** ने दुष्टों के दण्ड-विधान का काम **रॉडामिन्थस** को सौंपा है। **प्लेटो** की धारणा इन सबसे भिन्न है। उसके अनुसार **रॉडामिन्थस एशिया** के तथा **एकॉस यूरोप के** मृत निवासियों के पाप-पुण्य न्याय की तुला पर तोलते हैं और यदि किसी विषय में मतभेद हो अथवा निर्णय करना कठिन जान पड़े तो उसे **मायनास** के हवाले कर देते हैं। **मायनास** का निर्णय अन्तिम एवं सर्वमान्य है।

ये निर्णय तीनों न्यायाधीशों द्वारा उस स्थान पर लिए जाते हैं जहाँ तीन मार्ग मिलते हैं। निर्णय के अनुसार पुण्यात्माओं को **इलीसियम,** पापियों को **टारटॉरस** तथा जिन्हें पुण्य अथवा पाप की किसी भी श्रेणी में न रखा जा सके उन्हें वापस **एसफ़ाडेल** भेज दिया जाता है।

निर्णय के पश्चात् पापियों के दण्ड-विधान को कार्यान्वित करने के लिए **एरीनीज़** की नियुक्ति की गई है। **एरीनीज़** अथवा **फ्यूरीज़** तीन बहनें हैं—**टिसीफॉनी, एलेक्टो** तथा **मेगारा।** जब **क्रॉनस** ने **यूरेनस** की हत्या करके उसके कटे हुए अंगों को समुद्र में फेंका तो रक्त की कुछ बूँदें पृथ्वी पर गिर पड़ीं। इस रक्त के पृथ्वी से संयोग के फलस्वरूप **एरीनीज़** का जन्म हुआ। इस प्रकार **एरीनीज़** आयु में **ज़्यूस** से भी बड़ी हैं। लगभग सभी

साहित्यकारों ने अपनी रचनाओं में इन भयावह देवियों का उल्लेख पाप तथा अपराध का प्रतिशोध लेनेवाली शक्तियों के रूप में किया है। उनके दण्ड का शिकार बहुधा वही लोग होते हैं जो अपने माता-पिता अथवा बड़े भाई का अहित करते हैं। यदि छोटे-बड़ों से, बच्चे माता-पिता से, गृहस्वामी अतिथि अथवा शरणागत से दुर्व्यवहार करें तो वे **एरीनीज़** के कोप से बच नहीं सकते। केवल **हेडीज़** में आनेवाली मृत आत्माओं से ही नहीं वे ऐसे अपराधों का प्रतिशोध लेने के लिए स्वयं पृथ्वी पर भी चली आती हैं और अपराधी का उस समय तक पीछा करती हैं जब तक उसे उचित दण्ड न मिले अथवा उसके पाप का प्रायश्चित्त न हो जाए। **एरीनीज़** जिसका पीछा करती हैं वह व्यक्ति बहुधा पागल हो जाता है। मातृ-हत्या के अपराध में इसी प्रकार **एरीनीज़** ने एक बार **ऑरेस्टीज़** का पीछा किया था। वे अपराध के मूल कारण अथवा औचित्य-अनौचित्य पर विचार नहीं करतीं, उनका काम केवल दण्ड देना है। **एरीनीज़** का अस्तित्व नैतिक चेतना का प्रथम चरण है।

साहित्य एवं कला में **एरीनीज़** का वीभत्स चित्रण हुआ है। इनके मुख पाषाण की भाँति कठोर हैं, गले में सर्पों की मालाएँ हैं, सिर पर बालों की जगह साँप झूल रहे हैं, शरीर कोयले-से काले हैं, सिर कुत्तों की भाँति हैं, झींगुरों से विशालकाय पंख हैं, लाल आँखों से जैसे रक्त टपका पड़ता है। इनके हाथों में काँसे के दण्ड और जलती हुई मशालें हैं। 'यूमेनाइड्स' के लेखक **एस्किलस** ने इसी रूप में **एरीनीज़** का वर्णन किया है। किन्तु यह तथ्य उल्लेखनीय है कि किसी भी ग्रीक कलाकार ने उनका ऐसा भयानक एवं घृणास्पद वर्णन नहीं किया है। ग्रीक स्वभाव से सौन्दर्य-प्रेमी हैं। कुरूपता का सजीव चित्रण भी उनकी कोमल कल्पना को सह्य नहीं था। ग्रीक कलाकारों ने **एरीनीज़** का चित्रण सुन्दर स्त्रियों के रूप में किया है जिनके मुख क्रोध से विकृत हो उठते हैं। उन्हें देखकर भय तो होता है, घृणा नहीं। **एरीनीज़** अथवा **फ्यूरीज़** का अर्थ ही है क्रुद्ध देवियाँ। जन-साधारण में इनका नाम लेने का प्रचलन नहीं था। इनका क्रोध सदा न्याय की रक्षा की भावना से प्रेरित होता था, अतः इन्हें **'यूमेनाइड्स'** अर्थात् 'दयालु देवियाँ' कहकर पुकारा जाता था। पृथ्वी की उत्पादन शक्ति से भी उनका सम्बन्ध स्थापित करने की चेष्टा की गई है। इसका मुख्य कारण यही है कि **एरीनीज़** का निवास पृथ्वी के गर्भ में स्थित **टारटॉरस** में है और अन्न पृथ्वी के भीतर से ही बाहर निकलता है।

हेडीज़ के न्यायाधीशों द्वारा दंडित आत्माओं को **टारटॉरस** की यातना भुगतनी पड़ती है। **टारटॉरस हेडीज़** के ही एक भाग में स्थित अँधेरा स्थान है। यह पृथ्वी से उतना ही नीचे है जितना आकाश ऊपर। **टारटॉरस** में अभिशप्त पापी आत्माओं को दण्ड दिया जाता है। कुछ स्रोतों के अनुसार **टारटॉरस** चारों ओर से **फ़्लेगेंथों** से घिरा है। यह अग्नि की नदी है। **टारटॉरस** के चारों ओर एक ऊँची काले रंग की सुदृढ़ दीवार है जिसे पार कर पाना किसी प्राणी के वश की बात नहीं। **टारटॉरस** का भयावह विशाल द्वार लोहे का बना है। इसे देवता भी नहीं तोड़ सकते। द्वार-स्तम्भ पर **टिसीफ़ॉनी** एक कोड़ा लिए बैठी है। इस कोड़े पर सहस्रों बिच्छू लिपटे हैं। **टॉरटारस** में प्रवेश करनेवाली पापी

आत्माओं का द्वार पर इसी कीड़े से स्वागत किया जाता है। तत्पश्चात् **टिसीफॉनी** की अन्य दो **फ्यूरीज़** बहनें उन्हें न्यायाधीशों की आज्ञानुसार दंडित करती हैं। **टारटॉरस** की गहराई का अनुमान नहीं लगाया जा सकता। अँधेरे की अनगिनत परतें एक के ऊपर एक बिछी पड़ी हैं। **टारटॉरस** में प्रवेश करते ही तरह-तरह की चीखने-चिल्लाने, कराहने और रोने की मर्मांतक आवाज़ें कानों में पड़ती हैं। कहीं अभागा **एकसायेन** निर्बाध गति से घूमते चक्र से बँधा बुरी तरह चीख रहा है, कहीं भरी-पूरी नदी में **टैनटालस** सदियों से प्यासा खड़ा है, कहीं पापी **सीसिफस** पसीने से लथपथ, लहूलुहान हाथों से एक विशाल पत्थर को पहाड़ी के शिखर तक ले जाने का असफल प्रयास कर रहा है, तो कहीं दुर्भाग्य की मारी **डानायड्स** बहनें छलनी में पानी लेने की चेष्टा में छली जा रही हैं। एक ओर भीमकाय **टाइटॉस** सपाट पड़ा है और दो खूँखार बाज़ उसके जिगर को नोच-नोच कर खा रहे हैं। लेकिन ये बाज़ जिगर को जितना खाते हैं, उतना ही वह बढ़ता जाता है। यह नोच-खसोट की क्रिया न जाने कितनी ही शताब्दियों से निरन्तर चल रही है और न जाने कब तक चलती रहेगी। **टाइटॉस ने ज़्यूस** की प्रेमिका **लीटो** का कौमार्य भंग करने की चेष्टा की थी। यह उसी अपराध का दण्ड है। ऐसे ही न जीने कितने पापी **टारटॉरस** की असह्य किन्तु अनन्त यन्त्रणा भोग रहे हैं। इनमें अधिकांश वे ही लोग हैं जिन्होंने अपने मित्रों से विश्वासघात किया, विवाह की पवित्रता को भंग किया, स्वर्ण के लिए देश को बेच डाला, धर्म के नियमों का उल्लंघन अथवा देवताओं का अनादर किया।

टारटॉरस की विपरीत दिशा में है **इलीसियन** अथवा **इलीसियम** जहाँ सौभाग्यशाली पुण्यात्माएँ निवास करती हैं। जिन्हें अपने पुण्यकर्मों के परिणामस्वरूप प्रभु का अनुग्रह प्राप्त हुआ है वे प्राणी सदेह **इलीसियम** में रहते हैं। **इलीसियम** में हर समय गुलाबी उजाला बिखरा रहता है। इस क्षेत्र का अपना एक निजी सूर्य है, अपना चाँद और तारे हैं। यहाँ शोक, विषाद, क्रोध, मृत्यु आदि व्याधियों का नाम नहीं। यहाँ न भयंकर झंझावात उठते हैं, न मूसलाधार वर्षा होती है, न शरीर को जकड़ देनेवाला बर्फानी जाड़ा पड़ता है। अपितु हर समय हल्की, सुगन्धित, अंगों को गुदगुदा जानेवाली मन्द समीर अठखेलियाँ किया करती हैं। चारों ओर हरियाली है। मखमली घास पर पुण्यात्माएँ स्वच्छन्द विचरती है। पेड़ों के पत्ते तालियाँ बजा-कर उनका साथ देते हैं। यहाँ बारह मास वसन्त की बहार है। वृक्ष रसीले फलों के बोझ से झुके जाते हैं, खेतों में सोने-सी फ़सल झूमती है, झरने कल-कल निनाद करते रहते हैं। यहाँ के निवासी इन्द्रधनुषी रंगों के फूलों की मालाएँ धारण किए गुलाब से पटी पृथ्वी पर भ्रमण करते हैं, कहीं कोई वीणा के तार छेड़ रहा है, कोई मधुर स्वर में देवताओं की आराधना करता है, कोई वेदी सी उठते सुगन्धित धूम्र में लिपटा सम्मोहित-सा बैठा है, कोई कला की उपासना में व्यस्त है, कोई अश्वारोहण अथवा मृगया में आनन्द पाता है, कोई नृत्य और संगीत में। सारांश यह कि विश्व के सभी सुख यहाँ सुलभ हैं, और सभी व्याधियाँ अनुपस्थित। यहाँ के निवासियों को अपने जीवन के लिए कोई परिश्रम नहीं करना पड़ता। ऐश्वर्य और वैभव

का भंडार उनके चारों ओर बिखरा पड़ा है। और इसके उपभोग का अधिकार उन्हीं वीरों को है जो अपने देश और गौरव की रक्षा करते हुए वीर गति को प्राप्त हुए, जिन्होंने साहित्य को दैवी प्रेरणा से समृद्ध किया, जिन्होंने विभिन्न क्षेत्रों में अन्वेषण करके मानवता का उपकार किया। संगीत और कला की उन्नति में महत्त्वपूर्ण योगदान करनेवाले ऑरफ़ियस जैसे गायकों का यही अन्तिम विश्राम स्थल है। निष्कलंक जीवन व्यतीत करनेवाले, देवताओं के उपासक मृत्यु के पश्चात् यहीं निवास करते हैं। अनन्त वैभव के इस स्वर्ग का अधिकारी **क्रॉनस** अथवा **रॉडामिन्थस** बताया जाता है।

सुख और शान्ति के इस द्वीप **इलीसियन** की स्थिति के विषय में विद्वानों में मतभेद है। कुछ के अनुसार **इलीसियन हेडीज़** का भाग नहीं है। **हेडीज़** केवल मृत आत्माओं का निवास-स्थल है और अमरत्व प्राप्त पुण्यात्माओं का उसी क्षेत्र में रहना कुछ उचित नहीं जान पड़ता। **होमर** के अनुसार **इलीसियन** पृथ्वी की पश्चिम दिशा में समुद्र के निकट स्थित प्रदेश है। **हीसियड** तथा **पिन्डार** का **इलीसियन** पश्चिम समुद्र के मध्य में स्थित है। किन्तु **एरिस्टोफेनीज़** तथा **वरजिल** ने इसकी स्थिति भूभर्ग स्थित **हेडीज़** के साम्राज्य में ही बताई है। **इलीसियन** को **हेडीज़** के अन्य भागों से एक नदी अलग करती है। **इलीसियन** की स्थिति तथा उसके ऐश्वर्य के वर्णन में ग्रीक कल्पना को पर्याप्त प्रसार मिला है। इस विवरण से यह भी स्पष्ट होता है कि ग्रीक दार्शनिकों, धर्मविदों तथा साहित्यकारों का आत्मा की नित्यता में दृढ़ विश्वास था।

इसके अतिरिक्त **हेडीज़** में स्थित स्थलों में मृतकों के देवता **हेडीज़** अथवा **प्लूटो** तथा देवी **पर्सीफ़नी** का प्रासाद उल्लेखनीय है। यहीं स्वर्ण के सिंहासन पर **हेडीज़** के साथ आसीन कुम्हलाए फूल-सी **पर्सीफ़नी** अपनी माता **डिमीटर** की स्मृति में ठंडी आहें भरा करती है। इसी प्रासाद की बाईं ओर **लीथी** नदी है जिसके किनारे सरु का एक वृक्ष खड़ा है। **लीथी** का उल्लेख सर्वप्रथम **एरिस्टोफेनीज़** में मिलता है। कुछ प्राचीन स्रोतों में **लीथी** को एक झरना अथवा फव्वारा बताया गया है किन्तु **वरजिल** के अनुसार लीथी एक नदी है। **लीथी** विस्मरण की नदी है। वे आत्माएँ जिन्हें पुनर्जन्म के उपयुक्त समझा जाता है इस नदी का जल पीती हैं ताकि वे अपने पूर्वजन्म की तमाम घटनाओं को भूलकर नए जीवन का आरम्भ कर सकें। जो स्त्री-पुरुष अपने जीवन में बचपन के भोलेपन और सादगी को छोड़कर भौतिकवाद की ओर आवश्यकता से अधिक आकृष्ट हो जाते हैं, वे अपवित्र हो जाते हैं। मृत्यु के उपरान्त पवित्रीकरण की क्रिया के पश्चात् उन्हें दोबारा पृथ्वी पर भेजा जाता है और इस प्रकार सृष्टि चलती रहती है। **लीथी** की विपरीत दिशा में स्मृति की नदी अथवा झरना है। इसके किनारे एक चिनार का वृक्ष है। **इलीसियन** जानेवाली आत्माएँ इसी नदी का जल ग्रहण करती हैं। उनका पुनर्जन्म नहीं होता।

हेस्टिया

हीसियड के अनुसार **रिआ** और **क्रॉनस** के संसर्ग से जन्म लेनेवाले बच्चों के नाम थे—**हेस्टिया, डिमीटर, हेरा, पॉसायडन** और अन्त में **ज़्यूस**। सभी ने देवत्व प्राप्त किया और **ओलिम्पस** पर होनेवाली घटनाओं और वादविवादों में सक्रिय भाग लिया। इनमें केवल **हेस्टिया** ही अपवाद थी। इस शान्ति-प्रिय देवी ने कभी भी **एथीनी** और **आर्टेमिस** की तरह युद्धों में रुचि नहीं दिखाई और न सुन्दरी **ऐफ्रॉडायटी** की तरह नित नए प्रेमियों को प्रोत्साहन ही दिया। **हेस्टिया** युवती थी, रूपवती थी और थी सरलता की साकार प्रतिमा। उसकी विशाल स्वच्छ आँखों में भोर का उजाला साँस लेता। **अपोलो** और **पॉसायडन** उसके निर्दोष सौन्दर्य पर मुग्ध थे। **क्रॉनस** के पतन के बाद दोनों **हेस्टिया** के संसर्ग को तरसने लगे। दो महान देवता एक-दूसरे के प्रतिद्वन्द्वी बन गए। **ओलिम्पस** पर गृह-युद्ध की काली बदली घिरने लगी। सभी चिन्तित थे। यदि **हेस्टिया** दोनों में से किसी एक का वरण कर लेती तो सदा के लिए दो देवताओं के मन में घृणा और शत्रुता का बीज पड़ जाता। लेकिन **हेस्टिया** ने स्थिति को सँभाल लिया। उसने आजन्म कुमारी रहने का निश्चय कर लिया। और देव-सभा में सुरलोक के स्वामी के सिर की सौगन्ध खाकर अपने निर्णय की घोषणा कर दी। **अपोलो** और **पॉसायडन** दोनों ही हाथ मलकर रह गए। **ज़्यूस** ने **ओलिम्पस** की शान्ति की रक्षा करनेवाली देवी **हेस्टिया** को यह वरदान दिया कि मनुष्यों द्वारा सामूहिक रूप से दिए जानेवाले अर्पण के पहले पशु पर सदा उसका अधिकार होगा।

एथीनी और **आर्टेमिस** की भाँति आजीवन कौमार्य का व्रत लेनेवाली देवी **हेस्टिया** के जीवन से सम्बद्ध हमें और कोई घटना नहीं मिलती। **ओविड** के 'मेटामारफ़ॉसिस' के अनुसार एक ग्रामीण उत्सव, जिसमें अधिकांश देवताओं ने भाग लिया था, में **प्रायपस**

ने मदान्ध होकर देवी **हेस्टिया** के सतीत्व को भंग करने की चेष्टा की थी। **हेस्टिया** सो रही थी, अतः सफलता की पूरी आशा थी। मदिरा के नशे में धुत **प्रायपस** धीरे-धीरे उसकी ओर बढ़ा किन्तु तभी भावी अनर्थ के विरोध में उसका गधा **ज़ोर** से रेंक उठा। **हेस्टिया** की नींद खुल गई और भयभीत **प्रायपस** वहाँ से भाग खड़ा हुआ। अतिथि-स्त्रियों का अपमान बहुत बड़ा पाप समझा जाता था जिसका गधे ने भी जो कि काम-वासना का प्रतीक है, विरोध किया।

हेस्टिया पारिवारिक अग्निकुंड की अधिष्ठात्री देवी है। प्राचीनकाल में इस पवित्र कुंड की बड़ी महत्ता थी। प्रत्येक घर में भोजन आरम्भ तथा समाप्त करते समय **हेस्टिया** को अर्पण दिया जाता। जन्म लेते ही शिशु को अग्निकुंड की परिक्रमा कराई जाती और उसके बाद ही उसे परिवार के सदस्य के रूप में ग्रहण किया जाता। अग्नि तथा जीवन का सादृश्य सदैव स्वीकार किया गया। केवल परिवार ही नहीं नगर-भवन में भी **हेस्टिया** की अग्नि सदैव प्रज्वलित रहती। **हेस्टिया** की पवित्रता और दयालुता के लिए विशेष मान्यता थी। वह शरणागत की रक्षा के लिए प्रसिद्ध थी।

हेस्टिया का रोमन नाम है **वेस्टा।** उसकी पूजा **रोम** में बहुत प्रचलित थी। **ग्रीस** और **एशिया माइनर** में भी उसके **मन्दिर** थे। घर-घर में **हेस्टिया** की पूजा होती और तर्पण दिया जाता। उसे मानव-सौहार्द की संरक्षिका समझा जाता। **रोम में हेस्टिया** का एक भव्य मन्दिर था जिसमें सदा अग्नि जलती रहती थी। ऐसा प्रसिद्ध था कि यह अग्नि वस्तुतः सूर्य की पवित्र तथा दोषों का नाश करनेवाली किरणों से प्रज्वलित हुई थी। इसी मन्दिर में सम्भवतः बाद में **ट्रॉय** में स्थित **एथीनी** की प्रतिमा **पैलेडियम** की स्थापना हुई। **हेस्टिया** के जीवन और पवित्रता की प्रतीक यह अग्निशिखा केवल मन्दिरों में ही नहीं प्रत्येक मानव के हृदय में भी टिमटिमा रही है, ऐसा प्राचीन **रोम** और **ग्रीस** के निवासियों का विश्वास था। इस अग्निकुंड को कभी भी बुझने नहीं दिया जाता था। इसकी लपटें स्वयं देवी की पवित्रता की प्रतीक मानी जातीं।

रोम के दूसरे सम्राट **न्यूमा पाम्पीलियस** ने **हेस्टिया** के एक विशाल और अत्यन्त सुन्दर मन्दिर का निर्माण कराया। **रोम** के उच्च कुलों की सुन्दरी कन्याओं को देवी की सेवा में नियुक्त किया जाता था। इन्हें छह वर्ष की आयु में ही मन्दिर में प्रविष्ट कराके दस वर्ष तक संयमी तथा पवित्र जीवन बिताने की शिक्षा दी जाती थी। तत्पश्चात् वे दस साल तक मन्दिर में सेवा और अग्निककुंड की रक्षा करतीं। इस शिक्षा का नगर की सुरक्षा से सम्बन्ध माना जाता था, अतः असावधानी बरतनेवाली कन्या को कठोर दण्ड का भागी बनना पड़ता। अन्तिम दस सालों में वे नवागत किशोरियों को संयम की शिक्षा देतीं। तीस वर्ष की सेवा के बाद वे अपनी इच्छानुसार जीवन व्यतीत करने को स्वतन्त्र थीं। बहुधा वे शेष जीवन भी देवी के चरणों में अर्पित करना ही उचित समझतीं किन्तु कुछ वैवाहिक जीवन में प्रवेश कर लेतीं। तीस वर्ष के इस जीवन में उन्हें कठोर संयम से पवित्रता की रक्षा करनी होती। यदि कोई कन्या इस मर्यादा का उल्लंघन करती तो उसे जीवित जला दिया जाता। इन्हें **वेस्टल कुमारियाँ** कहा जाता था। उनके पवित्र

जीवन के लिए यह प्रमाण पर्याप्त है कि एक हज़ार वर्ष की लम्बी अवधि में केवल अठारह कन्याओं को दोषी पाया गया। **हेस्टिया** की एक पुजारिन **टशिया** पर भी ऐसे ही अपराध का सन्देह किया गया था लेकिन उसने **टाइबर** नदी से **हेस्टिया** के मन्दिर तक छलनी में पानी ले जाकर अपने आपको निर्दोष सिद्ध कर दिया।

वेस्टल कुमारियों को आदर और श्रद्धा का पात्र समझा जाता था। नगर के सभी उत्सवों में उन्हें सबसे आगे स्थान दिया जाता और मृत्यु के बाद उनके शरीर नगर की सीमा के अन्दर दफनाए जाते। यह सम्मान गिने-चुने महान व्यक्तित्वों के लिए आरक्षित था। **वेस्टल कुमारियाँ** यदि अकस्मात् किसी दण्ड-स्थल की ओर ले जाए जाते हुए अपराधी को मार्ग में मिल जातीं तो वे उन्हें क्षमा दिला सकती थीं।

वेस्टल कुमारियाँ सफ़ेद वस्त्र धारण करतीं जिन पर एक बैंगनी रंग का बार्डर रहता था, और उसके ऊपर बैंगनी चोगा पहनती थीं। युद्ध और खतरे के समय में पवित्र अग्नि की रक्षा का पूरा दायित्व उन पर रहता। उन्हें यह अधिकार था कि वे आवश्यकता पड़ने पर पवित्र अग्नि को किसी भी अन्य सुरक्षित स्थान में ले जाएँ। ऐसे अनेक उदाहरण भी प्राप्त हैं जब वे शत्रु से बचाने के लिए पवित्र अग्नि को **रोम** से बाहर तक ले गईं। **वेस्टल कुमारियों** की यह परम्परा सम्राट **थियोडोसियस** के राज्य काल में समाप्त हुई जबकि 380 ए.डी. में ईसाई मत का प्रचार हुआ। **थियोडोसियस** ने **वेस्टिया** की पूजा पर प्रतिबन्ध लगा दिया, **वेस्टल कुमारियों** की परम्परा समाप्त कर दी और पवित्र अग्नि को बुझा दिया।

देवी **हेस्टिया** अथवा **वेस्टा** के सम्मान में **रोम** में अनेक उत्सव बड़ी धूमधाम से मनाए जाते थे। इन अवसरों पर श्वेत वस्त्रों में लिपटी, हाथ में मशाल अथवा दीपक लिए देवी **हेस्टिया** की गरिमा सम्पन्न प्रतिमा नगर के प्रमुख मार्गों से ले जाई जाती। कुछ उत्सवों पर **वेस्टल कुमारियाँ** पवित्र अग्नि को प्रदर्शित करतीं और नगर की महिलाएँ उनके पीछे-पीछे नंगे पाँव चलती हुई देवी की स्तुतियाँ गातीं। इन अवसरों पर बड़ी-बड़ी दावतों का आयोजन होता, सारे नगर को सजाया जाता और गधों का भी फूल मालाओं से शृंगार किया जाता।

हेस्टिया अपने **वेस्टल कन्याओं** के संस्थान तथा पवित्र अग्नि की मान्यता के लिए ही प्रसिद्ध है अन्यथा पौराणिक कथाओं से उसका सम्बन्ध नाममात्र को ही है।

हेरा

ओलिम्पस की सम्राज्ञी **हेरा** (जूनो) **क्रॉनस** तथा **रिआ** की पुत्री और इस प्रकार **ज़्यूस** की बहन थी। उसका जन्म **सेमॉस** या **आरगॉस** में हुआ। **पेलासगस** का पुत्र **टेमीनस** उसे **आर्केडिया** ले आया और वहीं सम्भवतः **ओकिनास** और **टेथिस** के संरक्षण में **हेरा** का पालन-पोषण हुआ। ऋतुएँ उसकी परिचर्या करती थीं।

होमर के अनुसार **हेरा ज़्यूस** की पहली प्रेमिका थी। **हेरा** के अद्वितीय रूप पर **ज़्यूस** मुग्ध हो गया और उसे प्राप्त करने की उसकी इच्छा प्रबल हो उठी। उस समय अभी **क्रॉनस** का आधिपत्य था। अपने पिता को अपदस्थ करके **ज़्यूस** सम्राट नहीं बन पाया था। लेकिन उसकी शक्ति और सामर्थ्य में किसी को सन्देह नहीं था। **हेरा** ने **ज़्यूस** की प्रणयेच्छा का कोई विरोध नहीं किया और दोनों प्रेमी छिप-छिपकर मिलते रहे। एक प्रचलित कथा के अनुसार विवाह से पूर्व **ज़्यूस** और **हेरा सेमॉस** में मिलते थे। **सेमॉस** का **हेरा** से विशेष सम्बन्ध है और उसे **हेरा** का जन्म-स्थान भी माना जाता है। इसके अलावा **क्रीट** को भी उनका संयोग-स्थल कहा गया है। **डियोडॉरस** के अनुसार **नॉस्सॉस** की सीमा के अन्दर **थेरीस** नदी के पास एक मन्दिर था जहाँ प्रतिवर्ष उस भूभाग के निवासी निश्चित धार्मिक कृत्य सम्पन्न किया करते थे। ये कृत्य बहुत कुछ विवाह-संस्कार से मिलते थे। सम्भवतः इनको **ज़्यूस** और **हेरा** के वहाँ सहवास की स्मृति में सम्पन्न किया जाता था। एक तीसरी विचारधारा के अनुसार **यूबोइया** की एक गुहा में **ओलिम्पस** की इन दो महान शक्तियों का प्रथम दिव्य सहवास हुआ। **नैक्सस** को भी यह श्रेय दिया जाता है।

बोआशिया में प्रचलित एक लोक कथा के अनुसार **हेरा यूबोइया** में निवास करती थी। **ज़्यूस** से प्रेम हो जाने पर वह उसके साथ भागकर आ गई। दोनों प्रेमियों ने **कैथरौं** पर्वत पर शरण ली। **प्लूटार्क** के अनुसार **कैथरौं** ने शरण में आए हुए प्रेमियों का स्वागत किया और उनकी सहायता की। **कैथरौं** के घने वृक्षों और लताओं ने उनके लिए एक सुन्दर लुभावना कुंज बना दिया। सुकोमल हरी पत्तियों और वनफूलों से उनकी शय्या तैयार की। इस अनूठे शयन-कक्ष में जब **ज़्यूस** और **हेरा** प्रणय-क्रीड़ा कर रहे थे तभी **हेरा** की परिचारिका **मेकरिस** उसे खोजती हुई वहीं आ पहुँची। इससे पहले कि वह विशाल पर्वत की कन्दराओं में प्रवेश करती **कैथरौं** ने उसे रोक दिया। उसने **मेकरिस** को चेतावनी दी, "आगे जाने की चेष्टा मत कर **मेकरिस**। रुक जा। पर्वत के हृदय पर बने लता कुंज में **क्रॉनस** का पराक्रमी पुत्र अपनी प्रेयसी **लीटो** के साथ विश्राम कर रहा है। उनके आनन्द में बाधा डालकर दुर्भाग्य को आमन्त्रित न कर। कहीं ऐसा न हो **ज़्यूस** की क्रोधाग्नि तुझे जलाकर राख कर दे।"

ये शब्द सुनकर **मेकरिस** भयभीत हो उठी। वह आगे बढ़ने का दुस्साहस न कर सकी और चुपचाप वापस लौट गई। बाद में **हेरा** और **लीटो** की सादृश्यता प्रमाणित करने के कई प्रयास किए गए। कई स्थानों पर उनकी पूजा भी एक साथ होती थी। लेकिन **ज़्यूस** की सहवासिनी, **अपोलो** और **आर्टेमिस** की माँ **लीटो** के प्रति **हेरा** के प्रचंड क्रोध और ईर्ष्या की कहानी इस बात से बिलकुल मेल नहीं खाती।

इन सबके विपरीत **ज़्यूस** की प्रणय-याचना की एक और कहानी भी प्रसिद्ध है। **क्रॉनस** को सिंहासनच्युत करने के बाद **ज़्यूस** स्वयं **ओलिम्पस** की सत्ता का अधिकारी बना। सम्राट हो जाने पर उसे एक सम्राज्ञी की आवश्यकता अनुभव हुई। उसकी सूक्ष्म दृष्टि ने अन्ततः **हेरा** को खोज निकाला। **हेरा** रूपवती तो थी ही। **ज़्यूस क्रीट** में **नॉस्सॉस** या **आरगोलिस** के **थारनेक्स** पर्वत पर अनेक बार **हेरा** के प्रेम का प्रार्थी बनकर गया। भाँति-भाँति से उसने **हेरा** का हृदय जीतने की चेष्टा की। **क्रॉनस** के पतन के बाद उसकी शक्ति तो सिद्ध हो ही चुकी थी, अब वह **ओलिम्पस** का सम्राट भी था। उसे देवताओं में सर्वश्रेष्ठ माना जाता। उसके प्रभावशाली व्यक्तित्व के सामने दुर्धर्षतम शक्तियाँ भी न ठहर पातीं। लेकिन इन सब विशेषताओं के होते हुए भी **हेरा** का मन वह न जीत पाया। अपने समस्त प्रयासों के बावजूद **ज़्यूस** को सफलता न मिली। अन्त में उसने प्रवंचना का ही सहारा लिया। **ज़्यूस** ने **हेरा** के प्रिय पक्षी कोयल का रूप धारण कर लिया। उसकी आज्ञानुसार ज़ोर से मेघ बरसने लगे। मूसलाधार बारिश में भीगी, काँपती, थरथराती यह कोयल **हेरा** के कोमल चरणों में जा गिरी। **हेरा** ने वत्सलता से उसे उठाकर अपने वक्ष से लगा लिया ताकि **पक्षी** का शरीर गरम हो सके। तत्काल **ज़्यूस** ने अपना वास्तविक रूप धारण कर लिया और **हेरा** के सतीत्व को भंग कर दिया। इस तरह **हेरा** को **ज़्यूस** से विवाह करने को विवश होना पड़ा।

ओलिम्पस के सम्राट **ज़्यूस** और **हेरा** का विवाह बड़ी धूमधाम से सम्पन्न हुआ। सभी देवी-देवता इस परिणयोत्सव में सम्मिलित हुए और नव-दम्पति को उपहार भेंट किए।

इसी अवसर पर पृथ्वी माता ने **हेरा** को स्वर्ण फलोंवाला एक वृक्ष भेंट किया जिसकी रक्षा का भार बाद में **हेस्परीड्स** को सौंपा गया। **ज़्यूस** और **हेरा** ने अपनी सुहागरात **सेमॉस** में व्यतीत की। कहा जाता है कि वह एक रात तीन सौ वर्षों तक चली।

हेरा का वैवाहिक जीवन विशेष सुखमय नहीं रहा। यद्यपि वह जीवन पर्यन्त अपने पति **ज़्यूस** के प्रति एकनिष्ठ रही लेकिन वह केवल सिद्धान्त के अनुसार ही देव-सम्राट की एक-मात्र पत्नी थी। **ज़्यूस** के नित नए प्रेम सम्बन्धों के विषय में आप पहले पढ़ ही चुके हैं। **हेरा** को **ज़्यूस** का यह आचरण असह्य हो उठता। स्वाभाविक है कि कोई भी पत्नी अपने पति का अन्य स्त्रियों के प्रति आकर्षण नहीं सह सकती। अमरलोक की अमर्त्य सम्राज्ञी भी आखिर एक स्त्री, फिर एक धर्मनिष्ठ पत्नी थी। **ज़्यूस** की प्रेमिकाओं को देखकर वह जल उठती और उन्हें यथाशक्ति दण्ड देती। **हेरा** के इस क्रोधी और ईर्ष्यालु स्वभाव के कारण ही **इनाकस** की पूत्री **इओ** वर्षों तक देश-देश गाय के रूप में भटकती असहनीय पीड़ा भोगती रही। उसी ने **कैलिस्टो** का मनोरम रूप छीनकर उसे रीछ बना डाला। इतना ही नहीं, **हेरा** जहाँ तक सम्भव हो उन प्रेमिकाओं से उत्पन्न बच्चों को भी नहीं छोड़ती थी। आश्चर्य तो इस बात का है कि **हेरा** के हाथों अनेक निर्दोष रमणियों ने कष्ट पाया। उसके लिए इस बात का कोई महत्त्व नहीं था कि वस्तुतः दोष किसका है। बहुधा **ज़्यूस** ही भोली-भाली अनुभवहीन किशोरियों को फुसलाकर अपनी अंकशायिनी बनने को अभिप्रेरित करता, या जहाँ अभिप्रेरणा असफल हो जाती वहाँ छल-बल से काम लेता था। किन्तु **हेरा** के दण्ड की भागी वे असहाय स्त्रियाँ ही होती थीं। वह गौणतम अपराध के लिए भी उनका जीवन ही नष्ट कर डालती। **हेरा** का क्रोध बड़ा भयंकर था और उसमें प्रतिशोध की भावना प्रबल थी। वह अपमान नहीं सह सकती थी। उसकी इसी प्रकृति के कारण **ट्रॉय** का युद्ध दस साल तक चला और उसने तब तक चैन नहीं लिया जब तक **ट्रॉय** की गगनचुम्बी अट्टालिकाएँ मिट्टी में नहीं मिल गईं। इसका कारण केवल यह था कि **ट्रॉय** के एक अभागे राजकुमार ने सौन्दर्य-प्रतियोगिता में **हेरा** की अपेक्षा **ऐफ़्रॉडायटी** को अधिक सुन्दर ठहराया था। **हेरा** इस बात को कभी नहीं भूल सकी।

हेरा का **ज़्यूस** की प्रेमिकाओं को दण्ड देने का सम्भवतः एक कारण यह भी था कि **ज़्यूस** उससे अधिक शक्तिशाली था। **ज़्यूस** के गुप्त प्रेम-सम्बन्ध का पता चल जाने पर **हेरा** नाराज भी हो जाती, अपने पति को धिक्कारती भी लेकिन इससे अधिक कुछ कर पाना उसकी सामर्थ्य के बाहर था और प्रतारणा का **ज़्यूस** पर कोई प्रभाव पड़ता नहीं था। हर झगड़े के बाद वह दुगने उत्साह से अपनी वासना-तृप्ति में लग जाता।

एक बार **हेरा** और **ज़्यूस** में झगड़ा हो गया। बात कुछ ज्यादा बढ़ गई। नतीजा यह हुआ कि **हेरा** रुष्ट हो गई और किसी गुप्त स्थान में जाकर छिप गई। अब **ज़्यूस** बहुत चिन्तित हो उठा। किस विधि से **हेरा** का पता लगाया जाए, और अगर पता चल भी जाता है तो उसे प्रसन्न कैसे किया जाए। आखिर **ज़्यूस** को एक उपाय सूझा। उसने

एल्लकोमीनियस की सहायता से सब जगह यह बात फैला दी कि **ज़्यूस** दूसरा विवाह करनेवाला है। जंगल की आग की तरह यह खबर फैल गई। पृथ्वी, आकाश, समुद्र सब जगह एक ही चर्चा थी। आश्चर्य! **ज़्यूस** की पत्नी उससे रूठकर चली गई और अब वह दूसरा ब्याह रचा रहा है। **ओलिम्पस** के देवी-देवता कानाफूसी करते, पर्वतों-घाटियों में यही बात गूँजती, सरसराती हवा पेड़ों-पौधों को हिला-हिलाकर यही सूचना देती–'**ज़्यूस** दूसरा ब्याह रचा रहा है!' विवाह का दिन भी निश्चित हो गया। नववधू का नाम था **डायडेल।** शुभ दिन आया। आभूषणों और पुष्पहारों से लदी नववधू की शुभ-यात्रा आरम्भ हुई। **ओलिम्पस** के श्रेष्ठतम श्वेत अश्वों से जुते हुए स्वर्ण-रथ में सुन्दरी आसीन हुई। बहुमूल्य वस्त्रों में लिपटी दुल्हन का घूँघट इस अवसर के लिए **एथीनी** ने स्वर्ण तारों से बुनकर तैयार किया था। शुभ-यात्रा देखने को जन-समुदाय बाढ़ आई नदी की तरह उमड़ आया। **कैथरौं** पर्वत पर **प्लेटाया** स्त्रियों के साथ छिपी हुई **हेरा** को यह संवाद मिला। वह क्रोध से पागल हो उठी। 'मेरे रहते **ज़्यूस** किसी अन्य स्त्री का परिणय करे? नहीं! मैं ऐसा नहीं होने दूँगी। ओलिम्पस-सम्राज्ञी से उसका अधिकार कोई नहीं छीन सकता और जो स्त्री ऐसा दुस्साहस करती है मैं उसे नष्ट कर दूँगी।'

हेरा भावावेश में दौड़ती हुई **कैथरौं** की गुफाओं से निकल आई और उसने विवाह-यात्रा को रोक दिया। **हेरा** का क्रुद्ध रूप देखकर सभी स्तम्भित रह गए। वह सीधी रथ के पास गई और उसने दोनों हाथों से नववधू का बहुमूल्य घूँघट फाड़ फेंका। लेकिन दुल्हन को देखते ही हेरा के आश्चर्य की सीमा न रही। उसकी बड़ी आँखें और फैल गईं और मुँह खुला रह गया। यह कोई स्त्री नहीं अपितु एक बड़े ओक वृक्ष को काटकर बनाई गई **हेरा** की प्रतिकृति थी। उसका नाम भी तो **डायडेल** अर्थात् 'चतुराई से निर्मित' था। **हेरा** के सुन्दर मुख पर क्रोध का स्थान हर्ष मिश्रित आश्चर्य ने ले लिया और फिर वह जी खोलकर हँस पड़ी। **ज़्यूस** की योजना सफल हुई और इस तरह पति-पत्नी का आनन्द-मिलन हुआ।

इस देव-दम्पति की तीन सन्तान हुईं–यौवन की देवी **हीबी,** युद्ध का देवता **एरीज़** और **इलीथिया**–प्रसव की देवी। **हीबी** और **इलीथिया** विशेष महत्त्वपूर्ण व्यक्तित्व नहीं हैं। **एरीज़** के विषय में आप आगे पढ़ेंगे। इन तीनों के अतिरिक्त **हेरा** को **हेफ़ास्टस** की माता भी कहा जाता है। जैसे **एथीनी** का जन्म केवल **ज़्यूस** से हुआ था, उसी प्रकार **हेरा** ने भी बिना किसी देवता अथवा व्यक्ति के संसर्ग के **हेफ़ास्टस** को उत्पन्न किया। **ज़्यूस** को इस चमत्कार पर विश्वास नहीं हुआ। वह **हेरा** पर सन्देह करने लगा। अतः उसने धूर्तता से **हेरा** को एक बलकृत कुर्सी पर बिठा दिया। इस कुर्सी की यह विशेषता थी कि वह बैठनेवाले को अपनी बाँहों में कस लेती थी और उसकी पकड़ से छूटना असम्भव था। **हेरा** बहुत चीखी-चिल्लाई लेकिन **ज़्यूस** ने उसे तभी मुक्त किया जब उसने **स्टिक्स** की सौगन्ध खाकर कहा कि **हेफ़ास्टस** केवल उसी का पुत्र है।

साहित्य और कला में **हेरा** का चित्रण एक सुन्दर गरिमायुक्त स्त्री के रूप में हुआ है। उसका लम्बा स्वस्थ शरीर बहुधा पूरा ढँका रहता है। सिर पर एक छोटा-सा ताज

है जो उसकी प्रतिष्ठा का प्रतीक है। कहीं-कहीं उसे सिर पर पुष्पहार धारण किए दिखाया गया है। उसके हाथ में राजदण्ड है। **हर्मियोनी** की प्रतिमा में राजदण्ड पर एक कोयल बैठी है। कोयल और मोर उसके प्रिय पक्षी थे, अतः बहुधा उनका चित्रण **हेरा** के साथ हुआ है।

हेरा का मुख्य सम्बन्ध स्त्रियों के जीवन से है। उसकी अपनी पुत्री, शिशुजन्म के समय स्त्रियों की सहायता करनेवाली **इलीथिया** से **हेरा** का सादृश्य कभी-कभी भ्रम उत्पन्न कर देता है। **रौशर** ने उसे चन्द्रमा की देवी कहा है। चन्द्रमा का स्त्रियों के शारीरिक जीवन से सम्बन्ध माना जाता है। अतः इस प्रकार भी वह स्त्रियों की ही देवी हुई। उसे पृथ्वी की देवी भी कहा गया है, लेकिन उसका सीधा सम्बन्ध पृथ्वी नहीं अपितु स्त्री की प्रजनन शक्ति से है। साधारणतया **हेरा** को मानव-जीवन के महत्त्वपूर्ण अंग–विवाह की देवी कहा जाता है। **हेरा** के क्रोधी स्वभाव के कारण उसे वायुमंडल में होनेवाली उथल-पुथल का मानवीकरण भी माना जाता है। लेकिन यह विचारधारा कुछ विशेष युक्तिसंगत नहीं है।

हेरा की प्रिय सेविका और संदेशवाहिका है **आइरिस** (इन्द्रधनुष)। वह **ज़्यूस** के सन्देशवाहक **हेमीज़** की तरह ही वेगवान है। वह हवा में इतनी गति से उड़ती चली जाती है कि पता भी नहीं चलता। लेकिन हाँ, उसके रंग-बिरंगे कपड़ों की झलक जरूर दिखाई पड़ती है। उसका सात रंगों का आँचल पीछे लहराता रहता है।

हेरा की उपासना के मुख्य केन्द्र **मायसीनी, स्पार्टा, आरगू, रोम** और **हेरायम** में थे। प्राचीन **ग्रीस** में उसके अनगिनत मन्दिर थे और बहुधा मन्दिरों में **ज़्यूस** के साथ उसकी भी अर्चना की जाती थी। **हेरा** की बहुत-सी प्रतिमाएँ **ग्रीस** और **इटली** से प्राप्त हुई थीं जिनमें से कुछ अभी तक सुरक्षित हैं।

रोम में **हेरा** अथवा **जूनो** का विशेष पर्व **मेट्रोनेलिया** बड़ी धूमधाम से मनाया जाता था। देश के विभिन्न भागों में जहाँ कहीं भी हेरा के मन्दिर और मूर्तियाँ थीं, इस दिन लोग एकत्रित होकर देवी की सार्वजनिक आराधना करते। उसके बाद उत्सव का आयोजन होता। एक ऐसे ही पर्व पर एक वृद्ध देवी **हेरा** की आराधना करने आरगू के पूजालय में जाना चाहती थी। यह स्त्री अपनी किशोरावस्था में उस मन्दिर में **हेरा** की पुजारिन रही थी। उसने गृहस्थ जीवन में प्रवेश करने के लिए वर्षों पहले वह मन्दिर छोड़ा था। मरने से पहले वह उसे एक बार फिर देखना चाहती थी लेकिन रास्ता लम्बा और धूल से भरा हुआ था। वृद्धावस्था के कारण वह इतनी दूर चल नहीं सकती थी। अतः उसने अपने पुत्रों **क्लिओबिस** और **बीटन** से कहा–"बेटा, मैं अब बहुत वृद्ध हो गई हूँ। न जाने कब मृत्यु आ जाए। चाहती थी मरने से पहले एक बार **आरगू** में देवी **हेरा** के दर्शन कर पाती। इतनी दूर चल सकने में असमर्थ हूँ। कितना अच्छा हो यदि तुम गाड़ी में जोतने के लिए दो सफ़ेद गायों का प्रबन्ध कर दो। एक बार **आरगू** हो आऊँ तो जीवन सफल हो जाए।"

क्लिओबिस और **बीटन** बहुत प्रयत्न करने पर भी दो सफ़ेद गौओं का प्रबन्ध न

कर पाए। अब क्या हो? वे चिन्ता में पड़ गए। उन दोनों के होते हुए भी यदि माँ की अन्तिम अभिलाषा पूरी न हो तो धिक्कार है ऐसे जीने पर। अन्ततः दोनों मातृभक्त पुत्रों ने माँ की गाड़ी में खुद जुत जाने का फैसला किया। गाड़ी पर वृद्धा बैठी थी और दोनों बेटे उसे खींचते मन्दिर की ओर ले जाते थे। लोग उन्हें देखते और वाह-वाह करते। मातृभक्ति का ऐसा अनूठा उदाहरण कभी देखने में नहीं आया था। जितनी भी प्रशंसा की जाए कम है।

इसी तरह वे अपनी माँ को **आरगू** के मन्दिर तक ले गए। वृद्धा की आँखों से स्नेह और हर्ष के आवेग से आँसू झरते थे। वह बहुत प्रसन्न थी। जब वह मन्दिर में पहुँची और उसने देवी की प्रतिमा के सामने सिर झुकाया तो यही प्रार्थना की–''हे देवी! मेरे बच्चों को श्रेष्ठतम वरदान दो! वे सदा सुखी रहें।''

वृद्धा की अभिलाषा पूरी हुई। पूजा के बाद जब वह बाहर आई तो उसके दोनों बेटे नींद की गोद में सदा के लिए सो गए थे। **ओलिम्पस** की सम्राज्ञी **हेरा** ने उन्हें **इलीसियन** देश में पहुँचा दिया था जहाँ दुख का नाम नहीं और जहाँ के निवासी अनन्त काल तक सुख का भोग करते रहेंगे।

ऐफ़्रॉडायटी

इच्छा, प्रेम और सौन्दर्य की देवी **ऐफ़्रॉडायटी** का जन्म समुद्र के फेन से हुआ। जल पर तैरते बुलबुलों में से स्वर्गिक आभा फूटने लगी, एक दिव्य प्रकाश का अवगुंठन धरती ने मुख पर खींचा, प्रकृति खिलखिला उठी, सुकोमल लहरें टूटीं और उनके बीच समुद्र के धवल फेन से निकला एक सुकुमार शरीर, नन्हे गुलाबी अंग, लिली के फूल-सा मुख, पानी से भीगे घुँघराले सुनहले बाल और आकाश-सी गहरी नीली आँखें। साक्षात् सौन्दर्य की प्रतिमा। नील-उर्मियों के पालने में उसे झूलते हुए सबसे पहले जलपरियों ने देखा। वे तत्काल उसे उठाकर समुद्र में बहुत नीचे स्थित अपने मूँगे के महल में ले गईं। वहीं बड़ी ममता से उसका पालन-पोषण किया और रूप के अनुरूप शिक्षा दी। वे जानती थीं कि **ओलिम्पस** पर **ऐफ़्रॉडायटी** का सिंहासन उसकी प्रतीक्षा कर रहा है और समस्त देवतागण सौन्दर्य की देवी के दर्शन को लालायित हैं। उचित आयु एवं शिक्षा प्राप्त होने पर **ऐफ़्रॉडायटी** को वे जलपरियाँ समुद्र की सतह पर लाईं। देवताओं की सभा में उसके परिचय का समय आ गया था। **ऐफ़्रॉडायटी** को देखने के लिए **ट्रिटन्स, नीरीयड्स, ओसिनायड्स** एवं समुद्र के अन्य सभी प्राणी वहाँ एकत्रित हो गए। **ऐफ़्रॉडायटी** के मनोहारी रूप ने सबकी दृष्टि को बाँध लिया। ऐसा अद्भुत सौन्दर्य न पहले कभी देखा, न सुना। पहली बार लगा कि भाषा कितनी अपूर्ण है। शब्द कितने सारहीन। फिर भी सभी **ऐफ़्रॉडायटी** की प्रशंसा के गीत गा रहे थे। लेकिन जब गीतों से सन्तोष न हुआ तो उन्होंने देवी के चरणों में बहुमूल्य मोती

और मूँगे का ढेर लगा दिया।

ऐफ्रॉडायटी के पानी के बिछौने पर एक बड़ी लहर का तकिया लगाकर उसकी यात्रा-सुरक्षा का भार कोमल दक्षिणी-वायु **ज़ेफ़िरस** को सौंप दिया गया। **ज़ेफ़िरस** के हल्के-हल्के झोंकों से लहरों पर बहती हुई सौन्दर्य की यह देवी **सीथेरा** और **पेलोपनीज साइप्रस** पहुँची। वहाँ ऋतुओं की देवियाँ **यूरीमिया, डाइकी, ऐरीनी; चैरीटीज़** तथा **ग्रेसेज़** के नाम से प्रसिद्ध लालित्य और चारुता की देवियाँ—**एग्लाया, यूफ्रोसिनी** और **थालिया** उसके स्वागत के लिए पहले ही तैयार खड़ी थीं। वे अपनी स्वामिनी के प्रति अपना अनुराग और श्रद्धा व्यक्त करने को आकुल हो रही थीं। **ज़ेफ़िरस** के झोंकों से मन्द गति से बढ़ती हुई **ऐफ्रॉडायटी** की लहरों की सवारी किनारे आ लगी। रूप की गरिमा के समक्ष सबके मस्तक झुक गए। जहाँ देवी के चरण पड़े कोमल दूब उग आई, जिधर दृष्टि की फूल खिल पड़े। पृथ्वी पर सौन्दर्य का शुभागमन हुआ। बंजर पर जैसे पीयूष बरस गया।

ऐफ्रॉडायटी ने अपनी गीली सुनहली अलकों को अंगूर लताओं से छनकर आती हुई धूप में सुखाया। ऋतुओं ने फूलों से उसका शृंगार किया, **चैरीटीज़** ने उसके रूप में लालित्य की मधुरिमा घोल दी और **ऐफ्रॉडायटी** ने अपनी इन सखियों के साथ **ओलिम्पस** की ओर प्रस्थान किया। रास्ते में प्रेम-इच्छा का देवता **हीमरस,** प्रेम में सौहार्द का देवता **पॉथॉस,** प्रेम की कर्ण-प्रिय मनोहारी भाषा का देवता **सुआडेला** और विवाह का देवता **हिम्म** भी उसके साथ हो लिए। **ओलिम्पस** पर **ऐफ्रॉडायटी** का सिंहासन तैयार था और देवतागण हृदय थामे सौन्दर्य की देवी की प्रतीक्षा कर रहे थे। देवी प्रकट हुई। देव-सभा में जादू छा गया। पल-भर को जैसे हृदयगति रुक-सी गई। सर्व समर्थ देवता अपनी गरिमा तो क्या अपने अस्तित्व को भी जैसे भूल गए। सम्मोहन टूटा तो मुक्तकंठ से प्रशंसा होने लगी और **ऐफ्रॉडायटी ओलिम्पस** के प्रमुख बारह देवी-देवताओं में प्रतिष्ठित हो गई।

ऐसा भी प्रसिद्ध है कि **ऐफ्रॉडायटी** का जन्म **ज़्यूस** द्वारा काटकर समुद्र में फेंके गए **क्रॉनस** के अंगों से हुआ। एक अन्य धारणा यह है कि **ऐफ्रॉडायटी** देव-सम्राट **ज़्यूस** और **डायोनी** के संसर्ग का परिणाम है। **ऐफ्रॉडायटी** (फेन से उत्पन्न) वही देवी है जो वेलासगियन सृष्टि-कथा के अनुसार अनन्त विप्लव के समय समुद्र से नग्न प्रकट हुई थी और उसने अपने उद्दाम नृत्य से पृथ्वी को जीवन-दान दिया था। **सीरिया** और **पैलेस्टीन** में उसी की पूजा **ईस्टर** के नाम से होती थी। **ऐफ्रॉडायटी** या **वीनस** को **साइप्रिस** (साइप्रस की स्त्री) और **सिथीरिया** भी कहा जाता है। मुख्यतः **ऐफ्रॉडायटी** की प्रेम, सौन्दर्य और विवाह की देवी के रूप में ही उपासना की जाती है। उसे मल्लाहों की संरक्षिका भी माना जाता है जो सम्भवतः उसके समुद्र से जन्म के कारण है। **स्पार्टा** में उसे बहुधा युद्ध की देवी भी कहा गया। इसका कारण **ऐफ्रॉडायटी** का **साइप्रस** से सम्बन्ध है जहाँ सामरिक देवियों की विशेष महत्ता थी। इसकी पृष्ठभूमि में **ऐफ्रॉडायटी** का युद्ध-देवता **एरीज़** से सम्बन्ध भी हो सकता है। लेकिन **होमर** के 'इलियड' में इसका चित्रण एक सुन्दर कोमलांगिनी स्त्री के रूप में हुआ है जिसका युद्ध से दूर का भी सम्बन्ध नहीं। जीवन में मृत्यु की देवी के रूप में भी उसे अनेक उपाधियों से विभूषित

किया गया है। **एथेन्स** में उसे प्रमुख भाग्य की देवी और **एरीनीज़** की बहन माना जाता था। अन्य स्थानों पर उसे **मेलायानेस** (श्यामा) कहा जाता था क्योंकि प्रेम रात्रि में ही अपनी उत्कृष्टता को प्राप्त करता है। **एन्ड्रोफ़ॉनॉस** (पुरुष-घातिनी) भी उसकी एक उपाधि है। कुछ भी कहा जाए हृदय को जीत लेनेवाले उसके रूप की शक्ति को सबने स्वीकार किया। सौन्दर्य और प्रेम की उपेक्षा कोई अमर्त्य भी न कर पाया।

ऐफ़्रॉडायटी के पास एक चमत्कारिक मेखला थी जो सभी देवियों की ईर्ष्या का कारण बन गई। जो व्यक्ति या देवता **ऐफ़्रॉडायटी** को यह करधनी धारण किए देखता, वही उससे प्रेम करने लगता। एक तो वह ऐसे ही रूपराशि की अनुपम खान थी उस पर वह करधनी और हल्का-हल्का सिंगार। देवता यदि अपना मन वश में न रख पाएँ तो उनका क्या दोष! **ओलिम्परा** के प्रत्येक देवता के मन में एक ही आकांक्षा पल्लवित हो रही थी और वह यह कि **ऐफ़्रॉडायटी** उसकी अर्धांगिनी बने। देव-सम्राट तक उसके प्रेम-पाश में बँधा था। लेकिन **ऐफ़्रॉडायटी** अपने रूप के मद से स्वयं ही उन्मत्त थी। उसने किसी भी प्रणयेच्छुक पर कृपा-दृष्टि न डाली। सभी के विवाह-प्रस्ताव उसने निर्दयता से ठुकरा दिए, यहाँ तक कि **ज़्यूस** का भी लिहाज़ न किया। देव-सम्राट इस अभिमान को देखकर क्रुद्ध हो उठा। दण्ड देने का निश्चय कर लिया और यह घोषणा की कि **ऐफ़्रॉडायटी** का विवाह **हेफ़ास्टस** से ही होगा। **हेरा** का लँगड़ा पुत्र **हेफ़ास्टस ओलिम्पस** का शिल्पी था। भला **ऐफ़्रॉडायटी** से उसकी क्या तुलना! लेकिन **ज़्यूस** की आज्ञा की अवहेलना कौन कर सकता है। अतः **हेफास्टस (वल्कन)** और **ऐफ़्रॉडायटी (वीनस)** का विवाह सम्पन्न हो गया।

विवाह हो गया। कहने को तो दो जीवन एक डोरी में बँध गए लेकिन मन न बँधा। **ऐफ़्रॉडायटी** अपने विकलांग पति से कभी भी प्रेम न कर सकी और **हेफ़ास्टस** पर भी यह बात शीघ्र ही स्पष्ट हो गई।

ऐफ़्रॉडायटी ने अपने रूप-लावण्य का प्रयोग सबसे पहले युद्ध के सुन्दर देवता **एरीज़** को जीतने के लिए किया। **एरीज़** भला क्यों विरोध करता। युद्ध का देवता अपने-आप बँधा हुआ चला आया। दोनों गुप्त रूप से मिलने और प्रेम का आनन्द लूटने लगे। **एरीज़** के **थ्रेस** में स्थित महल में वसन्त आ गया। रंगरेलियाँ मनाई जाने लगीं। बेचारा **हेफ़ास्टस** इस कटु सत्य से बिल्कुल अनभिज्ञ था।

यद्यपि भय का कुछ विशेष कारण नहीं था तो भी **एरीज़** ने अपने महल के बाहर **एलेक्ट्रयान** नामक रक्षक की नियुक्ति कर दी थी। किसी समय कोई देवता भ्रमण करता न आ पहुँचे। **एलेक्ट्रयान** का यह कर्तव्य था कि यदि ऐसी सम्भावना हो तो वह तत्काल **एरीज़** को सूचना दे और हाँ, प्रतिदिन सूर्य निकलने से पहले दोनों प्रेमियों को जगा दे। सभी कुछ निश्चित रूप से चल रहा था तभी एक दिन एक अवांछित घटना हो गई। **ऐफ़्रॉडायटी** और **एरीज़** आलिंगनबद्ध पड़े बेसुध सो रहे थे। **एलेक्ट्रयान** बाहर पहरा दे रहा था। रात्रि का अन्तिम पहर आ पहुँचा। ठंडी हवा मीठी-मीठी थपकियाँ दे रही थी। रात-भर के जागे **एलेक्ट्रयान** की आँख लग गई। वह सोता ही रह गया और पूर्व दिशा

में **ऑरोरा** (उषा) ने सूर्य के आगमन के लिए द्वार खोल दिए। जंगल के पक्षियों ने चहचहाकर उसका स्वागत किया। प्रकाश फैल गया, चार घोड़ों से जुते स्वर्ण रथ पर आसीन तेजस्वी सूर्य आ पहुँचा। रथ आगे बढ़ने लगा। सूर्य प्रतिदिन की भाँति दाएँ-बाएँ, आगे-पीछे के मनोरम दृश्य देखता चल रहा था तभी उसकी दृष्टि **एरीज़** के महल पर जा पड़ी, ''ऐं! यह क्या?'' सूर्य-देवता की आँखें और खुल गईं। फिर ध्यान से देखा। पल-भर में उसकी सूक्ष्म दृष्टि ने सब कुछ जान लिया। सन्देह के लिए स्थान न था। जितनी जल्दी हो सका अपने रथ को दौड़ाता हुआ सूर्य **हेफ़ास्टस** के पास जा पहुँचा और **ऐफ्रॉडायटी** और **एरीज़** के प्रणय का आँखों देखा हाल नमक-मिर्च लगाकर कह सुनाया। वह अपनी सहानुभूति प्रकट करना भी नहीं भूला, ''भाई, **हेफ़ास्टस,** तुम्हारी पत्नी को उस अवस्था में देखकर कितना कष्ट हुआ, बता नहीं सकता। फौरन भागा-भागा तुम्हारे पास आया। अब तुम जो उचित समझो, करो।''

हेफ़ास्टस अपनी सुन्दर पत्नी **ऐफ्रॉडायटी** के इस आचरण पर दुख और क्रोध में जला जा रहा था और उधर प्यार-भरी रात के जागे प्रेमी अभी तक निढाल पड़े थे। तभी अकस्मात् **एरीज़** की आँख खुली। यह क्या? सूरज आसमान में इतना ऊपर चढ़ आया, और वे अभी तक सो रहे थे? **'एलेक्ट्रयान! एलेक्ट्रयान!''** उसने पुकारा लेकिन **एलेक्ट्रयान** गहरी नींद में डूबा हुआ था। उसे न उठना था न उठा। गुस्से में भरा **एरीज़** बाहर आया और उसे लात मारकर उठाया, बहुत फटकारा और शाप देकर उसे एक मुर्गा बना डाला, ''जा, खलिहानों में भटक और रोज सबेरे सूरज के आने की सूचना देता रह। आज के बाद तू कभी दिन चढ़े तक नहीं सोएगा।'' और मुर्गा कभी सूरज निकलने तक नहीं सोता यह तो आप जानते ही हैं।

हेफ़ास्टस अपनी पत्नी को उसकी बेवफाई का दण्ड देने की योजना बना रहा था। क्रोध से उसका तन-मन फुँका जा रहा था। वह **ऐफ्रॉडायटी** को अपमानित करना चाहता था। और उसे एक उपाय सूझ भी गया। **ओलिम्पस** का कुशल शिल्पी अपनी शिल्पशाला में पहुँचा और एक महीन लेकिन किसी तरह भी न टूटनेवाला जाल तैयार किया। यह मकड़ी के जाले के समान पतला जाल काँसे के तारों से तैयार किया गया था और इसे आसानी से देख पाना भी सम्भव नहीं था। **हेफ़ास्टस** ने गुप्त रूप से इस जाल को अपने शयन-कक्ष में लगे पलंग के चारों ओर सावधानी से बाँध दिया। कुछ समय बाद **ऐफ्रॉडायटी थ्रेस** से लौट आई। उसके गोरे मुखड़े पर वही चिर-परिचित मुस्कान थी, चितवन में वही आकर्षण, गदराए हुए अंगों में सदा रहनेवाली नवीनता। उसने बताया कि वह एक आवश्यक काम से **कॉरिन्थ** गई हुई थी। **हेफ़ास्टस** ने सहज भाव से इस झूठ को स्वीकार कर लिया और कहा :

''प्रिये, मैं भी सोचता हूँ कुछ दिन के लिए अपने प्रिय द्वीप **लेमनॉस** हो आऊँ।''

ऐफ्रॉडायटी ने कोई विरोध नहीं किया और न ही स्वयं साथ चलने का प्रस्ताव रखा। **हेफ़ास्टस** को कोई आश्चर्य नहीं हुआ। यह उसकी आशा के अनुकूल ही था। वह मन-ही-मन द्वेष युक्त विजय-भाव से मुस्कराया। पत्नी से सस्नेह विदा लेकर वह

लेमनॉस की ओर चल पड़ा। वह दृष्टि से ओझल हुआ ही था कि **ऐफ्रॉडायटी** ने अपने प्रेमी को बुला भेजा। सन्देश मिलते ही **एरीज़** आ गया और दोनों प्रेमी उसी शैया पर भोग-विलास में मग्न हो गए। वे इस बात से बिल्कुल बेखबर थे कि उनके चारों ओर कौन-सा जाल बुना जा चुका है।

भोर हो गई। **ऐफ्रॉडायटी** और **एरीज़** दोनों **हेफ़ास्टस** के बनाए अदृश्य जाल में फँस चुके थे। युद्ध के देवता ने बड़े हाथ-पैर मारे लेकिन व्यर्थ। **हेफ़ास्टस** ने जाल इतनी कुशलता से बुना था कि उसको तोड़ पाना **एरीज़** के लिए असम्भव था। अब क्या हो? प्रेम का सारा नशा पल-भर में हवा हो गया। दोनों प्रेमियों के मुँह उतर गए लेकिन अपनी लाज ढँकने को उनके पास वस्त्र का एक टुकड़ा तक नहीं था। **हेफ़ास्टस** की लेमनॉस-यात्रा तो एक बहाना थी। तभी वह भी लौट आया। **ऐफ्रॉडायटी** और **एरीज़** को इस अवस्था में छटपटाते देखकर भी उसका क्रोध शान्त नहीं हुआ। वह इस लज्जाजनक दृश्य को देखने के लिए **ओलिम्पस** के सभी देवताओं को बुला लाया। अलबत्ता देवियों ने वहाँ आना गवारा नहीं किया। लेकिन सब देवता दौड़े-दौड़े पहुँच गए, वे चारों ओर घूम-घूमकर इस दृश्य को देखते और आपस में मज़ाक करते। **हेमीज़** को तो **एरीज़** के भाग्य से ईर्ष्या होने लगी। उसका विचार था कि यदि **ऐफ्रॉडायटी** के सहवास का इतना मूल्य देना पड़े तो कुछ अधिक नहीं।

हेफ़ास्टस किसी तरह भी **ऐफ्रॉडायटी** को मुक्त करने को राजी नहीं हो रहा था। उसने यह घोषणा कर दी कि वह तब तक उसे नहीं छोड़ेगा जब तक **ज़्यूस** उसके सभी विवाह-उपहार वापस न कर दे। **ऐफ्रॉडायटी ज़्यूस** की दत्तक-पुत्री थी, अतः विवाह के समय **हेफ़ास्टस** ने वधू-मूल्य उसी को दिया था। लेकिन **ज़्यूस** ने पति-पत्नी के मामले में हस्तक्षेप करने से इनकार कर दिया। ऐसे अश्लील तमाशे में उसने कोई रुचि नहीं ली और **हेफ़ास्टस** को भी अपनी पत्नी के रहस्यों का सार्वजनिक उद्‌घाटन करने के लिए भला-बुरा कहा। **हेफ़ास्टस** बड़ा परेशान हुआ। उधर **पॉसायडन ऐफ्रॉडायटी** के नग्न रूप को देखकर उस पर आसक्त हो गया था। वह मन-ही-मन **एरीज़** के भाग्य को सराह रहा था और ईर्ष्या से जला जा रहा था। लेकिन अपनी वास्तविक भावना को छिपाते हुए उसने **हेफ़ास्टस** से सहानुभूति जताई, "जब **ज़्यूस** सहायता करने से इनकार कर रहा है तो मैं इस बात का जिम्मा लेता हूँ कि **एरीज़** विवाह-उपहारों के बराबर सम्पत्ति अपनी मुक्ति के मूल्य के रूप में तुम्हें दे।"'

"यह तो ठीक है", **हेफ़ास्टस** ने मुँह लटकाते हुए कहा, "लेकिन अगर **एरीज़** मुकर गया, तो जाल के नीचे उसकी जगह तुमको लेनी पड़ेगी।"

"**ऐफ्रॉडायटी** के साथ?" **अपोलो** ने फुलझड़ी छोड़ी।

"मैं नहीं समझता कि **एरीज़** मुकर जाएगा," **पॉसायडन** ने कहा।

"लेकिन अगर ऐसा हो तो मैं वह ऋण चुकाकर **ऐफ्रॉडायटी** से स्वयं विवाह करने को तैयार हूँ।"

तब **हेफ़ास्टस** ने **ऐफ्रॉडायटी** और **एरीज़** को मुक्त किया। **एरीज़** ऐसा भागा कि फिर

थ्रेस में जाकर ही दम लिया और **ऐफ़्रॉडायटी** ने **पैफ़ास** जाकर समुद्र में स्नान करके अपने कौमार्य का नवीकरण किया।

हेमीज़ की सहानुभूति के लिए **ऐफ़्रॉडायटी** ने एक रात उसके साथ शयन करके अपनी कृतज्ञता प्रकट की। इस सम्मिलन से **हर्माफ़्राडिटस** का जन्म हुआ। **पॉसायडन** की मैत्रीपूर्ण सहायता के बदले में **ऐफ़्रॉडायटी** ने उसे भी अपने सहवास का अवसर दिया और **रोड्स** तथा **हेरोफिलस** नामक दो पुत्रों को जन्म दिया। जैसा कि **हेफ़ास्टस** को पहले ही भय था **एरीज़ ने** सम्पत्ति देने से इनकार कर दिया। **पॉसायडन** अपने वचन पर स्थिर था लेकिन **हेफ़ास्टस** यह सब कुछ होते हुए भी **ऐफ़्रॉडायटी** के प्रेम में इतना पागल था कि उससे सम्बन्ध-विच्छेद नहीं सह सकता था। **ऐफ़्रॉडायटी** का सौन्दर्य-पाश **हेफ़ास्टस** के कांस्य-पाश से कहीं अधिक सुदृढ़ सिद्ध हुआ।

ऐफ़्रॉडायटी ने **एरीज़** के दो पुत्रों—**फोबस, डेमस** और **हार्मोनिया** नामक एक पुत्री को जन्म दिया। कुछ स्रोतों के अनुसार **एरॉस** (प्रेम) या **क्यूपिड** का जन्म भी **ऐफ़्रॉडायटी** की कोख से हुआ। '**वीनस**' और '**क्यूपिड**' का नाम साहित्य में बार-बार साथ ही आता है लेकिन यह सम्बन्ध कुछ बाद में ही जोड़ा गया। **हीसियड** भी उनका उल्लेख साथ किया है लेकिन माता और पुत्र के रूप में नहीं। वहाँ **एरॉस** को विश्वोत्पत्ति सम्बन्धी शक्ति माना गया है। **एरॉस** को किशोर लड़कों की सुन्दरता का देवता माना जाता है और प्राचीन **ग्रीस** में उसकी पूजा इसी रूप में प्रचलित थी। एलेक्ज़ेन्ड्राइन कवियों ने प्रेम-कथाओं के वर्णन में उसे स्थान दिया और धीरे-धीरे उसकी गरिमापूर्ण मर्यादा कम होने लगी। उसे पुष्प-वाण से सुशोभित कर दिया गया और बाद की कृतियों में **एरॉस** का चित्रण एक सुन्दर, गोल-मटोल, लाल-लाल कपोल और अधरवाले छोटे-से नटखट बालक के रूप में होने लगा। और उसे एक व्यक्ति के मन में दूसरे के प्रति प्रेम उत्पन्न करने का काम सौंप दिया गया। उसके नन्हे-नन्हे बाणों की अद्‌भुत शक्ति और प्रभाव से देवता भी घबराते थे।

ऐफ़्रॉडायटी ने **डायोनिसस** के संसर्ग से **प्रायपस** नामक एक बालक को भी जन्म दिया। **हेरा** ने **ऐफ़्रॉडायटी** के दण्ड रूप में बालक को विकृत कर दिया। उसका चित्रण एक माली के रूप में होता है।

ऐफ़्रॉडायटी के रूपाभिमान के कारण देवताओं को बड़ा मानसिक कष्ट उठाना पड़ता। उन्हें निरन्तर **क्यूपिड** के तीखे बाण बेधा करते लेकिन सौन्दर्य की देवी आशा-निराशा की यातना से परे थी। यद्यपि **ज़्यूस** को कभी उसका सहवास नहीं प्राप्त हुआ लेकिन स्वर्ण-करधनी धारण करनेवाली सदा उसकी अभिलषित रही। उसने **ऐफ़्रॉडायटी** को और अधिक अपमानित करने के लिए एक नई योजना सोच निकाली। कितना अच्छा हो यदि सौन्दर्य की देवी किसी मर्त्य प्राणी के पीछे बावरी हो जाए। और **ज़्यूस** के प्रयासों से ऐसा हो भी गया। **ऐफ़्रॉडायटी एन्कीसेस** पर बुरी तरह आसक्त हो गई। **ईलस** का प्रपौत्र **एन्कीसेस** डारडेनियन्स का राजा था। वह युवक था और आकर्षक व्यक्तित्व का स्वामी भी। एक रात जब वह **ईडा** पर्वत पर एक चरवाहे की झोंपड़ी में विश्राम कर रहा था, दहकते हुए

लाल रंग के वस्त्रों में लिपटी **ऐफ़्रॉडायटी** वहाँ पहुँची। उसने अपना परिचय **फ़्रीजिया** की एक राजकुमारी के रूप में दिया। और दोनों शेर की खाल के बिस्तर पर सो गए। जब सवेरा हुआ तो **ऐफ़्रॉडायटी** उठी और **ओलिम्पस** पर लौटने को तैयार होने लगी। विदा होने से पहले उसने **एन्कीसेस** से कहा, ''मैं प्रेम और सौन्दर्य की देवी **ऐफ़्रॉडायटी** तेरे प्रेम के कारण **ओलिम्पस** से उतरकर पृथ्वी पर आई और तुझ पर अनुग्रह किया। जाने से पहले मैं अपना परिचय देना उचित समझती हूँ ताकि तू जान सके कि तुझे किसी साधारण स्त्री का सहवास नहीं प्राप्त हुआ। लेकिन **एन्कीसेस** वचन दे, कि **तू** जीवन में कभी भी इस रहस्य का उद्घाटन नहीं करेगा। यह मेरी मर्यादा का प्रश्न है।''

एन्कीसेस भय से पीला पड़ गया। उसने अनजाने में एक देवी की मर्यादा भंग कर डाली थी। न जाने इस अपराध का दण्ड क्या हो। उसने काँपते स्वर में रहस्य को रहस्य ही रखने का वचन दिया। एक धारणा यह भी है कि दिव्य स्त्री के सहवास के फलस्वरूप मर्त्य व्यक्ति की शक्ति का ह्रास हो जाता था, अतः **एन्कीसेस** चिन्तित हो उठा। **ऐफ़्रॉडायटी** ने उसे समझाया कि डरने की कोई बात नहीं, उसने यह भी भविष्यवाणी की कि इस संसर्ग से उसे एक वीर पुत्र की प्राप्ति होगी जो सदा के लिए इतिहास में अमर हो जाएगा। यह वीर पुत्र था **ईनियस!**

एन्कीसेस ने **ऐफ़्रॉडायटी** को वचन तो दे दिया लेकिन अपने सौभाग्य के रहस्य को वह देर तक गुप्त न रख सका। अमरलोक के सर्वसमर्थ देवता भी जिसके संग के लिए तरसते हैं, वह स्वयं आकर **एन्कीसेस** की अंकशायिनी बने, यह कोई साधारण बात न थी। और एक दिन जब वह अपने साथियों के साथ मदिरा-पान कर रहा था संयम के सारे बन्धन टूट गए और उसने गर्व से यह घोषणा की कि पृथ्वी की सुन्दरियाँ तो क्या, वह स्वयं रूप की देवी के साथ शयन कर चुका है। कहते हैं कि **ओलिम्पस** पर **ज़्यूस** ने इस दर्पभरी उक्ति को सुना और क्रोध में आकर **एन्कीसेस** पर अपने वज्र से प्रहार किया। **ऐफ़्रॉडायटी** अभी तक उसके प्रेम पाश में बँधी थी, अतः उसने अपनी मे मेखला से वज्र को वापस लौटा दिया। **एन्कीसेस** के प्राण तो बच गए लेकिन वह फिर कभी उठकर सीधा खड़ा न हो पाया। समय आने पर **ऐफ़्रॉडायटी** ने **ईनियस** को जन्म दिया और बड़ी सावधानी से उसकी शिक्षा-दीक्षा का प्रबन्ध किया। **ट्रॉय** के युद्ध तथा उसके बाद मुसीबतों से भरे जीवन में **ईनियस** को सदा अपनी माँ का संरक्षण प्राप्त रहा।

ऐफ़्रॉडायटी और एडॉनिस—साइप्रस के राजा **सिन्रॉस** या **असीरिया** के राजा **थीयास** की एक बेटी थी। उसका नाम था **समीने। समीने** बड़ी रूपवती थी और रूप और अभिमान का चोली-दामन का साथ है। परिणाम यह हुआ कि एक दिन **समीने** की माता या उसके पिता ने झूठे गर्व में कह डाला, ''हमारी बेटी **समीने** विश्व की श्रेष्ठतम सुन्दरी है। उसके रूप-लावण्य का मुकाबला कोई नहीं कर सकता। पृथ्वी की स्त्रियों की तो बात ही क्या स्वयं **ऐफ़्रॉडायटी** भी यह साहस नहीं कर सकती।'' ऐसा भी कहा जाता है कि स्वयं **समीने** ने ही देवी **ऐफ़्रॉडायटी** का सम्मान करने से इनकार कर दिया। **ऐफ़्रॉडायटी** को पता चला। उसने **समीने** को कठोरतम दण्ड देने का निश्चय किया।

शक्ति मनुष्यों से ही नहीं देवताओं से भी अनुचित काम करा देती है। **ऐफ्रॉडायटी** के कुप्रभाव से **समीने** अपने ही पिता पर कामासक्त हो गई। और एक दिन जब उसकी दासी ने राजा को इतनी मदिरा पिला दी कि उसे उचित-अनुचित का ज्ञान ही न रहा, तो रात्रि के अन्धकार में **समीने** ने अपनी काम-लालसा तृप्त कर ली। बाद में जब **सिन्रॉस** को इस कुकर्म का पता चला तो वह तलवार लेकर **समीने** की हत्या करने के लिए उसके पीछे दौड़ा। **समीने** रोती-चिल्लाती देवताओं को पुकारती प्राण-रक्षा के लिए भागने लगी। **ऐफ्रॉडायटी** जो कुछ कर चुकी थी अब उसके लिए स्वयं संतप्त थी। जब पहाड़ी के एक सिरे पर पिता की तलवार का भरपूर वार बेटी पर पड़ना ही चाहता था, **ऐफ्रॉडायटी** ने **समीने** को मुर नामक एक सुगन्धित वृक्ष के रूप में परिवर्तित कर दिया। तलवार से पेड़ के दो टुकड़े हो गए और उसमें से शिशु **एडॉनिस** का जन्म हुआ। **ऐफ्रॉडायटी** अपने दुष्कृत्य का पूरा पश्चात्ताप करना चाहती थी, अतः उसने **एडॉनिस** को अपने संरक्षण में ले लिया। उसने बच्चे को एक बक्स में बन्द करके पाताल लोक की महारानी **पर्सीफ़नी** को दे दिया कि उसे किसी अँधेरे स्थान में रख दे।

पर्सीफ़नी ने बक्स ले लिया और **ऐफ्रॉडायटी** के आग्रह को भी सुन लिया। लेकिन उत्सुकता के वशीभूत होकर **ऐफ्रॉडायटी** के जाते ही उसने बक्स खोल डाला। उसमें एक नन्हा-सा बहुत सुन्दर बालक चुपचाप सोया था। बक्स खुलने पर उसने आँखें खोलीं और धीरे से मुस्करा दिया। **पर्सीफ़नी** उसे फिर बन्द न कर सकी और **एडॉनिस** को अपने महल में ले आई। पाताल लोक की महारानी के महल में **एडॉनिस** चन्द्रमा की कलाओं-सा बढ़ने लगा। शीघ्र ही उसने युवावस्था प्राप्त कर ली। **पर्सीफ़नी** उसके रूप पर मोहित थी और उसे अपना प्रेमी भी बना लिया। उधर जब **ऐफ्रॉडायटी** को इस बात का पता चला तो वह भागी-भागी **टारटॉरस** आई और **पर्सीफ़नी** से अपनी अमानत वापस माँगी। **पर्सीफ़नी** ने **एडॉनिस** को लौटाने से इनकार कर दिया। दोनों ही देवियाँ उस सलोने युवक पर मुग्ध थीं और उसके सहवास का आनन्द उठाना चाहती थीं। विवाद बहुत बढ़ गया, अतः दोनों इसका फैसला कराने **ज़्यूस** के दरबार में पहुँची। देव-प्रमुख **ज़्यूस** ने सारी स्थिति सुनी। **ऐफ्रॉडायटी** का कहना था कि उसने **एडॉनिस** की प्राण-रक्षा की, और उसे केवल धरोहर के रूप में **पर्सीफ़नी** को सौंपा था। उसकी अमानत को लौटाने से इनकार करना **पर्सीफ़नी** के लिए अत्यधिक अनुचित है। दूसरी ओर **पर्सीफ़नी** का कहना था कि बालक का पालन-पोषण तो उसी ने किया, अतः **एडॉनिस** पर उसका अधिकार अधिक है। **ज़्यूस** समझ गया कि वस्तुतः दोनों ही देवियाँ **एडॉनिस** पर आसक्त हैं और एक-दूसरे के प्रति ईर्ष्यालु हो उठी हैं। किसी एक के पक्ष में निर्णय देना उचित न होगा। अतः उसने इस विषय में हस्तक्षेप करने से इनकार कर दिया और उसे म्यूज़ **कैलिप्पे** के न्यायालय में स्थानान्तरित कर दिया। **कैलिप्पे** ने दोनों पक्षों के तर्क ध्यान से सुने, और अपना फैसला दिया :

"**ऐफ्रॉडायटी** और **पर्सीफ़नी** दोनों का **एडॉनिस** पर दावा एक सीमा तक ठीक है। क्योंकि **ऐफ्रॉडायटी** ने **एडॉनिस** की जन्म के समय रक्षा की और **पर्सीफ़नी** ने उसे बक्स

की कारा से मुक्त कराया, अतः दोनों का ही उस पर समान अधिकार है। लेकिन हमें यह न भूलना चाहिए कि **एडॉनिस** एक इनसान है, और फिर एक सुन्दर युवक है जिसकी अपनी भावनाएँ और अपनी रुचियाँ हो सकती हैं। उसे उनकी तृप्ति के लिए कुछ अलग समय मिलना चाहिए जब वह अपनी इच्छा का स्वयं स्वामी हो। अतः यह निर्णय दिया जाता है कि **एडॉनिस** वर्ष में चार माह **ऐफ्रॉडायटी** के साथ पृथ्वी पर रहे, चार माह **पर्सीफ़नी** के साथ और शेष चार महीने अपनी इच्छा और रुचि के अनुसार कहीं भी व्यतीत करे।''

ऐफ्रॉडायटी ने अपने श्रेष्ठतर रूप का यहाँ भी प्रयोग किया। वह हर समय करधनी धारण किए रहती जिससे उसके सौन्दर्य में चार चाँद लग जाते। **एडॉनिस** उसके प्रेम-पाश में फँस गया, अतः वह अपने चार माह भी **ऐफ्रॉडायटी** की भेंट चढ़ा देता। इस तरह दोनों प्रेमी लगभग आठ महीने साथ बिताते। **ऐफ्रॉडायटी एडॉनिस** के प्रेम में ऐसी डूबी कि सब कुछ भूल गई। न उसे **साइप्रस** याद रहा, न **पैफ़ॉस**, न **एमेथॉस** जो कि कभी उसके प्रिय क्रीड़ा-स्थल थे। वह **ओलिम्पस** पर भी कम दिखाई देती। उसका सारा सुख, सारा आनन्द वहीं था जहाँ **एडॉनिस** हो। **एडॉनिस** जहाँ जाता वह बहुधा उसके साथ ही रहती। घने कुंज की ठंडी छाँव में विश्राम करनेवाली **ऐफ्रॉडायटी** अब अपने प्रेमी की खातिर वन-वन घूमती। हर समय अपने साज-सिंगार में मग्न रहनेवाली देवी अपने प्रियतम के लिए जोगन बन गई।

एडॉनिस को **ऐफ्रॉडायटी** के अतिरिक्त सिर्फ एक ही चीज़ में रुचि थी और वह थी–शिकार। **ऐफ्रॉडायटी** मृगया की देवी **आर्टेमिस** की तरह उसके साथ वन में जाती और जहाँ तक हो पाता उसके काम को सरल बनाती। लेकिन सौन्दर्य और प्रेम की देवी का आखेट से भला क्या सम्बन्ध! वह **एडॉनिस** को बहुतेरा समझाती कि वह इस आदत को छोड़ दे, और यदि न छोड़ सके तो कम से कम भयानक जंगली जानवरों का सामना न करे। 'जो छोटे-छोटे मासूम पशु हैं उनका जरूर आखेट करो लेकिन बड़े और भयानक पशुओं के साथ भिड़ना बुद्धिमत्ता नहीं। देखो, उन्हें प्रकृति ने अपनी सुरक्षा के साधन दिए हैं, उनके पास नुकीले लम्बे दाँत, सुदृढ़ शरीर, आसानी से न भेदी जा सकनेवाली खाल, पैने नाखून–सभी कुछ हैं लेकिन मनुष्य का शरीर कोमल और सुन्दर बनाया गया है। मेरे प्रेम की खातिर प्रसिद्धि का लोभ छोड़ दे **एडॉनिस।** डरती हूँ यह अभिरुचि तेरे लिए घातक न सिद्ध हो। याद रख, तेरे जिस सौन्दर्य और आकर्षक व्यक्तित्व ने **ऐफ्रॉडायटी** का मन मोह लिया है, शेर और भालुओं के लिए उसका कोई मूल्य नहीं।''

लेकिन **एडॉनिस** इस बात को हँसकर टाल देता और **ऐफ्रॉडायटी** के जाते ही फिर मृगया को निकल जाता। एक दिन इसी तरह जब वह जंगल में शिकार कर रहा था, उसका सामना एक रीछ से हो गया। **एडॉनिस** ने निडर होकर उस पर अपने भाले से वार किया जो उसके पार्श्व भाग में लगा। रीछ घायल तो हो गया लेकिन मरा नहीं। चोट खाकर वह प्रचंड हो उठा और उसने पूरे वेग से **एडॉनिस** पर आक्रमण कर दिया और अपने लम्बे पैने दाँत उसके शरीर में घुसेड़ दिए। रक्त की धारा बह निकली। कहा

जाता है कि यह रीछ और कोई नहीं स्वयं युद्ध का देवता **एरीज़** था जो **ऐफ्रॉडायटी** का प्रेमी था। जब **पर्सीफ़नी** ने देखा कि **एडॉनिस** साल के आठ महीने **ऐफ्रॉडायटी** के साथ बिताता है और उसके बाद भी अनिच्छा से ही चार माह के लिए **टारटॉरस** आता है तो उसने **ऐफ्रॉडायटी** से बदला लेने का यही तरीका खोज निकाला। वह **एरीज़** के पास गई और उसे भड़काया। ईर्ष्या में जलता हुआ **एरीज़ थ्रेस** से फौरन **लेबनॉन** पर्वत पर आया जहाँ **एडॉनिस** आखेट कर रहा था और रीछ के रूप में उसकी हत्या कर डाली। यह भी कहा जाता है कि यह रीछ **एडॉनिस** को मारने के लिए आखेट की देवी **आर्टेमिस** द्वारा भेजा गया था जो किसी कारणवश उससे कुद्ध थी।

ऐफ्रॉडायटी अपने मोती के बने, कपोतों द्वारा चालित रथ से अभी **साइप्रस** पहुँचने भी न पाई थी कि उसे **एडॉनिस** के चीत्कार और कराहने की आवाज़ सुनाई पड़ी। उसने तत्काल रथ को पीछे घुमाया और वायुवेग से पृथ्वी की ओर आने लगी। दूर से ही देखा खून से लथपथ **एडॉनिस** धरती पर पड़ा जीवन की अन्तिम साँसें गिन रहा है। **ऐफ्रॉडायटी** जंगल के झाड़-झंखाड़ को चीरती आगे बढ़ने लगी। काँटों ने उसके कोमल शरीर को बेध डाला। जिधर-जिधर से वह निकली खून की एक लकीर बन गई। झाड़ियों में फँस-फँसकर उसके कपड़े फट गए, बदन में खरोचें पड़ गईं। लेकिन जब तक वह पहुँची **एडॉनिस** समाप्त हो चुका था। **ऐफ्रॉडायटी** ने अपने बाल नोच डाले और छाती पीट-पीटकर विलाप करने लगी। उसकी आँखों से आँसुओं की नदी बह निकली। सारी प्रकृति शोक में डूब गई। किन्तु इस दुखान्त प्रेम के चिह्न सदा के लिए अमर हो गए। **एडॉनिस** के रक्त से लाल गुलाब का जन्म हुआ और जहाँ-जहाँ **ऐफ्रॉडायटी** के आँसू गिरे पवन-पुष्प लहराने लगे।

बड़ी अनिच्छा से **हेमीज़ एडॉनिस** की आत्मा को लेने आया और उसे पाताल ले गया जहाँ **पर्सीफ़नी** ने विजय-गर्व से उसका स्वागत किया। अब तो कोई **एडॉनिस** को उससे नहीं छीन सकेगा।

लेकिन ज्यों-ज्यों समय बीतता गया **ऐफ्रॉडायटी** का शोक और भी बढ़ता गया। **एडॉनिस** के बिना अमरत्व उसे भार हो गया। वह दिन-रात काले वस्त्रों में लिपटी अपने प्रेमी के लिए विलाप किया करती। एक दिन जब यह वियोग असह्य हो उठा तो आँखों में आँसू भरे वह **ज़्यूस** के पास गई और उसके पैरों में सिर रख प्रार्थना की कि या तो **एडॉनिस** उसे लौटा दिया जाए, नहीं तो उसे भी **टारटॉरस** में ही रहने की अनुमति प्रदान की जाए। **एडॉनिस** के बिना उसे ओलिम्पस, समुद्र, पृथ्वी कहीं का कोई सुख नहीं चाहिए।

ज़्यूस सोच में पड़ गया। सौन्दर्य अगर पाताल में चला गया तो दुनिया में रह ही क्या जाएगा? अतः उसने आज्ञा दी कि **एडॉनिस** को **ऐफ्रॉडायटी** को लौटा दिया जाए। लेकिन जो व्यक्ति एक बार मृत्यु के क्षेत्र में आ गया उसे पृथ्वी पर वापस भेजना **हेडीज़** का अपमान था। वह किसी तरह भी इसके लिए तैयार नहीं था। अतः यह समझौता हुआ कि **एडॉनिस** छह महीने **टारटॉरस** में बिताए और छह महीने **ऐफ्रॉडायटी के** साथ पृथ्वी पर। वसन्त के आरम्भ में जब **एडॉनिस** अपनी प्रेयसी से मिलने आता है तो सारी

प्रकृति खुशी में खिल उठती है। नई-नई कोंपलें फूटने लगती हैं, कलियाँ चटकती हैं, फूल हँसकर उसका स्वागत करते हैं, पक्षी मंगल-गान गाते हैं। लेकिन छह महीने बाद सर्दी का रीछ अपने नुकीले पंजों से उसे मार डालता है और उसे असहाय विवश **टारटॉरस** जाना पड़ता है। लेकिन वह आता हर वर्ष है। प्रेम ने उसे अमर बना दिया है।

एडॉनिस की इस कथा तथा **डिमीटर** और **पर्सीफ़नी** की कहानी में बड़ा साम्य है जो आप आगे पढ़ेंगे।

ऐफ्रॉडायटी के सम्बन्ध में एक और कथा प्रसिद्ध है। **बेरेनिस** नाम की एक पतिव्रता स्त्री का पति युद्ध में भाग लेने गया हुआ था। **बेरेनिस** ने देवी से प्रार्थना की कि वह युद्धभूमि से सकुशल घर लौट आए तो वह अपनी सुन्दर, घनी, रेशम-सी कोमल अलकें काटकर देवी के मन्दिर में चढ़ा देगी। प्रार्थना स्वीकार हुई। **बेरेनिस** का पति घर आ गया और उसने अपनी घुँघराली लटें मन्दिर में चढ़ा दीं। लेकिन एक दिन अकस्मात् वे बाल मन्दिर से गायब हो गए। कहा जाता है देवताओं ने उसकी पति-भक्ति की स्मृति में उसके बालों को एक नक्षत्र बनाकर आकाश में स्थान दे दिया।

वैसे भाग्य की देवियों ने **ऐफ्रॉडायटी** को केवल प्रेम करने और दूसरों को प्रेम करने को प्रेरित करने का काम ही सौंपा था लेकिन एक बार की बात है कि **एथीनी** ने उसे करघे पर वस्त्र बुनते देख लिया। वह इतना सुन्दर बुन रही थी कि **एथीनी** को अपनी प्रतिष्ठा खतरे में पड़ती दिखाई दी। यदि **ओलिम्पस** पर कोई उससे अच्छी बुनाई करने लगा तो उसकी महत्ता ही क्या रह जाएगी। उसने **ऐफ्रॉडायटी** से आग्रह किया कि वह इस काम में हाथ न लगाए। **ऐफ्रॉडायटी** ने भी उसके क्षेत्र में हस्तक्षेप करने के लिए क्षमा माँग ली और बुनाई ही क्या उसने फिर आज तक किसी काम में हाथ नहीं लगाया।

ऐफ्रॉडायटी की पूजा—**साइप्रस** से प्राप्त **ऐफ्रॉडायटी** की प्रतिमाएँ नग्न और कामुक हैं। प्राचीन **ग्रीस** की प्रतिमाएँ भी कुछ नग्न और अन्य एक वस्त्र में लिपटी हैं जिसे **'सेस्टस'** कहा जाता था। इन प्रतिमाओं से एक गरिमायुक्त व्यक्तित्व का आभास होता है। बाद के शिल्पकारों द्वारा निर्मित **ऐफ्रॉडायटी** की अनेक मूर्तियाँ हैं। उसका चित्रण मोती के बने, कपोतों द्वारा चालित रथ में बैठे भी हुआ है। कपोत उसके प्रिय पक्षी थे। इसी प्रकार रथ में बैठकर वह अपने मन्दिरों और क्रीड़ास्थलों में जाया करती और उसके उपासक उसे पुष्प और जवाहरात की भेंट चढ़ाते। युवक प्रेमियों पर उसका विशेष अनुग्रह होता। **ऐफ्रॉडायटी** के पर्वों पर भी वे लोग पुष्पमालाएँ धारण करते जो प्राकृतिक सौन्दर्य की प्रतीक हैं।

रोम निवासियों की **ऐफ्रॉडायटी** के समान कोई प्रेम की देवी नहीं थी, अतः उन्होंने उसमें और इटालियन देवी **वीनस** में सादृश्य स्थापित किया। **ऐफ्रॉडायटी** और **वीनस** फिर एक ही हो गईं। **ऐफ्रॉडायटी** की सभी नई-पुरानी प्रतिमाओं में से सबसे अधिक प्रसिद्ध मूर्ति **'वीनस दे मिलो'** है।

एथीनी

ओलिम्पस का निवासी होने पर भी देवताओं को साधारण मानव की भाँति सुख-दुख, हर्ष-विषाद आदि संवेगों की अनुभूति होती थी। एक बार देव-प्रमुख **ज़्यूस** के सिर में अचानक तीक्ष्ण पीड़ा आरम्भ हो गई। असह्य वेदना से वह कराहने लगा। सभी देवता एकत्रित हो गए। भाँति-भाँति से पीड़ा को रोकने के प्रयास किए गए लेकिन व्यर्थ। **ओलिम्पस** के वैद्य **अपोलो** की औषधि से भी कोई लाभ न हुआ। दर्द बढ़ता जा रहा था और कारण किसी की समझ में न आता था। सभी अटकलें लगा रहे थे। लेकिन कुछ सोच-विचार के बाद चतुर **हेमीज़** ने स्थिति भाँप ली। उसे याद आया कि जब **ज़्यूस** ने अपनी प्रेयसी **मेटिस** को जीवित निगला था उस समय वह गर्भवती थी। पृथ्वी माता की भविष्यवाणी के अनुसार उस सन्तान के जन्म का समय आ गया था। **हेमीज़** ने अपनी गदा उठाई और देव-सम्राट के सिर में दरार कर दी। ऐसा भी कहा जाता है कि इस काम को **प्रमीथ्यु** अथवा **हेरा** के शिल्पी पुत्र **हेफ़ास्टस** ने अपनी कुल्हाड़ी से सम्पन्न किया। सिर खुलते ही उसमें से अस्त्र-शस्त्रों से शोभित, भाला चमकाती और युद्ध-घोष करती **एथीनी** उछलकर बाहर आ गई। इस चमत्कार से देवता स्तब्ध रह गए। **ओलिम्पस** पर एक नई देवी का जन्म हुआ। **एथीनी** की महत्ता इसी से स्पष्ट है कि उसका जन्म किसी स्त्री से नहीं अपितु देव-सम्राट के श्रेष्ठ अंग से हुआ। स्त्री से जन्म लेने पर **एथीनी** की

स्थिति अपनी माता से गौण हो जाती। **एथीनी** के प्रकट होते ही सूर्य-देवता **हीलियस** के दोनों पुत्र **ओकिमॉस** और **कर्काफ़ॉस** सभी आवश्यक सामग्री जुटा लाए और देवी की पहली आराधना की। लेकिन जल्दी-जल्दी में वे पूजा के लिए अग्नि लाना भूल गए। **एथीनी** ने उनकी भक्ति-भावना और सदाशय को देखते हुए इस भूल को क्षमा कर दिया और उन पर अनुग्रह किया। यह घटना **रोड्ज़** देश में घटी। तभी से **रोड्ज़** निवासी **एथीनी** की अर्चना में अग्नि का प्रयोग नहीं करते।

एथीनी की एक पुरानी उपाधि **ट्रिटोजेनिया** है, जिससे **एथीनी** के समुद्र की शक्तियों **एम्फ़ीट्राइट** और **ट्रिटन** से सम्बन्ध का अनुमान लगाया गया और यह धारणा बनी कि सम्भवतः **एथीनी** का जन्म या उत्पत्ति जल से हुई। लेकिन **ट्रिटन** शब्द की व्युत्पत्ति और सही अर्थ के अभाव में पहली कथा को ही अधिक मान्यता मिली। एक अन्य धारणा यह भी है कि शिरोवेदना आरम्भ होने के समय **ज़्यूस ट्रिटन** झील के किनारे भ्रमण कर रहा था।

पैलस एथीनी (एथेना, एथेनाया, एथाना) या **मिनर्वा** मुख्यतः युद्ध की देवी कही जाती है। साहित्य और कला में उसका चित्रण बहुधा एक योद्धा के रूप में हुआ है। वह कवच धारण किए है, सिर पर एक कलात्मक और सुदृढ़ शिरस्त्राण है, हाथ में चमकता हुआ भाला और ढाल। ढाल या कवच पर गॉरगन **मेडुसा** का सिर लगा है जो सम्भवतः वीर **परसियस** की भेंट है। दैत्यों से युद्ध के समय हम **एथीनी** की वीरता के विषय में पढ़ ही चुके हैं। **टायफ़ून** से भयभीत होकर जब **ज़्यूस** जैसे देवता पशुओं का रूप धारण कर **मिस्र** में जा छिपे थे उस समय भी केवल **एथीनी** ने साहस न छोड़ा और **ज़्यूस** को **टायफ़ून** का सामना करने को प्रेरित किया। बड़े-बड़े भयानक दैत्य उसके भाले से घायल हुए। **एथीनी** की उपाधियाँ **प्रोमैशस** (सर्वप्रथम), **स्थेनिआस** (शक्तिशाली) और **एरीया** (सामरिक) आदि भी इस मत की पुष्टि करते हैं। यद्यपि **एथीनी** युद्ध की देवी के नाम से ही विख्यात है, उसे **एरीज़** की तरह रक्तपात से आनन्द प्राप्त नहीं होता। उसे बिना ठोस कारण के युद्ध में भाग लेना या दूसरों को युद्ध करने को प्रेरित करना पसन्द नहीं है। वह शान्तिपूर्ण तरीकों से झगड़े सुलझाने में विश्वास करती है। यदि युद्ध के बिना काम न ही चल सकता हो तो भी अग्राक्रमण उसकी प्रकृति नहीं है। वह युद्ध करती है आत्मरक्षा के लिए और जब एक बार युद्ध में डट जाती है तो पीछे नहीं हटती। विजयश्री को उसका स्वागत करना ही पड़ता है। स्वयं युद्ध के देवता **एरीज़** को भी उसके सामने हार माननी पड़ती है क्योंकि अपनी बुद्धिमत्ता और चतुराई के कारण वह **एरीज़** से कहीं अधिक युद्ध-कुशल है। बड़े-बड़े सेनापति सदा उसी से सलाह लेते हैं।

इन सामरिक गुणों के साथ ही शान्ति की देवी के रूप में भी **एथीनी** की उपासना होती है। शान्ति-काल में फलने-फूलने वाली कलाओं में भी वह दक्ष है। **एथीनी** को बाँसुरी, दुन्दुभि, मृत्तिका-पात्र, हल, बैल के जुए, घोड़े की लगाम, रथ और समुद्री जहाज़ का आविष्कारक कहा जाता है। इन कलाओं में कुशल कलाकारों, वीर योद्धाओं, अपने

उपासकों और अनेक नगरों को **एथीनी** का विशेष संरक्षण प्राप्त है। उसे **पोलिथास** अर्थात् नगर की देवी भी कहा जाता है। इसके अतिरिक्त वह प्राचीन **ग्रीस** की स्त्रियों के समान पाक-विद्या और विशेष रूप से बुनाई में भी कुशल है। **ओलिम्पस** के देवताओं के वस्त्र **एथीनी** ही बुना करती थी। इस प्रकार अनेक विपरीत गुणों का सम्मिश्रण **एथीनी** के चरित्र में हुआ है। वह कुशल योद्धा है लेकिन स्त्रियोचित सौन्दर्य से वंचित नहीं। उसका व्यक्तित्व बड़ा प्रभावशाली है। उसकी आकृति गौरवयुक्त है, सुन्दर मुखड़े पर कुछ ऐसा अद्भुत तेज है जो कोमलता को दबा देता है। शरीर सुदृढ़ और भव्य है। विशेष रूप से वह अपनी भूरी आँखों के लिए प्रसिद्ध है। **मकदूनिया** से लेकर **स्पार्टा** तक **ज़्यूस** के बाद विशेष मान्यता उसी की थी। वह **ज़्यूस** की प्यारी बेटी है और बहुधा अपने पिता के **ईजिस** और अजेय वज्रों का वहन करती है। आवश्यकता पड़ने पर वह पिता **ज़्यूस** की अनुमति से **ईजिस** धारण भी कर लेती है। उसे प्रज्ञा की देवी के रूप में भी मान्यता प्राप्त है।

एथीनी की उपाधि **पैलस** के विषय में भी एक कथा प्रसिद्ध है। **एथीनी** का पालन-पोषण **ट्रिटन** के यहाँ हुआ था। **एथीनी** की ही आयु की **ट्रिटन** की भी एक बेटी थी जिसका नाम था **पैलस।** दोनों में बड़ी मित्रता थी। दोनों साथ-साथ ही खेलतीं, खातीं, भिन्न कलाएँ **सीखतीं** और शस्त्र-अभ्यास करतीं। एक दिन खेल ही खेल में **एथीनी** और **पैलस** में झगड़ा हो गया। दोनों शस्त्रों से लैस तो थीं ही। बात ही बात में नौबत यहाँ तक पहुँच गई कि **पैलस** ने अपने हाथ का शस्त्र **एथीनी** को दे मारा। लेकिन **ज़्यूस** ने फौरन **ईजिस** फैलाकर **एथीनी** को उसकी आड़ में ले लिया और इस प्रकार उस खतरे से अपनी पुत्री को बचा लिया। **एथीनी** के क्रोध ने अब उग्र रूप धारण कर लिया। उसने पूरी शक्ति से वार किया और **पैलस** का मृत शरीर धरती पर गिर पड़ा। जब क्रोध कुछ कम हुआ तो **एथीनी** को अपने कृत्य पर बड़ा पश्चात्ताप हुआ। उसका अभिप्राय **पैलस** को मारना नहीं था। वह उसकी प्रिय सखी थी। **पैलस** के शव के पास बैठकर **एथीनी** विलाप करने लगी, ''हाँ! यह मैंने क्या कर डाला! क्रोध के वशीभूत होकर मैंने अपनी ही सखी की हत्या कर दी। जिन हाथों ने चिरकाल तक साथ निभाने का वचन दिया था, आज वही तेरी मृत्यु का कारण बन गए पैलस! मुझे क्षमा कर दे! बहन! **हेडीज़** की राज्य-सीमाओं से तुझे सशरीर वापस तो नहीं ला सकती लेकिन तेरा नाम सदा मेरे नाम के साथ जीवित रहेगा।''

और तभी से **एथीनी** के नाम के साथ **पैलस** जुड़ गया। **एथीनी** ने **पैलस** की एक प्रतिकृति तैयार की और उसे अपने **ईजिस** में लपेट लिया। सम्भवतः यही कृति **पैलेडियन** के नाम से प्रसिद्ध हुई। आकाश से यह प्रतिमा **ट्रॉय** देश में गिरी और **ट्राय** निवासियों द्वारा उसकी **एथीनी** के मन्दिर में स्थापना कर दी गई। ऐसा विश्वास था कि **ट्रॉय** का भाग्य **पैलेडियन** नामक इस प्रतिमा पर ही निर्भर करता था। अतः युद्ध के समय **ओडीसियस** और **डायेमेडीज़** नामक ग्रीक सेनापति इसे नगर से चुराकर लाए थे।

शीघ्र ही **एथीनी** ने **ओलिम्पस** के बारह प्रमुख देवी-देवताओं में अपना स्थान ग्रहण

कर लिया। उन्हीं दिनों **सेक्रॉप्स** नामक एक फ़ोनीशियन **ग्रीस** आया और उसने वहाँ एक सुन्दर नगर का निर्माण कराना आरम्भ किया। इस स्थान को **एट्टिका** के नाम से पुकारा जाने लगा। देवता आकाश से इस रचना को देख रहे थे। जैसे-जैसे नगर प्रगति करता, देवताओं की उसमें रुचि बढ़ती जाती। अपनी केन्द्रीय स्थिति और अद्‌भुत स्थापत्य के कारण यह नगर देवताओं के बीच झगड़े का कारण बन गया। प्रत्येक देवता यह चाहता था कि नगर को उसी के नाम से पुकारा जाए और उसका संरक्षण भी उसे ही प्राप्त हो। विवाद बढ़ने लगा। सभी देवता अपनी-अपनी श्रेष्ठता सिद्ध करने का प्रयास करने लगे। लेकिन जब बड़े-बड़े शक्तिशाली देवी-देवता भी इस प्रतियोगिता में भाग लेने लगे तो कुछ ने अपना दावा वापस ले लिया। धीरे-धीरे इस नई नगरी के लिए दो ही प्रमुख प्रतिद्वन्द्वी रह गए—समुद्र-देवता **पॉसायडन** और युद्ध तथा प्रज्ञा की देवी **एथीनी।** दोनों के सम्मान का प्रश्न था। देव-सम्राट **ज़्यूस** को निर्णायक नियुक्त किया गया। बड़ी नाजुक स्थिति थी। किसी एक के पक्ष में निर्णय देने का अर्थ था दूसरे को रुष्ट करना और **ज़्यूस** न अपने भाई को नाराज करना चाहता था, न अपनी भूरी आँखों वाली प्यारी बेटी **एथीनी** को। अतः यह निश्चित हुआ कि दोनों में से जो भी मानवता को श्रेष्ठ भेंट देगा, नवनिर्मित नगर उसी के नाम से पुकारा जाएगा।

ओलिम्पस के सभाकक्ष में सभी देवी-देवता एकत्रित हुए इस अनोखी प्रतियोगिता को देखने के लिए। बड़ी अनिश्चित-सी स्थिति थी। भाँति-भाँति के अनुमान लगाए जा रहे थे। कोई कहता, "**पॉसायडन** अपने भाई **ज़्यूस** की भाँति सर्व समर्थ है। उसकी शक्ति अजेय और अखंड है। निश्चय ही **एथीनी** की हार होगी। **पॉसायडन** से प्रतिस्पर्धा करके वह बड़ी भूल कर रही है।" और कोई सुझाता, "भाई, यह क्यों भूलते हो कि यहाँ प्रश्न शारीरिक बल और समर्थता का नहीं। प्रश्न उत्तम भेंट के चुनाव का है। और **एथीनी** प्रज्ञा की देवी है। स्वयं **ज़्यूस** भी अपनी इस बेटी के परामर्श के बिना कोई काम नहीं करता।"

यही बातें हो रही थीं कि दोनों प्रतिद्वन्द्वियों ने प्रवेश किया। **ज़्यूस** ने आज्ञा दी, **पॉसायडन** अपनी भेंट प्रस्तुत करे। सभाभवन में सन्नाटा छा गया। सभी देवता शान्त हो गए। कौतूहल ने उनके मन और नेत्रों को बाँध लिया। **पॉसायडन** आगे बढ़ा और उसने अपनी त्रिशूल से पृथ्वी पर प्रहार किया। फ़ौरन ज़मीन से एक सुन्दर सुडौल घोड़ा उछलकर बाहर आ गया। यह विश्व का पहला घोड़ा था। "वाह! वाह!" का शोर मच गया। कई देवता अपने आसनों से हर्ष और प्रशंसा से उछल पड़े। **पॉसायडन** ने मनुष्य के लिए घोड़े की उपयोगिता का वर्णन करना शुरू किया। इससे श्रेष्ठ भेंट **एथीनी** क्या देगी! कई देवता तो पहले से ही **एथीनी** की हँसी उड़ाने लगे। लेकिन **एथीनी** के मुख पर कोई भाव नहीं था। **पॉसायडन** का विवरण समाप्त होने पर **ज़्यूस** ने **एथीनी** को अपनी भेंट प्रस्तुत करने की आज्ञा दी। **एथीनी** शान्तिपूर्वक कुछ आगे आई और उसने धीरे से पृथ्वी को अपने भाले से छुआ। देखते ही देखते उस स्थान पर एक बड़ा जैतून का वृक्ष लहराने लगा। इस पर कुछ देवता अपनी हँसी नहीं रोक सके। भला मनुष्य इस पेड़ का क्या करेगा? और फिर उस सुन्दर घोड़े और इस वृक्ष में मुकाबला ही क्या

है! **एथीनी** उनका भाव समझ गई और उसने विस्तार से बताया कि जैतून-वृक्ष की लकड़ी, फल और पत्ते मनुष्य के किस-किस काम आ सकेंगे। उसने जैतून वृक्ष के ऐसे-ऐसे लाभ बताए जिनके विषय में किसी ने सोचा तक न था। अन्त में उसने गर्व से कहा—''जैतून का वृक्ष शान्ति और समृद्धि का प्रतीक है जबकि घोड़ा युद्ध और रक्तपात का। स्पष्ट है कि मानव के लिए कौन-सी वस्तु अधिक उपयोगी है।''

सर्वसम्मति से **एथीनी** को विजेता घोषित किया गया।

पॉसायडन पर प्राप्त इस विजय की स्मृति में **एथीनी** ने उस नगर का नाम **एथेन्स** रखा और उसके संरक्षण का उत्तरदायित्व अपने कन्धों पर ले लिया। **एथेन्स** के निवासी तभी से **एथीनी** की नगर की अभिभाविका देवी के रूप में उपासना करने लगे।

एक अन्य धारणा यह है कि **पॉसायडन ने एक्रापॉलिस** की चट्टान पर अपने त्रिशूल से वार करके एक नमक का सोता उत्पन्न किया था जिसके निशान आज तक वहाँ देखे जा सकते हैं। लेकिन इतना निश्चित है कि इस प्रतियोगिता में विजय **एथीनी** की ही हुई।

रूपवती, अदम्य साहस की स्वामिनी, प्रज्ञा की देवी **एथीनी** के लिए **ओलिम्पस** में वरों की कमी न थी। कोई भी देवता उसका वरण करके अपने को भाग्यशाली समझता लेकिन **एथीनी** ने ब्रह्मचर्य का व्रत ले लिया। अतः सभी देवताओं को निराश हो जाना पड़ा। उनकी करुण प्रणय प्रार्थनाओं का भी **एथीनी** पर कोई प्रभाव न पड़ता।

एक बार की बात। **ट्रॉय** का युद्ध अपनी पराकाष्ठा पर था। **एथीनी** को कुछ शस्त्रों की आवश्यकता हुई। उसने सोचा, कुछ देर के लिए पिता **ज़्यूस** के शस्त्र माँग लूँ। लेकिन **ज़्यूस** ने अपने आपको तटस्थ घोषित कर दिया था, अतः **ट्रॉय** के युद्ध में किसी पक्ष-विशेष के हित में उसके शस्त्रों का प्रयोग **एथीनी** को उचित न जान पड़ा। वह **हेफ़ास्टस** के पास गई और कहा, ''**हेरा** के पुत्र, **ओलिम्पस** के महान शिल्पी **हेफ़ास्टस**, मैं युद्ध की देवी **एथीनी** तेरे पास एक कार्य विशेष से आई हूँ। तू तो जानता ही है वर्षों से **ट्रॉय** की **भूमि** पर भयंकर युद्ध चल रहा है। मुझे कुछ नए हथियारों की आवश्यकता आन पड़ी है। कितना अच्छा हो यदि तू अपनी अद्भुत कला से मुझे कुछ सुदृढ़ शस्त्र तैयार कर दे। जितना धन चाहे, मैं दूँगी।''

हेफ़ास्टस ने नम्रता से उत्तर दिया, ''नहीं, नहीं देवी, धन की आवश्यकता नहीं, मैं प्रेम से सहर्ष इस काम को करूँगा।''

यह कहकर वह अपनी शिल्पशाला में घुस गया। **एथीनी** उसके शब्दों का सही अर्थ न समझ सकी। **हेफ़ास्टस** की शिल्पशाला और उसकी कार्यप्रणाली को देखने से कौतूहल से **एथीनी** भी उसके पीछे-पीछे चली आई। लेकिन जैसे ही वह अन्दर पहुँची, **हेफ़ास्टस** मुड़ा और पूरे वेग से अकस्मात् उस पर **झपट** पड़ा।

वस्तुतः **हेफ़ास्टस** ऐसी उग्र और कामुक प्रकृति का नहीं था। यह सागर-देवता **पॉसायडन** के एक भद्दे मज़ाक का कुपरिणाम था। जब **पॉसायडन** को पता चला कि **एथीनी** नए शस्त्रों के लिए **हेफ़ास्टस** के पास जानेवाली है, तो उसने पुरानी शत्रुता का

बदला लेने की यह तरकीब सोची। वह तत्काल **हेफ़ास्टस** के पास पहुँचा और बोला– ''प्रिय मित्र **हेफ़ास्टस,** मुझे अभी पता चला है कि **एथीनी** तुम्हारे पास आनेवाली है और **ज्यूस** की अनुमति से वह यह आशा करती है कि तुम बलात् उसका सम्भोग करोगे। मैंने तुम्हें सूचित करना उचित समझा। मैं समझता हूँ तुम यह स्वर्ण अवसर व्यर्थ नहीं खोओगे।''

भला **हेफ़ास्टस** इस सुअवसर को क्यों खोता। लेकिन युद्ध की देवी **एथीनी** के कौमार्य को भंग करना इतना सरल नहीं था जितना उसने समझा। जैसे ही **हेफ़ास्टस** उसकी ओर लपका, **एथीनी** उसका अभिप्राय समझ गई। उसने फौरन अपना भाला सम्भाल लिया। दोनों में देर तक संघर्ष होता रहा। इसी बीच **हेफ़ास्टस** का वीर्य **एथेन्स** के पास पृथ्वी पर गिर पड़ा जिससे पृथ्वी को गर्भ हो गया और निश्चित समय पर उसने एक पुत्र को जन्म दिया। इस बालक का नाम था **एरिक्थोनियस।** पृथ्वी ने **एरिक्थोनियस** के पालन-पोषण का भार लेने से इनकार कर दिया। उसका कहना था कि वस्तुतः तो **हेफ़ास्टस एथीनी** को ही बालक की माँ बनाना चाहता है। यदि वह उस दुर्भाग्य से बच गई तो कम से कम बालक का पालन-पोषण तो करे। **एथीनी** ने यह उत्तरदायित्व स्वीकार कर लिया और **पॉसायडन** की दृष्टि से बचाने के लिए **एरिक्थोनियस** को एक पवित्र बक्स में बन्द करके इसकी रक्षा का भार **एथेन्स** के राजा **सेक्रॉप्स** की पुत्रियों को सौंप दिया।

पृथ्वी का पुत्र **सेक्रॉप्स एथेन्स** का सम्राट् था। उसने **एट्टिका** के राजा **एक्टेयस** की पुत्री **एग्रालास** से विवाह किया और एक-विवाह की प्रथा चलाई, **एथीनी** का मन्दिर बनवाया और बलि-प्रथा को समाप्त किया। इस राजा की तीन पुत्रियाँ थीं–**एग्रालास, हर्ज़ी** तथा **पेन्डरॉसॉस**। ये तीनों **एक्रॉपॉलिस** पर बने भवन में रहती थीं। **एथीनी** ने इन्हीं को उस बक्से की रक्षा का भार सौंपा था और यह आदेश दिया था कि वे कभी भी उसे खोलकर देखने की चेष्टा न करें। लेकिन **सेक्रॉप्स** की दो उत्सुक पुत्रियों ने देवी की आज्ञा का उल्लंघन किया और एक दिन बक्स खोल डाला। बक्स के खुलते ही वे भय से चीखने लगीं और **एक्रॉपॉलिस** से कूदकर प्राण त्याग दिए। **हर्ज़ी** और **पेन्डरॉसॉस** के दुर्भाग्य में सम्भवतः उनकी माँ **एग्रालास** भी शामिल थी। उस बक्स में इन तीन स्त्रियों ने ऐसा क्या देखा कि वे भय से पागल हो गईं, इस विषय में विभिन्न मत हैं। पुरानी मान्यता के अनुसार बालक की रक्षा में दो भयंकर सर्प नियुक्त थे, किन्तु एक अन्य मत के अनुसार **एरिक्थोनियस** के पैरों के स्थान पर साँप थे जिन्हें देखकर **सेक्रॉप्स** की पुत्रियाँ भयभीत हो उठीं।

यह समाचार सुनकर **एथीनी** इतनी क्षुब्ध हुई कि उसके हाथ से वह विशाल चट्टान गिर पड़ी जिसे वह **एकॉपॉलिस** की सीमा-सुरक्षा के लिए ले जा रही थी। यही चट्टान **लिकाबेटस** पर्वत के नाम से प्रसिद्ध हुई। यह भी कहा जाता है कि **एथीनी** को यह दुखद समाचार एक कौवे ने दिया था। उस समय तक कौए बर्फ की तरह सफ़ेद हुआ करते थे। **एथीनी** ने क्रोध में उसे अभिशाप दे डाला और तभी से सारे कौए काले रंग के होने लगे।

एथीनी ने तब **एरिक्थोनियस** को अपने **ईजिस** में शरण दी और उसे इतने स्नेह से पाला कि लोग **एथीनी** को उसकी माँ ही समझने लगे। बाद में **एरिक्थोनियस एथेन्स** का सम्राट हुआ और उसने वहाँ **एथीनी** की उपासना-पद्धति का प्रचार किया। उसी ने **एथेन्स** निवासियों को चाँदी का प्रयोग करना सिखाया और चार घोड़ोंवाले रथ का परिचय दिया। इन्हीं सेवाओं के कारण उसे बाद में आकाश-नक्षत्रों में स्थान मिला।

कुछ प्रसिद्ध विद्वानों ने यह प्रमाणित करने का प्रयास किया है कि **एथीनी** कुमारी नहीं थी। **एलिस** में उसकी उपासना माँ के रूप में होती थी और उसके विशेष पर्वों पर कुछ प्रजनन सम्बन्धी धार्मिक कृत्य सम्पन्न किए जाते हैं। यह तर्क भी प्रस्तुत किया जाता है कि देवमाला में **एथीनी** का सम्बन्ध कई ऐसे व्यक्तित्वों से है जो ब्रह्मचर्य से परिचित तक नहीं हैं। लेकिन यह सभी तर्क **एथीनी** के कौमार्य का खंडन करने के लिए पर्याप्त नहीं हैं। देवी की उपाधि **'पार्थेनस'** (अविवाहित) उसके कौमार्य का समर्थन करती है।

युद्ध की यह देवी घोड़ों के वशीकरण में भी दक्ष थी। इस विषय में एक रुचिकर कथा प्रसिद्ध है। **बेलरफ़ेन** नामक एक वीर नवयुवक **पेगासस** नाम के दिव्य तथा परों वाले घोड़े को वश में करना चाहता था। लेकिन बहुत प्रयास करने पर भी वह इस उद्देश्य में सफल न हो सका। दिव्य घोड़े को कोई साधारण लगाम नहीं बाँध सकती थी। एक दिन जब **बेलरफ़ेन** सो रहा था उसे सपने में **एथीनी** दिखाई दी। देवी ने उसे एक दिव्य लगाम और ज़ीन दी और इनकी सहायता से **पेगासस** को वश में करने का आदेश दिया। जब **बेलरफ़ेन** की आँख खुली तो वह ज़ीन और लगाम उसके हाथ में थी। इनकी सहायता से उसने **पेगासस** को वश में करने में सफलता प्राप्त की। **एथीनी** ने ही **ऑगॉस** को **आगू** बनाना सिखाया।

एथीनी ने मुँह से बजानेवाले एक वाद्य का भी आविष्कार किया। बाँसुरी के समान यह वाद्य बड़ा करुण था। **पिन्डार** के अनुसार **एथीनी** को इसकी प्रेरणा गॉरगन **मेडुसा** की मृत्यु पर किए बाकी दो बहनों के विलाप-स्वरों से मिली। इसमें एक ही समय में वंशी जैसे दो वाद्य मुँह से बजाए जाते थे। बाद की एक कथा के अनुसार **एथीनी** को अपना यह आविष्कार पसन्द नहीं आया। क्योंकि इसे बजाते समय मुँह विकृत हो उठता था, अतः उसने दोनों बाँसुरियों को नदी में फेंक दिया। **मर्सयास** ने उन्हें उठा लिया और निरन्तर अभ्यास से इस कला में कुशलता प्राप्त की। लेकिन कैसे यह कला ही बाद में उसके लिए अभिशाप बन गई इस विषय में आप आगे पढ़ेंगे।

एथीनी आर्टेमिस की तरह ही लज्जाशील किन्तु उससे कहीं अधिक उदार थी। एक दिन जब वह नहा रही थी अचानक **टेरेसियस** अनजाने में वहाँ जा पहुँचा। **एथीनी** क्रुद्ध हो उठी और उसने **टेरेसियस** को अन्धा कर दिया। बाद में **एथीनी** को अपने इस आचरण पर पश्चात्ताप हुआ लेकिन अब **टेरेसियस** की आँखों की ज्योति वापस नहीं आ सकती थी। **एथीनी** ने तब अपनी शक्ति से क्षतिपूर्ति के रूप में **टेरेसियस** को दिव्य दृष्टि प्रदान की और अन्धा **टेरेसियस** अपने समय का महान भविष्य-वक्ता प्रसिद्ध हुआ।

एथीनी तलवार और भाला चलाने में जितनी कुशल थी उतनी ही कुशलता से बुनाई

भी करती थी। इसी रूप में उसका मुकाबला पृथ्वी की एक युवती से हुआ। यह प्रतियोगिता **एथीनी** के उग्र स्वभाव और ईर्ष्यालु प्रकृति का एकमात्र उदाहरण है।

पुराने समय में **लीडिया** में एक सुन्दर युवती रहती थी। उसका नाम था **आर्कने।** वह देखने में आकर्षक तो थी ही इसके साथ ही वह बुनाई-कला में बड़ी निपुण थी। **लीडिया** की कोई भी स्त्री इस क्षेत्र में उसका मुकाबला नहीं कर सकती थी। सारे देश में उसकी प्रसिद्धि थी और लोग उसका आदर करते थे। करघे पर तेजी से चलती हुई उसकी सुकुमार उँगलियों को देखकर वे आश्चर्यचकित रह जाते। वह बुनाई में अनेक रंगों का प्रयोग करती और कपड़े पर सुन्दरतम चित्र उभरते चले आते।

लेकिन **आर्कने** के इस कौशल का परिणाम अच्छा न निकला। उसे यह घमंड हो गया कि सारे विश्व में कोई भी स्त्री उसकी तरह नहीं बुन सकती। इतना ही नहीं, उसका गर्व इस सीमा तक बढ़ गया कि वह स्वयं बुनाई की देवी **एथीनी** को भी ललकारने लगी। वह बहुधा यही कहती कि **एथीनी** भी उससे बुनाई-प्रतियोगिता में जीत नहीं सकेगी। जब **एथीनी** ने **आर्कने** को बहुत बार यही बात दोहराते सुना तो वह क्रुद्ध हो उठी। उसने **आर्कने** को उसके अभिमान का दण्ड देने का निश्चय किया। **ओलिम्पस** का महल छोड़कर **एथीनी** पृथ्वी पर आ गई और एक वृद्धा के रूप में **आर्कने** से मिलने गई। दोनों आमने-सामने बैठीं बात कर रही थीं तभी **आर्कने** ने फिर दर्प से कहा, ''मैं किसी से नहीं डरती। यदि स्वयं **एथीनी** भी स्वर्ग से उतरकर पृथ्वी पर आ जाए तो मैं उससे भी मुकाबला करने को तैयार हूँ। बुनाई तो मेरी दक्ष उँगलियों के लिए खेल है।''

वृद्धा के रूप में **एथीनी** ने उसे समझाते हुए कहा, ''मैं मानती हूँ बेटी, बुनाई-कला में सारे लीडिया में कोई स्त्री तेरी समता नहीं कर सकती लेकिन इतना अभिमान न कर। अहंकार का सिर सदा नीचा होता है। **ओलिम्पस** के निवासी देवी-देवता सर्व-समर्थ हैं। उनका आदर कर, अभ्यर्थना कर। तेरी कला चन्द्रमा की कलाओं-सी बढ़ेगी। लेकिन देवी-देवताओं से समता? न बेटी। यह उचित नहीं। ऐसा न हो कि देवी **एथीनी** क्रुद्ध हो उठे।''

लेकिन इन मधुर शब्दों का **आर्कने** पर कोई प्रभाव नहीं पड़ा अपितु उसका अहं और प्रचंड हो उठा। अभिमान ने उसे अन्धा कर दिया था। उसने वृद्धा की नेक सलाह की अवहेलना करते हुए फिर कहा, ''मैं ग़लत नहीं कह रही हूँ। मुझे अपने कौशल पर पूरा विश्वास है। यदि सचमुच **एथीनी** आ ही जाए, तो देखना मैं इस बात को सत्य प्रमाणित कर दूँगी।''

इन अवज्ञा और अहंकार से पूर्ण शब्दों को सुनकर **एथीनी** क्रोध से जल उठी। उसने तत्काल अपना वास्तविक रूप धारण कर लिया, ''तो ठीक है, मुझे यह चुनौती स्वीकार है।'' उस अप्रतिम तेज को प्रत्यक्ष देखकर पल-भर को तो **आर्कने** स्तब्ध रह गई लेकिन शीघ्र ही उसने अपने आपको सँभाला और प्रतियोगिता के लिए तैयार हो गई। दो करघों पर दोनों कलाकार श्रेष्ठतर चित्र-यवनिका बुनने में व्यस्त हो गए। **आर्कने** ने अपने विषय के लिए चुना देवताओं के निन्दास्पद कृत्यों को, उनके मानव के प्रति दुर्व्यवहार

को। **एथीनी** शीघ्रता और कुशलता से बुन रही थी उन अभागे मनुष्यों के चित्र जिन्होंने अपने अहंकार से देवताओं को रुष्ट किया और फलस्वरूप उनकी क्रोधाग्नि में जलकर भस्म हो गए।

एक अन्य धारणा के अनुसार **एथीनी** ने **पॉसायडन** से अपनी प्रतियोगिता के दृश्य को यवनिका पर चित्रित किया—**ओलिम्पस** का सभा-कक्ष, सिंहासन पर विराजमान **ज़्यूस** का भव्य व्यक्तित्व, चारों ओर उपस्थित शोभायुक्त देवी-देवता, त्रिशूल धारण किए **पॉसायडन,** पृथ्वी से निकलता हुआ अश्व और उसका अपना प्रिय जैतून वृक्ष।

आर्कने की यवनिका पर लहरा रहा था नीला सागर, उस पर तैरता हुआ एक सफ़ेद बैल और बैल पर बैठी भयभीत यूरोपे जिसके बिखरे बाल और खुला आँचल पीछे हवा में उड़ रहे थे। वहाँ उभर रही थी अभागी **इओ** की करुणाजनक कहानी, **कैलिस्टो** की यन्त्रणा।

एथीनी यह सह न सकी और उसने क्रोध में **आर्कने** की यवनिका को फाड़कर टुकड़े-टुकड़े कर दिया। यह भी कहा जाता है कि **एथीनी** ने **आर्कने** की यवनिका में दोष ढूँढ़ने की बड़ी चेष्टा की लेकिन असफल होने पर उसे फाड़ डाला। **ओविड** ने तो इस कथा को इसी रूप में प्रस्तुत किया है। अपमानित और भयभीत **आर्कने** ने प्राणघात कर लिया लेकिन इससे पहले कि वह इस जीवन से छुटकारा पाती, **एथीनी** ने उसे अनन्तकाल तक बुनते रहने का शाप दे दिया। **आर्कने** मकड़ी बन गई और आज तक वह बेचारी घरों की दीवारों पर जाल बुन रही है।

एथीनी की पूजा

युद्ध और प्रज्ञा की देवी **एथीनी** या **मिनर्वा** की पूजा प्राचीन **ग्रीस** और **रोम** में बहु-प्रचलित थी। उसके बहुत से मन्दिरों की स्थापना हुई जिनमें **एथेन्स** का **पारथेनन** मन्दिर विशेष प्रसिद्ध हुआ। इसके खंडहर आज तक प्राचीन भव्यता और गौरवपूर्ण इतिहास के प्रतीक के रूप में खड़े हैं। इस मन्दिर को **एथेन्स** के राजनीतिज्ञ **पेरीक्लीज़** ने पाँचवीं सदी ईसा पूर्व में बनवाया और देवी को समर्पित किया। इसके निर्माण में पन्द्रह वर्ष लगे। इसकी लम्बाई 327 फुट एवं चौड़ाई 110 फुट है। संगमरमर और लोहे के मिश्रण से बना होने के कारण यह सूर्य के प्रकाश में खूब चमकता। इसके भीतर **फ़ीडीयस** द्वारा बनी **एथीनी** की स्वर्ण और हाथीदाँत की मूर्ति की स्थापना की गई। ग्रीक **'पार्थेनन'** का अर्थ है 'अविवाहित देवी का घर'।

एथीनी की बहुत-सी प्रतिमाएँ बनाई गईं जिनमें उसका एक तेजयुक्त, सुन्दर, वस्त्र और शस्त्र से सज्जित स्त्री के रूप में चित्रण हुआ। ग्रीक शिल्पी **फ़ीडीयस** ने **एथीनी** की चालीस फुट लम्बी एक विशाल अद्वितीय प्रतिमा तैयार की थी। **एथीनी** के सम्मान में कई पर्व मनाए जाते थे। ग्रीक **पेन्थेनाया** चार वर्ष में एक बार होता था किन्तु अन्य **मिनर्वेलिया** तथा **क्विनकाट्रिया** नामक त्यौहार प्रत्येक वर्ष मनाए जाते थे। इन पर्वों पर

पालाडियन नामक प्रतिमा की नगर में शुभ-यात्रा होती और नगर निवासी प्रसन्नता से प्रार्थनाएँ गाकर उसका स्वागत करते। **पेन्थनाया** धार्मिक अनुष्ठानों एवं सार्वजनिक मनोरंजन का मिश्रण था। इस अवसर पर खेल-कूद प्रतियोगिताओं का आयोजन किया जाता और रात्रि के समय **एथेन्स** के युवक मशाल हाथ में लेकर दौड़ में भाग लेते। इस पर्व का सबसे महत्त्वपूर्ण अंग थी **एथेन्स** की कुमारियों की शोभा-यात्रा। ये कुमारियाँ इस अवसर के लिए विशेष रूप से बुने गए वस्त्र लेकर **पार्थेनन** में जातीं और उनसे देवी की प्रतिमा को सुशोभित करतीं। इस पोशाक को **'पेप्लॉस'** कहा जाता था। **पेरीक्लीज़** ने **पार्थेनन** के बाहरी भाग में इस शोभा-यात्रा के चित्र खुदवाए जो बाद में **'एल्गिन मार्बल्स'** के नाम से प्रसिद्ध हुए। **लार्ड एल्गिन** इन्हें **एथेन्स** से स्वदेश ले गए जहाँ ब्रिटिश संग्रहालय में इन्हें आज भी देखा जा सकता है।

आर्टेमिस

देव-सम्राट **ज़्यूस** के संसर्ग से देवी **लीटो** दो बालकों को जन्म देनेवाली थी। किन्तु पृथ्वी का कोई भी भू-भाग उन बच्चों की जन्म-भूमि बनने को प्रस्तुत नहीं था। इसके दो कारण बताए जाते हैं। होमरिक हिम के अनुसार पृथ्वी उसके होनेवाले शक्तिशाली बालक **अपोलो** के आगमन की सूचना से आतंकित थी। लेकिन केवल इस कारण से पृथ्वी का **लीटो** को आश्रय न देना कुछ संगत नहीं जान पड़ता। एक अन्य कथा इस प्रकार है कि **ज़्यूस** और **लीटो** के इस गुप्त-प्रणय का पता **हेरा** को चल गया था, अतः वह बहुत कुपित थी। उसने अपने पुत्र **एरीज़** और सन्देशवाहिका **आइरिस** के द्वारा सारे विश्व में यह घोषणा करवा दी कि टाइटन दैत्य **कोयस** और **फ़ीबी** की बेटी, **ज़्यूस** की प्रेयसी **लीटो** को कोई आश्रय न दे। पृथ्वी के निवासी सम्राज्ञी **हेरा** से डरते थे और उसके कोप-भाजन नहीं बनना चाहते थे। परिणामस्वरूप दर-ब-दर ठोकरें खाती, गर्भवती, असहाय **लीटो** को किसी ने शरण न दी। साथ ही **हेरा** ने यह श्राप भी दिया था कि **लीटो** पृथ्वी के किसी ऐसे भाग पर अपने बच्चों को जन्म नहीं देगी जहाँ सूर्य का प्रकाश पहुँचता हो। इतना ही नहीं, उसने **पायथन** नामक एक दैत्य को भी **लीटो** के पीछे लगा दिया।

जैसे-जैसे प्रसव का समय निकट आता **लीटो** की चिन्ता बढ़ती जाती। भला पृथ्वी पर ऐसा कौन-सा भाग है जहाँ सूर्य का प्रकाश न पहुँचता हो। ममता की मारी **लीटो** इधर-उधर भटकती फिर रही थी। भाग्य के विधान को **हेरा** का श्राप आखिर कब तक

टालता। उदार दक्षिणी वायु **जेफ़िरस** ने **लीटो** को अपने पंखों पर बैठाकर **डेलॉस** के निकट **आरटीजिया** नामक स्थान पर पहुँचा दिया। **डेलॉस** ने उसका स्वागत किया और अपनी धरती पर आश्रय दिया। कहा जाता है कि उस समय तक **डेलॉस** का यह द्वीप समुद्र पर बहता रहता था, स्थिर नहीं था। समुद्र-देवता **पॉसायडन** ने **लीटो** की सहायता की। उसने **डेलॉस** को अपनी लहरों के आवरण में ढँक लिया ताकि उस पर सूर्य की किरणें न पड़ें। और सम्भवतः **ज़्यूस** ने **डेलॉस** को अविनाशी शृंखलाओं से समुद्र-तल से बाँध दिया जिससे कि यह द्वीप स्थिर हो गया। ऐसी धारणा प्रचलित है कि **लीटो** ने बिना किसी कष्ट के **आर्टेमिस** को **आरटीजिया** में जन्म दिया। जन्म लेते ही देवी **आर्टेमिस** अपनी माँ की सहायता में जुट गई जिससे कि वह सकुशल **अपोलो** को जन्म दे सके। **अपोलोडॉरस** के अनुसार यही कारण था कि स्त्रियाँ प्रसव के समय **आर्टेमिस** की अभ्यर्थना किया करती थीं। किन्तु होमरिक हिम के अनुसार **अपोलो** के जन्म के समय **लीटो** की परिचर्या करने के लिए **हेरा** और **इलीथिया** के अतिरिक्त सभी देवियाँ वहाँ उपस्थित थीं। किन्तु शिशु-जन्म के समय सबसे अधिक अपेक्षित थी **इलीथिया** की सहायता, अतः उसे कुछ घूस देकर बुलवा लिया गया। **लीटो** के ये दो बालक **अपोलो** और **आर्टेमिस** के नाम से **ओलिम्पस** के प्रमुख बारह देवताओं में प्रतिष्ठित हुए।

एक अन्य प्रचलित कथा के अनुसार **अपोलो** और **आर्टेमिस** के जन्म देने के पश्चात भी **लीटो** के कष्टों का अन्त नहीं हुआ। **हेरा** का अभिशाप फिर भी उसके साथ रहा और वह दोनों बच्चों को साथ लिए पृथ्वी पर भटकती रही। एक दिन इसी तरह घूमती वह **लीसिया** देश में पहुँची। दोनों बच्चों को गोद में लिए-लिए वह बुरी तरह थक गई थी। उसके कोमल पैर धूल और रक्त से सने थे। चेहरे से पसीना टपकता था और प्यास के मारे बुरा हाल था। तभी घाटी के चरण में उसे एक तालाब दिखाई दिया जिसके किनारे पर कुछ ग्राम निवासी अपने काम में व्यस्त थे। साफ़ पानी के तालाब को देखकर **लीटो** ने साहस बटोरा और किसी तरह गिरती-पड़ती वहाँ जा पहुँची। जैसे ही वह अपनी प्यास बुझाने को तालाब के किनारे झुकी, गाँव के लोगों ने उसे रोक दिया। कहीं **लीटो** की सहायता करने से **हेरा** क्रुद्ध न हो उठे। वे किसी तरह भी उसे पानी पीने देने को तैयार नहीं थे। 'तुम लोग मुझे पानी क्यों नहीं पीने देते?' **लीटो** ने दुखी स्वर में कहा, ''पानी पर तो सबका समान अधिकार है। सूर्य का प्रकाश, खुली हवा और पानी–प्रकृति की ये निधियाँ सबके लिए हैं, किसी व्यक्ति-विशेष की सम्पत्ति नहीं। फिर भी मैं इसे आपकी कृपा मानूँगी और जीवन-भर आप लोगों की आभारी रहूँगी। मैं अपने हाथ-पैर धोकर पानी गन्दा भी नहीं करूँगी, सिर्फ थोड़ा पानी पीने को दे दो। मैं बहुत प्यासी हूँ। प्यास से मेरा मुँह सूख रहा है। मुझ पर, मेरे इन मासूम बच्चों पर दया करो।''

लेकिन इतनी करुण-याचना का भी उन दुष्टों पर कोई प्रभाव नहीं पड़ा और वह **लीटो** को डराने-धमकाने लगे। इतना ही नहीं, वे लोग तालाब में घुस गए और अपने

पैरों से कीचड़ कुरेद-कुरेदकर तालाब का पानी इतना गन्दा कर दिया कि वह पीने योग्य न रहा। यह धृष्टता देखकर **लीटो** क्रुद्ध हो उठी। वह अपनी प्यास भूल गई और आकाश की ओर दोनों हाथ उठाकर कहा, "ये लोग अब कभी भी तालाब के बाहर न आएँ। इनका निकृष्ट जीवन पानी में ही समाप्त हो!" **लीटो** की प्रार्थना स्वीकार हुई। वे लोग वहीं पानी में ही खड़े रह गए और धीरे-धीरे उनकी आकृति बदल गई। वे कभी पानी से सिर निकालकर बाहर देखते फिर अन्दर डुबकी लगा जाते। कभी पल-भर को बाहर आते भी तो दूसरे ही क्षण फिर कूदकर पानी में वापस चले जाते। उनकी गर्दन गायब हो गई। सिर धड़ से जुड़ गया। पीठ हरी हो गई और पेट सफेद। वे अपनी कर्ण-कटु आवाज़ में आज तक टर्रा रहे हैं। उन्हें हम मेंढक कहते हैं।

कैलिमेकस के 'हिम टू आर्टेमिस' के अनुसार **आर्टेमिस** का पालन-पोषण **ओलिम्पस** पर हुआ और उसके पूर्व निश्चित भविष्य के अनुसार उसे उचित शिक्षा दी गई। एक दिन की बात। **आर्टेमिस** तीन साल की नन्ही-सी बालिका थी। वह **ज़्यूस** की गोद में खेल रही थी तभी उसके सर्व-समर्थ पिता ने बेटी से पूछा कि वह कौन से उपहार अपने लिए पसन्द करेगी। **आर्टेमिस** ने फौरन जवाब दिया :

"मेरी प्रार्थना है कि आप मुझे शाश्वत कौमार्य प्रदान करें, उतने ही नाम दें जितने मेरे भाई **अपोलो** के हैं, उसकी ही तरह एक कमान और तीर; प्रकाश फैलाने का कार्यभार; एक केसरी रंग का आखेट का छोटा लाल किनारीवाला घुटनों तक का चोगा; मेरे सम्मान में नियुक्त एक ही आयु की साठ कुमारी समुद्र-कन्याएँ, **क्रीट** के **एमनिसस** से लाई गई बीस नदी-कन्याएँ जो मेरे विश्राम के समय मेरे आखेट के जूतों की देखभाल करें और मेरे मृगयाकुक्कुरों को खिलाएँ-पिलाएँ, विश्व के सभी पर्वत; और अन्त में कोई एक नगर जो आप पसन्द करें, लेकिन एक ही काफ़ी होगा, क्योंकि मेरा इरादा अधिक समय पर्वतों पर ही रहने का है। दुर्भाग्यवश, प्रसव-पीड़ित स्त्रियाँ बहुधा मेरी प्रार्थना करेंगी ही, क्योंकि मेरी माँ **लीटो** ने मुझे बिना किसी कष्ट के जन्म दिया था, और इसलिए भाग्य की देवियों ने मुझे शिशु-जन्म की संरक्षिका बना दिया है।"

यह सुनकर **ज़्यूस** गर्व से बालिका की बुद्धिमत्ता पर मुस्कुरा पड़ा। 'तथास्तु'! उसने कहा और अपनी इच्छा से **आर्टेमिस** को एक नहीं तीस नगर दे डाले। इसके अतिरिक्त अन्य अनेक नगरों में उसका हिस्सा होगा। **ज़्यूस** ने अपनी इस बेटी को सड़कों और बन्दरगाहों की संरक्षिका भी नियुक्त किया।

आर्टेमिस ने **ज़्यूस** को धन्यवाद दिया और उसकी गोद से निकलकर फौरन अपने काम में जुट गई। सबसे पहले वह **क्रीट** में स्थित **ल्यूकस** पर्वत पर गई और फिर समुद्र-तट पर। वहाँ उसने अनेक किशोरी समुद्र कन्याओं को अपनी सखियों के रूप में चुना। उनकी माताओं ने भी सहर्ष उन्हें देवी **आर्टेमिस** के साथ जाने की आज्ञा दे दी। **हेफ़ास्टस** के निमन्त्रण पर वह **लियारा** द्वीप पर **साइक्लॉप्स** को देखने गई। वे लोग उस समय **पॉसायडन** के घोड़े की नाँद तैयार कर रहे थे। **ब्रान्टीज़** को **आर्टेमिस** की सेवा करने और उसकी इच्छानुसार आवश्यक वस्तुओं का निर्माण करने का आदेश मिल चुका था।

ब्रान्टीज़ नन्ही **आर्टेमिस** को अपने घुटने पर बैठाकर खिलाने लगा लेकिन **आर्टेमिस** को यह अच्छा नहीं लगा। खेल ही खेल में उसने एक मुट्ठी भर के **ब्रान्टीज़** के सीने के बाल नोच डाले। **ब्रान्टीज़** के सीने पर इससे एक सफ़ेद निशान बन गया जो जीवन-पर्यन्त उसके साथ रहा। **ब्रान्टीज़** और **साइक्लॉप्स** के भयंकर चेहरों को देखकर समुद्र-कन्याएँ भयभीत हो उठीं लेकिन **आर्टेमिस** ने निर्भीकता से उन्हें **पॉसायडन** का काम छोड़कर अपने लिए एक चाँदी का कमान और तीरों से भरा तरकस बनाने का आदेश दिया। और यह वचन दिया कि वह अपना पहला शिकार उन्हें भेंट के रूप में देगी। इन शस्त्रों को लेकर वह **आर्केडिया** गई। वहाँ उसकी भेंट **पैन** देवता से हुई। **पैन** ने उसे दो मृगयाकुक्कुर उपहार रूप में दिए जो इतने शक्तिशाली थे कि दोनों मिलकर ज़िन्दा शेर तक को घसीट लाते थे। इनके अतिरिक्त **पैन** ने उसे **स्पार्टा** के सात वायु वेग से दौड़नेवाले कुक्कुर भी दिए।

आर्टेमिस ने पहले दो सुन्दर जीवित हिरणियों को पकड़ा और उन्हें अपने स्वर्ण रथ में जोत लिया। इस रथ पर आसीन होकर वह **थ्रेस** के पर्वत **हेमस** पर गई और चीड़ वृक्ष को काटकर एक मशाल बनाई। जलती हुई मशाल **आर्टेमिस** की पवित्रता की प्रतीक है।

आर्टेमिस का इटालियन देवी **डायने** से सादृश्य स्थापित किया गया जो कि प्रजनन-शक्ति और शिशु-जन्म से सम्बद्ध है। **आर्टेमिस** और **डायने** एक ही देवी के दो नाम माने जाते हैं। **आर्टेमिस** का चित्रण बहुधा एक आखेटिका के रूप में हुआ है। वह एक आकर्षक छविवाली सुन्दरी युवती है जो शिकार के बड़े जूते पहने है और जिसके शरीर पर घुटनों तक लम्बा वस्त्र है। वह बहुधा तरकस और कमान से सज्जित रहती है और उसके साथ उसके प्रिय पशु हिरण का चित्रण होता है। कभी-कभी उसके सिर पर चन्द्र-शिखाओं की भाँति दो छोटे-छोटे सींग भी दिखाए जाते हैं, यह सम्भवतः बाद में स्थापित किए गए उसके चन्द्रमा से सादृश्य के कारण है। उसके साथ एक जलती हुई मशाल दिखाई जाती है जो जीवन के प्रकाश की ओर भी संकेत करती है।

सभी प्राप्त स्रोतों में **आर्टेमिस** को आखेट की देवी माना गया है। पुरुष बहुधा इसी रूप में उसकी आराधना करते थे। उसे सभी छोटे बच्चों की संरक्षिका माना जाता है। विशेषकर मनुष्य के। प्रसव के समय स्त्रियाँ सहायता के लिए उसी की प्रार्थना करती थीं, इसी कारण उसे **लोकयाया** और **कुराट्रॉफ़ॉस** नामक उपाधियों से भी जाना जाता है। यह उदार प्रकृति की देवी कभी-कभी उग्र भी हो उठती। किसी स्त्री की आकस्मिक मृत्यु का कारण उसका कोप ही माना जाता था। स्त्रियों के जीवन से सम्बन्ध के कारण ही बाद में चन्द्रमा की देवी से उसका सादृश्य प्रकाश में आया।

आर्टेमिस एथीनी की भाँति ही एक कुमारी है। लेकिन **एफ़सॉस** में उसकी उपासना माता के रूप में होती थी। सम्भव है कि **एफ़सॉस** तथा **ग्रीस** में दो भिन्न देवियों की उपासना एक नाम से होती रही हो। या सम्भवतः प्रसव-सहायिका या बच्चों की परिचारिका माने जाने के कारण यह भ्रम उत्पन्न हुआ हो। लेकिन यह दोनों ही काम

कोई भी कुमारी सम्पन्न कर सकती है। इनके लिए माता होना आवश्यक नहीं। **आर्टेमिस** स्वयं कुमारी है और अपनी साथी कन्याओं से भी उसी पवित्रता की अपेक्षा करती है। इस सम्बन्ध में उसकी कुछ सखियों की कथाएँ उल्लेखनीय हैं। उनसे भी **आर्टेमिस** का सादृश्य स्थापित करने की चेष्टा की गई है। प्राचीनकाल में देवियों के रूप में उनकी उपासना भी प्रचलित थी।

आर्टेमिस की इन सखियों में सबसे पुराना नाम **ब्रीटोमारटिस** का है। यह भी कहा जाता है कि **ब्रीटोमारटिस आर्टेमिस** की ही **क्रीट** में प्रचलित उपाधि है। दोनों देवियों को **डिक्टान्ना** नामक विशेषण से भी शोभित किया जाता है। **ब्रीटोमारटिस** की उपासना मुख्यतः **क्रीट** में ही प्रचलित थी और उसका मुख्य मन्दिर **क्रीट** में **किडोनिया** के निकट था। **ज़्यूस** और **कर्मे** की इस पुत्री पर **मायनास** की लोलुप दृष्टि पड़ चुकी थी, अतः वह उससे बचने के लिए इधर-उधर छिपती रही। अन्त में अपनी सुरक्षा के लिए भागते हुए वह एक पहाड़ की चोटी से समुद्र में कूद गई। भाग्यवश वह मछियारों के जाल में फँस गई और साफ बच गई। इसी कारण उसे **डिक्टान्ना** कहा गया। वहाँ **आर्टेमिस** ने उसकी रक्षा की। एक अन्य विवरण के अनुसार वह मछियारे के जाल के नीचे छिपकर बैठ गई और इस प्रकार **एगीना** पहुँच गई। **एगीना** में **मायनास** ने फिर उसका पीछा किया तब **ब्रीटोमारटिस आर्टेमिस** के पवित्र कुंज में घुस गई और बाद में **एगीना** निवासियों ने उसकी **एफ़ाया** नाम से उपासना की क्योंकि वह वहीं अदृश्य हो गई। **स्पार्टा** में उसी की पूजा **आर्टेमिस** के रूप में और **सेफ़ालोनिया** में **लाफ़िया** के नाम से की जाती थी।

आर्टेमिस की दूसरी सेविका **कैलिस्टो** थी जिसके विषय में आप पहले पढ़ चुके हैं। **ज़्यूस** के प्रेम के कारण वह **हेरा** और **आर्टेमिस** दोनों के कोप का भाजन बनी और **आर्केडिया** में प्रचलित कथा के अनुसार अन्त में **आर्टेमिस** ने अपने बाण से उसका जीवन समाप्त कर दिया। **आर्टेमिस** की एक उपाधि **कैलिस्टे** (सुन्दरी) है जिसके आधार पर कुछ विद्वानों ने **कैलिस्टो** को ही **आर्टेमिस** सिद्ध करने का प्रयास किया।

ओपिस अथवा **उपिस** नामक देवी का भी **आर्टेमिस** से साम्य है। **ओपिस** स्वयं **आर्टेमिस** का नाम अथवा विशेषण था। **ओपिस** का चित्रण कभी-कभी **आर्टेमिस** की सखी के रूप में भी हुआ है। वह सम्भवतः **हाइपरबोरियन** कुमारियों में से एक थी। कहा जाता है कि **आर्टेमिस** ने **ओरियन** को अपने बाण से इसी कारण मार डाला था कि उसने **ओपिस** के कौमार्य को भंग करने की चेष्टा की थी।

इनके अतिरिक्त **आर्टेमिस** और उत्पादन की देवी **हेकटी** में भी साम्य है। वैसे भी दोनों सम्बन्धी हैं। **हेकटी** की माँ **ऐस्ट्री आर्टेमिस** की माँ **लीटो** की बहन थी। इस प्रकार वे दोनों बहनें हुईं। **हेकटी** का उल्लेख **होमर** में नहीं मिलता लेकिन **हीसियड** उससे **बोआशिया** की एक प्रसिद्ध देवी के रूप में परिचित है। उसका सम्बन्ध धन, खेलों में जीत, कुशल घुड़सवारी, युद्ध में विजय तथा नेक सलाह आदि से है। उसकी शक्ति आकाश, समुद्र, पृथ्वी सब कहीं एक-सी है। स्वयं **ज़्यूस** उससे प्रभावित है। इस महान देवी का चित्रण **आर्टेमिस** की सेविका या सखी के रूप में भी हुआ है। वह उत्पादन की

देवी है। उसका सम्बन्ध पाताल लोक से भी जोड़ा जाता है और इस तरह उसका वर्णन प्रेतात्माओं की देवी और एक जादूगरनी के रूप में मिलता है। जहाँ दो या दो से अधिक सड़कें मिलती हैं वे स्थान उसके मुख्य अधिकार केन्द्र हैं। बहुधा जादू-टोने भी ऐसे ही स्थानों पर किए जाते हैं। इसी कारण **हेकटी** की प्रतिमा में तीन आकृतियाँ दिखाई जाती हैं जिससे वह एक ही स्थान पर स्थिर रहकर सब ओर देख सके। देवी को भोजन की भेंट भी ऐसे स्थानों पर ही चढ़ाई जाती थी और यह विश्वास था कि **हेकटी** रात में बड़े भयंकर रूप में अपने कुक्कुरों के साथ वहाँ आती है। जादू में सिद्धि प्राप्त करने के लिए मीडिया आदि ने इसी रूप में उसकी अभ्यर्थना की।

निओबी की करुण कहानी

देवी **लीटो** को अपने दोनों बच्चों **अपोलो** और **आर्टेमिस** पर बड़ा गर्व था। और यह गर्व अनुचित भी नहीं था। वास्तव में सौन्दर्य, बुद्धिमत्ता और शक्ति में कोई भी उनकी समता नहीं कर सकता था। पृथ्वी और आकाश पर वह **हेरा** को छोड़कर किसी भी मानवी या देवी को इस विषय में अपना समकक्ष नहीं समझती थी। और कोई उससे अपनी तुलना करने का साहस भी नहीं करती थी।

लेकिन पृथ्वी की एक और अभिमानिनी उसके इस गर्व पर ठठाकर हँस पड़ी। जानते हैं यह स्त्री कौन थी? यह थी देवताओं से धृष्टता करनेवाले **टैन्टेलस** की पुत्री, शक्तिशाली **पीलॉप्स** की बहन और **थीब्ज़** के प्रसिद्ध संगीतज्ञ राजा **एम्फ़ीयन** की चहेती पत्नी **निओबी।** जब से **आर्कने** को देवी **एथीनी** ने उसके दर्प का दण्ड दिया था, पृथ्वी के मानव अपनी तुलना देवताओं से करने का साहस नहीं करते थे। कितना अच्छा होता यदि **निओबी**भी यह दुस्साहस न करती। **एम्फ़ियन** चिरकाल तक सुख से राज्य करता और अपने पीछे एक भरा-पूरा सशक्त और समृद्ध परिवार छोड़ जाता। यदि **निओबी** गर्व से अन्धी न हो जाती तो **थीब्ज़** का इतिहास कुछ और ही होता। लेकिन हुआ वही जो भाग्य को मंज़ूर था।

निओबी के पास गर्व योग्य बड़ी सम्पत्ति थी। वह **कैडमस** के राजपरिवार से सम्बन्ध रखती थी और अब **थीब्ज़** की महारानी थी। **ज़्यूस** के सहवास का सौभाग्य प्राप्त करनेवाली वह पहली मानवी थी। सौन्दर्य की अपरिमित खान थी, शक्ति का अक्षय भंडार। लेकिन इन सबसे अधिक उसे जिस बात का गर्व था वह थी उसकी सन्तान। वह सात सुन्दर, सुडौल, शक्तिशाली पुत्रों तथा सात रूपवती कन्याओं की माता थी। इस सौभाग्यशालिनी माँ का भाग्य-तारा कभी अस्त न होता यदि वह अपनी वाणी पर कुछ नियन्त्रण रख पाती।

लीटो के सम्मान में **थीब्ज़** में वार्षिकोत्सव मनाया जा रहा था। **थीब्ज़** के निवासी **लीटो, अपोलो** और **आर्टेमिस** के मन्दिरों में प्रार्थनाएँ गा रहे थे और भेंट चढ़ा रहे थे। धूप-दीप जल रहे थे। चारों ओर सुगन्धि फैली थी। तभी उस भीड़ के सामने **थीब्ज़** की

महारानी **निओबी** आ खड़ी हुई। वह सोने-चाँदी और जवाहरात से जड़े बहुमूल्य वस्त्र धारण किए थी, उसके लम्बे बाल पीछे खुले हवा में लहरा रहे थे, सुन्दर चेहरे पर क्रोध की लालिमा थी। उसने कुपित दृष्टि से एकत्रित भीड़ को देखा और बोली :

"तुम उस **लीटो** की पूजा कर रहे हो जिसे तुमने आज तक देखा भी नहीं। क्या तुलना है तुम्हारी उस टाइटन की बेटी और **टेन्टलस** की पुत्री **थीब्ज़** की महारानी में? देवताओं के समकक्ष मेरे पिता, **ज़्यूस** के साथ एक मेज पर भोजन करते थे, **थीब्ज़** के इस विशाल सुदृढ़ नगर का निर्माता मेरा पति विश्व-विख्यात **एम्फ़ियन** है। मैं जिधर भी देखती हूँ आज मेरी ही शक्ति और विजय की पताकाएँ लहरा रही हैं। वह दर-दर भटकनेवाली बेघरबार **लीटो** मेरा क्या मुकाबला कर सकती है! उसकी गौरव सम्पत्ति ही क्या है? एक स्त्रैण पुत्र और एक पुरुषों जैसी कन्या! मेरे सात शक्तिशाली पुत्र हैं और सात अद्वितीय रूप-गुणवाली कन्याएँ। मेरे पास **लीटो** से सात गुना अधिक गर्व की सम्पत्ति है। मैं उससे कहीं अधिक सौभाग्यशालिनी हूँ, कहीं अधिक समृद्ध और महान! मनुष्य क्या देवता भी मेरी हानि नहीं कर सकते। अपने सिरों से ये लॉरेल की पत्तियाँ उतार फेंको, इन दीपों को बुझा दो, **लीटो** की प्रतिमाओं को गिरा दो और मुझे सम्मान दो। मैं ही इसकी सच्ची अधिकारिणी हूँ।"

सिन्थियन पर्वत की चोटी पर बैठी देवी **लीटो** ने **निओबी** की इस दर्पभरी उक्ति को सुना और क्रोध और दुख से क्षुब्ध हो उठी। फ़ौरन **अपोलो** और **आर्टेमिस** को बुला भेजा और उन्हें अपनी माँ के सम्मान की रक्षा करने की चुनौती दी। एक पल की देर न हुई। दोनों बहन-भाई अपने अस्त्र-शस्त्र लेकर **ओलिम्पस** से **थीब्ज़** की ओर चल पड़े। उन्होंने अपने आपको बादलों के आवरण में लपेट लिया। **कैथरौं** पर्वत पर **थीब्ज़** नगर के युवक शस्त्राभ्यास में व्यस्त थे। सातों राजकुमार भी वहीं थे। कुछ घुड़सवारी कर रहे थे, कुछ रथ-चालन, तभी अचानक बड़े भाई **इसमेनॉस** को ऊपर से आकर एक तीर लगा और वह चीत्कार करके गिर पड़ा और गिरते ही उसके प्राण-पखेरू उड़ गए। दूसरे ने जब यह देखा तो भागने की कोशिश की लेकिन दिव्य बाणों से बचकर वह कहाँ जा सकता था! दो छोटे लड़के कुश्ती के मैदान में साथ खड़े थे। एक ही बाण ने उनका भी काम तमाम कर दिया। एक भाई जो उनकी मदद को दौड़ा वह भी वहीं धराशायी हो गया। देखते ही देखते सातों राजकुमार चिर-निद्रा में सो गए। **निओबी** को जब यह दुखद समाचार मिला तो वह दुख और क्रोध से पागल हो उठी। दौड़ती हुई उस जगह पहुँची और अपने मृत बच्चों को एक-एक कर चूमने लगी। लेकिन एक शत्रु के बाणों ने जिन प्राणों का हरण कर लिया था माँ की ममता उन्हें लौटा न सकी। वह पागलों की तरह उन शवों को दुलारती और **लीटो** को कोसती जाती। पिता **एम्फ़ियन** को जब यह पता चला तो उसने प्राणघात कर लिया या वह भी **अपोलो** के एक बाण से मारा गया। लेकिन यह नरसंहार यहीं समाप्त नहीं हुआ। अब सातों राजकुमारियों की बारी थी। **आर्टेमिस** ने देखा वे अपने भवन में बुनाई कर रही थीं। देवी के कमान से एक तीर छूटा और रक्त की धारा बह निकली। भय से वे चीखने-चिल्लाने लगीं। कोई बचाव

के लिए भाग पड़ी, कोई छिपने की चेष्टा करने लगी। लेकिन एक-एक करके **आर्टेमिस** के बाणों ने सबको धराशायी कर दिया। सबसे छोटी लड़की अपनी माँ की गोद में आश्रय लेने दौड़ी। अभागी माँ ने उसे बाँहों में भर लिया लेकिन उसकी प्राण-रक्षा न कर सकी। अपने चौदह मृत बच्चों और पति के शव के बीच चुपचाप बैठी थी **निओबी**। दुख के आवेग ने वाणी को अभिभूत कर लिया था। देवताओं की सारी प्रार्थनाएँ व्यर्थ गईं। वह चौदह में से एक बच्चे को भी प्राणदान न दे सके। वह चुप थी, लेकिन उसके होंठ काँप रहे थे और आकाश की ओर उठी आँखों से निरन्तर अश्रु बह रहे थे। धीरे-धीरे उसके मुख से जीवन के चिह्न मिटने लगे। दृष्टि स्थिर हो गई, जिह्वा तालू से ही चिपक गई, गति समाप्त हो गई। देवताओं ने दया करके उसे पत्थर की प्रतिमा में बदल दिया। लेकिन उस पाषाण-प्रतिमा से भी आज तक अविरल अश्रुधारा बह रही है। **निओबी** के दुख का अन्त नहीं। **सिपीलस** पर्वत की एक चट्टान के रूप में उसकी प्रतिकृति आज भी मौजूद है और उसके निरन्तर गिरते आँसुओं से एक झरना बन गया है। इसी रूप में कई शिल्पकारों ने **निओबी** की मूर्तियाँ तैयार कीं। जिनमें सबसे अधिक प्रसिद्ध प्रतिमा **फ्लारेंस** में सुरक्षित है। **निओबी** और उसकी बाँह से लिपटी घुटनों पर झुकी हुई भयाक्रान्त बच्ची। इस मूर्ति की गणना **अपोलो** और **लायकून** जैसी प्रसिद्ध प्रतिमाओं के साथ होती है। इसकी सजीवता के लिए एक विख्यात ग्रीक कहावत में यह कहा गया है कि देवताओं ने **निओबी** को पत्थर बना तो दिया लेकिन व्यर्थ! शिल्पी की कला ने उसे फिर जीवन दे दिया।

अन्य स्रोतों के अनुसार **अपोलो** और **आर्टेमिस** ने **निओबी** के सब बच्चों को नहीं मारा था। **एमीक्लास** नाम का एक पुत्र और **मेलिबोइया** नामक एक पुत्री ने बुद्धिमत्ता से काम लिया और देवता को क्षमायाचना करके प्रसन्न कर लिया, अतः उनके प्राण बच गए। बाद में उन दोनों ने **थीब्ज़** में **लीटो** का एक मन्दिर बनवाया। **मेलिबोइया** इस घटना से इतनी पीली पड़ गई थी कि उसे बाद में **क्लोरिस** ही कहा जाने लगा।

लीटो का प्रतिशोध पूरा हुआ। **थीब्ज़** के राज-परिवार का सर्वनाश हो गया। **एम्फ़ियन** का कोई नामलेवा भी न बचा। कई दिनों तक नगर में शोक मनाया गया लेकिन इस दुर्भाग्य की कारण अभिमानिनी **निओबी** के लिए उसके भाई **पीलॉप्स** के अतिरिक्त कोई नहीं रोया।

आर्टेमिस और एल्फ़ियस

एक बार की बात नदी का देवता **एल्फ़ियस** देवी **आर्टेमिस** के अप्रतिम पवित्र सौन्दर्य पर मुग्ध हो गया। उसकी उत्कट आकांक्षा थी कि **आर्टेमिस** उसे स्नेह का प्रतिदान दे और उसकी अंकशायिनी बने। लेकिन **आर्टेमिस** कुमारी थी और जब उसने बड़े-बड़े देवताओं के विवाह-प्रस्ताव ठुकरा दिए थे तो भला **एल्फ़ियस** की उनके सामने क्या

गणना। और कोई उपाय न देख **एल्फ़ियस** ने खुलेआम **आर्टेमिस** का पीछा करके उसे आवश्यकता पड़ने पर शक्ति प्रयोग से भी अभिभूत करने का निश्चय किया। **आर्टेमिस** उसका अभिप्राय समझती थी। **थेटिस पुत्र एल्फ़ियस** ने उसका पीछा किया। **आर्टेमिस** उससे बचने के लिए **ग्रीस** देश को पार कर **एलिस** में **लेट्रिनी** नामक स्थान अथवा कुछ लोगों के अनुसार **सिराक्यूज** के पास **आरटीजिया** जा पहुँची। **एल्फ़ियस** भी अपनी भावनाओं का दास बना उसकी पीछे-पीछे वहीं आ गया। **आर्टेमिस** को उसे बुद्धू बनाने की एक तरकीब सूझी। उसने स्वयं तथा अपनी सभी संगी समुद्र-कन्याओं के चेहरों पर खड़िया घोलकर मल दी। परिणाम यह हुआ कि सत्तर-अस्सी एकरूप सफ़ेद पुते चेहरों में से **आर्टेमिस** को पहचान पाना असम्भव हो गया। वह प्रेमी ही क्या जो अपनी प्रेमिका को न पहचान सके। **एल्फ़ियस** को बेहद लज्जित होकर वापस लौटना पड़ा। समुद्र-कन्याओं की मज़ाक उड़ाती, खनखनाती हँसी उसे दूर तक पहुँचाने आई।

आर्टेमिस और ऐक्टेयॉन

सारा दिन सूर्य के प्रचंड तेज के तले आखेट करने से क्लान्त अंगोंवाली **आर्टेमिस** विश्राम के लिए चीड़ वृक्षों से भरी घाटी में आई। घाटी के एक ओर **आर्टेमिस** की प्रिय गुहा थी जिसे प्रकृति ने स्वयं अपने हाथों से सजाया था। उसके पास ही था एक स्वच्छ जल का झरना जहाँ बहुधा **आर्टेमिस** अपनी संगी कन्याओं के साथ जल-विहार करने आया करती थी। सूर्य पश्चिम की ओर वेग से अग्रसर होने लगा था। उसके प्रकाश से झरने का पानी चुलबुला रहा था। **आर्टेमिस** ने अपना भाला, कमान और तरकस एक सेविका को थमा दिए, दूसरी ने वस्त्र सँभाल लिए, तीसरी ने उसके कोमल पैरों को आखेट के जूतों से मुक्त किया। एक ने स्नान के लिए **आर्टेमिस** के बाल बाँध दिए और वह पानी में उतर पड़ी। उसकी अन्य सखियाँ भी झरने के आमन्त्रण का निरादर न कर सकीं और वस्त्र उतारकर नहाने लगीं।

उस दिन वन में केवल **आर्टेमिस** ही नहीं, **एरिस्टेयस** का पुत्र **ऐक्टेयॉन** भी अपने साथियों के साथ मृगया को आया था। सवेरे से जंगली पशु-पक्षियों का शिकार करने के बाद वह बहुत थक गया था और प्यासा था। दुर्भाग्यवश यों ही अकेला घूमता हुआ वह उसी झरने के पास आ पहुँचा जहाँ **आर्टेमिस** स्नान कर रही थी। झरने के पास पहुँचते ही उसे हँसी की आवाज़ें सुनाई दीं जैसे चाँदी की घंटियाँ बज उठी हों। उत्सुकतावश उसने एक हाथ से सामने की झाड़ी को हटाया और एक पत्थर पर झुका सामने का दृश्य देखने लगा। **आर्टेमिस** कुछ दूरी पर उसकी दृष्टि के ठीक सामने जल में स्नान कर रही थी। जिस सौन्दर्य-रस का पान देवता भी नहीं कर सके उसे एक मानव की दृष्टि से अनजाने ही में पा लिया। कितना बड़ा सौभाग्य लेकिन उससे भी कहीं महान दुर्भाग्य! **आर्टेमिस** ने झाड़ियों के हिलते ही फौरन पलटकर देखा तो उसकी दृष्टि **ऐक्टेयॉन** के प्रशंसा पूरित नेत्रों से जा मिली। **आर्टेमिस** की सखियाँ चीखकर उसके गिर्द

जमा हो गईं। लाज और क्रोध से **आर्टेमिस** का सुन्दर मुखड़ा तमतमाने लगा जैसे सूरज उसी झरने में अस्त होने को आ गया हो। **ऐक्टेयॉन** की ढीठ दृष्टि फिर भी स्थिर रही। **आर्टेमिस** ने इधर-उधर देखा। शस्त्र कहीं पास नहीं थे। अतः उसने अपनी अंजुलि में झरने का जल लेकर उसे **ऐक्टेयॉन** के ऊपर उछालकर कहा, ''जाओ, और हो सके तो सबको बताओ कि तुमने **आर्टेमिस** को विवस्त्र देखा है।'' पानी की चमकती बूँदें **ऐक्टेयॉन** पर पड़ने की देर थी कि उसके सिर से हिरण से सींग निकल आए, गर्दन उठी हुई और लम्बी होने लगी, हाथों की जगह पैरों ने ले ली और बाँहें टाँगें बन गईं–पतली और लम्बी। सारे शरीर का स्थान भूरी-भूरी चितकबरी खाल ने ले लिया। सब कुछ बदल गया। शेष रह गई तो केवल उसकी चेतना। उसने पानी में पड़ते अपने प्रतिबिम्ब को देखा तो चीत्कार कर उठा। हिरण की बड़ी करुण आँखों से आँसुओं की धारा बहने लगी। अब क्या करे! इस रूप को लेकर कहाँ जाए! लेकिन उसे अधिक सोचना नहीं पड़ा। उसके अपने ही कुत्तों ने उसे देख लिया था। पहले **मेलाम्पस** ज़ोर से भूँका और अन्य कुक्कुर भी संकेत समझ गए। हिरण के रूप में **ऐक्टेयॉन** पूरे वेग से दौड़ पड़ा और उसके पीछे वे सारे मृगयाकुक्कुर जिन्हें वह स्वयं शिकार के पीछे भागने को प्रेरित किया करता था। पेड़ों, झाड़ियों, पहाड़ियों पर वह दौड़ता चला जा रहा था और कुत्ते उसके पीछे लगे थे। **ऐक्टेयॉन** थक चला था तभी एक कुत्ते ने झपटकर उसकी गर्दन पकड़ ली, दूसरी ने पीठ पर आघात किया और तीसरे ने कन्धे पर। उसने कितना चाहा कि वह अपनी वास्तविकता बता सके लेकिन भाव उसके गले में घुट के रह गए। उसके साथी कुत्तों को शाबाशी दे रहे थे और **ऐक्टेयॉन** को पुकार रहे थे कि आकर इस नए शिकार को देखे। लेकिन **ऐक्टेयॉन** फिर नहीं आया। कुत्तों ने उस हिरण को अपने दाँतों से चीर डाला और निर्दोष किन्तु अभागे **ऐक्टेयॉन** के जीवन का इस प्रकार अन्त हो गया।

आखेट की देवी **आर्टेमिस** की उपासना प्राचीन काल में बहुत प्रचलित थी और उसके असंख्यों मन्दिर थे जिनमें **एफ़ीसस** का शरण्य विशेष प्रसिद्ध था। **आर्टेमिस** अथवा **डायने** का बाद में चन्द्रमा की देवी **सिलीने** से सादृश्य स्थापित कर दिया गया और इस रूप में भी उसके कई मन्दिर बने और कई पर्व मनाए जाते रहे।

अपोलो

ज़्यूस तथा **लीटो** के पुत्र, **आर्टेमिस** के जुड़वाँ भाई **अपोलो** का जन्म **डेलॉस** के द्वीप पर हुआ। **थेमिस** ने देवताओं के भोजन **एम्ब्रोसिया** तथा अमृत से उसे पाला। **अपोलो** की आँखों ने चौथा सवेरा ही देखा था कि उसका मन पालने से बाहर की दुनिया देखने को मचलने लगा। एक धनुष और बाणों की इच्छा प्रकट की। शिल्प के देवता **हेफ़ास्टस** ने तत्काल दोनों उपलब्ध कीं। शर-सन्धान का अभ्यास होने लगा। देवताओं का शारीरिक एवं मानसिक विकास तीव्र गति से होता है। सात माह की आयु में ही **अपोलो** अपने शस्त्र लेकर **डेलॉस** से **परनासस** पर्वत की ओर चल पड़ा। रास्ते में उसकी मुठभेड़ सर्पाकार राक्षस **पायथन** से हो गई। **पायथान** की **अपोलो** की माता **लीटो** से शत्रुता थी। **अपोलो** और **आर्टेमिस** के जन्म में बाधा डालने के लिए उसने **हेरा** के श्राप से संतप्त दर-दर भटकती **लीटो** को बहुत कष्ट दिया था। अपनी माता के शत्रु को इस दुष्टता का दण्ड देना **अपोलो** का परम कर्तव्य था। उसने **पायथन** पर बाण से प्रहार किया। **पायथन अपोलो** के तेज के सामने हतप्रभ हो गया और जान बचाने के लिए **डेल्फ़ी** की ओर भागा। वहाँ संत्रस्त **पायथन** ने धरती माता के पवित्र मन्दिर में शरण ली। अपनी प्रथम सफलता से उत्साहित **अपोलो** ने वहाँ भी उसका पीछा किया और देवालय की परिधि में ही **पायथन** का संहार कर डाला।

मन्दिर में **पायथन** की हत्या करके **अपोलो** ने पवित्र स्थान की मर्यादा भंग की थी। धरती माता तुरन्त न्याय के लिए सुरलोक के स्वामी **ज़्यूस** के पास पहुँची और सारा वृतान्त निवेदन किया। **ज़्यूस** ने आज्ञा दी कि **अपोलो** पवित्रीकरण के लिए **टेम्पी** जाए। लेकिन **अपोलो** ने अनसुना कर दिया। वह **ज़्यूस** की आज्ञा के प्रतिकूल **टेम्पी** के स्थान पर **एग्लाया** चला गया। **आर्टेमिस** उसके साथ थी। लेकिन **एग्लाया** उसके मन को न भाया, अतः वहाँ से **क्रीट** की ओर चल पड़ा। **क्रीट** के **तर्रा** नामक स्थान में राजा **करमानर** ने विधिपूर्वक उसे पवित्र करने का कार्य सम्पन्न किया।

पायथन का **डेल्फ़ी** में प्रचलित मान्यताओं तथा परम्पराओं से गहरा सम्बन्ध जान पड़ता है। आठ वर्ष के अन्तराल से वहाँ **स्टेपटीरिया** नामक पर्व मनाया जाता था जो कई दिनों तक चलता था। इसमें धार्मिक अनुष्ठानों के अतिरिक्त अनेक उत्सव होते जिनके मूक अभिनय का मुख्य स्थान था। इस रूपक में लकड़ी तथा घासफूस से 'पायथन का महल' बनाया जाता और फिर उसमें आग लगा दी जाती। इसके बाद **डेल्फ़ी** के उच्चकुल का कोई सुन्दर युवक न केवल निर्वासित होने का नाटक करता अपितु वस्तुतः ही देश छोड़कर पवित्र पायथन मार्ग से **थिसली** होता हुआ **टैम्पी** जाता। यह युवक **अपोलो** की भाँति **टैम्पी** से पवित्र होकर लारेल की पत्तियों को सिर पर धारण करके वापस लौटता। स्पष्टतया इस रूपक का सम्बन्ध **पायथन** के संहार से है। इसके अतिरिक्त देव-सम्राट **ज़्यूस** ने मन्दिर में मारे जानेवाले **पायथन** की स्मृति में पायथियन खेलों का आरम्भ किया। इसमें बाँसुरी-वादन की प्रतियोगिता विशेष महत्त्वपूर्ण थी।

एक अन्य विवरण के अनुसार **पायथन** की **लीटो** से कोई शत्रुता नहीं थी। वह अपने दुष्ट स्वभाव के कारण मानव-मात्र को तंग किया करता था। इसका जन्म जल-प्रलय समाप्त होने पर जमा गन्दगी और कीचड़ से हुआ था। मानव के हित-चिन्तक **अपोलो** ने अपने बाणों से **पायथन** का संहार कर मानवता का उपकार किया। इस कथा में रूपक का तत्त्व है। **अपोलो** को सूर्य देवता माना गया है। उसकी किरणें हैं बाण। इन किरणों के तेज से पृथ्वी का कीचड़ और दलदल सूख जाता है।

निर्वासन की अवधि समाप्त होने पर **अपोलो** वापस लौटा और **आर्केडिया** के देवता **पैन** की सहायता से **डेल्फ़ी** के प्रश्न-स्थल पर अधिकार कर लिया। **डेल्फ़ी** की पुजारिन जिसे **पायथोनेस** कहा जाता था तभी से **अपोलो** की सेवा में संलग्न हो गई और उसकी प्रेरणा से भविष्यवाणी करने लगी। **डेल्फ़ी** का यह प्रश्न-स्थल बहुत ही लोकप्रिय सिद्ध हुआ।

अपोलो की विजय का समाचार पाकर **लीटो** अपनी पुत्री **आर्टेमिस** के साथ **डेल्फ़ी** पहुँची। **अपोलो** सा सुयोग्य पुत्र पाकर वह धन्य हुई। विधिपूर्वक देवताओं का धन्यवाद एवं अर्चना करने के लिए जब वह एक पवित्र कुंज में गई तो वहाँ **टाइटियस** नामक एक राक्षस ने उसे अकेली पाकर उसकी पूजा भंग कर डाली। वह **लीटो** को भी अपमानित करना चाहता था लेकिन तभी माँ की पुकार सुनकर **अपोलो** और **आर्टेमिस** आ पहुँचे और बाणों से ज़्यूस-पुत्र **टाइटियस** की हत्या कर दी। **ज़्यूस** ने इस कृत्य को

उचित जानकर **अपोलो** को कोई दण्ड नहीं दिया। अपितु इस कुचेष्टा का **टाइटियस** को मृत्यु-लोक में भी दण्ड मिला। उसके हाथ-पैर फैलाकर पृथ्वी में ठोंक दिए गए और दो गिद्धों को उसका कलेजा नोचने के लिए नियुक्त किया गया। कहा जाता है कि **टाइटियस** के भीमाकार शरीर से **हेडीज़** के लोक का नौ एकड़ के लगभग भूभाग ढँक गया।

अपोलो एक वीर योद्धा होने के साथ एक कुशल वीणा-वादक और गायक भी था। इन दो विरोधी कलाओं का विलक्षण संयोग बहुत कम देखने में आता है लेकिन **अपोलो** का व्यक्तित्व सभी श्रेष्ठ कलाओं का संगम जैसा है। वीणा-वादन में **अपोलो** को विशेष निपुणता प्राप्त थी। यह वीणा उसने अपने भाई **हेमीज़** से पचास गौओं के बदले में ली थी। इसका अविष्कार **हेमीज़** ने स्वयं किया था। वह सम्भवतः किसी भी मूल्य पर अपना अन्वेषण विक्रय न करता लेकिन वीणा देकर **अपोलो** जैसे श्रेष्ठ देवता का सौहार्द पा लेना उसे मुनाफे का सौदा लगा। यही उचित भी था। **अपोलो** वीणा की मधुर तान पर मुग्ध हो गया था। उसने शीघ्र ही अभ्यास और देवी-प्रेरणा से इस कला में दक्षता प्राप्त कर ली। पृथ्वी, समुद्र, आकाश—कहीं भी **अपोलो** जैसा गायक अथवा वादक नहीं था। **ओलिम्पस** के सभी उत्सवों में अपोलो का वीणा-वादन आकर्षण का प्रमुख केन्द्र और आनन्द का स्रोत होता। बहुधा संध्या समय देवता-गण संगीत सरिता में ही स्नान करके अपनी क्लान्ति मिटाते। इस कला में **अपोलो** मानवों में ही नहीं देवताओं में भी अद्वितीय था।

एक बार देवी **एथीनी** को भी संगीत सीखने की धुन सवार हुई। उसने हिरणों की अस्थियों से एक बाँसुरी बनाई और अभ्यास करने लगी। इस कला का प्रदर्शन देवताओं के सम्मुख भी हुआ। सभी देवताओं ने प्रशंसा की किन्तु **एथीनी** से यह बात छिपी न रह सकी कि **हेरा** और **ऐफ़्रॉडायटी** गुलाबी हथेलियों के पीछे अपनी हँसी छिपाने का असफल प्रयास कर रही थीं। **एथीनी** कुछ समझ न सकी। वह उत्सव समाप्त होने पर एक नदी के किनारे गई और वहाँ बैठकर बाँसुरी बजाने लगी। पानी में उसका प्रतिबिम्ब झाँकने लगा—फूले हुए मोटे गाल, और धँसी हुई भूरी आँखें! बाँसुरी बजाते समय **एथीनी** का मुँह विकृत हो उठता था। क्रुद्ध होकर उसने दो नलिकाओंवाले उस वाद्य-यन्त्र को नदी में फेंक दिया और वापस लौट गई। दूर कहीं वन-देवता **मर्सायास** बाँसुरी की मधुर अलौकिक धुन मन्त्रमुग्ध होकर सुन रहा था। अचानक वह स्वर बन्द हो गया। **मर्सायास** की तन्द्रा भंग हुई। वह तो जैसे उस संगीत-लहरी में डूबा जा रहा था। शीघ्रता से उठा यह जानने के लिए कि यह मनमोहिनी ध्वनि कहाँ से आ रही थी। वह नदी के किनारे-किनारे आगे बढ़ रहा था। तभी उसने देखा, लहरों पर गिरती-उठती एक बाँसुरी बहती चली आ रही है। पल-भर में **मर्सायास** नदी के बहाव से संगीत छीन लाया और होंठों का स्पर्श पाते ही अपने आप ही बाँसुरी से संगीत का सोता फूट पड़ा। **मर्सायास** बाँसुरी की धुन में ऐसा खोया कि सब कुछ भूल गया। देवी **सीबीले** का यह भक्त **फ्रीजिया** के गाँवों में बाँसुरी बजाता भ्रमण करने लगा। भोले-भाले किसानों के हल रुक जाते।

वे मंत्रमुग्ध से वंशी की मधुर धुनें सुनते और मुक्त कंठ से **मर्सायास** की प्रशंसा करते। यहाँ तक कि वे उसे स्वयं संगीत के देवता **अपोलो** से भी श्रेष्ठ वादक मानने लगे। **मर्सायास** इस प्रशंसा से आत्मविभोर हो उठता। मन में अहंकार का बीज पड़ गया। धीरे-धीरे वह सचमुच यही समझने लगा कि **अपोलो** भी संगीत में उसका सामना नहीं कर सकता।

अहंकार विनाश का लक्षण है। फिर देवताओं से मनुष्य की तुलना ही क्या! न जाने कितने ही मानव पहले भी ऐसी ही अविचारयुक्त दर्पोक्तियों के कारण भयानक दण्ड पा चुके थे लेकिन विनाश काले विपरीत बुद्धि। **मर्सायास** ने आत्म प्रशंसा बन्द न की। उसकी धृष्टता से **अपोलो** क्रुद्ध हो उठा। एक संगीत प्रतियोगिता होना निश्चित हुआ। विजेता को यह अधिकार होगा कि वह हारनेवाले को जो दण्ड चाहे दे। संगीत और काव्य की देवियों नौ **म्यूज़ेज़** को निर्णायक नियुक्त किया गया। पहले **मर्सायास** ने अपनी कला का प्रदर्शन किया। **म्यूज़ेज़** मुग्ध हो गईं और **मर्सायास** की भूरि-भूरि प्रशंसा की। ऐसा लगता था कि **मर्सायास** को हराना असम्भव नहीं तो कठिन अवश्य होगा। अब **अपोलो** की बारी थी। वीणा के तार झंकृत हुए, संगीत की लहरें बह निकलीं। दर्शक और निर्णायक गण सुध-बुध खोए सुनते रहे। दोनों ही कलाकारों का प्रदर्शन उच्च कोटि का था। **म्यूज़ेज़** के लिए हार-जीत का निर्णय करना कठिन हो गया। बहुत विचार-विमर्श के बाद यह तय हुआ कि दोनों प्रतियोगी एक बार फिर इस विशेष सम्मान के लिए प्रयास करें। **मर्सायास** की कला-निष्पत्ति पहले की तरह ही श्रेष्ठ रही। **अपोलो** ने इस बार वीणा की झंकार को अपने दैवी स्वर का योग दिया। **म्यूज़ेज़** कह उठीं, "ओह **मर्सायास,** तुम हार गए! तुम हार गए **मर्सायास!**"

अपोलो ने पराजित प्रतियोगी को कठोर दण्ड दिया। उसने **मर्सायास** को एक पेड़ के साथ बाँधकर निर्दयता से उसका संहार किया और उसकी खाल उधेड़कर एक देवदार से लटका दी। अपने महान संगीतज्ञ **मर्सायास** की इस दर्दनाक मृत्यु का समाचार पाकर वन-देवियाँ और **मर्सायास** के अन्य साथी फूट-फूटकर रोए। उनके आँसुओं से जो नदी बह निकली उसका नाम **मर्सायास** है।

इसके अतिरिक्त **अपोलो** ने एक अन्य संगीत-प्रतियोगिता में भी भाग लिया। इस बार उसका प्रतिस्पर्धी था आर्केडियन देवता **पैन** और निर्णायक था राजा **मेडास।** अन्य स्रोतों के अनुसार निर्णायक के पद पर **टमोलस पर्वत** का देवता **टमोलस** आसीन था। किन्तु **मेडास** वहाँ उपस्थित अवश्य था। इस प्रतियोगिता में भी **टमोलस** के निर्णय के अनुसार **अपोलो** ही विजयी घोषित हुआ लेकिन राजा **मेडास** ने इसका विरोध किया। उसके अनुसार **पैन अपोलो** से उत्तम वादक था। क्रुद्ध **अपोलो** के शाप से **मेडास** के सिर पर गधे के कान उग आए। इस दण्ड के कारण **मेडास** ने कितनी मानसिक यन्त्रणा पाई, इसका विवरण आप आगे पढ़ेंगे।

अपोलो की घृणा जितनी प्रचंड थी उतना ही प्रबल था उसका प्रेम। काव्य के संरक्षक, संगीत के स्वामी, **हेफ़ास्टस** द्वारा निर्मित सुनहला धनुष और बाण धारण करने वाले, सुन्दर, सलोने नवयुवक **अपोलो** ने विवाह का बन्धन स्वीकार नहीं किया। लेकिन

उसके प्रेम-सम्बन्ध किसी भी अन्य देवता से कम नहीं हैं। केवल **ओलिम्पस** की देवियाँ ही नहीं पृथ्वी की सुन्दर रमणियों को भी उसके संसर्ग का अवसर मिला। **अपोलो** की पहली प्रेमिका थी **एकाकेलिस। पायथन** की हत्या के बाद जब **अपोलो** पवित्रीकरण के लिए **तर्रा** के राजा **कारमेनर** के पास गया तो वहीं उसकी भेंट **एकाकेलिस** से हुई। **एकाकेलिस** राजा की सम्बन्धी थी। **अपोलो** ने शीघ्र ही उसे अपने प्रेम-पाश में बाँध लिया। जब रहस्य खुला तो राजा ने **एकाकेलिस** को निर्वासन का दण्ड दिया। **तर्रा** से **एकाकेलिस लीबिया** आ गई और वहीं कुछ लोगों के अनुसार उसने अपोलो-पुत्र **ग्रामास** को जन्म दिया।

अन्य **ओलिम्पस** वासियों की तरह **अपोलो** की विषय-वासना सरलता से सन्तुष्ट होनेवाली नहीं थी। अब उसकी सौन्दर्यपारखी दृष्टि ने **ओटा पर्वत** पर अपने पिता के चौपाए चराती हुई वनदेवी सुन्दरी **ड्रायॉपे** को खोज निकाला। सरलता की साकार प्रतिमा, वनफूलों से सजी **ड्रायॉपे** स्वयं भी जंगल में अपने आप ही खिल आनेवाले किसी सुन्दर फूल-सी थी। पशुओं को चरने के लिए छोड़ वह ओटा पर अपनी सखियों **हमड्रायड्स** के साथ तरह-तरह के खेल खेला करती। उनके गीतों से पहाड़ की घाटियाँ गूँज उठतीं, पत्थरों पर फूल खिल उठते। **अपोलो** दूर ही दूर से **ड्रायॉपे** को देखा करता और उसका सान्निध्य प्राप्त करने के ढंग सोचता रहता। सखियों से घिरी **ड्रायॉपे** से प्रेम की याचना करना कठिन था, अतः देवता ने दूसरा ही रास्ता चुना। **अपोलो** ने एक छोटे से कछुए का रूप धारण कर लिया। **ड्रायॉपे** और **हमड्रायड्स** इस छोटे कछुए को देखकर बहुत प्रसन्न हुईं और उससे खेलने लगीं। खेल ही खेल में सुन्दरी **ड्रायॉपे** ने उसे उठाकर अपने वक्ष से लगा लिया। तत्काल **अपोलो** एक फुँकारता हुआ साँप बन गया। **ड्रायॉपे** की सारी सखियाँ भयभीत होकर चीखती-चिल्लाती भाग गईं। तब **अपोलो** ने उसी पर्वत की गुहा में **ड्रायॉपे** का भोग किया और समय आने पर **ड्रायॉपे** ने **एम्फ़ीसस** नाम के एक पुत्र को जन्म दिया। **एम्फ़ीसस** ने बाद में **ओटा नगर** की नींव डाली और वहीं **अपोलो** के एक भव्य मन्दिर का निर्माण करवाया। **ड्रायॉपे** इसी मन्दिर की पुजारिन के रूप में काफ़ी समय तक रही लेकिन ऐसा कहा जाता है कि एक दिन उसकी सखियाँ **हमड्रायड्स** उसे वहाँ से अपने साथ ले गई।

लैपिथ के राजा **हाइपेसियस** तथा **क्लीडानोपे** के संसर्ग से जन्म हुआ सुन्दरी **सीरीने** का। अपनी आयु की अन्य युवतियों की तरह **सीरीने** की रुचि बुनाई, सिलाई, कढ़ाई आदि कार्यों में नहीं थी। उसका मन तो लगा रहता था **पीलियन पर्वत** की उच्च चोटियों और गहरी घाटियों में, उनमें स्वच्छन्द विचरण करनेवाले वन्य पशुओं में। उसके विचार से अपने चौपायों की रक्षा बुनाई से कहीं अधिक महत्त्वपूर्ण और आवश्यक थी। वह सवेरे-सवेरे धनुष और बाण धारण कर पशुओं को चराने **पीलियन** पर्वत पर चली जाती, सारा दिन देवी **आर्टेमिस** की तरह मृगया में व्यतीत करके रात गए घर लौटती। वह युवती थी, सुन्दरी थी, लेकिन उसके हृदय में प्रेम का अंकुर कभी नहीं फूटा था, उसके कल्पना-क्षितिज पर अभी कोई चाँद नहीं चमका था। आखेट ही उसका सब कुछ था।

भय, संकोच, लज्जा आदि से उसका परिचय नहीं था। वह निर्भीक थी, स्वच्छन्द। उसकी बड़ी-बड़ी हिरणी-सी आँखों में सरलता और निडरता का सम्मिश्रण था।

अपोलो ने जब पहली बार सुन्दरी **सीरीने** को देखा तो वह पल-भर को स्तब्ध रह गया—**सीरीने** एक भयानक सिंह से बिना किसी शस्त्र की सहायता के गुत्थमगुत्था हो रही थी। उसका सुन्दर मुखड़ा और सुडौल शरीर आग के गोले की तरह दहक रहा था। **अपोलो** देखता ही रह गया। उसे अपनी आँखों पर विश्वास न होता था। **सीरीने** आकर्षक थी लेकिन उससे कहीं अधिक आकर्षक था उसका मल्ल-युद्ध। **सीरीने** इस युद्ध में विजयी हुई। **अपोलो** सब कुछ निश्चित कर चुका था। **कामरों** की सहायता से उसे **सीरीने** का परिचय तथा भविष्य भी मालूम हो गया था। **डेल्फ़ी** के स्वामी के लिए भला यह क्या कठिन काम था। उचित अवसर पाते ही दोनों प्रेमी स्वर्ण-रथ पर सवार होकर उस स्थान पर आए जो बाद में **सीरीने** का नगर कहलाया। प्रेम की देवी **ऐफ़्रॉडायटी** ने उनका सहर्ष स्वागत किया और **लीबिया** के शयन कक्ष को नवागत प्रेमियों के लिए सज़ा दिया। उस शाम **अपोलो** ने अपनी प्रेयसी **सीरीने** को लम्बी आयु का वरदान दिया और उसे अपना आखेट का शौक पूरा करने की पूरी स्वतन्त्रता दी। दूसरे दिन **सीरीने** को पास की पहाड़ियों पर **हेमीज़** की कन्याओं के संरक्षण में छोड़कर अपोलो **ओलिम्पस** लौट गया। यहीं **सीरीने** ने **एरिस्टेयस** को जन्म दिया। इसी **एरिस्टेयस** ने मानवजाति को दूध से पनीर बनाने और मधुमक्खियाँ पालने की विधि सिखाई।

अपोलो ने एक रात फिर **सीरीने** के साथ व्यतीत की जिसके फलस्वरूप **इडमॅन** नामक भविष्यवक्ता का जन्म हुआ। **सीरीने** ने युद्ध-देवता **एरीज़** के संसर्ग से श्रेस निवासी **डायोमिडीज़** को जन्म दिया, जो मानव-भक्षी अश्वों का स्वामी था।

सुन्दर और प्रतिभासम्पन्न युवक होने पर भी **अपोलो** अपने प्रेम-सम्बन्धों में विशेष सफल नहीं रहा। इसका एक उदाहरण **डाफ़्ने** की कहानी है।

ऐफ़्रॉडायटी के छोटे-से, गोल-मटोल, गुलाबी होंठों और गालों तथा घुँघराले सुनहले बालोंवाले बेटे **एरॉस** (क्यूपिड) को स्वर्ण धनुष और बाण से खेलते देखकर एकबारगी **अपोलो** ठठाकर हँस पड़ा था और देर तक हँसता ही रहा था, "तुम जैसे नन्हे चंचल बच्चे को युद्ध के अस्त्र-शस्त्रों से क्या काम?" उसने हँसते हुए कहा था, "इन्हें मेरे जैसे योग्य हाथों के लिए रहने दो। देखो! मैंने **पायथन** जैसे भयानक दैत्य का अपने तीरों से संहार किया है। पृथ्वी और आकाश पर आज मेरी ही विजय के गीत गाए जा रहे हैं। तुम्हारे ये हल्के-फुल्के बाण तो किसी भी काम के नहीं, इनसे तो देवता क्या मनुष्य तक घायल नहीं हो सकता। मेरी सलाह मानो तो अपनी मशाल से ही सन्तुष्ट रहो, अपनी सीमा पहचानो।"

एरॉस ने इस उपहास का धीरे-धीरे शरारत-भरे स्वर में इतना ही उत्तर दिया, "अपोलो, तेरे बाण संहार करने में समर्थ हैं। निश्चय ही तू महान योद्धा है। लेकिन मित्र, मेरे ये नन्हे-नन्हे दिखनेवाले बाण तेरे जैसे महान योद्धाओं का भी हृदय बेध डालने की शक्ति रखते हैं।"

यह कहकर **एरॉस** ने अपने तरकस से दो विभिन्न प्रकार के बाण चुनकर निकाले—एक तीर स्वर्ण से बना और बहुत ही नुकीला! दूसरा साधारण पर तीखा और सीसे की नोक वाला। अब उसने परनासस की एक चट्टान पर खड़े होकर धनुष पर बाण को चढ़ाया, कान तक डोर खींची, और स्वर्ण-बाण से अपोलो का हृदय बेध डाला। अब **एरॉस** ने दूसरा बाण सुन्दरी **डाफ़्ने** को लक्ष्य करके छोड़ा। **अपोलो** समझ ही न पाया और **एरॉस** की शस्त्र-विद्या काम कर गई। दोनों तीर चला चुकने के बाद प्रेम का यह नन्हा-सा नटखट देवता खिलखिलाकर हँस पड़ा क्योंकि यह केवल वही जानता था कि जिसके हृदय को स्वर्ण-बाण बेध गया है वह सदा ही प्रेम की ज्वाला में जलता रहेगा, उसे न दिन में चैन मिलेगा न रात में नींद। लेकिन जिसे सीसे की नोकवाला दूसरा बाण लगा है वह प्रेम और उसके प्रदर्शन से घृणा करेगा और सदा ऐसी दुर्बलताओं से मुक्त रहेगा।

गर्मियों की एक शाम। **अपोलो** एक घने वन में से होकर बहनेवाली नदी के किनारे बैठा था। पश्चिमी वायु के झोंके पेड़ों की पत्तियों को धीरे-धीरे सहला रहे थे। हवा का कोई तेज टुकड़ा कभी-कभी युवक **अपोलो** के घुँघराले बालों से खेल जाता। तभी उसने देखा, नदी के देवता **पीनियस** की पुत्री **डाफ़्ने** को। ऐसा लगा जैसे थका-हारा चाँद पेड़ों की घनी ठंडी छाया में विश्राम करने उतर आया। **अपोलो** ने आकाश की ओर देखा। सूरज सुदूर पश्चिम समुद्र में डुबकी लगाने को तैयार था। लेकिन गुलाबी उजाले के टुकड़े जंगल में अभी भी बेतरह बिखरे पड़े थे। अभी तो दिन भी पूरी तरह नहीं ढला फिर यह चाँदनी कैसी? **अपोलो** ने सोचा। उसने फिर ध्यान से देखा। **डाफ़्ने** घुटनों तक लम्बा एक वस्त्र धारण किए थे। उसकी गोरी सुडौल बाँहें खुली थीं। बिखरे बाल रह-रहकर गुलाबी कपोलों से छू जाते थे। दिन और रात का ऐसा मिलन **अपोलो** ने पहले कभी नहीं देखा था। उसकी स्निग्ध त्वचा में नवनीत और सिन्दूर का सम्मिश्रण था। ऐसा लगता था कि किसी कुशल शिल्पी ने एक-एक अंग तराश कर बनाया हो और बनाकर अपनी ही कलाकृति को छूने से डर गया हो। ऐसा बेदाग़ और पवित्र था **डाफ़्ने** का रूप। **अपोलो** के मन में एक कसक-सी उठी और अनजाने ही हाथ हृदय की ओर चला गया। **एरॉस** के बाण से हुआ घाव कसकने लगा था।

डाफ़्ने नदी के देवता **पीनियस** की सुन्दरी पुत्री थी। धरती माता की पुजारिन और **आर्टेमिस** की सखी **डाफ़्ने** स्वतन्त्रता-प्रिय प्रकृति की थी। अपनी आराध्य देवी की तरह उसे प्रेम और विवाह से घृणा थी। वह **आर्टेमिस** की तरह ही पवित्र थी। उसका एकमात्र आनन्द आखेट था। **डाफ़्ने** अद्वितीय सुन्दरी थी। अनगिनत पतंगे इस रूप शिखा पर प्राण देने को आते लेकिन **डाफ़्ने** ने अपने आपको निरन्तर साधना से दृढ़ कर लिया था। वह प्रेम के उन भिक्षुकों की ओर आँख उठाकर भी न देखती। कभी-कभी उसका पिता **पीनियस** चिन्तित हो उठता, "क्या मेरी बेटी आजीवन कुमारी रहेगी? मेरे घर में जमाता के कदम कभी नहीं पड़ेंगे? मेरा आँगन सूना ही रहेगा और मेरी बाँहें पौत्र को खिलाने को तरसती ही रहेंगी?" ऐसी बातें सुनकर **डाफ़्ने** प्यार से अपनी बाँहें पिता के गले में डालकर कहती, "तात! मुझे बस ऐसे ही देवी **आर्टेमिस** की तरह पवित्र रहने

दो। मैं विवाह नहीं करना चाहती। मुझे अनुमति देकर अनुगृहीत करो!"

आखिर पिता को पुत्री का आग्रह स्वीकार करना ही पड़ा। लेकिन उसने इतना अवश्य कहा, "मैं तुम्हें अविवाहित जीवन व्यतीत करने की स्वतन्त्रता देता हूँ लेकिन देखना तुम्हारा अपना रूप ही इस तपस्या में बाधक होगा।"

पीनियस की भविष्यवाणी सत्य सिद्ध हुई। केवल पृथ्वी के मनुष्य ही नहीं, स्वयं देवता अपोलो **डाफ़्ने** के रूप पर आसक्त था। सभी उसके व्रत को भंग करने के प्रयास में लगे थे। परन्तु इसमें उनका भी क्या दोष? **डाफ़्ने** का सौन्दर्य ही मदमत्त कर देनेवाला था।

अपोलो सुध-बुध खो बैठा। सारा दिन और सारी रात उसकी आँखों के सामने **डाफ़्ने** की मधुर आकृति तैरा करती—वे सितारों-सी चमकती आँखें, चाँद-सा चेहरा, लिली के फूल-सा बदन और उस पर आखेटिका का परिधान। शस्त्रों की सज्जा। सुरलोक का वासी एक जल-कन्या के लिए बेचैन हो उठा। उसकी समझ में नहीं आता था कि क्या करे।

अपोलो के अतिरिक्त **डाफ़्ने** के प्रणय का एक और भी युवक प्रार्थी था—**ओनोमास** का पुत्र **ल्यूसीपस। ल्यूसीपस** ने जब से **डाफ़्ने** को देखा था उसका भी वही हाल था जो **अपोलो** का। जहाँ चाह वहाँ राह। **ल्यूसीपस** ने बहुत सोच-विचार कर एक ऐसी तरकीब निकाली जिससे वह कम से कम अपनी प्रेयसी के पास तो रह सके, उसके कोमल शरीर की महक तो महसूस कर सके। **ल्यूसीपस** ने एक युवती स्त्री का वेश धारण कर लिया और धनुष-बाण लेकर **डाफ़्ने** की सखियों में जा मिला। कोई भी वास्तविकता न जान पाया। लेकिन सर्वज्ञाता **अपोलो** को जब इस बात का पता चला तो वह ईर्ष्या की आग में जल उठा। अपने प्रतिस्पर्द्धी की यह सफलता उसे सहन नहीं हुई उसने **ल्यूसीपस** को समाप्त कर देने की योजना बना ली।

अवसर मिलने पर बातों ही बातों में **अपोलो** ने **डाफ़्ने** के साथ आखेट करनेवाली समुद्र तथा वन कन्याओं को यह परामर्श दिया कि वे सब एक साथ नग्न होकर स्नान करें। कहीं उनके बीच कोई स्त्री वेशधारी पुरुष न छिपा हो और उसी दिन स्नान के समय सारा भेद खुल गया। क्रुद्ध आखेटिकाओं ने इस अक्षम्य अपराध के लिए **ल्यूसीपस** की हत्या कर डाली। **अपोलो** की ईर्ष्याअग्नि कुछ शान्त हुई किन्तु **ल्यूसीपस** की मृत्यु से वस्तुतः उसे क्या लाभ हुआ? हाँ, इतना अवश्य कि **डाफ़्ने** के सुन्दर शरीर पर अब और किसी की इच्छुक दृष्टि नहीं पड़ती थी।

इसी तरह कुछ समय और बीत गया। **अपोलो** नित्य ही **डाफ़्ने** को देखता और मन में अभिलाषा करवटें लेतीं। एक दिन इसी उधेड़बुन में **अपोलो** उलझा था कि उसे **डाफ़्ने** दिखाई दी अपनी उसी वेशभूषा में। "इस घुटनों तक लटके साधारण वस्त्र के स्थान पर **ओलिम्पस** में तैयार हुआ रत्नजटित परिधान हो, और इन बिखरे बालों को उचित विन्यास मिले तो **डाफ़्ने** कितनी...ओह! कितनी सुन्दर लगे!" इस विचार से **अपोलो** की रगों में बिजलियाँ-सी दौड़ गईं और वह उठकर **डाफ़्ने** की ओर बढ़ा। उसकी बाँहें मूक आमन्त्रण में फैली थीं। **डाफ़्ने** उसे देखते ही सतर्क हो गई, रुक गई। पल-भर में ही **अपोलो** का अभिप्राय समझकर वह तीव्रता से पलटी और दौड़ने लगी। उसकी टाँगें

हिरणी की तरह इस काम में दक्ष थीं। **डाफ़्ने** को भागते देखकर बिना कुछ सोचे-विचारे **अपोलो** उसका पीछा करने लगा। अद्भुत दृश्य था। प्रेम में मनुष्य नहीं देवता भी अन्धे हो जाते हैं। प्रेम का नटखट देवता निश्चय ही **परनासस** की चोटी से यह दृश्य देखकर हँसी से बेहाल हो रहा होगा।

डाफ़्ने वायु गति से भाग रही थी, **अपोलो** पूरे वेग से उसका पीछा कर रहा था। धीरे-धीरे दूरी कम होने लगी। **डाफ़्ने** बुरी तरह हाँफने लगी थी, इसके शरीर से स्वेद बह रहा था, पाँवों में काँटे चुभे जाते थे। उसने अपने पीछे ही **अपोलो** के आग्रहपूर्ण दीन स्वर को सुना :

''रुक जाओ **डाफ़्ने!** किसी प्रकार का भय न करो। रुक जाओ सुन्दरी! तुम्हारे प्रेम ने मुझे पागल कर दिया है और इसी कारण मैं तुम्हारा पीछा करने को बाध्य हुआ हूँ। मुझे ग़लत मत समझो। इतनी तेज मत दौड़ो, धीरे चलो कहीं ऐसा न हो कि मेरे कारण तुम इन निष्ठुर चट्टानों पर गिरकर अपने आपको घायल कर लो। धीरे दौड़ो तो मैं धीरे-धीरे ही तुम्हारे पीछे आऊँगा। मैं कोई उजड्ड लम्पट नहीं, देव-सम्राट **ज़्यूस** का पुत्र, **डेल्फ़ी** का स्वामी, **अपोलो** हूँ। विश्व-विजेता मैं तुम्हारे प्रणय का प्रार्थी बनकर आया हूँ। मुझ पर कृपा कर अनुगृहीत करो!''

लेकिन **डाफ़्ने** सब कुछ सुनकर भी प्राणपण से दौड़ती रही। उसका पीछा यदि स्वयं **अपोलो** भी कर रहा है तो क्या! देवताओं की दूषित प्रेम-कथाओं से वह अनभिज्ञ नहीं थी। उनके प्रेम-जाल में फँसकर आजीवन दुःख झेलनेवाली अभागी स्त्रियों के वृतान्त वह खूब जानती थी। वह दौड़ती ही गई। यह उसके लिए जीवन-मृत्यु का प्रश्न था। पर स्थिति शीघ्र ही स्पष्ट होने लगी। **अपोलो** निकट से निकटतर आता गया। **डाफ़्ने** शक्तिहीन हो चली थी। तभी उसने अपनी लम्बी गर्दन के पास ही **अपोलो** की गर्म साँसों को महसूस किया। वह चीख पड़ी :

''रक्षा करो, पिता, रक्षा करो! इस अपमान से मेरी रक्षा करो।'' **डाफ़्ने** के मुख से इतना निकला ही था कि उसके बेतहाशा दौड़ते हुए पैर स्थिर हो गए जैसे पृथ्वी में गड़ गए हों। देखते ही देखते **डाफ़्ने** का धड़ एक वृक्ष के तने, लम्बी, सुडौल, गोरी बाँहें डालियों और घुँघराले सुनहले बाल पत्तियों के रूप में परिवर्तित होने लगे। वह सुन्दर चेहरा सदा के लिए आँखों से ओझल हो गया। **अपोलो** की बाँहें खुली ही रह गईं। उसकी आँखों के सामने **डाफ़्ने** के काँपते हुए अंग पत्तियों से ढँक गए और वह स्तब्ध खड़ा रह गया। अब वहाँ केवल एक सुन्दर **लॉरेल** (जयपत्र) का वृक्ष था। **अपोलो** ने धीरे से उसके तने को छुआ और पागलों की तरह उसकी डालियों और पत्तों को चूमने लगा, ''**डाफ़्ने!** ओह निष्ठुर **डाफ़्ने!** तेरे साथ आज मेरा प्यार भी यहाँ दफन हो गया। तूने मेरी प्रेयसी बनना तो नहीं स्वीकार किया किन्तु तेरा यह परिवर्तित रूप भी मुझे सदा ही प्रिय रहेगा। मेरे ताज, मेरी वीणा, मेरे तरकस पर सब कहीं तेरी ही पत्तियाँ शोभित होंगी। सभी विजेता तेरी ही पत्तियों के मुकुट से सम्मानित किए जाएँगे। मेरी तरह तेरा यौवन अक्षय होगा। जीवन का पतझड़ तेरी ओर आँख उठाकर भी न देख पाएगा, तेरी

पत्तियाँ सदा हरी रहेंगी। विश्व में जहाँ कहीं भी **अपोलो** के गीत गाए जाएँगे, कहानियाँ कही जाएँगी, तेरा नाम हमेशा मेरे नाम के साथ आएगा।''

लॉरेल की डालियाँ एक बार ज़ोर से झूम उठीं जैसे उन्हें यह प्रस्ताव सहर्ष स्वीकार हो।

अपोलो और **डाफ़्ने** की यह अनूठी प्रेम-कथा केवल **ओविड** में मिलती है।

अपोलो के असफल प्रेम की दूसरी कथा की नायिका है **ट्रॉय** के राजा **प्रायम** की पुत्री **कज़ान्ड्रा। कज़ान्ड्रा ट्रॉय** की स्त्रियों में रत्न थी। उसमें केवल रूप ही नहीं स्त्रियोचित सभी गुण विद्यमान थे। **अपोलो** उस पर आसक्त हो गया और भिन्न-भिन्न प्रकार से प्रणय-याचना करने लगा। यदि **कज़ान्ड्रा** उसके प्रेम को स्वीकार कर लेती तो **अपोलो** विश्व की सभी दुर्लभ निधियाँ उसके कदमों पर ला रखता। लेकिन **कज़ान्ड्रा** के रूप पर सम्भवतः नैतिक आदर्शों का पहरा लगा था। उसके लिए उसका कौमार्य ही विश्व की अमूल्य निधि था। कोई अन्य स्त्री **अपोलो** जैसे देवता का परिणय प्राप्त कर अपने को धन्य मानती लेकिन **कज़ान्ड्रा** अपनी सीमा का अतिक्रमण करने को तैयार न होती थी। **अपोलो** ने हार न मानी। वह फिर भी **कज़ान्ड्रा** के गिर्द प्रेम के अदृश्य तारों का जाल बुनता रहा इस आशा में कि एक न एक दिन तो उसकी प्रेयसी का हृदय उसमें उलझ ही जाएगा। वह भाँति-भाँति के उपहारों से **कज़ान्ड्रा** का मन मोहने का प्रयास करता। इन्हीं उपहारों में एक अद्भुत कला का वरदान भी था। आगमद्रष्टा **अपोलो ने कज़ान्ड्रा** को भविष्य-ज्ञान की शक्ति दी। बड़े-बड़े विद्वान भी वर्षों के निरन्तर परिश्रम और साधना के बाद ही कहीं इस विद्या को प्राप्त कर पाते थे लेकिन **अपोलो** के वरदान से **कज़ान्ड्रा** को सहज ही दिव्य-दृष्टि मिल गई। दुर्भाग्य की बात दिव्य-दृष्टि पाकर भी **कज़ान्ड्रा** अपना ही भाग्य न जान सकी।

अपोलो की सारी साधना व्यर्थ गई। **कज़ान्ड्रा** ने उसकी अंकशायिनी बनना अस्वीकार कर दिया। अपने प्रयास को इस बुरी तरह असफल होते देख **अपोलो** की सारी सहनशीलता पल-भर में हवा हो गई। वह क्रोध और प्रतिरोध की भावना से जलने लगा। लेकिन अब हो क्या सकता था? देवता एक बार जो वरदान दे देते हैं उसे स्वयं भी लौटाने की क्षमता नहीं रखते। **कज़ान्ड्रा** को दिव्यदृष्टि मिल ही गई थी। लेकिन **अपोलो** ने एक ऐसा उपाय सोच निकाला कि यह वरदान ही **कज़ान्ड्रा** के लिए अभिशाप बन गया। 'मेरे वरदान के फलस्वरूप तू सहज ही भविष्य का ज्ञान प्राप्त कर लेगी, इसमें सन्देह नहीं लेकिन मेरे प्रेम का अनादर करने का कुपरिणाम भी तुझे भुगतना ही पड़ेगा,' क्रुद्ध **अपोलो** ने जलती हुई आँखों से उसकी ओर देखते हुए कहा, 'जा, मैं तुझे शाप देता हूँ कि तेरी सच्ची भविष्यवाणी पर भी कभी कोई विश्वास नहीं करेगा, हर आनेवाली दुर्घटना के रक्तिम चिह्न तेरी आँखों के सामने नाचेंगे, तू चीखेगी, चिल्लाएगी, लेकिन कोई तेरी बात नहीं सुनेगा। लोग तुझे पागल समझेंगे, पागल।''

और ऐसा ही हुआ। **ट्रॉय** के भावी विनाश के खूनी दृश्य **कज़ान्ड्रा** की दिव्यदृष्टि के सामने उभरते रहे, वह **ट्रॉय** के सेनापतियों को सावधान करने के लिए

चीखती-चिल्लाती रही लेकिन किसी ने उसकी ओर ध्यान नहीं दिया। वे उसकी बातों को व्यर्थ प्रलाप समझते रहे जबकि अन्ततः वे अक्षरशः सत्य सिद्ध हुईं।

ऐसा प्रतीत होता है कि **कज़ान्ड्रा** केवल पौराणिक ही नहीं ऐतिहासिक व्यक्तित्व है। सम्भवतः उसका सम्बन्ध **ट्रॉय** के किसी उच्चकुल से था और उसके अभिशप्त वरदान की कहानी वर्षों तक दोहराई जाती रही। **ट्रॉय** के पतन के समय **कज़ान्ड्रा** एक कुमारी कन्या थी। वर्षों के युद्ध के बाद ग्रीक सेना **ट्रॉय** में प्रविष्ट होने में सफल हो गई। चारों ओर लूट-मार मच गई। **ट्रॉय** में सोने-चाँदी और जवाहरात की कमी न थी। सैनिकों की बन आई। चारों ओर हाहाकार मच गया। बड़ी-बड़ी अट्टालिकाएँ धू-धू कर जलने लगीं। राज-परिवार के सुकुमार बच्चे नृशंसता से मौत के घाट उतार दिए गए। युवतियों की लज्जा का अपहरण हुआ और उन्हें सहस्रों की संख्या में बन्दी बना लिया गया। अपने सतीत्व को बचाने के लिए असहाय **कज़ान्ड्रा** ने **इलियन** में स्थित देवी **एथीनी** के मन्दिर में शरण ली। मन्दिरों में हत्या या बलात्कार महान पाप समझा जाता था लेकिन **कज़ान्ड्रा** फिर भी बच नहीं सकी। **लोक्रिया** के **एजाक्स** ने उसका पीछा किया। **कज़ान्ड्रा** देवी की प्रतिमा से लिपट गई लेकिन **एजाक्स** उसे वहाँ से घसीट लाया और उसका अपमान किया।

एजाक्स के इस अपराध के दण्ड स्वरूप **लोक्रिया** के निवासी अपने उच्चतम घरानों की कुछ रूपवती युवतियों को प्रतिवर्ष **इलियन** स्थित **एथीनी** के मन्दिर में भेजते थे जहाँ उन्हें दासियों का-सा जीवन व्यतीत करना पड़ता। यदि उन्हें **लोक्रिया** से **इलियन** जाते हुए मार्ग में देख लिया जाता तो **इलियन** के निवासी तत्काल उनकी हत्या कर देते। यह एक ऐतिहासिक तथ्य है। **एजाक्स** के पाप का फल **लोक्रिया** की कुमारियाँ एक हज़ार वर्ष तक भोगती रहीं। एक हज़ार वर्ष के बाद ही दण्ड की अवधि समाप्त हुई।

अपोलो की एक अन्य प्रेयसी **कूमियन सिबिल** की कहानी भी **कज़ान्ड्रा** की कहानी पर ही आधारित प्रतीत होती है। **ओविड** के अनुसार **अपोलो** ने उसे निश्चय ही देवियों की तरह अमर बना दिया होता यदि वह उसके प्रणय को स्वीकार कर लेती। **सिबिल** के मन को जीतने के लिए **अपोलो** ने इस बार भी जी खोलकर उपहार लुटाए। उसने **सिबिल** को एक वरदान माँगने का भी अवसर दिया। तब **सिबिल** ने मुट्ठी-भर मिट्टी हाथ में लेकर कहा, "इन मिट्टी में जितने धूल-कण हैं, मैं उतने ही वर्ष जीवित रहना चाहती हूँ।" **अपोलो** ने कहा, "तथास्तु।" लेकिन मनोवांछित वरदान पा लेने के बाद **सिबिल** ने **अपोलो** के प्रेम को ठुकरा दिया। सम्भवतः **सिबिल** को दण्ड देने के लिए **अपोलो** को कोई और युक्ति सोचनी पड़ती लेकिन **सिबिल** अपने बुने जाल में खुद ही फँस चुकी थी। धूल-कणों की संख्या एक हज़ार थी और प्राप्त वरदान के अनुसार **सिबिल** को एक हज़ार वर्ष जीना था लेकिन लम्बी आयु के साथ चिरयौवन का वरदान माँगना वह भूल गई थी। परिणाम यह हुआ कि आयु के साथ-साथ **सिबिल** वृद्ध होने लगी और उसके अंग शिथिल हो गए, चेहरे पर झुरियाँ पड़ गईं। धीरे-धीरे वह सिकुड़ने लगी और उसके शरीर का आकार कम होने लगा। लेकिन एक हज़ार वर्ष समाप्त होने

में न आते थे। सिकुड़ते-सिकुड़ते सुन्दरी **सिबिल** के स्थान पर एक कोई छोटी-सी वस्तु मात्र रह गई जिसे बोतल में डाल दिया गया। इस अवस्था में वह केवल एक ही प्रश्न का उत्तर दे पाती थी। जब बच्चे चारों ओर जमा होकर पूछते, "**सिबिल** तुम क्या चाहती हो?" तो बोतल में से एक अस्पष्ट-सी धीमी आवाज़ आती :

"मैं मरना चाहती हूँ।"

अपोलो को मोहित कर लेनेवाली एक अन्य रूपसी का नाम था **कोरोनिस। कोरोनिस इग्ज़ीयन** के भाई, **लैपिक्स** के राजा **फ़्लेग्यास** की पुत्री थी। **थिसली** की झीलों में विहार करनेवाली **कोरोनिस** अपने अनुपम रूप के कारण देवता **अपोलो** की प्रेयसी बनी और गर्भवती हुई। इसी बीच **अपोलो** को किसी आवश्यक कार्यवश **डेल्फ़ी** जाना पड़ा। जाते समय वह **कोरोनिस** की रक्षा तथा देखभाल के लिए बर्फ से सफ़ेद सुन्दर पंखोंवाले कौए को नियुक्त कर गया। उस समय तक कौए श्वेत वर्ण के ही हुआ करते थे। कौए का यह कर्तव्य था कि वह किसी प्रकार का भय, आशंका या सन्देह उत्पन्न होते ही फ़ौरन **अपोलो** को सूचना दे।

कोरोनिस के मन में बहुत दिनों से **आर्केडिया** के निवासी युवक **ईसीकस** के लिए प्रेम का बीज पनप रहा था। **अपोलो** की अनुपस्थिति का अनुचित लाभ उठाकर उसने **ईसीकस** को अपने शयनकक्ष में बुला भेजा। और दोनों प्रेमियों ने रतिक्रिया में रात बिताई। मूर्ख **कोरोनिस** ने शायद यह समझा था कि उसके इस विश्वासघात का पता **अपोलो** को नहीं चल पाएगा और इस तरह वह एक साथ दो प्रेमियों की अंकशायिनी बनने का आनन्द लेती रहेगी। पर यह एक भयानक भूल थी। स्वयं सत्य और प्रकाश के देवता **अपोलो** को भला कौन झूठ के अँधेरे में रख सकता है। उधर वह कौआ पंख फैलाए अपनी सजगता के लिए प्रशंसा और पुरस्कार पाने की आशा में **डेल्फ़ी** की ओर उड़ चला। लेकिन **पिन्डार** के अनुसार कौए के वहाँ पहुँचने से पहले ही **अपोलो** ने अपनी दिव्य-दृष्टि से सारी स्थिति जान ली थी। दुःख और क्रोध से पागल **अपोलो** ने इस सच्चे सन्देशवाहक को देखते ही अभिशाप दे डाला। कौए के दूध से सफ़ेद पंख शाप से काले पड़ गए और उस दिन से सभी कौए काले होने लगे। एक धारणा यह है कि कौए के मुख से **कोरोनिस** के विश्वासघात की कहानी सुनकर **अपोलो** सहन नहीं कर सका और उसने बिना सोचे-विचारे ही उसे शाप दे डाला। किन्तु दूसरे मत के अनुसार आगम-द्रष्टा **अपोलो** ने कौए को यह दण्ड इस अपराध के लिए दिया कि उसने **ईसीकस** को **कोरोनिस** के शयनकक्ष में आया देख अपनी चोंच के तीव्र प्रहार से उसकी आँखें क्यों नहीं फोड़ दीं।

कौए से निवृत होकर अब **अपोलो** अपनी प्रेयसी **कोरोनिस** की ओर उन्मुख हुआ। कहा जाता है कि उसने बिना किसी दुविधा के अपने तरकस से बाण निकालकर उससे **कोरोनिस** की हत्या कर डाली। किन्तु **ओविड** तथा **पिन्डार** के अनुसार **अपोलो** ने इस अपमान का प्रतिशोध लेने के लिए अपनी बहन **आर्टेमिस** से आग्रह किया। और **आर्टेमिस** के कभी लक्ष्य न चूकनेवाले बाण **कोरोनिस** के वक्ष के आर-पार हो गए।

अपोलो की एक और प्रेयसी दुखद अन्त की भागी बन गई। देवता ने बदला तो ले लिया लेकिन अपनी प्रेयसी की निष्प्राण देह सामने पड़ी देखकर उसका मन क्षुब्ध हो उठा। क्रोध की जगह पश्चात्ताप ने ले ली। वह **कोरोनिस** के जीवन की कोई भी कीमत देने को तैयार था लेकिन **आर्टेमिस** के बाण से मारे गए मनुष्य का उपचार करना स्वयं औषधि के देवता के लिए भी असम्भव था। **कोरोनिस** की आत्मा पाताल पहुँच चुकी थी, उसकी देह चिता पर रख दी गई और देखते ही देखते आग की लपटें प्रज्वलित हो उठीं। 'कम से कम मैं अपने बच्चे को तो बचा ही सकता हूँ', **अपोलो** ने सोचा और **हेमीज़** की सहायता से जलती हुई चिता से **कोरोनिस** के गर्भ से बच्चे को सकुशल निकाल लिया। इस बच्चे का नाम **एस्केलेपियस** रखा गया। **अपोलो ने** अपने बेटे **एस्केलेपियस** का पालन-पोषण तथा शिक्षा का भार प्रसिद्ध **कायरो** को सौंप दिया। पृथ्वी के महान राजाओं के बालक **कायरो** के संरक्षण में ही अस्त्र-शस्त्र तथा अन्य शिक्षाएँ ग्रहण करते थे। जब **कायरो** बच्चे को गोद में लिए हुए अपनी गुहा में लौटा तो उसकी पुत्री पिता का स्वागत करने बाहर आई। बच्चे को देखते ही उसने यह भविष्यवाणी की कि **एस्केलेपियस** जीवन में बड़ी प्रतिष्ठा प्राप्त करेगा और उसकी गणना देवताओं में होगी। कायरो-पुत्री की यह भविष्यवाणी सत्य सिद्ध हुई।

एपिडॉरस के निवासी **अपोलो** और **कोरोनिस** की इस प्रेम-कथा को भिन्न ढंग से बताते थे। उनके अनुसार **कोरोनिस ने आर्टेमिस** तथा भाग्य की देवियों की सहायता से **ऐपिडॉरस** में स्थित **अपोलो** के मन्दिर में **एस्केलेपियस** को जन्म दिया। जन्म देने के बाद **कोरोनिस** ने लोक-लज्जा के भय से बच्चे को **टीथियन पर्वत** पर डाल दिया। वहीं एक बार एक ग्वाले ने अपने चौपाए गिनने पर एक कुतिया तथा एक बकरी को कम पाया। जब वह उन्हें खोजता हुआ इधर-उधर घूम रहा था उसने देखा वे दोनों बारी-बारी से एक नवजात शिशु को दूध पिला रही हैं। ग्वाले ने बच्चे को उठा लेना चाहा लेकिन बच्चे के गिर्द चमकती हुई रोशनी की एक लकीर ने उसे ऐसा करने से रोक दिया। यह देखकर कि बच्चे को दैवी संरक्षण प्राप्त है चरवाहा अपने घर लौट आया। बाद में **अपोलो** ने बच्चे को **कायरो** को सौंप दिया। इस कहानी का उल्लेख **अपोलोडॉरस** और **हाइजीनस** ने किया है लेकिन कहानी का पहला विवरण ही अधिक मान्य है।

कायरो के संरक्षण में **एस्केलेपियस** चिकित्सा-शास्त्र तथा आखेट विद्या का अध्ययन करने लगा। **एस्केलेपियस,** अन्य बालकों से भिन्न था। वह खेल में समय न गँवाकर अधिक से अधिक ज्ञान प्राप्त करने में जुटा रहता। **एस्केलेपियस** अपने इस गुण से **कायरो** का सर्वाधिक प्रिय शिष्य बन गया। सन्तुष्ट गुरु ने औषधि शास्त्र का अपना सारा ज्ञान योग्य शिष्य को सौंप दिया। शीघ्र ही वह सभी प्रकार की जड़ी-बूटियों तथा उपशमन मंत्रादि के प्रयोग में दक्ष हो गया। इस क्षेत्र में वह अपने गुरु से भी आगे बढ़ गया। मरणासन्न रोगी भी उसके उपचार से जी उठते। कहा जाता है कि आखेट की देवी **आर्टेमिस** ने उसे **मेडुसा** के रक्त का कुछ अंश दिया था। गॉरगन **मेडुसा** के शरीर के बाएँ भाग से निकलनेवाले रक्त में मृत को जिलाने की शक्ति थी और दाहिनी ओर

से निकले रक्त में नष्ट करने की। यह भी कहा जाता है कि **आर्टेमिस** ने युद्ध में सफलता के दृष्टिकोण से दूसरी प्रकार का खून अपने पास रख लिया और जिलाने की शक्ति रखनेवाला भाग **एस्केलेपियस** को दे दिया। परिणाम यह हुआ कि **एस्केलेपियस** न केवल रोगियों का उपचार करना अपितु मृत व्यक्तियों को जिलाने का प्रयास भी करने लगा। ऐसा प्रसिद्ध है कि **एस्केलेपियस** ने **लिकरगस, कैपेनियस** तथा **टिन्डेरियस** को पुनर्जीवित किया। लेकिन **एस्केलेपियस** की यह अभूतपूर्व सफलता ही अन्ततः उसके विनाश का कारण बनी। देवताओं के क्षेत्र में हस्तक्षेप करना किसी भी मनुष्य के लिए अक्षम्य अपराध है। उधर पाताल-लोक का स्वामी **हेडीज़** भी चिन्तित हो उठा था। यदि मनुष्य ने मृत्यु पर अधिकार पा लिया तो **हेडीज़** के राज्य में तो उल्लू बोलने लगेंगे। उसने देव-सम्राट **ज़्यूस** से इस आशंका को व्यक्त भी किया। उधर **थीसियस** के योग्य पुत्र **हिप्पॉलिटस** की मृत्यु हो चुकी थी। सम्भवतः **आर्टेमिस** ने **एस्केलेपियस** से उसे जिलाने का आग्राह किया। इतना ही नहीं उसे पर्याप्त धनराशि देने का वचन भी दिया। **एस्केलेपियस** एक बार फिर प्रयास करने को तैयार हो गया। अभी तक **ज़्यूस** ने बड़ी सहनशक्ति से काम लिया था लेकिन विश्वप्रसिद्ध वैद्य की उद्दंडता सीमा का अतिक्रमण कर गई। **हेडीज़** भी फिर यही शिकायत लेकर आया था। सारे **ओलिम्पस** पर इसी बात की चर्चा थी। **ज़्यूस** को आखिर शस्त्र उठाना पड़ा और उसके अमोघ वज्र के एक ही प्रहार से मुर्दों को जिलानेवाला यह महान चिकित्सक संसार से चल बसा। कुछ स्रोतों के अनुसार देव-सम्राट के वज्र से **एस्केलेपियस** तथा उसके रोगी **हिप्पॉलिटस** अथवा **ग्लॉकस** या **ओरियन** दोनों का संहार हुआ जबकि अन्य धारणा के अनुसार मरने से पहले **एस्केलेपियस हिप्पॉलिटस** को जिला चुका था। **हिप्पॉलिटस** अमर हो गया। उसके लिए सदा के लिए मृत्यु का भय मिट गया। बाद में वह इटली में निवास करने लगा जहाँ उसकी **विरबियस** नाम से पूजा होती थी।

मृत्यु के पश्चात **एस्केलेपियस** की गणना देवताओं में होने लगी। उसके सम्मान में अनेक मन्दिरों का निर्माण हुआ। इनमें से **एपीडॉरस** का मन्दिर विशेष प्रसिद्ध हुआ। दूर-दूर से लँगड़े-लूले, अन्धे, बीमार लोग इस मन्दिर में आते और विधिपूर्वक आराधना सम्पन्न करने के बाद सो जाते। स्वप्न में उन्हें चिकित्सा का देवता दर्शन देता तथा उपचार के ढंग बताता। कहा जाता है कि इस प्रकार से लाखों रोगी **एस्केलेपियस** की कृपा से रोग मुक्त हुए। सर्प **एस्केलेपियस** को प्रिय थे, सम्भवतः उनका उसकी चिकित्सा-प्रणाली से कुछ सम्बन्ध रहा हो।

यद्यपि मृत्यु के बाद भी देवताओं तथा मनुष्यों सभी ने **एस्केलेपियस** को बहुत सम्मान दिया पर इससे **अपोलो** के घाव पर मरहम न रखा जा सका। अपने प्रिय बेटे की मृत्यु काँटा बनकर उसके मन में चुभती रही। **अपोलो** में इतनी सामर्थ्य नहीं थी कि वह अपने तेजस्वी पिता से प्रतिशोध ले सके। हम अपना क्रोध अपने से दुर्बलों पर ही उतारते हैं। **अपोलो** ने भी यही किया। उसने वज्र का निर्माण करनेवाले **साइक्लॉप्स** को मौत के घाट उतार दिया। यह भी कहा जाता है कि सम्भवतः उसने **साइक्लॉप्स** के पुत्रों को

भी मारा था। देव-सम्राट **ज़्यूस** इस धृष्टता से क्रुद्ध हो उठा। वह **अपोलो** को सदा के लिए पाताल निर्वासित कर देता लेकिन **लीटो** की अनुनय-विनय के कारण उसने **अपोलो** को केवल एक वर्ष के लिए **ओलिम्पस** से निर्वासित किया। इस एक वर्ष में उसे पृथ्वी के किसी शासक के पास दास-रूप में काम करना था। यह भी **लीटो** के प्रयास का ही फल था कि **अपोलो** को अत्यन्त उदार प्रकृति के राजा **एडमेटस** की सेवा में नियुक्त किया गया। अपनी माता का परामर्श मानकर **अपोलो** ने भी नम्रता से इस दण्ड को स्वीकार कर लिया और एक वर्ष तक **एडमेटस** की प्राणपण से सेवा की। **एडमेटस** ने उसे अपने चरवाहों का नायक नियुक्त किया और उसके साथ सदा उदारता का व्यवहार किया। **एडमेटस** के चौपाए दिन दूने रात चौगुने होने लगे। इतना ही नहीं **अपोलो** ने **मोराया** देवियों को प्रसन्न करके **एडमेटस** को एक वरदान भी दिला दिया। वस्तुतः **एडमेटस** के जीवन के गिने-चुने दिन रह गए थे लेकिन **मोराया** ने यह बताया कि यदि **एडमेटस** के स्थान पर कोई अन्य व्यक्ति इच्छा से अपने प्राण दे दे तो राजा के प्राण बच जाएँगे। यह रहस्य **अपोलो** ने अपने दयालु स्वामी को उसके उदार व्यवहार के कारण बता दिया। **एडमेटस** के स्थान पर किसने अपने प्राण दिए यह आप आगे पढ़ेंगे।

निर्वासन की अवधि समाप्त होने पर **अपोलो ओलिम्पस** लौट आया। एक वर्ष की सेवा-वृत्ति से उसके स्वभाव में आश्चर्यजनक परिवर्तन हुआ। वह बड़ा ही विनम्र तथा शीलवान हो गया। हर क्षेत्र में अति का विरोध उसका आदर्श बन गया, 'आत्मानं विट्ठ' उसका सिद्धान्त।

कोरोनिस, सीरीने, डाफ़्ने, ड्रायोपे, कज़ान्ड्रा एवं **सिबिल** के अतिरिक्त **अपोलो** ने **केयूसा** नाम की सुन्दरी से भी प्रेम किया और उससे **इऑन** का पिता बना। समुद्र कन्या **एरिया** या **थीया** ने **अपोलो** के पुत्र **मिनेटस** को जन्म दिया। **अपोलो** और **केलिओपे** के संसर्ग से उत्पन्न हुआ विश्व-विख्यात गायक और संगीतकार **ऑरफ़ियस। स्टैफ़ीलॉस** से उसका एक पुत्र हुआ—**एनिऑस। अपोलो एडस** की सुन्दर पत्नी **मारपेसा** पर भी आसक्त हुआ था लेकिन उसका यह प्रयास असफल रहा। यह कहानी भी आप आगे पढ़ेंगे।

अनेक प्रेम-सम्बन्धों की तरह **अपोलो** की मित्रता भी उसके दुख का ही कारण बनी। **अपोलो** के सम्बन्धों की गाथा **हयासिन्थस** के बिना अधूरी ही कहलाएगी। **हयासिन्थस** एक सुन्दर किशोर था और **अपोलो** सुन्दरता के प्रत्येक पक्ष का पुजारी एक ग्रीक देवता। **ओलिम्पस** के देवता पृथ्वी की रूपवती युवतियों पर तो सदा से कृपा करते आए थे, किन्तु किसी देवता का अपने पुरुषवर्ग के ही किसी किशोर सदस्य से प्रेम का यह सम्भवतः पहला उदाहरण था। **हयासिन्थस स्पार्टा** का राजकुमार था। उसका व्यक्तित्व निश्चय ही बड़ा मोहक रहा होगा। **अपोलो** से पहले भी **थैमिरिस** नाम का एक कवि उस किशोर पर मोहित था। स्वाभाविक था कि **अपोलो** को अपने इस प्रतिस्पर्द्धी से ईर्ष्या हो गई लेकिन देवता के समक्ष एक साधारण मनुष्य की हस्ती ही क्या। **अपोलो** ने बड़ी सरलता और चतुराई से अपनी राह से इस काँटे को निकाल फेंका। भाग्यवशात् उसने एक दिन **थैमिरिस** को यह कहते हुए सुन लिया कि वह **म्यूज़ेज़**

को भी संगीत में हरा देने की क्षमता रखता है। **अपोलो** चूका नहीं। तत्काल **थेमिरिस** की इस गर्वोक्ति को नमक-मिर्च लगाकर **म्यूज़ेज़** को कह सुनाया। **म्यूज़ेज़** ने दण्ड स्वरूप **थेमिरिस** को अन्धा कर दिया, उसकी स्मृति और आवाज़ छीन ली। **अपोलो** का पथ निष्कंटक हो गया।

अपोलो हयासिन्थस से इतना प्रेम करता था कि पल-भर भी उसका वियोग न सह पाता। जब **हयासिन्थस** मछली पकड़ने किसी नदी के किनारे जाता तो **अपोलो** उसका जाल सँभाले साथ-साथ रहता। पर्वतों, घाटियों, जंगलों में जहाँ कहीं भी **हयासिन्थस** जाता **अपोलो** उसका अनुसरण करता। वह अपने मित्र के प्रेम में **ओलिम्पस** के सुख-प्रासाद, अपने बाण और वीणा तक भूल गया। लेकिन **अपोलो** को अभी यह नहीं ज्ञात था कि उसका एक और दैवी प्रतिस्पर्द्धी ईर्ष्या की आग में फूँका जा रहा है। **हयासिन्थस** का यह प्रेमी था पश्चिमी पवन **जेफ़िरॉस।** प्रेमियों की इस प्रतियोगिता में **अपोलो** की सफलता **ज़ेफ़िरॉस** को फूटी आँख न सुहाती थी। यह तो स्पष्ट ही था कि **हयासिन्थस अपोलो** को ही वरीयता देता है। **ज़ेफ़िरॉस** चुपचाप अवसर की ताक में बैठा था।

एक दिन **अपोलो** और **हयासिन्थस** लौहचक्र फेंकने का अभ्यास कर रहे थे। **अपोलो** की बारी थी। उसने पूरे ज़ोर से घुमाकर चक्र फेंका। **हयासिन्थस** ने उसे पकड़ने में शीघ्रता की। तभी अचानक चट्टान से टकराकर वह लौहचक्र **हयासिन्थस** के सिर पर आ लगा। **हयासिन्थस** वहीं गिर पड़ा। सिर से रक्त की धारा बह निकली, गुलाबी चेहरा एकदम पीला पड़ गया। **हयासिन्थस** को इस तरह गिरते देख **अपोलो** भी स्तम्भित रह गया। फिर तुरन्त **हयासिन्थस** को सहारा दिया। खून को रोकने का जो भी प्रयास हो सकता था **अपोलो** ने किया। वह चिकित्सा का देवता था। लेकिन उसकी सारी विद्या व्यर्थ गई। लौहचक्र का घाव घातक सिद्ध हुआ और **हयासिन्थस** ने अपने प्रेमी के सामने ही तड़पकर प्राण त्याग दिए। उसका सिर किसी टूटे हुए फूल की तरह एक ओर लुढ़क गया। **अपोलो** करुण विलाप करने लगा, "ओह **हयासिन्थस!** मैंने तुम्हें मार डाला। तुम्हारे यौवन के फूल को खिलने से पहले ही मसल डाला। काश कि मैं अपनी जान देकर भी तुम्हें बचा पताा। तुम मुझे प्राणों से प्रिय थे **हयासिन्थस!** हा! मैं देवता होकर भी कितना दीन और असहाय हो गया।" **अपोलो** के साथ सारी प्रकृति शोकमग्न थी, "**हयासिन्थस,** मैं तुझे बचा नहीं सका पर मेरे गीतों में तू सदा जीवित रहेगा। तेरा रूप और मेरा पश्चात्ताप सदा इस फूल से झलकेगा।" **अपोलो** के ऐसा कहते ही **हयासिन्थस** के रक्त से एक सुन्दर बैजनी रंग का फूल उग आया। **अपोलो** ने अपने बाण से उसकी पंखुड़ियों पर एक ग्रीक शब्द लिख दिया जिसका अर्थ है 'आह! आह!' अपोलो के शोक के यह चिह्न आज भी **हयासिन्थस** पुष्प पर अंकित हैं।

यह तो आप समझ ही गए होंगे कि **अपोलो** का फेंका हुआ लौहचक्र किसके वेग के कारण चट्टान से पलटकर **हयासिन्थस** के सिर से जा टकराया। यह **ज़ेफ़िरॉस** का ही षड्यन्त्र था।

अपोलो गोपालों का देवता है। उसकी एक उपाधि है–**'लीकियन'** जिसका अर्थ है 'भेड़ियों का देवता'। कई विद्वानों ने 'लीकियन' का सम्बन्ध **लीकिया** की देवी **लाडा** से जोड़कर उसे **लीटो** सिद्ध करने की चेष्टा की है। लेकिन **लीटो** और **लाडा** का सादृश्य निश्चित नहीं है। **'लीकियन'** का सम्बन्ध भेड़ियों से ही है और सम्भवतः 'भेड़ियों के संहारक' के अर्थ में प्रयुक्त हुआ होगा। **अपोलो** का धनुष-बाण भी इसी मत को पुष्ट करता है। इसका प्रयोग चौपायों तथा खेती की रक्षा के लिए जंगली जानवरों के विरुद्ध अवश्य ही किया गया होगा। **अपोलो** की एक अन्य उपाधि है **'नोमिआस'** जिसका अर्थ है 'वह खेतों का'। यहाँ यह भी स्मरणीय है राजा **एडमेट्रस,** जिसके पास **अपोलो** ने एक वर्ष तक दास-रूप में कार्य किया था, ने उसे अपने चरवाहों का नायक नियुक्त किया था।

अपोलो एक महान योद्धा है। उसका चित्रण सदा एक सुन्दर छरहरे बदन के नवयुवक के रूप में होता है जो या तो अपने चाँदी के धनुष और बाणों से सज्जित है अथवा वीणा से। **पायथन** के संहारक के रूप में उसकी विशेष प्रसिद्धि हुई। किन्तु इसके साथ ही **अपोलो** उपचारक भी माना जाता है। उसे चिकित्सा-शास्त्र का देवता कहा गया है। चरवाहे के रूप में भी यह विद्या महत्त्वपूर्ण है। चरवाहा अपने चौपायों का वैद्य माना जाता है।

अपोलो संगीत का देवता है। वीणा उसका प्रिय वाद्य यन्त्र है। **मर्सयास** तथा **पैन** से संगीत प्रतियोगिता में **अपोलो** की विजय का वृतान्त आप पहले पढ़ चुके हैं। **ओलिम्पस** के देवताओं में **अपोलो** इसी कला के कारण सर्वप्रिय है। सुरलोक के उत्सव उसके संगीत के बिना सूने ही रह जाते। इतना ही नहीं, **अपोलो** संगीत और काव्य की देवियों का नायक भी है। ये देवियाँ संख्या में नौ हैं तथा इन्हें नौ **म्यूज़ेज़** के नाम से जाना जाता है। **हीसियड** ने उन्हें धरती तथा वायु की सन्तान माना है लेकिन वे देव सम्राट **ज़्यूस** तथा टाइटनैस **निमाज़िनी** की पुत्रियों के रूप में ही विशेष प्रसिद्ध हैं। ये नौ देवियाँ वस्तुतः कलाओं के विभिन्न पक्षों का मानवीकरण हैं।

क्लीओ, इतिहास की देवी है। उसका काम है इतिहास प्रसिद्ध महान पुरुषों के नाम और जीवनी लिखना। **क्लीओ** बहुधा लॉरेल की माला धारण करती है। उसके हाथ में एक किताब है और एक लेखनी। गीतिकाव्य की देवी **यूट्रेपे** के हाथ में एक बाँसुरी है और लम्बी गोरी ग्रीवा में महकते हुए फूलों की माला। लोकगीतों की देवी का नाम है **थालिया।** उसके हाथ में एक हँसिया है और सिर पर वनफूलों का ताज। **एरैटो** का चित्रण एक वीणा के साथ हुआ है। वह प्रेम-काव्य की देवी है। **पौलिफ़ेमनिया** भक्ति-काव्य की अधिष्ठात्री देवी है। उसे सुन्दर शब्द-विन्यास से भी सम्बद्ध किया गया है। **कैलिओपे** महाकाव्यों की देवी है और **यूरेनिया** ज्योतिष विद्या की। दुखान्त साहित्य की देवी **मेलोप्मीनी** स्वर्ण-मुकुट धारण किए है। उसके हाथों में एक कटार और राजदण्ड है। नृत्य की देवी **टरपिसकोर** के गुलाबी पैर सदा हवा की लहरों पर थिरका करते हैं।

ये नौ देवियाँ बहुधा अपने नायक **अपोलो** के नेतृत्व में **परनासस** पर्वत पर संगीत और काव्य की सभाएँ आयोजित करतीं। ग्रीक-कल्पना का यह एक सुन्दर उदाहरण है।

फ़ीबस अपोलो प्रकाश और सत्य का देवता है। जहाँ **अपोलो** है, अन्धकार वहाँ जी नहीं सकता। इसी धारणा के आधार पर **अपोलो** का सूर्यदेवता से सादृश्य स्थापित किया गया। वस्तुतः टाइटन **हाइपीरियन** का पुत्र **हीलियस** सूर्य का देवता था किन्तु बाद की लगभग सभी कथाओं में अपोलो ही इस पद के उपयुक्त माना गया। उसके बाण सूर्य की किरणें हैं। **आर्टेमिस** का भी इसी प्रकार चन्द्रमा की देवी सिलीने से सादृश्य स्थापित किया गया और दोनों भाई-बहन सूर्य और चन्द्रमा जैसे प्रमुख क्षेत्रों के स्वामी हो गए।

अपोलो की उपासना उसके जन्मस्थान **डेलॉस** में विशेष रूप से प्रचलित थी। **डेल्फ़ी** में **अपोलो** का एक भव्य मन्दिर था। यह मन्दिर भविष्यवाणी के लिए भी विशेष प्रसिद्ध था। वस्तुतः यह मन्दिर धरती माता का था। **पायथन** की हत्या के बाद **क्रीट** से लौटकर आने पर **अपोलो** ने इस पर अपना अधिकार कर लिया। ऐसा प्रसिद्ध है कि यह मन्दिर पृथ्वी के ठीक बीच में स्थित है। धरती का मन्दिर उसके क्षेत्र के मध्य भाग में होना उचित ही जान पड़ता है। **प्लूटार्क** के अनुसार पृथ्वी का केन्द्र निश्चित करने के लिए दो सिरों से दो गरुड़ों को छोड़ा गया और जहाँ वे गरुड़ मिले वह केन्द्र-स्थल मान लिया गया और वहाँ मन्दिर का निर्माण हुआ। इस मन्दिर में **ओम्फैलस** का शिल्प कला में कई बार प्रतिनिधित्व हुआ। बहुधा इसके गिर्द **पायथन** सर्प लिपटा दिखलाया जाता है। इस मन्दिर में एक तीन पैरवाला मेज़ था जिस पर बैठकर **पायथिया** भविष्यवाणी करती थी। इस प्रकार उसका शरीर पृथ्वी से ऊपर उठा रहता था और वह **अपोलो** के प्रभाव में रहती थी। यह भी कहा जाता है कि पृथ्वी की एक दरार से वाष्प-सा उठकर **पायथिया** के चारों ओर लिपट जाता था और तब वह देवता **अपोलो** द्वारा प्रेरित होकर भविष्य बताया करती थी। दूर-दूर से सहस्रों लोग **डेल्फ़ी** के प्रश्न-स्थान पर अपनी समस्याओं का समाधान कराने आते। ग्रीक पौराणिक कथाओं में इस मन्दिर का उल्लेख आपको यत्र-तत्र मिलेगा। लेकिन इसके कारण अनेक बार भ्रान्तियाँ भी उत्पन्न हुईं। **डेल्फ़ी** में परामर्श के लिए आनेवाले लोगों को लिखे हुए आदेश मिलते थे जिनकी भाषा बड़ी ही जटिल और भ्रमोत्पादक होती थी। **पायथिया** के बाद से देववाणी प्रसारण के इस कार्य के लिए केवल वृद्धा स्त्रियों की ही नियुक्ति की जाने लगी।

साहित्य और कला में **अपोलो** का चित्रण बहुलता से हुआ है। यह युवक शताब्दियों से शिल्पियों तथा कवियों का प्रिय रहा है। **अपोलो** का मानवता से विशेष सम्बन्ध माना जाता है। **अपोलो** का मानसिक और आध्यात्मिक विकास अन्य ग्रीक देवताओं की अपेक्षा कहीं अधिक हुआ है, इसलिए सम्भवतः वह कलाकारों के अधिक निकट है। **अपोलो** की विश्वप्रसिद्ध मूर्ति **'अपोलो बेलवेडेर' रोम** में है।

एरीज़

ज़्यूस तथा **हेरा** का पुत्र **एरीज़** युद्ध का देवता है। **रोम** में इसी की पूजा **मार्स** के नाम से की जाती थी। **एरीज़** का जन्म सम्भवतः **थ्रेस** में हुआ और ऐसा प्रसिद्ध है कि **थ्रेस** के निवासी बड़े युद्ध-प्रिय प्रकृति के होते हैं तथा वहाँ बहुधा भयंकर तूफान आया करते हैं। **एरीज़ ओलिम्पस** के राज-परिवार के प्रमुख बारह सदस्यों में से एक है और इसी रूप में उसका चित्रण **होमर** तथा बाद के कवियों ने किया है।

ओलिम्पस के प्रमुख देवताओं में प्रतिष्ठित होने पर भी, प्राप्त विवरणों के आधार पर यह कहा जा सकता है कि **एरीज़** के व्यक्तित्व का देवमाला में पूर्ण सामाजिक, नैतिक अथवा आध्यात्मिक विकास नहीं हुआ है। इसके विपरीत **अपोलो** प्रत्येक दृष्टिकोण से एक पूर्ण विकसित चरित्र है। इतना ही नहीं **रोम** के **मार्स** की परिकल्पना भी **ग्रीस** के **एरीज़** से कहीं अधिक समृद्ध है जिससे उसका साम्य स्थापित किया गया है। युद्ध का देवता होने के साथ ही **मार्स** का कृषि से भी सम्बन्ध है। इस प्रकार उसकी प्रकृति **एरीज़** की भाँति केवल ध्वंसात्मक क्रियाओं की ओर ही नहीं, सृजन की ओर भी प्रवृत है। **मार्स** उचित प्रतिशोध की भावना का भी प्रतीक है। किन्तु **एरीज़** को अकारण रक्तपात में भी आनन्द आता है। उसका सिद्धान्त है—युद्ध युद्ध के लिए। उसे कलह कराने, मानव-संहार और नगरों को ध्वस्त करने में रुचि है। युद्ध-शास्त्रों की झंकार ही उसका संगीत है, विनाश ही उसका मनोरंजन। यह भी आवश्यक नहीं कि वह युद्ध में किसी एक पक्ष-विशेष का साथ दे क्योंकि उसका लक्ष्य विजय-पराजय नहीं नर-हत्या है। उससे किसी प्रकार की उदारता की अपेक्षा नहीं

की जा सकती। उसको इस विलक्षण प्रकृति के कारण ही अन्य देवता उसके लिए मैत्री-भाव नहीं रखते थे। सौहार्द का तो वह शत्रु है। नश्वर प्राणी भी कभी प्रेम और श्रद्धा से उसकी उपासना नहीं करते थे लेकिन उससे डरते अवश्य थे। जहाँ कहीं भी **एरीज़** का नाम आ जाता लोग भय से काँपने लगते।

देवात्माओं में से **एरीज़** के केवल अपनी बहन **एरिस** से अच्छे सम्बन्ध थे। इसका कारण था उनकी रुचि की साम्यता। **एरिस** को भी **एरीज़** की तरह कलह कराने, ईर्ष्या उपजाने और अफवाहें फैलाने की आदत थी। वह भी किसी एक पक्ष के प्रति वफ़ादार नहीं रह सकती थी। **एन्यो** या इटालियन **बेलोना** जो युद्ध की देवी के रूप में प्रसिद्ध हैं, बहुधा **एरीज़** का साथ देतीं। इनके अतिरिक्त **एरीज़** के अन्य कई सेवक थे जिनके नाम हैं—**फ़ाबप्स** (चेतावनी), **मेटस** (भय), **डेमिऑस** (त्रास) और **पालॉर** (आतंक)। कुछ लोगों ने इन्हें **एरीज़** की सन्तान भी कहा है।

युद्ध का देवता होने के नाते **एरीज़** ने देवासुर संग्राम में सक्रिय भाग लिया और अपने कौशल का प्रदर्शन किया। लेकिन आवेश में बहुधा वह युद्ध के नियम भूल जाता जिसका परिणाम अच्छा नहीं होता था। युद्ध स्थल में यदि योद्धा सम्भावित आक्रमण के प्रति सजग न रहे तो सफलता की आशा कम ही की जा सकती है। इस लिहाज़ से **ज़्यूस** और **एथीनी** **एरीज़** से कहीं अधिक कुशल योद्धा थे। अपनी इसी भूल के कारण **एरीज़** को एक-दो बार बहुत अपमानित होना पड़ा। ऐलूयिड्स भाइयों **ओटस** और **एफ़ियाल्टीज़** को आप भूले नहीं होंगे। इन दोनों दैत्याकार बन्धुओं ने नौ वर्ष की आयु में ही **ओलिम्पस** पर अधिकार करने का निश्चय कर लिया था। उनकी महत्त्वाकांक्षा का पहला शिकार बना—युद्ध का देवता **एरीज़।** इस मुठभेड़ का एक और कारण भी बताया जाता है। सौन्दर्य और प्रेम की देवी **ऐफ़्रॉडायटी** ने अपने प्रेमी **एडॉनिस** की सुरक्षा का भार **ऐलूयिड्स** बन्धुओं को सौंपा था लेकिन जब **एरीज़** ने अपने प्रतिस्पर्धी **एडॉनिस** की हत्या कर डाली तो **ऐलूयिड्स** क्रुद्ध हो उठे। उन्हें **ऐफ़्रॉडायटी** के सम्मुख शर्मिन्दा होना पड़ा, अतः **एरीज़** से उनकी शत्रुता हो जाना स्वाभाविक था। इस मुठभेड़ में **ऐलूयिड्स** विजयी हुए और उन्होंने **एरीज़** को बुरी तरह अपमानित किया। वे उसे घसीटकर ले गए और श्रृंखलाओं से बाँधकर एक विशाल कांस्य पात्र में बन्द कर दिया। **एरीज़** तेरह महीने तक वहीं रोता-चिल्लाता रहा। **ऐलूयिड्स** बन्धुओं की शक्ति इतनी बढ़ गई थी कि देवता भी उनका सामना करने से घबराते थे। अन्त में कुशल **हेमीज़** ने अपनी बुद्धिमत्ता से **एरीज़** को उस भयानक बन्दीगृह से मुक्त कराया। इसी तरह एक बार **हेराक्लीज़** या हर्क्यूलिस के शस्त्रों से घायल होकर वह दर्द से चीखता हुआ **ओलिम्पस** वापस आया था।

एरीज़ बड़े क्रोधी स्वभाव का था और क्षमा नाम के किसी दैवी गुण से उसका परिचय नहीं था। एक बार समुद्र-देवता **पॉसायडन** के पुत्र **हेलीरीथियस** ने **एरीज़** की पुत्री **एलकिप्पे** का अपहरण कर लिया। **एरीज़** इस अपमान को सह नहीं सका। निर्णय के लिए इस मामले को **ज़्यूस** तक पहुँचाने के बजाय उसने फौरन **हेलीरीथियस** का पीछा किया और उसकी हत्या कर डाली। **पॉसायडन** क्रोध और शोक से पागल हो उठा। **एरीज़**

ने विधान अपने हाथ में लेने की चेष्टा की थी। **एथेन्स** के निकट एक पर्वत की चोटी पर देवताओं की सभा बुलाई गई। **एरीज़** ने अपने कृत्य का औचित्य सिद्ध किया। उसने **हेलीरीथियस** की हत्या अपनी पुत्री की मर्यादा को बचाने के लिए की थी। **एलकिप्पे** ने भी अपने पिता की बात का समर्थन किया। अन्य कोई भी व्यक्ति हत्या के समय घटनास्थल पर उपस्थित नहीं था, अतः देवताओं ने **एरीज़** को दोषमुक्त कर दिया। हत्या के अभियोग का यह पहला निर्णय था। वह पहाड़ी जिस पर वाद-विवाद हुआ था **एरियोपागास** के नाम से प्रसिद्ध हुई और आज तक इसी नाम से जानी जाती है।

उद्दण्ड और युद्धप्रिय स्वभाव का होने पर भी **एरीज़** सुन्दर युवतियों की ओर से उदासीन नहीं था। उसकी और **ऐफ्रॉडायटी** की प्रेम-कथा और **ऐफ्रॉडायटी** के पति **हेफ़ास्टस** के हाथों दोनों प्रेमियों के अपमान की कहानी आप पहले पढ़ चुके हैं। इस सम्मिलन के फलस्वरूप **ऐफ्रॉडायटी** ने तीन बच्चों को जन्म दिया—**एरॉस** (क्यूपिड), **एन्टरॉस** तथा एक पुत्री **हारमोनिया। एरीज़** ने एटिक देवी **एग्लारस** से भी सम्भोग किया और उससे **एलकिप्पे** का पिता बना। उषा की देवी **इऑस** भी उसकी प्रियतमा थी। इस सम्बन्ध का पता **ऐफ्रॉडायटी** को चल गया और उसने ईर्ष्यावश **इऑस** को अभिशाप दिया कि वह सदा ही किसी न किसी के प्रेम में पागल रहेगी। **डायोमिडीज़** और **किकनास** भी **एरीज़** के पुत्र थे। **ईनियस** की वंशज कुमारी **ईलिया** का भी उसने भोग किया। **ईलिया** देवी **हेस्टिया** की पुजारिन थी। वह कुमारी थी। देवी **हेस्टिया** की उपासिकाओं के लिए सतीत्व अपेक्षित था और इस नियम का उल्लंघन करनेवाली कन्या को कड़ा दण्ड दिया जाता था। **ईलिया** अद्वितीय सुन्दरी थी और **हेस्टिया** की पुजारिन भी। उसका प्रण था कि वह देवी की सेवा-अवधि समाप्त होने से पहले किसी युवक की प्रेमिका नहीं बनेगी। लेकिन भाग्य को कुछ और ही स्वीकार था। युद्ध का देवता **एरीज़** उसके रूप पर आसक्त हो गया और अन्ततः उसे अपने प्रेम पाश में बाँधकर अंकशायिनी बनने को विवश कर दिया। इस गुप्त विवाह के परिणामस्वरूप **ईलिया** को गर्भ हो गया और समय आने पर उसने जुड़वाँ पुत्रों को जन्म दिया जो **रोमूलस** और **रीमस** नाम से प्रसिद्ध हुए। इन्हीं भाइयों ने **रोम** की स्थापना की और **रीमस** को मारकर **रोमूलस रोम** का प्रथम सम्राट हुआ। लेकिन इन पुत्रों की माता **एरीज़** की अभागी प्रेमिका **ईलिया** को देवमन्दिर की मर्यादा भंग करने के दण्ड में जीवित जला दिया गया।

एरीज़ का चित्रण साहित्य और कला में एक सुन्दर गर्वीले हृष्ट-पुष्ट युवक के रूप में हुआ है जो युद्ध में जाने के लिए अस्त्र-शस्त्र से सज्जित है। उसके उन्नत मस्तक पर पंखोंवाला युद्ध का टोप है और मांसल भुजा में चमकता हुआ भाला। दूसरे हाथ में ढाल दिखाई गई है।

यद्यपि साधारण मनुष्य **एरीज़** को पसन्द नहीं करते थे और ग्रीस निवासी तो शान्ति के समय उसका नाम भी न लेते थे लेकिन युद्ध के समय **एरीज़** को बड़ी मान्यता मिलती। प्राचीन **ग्रीस** में बड़े-बड़े योद्धा अवश्य हुए किन्तु स्वभावतः ग्रीस निवासी शान्तिप्रिय थे। **मार्स** के रूप में **रोम** में उसके बड़े उपासक थे। ऐसा विश्वास था कि

अपने पुत्रों के नगर की **मार्स** स्वयं रक्षा करता है। यह भी कहा जाता है कि एक बार **रोम** में आकाश से एक ढाल गिरी थी और वह भविष्यवाणी हुई थी कि जब तक **एन्साइल** नामक यह ढाल सुरक्षित रहेगी **रोम** की सुरक्षा को कोई खतरा नहीं पैदा होगा। इस ढाल की **एरीज़** के मन्दिर में स्थापना की गई और उसकी रक्षा और देखभाल का पूरा प्रबन्ध किया गया। युद्ध के समय सेनापति इसी मन्दिर में आकर ढाल को अपनी तलवार की नोक से छूकर प्रार्थना करते थे–'हे **मार्स,** हमारी रक्षा करो।'

एरीज़ या **मार्स** के मुख्य उपासक **रोम** के युवक सिपाही थे। वे अपने प्रशिक्षण-क्षेत्र को **मार्टियस** या **मार्स** का क्षेत्र कहते थे। विजेता सेनापतियों को जो **लॉरेल** की पत्तियों के ताज पहनाए जाते थे वे लोग उन्हें बाद में **एरीज़** की प्रतिमा के चरणों पर चढ़ा देते थे। युद्ध में सफलता पाने पर **एरीज़** के मन्दिर में बैल की बलि दी जाती थी। सम्भवतः **एरीज़** ही एक ऐसा देवता है जिसके मन्दिर में नर-बलि के भी उदाहरण मिलते हैं।

हेमीज़

हेरा की निरन्तर चौकसी **ज़्यूस** को एक आदर्श पति नहीं बना पाई। उसकी सौन्दर्य-पारखी दृष्टि से कोई भी सुन्दर मुखड़ा बच न पाता। पृथ्वी, समुद्र, आकाश कुछ भी तो **ज़्यूस** की पहुँच के बाहर नहीं था। जहाँ भी कोई कली खिलती, उसकी महक **ज़्यूस** तक पहुँच जाती और फिर विश्व में ऐसी कौन सुन्दरी थी जो देव-सम्राट की प्रणय-याचना को ठुकरा देती! इसी तरह एक बार वह **एटलस** की सुन्दरी पुत्री **माया** पर आसक्त हो गया और उसके साथ कुछ समय आमोद-प्रमोद में व्यतीत किया। इस दैवी-सम्मिलन के फलस्वरूप **माया** ने **आर्केडिया** के **सिलीने पर्वत** की एक गुहा में **हेमीज़** अथवा **मर्करी** को जन्म दिया जिसने शीघ्र ही **ओलिम्पस** पर अपना स्थान बना लिया।

हेमीज़ के जीवन की प्रमुख रुचिकर घटनाओं का विस्तृत विवरण हमें 'होमरिक हिम्म टू हेमीज़' में मिलता है। जन्म के बाद **माया** उसे कपड़ों में लपेटकर पालने में लिटाकर स्वयं सो गई। **हेमीज़** आश्चर्यजनक रूप से एकदम बढ़ने लगा और जब **माया** की आँख लग गई तो चुपके से पालने से निकल आया। वह घूमने के लिए बाहर जा रहा था तभी गुहा-द्वार पर उसे एक कछुआ दिखाई दिया। **हेमीज़** ने उसे पकड़ लिया और गुहा के अन्दर ले जाकर मार डाला। कछुए को मारने के बाद **हेमीज़** ने उसके खोल में छेद किए और उनमें तार बाँधकर विश्व की पहली अनूठी वीणा तैयार की। अपने इस अन्वेषण से वह बहुत प्रसन्न हुआ। उसने फौरन उस बाजे के साथ एक मनगढ़न्त गीत गाया और फिर किसी नए उपक्रम की खोज में बाहर निकल पड़ा।

इधर-उधर घूमता हुआ **हेमीज़ पियेरिया** पहुँचा। धूप ढल चुकी थी। **हेमीज़** को भूख लगने लगी थी। तभी उसने **पियेरिया** में स्वच्छन्द चरती हुई देवता **अपोलो** की गौओं

को देखा। **हेमीज़** बड़ा प्रसन्न हुआ। गौएँ कम आयु की थीं, अतः उनका मांस कोमल और स्वादिष्ट होना स्वाभाविक था। **हेमीज़** ने पचास गायें चुराने का निश्चय कर लिया। लेकिन गौओं के पैरों के निशान धोखा न दे जाएँ और फिर कहीं **अपोलो** को पता चल गया तो मुसीबत ही हो जाएगी। उसने पास ही गिरे पड़े ओक वृक्ष के पत्ते तोड़ लिए और उनसे छोटे-छोटे अनेक जूते बनाकर लम्बी घास की सहायता से गौओं के खुरों में बाँध दिया और रात के अँधेरे में उन्हें लेकर चल पड़ा। ऐसा कहा जाता है कि रास्ते में उसे एक शराब बनानेवाले बूढ़े व्यक्ति ने देखा भी। लेकिन यहाँ यह समझ में नहीं आता कि **अपोलो** ने अपने पशुओं को अरक्षित अकेला चरने को क्यों छोड़ दिया। 'होमरिक हिम्स' के बाद के अन्य कवियों ने इस शंका का समाधान किया है। उनके अनुसार **आरगुस** के पुत्र **मैगनीस** और **एडमेट्रस** की पुत्री **पेरीमेल** का एक सुन्दर और होनहार बेटा था **हिम्मेनाओस। अपोलो** इस किशोर पर बुरी तरह आसक्त था और उसका वियोग सह नहीं पाता था। अपने इस मित्र के प्रेम के कारण वह और सब कुछ भूल गया था। उसके समय भी **अपोलो मैगनीस** के घर के आस-पास कहीं था। तभी **हेमीज़** की बन आई। वह पचास गौएँ लेकर चल पड़ा। रास्ते में ही उसे वह वृद्ध व्यक्ति मिला और उसने पल-भर में स्थिति भाँप ली। **हेमीज़** ने एक गाय देने का लोभ दिया तो उसने चुप रहने का वादा भी कर लिया। **हेमीज़** चौपायों के साथ आगे बढ़ गया। लेकिन उसे सन्तोष न हुआ। वह बुड्ढे पर विश्वास नहीं कर पा रहा था। परीक्षा लेने के विचार से वेश बदलकर उस वृद्ध के पास आया और पशुओं का पता बताने पर पुरस्कार का लोभ दिया। लालची बुड्ढे ने सारी बात वेश बदलकर आए हुए **हेमीज़** को बता दी। **हेमीज़** इस विश्वासघात पर क्रुद्ध हो उठा और उस वृद्ध को शाप से पत्थर बना दिया। फिर वह आगे बढ़ा और निश्चित स्थान पर पहुँचकर दो गौओं की बलि दी और **सिलीने पर्वत** की गुहा में लौट आया। **माया** सो रही थी। वह चुपचाप मासूमियत और बचपन की तस्वीर बना पालने में लेट गया।

अपोलो को शीघ्र ही पता चल गया कि उसके पशुओं में से पचास गौएँ कम हैं। खोज शुरू की। लेकिन **हेमीज़** ने बड़ी चतुराई से काम लिया था। **अपोलो** अपनी गौएँ ग़लत जगहों पर देर तक ढूँढ़ता रहा। वह पश्चिम की ओर **पीलस** तक गया और पूर्व में **आब्केस्टस** तक लेकिन गौओं का कहीं पता न चला। **अपोलो** ने घोषणा की कि गौओं का या चोर का पता बतानेवाले को पुरस्कृत किया जाएगा। कहा जाता है कि बूढ़े **सिलेनस** ने इस काम में उसकी सहायता की। एक दूसरी धारणा यह है कि **अपोलो** को स्वयं ही कुछ सुराग़ मिल गया और उसे यह भी पता चला कि **आर्केडिया** के **सिलीने पर्वत** पर एक अद्‌भुत बच्चे का जन्म हुआ है। **अपोलो** पल-भर में सब कुछ समझ गया और तत्काल **सिलीने पर्वत** की गुहा में पहुँचा। गुहा के बाहर ही दो गौओं के ढाँचे लटक रहे थे। अब तो सन्देह को बिल्कुल स्थान न रहा। **अपोलो** निश्शंक गुहा में घुस गया और माया से कहा, "तुम्हारे पुत्र ने मेरी पचास गौएँ चुरा ली हैं, इससे कहो कि मेरी सम्पत्ति मुझे चुपचाप वापस कर दे।"

माया की आँखें आश्चर्य से फैल गईं। उसने तिरस्कार के स्वर में **हेमीज़** के पालने की ओर संकेत करके कहा, ''आप क्या कह रहे हैं देव? इतने छोटे और मासूम बच्चे पर चोरी का अभिरोप। इतना तो सोचिए, क्या यह सम्भव है। वह बच्चा जिसने अभी आँखें खोलकर अपनी माँ का मुख तक नहीं देखा, जिसने अभी पालने के बाहर कदम नहीं रखा वह भला आपकी गौएँ कैसे चुरा लेगा?''

हेमीज़ पालने में चुपचाप सोने का अभिनय कर रहा था। क्रुद्ध **अपोलो** ने उसे एक झटके से उठाकर कहा :

''**हेमीज़,** मेरी गाय वापस कर दे।''

''गाय? कैसी गाय?'' **हेमीज़** ने भोलेपन से पूछा।

''बनो मत! मैं सब कुछ जानता हूँ। **पियेरिया** में चरती हुई मेरी पचास गौएँ क्या तुमने नहीं चुराईं?'' **अपोलो** ने क्रोध से कहा।

लेकिन **हेमीज़** के मुख पर वही निर्दोष आश्चर्य खेलता रहा, ''महाशय, मैं तो अभी बहुत छोटा बच्चा हूँ। मैं यह भी नहीं जानता कि 'गाय' किस वस्तु को कहते हैं। अभी कल ही तो इस संसार में आया हूँ। मेरा किसी से भी परिचय नहीं।''

लेकिन **अपोलो** इस बहकावे में नहीं आनेवाला था। **हेमीज़** को निर्दोष होने का अभिनय करते देख वह क्रुद्ध हो उठा, एक झटके से उसे उठाया और गोद में लिए हुए **ओलिम्पस** पर **ज़्यूस** के दरबार में जा पहुँचा। **ज़्यूस** को यह बुरा लगा कि उसका नवजात बेटा चोर सिद्ध हो, अतः उसने **हेमीज़** को अपनी सफाई देने की अनुमति दी। **हेमीज़** ने एक लम्बे भाषण द्वारा अपने को निर्दोष सिद्ध करने की बड़ी चेष्टा की लेकिन **अपोलो** उसे किसी तरह भी मुक्त करने को तैयार नहीं था। उसका क्रोध बढ़ता जा रहा था। अब **हेमीज़** ने अपने बड़े भाई से समझौता कर लेना ही उचित समझा। **अपोलो** का सौहार्दभाव खोने से क्या लाभ? उसे मित्र बनाने में ही भलाई है। यह सोचकर अन्ततः **हेमीज़** ने अपना अपराध स्वीकार कर लिया।

''अच्छा, चलिए छोड़िए,'' उसने कहा, ''मैं आपकी अड़तालीस गायें लौटा दूँगा। लेकिन दो को मैंने मारकर बारह देवताओं की भेंट कर दिया था।''

''बारह देवता?'' **अपोलो** ने पूछा, 'अब तक तो **ओलिम्पस** पर ग्यारह ही प्रमुख देवता थे, यह बारहवाँ कौन है?''

''आपका दास, महाशय,'' **हेमीज़** ने नम्रता से उत्तर दिया, ''मैंने उस मांस के बारह बराबर भाग किए। मुझे बहुत भूख लगी थी। फिर भी मैंने सिर्फ अपना हिस्सा ही खाया और बाकी विधिवत जला दिया।''

दोनों देवता **सिलीने पर्वत** पर लौट आए। वहाँ से **हेमीज़** ने अपनी वीणा ली और स्वयं ही बनाए हुए मिज़राब से उसे बजाते हुए देव **अपोलो** की महानता और उदारता की प्रशंसा में एक मधुर गीत गाया। देवता **अपोलो** का सारा क्रोध पानी हो गया। **हेमीज़** उसे **पीलस** की ओर लेकर चल पड़ा जहाँ उसने शेष अड़तालीस गौएँ छिपा रखी थीं। सारे रास्ते भी वह अपनी वीणा पर कर्ण-प्रिय धुनें बजाकर **अपोलो** का मनोरंजन करता

रहा। **अपोलो** इस नए बाजे पर मुग्ध हो गया और उसने **हेमीज़** से कहा :

''तुम सारी गौएँ अपने पास रखो और उनके बदले में मुझे यह वीणा दे दो।''

''मंजूर,'' **हेमीज़** ने कहा और वीणा देव **अपोलो** को दे दी।

हेमीज़ का अन्वेषण-प्रिय मस्तिष्क हमेशा सक्रिय रहता था। अब उसने पास ही उगे हुए कुछ नरकुल काट लिए और उनसे चरवाहे की वंशी तैयार करके एक नई धुन बजाने लगा। संगीत का देवता **अपोलो** अब उसी वंशी पर मुग्ध हो गया। उसने **हेमीज़** से कहा :

''अगर तुम मुझे यह वंशी दे दो तो मैं तुम्हें अपना पशु चराने का स्वर्ण दण्ड दे दूँगा। और तुम्हें सभी चरवाहों का देवता नियुक्त कर दूँगा।''

''मेरी वंशी तुम्हारे स्वर्ण-दण्ड से कहीं अच्छी है,'' **हेमीज़** ने सौदा किया, ''लेकिन...हाँ, मैं वंशी तुम्हें दे तो दूँ, यदि तुम मुझे ज्योतिष सिखा दो, क्योंकि मेरे विचार से वह बड़ी उपयोगी विद्या है।''

''मैं तो नहीं सिखा सकता,'' **अपोलो** ने कहा, ''लेकिन यदि तुम ज्योतिष सीखना ही चाहते हो तो **परनासस** पर जाओ। वहाँ मेरी पुरानी परिचारिकाएँ जिन्हें **थ्रीया** नाम से जाना जाता है, रहती हैं। वे तुम्हें कंकड़ों की सहायता से भविष्य जान लेने की कला सिखा देंगी।''

''ठीक है'', **हेमीज़** ने स्वीकार कर लिया और दोनों मित्र **ओलिम्पस** लौट आए।

ओलिम्पस पर देव-सम्राट **ज़्यूस** ने **हेमीज़** को समझाया कि भविष्य में कभी फिर देवताओं के साथ ऐसा मज़ाक न करे, न दैवी सम्पत्ति की हानि करे और न ही सफ़ेद झूठ बोले। अपने उच्चपद के कारण **हेमीज़** को प्रत्यक्ष रूप से शिक्षा देना **ज़्यूस** का कर्तव्य था, लेकिन मन ही मन वह अपने इस बेटे की अभिप्रेरणा शक्ति और परिष्कृत चतुराई पर बड़ा प्रसन्न था। **हेमीज़** के नटखटपन में उसे बड़ा मज़ा आ रहा था। **हेमीज़** भी इस बात को समझता था, अतः उसने अवसर से फायदा उठाया :

''पिताजी, आप मुझे अपना सन्देशवाहक बना लीजिए।'' उसने कहा, ''मैं सारी दैवी सम्पत्ति की सुरक्षा का भार अपने कन्धों पर ले लूँगा, और झूठ भी नहीं बोलूँगा। यद्यपि–'' वह धीरे से मुस्कुराया, ''मैं हमेशा बिल्कुल सच बोलने का वचन भी नहीं दे सकता।''

''यह तो मैं जानता हूँ'', **ज़्यूस** ने भी मुस्कुराकर कहा, ''आज से मैं तुम्हें व्यापार की उन्नति, झगड़े सुलझाने, समझौता कराने और विश्व-भर के यात्रियों की सुरक्षा का कार्यभार सौंपता हूँ। और तुम्हें अपना सन्देशवाहक नियुक्त करता हूँ।''

हेमीज़ ने सहर्ष अपने पद का उत्तरदायित्व स्वीकार कर लिया। देव-सम्राट् **ज़्यूस** ने उसे सन्देशवाहक का प्रतीक सफ़ेद रिबनवाला दण्ड दिया और दरबार में समस्त देवताओं के सम्मुख यह घोषणा की कि उस दण्ड और उसके वाहक को सदैव उचित सम्मान दिया जाए। **हेमीज़** को धूप और वर्षा से बचने के लिए एक बड़ा टोप भी प्रदान किया। इसके अतिरिक्त उसे पंखोंवाले सुनहले जूते भी दिए गए जिन्हें पहनकर वह वायु गति से उड़ सकता था। **ओलिम्पस** के राज दरबार में **हेमीज़** का स्वागत हुआ और उसे

देव-परिवार का सदस्य मान लिया गया।

हेमीज़ चोरों के देवता के रूप में विशेष प्रसिद्ध है। लेकिन इसके साथ ही वह व्यापारियों का देवता भी है। वह ईमानदारी या बेईमानी किसी भी ढंग से लोगों को धन-लाभ करा सकता है। चरवाहों से भी उसका विशेष सम्बन्ध है और पशुओं की सुरक्षा और उन्नति उसी की इच्छा से होती है। **हेमीज़** यात्रियों की सुरक्षा के लिए भी उत्तरदायी है विशेष रूप से जंगलों तथा अन्य अरक्षित स्थानों में। वह सड़कों का देवता भी माना जाता है और सम्भवतः उसके नाम का पत्थरों तथा चट्टानों से सम्बन्ध है।

पशुओं तथा मानवों की प्रजनन शक्ति पर भी **हेमीज़** का प्रभाव माना जाता है। लिंग उसका प्रतीक है। ग्रीक निवासी उसकी उपासना एक पत्थर के रूप में भी करते थे और उसकी प्रतिमूर्तियाँ जिन्हें **हर्मई** या **हर्मस** के नाम से जाना जाता है, वस्तुतः उसकी प्रतिकृति न होकर पाषाण के स्तम्भ मात्र हैं जो नीचे कुछ पतले होते जाते हैं। इनकी शिखा पर एक मनुष्य का सिर बना रहता है। **हेमीज़** को पृथ्वी की प्रजनन शक्ति का प्रतीक भी माना जाता है। किन्तु यह उल्लेखनीय है कि **हेमीज़** के इस रूप की उपासना पिछड़े हुए वर्गों में ही विशेष प्रचलित थी।

हेमीज़ ने **अपोलो** की परिचारिकाओं से पानी के पात्र में नाचते हुए कंकड़ों को देखकर भविष्य बताने की कला भी सीखी। उसने स्वयं कई नई वस्तुओं का आविष्कार किया। यद्यपि वह अग्नि का देवता नहीं है लेकिन उसने अग्नि प्रज्वलित करने के एक नए ढंग को खोज निकाला। कहीं-कहीं उसका चित्रण देवताओं के रसोइए के रूप में भी हुआ है।

ऐसा कहा जाता है कि **हेमीज़** ने भाग्य की देवियों की वर्णमाला बनाने में भी सहायता की थी। **हेमीज़** एक कुशल संगीतज्ञ और संगीत का प्रतिपोषक भी है। उसने वीणा और वंशी का आविष्कार किया। कुछ स्रोतों के अनुसार उसकी वीणा में तीन ऋतुओं के अनुरूप तीन तार थे, अथवा वर्ष के चार भागों के समान चार तार थे। यह भी कहा जाता है कि इसमें सात तार थे या सम्भवतः बाद में **अपोलो** ने इनकी संख्या बढ़ाकर सात कर दी।

हेमीज़ पृथ्वी और सुरलोक में आदर पाता था। वह स्वयं भी मनुष्यों का सम्पर्क पसन्द करता था। उसने नवयुवकों को भाँति-भाँति के खेल सिखाए। उसका चित्रण **अपोलो** के समान एक छरहरे बदन के आकर्षक नवयुवक के रूप में हुआ है। **प्रैक्सीटलीज़** द्वारा उसकी इसी रूप में बनाई गई प्रभावशाली प्रतिमा **ओलम्पिया** के संग्रहालय का गौरव बढ़ा रही है।

हेमीज़ का मुख्य कार्य देव-सम्राट **ज़्यूस** के आदेशों को अन्य देवताओं तक पहुँचाना है। **ज़्यूस** के अतिरिक्त **हेडीज़** ने भी उसे अपना दूत नियुक्त किया। मृत मनुष्यों की आत्माओं को वही पृथ्वी से पाताल में लाता है। इसी कारण उसे **साइकोपॉम्पास** भी कहा जाता है। **हेमीज़** अपने इस निष्ठुर कर्म को भी बड़ी सरलता और उदारता से सम्पन्न करता है और पाताल लोक से सम्बन्ध होने के बावजूद भी अपनी वाक्पटुता, शालीनता

और भद्रता के कारण लोकप्रिय है।

हेमीज़ ने मुख्यतः मर्त्य रमणियों से ही प्रेम-सम्बन्ध स्थापित किए। सुरलोक की देवियों में से सौन्दर्य की देवी **ऐफ्रॉडायटी** से उसके संयोग की कथा मिलती है। **ओविड** के अनुसार इस संसर्ग से उभयलिंग **हर्माफ्राडाइटस** का जन्म हुआ जो कि एक बहुत ही सुन्दर नवयुवक था लेकिन उसकी उभयलिंगता के कारण चौथी सदी ईसा पूर्व के बाद के मूर्तिकारों ने **हर्माफ्राडाइटस** को अभद्र मूर्तियों का विषय बना लिया। **हेमीज़** और **ऐफ्रॉडाइटी** के संयोग से **प्रायपास** नामक एक अन्य बालक का भी जन्म हुआ।

हेमीज़ अन्य युवतियों के सम्पर्क से कई पुत्रों का पिता बना जिनमें से **एक्यिन, एगनाट्स** के सन्देशवाहक के रूप में प्रसिद्ध हुआ। उसका पुत्र **आटोलिकस** एक चतुर चोर था और एक अन्य मेधावी पुत्र **डैफ़निस** को ब्यूकालिक काव्य का आविष्कारक कहा जाता है।

हेमीज़ की उपासना उसकी मातृभूमि **आर्केडिया** में बहुत प्रचलित थी। वैसे प्राचीन **ग्रीस** और **रोम** में स्थान-स्थान पर **हेमीज़** के मन्दिर और मूर्तियाँ थीं। **हेमीज़** की मूर्तियों की सीमा-चिह्न के रूप में भी मान्यता थी और किसी भी देश या राज्य की सीमा पर से उसकी मूर्ति को हटानेवाला कठोर दण्ड का भागी होता था। **रोम** में **हेमीज़** की उपासना **मर्करी** नाम से होती थी और उसके आदर में मनाए जानेवाले पर्व **मर्क्यूरिलिया** कहलाते थे।

हेफ़ास्टस

देव-सम्राट **ज़्यूस** और सम्राज्ञी **हेरा** का पुत्र **हेफ़ास्टस** (वल्कन) अग्नि का देवता है। किन्तु **हीसियड** के अनुसार **हेफ़ास्टस** केवल **हेरा** का पुत्र है। जब **ज़्यूस** के सिर से अद्‌भुत ढंग से **एथीनी** का जन्म हुआ, तो **हेरा** ने भी एक ऐसा ही चमत्कार करने का निश्चय किया। उसने बिना किसी अन्य देवता या प्राणी से सम्भोग किए **हेफ़ास्टस** को जन्म दिया। **होमर** के 'इलियड' में एक स्थान पर कहा गया है कि **हेफ़ास्टस** बड़ा ही कुरूप था। रूप-रंग और स्वास्थ्य की दृष्टि से ही दयनीय नहीं, वह जन्म से ही लँगड़ा भी था। **हेरा** का प्रयोग इस दृष्टि से विशेष सफल नहीं रहा। दुबले-पतले, कुरूप और अपाहिज बच्चे को देखकर माँ का मन वितृष्णा से भर गया। सौन्दर्य के आवास **ओलिम्पस** पर इस विकृत शरीर का क्या काम? अद्वितीय विभूतियों से सम्पन्न रूपवान देवता इस असफल प्रयोग की हँसी उड़ाएँगे। और यह बात देव-सम्राज्ञी सह नहीं सकती थी। अतः **हेरा** ने बाल **हेफ़ास्टस** को **ओलिम्पस** से नीचे फेंक दिया। लेकिन **हेफ़ास्टस** भाग्य का बली था। उसमें एक देवी का अंश था। वह इस दुर्घटना से साफ बच निकला। **ओलिम्पस** से **हेफ़ास्टस** समुद्र में गिरा। **थेटिस** और **यूरीनोम** उस समय समुद्र की सतह पर विहार कर रही थीं। उन्होंने इस शिशु को पकड़ लिया और समुद्र के नीचे स्थित अपनी मूँगे की गुहा में ले गईं। इन दोनों देवियों के स्नेहयुक्त संरक्षण में **हेफ़ास्टस** का पालन-पोषण हुआ। युवावस्था प्राप्त करने पर उसने वहीं अपनी शिल्पशाला बनाई और अग्नि की सहायता से भिन्न धातुओं से अनेक प्रकार की वस्तुओं का निर्माण करने लगा। उसने

निरन्तर अथक परिश्रम से शिल्प कला में अभूतपूर्व दक्षता प्राप्त कर ली। उस समय पृथ्वी, आकाश, **ओलिम्पस** का कोई भी शिल्पी **हेफ़ास्टस** का सामना नहीं कर सकता था। लेकिन अभी तक उसकी विलक्षण प्रतिभा समुद्र की तह में किसी अमूल्य मोती की तरह छिपी पड़ी थी। उसने अपनी संरक्षिका देवियों को स्वर्ण और नीलम के अनेक सुन्दर आभूषण बनाकर दिए, जिनको धारण करने से उनके रूप में अद्‌भुत निखार आ जाता। एक दिन की बात। **थेटिस हेफ़ास्टस** का बनाया आभूषण पहने थी, तभी उसकी भेंट देव-सम्राज्ञी **हेरा** से हुई। **हेरा** की दृष्टि उसके आभूषण पर ही अटक गई। ऐसे सुन्दर तराशे हुए जवाहरात अभी तक उसकी नजर से नहीं गुज़रे थे। **थेटिस** इन्हें कहाँ पा गई? आखिर उससे रहा न गया और **थेटिस** से पूछ ही बैठी कि वे आभूषण उसे कहाँ से मिले। **थेटिस** सकुचाई। कुछ समझ न पाई कि क्या कहे। **हेरा** का ध्यान बँटाने को इधर-उधर की बात करने लगी। उसे भय था सत्य बता देने का न जाने क्या परिणाम हो। लेकिन **हेरा** इस बहकावे में नहीं आनेवाली थी। **थेटिस** को विवश होकर सारी बात बतानी पड़ी। **हेरा** तुरन्त जल के नीचे स्थित **हेफ़ास्टस** की शिलपशाला में गई और उसे मना कर अपने साथ **ओलिम्पस** पर ले आई। जिस **हेफ़ास्टस** को कुरूपता के कारण **ओलिम्पस** से नीचे फेंकने में वह नहीं सकुचाई थी, उसे ही **हेरा** चिरौरी करके ससम्मान देव-आवास में ले आई। **ओलिम्पस** पर **हेरा** ने **हेफ़ास्टस** के लिए बहुत बढ़िया शिल्पशाला का प्रबन्ध किया जिसमें एक समय में बीसों भट्ठियाँ जलती थीं। शिल्प-कार्य में सहायता के लिए उसे अनुचर भी दिए और **हेरा** के प्रयास के फलस्वरूप कुरूप **हेफ़ास्टस** का विवाह सौन्दर्य और प्रेम की देवी **ऐफ्रॉडायटी** से हो गया।

हेफ़ास्टस की शारीरिक विकृति के सम्बन्ध में एक और कथा भी प्रसिद्ध है। कहा जाता है कि **हेफ़ास्टस** जन्म से लँगड़ा नहीं था। यह विकृति उसे अपनी माँ का पक्ष लेने के कारण **ज़्यूस** से पुरस्कार स्वरूप मिली। आपको याद होगा आदर्श पति **ज़्यूस** ने एक बार **हेरा** के पैरों से चट्टानें बाँधकर और हाथों में हथकड़ियाँ डालकर आकाश में लटका दिया था। उस समय किसी देवता में यह साहस नहीं था कि वह **ज़्यूस** का विरोध करे। लेकिन मातृ-भक्त **हेफ़ास्टस** यह अन्याय नहीं सह सका। यद्यपि **हेरा** को उस भयानक स्थिति से मुक्त कराना **हेफ़ास्टस** के वश की बात नहीं थी लेकिन उसने **ज़्यूस** के इस कृत्य की खुलकर निन्दा की। शक्ति को भगवान ने आँखें नहीं दीं कि वह उचित-अनुचित जान सके। क्रुद्ध **ज़्यूस** ने **हेफ़ास्टस** को उठाकर **ओलिम्पस** से नीचे फेंक दिया। **ओलिम्पस** से पृथ्वी की दूरी इतनी थी कि **हेफ़ास्टस** पूरा दिन और सारी रात नीचे गिरता रहा। कोई अन्य व्यक्ति होता तो निश्चय ही यह पतन उसके लिए घातक सिद्ध होता। अन्त में वह **लेमनास पर्वत** पर मृतप्राय-सा गिरा। **हेफ़ास्टस** के प्राण तो बच गए लेकिन उसकी टाँगें बुरी तरह जख्मी हो गईं और उसके बाद वह कभी सीधा न चल पाया।

हेफ़ास्टस की शारीरिक विकृति के सम्बन्ध में प्रचलित इस दूसरी कथा को अधिक मान्यता मिली है। **मिल्टन** ने अपने महाकाव्य में इसी विवरण का प्रयोग किया है।

यद्यपि **हेफ़ास्टस** को यह दण्ड अपनी माँ का पक्ष लेने के कारण मिला था लेकिन **हेरा** ने उसकी कोई खोज-खबर नहीं ली। **हेफ़ास्टस** इस अकृतज्ञता से क्षुब्ध हो उठा। उसने **ओलिम्पस** न लौटने का दृढ़ निश्चय कर लिया और स्वस्थ होने पर वहीं **एटना पर्वत** की गुहा में अपनी शिल्पशाला बना ली। भाग्यवशात् उसे कुशल शिल्पी **साइक्लॉप्स** दैत्यों की सहायता भी मिल गई और वे पृथ्वी के गर्भ से निकले भिन्न धातुओं से अद्भुत कलात्मक कृतियों का निर्माण करने लगे। **हेफ़ास्टस** के शिल्प की प्रसिद्धि कस्तूरी की गंध-सी दूर-दूर तक फैल गई। उसने ऐसी मूर्तियों का निर्माण किया जिनमें गति थी, ऐसे मेज बनाए जो चलकर एक से दूसरे स्थान पर पहुँच जाते थे। **हेफास्टास** के बनाए हुए कवच को कोई दैवी शस्त्र भी नहीं भेद सकता था। उसके अस्त्र-शस्त्रों में अद्वितीय शक्ति थी। उसके द्वारा निर्मित आभूषण अपना सानी नहीं रखते थे।

ऐसे कुशल शिल्पी को **ओलिम्पस** ने **ज़्यूस** के उग्र स्वभाव के कारण खो दिया। देव-परिवार के सभी सदस्यों की यह हार्दिक इच्छा थी कि **हेफ़ास्टस** ओलिम्पस लौट आए और अपना पद पुनः ग्रहण कर ले। लेकिन **हेफ़ास्टस** को जिस तरह अपमानित कर निकाला गया था, उसके बाद यह आशा नहीं की जा सकती थी कि वह देवताओं का आग्रह स्वीकार कर लेगा। अन्ततः वाक्पटु **हेमीज़** को इस सन्देश के साथ भेजा गया कि **हेफ़ास्टस** समस्त देवताओं की प्रार्थना स्वीकार करके **ओलिम्पस** का गौरव बढ़ाए।

चतुर **हेमीज़** ने भाँति-भाँति से उसे समझाया लेकिन **हेफ़ास्टस** ने **ओलिम्पस** लौटना स्वीकार नहीं किया। निराश **हेमीज़** असफल हो वापस आ गया। देव-सभा में पुनः विचार-विमर्श हुआ। **हेफ़ास्टस** को मनाकर लाने का काम किसे सौंपा जाए? मदिरा का देवता **डायोनिसस** इसके लिए उपयुक्त जान पड़ा और इस बार उसे पृथ्वी पर भेजा गया। सम्भवतः मदिरा सुखी अभिप्रेरणा से अधिक सफल सिद्ध हो।

देवताओं का अनुमान ठीक निकला। **डायोनिसस** अपनी श्रेष्ठतम मदिरा का पात्र लेकर **एटना** पर्वत पर पहुँचा और मित्र-भाव से **हेफ़ास्टस** को मदिरा-पान के लिए आमन्त्रित किया। **हेफ़ास्टस** अपने कठिन काम से थका तो था ही, फौरन उसने **डायोनिसस** का आग्रह स्वीकार कर लिया। **डायोनिसस** ने अवसर से लाभ उठाया और उसे इतनी मदिरा पिला दी कि वह सुध-बुध खो निष्क्रिय हो बैठ गया। **अब डायोनिसस** उसे अपने साथ **ओलिम्पस** ले आया। देवताओं ने उसका स्वागत किया। **ज़्यूस** ने उसे क्षमा कर दिया। पिता-पुत्र का पुनर्मिलन हुआ। फिर भी **हेफ़ास्टस** की इच्छा **एटना** पर स्थित अपनी शिल्पशाला में लौट जाने की थी। बड़े आग्रह पर उसने **ओलिम्पस** के प्रमुख देवताओं के स्वर्ण-महल बनाने का भार ले लिया और शीघ्र ही इस काम में जुट गया। **हेफ़ास्टस** ने बारह भव्य स्वर्ण-प्रासादों का निर्माण किया। उनकी दीवारों में बहूमूल्य पत्थर जड़े थे और महीन नक्काशी के काम से फर्श और छतें सजी थीं। महलों के अतिरिक्त **हेफ़्रास्टस** ने **साइक्लॉप्स** की सहायता से **ज़्यूस** के वज्र का निर्माण किया जो एक अमोघ शस्त्र था। **एरॉस** (क्यूपिड) के प्रेम उपजानेवाले बाण भी **हेफ़ास्टस** की ही कृति थे।

कुरूप और विकृत था तो क्या, **हेफ़ास्टस** के पास हृदय था और उसमें प्रेम का

अंकुर भी फूटा। वैसे तो सम्भवतः कोई भी देवी **हेफ़ास्टस** की पत्नी बनना स्वीकार न करती, लेकिन **ज़्यूस** ने **ऐफ़्रॉडायटी** के रूपाभिमान को भग्न करने के लिए यह आज्ञा दी कि उसे **हेफ़ास्टस** से ही विवाह करना होगा। **हेफ़ास्टस** और **ऐफ़्रॉडायटी** विवाह-सूत्र में बँध गए। कुछ समय तक तो **ऐफ़्रॉडायटी हेफ़ास्टस** की अन्धी गुहाओं की नवीनता में आनन्द लेती रही लेकिन शीघ्र ही वह उस वातावरण से घबरा गई और अपने अन्य प्रेमियों पर अनुग्रह करने लगी। **एरीज़** इनमें एक था।

'इलियड' में एक स्थान पर **हेफ़ास्टस** को, **ग्रेस एग्लाया,** जो **ऐफ़्रॉडायटी** की सेविका देवी थी, का पति बताया गया है। इसके अतिरिक्त **पॉसायडन** के मज़ाक के परिणामस्वरूप **एथीनी** के प्रति **हेफ़ास्टस** के दुर्व्यवहार के विषय में आप पहले पढ़ ही चुके हैं।

हेफ़ास्टस के पुत्र प्रसिद्ध दैत्य **केकस, पेरीफेटेस** आदि थे। उसे **रोम** के छठे राजा **सरवियस टलियस** का पिता भी कहा जाता है जो कि दासी **ओक्रीसिया** से उत्पन्न हुआ था। **हेफ़ास्टस ओक्रीसिया** के पास एक हानिरहित अग्नि शिखा के रूप में जाया करता था।

हेफ़ास्टस का चित्रण एक नाटे, स्वस्थ व्यक्ति के रूप में हुआ है। कुरूप तो वह है ही। उसकी एक टाँग दूसरी से छोटी है। उसके घुँघराले बालों पर एक टोपी है। वह एक ऊँचा-सा वस्त्र पहने है और उसके हाथ में लौहकार का यन्त्र है। **हेफ़ास्टस** एक शान्तिप्रिय और परिश्रमी देवता है। आकाश और पृथ्वी पर सब कहीं उसकी मान्यता थी। कहीं-कहीं उसकी उपासना **एथीनी** के साथ भी होती थी क्योंकि दोनों हस्तकलाओं में दक्ष हैं और उनके प्रतिपोषक हैं। **हेफ़ास्टस** शिल्पियों का रक्षक है, **एथीनी** कर्मकारों की। ये कलाएँ मानव सभ्यता का अभिन्न अंग हैं। **एथीनी** की भाँति **हेफ़ास्टस** का नगर-जीवन में विशेष महत्त्व है।

अग्नि का देवता होने के नाते यह विश्वास किया जाता था कि सभी ज्वालामुखी पर्वतों के भीतर **हेफ़ास्टस** की शिल्पशलाएँ हैं। **रोम** में उसकी उपासना **वल्कन** नाम से होती थी। **हेफ़ास्टस** के सम्मान में मनाए जानेवाले उत्सव **वल्केनेलिया** या **हेफास्टिया** कहे जाते थे। औद्योगिक क्षेत्र में प्रगतिशील **एट्टिका** के निवासियों में **हेफ़ास्टस** का विशेष सम्मान था।

हीलियस

मृगनयनी **यूरीफ़ेसा** अथवा **थिआया** तथा टाइटन **हाइपेरियन** के संसर्ग से **हीलियस** का जन्म हुआ। चन्द्रमा की देवी **सिलीने** तथा उषा की देवी **इऑस** उसकी बहनें हैं। **सिलीने** का लैटिन नाम है **लूना** तथा **इऑस** का **ऑरोरा।** **हीलियस** को लैटिन में **सॉल** कहते हैं। वह सूर्य का देवता है। उसका जगमगाता हुआ भव्य महल सुदूर-पूर्व में स्थित है, **कॉलकिस** के पास। भोर होते ही **हीलियस** का प्रिय पक्षी मुर्गा ज़ोर-ज़ोर से बाँग देकर अपने स्वामी के आगमन की सूचना देने लगता है। सुन्दरी **इऑस** अपनी गुलाबी उँगलियों से पूर्व के विशाल द्वार खोल देती है और अपने चार घोड़ों के रथ पर आसीन **हीलियस** दिवस-यात्रा को निकल पड़ता है। साहित्य और कला ने भी **हीलियस** के इसी रूप को अपने विषय के लिए चुना है। **हीलियस** का व्यक्तित्व प्रभावपूर्ण है। उसके सिर के पीछे सूर्य का दमदमाता हुआ दायरा है, जिसमें उसके सुनहले बाल सोने से चमक रहे हैं। कभी-कभी उसके शरीर में पंख भी दिखाए जाते हैं जो सम्भवतः उसकी तीव्र गति के प्रतीक हैं। **हीलियस** के रथ में जुते चारों घोड़ों के नाम हैं—**पिरोइयस, इयूस, एथन** अथवा **एथाप्स** तथा **फ़्लैगॉन।**

इन घोड़ों के रथ पर सवार होकर **हीलियस** प्रातःकाल अपनी यात्रा पर निकल पड़ता है, और सारा दिन विश्व को अपने तेज से प्रकाशित करते हुए, संध्या समय अपने पश्चिम में स्थित महल में जा पहुँचता है। वहाँ समुद्र स्नान से क्लान्ति मिटाकर **हेफ़ास्टस** द्वारा निर्मित एक सुनहरी नाव में अपने रथ सहित बैठकर रातोंरात समुद्र के सीने पर

तैरते हुए अपने पूर्वी महल में पहुँच जाता है।

सूर्य का देवता होने के नाते **हीलियस** सब कुछ देखने में समर्थ है। **हेफ़ास्टस** को उसकी पत्नी **ऐफ़्रॉडायटी** तथा **एरीज़** के गुप्त सम्बन्ध की सूचना **हीलियस** ने ही दी थी। किन्तु वह इस काम में विशेष सतर्क नहीं, अन्यथा उसकी अपनी ही सम्पति न चुरा ली जाती। **हीलियस** के पास पालतू पशुओं के अनेक समूह थे और प्रत्येक समूह में तीन सौ पचास चौपाए थे। **सिसली** में चौपायों के संरक्षण का दायित्व उसकी पुत्रियों **फ़ेटुसा** तथा **लेम्पीशिया** का है। उसके कुछ पशु **इरिथिआया** तथा कुछ **रोड्** में हैं। **ओडीसियस** के साथियों ने भूख से व्यग्र होकर **ओडीसियस** की अनुपस्थिति में **हीलियस** के कुछ पवित्र पशु मार डाले थे। **हीलियस** ने देव-सम्राट **ज़्यूस** से इस कुकृत्य की शिकायत की और इस अपराध के दण्डस्वरूप **ओडीसियस** का जहाज़ समुद्र में डूब गया। उसके सभी साथी मारे गए। केवल **ओडीसियस** ही **ज़्यूस** की कृपा से जीवित बच पाया। वह निरपराध भी था। उसने पशुओं की हत्या में कोई भाग नहीं लिया था।

रोड् हीलियस का द्वीप है। जब देव-सम्राट **ज़्यूस** देवताओं के बीच नगरों और द्वीपों का बँटवारा कर रहा था तो वह **हीलियस** को भूल गया। **ज़्यूस** को नए सिरे से वितरण करना पड़ता किन्तु **हीलियस** ने उसे इस अतिरिक्त श्रम से बचा लिया। उसने बताया, "आज मैंने समुद्र की सतह से उभरता हुआ एक नया द्वीप देखा है, **एशिया माइनर** के दक्षिण में। मैं उसी से सन्तुष्ट हो जाऊँगा।"

ज़्यूस ने भाग्य की देवी **लैकसिस** से सलाह ली। और समुद्र की लहरों से पूरा ऊपर उठ आने पर **रोड्** नामक इस द्वीप पर **हीलियस** का अधिकार स्वीकार कर लिया गया। कुछ लोगों का विचार है कि **रोड्** का अस्तित्व पहले भी था और वह जल-प्रलय में डूब गया था। पानी कम होने पर काफ़ी समय बाद वह द्वीप फिर दृष्टिगोचर हुआ। इसी द्वीप पर **हीलियस** के संसर्ग से समुद्र-कन्या **रोड्स** ने सात पुत्रों और एक पुत्री को जन्म दिया। ये सातों भाई प्रसिद्ध ज्योतिषी हुए। इनमें से **एक्टिस** नाम के एक भाई ने **मिस्र** में **हीलियोपॉलिस** नगर का निर्माण कराया और मिस्र-निवासियों को ज्योतिष-शास्त्र सिखाया। **हीलियस** की पुत्री **एलेक्ट्रयो** आजीवन कुमारी रही और मृत्यु के बाद देवी के रूप में पूजी जाने लगी।

कुछ स्रोतों के अनुसार **हीलियस** की धर्मपत्नी का नाम **पर्सी** था। वह **क्रियॉस** तथा **यूरीबी** की पुत्री थी और **ऐटीज़** तथा **सर्सी** की माता। **हीलियस** की कुछ प्रेमिकाएँ भी थीं। लेकिन **ज़्यूस** की अपेक्षा **हीलियस** के प्रेम-सम्बन्ध बहुत कम हैं, सम्भवतः इसका कारण यह है कि प्रजनन-शक्ति से गर्मी की अपेक्षा वर्षा का अधिक विशेष सम्बन्ध होता है। **हीलियस** की एक छोटी-सी आकर्षक प्रेम-कथा यहाँ दी जा रही है।

क्लिटी एक सुन्दर समुद्र-कन्या थी। हर रात जब अभी धुँधलाते सितारे नदी के स्वच्छ दर्पण में झिलमिलाते होते, वह अपनी सखियों के साथ पानी की गहराइयों से उगते चाँद की तरह सिर निकालती और फिर सब मिलकर नदी के किनारे निकले नरकुलों के बीच देर तक नृत्य करती रहतीं। अनेक नन्हे-नन्हे गुलाबी पैरों के जोड़े पृथ्वी के वक्ष

पर थिरकने लगते। जंगल में मंगल हो जाता। उनकी कर्णप्रिय किलकारियों से वन गूँज उठता। धीरे-धीरे नक्षत्रों के दीप बुझने लगते, चाँद छिप जाता। उषा के गुलाबी आँचल के तले कुछ देर तक यह क्रीड़ा चलती रहती। दिन चढ़ते ही सारी समुद्र-कन्याएँ नदी के जल में स्थित अपने आवासों को लौट जातीं।

एक दिन **हीलियस** का रथ पूर्व के विशाल द्वार से निकलकर आगे बढ़ आया था। **क्लिटी** की सभी सखियाँ वापस लौट गईं। वह अकेली ही बाहर खड़ी थी, तभी उसने सूर्य-देवता को आते हुए देखा। चार सुडौल घोड़ों के रथ में स्वर्ण-सिंहासन पर आसीन तेजयुक्त **हीलियस** ने नीचे देखा। उसका प्रतिबिम्ब नदी में झिलमिला उठा जैसे पानी में फुलझड़ियाँ छूटने लगीं। **क्लिटी** हृदय हार बैठी। वह सुनहले बालोंवाले इस देवता को आकाश-पथ पर जाते देखती रही, देखती ही रही। सुबह से दोपहर हुई और फिर शाम। **क्लिटी** की दृष्टि **हीलियस** से न हटी। सूर्य पश्चिम के समुद्र में जा उतरा और **क्लिटी** ठंडी आह भरकर रह गई। उस दिन से **क्लिटी** का यही दैनिक क्रम बन गया। वह रात-भर वियोग की ज्वाला में जलती **हीलियस** की प्रतीक्षा करती, और सारा दिन उसकी प्यासी आँखें सूर्य के मार्ग का अनुसरण करतीं। वह **हीलियस** को निहारते थकती न थी। लेकिन **हीलियस** ने एक बार भी अपनी दृष्टि इस मूक उपासिका पर न डाली। उसके मन में इस अभागी याचिका के लिए न तो प्रेम का अंकुर फूटा, न दया का। **क्लिटी** की साधना व्यर्थ गई। वह नौ दिन और नौ रात बिना अन्न ग्रहण किए पृथ्वी के कठोर सीने पर चुपचाप बैठी अपने हृदय के निष्ठुर स्वामी को देखती रही। उसके खुले काले बाल कन्धों पर लहराते रहे, बड़ी-बड़ी आँखों से अश्रु की धारा बहती रही। **हीलियस** को फिर भी इस बात की चिन्ता नहीं थी कि एक सुन्दर फूल-सा मुखड़ा उसके कारण मुरझाया जा रहा है, लता-सी देह वियोग की आग में झुलस रही है। **क्लिटी** की इतनी कठोर साधना भी **हीलियस** का प्रेम न जीत सकी। ग्रीक प्रेम-कथाओं में यह एक अनोखी कहानी है। देवताओं ने कभी भी अपनी इच्छुक प्रेमिकाओं से ऐसा व्यवहार नहीं किया। **क्लिटी** को उसके प्रेम का कोई प्रत्युत्तर नहीं मिला। **हीलियस** आकृष्ट न हुआ लेकिन देवताओं को **क्लिटी** पर दया आ गई। उन्होंने क्लिटी का एक फूल में रूपान्तरण कर दिया। उसके पीले पड़े चेहरे की जगह एक पीला फूल खिल उठा, कोमल अंग पत्तियों में बदल गए। लेकिन फूल के रूप में भी **क्लिटी** की आँखें आज तक अपने प्रियतम सूर्य की ओर लगी हैं।

आज भी जब पश्चिमी हवा के ठंडे झोंके चटकते फूलों से अठखेलियाँ करते हैं, उनके चारों ओर आसक्त भँवरे गुनगुनाते हैं, सुगन्ध के सागर उमड़ते हैं, चिड़ियाँ चहचहाती हैं, पीला सूरजमुखी बाग के इस यौवन से बेखबर सवेरे से संध्या तक चुपचाप खड़ा सूरज को देखा करता है। सूरजमुखी अनन्त और सुदृढ़ प्रेम का प्रतीक बन गया और इसी रूप में उसने अनेक प्रेम-कविताओं को अलंकृत किया है।

यह तो हुई एक अभागी प्रेमिका की कहानी। अब सुनिए **हीलियस** के एक दुस्साहसी पुत्र की रोमांचक कथा।

सूर्य-देवता **हीलियस** के संसर्ग से **क्लीमिनी** ने एक पुत्र को जन्म दिया जिसका नाम रखा गया **फ़ेथन।** जब **फ़ेथन** कुछ बड़ा हुआ तो **क्लीमिनी** उसे प्रतिदिन उगते सूर्य की ओर संकेत कर उसके दिव्य पिता के अद्‌भुत सौन्दर्य और तेज की कहानियाँ सुनातीं। कहानी की इस दुनिया में **फ़ेथन** धीरे-धीरे बढ़ता गया और साथ ही उसका गर्व भी। सूर्य-देवता का पुत्र होना कोई साधारण बात नहीं। यदि **फ़ेथन** दर्पोन्मत्त हो उठा तो उसमें आश्चर्य ही क्या! अपने इस बड़प्पन की कहानी वह अपने साथियों के सामने अभिमान से सिर उठाकर दोहराने लगा। वह इतना आत्म-सीमित हो उठा कि उसके दिमाग में कोई और बात आती ही न थी। उसके साथी **फ़ेथन** की इस आदत से परेशान थे, अतः उन्होंने उसे चिढ़ाना शुरू किया, ''आखिर तुम्हारे पास इस बात का प्रमाण ही क्या है कि तुम सूर्य-पुत्र हो? एक देवता को अपना पिता बताकर तुम हम पर रोब जमाना चाहते हो? पर हम इस भुलावे में नहीं आने के। इस सफ़ेद झूठ का हम पर कोई असर नहीं।''

फ़ेथन का चेहरा शर्म और गुस्से से तमतमा उठा। वह तत्काल अपनी माता **क्लीमिनी** के पास पहुँचा : ''यदि मैं वस्तुतः सूर्य-देवता **हीलियस** का पुत्र हूँ तो मुझे इसका कुछ प्रमाण दो। आज मुझे अपने मित्रों के सामने लज्जित होना पड़ा। यह मेरे सम्मान का प्रश्न है। मुझे प्रमाण दो ताकि मैं उनका मुँह बन्द कर सकूँ।''

क्लीमिनी ने आकाश में काफ़ी ऊपर उठ आए सूर्य की ओर बाँहें उठाकर कहा, ''स्वयं सूर्य-देवता साक्षी हैं कि मैंने तुमसे असत्य भाषण नहीं किया। आकाश में चमकता सूरज और पृथ्वी पर फैला उजाला जितना सत्य है उतना ही बड़ा सत्य यह है कि तुम देव-पुत्र हो। यदि मैंने झूठ बोला है तो आज के बाद कभी अपने स्वामी के दर्शन न करूँ,'' यह कहकर स्नेह और वाष्पपूरित आँखों से उसने **फ़ेथन** की ओर देखा, ''इससे बढ़कर मैं तुझे और क्या प्रमाण दूँ पुत्र? हाँ, यदि तुम इस पर भी सन्तुष्ट नहीं तो जाओ स्वयं सूर्य-देवता **हीलियस** से पूछ लो। तब तो तुम्हें सन्देह नहीं रहेगा?''

फ़ेथन को यह बात जँच गई। **क्लीमिनी** की सौगंध यद्यपि आत्म-सन्तोष के लिए पर्याप्त थी पर मित्रों का मुँह बन्द करना भी तो जरूरी है और उसके लिए प्रमाण चाहिए। यही सोच-विचार कर वह सुदूर पूर्व में स्थित सूर्य के महल की ओर चल पड़ा।

सूर्य का महल एक अद्‌भुत स्थान था। स्वर्ण की दीवारें, हाथी दाँत के छत, उनमें जटित हीरे-जवाहरात एक अनोखी छवि देते। ऐसा लगता जैसे सारा महल प्रकाश के टुकड़ों से बना हो। वहाँ हर समय दिन का उजाला फैला रहता। रात और अँधेरे का कहीं नाम न था। दहकते अंगारे से महल में चौंधिया देनेवाली चमक थी। किसी भी मर्त्य में इतनी शक्ति न थी कि देर तक लगातार उस ओर देख सके। **फ़ेथन** थोड़ी-थोड़ी दूरी पर रुकता, आँखें मलता आगे बढ़ रहा था। उसे हर हालत में **हीलियस** तक पहुँचना था। सूर्य का महल आ पहुँचा। जगमगाते दरवाजों से होता हुआ वह एक विशाल कक्ष में पहुँचा जहाँ स्वर्ण के सिंहासन पर सूर्य-देवता **हीलियस** विराजमान था। तेज के कारण उसकी ओर देख पाना असम्भव था। वह किरणों का ताज पहने था। उसके दाहिने-बाएँ दिवस, माह और वर्ष खड़े थे। उनके पास ही समान दूरी पर घंटे थे। ऋतुओं की देवियाँ

भी वहाँ उपस्थित थीं। फूलों का मुकुट पहने एक ओर थी वसन्त और दूसरी ओर पत्तों के वस्त्र पहने और अनाज की बालियों से केश सँवारे ग्रीष्म। हाथों में पके फलों के गुच्छे लिए पतझड़ और बर्फ से सफ़ेद बालोंवाली शीत भी **हीलियस** की सेवा में प्रस्तुत थी। **हीलियस** ने **फ़ेथन** को देखते ही पहचान लिया। अपने सिर से किरणों का ताज उतारकर एक ओर रखते हुए आने का कारण पूछा। सूर्य के मुस्कुराते चेहरे को देखकर आश्वस्त **फ़ेथन** ने सारी बात कह सुनाई और यह प्रार्थना की, ''यदि माता **क्लीमिनी** ने ठीक ही बताया है, तो मुझे कोई ऐसा प्रमाण दीजिए जिससे सारा विश्व इस सत्य को जान सके।''

फ़ेथन को सस्नेह गले लगाते हुए **हीलियस** ने कहा, ''पुत्र, **क्लीमिनी** ने तुम्हें सत्य ही बताया है। तुम्हें मेरी बात पर तो सन्देह नहीं? फिर भी मैं स्वयं तुम्हें कुछ प्रमाण देना चाहूँगा। आज जो चाहो माँग लो, मैं **स्टिक्स** नदी की सौगन्ध खाकर कहता हूँ तुम्हें मनोवांछित वस्तु मिलेगी। मेरी कथनी और करनी में कोई व्यवधान नहीं। जो माँगोगे, पाओगे। बोलो।''

फ़ेथन ने न जाने कितनी बार सूर्य के रथ को आकाश की यात्रा करते देखा था, और तब वह हर्ष और उल्लास से चीख उठता था, ''वह देखो, वह मेरे पिता का रथ है।'' और वह आश्चर्यचकित हो सोचा करता था, कैसा होगा यह आकाश और वह चार घोड़ों से जुता स्वर्ण रथ? कितना आनन्द आता होगा इस यात्रा में! **हीलियस** के शब्द सुनकर आज **फ़ेथन** का स्वप्न साकार हो उठा। वह एकदम बोला, ''मैं आपकी जगह लेना चाहता हूँ। बस, केवल एक दिन के लिए, मुझे अपना रथ दे दीजिए। मुझे और कुछ नहीं चाहिए।''

हीलियस का चमकता हुआ चेहरा पल-भर में बुझ गया। शीघ्र ही समझ में आ गया कि इस नादान लड़के को ऐसा वचन देना कितनी बड़ी भूल थी। लेकिन अब कोई चारा भी तो न था। **हीलियस** भयानक नदी **स्टिक्स** की सौगन्ध खा चुका था और **स्टिक्स** की झूठी कसम उठानेवाले देवता को कठोर दण्ड मिलता है। अपने सुनहले बालोंवाले सिर को इनकार में हिलाते हुए **हीलियस** ने कहा, ''प्यारे बेटे, शायद यही एकमात्र ऐसी चीज़ है जो मैं तुम्हें नहीं देना चाहूँगा। वैसे मैं **स्टिक्स** की सौगन्ध खाकर वचन दे चुका हूँ। अगर तुम ज़िद करते हो तो मैं मानने को मजबूर हूँ लेकिन मुझे विश्वास है तुम ऐसी ग़लती नहीं करोगे। शायद तुम नहीं जानते कि तुमने क्या माँगा है। तुम मेरे पुत्र अवश्य हो, पर **क्लीमिनी** से जन्म लेने के कारण तुममें एक मानवी का अंश है और सूर्य के रथ का चालन किसी भी मर्त्य के वश की बात नहीं। मानव की तो हस्ती ही क्या, स्वयं देवता भी इस कार्य को सम्पन्न नहीं कर सकते। देव-सम्राट **ज़्यूस** भी नहीं। और फिर सोचो रास्ता कितना भयानक है। पहले हिस्से में इतनी सीधी चढ़ाई है कि सारी रात के विश्राम से प्रफुल्लित घोड़े भी कठिनता से उसे पार कर पाते हैं; मध्य भाग इतनी ऊँचाई पर है कि मैं स्वयं भी वहाँ से नीचे देखने का साहस नहीं करता; और सबसे अधिक भयानक है तीसरा भाग जहाँ रथ आकाश से नीचे समुद्र में उतरता है।

वहाँ बहुत ही सावधानी की आवश्यकता है। मेरा स्वागत करने को खड़े समुद्र देवता भी यह देखकर आश्चर्य-चकित होते हैं कि मैं गिर कैसे नहीं पड़ता। फिर इतना ही नहीं, आकाश अपने सभी नक्षत्रों के साथ गोल घूम रहा है। ऐसी अवस्था में अपने मार्ग का स्थिरता से अनुसरण करना असम्भव है। और ये घोड़े कितने उद्दण्ड हैं, इसका तुम अनुमान भी नहीं कर सकते। ऐसी स्थिति में मैं तुम्हें यह रथ कैसे सौंप दूँ।''

फ़ेथन को चुप देख **हीलियस** ने फिर कहा :

''शायद तुम समझते हो कि तुम्हें इस रास्ते में सुन्दर अद्भुत वस्तुएँ देखने को मिलेंगी। मार्ग में देवताओं के महल होंगे। सुन्दर नगर और उपवन होंगे, विशाल अलंकृत मन्दिर होंगे; लेकिन ऐसा कुछ भी नहीं है। इसके विपरीत सारा रास्ता भयंकर दैत्यों से भरा है। भयानक बैल, सिंह, विशाल गिरगिट सभी तुम्हें हानि पहुँचाने की कोशिश करेंगे। मेरी बात मानो। इस घातक वरदान का हठ छोड़ दो। अभी समय है। अपने चारों ओर देखो। पृथ्वी, समुद्र, आकाश में अनेक अमूल्य निधियाँ बिखरी पड़ी हैं। कुछ भी माँग लो। मैं दूँगा। यह सम्मान नहीं विनाश का रास्ता है। बुद्धिमानी से काम लो। देखो तुम्हारी सुरक्षा के लिए मेरी चिन्ता क्या पर्याप्त प्रमाण नहीं कि मैं तुम्हारा पिता हूँ।''

यह कहकर **हीलियस** चुप हो गया और **फ़ेथन** के चेहरे की ओर देखने लगा। लेकिन **फ़ेथन** किसी और ही दुनिया में था जहाँ वह सोने के रथ पर बैठा था, उस रथ में चार घोड़े जुते थे और उसके हाथ में रास थी। वह आकाश-पथ पर उड़ा चला जा रहा था। आह! उस रथ और उस मार्ग पर जहाँ **ज़्यूस** भी जाने का साहस नहीं रखता। उसके पिता ने रास्ते की कठिनाइयों का जो इतना भयावह चित्रण किया था, उसका **फ़ेथन** पर किंचित मात्र भी प्रभाव न पड़ा था। उसे अपनी शक्ति पर कोई सन्देह नहीं था। पुत्र ने पिता की चेतावनी पर कोई ध्यान न दिया। यौवन की उद्दंडता उसकी रगों में दौड़ रही थी। उसे समझाने का सारा प्रयास विफल हुआ। अब समय भी कम रह गया था। एक-एक कर तारे बुझ चले थे, और नक्षत्र भी धुँधला गए थे। पूर्व में प्रातःकाल का अरुण उजाला छिटकने लगा था, उषा ने द्वार खोल दिए और गुलाब के फूलों से भरा मार्ग उसके आँचल-सा महक उठा।

हताश **हीलियस फ़ेथन** को रथ के पास ले गया। यह स्वर्ण से बना था। उसके पहिए सोने के थे और तीलियाँ चाँदी की। सूर्य के सिंहासन पर हीरे जड़े थे जो सूर्य के प्रकाश से और भी प्रभासित हो उठते। **एम्ब्रोसिया** का भोग किए हुए स्वस्थ, सुदृढ़ घोड़े रथ में जोत दिए गए।

हीलियस ने एक द्रव्य **फ़ेथन** के मुख पर छिड़का जिससे वह झुलसा देनेवाली लपटों की गर्मी सह सके। **फ़ेथन** गर्व से रथ पर चढ़ गया। **हीलियस** ने लगाम उसके हाथ में दे दी और एक ठंडी आह को सीने में ही दबाते हुए कहा :

''अब तुम जा ही रहे हो तो कुछ बातों का अवश्य ध्यान रखना। कोड़े का प्रयोग न करना और लगाम कसकर पकड़ना। घोड़े अपने आप ही द्रुत गति से दौड़ेंगे, तुम्हारा

काम केवल उन्हें नियन्त्रण में रखना है। मध्य मार्ग को अपनाना, उत्तरी या पश्चिमी ओर अधिक मत झुकना, बहुत ऊँचे या बहुत नीचे मत जाना। रथ के पहियों के निशान का अनुसरण करना।''

फ़ेथन का रथ पूर्व के द्वार से निकला। गर्वोन्मत्त पुत्र ने पिता को धन्यवाद तक नहीं दिया। घोड़े इतना तेज दौड़ रहे थे कि हवाएँ पीछे रह गईं। आकाश का विस्तृत क्षेत्र सामने खुला था और नीचे पृथ्वी। पल-भर को तो गर्व से **फ़ेथन** का सीना फूल उठा। वह सूर्य के रथ का स्वामी था। लेकिन शीघ्र ही सूर्य-पुत्र का यह उन्माद हवा हो गया। स्थिति बदल गई थी। रथ तेजी से इधर-उधर झटके खा रहा था। गति और बढ़ी। **फ़ेथन** घोड़ों पर नियन्त्रण खो बैठा। **फ़ेथन** का हल्का शरीर रथ को स्थिर रखने को पर्याप्त न था। घोड़े समझ गए थे कि उनकी लगाम कमज़ोर हाथों में है। वे अपनी इच्छानुसार इधर से उधर दौड़ रहे थे, कभी दाहिने, कभी बाएँ, कभी ऊँचे, कभी नीचे। इधर-उधर भयंकर दैत्यों से टकरा-टकराकर रथ क्षत-विक्षत हुआ जा रहा था। **फ़ेथन** भय से मूर्छित होने लगा और उसके हाथ से लगाम छूट गई। फिर क्या था! सारा रथ तूफान में फँसी नाव की तरह हिचकोले खाने लगा। पहली बार दोनों भालू नक्षत्र सूर्य की गर्मी से जल उठे और उनका जी चाहा कि समुद्र के पानी में कूद पड़ें।

फ़ेथन का बुरा हाल था। वह आत्म-नियन्त्रण खो बैठा। भयभीत होकर इधर-उधर देखता और कभी उस लक्ष्य की ओर जहाँ उसे पहुँचना था। उस समय उसकी ऐसी दशा थी कि वह मृत्यु की आकांक्षा करने लगा ताकि इस भयानक यन्त्रणा का अन्त हो। जब रथ ऊपर पहुँचा तो वह नीचे फैली पृथ्वी को देखकर थर-थर काँपने लगा। घोड़े सरपट दौड़े जा रहे थे, **फ़ेथन** के प्राण गले में अटके थे। बादलों से धुआँ उठने लगा। रथ अपना निश्चित मार्ग छोड़कर बहुत नीचे आ गया था। सूर्य की गर्मी से पहाड़ों में आग लग गई। सबसे पहले इसका शिकार हुए ऊँचे पर्वत—**इडा** जो अपने झरनों के लिए प्रसिद्ध था, **म्यूज़ेज़** का निवास-स्थान **हेलीकन** और **परनासस। एटना** अन्दर-बाहर धू-धू कर जलने लगा और **रोडोपे** का हिम-मुकुट न जाने पिघलकर कहाँ बह गया। **स्कीथिया** और **काकेसस** का बर्फ का आवरण भी उनकी इस अग्नि-वर्षा से रक्षा न कर सका। सूरज निरन्तर एक पुच्छल तारे की तरह पृथ्वी की ओर गिरता चला आ रहा था। बड़े-बड़े नगर, ऊँची विशाल इमारतें खंडहरों में बदल गईं, फ़सलें जलकर राख हो गईं। जंगलों में आग लग गई और उसकी लपटें आकाश तक पहुँचने लगीं। हरी-भरी घास की जगह राख और रेत ने ले ली। **लिबयान** का सुन्दर प्रदेश रेगिस्तान बन गया। विश्व के एक भाग के लोग जो सूर्य की गर्मी से बिल्कुल काले पड़ गए उन्हीं को हम नीग्रो कहते हैं। धरती में दरारें पड़ गईं। सोते सूख गए, नदियाँ वियोगिनी नायिकाओं की तरह क्षीण हो उठीं, झरनों का पानी खौलने लगा। **टेनेस, कैथस, ग्जैन्थस** और **मिएन्डर** नदियों से धुआँ उठने लगा। कहा जाता है कि इसी समय घबराकर **नील** नदी ने अपना सिर छिपा लिया और आज तक उसका उद्गम स्थान नहीं जाना जा सका। मछलियाँ पानी की निचली सतहों की ओर दौड़ी और कुछ बेतरह सूखे किनारों पर तड़पती रहीं।

जल-कन्याएँ बाल खोले विलाप करने लगीं। इतना ही नहीं समुद्र भी सिकुड़ गया। कई जगह सूखी ज़मीन निकल आई। समुद्र के सीने में पड़ी चट्टानें उभरकर द्वीप बन गईं। सभी देवी-देवता, **नीरीयस** और **डोरिस** अपनी पुत्रियों **नीरियड्स** को लेकर बहुत नीचे की गुहाओं में चले गए। समुद्र के देवता **पॉसायडन** ने तीन बार जल की सतह से सिर ऊपर उठाकर देखने की कोशिश की लेकिन सूर्य के तेज को सहने में असमर्थ हो फिर नीचे खिसक गया। पृथ्वी का हाल तो पहले ही शोचनीय था। बचे-खुचे लोग चींटियों की तरह उन खंडहरों में घूम रहे थे जो कभी उनके घर थे। जल-प्रलय के बाद यह दूसरी अग्नि-प्रलय थी। उधर **फ़ेथन** दीन स्वर में देवताओं से प्रार्थना कर रहा था और इधर पृथ्वी माता का हृदय दग्ध था। वह विनाश उसे असह्य हो उठा। उसने **ज़्यूस** को रक्षा के लिए पुकारा।

जब यह प्रलय कांड चल रहा था, देव-सम्राट **ज़्यूस ओलिम्पस** पर स्थित् अपने महल में दोपहर की नींद ले रहा था, इस बात से बेखबर कि सृष्टि किस भयानक ज्वाला में जली जा रही है। पृथ्वी के चीत्कार से उसकी आँख खुली। नीचे देखा तो स्तम्भित रह गया। सभी देवता तत्काल एकत्रित हुए। पृथ्वी की रक्षा कैसे की जाए। कहीं भी कोई पानी का सोता बाकी नहीं बचा था, न ही पृथ्वी को ढँकने को कोई बादल का टुकड़ा। और कोई चारा नहीं था। **ज़्यूस** ने अपना वज्र उठाया और वेग से **फ़ेथन** को लक्ष्य कर प्रहार किया। पल-भर में सब कुछ समाप्त हो गया। सूर्य के धृष्ट रथचालक का क्षत-विक्षत शरीर **एरीडॉनस** नदी में जा गिरा, जहाँ उसके जलते हुए अंग ठंडे हुए। उसकी बहनें **हेलियाडीज** करुण विलाप करने लगीं। कई दिनों तक वे उसी नदी के किनारे बाल खोले बैठी रोती रहीं। अन्ततः देवताओं ने दया करके उन्हें वृक्षों में परिवर्तित कर दिया। **फ़ेथन** के घनिष्ठ मित्र **सिगनस** ने नदी में डुबकियाँ लगाकर **फ़ेथन** के शरीर के कुछ अंग निकले और विधिपूर्वक उसका अन्तिम संस्कार किया। लेकिन इसके बाद भी वह शेष अंगों की खोज में पागलों की तरह नदी में तैरता और डुबकियाँ लगाता रहता था, अतः देवताओं ने उसे एक हंस बना दिया। हंस के रूप में वह आज तक **हीलियस** के दुस्साहसी पुत्र **फ़ेथन** को ढूँढ रहा है।

सूर्य देवता **हीलियस** से सम्बन्धित और कोई विशेष कथा नहीं मिलती। पाँचवीं शताब्दी ईसापूर्व के लगभग **हीलियस** का स्थान सूर्य देवता के रूप में **अपोलो** ने ले लिया। इसी कारण बाद में काफ़ी भ्रम उत्पन्न हुआ। सम्भवतः यह सादृश्यीकरण सूर्य की किरणों और अपोलो के बाणों के कारण अस्तित्व में आया और इस विश्वास को धीरे-धीरे मान्यता मिलने लगी कि **हीलियस** और **अपोलो** वस्तुतः एक ही देवता के दो नाम हैं। उक्त लिखित कथाएँ **अपोलो** के नाम से भी उपलब्ध हैं। **अपोलो** के उदय के साथ पौराणिक कथाओं के आकाश में **हीलियस** का सूर्य अस्त हो गया।

डिमीटर

ओलिम्पस के निवासी शक्ति- सम्पन्न देवताओं का सम्पर्क मानव के लिए बहुधा अहितकारी ही सिद्ध हुआ। सुन्दरी मर्त्य कुमारियों के लिए देव-सम्राट **ज़्यूस** सदा ही भय का कारण बना रहा और उसके क्रुद्ध वज्रों ने अनेक प्राण लिए। औचित्य विचार को त्यागकर **हेरा** ने अपने पति की प्रेमिकाओं से कैसा निर्मम प्रतिशोध लिया, इसका वर्णन आप पढ़ ही चुके हैं। **ऐफ्रॉडायटी** तथा **एरॉस** का तो काम ही समय-असमय मानव को कामोन्मत्त करके उसकी नैतिक दुर्बलता को उभारना था और युद्ध का अधिष्ठाता होने पर भी **एरीज़** को युद्ध से इतना प्रेम था कि वह सदा ही लोगों में द्वेष पैदा कर उन्हें लड़ाने की चिन्ता में रहता। लगभग सभी देवी-देवताओं का यही हाल था। किन्तु पृथ्वी की दो दैवी शक्तियों का आचरण इसके बिल्कुल विपरीत था। ये शक्तियाँ थीं—कृषि की देवी **डिमीटर** तथा मदिरा एवं अंगूर लता का देवता **डायोनिसस।** ये दोनों ही मानव-मात्र के मित्र थे एवं उनका उद्देश्य मनुष्य को खुशहाल बनाना और उसके जीवन में उल्लास का रंग भरना। सम्भवतः **डिमीटर** को **डायोनिसस** की अपेक्षा पहले देवी के रूप में मान्यता प्राप्त हुई। इसका स्पष्ट कारण है कि मनुष्य ने अन्न अंगूर लताओं से कहीं पहले उत्पन्न किया

एवं उसकी उपयोगिता को पहचाना। मनुष्य के सामूहिक जीवन का आधार कृषि ही था। अतः पृथ्वी से अन्न उगानेवाली शक्ति की कल्पना उसने एक देवी के रूप में की। पुरुषों के आखेट हेतु वनों में चले जाने पर खेतों की देखभाल स्त्रियाँ ही किया करती थीं। इस अन्न को '**डिमीटर** का पवित्र अन्न' कहा जाता था। खेतों, खलिहानों को **डिमीटर** का संरक्षण प्राप्त था। फ़सल काटने तथा पीटने के समय पके अन्न जैसे पीले बालोंवाली, दयालु **डिमीटर** की आराधना की जाती।

पृथ्वी से अन्न उत्पन्न करने तथा नव-विवाहित वर-वधू को शयन-कक्ष के रहस्यों में दीक्षित करनेवाली, **क्रॉनस** एवं **रिआ** की पुत्री **डिमीटर** स्वयं अविवाहित थी। अपने भाई **ज़्यूस** से रति के परिणामस्वरूप उसने **पर्सीफ़नी** अथवा **कोर** तथा **इयाकस** को जन्म दिया। **ज़्यूस** के अतिरिक्त **डिमीटर** का टाइटन **ऐज़न** से संयोग हुआ। **केडमस** तथा **हार्मोनिया** के परिणयोत्सव पर अमृत तथा मदिरा पानी की तरह बहाए गए। इनके प्रभाव से **डिमीटर** और **ऐज़न** इतने उन्मत्त हुए कि वे अन्य सभी एकत्रित देवी-देवताओं की दृष्टि बचाकर खिसक गए तथा बाहर एक जुते हुए खेत में ही रति-क्रिया करने लगे। जब वे लौटे तो उनके मिट्टी से सने अंगों को देखकर **ज़्यूस** सब कुछ समझ गया। वह **ऐज़न** की इस धृष्टता पर आगबबूला हो उठा और शीघ्र ही अपने घातक वज्र के प्रहार से उसका अन्त कर दिया। **होमर** में हमें यह कहानी इसी रूप में मिलती है। उसके अनुसार **डिमीटर** ने अपनी इच्छा से **ऐज़न** के साथ काम-सम्बन्ध स्थापित किया एवं **ज़्यूस** ने वज्र से **ऐज़न** की हत्या की। परन्तु **ओविड** के अनुसार **ऐज़न** इस सम्बन्ध के बाद अनेक वर्षों तक जीवित रहा। कुछ अन्य स्रोतों के अनुसार **ऐज़न** का अन्त उसके भ्राता **डारडेनस** के हाथों हुआ अथवा उसके अपने ही अश्वों ने उसे उन्मत्त होकर चीर डाला। बाद के कुछ लेखकों ने **ऐज़न** को एक व्यभिचारी के रूप में चित्रित किया है जो बलात् **डिमीटर** का कौमार्य भंग करने की चेष्टा के कारण **ज़्यूस** के कोप का भाजन हुआ, एवं वज्र से मारा गया। **डिमीटर** एवं **ऐज़न** के इस संयोग से **प्लूटस** का जन्म हुआ। **प्लूटस** का अर्थ है सम्पदा। इसका सम्बन्ध सम्भवतः पृथ्वी की सम्पदा अर्थात् कृषि के वैभव तथा अन्न की बहुलता से है।

डिमीटर को **ज़्यूस** से उत्पन्न अपनी पुत्री **पर्सीफ़नी** अथवा **कोर** से विशेष प्रेम था। **पर्सीफ़नी** कृषि के सभी कामों में अपनी माता का हाथ बँटाती। वह एक प्रकार से **डिमीटर** का ही छोटा रूप है। **पर्सीफ़नी** किशोरी थी एवं अनुपम सुन्दरी। **टारटॉरस** के स्वामी **हेडीज़** ने उसे देखा तो देखता ही रह गया। प्रेम के नटखट देवता **एरॉस** का बाण न जाने कब हृदय को बेध गया। **हेडीज़** को विश्वास हो गया कि उसका जीवन **पर्सीफ़नी** के बिना व्यर्थ है। **टारटॉरस** की बंजर भूमि पर प्रेम का अंकुर फूट पड़ा। जहाँ जाते सूर्य की किरणें भय से काँपतीं वह अँधेरा पाताल अनुराग की किरणों से उजला हो गया। किन्तु समस्या यह थी कि **पर्सीफ़नी** को प्राप्त कैसे किया जाए। श्यामवर्ण एवं दीर्घकाय **हेडीज़** जिस सुन्दरी पर आसक्त हुआ उसी ने उसकी प्रणय-प्रार्थना को ठुकरा दिया। कोई भी रमणी मृतकों के तिमिरावृत्त देश में अपने रूप, यौवन की अमूल्य निधि को तिल-तिल

कर जलाना नहीं चाहती थी। **ज़्यूस** के सबसे बड़े भाई **हेडीज़** की अंकशायिनी तथा **टारटॉरस** की सम्राज्ञी बनने का लोभ भी किसी रूपसी का कोमल हृदय आकृष्ट न कर पाता था। **हेडीज़** लगभग हताश हो चला था। तभी उसकी दृष्टि **पर्सीफ़नी** पर पड़ी। उसने **पर्सीफ़नी** को अपनी सहवासिनी बनाने का निश्चय कर लिया। परन्तु अपने पूर्व अनुभव के आधार पर **हेडीज़** यह जानता था कि माँगने से भिक्षा भी नहीं मिलती, प्रेम जैसी अमूल्य निधि का तो कहना ही क्या। फिर भला **डिमीटर** उसे अपने दामाद के रूप में क्यों कर स्वीकार करने लगी। कहते हैं युद्ध और प्रेम में सभी कुछ उचित है। अतः **हेडीज़** ने **पर्सीफ़नी** का बलात् अपहरण करने की योजना बनाई। किन्तु उसका विचार केवल सम्भोग का ही नहीं अपितु **पर्सीफ़नी** को विवाह-सूत्र में बाँध अपनी पत्नी बनाने का था। देवताओं को विवाह-सम्बन्ध स्थापित करने के लिए देव-सम्राट **ज़्यूस** की अनुमति लेना उचित है, अतः **हेडीज़** ने **पर्सीफ़नी** के अपहरण के लिए **ज़्यूस** की आज्ञा माँगी। देव-सम्राट् बड़ी दुविधा में पड़ गया। वह 'न' कहकर अपने बड़े भाई **हेडीज़** को रुष्ट नहीं करना चाहता था पर साथ ही यह भी जानता था कि कोमलांगिनी **पर्सीफ़नी** को **टारटॉरस** में धकेलने के अपराध को **डिमीटर** कभी क्षमा नहीं करेगी। अतः उसने अपनी राजनैतिक विलक्षणता से काम लिया। **ज़्यूस** ने न तो **हेडीज़** की योजना का समर्थन ही किया, न आलोचना। इस विषय में उसने चुप रहना ही उचित समझा। 'मौनं सम्मतिलक्षणम्'। **हेडीज़** के लिए इतना ही पर्याप्त था। वह अपनी योजना कार्यान्वित करने के लिए उचित अवसर की प्रतीक्षा करने लगा।

एक दिन की बात। नित्यचर्या से उत्पन्न क्लान्ति मिटाने के लिए सुन्दरी **पर्सीफ़नी** अपनी सखियों के साथ **सिसली** आई। **एटना** पर्वत के पास एन्ना की भूमि उनकी किलकारियों से गूँज उठी। पवन के झकोरे उनके स्वर से स्वर मिलाकर गाते, फूल-पत्ते प्रसन्नता से करतल-ध्वनि करते और कोमल उँगलियों से तोड़े जाने पर अपना जीवन धन्य मानते। ढेरों सुगन्धित पुष्पों से सखियों ने **पर्सीफ़नी** का शृंगार किया। उसके रूप की छटा दर्शनीय थी। कुसुमों के परिधान में विकसित यौवन को देख दिवस का मुख आरक्त-वर्ष हो उठा। सूर्य का तेज मन्द पड़ गया और वह शीघ्रता से पहाड़ों के आँचल में मुँह छिपाने को अग्रसर होने लगा। क्वाँरी हँसी चाँदी की घंटियों-सी बज उठी। हर्षोल्लास की इसी धारा में बहते फूलों का चयन करते-करते **पर्सीफ़नी** कुछ दूर निकल गई। सारी सखियाँ पीछे छूट गईं। **पर्सीफ़नी** ने देखा, एक बड़े आकार का अद्भुत फूल अकेला झूम रहा है। वह अपने आपको रोक न सकी। ऐसा सुन्दर और इतना बड़ा फूल उसने पहले कभी नहीं देखा था। एक अदृश्य डोर से बँधी वह उस ओर बढ़ी और अपनी कोमल उँगलियों से उसे तोड़ लिया। लेकिन यह क्या! फूल के टूटते ही भयंकर गर्जना के साथ पृथ्वी फट गई और श्याम-वर्ण अश्वों से जुते रथ में विशालकाय **हेडीज़** प्रकट हुआ। भय से **पर्सीफ़नी** के नेत्र फैल गए और आँचल में भरे फूल पृथ्वी पर बिखर गए। क्षण-भर को वह स्तब्ध खड़ी रह गई पर इससे पहले कि वह अपने बचाव का प्रयत्न करती, **हेडीज़** ने उसे अपनी लौहवर्ण सुदृढ़ बाँहों में लपेट लिया और रथ वायु वेग से

दौड़ने लगा। **पर्सीफ़नी** उसके आलिंगन में असहाय छटपटाती, रोती, चिल्लाती रही। **हेडीज़** को भय था कहीं **डिमीटर** से मुठभेड़ न हो जाए, अतः वह विद्युत वेग से रथ को लिए जा रहा था। एक पल विलम्ब होने पर उसका भाग्य बदल सकता था। रथ सामने नदी के तट पर जा पहुँचा। बस, अब लक्ष्य तक पहुँचने में कुछ ही देर थी। अचानक **हेडीज़** को आता देखकर **पर्सीफ़नी** की रक्षा के लिए **सायने** नदी उमड़ पड़ी। चारों ओर पानी ही पानी फैल गया। क्रोध से हुँकारती नदी की उत्कट लहरें आकाश को छूने लगीं। **हेडीज़** समझ गया रथ के द्वारा **सायने** को पार करने का प्रयास मूर्खतापूर्ण दुस्साहस होगा। अतः उसने पूरी शक्ति से अपने नुकीले भाले से पृथ्वी पर चोट की। धरती फट गई और **हेडीज़** का रथ **पर्सीफ़नी** सहित पृथ्वी के गर्भ में समा गया। आँसू-भरी आँखों से **पर्सीफ़नी** ने हरी-भरी वसुन्धरा को अदृश्य होते देखा। माँ **डिमीटर** का ध्यान आते ही वह विह्वल हो उठी। जानती थी, एक बार मृत आत्माओं के देश जाकर सुन्दरी धरणी के पुनर्दर्शन कर पाना कठिन है। और शायद **डिमीटर** कभी यह जान भी न पाएगी कि उसकी प्यारी बेटी कब, कहाँ और कैसे लुप्त हो गई। बिजली की तरह यह विचार **पर्सीफ़नी** के मस्तिष्क में कौंध गया। इससे पहले कि धरती के द्वार सदा के लिए बन्द होते, उसने अपनी करधनी उतारकर **सायने** नदी में फेंक दी और आर्त स्वर में जलदेवी से प्रार्थना की कि वह करधनी को उसकी माँ **डिमीटर** तक पहुँचा दे। इसके बाद धरती के पट बन्द हो गए और रथ **हेडीज़** के महल के सामने ही जाकर रुका।

साँझ घिर आई। थका-हारा सूर्य का रथ पश्चिम दिशा में स्थित महल में जा रुका। धीरे-धीरे अँधेरा फैलने लगा। आकाश में मुट्ठी-भर सितारे छिटक गए लेकिन **पर्सीफ़नी** घर न लौटी। रात के साथ-साथ **डिमीटर** की आशंका भी बढ़ती गई। एक अनजाना-सा भय उसके मन में घर करता गया। **पर्सीफ़नी** कभी भी इतने समय तक अपनी माँ से अलग नहीं रही थी। कहीं उस पर कोई संकट तो नहीं आ पड़ा। इसी उधेड़बुन में **डिमीटर** अपनी लाड़ली बेटी को खोजने निकल पड़ी। उसके नेत्रों से अविरल अश्रु-धारा बह रही थी और वह कातर स्वर में–**"पर्सीफ़नी! पर्सीफ़नी!"** पुकारती इधर-उधर भटकने लगी। उसने ऊँचे पहाड़ों, घने जंगलों, फूलों से भरी गहरी घाटियों को छान मारा लेकिन **पर्सीफ़नी** का कहीं कोई चिह्न न मिला। विह्वल **डिमीटर** विक्षिप्तों की भाँति चीत्कार करने लगी। माँ की विवश ममता रोती-बिलखती और उसकी पुकार पत्थरों से टकराकर लौट आती। अँधेरा घना हो गया तो क्षुब्ध **डिमीटर** ने **एटना** पर्वत के ज्वालामुखी से मशाल जला ली और उसके प्रकाश में **पर्सीफ़नी** को ढूँढ़ती रही। रात ढल गई, दिन निकल आया। एक बार फिर सूर्य के प्रकाश से धरती का मुख उजला हो गया पर **डिमीटर** के मन-मस्तिष्क पर छाया आशंकाओं का अन्धकार न छँटा। उसने सूरज, चाँद, सितारों, बहती नदियों की धारों से पूछा पर कोई भी **डिमीटर** को सन्तोषजनक उत्तर न दे सका। एक पल को भी वह **पर्सीफ़नी** को भूल न पाती। उसे शोकातुर देख धरती का हृदय भी दग्ध हो उठा। नौ दिन नौ रात तक **डिमीटर** अन्न-जल ग्रहण किए बिना **पर्सीफ़नी** को ढूँढ़ती रही। इसी समय उसकी भेंट समुद्र-देवता **पॉसायडन** से हुई जो उसके

मुरझाए हुए रूप पर ही आसक्त हो गया। शोकातुर **डिमीटर** काम-क्रीड़ा की मनःस्थिति में नहीं थी, अतः उसने **पॉसायडन** से बचने के लिए एक बाजिनी का रूप धारण कर लिया और **आन्कस** के पशुओं में चरने लगी। वहीं पर **पॉसायडन** ने अश्व के रूप में उसका भोग किया।

हताश **डिमीटर** दसवें दिन एक साधारण स्त्री के वेश में **इल्यूसिस** पहुँची। वह उदास-सी एक सड़क के किनारे बैठी थी कि उस देश के राजा **सीलियस** की पुत्रियाँ भाग्यवश उधर से निकलीं। उन्होंने जब एक अकेली स्त्री को इस प्रकार दुखी और खिन्न बैठे देखा, तो दयार्द्र हो उठीं। कारण पूछने पर **डिमीटर** ने बताया कि उसका बच्चा कहीं खो गया है और वह उसी को ढूँढ़ती हुई **इल्यूसिस** आई है। वे सुशील कुमारियाँ अपनी माता **मेटानियारा** की अनुमति से इस परदेसी स्त्री को अपने घर ले गईं। सिर से लेकर पाँव तक वस्त्रों से लिपटी **डिमीटर** जब **सीलियस** के प्रासाद में पहुँची तो सभी ओर एक दैवी आभा बिखर गई। यद्यपि **डिमीटर** को इस रूप में कोई भी पहचान नहीं सका फिर भी परिवार के सभी सदस्य उसके व्यक्तित्व से प्रभावित हुए और उसका उचित आदर करने लगे। **मेटानियारा** शीघ्र ही अतिथि के लिए मधुर मदिरा का पात्र भर लाई, परन्तु **डिमीटर** ने जौ का सुगन्धित पानी पीने की इच्छा प्रकट की। तुरन्त ही जौ का पानी प्रस्तुत किया गया। **डिमीटर** ने जल ग्रहण किया तथा बुद्धिमान **सीलियस के** अतिथि-सत्कार से बहुत प्रसन्न हुई। उसने वहीं रहने की इच्छा प्रकट की, अतः **सीलियस** के सबसे छोटे शिशु **डेमाफून** की परिचारिका के रूप में उसकी नियुक्ति कर दी गई। **पर्सीफ़नी** को खोकर **डिमीटर** की सारी ममता **डेमाफून** पर उमड़ आई। उसके स्पर्श मात्र से अबोध शिशु खिल उठा। **मेटानियारा** भी बालक के प्रति **डिमीटर** का स्नेह देखकर सन्तुष्ट हुई।

डेमाफून की परिचारिका के रूप में **डिमीटर** राजा **सीलियस** के प्रासाद में रहने लगी। उसका सारा अनुराग **डेमाफून** पर ही केन्द्रित हो गया। अतः उसने बालक को देवताओं की भाँति अनन्त जीवन एवं यौवन प्रदान करने का निश्चय किया। वह प्रतिदिन बालक का अमृत से अभिषेक करती एवं रात्रि के गहन अन्धकार में जब सभी निद्रा की गोद में बेसुध हो पड़े रहते, **डेमाफून** को दहकते हुए अंगारों पर लिटा देती और मन्त्र जाप करती। **डिमीटर** का उद्‌देश्य बालक के शरीर के नश्वर तत्त्व जलाकर उसे देवता-तुल्य बनाना था किन्तु भाग्य को यह स्वीकार न हुआ। एक रात जब **डिमीटर डेमाफून** को भड़की हुई आग की लपटों पर टिकाए मन्त्र-जाप कर रही थी, अचानक **मेटानियारा** की आँख खुल गई। परिचारिका की सतर्कता की परीक्षा करने वह **डिमीटर** के कक्ष की ओर चुपके-चुपके जा पहुँची। भीतर का भयानक दृश्य देखकर वह हठात् चीख पड़ी। मन्त्र-जाप भंग हो जाने से **डेमाफून** की तत्काल मृत्यु हो गई। **मेटानियारा** की इस बुद्धिहीनता एवं शंकालु प्रवृत्ति पर **डिमीटर** क्रोध से जल उठी और अपने वास्तविक रूप में प्रकट हो गई। देवी के अंग-अंग से तेज की किरणें निकलने लगीं जिनसे सारा प्रासाद उद्‌भासित हो उठा। उसके अद्‌भुत तेज के समक्ष टिक पाना **मेटानियारा** के लिए

असम्भव हो गया। भय से उसका मुख पीला पड़ गया, शरीर की सारी शक्ति लुप्त हो गई और अंग-अंग पतझड़ के पीले पत्ते-सा काँपने लगा। देवी ने अपना परिचय देकर **डेमाफून** को अमर यौवन देने का अभिप्राय कह सुनाया। हा दुर्भाग्य! **मेटानियारा** ने बुद्धिहीनता से पुत्र खोया और अन्न की देवी को भी रुष्ट किया। वह देवी के चरणों में गिर पड़ी। **डिमीटर** ने आज्ञा दी कि उसके सम्मान में नगर के पास ही एक विशाल मन्दिर का निर्माण किया जाए, तभी **इल्यूसिस** को देवी का अनुग्रह प्राप्त होगा।

प्रातःकाल **सीलियस** तथा **मेटानियारा** ने देवी **डिमीटर** की आज्ञा सबको कह सुनाई। सर्वसम्मति से **इल्यूसिस** में **डिमीटर** के एक विशाल मन्दिर का निर्माण हुआ। मन्दिर तैयार हो जाने पर स्वयं **डिमीटर** ने वहाँ आकर उसकी शोभा बढ़ाई तथा **इल्यूसिस** निवासियों को अपनी उपासना के रहस्यमय ढंग बताए। **सीलियस** तथा **मेटानियारा** का दूसरा पुत्र **ट्रिप्टॉलेमस डिमीटर** का कृपापात्र हुआ।

सीलियस का महल छोड़कर **डिमीटर** फिर **पर्सीफ़नी** की खोज में निकल पड़ी। घूमते-घूमते वह एक दिन **एट्टिका** नगर में पहुँची। **डिमीटर** बहुत थक गई थी। **मिज़्मे** नामक एक दयालु स्त्री ने उसे केकियान पीने को दिया। उसने प्रसन्न होकर केकियान से भरा पात्र ले लिया और गटगट पीने लगी। **मिज़्मे** का धृष्ट पुत्र **एस्कैलाबास** इस पर खिलखिलाकर हँस पड़ा। **डिमीटर** को इतना क्रोध आया कि उसने पात्र में बचा हुआ केकियान **एस्कैलाबास** के मुँह पर फेंक दिया। पल-भर में युवक की मानव-देह छिपकली के रूप में बदल गई। आज तक छिपकली की पीठ पर केकियान के निशान हैं।

जब तक **पर्सीफ़नी** का पता न मिल जाए, **डिमीटर** को कहाँ चैन! अनेक देशों में भ्रमण करने के पश्चात् वह फिर वापस **सिसली** पहुँची। एक दिन नदी के किनारे घूमते अचानक उसकी दृष्टि एक चमकते आभूषण पर पड़ी। **डिमीटर** ने उत्सुकतावश उसे उठा लिया। यह **पर्सीफ़नी** की करधनी थी। **डिमीटर** के आनन्द की सीमा न रही। उसे विश्वास हो गया कि अब उसे शीघ्र ही अपनी खोई बेटी मिल जाएगी। वह बार-बार करधनी को चूमने लगी। तभी उसे ऐसा लगा जैसे उस जलधारा की नन्ही-नन्ही लहरें संगीतमय स्वर में कुछ कह रही हों। यह भ्रम नहीं था। **डिमीटर** ने ध्यान से सुना। यह ध्वनि थी सुन्दरी **एरेथुसा** के मधुर कंठ की। **एरेथुसा** कभी देवी **आर्टेमिस** की कुमारी सखी थी किन्तु भाग्यवश अब एक लघु सरिता के रूप में अपना अस्तित्व शेष रख सकी थी। **एरेथुसा** ने **डिमीटर** को बताया कि पृथ्वी के गर्भ से होकर आते समय उसने आभूषणों से लदी सुन्दरी **पर्सीफ़नी** का **टारटॉरस** के सम्राट **हेडीज़** के साथ सम्राज्ञी के रूप में प्रतिष्ठित देखा था। **पर्सीफ़नी** का मुख म्लान था, और वह रह-रहकर उस पृथ्वी की याद में ठंडी आहें भरती थी जहाँ रोज प्रातःकाल सूर्य वसुन्धरा का मुख चूम-चूमकर उसके कपोलों से ओस के आँसू सुखा डालता है।

एरेथुसा से **पर्सीफ़नी** के सम्बन्ध में यह सूचना पाकर **डिमीटर** शोक-विह्वल हो उठी। उसने कभी कल्पना भी न की थी कि उसकी फूल-सी कोमल बच्ची **टारटॉरस** की अँधेरी कारा में **हेडीज़** की बन्दी है। आशा की अन्तिम किरण भी टिमटिमाकर बुझ गई। पृथ्वी,

आकाश के किसी भी कोने से **डिमीटर** अपनी बेटी को वापस ला सकती थी किन्तु मृत आत्माओं के देश में जो एक बार गया फिर नहीं लौटा। **हेडीज़** उसे किसी भी तरह मुक्त करने को राजी न होगा। विषण्ण-मन **डिमीटर** अपने कर्तव्य के प्रति उदासीन हो उठी। उसे जीवन से विरक्ति हो गई। विलास से मुख मोड़ लिया। अब वह एक गुहा में बैठी सारा दिन चुपचाप आँसू बहाया करती। **डिमीटर** की उस उदासीनता का भयंकर परिणाम निकला। फूलों ने खिलना छोड़ दिया। हरी-भरी दूब सूखकर काली पड़ गई, पेड़-पौधे मुरझा गए। किसानों ने खेतों में बीज डाले, तपते सूरज के तले बीसियों बार हल चलाए लेकिन एक भी अंकुर न फूटा। धरती ने अन्न उगलना बन्द कर दिया। चारों तरफ बंजर ज़मीन नजर आने लगी। दूर-दूर तक हरियाली का कहीं नाम न था। भयंकर अकाल पड़ा। भूख से व्याकुल होकर लोग मरने लगे। हाहाकार मच गया। **ज़्यूस** ने अनेक वाक्पटु दूतों को **डिमीटर** के पास भेजा, पर व्यर्थ। **ज़्यूस** के अमूल्य उपहारों को भी उसने अस्वीकार कर दिया। वह रो-रो कर यही कहती, ''हे **ज़्यूस,** यदि एक माँ के आँसुओं का तुम्हारे लिए कोई मूल्य नहीं, तो कम से कम एक पिता की प्रतिष्ठा का तो ध्यान करो। **पर्सीफ़नी** मेरी ही नहीं, तुम्हारी भी तो बेटी है।''

ज़्यूस बुरी तरह घबरा गया। उसे विश्वास हो गया कि **डिमीटर** अपना हठ न छोड़ेगी। उधर अकाल से सैकड़ों मनुष्य मृत्यु का ग्रास हो रहे थे। भय था कि कहीं पृथ्वी मानव-रहित न हो जाए। अन्त में हारकर **ज़्यूस** ने **हेडीज़** के पास यह सन्देश भेजा कि वह **पर्सीफ़नी** को लौटा दे अन्यथा सारी सृष्टि विनष्ट हो जाएगी। साथ ही **डिमीटर** को भी यह कहला भेजा, 'तुम्हें अपनी बेटी **पर्सीफ़नी** केवल इस शर्त पर वापस मिल सकती है कि उसने अभी तक मृतकों का भोजन न ग्रहण किया हो।'

पर्सीफ़नी जब से **टारटॉरस** गई थी उसने अन्न ग्रहण नहीं किया था। वह सारा दिन अपनी माँ को याद कर रोया करती। **हेडीज़** का प्रेम उसका क्लेश न मिटा सका। उसकी कमल-सी आँखें सूज गईं, कपोलों के रक्तिम गुलाब पीले पड़ गए। **हेडीज़** उसे प्रसन्न रखने के हर सम्भव प्रयत्न करता, परन्तु वह धरती को याद करके ठंडी आहें भरती रहती। **ज़्यूस** की आज्ञा से जब **हेमीज़** उसे लेने **टारटॉरस** गया तो **पर्सीफ़नी** फूल-सी खिल उठी। **हेडीज़** देव-प्रमुख **ज़्यूस** की अवज्ञा नहीं कर सकता था, अतः भारी मन से उसने **पर्सीफ़नी** को पृथ्वी पर ले जाने की अनुमति दे दी। प्रसन्नवदना **पर्सीफ़नी** जब **हेमीज़** का सहारा लेकर रथ पर चढ़ रही थी तभी **हेडीज़** का माली **एस्कैलेफ़स** चिल्ला उठा, ''ठहरो, सुनो, मैंने **पर्सीफ़नी** को अनार के कुछ दाने खाते अपनी आँखों से देखा है। देवी ने मृतकों के देश का भोजन ग्रहण किया है। मैं इसकी गवाही देने को तैयार हूँ।''

उसी दिन सवेरे **पर्सीफ़नी** ने **टारटॉरस** में अनार के कुछ दाने कई दिनों के बाद खाए थे। कुछ लेखकों का ऐसा कहना है कि **हेडीज़** ने स्वयं आग्रह करके उसे विदा के समय अनार खिला दिया। वह जानता था कि एक बार इस देश का खाद्य ग्रहण कर लेने पर **पर्सीफ़नी** को फिर वापस लौटना पड़ेगा। जब **हेमीज़** का रथ पृथ्वी पर आकर रुका,

डिमीटर वायुवेग से दौड़कर अपनी बेटी से लिपट गई। उसके आँसुओं से **पर्सीफ़नी** के मुख का विषाद धुल गया। दोनों देर तक रोती रहीं। वह सारा दिन न जाने कैसे पल-भर में बीत गया। **पर्सीफ़नी** ने माँ को अपने अपहरण की सारी कहानी कह सुनाई। अनार के दानों की बात सुनकर **डिमीटर** एक बार फिर सकते में आ गई। समझ गई कि अब उसे **ज़्यूस** की आज्ञा के अनुसार **पर्सीफ़नी** को वापस **टारटॉरस** भेजना पड़ेगा। इस विचार से ही उसकी प्रसन्नता गायब हो गई। वह **पर्सीफ़नी** का वियोग नहीं सह सकती थी। उसने घोषणा कर दी, "न तो मैं **ओलिम्पस** पर अपना स्थान ग्रहण करूँगी, न पृथ्वी को शाप मुक्त करूँगी।" अब **ज़्यूस** ने माता **रिआ** को **डिमीटर** के पास भेजा। क्योंकि **पर्सीफ़नी टारटॉरस** में खाद्य पदार्थ ग्रहण कर चुकी थी, अतः उसका सदा पृथ्वी पर रहना असम्भव था। अन्त में यह तय हुआ कि **पर्सीफ़नी** वर्ष का एक-तिहाई (अथवा आधा) भाग अपने पति **हेडीज़** के साथ **टारटॉरस** में सम्राज्ञी के रूप में बिताए और शेष समय अपनी माता **डिमीटर** के साथ पृथ्वी पर। **डिमीटर** एवं **हेडीज़** दोनों ही ने इस समझौते को स्वीकार कर लिया। **पर्सीफ़नी** को **टारटॉरस** से लाने तथा ले जाने का भार **हेमीज़** को सौंपा गया।

हरियाली एवं वसन्त की देवी **पर्सीफ़नी** जब **हेमीज़** के साथ **टारटॉरस** से बाहर पृथ्वी पर आती खुशी से फूल चटकने लगते, सूखे हुए पेड़-पौधे लहरा उठते, नंगे पहाड़ हरा परिधान ओढ़ लेते, नदियों और झरनों की लहरें किलक-किलककर उसका स्वागत करतीं, खेतों में फ़सलें सोने की तरह चमक उठतीं, खलिहान भर जाते। **डिमीटर** दिन-भर अपनी बेटी के साथ काम में जुटी रहती। वसन्त और ग्रीष्म न जाने कब बीत जाते। शरद के आगमन के साथ **हेडीज़** का सन्देश आ पहुँचता और खिन्न-मना **पर्सीफ़नी टारटॉरस** लौट जाती। **टारटॉरस** के द्वार बन्द होते ही **पर्सीफ़नी** का मुख कुम्हला जाता। यहाँ वह जीवन की नहीं मृत्यु की देवी थी जिसके एक हाथ में अनार और दूसरे

में जलती हुई मशाल है। **पर्सीफ़नी** के लौटते ही **डिमीटर** अपना मुँह ढाँपकर रोने लगती और किसी गुहा में एकान्तवास करती। परिणामस्वरूप न अन्न की सुनहली बालियाँ लहलहातीं, न फूल-पत्ते झूमते। ग्रीष्म के समीर की जगह पतझड़ की आँधियाँ ले लेतीं। फिर जाड़ा आता, बर्फ गिरती। चारों ओर मौत का सन्नाटा छा जाता। **पर्सीफ़नी** के आगमन के साथ फिर वसन्त आता। **डिमीटर-पर्सीफ़नी** के विरह-मिलन का यह क्रम आज तक उसी तरह चल रहा है।

इस समझौते के बाद **डिमीटर इल्यूसिस** गई। वहाँ **सीलियस** तथा **मेटानियारा** के पुत्र **ट्रिप्टोलेमस** को अपनी आराधना के रहस्यों से परिचित कराया और उसे कृषि के नए ढंग बताए। **डिमीटर** ने **ट्रिप्टोलेमस** को अन्न के बीज, एक लकड़ी का हल और सर्पों द्वारा चलनेवाला रथ भेंट में दिया और यह आज्ञा दी कि वह देश-देश में भ्रमण करके मानवमात्र को कृषि करना सिखाए। **ट्रिप्टोलेमस** ने देवी की आज्ञा का पालन किया।

डिमीटर का चित्रण लगभग सभी सम्बद्ध कहानियों में एक अत्यधिक दयालु देवी के रूप में हुआ है जिसका हृदय मानवता के लिए स्नेह से ओत-प्रोत है। इस विषय में केवल **एरिस्कथॉन** की कथा ही अपवाद है। **एरिस्कथॉन** को डिमीटर के द्वारा दिया गया भयानक दण्ड आप अपनी मिसाल है।

ट्रापिआस का पुत्र **एरिस्कथॉन** अनीश्वरवादी था। वह देवी-देवताओं की सत्ता को नहीं मानता था। उसे अपनी शक्ति तथा वैभव का बड़ा अभिमान था। इसी अभिमान में अन्धा होकर उसने **डिमीटर** के प्रिय कुंज के ओक वृक्ष को काटने की आज्ञा अपने सेवकों को दी। **एरिस्कथॉन** को अपने भोजकक्ष के लिए बढ़िया लकड़ी की आवश्यकता थी। इस अभिप्राय की पूर्ति के लिए उसने जान-बूझकर **डिमीटर** का अपमान करने की ठानी। यह ओक वृक्ष जंगल के अन्य सभी वृक्षों से विशाल एवं पुरातन था। इसकी शाखाएँ दूर-दूर तक फैली थीं और अनेक पेड़-पौधे तथा झाड़ उसके आश्रय में पलते थे। जन-साधारण का विश्वास था कि यह वृक्ष अन्न की देवी **डिमीटर** को विशेष रूप से प्रिय है तथा अनेक वन-देवियाँ रात्रि के समय उससे छनकर आती चाँदनी में नृत्य किया करती हैं। देवी के अनुयायी इस पवित्र वृक्ष की पूजा करते तथा उसकी डालियों पर पुष्प-मालाएँ चढ़ाते। लेकिन उद्दण्ड **एरिस्कथॉन** ने उसे भी नहीं छोड़ा। 'विनाश काले विपरीत बुद्धि'। उसने अपने सेवकों को इस ओक को काट डालने की आज्ञा दी। परन्तु उन बेचारों में देवी के पवित्र वृक्ष पर प्रहार करने के लिए पर्याप्त अविनय नहीं थी। उन्हें हिचकिचाते देखकर **एरिस्कथॉन** को क्रोध आ गया। उसने मजदूरों के हाथ से कुल्हाड़ी छीनकर पूरी शक्ति से ओक पर यह कहते हुए प्रहार किया, "मैं किसी देवी की परवाह नहीं करता। मेरे रास्ते में जो आएगा मैं उसे मिटा दूँगा।"

कुल्हाड़ी लगते ही ओक के तने से रक्त की धारा बह निकली। ऐसा लगा जैसे सारा वृक्ष कराह उठा। पत्ते पीले पड़ गए और बुरी तरह फड़फड़ाने लगे। आस-पास खड़े लोग भय से काँपने लगे। उन्होंने मदान्ध **एरिस्कथॉन** को एक बार फिर रोकने की चेष्टा

की लेकिन वह उल्टा उन्हें ही मारने लगा। उसके निरन्तर प्रहार से वृक्ष का तना लहूलुहान हो गया और तभी उसमें से एक क्षीण स्त्री-स्वर सुनाई दिया, ''मैं **डिमीटर** की प्रिय, इस वृक्ष की निवासी वनदेवी, तेरे हाथों मृत्यु को प्राप्त होते यह चेतवानी देती हूँ कि, देवी की क्रोधाग्नि शीघ्र ही तुझे जलाकर राख कर देगी।'' इसके बाद ही वह विशाल वृक्ष भरभराकर गिर पड़ा।

एक अन्य विवरण के अनुसार **एरिस्कथॉन** का यह दुस्साहस देखकर स्वयं **डिमीटर** एक वनदेवी के रूप में प्रकट हुई और **एरिस्कथॉन** से उस ओक को न काटने का अनुरोध किया किन्तु उसने इस चेतावनी पर कोई ध्यान नहीं दिया और वृक्ष को काट डाला। **एरिस्कथॉन** की उद्दंडता देवी **डिमीटर** को अब असह्य हो उठीं। वनदेवियों ने भी रो-रोकर **एरिस्कथॉन** को दण्ड देने की प्रार्थना की। अन्ततः **डिमीटर** ने **एरिस्कथॉन** के लिए ऐसे भीषण दण्ड का विधान किया जिसे देखकर लोगों के दिल दहल गए। उसने तत्काल एक पर्वत की देवी को बुलाकर अकाल एवं बुभुक्षा की देवी के पास यह सन्देश भेजा कि वह **एरिस्कथॉन** को आविष्ट कर ले। **डिमीटर** की आज्ञा भला कैसे टाली जा सकती थी। दुर्भिक्ष की कृशकाय देवी भागी हुई आई और सोए हुए **एरिस्कथॉन** को अपनी बाँहों में जकड़कर कभी न तृप्त होनेवाली क्षुधा का ज़हर उसके रक्त में मिला दिया। अपना काम पूरा करके वह वापस भाग गई।

एरिस्कथॉन की नींद खुली तो भूख के मारे उसके प्राण निकले जा रहे थे। तत्काल सेवकों ने भोजन परोस दिया लेकिन यह क्या! **एरिस्कथॉन** जितना खाता उसकी भूख उतनी ही तेजी से बढ़ती जाती। वह चीख-चीखकर और भोजन माँगने लगा। पृथ्वी पर जितनी प्रकार की वनस्पति उपलब्ध थी, तथा आकाश और जल में रहनेवाले सभी प्राणी क्षुधार्त **एरिस्कथॉन** के लिए पकाए गए लेकिन उसकी भूख शान्त होने में न आती थी। वह खाता ही जाता था और जितना खाता उतनी ही भूख बढ़ती जाती। सारा भंडार खाली हो गया। **एरिस्कथॉन** की सम्पत्ति भोज्य पदार्थ क्रय करने के लिए बिकने लगी। वह इतना खाता जिससे एक पूरे नगर के लोग पेट भर सकते थे। पर फिर भी उसकी क्षुधा शान्त न होती। उसके पेट की अग्नि में जितनी आहुति पड़ती उतनी ही लौ भड़कती। अब वह एक ऐसे समुद्र की तरह था जो सहस्रों नदियों का जल ग्रहण करने पर भी कभी नहीं भरता। वह हर समय 'और और' ही चिल्लाया करता।

एरिस्कथॉन की सारी सम्पत्ति बिक गई। अब वह इतना निर्धन हो गया कि उसके पास अपना भोजन खरीदने के लिए भी पैसे नहीं थे। उसके पास अब केवल अपनी एकमात्र पुत्री ही बची थी। क्षुधार्त पिता ने धन प्राप्त करने के लिए बेटी को दासी के रूप में बेच दिया। लड़की बहुत ही दुखी हुई। वह अपने संकटग्रस्त पिता को छोड़कर नहीं जाना चाहती थी। उसका स्वामी उसे कुछ देर के लिए समुद्र के किनारे छोड़कर आवश्यक कार्य से दूसरी ओर गया। लड़की आर्त स्वर में समुद्र-देवता **पॉसायडन** की आराधना करने लगी। **पॉसायडन** को दया आ गई और उसने लड़की को एक मछियारे के रूप में बदल दिया। जब उसका स्वामी पल-भर बाद ही इधर मुड़ा तो दासी का कहीं

पता न था। उसने मछियारे से पूछताछ की पर मछियारे ने **ज़्यूस** की सौगन्ध खाकर कहा कि जब से वह वहाँ खड़ा था कोई भी स्त्री उधर से नहीं निकली। स्वामी ने सोचा कि दासी अवसर पाते ही भाग गई, अतः वह वापस लौट गया। लड़की बहुत ही प्रसन्न हुई और अपने वास्तविक रूप में पिता के पास जा पहुँची। फिर यही क्रम चलने लगा। अभागा **एरिस्कथॉन** उसे बार-बार धनवानों के हाथ बेचता और प्रत्येक बार **पॉसायडन** उसे पक्षी, गाय, बैल या हिरण के रूप में बदल देता। इस तरह वह फिर अपने घर लौट आती। इतना सब होने पर भी **एरिस्कथॉन** की भूख न मिटी और अन्त में वह फिर अपने ही अंगों को काट-काटकर खा गया।

इस प्रकार **एरिस्कथॉन** का तो अन्त हो गया परन्तु उसका नाम देवताओं की अवहेलना की धृष्टता करनेवाले मनुष्यों के लिए सदा एक चेतावनी के रूप में जीवित है।

ओलिम्पस के समस्त देवी-देवताओं में **डिमीटर** को पृथ्वी एवं मानव से विशेष अनुराग है। **ओलिम्पस** पर वह अपना स्थान अवसर-विशेष पर ही ग्रहण करती एवं अपना अधिकांश समय पृथ्वी पर अन्न उपजाने तथा मनुष्यों के कृषि सिखाने में व्यतीत करती। मानव के लिए इस कला की उपयोगिता स्वयंसिद्ध है, अतः उसने सदैव ही देवी से एक प्रकार की निकटता एवं आत्मीयता का अनुभव किया। इसका एक और भी कारण है। सभी अन्य देवी-देवता **ओलिम्पस** पर निवास करते हैं जहाँ दुःख और क्लेश का नाम नहीं, जहाँ न आँधियाँ चलती हैं न मूसलाधार पानी बरसता है, न पतझड़ आता है न बर्फ पड़ती है। वहाँ तो सुख का साम्राज्य है, सदा ही वसन्त है। **अपोलो** की वीणा की झंकार है, **म्यूज़ेज़** का मधुर स्वर है, चारों ओर सौन्दर्य का प्रकाश है। वहाँ किसी का पीड़ा से परिचय नहीं। इसके विपरीत **डिमीटर** पृथ्वी की देवी है। बहुधा पृथ्वी पर निवास करती है। वह एकमात्र ऐसी देवी है जिसने पीड़ा को पहचाना है। जिसने अपनी बेटी के वियोग में अनगिनत आँसू बहाए हैं, जो प्रत्येक छह माह के पश्चात अपनी लाड़ली **पर्सीफ़नी** को मृतकों के देश जाता देख चीत्कार करती है। **ओलिम्पस** के देवता क्या जाने अपने प्रिय की मृत्यु का दुख क्या होता है? **डिमीटर** स्वयं दुखी है, अतः मनुष्यों का सुख-दुख समझती है। यह भी एक कारण है **डिमीटर** की विस्तृत मान्यता का।

डिमीटर का रोमन नाम **सेरीज़** है। उसका चित्रण बहुधा एक गृहिणी अथवा माता के रूप में हुआ है। उसके सिर पर गेहूँ की बालियों का ताज है। हाथ में अन्न और हँसिया है। उसके तथा **पर्सीफ़नी** के सम्मान में **ग्रीस** तथा **इटली** में अनेक भव्य मन्दिरों का निर्माण किया गया। उसके मुख्य पर्व **थेस्मोफ़ोरिया** तथा **सेरीलिया** बड़ी धूमधाम से मनाए जाते थे। **इल्यूसिस** में उसका विशेष सम्मान था।

डायोनिसस

देव-सम्राट **ज़्यूस** की अनगिनत मर्त्य प्रेमिकाओं में एक अभूतपूर्व सुन्दरी थी—**कैडमस** एवं **हारमोनिया** की प्यारी बेटी, **थीब्ज़** की राजकुमारी **सिमीले।** चाँदनी में नहाए अनछुए अंगों में खिलता यौवन जलपूरित नदी के प्रवाह-सा पर गहरी आँखों में अभी छुटपन की मधुर स्मृतियों के कमल खिले थे। उन्नत भाल पर आभा थी उच्चकुल मर्यादा की। **ज़्यूस** ने एक मर्त्य प्राणी का रूप धारण किया और **ओलिम्पस** का स्वर्ण-प्रासाद छोड़ पृथ्वी पर आ गया। पर **सिमीले** अभिमानिनी थी। किसी भी साधारण व्यक्ति का संसर्ग उसे स्वीकार न था। अतः **ज़्यूस** ने देव-सम्राट के रूप में ही अपना परिचय देकर **सिमीले** से प्रणय-याचना की। रूप के अभिमान ने अनन्त शक्ति के सामने शीश झुका दिया और **सिमीले** सहर्ष **ज़्यूस** की सहिवासिनी हो गई। किसी भी मर्त्य स्त्री का इससे बड़ा सौभाग्य क्या होगा कि स्वयं देवताओं का सम्राट उसके हृदय-द्वार पर आकर प्रणय की भिक्षा माँगे। **सिमीले** हर्ष एवं गर्व से फूल उठी। पर भावी को कौन जान सका है। भोली-भाली **सिमीले** को क्या पता था कि **ज़्यूस** का यह अनुग्रह ही उसके विनाश का कारण बन जाएगा। **ज़्यूस** और **सिमीले** का प्रेम चन्द्रमा की कलाओं-सा बढ़ता ही गया। यहाँ तक कि **ज़्यूस** का **ओलिम्पस** में मन न लगता। वह अधिक से अधिक समय अपनी प्रेमिका के भुजलता-पाश में ही बँधकर व्यतीत करने को व्याकुल रहता। प्रेम से अधिक उत्तेजक भला और कौन-सी मदिरा होगी। परन्तु कोई भी अति हितकारी नहीं होती। **ओलिम्पस**

में **ज़्यूस** की अनुपस्थिति से सम्राज्ञी **हेरा** आशंकित हो उठी। कारण जानते उसे देर न लगी। वह अपने पति के स्वभाव से भली-भाँति परिचित थी। **हेरा** ने **सिमीले** को अपने मार्ग से हटाने का उपाय सोच निकाला। वह **सिमीले** की बूढ़ी परिचारिका का रूप धारण करके उसके पास गई और मीठी-मीठी बातें करके यह जान लिया कि साधारण प्रेमी का रूप धारण करके आनेवाला उसका प्रेमी वस्तुतः **ज़्यूस** है। **सिमीले** ने अपनी विश्वस्त वृद्धा परिचारिका को **ज़्यूस** की प्रथम प्रणय-प्रार्थना से लेकर आत्म-समर्पण तक सारी कथा कह सुनाई। **हेरा** अन्दर ही अन्दर क्रोध और प्रतिहिंसा से फुँकी जा रही थी। किन्तु प्रत्यक्ष रूप से उसने सहानुभूति प्रदर्शित करते हुए कहा, ''बेटी, यदि तेरा प्रेमी सचमुच देव-सम्राट **ज़्यूस** ही है, तो सच तू बड़ी ही भाग्यशाली है। पर इसका प्रमाण क्या कि उसने जो कहा सत्य ही कहा है?'' अपने पके बालोंवाले सिर को हिलाते हुए वह कहती गई, ''पुरुषों का मन-वचन एक नहीं होता। कहीं वह तुझसे छल तो नहीं कर रहा? यदि वह **ज़्यूस** है तो देवोचित वैभव के बिना एक साधारण व्यक्ति की तरह क्यों आता है? या फिर...'' उसने कुछ सोचकर कहा, ''सम्भवतः वह तुझसे अपनी पत्नी **हेरा** जितना प्यार नहीं करता। तू तो बिलकुल भोली है। देख, मेरी बात मान। आज जब वह आए तो उसे देव-सम्राट के उचित वस्त्र, आभूषण, अस्त्र-शस्त्र विशेषतः वज्र से सुशोभित होकर आने को कहना। बस परीक्षा हो जाएगी।''

हेरा जानती थी देव-सम्राट के तेज को सहना किसी नश्वर प्राणी के वश की बात नहीं। सरल-हृदया **सिमीले** परिचारिका वेशधारी **हेरा** की बातों से बहुत प्रभावित हुई और वैसा ही करने का निश्चय किया। अगली भेंट में **सिमीले** ने वृद्धा द्वारा सिखाई-पढ़ाई योजना के अनुसार **ज़्यूस** से एक वचन देने को कहा। प्रेमी अतिशयोक्तिप्रिय होते हैं। ऐसे में विचार-शीलता का क्या काम! **ज़्यूस** ने धरती, विस्तृत नभ एवं **स्टिक्स** नदी की सौगन्ध खाकर अपनी प्रेयसी की अभिलाषा पूरी करने का वचन दिया। **ज़्यूस** को तृण मात्र भी आशंका न हुई। पर **सिमीले** के अपनी प्रेमी को **ओलिम्पस** निवासी, अस्त्र-शस्त्र विशेषतः भयानक वज्र से सुशोभित देव-सम्राट **ज़्यूस** के वास्तविक रूप में देखने की अभिलाषा सुनकर वह स्तब्ध रह गया। उसके मुख से शब्द न निकलते थे, ''आह! यह तूने क्या माँग लिया **सिमीले!** क्या तुझे नहीं मालूम कि तेजमय **ज़्यूस** की एक झलक तक मनुष्य मात्र के लिए घातक है।'' तरह-तरह से **ज़्यूस** ने अपनी निर्दोष प्रेमिका को समझाने का प्रयत्न किया पर **सिमीले** ने अपना दुराग्रह न छोड़ा। स्वभाव की सरलता ही उसके लिए अभिशाप बन गई। भारी मन से **ज़्यूस ओलिम्पस** लौटा। अपना वास्तविक रूप धारण किया। साधारण वस्त्रों और आभूषणों का चुनाव किया, बहुत ही मामूली किस्म के वज्र हाथ में लिए, अपने तेज एवं वैभव को यथाशक्ति कम करके वह पृथ्वी पर वापस लौटा। कड़कती हुई बिजली के वेग से उद्भासित **ज़्यूस** जब नीचे पहुँचा तो **सिमीले** उसकी एक ही झलक देखकर अचेतन होकर गिर पड़ी। पल-भर में ही **ज़्यूस** के तेज से **सिमीले** के प्रासाद से आग की लपटें उठने लगीं और देखते ही देखते सब कुछ राख हो गया। **सिमीले** को **ज़्यूस** से छह माह का गर्भ था। **सिमीले** के जलते हुए

शरीर से **ज़्यूस** ने अपने प्रभाव से बच्चे को अलग करके अपनी जंघा में स्थान दिया, जहाँ से तीन माह पश्चात् एक बालक का जन्म हुआ। इसी दैवी शिशु का नाम था **डायोनिसस।**

डायोनिसस के जन्म के पश्चात् अब **हेरा** की ईर्ष्या से बचाकर उसका पालन-पोषण करना बड़ी समस्या थी। यह भार **सिमीले** की बहन **ईनो** को सौंपा गया। **ईनो** राजा **अथमास** की पत्नी थी। उनके दो बालक थे—**लिअरकॉस** तथा **मेलीकरटीज़।** इनके साथ ही **डायोनिसस** भी अपनी मौसी की स्नेह-छाया में पलने लगा। पर **हेरा** को यह क्योंकर स्वीकार होता! **डायोनिसस** से सहानुभूति रखनेवाला प्रत्येक व्यक्ति उसका शत्रु था। अतः इस अपराध के लिए उसने राज-परिवार को दण्ड देने का निश्चय किया। **हेरा** के शाप से **ईनो** तथा **अथमास** दोनों ही अपनी विचार-शक्ति खो बैठे और पागलों की तरह व्यवहार करने लगे। इसी विक्षिप्तावस्था में **अथमास** ने अपने पुत्र **लिअरकॉस** की हत्या कर दी और दूसरे बच्चे को पकड़ने के लिए **ईनो** का पीछा करने लगा। **मेलीकरटीज़** को गोद में लिए **ईनो** दूर तक भागती चली गई और अन्त में एक ऊँची पहाड़ी से नदी में कूद गई। उस पर दया करके समुद्र-देवता **पॉसायडन** अथवा **ओविड** के अनुसार सौन्दर्य की देवी **ऐफ्रॉडायटी** ने **ईनो** को देवी **ल्यूकोथिया** के रूप में बदल दिया। **मेलीकरटीज़** भी देवपद पाकर **पैलामॉन** के नाम से जाना जाने लगा।

ईनो तथा **अथमास** की यह कहानी हमें **ओविड** एवं **अपोलोडारस** से प्राप्त हुई है। इसके विभिन्न विवरण विभिन्न लेखकों ने दिए हैं, किन्तु वे अपूर्ण होने के कारण विश्वसनीय नहीं हैं। यहाँ कथा का उतना ही भाग दिया गया है जो **डायोनिसस** से सीधा सम्बन्ध रखता है।

ईनो के दैवीकरण के पश्चात् **ज़्यूस** की आज्ञानुसार **हेमीज़ डायोनिसस** को मेढ़ा बनाकर **हेरा** की दृष्टि से बचाकर **निसा** पर्वत पर ले गया और उसके पालन-पोषण का भार **मैकरिस, निसा, इरैटी, ब्रोमी** तथा **बैशी** नामक वनदेवियों को सौंप दिया। इन वनदेवियों ने बाल **डायोनिसस** को बड़ी ममता से पाला जिसके फलस्वरूप **ज़्यूस** ने प्रसन्न होकर उन्हें **हेडीज़** नक्षत्रों के रूप में आकाश में प्रतिष्ठित किया। **ओविड** के अनुसार स्वयं **डायोनिसस** ने उनका वृद्धावस्था से उद्धार करके यौवन का वरदान दिया। सम्भवतः **हेरा निसा** पर्वत का पता न पा सकी और वनदेवियों के संरक्षण में **डायोनिसस** का व्यक्तित्व निखरता चला गया। इसी पर्वत पर **डायोनिसस** ने पहली बार मदिरा तैयार की और बाद में वह मदिरा के देवता के रूप में प्रसिद्ध हुआ।

युवावस्था प्राप्त करने पर आमोद-प्रमोद तथा मद्य का देवता **डायोनिसस** विश्व-भ्रमण को चल पड़ा। बारह मान्य ग्रीक देवताओं में पहले **डायोनिसस** की गणना नहीं होती थी। **ओलिम्पस** पर उसे काफ़ी बाद में स्थान मिला। प्राचीन पुस्तकों में भी **डायोनिसस** का विशेष उल्लेख नहीं मिलता। **होमर** ने भी उसे देवता के रूप में स्वीकार नहीं किया। **डायोनिसस** अथवा **बैकस** से सम्बद्ध विवरण हमें **हीसियड, ओविड, अपोलोडॉरस,** एक चौथी शताब्दी के होमरिक हिम्म तथा **यूरीपिडीज़** में यत्र-तत्र बिखरे

मिलते हैं। **डायोनिसस** की विश्व-यात्रा का उद्देश्य सम्भवतः देवता के रूप में जन-साधारण को अपना परिचय देना, उन्हें अपनी विशिष्ट उपासना-पद्धतियाँ समझाना तथा अंगूर लताओं से मदिरा बनाने की कला सिखाना था।

स्त्रियों के समान कोमल अंगोंवाला सुन्दर **डायोनिसस** सिर पर अंगूर लता तथा फल का मुकुट धारण किए, लताओं का अधोवस्त्र पहने तथा लतामण्डित दण्ड हाथ में लिए जब विश्व-यात्रा को चला तो उसके साथ उसका गुरु **सिलेनस** भी था। **सिलेनस** एक **सैटर** था। उसका आधा शरीर मनुष्य का था तथा आधा बकरे का। **डायोनिसस** को बाल्य-काल में उसी ने शिक्षा दी थी। यात्रा पर भी वह अपने शिष्य के साथ गया। आगे-आगे चितकबरे सुडौल चीते **डायोनिसस** का रथ खींचते और पीछे गधे पर सवार **सिलेनस** चलता। **सिलेनस** के अतिरिक्त अनेक **सैटर डायोनिसस** के साथ रहते थे। ये **सैटर** सम्भवतः दुर्गम ऊँची-नीची पहाड़ियों तथा घने जंगलों की उत्कट प्रस्फुटन शक्ति के प्रतीक हैं। उनका चित्रण सदा अर्ध-मानव के रूप में हुआ है। उनकी आकृति बहुधा हास्यास्पद रूप से विकृत होती तथा शरीर का शेष आधा भाग किसी पशु, बहुधा बकरे के समान होता। उनके सिरों पर छोटे-छोटे सींग होते। ये **सैटर** नर थे तथा बहुधा कामोत्तेजित रहते। इन्हें उन्मत्त होकर नाचने-गाने, धूम मचाने और आमोद-प्रमोद में व्यस्त रहने का बड़ा शौक था। **डायोनिसस** की मदिरा पीकर तो वे बिल्कुल ही प्रचंड हो उठते। वैसे स्वभाव से वे बहुधा कायर होते थे। **सिलेनस** तथा **सैटर** समूह के अतिरिक्त अनेक वन-देवियाँ तथा देवता के मानव-अनुयायी मृगशावकों अथवा लोमड़ियों की खाल पहने इस यात्रा पर **डायोनिसस** के साथ चलते। इनमें सम्भवतः स्त्रियों की संख्या अधिक थी। **डायोनिसस** की स्त्री-अनुयायियों को **मायनेडीज़** अथवा **लेनाई** (अर्थात् पागल स्त्रियाँ) तथा **बैकन्टीज़** कहा जाता है। ये स्त्रियाँ मदिरा-पान से उन्मत्त हो उठतीं और आह्लाद की उस सीमा पर जा पहुँचतीं जहाँ चित्तविभ्रम उत्पन्न हो जाने से मनुष्य उचित-अनुचित का ज्ञान खो बैठता है। वे पागलों की तरह मस्त होकर जंगलों में उच्च स्वर में गीत गातीं जिनका विषय होता अपने देवता **डायोनिसस** की प्रशंसा एवं आराधना। उनके लिए कोई विशाल मन्दिर और बलिवेदियाँ नहीं थीं। घने भयानक जंगल तथा दुर्गम पहाड़ ही उनके पूजा-स्थल थे। ये नगरों की अपेक्षा वनों में रहना पसन्द करतीं। घने पेड़ों के नीचे घास के बिछौनों पर शयन करतीं, बहते हुए प्राकृतिक झरनों में स्नान करतीं। प्रकृति के कण-कण में उनके देवता का रूप घुला-मिला था। पर कभी-कभी आह्लाद का अतिरेक उन्हें इतना विक्षिप्त और भयानक बना देता कि वे जंगली पशुओं को अपने हाथों से चीरकर उनका मांस कच्चा ही खा जातीं। कोई भी साधारण मनुष्य ऐसी अवस्था में उन्हें रोकने का साहस नहीं कर सकता था। उनके मार्ग में बाधा देना आत्महत्या करने के समान था।

सिलेनस, सैटर-समूह, **बैकन्टीज़** तथा अन्य अनुयायियों से अनुसृत **डायोनिसस** पहले **मिस्र** गया और वहाँ मद्य का प्रचार किया। **फ़रो** में राजा **प्रोटियस** ने उसका शानदार स्वागत किया। फिर **डायोनिसस** ने **अमेज़न** स्त्रियों की सहायता से **टाइटन्स** को

हराकर राजा **एमॉन** को उसका राज्य वापस दिलाया। तब वह पूर्व की ओर मुड़ा। उसका उद्देश्य भारत पहुँचना था। **यूफ़्रेटीज़** में राजा **डेमेस्कस** ने उसका विरोध किया। **डायोनिसस** ने उसे हराकर जीवित जला दिया। फिर वह **टिगरिस** नदी को पार करके भारत पहुँचा। यहाँ उसने लोगों को अंगूर पैदा करने और उससे मदिरा बनाने की कला सिखाई तथा अनेक नगरों की नींव डाली। ऐसा कहा जाता है कि **डायोनिसस** ने भारत के कुछ हाथी बहुत पसन्द किए और उन्हें लेकर अपने देश की ओर लौटा। रास्ते में उसका सामना योद्धा स्त्रियों **अमेज़न्स** से हुआ जिन्हें **डायोनिसस** ने परास्त कर दिया। **फ़्रीजिया** के मार्ग से होकर **यूरोप** लौटने पर **रिआ** ने अनुष्ठानों द्वारा **डायोनिसस** को पवित्र किया। तत्पश्चात् **डायोनिसस** ने **थ्रेस** पर आकमण किया परन्तु **इडोनियन्स** के राजा **लिकरगस** ने उन्हें रोक दिया। युद्ध में देवता के सारे अनुयायी बन्दी हो गए और **डायोनिसस** ने समुद्र में कूदकर **थेटिस** की जल-स्थित गुहा में शरण ली। **रिआ** ने बुद्धिमत्ता से सारे बन्दियों को मुक्त करा दिया और **लिकरगस** को पागल कर दिया। फलस्वरूप उसने अपने ही पुत्र को कुल्हाड़ी से काटकर टुकड़े-टुकड़े कर डाला। **डायोनिसस** के प्रकोप से **थ्रेस** में भयंकर अकाल पड़ा जो **लिकरगस** की मृत्यु के पश्चात् ही शान्त हुआ। एक अन्य प्राप्त विवरण के अनुसार **डायोनिसस** ने कभी **थ्रेस** पर आक्रमण नहीं किया अपितु स्वयं **लिकरगस** ने **निसा** पर्वत पर आक्रमण करके बाल **डायोनिसस** की संरक्षिकाओं को त्रस्त किया था। फलतः **ज़्यूस** ने क्रुद्ध होकर उसे अन्धा कर दिया और उसके कुछ समय बाद ही उसकी मृत्यु हो गई।

इस लम्बी यात्रा में **डायोनिसस** को कई नवीन अनुभव हुए। एक बार **इकेरिया** में भ्रमण करते समय उसके सारे अनुयायी बिछुड़ गए। अकेला **डायोनिसस** समुद्र-तट पर चुपचाप सो गया। तभी कुछ समुद्री लुटेरे वहाँ आ पहुँचे। उन्होंने इस सुन्दर आकर्षक आकृतिवाले युवक को सोते हुए देखा। **डायोनिसस** के लम्बे काले घुँघराले बाल खुले थे और उसके सुदृढ़ चौड़े कन्धों पर एक नीललोहित वस्त्र पड़ा था। युवक की मुखाकृति से कुलीनता झलकती थी। लुटेरों ने सोचा कि वह अवश्य ही किसी बड़े राजा का पुत्र होगा, जो उसकी मुक्ति के लिए काफ़ी धन देगा। अथवा वे युवक को **मिस्र** में दास के रूप में बेचकर समृद्ध हो जाएँगे। इस विचार से उन्होंने युवक को उठाकर अपने जहाज़ में डाल लिया और **मिस्र** की ओर चल पड़े। उसी जहाज़ के एक मल्लाह ने इस पर आपत्ति की। उसे **डायोनिसस** के शान्त मुख पर दैवी तेज दीख पड़ा। वह नहीं चाहता था कि उसके साथी देवता के कोप के भाजन बने। उसने अन्य मल्लाहों तथा अपने स्वामी को समझाने का बड़ा प्रयत्न किया पर वे न माने। जब उन्होंने **डायोनिसस** को शृंखलाओं से जकड़ने का प्रयत्न किया तो वे टूट-टूटकर गिरने लगीं। इस पर भी वे लुटेरे युवक को मुक्त करने को सहमत न हुए। तभी **डायोनिसस** ने उनींदी पलकें खोल दीं। अपने चारों ओर देखा तो आश्चर्यचकित रह गया, ‘‘मुझे यहाँ कौन लाया? यह जहाज़ कहाँ जा रहा है?’’

इस पर उनमें से एक चतुर लुटेरे ने **डायोनिसस** को आश्वस्त करते हुए कहा, ‘‘डरो

नहीं। हम लोग तुम्हारे मित्र हैं। तुम जहाँ जाना चाहो हम तुम्हें वहीं पहुँचा देंगे।''

''मेरा घर **नैक्सस** में है,'' **डायोनिसस** ने बड़ी सादगी से उत्तर दिया, ''यदि तुम लोग वहाँ मुझे पहुँचा दो तो मैं तुम्हें इस सेवा के लिए उचित पुरस्कार दूँगा।'' लुटेरों ने **डायोनिसस** को **नैक्सस** पहुँचाने का वचन दिया परन्तु जहाज़ उसकी विपरीत दिशा में आगे बढ़ने लगा। **डायोनिसस** ने यह देखकर आँखों में आँसू भरे बड़े दयनीय स्वर में उन लोगों से **नैक्सस** चलने की प्रार्थना की। इस पर सभी उसकी हँसी उड़ाने लगे। केवल वही एक मल्लाह **डायोनिसस** के लिए सच्ची सहानुभूति रखता था, और उसने इस हँसी में योग नहीं दिया। सारे लुटेरे युवक की व्याकुलता देखकर खिलखिला रहे थे। तभी अचानक जहाज़ रुक गया। मल्लाहों ने बहुत हाथ-पैर मारे परन्तु व्यर्थ। जहाज़ कैनवस पर अंकित चित्र की तरह स्थिर हो गया। जलयान के चारों ओर घनी लताओं का जाल बिछ गया और पतवारें उसमें उलझकर रह गईं। बड़े-बड़े भारी गुच्छोंवाली अंगूर लताओं ने मस्तूल को अपनी भुजाओं में लपेट लिया। विभिन्न सुन्दर फूलों से लदी बलखाती लताओं के भार से पाल झुका जाता था। जलपोत में जगह-जगह से सुगन्धित मदिरा बहने लगी जैसे मरु में जल के झरने फूट पड़े हों। कहीं दूर से संगीत और कोलाहल की ध्वनि आने लगी। अनेक भयानक बाघ, चितकबरे चीते और साँप **डायोनिसस** के पैरों पर लोटने लगे। अब लुटेरों को अपनी भूल का ज्ञान हुआ। उनके मुख भय से पीले पड़ गए और वे पागलों की तरह चीख मारकर अथाह समुद्र में कूद गए। परन्तु मृत्यु भी उन्हें शरण देने को तैयार न हुई। देखते ही देखते उनके बदन चपटे हो गए, पीछे एक पूँछ निकल आई और हाथों की जगह पंखों ने ले ली। **डायोनिसस** ने उन्हें **डाल्फ़िन** बनाकर सदा के लिए समुद्र में विचरण करने को छोड़ दिया। **डायोनिसस** के लिए श्रद्धा एवं प्रेम रखनेवाला केवल एक मार्गदर्शक एवं नाविक देवता का कृपापात्र बना और वे दोनों जलपोत लेकर **नैक्सस** पहुँचे।

नैक्सस डायोनिसस का प्रिय द्वीप था। ऐसा कहा जाता है कि प्रत्येक यात्रा के बाद वह यहाँ अवश्य आता तथा विलासोत्सव से अपनी क्लान्ति मिटाता था। इसी द्वीप पर **डायोनिसस** की भेंट सुन्दरी **अरिआडनि** से हुई। **अरिआडनि** राजा **मायनॉस** की पुत्री थी। उसने अपने देश क्रीट में आए हुए **एथीनिया** के राजकुमार **थीसियस** को मौत के मुँह से बचाया।

अरिआडनि थीसियस से प्रेम करने लगी थी, अतः उसी के साथ चली आई। परन्तु **थीसियस** बड़ा कृतघ्न तथा अस्थिर चित्त सिद्ध हुआ। उसने **अरिआडनि** से छल किया। **नैक्सस** द्वीप में उसे अकेली निद्रामग्न छोड़कर वह अपने देश चला गया। **अरिआडनि** की नींद टूटी तो उसे अपनी स्थिति का भान हुआ। वह चीत्कार कर उठी। उसकी सुन्दर आँखों से अश्रु-धारा बहने लगी। समुद्र-तट की सुनहली बालू सीज उठी। **अरिआडनि** के दुख की सीमा न थी। जिस प्रेमी के लिए वह अपना देश, घर, माता-पिता, भाई-बन्धुओं को छोड़ आई उसी ने **अरिआडनि** से छल किया। दग्ध-हृदया निराश **अरिआडनि** टकटकी लगाए सूनी आँखों से अपार समुद्र को देखती खोई-सी बैठी थी। तभी कहीं दूर से मधुर संगीत की मन्द मनमोहक लहरियाँ पवन के हिंडोले में तैरती हुई आने लगीं। पल-भर को **अरिआडनि** अपना दुख भूल गई। कौतूहल की ओट में आशा पलने लगी। संगीत के साथ कोलाहल की ध्वनि अब और निकट आ गई। तभी **अरिआडनि** ने देखा अंगूर के गुच्छों का मुकुट पहने, हाथ में लतामंडित दण्ड धारण किए सुन्दर सलोने युवक **डायोनिसस** को। **डायोनिसस** के साथ उसके अनुयायी नाचते, गाते, झूमते चले आते थे। उनके स्वर ने दसों दिशाओं को बाँध लिया। **नैक्सस** के सूने तट के साथ **अरिआडनि** का सूना मन इस मधुर संगीत से वैसे ही अनुप्राणित हो गया जैसे शरीर प्राणों से। **डायोनिसस** ने उसे सान्त्वना दी। अनुराग में भीगे शब्दों ने **अरिआडनि** का ताप हर लिया। आत्मीयता के धागों ने शीघ्र ही दोनों के मन बाँध लिए। बड़ी धूमधाम से मदिरा के देवता **डायोनिसस** तथा सुन्दरी **अरिआडनि** का शुभ-विवाह सम्पन्न हुआ। इस अवसर पर **डायोनिसस** ने अपनी नववधू को एक सात रत्नों से जटित शिरोमाल्य भेंट किया। दुर्भाग्य से **डायोनिसस** बहुत समय तक दाम्पत्य-जीवन का सुख नहीं उठा सका। विवाह के कुछ समय पश्चात् ही **अरिआडनि** बीमार पड़ी और उसकी मृत्यु हो गई। कहते हैं **अरिआडनि** की मृत्यु से आमोद-प्रमोद का देवता **डायोनिसस** इतना दुखी हुआ कि उसे सुख-वैभव से विरक्ति हो गई। **अरिआडनि** को भेंट में दिया शिरोमाल्य **डायोनिसस** ने उछालकर आकाश की ओर फेंक दिया जो वहाँ सात नक्षत्रों के रूप में स्थापित हो गया। इन सात नक्षत्रों की माला को हम लोग **अरिआडनि** का किरीट अथवा **कोरोना** के नाम से पुकारते हैं।

इसके अतिरिक्त **डायोनिसस** के किसी अन्य प्रेम-सम्बन्ध का विशेष उल्लेख नहीं मिलता।

मद्य-प्रचार हेतु **डायोनिसस** के भ्रमण से सम्बन्धित कथाओं में **इकेरियस** की कहानी प्रसिद्ध है। **इकेरियस एट्टिका** का निवासी था। उसने देवता का बड़ी श्रद्धा से आदर-सत्कार किया, अतः **डायोनिसस** ने प्रसन्न होकर बहुत-सी मदिरा उसे भेंट के रूप में दी। **इकेरियस** बहुत उदार-हृदय था। उसने मदिरा को ग्राम-निवासियों में बाँट दिया ताकि सभी लोग देवता की इस विशिष्ट अद्भुत भेंट का रसास्वादन कर सकें। किन्तु इसका परिणाम **इकेरियस** के लिए घातक सिद्ध हुआ। मदिरा-पान करते ही ग्राम-निवासियों पर उसकी प्रतिकिया आरम्भ हो गई। उन लोगों ने सोचा कि **इकेरियस**

ने उन्हें मार डालने के लिए विष दे दिया है। अतः उन्होंने क्रुद्ध और उन्मत्त होकर **इकेरियस** की हत्या कर दी। **इकेरियस** की पुत्री **एरीगोनी** अपने पिता से बहुत प्यार करती थी। वह बहुत समय तक कुत्ते मायरा को साथ लिए **इकेरियस** को ढूँढ़ती रही। अन्त में उसे एक वन में अपने पिता का शव मिला। **एरीगोनी** इतनी दुखी हुई कि उसने तत्काल एक वृक्ष की डाल से अपने आँचल को बाँधकर आत्म-हत्या कर ली। **डायोनिसस** के उपासक **इकेरियस** की निर्मम हत्या तथा **एरीगोनी** की अकाल मृत्यु के फलस्वरूप वह ग्राम **डायोनिसस** के कोप का भाजन बना और वहाँ भयानक संक्रामक रोग फैल गए। प्रतिदिन अनेक लोग मरने लगे। कई घर उजड़ गए। ग्रामवासी त्राहि-त्राहि करने लगे। देवता **अपोलो** ने उन्हें इस दैवी कोप से छुटकारा पाने के लिए **इकेरियस** तथा **एरीगोनी** की स्मृति को सम्मानित करने का परामर्श दिया। ग्रामवासियों ने तदनुसार पिता-पुत्री के सम्मान में एक पर्व का आयोजन किया। उस दिन सम्भवतः **एरीगोनी** की मृत्यु की स्मृति में पेड़ों पर अनेक पुतलियाँ भी लटकाई गईं। **ज़्यूस** की कृपा से ग्रीष्मऋतु में भी चालीस दिन तक ठंडी हवा चलती रही और महामारी शान्त हो गई।

एक बार **डायोनिसस** अपनी जन्मभूमि **थीब्ज़** गया। राजा **कैडमस** बहुत वृद्ध हो चुका था, अतः उसने राजकार्य से अवकाश ले लिया था। **थीब्ज़** के सिंहासन पर **कैडमस** के पौत्र **पेनथियस** का अधिकार था। नगर के पास पहुँचने पर **डायोनिसस** ने एक दूत द्वारा **पेनथियस** को अपने आगमन की सूचना भिजवाई ताकि वह मद्य-देवता **डायोनिसस** तथा उसके उपासकों के उचित आदर-सत्कार का प्रबन्ध कर सके। यद्यपि **डायोनिसस** की अद्‌भुत शक्ति, चमत्कारों तथा उसके अनुयायियों के सम्बन्ध में अनेक समाचार **थीब्ज़** पहुँच चुके थे, फिर भी अहंकार के मद में चूर **पेनथियस** उनमें देवत्व की गंध न पा सका। वह **डायोनिसस** को **ज़्यूस** एवं **सिमीले** का पुत्र मानने को तैयार नहीं था। उसके विचार में यह एक मनगढ़न्त कहानी थी। वह **सैटर** की दुर्दान्त कामोत्तेजना तथा **बैकन्टीज़** की अंकुशहीन उच्छृंखलता की कहानियाँ भी सुन चुका था, अतः उसने इस अनुशासनहीन तत्त्व को नगर से बाहर रखना ही उचित समझा तथा उसी अभिप्राय का उत्तर भी **डायोनिसस** के दूत को दे दिया। दूत अपमानित होकर वापस लौट गया।

डायोनिसस अपनी जन्मभूमि **थीब्ज़** में अपने देवत्व की संस्थापना करने तथा अपनी उपासना-पद्धति के रहस्यों की शिक्षा देने आया था। सदा के समान **सिलेनस, सैटर**-समूह तथा **बैकन्टीज़** उसके साथ खुशी से झूमते-गाते आराधना करते चल रहे थे। जब **डायोनिसस** को **पेनथियस** की धृष्टता का पता चला तो वह क्रुद्ध हो उठा। उसके दैवी-प्रभाव से **थीब्ज़** नगर की सभी स्त्रियाँ अपने घरों से निकलकर उपासकों के समूह में सम्मिलित होने लगीं। वे सभी हर्षातिरेक से उन्मत्त थीं। यहाँ तक कि राजा **पेनथियस** की माँ भी राज-प्रतिष्ठा त्यागकर उसी समूह में घुल-मिलकर नाचने लगीं। **पेनथियस** क्षुब्ध हो उठा और इस क्षोभ ने क्रोधाग्नि में घृत का काम किया। उसने अपने सैनिकों को आदेश दिया, ''जाओ, और शराब के नशे में धुत उस धूर्त जादूगर को उसके साथियों सहित बन्दी बना लो।''

पेनथियस यह शब्द कह ही रहा था कि उसे एक संयत स्वर सुनाई दिया :

"तुम जिसका अपमान कर रहे हो वह कोई साधारण व्यक्ति नहीं अपितु **ओलिम्पस** का एक नया देवता है। वह **सिमीले** का पुत्र है जिसकी रक्षा स्वयं देव-सम्राट **ज़्यूस** ने की थी। यदि अपना कल्याण चाहते हो तो उसे देवताओं के योग्य सम्मान दो।"

पेनथियस ने पीछे मुड़कर देखा। यह शब्द पवित्र-आत्मा **टियरेसियस** के थे। इससे पूर्व कि **पेनथियस** कुछ उत्तर देता वह **टियरेसियस** की वेशभूषा देखकर अट्टहास कर उठा। वृद्ध **टियरेसियस** अपने सफ़ेद बालों में अंगूर लता की माला धारण किए था, उसके बूढ़े कन्धों पर मृगशावक की खाल थी और काँपते हाथ में लताओं में लिपटी चीड़ की लकड़ी। उसकी वृद्धावस्था तथा ज्ञान का तिरस्कार करते हुए **पेनथियस** ने **टियरेसियस** को बाहर निकल जाने का आदेश दे दिया। वह गर्वान्ध हो रहा था। कोई भी चेतावनी उसे उचित मार्ग पर न ला सकी।

कुछ ही समय में **पेनथियस** के सैनिक **डायोनिसस** के एक अनुयायी को बन्दी बना कर ले आए। राजा की आज्ञा से उसे कारावास में डाल दिया गया। किन्तु जब वे उसकी हत्या करने के लिए अस्त्र-शस्त्र लेकर आए तो यह देखकर आश्चर्यचकित रह गए कि बन्दीघर के विशाल द्वार खुले पड़े थे, शृंखलाएँ पृथ्वी पर पड़ी थीं और उनके बन्दी का कहीं पता न था। इस पर भी **पेनथियस** ने **डायोनिसस** के देवत्व को स्वीकार न किया और वह स्वयं उत्सुकतावश **सीथरों** पर्वत पर गया जहाँ **डायोनिसस** के उपासक मदमस्त होकर झूम रहे थे। **बैकन्टीज़** के चीखने-चिल्लाने की आवाज़ें पहाड़ की चोटियों से टकरा-टकराकर दुगने वेग से लौट आती थीं। **डायोनिसस** के प्रभाव से वे इस समय बिल्कुल होश खो बैठी थीं, और विक्षिप्तों की तरह इधर-उधर भाग रही थीं। उनके मुख उत्तेजना से अंगारों की तरह दहक रहे थे, उनके शरीर में किसी अमानवी शक्ति का संचार हो रहा था। **पेनथियस** एक झाड़ी की ओट से यह नैशोत्सव स्तब्ध-सा देख रहा था। तभी **बैकन्टीज़** की दृष्टि उस पर पड़ी और वे उसे जंगली जानवर समझकर पूरे वेग से उस पर झपट पड़ीं। खुशी से चीखते-चिल्लाते उन्होंने भय से पीले पड़े, अस्फुट शब्दों में बार-बार क्षमा-याचना करते **पेनथियस** के शरीर के टुकड़े-टुकड़े कर दिए। **डायोनिसस** ने अपने अनादर का निर्मम प्रतिशोध लिया और वह भी **पेनथियस** की माँ के द्वारा। उस पर झपटनेवाली **बैकन्टीज़** में **पेनथियस** की माँ **एगेव** ही सबसे आगे थी।

डायोनिसस को अपनी इस भीषण शक्ति का प्रयोग **आरगोस** में भी करना पड़ा। **आरगोस** के निवासियों ने भी **पेनथियस** की तरह **डायोनिसस** को देवता मानने से इनकार कर दिया। परिणामस्वरूप **प्रायटस** की पुत्रियाँ अथवा एक अन्य विवरण के अनुसार **आरगोस** की सभी स्त्रियाँ पागल हो गईं। उन्होंने अपने ही बच्चों को मार डाला और बेसुध होकर अनेक लज्जाजनक कार्य करने लगीं। **अपोलोडॉरस** के अनुसार **मेलाम्पस** नामक एक सन्त ने **डायोनिसस** की रहस्यमयी उपासना-पद्धति तथा कुछ जड़ी-बूटियों की सहायता से उन स्त्रियों को नीरोग किया।

डायोनिसस के देवत्व को अस्वीकार करने के कारण अनेक अदूरदर्शी लोग दैवी

कोप के भाजन बने। इन अभागों में **बोआशिया** के **मिन्यास** की पुत्रियों के नाम उल्लेखनीय हैं। जब सारे नगर-निवासी **डायोनिसस** के पानोत्सव में भाग ले रहे थे **मिन्यास** की पुत्रियाँ **एल्कीथो, ल्यूसिप्पे** तथा **ऑरसिप्पे** घर में बैठी बुनाई कर रही थीं। **डायोनिसस** स्वयं एक रमणी के वेश में उनके पास गया और देवता की आराधना में योग देने का अनुरोध किया। लेकिन उन निर्बुद्धि लड़कियों ने उसकी अवज्ञा की। इस पर क्रुद्ध **डायोनिसस** को अपनी शक्ति का प्रयोग करना पड़ा। लड़कियों की बुनाई के तार अंगूर की लताओं में बदल गए, उपासकों के नाचने-गाने के कोलाहल की तीव्र ध्वनि आने लगी और सारा कमरा भिन्न प्रकार के भयावने पशुओं से भर गया। स्वयं **डायोनिसस** ने पहले बाघ, फिर बैल तथा चीते के रूप बदले। इन भयानक दृश्यों को देखकर **मिन्यास** की पुत्रियाँ अपना विवेक खो बैठीं और विक्षिप्तों की तरह व्यवहार करने लगीं। **ल्यूसिप्पे** ने इस पागलपन में अपने पुत्र **हिप्पेस** को मार डाला और तीनों बहनें उसका मांस कच्चा ही खा गईं। फिर उन्मत्त अवस्था में वे पर्वत की ओर दौड़ पड़ीं। **हेमीज़** ने दया करके उन्हें पक्षियों की योनि दे दी।

डायोनिसस से सम्बन्धित प्राप्य विवरणों में हमें उसके दो रूप मिलते हैं। वह आह्लाद, उल्लास एवं जीवन के प्रति उत्साह का देवता है। उसकी कृपा से मनुष्य अपने असमर्थ जीवन की असंख्यों चिन्ताओं से पल-भर में मुक्त हो जाता है। वह अनन्त आनन्द तथा स्वच्छन्दता का अनुभव करता है। उसमें सोई हुई शक्तियाँ जाग उठती हैं। इसके विपरीत कुछ अन्य कथाएँ निर्मम एवं नृशंस कृत्यों से भरी हैं। बहुधा स्त्रियाँ **डायोनिसस** के प्रभाव से पागल हो जाती हैं, अपने ही बच्चों को काटकर खा जाती हैं। **डायोनिसस** के अनुयायियों में अमानवी शक्ति आ जाती है और वे बिना किसी शस्त्र के बैलों, बकरियों तथा मनुष्यों को हाथों से ही काट डालते हैं। स्वयं **डायोनिसस** कई बार पशु रूप धारण करता है। वह जन-साधारण का कल्याण करता है तो क्रुद्ध होने पर विनाश भी कर देता है।

बाह्य रूप से देखने पर सम्भवतः **डायोनिसस** के ये गुण विरोधी जान पड़ें, परन्तु वस्तुतः इनमें कुछ असंगत नहीं। **डायोनिसस** अथवा **बैकस** पृथ्वी की उत्पादन शक्ति के साथ-साथ **ग्रीस** में मुख्यतः मदिरा के देवता के रूप में प्रतिष्ठित हुआ। और मदिरा में यह दोनों ही गुण विद्यमान होते हैं। यदि मदिरा का पान परिमितता से किया जाए तो यह मनुष्य की शक्ति को द्विगुणित करती है, उसमें साहस का संचार करती है, कठिन से कठिन काम करने की प्रेरणा और उत्साह देती है, सूने जीवन में आकांक्षाओं के फूल खिलाती है, मन को प्रसन्न रखती है। परन्तु यदि उसी मदिरा का पान असंयम से किया जाए तो वह मनुष्य को पशु बना देती है, उद्दंडता एवं अनुशासनहीनता को जन्म देती है। मनुष्य उचित-अनुचित का विचार खोकर ऐसे लज्जाजनक कर्म कर डालता है, जो अन्यथा सोच भी नहीं सकता। इस प्रकार **डायोनिसस** के जीवन के दो पहलू विरोधी न होकर एक-दूसरे के पूरक हैं और इसका कारण है ग्रीस निवासियों की यथार्थवादिता, जिसने मदिरा के गुण-अवगुण स्पष्ट रूप से देखे और बिना किसी संकोच के उनका

वर्णन किया।

सम्पूर्ण विश्व में मदिरा का प्रचार करने तथा देवता के रूप में प्रतिष्ठा पाने के बाद **डायोनिसस ओलिम्पस** पर गया। देवी **हेस्टिया** ने **डायोनिसस** के लिए अपना आसन त्याग दिया और उसकी गणना **ओलिम्पस** के बारह प्रमुख देवी-देवता में होने लगी। **डायोनिसस** अपनी माता **सिमीले** को भूला नहीं था। **ओलिम्पस** पर अपना स्थान ग्रहण करने के पश्चात् वह शीघ्र ही **लरना** के मार्ग से **हेडीज़** के राज्य **टारटॉरस** गया। उसने श्वेत पुष्पोंवाले सदाबहार की डालियाँ भेंट देकर **पर्सीफ़नी** को प्रसन्न कर लिया। **पर्सीफ़नी** ने **सिमीले** को **टारटॉरस** से ले जाने की अनुमति दे दी। **डायोनिसस** अपनी माता को **ओलिम्पस** ले आया और अन्य आत्माओं की ईर्ष्या से बचाने के लिए उसका परिचय **थाईने** के नाम से दिया। विवश **हेरा** सब कुछ देखकर मन ही मन कुढ़कर रह गई।

विलास तथा मदिरा के देवता **डायोनिसस** के सम्मान में प्राचीन काल में अनेक उत्सवों का आयोजन किया जाता था। इन उत्सवों में बिना किसी भेद-भाव के सभी वर्गों के लोग भाग ले सकते थे। सभी अनुष्ठान मन्दिर की बजाय किसी भी खुले विस्तृत क्षेत्र में किए जाते थे। यह पर्व वसन्तागमन के समय मनाया जाता था जबकि अंगूर लताएँ बढ़ने लगती हैं। यह पाँच दिन तक चलता और इतनी अवधि के लिए सारी चिन्ताओं से मुक्त जीवन आनन्द की धारा में बहने लगता। इस अवसर पर किसी भी अपराधी को बन्दी नहीं बनाया जाता था अपितु बन्दियों को उत्सव में भाग लेने के लिए पाँच दिन के लिए मुक्त कर दिया जाता। सामूहिक रूप से जन-साधारण **डायोनिसस** की उपासना करते। जिस स्थान पर इस उत्सव का आयोजन होता वह वस्तुतः **डायोनिसस** की रंगशाला थी। इस रंगशाला में नाटक खेले जाते और उनमें अनेक लोग भाग लेते। नाटक के रचयिता, अभिनेता तथा गायक **डायोनिसस** के सेवक कहलाते। यह एक पवित्र अनुष्ठान माना जाता। **डायोनिसस** का प्रमुख पुजारी उच्चासन ग्रहण करता। ऐसा विश्वास था कि उत्सव के समय स्वयं **डायोनिसस** वहाँ उपस्थित रहता था। प्राचीन काल के सभी महत्त्वपूर्ण सुखान्त तथा दुखान्त नाटक **डायोनिसस** की रंगशाला में अभिनीत किए गए। इस प्रकार **डायोनिसस** उन्माद एवं आह्लाद के अतिरिक्त श्रेष्ठकाव्य रचनाओं का प्रेरक भी है।

पैन

ग्रीक कल्पना ने प्रकृति के प्रत्येक रूप में किसी दैवी-शक्ति का आभास किया और तदनुसार उसे एक सुनिश्चित आकार दे दिया। उसने पृथ्वी, आकाश, समुद्र, पर्वत, वन-उपवन सभी का परिचालन-भार विशिष्ट देवी-देवताओं को सौंप दिया। प्रकृति के क्रिया-व्यापार की यह व्यवस्था विशुद्ध रूप से बौद्धिक भले ही न हो, मनमोहक अवश्य थी। जैसे अरुणिम **इऑस** प्रतिदिन प्रातःकाल सूर्य के लिए पूर्व के भव्य द्वार खोलती है, उसी तरह इस ब्रात्यवाद ने प्रत्येक युग के कवियों एवं कलाकारों के लिए नई अनूठी कल्पना, भावना एवं बिम्ब-योजना के मार्ग प्रशस्त किए।

ओलिम्पस के प्रमुख बारह देवताओं के अतिरिक्त जल-स्थल की अनेक अन्य अधिष्ठात्री शक्तियों की देवी-देवताओं के रूप में कल्पना की गई। इनमें भेड़-समूह तथा ग्वालों के देवता **पैन** का नाम प्रमुख है। **पैन** के जन्म तथा कुल के विषय में विभिन्न मत हैं। कुछ विद्वानों के अनुसार **पैन** देवदूत **हेमीज़** तथा अप्सरा **ड्रायोपे** का पुत्र था अथवा उसका जन्म **हेमीज़** तथा **ओनीस** के संयोग से हुआ था। एक अन्य विचारधारा यह भी है कि **हेमीज़** ने **ओडीसियस** की पत्नी **पेनीलोपी** का एक मेष के रूप में सम्भोग किया था जिसके परिणामस्वरूप **पेनीलोपी** ने **पैन** को जन्म दिया। यह भी कहा जाता है कि **ओडीसियस** की अनुपस्थिति में अनेक प्रणयार्थी राजाओं ने **पेनीलोपी** का भोग किया जिससे **पैन** उत्पन्न हुआ। **पैन** का **ओडीसियस** की पत्नी **पेनीलोपी** का पुत्र होना कुछ संगत नहीं

जान पड़ता। **पैन** का ग्रीक महाकाव्य परम्परा से कुछ विशेष सम्बन्ध नहीं है। सम्भवतः वह **हेमीज़** तथा किसी अप्सरा के संयोग से उत्पन्न हुआ था। **पैन** के स्वरूप को देखते हुए यह भी कहा जाता है कि वह **एमेल्थिया** बकरी का पुत्र था। जन्म के समय **पैन** इतना कुरूप था कि उसकी माँ भय से चीखने लगी। उसके सिर पर सींग थे, और सारे शरीर पर बाल, पीछे एक पूँछ और उसके पैर बकरे जैसे थे। **हेमीज़** उसे शीघ्र ही देवताओं के मनोरंजन के लिए **ओलिम्पस** ले गया। किन्तु वहाँ शंका यह उठती है कि अनेक स्थलों पर **पैन** का उल्लेख **ज़्यूस** के धात्रेय के रूप में हुआ है और इस प्रकार वह **हेमीज़** से आयु में बड़ा है, अतः उसका पुत्र नहीं हो सकता। इस तथ्य के आधार पर **पैन** को **ज़्यूस** तथा **हिबरीस** का पुत्र सिद्ध करने की चेष्टा की गई है। एक अन्य मत के अुनसार **पैन क्रॉनस तथा रिआ** का पुत्र है।

पैन का अर्थ है 'समस्त'। बाद में **पैन** को प्रकृति के समस्त पक्षों का मानवीकरण माना जाने लगा था और सम्भवतः सभी ग्रीक देवताओं का प्रतिनिधि भी। **पैन** का अर्थ लैटिन 'पै-स्को' के अनुसार 'पोषक' भी लगाया जाता है जो सम्भवतः उसके पशु-पालन की ओर संकेत करता है। **पैन** गाय, भेड़ों की देखभाल किया करता था, उसे मधुमक्खियाँ पालने का भी शौक था। वह बहुधा किसी पर्वत की गुहा में निवास करता। उसे निर्जन प्रदेशों से विशेष लगाव था, अतः वह अनेक पहाड़ों, वनों, कुंजों में घूमता। वैसे **आर्केडिया** उसका प्रिय स्थान था। **पैन** विलासी प्रकृति का था। नृत्य-संगीत से उसे प्रेम था। वह हँसमुख था और बकरे के सींग और पैरोंवाला यह देवता जल एवं वनदेवियों के साथ नाचा करता। उसकी बाँसुरी की मधुर लय से सारा वन रस में भीग जाता। **पैन** को ज्योतिष का भी अच्छा ज्ञान था। कहते हैं स्वयं **अपोलो** ने यह विद्या **पैन** से सीखी थी। इन सब गुणों के साथ **पैन** आलसी भी बहुत था, बहुत ही आरामतलब। बहुधा वह दिन में सोया करता। यदि कोई शिकारी या वन में से होकर जानेवाला यात्री उसकी नींद में बाधा देता तो वह अपनी गुहा में बैठा ही ऐसी भयंकर आवाज़ करता कि लोगों के डर के मारे रोंगटे खड़े हो जाते और वे सरपट भागने लगते। अंग्रेजी भाषा का 'पैनिक' (आतंक) **पैन** से ही बना है। **पैन** ने अपनी इस कला का उपयोग **मैरेथों** के युद्ध में भी सफलतापूर्वक किया। **एथेनिया** के निवासियों ने **फ़िलिप्डीज़** को **मैरेथों** के युद्ध के लिए सहायता माँगने **स्पार्टा** के राजा के पास भेजा। रास्तें में **फ़िलिप्डीज़** की भेंट **पैन** से हो गई। **पैन एथेनिया** के लिए मित्रभाव रखता था। उसने इस शर्त पर युद्ध में सहायता करना स्वीकार किया कि **एथेनिया** निवासी उसे उचित सम्मान देंगे। **पैन** ने **मैरेथों** में अपनी भयानक आवाज़ से आतंक फैला दिया। संत्रस्त सैनिक मैदान छोड़कर भाग निकले। इस विजय के उपलक्ष में **एथेनिया** निवासियों ने **पैन** के सम्मान में **एक्रापॉलिस** के पास एक मन्दिर का निर्माण किया।

पैन बहुत ही कामुक प्रकृति का था। अनेक वनदेवियों से उसका शारीरिक सम्बन्ध था। नौ **म्यूज़ेज़** की परिचारिका **यूफ़ेमी** ने उसके संयोग से **क्रोटस** को जन्म दिया। सम्भवतः **ईको** नामक अप्सरा ने भी **पैन** के पुत्र **ईनक्स** को जन्म दिया। किन्तु एक

अन्य कथा के अनुसार **पैन** अपने सारे प्रयासों के बावजूद **ईको** का भोग करने में असफल रहा, अतः उसने क्रुद्ध होकर उस पर्वत के ग्वालों को पागल कर दिया जिस पर **ईको** रहती थी। अभिशप्त ग्वालों ने विक्षिप्तावस्था में **ईको** को पकड़कर मार डाला और उसके शरीर के टुकड़े-टुकड़े कर दिए। **थियोक्राइटस** ने इस कहानी को यही रूप दिया है। **ओविड** के 'मेटामारफ़ॉसिस' में **ईको** से सम्बद्ध एक और घटना का विवरण मिलता है जो आप आगे पढ़ेंगे।

पैन का चीड़ के वृक्षों से भी कुछ विशेष सम्बन्ध था। एक बार वह चीड़ की देवी **पिट्रिस** पर आसक्त हो गया। लेकिन **पिट्रिस** ने इस प्रणय-प्रार्थना को न केवल अस्वीकार ही किया अपितु वह संत्रस्त होकर भागने लगी। **पिट्रिस** देवताओं की कृपा से एक वृक्ष में परिवर्तित होकर **पैन** के कामुक आलिंगन से बच गई और **पैन** हाथ मलकर रह गया। ऐसी ही एक कहानी **सिरिन्क्स** के सम्बन्ध में भी प्रचलित है। **सिरिन्क्स** सुन्दर किन्तु अत्यधिक शर्मीली युवती थी। **पैन** ने भाँति-भाँति से उसे अपने वश में करने का प्रयास किया किन्तु असफल रहा। **सिरिन्क्स** उसकी कुरूपता से भयभीत हो उठती थी। ऐसे काम न बनता देख **पैन** ने बल-प्रयोग का निश्चय किया। पवित्र **सिरिन्क्स** अपनी लाज बचाने के लिए पूरी शक्ति से भागने लगी। **पैन** ने उसका पीछा किया। वह **लेडॉन** नदी तक चीखती, सहायता के लिए पुकारती भागती गई। अन्ततः उसकी प्रार्थना स्वीकार हुई और इससे पहले कि **पैन** उसे अपनी बाँहों में बाँध पाता, **सिरिन्क्स** की जगह कुछ नरकुल रह गए। पृथ्वी की देवी **गिआ** ने उसका रूप परिवर्तन कर दिया। हाँफते-काँपते प्रेमी के आलिंगन में सुकुमार नारी शरीर की जगह सरकंडे आए। वह हताश होकर वहीं बैठ गया। उसकी आहों के टकराने से नरकुलों से दुखभरे स्वर उभरने लगे। **पैन** **सिरिन्क्स** को हमेशा के लिए खो बैठा लेकिन इस दुख और वियोग ने एक आविष्कार को जन्म दिया जिसने **पैन** के साथ **सिरिन्क्स** का नाम भी अमर कर दिया। **पैन** ने कुछ नरकुल तोड़कर उन्हें बाँधकर एक वंशी बना ली। यह विश्व की पहली बाँसुरी थी जिसके स्वरों ने नाइटिंगेल को भी मात दे दी।

पैन को देवी **सिलीने** से सम्बन्ध स्थापित करने में विशेष सफलता मिली। इस बार **पैन** ने चतुराई से अपने काले बालों से भरे शरीर को बर्फ की तरह श्वेत मेषलोम से ढँक लिया। **सिलीने** उसे इस रूप में पहचान नहीं सकी और इस प्रकार **पैन** की वासना को तृप्ति मिली। **ओविड** ने इस घटना का उल्लेख किया है।

सभी ग्रीक देवताओं में केवल **पैन** ही ऐसा है जिसकी मृत्यु का समाचार हमें मिलता है। **टाइबेरियस** के राज्य काल में **ग्रीस** से **इटली** जाते हुए एक जलयान के चालक को एक देवी स्वर सुनाई दिया, "**थैमुस,** क्या तुम सुन रहे हो?" तीन बार पुकारे जाने पर **थैमुस** ने "हाँ" में उत्तर दिया। उसके बाद यह सन्देश सुनाई दिया, "जब तुम **पेलोडीज़** पहुँचो, यह घोषणा कर देना कि महान देवता **पैन** की मृत्यु हो गई है।" **पेलोडीज़** पहुँचकर जब **थैमुस** ने उच्च स्वर में यह घोषणा की कि महान देवता **पैन** की मृत्यु हो गई है तो उसे रोने, चीखने और विलाप करने की मिली-जुली सहस्रों आवाज़ें सुनाई दीं,

जैसे सारा द्वीप **पैन** की मृत्यु पर क्षुब्ध हो उठा हो। ऐसा भी कहा जाता है कि जब **बेथेलहम** के ग्वालों ने **क्राइस्ट** के जन्म की सूचना सुनी उसी समय सारे **ग्रीस** में से रोने-कराहने की आवाज़ आने लगी और किसी ने यह घोषणा की कि महान **पैन** की मृत्यु हो गई है, तथा **ओलिम्पस** का देव-परिवार अपदस्थ कर दिया गया है। यह घटना सम्भवतः ब्रात्यवाद के पराभव की द्योतक है।

ग्रीस के वीर नायक

परसियस

डॉनास के पौत्र, **ऑरगोलिस** के राजा **एबास** के पराक्रम की सारे ग्रीस में इतनी धूम थी कि उसकी मृत्यु के पश्चात् भी युद्ध-क्षेत्र में उसका कवच मात्र देखकर शत्रु-सेना में भगदड़ मच जाती। इस वीर **एबास** के अपनी धर्मपत्नी **एग्लाया** के संसर्ग से जुड़वाँ पुत्र हुए–**प्रोटियस** तथा **एक्रीसियस।** कहते हैं कि इन दोनों भाइयों में माता के गर्भ से ही मन-मुटाव पैदा हो गया था जो आयु के साथ दिन-प्रतिदिन उग्र होता गया। **एबास** अपने बेटों के बीच इस अवांछित वैमनस्य के कारण चिन्तित था। राज्याधिकार के प्रश्न को लेकर होनेवाले सम्भावित युद्ध को टालने के लिए **एबास** ने अपने जीवन-काल में ही अपने साम्राज्य को दो भागों में विभाजित कर दिया। **एक्रीसियस** ज्येष्ठ पुत्र था, अतः **आरगोस** का महानगर उसके हिस्से आया। **मीडिया, टायरीन** तथा **ऑरगोलिस** के तट पर स्थित प्रदेश पर **प्रोटियस** का अधिकार था। दोनों राज्यों के बीच **इनाकस** नदी बहती थी। यही उनकी सीमा थी। **एबास** ने अपने अन्तिम समय भी अपने बेटों को एक-दूसरे की अधिकार सत्ता का आदर करने तथा कभी भी राज्य के लोभ में सीमा का उल्लंघन न करने का आदेश दिया। दोनों ने पिता के अन्तिम आदेश का सम्मान किया और अपने-अपने राज्य की प्रगति में संलग्न रहे।

पन्द्रह वर्ष तक **एक्रीसियस** ने **आरगोस** में शान्तिपूर्वक राज्य किया। इस काल में **आरगोस** ने दिन-दूनी रात-चौगुनी उन्नति की और उसकी समृद्धि की चर्चा दूर-दूर तक फैल गई। **एक्रीसियस** हर प्रकार से सुखी एवं सन्तुष्ट था पर एक चिन्ता बहुधा उसका मन कचोट जाती थी। **आरगोस** का कोई उत्तराधिकारी न था। **एक्रीसियस** की केवल एक पुत्री थी–**डैनी**, जिसकी माता **एग्निप्पे** का प्रसव में ही देहान्त हो गया। **डैनी एक्रीसियस** की आँखों का तारा थी, उसके सूने जीवन का एकमात्र सहारा। उसके हँसते हुए भोले-भाले मुख को देखते ही **एक्रीसियस** जीवन के सारे अभाव भूल जाता, राज्य की सारी चिन्ताएँ मिट जातीं और वह **डैनी** के छोटे से संसार का सदस्य होकर ही रह जाता। **एक्रीसियस** को अपनी बेटी से बहुत प्यार था। किन्तु धीरे-धीरे नन्ही किलकारियों ने विदा ली और **डैनी** ने यौवन में पदार्पण किया। उधर **एक्रीसियस** को भी एक पुत्र का अभाव खलने लगा जो उसके बाद उस विशाल समृद्ध साम्राज्य की बागडोर सुदृढ़ हाथों में ले सके। **डैनी** पन्द्रह वर्ष की हो चली थी। इसी समय राजा **एक्रीसियस** ने **डेल्फ़ी** की यात्रा की और वहाँ स्थित देवता **अपोलो** के प्रश्न-स्थान से अपना भविष्य जानने की प्रार्थना की। देवता द्वारा प्रेरित पुजारिन ने भविष्यवाणी की, "राजा **एक्रीसियस,**

तुम्हारे भाग्य में पुत्र का पिता होना नहीं बदा, किन्तु इतना निश्चित है कि तुम्हारी पुत्री की कोख से एक पुत्र होगा और उसी के हाथों तुम्हारी मृत्यु होगी।'' खिन्न मन **एक्रीसियस आरगोस** लौट आया। अब उसे एक नई चिन्ता ने आ घेरा। कैसा दुर्भाग्य कि पुत्रहीन **एक्रीसियस** अपने पौत्र पर भी अपना सिंचित स्नेह न ढुला सकता था, अपितु एक पौत्र के जन्म की कल्पना भी उसे असह्य हो उठी। देवता **अपोलो** की भविष्यवाणी की भीषण सत्यता से बचने का केवल एक ही मार्ग था—और वह यह कि **डैनी** का अन्त कर दिया जाए। न रहे बाँस न बजे बाँसुरी। किन्तु **डैनी** के निर्दोष मुख को देखकर **एक्रीसियस** अपने विचार की कुटिलता पर मन ही मन लज्जित हो उठता। जिन हाथों ने उस अंकुर को धूप, आँधी, पाले से बचाया, उस पौधे को प्यार से सींचा, उस कली को झूम-झूमकर दुलराया और आज जब उसके खिलने का समय आया तो क्या वही हाथ उसे तोड़कर पैरों तले कुचल सकेंगे? **एक्रीसियस** के भीतर का पिता चीत्कार कर उठता। लेकिन **डैनी** के जीवन का तात्पर्य था अपनी मृत्यु को निमन्त्रण देना और **एक्रीसियस** इस तरह बेमौत करना नहीं चाहता था। पितृ-प्रेम और जिजीविषा में संघर्ष हुआ। अन्ततः **एक्रीसियस** ने एक अन्य मार्ग खोज निकाला। उसने अपने कारीगरों को शीघ्रातिशीघ्र प्रासाद के उपवन के एक भाग में काँसे की एक ऊँची मीनार बनाने की आज्ञा दी। इस मीनार के ऊपरी कक्ष में कोई खिड़की नहीं थी, केवल छत में एक छोटा-सा जालीदार वातायन था जिससे आकाश का थोड़ा-सा भाग देखा जा सकता था। यहाँ ऐश्वर्य, वैभव, विलास के सभी उपकरण विद्यमान थे। इसी कक्ष में **डैनी** को आजीवन रहना था। इस मीनार के निचले भागों में **डैनी** की एक पुरानी वृद्ध परिचारिका, और तीन अन्य उसी की आयु की कुमारियों के रहने का प्रबन्ध था। मीनार के कांस्य द्वार पर एक बड़ा ताला लगा दिया गया जिसकी चाबी **एक्रीसियस** अपने पास रखता था। यही एक रास्ता था जिससे **डैनी** को किसी भी पुरुष के संसर्ग से बचाया जा सकता था। **एक्रीसियस** ने निश्चय किया कि **डैनी** आजन्म अविवाहित रहे, ताकि उसकी हत्या करनेवाला पौत्र जन्म ही न ले। केवल **एक्रीसियस** ही कभी-कभी **डैनी** को देखने जाता था। अन्य किसी पुरुष का वहाँ प्रवेश निषेध था।

डैनी चुपचाप अपने पिता के आदेशानुसार उस मीनार के ऊपरी कक्ष में रहने लगी। किस अपराध के दण्ड में उसे इस सुसज्जित बन्दीगृह में डाल दिया गया था, **डैनी** कुछ समझ नहीं सकी। एक-आध बार उसने अपने पिता से इसका कारण पूछने की चेष्टा भी की किन्तु **एक्रीसियस** ने कठोर स्वर में केवल इतना ही उत्तर दिया कि जो कुछ भी किया जा रहा है, वह उसके हित में ही है। **डैनी** सन्तुष्ट न हो सकी लेकिन चुप रह गई। **एक्रीसियस** के आदेशानुसार उस छोटे से कक्ष में ही **डैनी** को संसार की सभी सुख-सुविधाएँ उपलब्ध थीं। लेकिन वह स्वतन्त्र नहीं थी। उसकी दशा सोने के पिंजड़े में बन्दी पक्षी की भाँति थी जो आकाश की खुली ऊँचाइयों को तृषित दृष्टि से देखकर ही रह जाता है। मौन व्यथा उसका मन मथ डालती। वसन्त ऋतु आ गई। **डैनी** का मन बाग की खुली हवा में सखियों के संग फूल चुनने और पक्षियों का कलरव सुनने

को तरस उठता लेकिन वह अपनी निर्दोष इच्छाओं का गला घोंट देने को विवश थी। **डैनी** मन मसोसकर रह जाती। बीते हुए निर्बन्ध दिनों के चित्र एक-एक कर मानस-पट पर उभरते और उसकी आँखों से अश्रु धारा बह-बह निकलती। सब कुछ होते हुए भी उसके पास अपना कहने को कुछ नहीं था। मन बहलाने के लिए वह दिन में सिलाई, कढ़ाई अथवा बुनाई करती, चित्र बनाती, या फिर अपनी बूढ़ी परिचारिका से दूर देशों की अद्भुत कहानियाँ सुना करती और सुनते-सुनते उसका मन उस अनदेखे संसार में भटक जाता। डाली से तोड़कर फूलदान में लगाया पुष्प बहुत समय तक अपने सहज सौन्दर्य एवं सौरभ को जीवित नहीं रख पाता। **डैनी** प्रकृति के क्षितिज के उस छोर तक फैले विस्तार में खुलकर जीना चाहती थी लेकिन यह आकांक्षा उसके अधिकार-क्षेत्र के बाहर थी। साधारण स्त्री भी जिस सुख को जी भरकर भोग सकती है **आरगोस** की राजकुमारी उसके लिए तरस-तरस जाती। वह चुपचाप अपनी कोमल शैया पर लेटी छत की जाली से आकाश की नीलिमा को निहारती, छोटे-छोटे बादल के टुकड़ों की एक-दूसरे से आगे निकल जाने की होड़ पर हँसती, उगते हुए सूरज की लाली का अपने जीवन का सारा उल्लास समेटकर स्वागत करती और रात की भीगी चाँदनी में अपने दुर्भाग्य पर आँसू बहाया करती। एक अनदेखी, अनजानी चाह दीर्घश्वास बनकर अधरों को कँपा जाती।

ग्रीष्म की एक सुबह। सूर्योदय हुआ। धूप का एक टुकड़ा **डैनी** के कक्ष के वातायन पर आ झुका। **डैनी** बाँहें खोले उसके स्वागत को खड़ी थी। तभी उसे ऐसा लगा जैसे आकाश से सूर्य की किरणों की वर्षा होने लगी, जैसे उसके कक्ष में स्वर्ण-चूर्ण झरने लगा। **डैनी** की बाँहें खुली रह गईं। वह सम्मोहित-सी अपनी शैया पर लेट गई। शायद वह कोई स्वप्न देख रही थी। पल-भर में वह बेसुध हो गई। स्वर्ण की वर्षा होती रही।

जब **डैनी** की आँख खुली, उसकी शैया के पास अद्वितीय रूप, गरिमा से सम्पन्न एक देवपुरुष खड़ा था। यह देव-सम्राट **ज़्यूस** था। **डैनी** स्तम्भित रह गई। **ज़्यूस** ने उसे आश्वस्त किया, "डरो नहीं सुन्दरी! मैं तुम्हारा प्रेमी देव-सम्राट **ज़्यूस** हूँ। मैं ही स्वर्ण की उस बौछार के रूप में तुम्हारे पास आया था। तुम्हारे निर्दोष सौन्दर्य एवं कमनीयता ने मेरा मन मोह लिया। आज मैं तुम्हें एक ऐसा उपहार दिए जा रहा हूँ जो काँसे की इन अभेद्य दीवारों को तोड़कर तुम्हें फिर से जीवन-दर्शन कराएगा।" इतना कहकर वह अदृश्य हो गया और सारा आकाश एक बार बादल की गरज और बिजली की चमक से हिल उठा।

डैनी की प्रकृति में सहसा परिवर्तन हुआ। बचपन की चंचलता खो गई। उसके मुरझाए मुख की लालिमा लौट आई, अधरों की माँग में सहज स्मित का सिन्दूर झिलमिला उठा। कुछ समय के पश्चात् अपने बन्दीगृह में ही **डैनी** ने **ज़्यूस** के पुत्र को जन्म दिया। यह समाचार काँपती हुई, अपने प्राणों की भिक्षा माँगती हुई परिचारिकाओं ने राजा **एक्रीसियस** को दिया। **एक्रीसियस** क्रोध से आग-बबूला हो उठा। जिसका भय था आखिर वही हुआ। लेकिन यह कैसे सम्भव हुआ? दिन-रात सशस्त्र सैनिकों द्वारा

रक्षित काँसे के उस बन्द मीनार में किसी पुरुष का पदार्पण हुआ तो कैसे? लेकिन मूर्ख **एक्रीसियस** यह नहीं जानता था कि **एरॉस** के पुष्प-बाण का एक हल्का-सा स्पर्श ऐसी सहस्रों दीवारों को भेद सकता है। और फिर सर्वसमर्थ **ज़्यूस** के लिए क्या कठिन है! **एक्रीसियस** क्रोध में चीखता-चिल्लाता डैनी के भवन में आया। परिवार को इस तरह कलंकित करनेवाली **डैनी** के लिए मृत्यु ही उपयुक्त दण्ड था। किन्तु **एक्रीसियस** अपने आवेग में भी यह भूला नहीं था कि अपने निकट सम्बन्धी की हत्या करनेवाला मृत्यु के बाद भी **एरीनीज़** के कोप से नहीं बच सकता। साथ ही उसे यह विश्वास भी हो चला था कि उस बन्द मीनार में **डैनी** के साथ सम्बन्ध स्थापित करनेवाला कोई साधारण मर्त्य प्राणी नहीं हो सकता। **डैनी** के पुत्र की धमनियों में अवश्य ही किसी देवता का रक्त है। अतः उसकी हत्या अपने हाथों से करना सारे कुल को अभिशप्त करना होगा। सोच-विचार के पश्चात् एक बार फिर **एक्रीसियस** ने अपने कारीगरों को शीघ्र ही लकड़ी की एक बड़ी-सी पेटी बनाने की आज्ञा दी। और एक रात कुछ सैनिकों ने अपने वक्ष से बच्चे को चिपकाए भयभीत **डैनी** को इस पेटिका में लिटाकर अथाह समुद्र के पक्ष पर छोड़ दिया। बिना माँझी और बिना पतवार की यह नाव अपनी अज्ञात-लक्ष्य यात्रा पर चल पड़ी। भय से **डैनी** का रक्त जम गया। रह-रहकर समुद्र की लहरें पेटिका से टकरातीं और **डैनी** की नैया डगमग डोल उठती। बाहर सीत्कार करती वायु बह रही थी। **डैनी** की बाँहों में **ज़्यूस** का नन्हा-सा पुत्र इन सारी विपत्तियों से बेखबर सोया था। प्रार्थना में **डैनी** के हाथ आकाश की ओर उठ गए और न जाने कब रोते-रोते उसकी आँख लग गई। **ज़्यूस** की आज्ञा से तूफान रुक गया, वायु मन्द-मन्द बहने लगी, और मन्थर गति से आगे बढ़ती हुई **डैनी** की नैया प्रातःकाल किनारे आ लगी। जब उसकी आँख खुली तो पेटिका खुली थी और एक व्यक्ति आश्चर्यमिश्रित भय से उसकी ओर देख रहा था। **डैनी** के अपूर्व रूप के कारण वह उसे कोई देवी समझ बैठा था। डैनी ने अपना और अपने पुत्र का परिचय दिया। मछियारे **डिक्टायस** ने **सेरीफॉस** के द्वीप पर **एक्रीसियस** की कन्या का स्वागत किया। और उस दिन से डैनी तथा उसका पुत्र, डिक्टायस के संरक्षण में ही रहने लगे। इसी बालक का नाम था **परसियस। डिक्टायस** का भाई **पॉलीडिक्टीज़ सेरीफॉस** द्वीप का राजा था। **हाइजीनस** के 'फेबुला' **अपोलोडॉरस** तथा **होरेस** की 'ओड्स' के अनुसार **डिक्टायस डैनी** तथा **परसियस** को अपने भाई **पॉलीडिक्टीज़** के पास ले गया, जहाँ उनका समुचित आदर हुआ और **परसियस** का पालन-पोषण **सेरीफॉस** के राजा के संरक्षण में हुआ।

अठारह वर्ष बीत गए। **परिसयस** अब एक सुन्दर, सजीला युवक था। भाला फेंकने और तलवार चलाने में सारे **सेरीफॉस** में उसका सानी नहीं था। वह जिस प्रतियोगिता में भी भाग लेने जाता विजयश्री उसका स्वागत करती। इस पर भी **परसियस** स्वभाव से विनम्र एवं हँसमुख था। शीघ्र ही वह बड़ा लोकप्रिय हो गया। **डैनी** का मन उसके सुनहले बालों और सितारों जैसी आँखों को देखते न अघाता था। वर्षों की तपस्या पूरी हुई। **ज़्यूस** के अंश के प्रति **डैनी** ने अपना कर्तव्य निभा दिया। वस्तुतः **सेरिफॉस** का

राजा **पॉलिडिक्टीज़ डैनी** के सौम्य मनोहारी रूप पर मुग्ध था और अनेक बार उससे विवाह-प्रस्ताव कर चुका था लेकिन **डैनी** सदैव अपने बालक की देखभाल का बहाना करके उसे टालती रही। **ज़्यूस** का सहवास प्राप्त कर चुकने के पश्चात् वह किसी भी मर्त्य प्रेमी की अंकशायिनी बनना अपना अपमान समझती थी। उसकी आशाओं, इच्छाओं, भावनाओं का एकमात्र केन्द्र था—**परसियस।** अतः **पॉलिडिक्टीज़ परसियस** को अपने मार्ग का काँटा समझकर मन ही मन उससे घृणा करने लगा। वह **परसियस** को समाप्त ही कर देता किन्तु इस कृत्य को न्यायोचित सिद्ध करने की आवश्यकता थी। आखिर **पॉलिडिक्टीज़** ने रास्ता ढूँढ़ ही निकाला।

एक प्रथा के अनुसार प्रत्येक वर्ष **सेरिफॉस** के राजा के प्रासाद में विशाल उत्सव तथा भोज का आयोजन होता था जिसमें नागरिकों को भी आमंत्रित किया जाता था। इस अवसर पर सभी लोग अपनी सामर्थ्य के अनुसार राजा को भेंट देते थे। किन्तु **अपोलोडॉरस** का विचार है कि **पॉलिडिक्टीज़** ने इस उत्सव का आयोजन जान-बूझकर केवल **परसियस** को अपमानित करने के लिए किया गया था। **पॉलिडिक्टीज़** ने अपने राज्य में यह घोषणा करवा दी कि वह शीघ्र ही राजा **पीलॉप्स** की कन्या का वरण करने जानेवाला है, अतः राज्य की मर्यादा एवं प्रतिष्ठा की रक्षा के लिए उसे सुन्दर, सुडौल तीव्रगामी अश्वों की आवश्यकता है। इसी अभिप्राय से **पॉलिडिक्टीज़** ने एक महोत्सव का आयोजन किया और इसमें **परसियस** को विशेष रूप से आमंत्रित किया। सभी अतिथि अपनी सामर्थ्य के अनुसार राजा के लिए उपहार लाए किन्तु **परसियस** खाली हाथ ही गया। जब भोज आरम्भ हुआ तो राजा **पॉलिडिक्टीज़** ने अपने मित्रों को सम्बोधित करते हुए कहा, "यहाँ कुछ ऐसे निर्धन विदेशी हैं जो हमारे टुकड़ों पर पलना भी अपना गौरव समझते हैं।" **परसियस** इस व्यंग्य से तिलमिला उठा। उसका गोरा मुख अपमान से आरक्त हो गया। वह खड़ा हो गया और बड़ी विनय किन्तु दृढ़ता से बोला, "यह सच है राजन् कि मैं विदेशी हूँ। यह भी सत्य है कि मेरे पास आपको देने के लिए न तो अश्व हैं, न स्वर्ण, किन्तु मुझे अपने बाहुबल पर पूरा भरोसा है। आप एक बार आज्ञा दीजिए। जो उपहार भी आप चाहें मैं आपके कदमों में लाकर रख दूँगा। मैं देव-सम्राट् **ज़्यूस** की सौगन्ध खाकर प्रतिज्ञा करता हूँ।"

"धृष्ट युवक, तेरा इतना साहस!" राजा गरज उठा, "तो जा, मुझे **गॉरगन मेडुसा** का सिर ला दे।" यह कहकर **पॉलिडिक्टीज़** ने इतनी ज़ोर से अट्टहास किया कि प्रासाद की दीवारें तक हिल उठीं। वह जानता था कि **गॉरगन** बहनों के देश से आज तक कोई जीवित नहीं लौटा। अनुभवहीन **परसियस** अपने आप ही मौत के मुँह में जाने को प्रस्तुत था। राह का काँटा इतनी सरलता से निकल जाएगा, **पॉलिडिक्टीज़** ने यह सोचा भी न था।

ये **गॉरगन** तीन बहनें थीं जो कहीं सुदूर पश्चिम के अज्ञात प्रदेश में रहती थीं। इनके शरीर सर्प के समान थे, पाँव और पंजे पीतल के थे, लम्बे-लम्बे भयानक नुकीले दाँत बाहर निकले पड़ते थे। इनके नाम थे—**यूरिएल, एथेनो** तथा **मेडुसा।** कहते हैं कि **मेडुसा**

अपूर्व सुन्दरी थी किन्तु रूप के अभिमान में अपनी तुलना देवी **एथीनी** से करने की धृष्टता कर बैठी। **एथीनी** ने क्रुद्ध होकर उसे श्राप दे डाला जिससे **मेडुसा** के काले, पैरों तक लहराते, घुँघराले रेशम से बाल फुँकारते हुए सर्प बन गए। उसका सुन्दर मुख ऐसा विकराल हो गया कि उसकी ओर देखनेवाले मनुष्य का रक्त जम जाता और पलक झपकते ही वह पत्थर बन जाता। **गॉरगन** बहनों के निवास-स्थान के चारों ओर पत्थरों के ढेर थे। ये उन अभागे प्राणियों के अवशेष थे जिन पर **मेडुसा** की दृष्टि पड़ गई थी। इन तीनों बहनों में केवल **मेडुसा** ही मर्त्य थी, अन्य दोनों को अनन्त जीवन प्राप्त था।

गॉरगन मेडुसा की हत्या करना किसी मनुष्य के वश की बात नहीं थी। किन्तु **परसियस** प्रतिज्ञा कर चुका था। अब भले ही इस प्रयास में प्राणों से हाथ धोने पड़ें। सौभाग्यवश **सेरिफॉस** के राज-दरबार में **पॉलिडिक्टीज़** तथा **परसियस** के बीच होनेवाली वार्ता को देवी **एथीनी** ने सुन लिया। **एथीनी** की **मेडुसा** से पुरानी शत्रुता थी और फिर **परसियस** देव-सम्राट **ज़्यूस** का पुत्र था। **ज़्यूस** की आज्ञा से **हेमीज़** तथा **एथीनी** दोनों **परसियस** की सहायता करने को प्रस्तुत हो गए। सबसे पहले **एथीनी** उसे **सेमॉस** में स्थित **डेक्टेरियों** नगर में ले गई जहाँ तीनों **गॉरगन** बहनों के चित्र थे ताकि **परसियस** उनमें से **मेडुसा** को पहचान सके। इतना ही नहीं, अपने अद्‌भुत रूप, दैवी शक्ति और तेज से युक्त **एथीनी** ने **परसियस** को दर्शन दिए और अपना दर्पण-सा स्वच्छ कांस्य-कवच उसे देते हुए कहा, "**मेडुसा** के पंख हंस के समान श्वेत हैं जबकि उसकी बहनों के कन्धों से गिद्ध जैसे पंख लगे हैं। किन्तु यह स्मरण रखना कि इस पहचान के होने पर भी **मेडुसा** की ओर सीधे देखनेवाला पत्थर हो जाता है। उसकी आँखों में भयानक शक्ति है। इसलिए मैं तुम्हें यह कवच दे रही हूँ। इस कवच में **मेडुसा के** प्रतिबिम्ब को देखकर वार करना और उसकी मृत्यु के पश्चात् भी उसका मुख न देखना।"

देवदूत **हेमीज़** ने **परसियस** को ऐसे अनोखे सैंडल दिए जिनके किनारों पर पंख लगे थे। **परसियस** इनकी सहायता से आकाश में उड़ सकता था, समुद्र पर बिना भीगे चल सकता था। सुदूर पश्चिम तक यात्रा करने के लिए इससे अच्छा और क्या साधन हो सकता था! किन्तु उड़नेवाले चप्पल तथा दर्पण-सी उज्ज्वल कवच भी **परसियस** की

लक्ष्य-प्राप्ति के अपूर्ण उपकरण थे। **हेमीज़** को भी इसका भास था। **परसियस** को सफलतापूर्वक अपने उद्देश्य की पूर्ति करने के लिए अभी एक ऐसी तलवार की आवश्यकता थी जिसका वार कभी खाली न जाए और जो कठोरतम पदार्थ के भी टुकड़े कर दे। इसके अतिरिक्त **मेडुसा** के कटे सिर को **सेरीफॉस** तक वापस लाने के लिए किसी मजबूत पेटी या झोले की जरूरत थी। **गॉरगन्स** के देश में नरक के स्वामी **हेडीज़** का शिरस्त्राण भी बहुत सहायक सिद्ध हो सकता था क्योंकि इसको पहननेवाला अदृश्य हो जाता था। ये सभी वस्तुएँ सुदूर उत्तर के किसी प्रदेश में निवास करनेवाली जलपरियों के अधिकार में थीं। किन्तु इन जलपरियों तक पहुँचने का मार्ग **ग्रे** बहनों के अतिरिक्त किसी को भी ज्ञात नहीं था।

ग्रे वस्तुतः **गॉरगन्स** की बहनें थीं और भविष्यद्रष्टा थीं। इनके बाल जन्म से ही सफ़ेद थे, इसीलिए इन्हें **ग्रे** कहा जाता था। अब वे तीनों बहुत ही वृद्ध हो चुकी थीं। उनके सारे शरीर में झुर्रियाँ ही दिखाई देती थीं। इन तीन बहनों के पास केवल एक आँख और एक ही दाँत शेष बचा था जिसे वे बारी-बारी से धारण करती थीं। इस प्रकार जब एक बहन देख और खा सकती थी अन्य दोनों मृतप्राय सिमटी-सिकुड़ी पड़ी रहतीं। कुछ समय के पश्चात् दूसरी की बारी आती और फिर तीसरी की। यह क्रम इसी प्रकार उनके पारस्परिक सद्भाव से चलता रहता। **हेमीज़** के उड़नेवाले सैंडल पहनकर सूर्य के पथ का अनुगमन करते हुए **परसियस** सायं काल पर्वतों, जंगलों, टेढ़ी-मेढ़ी नदियों के ऊपर से होता हुआ पृथ्वी के अन्तिम छोर पर जा पहुँचा और धीरे-धीरे अँधेरे और कोहरे से भरे प्रदेश में उतरने लगा। यहाँ न सूर्य का प्रकाश पहुँचता था, न चन्द्रमा की चाँदनी। दिन-रात एक-सा ही धुँधलका छाया रहता। यहीं एक गुहा के द्वार पर तीनों **ग्रे** बहनें बैठी थीं। **परसियस** एक ओर आड़ में छिपकर खड़ा हो गया। तभी एक **ग्रे** ने दूसरी को देने के लिए अपने मस्तक से अंगारे की तरह दहकती हुई आँख निकाली और ज्यों ही हाथ आगे बढ़ाया **परसियस** ने झपटकर उससे आँख और दाँत छीन लिए। पल-भर तो वे स्थिति को समझ ही न सकीं पर शीघ्र ही उन्हें किसी चौथे व्यक्ति की उपस्थिति का आभास हो गया। तीनों बहनें अब न देख सकती थीं, न खा सकती थीं। "ओह, लगता है हमारी आँख किसी अन्य व्यक्ति ने छीन ली है," एक **ग्रे** ने रोते हुए कहा। यह सुनते ही अन्य दोनों भी शोकाकुल हो आर्तनाद कर उठीं। "तो आखिर वह **ज़्यूस** का पुत्र आ ही पहुँचा। अरे, अब हमारा क्या होगा?" तीनों बहनें विलाप करने लगीं। तभी **परसियस** ने उन्हें सम्बोधित करते हुए कहा–"हाँ, तुम्हारा अनुमान सत्य है। मैं **ज़्यूस** का ही पुत्र हूँ। शायद तुम मेरे यहाँ आने का अभिप्राय भी जानती हो। तो शीघ्र ही मुझे बताओ कि स्टीजियन जलदेवियों का निवास कहाँ है अन्यथा मैं तुम्हारी इस आँख को या तो पैरों तले कुचल डालूँगा या अथाह समुद्र में फेंक दूँगा।"

ग्रे बहनें बड़ी दुविधा में पड़ गईं। वे **परसियस** की इस यात्रा का प्रयोजन भली-भाँति जानती थीं। **गॉरगन** बहनों पर आनेवाले संकट का भी उन्हें आभास था। परन्तु वे विवश थीं। अनन्त काल तक भूख-प्यास से तड़पने और अन्धेपन का दुख झेलने की कल्पना

से ही वे काँप उठीं और उन्होंने **परसियस** को स्टीजियन जलदेवियों तक पहुँचने की दिशा बता दी। **परसियस** ने उनकी आँख व दाँत लौटा दिए किन्तु जब तक वे उन्हें धारण करके इस दुर्धर्ष युवक को देख पातीं वह उनके क्षेत्र से बाहर निकल चुका था।

ग्रे बहनों के बताए मार्ग पर **परसियस** शीघ्रता से अग्रसर होने लगा। वह स्वयं भी इस तथ्य से अनभिज्ञ था कि वह **हाइपरबोरियन्स** के सुदूर उत्तर में स्थित ऐसे अद्भुत एवं अलौकिक देश की ओर बढ़ रहा है जहाँ न मूसलाधार वर्षा होती है, न अंधड़ चलते हैं, न बर्फ गिरती है, न ओले। उस प्रदेश में कभी पतझड़ नहीं होता, कभी वृक्षों के पत्ते पीले होकर नहीं झड़ते। वहाँ बारह मास वसन्त रहता है। वहाँ के निवासी भी सुन्दर, सजीले हैं और दिन-रात ललित कलाओं की साधना में लगे रहते हैं। शोक, जरा, मृत्यु तथा अन्य व्याधियों से उनका परिचय नहीं। वहाँ सुख और शान्ति का साम्राज्य है। प्राचीन ग्रीस में ऐसा विश्वास था कि **हाइपरबोरियन्स** के इस देश में जल अथवा स्थल मार्ग से नहीं पहुँचा जा सकता। इसीलिए अभी तक किसी मनुष्य का वहाँ पदार्पण नहीं हो पाया था। **ज़्यूस** का मर्त्य पुत्र **परसियस** ही वह पहला व्यक्ति था जो इस अनूठे द्वीप पर पहुँचा। वहाँ के निवासियों ने **परसियस** का बड़े स्नेह से स्वागत किया। वीणा की ध्वनि पर नृत्य करती हुई सुकुमारी वन एवं जल की देवियों ने उसे चारों ओर से घेर लिया। उसका समुचित आदर-सत्कार किया एवं **परसियस** द्वारा वांछित तीनों वस्तुएँ उसे लाकर दे दीं।

देवी **एथीनी** के कवच, **हेडीज़** के शिरस्त्राण, पंखोंवाली पादुकाओं, बकरे की खाल के झोले तथा **हेफ़ास्टस** की बनाई हुई तलवार से सज्जित **परसियस गॉरगन** बहनों के देश की ओर चल पड़ा। देवी **एथीनी** एवं देवदूत **हेमीज़** इस साहसिक यात्रा पर उसके साथ थे। काफ़ी समय तक **परसियस** समुद्र के किनारे, पहाड़ियों के ऊपर दक्षिण की ओर उड़ते रहने के बाद चट्टानों से घिरे एक छोटे-से द्वीप में पहुँचा। इसके मध्य में एक चौकोर चट्टान थी जिस पर जल या स्थल मार्ग से पहुँचना असम्भव था। मार्ग पथरीला और काई से ढँका था। चट्टान के चारों ओर बहते झरने का पानी खौल रहा था। अँधेरे में **परसियस** ने देखा, तीन धूमिल-सी आकृतियाँ एक-दूसरे से सटी सोई पड़ी हैं। इन्हीं में से **परसियस** को अपना शिकार ढूँढ़ना था। जैसा कि पहले बताया जा चुका है **मेडुसा** की अन्य दोनों बहनों को अमरत्व प्राप्त था।

कुछ ही देर में आकाश में पूरा चाँद उग आया। **परसियस** उड़कर उस चट्टान की चोटी पर जा पहुँचा। धवल चाँदनी में **एथीनी** का कवच दर्पण-सा चमक उठा और **परसियस** ने उसमें स्पष्ट **मेडुसा** का प्रतिबिम्ब देखा। वह बेसुध सोई पड़ी थी फिर भी उसकी भीषण आकृति देख एक बार तो **परसियस** का रक्त जमने-सा लगा। देवताओं का स्मरण कर उसने अपना साहस बटोरा और कवच की सहायता से लक्ष्य निर्धारित करके **मेडुसा** की गर्दन पर एक भरपूर वार किया। निशाना ठीक बैठा। **मेडुसा** के मुँह से चीख तक न निकल सकी और उसका निर्जीव सिर एक ओर लुढ़क गया। **परसियस** तत्काल उछला और बिना उस ओर देखे उसने सिर उठाकर झोले में डालकर बन्द कर

लिया। अब कोई भय नहीं था। किन्तु आश्चर्य! **मेडुसा** का सिर धड़ से अलग होते ही उसके शरीर से हंस-सा धवल एक अलौकिक अश्व उछलकर बाहर आ गया। यह विश्व का सर्वोत्तम अश्व **पेगासस** था। वस्तुतः जिस समय **परसियस** ने **मेडुसा** की हत्या की वह गर्भवती थी। समुद्र-देवता **पॉसायडन** ने सुन्दरी **मेडुसा** का देवी **एथीनी** के मन्दिर में भोग किया था। यह उसी का परिणाम था। **एथीनी** अविवाहित थी और उसके मन्दिर में ऐसा कुकर्म करनेवाले को दण्ड मिलना उचित था। सम्भवतः इस कारण से ही **एथीनी** ने **मेडुसा** की हत्या में **परसियस** को प्रत्येक सम्भव सहायता दी।

पेगासस के खुरों की मार से **यूरिएल** तथा **एथेना** दोनों **गॉरगन** बहनें उठ बैठीं और **मेडुसा** के मृत शरीर को देखकर विलाप करने लगीं। उनके गिद्धों जैसे विशाल पंख फड़फड़ा उठे। वे व्याकुल-सी हत्यारे को पकड़ने इधर-उधर भागीं किन्तु **हेडीज़** के शिरस्त्राण से अदृश्य **परसियस** उनके हाथ न आ सका। वह चुपके से अपने देश की ओर लौट पड़ा। साँय-साँय करती हवा जैसे **गॉरगन** बहनों के चीत्कार देर तक उसके कानों से टकराते रहे।

विभिन्न देशों, पर्वतों, नदियों और नगरों के ऊपर उड़ता हुआ **परसियस सेरीफॉस** की ओर जा रहा था। उसके हाथ में चमड़े का थैला था जिसमें **मेडुसा** का सिर था। **परसियस** ने थैला बड़ी सावधानी से ऊपर से बन्द कर दिया था ताकि उस पर दृष्टि न पड़े। **मेडुसा** के कटे सिर से अभी तक रक्त बह रहा था जिसकी कुछ बूँदें रेगिस्तान में गिर रही थीं। इन बूँदों से भाँति-भाँति के विषैले सर्प तथा अन्य जीव-जन्तुओं का जन्म हुआ जो आज तक मरुस्थल में यात्रा करनेवालों के लिए भय का कारण बने हुए हैं। काफ़ी समय के बाद **परसियस** मिस्र में कुछ देर विश्राम के लिए रुका। यहाँ जलपान ग्रहण करने के पश्चात् वह फिर अपनी यात्रा पर निकल पड़ा। रात्रि-भर चलते रहने पर अन्ततः **परसियस** एक नए देश में पहुँचा। इस देश का नाम था **इथियोपिया**। लज्जित-सा अन्धकार दिशाओं के आँचल में मुँह छिपाने को व्याकुल था। पूरब में उषा की लालिमा छाई थी। **परसियस** समुद्र के ऊपर उड़ रहा था, तभी अचानक अनेक लोगों के शोकातुर स्वर में विलाप करने की ध्वनि उसके कानों में पड़ी। **परसियस** को कौतूहल हुआ। कौन अभागा इस मंगलमय नवप्रभात का स्वागत निराशा-जनित चीत्कारों से कर रहा है? कौन है वह जो पूर्व में खिलते बालसूर्य को अश्रुओं का अर्घ्य चढ़ा रहा है? **परसियस** नीचे आया। उसने देखा कि समुद्र के तट पर विशाल जनसमूह खड़ा विलाप कर रहा है। इस समूह के कुछ सदस्य राजसी वस्त्रों से सज्जित थे लेकिन किसी दुर्दमनीय दुर्भाग्य के कारण अपनी मर्यादा भूलकर साधारण मनुष्यों की भाँति रो रहे थे। उन सबकी दृष्टि समुद्र की ओर थी। **परसियस** ने भी उसी दिशा में देखा। समुद्र में स्थित एक चट्टान पर एक सुन्दरी श्रृंखलाओं से बँधी खड़ी थी। उसके शरीर पर वस्त्र नाममात्र को थे। घुटनों तक लहराती लम्बी रेशम-सी काली लटों से वह अपनी लाज छिपाने की असफल चेष्टा कर रही थी। **परसियस** को पास आते देख उसका भय से पीला पड़ा गौर वर्ण लज्जा से आरक्त हो उठा जैसे दूध में किसी ने केसर मिला दिया।

परसियस आश्चर्यचकित-सा उसे देखता ही रह गया। यदि उसकी बड़ी-बड़ी आँखों से आँसू न बहते होते, या कभी-कभी वायु के झकोरों से उसके केश हिल न उठते तो **परसियस** उसे किसी महान कलाकार की संगमरमर की कृति ही समझ लेता। न जाने कब **एरॉस** का पुष्प बाण चला, **ऐफ्रॉडायटी** रूप की विजय पर गर्व से मुस्कुराई और **परसियस** के मन में उस अनजान, निश्चल खड़ी युवती के लिए प्रेम का ज्वार उमड़ आया। किन्तु वह अभी तक वस्तुस्थिति को समझ नहीं पाया था। अतः उस रमणी के निकट जाकर उससे इस रहस्य का उद्घाटन करने का निवेदन किया। पहले तो लज्जा से अभिभूत सुन्दरी के शब्द आँसुओं से रुँधे कंठ में ही अवरुद्ध होकर रह गए किन्तु **परसियस** के बार-बार आश्वासन दिलाने पर उसने सारी बात उसे कह सुनाई :

''मेरा नाम **एन्ड्रोमिडा** है। मैं **इथियोपिया** के राजा **सेफ़ियस** की एकमात्र सन्तान हूँ। मेरी माता **कैसियोपिया** अपूर्व सुन्दरी है किन्तु अपने रूप के मद में वह एक बार अपनी तथा मेरी तुलना **नीरियस** की पुत्री **नीरियड्स** नाम से विख्यात देवियों से कर बैठी। **नीरियड्स** इस धृष्टता को सहन न कर सकीं, अतः उन्होंने **कैसियोपिया** की शिकायत समुद्र-देवता **पॉसायडन** से कर दी। **पॉसायडन** ने इस अपराध का दण्ड देने के लिए एक भीमाकार समुद्री दैत्य को नियुक्त किया। **इथियोपिया** में आए दिन बाढ़ से लोगों के घर उजड़ने लगे। यह दैत्य जल-स्थल दोनों पर लोगों को पकड़कर समूचा निगलने लगा। सहस्रों घर नष्ट हो गए, अनेक माँओं की गोद सूनी हो गई, न जाने कितने बालक अनाथ हो गए। सारे देश में हाहाकार मच गया। किसी में भी इतना साहस नहीं था कि वह इस दैत्य का सामना कर सके। इस विभीषिका से मुक्ति पाने का उपाय जानने के लिए मेरे पिता **सीफियस एमॉन** के प्रश्न-स्थान पर गए। वहाँ यह भी भविष्यवाणी हुई कि **पॉसायडन** के क्रोध को शान्त करने के लिए राजा को अपनी एकमात्र सन्तान की बलि देनी होगी। जल-दैत्य की क्षुधा **एन्ड्रोमिडा** के मांस से ही शान्त होगी। बहुत समय तक मेरे पिता यह बलिदान देने को तैयार नहीं हुए किन्तु प्रजा के निरन्तर आग्रह के सामने उन्हें झुकना पड़ा। और आज इस पथरीली चट्टान से बँधी असहाय **एन्ड्रोमिडा** अपने भीषण अन्त की प्रतीक्षा कर रही है।'' यह कहते हुए सुन्दरी की आँखें फिर आँसुओं से भर आईं और स्वर अवरुद्ध हो उठा।

''**परसियस** के होते अपने आपको असहाय न कहो। सम्भवतः देवताओं ने मुझे तुम्हारी रक्षा करने के लिए ही यहाँ भेजा है,'' यह कहते हुए **परसियस** ने अपनी तलवार के एक हल्के-से वार से उन लौह-शृंखलाओं को काट डाला, ''घबराओ मत। मैं देव-सम्राट **ज़्यूस** का पुत्र, **गॉरगन मेडुसा** का संहारक **परसियस** हूँ। मैं प्राणपण से तुम्हारी रक्षा करूँगा। अन्यथा उस दैत्य से लड़ते हुए प्राण दे दूँगा।''

''नहीं, नहीं, ऐसा मत कहो,'' इस नवयुवक के अदम्य साहस को देखकर **एन्ड्रोमिडा** मुग्ध किन्तु उसके प्राणों के लिए चिन्तित हो उठी, ''जान-बूझकर अपना जीवन संकट में न डालो युवक, जाओ, अपनी राह लो। तुम उस दैत्य की शक्ति को नहीं जानते। साँड जैसे पशु को तो वह एक ही ग्रास में निगल जाता है। नहीं, नहीं, मैं अपने लिए

तुम्हारे प्राणों की बलि नहीं दूँगी।'' **एन्ड्रोमिडा** अभी इतना ही कह पाई थी कि भय से उसका मुख पीला पड़ने लगा, शरीर पतझड़ के पत्ते-सा काँपने लगा। समुद्र की ओर विस्फारित नेत्रों से देखती हुई वह अस्फुट स्वर में बोली, ''देखो,...देखो...वह आ गया...आ गया।''

देखते ही देखते समुद्र की लहरें किसी भीमकाय आकृति की गति से फटने लगीं। पानी में ऐसी हलचल हुई जैसे तूफान उठ रहा हो। **परसियस** ने झट अपने आपको इस दैत्य का सामना करने के लिए तैयार किया। **हेफ़ास्टस** की बनाई तलवार म्यान से निकालकर दृढ़ता से पकड़ ली और **एथीनी** की ढाल सुरक्षा के लिए सामने कर ली। **परसियस** आमने-सामने युद्ध में इस दैत्य का संहार करना चाहता था किन्तु सुरक्षा की दृष्टि से उसने **गॉरगन मेडुसा** का शीश भी थैले से निकालकर चट्टान पर जमी काई और पत्तों पर रख दिया। दैत्य अब बिलकुल निकट आ चुका था। उसके मुँह से झाग निकल रहे थे और दाँतों के घर्षण की ध्वनि पानी की हलचल के होते हुए भी सुनी जा सकती थी। इससे पहले कि वह **एन्ड्रोमिडा** के कोमल शरीर को अपना ग्रास बनाता, **परसियस** उसकी ओर कुछ ऊँचाई से झपट पड़ा। पानी में **परसियस** की परछाईं को ही जीव समझकर दैत्य उसी ओर लपका। तभी **परसियस** ने पूरी शक्ति लगाकर तलवार की नुकीली धार उस दैत्य की गर्दन पर दे मारी। एक भीषण फुँकार उठी। क्रोध से पागल दैत्य **परसियस** पर झपटा पर विद्युत् की गति से **परसियस हेमीज़** के परोंवाले सैंडल की सहायता से पीछे हट गया। दैत्य के विकराल जबड़े मृत्यु की तरह खुले थे और वह ज़ोर-ज़ोर से अपनी पूँछ पानी में मार रहा था। उसके मुख तथा नासिका रन्ध्रों से बहते रक्त से समुद्र का पानी लाल हो उठा और कुछ ही क्षणों तक इस तरह तड़पने के बाद उस विरूप भीमकाय आकृति ने सदा के लिए जल-समाधि ले ली।

तट पर खड़ा जन-समुदाय भयमिश्रित आश्चर्य से यह दृश्य देख रहा था किन्तु वस्तुस्थिति को पूर्णतया समझने में असमर्थ था। दैत्य के संहार के बाद जब मूर्च्छितप्राय **एन्ड्रोमिडा** को अपनी बाँह का सहारा दिए **परसियस** तट की ओर बढ़ा तो **इथियोपिया**

की प्रजा के हर्ष-निनाद से दिशाएँ गूँज उठीं। प्रसन्नता के आँसू बहाते **सेफ़ियस** ने काँपते हाथों से **परसियस** को गले लगा लिया। चारों ओर से लोगों ने उसे कौतूहलवश घेर लिया। **परसियस** ने अपना तथा अपने वंश का परिचय दिया। राजा **सेफ़ियस** की समझ में नहीं आ रहा था कि वह उस साहसी युवक का कैसे अभिनन्दन करे, ''मेरी एकमात्र सन्तान को मृत्यु के मुख से छीन लानेवाले युवक, समझ में नहीं आता, मैं तुम्हें कैसे पुरस्कृत करूँ? ये विशाल नगर, यह विस्तृत भूक्षेत्र, असंख्य चौपायों के झुंड, **इथियोपिया** के स्वर्ण से भरे जलयान क्या लेना चाहोगे तुम? मैं अपना आधा राज्य तक तुम्हें देकर अपने को कृतार्थ मानूँगा।''

''नहीं, नहीं,'' **परसियस** ने विनम्रता से उत्तर दिया, ''यह तो देवताओं की कृपा है, विशेषतया देवी **एथीनी** की कि मैं आपके किसी काम आ सका। धन-वैभव और भूमि की मुझे आवश्यकता नहीं किन्तु यदि आप कुछ देना ही चाहते हैं तो मैं सुन्दरी **एन्ड्रोमिडा** का हाथ आपसे माँगता हूँ।''

सम्राट-दम्पति को भला इसमें क्या आपत्ति हो सकती थी! उन्होंने **एन्ड्रोमिडा** की इच्छा जानने के लिए उसकी ओर देखा। **एन्ड्रोमिडा** के अरुण कपोलों पर काँपती स्मित रेखा और लज्जा से झुके दीर्घ नयन उसकी मौन स्वीकृति के सूचक थे। सारे नगर में हर्ष की लहर दौड़ गई। **इथियोपिया** की राजकुमारी के पाणिग्रहण की बड़ी धूमधाम से तैयारी होने लगी। राजमहल को पुष्पमालाओं एवं दीपों से सजाया गया। नगर के सभी सम्भ्रान्त एवं कुलीन व्यक्तियों की उपस्थिति में नववधू के वेश में लजाई, सकुचाई **एन्ड्रोमिडा** ने वीर **परसियस** का वरण किया। उसके बाद एक भोज का आयोजन किया गया। भाँति-भाँति के पकवान सजे थे और मदिरा पानी की तरह बहाई जा रही थी। हर कोई आमोद-प्रमोद में मग्न था। तभी अचानक रत्नजटित आभूषणों की मधुर रुनझुन का स्थान शस्त्रों की झंकार ने ले लिया। अस्त्र-शस्त्रों से सज्जित अनेक सैनिकों ने कक्ष में प्रवेश किया। उनका नेतृत्व कर रहा था एक **इथियोपियन** राजा जिसके हाथ में चमकता हुआ भाला था। इसका नाम **फीनियस** अथवा **एग्नॉर** था जो राजा **बीलस** का जुड़वाँ भाई था। उसका मुख क्रोध से लाल हो रहा था। उसे देखते ही राजा **सेफ़ियस** उठकर खड़ा हो गया। **सेफ़ियस** के सिंहासन के पास जाकर **फीनियस** गरजकर बोला–''मैं नहीं जानता था कि राजा **सेफ़ियस** का दिया वचन भी झूठा सिद्ध हो सकता है। क्या यह सच है कि तुमने मेरी होनेवाली पत्नी, अपनी वाग्दत्ता कन्या का विवाह एक विदेशी से कर दिया है? यह अपमान करने का तुम्हें साहस कैसे हुआ? अपने प्राणों की भिक्षा और अपनी प्रजा की कुशल चाहते हो तो **एन्ड्रोमिडा** को मेरे हवाले कर दो।''

इससे पूर्व कि **सेफ़ियस** कोई उत्तर देता, **परसियस** निर्भीकता से उसके सामने आ खड़ा हुआ और व्यंग्य से बोला, ''क्या मैं जान सकता हूँ कि जब आपकी वाग्दत्ता पत्नी शृंखलाओं से बँधी, चट्टान पर अपने विकराल काल की प्रतीक्षा कर रही थी, उस समय आप कहाँ थे? क्यों उस दैत्य का सामना करने का साहस नहीं हुआ? **एन्ड्रोमिडा** को मैं मृत्यु के मुख से छीनकर लाया हूँ। उस पर मेरा अधिकार है। **ज़्यूस** के पुत्र को ललकार

कर अपनी मृत्यु को निमन्त्रण मत दो।''

फीनियस ने इस कटु सत्य के उत्तर में अपना भाला साधकर **परसियस** की ओर फेंका। भाग्यवश यह भाला अपना लक्ष्य चूककर **परसियस** के पीछे दीवार पर लगी लकड़ी में गड़ गया। यह जैसे युद्ध की घोषणा थी। क्षणों में भोजगृह एक युद्ध-स्थल में बदल गया। स्त्रियाँ चीखने-चिल्लाने लगीं। मदिरा के स्थान पर रक्त बहने लगा। यह आक्रमण अप्रत्याशित था। **सेफ़ियस** का परिवार तो उत्सव में मग्न था। युद्ध की कोई तैयारी नहीं थी। इसके विपरीत **फ़ीनियस** युद्ध के लिए भली प्रकार तैयार होकर आया था। उसके सैनिकों की संख्या भी अधिक थी। पल-भर में **परसियस** ने मन ही मन इन सभी तथ्यों का निरूपण कर लिया। बाहुबल से शत्रु को परास्त करना कठिन था। वह शीघ्रता से स्टीजियन जलकन्याओं द्वारा दिए गए थैले की ओर लपका और **मेडुसा** के शीश को उसमें से निकालते हुए उच्च स्वर में बोला, ''इस स्थान पर यदि कोई मेरा मित्र है तो वह आँखें बन्द कर ले।''

ऐसा ही हुआ। **परसियस** ने **मेडुसा** का सिर शत्रु की ओर कर दिया। पलक झपकते सारा दृश्य बदल गया। युद्ध के लिए ललकारते हुए आक्रमणकारियों के मुख खुले रह गए, फेंकने के लिए उठे हुए भाले वहीं स्थिर रह गए और जिस-जिसकी दृष्टि सर्प के केशोंवाली **मेडुसा** की पल्टी हुई भयानक आँखों पर पड़ी, वहीं पत्थर हो गया। **फ़ीनियस** क्षमा माँगने के लिए **परसियस** के चरणों में गिर पड़ा। क्षण-भर में प्राण उसका पथरीला शरीर छोड़ गए।

इस प्रकार **ज़्यूस**-पुत्र **परसियस** के इस प्रतिद्वन्द्वी का भी अन्त हुआ। कुछ दिनों तक राजा **सेफ़ियस** का आतिथ्य ग्रहण करने के पश्चात् **परसियस** अपनी पत्नी **एन्ड्रोमिडा** तथा अनेक अमूल्य उपहारों, आशीर्वादों तथा शुभकामनाओं सहित **सेफ़ियस** द्वारा तैयार कराए गए जलयान द्वारा **सेरिफॉस** की ओर रवाना हुआ। नौ दिन की यात्रा के बाद **परसियस** का जलयान **सेरिफॉस** के बन्दरगाह पर आ लगा। शीघ्रता से **परसियस** नगर की ओर बढ़ा। वह अपनी माँ से मिलने को अधीर था। किन्तु मार्ग में ही **परसियस** को पता चला कि उसके जाने के बाद **पॉलिडिक्टीज़** ने स्पष्ट रूप से उसकी माँ **डैनी** से प्रेम-प्रदर्शन करना आरम्भ कर दिया और उसे भाँति-भाँति की यातनाएँ देकर विवाह की स्वीकृति के लिए विवश करने का प्रयास किया। इस समय में **डिक्टायस** ही उसका एकमात्र सहारा था किन्तु वह अपनी सीमित शक्ति से राजा के विरुद्ध कर ही क्या सकता था। अन्ततः **डैनी** ने भागकर एक देवालय में शरण ले ली ताकि उस पर बल-प्रयोग न किया जा सके। इस पर दुष्ट **पॉलिडिक्टीज़** ने देवालय के चारों ओर पहरा बिठा दिया ताकि किसी प्रकार का भोज्य-पदार्थ **डैनी** तक न पहुँच सके और वह क्षुधा से पीड़ित होकर आत्मसमर्पण कर दे। इस समय भी **डैनी** अपने विश्वास एवं स्वाभिमान पर अचल उसी देवालय की शरण में थी। यह सुनते ही **परसियस** क्रोध से पागल हो उठा और देवालय की ओर न जाकर सीधा **पॉलिडिक्टीज़** के महल की ओर चल पड़ा। विलासी **पॉलिडिक्टीज़** उस समय अपने मित्रों के साथ बैठा मदिरा-पान कर रहा था। प्रासाद का

वह विशाल कक्ष उनके अट्टहास से गूँज रहा था। तभी **परसियस** ने उस विलास-कक्ष में प्रवेश किया। उसे देखते ही **पॉलिडिक्टीज़** पल-भर को स्तब्ध रह गया। इस ओर से वह पूर्णतया निश्चिन्त था। वह समझता था कि **गॉरगन्स** के देश से **परसियस** जीवित नहीं लौट सकता। सम्भवतः इसका वहाँ तक पहुँचने का ही साहस नहीं हुआ, **पॉलिडिक्टीज़** ने मन ही मन सोचा और व्यंग्य से बोला, ''तो ज्यूस-पुत्र, हमारे लिए भेंट ले ही आया!'' और यह कहकर वह फिर हँस पड़ा। **परसियस** को यह असह्य हो उठा। थैले से **मेडुसा** का सिर निकालते हुए उसने उत्तर दिया, ''हाँ, वही भेंट जिसकी तुमने इच्छा की थी—**गॉरगन मेडुसा** का सिर।'' **परसियस** ने सावधानी से अपनी दृष्टि दूसरी ओर करके **मेडुसा** का शीश **पॉलिडिक्टीज़** तथा उसके मित्रों की ओर कर दिया। कटे शीश पर दृष्टि पड़ते ही भय से उपस्थित जनों के नेत्र फैल गए और कुछ ही पलों में वह जीता-जागता, अट्टहास करता विलास-कक्ष मूर्तियों के एक संग्रहालय में बदल गया।

डैनी ने नया जीवन पाया और सारा **सेरिफॉस** दुष्ट **पॉलिडिक्टीज़** से मुक्त हुआ। जनता ने सहर्ष **परसियस** को अपना राजा बनाने का प्रस्ताव रखा किन्तु **परसियस** ने इसे अस्वीकार कर दिया। वैधानिक रूप से **आरगोस** के सिंहासन पर उसका अधिकार था, अतः अब वह **आरगोस** जाकर अपने वृद्ध पितामह की सेवा करने तथा अपने उचित स्थान को ग्रहण करने का इच्छुक था। **डैनी** भी इस विषय में उससे सहमत थी। अतएव **डिक्टायस** को सर्व-सम्मति से राजपद पर प्रतिष्ठित करके **परसियस** ने अश्रुपूरित नेत्रों से **सेरिफॉस** से विदा ली। जलयान **आरगोस** की ओर चल पड़ा। वायु की प्रतिकूलता अथवा दिशा-भ्रम के कारण **परसियस** का जलपोत **लारिसा** के बन्दरगाह पर जा लगा। **परसियस** ने कुछ समय वहीं व्यतीत करने का निश्चय किया। **लारिसा** के राजा **ट्यूटैमाइड्स** ने उन दिनों राज्य में अपने मृत पिता की स्मृति में खेल-कूद प्रतियोगिताओं का आयोजन बड़े स्तर पर किया था। **परसियस** कौशल-प्रदर्शन का ऐसा सुअवसर हाथ से कैसे जाने देता। उसने उन सभी प्रतियोगिताओं में भाग लिया और सफलता प्राप्त की। अन्तिम प्रतियोगिता लौह चक्र फेंकने की थी। अपनी बारी आने पर **परसियस** ने बड़ी कुशलता से घुमाकर वेग से चक्र फेंका किन्तु दुर्भाग्यवश वायु का एक तेज झोंका उसे अन्य दिशा में ले गया। **परसियस** द्वारा फेंका गया लोह-चक्र **ट्यूटैमाइड्स** के मित्र, **आरगोस** के राजा **एक्रीसियस** के सिर पर जा लगा। उसके सफ़ेद बाल रक्त से भीग गए और अचेतन अवस्था में ही उसकी मृत्यु हो गई। मृतक का परिचय पाने पर **परसियस** के क्षोभ का अन्त न था। किन्तु **ट्यूटैमाइड्स** ने सारी स्थिति उसे समझाते हुए बताया, ''आज से बीस वर्ष पूर्व यह भविष्यवाणी हुई थी कि **एक्रीसियस** की मृत्यु अपने पौत्र के हाथों होगी। इस दुर्भाग्य से बचने और भाग्य की देवियों से छल करने के लिए ही उसने पुत्र की उत्पति होने पर अपनी बेटी **डैनी** को बिना पतवार की नाव में बिठाकर समुद्र के विशाल कक्ष पर विनष्ट हो जाने के लिए छोड़ दिया था। किन्तु भाग्य की अमिट रेखा मिटाई न जा सकी। कुछ समय पूर्व ही **एक्रीसियस** को यह ज्ञात हुआ कि उसकी पुत्री और पौत्र दोनों ही जीवित हैं तथा उसका पौत्र एक जलयान द्वारा

आरगोस की ओर आ रहा है। उसे अपने प्राणों का भय हुआ, अतः वह कुछ समय के लिए यहाँ मेरे देश में अतिथि के रूप में आ गया। कौन जानता था कि उसका काल उसे यहाँ भी न छोड़ेगा। देवताओं की इच्छा पूर्ण हुई। इसमें तुम्हारा दोष नहीं पुत्र। जाओ, **आरगोस** का सूना सिंहासन तुम्हारी प्रतीक्षा कर रहा है...।''

बोझिल मन से **परसियस** अपने देश की ओर चल पड़ा। देवी **एथीनी** ने उसे पितामह की हत्या के अपराध का प्रायश्चित्त करा पवित्र किया। **परसियस** ने देवी **एथीनी** का कवच सधन्यवाद उसे वापस कर दिया, साथ ही **मेडुसा** का कटा शीश भी भेंट कर दिया जिसे देवी ने इस अभूतपूर्व विजय की स्मृति में अपने **ईजिस** में धारण कर लिया। **परसियस** ने पंखोंवाली पादुकाएँ, **हेमीज़** का शिरस्त्राण, तलवार एवं थैला भी स्टीजियन जलदेवियों को लौटा दिया। पितामह की अनजाने में हत्या हो जाने के कारण **परसियस** के मन में **आरगोस** के सिंहासन के प्रति विरक्ति-सी उत्पन्न हो गई। अतः उसने अपने चाचा **प्रोटियस** के उत्तराधिकारी से यह प्रार्थना की कि वह उससे राज्य-विनिमय कर ले। दोनों में समझौता हो गया और **परसियस मीडिया** तथा **टायरीन** पर शासन करने लगा। उसने अपने राज्य का क्रमशः विस्तार किया और देवताओं के सम्मान में अनेक देवालयों का निर्माण कराया। कई वर्षों तक वीर **परसियस** ने अपनी रानी **एन्ड्रोमिडा** के साथ **टायरीन** पर शासन किया और उसकी उन्नति की। **परसियस** के वंश में ही **हेराक्लीज़** का जन्म हुआ जो अपनी असाधारण शक्ति के लिए विश्व-विख्यात हुआ।

परसियस की कहानी का ऐन्द्रजालिक ताना-बाना ग्रीक पौराणिक कथाओं में अद्वितीय है। सम्भवतः यह एकमात्र ऐसी कथा है जिसमें उड़नेवाली पादुकाओं, अदृश्य कर देनेवाले शिरस्त्राण इत्यादि अद्भुत चमत्कारिक वस्तुओं का बहुलता से प्रयोग हुआ है। ग्रीस में यह कथा काफ़ी लोकप्रिय भी हुई। इसका सम्पूर्ण विवरण हमें **ओविड** तथा **अपोलोडॉरस** से प्राप्त होता है। यद्यपि **अपोलोडॉरस** ने **ओविड** से एक सौ वर्ष बाद इस विषय पर लिखा तथापि उसका विवरण **ओविड** की अपेक्षा अधिक स्पष्ट एवं व्यवस्थित है। इनके अतिरिक्त छठी शताब्दी के प्रसिद्ध गीतकार, **सिऑल** के **सिमॉनाइड्स** ने भी इसे गीतबद्ध किया तथा **होमर** के 'ईलियड,' **हाइजीनयस** के 'फेबुला,' **होरेस** की 'ओड्स,' **पिन्डार** की 'पीथियन ओड्स,' **हेरोडॉटस, स्ट्रेबो,** तथा **यूरीपिडीज़** के 'ऑरेस्टीज' तथा 'इलेक्ट्रा' में भी यत्र-तत्र इसका उल्लेख मिलता है।

बेलरफ़ेन

कॉरिन्थ का साहसी युवक **बेलरफ़ेन** राजा **सिसीफ़स** का पौत्र **ग्लॉकस** का पुत्र था। प्राप्त तथ्यों से ऐसा प्रतीत होता है कि **सिसीफ़स** का वंश अभिशप्त था। आपको याद होगा कि अपनी उद्दंडता के कारण **सिसीफ़स** देवताओं के कोप का भाजन हुआ और आज तक वह **टारटॉरस** में एक बड़े भारी पाषाण खंड को एक ऊँची चट्टान की चोटी तक ले जाने के अकारण परिश्रम में दिन-रात लगा हुआ है। जैसे ही वह शिखा पर पहुँचने को होता है वह पत्थर फिर नीचे लुढ़क जाता है। और बेचारा **सिसीफ़स** उसे फिर ढोने में लग जाता है। **टारटॉरस** की सीमा में कभी न समाप्त होनेवाला यह क्रम सदियों से चल रहा है और न जाने कब तक चलता रहेगा। इसी **सिसीफ़स** का पुत्र हुआ **ग्लॉकस। ग्लॉकस** को घोड़ों का बेहद शौक था लेकिन इस शौक में वह एक अनर्थ कर बैठा। घोड़ों को रणक्षेत्र में अधिक प्रचंड बनाने के लिए उसने उन्हें मनुष्य का मांस खिलाना शुरू कर दिया। अश्वों की क्षुधा शान्त करने के लिए वह नरसंहार करने लगा। इससे अश्व तो निश्चय ही बड़े खूँखार हो गए और युद्धभूमि में देखते ही देखते शत्रुओं का सफ़ाया करने लगे, पर मानव-जीवन का यह घोर अनादर देवताओं को सह्य नहीं हुआ। अतः **ज़्यूस** के श्राप से **ग्लॉकस** एक दिन अपने ही घोड़ों का शिकार हो गया। नरभक्षी अश्वों ने स्वामी और शत्रु के मांस में कुछ भी अन्तर न किया। इसी **ग्लॉकस**

का पुत्र हुआ **बेलरफ़ेन**।

वैसे **बेलरफ़ेन** का सम्बन्ध एक उच्चतर कुल से भी जोड़ा जाता है। कहीं-कहीं उसका उल्लेख समुद्र-देवता **पॉसायडन** के पुत्र के रूप में हुआ है। उसका मनोहारी व्यक्तित्व, अद्वितीय साहस, सौम्य व्यवहार और देवताओं की उस पर कृपा आदि तथ्य भी इस अनुमान का समर्थन करते हैं। **बेलरफ़ेन** का पिता कोई भी हो, पौराणिक कथाओं में उसका महत्त्व उसके व्यक्तिगत गुणों के कारण है। उसका धवल यश किसी उच्चकुल का ऋणी नहीं।

बेलरफ़ेन के साहसिक जीवन का आरम्भ एक दुर्घटना से हुआ। एक दिन शिकार खेलते हुए दुर्भाग्यवश उसका भाला अपने छोटे भाई को जा लगा जिससे उसकी तत्काल मृत्यु हो गई। भ्रातृ-हत्या के जघन्य अपराध से क्षुब्ध **बेलरफ़ेन कॉरिन्थ** छोड़कर **आरगोस** के राजा **प्रोटस** की शरण में चला गया। **प्रोटस** ने उसका स्वागत किया और उसे पवित्र किया ताकि वह अनजाने में हुए अपराध के लिए **एरिनीज़** द्वारा दंडित न हो। यहीं **आरगोस** से ही **बेलरफ़ेन** के जीवन का एक नया अध्याय आरम्भ हुआ।

भाग्यवश **प्रोटस** की चहेती रानी **एन्टिया बेलरफ़ेन** पर आसक्त हो गई। उसने तरह-तरह से **बेलरफ़ेन** को रिझाने का प्रयास किया और एक दिन तो उसे अपने अन्तःकक्ष में बुलाकर स्पष्ट शब्दों में प्रणय-निवेदन कर डाला। इस निर्लज्जता ने **बेलरफ़ेन** के मन में आसक्ति नहीं, उल्टे क्रोध को ही भड़काया। **एन्टिया** के लिए उसके मन में कभी दुर्बलता नहीं थी। और फिर एक सुन्दर स्त्री के लिए **बेलरफ़ेन** एक अच्छे मित्र से विश्वासघात करने को किसी भी तरह तैयार न था। **एन्टिया** ने इस उपेक्षा का बदला लिया और अपने पति **प्रोटस** के कान **बेलरफ़ेन** के विरुद्ध भरने शुरू कर दिए। उसने **बेलरफ़ेन** पर दुश्चरित्रता का आरोप लगाया। **प्रोटस** भला यह कैसे सहन कर सकता था कि उसका शरणागत उसी की रानी पर कुदृष्टि डाले। लेकिन वह **बेलरफ़ेन** की मृत्यु का पाप अपने सिर नहीं लेना चाहता था। एक कारण तो यह कि **बेलरफ़ेन** कुछ भी हो उसका मित्र था और दूसरे शरणागत। **प्रोटस** अतिथि-सत्कार के नियमों का उल्लंघन करके देव-सम्राट **ज़्यूस** के कोप का भागी नहीं बनना चाहता था। अतः उसने **बेलरफ़ेन** को अपने राज्य से हटा देने का उपाय सोचा। **प्रोटस** ने **बेलरफ़ेन** को बुला भेजा और उससे यह आग्रह किया कि वह उसका एक पत्र **लीशिया** के राजा, **एन्टिया** के पिता **आयोबेट्रस** तक पहुँचा दे। यद्यपि यह एक बहुत लम्बी और संकटमय यात्रा थी पर **बेलरफ़ेन** तुरन्त तैयार हो गया। उसे ख़तरों से खेलने का शौक था। **प्रोट्रस** ने सांकेतिक भाषा में लिखा मुहरबन्द पत्र **बेलरफ़ेन** को देकर उसे **लीशिया** के लिए विदा किया। इसमें लिखा था :

''इस पत्र के वाहक को तत्काल मौत के घाट उतार दो।''

जल एवं स्थल मार्ग से यात्रा करता हुआ **बेलरफ़ेन** लीशिया पहुँचा। राजा **आयोबेट्रस** उसके व्यक्तित्व से बहुत प्रभावित हुआ और उसे राजोचित सम्मान दिया। अनेक दावतों और खेलों का आयोजन किया गया। इन खेलों में **बेलरफ़ेन** ने स्वयं भाग लिया और

विजयी होकर अपनी शक्ति और योग्यता को सिद्ध किया। आठ दिन तक अतिथि-सत्कार ग्रहण करने के बाद नवें दिन **बेलरफ़ेन** ने **प्रोटस** का वह पत्र **आयोबेट्स** को दिया। सम्भवतः वह इसके विषय में भूल गया था। एक अन्य धारणा यह भी है कि उसने **लीशिया** पहुँचते ही वह पत्र राजा को दे दिया था लेकिन **आयोबेट्स** प्रथम दृष्टि में ही उसके दैवी-तेज से इतना प्रभावित हुआ कि वह पत्र के सन्देशानुसार आचरण करने के लिए अपने को तैयार न कर पाया। और फिर अब आठ दिन की मित्रता के बाद तो **आयोबेट्स** के सामने भी वही समस्या थी जिससे बचने के लिए **प्रोटस** ने **बेलरफ़ेन** को उसके पास भेज दिया था—अतिथि-अहित। **आयोबेट्स** ने बड़ा सोचा पर उसका मन इस बात को मान नहीं पाया कि **बेलरफ़ेन** जैसा सौम्य, मनोहारी, मृदुभाषी और ऊँचे आदर्शवाला युवक भी कोई ऐसा अपराध कर सकता है जिसका दण्ड मृत्यु हो। लेकिन **आयोबेट्स** अपने जामाता को रुष्ट भी नहीं करना चाहता था। इस दण्ड-विधान का कुछ औचित्य तो रहा ही होगा। यही मानकर वह **बेलरफ़ेन** को मारने का उपाय सोचने लगा। वह इस पाप को अपने हाथों करने को तैयार न था। अतः उसने एक रास्ता ढूँढ निकाला। साँप भी मर जाए और लाठी भी न टूटे।

उन दिनों **लीशिया** को **किमेरे** नामक एक भयानक दैत्य ने आक्रान्त कर रखा था। इस **किमेरे** का जन्म पृथ्वी से हुआ था। इसका सिर और पंजे शेर के, मध्य भाग जंगली बकरी का और पूँछ साँप की थी। साँस लेने से इसके मुँह से आग निकलती थी। इस आग की गर्मी सात भट्ठियों जितनी थी। दूर-दूर तक के प्राणी उसकी साँस से झुलस जाते थे। **लीशिया** के अनेक युवक और चौपाए उसका ग्रास बन चुके थे। **किमेरे** के निकट जाना मृत्यु को आमन्त्रण देना था। **आयोबेट्स** ने **बेलरफ़ेन** को आगाह किया कि वह **लीशिया** का इस **किमेरे** से उद्धार करे। **बेलरफ़ेन** ने इस आग्राह को सहर्ष स्वीकार किया।

किमेरे के विषय में प्राप्त सूचनाओं से **बेलरफ़ेन** पर इतना तो स्पष्ट था कि किसी दैवी सहायता के बिना उसे मारना सम्भव नहीं। अतः पहले उसने देवताओं को प्रसन्न किया। उनकी वन्दना की, मन्दिरों में बलि दी। फिर वह उस समय के प्रसिद्ध भविष्यद्रष्टा **पॉलायड्स** के पास गया। **पॉलायड्स** ने उसे बताया कि **किमेरे** को मारने के लिए **पेगासस** नामक घोड़े को वश में करना जरूरी है। यह **पेगासस** एक अद्भुत घोड़ा था जो जल, स्थल, वायु में बराबर वेग से दौड़ता था। इसका जन्म वीर **परसियस** द्वारा मारी गई **गॉरगन मेडुसा** के रक्त की समुद्र के फेन पर गिरी बूँदों से हुआ था। **पेगासस हैलीकॉन** की **म्यूज़ेज़** को बहुत प्रिय था। कहते हैं **पेगासस** ने उनके लिए अपने दूज के चाँद जैसे खुर मारकर पर्वत पर एक झरना बना दिया था जिसे **हिप्पॉक्रीन** कहते हैं। इस **पेगासस** पर कभी किसी मानव ने सवारी नहीं की थी। वह किसी के वश में ही न आता था। पर उसके बिना आग उगलनेवाले **किमेरे** को मारना असम्भव था।

बेलरफ़ेन पेगासस को पकड़ने चल पड़ा। वह उन दिनों **कॉरिन्थ** के **एक्रापॉलिस** पर **पेरीन** झरने के पास था। **पेगासस** देखने में बहुत ही सुन्दर और सीधा लगता था पर

बेलरफ़ेन अपनी सारी चतुराई और शक्ति के बावजूद उसे छूने में भी सफल न हो सका। **पेगासस** में ग़जब की शक्ति थी। इसी प्रयास में तीन दिन बीत गए। हताश **बेलरफ़ेन** थककर वहीं पेड़ की छाया में सोया था जब उसे देवी **एथीनी** ने दर्शन दिए। ऐसा भी कहा जाता है कि देवी **एथीनी** के मन्दिर में जाकर उसकी वेदी पर सोने का परामर्श **बेलरफ़ेन** को भविष्यद्रष्टा **पॉलायड्स** ने ही दिया था। **एथीनी** ने स्वप्न में प्रकट होकर कहा :

"तुम सो रहे हो राजकुमार! उठो! जागो! देखो, इसकी मदद से तुम **पेगासस** को वश में कर सकते हो!"

बेलरफ़ेन चौंककर उठ बैठा। देवी तो वहाँ नहीं थी, पर वह यह देखकर स्तब्ध रह गया कि वहीं उसके पास ही एक लगाम पड़ी थी। यह सोने की थी और ऐसी लगाम इससे पहले कभी नहीं देखी गई थी। **बेलरफ़ेन** इस वल्गा को लेकर फिर **पेगासस** की तलाश में निकला। उसे अधिक श्रम नहीं करना पड़ा। **पेगासस पेरीन** झरने पर ही पानी पी रहा था। जब **बेलरफ़ेन** लगाम लेकर उसकी ओर बढ़ा तो **पेगासस** ने विरोध नहीं किया, बल्कि लगाम मुँह में आते ही वह और भी विनम्र हो गया और **बेलरफ़ेन** को निर्विरोध ही सवार हो जाने दिया। और फिर चौकड़ी भरता हुआ वायु वेग से उड़ने लगा।

अब **किमेरे** का वध कोई बड़ी समस्या न थी। **बेलरफ़ेन** सबसे पहले उधर ही गया। उड़ते हुए घोड़े पर सवार **बेलरफ़ेन** ने तीरों की वर्षा से **किमेरे** को क्षत-विक्षत कर दिया। **किमेरे** की सारी उछल-कूद व्यर्थ गई। उसकी साँसों से जलती हुई धरती उसके अपने ही रक्त से ठंडी हो रही थी। **बेलरफ़ेन** उसकी पहुँच से बाहर था। अन्ततः इस वीर ने अपने लम्बे भाले की नोक पर लगा लोहे का गोला **किमेरे** के मुँह में फँसा दिया। **किमेरे** के मुँह से निकलती आग से लोहा गल गया और उसके पेट में जाकर उसकी आँतों को फाड़ डाला। इस तरह **किमेरे** का अन्त हुआ और विजयी **बेलरफ़ेन लीशिया** के राजा **आयोबेट्स** के पास लौटा।

आयोबेट्स बेलरफ़ेन को जीवित देखकर दंग रह गया। उसे विश्वास था कि **बेलरफ़ेन किमेरे** के पास से जीवित वापस नहीं आएगा। उसे **किमेरे** के सिर और खाल के साथ आया देख **आयोबेट्स** को विश्वास हो गया कि **बेलरफ़ेन** निश्चय ही देवकुल से है। **किमेरे** की मृत्यु को **लीशिया** वासियों ने बड़ी धूमधाम से मनाया। कई दिनों तक नगर में उत्सव होते रहे। **आयोबेट्स** की दुविधा और बढ़ गई। इस बार उसने **बेलरफ़ेन** को पहाड़ी डाकुओं की एक जाति के विरुद्ध लड़ने के लिए भेजा, इनकी डकैतियों से लीशिया में त्राहि-त्राहि मची थी। **बेलरफ़ेन** ने वहाँ भी विजय प्राप्त की और डाकुओं का नाश कर दिया। अब **आयोबेट्स** ने **बेलरफ़ेन** को खूँखार स्त्री सैनिक **अमेजन्स** के विरुद्ध भेजा। **बेलरफ़ेन** उन्हें भी परास्त करके लौटा। अब **आयोबेट्स** ने लौटते हुए **बेलरफ़ेन** को धोखे से मारने के लिए अपने सैनिकों की एक टुकड़ी भेजी। पर **बेलरफ़ेन** ने उन सभी को मौत के घाट उतार दिया।

बेलरफ़ेन को मारने के सभी प्रयास असफल होते देख **आयोबेट्स** ने अब अपना इरादा बदल दिया। उसे विश्वास हो गया था कि **बेलरफ़ेन** पर देवताओं की कृपा-दृष्टि है, अतः कोई उसका अहित नहीं कर सकता। **प्रोटस** को अवश्य ही कोई ग़लतफहमी हुई होगी। **आयोबेट्स** ने प्रायाश्चित्त के रूप में अपनी पुत्री **फ़िलानी** का उससे विवाह कर दिया और उसे **लीशिया** का उत्तराधिकारी घोषित किया।

कई वर्षों तक **बेलरफ़ेन** ने अपने साहस से अर्जित सम्पदा का भोग किया। उसके तीन पुत्र भी हुए। पर **बेलरफ़ेन** को सुख-सम्पदा रास नहीं आई। पूर्वजों का अहंकार और उद्दंडता उसे भी उत्तराधिकार में मिली थी। अतः एक दिन उसने **पेगासस** पर सवार हो **ओलिम्पस** पर जाने का फैसला किया। **पेगासस** आकाश में ऊँचा उठने लगा। **ज़्यूस** को यह देखकर बड़ा क्रोध आया और उसने एक मक्खी **पेगासस** की ओर छोड़ दी। इस मक्खी ने **पेगासस** को इतनी ज़ोर से काटा कि वह उछल पड़ा जिसके परिणामस्वरूप **बेलरफ़ेन** नीचे पृथ्वी पर जा गिरा। **बेलरफ़ेन** की सारी कीर्ति मिट्टी में मिल गई। जीवन के अन्तिम दिन अपाहिज **बेलरफ़ेन** ने गुमनामी में एक निर्जन प्रदेश में काटे।

पेगासस सम्भवतः **ओलिम्पस** पहुँच गया था। अब वहाँ वह **ज़्यूस** के अस्तबल का सबसे सुन्दर और सशक्त घोड़ा माना जाता है।

बेलरफ़ेन के दुखद अन्त का विवरण **होमर** के 'इलियड' से मिलता है। **हीसियड** की 'थियोजनी' से **किमेरे** और **एन्टिया** की आसक्ति का वृतान्त प्राप्य है। **पिन्डार, प्लूटार्क** और **ओविड** ने भी इस विषय पर लिखा है।

थीसियस

एथेन्स के राजा **एगियस** ने अनेक विवाह किए किन्तु दुर्भाग्यवश उसका एक भी पुत्र न हुआ। राजा ने विविध उपचार किए, देवी-देवताओं की आराधना की, मन्नतें मानीं, मन्दिरों का निर्माण कराया, **एथेन्स** में सौन्दर्य और प्रेम की देवी **ऐफ़्रॉडायटी** की उपासना का शुभारम्भ किया किन्तु कोई परिणाम न निकला। **एगियस** हताश हो उठा। अन्ततः उसने **डेल्फ़ी** में स्थित देवता **अपोलो** के विख्यात प्रश्न-स्थान पर जाने का निश्चय किया। वह जानना चाहता था कि उसके भाग्य में सन्तान है या नहीं। देव-प्रेरित उपासिका ने उसके प्रश्न के उत्तर में कुछ ऐसी संदिग्ध भविष्यवाणी की कि **एगियस** उसका भली प्रकार अर्थ न समझ सका, अतः वह उसकी विशद विवेचना के लिए उस समय के प्रसिद्ध विद्वान **पीथियस** के पास चलने को उद्यत हुआ। मार्ग में **कॉरिन्थ** का राज्य था। **एगियस** का **कॉरिन्थ** के राजा **जेसन** की प्रेयसी **मीडिया** से पूर्व परिचय था, अतः उससे भेंट करना उचित समझा। **जेसन** उस समय प्रासाद में नहीं था। **एगियस** को देखकर **मीडिया** अनायास ही रो पड़ी जैसे माँ को देखकर बालक को सहसा भूली हुई चोट याद आ जाए। दो मित्रतापूर्ण बातों ने दुख की बदली को झिंझोड़ डाला और अश्रुधारा बह निकली। **एगियस** को मायाविनी **मीडिया** की इस विह्वलता पर आश्चर्य हुआ किन्तु उसका निष्कपट मन वास्तविकता न जान सका। **मीडिया** ने बताया कि निर्दयी **जेसन** उसके माध्यम से सफलता प्राप्त करके और वर्षों तक उससे प्रेम का आडम्बर करने के बाद अब किसी अन्य रमणी से विवाह करने को प्रस्तुत है और इसके साथ ही वह उसे **कॉरिन्थ** से निष्कासित भी करना चाहता है। **मीडिया** चिन्तित थी निष्कासित कर दिए जाने के बाद उसका भविष्य क्या होगा। **एगियस** ने उसे आश्वासन दिया कि उस स्थिति में **एथेन्स** के द्वार उसके लिए सदा खुले रहेंगे। इस प्रकार **मीडिया** को सान्त्वना देकर **एगियस** का रथ फिर **ट्राज़ीन** की ओर चल पड़ा।

पीथियस उस समय का प्रसिद्ध विद्वान था। सारे **ग्रीस** में दूर-दूर तक उसकी ख्याति थी। **ट्राज़ीन** में उसने ज्योतिर्विद **अपोलो** के एक देवालय का निर्माण कराया था जो **ग्रीस** में आज भी विद्यमान है। उसने देवी **थेमिस** के सम्मान में एक वेदी भी समर्पित की। **ट्राज़ीन** स्थित **म्यूज़ेज़** के देवालय में वह वक्तृत्व-कला की शिक्षा दिया करता था। इसके अतिरिक्त उसे संगीत का भी ज्ञान था। उसे वीणा का आविष्कारक कहा जाता है। इस **पीथियस** की एक कन्या थी **एथरा,** जिसका विवाह **बेलरफ़ेन** से होना निश्चित हुआ था किन्तु किसी कारणवश सम्पन्न न हो सका। राजा **एगियस** इसी **पीथयस** के पास अपनी

शंका का समाधान कराने आया। **पीथियस** तत्क्षण वाक्य का आशय समझ गया और उसके अनुसार ही उसने रात्रि के समय **एगियस** को मदिरापान करा के अपनी पुत्री **एथरा** के शयन-कक्ष में भेज दिया। उस रात **एगियस** ने **एथरा** का सम्भोग किया किन्तु ऐसी भी धारणा है कि उसी रात्रि के शेष भाग में समुद्र-देवता **पॉसायडन** से भी उसका समागम हुआ। **एथरा** ने कुछ ऐसा स्वप्न देखा कि वह अर्धरात्रि में ही मत्त पड़े **एगियस** को छोड़कर निद्रित-सी अवस्था में बाहर निकल पड़ी, तभी **सफेरिया** के द्वीप में **पॉसायडन** से उसका संसर्ग हुआ।

प्रातःकाल उठने पर **एगियस** ने अपने आपको **एथरा** की शय्या पर पाया। सारी बात उसकी समझ में आ गई। अतः **एथेन्स** के लिए विदा होने से पहले उसने एक गड्ढा खोदकर उसमें एक बक्स में अपनी तलवार और जूते दबाकर उस भूभाग के ऊपर एक विशाल पाषाण-खंड रख दिया और **एथरा** को यह आदेश दिया कि यदि उसे इस संसर्ग के परिणामस्वरूप पुत्र-रत्न की प्राप्ति हो तो वह भली-भाँति उसकी शिक्षा का प्रबन्ध करे और जब वह उस शिलाखंड को हटा सकने में समर्थ हो तो उसे तलवार और जूते देकर **एथेन्स** भेज दे। इनकी सहायता से **एगियस** अपने पुत्र को पहचान लेगा। किन्तु साथ ही यह भी आवश्यक था कि बालक के युवा हो जाने तक उसके पिता का नाम किसी को ज्ञात न हो सके। इसका कारण यह था कि **एगियस** के भाई के पचास पुत्र थे जो निस्सन्तान **एगियस** की मृत्यु पर **एथेन्स** का राज्य हड़पने की ताक में थे। उनसे **एगियस** के पुत्र को खतरा हो सकता था। यह आदेश देकर **एगियस** समुद्र-मार्ग से **एथेन्स** के लिए रवाना हो गया।

एथरा ने जिस बालक को जन्म दिया उसका नाम था **थीसियस।** अपने अभिभावक **पीथियस** की देख-रेख में **थीसियस** का **ट्राज़ीन** में पालन-पोषण हुआ। सारे प्रान्त में यह अफ़वाह फैला दी गई कि **थीसियस** का पिता समुद्र-देवता **पॉसायडन** है। इससे **एथरा** लोक-निन्दा से बच गई और **थीसियस** संकट से। धीरे-धीरे **थीसियस** माँ की ममता तथा पितामह के उचित संरक्षण में फलने-फूलने लगा। वह बाल्य-काल से ही बड़ा निर्भीक एवं साहसी था। जिस समय **थीसियस** केवल सात वर्ष का था, वीर **हेराक्लीज़ पीथियस** से भेंट करने आया। एक रात भोजन करते समय **हेराक्लीज़** ने अपने शरीर से शेर की खाल खोलकर मेज पर डाल दी। कुछ ही देर में कई बच्चे खेलते हुए उस कक्ष में आए और उसे जीवित सिंह समझकर भयभीत चीखते-पुकारते बाहर भाग गए। सप्तवर्षीय **थीसियस** ने शीघ्रता से एक कुल्हाड़ी उठा ली और शेर से लड़ने को तैयार हो गया। ऐसा वीर था वह। **हेराक्लीज़** को अपना आदर्श बनाकर **थीसियस** उसी की भाँति पराक्रमी बनने का निरन्तर लगन से प्रयास करता रहा। और इसमें उसे सफलता भी मिली। थोड़े ही समय में **थीसियस** सारे **ट्राज़ीन** में अपने बाहुबल, निर्भीकता, साहस एवं आत्मविश्वास के लिए विख्यात हो गया। पति द्वारा त्यक्ता **एथरा** के जीवन का वह एकमात्र आधार था। उसकी सफलता से जहाँ **एथरा** का हृदय प्रसन्नता से खिल उठता वहाँ कहीं ममता की व्यथा भी झकोर जाती। **थीसियस** सोलह वर्ष का हो चुका था।

उसकी वीरता की दूर-दूर तक चर्चा थी। वचन पूरा करना था। विदा का समय निकट आ रहा था।

आखिर एक दिन जी कड़ा करके **एथरा थीसियस** को उस शिलाखंड की ओर ले गई जिसके नीचे वर्षों पूर्व **एगियस** ने अपनी तलवार और जूते रखे थे। **एथरा** ने पुत्र को शिला हटाने की आज्ञा दी। **थीसियस** को ऐसा करने में कुछ विशेष प्रयास नहीं करना पड़ा। अपने पिता का नाम जानकर तथा उसका प्रमाण पाकर **थीसियस** खुशी से फूला न समाया। उसने तत्काल **एथेन्स** जाने का निश्चय कर लिया। **ट्राज़ीन** से **एथेन्स** का मार्ग बड़ा आरक्षित था। पग-पग पर संकट थे। रास्ते में बीहड़ वन थे जहाँ भयानक जीव-जन्तु विचरा करते। इसके अतिरिक्त अनेक डाकुओं एवं नर-संहारकों का भय था। समुद्र-मार्ग अपेक्षाकृत सुरक्षित था, अतः **एथरा** तथा **पीथियस** दोनों ने ही उसे जल-मार्ग से **एथेन्स** जाने का परामर्श दिया। किन्तु **थीसियस** कब सुननेवाला था! दुष्टों के अत्याचार की कहानी सुनकर उसकी भुजाएँ फड़कने लगतीं, रगों में यौवन का रक्त खौल उठता। भय को तो उसने जाना ही न था। वह तो मार्ग के कष्टों को सह कर, भीषण संकटों का सामना कर मानव को अत्याचारियों से मुक्त करा के **हेराक्लीज़** के समान विख्यात होना चाहता था। अतः अनुभवी **पीथियस** एवं ममतामयी **एथरा** के वात्सल्यपूर्ण आग्रह को सहज हठ से टालकर **थीसियस** एक घोड़े पर अपने पिता की तलवार हाथ में लिए, जूते पैरों में पहने स्थल मार्ग से **एथेन्स** के लिए विदा हुआ। उसे विश्वास था कि पापियों के रक्त से सनी अपनी तलवार देखकर **एगियस** को अपने पुत्र को अपनाने में कहीं अधिक हर्ष एवं गौरव का अनुभव होगा।

ट्राज़ीन से **एथेन्स** जाने के लिए **थीसियस** ने कठिनतम मार्ग चुना और **आरगोलिस** के पूर्वी तट पर स्थित **एपिडॉरस** के बीहड़ वनों एवं पर्वतों के बीच चल पड़ा। **थीसियस** का किसी से कोई विरोध नहीं था, न ही कोई व्यक्तिगत शत्रुता। उसका उद्देश्य उन आतताइयों को दण्ड देना था जिनके अत्याचार से मानवता त्रस्त थी। सबसे पहले **एपिडॉरस** में **थीसियस** की भेंट **पॉसायडन** अथवा **हेफ़ास्टस** तथा **एन्टीक्लाया** के पुत्र **पेरीफेटीज़** से हुई। **पेरीफेटीज़** के पास **हेफ़ास्टस** का बनाया हुआ एक बड़ा भारी एवं विशाल मुग्दर था जिससे वह उस मार्ग से निकलनेवाले पथिकों की निर्दयता से हत्या कर देता था। जैसे **ही थीसियस** पर दृष्टि पड़ी वह अपने मुग्दर को हवा में लहराता हुआ उस पर झपट पड़ा। **थीसियस** विद्युत गति से एक ओर हट गया। वार खाली गया और इससे पहले कि **पेरीफेटीज़** अपने आपको सँभाल पाता **थीसियस** की तलवार उसके वक्ष के आर-पार हो गई। अत्याचारी **पेरीफेटीज़** का अन्त हुआ और **थीसियस** उसके मुग्दर को इस अनूठी विजय के प्रतीक-स्वरूप धारण किए उल्लास से आगे चल पड़ा।

चलते-चलते **थीसियस कॉरिन्थ** पहुँचा। यहाँ **पेमॉन** अथवा **पॉलीपेमॉन** तथा **कॉरिन्थस** की पुत्री **सीलिया** का दैत्याकार पुत्र **सिनिस** रहता था। **सिनिस** इतना शक्तिशाली एवं भीमकाय था कि वह आकाश से बातें करते चीड़ के वृक्ष को शिखर से पकड़कर पृथ्वी पर झुका लेता। **सिनिस** ने अपनी इस असाधारण शक्ति का दुरुपयोग

करना आरम्भ किया। चीड़ की चोटी को पृथ्वी पर झुकाकर वह किसी भोले-भाले निर्दोष पथिक से इस काम में सहायता की याचना करता। लोग उसकी बातों में आ जाते और जैसे ही सहायता की इच्छा से कोई व्यक्ति वृक्ष के शिखर को पकड़ता, **सिनिस** उसे छोड़ देता। परिणाम यह होता कि चीड़ के ऊपर उठने के साथ ही वह पथिक भी आकाश में उछलकर दूर कहीं पर्वतों और पत्थरों के बीच जा गिरता और उसका शरीर टुकड़े-टुकड़े हो जाता। एक अन्य धारणा यह भी है कि **सिनिस** दो चीड़ों को झुकाकर उनसे पथिक को बाँधकर छोड़ देता था जिसके परिणामस्वरूप उसका शरीर दो भागों में कट जाता। अनेक निर्दोष **सिनिस** की इस चाल के शिकार हो चुके थे। **कॉरिन्थ** पहुँचने से पहले **थीसियस** उसके विषय में बहुत कुछ सुन चुका था। **सिनिस** की सहायता प्रार्थना को उसने निडर होकर ठुकरा दिया। दोनों में युद्ध हुआ। **थीसियस** विजयी हुआ और उसने **सिनिस** को उसी तरह चीड़ वृक्षों की चोटियों के साथ बाँधकर छोड़ दिया। दिल दहलानेवाले चीत्कार से सारा जंगल गूँज उठा। **सिनिस** ने अपने पापों का दण्ड पाया और उसका शरीर टुकड़े-टुकड़े होकर वन-भूमि में बिखर गया। यह देखकर झाड़ियों में छिपी एक कमनीय किशोरी की चीख निकल गई। **थीसियस** उधर ही आकृष्ट हुआ। इस पर वह अपनी प्राण-रक्षा के लिए भागने लगी। **थीसियस** ने उसका पीछा किया। वह जंगली झाड़ियों तथा शतावरी के झुंड में घुस गई और पौधों से अपने आपको छिपाने की चेष्टा करने लगी। **थीसियस** ने उससे बाहर आने का आग्रह किया और उसको कोई अहित न करने का वचन दिया। डरते-डरते वह कुमारी बाहर निकली। यह वस्तुतः दानव **सिनिस** की ही कन्या **पेरीग्युनी** थी। **थीसियस** ने अपने वचन का पालन किया किन्तु **पेरीग्युनी** उसके मोहक व्यक्तित्व एवं असाधारण शक्ति पर मुग्ध हो गई और अपने दुष्ट पिता की हत्या को क्षमा कर वह **थीसियस** के संसर्ग से **मेलानीप्पस** नामक पुत्र की माता बनी। बाद में उसका विवाह **डियोनियस** से हो गया।

क्रोमियम के निवासी एक जंगली वराह के कारण बहुत ही दुखी थे। उनके खेत सूने पड़े थे। उनके चौपायों को बहुधा वह वराह पकड़कर ले जाता। **थीसियस** ने **टायफून** की सन्तान इस शूकर को मारकर **क्रोमियम** के निवासियों को मुक्ति दिलाई। इस प्रकार विजय-श्री पग-पग पर **थीसियस** का स्वयं अभिषेक करती रही। **एगियस** का वीर पुत्र अपने पराक्रम का सौरभ बिखराता, जनता की शुभकामनाएँ और आशीर्वाद लेता आगे बढ़ता हुआ ऐसे प्रदेश में पहुँचा जहाँ समुद्र के वक्ष पर अनेक काई से ढँकी ढलुवाँ चट्टानें खड़ी थीं। इनमें से एक ऊँची कगार पर **सायरों** नामक लुटेरा रहता था। कुछ लोग उसे **कॉरिन्थ** तथा अन्य **मेगारा** का निवासी बताते हैं। वह सम्भवतः **पॉसायडन** अथवा **पीलॉप्स** का पुत्र था। उसके जन्म के सम्बन्ध में अन्य धारणाएँ भी प्रचलित हैं। **सायरों** का एकमात्र मनोरंजन का साधन यह था कि जो भी भूला-भटका यात्री उस पथ पर आ निकलता उससे वह बलात् अपने पैर धुलवाता। पर जैसे ही वह पथिक उसके पैर धोने को नीचे झुकता **सायरों** पूरी शक्ति से उस पर पाद-प्रहार करता और उसका शरीर उछलकर चट्टान की दूसरी ओर जा गिरता जहाँ ऐसे शिकार की प्रतीक्षा में

प्रतिपल मुँह खोले बैठा एक भीमाकार कछुआ उसे निगल जाता। पथिक की इस दयनीय नियति पर **सायरों** के क्रूर अट्टहास से दिशाएँ गूँज उठतीं। किन्तु इस निर्मम उपहास का अनवरत क्रम अब अन्तिम घड़ियाँ गिन रहा था। **थीसियस सायरों** के द्वीप आ पहुँचा। **सायरों** ने बड़े दर्द से **थीसियस** को पैर धोने की आज्ञा दी पर **थीसियस** उसकी चाल को पहले ही जानता था, अतः उसने स्पष्ट रूप से निर्भय होकर मना कर दिया। दोनों में भीषण मल्लयुद्ध हुआ और **थीसियस** ने वर्षों से भोले-भाले पथिकों की क्रूर हत्या करनेवाले **सायरों** को उठाकर हवा में उछाल दिया और उसका शरीर भी उसी कछुवे का ग्रास बन गया।

थीसियस की अगली मुठभेड़ **आर्केडिया** के **सरक्यों** से हुई। **सरक्यों** के जन्म के विषय में भी मतभेद है। उसे **हेफ़ास्टस, पॉसायडन** अथवा **ब्रैंकस** तथा एक वनदेवी का पुत्र बताया जाता है। **सरक्यों** अपने बाहुबल के लिए दूर-दूर तक प्रसिद्ध था। उसका निरन्तर व्यायाम से सुदृढ़ शरीर काँसे की तरह चमकता था। उनकी अस्थियाँ एवं स्नायु लोहे की भाँति मज़बूत थीं। जो भी कोई **इल्युसिस** के राज्य में आता उसे **सरक्यों** मल्लयुद्ध के लिए ललकारता, और अपने प्रतिद्वन्द्वी को प्रगाढ़ आलिंगन में लेकर पीस डालता। न जाने कितने लोग आए और **सरक्यों** की लोहे-सी मज़बूत पकड़ में तड़प-तड़प कर दम तोड़ गए। **थीसियस** ने सहर्ष इस चुनौती को स्वीकार कर लिया। उस दिन **थीसियस** ने **इल्युसिस** के राजा का आतिथ्य ग्रहण किया। सन्ध्या समय दोनों वीर मैदान में उतर आए। इस दंगल को देखने के लिए जन-समूह उमड़ पड़ा। स्वयं देवी **डिमीटर** भी इस आततायी का अन्त देखने आई। **थीसियस** ने **सरक्यों** को घुटनों से उठाकर पृथ्वी पर पटक दिया। एक बार गिरकर **सरक्यों** फिर कभी न उठ सका। ऐसा विश्वास किया जाता है कि **सरक्यों** की शारीरिक शक्ति तो निश्चय ही असाधारण थी किन्तु उसे मल्लयुद्ध के सिद्धान्तों की कोई जानकारी नहीं थी। इसके विपरीत **थीसियस** ही वह व्यक्ति था जिसने मल्लयुद्ध को एक कला का रूप देकर उसके सिद्धान्तों एवं नियमों का प्रतिपादन किया। **थीसियस** को इस कला का आविष्कारक कहा जाता है। जिस स्थल पर यह युद्ध हुआ वह अखाड़ा आज भी **इल्युसिस** में **मेगारा** की ओर जानेवाली सड़क पर **सरक्यों** की बेटी **एलोपी** की समाधि के पास बताया जाता है। कहते हैं विजयी **थीसियस** ने **एलोपी** का बलात् भोग किया था।

इल्यूसिस निवासियों से विदा लेकर **थीसियस एथेन्स** की ओर चल पड़ा। **एट्टिका कॉरिडॉलस** में उस समय **सिनिस** का पिता **पॉलिपेमॉन** अथवा **प्रॉक्रस्टीज़** रहता था। **प्रॉक्रस्टीज़** बड़ा ही दुष्ट था। निरपराध जनों की नृशंस हत्या करने में उसे बड़ा आनन्द आता था। जब कोई थका-हरा यात्री उस मार्ग से निकलता तो **प्रॉक्रस्टीज़** उसे बड़ी सज्जनता से अपने घर विश्राम करने का निमन्त्रण देता जो बहुधा क्लान्त पथिक द्वारा स्वीकार कर लिया जाता। **प्रॉक्रस्टीज़** उसे अपने शयन-कक्ष में ले जाता जहाँ दो पलंग बिछे थे। इनमें से एक पलंग विकसित वय व्यक्ति के आकार के लिए बहुत ही छोटा तथा दूसरा बहुत ही बड़ा था। यदि यात्री का कद लम्बा होता तो उसे छोटे से पलंग

पर लिटाकर धूर्त **प्रॉक्रस्टीज़** पलंग से नीचे लटकनेवाली उसकी टाँगों को काट डालता ताकि उसका शरीर पलंग के आकार के अनुरूप हो उस पर ठीक-बैठ सके। यदि पथिक छोटे कद का होता तो वह उसे बड़े पलंग पर लिटाकर उसके शरीर को पलंग के बराबर करने के लिए ऐसी निर्दयता से खींचता कि उसके सारे जोड़ खुल जाते, हड्डियाँ चटक जातीं और इस प्रकार उसकी तत्काल मृत्यु हो जाती। **एथेन्स** की ओर जाते हुए **थीसियस** को भी यह निमन्त्रण मिला और उसने बड़े सहज भाव से **प्रॉक्रस्टीज़** का निमन्त्रण स्वीकार भी कर लिया। किन्तु मन ही मन वह इस दुष्ट को उसके पापों का दण्ड देने का निश्चय कर चुका था। जब **प्रॉक्रस्टीज़** अपनी योजना के अनुसार **थीसियस** को अपने शयन-कक्ष में ले गया अकस्मात इस नए पथिक ने उसकी गर्दन मज़बूती से पकड़ ली। **प्रॉक्रस्टीज़** ने लाख सिर मारा पर **थीसियस** के लोहे से सुदृढ़ हाथों से स्वतन्त्र न हो सका। जिस तरह अनेक निहत्थे क्लान्त पथिकों का **प्रॉक्रस्टीज़** ने अन्त किया था, उसी तरह वह स्वयं भी वीर **थीसियस** के हाथों मारा गया। 'जैसी करनी वैसी भरनी' की कहावत **थीसियस** द्वारा दंडित इन सभी दुष्टों पर अक्षरशः चरितार्थ होती है।

एट्टिका में **सेफ़िसस** नदी के किनारे **फ़िटैलस** के पुत्रों ने **थीसियस** का स्वागत किया। **ट्राज़ीन** से यात्रा आरम्भ करने के बाद यह प्रथम अवसर था जब किसी ने **थीसियस** से मैत्रीपूर्ण व्यवहार किया। लम्बी यात्रा तथा अपने निरन्तर साहसिक कृत्यों से विश्रान्त **थीसियस** ने कुछ समय के लिए उनका आतिथ्य स्वीकार किया। यहीं पर धार्मिक अनुष्ठान तथा स्नानादि द्वारा **थीसियस** को पवित्र भी किया गया ताकि कहीं भूले से किसी निर्दोष की हत्या का पाप उसे न लगे। थोड़े विश्राम से नवीन शक्ति प्राप्त कर स्वस्थ,अम्लान, तेज़युक्त **थीसियस** सुन्दर वस्त्रों तथा आभूषणों से सज्जित होकर, अपने पिता की तलवार लिए हुए **एथेन्स** पहुँचा। **थीसियस** के **एथेन्स** पहुँचने से पहले ही उसके नाम और साहसिक कृत्यों की सुरभित कीर्ति वहाँ पहुँच चुकी थी। उसके आगमन की सूचना से **एथेन्स** में सनसनी फैल गई। जहाँ-तहाँ उसके रूप एवं पराक्रम की चर्चा थी। **एथेन्स** में उन दिनों बड़ी अराजकता फैली हुई थी। राजा **एगियस** प्रौढ़ हो चुका था और वह पूर्णतया अपनी रानी **मीडिया** के प्रभाव में था। आपको स्मरण होगा **पीथियस** के पास जाते समय मार्ग में **एगियस** ने **मीडिया** से भेंट की थी और आवश्यकता पड़ने पर पूरी तरह सहायता करने का वचन दिया था। शीघ्र ही वचन पूरा करने का अवसर भी आ गया। **जेसन** द्वारा ठुकराई गई **मीडिया कॉरिन्थ** से भागकर **एथेन्स** आ गई। **एगियस** ने उसे आश्रय दिया। **मीडिया** मायाविनी थी। उसने राजा को एक पुत्र की प्राप्ति का आश्वासन दिया। अतः **एगियस** ने **मीडिया** से विवाह कर लिया और उनका **मेडस** नाम का पुत्र भी हुआ। **मेडस** ही अब **एथेन्स** का उत्तराधिकारी था किन्तु अभी उसकी आयु कम थी। राजा के पचास भतीजे, जिन्हें **पैलेन्टाइड्स** के नाम से जाना जाता था, आए दिन उपद्रव किया करते थे जिससे राज्य की शक्ति क्षीण होती जा रही थी। ऐसे समय में **थीसियस** ने **एथेन्स** में प्रवेश किया। अपनी मायावी शक्ति से **मीडिया** तत्काल **थीसियस** को पहचान गई। उसे अपने पुत्र के भविष्य की चिन्ता हुई।

ज्येष्ठ होने के कारण **थीसियस** निश्चय ही **एथेन्स** के सिंहासन का अधिकारी था। और उसकी शक्ति से तो सब परिचित थे ही। **थीसियस** की चन्द्रमा की कलाओं-सी बढ़ती लोकप्रियता किसी भी देश के शासक के लिए घातक हो सकती है—**मीडिया** ने यह मंत्र **एगियस** के कानों में फूँकना आरम्भ किया। **एथेन्स** का वृद्ध शासक भी चिन्तित हो उठा। किन्तु **थीसियस** का सामना करने की शक्ति किसमें थी? **पैलेन्टाइड्स** ने भी अपने हित में **एगियस** के कान भरने शुरू कर दिए कि यह अजनबी युवक या तो किसी का जासूस है या राजा की हत्या करने आया है। **मीडिया** के परामर्शानुसार राजा **एगियस** ने **थीसियस** के स्वागत में अपने महल में एक भोज का आयोजन किया। **एगियस** को अपने अतिथि को सम्मानित करने के लिए उसे स्वयं मदिरा-पात्र प्रस्तुत करना था। इस पात्र में **मीडिया** ने उस विष की दो बूँदें मिला दी थीं जो वह **एक्रूसिया** से लाई थी। जिस समय **हेराक्लीज़ टारटॉरस** के द्वार-रक्षक **सेब्रस** को घसीटकर पृथ्वी पर लाया इस तीन सिरवाले कुत्ते के मुँह से बहुत-सा विषैला झाग निकलकर पृथ्वी पर बिखर गया। उससे जो पौधे उगे यह उनके पत्तों का घातक रस था। **थीसियस** को इस षड्यंत्र की कुछ भी खबर नहीं थी। वह तो कोमल भावनाओं से अभिभूत एकटक अपने पिता की ओर देख रहा था। शब्द उसके कंठ में अवरुद्ध हुए जाते थे। **सिनिस, सायरों** तथा **प्रॉक्रस्टीज़** जैसे भीषण दैत्यों को पल-भर में मौत के घाट उतार देनेवाला **थीसियस** इस समय एक नन्हे से बालक की तरह लालायित दृष्टि से अपने पिता को निहार रहा था। **एगियस** ने मदिरा-पात्र हाथ में लिया। **मीडिया** मन ही मन मुस्कराई। लेकिन... लेकिन न जाने क्यों **एगियस** का हाथ काँप गया। उसने ध्यान से उस अजनबी युवक की ओर देखा और वह उसे चिर-परिचित-सा जान पड़ा। वे आँखें उसे जानी-पहचानी-सी लगीं। **एगियस** ने इस विचार को वृद्धावस्थाजनित दुर्बलता समझकर झटक देना चाहा। उसने अतिथि का स्वागत करते हुए मदिरा से भरा पात्र मुस्कुराकर उसके हाथ में थमा दिया। **थीसियस** ने तलवार की मूँठ से हाथ हटाया और पात्र ले लिया। यह क्या? **एगियस** की वृद्ध आँखों के सामने अट्ठारह वर्ष पूर्व की घटना बिजली-सी कौंध गई। यह वही तलवार थी जिसे वह चट्टान के नीचे दबाकर आया था। वही हाथीदाँत की मूँठ पर चित्रित सर्प! वही आँखें! हाँ, यह तो **एथरा** की आँखें थीं। **एगियस** झट से उठ खड़ा हुआ और हाथ के एक वार से मदिरा-पात्र गिराकर अपने बेटे से आलिंगनबद्ध हो गया। दोनों की आँखों से आँसू बह रहे थे।

मीडिया की चाल उल्टी पड़ गई। वह तत्काल अपने महल की ओर दौड़ी और समस्त अमूल्य आभूषण, रत्न, जवाहरात लेकर क्रोध से फुँकारती अपने सर्पों द्वारा चालित रथ पर अपने पुत्र के साथ बैठकर आकाश में उड़ गई। सम्भवतः **थीसियस** ने उसका पीछा किया किन्तु **मीडिया** ने अपने आपको एक स्वरचित बादल में छिपा लिया। उस दिन वर्षों बाद **एथेन्स** के दुर्भाग्य के बादल छँटे। आशा का सूरज चमका। राज्य को योग्य उत्तराधिकारी मिला। नगरनिवासियों ने दीप-माला की, कुमारियों ने पुष्पवर्षा। **एथेन्स** की सारी प्रजा राजा के भोज में सम्मिलित हुई और **थीसियस** की वीरता के गीत

गाए गए। **पैलेन्टाइड्स** की आशाओं पर पानी फिर गया। जनता के समक्ष राजा **एगियस** ने **थीसियस** को अपना उत्तराधिकारी घोषित किया। **थीसियस** ने अनायास ही वैध अधिकार पाया किन्तु राजमद में वह अपने आदर्शों से च्युत नहीं हुआ। **एथेन्स** के विशाल साम्राज्य का अनुपम वैभव, चहुँओर बिखरी विलास-सामग्री, प्रणयेच्छुक रूपसी रमणियों के कटाक्ष—कुछ भी **थीसियस** को उसके कर्तव्य से विमुख न कर सका। पिता के प्रति उसमें असीम श्रद्धा थी और **एगियस** का भी उस पर अपार स्नेह था। योग्य पुत्र पाकर राजा का जीवन धन्य हो गया। वह बहुधा अपने पुत्र से **ट्राज़ीन, एथरा** और **पीथियस** के विषय में बातें करता उन अविस्मरणीय क्षणों को जैसे फिर से जीता। **थीसियस** अपने वृद्ध, अशक्त पिता की भावनाओं का आदर करता था। किन्तु उसका मन अतीत की अपेक्षा भावी सम्भावनाओं की गवेषणा में अधिक आनन्द पाता था। **एथेन्स** में आते ही **थीसियस** को एक भयंकर विशालकाय बैल के बारे में पता चला जो सम्भवतः उस समय **मेरेथों** में था। यह श्वेत-वर्ण बैल समुद्र-देवता **पॉसायडन** की रचना थी। इसे **हेराक्लीज़ क्रीट** से लाकर **आरगोस** में छोड़ गया था। वहाँ से यह **मेरेथों** पहुँचा। इस बैल के नासिकारन्ध्रों से आग की लपटें निकला करती थीं। आस-पास के नगरों के निवासी उसके भय से घरों से बाहर नहीं निकलते थे। खेत उजाड़ पड़े थे, राजपथ सूने। अनेक साहसी युवक इसका सामना करने आए और काल का ग्रास बन गए। कुछ विद्वानों का विचार है कि **क्रीट** के राजा **मायनॉस** का पुत्र **एन्ड्रोगियस** भी इसी बैल के द्वारा मारा गया था। **थीसियस** ने जब इस विषय में सुना तो इस भयानक जीव का अन्त करने का निश्चय कर लिया। वह तो ऐसे अवसर की ताक में ही रहता था। कमर बाँध कर **मेरेथों** चल पड़ा और बैल को सींगों से पकड़कर **एथेन्स** की गलियों में घसीटता हुआ **एक्रोपॉलिस** की चोटी पर ले आया और वहाँ **एथीनी** अथवा **अपोलो** के मन्दिर में उसे बलि कर दिया। इस प्रकार **एथेन्स** निवासियों को इस अभिशाप से मुक्ति मिली और **थीसियस** की शुभ्र कीर्ति को चार-चाँद लग गए।

अनेक वर्ष पहले **क्रीट** के शक्तिशाली राजा **मायनॉस** का पुत्र **एन्ड्रोगियस एथेन्स** आया था। कहा जाता है कि राजा **एगियस** ने अपने राज-अतिथि को जान-बूझकर इसी बैल को मारने के लिए भेज दिया था और युवक **एन्ड्रोगियस** इस अभियान से जीवित नहीं लौट सका। **मायनॉस** ने कुद्ध होकर **एथेन्स** पर आक्रमण कर दिया और **एथेन्स** की सेनाएँ इस युद्ध में बुरी तरह पराजित हुईं। **मायनॉस** ईंट से ईंट बजा देता किन्तु इस शर्त पर वह अपने देश लौट जाने को सहमत हो गया कि **एथेन्स** के निवासी **एन्ड्रोगियस** के जीवन के बदले में हर नौ वर्ष के बाद सात सुन्दर किशोरियाँ तथा सात हृदय-पुष्ट कुलीन वंशी युवक **क्रीट** भेज दिया करें। **क्रीट** पहुँचने पर इन चौदह युवक-युवतियों का बड़ी निर्दयता से अन्त कर दिया जाता। उन्हें **एस्टेरियस** अथवा **एस्टेरियन** नामक वृषासुर के आगे डाल दिया जाता था। **पॉसायडन** ने एक सुन्दर श्वेत वृक्ष **मायनॉस** को बलि करने के लिए दिया था। किन्तु वह बैल इतना सुन्दर था कि **मायनॉस** उसे मार नहीं सका। भाग्यवश **मायनॉस** की रानी **पैसिफ़े** उस बैल पर आसक्त हो गई और उसके

संसर्ग से इस नरवृष को जन्म दिया जिसका सिर मनुष्य के समान था और धड़ एक बैल की तरह। **मायनॉस** ने इस अद्‌भुत जीव को मारा नहीं अपितु प्रसिद्ध स्थपति **डीडेलस** द्वारा निर्मित भूलभुलैया में डाल दिया। यह विश्व का गहनतम चक्रव्यूह था जिसमें एक बार प्रवेश करके कभी कोई बाहर नहीं लौट सका। इसमें अनेक उलझे हुए, पेचीदा और अँधेरे रास्ते थे लेकिन हर मार्ग भीतर आनेवाले को वृषासुर तक ले जाता था और घबराया हुआ युवक काल का ग्रास बन जाता। **एथेन्स** से आए हुए किशोर एवं किशोरियों को एक-एक करके इसी भूलभूलैया में भेजा जाता था। **एथेन्स** से प्रतिशोध लेने का **मायनॉस** का यह अनूठा वीभत्स ढंग था। **थीसियस** को देश आए कुछ ही समय हुआ था कि इस सम्पूर्ति का तीसरा अवसर आ गया।

एक दिन प्रातःकाल जब **थीसियस** की आँख खुली तो रुदन और विलाप का करुण स्वर उसके कानों से टकराया। **थीसियस** इसे कोई दुःस्वप्न समझकर चौंककर उठ बैठा। किन्तु वह मार्मिक ध्वनि निरन्तर प्रासाद के सुदृढ़ द्वारों को भेद कर उसका हृदय-मंथन करती रही। **थीसियस** तत्काल तैयार होकर हाथ में तलवार लिए बाहर आ गया। यह देखकर उसके आश्चर्य और दुख का ठिकाना न रहा कि उसके अपने नगर-निवासी प्रासाद के द्वार पर बैठे रह-रहकर अपने तरुण बालकों को चूमते और रोते जाते थे। **थीसियस** की समझ में कुछ नहीं आया। वह अपने पिता के पास पहुँचा। राजा **एगियस** सिर पर हाथ रखे उदास बैठा था। **क्रीट** के राजा **मायनॉस** के हाथों **एथेन्स** की हार और सन्धि के अनुसार नौ वर्ष बाद की जानेवाली क्षतिपूर्ति के विषय में सुनकर **थीसियस** का खून खौल उठा। हाथ अनायास ही तलवार की मूँठ पर जा पड़ा। उन अभागे परिवारों के प्रति उसके मन में करुणा उमड़ आई जिनके नवयुवकों को इस बार **क्रीट** जाने के लिए चुना गया था। वृषासुर के हाथों उनके नृशंस संहार की कल्पना भी **थीसियस** को असह्य हो उठी। पल-भर में उसने निश्चय कर डाला और जनता के सामने उच्च स्वर से यह घोषणा की :

"एन्थेस के निवासियो! इस बार सात के स्थान पर केवल छह युवकों का क्रीट-यात्रा के लिए चुनाव करो। **मायनॉस** के भीषण वृषासुर का सामना करने इस बार **एथेन्स** का राजकुमार स्वयं जाएगा।"

एकत्रित जनसमूह में खलबली मच गई। **एथेन्स** के निवासी वीर **थीसियस** को अत्यधिक प्यार करते थे और उसके जीवन को किसी भी कीमत पर खतरे में डालने को प्रस्तुत नहीं थे। इस प्रस्ताव के विरोध में भाँति-भाँति की आवाज़ें आने लगीं। राजा **एगियस** भी **थीसियस** की घोषणा सुनकर चौंककर उठ बैठा :

"नहीं, नहीं। यह तुम क्या कह रहे हो पुत्र? तुम **एथेन्स** के राजकुमार हो, इस सिंहासन के उत्तराधिकारी, इस अपार वैभव के स्वामी। एक साधारण युवक के जीवन का तुम्हारी सुरक्षा के समक्ष क्या मूल्य है भला?"

"पिताजी," **थीसियस** ने नम्रता से उत्तर दिया, "मैं आपका पुत्र हूँ, **एथेन्स** के राज्य का उत्तराधिकारी और यही कारण है कि मैं अपनी प्रजा की रक्षा के लिए अपने प्राण

तक देने को तैयार हूँ। राजा अधिकार-सुख भोगने के लिए ही नहीं होता, वह प्रजा के सुख-दुख और कल्याण के लिए भी उत्तरदायी है। इन निर्दोष युवकों की क्रूर हत्या के लिए हम देवताओं को क्या जवाब देंगे? प्रजा के हित में अपनी परम प्रिय वस्तु का बलिदान देना राजा का धर्म है। अतः मुझे आज्ञा दीजिए कि मैं अपने इन भाइयों के साथ इस अभियान पर जाऊँ। आपके आशीर्वाद से मैं निश्चय ही उस वृषासुर को मारकर सुरक्षित देश लौटूँगा।''

एगियस शोकातुर हो उठा। वर्षों बाद मिले सुयोग्य एवं साहसी युवक पुत्र के मोह ने मन को भीरु बना डाला। आँखे भर आईं। जीवन के मोड़ पर अनायास अकस्मात् मिल जानेवाली एकमात्र खुशी को वह खोना नहीं चाहता था। तरह-तरह से **थीसियस** को समझाने का प्रयत्न किया, प्रेम से आग्रह किया, अपनी वृद्धावस्था की दुहाई दी पर **थीसियस** अपने निश्चय पर अडिग रहा। अन्ततः बेटे के हठ के सामने पिता को झुकना पड़ा। **थीसियस** को अपनी विजय का विश्वास था और अपने बाहुबल पर पूरा भरोसा। यात्रा आरम्भ करने से पहले वह अन्य तेरह युवक-युवतियों को लेकर **डेल्फ़ी** स्थित **अपोलो** के मन्दिर में गया और वहाँ पवित्र जैतून की शाखाएँ समर्पित कीं। **डेल्फ़ी** की पुजारिन ने उसे इस अभियान में सफलता के लिए देवी **ऐफ्रॉडायटी** की विशेष रूप से अभ्यर्थना करने की सलाह दी। अतः **थीसियस** ने **ऐफ्रॉडायटी** के नाम पर भी एक बकरी की बलि दी। इस प्रकार देवताओं को धार्मिक-अनुष्ठान से प्रसन्न करके, पवित्र जल से स्नान कर एक दिन इन चौदह व्यक्तियों का समूह समुद्र की ओर चल पड़ा जहाँ **क्रीट** जानेवाला जलयान उनकी प्रतीक्षा कर रहा था। अपार जन-समूह सिर झुकाए उनके पीछे चल रहा था। आगे-आगे **थीसियस** अपने पिता **एगियस** के साथ था। तीस पतवारवाली जलनौका तैयार खड़ी थी। सम्भवतः **फ़ाएशियन्स** का पूर्वज **फ़ाएक्स** इसका प्रधान नाविक था। ऐसी धारणा है कि **एथेन्स** के निवासी इस समय तक सामुद्रिक-यात्रा का विशेष ज्ञान नहीं रखते थे। **फ़ेरीक्लस** अथवा **नासीथियस** का नाम भी प्रधान नाविक के रूप में दिया जाता है। इस नौका पर शोक की प्रतीक काली पताकाएँ फहरा रही थीं। जन-समूह समुद्र के तट पर आ पहुँचा। **थीसियस** अपने साथियों सहित जलयान पर सवार होने को उद्विग्न था। **एगियस** की बूढ़ी आँखों में आँसू थर्रा उठे। उसके सारे जीवन की कमाई छिनी जाती थी और वह असहाय-सा चुपचाप खड़ा था। **थीसियस** के साथियों ने रोते हुए सगे-सम्बन्धियों से विदा ली। **थीसियस** यान पर चढ़ने को तैयार खड़ा था। तभी सहसा **एगियस** की चेतना लौटी। शोक की अधिकता ने उसे विमूढ़ कर दिया था। **थीसियस** के सुदृढ़ कन्धे पर हाथ रखते हुए वह धीमे स्वप्निल से स्वर में बोला :

''वे काली पताकाएँ देखते हो,'' संकेत करते हुए उसने कहा, ''आज तक इस अभियान से कभी कोई जीवित नहीं लौटा। ये पताकाएँ उन युवक-युवतियों के प्रति देशव्यापी शोक की प्रतीक हैं। हर नवें वर्ष हमारे अमूल्य रत्नों को खोकर यह जलयान खाली लौट आता है। इस बार यह **एथेन्स** के सम्राट की एकमात्र आशा लिए जा रहा

है। बेटा! लगता है देवता मुझे निराश नहीं करेंगे। मैं दिन-रात तुम्हारे जीवन और सुरक्षा के लिए प्रार्थना करूँगा। प्रभु तुम्हें शक्ति दे और तुम उस भीषण वृषासुर को मारकर स्वदेश लौटो। मेरी यही शुभकामना है, यही आशीर्वाद है। लेकिन एक बात याद रखना, यदि तुम्हें **क्रीट** में विजय प्राप्त हो तो इन काली पताकाओं को तत्क्षण फाड़कर फेंक देना और इनके स्थान पर धवल पताकाएँ फहराना। मैं प्रतिक्षण उस दिन की बाट जोहूँगा। समुद्र के किनारे किसी प्रतिरक्षक की भाँति खड़ी इसी चट्टान के शिखर पर चढ़कर मैं शुभ्र पताकाओंवाले जलयान की प्रतीक्षा करूँगा। समुद्र की गोद में लहराते उस चाँद को देखते ही सारा देश तुम्हारे स्वागत को सजग हो उठेगा। इस शुभ-कार्य में पल-भर का भी विलम्ब न होना चाहिए। जाओ, ईश्वर तुम्हें सफलता दे। मैं इसी आस के सहारे कुछ दिन और जी लूँगा।''

यह कहकर **एगियस** चुप हो गया। उसकी आँखों से अविरल अश्रुधारा बह निकली। **थीसियस** अपने पिता से लिपट गया। विदा के समय उसका भी जी भर आया। इन चौदह यात्रियों को लेकर जलयान समुद्र के विस्तृत वक्ष पर निकल पड़ा। कुछ देर बाद दूर एक बिन्दु मात्र दिखाई देता था। पल-भर में वह भी दृष्टि से ओझल हो गया। राजा और प्रजा गण भारी मन से नगर की ओर उन्मुख हुए।

थीसियस के तेरह युवक साथी मृत्यु के भय से कातर थे। उनके सितारों से चमकनेवाले नेत्र निस्तेज़ थे और सुन्दर मुखों पर विषाद की कालिमा पुती थी। वातावरण भी उनके मौन से बोझिल हो उठा। **थीसियस** को यह कातरता असह्य थी। वह भाँति-भाँति से उनके मनोरंजन का प्रयत्न करने लगा। वीर-गाथाओं से उनके मन उल्लास से भर उठे। कुछ समय के लिए वे सचमुच यह भूल गए कि मृत्यु कितनी निकट थी। हँसते, गाते, नृत्य करते चौदह युवकों का यह समूह **क्रीट** की ओर बढ़ता चला गया। यात्रा समाप्त होने को आई। **क्रीट** के पर्वत दृष्टिगोचर हुए। तरुण-समुदाय में एक बार फिर अवसाद की लहर दौड़ गई। केवल समुद्र की निश्चिन्त लहरें अभी भी नर्तन में मग्न थीं।

क्रीट के तट पर **मायनॉस** के सेवकों ने इन बन्दियों का स्वागत किया। सैनिकों के संरक्षण में इन्हें **क्रीट** के दुष्ट राजा **मायनॉस** के पास लाया गया। वृषासुर के पास भेजने से पहले **मायनॉस** भली प्रकार यह परीक्षण कर लेता था कि **एथेन्स** से आए सभी बन्दी स्वस्थ एवं हृष्ट-पुष्ट हैं। एक-एक करके बन्दियों को उसके सामने लाया जाता और वह निर्लज्जता से क्रूर अट्टहास करता हुआ अपने राजदण्ड से उनके अंग टटोलता। वृषासुर की भूख तो किसी स्वस्थ, मोटे-ताज़े पशु के मांस से भी शान्त हो सकती थी किन्तु **मायनॉस** को इस घृणास्पद उपहास में विशेष आनन्द आता था। **थीसियस** के साथी एक-एक करके **मायनॉस** के सामने लाए गए। उनके मुख भय से पीले पड़े थे और गात पतझड़ के पत्ते-सा काँपता था। किशोरियों के सिसकियों से विलास-भवन का ऐश्वर्य तक हिल उठा। किन्तु इतना शोचनीय दृश्य भी **मायनॉस** के हृदय में दया का एक अंकुर न उपजा सका। सबसे पीछे था वीर **थीसियस**। **मायनॉस**

एक पल तो उसकी ओर देखता ही रह गया। उसके सुन्दर, आकर्षक एवं स्वस्थ होने में तो कोई सन्देह ही नहीं था। आश्चर्य की बात तो यह थी कि मृत्यु को निकट जान कर भी उसके मुख पर भय का कोई चिह्न नहीं था। उसके नेत्रों में कातरता का जल नहीं, गर्व की दीप्ति थी, अधरों पर प्राण-भिक्षा की याचना नहीं आत्मविश्वास की सहज स्मित रेखा विराजमान थी। स्थिर गति से चलता हुआ वह राजा **मायनॉस** के समक्ष आ खड़ा हुआ और निर्भीकता से उसकी आँखों में देखा जैसे मानवता का कोई लक्षण ढूँढ रहा हो। **मायनॉस** को यह स्थिति असह्य हो उठी। वह गरज उठा :

"धृष्ट युवक! क्या वृषासुर के रूप में प्रतीक्षा करते हुए काल का भय नहीं तुझे? मृत्यु के द्वार पर खड़े युवक का ऐसा दुस्साहस निश्चय ही अक्षम्य है।"

अविचलित **थीसियस** ने शान्त स्वर में उत्तर दिया, "जब चौदह निर्दोष व्यक्तियों की नृशंस हत्या करते हुए **क्रीट** के सम्मानित सम्राट **मायनॉस** को देवताओं तक का भय नहीं होता तो अपने देश द्वारा दिए गए वचन को पूरा करने के लिए **थीसियस** को भला प्राणभय क्यों होने लगा? वह वृषासुर राजदण्ड धारण किए, सिंहासन पर राजसी वस्त्रों में आसीन शक्ति के मद में अन्धे **मायनॉस** से अधिक भीषण तो हो नहीं सकता। फिर भय कैसा!"

मायनॉस क्रोध से पागल हो उठा। उसने सैनिकों को आज्ञा दी, "ले जाओ इस मूर्ख लड़के को और काल कोठरी में डाल दो। कल प्रातःकाल वृषासुर का कलेवा इसी का शरीर होगा।" और वह एक बार फिर अट्टहास कर उठा। **थीसियस** तो यही चाहता था। मनोबल के परीक्षण का समय आ गया। यदि विजयी हुआ तो अपने साथियों को जीवित साथ लेकर स्वदेश यात्रा करूँगा और यदि मारा गया तो कर्तव्य-पथ पर प्राण देने का सन्तोष तो होगा। यही सोचता हुआ **थीसियस** सैनिकों के साथ काल-कोठरी की ओर चल पड़ा।

जिस समय राजा **मायनॉस,** इस तरुण समुदाय का निरीक्षण कर रहा था उसकी सुन्दरी कन्या **अरियाडनी** अपने पिता के पास ही खड़ी थी। ईश्वर ने **अरियाडनी** को शरीर ही नहीं आत्मा भी सुन्दर दी थी। उसका मन बड़ा ही कोमल था। वृषासुर का ग्रास बनने के लिए लाए गए प्राणियों को देखकर क्षोभ से उसका हृदय फटा जाता था किन्तु **मायनॉस** का विरोध न कर पाती थी। वह अपने पिता के स्वभाव से भली-भाँति परिचित थी। उन अभागों के प्रति मन करुणा से भर आता था। उसने **थीसियस** को अन्त में आते हुए देखा, उसके और अपने पिता के मध्य हुई वार्ता को सुना और अनजाने ही वह साहस के साकार रूप, सुन्दर, निर्भीक, गठीले शरीरवाले **थीसियस** पर आसक्त हो गई। पिता के निर्णय को सुनकर **अरियाडनी** काँप उठी। एक बार मन में आया पिता के चरणों पर गिरकर **थीसियस** के प्राणों की भिक्षा माँग ले किन्तु शीघ्र ही विवेक ने सचेत कर दिया। **अरियाडनी** का संदिग्ध व्यवहार **थीसियस** का अन्त और भी निकट ला सकता था। वह बिना कुछ बोले चुपचाप उठकर अपने प्रासाद में चली गई किन्तु उसके मन में भयंकर द्वन्द्व मचा था। प्रेम और कर्तव्य में संघर्ष हुआ और सदियों से

मानवमात्र को कर्तव्य-पथ की ओर प्रेरित करनेवाली बुद्धि प्रेम के नन्हे से नटखट देवता से हार गई। प्रेम का ज्वार बुद्धि की अजेय चट्टानों को बहा ले गया।

आधी रात हो गई। चन्द्रमा आकाश के मध्य को छूने लगा था। कालकोठरी में पड़े **थीसियस** के साथी रो-रोकर निढाल हो उनीन्दे हो चले थे। पर **थीसियस** की आँखों में नींद कहाँ? वह हाथ पीछे बाँधे गहरी सोच में डूबा इधर से उधर टहल रहा था। आज की रात उसके जीवन की अन्तिम रात भी हो सकती थी और एक नए सवेरे की किरण भी। एक अन्त या एक नया प्रारम्भ। वह वृषासुर के भय से विचलित तो नहीं पर **डीडेलस** की उस विश्वविख्यात भूलभुलैया के विचार से सम्भ्रमित अवश्य था। उसने सुना था कि इस भूलभुलैया में एक बार प्रविष्ट हो जाने के बाद फिर कभी कोई बाहर नहीं आ सका। वह इसी सोच में डूबा था कि अपने निकट ही उसे एक मधुर स्त्री-कंठ सुनाई दिया। यह और कोई नहीं **क्रीट** के राजा **मायनॉस** की पुत्री **अरियाडनी** थी जो प्रथम दृष्टि में ही शत्रु-देश के राजकुमार **थीसियस** को हृदय दे बैठी थी। उसे भय था कहीं वह एक रात उसके नव अंकुरित प्रणय के लिए घातक न हो जाए। उसने निर्णय लेने में देर न की और **थीसियस** की सहायता को आ पहुँची। **एथेन्स** से इस यात्रा पर चलने से पहले **थीसियस** देवी **ऐफ्रॉडायटी** को प्रसन्न करना नहीं भूला था। कहते हैं उसने देवी को एक बकरी की बलि दी थी जो मृत्यु के समय एक बकरे में परिवर्तित हो गई थी। बुद्धि और शौर्य के लिए जिस भूलभुलैया का पार पाना असम्भव था उसे प्रेम के एक सुकुमार तन्तु ने सम्भव कर दिखाया। **अरियाडनी** ने **डीडेलस** से प्राप्त एक धागे का गोला **थीसियस** को दिया और उसका एक छोर भूलभुलैया के प्रवेश-द्वार पर बाँधकर धीरे-धीरे धागे को खोलते हुए आगे जाने का निर्देश किया। वृषासुर तक पहुँचना कठिन नहीं था क्योंकि भूलभुलैया के सारे ही रास्ते उस तक पहुँचते थे। कठिन था वापस लौटना। इस धागे की मदद से **थीसियस** बाहर लौट सकता था। इसके अतिरिक्त **अरियाडनी** ने उसे वृषासुर का वध करने के लिए एक तलवार भी दी। वृषासुर को केवल इसी विशिष्ट तलवार से मारा जा सकता था, किसी अन्य से नहीं। किन्तु कुछ अन्य सूत्रों के अनुसार **थीसियस** के पास तलवार नहीं अपनी गदा थी जिससे वह कई आतताइयों को मौत के घाट उतार चुका था। एक अन्य विश्वास यह भी है कि वह वृषासुर को मारने निहत्था ही गया था।

अपने आत्मविश्वास और **अरियाडनी** की शुभकामनाओं के साथ **थीसियस** ने उस अँधेरे और रहस्यमय चक्रव्यूह में प्रवेश किया। उसने धागे का एक छोर प्रवेश द्वार से बाँध दिया और सधे हुए कदमों से आगे बढ़ने लगा। कुछ दूर चलकर वह रुक गया और सोचने लगा कि किधर से आगे बढ़े। तभी उसे सारी भूलभुलैया को दहलाती हुई एक दहाड़ सुनाई दी। ऐसा लगा जैसे कोई भूकम्प पल-भर में **क्रीट** की जड़ों को हिलाकर गुज़र गया हो। **थीसियस** समझ गया कि उसका शत्रु कहीं निकट ही है। वह बड़ी सावधानी से उसी दिशा में आगे बढ़ा। टेढे-मेढ़े रास्तों से होता हुआ वह कुछ ही क्षणों में अपने शत्रु के सम्मुख जा पहुँचा। उस चक्रव्यूह के बीचोबीच था वृषासुर का निवास।

थीसियस को देखते ही भूखा वृषासुर अपने सींग झुकाए दहाड़ कर उस पर लपका। पर **थीसियस** सतर्क था। वह उछलकर एक तरफ हट गया। परिणामस्वरूप वृषासुर का सिर दीवार से जा टकराया। आहत वृषासुर और भी भयानक हो उठा। **थीसियस** और वृषासुर के बीच अब युद्ध छिड़ गया। **थीसिस** जानता था केवल शारीरिक शक्ति से वृषासुर को पछाड़ना सम्भव नहीं, अतः वह बड़ी चतुराई और सावधानी से काम ले रहा था। वह वृषासुर को हर बार किसी न किसी तरह बचा जाता। वृषासुर ने चक्रव्यूह की अभेद्य दीवारों से टकरा-टकराकर अपने सींग तोड़ लिए। उसकी शक्ति का इस तरह ह्रास हो जाने पर **थीसियस** ने तलवार से उसकी गरदन पर एक भरपूर वार किया और वृषासुर तड़पकर वहीं ढेर हो गया।

विजय **के** उल्लास से भरपूर **थीसियस** अब उसी धागे की सहायता से चक्रव्यूह के बाहर निकल आया। प्रस्थान का सारा प्रबन्ध हो चुका था। **थीसियस** अपने साथियों और **अरियाडनी** को लेकर जहाज़ पर सवार हुआ और रातोंरात उन लोगों ने **क्रीट** के बन्दरगाह बहुत पीछे छोड़ दिए। **मायनॉस** ने **थीसियस** का पीछा क्यों नहीं किया, इस विषय पर विभिन्न मत हैं। एक विचारधारा के अनुसार **थीसियस** ने **क्रीट** से प्रस्थान करने से पहले वहाँ के सभी समुद्री बेड़ों में छेद कर दिए थे ताकि शत्रु उसके पीछे न आ सके। कारण कुछ भी रहा हो, इतना निश्चित है कि **थीसियस** बिना किसी विरोध और क्षति के **क्रीट** से सुरक्षित निकल आया।

बहुत दिनों तक यात्रा करने के बाद **थीसियस** के जहाज़ ने **नैकसॉस** के द्वीप पर लंगर डाल दिए। यहीं इसी द्वीप पर **अरियाडनी** को सोया हुआ छोड़कर वह **एथेन्स** की ओर रवाना हो गया। **थीसियस** के इस आपत्तिजनक व्यवहार के विभिन्न कारण बताए जाते हैं। एक कहानी के अनुसार **थीसियस** इतने थोड़े से समय में ही **अरियाडनी** से ऊब गया था और किसी अन्य रमणी से उसके सम्बन्ध हो गए थे। दूसरा कारण यह भी हो सकता है कि **थीसियस** को अपने और शत्रु-पुत्री **अरियाडनी** के सम्बन्ध को लेकर **एथेन्स** में होनेवाले लोकापवाद के भय ने इतना निर्मम बना दिया कि वह असहाय और अकेली **अरियाडनी** को वहाँ छोड़ गया। इस विषय में एक तीसरी कथा के अनुसार मदिरा के देवता **डायोनिसस** ने **थीसियस** को स्वप्न में दर्शन देकर **अरियाडनी** को **नैक्सॉस** द्वीप पर छोड़ देने का आदेश दिया था, क्योंकि **अरियाडनी** को विधि ने किसी मर्त्य वीर नहीं अपितु मदिरा के देवता के लिए ही बनाया था। **थीसियस** ने इस आदेश का पालन किया और अपने आपको दैवी-प्रकोप से बचा लिया। उसके जाने के बाद **डायोनिसस** अपनी मंडली के साथ वहाँ आया और उसने दग्ध-हृदया **अरियाडनी** का वरण किया। एक अन्य विवरण के अनुसार **थीसियस** को **अरियाडनी** को **नैक्सॉस** के द्वीप पर त्यक्त कर जाने का आदेश देवी **आर्टेमिस** ने दिया था। एक धारणा यह भी है कि समुद्र की लम्बी यात्रा से अस्वस्थ **अरियाडनी** को **नैक्सॉस** के द्वीप पर छोड़ जब **थीसियस** किसी कार्यवश अपने जहाज़ पर वापस लौटा तो इतने ज़ोर का तूफ़ान उठा कि नाविकों के तमाम प्रयत्नों के बावजूद जहाज़ किनारे से कहीं बहुत दूर तीव्र वायु के वेग के साथ ही बह गया। बहुत

समय बाद जब झंझावत रुका तो **थीसियस नैक्सॉस** वापस लौटा और यह जानकर अत्यन्त दुखी हुआ कि इस बीच **अरियाडनी** की मृत्यु हो चुकी थी।

जीवन के दुःसाध्य भँवर से उबारनेवाली **अरियाडनी** को सदा के लिए खो देने के दुःख अथवा वृषासुर को मारकर अपने सभी साथियों को जीवित स्वदेश लौटा लाने के गर्वोन्माद में **थीसियस** अपने जहाज़ की काली पताकाओं को उतारना भूल गया। उसके पिता **एगियस** ने **थीसियस** को विजयी लौटने पर काली के स्थान पर श्वेत पताकाएँ फहराने का आदेश दिया था ताकि वह जहाज़ को दूर से देखते ही जान सके कि उसका बेटा जीवित लौट आया है। **थीसियस** को सम्भवतः किसी दैवी प्रकोप अथवा अन्य किसी कारण से यह याद ही न रहा। उधर वृद्ध **एगियस** नित्य **एक्रॉपॉलिस** की चोटी पर बैठा **थीसियस** की बाट जोह रहा था। जब उसकी बूढ़ी आँखों ने काली पताकाओं वाले जहाज़ को आते देखा तो वह मूर्च्छित हो गया और उसका अचेतन शरीर समुद्र में लुढ़क गया। यह भी सम्भव है कि उसने शोकातिरेक से समुद्र में कूदकर आत्महत्या कर ली। उस दिन से वह समुद्र **एगियन** समुद्र कहलाने लगा।

इस तरह पिता **एगियस** की मृत्यु के बाद **थीसियस एथेन्स** का सम्राट बना। **थीसियस** केवल बाहुबल का ही नहीं बुद्धि का भी धनी था। वह एक प्रजा-हित-चिन्तक शासक था। सबसे पहले उसने अपने राज्य में शान्ति की स्थापना के लिए अपने बचे-खुचे शत्रुओं को पूर्णतया दमित किया। प्रजा की सुरक्षा की ओर से निश्चिन्त होकर उसने प्रशासन की एक नई पद्धति का सूत्रपात्र किया। उसने **एट्टिका** को बारह संघों में विभाजित किया। प्रत्येक संघ अपने आप में एक स्वतन्त्र इकाई था लेकिन आपातकालीन स्थिति में सर्वोच्च शक्तियाँ राजा में केन्द्रित होती थीं। शान्ति काल में वह मुख्य सेनानायक और सर्वोच्च न्यायाधीश था। **थीसियस** ने एकतन्त्र के विरुद्ध प्रजातन्त्र को बढ़ावा दिया और अन्य राजाओं को भी इसी पद्धति को स्वीकारने को प्रेरित किया। उसने **एथेन्स** में एक काउन्सिल हॉल और एक न्यायालय की स्थापना की, मुख्य नगर को विस्तृत करने के लिए उसने आस-पास के इलाकों को समाविष्ट कर लिया और अन्य राज्यों के निवासियों को **एथेन्स** में बसने और वहाँ की नागरिकता स्वीकार करने का निमन्त्रण दिया। इसके अतिरिक्त **थीसियस** ने **एथेन्स** के इतिहास में पहली बार सिक्के चलाए। इन सिक्कों पर साँड का चित्र बना था जो सम्भवतः समुद्र देवता **पॉसायडन** का प्रिय पशु था।

इस तरह **थीसियस** केवल पौराणिक कथाओं का नायक ही नहीं एक ऐतिहासिक व्यक्तित्व है। एक कुशल योद्धा और शासक होने के साथ-साथ **थीसियस** में मानवीय सद्गुणों की भी कमी न थी। समस्त राज्यों द्वारा त्यक्त और अनाहत वृद्ध **ईडिपस** को **थीसियस** ने ही आश्रय दिया था। **ईडिपस** की मृत्यु के समय वह उसके साथ था और उसे सांत्वना देता रहा था। उसकी मृत्यु के बाद **थीसियस** ने **ईडिपस** की दोनों कन्याओं को सुरक्षित स्वदेश वापस पहुँचाया। जब **हेराक्लीज़** (हर्क्युलिस) ने विक्षिप्तावस्था में अपनी पत्नी और बच्चों की हत्या कर दी और होश में आने पर प्रायश्चित्त के रूप में

आत्महत्या करने का फैसला किया तो उस समय **थीसियस** ने ही एक अच्छे मित्र के नाते उसे समझा-बुझा कर शान्त किया और आत्मघात के भीषण पाप से बचाया। जब **हेराक्लीज़** के सारे साथी उसे अकेला छोड़ गए तब **थीसियस** ने ही उसका साथ दिया और उसे **एथेन्स** ले आया।

थीसियस के जीवन की एक अन्य महत्त्वपूर्ण घटना उसका **अमेज़न्स** के विरुद्ध लड़ा गया युद्ध है। यह आक्रमण **थीसियस** ने अकेले किया या **हेराक्लीज़** के साथ यह विवादास्पद है। पर विजयश्री निश्चय ही उसके हाथ लगी और इसके अतिरिक्त वह **अमेज़न** स्त्री सैनिकों की रानी **एन्टीयोपी** अथवा **हिप्पोलिटी** को अपने साथ **एथेन्स** ले आया। **एन्टीयोपी** ने **थीसियस** के संसर्ग से एक पुत्ररत्न को जन्म दिया जिसका नाम रखा गया—**हिप्पॉलिटस।** इस पुत्र के जन्म के बाद **अमेज़न** सैनिकों ने **एन्टीयोपी** की बहन के नेतृत्व में अपने अपमान का बदला लेने और **एन्टीयोपी** को वापस ले जाने के लिए **एथेन्स** पर आक्रमण कर दिया। यह युद्ध नगर में लड़ा गया और इसमें भयानक नरसंहार हुआ। कहा जाता है कि **एन्टीयोपी** ने भी इस युद्ध में **थीसियस** की ओर से भाग लिया क्योंकि वह उसके साथ अपनी इच्छा से आई थी। **थीसियस** ने उसका बलात् अपहरण नहीं किया था। इसी युद्ध में रण-क्षेत्र में लड़ते हुए **एन्टीयोपी** मारी गई। **अमेज़न्स** की हार हुई और **थीसियस** के जीवन-काल में उन्हें फिर **एथेन्स** की ओर मुँह करने का साहस नहीं हुआ।

अमेज़न **एन्टीयोपी** की मृत्यु के बहुत वर्ष बाद **थीसियस** ने **क्रीट** के राजा **मायनॉस** की पुत्री और **अरियाडनी** की छोटी बहन **फ़ैडरा** से विवाह किया। इस संयोग से उसे दो पुत्र हुए—**एकामास** और **डेमाफून। थीसियस** ने अपने अवैध पुत्र **हिप्पॉलिटस** को शिक्षा-दीक्षा के लिए **पीथियस** के पास **ट्राज़ीन** भेज दिया था। **हिप्पॉलिटस ट्राज़ीन** में ही बड़ा हुआ। उसकी रगों में **अमेज़न्स** का खून था, अतः वह आखेट की पवित्र देवी **आर्टेमिस** का भक्त था और स्त्री की छाया से भी दूर भागता था। उसका बदन गठीला और मज़बूत था। उसमें तपे हुए काँसे की-सी चमक थी। उसका सारा समय व्यायाम, खेल-कूद और आखेट में बीतता। राजप्रासाद के विलासमय जीवन से उसे घृणा थी, रमणीयता में उसकी रुचि न थी और सुविधाओं की आवश्यकता न थी। प्रेम उसके लिए उपेक्षा की वस्तु थी। **ऐफ्रॉडायटी** को उसने कभी उचित सम्मान न दिया। परिणाम यह हुआ कि प्रेम की देवी **ऐफ्रॉडायटी** ने **आर्टेमिस** के इस भक्त को दंडित करने का फैसला किया।

एक बार जब **हिप्पॉलिटस** खेलों में भाग लेने के लिए एथेन्स आया अथवा एक अन्य विवरण के अनुसार **थीसियस** एक बार अपनी पत्नी को लेकर **ट्राज़ीन** गया तो **फ़ैडरा** ने **हिप्पॉलिटस** को देखा और वह वासना की आग में जलने लगी। उसे **हिप्पॉलिटस** का पौरुष भा गया। वह अपने निवास-स्थान के झरोखों से नग्न **हिप्पॉलिटस** को व्यायाम करते देखती और आहें भरा करती। वह अपने सौतेले बेटे की अंकशायिनी बनने को तड़प रही थी। कैसा विद्रूप था! उधर **हिप्पॉलिटस** इस सबसे अनभिज्ञ, अनासक्त अपने

शरीर को और अधिक सुडौल बनाने में जुटा था। कामुकता के दाह से **फ़ैडरा** का खाना-पीना छूट गया। उसका रंग पीला पड़ने लगा। वह अकेली अपनी शय्या पर पड़ी करवटें बदलती और आहें भरा करती। उसने किसी से कुछ नहीं कहा। ऐसे अनुचित सम्बन्ध की बात वह कह भी कैसे सकती थी? पर उसकी दिन-ब-दिन गिरती हुई अवस्था देखकर उसकी एक वृद्धा परिचारिका को वास्तविकता का भान हो गया और वह अपनी स्वामिनी की प्राण-रक्षा के लिए उचित-अनुचित का विचार छोड़ **हिप्पॉलिटस** के पास गई और उसे रानी के प्रासाद में बुला लाई। जब **हिप्पॉलिटस** को इस निमन्त्रण का आशय ज्ञात हुआ तो वह क्रुद्ध साँप-सा फुँकार उठा। वह ऐसी घृणित बात स्वप्न में भी नहीं सोच सकता था। अपने पिता के साथ विश्वासघात! और वह भी एक निर्लज्ज और कलंकिनी स्त्री के लिए। वह वृद्धा परिचारिका को भला-बुरा कहता हुआ बाहर निकल आया। उसे इस तरह अपमानित करके जाता हुआ देख **फ़ैडरा** अकस्मात् ही उठ खड़ी हुई। वह सर से लेकर पाँव तक काँप रही थी। उसने काँपते हाथों से अपने वस्त्र फाड़ डाले और "बचाओ! बचाओ!! **हिप्पॉलिटस** ने मुझे भ्रष्ट कर डाला!" चीखती हुई अन्तःकक्ष की ओर भागी और **थीसियस** के नाम इसी आशय की दो पंक्तियाँ लिखकर गले में फन्दा डाल आत्महत्या कर ली। **फ़ैडरा** ने आत्मघात करके निर्दोष **हिप्पॉलिटस** को दोषी सिद्ध कर दिया। मृत्यु के वरण से बढ़कर सच्चाई का और प्रमाण क्या होगा! **हिप्पॉलिटस** की निर्दोषता का कोई साक्षी नहीं था।

जब **थीसियस** वापस लौटा तो उसे **फ़ैडरा** की मृत्यु का समाचार मिला और साथ ही उसके हाथ से लिखा वह संक्षिप्त पत्र। **थीसियस** क्रोध से पागल हो उठा। उसे **हिप्पॉलिटस** जैसे योग्य युवक से ऐसी धूर्तता की आशा न थी। फिर भी **थीसियस** ने उसे मृत्यु-दण्ड न देकर देश-निकाला ही दिया। उसे तत्काल **एथेन्स** से निकल जाने का आदेश हुआ। **हिप्पॉलिटस** अपने को निर्दोष प्रमाणित न कर सका। वह अपने रथ पर सवार हो **ट्राज़ीन** की ओर निकल पड़ा। पर **थीसियस** को इतने से सन्तोष न हुआ। उसने अपने पिता **पॉसायडन** का आवाहन करके यह प्रार्थना की कि **हिप्पॉलिटस ट्राज़ीन** के रास्ते में ही समाप्त हो जाए। और ऐसा ही हुआ। अपने साथ हुए अन्याय से दग्ध **हिप्पॉलिटस** जब समुद्र के किनारे अपना रथ दौड़ाए लिए जा रहा था तभी समुद्र से एक बहुत बड़ी लहर उठी और उसके फेन में से एक विशालकाय साँड प्रकट हुआ। इस साँड ने **हिप्पॉलिटस** के घोड़ों को इस बुरी तरह त्रस्त किया कि वे उसके नियन्त्रण से बाहर हो गए। रथ क्षत-विक्षत हो गया और **हिप्पॉलिटस** की मृत्यु हो गई।

एक कथा के अनुसार आखेट की देवी **आर्टेमिस** ने **हिप्पॉलिटस** की मृत्यु के कुछ क्षण पूर्व ही प्रकट होकर **थीसियस** को वास्तविकता से अवगत कराया और पश्चात्ताप के आँसू बहाते पिता को उसके पुत्र के पास पहुँचा दिया। "मेरे पूज्य पिता," दम तोड़ते हुए **हिप्पॉलिटस** ने **थीसियस** की गोद में सिर रखे हुए कहा, "दोष मेरा नहीं था। देवी **आर्टेमिस** ही मेरी साक्षी है।" संतप्त **थीसियस** अपने बेटे के प्राण बचाने के लिए कुछ भी कर सकता था लेकिन अब बहुत देर हो चुकी थी। देवी **आर्टेमिस** भी शोक-दग्ध

थी और उसने अपने प्रिय भक्त **हिप्पॉलिटस** को वरदान दिया कि उसका नाम अमर होगा। **हिप्पॉलिटस** का नाम गीतों और पौराणिक कथाओं में सचमुच अमर हो गया।

ऐसा भी कहा जाता है कि देवी **आर्टेमिस हिप्पॉलिटस** की मृत्यु न सह सकी, अतः उसने प्रसिद्ध वैध **एस्क्लेपियस** से आग्रह किया कि वह उसे जिला दे। **एस्क्लेपियस** ने अपनी औषधियों और मन्त्रों की शक्ति से **हिप्पॉलिटस** को जीवित कर दिया। इससे **टारटॉरस** का सम्राट **हेडीज़** और भाग्य की देवियाँ क्षुब्ध हो उठीं। यदि जीवन और मृत्यु मनुष्य के हाथ का खेल बन गया तो भाग्य पर कौन विश्वास करेगा। उन्होंने देव-सम्राट **ज़्यूस** से प्रार्थना की कि वह **एस्क्लेपियस** को अपने वज्र से मार डालें।

उधर **आर्टेमिस** पुनर्जीवित **हिप्पॉलिटस** को देवताओं के कोप से बचाने के लिए एक बादल में लपेटकर अपने प्रिय कुंज इटालियन एरीशिया को ले गई। देवी की सम्मति से **हिप्पॉलिटस** का **इगेरिया** नामक जल-देवी से विवाह हुआ। वहाँ चारों तरफ खड़ी चट्टानों की गोद में घने वृक्षों की ओट में **हिप्पॉलिटस** आज भी निवास कर रहा है। देवी **आर्टेमिस** ने उसका नाम बदलकर **विरबियस** रख दिया।

इस तरह **थीसियस** के सुयोग्य पुत्र **हिप्पॉलिटस** का जीवन एक त्रासदी बनकर रह गया। **थीसियस** भी मृत्युपर्यन्त पुत्र-वियोग के इस दुख से न उबर सका।

इस कथा में यह उल्लेख आता है कि **थीसियस ने हिप्पॉलिटस** को दण्ड देने के लिए अपने पिता **पॉसायडन** का आवाहन किया। अन्य विवरणों में उसे **एगियस** का पुत्र कहा गया है। इससे **थीसियस** के वंश के सम्बन्ध में सन्देह उत्पन्न होता है। इस सम्बन्ध में एक और कथा भी उल्लेखनीय है। जब **थीसियस** तेरह युवक-युवतियों को लेकर **क्रीट** पहुँचा तो समुद्र-तट पर स्वयं राजा **मायनॉस** उन्हें देखने के लिए आया। उनमें से एक युवती जिसका नाम सम्भवतः **पेरीबोइआ** अथवा **एरीबोइआ** था **मायनॉस** को बेहद पसन्द आई। वह वहीं कुछ अनुचित कर बैठता पर **थीसियस** ने उसे रोक दिया और कहा कि समुद्र देवता **पॉसायडन** का पुत्र होने के नाते कुमारियों के कौमार्य की रक्षा करना उसका धर्म था। इस पर **मायनॉस** बड़ी अभद्रता से हँसकर बोला, "**पॉसायडन** ने कौमार्य-रक्षा का ठेका कब से लिया? और फिर इस बात का क्या प्रमाण है कि तुम समुद्र-देवता के बेटे हो?"

इस पर **थीसियस** ने कहा, "पहले तुम सिद्ध करो कि तुम **ज़्यूस** की सन्तान हो।"

मायनॉस ने आकाश की ओर हाथ उठाकर कहा, "हे पिता **ज़्यूस**। मेरी प्रार्थना सुनो।"

तत्काल निर्मल आकाश में बिजली कौंधी और बादल की गरज से दिशाएँ हिल उठीं।

अब **थीसियस** की बारी थी। **मायनॉस** ने अपनी उँगली से अगूँठी निकालकर समुद्र में फेंकते हुए कहा, "जाओ और मेरी अँगूठी को समुद्र तल से निकालकर लाओ।"

थीसियस ने झट समुद्र में डुबकी लगा दी। एक विशाल डॉलफिन उसे अपनी पीठ पर बिठाकर समुद्र-तट पर स्थित **नेरीयड्स** के महल में ले गया। यहाँ सम्भवतः **थेटिस**

ने उसका समुचित सत्कार किया और उसे वह अँगूठी जिसकी खोज में **थीसियस** आया था और अपना ताज भेंट के रूप में दिया। यह ताज बाद में **अरियाडनी** ने पहना। इस सन्दर्भ में **थेटिस** की जगह **एम्फ्रीत्राइत** का नाम भी मिलता है। इस तरह **थीसियस मायनॉस** की अँगूठी लेकर समुद्र से निकला और उसने अपने को **पॉसायडन** का पुत्र सिद्ध कर दिया।

थीसियस के जीवन की एक और महत्त्वपूर्ण कड़ी उसकी **पेरीथु** से मित्रता और उसके साथ **टारटॉरस** की यात्रा है। **पेरीथु** लेपिथ राजा **इक्सायेन** और **डाया** का पुत्र था। वह भी **थीसियस** की तरह सुन्दर, साहसी और सुदृढ़ गठन का व्यक्ति था पर प्रकृति से बड़ा ही आवेगशील। वह **मेगनेटीज़** पर राज्य करता था। **थीसियस** के अभूतपूर्व शौर्य की कहानियाँ उस तक भी पहुँचीं और तरंग में आकर एक दिन उसने **एथेन्स** पर छापा मारा और **थीसियस** के बहुत से चौपाए अपने साथ लेकर चल पड़ा। **थीसियस** ने उसका पीछा किया। **पेरीथु** तो यही चाहता था कि किसी तरह उसका **थीसियस** से सामना हो तो पता चले कि दोनों में उत्तम कौन है। इसलिए आगे भागने के बजाय वह पीछे लौट पड़ा। जब **थीसियस** और **पेरीथु** आमने-सामने आए तो एक-दूसरे के व्यक्तित्व से इतने अधिक प्रभावित हुए कि सारी शत्रुता भूल **पेरीथु** कह उठा, "मुझे जो भी दण्ड दो स्वीकार है भाई। मैं तुम्हें निर्णायक बनाता हूँ।" **थीसियस** ने उसकी गर्मजोशी से खुश हो बाँहें फैला दीं और कहा, "आज से तुम मेरे परम मित्र और सैनिक साथी हुए।" यह कहकर वे दोनों आलिंगनबद्ध हो गए। मित्रता का जो बीज उस दिन पड़ा उसे दोनों मित्रों ने आजन्म निभाया और सुख-दुख में सदा साथ रहे।

पेरीथु का **एड्रास्टस** अथवा **बूट्स** की पुत्री **हिप्पोडामिया** से विवाह होना निश्चित हुआ। इस अवसर पर उसने युद्ध के देवता **एरीज़** और कलह की अधिष्ठात्री **एरिस** को छोड़ **ओलिम्पस** के सभी देवी-देवताओं को आमंत्रित किया। **थीसियस** तो वहाँ था ही। इसके अतिरिक्त दूर देशों के भी अनेक राजा-महाराजा पधारे। **पेरीथु** के सम्बन्धी **सेन्टॉर्ज़** भी बड़ी संख्या में विवाहोत्सव में सम्मिलित होने आए। **सेन्टॉर्ज़** का मुँह और वक्ष पुरुष जैसा और शरीर का शेष भाग घोड़े की तरह था। इन लोगों ने कभी मदिरा-पान नहीं किया था। मदिरा की सुगन्ध से आकृष्ट होकर वे अन्य सभी पेय-पदार्थों को छोड़ अपने पात्र मदिरा से भर-भरकर पीने लगे। उन्होंने उसमें पानी भी नहीं मिलाया। परिणाम यह हुआ कि शीघ्र ही **सेन्टॉर्ज़** शराब के नशे में धुत हो उपस्थित स्त्रियों और सुकुमार आयु के लड़कों के साथ अशोभनीय व्यवहार करने लगे। इतना ही नहीं, उनमें से **यूरीटस** अथवा **यूरीशियन** नामक एक **सेन्टॉर** ने तो नववधू **हिप्पोडामिया** को बालों से पकड़कर खींचा। उस समय **थीसियस** ने ही **हिप्पोडामिया** की रक्षा की और **यूरीटस** की नाक और कान काट डाले। इस घटना के बाद **लैपिथ** और **सेन्टॉर्ज़** सदा के लिए शत्रु बन गए और दोनों कुलों के बीच संघर्ष की परम्परा-सी बन गई।

कुछ वर्षों में ही **हिप्पोडामिया** की मृत्यु हो गई। उधर **थीसियस** की पत्नी **फ़ैडरा** ने आत्महत्या कर ली थी। अब दोनों मित्रों ने **ज़्यूस** की पुत्रियों से विवाह करने का निश्चय

किया और इस काम में एक-दूसरे की सहायता करने का वचन दिया। **थीसियस** ने अपने लिए **स्पार्टा** की राजकुमारी, **कैस्टर** और **पौलक्स** जैसे वीर भाइयों की बहन, **ज़्यूस** की पुत्री **हेलेन** को चुना। **हेलेन** की आयु उस समय केवल बारह वर्ष या उससे भी कम थी। **थीसियस** की योजना **हेलेन** का अपहरण करके अपने संरक्षण में उसके वयस्क होने पर उससे विवाह करने की थी। एक अन्य स्रोत के अनुसार हेलेन से **थीसियस** विवाह करेगा या **पेरीथु** इसका निर्णय दोनों मित्रों ने लाटरी से किया था जिसमें निर्णय **थीसियस** के पक्ष में हुआ। **हेलेन** का अपहरण करने के बाद **थीसियस** ने सम्भवतः अपनी माता **एथेरा** को उसके संरक्षण का उत्तरदायित्व सौंपा।

अब **पेरीथु** की बारी थी। उसकी समझ में नहीं आ रहा था कि **ज़्यूस** की किस पुत्री का वह अपहरण करे? कहते हैं कि इस कठिन समस्या के समाधान के लिए दोनों मित्र **ज़्यूस** के प्रश्न-स्थल पर गए। वहाँ उनके प्रश्न का जो वक्रोक्तिपूर्ण उत्तर मिला वह इस तरह था :

''**टारटॉरस** क्यों नहीं जाते? **हेडीज़** की पत्नी **पर्सीफ़नी** का अपहरण क्यों नहीं करते? वह मेरी पुत्रियों में सबसे सुन्दर और सुशील है।''

यह भी सम्भव है कि **पेरीथु** ने कुछ अभूतपूर्व कर दिखाने की महत्त्वाकांक्षा में ही **पर्सीफ़नी** का अपहरण करने का निर्णय किया हो। **थीसियस** ने पहले तो उसे ऐसे दुःसाहस से बरजने की कोशिश की पर **पेरीथु** अपने हठ पर अड़ा था, अतः **थीसियस** को अपना वचन निभाना पड़ा। तमाम कठिनाइयों पर विजय पाते हुए उन्होंने पीछे के रास्ते से **हेडीज़** में प्रवेश किया। **टारटॉरस** अथवा **हेडीज़** के राजा **हेडीज़** को उनका अभिप्राय पहले ही ज्ञात हो चुका था। उसने बड़े शान्त और स्थिर ढंग से उनका स्वागत किया और उन्हें अपने सम्मुख बैठने को आसन दिए। **पेरीथु** और **थीसियस** उन आसनों पर बैठ गए और बस बैठे ही रह गए। ये विस्मरण की कुर्सियाँ थीं जिन पर एक बार बैठने के बाद कोई उठ नहीं सकता था। उनका शरीर उन्हीं कुर्सियों का हिस्सा बन गया। साँप उनके चारों ओर फुँकारते, **फ्यूरीज़** के कोड़े उन पर बरसते और **सेब्रस** अपने नुकीले दाँतों से उन्हें काटता रहता। **हेडीज़** ने **पर्सीफ़नी** के लिए अपने मन में दुर्भावना रखनेवालों के लिए अनूठा दण्ड-विधान किया।

पेरीथु और **थीसियस** चार वर्ष तक इस घोर यन्त्रणा को सहते रहे। अन्ततः जब **हेराक्लीज़** वहाँ आया तो उसने **थीसियस** के दोनों हाथ पकड़कर उसे अपनी सारी शक्ति से खींचा। बादलों के फटने की-सी आवाज़ के साथ **थीसियस** उस चट्टान के आसन से मुक्त हो गया यद्यपि उसके नितम्बों का बहुत-सा मांस वहीं लगा रह गया। अब **हेराक्लीज़** ने **पेरीथु** को खींचना चाहा पर **हेडीज़** के कोप के कारण सारा ब्रह्मांड हिलने लगा। अतः **हेराक्लीज़** ने उसे छोड़ दिया। वस्तुतः पाप **पेरीथु** के मन में था, **थीसियस** को तो अपनी मित्रता के कारण उसका साथ देना पड़ा था। अतः **हेडीज़** ने उसकी मुक्ति गवारा नहीं की।

हेडीज़ में **थीसियस** के चार साल के प्रवास से **एथेन्स** में बड़ी अराजकता फैल गई।

थीसियस के शत्रुओं की बन आई। इसी बीच **कैस्टर** और **पौलक्स** भी अपनी बहन **हेलेन** को वापस ले गए। राजा **एगियस** ने जिन लोगों को **एथेन्स** से निष्कासित किया था वे सभी लौट आए, और सत्ता हथियाने की कोशिश में लग गए। **एरेविथयस** के वंशज **मेनेस्थियस** को **एथेन्स** ने अपना राजा स्वीकार कर लिया। प्रजा में जनतन्त्र के विरुद्ध असन्तोष फैल गया। **थीसियस** जब वापस लौटा तो स्थिति उसके नियन्त्रण के बाहर हो चुकी थी। वह वृद्ध हो गया था और साथ ही **हेडीज़** की चार बरस की यातना से उसकी शक्ति का ह्रास हो चुका था। **थीसियस** के लिए अब **एथेन्स** में स्थान नहीं था, अतः वह **क्रीट** की ओर जलमार्ग से रवाना हुआ। वहाँ के राजा **ड्यूकैलियन** ने उसे आश्रय देने का वचन दिया था। किन्तु रास्ते में तूफ़ान आया और **थीसियस** का पोत **स्कीरॉस** के द्वीप पर जा लगा। वहाँ के राजा **लिकोमेडीज** ने उसका स्वागत किया। इस द्वीप के कुछ क्षेत्र पर **थीसियस** का अधिकार था, अतः उसने वहीं बस जाने की अनुमति माँगी। सम्भवतः इसी कारण **लिकोमेडीज** ने **थीसियस** को धोखे से मार डाला। और इस तरह जीवन-भर दुष्टों और आतताइयों का नाश करने और एथेन्स के विकास और प्रजा के हित में तन-मन-धन अर्पित कर देनेवाले इस ग्रीक वीर का अपनी भूमि से दूर प्रवास में **स्कीरॉस** के द्वीप पर अन्त हुआ।

अकृतज्ञ एथेन्सवासियों को जब अपनी भूल का एहसास हुआ तो उन्होंने **थीसियस** की स्मृति में कई कीर्तिस्तम्भ बनवाए।

थीसियस की जीवन कथा हमें **ओविड, अपोलोडॉरस, प्लूटार्क** आदि कई ग्रीक विद्वानों से मिलती है। वह **यूरीपिडीज़** के तीन नाटकों में मुख्य चरित्र है और **सोफोक्लीज** के एक नाटक में। उसके साहसिक उपक्रमों के उल्लेखों की तो अनेक प्राचीन रचनाओं में भरमार है। **हिप्पॉलिटस** की कहानी मुख्यतः **यूरीपिडीज़** के 'हिप्पॉलिटस' पर आधारित है।

एगनॉट्स-नायक जेसन

पीलियन पर्वत की हिमाच्छादित शिखा पर एक गुहा में वयोवृद्ध सेन्टॉर **कायरो** रहता था। अन्य **सेन्टॉर्ज़** की विध्वंसात्मक प्रवृत्तियों के विपरीत **कायरो** की रुचि निर्माण-कार्य में थी। वह अनेक कलाओं में निष्णात था। सफ़ेद बालों से ढँका उसका मस्तिष्क ज्ञान का भंडार था। शस्त्रों के उपयोग पर उसे असाधारण अधिकार था। उस समय के अनेक राजा अपने बालकों को शिक्षा प्राप्त करने के लिए **कायरो** के पास भेजा करते थे। राजकुमार पर्वतीय प्रदेश में सादा जीवन व्यतीत करते और अपना सारा ध्यान गुरु की शिक्षा पर लगाते। **कायरो** उन्हें व्यायाम, मल्लयुद्ध, चट्टानों पर चढ़ना, तैरकर नदी पार करना और आखेट करना सिखाता। वह अपने उपदेश से उनके कुमार-हृदय में ऐसी स्फूर्ति, ऐसा उत्साह भर देता कि वे बड़े से बड़े खतरे का हँसकर सामना करने योग्य हो जाते। शस्त्र-विद्या के साथ-साथ **कायरो** उन्हें नैतिक मूल्यों से भी परिचित कराता। उन्हें देवताओं का सम्मान करने की शिक्षा देता, बड़ों का आदर करना सिखाता और दीन-दुखियों की सहायता का मूलमन्त्र देता। **कायरो** से शिक्षा प्राप्त युवक सौम्य और शालीन होने के साथ बड़े साहसी और पराक्रमी होते। उस समय **कायरो** के सभी शिष्यों में जो सबसे अधिक प्रकृष्ट था उसका नाम था **जेसन।**

जेसन भी अधिकांश कुमारों की भाँति राजपरिवार का था। लेकिन उसके पिता **एसन** को उसके सौतेले भाई **पीलियस** ने अपदस्थ कर दिया था। **एसन** ने एक विद्रोह दबाने में उसकी सहायता ली थी और सफल होने पर सेनानायक का पद देकर सम्मानित किया। लेकिन **पीलियस** ने शक्ति का दुरुपयोग कर **एसन** का सिंहासन छीन लिया और उसे नगर के बाहर एक निर्जन इमारत में बन्दी बना दिया। **एसन** की सारी सम्पत्ति और उसका राजदण्ड छिन गया। उसकी पत्नी उन दिनों गर्भवती थी। **पीलियस** की क्रूरता से शिशु की रक्षा करने के लिए **एसन** और उसकी पत्नी **पॉलीमली** को एक नाटक करना पड़ा। बच्चे का जन्म होते ही उन्होंने कुछ विश्वस्त दास-दासियों के साथ विलाप करना आरम्भ कर दिया और यह अफ़वाह फैला दी कि **पॉलीमली** से मृत बच्चा हुआ है। **पीलियस** प्रसन्न हुआ। उधर उसका शत्रु-पुत्र **जेसन** गुप्त मार्ग से **कायरो** की गुहा में पहुँचा दिया गया। **कायरो** ने **एस्कलेप्युस, एकीलीज़, ईनियस** एवं अन्य प्रसिद्धि प्राप्त करनेवाले बालकों की भाँति ही इस शिशु के पालन-पोषण और शिक्षा की व्यवस्था की। **पीलियस** कभी जान नहीं पाया कि **एसन** का कोई पुत्र भी है। यहीं **कायरो** के संरक्षण में **जेसन** युवा हुआ।

बीस वर्ष की आयु प्राप्त करने पर ही **कायरो** ने **जेसन** को यह बताया कि वह ही **इऑलकस** का वैध उत्तराधिकारी है और उसे **पीलियस** से अपना राजदण्ड वापस लेना है। आश्चर्यचकित **जेसन** ने अपने वंश के विषय में सुना और भविष्य का एक चित्र उसकी आँखों के सामने उभरने लगा। अन्याय का अन्त करने का निश्चय कर **जेसन** ने अपने गुरु से आशीर्वाद और मित्रों से विदा ली। एक चुस्त ट्यूनिक में शस्त्रों से सज्जित हो, कन्धों पर चीते की खाल ओढ़े, लम्बे, सुनहले घुँघराले बालोंवाला **जेसन** तेज़ कदमों से चट्टानों को कूदता-फाँदता समतल भूमि की ओर चला। वन, पर्वत और कन्दराएँ पीछे छूट गईं। नीचे दूर-दूर तक हरे-भरे खेत थे। कहीं सँकरी पगडंडियाँ, कहीं लहलहाती बालियाँ तो कहीं फलों से लदी डालियाँ। चलते-चलते **जेसन** एक नदी के किनारे पहुँचा। नदी यौवन पर थी और पानी पत्थरों से टकराता बड़ी तेज़ी से बह रहा था। तट पर खड़ा **जेसन** पानी की गहराई का अनुमान लगा रहा था और सोच रहा था कि उसे किस तरह पार किया जाए। तभी उसे एक स्त्री-स्वर सुनाई दिया। **जेसन** ने देखा एक वृद्धा भिखारिन उससे सहायता की याचना कर रही थी। अवस्था के कारण उसकी कमर झुक गई थी और वह लकड़ी का सहारा लिए थी। उसके चेहरे पर अनगिनत झुर्रियाँ थीं और आँखों में आर्द्रता। उसके शरीर पर वस्त्र के नाम पर चीथड़े ही लटक रहे थे। बुढ़िया को पार जाना था और नदी पर कोई पुल तो था नहीं। उसने **जेसन** से आग्रह किया कि वह उसे भी पार ले चले। **जेसन** ने उसे सिर से लेकर पाँव तक देखा और आँखों में तिरस्कार कौंध गया। लेकिन शीघ्र ही उसे अपनी भूल का एहसास हो गया। **कायरो** की शिक्षा कानों में गूँज गई। आपादग्रस्त वृद्धा की उपेक्षा करना राजपुत्र को शोभा नहीं देता। दीन-दुखियों की सहायता तो उसका धर्म है। **जेसन** ने विनम्रता से कहा :

"माँ, पानी बहुत गहरा और तेज़ है। लेकिन फिर भी यदि देवताओं की कृपा हुई तो मैं तुम्हें पार लगा दूँगा।"

यह कहकर **जेसन** ने बुढ़िया को उठाकर अपने कन्धों पर बिठा लिया और नदी में उतर गया। पहाड़ की गोद से निकली इस नदी का बहाव इतना तेज़ था कि **जेसन** को एक-एक कदम सँभलकर रखना पड़ रहा था। कई बार तो वह बहाव के साथ कुछ दूर निकल जाता और फिर दुगुना वेग लगाकर ही अपने लक्ष्य की ओर बढ़ पाता। पानी पहले पाँव तक था, फिर घुटनों तक हुआ और फिर कमर तक। कहीं-कहीं तो गहराई उसके चौड़े कन्धों तक आ पहुँची। इस पर वह वृद्धा डूबने के भय से चीखने-चिल्लाने और **जेसन** को गालियाँ देने लगी। उसे अपने चिथड़ों की भी बड़ी चिन्ता थी। **जेसन** उसे कस के पकड़े रहने का आदेश देकर एक चट्टान की तरह पानी के बहाव को काटता हुआ किनारे की ओर बढ़ता चला गया। तट पर पहुँचकर उसने वृद्धा को उतारा। वह बुरी तरफ हाँफ रहा था और उसके कपड़ों से पानी चू रहा था। लेकिन जब वह उस अकृतज्ञ बुढ़िया की ओर मुड़ा तो यह देखकर आश्चर्यचकित रह गया कि वहाँ कोई झुर्रियों और चीथड़ोंवाली वृद्धा नहीं अपितु अमूल्य वस्त्राभूषण से अलंकृत तेज़स्वी

व्यक्तित्व की एक अनन्य सुन्दरी खड़ी थी। उनके नयनों में दिव्य ज्योति थी और अंगों में अलौकिक आभा। **जेसन** समझ गया कि वह कोई साधारण स्त्री नहीं, अमर्त्य देवताओं के परिवार से है। उस स्त्री ने मानो **जेसन** के मन की बात भाँपते हुए मधुर स्मित के साथ कहा :

''मैं ओलिम्पस की सम्राज्ञी **हेरा** हूँ। तुम्हारी परीक्षा ले रही थी। तुमने जिस साहस, शालीनता और सहनशीलता का परिचय दिया है वह सराहनीय है। तुम्हारी साधना व्यर्थ नहीं जाएगी। जब कभी आवश्यकता पड़े मुझे याद करना। देवता किसी का उपकार नहीं भूलते।''

जेसन ने गद्गद हो धन्यवाद किया और मन ही मन अपने गुरु की प्रशंसा करता हुआ नगर की ओर चल पड़ा। नदी के कीचड़ में उसका एक सैंडल कहीं रह गया था, अतः अब वह केवल एक ही पाँव में सैंडल पहने था। दूसरा नंगा पाँव रास्ते में एक पत्थर से कट गया तो उसने कुछ पत्तियों से उसे बाँध लिया। उसे ऐसे छोटे-मोटे कष्ट से घबराना नहीं सिखाया गया था।

दूसरे दिन प्रातःकाल **जेसन इआलकस** पहुँचा। नगर में बड़ी चहल-पहल थी। सुन्दर वस्त्रों में सज्जित स्त्री-पुरुषों के समूह इधर-उधर आ-जा रहे थे। उस दिन राजा **पीलियस** नगर के मध्य भाग में स्थित देवालय में **पॉसायडन** को आहुति देनेवाला था। इस गठीले, सुन्दर, सुनहली लटोंवाले हृष्ट-पुष्ट युवक को लोग कौतूहलपूर्ण दृष्टि से देखने और आपस में बातें करने लगे। वे इसी अजनबी का परिचय जानने को उत्सुक थे। कुछ लोग तो उसे **अपोलो** समझ रहे थे, कोई कहता सूर्य देवता **हीलियस** है। तभी किसी ने देखा कि उसके केवल एक पाँव में सैंडल है। यह देखते ही एक व्यक्ति भागता हुआ राजा के पास गया और उसे इस एक सैंडलवाले अजनबी युवक के आगमन की सूचना दी। **पीलियस** के मुँह का रंग उड़ गया। उसने झट इस युवक को उपस्थित करने की आज्ञा दी।

बात इस प्रकार थी कि **एसन** का अधिकार छीन लेने के बाद **पीलियस** बहुत दिनों तक एक भयानक स्वप्न से त्रस्त रहा। उसे सदा रात्रि में ऐसा लगता कि कोई व्यक्ति हाथ में तलवार लिए उसकी शय्या के पास खड़ा है और उसकी हत्या कर देना चाहता है। **पीलियस** ने इसका कारण और उपचार जानने के लिए **डेल्फ़ी** के प्रश्न-स्थान पर एक दूत भेजा। वहाँ यह भविष्यवाणी हुई कि **इयूलिड** वंश का कोई व्यक्ति उसके विनाश का कारण होगा। साथ ही उसे एक सैंडल में नगर में प्रवेश करनेवाले व्यक्ति से विशेष रूप से सावधान रहने का आदेश हुआ। **पीलियस** यही समझता था कि **एसन** की कोई सन्तान नहीं है और फिर एक सैंडलवाला व्यक्ति वर्षों तक प्रकट नहीं हुआ, अतः वह इस ओर से निश्चिन्त हो चला था। लेकिन जब उसे इस अजनबी के आगमन की सूचना मिली तो वह भयभीत हो उठा और उसे उपस्थित होने का आदेश दिया। **जेसन** को राजा के सामने लाया गया। **पीलियस** मन ही मन अत्यधिक सशंक एवं त्रस्त था, पर प्रकट रूप से बड़ी शालीनता से बोला :

''तुम कौन हो युवक? सच-सच कहो। किस देश के रहनेवाले हो? और तुम्हारा पिता कौन है?''

जेसन ने कहा, ''मैं **एसन** का पुत्र हूँ। मेरा नाम है **जेसन।** बीस वर्ष तक प्रवास में रहकर अपने देश लौटा हूँ अपना अधिकार माँगने।''

''लेकिन...'' माथे पर बल डालते हुए **पीलियस** ने कहा, ''**एसन** की तो कोई सन्तान नहीं।''

''तुम्हारे कारण यह अफ़वाह फैला दी गई थी कि **एसन** का मृत-पुत्र हुआ है। लेकिन यह सत्य नहीं था। मुझे मेरे माता-पिता ने शिक्षा के लिए चोरी-छिपे गुरु **कायरो** के आश्रय में भेज दिया था। अपनी शिक्षा समाप्त कर अब मैं अपना कर्तव्य-पालन करने यहाँ आया हूँ। यह राज्य मेरे पिता को **ज़्यूस** से मिला था, अतः इस पर हमारा वैध अधिकार है। न्यायोचित आचरण करो और यह राज्य मुझे लौटा दो। व्यर्थ रक्तपात से कोई लाभ नहीं। मुझे सम्पत्ति का भी लोभ नहीं। जितनी गाय, भैंसें, साँड, घोड़े एवं अन्य चौपाए हैं उन्हें तुम अपने पास रखो। चरागाह भी तुम्हारे ही रहें, मुझे कोई आपत्ति नहीं। धन भी जितना चाहो लो। लेकिन राजसत्ता और राजदण्ड मुझे सौंप दो। **एसन** का नाम कलंकित न हो। मुझे अपने पिता के सम्मान की रक्षा करनी है।''

पीलियस समझ गया कि वाद-विवाद या युद्ध से कोई लाभ नहीं। इस आदर्शवान पर सरल स्वभाव युवक को कपट से छलना होगा। अतः वह बड़े मधुर स्वर में बोला, ''ठीक है। जैसा तुम कहोगे, वैसा ही होगा। लेकिन आज तो मेरा आतिथ्य स्वीकार करो।''

जेसन पीलियस की सहृदयता से बड़ा प्रभावित हुआ। **जेसन** के आतिथ्य का प्रबन्ध किया गया। उसे चमचमाते स्नानागार में चाँदी के टब में सुगन्धित जल से दास-दासियों द्वारा स्नान कराया गया। सुन्दर वस्त्रों से सज्जित **जेसन** भोजन के लिए बैठा, स्वादिष्ट भोजन से तृप्त हुआ और मदिरा के पान से उसकी आँखें चमकने लगीं। चारण मंडली ने गीत गाने आरम्भ किए—उन वीरों के गीत जिन्होंने मातृभूमि के लिए प्राणों की बलि दी, जो बड़े खतरों के सामने हँसते रहे, जो असाध्य को साधने के लिए जान हथेली पर लिए फिरते थे, जिन्होंने अपनी उद्‌देश्य-पूर्ति के लिए हँसकर मृत्यु को गले लगाया। **जेसन** की रगों में खून बेचैन होने लगा, बाँहें फड़क उठीं, चेहरा तमतमा उठा। शरीर का सारा रक्त जैसे आँखों में उतर आया। अंगों में बिजलियाँ कौंध गईं। तभी **पीलियस** के संकेत पर चारणों ने अभागे **फ़्रिक्सस** की जीवनगाथा गानी प्रारम्भ की, जो इस प्रकार थी :

एथमस नाम का एक राजा था। उसकी पत्नी थी **नेफ़ीली,** जिससे उसका एक पुत्र हुआ और एक पुत्री। अस्थिर मन राजा ने **नेफ़ीली** को छोड़ **थीब्ज़** के राजा **कैडमस** की पुत्री, राजकुमारी **ईनो** से विवाह कर लिया। नई रानी ने सोचा कि राज्य का उत्तराधिकारी तो **नेफ़ीली** का ज्येष्ठ पुत्र **फ़्रिक्सस** ही होगा, और उसके अपने पुत्र इस सौभाग्य से वंचित रह जाएँगे, अतः कुछ ऐसा उपाय किया जाए कि यह काँटा रास्ते से निकल जाए

और किसी को सन्देह भी न हो। उच्च कुल की होने पर भी ईर्ष्या के वश हो **ईनो** ने बड़ा धूर्त आचरण किया। उस वर्ष जब फ़सल की बुवाई शुरू होनी थी, **ईनो** ने राजा के भंडार से किसानों को दिए जानेवाले सारे बीज आग पर भून दिए। जब ये बीज बोए गए तो एक अंकुर भी पृथ्वी से न फूटा। सारे खेत बंजर पड़े रह गए। भयंकर अकाल से लोग भूखे मरने लगे। राजा ने इस दैवी प्रकोप का उपचार जानने के लिए दूत को **डेल्फ़ी** भेजा। इस दूत को **ईनो** ने धन का लोभ देकर अपने साथ मिला लिया और उससे मनचाहा सन्देश कहलवा दिया। दूत ने वापस लौटकर मिथ्या भाषण किया और राजा को बताया कि इस अकाल से प्रजा की रक्षा करने के लिए उसे अपने पुत्र **फ़्रिक्सस** की बलि देनी होगी। राजा बहुत दुखी हुआ लेकिन देवताओं की अवज्ञा के भय एवं जनहित के विचार से उसने अपनी सहमति दे दी। वस्तुतः देवताओं ने ऐसा कोई बलिदान नहीं माँगा था। जब **फ़्रिक्सस** को बलि-वेदी पर ले जाया गया तो एक अद्‌भुत घटना घटी। शून्य से एक स्वर्णिम पशमवाला विशालाकार भेड़ प्रकट हुआ और **फ़्रिक्सस** तथा उसकी छोटी बहन **हेली** को अपनी पीठ पर बिठाकर पलक झपकते ही आकाश में उड़ गया। इस भेड़ को असहाय **नेफ़ीली** की प्रार्थनाओं से द्रवित हो देवदूत **हेमीज़** ने भेजा था। जब यह **यूरोप** और **एशिया** के बीच सागर के ऊपर से उड़ रहा था, बेचारी **हेली** नीचे उछलती हुई तरंगों से भयभीत हो नियन्त्रण खोकर वहीं जल में गिर पड़ी। तब से वह भाग **हेली** के नाम से **हेलिसपॉन्ट** कहलाने लगा। माता-पिता और बहन को खोकर दग्ध-हृदय **फ़्रिक्सस कॉलकिस** पहुँचा। यहाँ के लोग बड़े खूँखार होते थे परन्तु उन्होंने **फ़्रिक्सस** का स्वागत किया। वहाँ के राजा **ईटीज़** ने **फ़्रिक्सस** का वंश-कुल जानने के बाद अपनी पुत्री का उससे विवाह कर दिया। देवताओं की आज्ञानुसार **फ़्रिक्सस** ने उस सुनहरे भेड़ को बलि कर उसकी पशम **ईटीज़** को भेंट कर दी। **फ़्रिक्सस** कुछ समय तक विदेश में रहा। भाग्यवशात् शीघ्र ही उसकी मृत्यु हो गई। अब उसकी आत्मा स्वदेश लौटने को तरस रही है और वह सुनहरी पशम सारे ग्रीस के युवकों के लिए एक चुनौती बन गया है। कौन ऐसा साहसी होगा जो सामुद्रिक यात्रा की असाधारण कठिनाइयों पर विजय प्राप्त कर **कॉलकिस** के राजा से वह सुनहरी पशम वापस स्वदेश लाए? कौन होगा ऐसा पराक्रमी जो मातृभूमि की लाज रखे?''

यहाँ वह गीत समाप्त हुआ और चालाक **पीलियस** ने एक ठंडी साँस भरकर कहा, ''आह! कौन होगा ऐसा साहसी जो **फ़्रिक्सस** की भटकती हुई आत्मा को शान्ति दे सके? जो सुनहरी पशम स्वदेश ला सके?''

''मैं,'' **जेसन** एक पल भी सोचे-समझे बिना झट बोल उठा, ''मैं जाऊँगा **कॉलकिस** अपने देश की आन की रक्षा के लिए। मैं उद्धार करूँगा अपने पूर्वज की भटकती हुई आत्मा का। मैं लाऊँगा सुनहरी पशम।''

''तुम! **जेसन,** तुम!!'' बनावटी गर्व और हर्षातिरेक से काँपते हुए वृद्ध **पीलियस** ने **जेसन** को गले लगा लिया। उसके नेत्रों से अश्रुधारा बह चली, ''बड़ा उपकार होगा हमारी जन्मभूमि का। **इआलकस** के वासी तुम पर गर्व करेंगे और आनेवाली पीढ़ियाँ

तुम्हारी ऋणी होंगी। सुनहरी पशम को लानेवाले के गीत घर-घर गाए जाएँगे। संध्या समय तकुए चलाती हुई स्त्रियाँ अपने बच्चों से उसकी कहानियाँ कहेंगी। जाओ **जेसन**। प्रभु **ज़्यूस** तुम्हें सफलता दें। जिस काम का बीड़ा मैं वृद्धावस्था के कारण न उठा सका, उसे सम्पन्न करने का यश तुम्हें मिले, यही मेरी मनोकामना है। यह राज्य, यह सिंहासन, यह प्रासाद और धन-सम्पदा तुम्हारी धरोहर हैं मेरे पास। अमर कीर्ति प्राप्त कर लौटो और राजश्री का भोग करो।"

पीलियस के जाल में **जेसन** फँस चुका था। प्रथम तो इस यात्रा से **जेसन** के जीवित लौटने की कोई आशा नहीं थी और यदि लौट भी आया तो न जाने कितने वर्षों में आए। **पीलियस** ने हस्तगत किए हुए राजदण्ड को कई वर्षों के लिए सुरक्षित कर लिया। **जेसन** ने **कॉलकिस**-यात्रा की तैयारी आरम्भ की। पूरब-पश्चिम, उत्तर-दक्षिण, सभी दिशाओं में दूत भेजकर यह घोषणा करवा दी गई कि **जेसन** सुनहरी पशम को लाने समुद्र मार्ग से बर्बर जाति के देश **कॉलकिस** जा रहा है। **ग्रीस** के जो नवयुवक नश्वर जीवन से अधिक अमरकीर्ति के चाहनेवाले हों, वे साथ चलने को आमंत्रित हैं।

जेसन के सामने पहला काम था इस लम्बी यात्रा के लिए एक जलपोत का निर्माण कराना। लेकिन इसका शुभारम्भ करने से पहले वह डोडोना स्थित देवी **हेरा** के प्रश्न-स्थल पर गया और मार्ग-दर्शन करने की प्रार्थना की। यहाँ ओक वृक्षों की सरसराहट से मनुष्य की आवाज़ पैदा होती थी जिसके माध्यम से देवी के आदेश प्रार्थियों तक पहुँचते थे। सम्राज्ञी **हेरा** ने आदेश दिया कि वह **ऑगीज़** नामक जहाज़ बनानेवाले से इस यात्रा के उपयुक्त जलपोत बनवाए और उसके मस्तक पर इन्हीं ओक वृक्षों की एक डाल तोड़कर स्थापित करे। खतरे अथवा संशय की घड़ी में इसी डाली से उसे उचित परामर्श मिलेगा।

जेसन ने ऐसा ही किया। उसने **थेस्पिया** के **ऑगीज़** को किसी तरह पचास पतवार वाला यह जलयान बनाने को राज़ी किया। ऐसा भी कहा जाता है कि **हेरा** के अनुरोध पर शिल्प की देवी **एथीनी** ने स्वयं एक कारीगर का रूप धारण कर इस पोत का निर्माण कराया। इस तरह इस जलयान में दैवी मेधा का उपयोग भी हुंआ। यह पोत हर तरह के मौसम, तूफ़ान और वृष्टि का सामना करने के लिए पकाई गई लकड़ी से बनाया गया और बड़े अल्प समय में सम्मिलित प्रयास से सम्पूर्ण भी हो गया। इस जलयान का नाम रखा गया—**आगु** और इस पर यात्रा करनेवाले **एगनॉट्स** कहलाए।

ग्रीस के इतिहास में यह पहला अवसर था जब समुद्र मार्ग से एक लम्बी यात्रा का सम्बद्ध और संगठित रूप से आयोजन किया गया। उस समय स्थल मार्ग से यात्रा करने के साधन उपलब्ध नहीं थे, अतः यात्राएँ अधिकांशतया जल मार्ग से ही की जाती थीं। लेकिन समुद्र की यात्रा में बड़े खतरे थे। आँधी, तूफ़ान, वृष्टि एवं दिशाभ्रम के अतिरिक्त रास्ते में डाकू-लुटेरों और दैत्यों का भय था। यात्रा केवल दिन के समय की जाती थी, रात्रि में लंगर डालना आवश्यक था और उन निर्जन वनों और पहाड़ियों में बसनेवाले असभ्य एवं खूँखार लोगों से स्वागत की आशा करना तो व्यर्थ ही था। इसलिए जल

मार्ग से लम्बी यात्रा करने के लिए अदम्य साहस, सहनशीलता एवं दूर-दृष्टि की आवश्यकता थी। **जेसन** ने इस यात्रा का संगठन सम्भवतः प्रसिद्ध ग्रीक वीर **ओडीसियस** की यात्रा से एक सौ वर्ष पूर्व किया। इसमें भाग लेने के लिए सारे **ग्रीस** से श्रेष्ठ राजकुलों के पचास पराक्रमी एवं उत्साही योद्धा एकत्रित हुए जिनके नाम इस प्रकार हैं–

1. **ऑगीज़–आगु** का शिल्पी।
2. **ऑजियस–एलिस** के राजा का पुत्र।
3. **ऑरफ़ियस–थ्रेस** का प्रसिद्ध कवि एवं गायक।
4. **इडमॉन–अपोलो** का पुत्र, **आगोस** का निवासी।
5. **इफ़िक्लीज**–इटोलियन, राजा **थेसटियस** का पुत्र।
6. **इफ़िटस–मायसीनी** के राजा **यूरिस्थियस** का भाई।
7. **ऊलियस–एजैक्स** का पिता।
8. **एकैस्टस**–राजा **पीलियस** का पुत्र।
9. **एस्टर–फ़ाशिया** के राजा का पुत्र।
10. **एडमेटस–फ़ेरा** का राजा।
11. **एम्फ़ीरॉस–आगोस** का भविष्यद्रष्टा।
12. **एन्सियस** महान–**पॉसायडन** का पुत्र, **टेगिया** का राजा।
13. जूनियर **एन्सियस–सैमॉस** का बासी।
14. **एस्केलेफ़स**–युद्ध देवता **एरीज़** का पुत्र।
15. **एस्टेरियस–कॉमेटीज़** का पुत्र।
16. **एटलान्टा–कैलिडॉन** की कुमारी आखेटिका।
17. **एकियान**–देवदूत **हेमीज़** का पुत्र।
18. **एगिनस–मिलेटस** का पुत्र।
19. **एडस–एफ़ेरियस** का बेटा।
20. **केनियस–लैपिथ** जाति का नायक।
21. **कैन्थस–पूबोइया** का वासी।
22. **कोरोनस–थिसली** का **लैपिथ।**
23. **कैलिस**–उत्तरी हवा **बॉरियास** का पंखोंवाला पुत्र।
24. **कैस्टर**–प्रसिद्ध **डियूस्करी** भाइयों में से एक, **स्पार्टा** निवासी।
25. **ज़ेटीज़–कैलिस** का भाई, उत्तरी वायु का पुत्र।
26. **जेसन–एगनॉट्स** का नायक।
27. **टायफ़िस**–प्रसिद्ध नाविक।
28. **नोपलियस–पॉसायडन** का पुत्र, कुशल पोत-चालक।
29. **पोइयाज़–मेगनेसिया** का निवासी।
30. **पेनेलियस–बोआशिया** का वासी।
31. **पेरिक्लायमेनस–पॉसायडन** का आकृति-परिवर्तन कुशल पुत्र।

32. **पैलेमॉन–हेफ़ास्टस** का पुत्र।
33. **पॉलिड्यूसेज़–स्पार्टा** का प्रसिद्ध **ड्यूस्करी।**
34. **पॉलिफ़ेमस–आर्केडिया** के **इलेटस** का पुत्र।
35. **पीलियस–मरमीडिया** का निवासी।
36. **फ़ैनस–डायोनिसस** का पुत्र।
37. **फ़ैलरस–एथेन्स** का प्रसिद्ध धनुर्धर।
38. **बूट्स–एथेन्स** का मधुमक्खी पालक।
39. **मेलाम्पस–पॉसायडन** का भविष्यद्रष्टा पुत्र।
40. **मेलियगर–कैलिडॉन** का राजकुमार।
41. **मॉपसस–लैपिथ** जाति का वीर।
42. **यूफ़ेमियस**–प्रसिद्ध तैराक।
43. **यूरेडम्ज़–ज़ीनियास** झील का वासी।
44. **यूरेलस–एपीगनी** में से एक।
45. **लिन्सियस–एडस** का भाई।
46. **लियारटीज़–आगोस** के **एक्रीसियस** का पुत्र।
47. **स्टैफ़िलस–फ़ैनस** का भाई।
48. **सेफ़ियस–आर्केडिया** के **एलियस** का पुत्र।
49. **हाइलाज़–हेराक्लीज़** का कवच-वाहक।
50. **हेराक्लीज़–टाइरन** का वीर, पृथ्वी का सबसे अधिक शक्तिशाली व्यक्ति। **ज़्यूस** का पुत्र। इसकी बाद में देवता के रूप में प्रतिष्ठा हुई।

इस अभियान पर जाने के लिए बड़े कुशल, वीर, साहसी योद्धा बड़ी संख्या में एकत्रित हुए। इनमें से नायक का चुनाव करना कठिन होता लेकिन इन सभी ने एकमत से **जेसन** को अपना नेता मान लिया क्योंकि इस यात्रा का सूत्रपात उसी ने किया था। शुभ मुहूर्त में देवताओं की आराधना के बाद **जेसन** ने स्वर्ण पात्र से समुद्र को मदिरा अर्पित की और **ऑरफ़ियस** की वीणा की लय पर **आगु** ने समुद्र में प्रवेश किया। पचास वीरों ने अपनी-अपनी पतवार सँभाली और **एगनॉट्स** की यह विश्वविख्यात यात्रा आरम्भ हुई।

कॉलकिस की यात्रा

कॉलकिस-यात्रा की लम्बी कहानी तो कहना भी दुष्कर है। रास्ते में असंख्य कठिनाइयों का सामना **एगनॉट्स** ने किया, और अनिर्वचनीय प्रलोभनों का संवरण। कितनी ही बार हताश हो वे आगे बढ़ने का विचार छोड़ बैठे, और कभी सरल, सुविधामय जीवन से आकृष्ट हो अपनी यात्रा का उद्देश्य ही कुछ समय को भुला दिया। इनमें से कुछ तो **कॉलकिस** पहुँच ही न सके। वे रास्ते में ही आक्रामक शक्तियों का सामना करते

वीर-गति को प्राप्त हुए। कुछ लोग दुर्भाग्यवश अपने साथियों से बिछुड़ गए और **कॉलकिस** पहुँचने का उनका स्वप्न अधूरा ही रह गया।

थिसली से विदा हो **एगियस** समुद्र को पार करता हुआ यह जलयान पहले **लेमनॉस** के पथरीले प्रदेश में पहुँचा। आश्चर्य की बात यह कि इस देश में केवल स्त्रियाँ ही थीं। पुरुष एक भी नहीं था। **लेमनॉस** के पुरुष अपनी स्त्रियों की अपेक्षा **थ्रेस** से पकड़कर लाई गई दासियों को अधिक पसन्द करते थे। कुछ समय तक **लेमनॉस** की महिलाएँ यह अपमान सहती रहीं लेकिन एक दिन तंग आकर उन्होंने विद्रोह कर दिया और बूढ़े, जवान, बच्चे प्रत्येक पुरुष को मार डाला। इस विद्रोह में केवल **थूआ** नामक एक वृद्ध ही बचा जिसे उसकी बेटी और स्त्रियों की नेत्री **हिप्सीपाइली** ने चोरी-छिपे एक बिना पतवार की नाव पर बिठाकर समुद्र पर छोड़ दिया था। **थूआ** के प्राण बच गए। वह नाव किनारे जा लगी। कहते हैं कि इस **थूआ** ने फिर बहुत समय तक **टॉरियन्स** पर राज्य किया। जब **एगनॉट्स** का जहाज़ **लेमनॉस** पहुँचा तो इस अनोखी घटना को एक वर्ष व्यतीत हो चुका था। **आगु** को आते देख वहाँ की स्त्रियाँ अस्त्र-शस्त्र से सज्जित हो शत्रु का सामना करने को तैयार हो गईं। वाक्पटु **एकियॉन जेसन** के दूत के रूप में उनके पास गया और उन्हें अपनी यात्रा का उद्देश्य बताया। तब वे शान्त हुईं और उन्होंने मदिरा एवं सुस्वादु भोजन की भेंट **एगनॉट्स** को भेजी, लेकिन उन्हें अपने प्रदेश में आने से मना किया। **हिप्सीपाइली** की बूढ़ी परिचारिका **पोलिक्सो** ने उसे यह परामर्श दिया कि वह **एगनॉट्स** को नगर में अवश्य ही आमंत्रित करे और प्रत्येक स्त्री को उनके साथ शयन करने की स्वतन्त्रता दे। अन्यथा पुरुषों के अभाव में **लेमनॉस** जाति का अन्त हो जाएगा। **पोलिक्सो** का सबने समर्थन किया और **लेमनॉस** में **एगनॉट्स** का भव्य स्वागत हुआ। **हिप्सीपाइली** ने अपने लिए **जेसन** को चुना और उससे अनुरोध किया कि वह **लेमनॉस** के सिंहासन को स्वीकार करे। लेकिन **जेसन** ने कहा कि उसे अभी अपने लक्ष्य को प्राप्त करना है। **एगनॉट्स** भोग-विलास में ऐसे खोए कि एक वर्ष बीत गया और पता भी न चला। एक-एक वीर योद्धा के साथ शयन को विकल अनेक सुन्दरियाँ थीं, क्योंकि सभी वीर सन्तान को जन्म देना चाहती थीं। **हिप्सीपाइली** को **जेसन** के संयोग से दो पुत्र हुए–**यूनियस** एवं **वेब्राफ़ानस। यूनियस** युवावस्था प्राप्त करने पर **लेमनॉस** का शासक नियुक्त हुआ और उसने **ट्रॉय** के युद्ध के समय **ग्रीस** के सैनिकों को काफ़ी रसद भेजी।

जब सभी **एगनॉट्स लेमनॉस** की स्त्रियों के साथ भोग-विलास में मग्न थे, अकेला **हेराक्लीज़** अपने बाण लिए **आगु** की रक्षा कर रहा था। बड़ी सहनशीलता से उसने **एगनॉट्स** की प्रतीक्षा की, लेकिन आखिर एक दिन उसके धैर्य का बाँध टूट गया और वह क्रोध से लाल होता हुआ नगर में आया। उसने एक-एक द्वार को खटखटाकर अपने साथियों को उठाया। उनकी अकर्मण्यता की खूब भर्त्सना की और उन्हें याद दिलाया कि वे एक महान उद्देश्य की प्राप्ति के लिए अपने बन्धु-बान्धवों और मातृभूमि को छोड़कर आए हैं। **एगनॉट्स** बड़े लज्जित हुए, **हेराक्लीज़** के प्रति कृतज्ञ भी और तत्काल अपनी यात्रा पर रवाना हो गए।

पचास पतवारों से खेया जाता हुआ **आगु इम्ब्रास** से होता हुआ **हेलिसपॉन्ट** पहुँचा। **ट्रॉय** का राजा **लाओमीडन** किसी ग्रीक जलयान को वहाँ से निकलने नहीं देता था, अतः **एगनॉट्स** ने इस भाग को रात के अँधेरे में पार किया और **मेरयेरा** समुद्र में सुरक्षित पहुँच गए। **डॉलियन्स** की सीमा में पहुँचते ही वहाँ के युवक राजा **सिज़ीकस** द्वारा उनका स्वागत किया गया। सौभाग्यवश उसी दिन **सिज़ीकस** का विवाह हुआ था। उसने **एगनॉट्स** को प्रीतिभोज दिया। जब यह उत्सव चल ही रहा था, पृथ्वी से उत्पन्न कुछ छह हाथवाले दैत्यों ने उन पर आक्रमण कर दिया। ये दैत्य पहले भी कई बार इसी प्रकार **सिज़ीकस** की प्रजा को त्रस्त कर चुके थे। वे जब भी आते धन-जीवन की बड़ी हानि करते। लेकिन उस दिन इन दैत्यों को कुछ सफलता नहीं मिली। **एगनॉट्स** ने डटकर मुकाबला किया और उन्हें मार भगाया। **सिज़ीकस** बड़ा उपकृत हुआ और उसने **एगनॉट्स** के आतिथ्य में कोई कसर न उठा रखी। **सिज़ीकस** से विदा लेकर जब **एगनॉट्स** अपनी यात्रा पर चले तो अचानक उत्तरी-पूर्वी हवा बड़े वेग से बहने लगी। सौ सशक्त हाथों के सम्मिलित प्रयास से भी **आगु** आगे न बढ़ सका। हताश हो **टायफ़िस** ने जहाज़ वापस पीछे मोड़ लेने की सलाह दी। अनियंत्रित **आगु** वायु के थपेड़ों से इधर-उधर भटकता घने अन्धकार में फिर वापस **सिज़ीकस** के प्रदेश जा पहुँचा। तभी अकस्मात शस्त्रों से सज्जित योद्धाओं ने **एगनॉट्स** पर आक्रमण कर दिया। घमासान युद्ध में कई शत्रु मारे गए और प्रातःकाल यह देखकर **एगनॉट्स** के दुख की सीमा न रही कि रात उन पर डाकुओं के भ्रम में आक्रमण करनेवाले योद्धा **सिज़ीकस** के वीर सैनिक थे। लाशों के ढेर में एक मृत शरीर स्वयं **सिज़ीकस** का था। उसकी नवोढ़ा को जब यह समाचार मिला तो उसने आत्महत्या कर ली।

एगनॉट्स ने उस देश में प्रचलित प्रथाओं के अनुसार अपने मित्र एवं मेज़बान **सिज़ीकस** का अन्तिम संस्कार किया और उसके सम्मान में खेलों का आयोजन किया। प्रतिकूल मौसम के कारण **एगनॉट्स** को कुछ दिन यात्रा स्थगित करनी पड़ी।

अनुकूल वायु के साथ **एगनॉट्स** ने अपनी **कॉलकिस** यात्रा का पुनरारम्भ किया। रास्ते में **हेराक्लीज़** ने प्रस्ताव किया कि यान खेने की प्रतियोगिता की जाए। देखा जाए कि कौन सबसे अधिक समय तक पतवार चला सकता है। प्रतियोगिता शुरू हुई। कई घंटों तक निरन्तर इस कठिन परिश्रम से प्रतिद्वंद्वियों की बाँहों की मांसपेशियाँ फूल गईं, शरीर की नसें उभर आईं। एक-एक कर सबकी हिम्मत जवाब दे गई और मैदान में केवल **हेराक्लीज़, जेसन** और **ड्यूस्करी** भाई रह गए। कुछ देर बाद **ड्यूस्करी** ने भी हार मान ली। अब केवल विपरीत दिशाओं में बैठे **जेसन** और **हेराक्लीज़** ही **आगु** को आगे बढ़ा रहे थे। **माइसिया** के पास पहुँचकर **जेसन** बेहोश हो गया और भाग्यवश उसी क्षण **हेराक्लीज़** की पतवार के दो टुकड़े हो गए। **हेराक्लीज़** ने विवश क्रोध से इधर-उधर देखा लेकिन अब कोई भी पतवार ऐसी नहीं थी जो **हेराक्लीज़** की मांसपेशियों का साथ दे सके। कुछ ही दूरी पर **आगु** को किनारे लगा दिया गया और रात वहीं व्यतीत करने का निश्चय किया गया। जब शेष **एगनॉट्स** तट पर रात्रि के भोजन का प्रबन्ध करने

में व्यस्त थे, **हेराक्लीज़** नई पतवार के उपयुक्त लकड़ी लाने के लिए वन में निकल गया। **हाइलास** और **पॉलिफ़ेमस** भी वन में भ्रमण करने लगे। **हाइलास** पीने योग्य जल की तलाश में अपना कलश लिए एक निर्मल जल के झरने पर जा पहुँचा। इस झरने के चारों ओर घनी हरियाली थी, और इसका पानी भी स्वच्छ था। लेकिन यहाँ जलपरियों का एक समूह निवास करता था। उन जलपरियों ने सुकुमार एवं अतीव सुन्दर इस युवक को झरने की ओर आते हुए देखा और वे उस पर आसक्त हो गईं। जैसे ही **हाइलास** पानी लेने के लिए झुका, जलपरियों ने उसे घेर लिया। कुछ ने अपनी कोमल बाँहें उसके गले में डाल दीं, और उसे खींचकर झरने के तल में स्थित अपने आवास में ले गईं। **हाइलास** का अब बाह्य संसार से कोई सम्बन्ध नहीं था। उसे अपना जीवन उन परियों के मध्य में उनका प्रेमी बनकर व्यतीत करना था। जल में उतारे जाने पर **हाइलास** सहायता के लिए चिल्लाया भी था और उसकी यह पुकार **पॉलिफ़ेमस** ने सुनी। लेकिन जब तक वह आवाज़ का अनुसरण कर वहाँ तक पहुँचता **हाइलास** जल गर्भ में समा

चुका था और झरने का पानी सदा की तरह शान्त और निर्दोष था।

हाइलास हेराक्लीज़ को बहुत प्रिय था। वह उसे अपने एक अंग की तरह प्यार करता था। जब उसे **पॉलिफ़ेमस** ने इस तरह **हाइलास** के अदृश्य हो जाने की सूचना दी तो वह **"हाइलास! हाइलास!!"** पुकारता हुआ वन में इधर-उधर भागने लगा। भरे मेघ के गर्जन-सी उसकी आवाज़ से सारा जंगल सिहर उठा। पशु-पक्षियों में भगदड़ मच गई। **हेराक्लीज़** पागलों की तरह व्यवहार कर रहा था। **हाइलास** के सदा के लिए खो जाने की सम्भावना ने उसे विक्षिप्त-सा कर दिया था। सभी जानते थे कि **हाइलास** का तृण मात्र चिह्न मिल जाने पर भी वह उसे ढूँढ़ निकालेगा और किसी ने **हाइलस** का बाल भी बाँका किया तो वह उसे जीवित नहीं छोड़ेगा। लेकिन आश्चर्य कि **हाइलास** का कहीं

कोई चिह्न ही नहीं था। **हेराक्लीज़** उसे खोजता हुआ वन में बहुत दूर निकल गया और फिर लौटकर नहीं आया। इस तरह **एगनॉट्स** ने पृथ्वी के सबसे अधिक शक्तिशाली व्यक्ति का साथ खो दिया। सुनहरी पशम लाने का श्रेय **जेसन** के भाग्य में था। **हेराक्लीज़** को और बहुत कुछ करना था।

प्रातःकाल अनुकूल वायु बहने लगी। लेकिन **हेराक्लीज़** अभी तक नहीं लौटा था। **एगनॉट्स** ने बहुत देर तक उसे खोजा। उनकी पुकार से सारी पहाड़ियाँ गूँज उठीं लेकिन **हेराक्लीज़** नहीं लौटा। यात्रा को अधिक देर तक स्थगित नहीं किया जा सकता था। मौसम भी अनुकूल था। बड़े वाद-विवाद के बाद **एगनॉट्स** ने **जेसन** की आज्ञा पर **आगु** को आगे बढ़ाया। उनके तीन साथी–**हेराक्लीज़, हाइलास** और **पालिफ़ेमस मायसिया** के द्वीप पर ही छूट गए।

इसके बाद **एगनॉट्स बेबरीकॉस** के द्वीप पर जाकर रुके। यहाँ **पॉसायडन** के पुत्र **एमीकस** का राज्य था। **एमीकस** को अपने बाहुबल पर बड़ा अभिमान था। उसके सुडौल शरीर की बृहताकार मांसपेशियाँ शिलाखंडों की तरह उभरी हुई थीं। आज तक मल्लयुद्ध में **एमीकस** को कोई नहीं हरा पाया था। उसने **एगनॉट्स** को ललकारा। **एगनॉट्स** भी पीछे नहीं हटे। उनमें **ड्यूस्करी** भाई **पॉलिड्यूसेज़** मल्ल युद्ध में कुशल माना जाता था। **एमीकस** और **पॉलिड्यूसेज़** का सामना हुआ। **एमीकस** बड़ा भीमकाय था और साथ ही **पॉलिड्यूसेज़** की अपेक्षा कम आयु का भी लेकिन **पॉलिड्यूसेज़** ने शीघ्र ही उसकी दुर्बलताएँ लक्ष्य कर लीं और उनका पूरा लाभ उठाया। वह बहुत सतर्कता से लड़ा और **एमीकस** के आक्रमणों से बचाव करता रहा। अवसर पाते ही उसने बाएँ हाथ के प्रहार से **एमीकस** की नाक की हड्डी तोड़ डाली। पीड़ा से **एमीकस** कराह उठा। उसकी नाक से रक्त बहने लगा पर **पॉलिड्यूसेज़** निरन्तर निर्ममता से चोट करता गया। अब **एमीकस** ने **पॉलिड्यूसेज़** का बायाँ हाथ पकड़कर उसे ज़ोर से झटका दिया और दाहिनी ओर से भी चोट दी। **पॉलिड्यूसेज़** ने अपने आपको गिर जाने दिया और मौका पाते ही **एमीकस** के कान के पास चोट की। और फिर प्रहार करता ही गया। **एमीकस** के सिर की तमाम हड्डियाँ टूट गईं और तत्काल उसकी मृत्यु हो गई।

अपने स्वामी को मृत देख **वेबरीकॉस** वासियों को क्रोध आ गया और **वे एगनॉट्स** पर टूट पड़े। लेकिन विजयोन्मत्त **एगनॉट्स** ने शीघ्र ही उन्हें परास्त कर दिया। **एमीकस** के पिता समुद्र देवता **पॉसायडन** को प्रसन्न करने के लिए **जेसन** ने लूट में मिले बीस लाल साँडों की बलि दी। दूसरे दिन **एगनॉट्स** यहाँ से विदा हुए।

इसके बाद **एगनॉट्स सेल्मीडेसस** के द्वीप पर जाकर रुके जहाँ वृद्ध **फ़ीनियस** का शासन था। **फ़ीनियस** को देवताओं ने दिव्य दृष्टि दी थी। लेकिन वैसे **फ़ीनियस** अन्धा था। उसके अन्धेपन के कई कारण बताए जाते हैं। **फ़ीनियस** का प्रथम विवाह **कैलिस** और **ज़ेटीज़** की बहन **क्लयोपेट्रा** से हुआ था। लेकिन उसकी मृत्यु हो जाने पर **फ़ीनियस** ने **स्कीथिया** की राजकुमारी से विवाह कर लिया। नई रानी, **क्लयोपेट्रा** के दो पुत्रों से बड़ी ईर्ष्या करती थी, अतः सम्भवतः उसने **फ़ीनियस** को भड़काकर उन दोनों बच्चों को

अन्धा करवा दिया था या **फ़ीनियस** की सहमति से यह जघन्य कृत्य स्वयं सम्पन्न किया। देव सम्राट **ज़्यूस** ने क्रुद्ध होकर **फ़ीनियस** को मृत्यु और अन्धेपन में से एक चुनने को कहा। **फ़ीनियस** ने अन्धापन स्वीकार कर लिया। इससे सूर्य देवता **हीलियस** का अपमान हुआ और उसने **फ़ीनियस** को दण्ड देने के लिए **हार्पीज़** को नियुक्त कर दिया। किन्तु एक अन्य प्रचलित विचारधारा के अनुसार **फ़ीनियस** को यह दण्ड अपनी दिव्यदृष्टि का दुरुपयोग करने के कारण मिला था। वह देवताओं के रहस्य साधारण मनुष्यों को बताने लगा था। देव सम्राट **ज़्यूस** को यह बात नहीं भायी। अतः उसने **फ़ीनियस** को अन्धा कर दिया और साथ ही **हार्पीज़** को उसे अनन्त क्षुधा की यन्त्रणा देने के लिए भेज दिया। ये **हार्पीज़** बहुत ही वीभत्स, उड़नेवाली दो स्त्रियाँ थीं। उनका आकार बहुत बड़ा था, और शक्ति अपरिमित। जब भी **फ़ीनियस** भोजन करने बैठता, ये दोनों न जाने कहाँ से आ जातीं और उसका सारा भोजन झपट लेतीं। जो टुकड़े बच जाते वे उनके पंजों के स्पर्श से इतने गन्दे, घृणित एवं दुर्गन्धपूर्ण हो जाते कि उन्हें खाना तो दूर छूना भी असम्भव हो जाता। जब तक **फ़ीनियस** के सेवक उन पर वार करते वे वायु वेग से उड़कर अदृश्य हो जातीं। बेचारा **फ़ीनियस** भूख से हड्डियों का कंकाल मात्र रह गया था। उस पर त्वचा की एक पारदर्शी झिल्ली भर बच गई थी। वह किसी दुःस्वप्न की छाया-सा दिखता था। **फ़ीनियस** को जब **एगनॉट्स** के आगमन की सूचना मिली तो वह बहुत प्रसन्न हुआ। उसने अपनी दिव्य दृष्टि से जान लिया था कि उसका परित्राण इन्हीं में से कोई दो युवक करेंगे। उसने **एगनॉट्स** को सारी कथा कह सुनाई और उनसे प्रार्थना की कि वे जैसे भी हो इस निरन्तर यातना से उसका उद्धार करें। इस उपकार के बदले में वह उन्हें **कॉलकिस** के मार्ग में आनेवाली सभी कठिनाइयों और उनसे बचने के उपाय बताएगा। उसने **एगनॉट्स** को यह आश्वासन भी दिया कि **हार्पीज़** का विरोध करने से उन पर कोई दैवी प्रकोप नहीं होगा।

फ़ीनियस के सेवकों ने अपने स्वामी एवं उसके अतिथियों के लिए भोजन लगाया ही था कि वे **हार्पीज़** बहनें आ पहुँचीं और सदा की तरह भोज्य पदार्थों पर टूट पड़ीं। उत्तरी वायु **बोरियस** के पुत्र **कैलिस** और **ज़ेटीज़** पहले ही तैयार बैठे थे। हाथ में तलवार लिए वे **हार्पीज़** पर झपट पड़े। **हार्पीज़** इस अप्रत्याशित आक्रमण से क्षुब्ध एवं कुपित हो वापस उड़ चलीं। लेकिन पंखोंवाले वायु-पुत्रों ने उनका पीछा किया। उन्होंने अपने पिता से भी सहायता की प्रार्थना की। परिणामस्वरूप उत्तरी वायु बड़े वेग से बही और आखिर **कैलिस** और **ज़ेटीज़** ने सैकड़ों मील पीछा करने के बाद **हार्पीज़** को **स्ट्राफ़ेडीज़** द्वीप पर जा पकड़ा। लेकिन जैसे ही उन्होंने **हार्पीज़** का वध करने के लिए तलवार उठाई, उषा की देवी, **हार्पीज़** की बहन **आइरिस** प्रकट हुई और उसने वायु पुत्रों को बताया, ‘‘**ज़्यूस** की आज्ञा है कि **हार्पीज़** का वध न किया जाए। क्योंकि **हार्पीज़** उसी की सेविकाएँ हैं और अपने स्वामी की आज्ञा के अनुसार आचरण उनका धर्म है।’’

कैलिस और **ज़ेटीज़** ने **हार्पीज़** को जीवन-दान दिया और **हार्पीज़** ने **स्टिक्स** नदी की सौगन्ध खाई कि वे अब कभी **फ़ीनियस** को तंग नहीं करेंगी। उस दिन **फ़ीनियस** ने बहुत

दिनों बाद पेट भर भोजन किया। **एगनॉट्स** को इस उपकार का उचित प्रत्युत्तर मिला। **फ़ीनियस** ने उन्हें **सिम्पलेगेडीज़** नामक समुद्र पर बहनेवाली दो हिमाच्छादित चट्टानों के विषय में बताया। ये चट्टानें **बासफ़ॉरस** के द्वार रक्षकों की तरह थीं। जब भी कोई जलयान या अन्य कोई भी वस्तु इनके मध्य से निकलकर **बासफ़ॉरस** में प्रवेश करने की चेष्टा करती, ये आपस में टकरा कर उसे चूर-चूर कर देतीं। **फ़ीनियस** ने उन्हें परामर्श दिया कि वे अपने साथ एक फाख्ता ले जाएँ और उसे दोनों चट्टानों के बीच के सँकरे जल-मार्ग पर उड़ा दें। यदि वह सुरक्षित पार पहुँच जाएँ तभी वे इस मार्ग को पार करने का साहस करें। **एगनॉट्स** ने ऐसा ही किया। जब वे धुन्ध में लिपटे इस सँकरे जल-मार्ग पर उन दो **सिम्पलेगेडीज़** के मुख पर पहुँचे तो पहले उन्होंने साथ लाई हुई उस फाख्ता को उड़ा दिया। उसके उड़ते ही वे दोनों चट्टानें हिलीं और आपस में टकरा गईं। लेकिन तब तक वह चिड़िया पार पहुँच चुकी थी और उसकी पूँछ का एक पंख ही उनके बीच में फँसकर टूटा। इसके बाद ज्योंही वे चट्टानें अलग हुईं, तब **एगनॉट्स** ने पूरे वेग से अपनी-अपनी पतवार चलानी शुरू कर दी। उन्होंने इतनी शक्ति से यान चलाया कि पार पहुँचने तक उनकी पतवारें कमान की तरह मुड़ गईं। लेकिन जब तक वे चट्टानें फिर से आपस में टकराएँ, **आगु** खतरे से बाहर था। उसके पीछे सज्जा के लिए लगाया गया एक लकड़ी का टुकड़ा ही उनकी लपेट में आ सका। चट्टानों के हिलने से पानी में जो हिलोरें उठीं उनका **एगनॉट्स** ने बड़े साहस से सामना किया। लेकिन इस घटना के बाद एक भविष्यवाणी के अनुसार **सिम्पेलेगेडीज़** एक ही स्थान पर स्थिर हो गई। भविष्य में यात्रा करनेवाले सभी नाविक सदा के लिए इस भय से त्राण पा गए।

दक्षिण-तट पर यात्रा करते हुए **एगनॉट्स थीनिया** के छोटे से द्वीप पर पहुँचे। यहाँ एक दैवी प्रकाश प्रकट हुआ। **ऑरफ़ियस** ने झट भोर के देवता **अपोलो** की अभ्यर्थना की और उसे एक बकरी की भेंट दी। यहीं सब **एगनॉट्स** ने विपत्ति में एक-दूसरे की सहायता करने की शपथ ली। **हार्मोनिया** का मन्दिर इसी सौगन्ध की स्मृति में बनाया गया।

यहाँ से **एगनॉट्स मेरियान्डिन** नगर को गए जहाँ राजा **लायकस** का शासन था। **एमिकस लायकस** का शत्रु था और **एगनॉट्स** के हाथों उसके विनाश की सूचना **लायकस** तक पहुँच चुकी थी। अतः उसने **एगनॉट्स** का भव्य स्वागत किया और अपने पुत्र को मार्गदर्शन के लिए साथ भेजने का वचन दिया। दूसरे दिन यात्रा आरम्भ करने से पूर्व **लायकस** नदी के पास **इडमॉन** पर एक जंगली वराह ने आक्रमण कर दिया और अपने पैने दाँत उसकी जाँघ में गड़ा दिए। यद्यपि **एडस** उसकी सहायता के लिए पहुँच गया और उसने वराह पर भाले से प्रहार भी किया लेकिन बहुत रक्त बह जाने से **इडमॉन** की मृत्यु हो गई। **एगनॉट्स** को अपने इस साथी का तीन दिन तक शोक मनाया। तभी **आगु** का प्रधान नाविक **टायफ़िस** बीमार पड़ा और उसकी भी मृत्यु हो गई। **एगनॉट्स** के दो और साथियों का इस तरह अन्त हुआ। **टायफ़िस** के स्थान पर **एन्सियस** को प्रधान नाविक के रूप में चुनकर ये लोग आगे बढ़े।

रास्ते में **अमेज़न्स** नाम से विख्यात योद्धा स्त्रियों का देश था। लेकिन **एगनॉट्स** वहाँ रुके नहीं। इसके बाद वे **कैलिबियन्स** जाति के देश पहुँचे। ये लोग न तो कृषि करते थे और न पशुपालन। इनका एकमात्र व्यवसाय था शस्त्र बनाना। यही उनकी आजीविका का एकमात्र साधन था। ये युद्ध देवता **एरीज़** के भक्त थे। **कैलिबियन्स** के देश से आगे बढ़ते ही **एगनॉट्स** पर **स्टिम्फ़ेलाइट्स** नामक लोहे के पंखोंवाली विशालाकार चिड़ियों के झुंड ने आक्रमण कर दिया। ये चिड़ियाँ अपने लौह पंख गिराकर शत्रु को घायल कर देती थीं। **एगनॉट्स** में से **ऊलियस** उनका शिकार हुआ। पर तभी **फ़ीनियस** के आदेश को याद कर **एगनॉट्स** ने अपने कवच बजाकर ज़ोर-ज़ोर से चिल्लाना शुरू कर दिया। आधे **एगनॉट्स आगु** को खे रहे थे और आधे अपने साथियों की रक्षा कर रहे थे। समवेत स्वर से उठे शोर से भयभीत होकर **स्टिम्फ़ेलाइड्स** भाग गईं। **एगनाट्स** ने **फ़ीनियस** को धन्यवाद दिया और आगे बढ़े।

उसी रात जब **एगनॉट्स** भोजन एवं विश्राम के लिए समुद्र-तट पर रुके, भयंकर तूफ़ान उठा और लहरों पर उछलता हुआ लकड़ी का एक तख्ता उनके निकट पहुँचा। इस तख्ते पर चार युवक अपनी प्राण-रक्षा के लिए लिपटे हुए थे। **एगनॉट्स** ने उनकी सहायता की और उन्हें किनारे पर ले आए। उनकी प्राथमिक चिकित्सा की, और भोजन कराया। बातचीत पर ज्ञात हुआ कि ये चारों **फ़्रिक्सस** के **ईटीज़** की पुत्री **कैलसियोपी** से उत्पन्न पुत्र थे और इस तरह से कई **एगनॉट्स** के निकट सम्बन्धी। वे अपने पितामह **एथमास** के राज्य पर अपने अधिकार का दावा करने **ग्रीस** जा रहे थे किन्तु रास्ते में तूफ़ान के कारण उनका जलयान नष्ट हो गया। **जेसन** ने उनका स्वागत किया और युद्ध-देवता **एरीज़** के मन्दिर में काले पत्थर पर बलि, भेंट आदि दी। जब उसने उन चारों भाइयों को बताया कि वह **फ़्रिक्सस** की आत्मा का उद्धार करने एवं सुनहरी पशम को लाने के लिए यह कठिन यात्रा कर **कॉलकिस** जा रहा है, तो वह कुछ दुविधा में पड़ गए। यद्यपि वे अपने पिता की आत्मा की शान्ति के लिए कुछ भी करने को तैयार थे लेकिन वे यह भी जानते थे कि उनका नाना **कॉलकिस** का राजा **ईटीज़** किसी मूल्य पर भी सुनहरी पशम उन्हें नहीं देगा। फिर भी उन्होंने **एगनॉट्स** को सहायता का वचन दिया। इन चारों भाइयों को साथ ले **एगनॉट्स** आगे बढ़े। अब लक्ष्य दूर नहीं था। **कॉलकिस** को उपजाऊ बनानेवाली नदी **फासिस** में उन्होंने प्रवेश दिया। **जेसन** ने देवताओं को सुरक्षित यात्रा के लिए धन्यवाद दिया और मधु मिश्रित मदिरा उन्हें अर्पित की।

आगु ने एक चट्टान की ओट में लंगर डाला और वहाँ उस रात **एगनॉट्स** ने अपने अगले कदम पर विचार-विमर्श किया।

सुनहरी पशम पर अधिकार

उधर **ओलिम्पस** पर **हेरा** एवं **एथीनी** व्यग्र थीं कि अपने प्रिय **जेसन** को कैसे विजयश्री दिलाई जाए। बहुत सोच-विचार एवं तर्क-वितर्क के बाद जो सीधा और सरलतम उपाय

उनकी समझ में आया वह यह था कि प्रेम एवं यौवन की देवी **ऐफ्रॉडायटी** को मिला जाए। **ऐफ्रॉडायटी** से **हेरा** एवं **एथीनी** के सम्बन्ध कभी सौहार्दयुक्त नहीं रहे थे, अतः **ऐफ्रॉडायटी** को उन्हें आते देखकर बड़ा विस्मय हुआ। उसने **ओलिम्पस** की सम्राज्ञी **हेरा** एवं प्रज्ञा की देवी **एथीनी** का समुचित आदर किया और इस अप्रत्याशित आगमन का अभिप्राय पूछा। उन्होंने बताया कि **आगु कॉलकिस** पहुँच चुका है और **एगनॉट्स** का नायक **जेसन** शीघ्र ही राजा **ईटीज़** से भेंट करने जानेवाला है। **ईटीज़** की एक कुमारी कन्या है **मेडीया।** यदि **मेडीया जेसन** पर आसक्त हो जाए तो उसे सुनहरी पशम की प्राप्ति हो सकती है। **ऐफ्रॉडायटी** ने सहायता का वचन दिया और अपने नटखट **एरॉस** को ढूँढने निकल पड़ी। **एरॉस गेनीमेडीज़** के साथ खेल में व्यस्त था। **ऐफ्रॉडायटी** ने उससे आग्रह किया कि वह अपना एक पुष्प बाण **कॉलकिस** की राजकुमारी **मेडीया** पर छोड़ दे। इसके बदले में वह उसे स्वर्ण का, नीली मीनाकारीवाला वह गेंद देगी जिससे देव-सम्राट **ज़्यूस** बचपन में खेला करता था। उछालने पर यह कुन्दक आकाश में चाँदी की लकीर-सी बनाता जाता था। **एरॉस** ने सहर्ष ही यह प्रस्ताव स्वीकार कर लिया और अपना एक पुष्प खींचकर छोड़ दिया। यह बाण सीधा **मेडीया** के हृदय में जाकर लगा और सहसा ही वहाँ प्रेम की मीठी अग्नि प्रज्वलित हो उठी।

एगनॉट्स की सभा में यह निश्चित हुआ कि **जेसन ईटीज़** के पौत्रों एवं अन्य दो साथियों को लेकर **कॉलकिस** के शासन से भेंट करे और सुनहरी पशम की माँग करे। यदि **ईटीज़ ग्रीस** से इतनी लम्बी और दुसाध्य यात्रा करके, अपने पूर्वज की धरोहर लेने के लिए आए युवकों की माँग को उनका अधिकार समझ स्वीकार कर ले तो बहुत अच्छा है। यदि वह सुनहरी पशम देने से इनकार करता है तो उस स्थिति में युद्ध अथवा छल का सहारा लेना सर्वथा उचित होगा। इस निर्णय के अनुसार **जेसन** ने **फ्रिक्सस** के पुत्रों एवं **ऑजियस** तथा सम्भवतः **एकास्टस** को साथ लेकर नगर की ओर प्रस्थान किया।

राजा **ईटीज़ हीलियस** का पुत्र था। उसका राजमहल दिन में सूर्य की तरह चमकता था। इसे **ओलिम्पस** के शिल्पी **हेफ़ास्टस** ने **हीलियस** के प्रति आभार-प्रदर्शन के लिए बनाया था। **ईटीज़** की पहली पत्नी से उसकी दो पुत्रियाँ थीं—**कैलसियोपी** जिसका विवाह **फ्रिक्सस** से हुआ था और जिसके चार पुत्र थे। दूसरी पुत्री का नाम था **मेडीया**। **मेडीया** कुमारी थी और **हेक्टी** की परम उपासिका। यह मायाविनी अपने जादू से सूर्य-चन्द्रमा को भी उनके स्थान से विचलित कर सकती थी। पहली पत्नी की मृत्यु के बाद **ईटीज़** ने दूसरा विवाह किया जिससे उसका एक पुत्र हुआ। इसका नाम **एपसिरटस** रखा गया। **एगनॉट्स** के आगमन के समय **एपसिरटस** की आयु कितनी थी इस विषय में विभिन्न मत हैं। कहीं उसका उल्लेख एक युवक के रूप में हुआ है तो कहीं उसे दस वर्ष का बालक बताया गया है।

राजप्रासाद के निकट पहुँचने पर पहले इनकी भेंट **कैलसियोपी** से हुई। यह जानकर कि **एगनॉट्स** ने उसके पुत्रों की प्राण-रक्षा की है वह बहुत कृतज्ञ हुई और उनका धन्यवाद किया। फिर वह उन्हें साथ लेकर अपने पिता **ईटीज़** के पास गई। **ईटीज़** एक सुनहला

वस्त्र धारण किए अपने शूरवीरों के बीच बैठा था। वह वृद्ध था किन्तु उसकी आँखों में जीवन-भर का अनुभव और उस अनुभव से सार रूप में ग्रहण की गई विदग्धता की चमक थी। इन आगन्तुकों के प्रवेश करते ही वह उनकी पोशाक देखकर समझ गया कि वे ग्रीस से आए हैं और ग्रीस से पृथ्वी के दूसरे सिरे पर स्थित **कॉलकिस** तक यात्रा करने का क्या अभिप्राय हो सकता है, यह अनुमान करना **ईटीज़** के लिए कठिन न था। लेकिन उसने अपने माथे पर बल न पड़ने दिए। मधुर स्मित के साथ अतिथियों का स्वागत किया और उनके स्नान एवं भोजन का प्रबन्ध किया। भोजन के लिए बैठे अतिथियों का साथ राजा **ईटीज़** की पुत्रियों ने भी दिया। अतिथि-सत्कार नियम के अनुसार आगन्तुकों के तृप्त हो जाने पर ही **ईटीज़** ने उनके आगमन का अभिप्राय पूछा। **जेसन** ने बताया कि वे सभी **ग्रीस** के अभिजात कुलों से हैं। वह स्वयं **फ्रिक्सस** के वंश से सम्बन्ध रखता है एवं अपने मृत पूर्वज की धरोहर वह सुनहरी पशम लेने के लिए आया है। **फ्रिक्सस** के पुत्रों ने भी अपनी सहानुभूति दर्शा कर **एगनॉट्स** के पक्ष को दृढ़ किया। **जेसन** ने यह भी कहा कि सुनहरी पशम के बदले वे राजा **ईटीज़** का कोई भी असाध्य काम करने को प्रस्तुत हैं। यदि वह आज्ञा दें तो वे **कॉलकिस** के शत्रुओं का मूल नाश कर दें।

इस पर **ईटीज़** हँस पड़ा। मन ही मन वह क्रोध से उबल रहा था। यदि **एगनॉट्स** ने उसका आतिथ्य ग्रहण न किया होता तो शायद वह उन्हें मार ही डालता। कुछ देर सोचने के बाद उसने कहा :

"यह ठीक है कि तुम उच्च कुल के हो। तुम्हारे व्यक्तित्व एवं आचरण से इतना अनुमान तो मैं लगा ही सकता हूँ। लेकिन मैं सुनहरी पशम को अयोग्य हाथों में नहीं सौंप सकता। वह हमारे राष्ट्र के गौरव का प्रतीक है, हमारी सम्पदा है। इसे प्राप्त करने के लिए तुम्हें अपने शौर्य की परीक्षा देनी होगी। तुम्हें पीतल के खुरवाले और साँस के साथ आग की लपटें उगलनेवाले दो साँडों को हल में जोतकर **एरीज़** की भूमि पर हल चलाना होगा। जुताई हो जाने के बाद एक दैत्य के दाँत हम तुम्हें देंगे। उन दाँतों को जुती हुई धरती में बो देना। उनसे तत्काल ही योद्धाओं की एक टुकड़ी जन्म लेगी। यदि तुम उन सभी योद्धाओं पर विजय प्राप्त कर लो तो सुनहरी पशम पर तुम्हारा अधिकार होगा।"

जेसन और उसके साथियों ने स्तम्भित हो इस अनहोनी अग्नि-परीक्षा की शर्त को सुना। कुछ पल तो वे मौन बैठे रह गए। यह सब कुछ उन्हें असम्भव लग रहा था। अन्ततः **जेसन** ने इस मौन को तोड़ा, "मैं इस परीक्षा के लिए तैयार हूँ।" उसने निर्णय के स्वर में कहा।

ईटीज़ ने उसे दूसरे दिन प्रातःकाल आने का आदेश दिया। इस परीक्षा को सूर्य ढलने तक सम्पन्न करना था। इस निर्णय के बाद **जेसन** शेष **एगनॉट्स** के पास लौट गया और उन्हें सारा वृत्तान्त कह सुनाया। सभी समझ गए कि इस परीक्षा को देना निश्चय ही मृत्यु का वरण करना है। लेकिन फिर भी हर कोई **जेसन** के स्थान पर वीर गति प्राप्त करने को व्यग्र था। पर **जेसन** इस अवसर को कैसे हाथ से जाने देता। वह दृढ़प्रतिज्ञ था।

ईटीज़ एवं **जेसन** की वार्ता के समय **मेडीया** भी उसी कक्ष में उपस्थित थी। **मेडीया**

ईटीज़ की छोटी कन्या थी और उसका रूप मनोहारी था। वह मन्त्र-तन्त्र से आकाश के नक्षत्रों को ही विचलित नहीं करती थी, युवकों के लिए भी उसके ऐन्द्रजालिक आकर्षण से बच पाना असम्भव था। उसके दहकते हुए चेहरे और चमकती हुई आँखों में ऐसी मोहिनी शक्ति थी कि देखनेवाला बेबस हो खिंचता चला आता था। उसमें कुछ ऐसा असाधारण लावण्य था कि जो उसे अन्य अनन्य रूपसी मानवियों से अलग कर देता था। लेकिन जब इस मायाविनी ने **जेसन** को देखा तो सुधबुध खो बैठी। **एरॉस** का बाण उसके हृदय के भीतर उतर गया। वह **जेसन** के चेहरे से चाह कर भी दृष्टि हटा न पाई। **कॉलकिस** में रूपवान एवं साहसी युवकों की कमी न थी पर भाग्य की लीला! **कॉलकिस** की राजकुमारी एक विदेशी युवक पर आसक्त हो गई। उसके भीतर ही भीतर कहीं कुछ जलने-बुझने लगा। हृदयगति बार-बार बढ़ जाती। मुख पर कभी लाज की रेखा बिखरती तो कभी किसी-किसी अज्ञात आशंका से नैसर्गिक रक्तिमता भी लुप्त हो जाती। भावावेग से वक्ष श्वास गति के साथ उठता-गिरता। वह अपनी समस्त शक्तियों को **ईटीज़** और **जेसन** के वार्तालाप पर केन्द्रित किए थी। उसने साँस रोककर अपने पिता के प्रस्ताव को सुना और उसका हृदय **जेसन** के प्राणों के लिए व्यग्र हो उठा। और **जेसन** की सहायता करने का अर्थ था अपने जनक से विश्वासघात। **मेडीया** दुविधा में पड़ गई। वह **जेसन** को एक दृष्टि में ही हृदय दे बैठी थी और अब उसे प्रिय के बिना जीवन व्यर्थ लग रहा था। वह समझ नहीं पा रही थी कि क्या करे। एक ओर कर्तव्य था तो दूसरी ओर प्रेम। सोच-विचार के लिए समय बहुत कम था। वह कुछ देर व्याकुल-सी अपनी शयूया पर करवटें बदलती रही। मन में द्वन्द्व छिड़ा था। रात घिर आई थी और हर पल अँधेरा गहन होता जा रहा था। प्रातःकाल सूर्य की पहली किरण के साथ **जेसन** को उस अग्निपरीक्षा के लिए प्रस्तुत होना था। अनिश्चय में गँवाया कोई एक पल उसके लिए घातक सिद्ध हो सकता था। **मेडीया** विकल हो उठी। उसके पास एक ऐसा लेप था जिसे शरीर पर लगा लेने से वह व्यक्ति एक दिन के लिए अपराजेय हो सकता था। उस पर फिर जल, वायु, अस्त्र-शस्त्र किसी भी वस्तु का कोई प्रभाव नहीं पड़ सकता था। यह लेप उस पौधे की पत्तियों से बना था जो **प्रमीथ्यु** के शरीर से बही पहली रक्तधारा से फूटा था। **मेडीया** ने इसे शीशे की एक डिबिया में सुरक्षित कर लिया था। आखिर **मेडीया** ने इस पात्र को उठाया और **जेसन** के पास सन्देश भेजा कि वह उसे शीघ्रतिशीघ्र अमुक स्थान पर मिले। इस प्रत्याशित से चकित **जेसन** निश्चित स्थान पर पहुँचा। **हेरा** की अनुकम्पा से उसका पौरुष इस घड़ी और भी निखर आया था। तारों की छाँव में एक झीना आवरण ओढ़े **मेडीया** उसके सामने खड़ी थी। मानो लावण्य एक बिन्दु पर सिमट आया था। प्रणय से दीप्त उसके नेत्र **जेसन** की ओर उठे और झुक गए। **जेसन** भी मुग्ध-सा इस छवि को देखता ही रह गया। चाँदनी में लिपटे दो मूक अधरों की जोड़ी ने न जाने कितने प्रेम-सन्देश दिए और लिए। पास खड़े लम्बे चीड़-वृक्ष ही इस मूक-व्यापार के मूक साक्षी थे। न जाने कितने पल यों ही बीत गए। सहसा जैसे **मेडीया** की चेतना लौटी। उसने वह पात्र **जेसन** के हाथ में देते हुए मन्द स्वर में कहा :

''इसे अवमानना न समझना। मैं जानती हूँ तुममें साहस की कमी नहीं लेकिन जिस असाध्य कर्म का तुमने बीड़ा उठाया है, उसके लिए केवल शौर्य पर्याप्त नहीं। आग की लपटों का सामना मानव-शरीर नहीं कर सकता। इस लेप के प्रयोग से तुम एक दिन के लिए अजेय हो जाओगे। तुम पर अग्नि एवं शस्त्रादि का कोई प्रभाव नहीं पड़ेगा। इसे मेरे प्रेम की प्रथम भेंट समझकर स्वीकार कर लो। शत्रु-पुत्री का अविश्वास न करो। मैं तो इस पल से मन-प्राण से तुम्हारी हूँ। तुम्हारी सफलता, तुम्हारी विजय और अनन्त यश की कामना करती हूँ। यहाँ से जीत कर जब तुम अपने देश लौटोगे तो कभी... किन्हीं भीगे क्षणों में **मेडीया** को याद कर लिया करना...''

जेसन कृतज्ञ हुआ, ''सुन्दरी **मेडीया,** तुमने जो मेरा उपकार किया है वह मैं जीवन-पर्यन्त न भूलूँगा। समस्त **ग्रीस** के वासी तुम्हारा यश-गान करेंगे। आज तुमने मेरी ही नहीं, मेरे देश की प्रतिष्ठा को रक्षा की है। मैं इसका प्रतिदान देने योग्य तो नहीं, लेकिन हाँ, **जेसन कॉलकिस** से **मेडीया** के बिना नहीं जाएगा। मैं तुम्हें विश्वासघात का दण्ड पाने के लिए यहाँ नहीं छोड़ जाऊँगा। मैं समस्त देवताओं की सौगन्ध खाता हूँ कि प्राण रहते तुम्हारा साथ नहीं छोड़ूँगा। मुझे निराश न करना।''

इसके बाद दोनों अलग हुए। सिर से लेकर पाँव तक पत्ते की तरह काँपती **मेडीया** न जाने कब तक अपने कक्ष में हिचकियाँ लेकर रोती रही। उधर **जेसन** ने वापस **एगनॉट्स** के पास लौटकर, उन्हें प्रेम-देवता के इस अनोखे खेल की कहानी सुनाई और फिर थोड़ा-सा लेप लेकर उसकी परीक्षा की। **मेडीया** ने उसके साथ विश्वासघात नहीं किया था।

दूसरे दिन सूर्योदय से पहले उठकर **जेसन** ने स्नानादि के बाद **मेडीया** द्वारा दिया गया वह लेप अपने शरीर के प्रत्येक अंग पर मला एवं अपने शस्त्रों को भी अभिषिक्त किया। सहसा **जेसन** को असाधारण शक्ति एवं स्फूर्ति का अनुभव हुआ। उसके रोम-रोम में जैसे अजेय ऊर्जा भर गई। सभी **एगनॉट्स** हर्षित हो उठे। वे अपने नायक के साथ **ईटीज़** के पास पहुँचे। **जेसन** को तैयार देखकर **ईटीज़** की भवों में बल पड़ गए।

''तो तुमने अपना इरादा नहीं बदला।'' उसने व्यंग्य से कहा, ''मैं तो समझा था कि कल का सूरज **आगु** की **कॉलकिस** के तट से दूर सागर की लहरों पर कहीं शर्म से पानी-पानी होता देखेगा। खैर! तुमने अजनबी धरती पर तिरस्कारपूर्ण मृत्यु को चुना। अब भी समय है, सोच लो।''

''सूर्य निकल आया है।'' **जेसन** ने शान्त, धीर स्वर में कहा, ''और मैं तैयार हूँ।''

एक पल विलम्ब किए बिना **ईटीज़** इस धृष्ट युवक को लेकर निश्चित प्रदेश में पहुँचा। **जेसन** ने अपने शस्त्र सँभाले। इस अनोखी घटना को देखने के लिए सारा **कॉलकिस** उमड़ आया था। **एगनॉट्स** के लिए तो यह जीवन-मृत्यु के निर्णय की घड़ी थी। और **मेडीया** के मुख पर एक रंग आता था, एक जाता था। मन ही मन वह **जेसन** की विजय के लिए मंत्रों का जाप करती जा रही थी। **ईटीज़** के संकेत पर गुहा के द्वार खुले और प्रचंड आँधी के वेग से अग्नि उगलते हुए दो बैल निकलकर बाहर आए। लेकिन

जेसन विचलित नहीं हुआ। वह इस तूफ़ान के बीच एक चट्टान की तरह खड़ा रहा। उसने इन साँडों के वार अपने कवच पर लिए और उस लेप से अभिषिक्त होने के कारण अग्नि का उसके शरीर और शस्त्रों पर कोई प्रभाव न पड़ा। आग और धुएँ के कारण कुछ दिखाई भी नहीं दे रहा था। केवल बादलों की गरज-सा उन साँडों का रँभाना और उनकी भाग-दौड़ से धरती का कँपकँपाना ही दर्शक अनुभव कर रहे थे। आखिर **जेसन** ने एक साँड को सीगों से पकड़कर अपने दुर्धर्ष पराक्रम से झुका लिया और दूसरे को भी साथ ही अपनी टाँगों के बीच दबाकर बेदम कर दिया। एगनॉट्स की ओर से गगनभेदी हर्ष-ध्वनि हुई। **जेसन** ने दोनों खाँडों को हल में जोत दिया। अब उसे **एरीज़** के खेत में यह हल चलाना था। **ईटीज़** के दास ने सर्प के दाँतों से भरा एक पात्र उसे थमा दिया। अब इस अग्नि-परीक्षा का दूसरा भाग शुरू हुआ। **जेसन** हल चलाता और बीज बोता जा रहा था। **ईटीज़** के मन में आशा शेष थी। उसने सोचा, साँडों को वशीभूत कर लेनेवाला यह दुस्साहसी अनगिनत योद्धाओं के बीच नहीं टिक सकेगा। और इस तरह **कॉलकिस** की लाज रह जाएगी। लेकिन वह नहीं जानता था कि **कॉलकिस** की प्रतिष्ठा उसकी बेटी पहले ही इस विदेशी के हाथ सौंप चुकी है। पृथ्वी पर बीज के पड़ते ही वहाँ घास की जगह लोहे के नुकीले शिरस्त्राण और भाले धरती फाड़कर बाहर निकलने लगे। पहले सिर, फिर धड़, कमर, टाँगें और फिर देखते ही देखते शस्त्रों से सज्जित अनेक योद्धा पृथ्वी के वक्ष से फ़सल की तरह बाहर निकल आए। उनकी संख्या इतनी अधिक थी कि किसी एक व्यक्ति के लिए तो उनका सामना करना बिल्कुल असम्भव था। उनके लिए तो किसी सुदृढ़ राज्य की व्यवस्थित सेना ही पर्याप्त होती। लेकिन **मेडीया** के गुप्त परामर्शों ने यहाँ भी **जेसन** की रक्षा की। उसने एक बहुत बड़ा पाषाण-खंड उठाकर इन योद्धाओं के बीच दे फेंका। इससे उनमें खलबली मच गई। और वे 'यह किसने फेंका?' कहकर एक-दूसरे से ही लड़ने लगे। देखते ही देखते वहाँ लाशों के ढेर लग गए। **एरीज़** की धरती योद्धाओं के रक्त से सिंच गई। कर्णभेदी चीख-पुकार और शस्त्रों की झंकार के बीच पागलों की तरह लड़ते हुए वे सैनिक एक-दूसरे के हाथों मारे गए और **जेसन** कुछ दूरी पर शान्त खड़ा यह कांड देखता रहा। सूर्य डूबने तक सब कुछ समाप्त हो चुका था। जयनाद करते हुए **एगनॉट्स** ने **जेसन** को कन्धों पर उठा लिया। आज उन्होंने अपनी यात्रा का चरम लक्ष्य प्राप्त कर लिया था। वर्षों की साधना का फल मिलने का समय आया था। वे सब **ईटीज़** के पास गए और अपने अर्जित पुरस्कार की माँग की। **ईटीज़** के चेहरे पर रात के साए उभर आए थे। "इस विषय में कल बात होगी। आज हम बहुत थक गए हैं।" यह कहकर वह अपने प्रासाद की ओर चला गया। सुनहरी पशम को बचाने के लिए उसे उस रात कोई और चाल चलनी थी।

उसी रात जब **एगनॉट्स** विजयोत्सव मना रहे थे, **मेडीया** भागती हुई वहाँ पहुँची। उसने उन्हें बताया कि उसका पिता राजा **ईटीज़** उन पर धोखे से आक्रमण करके उन्हें मार डालने की तैयारी कर रहा है। यह समय हर्षोन्माद का नहीं। मृत्यु उनके सिर पर मँडरा रही है। यदि वे अपनी आन और जीवन बचाना चाहते हैं तो उसके कहने पर

चलें। **जेसन** एवं सभी **एगनॉट्स** को अब **मेडीया** पर पूर्ण विश्वास हो चुका था। उसने जैसा बताया, **जेसन** ने वैसा ही किया। वह **ड्यूस्करी** भाइयों को साथ लेकर **मेडीया** के पीछे-पीछे **एरीज़** के वन में स्थित उस विशाल वृक्ष के पास पहुँचा जिस पर सुनहरी पशम लटक रही थी। एक मीलों लम्बा, विषैला और कभी आँख न झपकनेवाला साँप इसकी रक्षा के लिए नियुक्त था। कहते हैं कि इस सर्प का आकार पचास **एगनॉट्स** को **कॉलकिस** सुरक्षित पहुँचानेवाले **आगु** से बड़ा और भार उससे कहीं अधिक था। यह सर्प अमर्त्य था। **मेडीया** की सहायता के बिना **जेसन** सम्भवतः कभी भी सुनहरी पशम को यहाँ से न ले जा पाता। जो काम भयानक रक्तपात के बाद भी विश्व के विख्यात योद्धा करने में असमर्थ थे, उस काम को **एरॉस** का एक सुकुमार-सा पुष्प-बाण कितनी सरलता से सम्पन्न किए जा रहा था। **मेडीया** कुछ मन्त्रों का पाठ करती हुई उस दैत्य के पास पहुँची। उन मन्त्रों के मधुर उच्चारण से सर्प मुग्ध-सा हो गया। अब **मेडीया** ने अपने साथ लाए हुए, जड़ी-बूटियों और मधु से तैयार एक द्रव को उसकी आँखों पर छिड़का, जिससे वह तत्काल सो गया। अब **जेसन** ने वृक्ष से सुनहरी पशम को उतारा और **मेडीया** को साथ लेकर तीव्र गति से **आगु** की ओर अग्रसर हुआ जहाँ उसके साथी उसके चलने की तैयारी किए हुए उसकी प्रतीक्षा कर रहे थे। सुनहरी पशम को देखते ही लाख रोकने पर भी एक दबी-सी हर्ष-ध्वनि हुई। पशम को मस्तूल के साथ बाँध दिया गया और पल-भर में **आगु** अनियंत्रित घोड़े की तरह समुद्र की लहरों पर उछलता हुआ **कॉलकिस** के तट से दूर निकल गया।

कहते हैं कि जब **मेडीया** सुनहरी पशम को लेकर **जेसन** के साथ **एरीज़** के वन से निकली तो उसके सौतेले भाई **एपसिरटस** ने उसे देख लिया और वह उसकी टाँगों से लिपट गया। **मेडीया** को भय हुआ कहीं **आगु** के प्रस्थान से पहले ही उसका भेद न खुल जाए। अतः उसने बहला-फुसलाकर **एपसिरटस** को अपने साथ ले लिया।

प्रातःकाल सूर्योदय हुआ तो **ईटीज़** ने देखा सागर के वक्ष पर दूर क्षितिज की ओर दृष्टि से ओझल होता हुआ एक आकार। प्रासाद में हलचल मच गई। पता चला कि **मेडीया** और **एपसिरटस** भी नहीं हैं। **ईटीज़** ने अपने समस्त बेड़ों को तैयार होने की आज्ञा दी। कुछ ही देर में कई जलयान आकाश में उड़ती चिड़ियों के समूह की भाँति सागर के वक्ष पर फैल गए। **आगु** का उन्हें विजय करना, या उनसे बचकर निकलना अब असम्भव था। **मेडीया** ने उन्हें आते हुए देखा और वह ज़ोर से चीखी, ''तेज़। और तेज़ चलाओ। वह देखो! **कॉलकिस** के जलयानों की लाल पताकाएँ निकटतर आती जा रही हैं।'' उसे इस समय कुछ नहीं सूझ रहा था। वह हर कीमत पर अपने पिता के हाथों से बचना चाहती थी। अपने जनक, अपनी मातृभूमि की विश्वासघातिनी होकर **कॉलकिस** लौटने से तो मर जाना अच्छा।

एगनॉट्स प्राणपण से **आगु** को खे रहे थे। उनकी पतवारें मुड़ती जा रही थीं और **आगु** कमान से छूटे तीर की तरह आगे बढ़ रहा था लेकिन फिर भी **ईटीज़** का यान अब बहुत दूर नहीं था। **ईटीज़** ने अप्राकृत शक्तियों के प्रयोग से वायु को अपने अनुकूल

लेकिन **आगु** के प्रतिकूल कर दिया था। **ईटीज़** का पोत इतना निकट आ गया कि **मेडीया** अब उसके बूढ़े चेहरे की पौरुषता लक्ष्य कर सकती थी, उसकी कठोर आवाज़ को सुन सकती थी। वह प्रचंड हो उठी। **ईटीज़** से बचना इस समय उसके जीवन का एकमात्र लक्ष्य था जिसे प्राप्त करने के लिए वह मायाविनी कुछ भी कर सकती थी। और कोई चारा नहीं था। उसने **एपसिरटस** को पकड़ा और "भाई क्षमा करना! इसके अतिरिक्त अब कोई रास्ता नहीं।" कहकर अपनी कटार उस सुकुमार बालक के वक्ष में उतार दी। रक्त का एक फव्वारा उठा। युद्धभूमि में रक्त से स्नान करनेवाले दृढ़ प्रतिज्ञ योद्धा भी यह दृश्य देखकर काँप उठे। उसने **एपसिरटस** का वध ही नहीं किया, उसके शरीर के टुकड़े-टुकड़े कर दिए। और फिर एक-एक कर उन्हें समुद्र में फेंकना आरम्भ किया। **ईटीज़** यह आघात न सह सका। उसके बुढ़ापे की लाठी टूट गई, नेत्रों की ज्योति बुझ गई। **कॉलकिस** का राजदण्ड उस पल उसे भार हो गया। इस निर्मम प्रहार ने उसकी कमर तोड़ दी। वह सुनहरी पशम को भूल अपने एकमात्र पुत्र के अंगों को समुद्र की लहरों और नरभक्षी मछलियों से बचाने में लग गया। **एपसिरटस** का विधिवत संस्कार करने के लिए उसके सारे अंगों को एकत्रित करना आवश्यक था। अब जब **ईटीज़** इस काम में लगा था, **आगु कॉलकिस** के जलयानों की पहुँच से बाहर हो गया।

एगनॉट्स के प्राण एक बार फिर **मेडीया** के हाथों बचे लेकिन इस बार वे समझ नहीं पा रहे थे कि प्रकृति ने इस स्त्री को किन तत्त्वों से बनाया है। एक स्त्री में ऐसी निर्ममता, ऐसी जघन्यता की कल्पना भी ग्रीसवासी नहीं कर सकते थे। उनके आदर्श से **मेडीया** कहीं भी मेल नहीं खाती थी। लेकिन यह भी सच था कि सुनहरी पशम को जीतकर स्वदेश लाने का स्वप्न उसकी सहायता और कठोरता के बिना एक स्वप्न ही रह जाता और **एगनॉट्स** की आत्माएँ इसी दुःस्वप्न की छाया की तरह मरणोपरान्त भी

भटकती रहतीं। कृतज्ञता, भय, जुगुप्सा से वे रह-रहकर अभिभूत हो उठते। उस दिन प्रणयोन्मत्त **जेसन** ने भी सम्भवतः जान लिया कि अपनी वधू के रूप में वह एक ऐसी मायाविनी को स्वदेश ले जा रहा है जो न जाने कब, किस घड़ी उसके भाग्य-चक्र को किधर मोड़ दे।

ऐसी भी धारणा है कि सुनहरी पशम के अपहरण के समय **एपसिरटस** बालक नहीं, अपितु युद्ध-विद्या में कुशल युवक था जिसे **ईटीज़** ने **आगु** का पीछा करने के लिए भेजा था। **एपसिरटस** के साथ सेना की बहुत-सी टुकड़ियाँ थीं। इन लोगों ने शीघ्र ही **आगु** को लंगर डालने को बाध्य कर दिया। इस पर **मेडीया** ने **एपसिरटस** को यह गुप्त सन्देश भेजा कि वह **एगनॉट्स** के साथ स्वेच्छा से नहीं जा रही अपितु उसका अपहरण किया गया है। रात्रि के समय अमुक स्थान पर वह उसे लेने के लिए आ जाए। उसके बाद **एगनॉट्स** से सुनहरी पशम वापस लेना कुछ कठिन न होगा। **एपसिरटस** ने अपनी बहन का विश्वास कर लिया और उस रात जब वह उसे लेने के लिए आया तो वृक्ष के पीछे छिपे **जेसन** ने एक ही वार में उसका काम तमाम कर दिया।

एपसिरटस की हत्या का जघन्य पाप देवता क्षमा नहीं कर सके। यहाँ तक कि **हेरा** ने भी **जेसन** से मुँह मोड़ लिया। बहुत समय तक **आगु** दिशाभ्रमित हो न जाने कहाँ-कहाँ भटकता रहा। **हेरा** के **डोडोना** प्रश्न-स्थल से लाई गई शाखा ने आदेश दिया कि **जेसन** और **मेडीया** इस पाप पर प्रायश्चित्त करें अन्यथा **आगु** कभी स्वदेश न पहुँच सकेगा।

आगु की वापसी

कॉलकिस से सुनहरी पशम जीतने एवं **एपसिरटस** की नृशंस हत्या के बाद **आगु** किस मार्ग से **ग्रीस** वापस लौटा, इस विषय में विभिन्न मत हैं। इतना स्पष्ट है कि **एगनॉट्स** को इस वापसी में भी बहुत भटकना पड़ा और कई बार तो वे बिल्कुल ही निराश हो उठे। इस लम्बी यात्रा की कठिनाइयों, शत्रु से बचाव के प्रयत्नों, एवं वर्षों से बिछड़े प्रियजनों की याद ने उन्हें बड़ा दुर्बल कर दिया था। उस पर उन्हें वायु बहुधा ही प्रतिकूल मिली। ऐसा लगता था कि देवता उनसे रुष्ट हो गए हैं। प्रधान नाविक की दक्षता के बावजूद भी वे कई बार दिशा-भ्रमित हुए और ऐसे प्रदेशों में जा पहँचे जहाँ इससे पहले तब तक कोई मनुष्य नहीं गया था। बदलती हुई जलवायु, निरन्तर सामुद्रिक यात्रा एवं पौष्टिक एवं पर्याप्त भोजन के अभाव में कुछ तो रोगी हो गए। लेकिन आगे बढ़ते जाने के अतिरिक्त कोई चारा नहीं था। अपनी इच्छा-शक्ति के बल पर वे निराशा के सागर से उबरते और फिर किसी नए रास्ते की खोज में चल पड़ते। **एपसिरटस** की मृत्यु के बाद वे **फेसिस** से होते हुए **कैस्पियन** सागर पहुँचे और वहाँ से **हिन्द** महासागर, **ट्रिटॉनिस** झील के द्वारा वे वापस **मेडीटरेनियन** आए। एक अन्य मत यह है कि **आगु** या तो **डैनयूब** गया और वहाँ से **पो** होते हुए **एड्रियाटिक** समुद्र में प्रवेश किया। यहाँ समुद्र में तूफ़ान आने के कारण **एगनॉट्स** बहुत समय तक **इटली** के आस-पास भटकते रहे और अन्त

में जादूगरनी **सेसी** के द्वीप पर पहुँचे। एक अन्य धारणा यह भी है कि **एगनॉट्स** पहले **आगु** को **डॉन** के मुहाने तक खेकर ले गए और फिर वहाँ से **मेडीया** के आदेशानुसार बारह दिन तक **आगु** को स्थल पर खींचकर **फिनलैंड** की खाड़ी के उत्तर में गिरनेवाली एक नदी तक ले गए। अथवा सम्भवतः वे **आगु** को **डैनयूब** से खींचकर **एल्बी** नदी तक ले गए थे, और वहाँ से फिर **जूटलैंड** पहुँचे। यहाँ से पश्चिम की ओर खेते हुए वे **ब्रिटेन** और **आयरलैंड** के पास से होते हुए **सेसी** के द्वीप पहुँचे।

अधिक मान्य मत यही है कि **एगनॉट्स** उसी रास्ते से वापस लौटे जिससे वे **कॉलकिस** आए थे अर्थात् **बासफ़ॉरस** होते हुए **हेलिसपॉन्ट।** यहाँ **ट्रॉय** की शक्तियों ने उनका विरोध नहीं किया क्योंकि उन्हें **हेराक्लीज़** अब तक पराभूत कर चुका था। **हेरा** की आज्ञानुसार **जेसन, मेडीया** एवं **आगु** का शुद्धीकरण उनकी सुरक्षित वापसी यात्रा के लिए आवश्यक था। अतः उसी की शाखा के आदेश का अनुसरण करते हुए **एगनॉट्स** **मेडीया** की बुआ **सेसी** के द्वीप पर पहुँचे। **सेसी** अपने भाई और भतीजी की तरह ही एक जादूगरनी थी। उसका द्वीप भी उसकी अपनी माया की रचना थी और वहाँ न तो आँधी आती थी, न ओले पड़ते थे और न बर्फ। न ही गर्मी से प्राणी झुलसते थे। यहाँ बारह महीने मदिर वायु बहती थी, और फूल खिलते थे। सूर्य की बेटी **सेसी** को **एगनॉट्स** के आगमन की सूचना मिल चुकी थी। **हेरा** के आग्रह पर **ज़्यूस** ने उसे **जेसन** और **मेडीया** को शुद्ध करने का आदेश दिया था जिसका पालन उसने अनिच्छा से किया। अपने भाई के एकमात्र पुत्र की हत्यारिणी को वह वैसे कभी भी क्षमा न करती। **एगनॉट्स** के स्नान कर लेने के बाद उसने उन पर और **आगु** पर मन्त्रों का जाप करते हुए समुद्र का पानी छिड़का और फिर जलते हुए गन्धक से उन्हें शुद्ध किया। उसकी आज्ञा से **एगनॉट्स** **ने** समुद्र-तट पर एक खाई खोदी और एक काले भेड़ की बलि देकर उसका रक्त खाई में भर दिया ताकि **एपसिरटस** का प्रेत उनका पीछा न करे।

कॉलकिस के सेनानायकों को **ईटीज़** का आदेश था कि वे **मेडीया** को लिए बिना स्वदेश न लौटें। अतः वे लोग अभी तक **आगु** का पीछा कर रहे थे। उनका अनुमान था कि **जेसन** और **मेडीया** शुद्धीकरण के लिए **सेसी** के द्वीप पर अवश्य ही जाएँगे, अतः वे **एगियन** समुद्र से होते हुए **पेलॉपनीज़** के पास से **इलीरिया** के तट पर पहुँचे। अन्ततः उन्हें पता लगा कि **एगनॉट्स कासायेरे** के द्वीप पर पहुँच चुके हैं। **कॉलकिस** के सेनाधिकारी वहाँ गए और **कासायेरे** के राजा **एल्सीनू** से अनुरोध किया कि वह उनका न्याय करे और **मेडीया** तथा सुनहरी पशम को उन्हें सौंप दे। **एल्सीनू** की रानी **एरेटी** ने उस रात बातों ही बातों में अपने पति को **मेडीया** के पक्ष में निर्णय देने के लिए राज़ी कर लिया। **एल्सीनू** ने कहा कि यदि **मेडीया** अभी तक कुमारी है तो उसे अपने पिता के पास वापस **कॉलकिस** जाना होगा और यदि संभुक्ता है तो वह **जेसन** के साथ रहने को स्वतन्त्र है। यह फैसला सुनाने का निश्चय कर **एल्सीनू** सो गया। उसके गहरी नींद सो जाने के बाद **एरेटी** उठी और **एगनॉट्स** को जाकर इसकी सूचना दी। उसी समय **जेसन** और **मेडीया** का विवाह कर दिया गया। **एगनॉट्स** ने रात-भर उत्सव मनाया,

प्रीतिभोज का आयोजन किया और **कासायेरे** के द्वीप पर **जेसन** और **मेडीया** के शरीर का प्रथम मिलन हुआ। दूसरे दिन जब **एल्सीनू** ने अपना निर्णय सुनाया **मेडीया जेसन** की विवाहिता बन चुकी थी। **कॉलकिस** के सैनिक अब न तो उसका विरोध करने की स्थिति में थे और न ही **ईटीज़** के भय से **कॉलकिस** वापस जा सकते थे। अतः वे लोग वहीं बस गए। एक-दो वर्ष बाद जब **ईटीज़** को इस बात का पता चला तो वह क्रोध से पागल हो गया।

एगनॉट्स ने फिर **इऑलकस** को प्रस्थान किया। रास्ते में उन्हें **सायरेन** नाम की स्त्रियों ने अपने घातक गीतों से आकृष्ट करने की चेष्टा की। लेकिन **ऑरफ़ियस** के गीत उनसे कहीं अधिक मधुर थे, अतः **एगनॉट्स** उनके जाल से बच निकले। उनमें से केवल **बूट्स** ही तैरकर किनारे तक पहुँचने के असम्भव विचार से प्रेरित हो सागर में कूदा लेकिन **ऐफ्रॉडायटी** ने उसे बचा लिया, और सुदूर स्थित पर्वतीय प्रदेश में ले गई। इसके बाद **एगनॉट्स सिसली** के पूर्व तट पर पहुँचे जहाँ उन्होंने सूर्य देवता **हीलियस** के अनन्यतम श्वेत चौपायों को चरते हुए देखा। बड़ी कठिनाई से **एगनॉट्स** ने उन्हें चुराने के लोभ का संवरण किया। तभी बड़ी तूफ़ानी उत्तरी हवा चली जो नौ दिन में उन्हें **लीबिया** के भीतर ले गई। यहाँ समुद्र के थपेड़ों ने **आगु** से खूब खिलवाड़ किया और उसे सूखे निर्जन प्रदेश में छोड़ सागर का पानी उतर गया। यहाँ दृष्टि के छोर तक रेत ही रेत थी। कहीं जीवन का कोई चिह्न नहीं था। समुद्र की वे लहरें जो उन्हें यहाँ फेंक गई थीं न जाने कहाँ गायब हो गईं। **एगनॉट्स** समझ गए कि अब मृत्यु अवश्यम्भावी है। लेकिन एक रात स्वप्न में **लीबिया** की देवी ने **जेसन** को दर्शन दिए और उसे आश्वस्त किया। इससे **एगनॉट्स** में फिर कुछ साहस बँधा और वे **आगु** को रेत पर खींचते हुए अनेक मील दूर स्थित **ट्रिटॉनिस** झील की ओर ले चले। इस काम में उन्हें बारह दिन लगे। शायद प्यास के कारण **एगनॉट्स** तड़प-तड़प कर समाप्त हो जाते लेकिन **हेराक्लीज़** ने **हेस्परीडीज़** के स्वर्ण सेब लेने जाते समय यहाँ त्रिशूल मारकर एक झरना निकाला था। इसके जल से **एगनॉट्स** ने अपनी प्यास बुझाई।

मार्ग में ही **कैन्थस** एक चरवाहे के हाथों मारा गया। **एगनॉट्स** ने उसकी मृत्यु का प्रतिशोध तो किया लेकिन उनका एक साथी और कम हो गया। यहीं **मोपसस** को एक ज़हरीले नाग ने एड़ी में काटा और मर्मान्तक पीड़ा से उसकी मृत्यु हो गई। **एगनॉट्स** ने उन्हें विधिपूर्वक दफ़नाया लेकिन इन दुखद घटनाओं से वे एक बार फिर हताश हो उठे। **ट्रिटॉनिस** का कहीं पता नहीं चल रहा था।

इस यात्रा को आरम्भ करने से पूर्व **जेसन डेल्फ़ी** के देवालय में गया था। वहाँ **अपोलो** की उपासिका ने उसे दो त्रिपाद दिए थे। **ऑरफ़ियस** ने सलाह दी कि वह उस मरुस्थल के देवता को एक त्रिपाद भेंट कर दे। **जेसन** ने ऐसा ही किया। तभी वहाँ **ट्रिटन** नामक देवता प्रकट हुआ और इस उपहार को ग्रहण कर बिना कुछ कहे जाने को प्रस्तुत हुआ। इस पर **यूफ़ेमियस** ने उसका रास्ता रोककर विनीत स्वर में कहा, ''कृपया हमें **मेडिटरेनियन** समुद्र का मार्ग बता दीजिए।'' **ट्रिटन** ने एक ओर संकेत किया और फिर

कुछ पल सोचकर मिट्टी का एक ठेला उठाकर **यूफ़ेमियस** को दे दिया। इसका अर्थ था **यूफ़ेमियस** की आनेवाली पीढ़ियाँ इस प्रदेश में राज्य करेंगी।

उत्तर की ओर **आगु** को खेते हुए **एगनॉट्स क्रीट** के पास पहुँचे। यहाँ **हेफ़ास्टस** अथवा **डीडेलस** द्वारा निर्मित पीतल का दैत्य **टैलस** प्रहरी के रूप में नियुक्त था। वह **क्रीट** में अनधिकार प्रवेश करनेवाले जलपोतों पर बड़ी-बड़ी चट्टानें लुढ़काकर उन्हें नष्ट कर देता था। **टैलस** इतना विशालकाय था कि वह एक कदम में कई योजन का फासला तय कर लेता था। उस पर किसी प्रकार के शस्त्र का कोई प्रभाव नहीं हो सकता था। उसका शरीर अभेद्य था। लेकिन उसके पाँव की एड़ी में एक स्थान ऐसा था जिसे भेदा जा सकता था। यहाँ से **डीडेलस** ने एक नस के द्वारा उसके शरीर में जीवन-रस भरा था। यह एक प्रकार का रंगहीन द्रव्य था। इसे भरने के बाद उस छेद को **डीडेलस** ने एक कील ठोंककर बन्द कर लिया। **टैलस** के शरीर का यही भाग भेद्य था।

आगु को **क्रीट** के निकट आता देख **टैलस** गरजा। **एगनॉट्स** भयभीत हो उठे। लेकिन **मेडीया** उसके जीवन-रहस्य को जानती थी। उसने अपनी रत्नमंजूषा में से एक छोटा-सा पात्र निकाला और सब के मना करने पर भी तट पर कूद गई। वह पात्र हाथ में लिए अपनी काली आँखों से **टैलस** को सम्मोहित करती हुई निर्भीक मन्द स्मित अधरों पर लिए उसके निकट जा खड़ी हुई। **टैलस** हतप्रभ-सा रह गया। कुछ देर मूर्ख-सा वह उसे देखता रहा और फिर अपनी कर्कश आवाज़ को यथासम्भव धीमा करके बोला, "हे साहसी स्त्री! तुम कौन हो?"

"मैं विश्व के सर्वसमर्थ जादूगर **कॉलकिस** के राजा **ईटीज़** की बेटी हूँ। अमूल्य निधियों के खजाने से तुम्हारे लिए एक उपहार लाई हूँ। मैंने तुम्हारे आकार और तुम्हारी असाधारण शक्ति के विषय में बहुत कुछ सुना था। और यह अनुभव किया कि तुममें एक चीज़ की कमी है। यदि तुम्हें वह तत्त्व मिल जाए तो तुम देवताओं के समकक्ष हो सकते हो।"

"वह क्या है?" **टैलस** ने उत्सुकता से पूछा।

"वह है अमरत्व," **मेडीया** ने कहा, "जो **डीडेलस** तुम्हें नहीं दे सका। अपनी असाधारण शक्ति के बावजूद तुम मृत्यु से नहीं बच सकते। तुम्हारी जीवन-शक्ति का किसी न किसी दिन ह्रास हो जाएगा। इसीलिए मैं तुम्हारे लिए वह द्रव लाई हूँ जिसके पान से तुम अमर हो जाओगे। लो, इसे स्वीकार कर मुझे कृतार्थ करो।"

मूर्ख **टैलस** ने झट वह पात्र **मेडीया** के हाथ से ले लिया और उसे पी गया। यह वस्तुतः नींद लाने की दवा थी। इसको पीते ही **टैलस** की आँखें बन्द होने लगीं और कुछ ही पलों में वह गहरी नींद सो गया। अब **मेडीया** ने उसकी एड़ी का कील खींच दिया। **टैलस** का जीवन-रस उसकी एकमात्र नस से निकलकर बाहर बह गया और इस तरह इस पीतल के दैत्य का अन्त हुआ। ऐसा भी कहते हैं कि **मेडीया** के रूप से मोहित **टैलस** लड़खड़ा गया था और इस तरह एक चट्टान पर फिसलने से उसकी एड़ी का कील निकल गया और उसकी मृत्यु हो गई। एक अन्य मत के अनुसार **पोइयाज़** ने

उसकी एड़ी में तीर मारा था।

उसी रात **आगु** दक्षिण से आनेवाले तूफ़ान में घिर गया, लेकिन **अपोलो** की अभ्यर्थना से **एगनॉट्स** इस विपत्ति से बच गए। **एगीना** पर **एगनॉट्स** ने एक प्रतियोगिता का आयोजन किया जिसे वहाँ के निवासी आज तक एक परम्परा मानते हैं।

कुछ प्राचीन लेखकों का यह मत भी है कि **इऑलकस** वापस लौटते समय **एगनॉट्स** **लेमनॉस** के द्वीप पर रुके थे, जाते समय नहीं। इस प्रदेश को आबाद करने के बाद वे आगे बड़े और आखिर एक दिन **आगु** चिर-प्रतीक्षित **इऑलकस** की धरती पर जा पहुँचा। **एगनॉट्स** की सुनहरी पशम की विजय-यात्रा सम्पन्न हुई और उनके नेत्र मातृभूमि के दर्शन से तृप्त हुए।

पीलियस का कायाकल्प

पतझड़ की एक उदास अविस्मरणीय शाम। **आगु** ने **पैगेस** के बन्दरगाह पर लंगर डाला। हाँफते-काँपते **एगनॉट्स** ने नीचे उतरकर धरती को चूमा। देवताओं का धन्यवाद किया। लेकिन आश्चर्य! उनके स्वागत के लिए वहाँ एक भी व्यक्ति नहीं था। **थिसली** में यह अफ़वाह फैला दी गई थी कि **एगनॉट्स** **कॉलकिस**-यात्रा में मारे गए। अतः उनके बन्धु-बान्धव अब तक उनका शोक मना कर सामान्य भी हो चले थे। **इऑलकस** में **पीलियस** निःशंक राज्य कर रहा था। कुछ मछियारों से **जेसन** को पता चला कि **पीलियस** ने उसके पिता **एसन** की हत्या कर दी और इस दुःख को सह पाने में असमर्थ उसकी माता ने आत्महत्या कर ली। उनके एक शिशु को जिसका जन्म **एगनॉट्स** की यात्रा प्रारम्भ होने के बाद हुआ था, **पीलियस** ने मार डाला। इस पर भी **जेसन** ने **पीलियस** से युद्ध करना उचित नहीं समझा। वह सुनहरी पशम को **कॉलकिस** से जीतकर लाने की शर्त पूरी कर चुका था, अतः अनुबन्ध के अनुसार अब **पीलियस** को **जेसन** के लिए राज्य त्यागना उचित था। **पीलियस** वैसे भी उसका सम्बन्धी और उसके **एगनॉट** साथी **एकास्टस** का पिता था। इसके अतिरिक्त थके-हारे **एगनॉट्स** से अब युद्ध में जूझने की आशा रखना भी अनुचित था। **पीलियस** ने **इऑलकस** की रक्षा का भी पूरा प्रबन्ध कर रखा था। **जेसन** ने **पीलियस** से भेंट की और उसे अनुबन्ध की शर्तों की याद दिलाई लेकिन **पीलियस** ने इस पर भी सिंहासन छोड़ना स्वीकार नहीं किया। **जेसन** के सभी साथी एक-एक कर अपने-अपने देश रवाना हो रहे थे। अब वह अपने देश में एक शरणार्थी की तरह अकेला रह गया। केवल **मेडीया** उसके साथ थी। **मेडीया** ने एक बार नहीं, न जाने कितनी ही बार **जेसन** और उसके साथियों के प्राण बचाए। सुनहरी पशम को विजय करने के उपाय बताए, मन्त्र-तन्त्रादि के जाप से असम्भव को सम्भव किया। वह जब तक **जेसन** के साथ रही, महान संकट के क्षणों में भी कभी पीछे नहीं हटी। उसके जीवन का एकमात्र लक्ष्य जैसे **जेसन** का प्रेम ही था। इस प्रेम की खातिर उसने पिता से विश्वासघात किया, मातृभूमि की प्रतिष्ठा को ठेस पहुँचाई, अपने भाई की हत्या

की और समस्त प्रियजनों से दूर विदेश में **जेसन** के साथ चली आई। **जेसन** का प्रेम उसकी शक्ति थी। **जेसन** का प्रेम एक ऐसी उद्दाम जलधारा थी जो उचित-अनुचित के संशय को तिनके की तरह बहा ले जाती थी। **जेसन** के लिए वह कुछ भी कर सकती थी। इस बार भी **मेडीया** ने ही उसके लिए **पीलियस** से प्रतिशोध लिया।

ग्रीस में हर जगह **ईटीज़** की बेटी **मेडीया** की मायावी शक्ति और सुनहरी पशम को लाने में उसकी सहायता की चर्चा हो रही थी। लोग उसे आश्चर्य, कौतूहल और भय से देखते थे। उसके विषय में भाँति-भाँति की अफ़वाहें फैल गई थीं। लोग कहते कि वह अपनी तांत्रिक विद्या से चन्द्रमा को विचलित कर सकती है, नक्षत्रों को पृथ्वी पर ला सकती है, रात्रि-दिवस के क्रम में परिवर्तन कर सकती है, मुर्दों को जिला सकती है और वृद्ध को युवा बना सकती है। **जेसन** के सदाबहार यौवन और शक्ति का श्रेय भी उसी को दिया जाने लगा। यह विचार हर कहीं मान्य हो गया कि **मेडीया** अनन्त रूप और यौवन का रहस्य जानती है। एक दिन वृद्ध **पीलियस** की बेटियों की उपस्थिति में उसने अपनी माया का प्रमाण भी दिया। उसने एक बूढ़े भेड़ को मारकर उसके छोटे-छोटे टुकड़े किए। इन टुकड़ों को **मेडीया** ने उबलते हुए पानी में कुछ जड़ी-बूटियों के साथ डाल दिया और स्वयं मन्त्रों का जाप करते हुए उस कड़ाह के चारों ओर चक्कर काटती रही। कुछ ही देर बाद उस वृद्ध भेड़ के स्थान पर एक छोटा-सा सुकुमार दुम्बा फुदकता हुआ बाहर निकल आया। सभी लोग यह देखकर आश्चर्यचकित रह गए। **पीलियस** की पुत्रियों ने सोचा क्यों न वे **मेडीया** की अनुनय-विनय करके अपने वृद्ध पिता को युवक बना दें। **मेडीया** तो यही चाहती थी। उसने उन्हें एक तरह का द्रव्य दिया और आदेश दिया कि वह द्रव्य पीने के बाद **पीलियस** के अचेत हो जाने पर वे उसे कटार से काट डालें। उसे किसी प्रकार का कष्ट नहीं होगा।

पीलियस की पुत्रियों ने ऐसा ही किया। जब वह सो गया तो **एम्फ़ीनोमी** एवं **इवाडनी** ने तलवार से उसके टुकड़े कर दिए। **पीलियस** की बेटी **एल्सेसटिस** ने इस काम में सहयोग नहीं दिया। उसे **मेडीया** की तन्त्र-विद्या में विश्वास तो अवश्य था लेकिन पिता के शरीर को काटने का साहस नहीं जुटा पाई। इन टुकड़ों को उबलते पानी में डाल दिया गया लेकिन **मेडीया** ने इस बार उन मन्त्रों का जाप ही नहीं किया जिससे मृत फिर से जीवित हो उठे।

इस तरह विश्वासघाती **पीलियस** का भयावह अन्त हुआ। **जेसन** का शत्रु मारा गया, लेकिन प्रजा में उसके एवं **मेडीया** के विरुद्ध घृणा फैल गई। लोग उन्हें धिक्कारने लगे। नगर के गण्यमान्य व्यक्ति एकत्रित हुए और उन्होंने यह फैसला किया कि **जेसन** एवं **मेडीया** को **इऑलकस** से निष्कासित कर दिया जाए। जब **मेडीया** को इस निर्णय की सूचना मिली तो उसने सभा-भवन में जाकर सबके सामने इस अपराध को अपने सिर ले लिया। उसने कहा कि **पीलियस** की हत्या उसकी अपनी योजना थी और **जेसन** को इसका न तो ज्ञान था, न ही इसमें उससे किसी प्रकार की सहायता ली गई थी। अतः दण्ड केवल उसी को दिया जाए। लेकिन **मेडीया** की बात का किसी ने विश्वास नहीं

किया और उन दोनों को निष्कासित कर दिया गया।

ऐसा भी कहा जाता है कि **एगनॉट्स** की वापसी के समय **एसन** जीवित था लेकिन बहुत वृद्ध हो चुका था। **मेडीया** ने अपनी माया से उसे युवक बना दिया, पर **पीलियस** की पुत्रियों ने भी अपने पिता के स्थायी यौवन की प्रार्थना की और उसकी निर्मम हत्या का कारण बनीं। इस विवरण के अनुसार **जेसन** के निष्कासन के समय **एसन इऑलकस** का राजा था। उसने **जेसन** के पक्ष को प्रतिपादित किया, उसके लिए आग्रह भी किया, लेकिन व्यर्थ। उसे रोते हुए अपने वर्षों के बाद स्वदेश लौटे बेटे को देशनिकाला देना ही पड़ा।

एक धारणा यह भी है कि **जेसन इऑलकस** का राज्य स्वेच्छा से **पीलियस** के पुत्र **एकास्टस** को सौंपकर **मेडीया** के साथ **कॉरिन्थ** चला गया।

मेडीया कॉरिन्थ में

जेसन ने सुनहरी पशम को देव-सम्राट **ज़्यूस** के देवालय में अर्पित कर दिया, और **आगु** को समुद्र-देवता **पॉसायडन** को भेंट करके स्वयं भाग्य आज़माने **कॉरिन्थ** चला आया। कहते हैं कि **कॉरिन्थ** पर कभी **मेडीया** के पिता **ईटीज़** ने विजय प्राप्त की थी और वहीं के किसी व्यक्ति को यह राज्य अपनी धरोहर के रूप में सौंपकर **कॉलकिस** वापस चला गया था। उस व्यक्ति की आकस्मिक मृत्यु हो जाने तथा निस्सन्तान होने के कारण **कॉरिन्थ** का सिंहासन खाली पड़ा था। वहाँ की प्रजा ने **ईटीज़** की बेटी के अधिकार को स्वीकार किया और इस तरह **मेडीया** का पति **जेसन कॉरिन्थ** का शासक बना। **जेसन** ने **कॉरिन्थ** में दस वर्ष तक सुख से राज्य किया। उसका पारिवारिक जीवन भी बड़ा सन्तोषजनक था। **मेडीया** से उसके दो अथवा तीन सुन्दर पुत्र भी हुए। लेकिन सुख-समृद्धि का यह दशक स्वप्न की तरह बीत गया और एक दिन **मेडीया** को पता चला कि उसका स्वामी **थीब्ज़** के राजा **क्रियों** की पुत्री **ग्लॉसी** से विवाह करनेवाला है। ऐसा भी कहते हैं कि **कॉरिन्थ** का शासक **जेसन** नहीं, **क्रियों** था, और **जेसन** ने निष्कासन के ये दस वर्ष उसके संरक्षण में बिताए थे। वह **क्रियों** के राज्य में शरणार्थी के रूप में ही रह रहा था कि **क्रियों** ने उसके व्यक्तित्व से प्रभावित होकर उसे अपना जामाता बनाने का प्रस्ताव किया। **जेसन** महत्त्वाकांक्षी था। साथ ही उसमें स्थैर्य का पूर्णतः अभाव था जो कि **मेडीया** का विशेष गुण था। उसने झट यह प्रस्ताव स्वीकार कर लिया। एक पल में **मेडीया** के उपकार, उसकी स्वामीभक्ति, उसका प्रेम—सभी कुछ विस्मृत हो गया। सुख-दुख में साथ देने की प्रतिज्ञाएँ पानी की लकीर की तरह महत्त्वाकांक्षा की प्रबल आँधी के एक झोंके से सूख गईं।

मेडीया को जब यह समाचार मिला तो वह क्रोध से पागल हो गई। वह यह कल्पना भी नहीं कर सकती थी कि **जेसन** इतना अधम सिद्ध होगा। विश्वासघात की यन्त्रणा से उसका शरीर ऐंठ गया, विरोधी भावों के घात-प्रतिघात से वह क्षत-विक्षत हो गई,

उद्वेग के झंझावात ने उसे झकझोर डाला। अविश्वास भी करना चाहा लेकिन सूचना विश्वस्त थी। **मेडीया** ने अपने बाल नोच डाले, वस्त्र फाड़ डाले। उसकी आँखों से आग बरसने लगी। ऐसा लगा जैसे वह अपने क्रोध की अग्नि से सब कुछ भस्म कर डालेगी। वह **ग्रीस** की बेटी नहीं थी जो अपने पति के प्रत्येक उचित-अनुचित व्यवहार को सीने पर पत्थर रखकर सहती है। लक्ष्य-पूर्ति के लिए अपने भाई की हत्या से न हिचकनेवाली, बर्बर **कॉलकिस** की मायाविनी के कोप को **जेसन** न जाने कैसे भूल गया। उसकी नागिन-सी जिह्वा से अभिशाप बरसने लगे। उसका यह प्रचंड रूप देख सूचना लेकर आया दूत प्राण बचाकर भागा और **जेसन** तथा **क्रियों** को जो घटित हुआ था, कह सुनाया। परिणाम और भी बुरा हुआ। **क्रियों** के मन में अपनी बेटी के जीवन और सुख के लिए सन्देह घर कर गया। अतः उसने इस काँटे को ही निकाल फेंका। आज्ञा दी कि **मेडीया** चौबीस घंटों के भीतर अपने बच्चों को साथ ले सदा के लिए **कॉरिन्थ** की सीमा से दूर चली जाए। यह दूसरा आघात था। **जेसन** दूल्हा बन रहा था और **मेडीया** अपने छोटे-छोटे निर्बोध, अनाथ बच्चों को साथ ले जाने की तैयारी कर रही थी। उसके भीतर घृणा का दावानल धधक रहा था। उसके प्रेम का यह पुरस्कार!

उस दिन **मेडीया** को अपने पिता की याद आई जिसे अकेला निस्सहाय छोड़कर वह एक विदेशी के साथ भाग आई थी। उस दिन उसे **कॉलकिस** की धरती याद आई। काश कि **आगु** कभी वहाँ न पहुँचता। न वह **जेसन** से मिलती, न आज यह दिन देखना पड़ता। **एपसिरटस** का मुख बार-बार उसकी आँखों के सामने उभरने लगा। आह! उसके हाथ अपने ही भाई के रक्त से रँगे थे। वह सिर से लेकर पाँव तक विक्षोभ से काँपने लगी। उसका कलेजा मुँह को आ रहा था। और आँखों से अश्रुओं की अविरल धारा बह रही थी। वे सारे अपराध जो उसने एक पल भी सोचे-समझे बिना सिर्फ **जेसन** की खातिर किए थे, आज अपने वीभत्सतम रूप में उसकी आँखों के सामने नाच रहे थे। **मेडीया** आँखें मींच लेती लेकिन फिर उसकी स्मृति में वृद्ध **पीलियस** का काँपता हुआ शरीर टुकड़े-टुकड़े हो गिरने लगता। यह जघन्य पाप आखिर किसके लिए किया था **मेडीया** ने? इस कृतघ्न, दुराचारी, धूर्त्त **जेसन** के लिए जिसने एक पल में उसकी श्रद्धा और विश्वास को मिट्टी के खिलौने की तरह तोड़ फेंका। **मेडीया** के सुख का संसार नष्ट-भ्रष्ट हो गया, भावनाओं का महल खंडहर बन गया। अब क्या शेष रह गया था जीवन में!

इसी ज्वार-भाटे में डूबती-उतराती अपने कक्ष में बैठी थी **मेडीया,** जब **जेसन** ने वहाँ प्रवेश किया। **जेसन** जानता था **मेडीया** किस धातु की बनी है, लेकिन महत्त्वाकांक्षा ने उसे अन्धा कर रखा था। अतीत की कोई भी स्मृति अब उसे **मेडीया** से जोड़ नहीं पाती थी। **मेडीया** के हर बलिदान में आज उसे स्वार्थ की गन्ध आ रही थी। बड़े निस्पृह स्वर में उसने **मेडीया** से कहा कि अपने दुर्भाग्य के लिए वह स्वयं उत्तरदायी है। अपने पति और उसकी होनेवाली पत्नी, राजा **क्रियों** की बेटी के लिए उसे दुर्वचन मुँह से नहीं निकालने चाहिए थे। **क्रियों** तो सम्भवतः उसे मृत्यु-दण्ड देता लेकिन **जेसन** के आग्रह

पर केवल **कॉरिन्थ** से निष्कासित ही कर रहा है। उसे यदि धन-सम्पत्ति, रत्न, जवाहरात एवं स्वर्ण की आवश्यकता हो तो जितना चाहे ले जा सकती है।

मेडीया ने अपने आवेग को दबाकर **जेसन** को सुना और फिर उसका सारा क्रोध, सारी व्यथा शब्दों में ढल आई। जो बात उसने आज तक मुँह से न निकाली थी, अब वह रोके न रुकी। ''बस करो! बस करो!'' वह सहसा इस अन्याय पर चीख पड़ी और फिर **जेसन** को सिर से लेकर पाँव तक बड़े अविश्वास से एक दृष्टि देखा, मानो पहचानने की चेष्टा कर रही हो कि यह वही व्यक्ति है जिसको वर्षों पूर्व उसने अपना तन-मन इतने गर्व और श्रद्धा से सौंप दिया था।

''**जेसन!** आश्चर्य है कि इतना अधम आचरण करने के बाद तुम में मेरे सामने आने का साहस कैसे हुआ? ज़रा भी लाज नहीं आई।'' एक वेदनासिक्त मुस्कान **मेडीया** के अधरों पर उभरी। लेकिन **ग्रीस** के हृदयहीन वीर! **एगनॉट्स** के महान नायक! अच्छा हुआ तुम आ गए। कम-से-कम मेरे मन का बोझ तो हल्का हो जाएगा। मुझे कुछ कहना नहीं। बस! तुमसे कुछ प्रश्न पूछने हैं। उत्तर दे सकोगे?...जानते हो **कॉलकिस** की बर्बर धरती पर तुम्हारे प्राण किसने बचाए थे? सुनहरी पशम को जीतने की अग्नि-परीक्षा में किसकी सहायता से तुम सफल हुए थे? आग उगलते हुए साँडों को वशीभूत करने का मन्त्र किसने दिया था? अनगिनत भाले चमकाते हुए खूँखार योद्धाओं से बचाने का उपाय किसने बताया था? कभी पलक न झपकनेवाले सहस्रों योजन लम्बे सुनहरी पशम के प्रहरी सर्प को किसने सुलाया था? तुम्हारी आन, मान, मर्यादा और प्रतिष्ठा की रक्षा किसने की? भूल गए तुम्हारी कीर्ति किसकी कृपा का प्रसार है? कौन था वह जिसने तुम्हारे पिता की हत्या का प्रतिशोध बूढ़े **पीलियस** से लिया? तुम भूल गए हो शायद। लेकिन **ग्रीस** का बच्चा-बच्चा जानता है कि **जेसन** के लिए हर असम्भव को सम्भव **मेडीया** ने बनाया।...तुम्हारे लिए कौन-सा पाप नहीं किया मैंने? किस-किस अपराध का बोझ अपनी आत्मा पर नहीं लिया? तुम्हारे लिए किससे शत्रुता नहीं मोल ली मैंने! और आज—आज तुम मुझे इस देश से निष्कासित कर रहे हो? कहाँ जाऊँ मैं? बताओ, किसके पास जाऊँ मैं? कौन शरण देगा मुझे? **ईटीज़**? या **पीलियस** के वंशज? किस अपराध का दण्ड है यह? पत्नी के रूप में कौन-सा सुख नहीं दिया मैंने तुम्हें? यदि मैं बाँझ होती, तुम्हें एक उत्तराधिकारी न दे पाती तो पूरा अधिकार था तुम्हें मुझे छोड़कर नया संसार बसाने का। लेकिन अब इन छोटे-छोटे बच्चों को क्यों बेघर कर रहे थे? इन पर तो दया करो। कैसे क्रूर पिता हो तुम। क्यों दर-दर भटकने को विवश कर रहे हो हमें।'' **मेडीया** फूट-फूटकर रोने लगी।

लेकिन **जेसन** नहीं पिघला। वह इन तमाम स्थितियों के लिए तैयार होकर आया था।

''तुमने पूछा है तो जवाब अवश्य दूँगा मैं। तुमने मेरी सहायता इसलिए की क्योंकि तुम मुझसे प्रेम करने लगी थीं। और यह स्थिति **ऐफ्रॉडायटी** की कृपा से उत्पन्न हुई। यह उसका अनुग्रह था जो तुमने मेरे प्रेम में अन्धी होकर अकृत्य कर्म कर डाले। और

हाँ! **कॉलकिस** को छोड़कर तुमने मेरा कोई उपकार नहीं किया। यह तुम्हारा सौभाग्य है कि एक बर्बर असभ्य जाति से निकलकर **ग्रीस** जैसे सभ्य एवं सुसंस्कृत देश में आने का अवसर मिला। ग्रीसवासियों ने तुम्हें सम्मान दिया तो मेरे कारण। तुमने जो सहयोग मुझे दिया, मैं चाहता तो उसे गुप्त भी रख सकता था। लेकिन मैंने ऐसा नहीं किया। अपने सुयश में बराबर का श्रेय दिया तुम्हें मैंने। और यह विवाह-सम्बन्ध भी तुम्हारे और अपने बच्चों के भविष्य के लिए स्वीकार किया, किसी आसक्ति के लिए नहीं। क्या तुम नहीं जानतीं कि **ग्लॉसी क्रियों** की एकमात्र कन्या है और **क्रियों ग्रीस** का प्रतिष्ठित एवं धनाढ्य सम्राट! यह तो राजनीति थी जिसे तुम नहीं समझ सकीं और उल्टी-सीधी बातों के कारण **क्रियों** के कोप का भाजन बन गईं। इसमें मेरा क्या दोष है?

मेडीया ने चुपचाप इस भाषण को सुना। भीतर ही भीतर वह **जेसन** की निर्लज्जता पर दारुण क्रोध से फुँकी जा रही थी। लेकिन प्रकट में उसने अब पैंतरा बदल लिया। वह फुँकारी नहीं, चीखी-चिल्लाई नहीं, केवल देवताओं की दुहाई देकर करुणा की भीख माँगती रही। **जेसन** कुछ नरम पड़ गया। लेकिन वह उसकी कोई सहायता नहीं कर सकता था। हाँ, स्वर्ण दे सकता था ताकि विदेश में उसे कोई आर्थिक कठिनाई न हो। **मेडीया** ने नम्रता से इस भेंट को अस्वीकार कर दिया। वह कुछ और निर्णय कर चुकी थी। प्रतिशोध लिए बिना उसके मन की अग्नि शान्त नहीं होनेवाली थी। उसने मुख मलिन नहीं किया। सौहार्दपूर्ण विदा दी **जेसन** को। और अपने दोनों बेटों को नववधू के लिए एक उपहार देकर साथ भेज दिया। यह था स्वर्ण से जड़ित एक लाल रंग का जोड़ा जो **मेडीया** के पिता ने उसके दहेज के लिए बनवाया था। धनाढ्य **क्रियों** की बेटी भी इस भेंट को स्वीकार करने का लोभ संवरण नहीं कर पाएगी, यह **मेडीया** जानती थी। उसने साथ ही यह सन्देश भी भेजा कि **ग्लॉसी** इसे एक बार पहनने की कृपा अवश्य करे। **ग्लॉसी** ने उपहार स्वीकार कर लिया। वह उसे पहनने का लोभ भी नहीं छोड़ पाई। लेकिन जैसे ही **जेसन** की नवोढ़ा ने इस पोशाक को पहना, उसमें से आग की लपटें निकलने लगीं और **ग्लॉसी** के स्थान पर केवल एक अग्निपुंज मात्र दिखाई देने लगा। महल में हाहाकार मच गया। जिसने भी आग बुझाने का प्रयत्न किया, वही जल गया। भाग-दौड़ मच गई। दास-दासियाँ अपनी जान बचाने के लिए खिड़कियों से कूद गए। स्वयं **क्रियों** की बुरी तरह जल जाने से मृत्यु हो गई। **ग्लॉसी** की तो हड्डियाँ तक जल गईं। **जेसन** भी बड़ी कठिनता से प्राण बचाकर **मेडीया** के महल की ओर भागा। वह समझ गया था कि **मेडीया** ने अपना प्रतिशोध ले लिया है।

जेसन के पहुँचने से पहले **मेडीया** के प्रासाद में एक और ऐसा नृशंस कांड हो चुका था जिसकी मिसाल कहीं नहीं मिलती। क्रोध में अन्धी, हताश **मेडीया** ने अपने दोनों बेटों के सीने में कटार भोंक दी। उसने **जेसन** से बदला लेने के लिए मातृत्व का गला घोंट दिया। अपने बच्चों के अन्धकारमय भविष्य को मृत्यु की गोद में डाल दिया। जब **जेसन** वहाँ पहुँचा तो सब कुछ समाप्त हो चुका था। हाथ में नंगी तलवार लिए वह **मेडीया** की हत्या करने आया था। लेकिन उसके देखते ही देखते **मेडीया** उड़नेवाले सर्पों

के रथ में बैठकर अदृश्य हो गई। **जेसन** का नपुंसक क्रोध अभिशाप ही देता रह गया।

जेसन को विश्वासघात का ऐसा दण्ड मिला जिससे वह फिर कभी प्रकृतिस्थ नहीं हो पाया। बेघर-बार **जेसन कॉरिन्थ** से निष्कासित होकर दर-ब-दर भटकता फिरा। न उसका कोई मित्र था, न सगा-सम्बन्धी। न पत्नी, न सन्तान। वृद्धावस्था में उसका कोई भी तो सहारा नहीं था। सुनहरी पशम को जीतनेवाले **एगनॉट्स** के नायक का यश उसके कुकर्मों से धूमिल पड़ चुका था। समय की धूल उस पर परतें जमा चुकी थी। लोग भूल गए थे कि **जेसन** नाम का भी कभी कोई वीर **ग्रीस** में हुआ था। न उसके पास शक्ति थी, न प्रतिष्ठा। न कोई उसे सम्मान देता था, न ही उसका कोई नामलेवा बचा था। अकेला, निस्सहाय, अभिशप्त वृद्ध **जेसन** दर-दर भटकता हुआ एक दिन फिर वापस स्वदेश पहुँचा। वहाँ समुद्र-तट पर उसने **आगु** को देखा। न जाने यौवन की कितनी स्मृतियाँ उसकी बूढ़ी धुँधली दृष्टि के सामने झिलमिलाने लगीं। बुझते दीये की लौ भभक उठी। कई वीर बाँके युवक, अस्त्र-शस्त्र से सज्जित, हँसते-गाते **आगु** पर सवार...स्वर्ण पात्र से समुद्र को मधु-मदिरा अर्पित करता हुआ सुनहरी लटोंवाला उसका नायक... **कॉलकिस** की यात्रा...वे तूफ़ानी दिन...वह पर्वतों को उखाड़ फेंकने का साहस, वह उमंग, वह विश्वास, वह खतरों से भिड़ जाने की उत्कंठा, वह जिन्दगी को कंकड़ की तरह उछाल देनेवाली लापरवाही, वे प्यार भरी रातें, अरमान-भरे दिन...। वृद्ध **जेसन** की आँखें चमक उठीं। मुख पर कुछ दिन जीवन को जी पाने का सन्तोष झलक आया। वह **आगु** की छाँव में लेट गया और आँखें बन्द कर लीं।

उस शाम **इऑलकस** के मल्लाहों ने देखा, एक वृद्ध **आगु** के पास मरा पड़ा है। यान से गिरी एक बल्ली उसके सीने पर पड़ी थी। वृद्ध के मुख पर शान्ति थी। **आगु** की छाँव में ही वह जिया था और **आगु** के साए में ही चल बसा।

मेडीया कॉरिन्थ से सम्भवतः पहले **हेराक्लीज़** के पास गई, लेकिन **थीब्ज़ हेराक्लीज़** का जन्म-स्थान था और **थीब्ज़** के राजा **क्रियों** की हत्या का दोष **मेडीया** के सिर था। अतः वह **एथेन्स** चली गई। वहाँ के राजा **एगियस** ने उससे विवाह कर लिया। लेकिन तभी **थीसियस** आ पहुँचा और **थीसियस** को विष देने के असफल प्रयास का भेद खुल जाने पर वह वहाँ से भाग कर **इटली** पहुँची। **इटली** में **मेडीया** की देवी के रूप में पूजा की जाती है। उसने वहाँ के लोगों को साँपों का वशीकरण सिखाया था। इस बीच वह **थिसली** भी गई और **थेटिस** के साथ एक सौन्दर्य-प्रतियोगिता में भाग लिया। इससे परास्त होने के बाद उसने **एशिया** के किसी राजा से विवाह कर लिया। इस राजा का नाम नहीं प्राप्त है। **मेडीया** की मृत्यु वहीं हुई। वह अमर्त्य होकर सदा सुखी रहनेवाले लोगों के प्रदेश **इलीसिया** भेज दी गई और वहाँ सम्भवतः उसका **एकीलीज़** से विवाह हो गया।

एगनॉट्स और **मेडीया** की यह कहानी मुख्यतः तीन कवियों से प्राप्य है। सबसे पहले इसे तीसरी शताब्दी के कवि **रोड्स** के **एपोलोनियस** ने एक लम्बी कविता में बाँधा। लेकिन उसकी कविता ग्रीक वीरों की **कॉलकिस** से वापसी के साथ ही समाप्त हो जाती

है। **जेसन** और **पीलियस** की कहानी को **पिन्डार** ने अपना विषय बनाया और **मेडीया** के विस्तृत विवरण ग्रीक त्रासदी लेखकों ने दिए हैं जिनमें **यूरीपिडीज़** का **मेडीया** विशेष रूप से उल्लेखनीय है। इन नाटकों में नाटकीयता के लिए कुछ अतिशयोक्ति से भी काम लिया गया है जिससे **मेडीया** के चरित्र को उभरने का बड़ा अवसर मिला है। हमारे विवरण का आधार मुख्यतः **यूरीपिडीज़** है। इसके अतिरिक्त **होमर** के 'ओडिसी' एवं 'इलियड', **अपोलोडॉरस, हाइज़ीनस** एवं **हेरोडोटस** आदि से भी यत्र-तत्र इन घटनाओं के उल्लेख प्राप्त होते हैं।

हेराक्लीज़

हेराक्लीज़ अथवा **हर्क्युलिस** को प्राचीन **ग्रीस** के वीर योद्धाओं में श्रेष्ठतम माना गया है। शारीरिक-क्षमता, युद्ध-पराक्रम, अद्वितीय साहस, निर्भीकता एवं आत्मविश्वास जैसे गुण केन्द्रस्थ हुए थे उसके व्यक्तित्व में। वह युग ही बाहुबल का था जब बड़े-से-बड़े युद्ध भी आमने-सामने तीरों और तलवारों से हुआ करते थे। अमानवी शक्ति रखने, परन्तु उसका प्रयोग जनसाधारण के अहित में करनेवाले दैत्यों और राक्षसों के दमन के लिए भी कुशाग्र बुद्धि की अपेक्षा लौह-शरीर अधिक आवश्यक हुआ करता था। सुदृढ़ मांसपेशियों के साथ एक विकसित विचार-शक्ति का संगम तो दुर्लभ ही होता है और इसका एकमात्र उत्कृष्ट अपवाद है **एथेन्स** का वीर **थीसियस। थीसियस** के व्यक्तित्व में असाधारण शौर्य के साथ विलक्षण मेधा एवं दूरदृष्टि का सम्मिश्रण था, और उसने अपनी मौलिक विचार-शक्ति से एथेन्स में एक ऐसे राज्य की स्थापना की जिसे आधुनिक प्रजातन्त्र की आधारशिला कहा जा सकता है। **एथेन्स** के सुसंस्कृत नागरिकों का यही आदर्श था। किन्तु **ग्रीस** में अन्यत्र बाहुबल और रण-कौशल को ही अधिक मान्यता दी गई और यही कारण है कि **हेराक्लीज़ थीसियस** से कहीं अधिक लोकप्रिय हुआ और आज भी शायद ही ऐसा कोई हो जिसने **हेराक्लीज़** का नाम न सुना हो।

हेराक्लीज़ अपने समय का सबसे अधिक शक्तिशाली व्यक्ति था। शूरवीरता में सारे संसार में उसका सानी नहीं था। उसकी तुलना देवताओं से की जाती थी। इतना ही

नहीं, कई बार तो दुःसाध्य कार्यों में देवता भी **हेराक्लीज़** की सहायता लिया करते थे। **हेराक्लीज़** ने जिस काम का बीड़ा उठाया, उसे पूरा किया। शत्रु कितना ही भयावह क्यों न हो, यह निश्चित था कि विजय **हेराक्लीज़** की ही होगी। उसने सारे जीवन में कभी हार का मुँह नहीं देखा। कई लोग तो उसे देवता मानते हैं लेकिन **हेराक्लीज़** नाम के आधार पर इस धारणा का खंडन किया जा सकता है। **हेराक्लीज़ हेरा** से बना है और इसका अर्थ है **'हेरा** का गौरव'। किसी भी ग्रीक देवी-देवता का नाम किसी अन्य के नाम के संयोजन से नहीं बना। अतः **हेराक्लीज़** देवता नहीं, लेकिन शक्ति में वह निश्चय ही देवताओं के समकक्ष था और इसी कारण स्वभाव से बड़ा उद्दण्ड। क्रुद्ध हो जाने पर उसे उचित-अनुचित का ज्ञान न रह जाता था और कई बार तो वह अपने अपरिमित आत्मविश्वास में हास्यास्पद-सी हरकतें भी कर बैठता। जैसे कि एक बार उसने क्रोध में आकर सूर्य देवता **हीलियस** को यह धमकी दी कि वह उसे अपने तीर से मार गिराएगा; और एक अन्य अवसर पर समुद्र की उद्वेलित लहरों को आज्ञा दी कि वे शान्त हो जाएँ अन्यथा वह उन्हें दण्ड देगा। लेकिन **हेराक्लीज़** जैसे शक्तिशाली व्यक्ति में ऐसी उद्दंडता अक्षम्य नहीं। और फिर सबसे बड़ी बात तो यह कि **हेराक्लीज़** मन का साफ, स्वभाव से कोमल, दुखियों के दुख को समझनेवाला, सताए हुओं की रक्षा करनेवाला एक बड़ा ही उदार-हृदय व्यक्ति था। उसका क्रोध क्षणिक होता था लेकिन उन कुछ ही क्षणों में की गई हानि का पश्चात्ताप उसकी आत्मा को कचोटता रहता। और फिर वह हर प्रकार के दण्ड के लिए प्रस्तुत रहता। बल्कि यह कहना चाहिए कि अपनी आत्मा के पवित्रीकरण के लिए वह स्वयं दण्ड की माँग करता। वैसे **हेराक्लीज़** को भला कौन दंडित कर सकता था! यह उसकी सहृदयता का प्रमाण था कि दूसरों द्वारा क्षमा कर दिए जाने पर भी वह अपना प्रायश्चित्त अवश्य करता था। उसका व्यक्तित्व भाव-प्रधान था, अतः जीवन के सुख-दुख उसे गहरा छूते थे। आत्म-नियन्त्रण की कला में वह कोरा ही था। उसके रक्त में शौर्य था, राजनीति नहीं। शत्रु को जीतने के लिए वह शस्त्र प्रयोग करता था, साम-दाम-दण्ड-भेद नहीं। उसकी बुद्धि दैत्यों को मारने की विधियाँ सोचने तक ही सीमित थी। वह किसी राज्य का कुशल शासक नहीं हो सकता था। उसका जन्म ही किसी एक राज्य की सीमा में बँधकर समाप्त हो जाने के लिए नहीं, अपितु दुष्टों को मारकर पृथ्वी का बोझ हल्का करने के लिए हुआ था। और **ग्रीस** का यह महानतम वीर जीवनपर्यन्त इसी उद्देश्य की पूर्ति में लगा रहा।

हेराक्लीज़ के विषय में **ग्रीस** के बहुत-से साहित्यकारों ने लिखा है। **ओविड** ने 'मेटामार-फॉसिस' में **हेराक्लीज़** का जीवनवृत्त दिया है लेकिन यह विवरण **ओविड** के अन्य लम्बे वर्णनात्मक परिच्छेदों की अपेक्षा संक्षिप्त है। **हेराक्लीज़** द्वारा पागलपन के दौरे में अपनी पत्नी और बच्चों की हत्या की घटना को **ओविड** ने छुआ भर है। सम्भवतः इसलिए कि यह कहानी **यूरिपिडीज़** के कलम से पहले ही लिखी जा चुकी थी। **सोफोक्लीज** ने **हेराक्लीज़** की मृत्यु का विवरण दिया है। **यूरिपिडीज़** ने 'हेराक्लीज़' और 'एल्सेसटिस' नामक नाटक लिखे हैं। **होमर** के 'इलियड,' विरजिल के 'ईनियड' में

यत्र-तत्र कुछ घटनाओं का उल्लेख मिलता है। **पिन्डार** ने **हेराक्लीज़** के शैशव के बारे में लिखा है। तीसरी शताब्दी के **थियोक्राइटस** ने उसके जीवन से सम्बद्ध कई घटनाओं का विवरण दिया है लेकिन **हेराक्लीज़** के सम्पूर्ण जीवन-वृत्त को **ओविड** के बाद पहली या दूसरी शताब्दी के गद्य लेखक **अपोलोडॉरस** ने ही विस्तार दिया। इनके अतिरिक्त **हीसियड** का 'शील्ड ऑफ हेराक्लीज़,' **हाइजीनस** का 'फ़ेबुला,' **लूशियन** का 'डायलॉग्स ऑफ द गॉड्स,' **प्लूटार्क, स्ट्रेबो, पॉसेनियास, इरैसमस, जेनोवियस, ईस्किलस** ('प्रोमिथ्युस बाउंड') **प्लिनी, लिवि** इत्यादि साहित्य एवं इतिहासकारों में यत्र-तत्र उसका सन्दर्भ मिलता है।

हेराक्लीज़ का जन्म

वीर **परसियस** का बेटा **इलेक्ट्रयों मायसीनी** का राजा था। वह अपने सुन्दर एवं उपयोगी चौपायों के लिए बड़ा प्रसिद्ध था। अवसर पाकर **टेलिबोन्स** और **टैफियन्स** ने एक आकस्मिक आक्रमण में उसके चौपाए छीन लिए और उन्हें पुनः प्राप्त करने के असफल प्रयास में **इलेक्ट्रयों** के आठ बेटे मारे गए। अब **इलेक्ट्रयों** ने स्वयं शत्रु के विरुद्ध जाने का निश्चय किया और अपनी बेटी **ऐल्कमीनी** एवं अपना राज्य अपने भतीजे **एम्फ़ीट्रयों** को कुछ समय के लिए सौंप दिया और यह वचन दिया कि वापसी पर वह **ऐल्कमीनी** का विवाह **एम्फ़ीट्रयों** से कर देगा। उसके लौटने तक वह उसकी देखभाल करे। **इलेक्ट्रयों** के वापस आने पर उसमें और **एम्फ़ीट्रयों** में कुछ वाद-विवाद हो गया और उसमें अनजाने ही **एम्फ़ीट्रयों** के हाथों **इलेक्ट्रयों** की हत्या हो गई। इस पर **एम्फ़ीट्रयों** को **स्थेनिलस** द्वारा देश से निष्कासित कर दिया गया और **मायसीनी** का राज्य **पीलॉप्स** के बेटों **एटरियस** और **थेसटीज़** को मिल गया।

एम्फ़ीट्रयों ऐल्कमीनी को साथ लेकर **थीब्ज़** गया जहाँ के तात्कालिक राजा **क्रियों** ने उसे निकट सम्बन्धी हत्या के अपराध से शुद्ध किया और अपने यहाँ शरण दी। **ऐल्कमीनी** यद्यपि पतिव्रता स्त्री थी पर उसने तब तक **एम्फ़ीट्रयों** के साथ शयन करने से इनकार कर दिया जब तक कि वह उसके आठ भाइयों की हत्या का प्रतिशोध नहीं लेता। **एम्फ़ीट्रयों ने** वचन दिया और **क्रियों** की सहायता से **टेलिबोन्स** और **टैफियन्स** पर विजय प्राप्त करके उनका राज्य अपने सम्बन्धियों में वितरित कर दिया।

इधर **ज़्यूस** की दृष्टि सुन्दरी **ऐल्कमीनी** पर पड़ चुकी थी लेकिन इस बार देव-सम्राट का उद्देश्य केवल वासना-पूर्ति नहीं बल्कि एक ऐसे बालक को जन्म देना था जो युवावस्था प्राप्त करने पर मनुष्य और देवता दोनों के काम आ सके। एक ऐसे महान शूरवीर की आवश्यकता थी जो दुष्टों का दमन कर सके, दैत्यों और राक्षसों का नाश करके देवताओं की सत्ता को दृढ़ करे और अपने बाहुबल से नए कीर्ति-स्तम्भ स्थापित करे। और ऐसे बालक को धारण करने और जन्म देने के लिए **ऐल्कमीनी** से अधिक उपयुक्त कोई मर्त्य स्त्री नहीं थी। **ऐल्कमीनी** अद्वितीय रूप-गुण, गरिमा और बुद्धि की

स्वामिनी थी और साथ ही एकनिष्ठ। उसे प्रणय-निवेदन करके वश में करना असम्भव था। अतः **ज़्यूस** ने **एम्फ़ीट्रयों** के लौटने से एक दिन पहले उसी का रूप धारण करके **ऐल्कमीनी** का सम्भोग किया। **ऐल्कमीनी** ने उसे **एम्फ़ीट्रयों** ही समझा और यह जान लेने के बाद कि उसके भाइयों का प्रतिशोध लिया जा चुका है स्वेच्छा से अपने को समर्पित कर दिया। देव-सम्राट **ज़्यूस** ने उस एक रात को तीन रातों जितना लम्बा कर दिया। उसने देवदूत **हेमीज़** द्वारा सूर्य देवता **हीलियस** को यह सन्देश भेजा कि वह एक दिन घर पर ही विश्राम करे। चन्द्रमा को यह आज्ञा हुई कि वह धीरे-धीरे चले और निद्रा को यह आदेश हुआ कि सारे विश्व को गहरी नींद में सुला दे ताकि कोई यह न जान सके कि पिछली रात **एम्फ़ीट्रयों** के शयनकक्ष में किन दो आत्माओं का मिलन हुआ। **ऐल्कमीनी** सारी रात अपने पति की विजय-यात्रा के विवरण सुनती रति-क्रीड़ा में मग्न रही। छत्तीस घंटे बाद सबेरा हुआ और जब वास्तविक **एम्फ़ीट्रयों** विजय के गर्व में झूमता और **ऐल्कमीनी** के भोग की कल्पना से मदमत्त वापस लौटा तो उसे यह देखकर आश्चर्य हुआ कि **ऐल्कमीनी** ने उस उत्साह से उसका स्वागत नहीं किया जिसकी उसे अपेक्षा थी। अपितु सुहाग-शयूया पर उसकी आँखें नींद से बन्द हुई जा रही थीं और **एम्फ़ीट्रयों** की सिद्धियों में उसे कोई रुचि ही न थी। जब-तब जम्हाइयाँ लेती हुई वह कहती, "कल रात एक पल भी नहीं सोए। अब तो सो जाओ।"

एम्फ़ीट्रयों को कुछ सन्देह हुआ, अतः उसने **थीब्ज़** के प्रसिद्ध भविष्यद्रष्टा **टियरेसियस** से इस विषय में पूछताछ की और तब उसे वास्तविकता का ज्ञान हुआ। **ऐल्कमीनी** वह अन्तिम नश्वर स्त्री थी जिसके साथ देव-सम्राट **ज़्यूस** ने शयन किया। वह **ज़्यूस** की प्रथम प्रेमिका **निओबी** की सोलहवीं पीढ़ी में थी और **ज़्यूस** के जिस पुत्र को उसने जन्म दिया उसके समान पराक्रमी फिर पृथ्वी पर नहीं आया।

इस घटना के लगभग नौ माह बाद अपने उत्साह को दबा सकने में असमर्थ **ज़्यूस** ने **ओलिम्पस** पर गर्व से फूलते हुए कहा कि कुछ ही देर बाद वह एक असाधारण बालक का पिता बननेवाला है। यह बालक **हेराक्लीज़** कहलाएगा और **परसियस** के वंश का सबसे अधिक तेज़स्वी शासक होगा। **ज़्यूस** की पत्नी **हेरा** तो उसके कामुक स्वभाव के कारण हमेशा परेशान रहती ही थी और **ज़्यूस** पर वश न चलने के कारण उसकी निर्दोष प्रेमिकाओं और उनके बच्चों को दण्ड देकर अपनी ईर्ष्या को शान्त किया करती थी। उसने तत्काल पता लगाया कि यह बालक किसके गर्भ से जन्म लेनेवाला है और **ज़्यूस** से कसम उठवाकर यह वचन लिया कि उस शाम के ढलने से पहले **परसियस** के वंश में जो बालक जन्म लेगा वही सम्राट होगा। **हेरा** की चतुराई ने **ज़्यूस** को छल लिया क्योंकि **ऐल्कमीनी** के अतिरिक्त **परसियस** के वंश में **मायसीनी** के **स्थेनिलस** की रानी **निसिप्पे** भी सात माह के गर्भ से थी। **हेरा** शीघ्र ही **मायसीनी** गई और **निसिप्पे** को समय से दो माह पूर्व ही प्रसव-वेदना आरम्भ करा दी। अब वह भागी-भागी **थीब्ज़** लौटी और घुटने जोड़कर दोनों हाथों की उँगलियाँ एक-दूसरे में फँसाकर अपने कपड़ों में गाँठें लगाकर **ऐल्कमीनी** के द्वार पर जा बैठी। इस तरह बैठने का यह अर्थ था कि प्रसव-वेदना

होने पर भी बालक का जन्म अभी नहीं होगा। वह तब तक इसी तरह बैठी रही, जब तक **निसिप्पे** के पुत्र **यूरिस्थियस** का जन्म नहीं हुआ। **यूरिस्थियस** के जन्म के एक घंटे बाद **हेराक्लीज़** का जन्म हुआ और इस तरह एक घंटे की देर के कारण **हेराक्लीज़** भाग्य से ठगा गया। **हेराक्लीज** का एक जुड़वाँ भाई भी हुआ जिसका नाम था **इफ़िक्लीज। इफ़िक्लीज एम्फ़ीट्रयों** का पुत्र था।

एक अन्य विवरण के अनुसार **हेरा** ने **हेराक्लीज़** के जन्म में विलम्ब करने के लिए कुछ डायनों को **ऐल्कमीनी** के द्वार पर बैठा दिया था। एक अन्य धारणा यह है कि **हेरा** ने शिशु-जन्म की अधिष्ठात्री **एलिथिया** को यह दायित्व सौंपा था और जब वह उस विशेष मुद्रा में **ऐल्कमीनी** के द्वार पर बैठी थी तो **ऐल्कमीनी** की एक वफ़ादार दासी ने जान-बूझकर हर्ष से चिल्लाते हुए झूठे ही यह घोषणा कर दी कि स्वामिनी को पुत्र हुआ है। इस पर **एलिथिया** चौंककर उठ बैठी और उसकी टाँगें और उँगलियाँ खुलते ही **हेराक्लीज़** का जन्म हो गया। **एलिथिया** ने क्रुद्ध होकर इस धृष्टता से हँसती हुई दासी को एक पशु के रूप में परिवर्तित कर दिया।

हेरा का उद्देश्य पूरा हुआ। **हेराक्लीज़** से पहले **यूरिस्थियस** का जन्म हुआ और **हेराक्लीज़** अपने उत्तराधिकार से **हेरा** की ईर्ष्या के कारण वंचित हो गया। जब **ज़्यूस** को इस बात का पता चला तो वह क्रोध से प्रचंड हो उठा। उसने अपने और **हेरा** की बेटी **ऐटी** को इस विषय को अपने पिता से छिपाने के अपराध में **ओलिम्पस** से नीचे पृथ्वी पर धकेल दिया। बाद में उसने **हेरा** से इतनी बात मनवाई कि **यूरिस्थियस** द्वारा निर्दिष्ट अत्यन्त कठिन बारह श्रमों में पूरा उतरने के बाद उसका बेटा **हेराक्लीज़** अमरत्व प्राप्त करेगा।

ऐल्कमीनी ने **हेरा** की ईर्ष्यालु दृष्टि से बचाने के लिए शिशु **हेराक्लीज़** को **थीब्ज़** की सीमा के बाहर निर्जन प्रदेश में छुड़वा दिया। सर्वज्ञ **ज़्यूस** ने इस स्थिति का लाभ उठाया और देवी **एथीनी** को अपनी योजना समझाकर **हेरा** के पास भेजा। **एथीनी** सम्राज्ञी **हेरा** को सैर के बहाने उसी क्षेत्र में ले गई जहाँ शिशु **हेराक्लीज़** पड़ा हुआ था। घूमते-घूमते वे बालक के पास जा पहुँचीं और **एथीनी** ने अत्यधिक आश्चर्य प्रकट करते हुए कहा, "ओह! देखो कितना सुन्दर और स्वस्थ बच्चा है! न जाने किस पागल माँ ने इसे यहाँ इस पथरीले इलाके में मरने के लिए छोड़ दिया है! बेचारा भूखा है! तुम इसे थोड़ा दूध दे दो!"

हेरा ने बिना सोचे-समझे बच्चे को उठाकर वक्ष से लगा लिया और उसे स्तनपान कराने लगी। लेकिन शिशु **हेराक्लीज़** ने उसके स्तन को इतनी ज़ोर से चूसा कि **हेरा** पीड़ा से चीख उठी और उसे खींचकर अपने वक्ष से अलग किया। दूध की एक धार उछलकर नभ पर जा गिरी और वह आकाशगंगा कहलाई। **हेरा** गालियाँ देती रह गई पर **हेराक्लीज़** उसका दूध पीकर अमरत्व प्राप्त कर गया। **ज़्यूस** ने **हेरा** ही को उसकी धात्री बना दिया। **एथीनी** ने वह शिशु **ऐल्कमीनी** को सौंप दिया और उसकी समुचित शिक्षा-दीक्षा का आदेश दिया। **ऐल्कमीनी** अपनी ही कोख का जाया पुत्र पा कृतार्थ हुई और उसका

पालन-पोषण करने लगी। जिस स्थान पर यह घटना घटी उसे 'हेराक्लीज़ प्रदेश' (द प्लेन्स ऑफ हेराक्लीज़) के नाम से जाना जाता है।

हेराक्लीज़ के शैशव के सम्बन्ध में एक अन्य घटना का उल्लेख अनेक स्रोतों से मिलता है। उस समय **हेराक्लीज़** आठ-नौ माह अथवा एक वर्ष का था। एक शाम **ऐल्कमीनी** ने **हेराक्लीज़** और **इफ़िक्लीज** को नहला-धुला कर, दूध पिलाकर, दुम्बे की खाल से ढँक कर लोरियाँ देकर सुलाया और अपने शयन-कक्ष में चली गई। आधी रात के समय **हेरा** ने **हेराक्लीज़** को मारने के लिए दो ज़हरीले नाग **एम्फ़ीट्रयों** के घर भेजे। वे अपनी विषैली जिह्वा लपलपाते, संगमरमर के फर्श पर बेआवाज़ फिसलते शिशु-कक्ष में पहुँचे और बच्चों के शरीर पर चढ़ने लगे। दोनों बच्चे उठ बैठे। **इफ़िक्लीज** भय से त्रस्त हो ज़ोर-ज़ोर से रोने लगा और अपना लिहाफ़ हटाने के प्रयास में बिस्तर से नीचे जा गिरा। उसकी चीखें सुनकर और कक्ष से आता हुआ दिव्य प्रकाश देखकर **ऐल्कमीनी** भयभीत हो उठी। "**एम्फीट्रयों** उठो! उठो! जल्दी करो।" कहती हुई वह नंगे पाँव ही उस कमरे की ओर भागी। **एम्फ़ीट्रयों** छलाँग मारकर उठा और म्यान से तलवार निकाल ली। सारे घर के दास-दासियाँ हड़बड़ाकर उठ बैठे और हाथ में लैम्प लिए शिशु-कक्ष की ओर दौड़े। तभी कक्ष के झरोखों से आनेवाला वह दिव्य प्रकाश लुप्त हो गया। **एम्फ़ीट्रयों** ने द्वार खोला तो यह देखकर स्तब्ध रह गया कि **हेराक्लीज़** के दोनों हाथों में दो लम्बे, काले, ज़हरीले नाग थे जिन्हें उसने गर्दन से पकड़ा हुआ था। **हेराक्लीज़** की मज़बूत पकड़ से उनकी आँखें बाहर को आ गई थीं। शिशु **हेराक्लीज़** इन भयानक खिलौनों से किलकारियाँ मारकर खेल रहा था। **एम्फ़ीट्रयों** को देखकर उसने गर्व से वे दोनों मरे हुए साँप उसके पैरों में फेंक दिए। **इफ़िक्लीज** इस बीच चीखता ही जा रहा था। उसे शान्त कर सुलाने के बाद **एम्फ़ीट्रयों** और **ऐल्कमीनी** अपने शयन-कक्ष में लौटे। प्रातःकाल **ऐल्कमीनी** ने भविष्यद्रष्टा **टियरेसियस** को बुला भेजा और उसे इस अद्भुत घटना का वृतान्त दिया। **टियरेसियस** ने अपनी ज्योतिहीन, पर दिव्य दृष्टि से **हेराक्लीज़** के उज्ज्वल भविष्य को देखा और कहा, "**ऐल्कमीनी,** आनेवाले समय में सन्ध्या समय ऊन बुनती हुई स्त्रियाँ तेरे और तेरे पुत्र के गीत गाया करेंगी। **हेराक्लीज़** पृथ्वी का श्रेष्ठतम वीर होगा।" उसने **ऐल्कमीनी** को यह परामर्श दिया कि वह सूखी लकड़ियों, पत्तों और बाँस के टुकड़ों की एक चिता बनाकर दोनों साँपों को अर्धरात्रि में उस पर जला दे। प्रातःकाल कोई दासी उनकी राख को उस पहाड़ी पर ले जाए जहाँ **स्फ़िंक्स** बैठी है और उस राख को हवा में उड़ाकर पीछे देखे बिना घर लौट आए। सारे महल को झरने के जल और गन्धक से पवित्र किया जाए ताकि इस घटना का कोई दुष्प्रभाव शेष न रह जाए। महल की छत पर जैतून लगाया जाए और **ज़्यूस** की वेदी पर एक रीछ की बलि दी जाए। **ऐल्कमीनी** ने ऐसा ही किया।

इस सन्दर्भ में एक अन्य धारणा यह भी है कि ये साँप **हेरा** ने नहीं, **एम्फ़ीट्रयों** ने भेजे थे। वह जानना चाहता था कि इन दोनों बच्चों में से उसका बेटा कौन-सा है। **इफ़िक्लीज** के रोने-चीखने से यह स्पष्ट हो गया कि उसकी रगों में किसी देवता का नहीं,

मानव का रक्त है।

हेराक्लीज़ जब बड़ा हुआ तो उसकी शिक्षा का भार विभिन्न विद्या-विशारदों को सौंपा गया। **एम्फ़ीट्रयों** ने उसे रथ-चालन की शिक्षा दी। **कैस्टर** ने उसे तलवार चलाने, वार बचाने, पैदल और घुड़सवार सेना का नेतृत्व करने और चक्रव्यूह बनाने की कला सिखाई। देवदूत **हेमीज़** के बेटे **ऑटोलिकस** ने उसे कुश्ती के नियम बताए। **ऑटोलिकस** अपने समय का सबसे दक्ष बॉक्सर माना जाता था और कुश्ती करते समय उसका चेहरा इतना विकृत हो उठता था कि साधारण व्यक्ति तो उसकी ओर देखने का भी साहस न कर पाता था। **यूरिटस** ने उसे तीर चलाना सिखाया और इस विद्या में **हेराक्लीज़** ऐसा प्रवीण हो गया कि अपने तमाम साथियों को पीछे छोड़ गया।

शस्त्र-विद्या के अतिरिक्त प्राचीन **ग्रीस** में ललित कलाओं का ज्ञान भी शिक्षा का एक आवश्यक अंग माना जाता था। **यूमोलपस** से **हेराक्लीज़** ने वीणा-वादन और गायन सीखा। उसे दर्शनशास्त्र और नक्षत्र-विद्या का भी अच्छा ज्ञान था। नदी के देवता **इसमेनियस** के बेटे **लायनस** ने **हेराक्लीज़** को साहित्य से परिचित कराया। एक बार **यूमोलपस** की अनुपस्थिति में **लायनस** ने **हेराक्लीज़** को गायन-वादन की शिक्षा देनी चाही परन्तु उसके नियम **यूमोलपस** के नियमों से सर्वथा भिन्न थे। **हेराक्लीज़** ने उन्हें अस्वीकार कर दिया और ज्यादा हठ करने और शिक्षक द्वारा मारे जाने पर **हेराक्लीज़** ने कुद्ध होकर वीणा उठाकर **लायनस** के सिर पर दे मारी, जिससे तत्क्षण ही उसकी मृत्यु हो गई। **हेराक्लीज़** पर हत्या का अभियोग लगा। उसने अपने पक्ष का स्वयं पोषण किया और **रैडमैन्थस** का यह विधान उद्धृत किया कि आक्रामक के विरुद्ध शक्ति का प्रयोग सर्वथा न्यायसंगत है। **हेराक्लीज़** को इस आधार पर दोषमुक्त किया गया। यद्यपि **हेराक्लीज़** बरी हो गया पर **एम्फ़ीट्रयों** उसके उद्दण्ड स्वभाव के प्रति सशंक हो उठा और उसे नगर से दूर स्थित एक पशुपालन केन्द्र पर भेज दिया जहाँ वह अठारह वर्ष तक रहा, और सभी विचारों में दक्षता प्राप्त की। यहाँ उसे **अपोलो** का जयपत्र-वाहक चुना गया।

हेराक्लीज़ की लम्बाई के विषय में मत-वैभिन्न्य हैं। **अपोलोडॉरस** के अनुसार वह छह फुट लम्बा था किन्तु **पिन्डार** के विचार से वह एक छोटे कद का गठीला व्यक्ति था। **हेराक्लीज़** की आँखें सुर्ख थीं। उसका तीर और भाले का निशाना अचूक। दिन के समय वह बहुत कम खाता था। किन्तु रात के समय इतना खाता था कि खाना बनानेवाला परेशान हो जाता। भुना हुआ मांस और जौ के केक उसके प्रिय पकवान थे। वह एक छोटा-सा साफ-सुथरा अधोवस्त्र पहनता था, ऐश्वर्य और विलास में उसकी कोई रुचि नहीं थी। महल की छत के नीचे सोने की अपेक्षा वह खुले आकाश की छाँव में सोना अधिक पसन्द करता था। शकुन और लक्षणों की उसे काफ़ी जानकारी थी और गिद्ध का दिखाई देना वह एक अच्छा शकुन मानता था। वह कहता था कि गिद्ध सभी पक्षियों से अधिक विचारशील और न्यायपरायण हैं क्योंकि वे कभी भी किसी जीवित प्राणी पर आक्रमण नहीं करते। **हेराक्लीज़** शत्रु-पक्ष के मृतकों को बिना किसी हील-हुज्जत के अन्तिम संस्कार के लिए लौटा दिया करता था।

अठारह वर्ष की आयु में **हेराक्लीज़** का व्यावहारिक जीवन शुरू हुआ एवं अस्त्र-शस्त्र के प्रयोग का समय आया। **सीथरों** पर्वत पर उन दिनों एक भयानक बाघ विचरण किया करता जो बहुधा **एम्फ़ीट्रियों** एवं उसके पड़ोसी राजा **थेस्पियस** के चौपाए उठाकर ले जाता। चौपायों की संख्या घटती जाती और भय से आक्रान्त चरवाहे भी उन्हें चराने ले जाने से घबराते थे। **हेराक्लीज़** ने इस बाघ को अकेले ही मारने का बीड़ा उठाया। इसकी एक माँद **हेलीकॉन** पर्वत पर भी थी। **थेस्पिया** के राजा ने **हेराक्लीज़** का स्वागत किया। इस राजा की पचास पुत्रियाँ थीं। **थेस्पियस** को भय था कि योग्य वर न मिलने के कारण उसकी बेटियाँ कुमारियाँ ही न रह जाएँ, अतः उसने यह निश्चय किया कि वे सभी **हेराक्लीज़** के बच्चों को जन्म दें। ऐसा कहा जाता है कि बाघ को खोजने में **हेराक्लीज़** को पचास दिन लगे और हर रात उसने **थेस्पियस** की एक कन्या का भोग किया। एक मत यह भी है कि उन पचास में से सबसे छोटी लड़की **हेराक्लीज़** की अंकशायिनी बनने को सहमत नहीं हुई और उसने बाद में एक मन्दिर की पुजारिन बनकर अपने जीवन के शेष दिन पवित्रता में बिता दिए। बाकी उनचास से **हेराक्लीज़** के इक्यावन पुत्र हुए। सबसे बड़ी और सबसे छोटी लड़की ने जुड़वाँ बेटे पैदा किए। एक अन्य धारणा यह है कि **हेराक्लीज़** ने एक ही रात में **थेस्पियस** की सभी कन्याओं का भोग किया।

काफ़ी खोज के बाद **हेराक्लीज़** ने बाघ को ढूँढ़ निकाला। और **हेलीकॉन** पर्वत पर अपनी गदा से उसका अन्त किया। शेर को मारने के बाद **हेराक्लीज़** ने उसकी खाल को अधोवस्त्र के रूप में पहन लिया और उसके सिर का शिरस्त्राण धारण कर लिया। **थीब्ज़** लौटते हुए उसकी भेंट **मिन्याई** के कुछ दूतों से हो गई जो **थीब्ज़** से शुल्क वसूलने आए थे।

कुछ ही वर्ष पहले **पॉसायडन** के पर्व कर एक साधारण से वाद-विवाद में **मिन्याई** का राजा **क्लाइमेनस थीब्ज़** के **क्रियों** के पिता के रथवाहक द्वारा मारा गया। घायल **क्लाइमेनस** ने मरते समय अपने बेटों से यह वचन लिया कि वे **थीब्ज़** से उसकी मृत्यु का बदला लेंगे। उसके बड़े बेटे **एरगिनस** ने **थीब्ज़** पर आक्रमण करके उसे परास्त किया और इस शर्त पर सन्धि की कि **थीब्ज़** का राजा प्रतिवर्ष उसे एक सौ चौपाए भेंट के रूप में देगा। इसी शुल्क को लेने के लिए **एरगिनस** के दूत प्रतिवर्ष आया करते थे। जब **हेराक्लीज़** ने उनके आने का अभिप्राय पूछा तो उन्होंने बड़े दम्भ से यह उत्तर दिया, "हम तो हर वर्ष **थीब्ज़** के वासियों को **एरगिनस** की कृपाशीलता की याद दिलाने आते हैं कि उसने विजय प्राप्त कर लेने पर भी **थीब्ज़** के हर नागरिक के नाक-कान न काटकर सिर्फ सौ चौपायों के शुल्क पर ही उन्हें क्षमा कर दिया।"

हेराक्लीज़ को यह अपमान सहन नहीं हुआ। उसने **एरगिनस** के सभी दूतों के नाक-कान काटकर उनके गले में लटकाकर उन्हें वापस **मिन्याई** भेज दिया। **एरगिनस थीब्ज़** का यह दुस्साहस देख कुपित हो उठा और उसने **क्रियों** के पास यह सन्देश भेजा कि वह उस धृष्ट व्यक्ति को **मिन्याई** को सौंप दे अन्यथा परिणाम भयंकर होगा। **क्रियों** भयभीत हो उठा। वह जानता था कि उसे पड़ोसी देशों से सहायता तो क्या सहानुभूति तक नहीं मिलेगी। लेकिन **हेराक्लीज़** के लिए यह स्वतंत्रता की लड़ाई थी। उसने अपने

सभी युवक साथियों का आवाहन किया कि वे परतंत्रता के इस तिरस्करणीय बन्धन को तोड़ने में उसकी सहायता करें। वह **थीब्ज़** के सभी मन्दिरों में गया और वहाँ युद्ध में जीतकर शत्रु से अपहृत भेंट में चढ़ाए गए भाले, तलवारें, कवच, शिरस्त्राण और तीर-कमान उतार फेंके। उसकी आवाज़ पर **थीब्ज़** के सभी युवक इकट्ठे हो गए। **हेराक्लीज़** ने उन्हें शस्त्र-प्रयोग की शिक्षा दी। देवी **एथीनी** उसके इस उत्साह और दृढ़ निश्चय को देखकर बड़ी प्रसन्न हुई और उसने स्वयं **हेराक्लीज़** को शस्त्रों से सुशोभित किया। अपने सन्देश का कोई उत्तर न पाकर **एरगिनस थीब्ज़** पर आक्रमण करने चल पड़ा। लेकिन **हेराक्लीज़** ने उसे रास्ते में ही एक सँकरें दर्रे में रोका और इस युद्ध में **एरगिनस** अपने कई सेनानायकों सहित मारा गया। **थीब्ज़** की कोई हानि नहीं हुई। अपितु यह कहना चाहिए कि **हेराक्लीज़** ने अकेले ही शत्रु के भाग्य का फैसला कर दिया। **एरगिनस** को मारने के बाद **हेराक्लीज़ मिन्याई** पर चढ़ आया और उसे बुरी तरह आक्रान्त किया। उसने उन दो सुरंगों का मुँह बन्द कर दिया जिसमें से होकर **सेफ़्रिसस** नदी का पानी समुद्र में जाता था। इन सुरंगों के बन्द हो जाने से **मिन्याई** में बाढ़ आ गई और उसकी उपजाऊ धरती और सारी फ़सल पानी में डूब गई। **हेराक्लीज़** का अभिप्राय फ़सल को नष्ट करना नहीं था। वह तो **मिन्याई** की घुड़सवार सेना को परास्त करना चाहता था जिस पर वहाँ की प्रजा को बड़ा अभिमान और विश्वास था। लेकिन जन-साधारण का अहित होते देख उसने सुरंगों के द्वार खोल दिए। इस शर्त पर सन्धि हुई कि **मिन्याई** का राजा **थीब्ज़** को प्रतिवर्ष दो सौ चौपाए कर के रूप में देगा। **हेराक्लीज़** ने **थीब्ज़** के अपमान का बदला ले लिया और विजेता के रूप में **थीब्ज़** लौटा। दुर्भाग्यवश इस युद्ध में उसके धाता **एम्फिट्रयों** की मृत्यु हो गई।

थीब्ज़ लौटकर **हेराक्लीज़** ने इस विजय की स्मृति में एक मन्दिर देव-सम्राट **ज़्यूस** को अर्पित किया। **आर्टेमिस** को एक बाघ-प्रतिमा भेंट की और दो पाषाण-प्रतिमाएँ देवी **एथीनी** को अर्पित कीं। **थीब्ज़** वासियों ने उसका स्वागत किया और **हेराक्लीज़** की एक प्रतिमा बनाई जिसका नाम रखा गया–'नाक काटनेवाला हेराक्लीज़।' **क्रियों** ने प्रसन्न होकर अपनी बेटी **मेगारा** का उससे विवाह कर दिया और उसे नगररक्षक नियुक्त किया। **मेगारा** की छोटी बहन का विवाह **इफ़िक्लीज** से हुआ। विवाह के बाद कुछ वर्षों तक **हेराक्लीज़** बड़े सुख से रहा। उसके तीन पुत्र भी हुए। वैसे विभिन्न स्रोतों में उनकी संख्या आठ तक दी जाती है। सुशील पत्नी, सुन्दर पुत्र और अनेक सुविधाओं के बीच **हेराक्लीज़** बड़ा सपाट-सा जीवन व्यतीत कर रहा था। विधि को भला यह अकर्मण्यता क्यों कर सह्य होती? **हेराक्लीज़** का जन्म ही एक महान उद्देश्य की पूर्ति के लिए हुआ था।

ईर्ष्यालु **हेरा** ने इस बार **हेराक्लीज़** को दुखी करने का एक और उपाय सोचा। **हेराक्लीज़** को पागलपन का दौरा पड़ा। उसे अच्छे-बुरे का कुछ भी ज्ञान न रहा। पागल व्यक्ति की शारीरिक शक्ति वैसे ही अनियंत्रित हो जाती है फिर **हेराक्लीज़** तो पहले ही असाधारण था। विक्षिप्तावस्था में उसने अपने बेटों को जलती हुई आग में जीवित फेंक दिया। **इफ़िक्लीज** के दो बेटे जो उनके साथ खेल रहे थे उनका भी अन्त हुआ। **मेगारा**

जब उन्हें बचाने के लिए दौड़ी तो **हेराक्लीज़** ने उसे भी मार डाला। इस दुर्घटना और इसमें मृत्यु को प्राप्त होनेवाले व्यक्तियों की स्मृति में **थीब्ज़** में सहस्र वर्ष तक वार्षिक तर्पण किया जाता रहा। पहले दिन बलियाँ दी जातीं और पवित्र अग्नि सारी रात जलती। दूसरे दिन अन्त्येष्टि खेलों का आयोजन होता और जीतनेवाले को श्वेत सदाबहार से सुशोभित किया जाता था। कहते हैं कि **हेराक्लीज़** के इन बेटों के लिए विधि ने बड़ा उन्नत भविष्य नियत किया था। उनमें से एक को **आगोस** पर शासन करना था, दूसरे को **थीब्ज़** और तीसरे को **ओकेलिया** पर। **हेराक्लीज़** को अपने बेटों से प्यार भी बहुत था। अतः होश आने पर जब उसे अपने ही हाथों हुए इस अनर्थ का पता चला तो दुख, नैराश्य और अपराध-भावना ने उसे घेर लिया। वह कई दिनों तक एक बन्द कमरे में अकेला पड़ा रहा। न वह किसी से मिलता था और न ही अन्न-जल ग्रहण करता था। यद्यपि उसने ये हत्याएँ पागलपन की अवस्था में की थीं पर उसे अपनी प्रिय पत्नी और निरपराध बच्चों की हत्या के अपराध की गुरुता से जीवन बोझिल जान पड़ता था। उसे जीने की कोई इच्छा न रह गई थी। **थीब्ज़** के निवासी भी उसे अपराधी मानते थे। लोग उसकी छाया से भी घृणा करते। कोई भी उसे शरण देने को प्रस्तुत नहीं था। ऐसी स्थिति में **एथेन्स** का राजा **थीसियस** ही एक ऐसा व्यक्ति था जिसने उसका साथ दिया। विक्षिप्तावस्था में अनजाने ही हुए अपराध के लिए वह **हेराक्लीज़** को दोषी नहीं मानता था। और यदि यह दोष था तो वह एक गुणग्राही मित्र के नाते उसमें हिस्सा बँटाने को तैयार था। वह **हेराक्लीज़** को अपने साथ **एथेन्स** ले गया। **थीसियस** की प्रजा ने भी **हेराक्लीज़** का स्वागत किया। लेकिन **हेराक्लीज़** अपने आपको क्षमा नहीं कर पाया। हर पल उसकी आत्मा उसे धिक्कारती रहती। उसकी पवित्रता के लिए प्रायश्चित्त आवश्यक था। बिना यंत्रणा और दण्ड के उसका शुद्धिकरण सम्भवः नहीं था, अतः वह **डेल्फ़ी** के प्रश्न-स्थल पर गया। वहाँ देवोपासिका ने उसे पहली बार **हेराक्लीज़** के नाम से सम्बोधित किया और उसके लिए यह दण्ड-विधान घोषित किया कि वह बारह वर्ष तक **यूरिस्थियस** की सेवा करे। उसकी प्रत्येक आज्ञा का पालन करने पर और दुसाध्य श्रमों को पूरा करने के बाद उसे देवत्व की प्राप्ति होगी।

कहते हैं कि इस दण्ड-विधान से **हेराक्लीज़** बड़ा निराश हुआ। वह अपने से अश्रेष्ठ व्यक्ति का सेवक नहीं बनना चाहता था। लेकिन अवज्ञा करके देवताओं को रुष्ट करना भी उचित नहीं था। अन्ततः उसने यह विधान स्वीकार किया और **यूरिस्थियस** की सेवा में प्रस्तुत हो गया। उसकी आज्ञानुसार किए गए बारह दुःसाध्य श्रमों से ही **हेराक्लीज़** को अनन्त कीर्ति मिलनेवाली थी। ऐसा मत है कि इन श्रमों में देवताओं के आशीर्वाद और उनकी शुभकामनाएँ उसके साथ थीं। इसके अतिरिक्त **हेमीज़** ने उसे एक तलवार और **अपोलो** ने उसे गरुड़ के पंखोंवाले बाण और कमान भेंट की। **हेफ़ास्टस** ने अपने हाथों से बनाया एक वक्षस्त्राण दिया और **एथीनी** ने वस्त्र। **एथीनी** और **हेफ़ास्टस** में सदा ही एक-दूसरे से बढ़कर **हेराक्लीज़** की सहायता करने की होड़ लगी रही। **पॉसायडन** ने द्रुत गति अश्व उपहार के रूप में **हेराक्लीज़** को दिए और **ज़्यूस** ने एक कभी न बिंध

सकनेवाला कवच। लेकिन **हेराक्लीज़** ने इन दैवी उपहारों का कुछ विशेष प्रयोग नहीं किया। उसे अपने बाहुबल पर भरोसा था और वह हाथ में केवल जयपत्र की लकड़ी से बनी गदा रखता था। यह गदा भी वह स्वयं ही बनाया करता था। पहली गदा उसने **हेलीकॉन** पर्वत पर एक वृक्ष काटकर बनाई थी, दूसरी **नेमिया** में और तीसरी **सैरोनिक** समुद्र के किनारे पर। **इफ़िक्लीज** का बेटा **इओलस** इन श्रमों में सदा रथवाहक के रूप में **हेराक्लीज़** के साथ रहा।

एक अन्य विवरण के अनुसार **हेराक्लीज़** को पागलपन का दौरा **टारटॉरस** से लौटने पर पड़ा था और इस प्रकार यह घटना उसके जीवन के उत्तरार्द्ध की मानी गई है।

पहला श्रमः नेमिया का सिंह

यूरिस्थियस ने पहला काम **हेराक्लीज़** को सौंपा वह था **नेमिया** के सिंह का वध। यह सिंह साधारण शेरों से कहीं बड़ा और खूँखार था। **आगोस** और निकटवर्ती प्रदेशों में तो इस नर-भक्षक ने प्रलय मचा रखी थी। साधारण मनुष्यों की तो बात ही क्या, बड़े-बड़े आखेटक और वीर भी उसका सामना करने की सोच तक नहीं पाते थे। वस्तुतः यह सिंह **टायफून** की सन्तान था जिसे **अपोलो** ने मारकर **एटना** में दफ़नाया था। वैसे इसे **किमेरे** अथवा **आर्थ्रस** कुत्ते का वंशज भी बताया जाता है। एक मत यह भी है कि इसे **सिमीले** ने जन्म दिया था और **नेमिया** की एक-दो मुँहवाली गुहा में छोड़ दिया था। **नेमिया** वासियों द्वारा उचित बलि-भेंट न मिलने पर **सिमीले** ने उसे अपने ही देश को नष्ट-भ्रष्ट करने की आज्ञा दी और इस भयावह शेर ने उसका पालन किया। यह भी कहा जाता है कि **सिमीले** ने इसका सृजन **हेरा** के आदेशानुसार किया था। इस सिंह की विशेषता यह थी कि उस पर लोहे, काँसे, पत्थर आदि किसी भी धातु से बने शस्त्र का प्रभाव नहीं पड़ता था। उसकी खाल अभेद्य थी।

हेराक्लीज़ नेमिया के इस भयंकर बाघ को मारने के उद्देश्य से **आगोस** पहुँचा। वहाँ एक दिन उसने एक मजदूर के घर पर बिताया। इसका बेटा भी उसी शेर के हाथों मारा जा चुका था। अतः **हेराक्लीज़** का उद्देश्य जानकर वह प्रसन्न हुआ और उसकी सफलता के लिए देवताओं को बलि देने को उद्यत हुआ लेकिन **हेराक्लीज़** ने रोकते हुए उससे कहा, ''ठहरो। तीस दिन तक प्रतीक्षा करो। यदि मैं इस सिंह को मारकर जीवित लौट आया तो देव सम्राट **ज़्यूस** को बलि देना। और यदि न लौटा तो आज से तीसवें दिन मुझे शहीद जानकर श्रद्धांजलि अर्पित करना।''

दोपहर के समय **हेराक्लीज़ नेमिया** पर्वत पर पहुँचा। यह प्रदेश उस सिंह की कृपा से बिल्कुल निर्जन हो गया था। वहाँ **हेराक्लीज़** का मार्गदर्शन करनेवाला भी कोई न था। न ही कहीं कोई पगडंडी दिखाई देती थी। इधर-उधर भटकने के बाद आखिर एक दिन **हेराक्लीज़ ट्रेटस** पर्वत की उस दोमुँही गुहा पर जा पहुँचा जो इस सिंह की माँद थी। तभी वह शेर आ पहुँचा। उसके मुँह से रक्त टपक रहा था। सम्भवतः वह ताजा-ताजा

शिकार करके आया था। **हेराक्लीज़** घात लगाए बैठा था। उसने झट प्रत्यंचा चढ़ाकर एक के बाद एक तीर छोड़ने शुरू कर दिए। लेकिन व्यर्थ। शेर के लौह शरीर से टकराकर वे वहीं गिर पड़े और उसे एक खरोंच तक न आई। अब **हेराक्लीज़** ने अपनी तलवार से शत्रु पर आक्रमण किया पर वह इस तरह टूट गई जैसे शीशे की बनी हो। अब **हेराक्लीज़** ने अपनी गदा उठाई और पूरी शक्ति से उसके थूथन पर प्रहार किया। सिंह आहत तो नहीं हुआ पर अपनी गुहा में घुस गया। घायल शेर की तरह क्रुद्ध **हेराक्लीज़** ने अब गुफा के द्वार को जाल लगाकर बन्द किया और दूसरी ओर से शेर से गुत्थमगुत्था होने के लिए भीतर प्रवेश कर गया। जिस सिंह पर लोहे के बने शस्त्रों का कोई प्रभाव न पड़ता था उसकी गर्दन को **हेराक्लीज़** ने अपनी सुदृढ़ भुजाओं में तब तक दबाए रखा जब तक उसके प्राण नहीं निकल गए। मृत शेर का शरीर लेकर **हेराक्लीज़** तीसवें दिन **आगोस** लौट आया और वहाँ उस मजदूर के साथ मिलकर **ज़्यूस** को बलि दी। **हेराक्लीज़** ने अपने लिए अब एक नई गदा बनाई और **नेमिया** के खेलों में कुछ परिवर्तन करने के बाद **मायसीनी** लौट आया। **यूरिस्थियस** ने जब उसे **नेमिया** के सिंह के शव के साथ जीवित वापस आया देखा तो वह इतना चकित और भयभीत हुआ कि उसने **हेराक्लीज़** का नगर में प्रवेश-निषेध कर दिया। उसे आज्ञा हुई कि वह अपनी उपलब्धियों का प्रदर्शन नगर के द्वार पर ही करे। **अपोलोडॉरस** का तो कहना है कि **यूरिस्थियस** अपने इस दुर्धर्ष सेवक से इतना अधिक त्रस्त हुआ कि उसने अपने शिल्पियों को आज्ञा देकर कांस्य का एक बहुत बड़ा पात्र बनवाया और उसे पृथ्वी में गाड़ दिया। जब कभी **हेराक्लीज़** के आगमन की सूचना मिलती, वह भाग कर इस पात्र में छिप जाता और अपनी आज्ञाएँ एक दूत के द्वारा **हेराक्लीज़** तक भिजवाता।

इस सिंह की खाल उतारना भी काफ़ी कठिन काम था क्योंकि कोई भी औजार उसे काट न पाता था। बहुत सोच-विचार के बाद **हेराक्लीज़** ने उस शेर के अपने ही पंजों से उसे काटा और इस खाल को परिधान के रूप में धारण किया। इससे उत्तम कवच भला कहाँ मिल सकता था। शेर के सिर का उसने शिरस्त्राण धारण किया। शेर की खाल और उसके सिर का शिरस्त्राण पहननेवाले **हेराक्लीज़** की दूर-दूर तक धूम मच गई। उसकी असाधारण शूर-वीरता का लोग लोहा मान गए। विशेष रूप से **नेमिया** में उसे बड़ा आदर मिला।

दूसरा श्रम : लरना का बहुफणी सर्प

अब **यूरिस्थियस** ने **हेराक्लीज़** को **लरना** के बहुमुखी साँप को मारने की आज्ञा दी। यह सर्प **टायफून** और **एकीडनी** से उत्पन्न हुआ था और इसका पालन-पोषण **हेरा** ने किया था। **हेरा** का उद्देश्य **हेराक्लीज़** को त्रस्त करने का था। **लरना आगोस** से पाँच मील की दूरी पर है और इसके पश्चिम में **पांटिनस** पर्वत है। इस पर्वत के घने वृक्ष नीचे समुद्र के तट तक फैले हुए हैं। इस प्रदेश में कई देवी-देवताओं के पवित्र देवालय हैं

और निकट ही वह स्थान है जहाँ से **हेडीज़** ने **पर्सीफ़नी** के साथ **टारटॉरस** में प्रवेश किया था। इसी पर्वत की गोद में **एमीमोनी** नदी के उद्गम के पास एक अथाह दलदल में इस बहुफणी सर्प का निवास था। इस साँप के फनों की संख्या के विषय में मतभेद हैं। बहुधा इसके आठ या नौ सिर बताए जाते हैं, जिनमें से एक अनश्वर था। वैसे कुछ स्रोतों में इनकी संख्या पचास, कहीं सौ तो कहीं दस हज़ार तक बताई गई है। यह इतना विषैला था कि इसकी साँस से ही जीवन नष्ट हो जाता था।

जब **हेराक्लीज़ लरना** पहुँचा तो देवी **एथीनी** ने उसका मार्गदर्शन किया और इस सर्प को मारने की विधि बताई। पहले **हेराक्लीज़** ने जलते हुए बाणों के प्रहार से इस बहुफणी सर्प को अपने माँद से निकलने को विवश किया और फिर अपना साँस रोककर उसे गर्दन से पकड़ लिया। साँप ने उसके शरीर को जकड़ लिया लेकिन **हेराक्लीज़** ने परवाह न की और वह गदा के प्रहार से उसके सिर कुचलता गया। लेकिन जो भी फन कटता उसके स्थान पर दो-तीन नए फन निकल आते। स्थिति बड़ी विषम हो उठी। विवश होकर **हेराक्लीज़** ने अपने रथवाहक **इओलस** को चिल्लाकर यह आदेश दिया कि वह अग्नि प्रज्वलित करे। **इओलस** ने झट कुंज से एक कोने में आग लगा दी। **हेराक्लीज़** साँप के फन काटता और **इओलस** जलती हुई लकड़ी से उसे दाग देता ताकि उसके स्थान पर नए फन न निकल सकें। अब केवल एक सिर बाकी रह गया जो अमर्त्य था। **हेराक्लीज़** ने इसको काटकर एक बड़ी चट्टान के नीचे दफ़ना दिया। इस तरह इस भयानक दैत्य का अन्त हुआ। **हेराक्लीज़** ने अपने बाण उसके रक्त में बुझा लिए। इससे वे बाण इतने विषैले हो गए कि उनका साधारण-सा स्पर्श भी घातक हो गया।

जब **हेराक्लीज़** अपनी इस दूसरी उपलब्धि के बाद **मायसीनी** लौटा तो **यूरिस्थियस** ने उसकी इस सफलता को बारह श्रमों में सम्मिलित करने से इनकार कर दिया। उसका कहना था कि **हेराक्लीज़** ने इस काम को अकेले नहीं अपितु **इओलस** की सहायता से सम्पन्न किया है। अतः इसे उसकी उपलब्धि नहीं माना जा सकता।

तीसरा श्रम : सीरिया की मृगी

इस बार **हेराक्लीज़** को **यूरिस्थियस** द्वारा **सीरिया** की द्रुतगामिनी मृगी को जीवित पकड़ने का आदेश हुआ। **वरजिल** के अनुसार इस हिरनी के खुर काँसे के और सींग स्वर्ण के थे जिनमें सूर्य की किरणें प्रतिबिम्बित होने से अनूठी आभा फूटती थी। यह पृथ्वी पर सबसे अधिक तेज़ दौड़नेवाली मृगी थी और देवी **आर्टेमिस** को विशेष रूप से प्रिय थी। ऐसा कहा जाता है कि जब **आर्टेमिस** छोटी-सी ही थी, उसने एक दिन विशालाकार पाँच हिरनियों को थिसली की एक नदी के किनारे चरते हुए देखा। उनके आकार, सौन्दर्य, सोने के सींग और उनकी फुर्ती से आकृष्ट होकर **आर्टेमिस** ने उनका पीछा किया और काफ़ी भाग-दौड़ के बाद वह चार मृगियों को पकड़ने में सफल हो गई। इन चारों को उसने अपने रथ में जोत दिया। लेकिन पाँचवीं मृगी **सीरिया** के पर्वतों में भाग गई।

क्योंकि वह एक देवी को प्रिय थी, अतः उसको मारना अनुचित था। इसलिए **हेराक्लीज़** को उसे जीवित पकड़ लाने की आज्ञा हुई।

हेराक्लीज़ ने इस मृगी का एक वर्ष तक पीछा किया। इसमें दामिनी की-सी गति थी। आँख झपकते ही न जाने कहाँ पहुँच जाती। कहते हैं कि उसके पीछे-पीछे **हेराक्लीज़** पृथ्वी के अन्तिम छोर तक गया। **ईस्ट्रिया** और **हाइपरबोरियन्स** के देश तक उसके जाने के तो अनेक संकेत मिलते हैं। एक साल तक भागते-बचते आखिर यह मृगी थककर **आर्टेमिसियस** पर्वत पर चली गई। यहाँ **हेराक्लीज़** ने भागती हुई मृगी की अगली टाँगों को अपने तीरों के बीच फँसाकर रोक लिया। इससे मृगी की हड्डी में थोड़ी चोट तो लगी पर रक्त नहीं बहा। अब **हेराक्लीज़** ने उसे अपने कन्धे पर उठाया और **आर्केडिया** होता हुआ **मायसीनी** की ओर तीव्र गति से चल पड़ा। रास्ते में उसकी भेंट देवी **आर्टेमिस** से हुई। **आर्टेमिस** उसकी इस धृष्टता से अत्यधिक क्रुद्ध थी लेकिन **हेराक्लीज़** एक दास होने के कारण अपने स्वामी की आज्ञापालन करने को विवश था। अतः उसने सारा दोष **यूरिस्थियस** पर थोप कर, समझा-बुझाकर देवी को प्रसन्न कर लिया। उसे मृगी को **मायसीनी** ले जाने की अनुमति भी मिल गई।

इस तरह **हेराक्लीज़** का तीसरा श्रम सम्पन्न हुआ।

चौथा श्रमः एरिमैन्थस का वराह

अब **हेराक्लीज़** को **एरिमैन्थस** के भयंकर जंगली वराह को जीवित पकड़ लाने का आदेश हुआ। इस वराह ने **एरिमैन्थस** पर्वत, **आर्केडिया** के वनों, **लैम्पिया** पर्वत और **सॉफ़िस** के आस-पास के क्षेत्र में तहलका मचा रखा था।

जब **हेराक्लीज़** अपने इस नए अभियान पर चला तो रास्ते में उसे इच्छा न रहते हुए भी कुछ युद्ध करने पड़े। एक तो उसने **सॉरस** नामक एक लुटेरे को मारा। इसके बाद **सेन्टॉर फ़ॉलस** ने उसे अपने यहाँ आमंत्रित किया और उसे खाने के लिए गोश्त तो दिया पर पीने के लिए मदिरा नहीं दी। **हेराक्लीज़** को मालूम था कि **सेन्टॉर** के पास चार पीढ़ी पूर्व मदिरा-देवता **डायोनिसस** द्वारा भेंट किया गया मदिरा-पात्र है जो अभी तक बन्द पड़ा है। उसने **फ़ॉलस** को वह पात्र खोलने को कहा। **फ़ॉलस** ने अपने अतिथि की इच्छा का पालन किया; लेकिन जैसे ही वह पात्र खुला मदिरा की नशीली गन्ध दूर-दूर तक फैल गई। इस पर अन्य **सेन्टॉर्ज़** ने क्रुद्ध होकर **फ़ॉलस** की गुहा पर आक्रमण कर दिया। वे बड़ी-बड़ी चट्टानों के टुकड़े और जलती हुई लकड़ियाँ लेकर **हेराक्लीज़** और **फ़ॉलस** पर टूट पड़े। **हेराक्लीज़** ने इस अप्रत्याशित आक्रमण को रोका और फिर उन्हें ऐसा प्रत्युत्तर दिया कि वे भयभीत होकर पीछे दौड़ पड़े। इस लड़ाई में कई **सेन्टॉर्ज़** मारे गए। और बचे-खुचे भागकर **कैरों** की गुहा में छिप गए। **हेराक्लीज़** ने वहाँ भी उनका पीछा किया और उसके कमान से छूटा एक तीर भाग्यवश **कैरों** के घुटने में लग गया। **कैरों हेराक्लीज़** का पुराना गुरु और मित्र था और उसे अमरत्व प्राप्त था। **हेराक्लीज़** इस

आकस्मिक दुर्घटना से बड़ा क्षुब्ध हुआ लेकिन अब कुछ नहीं हो सकता था। **कैरों** ने अपनी सारी चिकित्सा-बुद्धि लगा दी पर वह ज़ख्म भरा नहीं। मर वह सकता नहीं था, अतः जब तक वह जिया यह घाव उसे सालता रहा। कहते हैं कि बाद में **प्रमीथ्यु** ने उसकी जगह अनश्वरता स्वीकार की और तब **कैरों** को मुक्ति मिली। उधर **फ़ॉलस हेराक्लीज़** के बाणों का निरीक्षण कर आश्चर्यचकित हो रहा था कि कैसे इतने हट्टे-कट्टे **सेन्टार्ज़** एक ही चोट से धराशायी हो गए। दुर्भाग्यवश तीर उसके हाथ से फिसलकर उसके पाँव पर जा गिरा और तत्काल **फ़ॉलस** की मृत्यु हो गई। **हेराक्लीज़** के बाण बहुफणी सर्प के विष में बुझे हुए थे। **हेराक्लीज़ फ़ॉलस** का अन्तिम संस्कार विधिवत करके **एरिमैन्थस** की ओर बढ़ा।

हेराक्लीज़ ने वराह का पीछा किया और वह उसे जंगल से खदेड़कर हिमाच्छादित प्रदेश में ले गया। बर्फ पर भाग सकने में असमर्थ वराह आसानी से ही **हेराक्लीज़** की पकड़ में आ गया और उसे पीठ पर उठाकर वह **मायसीनी** को आया। छठी शताब्दी के चित्रकार बहुधा बड़े पात्रों, कलशों और फूलदानों पर कन्धे पर वराह को उठाए हुए **हेराक्लीज़** और कांस्य के पात्र में से झाँकते हुए भयभीत **यूरिस्थियस** को अंकित किया करते थे।

ऐसा भी कहा जाता है कि जब **हेराक्लीज़** इस वराह को लेकर **मायसीनी** के बाज़ार में पहुँचा ही था कि उसे पता चला कि **एगनॉट्स कॉलकिस**-यात्रा के लिए एकत्रित हो रहे हैं। वह वराह को वहीं छोड़कर **यूरिस्थियस** से आज्ञा लिए बिना ही सुनहरे भेड़ को प्राप्त करने के इस अभियान में भाग लेने के लिए चल पड़ा।

पाँचवाँ श्रम : पशुशाला की सफ़ाई

एलिस का राजा **ऑजियास** उन दिनों पृथ्वी पर सबसे अधिक चौपायों का स्वामी था। उसकी पशुशाला मीलों तक फैली हुई थी और उसके चौपायों के चरने के लिए एक विस्तृत क्षेत्र सुरक्षित था। इन सुन्दर, सुडौल, हृष्ट-पुष्ट पशुओं के कारण **ऑजियास** का दूर-दूर तक नाम था। उसके चौपाए किसी दैवी वरदान के कारण कभी बीमार नहीं पड़ते थे और उनकी प्रजनन-शक्ति भी असाधारण थी। इन पशुओं के साथ-साथ **ऑजियास** की समृद्धि भी दिन-दूनी रात चौगुनी होती जाती थी। कहते हैं कि उसके पास तीन हज़ार चौपाए थे जिनमें तीन सौ काले साँड थे जिनकी टाँगें सफ़ेद थीं, और दो सौ लाल साँड और बारह अतीव सुन्दर चाँदी से श्वेत बैल थे जो **ऑजियास** के पिता **हीलियस** को विशेषतया प्रिय थे। ये बारह बैल शक्तिशाली भी थे और **ऑजियास** के चौपायों की जंगली जानवरों के आक्रमण से रक्षा करते थे। लेकिन पिछले तीन वर्ष से **ऑजियास** की पशुशाला की सफाई नहीं हुई थी। परिणामस्वरूप वहाँ गोबर और गन्दगी के ढेर लग गए थे। केवल पशुशाला में ही नहीं, आस-पास की घाटियों में जहाँ ये पशु चरने जाया करते थे, गोबर का एक दलदल-सा बन गया था और अब वहाँ खेती भी नहीं हो सकती थी। **ऑजियास** के पशु तो दैवी कृपा से बीमार पड़ते ही नहीं थे लेकिन इस

गन्दगी के कारण मनुष्यों में बीमारियाँ अवश्य फैलने लगी थीं। **यूरिस्थियस** ने सोचा, क्यों न **हेराक्लीज़** को इस काम में प्रयुक्त कर उसे अपमानित किया जाए। गोबर की टोकरियाँ ढोना **हेराक्लीज़** जैसे वीर के सर्वथा अयोग्य था लेकिन **यूरिस्थियस** ने उसे आज्ञा दी कि वह **ऑजियास** की पशुशाला को एक दिन में साफ करे। **हेराक्लीज़** उसका सेवक था, अतः उसे यह विद्वेषपूर्ण आदेश भी मानना पड़ा। जब वह **एलिस** पहुँचा तो उसकी भेंट **ऑजियास** से हुई। **ऑजियास** को ज्ञात नहीं था कि **हेराक्लीज़** किस अभिप्राय से आया है। बातचीत के दौरान **हेराक्लीज़ ने** कहा कि यदि वह उसकी पशुशाला की सफाई एक दिन में कर दे तो **ऑजियास** उसे क्या देगा। **ऑजियास** पहले तो इस असम्भव प्रस्ताव पर खूब हँसा और फिर अपने ज्येष्ठ पुत्र **फ़ीलियस** को साक्षी कर यह वचन दिया कि यदि **हेराक्लीज़** ने यह काम सूरज ढलने से पहले समाप्त कर लिया तो वह अपने चौपायों का दसवाँ भाग उसे पारिश्रमिक के रूप में दे देगा।

हेराक्लीज़ ने कुछ सोच-विचार के बाद पशुशाला की चारदीवारी में दो जगह बड़े आकार के छेद किए और उसके बाद पास ही बहनेवाली **एल्फ़ियस** और **पेनियस** नाम की दो नदियों को काटकर उनकी धाराओं को पशुशाला की ओर मोड़ दिया। वेग से बहता हुआ पानी पशुशाला की सारी गन्दगी साथ ही बहा ले गया। इतना ही नहीं, इन धाराओं से आगे चरागाहों और घाटियों की भी सफाई हो गई और इस तरह रात घिरने से पहले **हेराक्लीज़** ने यह असम्भव कार्य सम्पन्न कर दिखाया। इस प्रक्रिया में किसी प्रकार की कोई हानि भी नहीं हुई और सारे प्रदेश में नवजीवन की लहर दौड़ गई।

ऑजियास को जब यह समाचार मिला तो वह स्तब्ध रह गया। **हेराक्लीज़** ने आशातीत काम कर दिखाया था। लेकिन दुष्ट **ऑजियास** ने उसे पुरस्कृत नहीं किया अपितु उसका पारिश्रमिक देने से भी इनकार कर दिया। उसने कहा कि उन दोनों के बीच कभी कोई अनुबन्ध हुआ ही नहीं। लेकिन **ऑजियास** के बेटे **फ़ीलियस** ने अपने पिता के विरुद्ध गवाही दी। इस पर **ऑजियास** ने उसे **एलिस** से निष्कासित कर दिया। इधर **ऑजियास** ने **हेराक्लीज़** को उसका अधिकार देने से इनकार कर दिया और उधर **यूरिस्थियस** ने इस श्रम को स्वीकार नहीं किया। उसका कहना था कि **हेराक्लीज़** ने यह काम केवल उसकी आज्ञा से नहीं अपितु **ऑजियास** से प्रतिदान की अपेक्षा रखकर किया है।

छठा श्रम : स्टिम्फ़ैलिया के पक्षी

आर्केडिया की **स्टिम्फ़ैलिया** नदी के किनारे रहनेवाली इन चिड़ियों का आकार सारस के बराबर था और इनकी चोंच, पंजे और पंख लोहे के बने थे। युद्ध देवता **एरीज़** के ये प्रिय पक्षी मानव-भक्षी थे। उनकी नुकीली लोहे की चोंच कवच को भेद डालती थी। ये झुंड बनाकर उड़तीं और इनके लौह-पंख गिरने से कई प्राणियों की मृत्यु हो जाती। इनके मुँह से कुछ ऐसा लार निकलता था जिससे फ़सल नष्ट हो जाती थी। ये चिड़ियाँ सम्भवतः मूलतः अरब के मरुस्थल में रहती थीं और फिर वहाँ से प्रव्रजित हो **स्टिम्फ़ैलिया**

नदी के किनारे चली आई थीं।

हेराक्लीज़ जब वहाँ पहुँचा तो वह इन चिड़ियों की संख्या देखकर आश्चर्यचकित रह गया। वे इतनी थीं कि उन्हें एक-एक कर मारना असम्भव था और जहाँ वे बैठी थीं वहाँ दलदल था। इसलिए उन तक न तो पैदल और न ही नाव के द्वारा पहुँचा जा सकता था। **हेराक्लीज़** सोच में पड़ा था कि तभी आविष्कार-कुशल देवी **एथीनी** प्रकट हुई और उसने **ओलिम्पस** के शिल्पी **हेफ़ास्टस** द्वारा बनाया गया लोहे का एक विशाल आहनक उसे दिया। इसे लेकर **हेराक्लीज़** पर्वत की चोटी पर चढ़ गया और इस खटक को बजाया। इससे इतनी तेज़ और भयानक ध्वनि हुई कि वे सारी चिड़ियाँ घबराकर उड़ने लगीं। अब **हेराक्लीज़** ने उन्हें लक्ष्य कर बाण फेंके और मृत चिड़ियों के झुंड गिरने लगे। इनमें से कुछ काले समुद्र में जा गिरीं जहाँ **एगनॉट्स** ने उनके शव लहरों पर बहते हुए देखे। जो चिड़ियाँ बचीं, वे **ग्रीस** से बाहर उड़ गईं और फिर कभी नहीं लौटीं।

सातवाँ श्रम : क्रीट का साँड

अब **यूरिस्थियस** ने **हेराक्लीज़** को क्रीट के साँड को वश में करने की आज्ञा दी। यह वह साँड था जो **ज़्यूस** के आदेश पर सुन्दरी **यूरोपे** को अपनी पीठ पर बिठाकर **क्रीट** लाया था, वह जो **क्रीट** के राजा **मायनॉस** को **पॉसायडन** को बलि देने के लिए समुद्र से प्राप्त हुआ था, यह विवादास्पद है। लेकिन उन दिनों इस साँड ने **क्रीट** में बड़ा तहलका मचा रखा था और फ़सलें, बाग-बगीचे, चरागाह कुछ भी सुरक्षित नहीं था।

जब **हेराक्लीज़** इस साँड को पकड़ने के उद्देश्य से **क्रीट** पहुँचा तो वहाँ के राजा **मायनॉस** ने उसका स्वागत किया और उसे हर सम्भव सहायता देने को प्रस्तुत हुआ। लेकिन **हेराक्लीज़** ने आग उगलने वाले इस साँड को अकेले ही वश में कर लिया और उसकी पीठ पर सवार होकर **मायसीनी** पहुँचा। वहाँ **यूरिस्थियस** ने देवी **हेरा** के नाम पर उसे फिर स्वतन्त्र कर दिया। **मायसीनी** से छूटकर यह साँड पहले **स्पार्टा,** फिर **आर्केडिया** और अन्त में **मैरेथें** पहुँचा, जहाँ **थीसियस** ने इसे पकड़ा और **एथेन्स** में देवी **एथीनी** के मन्दिर पर बलि कर दिया।

वैसे कुछ लेखकों का यह भी विचार है कि **क्रीट** और **मैरेथें** के साँड में कोई साम्य नहीं।

आठवाँ श्रम : डायेमीडीज़ की घोड़ियाँ

थ्रेस के राजा **डायेमीडीज़** के पास चार मानव-भक्षी घोड़ियाँ थीं। यह **डायेमीडीज़** सम्भवतः युद्ध-देवता **एरीज़** का पुत्र था, या **एटलस** और उसकी बेटी **एसटेरी** के अवैध सम्बन्ध से उत्पन्न हुआ था। वह स्वभाव से बड़ा उद्दण्ड एवं धूर्त था और अपने अतिथियों तथा अपने देश में आने-वाले अनजान पथिकों को अपनी घोड़ियों को खिला दिया करता

था। **यूरेस्थियस** ने **हेराक्लीज़** को उन्हें जीवित पकड़कर लाने की आज्ञा दी। जब **हेराक्लीज़** ने **थ्रेस** की ओर प्रस्थान किया तो **मायसीनी** के बहुत-से उत्साही युवक स्वेच्छा से उसके साथ चल पड़े। रास्ते में अपने मित्र **फ़ेरा** के राजा **एडमेटस** को मिलने के बाद **हेराक्लीज़ टिरिडा** पहुँचा और **डायेमीडीज़** के अश्वपालकों को अभिभूत करने के बाद उन घोड़ियों को खदेड़कर समुद्र की ओर ले गया। **डायेमीडीज़** ने अपने साथियों **बायस्टोन्स** के साथ उनका पीछा किया। **डायेमीडीज़** के साथियों की संख्या अपेक्षाकृत काफ़ी अधिक थी, अतः **हेराक्लीज़** उन घोड़ियों को अपने विश्वस्त एवं प्रिय साथी **एब्डेरस** के संरक्षण में छोड़कर पीछे लौटा। उसने एक नदी को काटकर पानी का रुख मोड़ दिया, जिससे निचले तल पर स्थित क्षेत्र में बाढ़ आ गई। **डायेमीडीज़** वापस भागा। **हेराक्लीज़** ने उसका पीछा किया और बड़ी संख्या में **बायस्टोन्स** को मार डाला। **डायेमीडीज़** घायल हो गया। **हेराक्लीज़** उसे घसीटता हुआ ले गया और उसकी अपनी ही घोड़ियों के आगे डाल दिया। **हेराक्लीज़** की अनुपस्थिति में अनियन्त्रित होकर इन मानव-भक्षी बाजिनियों ने उसके साथी **एब्डेरस** को खा डाला और अब अपने स्वामी **डायेमीडीज़** को खाकर उनकी क्षुधा शान्त हुई। अब **हेराक्लीज़** को उन्हें वश में करने में कुछ विशेष असुविधा नहीं हुई।

अपने मित्र **एब्डेरस** की स्मृति में **एब्डेरा** नगर की नींव डालने के बाद **हेराक्लीज़** ने इन घोड़ियों को पहली बार रथ में जोता और **मायसीनी** पहुँचा। **यूरिस्थियस** ने इन घोड़ियों को **हेरा** को समर्पित कर स्वतन्त्र कर दिया। कहते हैं कि **ओलिम्पस** पर्वत पर जंगली जानवरों ने इनका शिकार किया। लेकिन एक अन्य धारणा यह भी है कि इनके वंशज **ट्रॉय** के युद्ध के समय थे। बल्कि कुछ लोगों का तो यह विचार है कि इस तरह की घोड़ियाँ **एलैग्ज़ैन्डर** महान के समय तक थीं।

नवाँ श्रम : हिप्पॉलिटी की करधनी

इस बार **यूरिस्थियस** ने **हेराक्लीज़** को आज्ञा दी कि वह उसकी बेटी **एडमेटी** के लिए **अमेज़न्स** की रानी **हिप्पॉलिटी** की करधनी लेकर आए। यह करधनी अमेज़न रानी को युद्ध-देवता **एरीज़** ने भेंट की थी। **हेराक्लीज़** जलपोत पर सवार हो अपने कुछ साथियों सहित **थरमाडॉन** नदी की ओर चल पड़ा।

ये **अमेज़न्स** युद्ध-देवता **एरीज़** एवं नायड **हार्मोनिया** की सन्तान थीं। इनका जन्म **फ़ीजिया** के **एक्मोनिया** प्रदेश की कन्दरा में हुआ था। जन्म से ही इनका रुझान शस्त्र-विद्या और युद्ध-कौशल की ओर था। प्रेम और विवाह जैसी कोमल भावना और पवित्र सम्बन्ध का वे मज़ाक उड़ाया करती थीं। कोमलता न उनके शरीर में थी और न उनकी शब्दावली में। नारी-सुलभ गुणों की अपेक्षा उनमें पुरुषोचित दृढ़ता अधिक थी। रूप और प्रेम के प्रति उनके इस तिरस्कारपूर्ण दृष्टिकोण से देवी **ऐफ़्रॉडायटी** बड़ी क्रुद्ध हुई और उसने **टैनायस** नामक युवक के मन में ऐसी लालसा जगाई कि वह अपनी माँ **अमेज़न्स** की प्रधान **लिसिपे** पर ही आसक्त हो गया। उसके संस्कारों ने उसे इस अनुचित

सम्बन्ध से बचा तो लिया लेकिन अपनी वासना को नियन्त्रित न कर पाने के कारण उसने एक नदी में कूदकर जान दे दी। उसकी आत्मा की प्रतारणा से बचने के लिए **लिसिपे** अपनी बेटियों को लेकर काले समुद्र के किनारे होती हुई **थरमाडॉन** के तट पर बस गई। यहाँ **अमेज़न्स** की तीन जातियाँ बनीं और तीनों ने अपने प्रसिद्ध नगरों का निर्माण किया।

ये **अमेज़न** स्त्रियाँ माता को परिवार का प्रधान मानती थीं और उसी को वंशधर। **लिसिपे** ने यह विधान किया कि पुरुष गृहस्थी के काम करें और स्त्रियाँ शासन। शस्त्र-विद्या भी स्त्रियों को दी जाती थी पुरुषों को नहीं। देश की रक्षा करना, युद्धस्थल में शत्रु का सामना करना स्त्री का काम समझा जाता था। छोटे-छोटे लड़कों की टाँगें तोड़ दी जाती थीं ताकि वे युवक होने पर न तो यात्रा कर सकें और न युद्ध। **अमेज़न** स्त्रियाँ शिरस्त्राण पहनती थीं। रण में वे क्रुद्ध सिंहनी की तरह खूँखार हो उठतीं। उनकी वीरता, साहस और युद्ध-कौशल की दूर-दूर तक चर्चा थी और सुदूर राज्यों के शासक भी उनसे भय खाते थे। **लिसिपे** ने **थैमिसीरा** नामक नगर की स्थापना की और **टैनायस** नदी तक सभी जातियों को हराकर अपने राज्य का विस्तार किया। उसने **एरीज़** और आखेट की देवी **आर्टेमिस** के अनेक मन्दिर बनवाए। इन **अमेज़न्स** ने एक बार **ट्रॉय** पर भी अधिकार किया था। पर ये लूट का माल लेकर अपने देश लौट आई थीं। **प्रायम** उस समय बालक था।

जिस समय **हेराक्लीज़ अमेज़न्स** पर आक्रमण करने चला, उस समय सभी **अमेज़न्स थरमाडॉन** नदी के आस-पास ही बस चुकी थीं और उनके तीन प्रमुख नगरों पर **हिप्पॉलिटी, एन्टीयोपी** और **मेलानिप्पे** का राज्य था।

हेराक्लीज़ इस यात्रा के बीच **पैरॉस** के द्वीप पर रुका। यह द्वीप संगमरमर के लिए बड़ा प्रसिद्ध था और **रैडमैन्थस** ने **एन्ड्रोजियस** के बेटे **एल्सियस** को भेंट में दिया था। बाद में **क्रीट** के राजा **मायनॉस** के चार बेटे भी इसी द्वीप पर बस गए। जब **हेराक्लीज़** के दो साथी पानी लेने के लिए गए तो उन्हें **मायनॉस** के बेटों ने मार डाला। **हेराक्लीज़** ने क्रुद्ध होकर उन चारों को मौत के घाट उतार दिया और **पैरॉस** के वासियों को इतना त्रस्त किया कि उन्होंने राजा **एल्सियस** और उसके भाई **स्थेनलियस** को दास के रूप में **हेराक्लीज़** को भेंट करके अपनी जान छुड़ाई। इसके बाद **हेराक्लीज़, हैलिसपॉन्ट** और **बासफ़ॉरस** होता हुआ **मायसिया** पहुँचा और वहाँ के एक प्रदेश का राजा **लायकस** का आतिथ्य स्वीकार किया। **लायकस** से प्रसन्न होकर **हेराक्लीज़** ने शत्रुओं के विरुद्ध उसे सहायता दी और **लायकस** ने उसके नाम पर एक नगर का नाम **हेराक्लाया** रखा।

थरमाडॉन नदी के उद्गम पर पहुँचकर **हेराक्लीज़** ने **थैमिसीरा** के बन्दरगाह पर लंगर डाला। यहाँ उस देश की रानी **हिप्पॉलिटी** उससे मिलने के लिए आई और उसके गठीले शरीर से इतनी आकृष्ट हुई कि उसने अपनी करधनी **हेराक्लीज़** को सप्रेम भेंट कर दी। देवी **हेरा** को जब यह पता चला तो वह एक **अमेज़न** स्त्री का रूप धर कर उन्हें **हेराक्लीज़** के विरुद्ध भड़काने लगी। उसने यह अफ़वाह फैला दी कि **हेराक्लीज़ हिप्पॉलिटी** का अपहरण करने आया है। इस पर **अमेज़न्स** आगबबूला हो गईं। उन्होंने अपने शस्त्र

धारण किए और घोड़े पर सवार होकर **हेराक्लीज़** पर आक्रमण कर दिया। **हेराक्लीज़** ने इस अकस्मात् आक्रमण को **हिप्पॉलिटी** का विश्वासघात समझकर उसे मार डाला। घमासान युद्ध में **अमेज़न्स** की सभी प्रमुख सेनानायिकाएँ मारी गईं और उनकी सेना तितर-बितर हो गई।

कुछ लोगों का यह कहना भी है कि **अमेज़न्स** की रानी मेलानिप्पे को **हेराक्लीज़** ने बन्दी बना लिया था और **हिप्पॉलिटी** ने अपनी करधनी देकर उसे स्वतन्त्र कराया। एक अन्य विश्वास है कि **थीसियस ने अमेज़न्स** को अभिभूत करने के बाद **हिप्पॉलिटी** से विवाह किया था और उसकी मेखला **हेराक्लीज़** को भेंट कर दी थी। एक विवरण यह भी है कि **हेराक्लीज़ ने हिप्पॉलिटी** को युद्ध में परास्त किया। वह कटिबंधक के बदले में **हिप्पॉलिटी** को जीवन-दान देना चाहता था पर **हिप्पॉलिटी** ने जीते जी हार नहीं मानी और उसकी मृत्यु के बाद ही वह करधनी **हेराक्लीज़** को मिली।

हेराक्लीज़ वापस लौटा। रास्ते में उसने **लायकस** के भाई की स्मृति में आयोजित खेलों में भाग लिया। वहाँ के बाक्सिंग चैम्पियन **टीशियास** को धराशायी किया। बिथीनियन्स को हराया। **ट्रॉय** में एक जलदैत्य से **हीसियानी** का परित्राण किया, **थैसॉस** में बस गए थ्रेसवासियों को परास्त किया और **टॉरॉन** में **प्रोटियस** के दो बेटों को कुश्ती में हराया।

मायसीनी पहुँचकर **हेराक्लीज़** ने **हिप्पॉलिटी** की करधनी **यूरिस्थियस** को दी और उसने अपनी बेटी **एडमेटी** को। **हेराक्लीज़** ने लूट में लाए हुए **अमेज़न** स्त्रियों के वस्त्र **डेल्फ़ी** के देवालय में अर्पित कर दिए और **हिप्पॉलिटी** की युद्ध-कुल्हाड़ी रानी **आम्फ़ेल** को भेंट कर दी।

इन **अमेज़न** स्त्रियों से सम्बन्धित विवरण **एलैग्ज़ेन्डर** महान के समय तक मिलते हैं। ऐसा कहा जाता है कि इनकी रानी ने **एलैग्ज़ेन्डर** से सन्तान-प्राप्ति की इच्छा से तेरह दिन उसके साथ बिताए थे लेकिन दुर्भाग्यवश इस संयोग के कुछ ही दिन बाद उसकी मृत्यु हो गई।

दसवाँ श्रम : गेरों के चौपाए

हेराक्लीज़ का दसवाँ श्रम था **एरिथाया** से **गेरों** के विश्वविख्यात चौपायों को जीतकर **मायसीनी** लाना। **क्रिसॉर** और टाइटन **ओसिनस** की बेटी **कैलीरुई** का बेटा **गेरों स्पेन** में **टारटेसस** का राजा था और पृथ्वी का सर्वाधिक शक्तिशाली व्यक्ति समझा जाता था। उसके तीन सिर थे, छह हाथ और कमर से ऊपर तीन धड़। उसके चौपाए बहुत सुन्दर थे। उनको चराने और देखभाल करने के लिए उसने युद्ध-देवता **एरीज़** के बेटे **यूरीशियन** की नियुक्ति चरवाहे के रूप में की थी। **यूरीशियन** के अतिरिक्त **टायफून** और **एकीडनी** से उत्पन्न दो सिरवाला भयानक कुत्ता **आर्थ्रस** इन चौपायों की रखवाली करता था।

यूरोप से होकर यात्रा करते हुए **हेराक्लीज़** ने रास्ते में अनेक जंगली जानवरों को

मारकर भविष्य में आनेवाले यात्रियों के लिए मार्ग सुगम किया। **टारटेसस** पहुँचकर **हेराक्लीज़** ने दो प्रसिद्ध स्तम्भों की स्थापना की—एक **यूरोप** में और दूसरा **अफ्रीका** में। इन्हें आज तक 'पिलर्स ऑफ हेराक्लीज़' के नाम से जाना जाता है। कुछ लोगों का विश्वास है कि ये दो महाद्वीप पहले से ही जुड़े हुए थे और **हेराक्लीज़** ने दोनों के मध्य में एक जलधारा काटकर निकाली थी। इसके विपरीत एक अन्य विश्वास यह है कि **हेराक्लीज़** ने दो चट्टानों को पास-पास सरकाकर इस रास्ते को तंग कर दिया था ताकि ह्वेल मछलियाँ और समुद्री दैत्य उसमें से न निकल सकें।

जब **हेराक्लीज़** इस कार्य में रत था उस समय सूर्य देवता **हीलियस** अपने पूर्ण यौवन पर था और उसके तेज़ और गर्मी को सहना असम्भव हो उठा था। **हेराक्लीज़** को क्रोध आ गया। उसने **हीलियस** को लक्ष्य कर एक तीर छोड़ दिया। ऐसा दुस्साहस **हीलियस** को भला कहाँ सह्य होता! वह ज़ोर से चीखा। तत्काल ही **हेराक्लीज़** को अपनी ग़लती का एहसास हो गया और उसने अपनी उद्दंडता के लिए क्षमा माँगते हुए अपनी धनुष की प्रत्यंचा उतार दी। **हीलियस** ने इस विनम्रता से प्रसन्न होकर **हेराक्लीज़** को यात्रा के लिए जल-कुमुद के आकार का एक सुनहरी प्याला भेंट किया। लेकिन जब **हेराक्लीज़** इस प्याले में बैठकर समुद्र पर से **एरिथाया** की ओर यात्रा कर रहा था, टाइटन **ओसियन** के आदेश पर लहरें उद्दण्ड हो उठीं और **हेराक्लीज़** की नैया थपेड़ों से डगमगाने लगी। क्रुद्ध **हेराक्लीज़** ने फिर बाण चढ़ाया और **ओसिनस** की आज्ञा दी कि वह समुद्र को शान्त कर दे अन्यथा वह उसे दण्ड देगा। विवश **ओसिनस** को उसकी आज्ञा माननी पड़ी।

हेराक्लीज़ एबस पर्वत पर जाकर किनारे लगा। **गेरों** के चौपाए यहीं पर थे। **हेराक्लीज़** को देखते ही **आर्थ्रस** कुत्ता उस पर झपटा लेकिन **हेराक्लीज़** ने अपनी गदा के एक ही वार से उसका काम तमाम कर दिया। चरवाहे **यूरीशियन** का भी यहीं अन्त हुआ। दोनों रखवालों को मारकर अब **हेराक्लीज़** ने **गेरों** के चौपायों को हाँकना शुरू किया। पास ही कहीं **मेनोटीज़** मृत्यु लोक के देवता **हेडीज़** के चौपाए चरा रहा था। उसने **हेराक्लीज़** के **गेरों** के पशु ले जाते हुए देखा। यद्यपि **हेराक्लीज़** ने उसके चौपायों को हाथ भी नहीं लगाया था, पर फिर भी वह भागा-भागा **गेरों** के पास गया और उसे सारी बात बताई। **गेरों** वहाँ पहुँचा और **हेराक्लीज़** को युद्ध के लिए ललकारा। यद्यपि **गेरों** को पृथ्वी का सर्वाधिक शक्तिशाली व्यक्ति माना जाता था पर **हेराक्लीज़** को उसे मारने में कुछ भी कठिनाई नहीं हुई। उसने बगल से एक तीर छोड़ा जो **गेरों** के तीन शरीरों में से होकर निकल गया। या सम्भवतः उसने बगल से एक तीर छोड़ा जिससे उसके तीनों धड़ घायल हो गए। कहते हैं कि **ज़्यूस** की पत्नी सम्राज्ञी **हेरा गेरों** की सहायता के लिए **ओलिम्पस** से आई लेकिन **हेराक्लीज़** का एक बाण उसके दाहिने वक्ष में लगा और वह वापस भाग गई। इस तरह **गेरों** को धराशायी करके **हेराक्लीज़** अपने चौपायों सहित उस प्याले के आकार की नाव में सवार हुआ और **टारटेरस** पहुँचकर सधन्यवाद यह भेंट **हीलियस** को लौटा दी।

एक अन्य प्राप्य विवरण के अनुसार **गेरों** के चौपाए किसी द्वीप पर नहीं, बल्कि

समुद्र के बिल्कुल सामने **स्पेन** के अन्तिम छोर पर स्थित पर्वतों के ढलान पर चरा करते थे। वहाँ का राजा **क्रिसॉर** था और **गेरों** उसकी उपाधि। यह बड़ा शक्तिशाली राजा था। इसके तीन बेटे थे और तीनों ही बड़े कुशल सेनानायक थे। इन्होंने लड़ाकू और खूँखार जाति के व्यक्तियों को भर्ती करके एक बड़ी दुर्धर्ष सेना तैयार की थी। इनका सामना करने के लिए **हेराक्लीज़** ने भी **क्रीट** में एक सेना तैयार की। उसने जंगली भालुओं, भेड़ियों और विषैले नागों को मारकर **क्रीट** निवासियों को अनुगृहीत किया, और उनकी शुभकामनाएँ प्राप्त कीं। यहाँ से सेना का नेतृत्व करते हुए वह पहले **लीबिया** पहुँचा। वहाँ से राजा **एन्टायेस** को मारकर उसने इस मरुस्थल को जंगली जानवरों और साँपों के भय से मुक्त किया और उसकी भूमि को उर्वरक बनाया। **मिस्र** में **हेराक्लीज़** ने **बसीरिस** को मारा और पश्चिम की ओर यात्रा करता हुआ उत्तरी अफ्रीका गया जहाँ उसने बची-खुची **अमेज़न्स** और **गॉरगन्स** का सर्वनाश किया। **गेडीज़** पहुँचकर उसने अपने नाम से प्रसिद्ध होनेवाले स्तम्भ स्थापित किए और जलमार्ग से अपनी सेना को **स्पेन** ले गया। वहाँ उसने युद्धों में **क्रिसॉर** के तीनों बेटों को मार गिराया और **स्पेन** का राज्य योग्य व्यक्तियों को सौंप कर **गेरों** के विश्वविख्यात चौपाए लेकर **मायसीनी** लौटा।

हेराक्लीज़ गेरों के सुन्दर सुनहरे पशु लेकर **मायसीनी** कैसे पहुँचा इस विषय में भी मतभेद है। कुछ लोगों का कहना है कि **हेराक्लीज़** ने **एबीले** और **कालपी** पर्वतों को मिला कर एक पुल बनाया और उस पर से होकर अपने साथियों और चौपायों के साथ **लीबिया** पहुँचा। एक अन्य धारणा यह है कि उसने **एब्ड्रा** की सीमा से होकर **स्पेन** पार किया। **गॉल** पहुँचकर उसने वहाँ प्रचलित अजनबी पथिकों को मार डालने की वीभत्स प्रथा का अन्त किया। अपनी उदारता, सहिष्णुता और अदम्य साहस से आदिवासियों के मन जीत लिए और एक विशाल नगर की नींव डाली जो **एलेसिया** के नाम से प्रसिद्ध हुआ। **एलेसिया** का अर्थ है 'परिभ्रमण।'

जब **हेराक्लीज़ गेरों** के चौपाए लेकर **लिगूरिया** से निकल रहा था तो **पॉसायडन** के दो बेटों ने उसके चौपाए चुराने की कोशिश की। **लिगूरिया** की सेना से युद्ध करते समय दुर्भाग्यवश **हेराक्लीज़** के बाण समाप्त हो गए। घायल और कलान्त **हेराक्लीज़** आँखों में आँसू लिए घुटनों के बल पृथ्वी पर बैठ गया। लेकिन **लिगूरिया** की धरती भी नरम थी और वहाँ एक भी पत्थर नहीं था जिससे **हेराक्लीज़** शत्रु का सामना करता। अपने शूरवीर बेटे की आँखों में आँसू **ज़्यूस** को सह्य नहीं हुए। एकदम से बादल घिर आए और पत्थरों की बरसात हुई। **हेराक्लीज़** ने ये पत्थर मार-मार कर **लिगूरिया** की सेना को खदेड़ दिया। जहाँ यह युद्ध हुआ वह प्रदेश 'पथरीला प्रदेश' नाम से जाना जाता है। और इस क्षेत्र में मनुष्य की मुट्ठी के आकार के पत्थर बिखरे हुए हैं। यह प्रदेश **मार्सिलेस** और **रोहनी** नदी के बीच में स्थित है और समुद्र से पन्द्रह मील दूर है।

लिगूरिया के **आल्प्स** पार करने के बाद **इटली** में भ्रमण करता हुआ **हेराक्लीज़** जब **सिसली** पहुँचा तो उसे पता चला कि वह ग़लत आ गया है। रोमवासियों के अनुसार **एल्बुला** में उसका स्वागत वहाँ के राजा **इवैन्डर** ने किया। सन्ध्या के समय जब **हेराक्लीज़**

अपने चौपायों को खुला छोड़कर हरी घास पर विश्राम कर रहा था तो पास की ही एक गुहा में रहनेवाले तीन सिरवाले चरवाहे **कैकस** ने उसके सबसे बढ़िया दो साँड और चार गौएँ चुरा लीं। यह **कैकस, हेफ़ास्टस** और **मेडुसा** के संयोग से उत्पन्न हुआ था। इसके तीन मुखों से आग की लपटें निकलती थीं और इसके कारण **ऐवेन्टीन** वन में आतंक व्याप्त था। यह अनजान यात्रियों को मारकर उनकी खोपड़ियाँ और बाँहें अपनी गुहा में लटका देता। इसी **कैकस** ने **हेराक्लीज़** के कुछ पशु ले जाकर गुफा के आन्तरिक भाग में छिपा दिए।

प्रातःकाल जब **हेराक्लीज़** की आँख खुली और वह यात्रा के लिए उद्यत हुआ तो देखा कि चौपाए कुछ कम नजर आ रहे थे। बहुत देर तक इधर-उधर खोजने के बाद निराश **हेराक्लीज़** शेष चौपायों को साथ ले चल पड़ा। तभी उसे उन खोई हुई गौओं के रँभाने की आवाज़ सुनाई दी। इसका अनुसरण करता हुआ वह गुहा तक पहुँचा लेकिन गुहा का द्वार बन्द था, और द्वार पर एक इतनी बड़ी चट्टान रखी थी जिसे दस सुडौल बैलों के जुए से भी हिलाना सम्भव नहीं था। लेकिन **हेराक्लीज़** ने उसे बड़ी सरलता से एक कंकड़ की तरह उठाकर दूर फेंक दिया और वह मुँह से आग और धुआँ उगलते हुए **कैकस** से जूझ पड़ा। उसने **कैकस** का सिर पकड़कर उसे पृथ्वी पर इतने ज़ोर-ज़ोर से मारा कि उसका भुर्ता बन गया।

राजा **इवैन्डर** की सहायता से अब **हेराक्लीज़** ने वहाँ **ज़्यूस** को एक देवालय समर्पित किया और एक साँड की बलि दी। **हेराक्लीज़** ने **इवैन्डर** की राजा **फ़ॉनस** के विरुद्ध सहायता की और **रोम** में प्रचलित वार्षिक मानव-बलि की प्रथा का दमन किया। उसने कहा कि मनुष्यों को **टाइबर** नदी में फेंकने के बजाय उनके स्थान पर कठपुतलियों को फेंका जाए।

कहते हैं कि **इवैन्डर** का उसकी प्रजा बड़ा आदर करती थी क्योंकि उसे अक्षरों का ज्ञान था। लेकिन एक अन्य विश्वास यह है कि **हेराक्लीज़** ने **इवैन्डर** को अक्षर-ज्ञान दिया था। इसी कारण उसे **म्यूज़ेज़** के मन्दिर में स्थान मिला। **टाइबर** में अपनी आराधना का प्रबन्ध करने के बाद **हेराक्लीज़** आगे बढ़ा।

रास्ते में एक दिन **हेराक्लीज़** का एक साँड समुद्र को तैर कर **सिसली** चला गया। **हेराक्लीज़** ने उसका पीछा किया। **सिसली** में **एरिक्स** ने उसे अपने चौपायों में शामिल कर लिया। **हेराक्लीज़** ने शीघ्र ही अपने साँड को पहचान लिया और **एरिक्स** से कहा कि वह साँड उसे लौटा दे। लेकिन **ऐफ़्रॉडायटी** और **बूट्स** का यह बेटा अपने समय और देश का माना हुआ पहलवान और बॉक्सर था। उसे अपनी शक्ति पर बड़ा अभिमान था। अतः उसने **हेराक्लीज़** को कुश्ती के लिए ललकारा। **हेराक्लीज़** ने इस शर्त पर इस चुनौती को स्वीकार किया कि जीतने पर वह **एरिक्स** के राज्य का स्वामी होगा। **हेराक्लीज़** ने कुश्ती के चारों पहले दौर जीत लिए और पाँचवें में **एरिक्स** को हवा में उठाकर नीचे पटक दिया जिससे उसकी मृत्यु हो गई। कहते हैं कि इस **एरिक्स** की **सॉफ़िस** नाम की एक कन्या थी जिसका **हेराक्लीज़** से संयोग हुआ और उसके दो पुत्र हुए।

सिसली से होता हुआ **हेराक्लीज़** उस प्रदेश में पहुँचा जिसे आज **सिरैक्यूज** कहते हैं। यहाँ उसने देवताओं को बलि भेंट दी और एक वार्षिक उत्सव का आरम्भ किया। **हेराक्लीज़** ने **लिओन्टिनी** के प्रदेश में अपनी यात्रा के अविस्मरणीय चिह्न छोड़े। वहाँ की एक पथरीली सड़क पर **हेराक्लीज़** के चौपायों के खुरों के चिह्न अंकित हैं। इन चिह्नों को अपने देवत्व का प्रमाण मान कर **हेराक्लीज़** ने वहाँ के निवासियों द्वारा निवेदित देवोपयुक्त अभ्यर्थना को पहली बार स्वीकार किया। इस सम्मान के बदले में **हेराक्लीज़** ने नगर की दीवारों के बाहर चार फर्लांग की परिधि में एक झील खोदी।

इटली लौटकर **हेराक्लीज़** ने **ग्रीस** के रास्ते की तलाश शुरू की और अपने चौपायों को पूर्वी-तट पर **लैसिनयन** प्रदेश तक ले गया। यहाँ से छह मील दूर भाग्यवशात् **हेराक्लीज़** के हाथों **क्रोटों** की मृत्यु हो गई। **हेराक्लीज़** ने उसका विधिवत अन्तिम संस्कार किया और यह भविष्यवाणी की कि वहाँ **क्रोटों** के नाम पर एक विशाल नगर का निर्माण होगा। यह भविष्यवाणी **हेराक्लीज़** के देव-पद प्राप्त करने के पश्चात् पूरी हुई।

अब **हेराक्लीज़** ने **गेरों** के चौपायों को **ईस्ट्रिया** से **एपिरस** और वहाँ से **इस्थमस** के रास्ते **पेल्पॉनीज़** ले जाने की योजना बनाई। इस यात्रा के मध्य में ही **हेरा** ने उसके चौपायों को तंग करने के लिए एक गो मक्खी को भेजा। इस मक्खी के दंश से घबराकर गौएँ **थ्रेस** के पार **स्कीथिया** के मरुस्थल की ओर भाग गईं। **हेराक्लीज़** उनके पीछे गया। एक तूफ़ानी रात जब क्लान्त **हेराक्लीज़** गहरी नींद सोया था तो किसी ने उसके रथ में जुती घोड़ियाँ चुरा लीं। सुबह उठकर उसने दूर-दूर तक उन्हें खोजा। तभी **हाइलाया** प्रदेश में भटकते हुए उसने एक आवाज़ सुनी। यह आवाज़ साँप की पूँछ और स्त्री के धड़वाली एक राक्षसी की थी। उसने चिल्लाकर **हेराक्लीज़** को बताया कि उसके अश्व उसकी गुहा में हैं लेकिन वह उन्हें तभी लौटाएगी जब **हेराक्लीज़** उसका प्रेमी बनना स्वीकार करे। बेमन से **हेराक्लीज़** ने उसकी शर्त को स्वीकार किया और उसे आलिंगन में ले चुम्बन किया और उसकी वासना-पूर्ति की। राक्षसी को सन्तुष्ट कर अपने अश्वों को लेकर जब **हेराक्लीज़** चलने को उद्यत हुआ तो उस अमानवी ने कहा, ''मेरे गर्भ में तुम्हारे तीन पुत्र हैं। जब वे युवा हो जाएँ तो मैं उन्हें इसी प्रदेश में रखूँ या तुम्हारे पास भेज दूँ?''

हेराक्लीज़ ने अपना धनुष और कटिबन्धक उसे देकर कहा, ''जब मेरे बेटे जवान हो जाएँ तो उनमें से जो इस धनुष पर बाण-सन्धान इस तरह करे जैसे मैं करता हूँ, और जो इस कटिबन्धक को इस तरह धारण करे जैसे मैं करता हूँ, उसे इस देश का शासक बना देना।''

यह कहकर **हेराक्लीज़** ने वहाँ से प्रस्थान किया। अपने चौपायों और घोड़ों को **स्ट्रॉइमॉन** नदी पार कराने के लिए उसने पत्थरों से एक पुल बनाया। रास्ते में **इस्थमस** के पास उसकी मुठभेड़ **एलसायेनियस** नामक एक दैत्याकार चरवाहे से हुई जो चट्टान उठाकर आने-जाने वालों को दे मारता था। **हेराक्लीज़** के साथ अनेक पशुओं और रथों को आते देख उसने सदा की तरह इस बार भी भागकर चट्टान को उठाया और लक्ष्य कर फेंका। लेकिन **हेराक्लीज़** की गदा से टकराकर वह चट्टान वापस **एलसायेनियस** के

सिर पर जाकर गिरी और वह वहीं ढेर हो गया। इसके बाद **हेराक्लीज़** को **मायसीनी** पहुँचने में कोई विशेष कठिनाई नहीं पेश आई। अन्ततः वह एक दिन **गेरों** के सुप्रसिद्ध चौपाए लेकर **यूरिस्थियस** की सेवा में वापस पहुँचा और इस तरह **हेराक्लीज़** का दसवाँ श्रम भी सफलतापूर्वक सम्पन्न हुआ।

ग्यारहवाँ श्रम : हेस्परिडीज़ के सेब

हेराक्लीज़ ने पहले दस श्रम आठ वर्ष और एक मास की अवधि में पूर्ण किए। लेकिन **यूरिस्थियस** ने दूसरे और पाँचवें श्रम को उसकी उपलब्धियों में सम्मिलित करने से इनकार कर दिया और उसे दो और असाध्य उद्यमों के लिए प्रस्तुत होने का आदेश दिया। इस बार उसे **हेस्परिडीज़** के सुनहरे वृक्ष से सेब लाने थे। यह सेब-वृक्ष पृथ्वी-माता ने **ज़्यूस** और **हेरा** के पाणिग्रहण के अवसर पर **हेरा** को भेंट किया था। कहते हैं कि **हेरा** को यह वृक्ष और इसके फल इतने भले लगे कि उसने इस पेड़ को अपने दैवी उद्यान में लगा दिया और इसकी देखभाल का दायित्व **एटलस** की पुत्रियों को सौंप दिया। **हेस्परिडीज़** सम्भवतः इन्हीं कन्याओं का नाम था। लेकिन **हेरा** का यह उपवन कहाँ स्थित है, यह कोई नहीं जानता था। एक धारणा है कि यह वृक्ष **एटलस** पर्वत के ढलान पर आरोपित था। यह वह प्रदेश है जहाँ दिन-भर की यात्रा से श्रान्त **हीलियस** के अश्व साँझ को पहुँचते हैं। यहाँ **एटलस** के हज़ारों चौपाए दिन-भर निर्विघ्न चरा करते हैं। लेकिन यह विवादास्पद है कि **हेस्परिडीज़** एटलस पर्वत के उस प्रदेश में रहती थीं जो **हाइपरबोरियन** जाति से सम्बद्ध है या **एटलस** के उस भाग में जो **मारेटेनिया** में है, या अफ्रीका की सीमा पर स्थित 'वेस्टर्न हार्न' के नाम से प्रसिद्ध क्षेत्र के समीप दो द्वीपों पर। एक विवरण के अनुसार सम्भवतः इस समय तक **एटलस** को पृथ्वी का भार वहन करने पर नियुक्त नहीं किया गया था और वह भी अपनी पुत्रियों के साथ इस पेड़ की देख-रेख किया करता था। यद्यपि यह वृक्ष **हेरा** का था, पर **एटलस** को भी इसका बड़ा मोह था और इसकी देखभाल में वह गर्व का अनुभव किया करता था। लेकिन एक दिन **थेमिस** ने यह भविष्यवाणी की कि आनेवाले समय में **ज़्यूस** का एक शक्तिशाली बेटा इस वृक्ष का स्वर्ण लूट ले जाएगा। **एटलस** ने इस भविष्यवाणी के बाद सुरक्षा के अतिरिक्त प्रबन्ध किए। उद्यान के चारों तरफ दीवार बना दी गई और **हेरा** ने कभी आँख न झपकनेवाले **लेडॉन** नामक सर्प को इसकी पहरेदारी पर नियुक्त किया। कुछ स्रोतों के अनुसार इस सर्प का जन्म **टायफून** और **एकीडनी** से हुआ था। और कुछ लोगों का कहना है कि यह पृथ्वी-पुत्र था। इसके सौ सिर थे और यह कभी नहीं सोता था।

हेराक्लीज़ को नहीं पता था कि **हेस्परिडीज़** का उद्यान कहाँ है। अतः पहला काम तो इसकी स्थिति का पता लगाना था। उसे किसी विश्वस्त सूत्र से ज्ञात हुआ कि नदी का देवता **नेरियस** उसका मार्ग-दर्शन कर सकता है। अतः वह **इलीरिया** होता हुआ **पो** नदी की ओर चल पड़ा। रास्ते में उसकी मुठभेड़ **एरीज़** के पुत्र से हुई। अपने पुत्र की

सहायता करने के लिए युद्ध-देवता **एरीज़** स्वयं **हेराक्लीज़** से लड़ने को प्रस्तुत हुआ लेकिन **ज़्यूस** ने अपना वज्र उन दोनों के मध्य में फेंककर इस स्थिति का निवारण किया।

जब **हेराक्लीज़ पो** नदी पर पहुँचा तो वहाँ **ज़्यूस** और **थेमिस** की पुत्रियों ने उसे **नेरियस** का पता बताया। **नेरियस** उस समय नदी के तट पर सो रहा था। उसके शरीर से पानी टपक रहा था। सदा पानी में रहने के कारण उसके शरीर पर काई और बहुत फिसलन थी। साथ ही उसे यह वरदान था कि वह इच्छानुसार कोई भी आकृति धारण कर सकता था। **हेराक्लीज़** ने सोए हुए **नेरियस** को अपनी लौह-भुजाओं में जकड़ लिया। **नेरियस** ने बहुत हाथ-पाँव पटके, आकृतियाँ बदलीं पर **हेराक्लीज़** की पकड़ से मुक्त नहीं हो सका। अन्त में विवश होकर उसे **हेस्परिडीज़** पहुँचने और सेब लाने का तरीका बताना पड़ा। उसने **हेराक्लीज़** को कहा कि वह सेब खुद न तोड़े बल्कि **एटलस** से आग्रह करे। वैसे कुछ लोगों का यह भी विचार है कि **नेरियस** ने **हेराक्लीज़** को **प्रमीथ्यु** के पास भेजा था और **प्रमीथ्यु** ने उसे **हेस्परिडीज़** पहुँचने का मार्ग बताया।

जब **हेराक्लीज़ हेस्परिडीज़** के उद्यान में पहुँचा उस समय **एटलस** पृथ्वी का भार अपने कन्धों पर लिए खड़ा था। इस भार के लिए पल-दो पल के लिए मुक्ति पाने के लिए वह कुछ भी कर सकता था। स्वर्ण वृक्ष के सेब लाने के बदले में **हेराक्लीज़** ने पृथ्वी को अपने कन्धों पर लेने का प्रस्ताव किया, जिसे **एटलस** ने सहर्ष स्वीकार कर लिया। पृथ्वी को **हेराक्लीज़** के कन्धों पर टिकाकर **एटलस** बाग में गया और तीन सेब तोड़ लाया। लेकिन अब वह स्वतन्त्रता का आनन्द जान चुका था। उन गिने-चुने क्षणों में उसका संसार ही बदल गया था। अब वह किसी मूल्य पर भी उस भार को दुबारा ढोने को तैयार नहीं था, अतः उसने **हेराक्लीज़** से कहा, "मैं ये सेब **यूरिस्थियस** को पहुँचाकर कुछ ही महीनों में लौट आऊँगा। तुम तब तक पृथ्वी का बोझ सँभाले रहो। वापस लौटते ही मैं इसे अपने कन्धों पर ले लूँगा।"

हेराक्लीज़ एटलस का अभिप्राय समझ गया। वह इस असहनीय बोझ को अनन्त काल के लिए **हेराक्लीज़** के सिर लादकर स्वयं स्वतन्त्र होना चाहता था। **हेराक्लीज़** ने प्रकट रूप में इस प्रस्ताव को स्वीकार करते हुए यह कहा कि **एटलस** एक पल जरा पृथ्वी को अपने कन्धे पर ले ताकि वह अपने सिर और कन्धों पर एक गद्दा लगा ले। मूर्ख **एटलस हेराक्लीज़** की चतुराई से छला गया। उसने झट सेब नीचे रखकर पृथ्वी को उठा लिया। **हेराक्लीज़** ने सेब उठाए, अपने कन्धे सीधे किए और एक व्यंग्यपूर्ण अलविदा कहकर वापस चल पड़ा।

हेराक्लीज़ सीधे और सरल रास्ते से **मायसीनी** नहीं लौटा। उसे तो सदा नए साहसिक उपक्रमों की तलाश थी। **लीबिया** के मरुस्थल में **हेराक्लीज़** को बहुत प्यास लगी। लेकिन रेगिस्तान में पानी कहाँ? **हेराक्लीज़** ने ज़ोर से पृथ्वी पर पैर मारा और जल की एक धारा वहाँ फूट निकली। इसी जलधारा ने बाद में **लीबिया** के मरुस्थल में भटकते हुए **एगनॉट्स** की जान बचाई।

उन दिनों **पॉसायडन** और पृथ्वी का पुत्र **एन्टायस लीबिया** का राजा था। **एन्टायस**

बड़ा शक्तिशाली और कुशल पहलवान था। वह **लीबिया** आनेवाले यात्रियों को दंगल के लिए आमंत्रित करता और परास्त होने पर उन्हें मार डालता। **एन्टायस** की सफलता का रहस्य यह था कि वह कुश्ती के समय जब भी पृथ्वी का स्पर्श करता उसकी नष्ट हुई शक्ति का पुनरुन्नयन हो जाता, जबकि दूसरा प्रतियोगी गिरने के बाद क्षीणतर होता चला जाता। **एन्टायस** क्योंकि पृथ्वी का पुत्र था, अतः माँ की उस पर यह विशेष अनुकम्पा थी। वह विशालाकार होने के कारण एक ऊँची चट्टान के नीचे स्थित गुहा में रहता था, शेरों के मांस का भोजन करता था और सदा शक्ति से अनुप्राणित रहने के लिए नंगी पृथ्वी पर सोता था। पृथ्वी माता को अपने इस बेटे पर बड़ा गर्व था और इसमें सन्देह नहीं कि मल्लयुद्ध में **एन्टायस** मानव तो क्या देवताओं पर भी भारी पड़ता था।

हेराक्लीज़ और **एन्टायस** के बीच मल्लयुद्ध अवश्यम्भावी था। दोनों प्रतिद्वन्द्वी तैयार हुए। **हेराक्लीज़** ने अपने शरीर पर तेल मला और **एन्टायस** ने गर्म मिट्टी ताकि वह पृथ्वी से संयुक्त रहे। अखाड़े में दोनों वीरों का सामना हुआ। जल्दी ही **हेराक्लीज़ एन्टायस** पर हावी हो गया और उसे उठाकर पृथ्वी पर पटक दिया। लेकिन **एन्टायस** पृथ्वी से पहले से अधिक शक्ति और तेज़ लेकर उठा। **हेराक्लीज़** चकित था। वह बार-बार **एन्टायस** को गिराता और **एन्टायस** हर बार दूने वेग से उठ खड़ा होता। **हेराक्लीज़** ने तब यह अनुभव किया कि **एन्टायस** जान-बूझकर भी कभी-कभी गिर पड़ता है। अतः इस बार उसने **एन्टायस** को दोनों बाँहों में अपने सिर के ऊपर हवा में उठा लिया और उसकी पसलियाँ तोड़ डालीं। **एन्टायस** बहुत छटपटाया लेकिन **हेराक्लीज़** ने उसे तब तक नीचे नहीं फेंका जब तक उसके प्राण नहीं निकल गए।

इसके बाद **हेराक्लीज़ एमॉन** स्थित **ज़्यूस** के प्रश्न-स्थल पर गया और अपने पिता को देखने की इच्छा प्रकट की। **ज़्यूस** अभी अपने को प्रकट नहीं करना चाहता था, लेकिन **हेराक्लीज़** के हठ के कारण एक भेड़ की खाल में अपने वास्तविक रूप को छिपाकर दर्शन दिए और भविष्य के लिए आदेश भी। तभी से मिस्रवासी **ज़्यूस ऐमॉन** का सिर भेड़ का बनाते हैं और **ज़्यूस** के वार्षिक उत्सव के बाद एक भेड़ मारकर उसकी खाल से **ज़्यूस** की प्रतिमा को ढँक देते हैं।

दक्षिण में **हेराक्लीज़** ने अपने जन्मस्थान की स्मृति में **थीब्ज़** (अथवा थीब्ज़) नामक नगर की नींव डाली। इस समय **मिस्र** का राजा **एन्टायस** का भाई **बसीरिस** था। एक बार **मिस्र** में अकाल पड़ा था जो आठ-नौ वर्षों तक चला। अन्य सभी उपाय असफल हो जाने पर **बसीरिस** ने ग्रीक के भविष्यवक्ताओं को बुलाया और उनसे इस दैवी प्रकोप का कारण और समाधान पूछा। एक ग्रीक भविष्यद्रष्टा ने उसे बताया कि यदि हर वर्ष एक विदेशी की बलि **ज़्यूस** के मन्दिर में दी जाए तो अकाल से मुक्ति मिल सकती है। **बसीरिस** ने सबसे पहले उसी भविष्यद्रष्टा की बलि दे दी और तब से **मिस्र** आनेवाले विदेशियों की प्रति वर्ष बलि देने की परम्परा चल पड़ी। जब **हेराक्लीज़ मिस्र** पहुँचा तो **बसीरिस** के सेवकों ने उसे पकड़ लिया। **हेराक्लीज़** मन-ही-मन हँसता हुआ उनके साथ चल पड़ा। लेकिन बलिवेदी पर देवताओं की आराधना के बाद जैसे ही **बसीरिस** ने

कुल्हाड़ी उठाई **हेराक्लीज़** ने लौह शृंखलाओं को धागे की तरह तोड़ डाला और **बसीरिस,** उसका बेटा, पुजारी एवं अन्य सभी सेवकों को वहीं ढेर कर डाला।

इसके बाद **हेराक्लीज़ एशिया** में भ्रमण करता हुआ **काकेसस** पर्वत पर पहुँचा। यह वही पर्वत था जिस पर **प्रमीथ्यु** पिछले एक हज़ार अथवा तीस हज़ार वर्षों से बँधा अनन्त यन्त्रणा भोग रहा था। उसके हाथ-पाँव शृंखलाओं से बँधे थे और **टायफ़ून** और **एकीडनी** से उत्पन्न एक भीमकाय गिद्ध उसके जिगर को नोच-नोचकर खाया करता था। मानव-प्रेमी **प्रमीथ्यु** को यह दण्ड **ओलिम्पस** से मनुष्य के लिए अग्नि चुराने के अपराध में मिला था। **प्रमीथ्यु** की यातना अनन्त थी। कहते हैं कि **ज़्यूस** को अपने इस निर्णय पर अब पश्चात्ताप था क्योंकि दंडित होने के बाद भी **प्रमीथ्यु** ने **ज़्यूस** के प्रति सद्‌भावना ही दर्शाई थी। जब **प्रमीथ्यु** को पता चला कि **ज़्यूस थेटिस** से विवाह करने की सोच रहा है तो उसने अपने दिव्य-ज्ञान से उसे चेतावनी दी कि वह ऐसा न करे। **थेटिस** को एक ऐसे पुत्र की प्राप्ति होना निश्चित था जो अपने पिता से अधिक बलवान होगा। जब **हेराक्लीज़** ने **प्रमीथ्यु** की मुक्ति के लिए प्रार्थना की तो **ज़्यूस** ने उसे झट स्वीकार कर लिया। **हेराक्लीज़** ने उसकी शृंखलाएँ तोड़ डालीं और उस गिद्ध का हृदय अपने बाण से भेद डाला। अब **प्रमीथ्यु** को **हेडीज़** जाने से बचाने के लिए यह आवश्यक था कि कोई अनश्वर प्राणी नश्वरता स्वीकार कर उसकी जगह **टारटॉरस** जाए। **हेराक्लीज़** के बाण से घायल **कैरों** आज तक अपनी गुहा में पड़ा कराह रहा था, और अपने अमरत्व को कोस रहा था। वह सहर्ष ही **प्रमीथ्यु** की जगह देह छोड़ने को तैयार हो गया। **ज़्यूस** ने अमरत्व के इस आदान-प्रदान पर अपनी मोहर भी लगा दी। और इस तरह मानवमात्र का सच्चा मित्र **प्रमीथ्यु** स्वतन्त्र हुआ। **काकेसस** पर्वत के निवासी आज तक गिद्ध को मानव का शत्रु मानते हैं और जहाँ कहीं भी उसका घोंसला दिखाई दे उसे जलते हुए बाण फेंककर नष्ट कर देते हैं। वे **प्रमीथ्यु** की यन्त्रणा का प्रतिशोध ले रहे हैं।

मायसीनी पहुँचकर **हेराक्लीज़** ने **हेस्परिडीज़** के वे सेब **यूरिस्थियस** को दिए और **यूरिस्थियस** ने उन्हें देवी **एथीनी** को सौंप दिया। **एथीनी** ने उन्हें वापस **हेस्परिडीज़** को पहुँचा दिया क्योंकि वे **हेरा** की सम्पत्ति थे और उनका कोई भी अन्य उपयोग उचित नहीं था।

इस तरह **हेराक्लीज़** का ग्यारहवाँ श्रम सम्पन्न हुआ।

बारहवाँ श्रम : सेब्रेस का बन्दीकरण

यूरिस्थियस द्वारा निर्दिष्ट ग्यारह श्रम **हेराक्लीज़** ने सफलतापूर्वक सम्पन्न किए लेकिन **यूरिस्थियस** एक दुस्तोष्य स्वामी था और मानव के कल्याणकारी के रूप में जो प्रसिद्धि और जो महिमा **हेराक्लीज़** ने इन उपलब्धियों से कमाई थी, वह उसे सहन न थी। अतः उसने बहुत सोच-समझकर एक ऐसा काम **हेराक्लीज़** को सौंपा जो पृथ्वी का कोई भी प्राणी नहीं कर सकता था। उसे **टारटॉरस** के तीन मुँहे कुत्ते **सेब्रेस** को जीवित पकड़कर

लाने की आज्ञा हुई। किसी भी व्यक्ति के लिए सदेह **टारटॉरस** पहुँचना ही एक बहुत बड़ी बात थी, और वहाँ से जीवित लौट आना तो बिल्कुल ही असम्भव-सा था। पर **हेराक्लीज़** को तो अपने साथ **सेब्रेस** को भी लाना था।

हेराक्लीज़ सबसे पहले मृत्युलोक के रहस्यों में दीक्षित होने के लिए इल्युसिस गया। उस समय ऐसी परम्परा थी कि केवल **एथेन्स** के लोग ही इन रहस्यों में दीक्षित किए जाते थे। अतः **पीलियस** नाम के एक वृद्ध ने **हेराक्लीज़** को दत्तक पुत्र के रूप में ग्रहण किया। **सेन्टॉर्ज़** के वध के अपराध से उसका शुद्धीकरण किया गया और तब उसे पाताल लोक के रहस्यों की दीक्षा मिली।

दीक्षा ग्रहण करने के बाद **हेराक्लीज़ लेकोनिया** के **टैनारम** अथवा काले समुद्र के पास **हेराक्लाया** पर स्थित **एक्रूसियन पेनिनसुला** के रास्ते से **टारटॉरस** में उतरा। **एथीनी** और **हेमीज़** ने उसका पथ-प्रदर्शन किया और जब कभी वह मार्ग की कठिनाइयों और ठंडे अन्धकार से निराश हुआ तो उसे सान्त्वना दी। **स्टिक्स** नदी के किनारे बूढ़ा **कैरों** सदा की भाँति मृतात्माओं को पार ले जाने के लिए अपनी नाव लिए खड़ा था। वह **हेराक्लीज़** की गरज से ऐसा भयभीत हुआ कि बिना कुछ बोले या माँगे ही उसे पार लगा दिया। इस अपराध के लिए **हेडीज़** ने उसे एक वर्ष तक बन्दी बनाए रखा। **स्टिक्स** के उस पार जब **हेराक्लीज़** नाव से उतरा तो सभी प्रेतात्माएँ उससे डरकर भाग गईं। केवल **गॉरगन मेडुसा** और चमकते हुए शस्त्रों से सज्जित **मेलियगर** की आत्माएँ ही उसका सामना कर सकीं। **हेराक्लीज़** ने उन्हें जीवित समझकर अपनी कटार निकाल ली पर **हेमीज़** ने उसे समझाया कि वे मृत हैं और उनसे किसी प्रकार का कोई भय नहीं। इसके बाद वे तीनों कुछ समय तक बातचीत करते रहे। **मेलियगर** ने **हेराक्लीज़** से आग्रह किया कि वह पृथ्वी पर लौटने पर उसकी शोकग्रस्त बहन **डियेनियरा** को सान्त्वना दे।

टारटॉरस के द्वार के पास **हेराक्लीज़** ने दो जीवित व्यक्तियों को एक चट्टान पर स्थित देखा। **हेराक्लीज़** को देखते ही वे उसे आर्द्र स्वर में सहायता के लिए पुकारने लगे। ये थे दो परम मित्र—**थीसियस** और **पेरिथु! पेरिथु** की आकांक्षा थी **हेडीज़** की पत्नी **पर्सीफ़नी** का अपहरण कर उसे अपनी प्रेयसी बनाने की। **थीसियस** ने मित्र का साथ देने का वचन दिया था। और इस दुस्साहसी आकांक्षा का उन्हें यह दण्ड मिला कि वे **टारटॉरस** की इस चट्टान पर बने आसनों पर एक बार जो बैठे तो फिर अपनी सारी शक्ति लगाकर भी उठ नहीं सके। अब उन्हें अनन्त काल तक इसी तरह बैठे रहना था। **हेराक्लीज़** को आया देख उनकी आँखों में आशा की ज्योति चमकी। **हेराक्लीज़** ने भी **थीसियस** को पहचान लिया और उसका हाथ पकड़कर ज़ोर से खींचा। **थीसियस** के नितम्बों का बहुत-सा मांस उखड़कर वहीं रह गया पर वह इस कारावास से मुक्त हो गया। अब **हेराक्लीज़** ने **पेरिथु** को स्वतन्त्र करना चाहा लेकिन तभी बड़ी ज़ोर की गर्जना हुई और सारा मृत्युलोक जैसे भूचाल की लपेट में काँपने लगा। स्पष्ट था कि **पेरिथु** की मुक्ति **हेडीज़** को स्वीकार नहीं। **हेराक्लीज़** ने फिर चेष्टा नहीं की। इसके बाद **हेराक्लीज़** ने एक चट्टान के नीचे बन्द किए गए **एस्कैलेफ़स** को स्वतन्त्र किया और प्रेतात्माओं

को प्रसन्न करने के लिए **हेडीज़** के चौपायों में से एक को पकड़कर उसकी बलि दी। गरम खून से मृतात्माओं में भी एक बार जीवन का आभास जागा। **हेडीज़** के चरवाहे **मेनोटीज़** को जब इस बात का पता चला तो उसने **हेराक्लीज़** को मल्लयुद्ध के लिए ललकारा। **हेराक्लीज़** ने उसे पकड़कर इतनी ज़ोर से दबाया कि उसकी पसलियाँ टूट गईं। तभी **पर्सीफ़नी** अपने प्रासाद से बाहर आई और **हेराक्लीज़** का स्वागत किया। उसके आग्रह पर ही **मेनोटीज़** के प्राण बचे।

हेराक्लीज़ मृत्युलोक के सम्राट और सम्राज्ञी से मिला और **सेब्रेस** को पृथ्वी पर ले जाने की इच्छा प्रकट की। **हेडीज़** ने कहा कि यदि वह शस्त्रों का प्रयोग किए बिना **सेब्रेस** को वशीभूत कर सकता है तो उसे सहर्ष ले जाए। **एकरों** के द्वार पर पहरा देते हुए **सेब्रेस** को **हेराक्लीज़** ने गर्दन से पकड़ लिया। **सेब्रेस** ने सर्पों से आविष्ट अपने तीनों सिर बहुत पटके पर वह उस मज़बूत पकड़ से छूट नहीं सका। उसकी नुकीली पूँछ की मार का **हेराक्लीज़** के शेर की खाल से बने अधोवस्त्र पर कोई असर नहीं हुआ। उसके विष टपकाते हुए दाँत भी बेकार साबित हुए। **हेराक्लीज़** उसे ज़ंजीर में बाँधकर प्रकाश के देश की ओर वापस चला।

रास्ते में **हेराक्लीज़** ने चिनार के उस वृक्ष की पत्तियों का हार सिर पर धारण किया जिसे **हेडीज़** ने अपनी प्रेयसी, सुन्दरी **ल्यूसी** की स्मृति में लगाया था। इन पत्तियों के बाहरी हिस्से का रंग काला था—लेकिन भीतर का भाग **हेराक्लीज़** के महिमामय स्वेद कणों के स्पर्श से श्वेत हो गया। इसी कारण श्वेत चिनार **हेराक्लीज़** का प्रिय वृक्ष माना जाता है। इसके दो रंग इस बात के प्रतीक हैं कि **हेराक्लीज़** ने दोनों लोकों में कठिन परिश्रम किए।

एथीनी की सहायता से **हेराक्लीज़ स्टिक्स** को पार करके **सेब्रेस** को खींचता हुआ **ट्रॉजीन** के विवर के पास पहुँचा। इसी विवर के मुख पर **थीसियस** द्वारा बनवाया गया देवी **आर्टेमिस** का पवित्र मन्दिर है। यहाँ पाताल की अधिष्ठात्री शक्तियों की वेदियाँ भी हैं। यहीं से **हेराक्लीज़** वापस पृथ्वी पर पहुँचा। ऐसा भी कहा जाता है कि **हेराक्लीज़** काले समुद्र के पास **एकोनी** नामक गुहा से बाहर निकला था। यहाँ प्रकाश के संसार से भयभीत **सेब्रेस** के मुँह से जो लार टपकी वह हरे-भरे खेतों पर फैल गई और उससे **एकोनाइट** नामक एक विषैले पौधे का जन्म हुआ। एक अन्य विवरण के अनुसार **हेराक्लीज़ टेनेरस** से पृथ्वी पर लौटा।

सेब्रेस को लेकर जब **हेराक्लीज़ मायसीनी** पहुँचा, उस समय **यूरिस्थियस** एक बलि दे रहा था। यह **हेराक्लीज़** का अन्तिम श्रम था और उसके दासत्व की अवधि पूरी हो चुकी थी। लेकिन फिर भी **यूरिस्थियस** ने बलि के बाद उसे वह अंश दिया जो दास को दिया जाता है। **हेराक्लीज़** ने इस अन्याय से क्षुब्ध होकर **यूरिस्थियस** के तीन बेटों की हत्या कर दी।

इसके बाद दासत्व से मुक्त **हेराक्लीज़** अपनी बारह उपलब्धियों का यश लेकर अपना जन्म-स्थान **थीब्ज़** को लौटा।

हेराक्लीज़ के जीवन का उत्तरार्द्ध

इफ़िटस

यूरिस्थियस की सभी आज्ञाओं का सफलतापूर्वक पालन करने के बाद स्वतन्त्र **हेराक्लीज़** अपने नगर **थीब्ज़** को लौटा। अपनी पत्नी और पुत्रों की हत्या वह विक्षिप्तावस्था में कर चुका था। अतः अब वह **थीब्ज़** में अकेला था। तभी उसने सुना कि **ऑकेलिया** के राजा **यूरिटस** ने यह घोषणा की है कि वह अपनी बेटी **यूली** का विवाह उस व्यक्ति से करेगा जो उसे और उसके चार बेटों को शर-सन्धान में हरा दे। **हेराक्लीज़** तो एक सुन्दर और सुयोग्य स्त्री की खोज में था ही; अतः वह **ऑकेलिया** जा पहुँचा। ऐसा कहते हैं कि **यूरिटस** को शर-सन्धान का प्रशिक्षण देवता **अपोलो** ने दिया था और उसका बाण कभी लक्ष्य नहीं चूकता था। परन्तु **हेराक्लीज़** को उसे और उसके चारों पुत्रों को हराने में कुछ विशेष कठिनाई नहीं हुई। लेकिन विजेता घोषित होने पर भी **यूरिटस** उसे अपनी पुत्री देने को तैयार नहीं हुआ। उल्टे उसने यह आरोप लगाया कि **हेराक्लीज़** के पास जादुई बाण हैं। वह धोखे से जीता है। अतः यह प्रतियोगिता अवैध घोषित की जाती है। इतना ही नहीं, उसने **हेराक्लीज़** को स्पष्ट शब्दों में कहा, "मैं तुम जैसे हिंस्र व्यक्ति के हाथ अपनी प्यारी सुकुमार बेटी नहीं सौंप सकता। तुम **मेगारा** और अपने बच्चों के हत्यारे हो। तुम **यूरिस्थियस** के दास हो, अतः तुम्हारे साथ वही व्यवहार किया जाएगा जो स्वतन्त्र व्यक्ति दासों के साथ करते हैं।" यह कहकर **यूरिटस** ने अपने सैनिकों को आज्ञा दी कि वे **हेराक्लीज़** को नगर के बाहर खदेड़ आएँ। **हेराक्लीज़** चुपचाप चला आया। उसने तत्काल प्रतिशोध नहीं लिया। केवल इतना कहा कि वह इस अन्याय का बदला लेगा अवश्य।

यूरिटस के तीन बेटों ने अपने पिता का साथ दिया, लेकिन ज्येष्ठ पुत्र **इफ़िटस** को यह बेईमानी गवारा नहीं हुई। उसने उन्हें बहुत धिक्कारा और भाँति-भाँति से यह समझाने की चेष्टा की कि **यूली** का हाथ **हेराक्लीज़** के हाथ दे दिया जाना चाहिए। पर **यूरिटस** ने एक न सुनी। तभी **यूरिटस** के बारह सुन्दर, सशक्त अश्वशावक और बारह द्रुतगामिनी घोड़ियाँ चोरी हो गईं। **यूरिटस** ने इसका आरोप भी **हेराक्लीज़** पर लगाया। एक **इफ़िटस** ही इस बात को मानने को तैयार नहीं था। और वास्तविकता भी यही थी कि इन अश्वों की चोरी **ऑटोलिकस** नाम के एक नामी चोर ने की थी। लेकिन इस चतुर चोर ने चोरी के फौरन बाद ही ये अश्व **हेराक्लीज़** के हाथ बेच दिए। **हेराक्लीज़**

को क्या पता था कि इनका असली स्वामी कौन है। उसे ये घोड़ियाँ अच्छी और सुडौल लगीं, अतः बिना किसी सन्देह या दुविधा के **ऑटोलिकस** से क्रय कर लीं। उधर **इफ़िटस** को अपने चौपाए खोज निकालने का दायित्व सौंप दिया गया था। वह घोड़ियों के खुर के निशान का अनुसरण करता हुआ चल पड़ा। पर यह रास्ता तो उसे **टाइरन** की ओर ले जा रहा था जिधर **हेराक्लीज़** गया था। अब **इफ़िटस** के मन में भी सन्देह ने सिर उठाया। तभी अकस्मात उसकी भेंट **हेराक्लीज़** से हो गई। वह अचकचा गया। पर उसने **हेराक्लीज़** से इतना ही कहा कि किसी ने उसके अश्व चुरा लिए हैं और वह उन्हें खोजने निकला है। उसने अपने अश्वों की पहचान भी बताई पर **हेराक्लीज़** कोई सादृश्य स्थापित न कर पाया। उसने **इफ़िटस** को सहायता का वचन दिया। पर **इफ़िटस** के कुछ उखड़े बर्ताव से **हेराक्लीज़** को लगा कि वह उस पर चोरी का सन्देह कर रहा है। उसका संवेदनशील मन कड़वाहट से भर गया। **इफ़िटस** का अच्छी तरह आदर-सत्कार करने के बाद वह उसे एक ऊँचे मीनार पर ले गया और सामने चरते हुए चौपायों की ओर संकेत करके कहा, ''सामने देखो और मुझे बताओ, इनमें कहीं तुम्हारे अश्व हैं?'' ''नहीं,'' **इफ़िटस** ने स्वीकार किया। ''फिर तुमने अपने मन में मुझे चोर कैसे समझ लिया?'' वह क्रोध से गरजा और **इफ़िटस** को उठाकर मीनार से नीचे फेंक दिया, जिससे उसकी तत्काल मृत्यु हो गई।

हेराक्लीज़ अब राजा **नीलियस** के पास गया और उससे आग्रह किया कि वह उसे इस हत्या से शुद्ध करे। **नीलियस** ने इनकार कर दिया क्योंकि **इफ़िटस** के राजकुल से उसके मैत्री सम्बन्ध थे। **नीलियस** के बेटे **नेस्टर** ने उसकी सहायता की और किसी तरह **हिप्पॉलिटस** के बेटे **डेफ़ोबस** को **हेराक्लीज़** को शुद्ध करने को तैयार किया। **डेफ़ोबस** ने **एमीक्लाया** में पवित्रीकरण का यह अनुष्ठान सम्पन्न किया। लेकिन इसके बाद भी **हेराक्लीज़** को दुस्वप्न दिखाई देते रहे। इनसे छुटकारा पाने की विधि जानने के लिए वह **डेल्फ़ी** स्थित **अपोलो** के प्रश्न-स्थल पर गया। लेकिन वहाँ देव-प्रेरित उपासिका ने उसे यह कहकर धिक्कार दिया कि ''तुमने एक अतिथि की हत्या की है। चले जाओ यहाँ से। यह प्रश्न-स्थल तुम जैसे पापियों के लिए नहीं।''

यह सुनकर **हेराक्लीज़** आपा खो बैठा। वह चीखा, ''अगर ऐसी बात है तो मैं अपना एक अलग प्रश्न-स्थल बना लूँगा।'' और यह कहकर वह देवालय में श्रद्धालुओं द्वारा भेंट किए गए उपहार उठाकर फेंकने लगा। मन्दिर में लूट मच गई। **अपोलो** के देवालय में ऐसा दृश्य कल्पनातीत था। इतना ही नहीं, आहत सर्प की तरह फुँकारते हुए **हेराक्लीज़** ने वह त्रिपाद ही उठा लिया जिस पर बैठकर **अपोलो** की पवित्र पुजारिन देवता की प्रेरणा से अभ्यर्थियों के प्रश्नों के उत्तर दिया करती थी। क्रोधाग्नि से दहकते हुए नयन लिए स्वयं देवता **अपोलो** प्रकट हुआ। एक अधिष्ठित देवता और एक भावी देवत्व के अधिकारी में भयावह युद्ध छिड़ गया। इस युद्ध का परिणाम क्या होगा यह न तो कोई भविष्यद्रष्टा बता सकता था और न कोई देवता। सभी स्तब्ध से देख रहे थे। किसी का भी पक्ष लेने की स्थिति नहीं थी। अन्ततः **ज़्यूस** का वज्र दोनों के बीच आ गिरा

और यह आज्ञा हुई कि वे युद्ध समाप्त करके एक-दूसरे के मित्र हो जाएँ। **हेराक्लीज़** ने अपनी उद्दंडता के लिए क्षमा माँग ली और देवालय का त्रिपाद पुनर्स्थापित कर दिया। **अपोलो** और **हेराक्लीज़** ने इस शुभ मैत्री सम्बन्ध की स्मृति में **जीथियस** नामक एक नगर की नींव डाली। इस नगर में **अपोलो, हेराक्लीज़** और **डायोनिसस** की प्रतिमाएँ साथ-साथ हैं। **अपोलो** की उपासिका ने भविष्यवाणी की, "**इफ़िटस** की हत्या-जनित व्यथा से मुक्ति पाने के लिए तुम्हें फिर एक वर्ष के लिए दासत्व स्वीकार करना होगा। तुम्हारे विक्रय से जो धन-राशि प्राप्त हो उसे **इफ़िटस** के परिवार को दे दिया जाए।"

"मुझे किसका दास बनना होगा?" **हेराक्लीज़** ने विनम्रता से पूछा।

"**लीडिया** की रानी **ऑम्फ़ेल** तुम्हें खरीदेगी," उपासिका ने बताया।

"मुझे स्वीकार है," **हेराक्लीज़** ने कहा, "लेकिन एक दिन मैं उससे बदला अवश्य लूँगा जिसके कारण मुझे यह दिन देखना पड़ा है।

ऑम्फ़ेल

देवदूत **हेमीज़ हेराक्लीज़** को विक्रय के लिए **एशिया** ले आया। यहाँ **हेराक्लीज़** की यश-गाथा तो पहुँच चुकी थी लेकिन कोई उसे पहचानता नहीं था। एक बाज़ार में **लीडिया** की रानी **ऑम्फ़ेल** ने इस दानवाकार दास को तीन टेलेन्ट में खरीदा। यह धन मुआवजे के रूप में **इफ़िटस** के बच्चों को दिया जाना था लेकिन **यूरिटस** ने अपने पौत्रों को इसे स्वीकार करने से मना कर दिया। इस राशि का फिर क्या हुआ, यह तो **हेमीज़** को ही पता होगा। **हेराक्लीज़** भविष्यवाणी के अनुसार **ऑम्फ़ेल** का दास हो गया और **लीडिया** में एक, अथवा कुछ स्रोतों के अनुसार, तीन वर्षों तक रहा। **ऑम्फ़ेल लीडिया** की सम्राज्ञी कैसे बनी इसकी भी एक कहानी है। **ऑम्फ़ेल** का विवाह युद्ध देवता **एरीज़** के पुत्र **टमोलस** से हुआ था। एक बार **कारमेनोरियम** पर्वत पर शिकार खेलते हुए **टमोलस** की दृष्टि **एरिप्पे** नाम की एक आखेटिका पर पड़ी। यह **एरिप्पे** आखेट की देवी **आर्टेमिस** की पवित्र उपासिका थी। **टमोलस** के प्रणय-निवेदन और उसकी धमकियों का उसने तिरस्कार किया। वासनोत्तेजित **टमोलस** ने उसका पीछा किया। **एरिप्पे** भाग कर **आर्टेमिस** के मन्दिर में घुस गई। उसने सोचा, मन्दिर की पवित्र परिधि में उसका सतीत्व सुरक्षित होगा लेकिन कामोन्मत्त **टमोलस** ने वहीं उससे बलात्कार कर देवालय की पवित्रता को भंग किया। इतना ही नहीं, उसने इस कुकर्म के लिए पावनता की प्रतीक देवी **आर्टेमिस** की शयूया का ही उपयोग किया। क्षुब्ध **एरिप्पे** ने देवी का आह्वान करके आत्महत्या कर ली। **आर्टेमिस** ने **एरिप्पे** का प्रतिशोध लेने के लिए एक पागल साँड को छोड़ दिया, जिसने **टमोलस** को अपने सींगों पर उठाकर नुकीले पत्थरों के ऊपर उछाल कर फेंका। **टमोलस** की मृत्यु हो गई। **टमोलस** और **ऑम्फ़ेल** के बेटे ने अपने पिता का वहीं अन्तिम संस्कार किया और तभी से यह पर्वत **'टमोलस'** के नाम से जाना जाने लगा। इसी पर्वत के ढलान पर **टमोलस** नामक नगर का निर्माण हुआ जो सम्राट

टाइबेरियस के शासनकाल में एक भूकम्प से विनष्ट हुआ। इस तरह **टमोलस** की मृत्यु के बाद उसकी विधवा **ऑम्फ़ेल लीडिया** की रानी हुई।

हेराक्लीज़ ने अपने दासत्व-काल में **ऑम्फ़ेल** के देश का बड़ा उपकार किया। उसने **एशिया** माइनर को त्रस्त करनेवाले अनेक जंगली जानवरों और डाकू-लुटेरों का संहार किया। सबसे पहले उसने **इफ़िसिया** के **सेकॉप्स** नाम से प्रसिद्ध दो जुड़वाँ भाइयों को बन्दी बनाया। इन्होंने **हेराक्लीज़** की नींद हराम कर रखी थी। **ओसिनस** और **थाया** के ये बेटे चोरी और धोखाधड़ी के नए-नए तरीके सोचने में बड़े कुशल थे और लोगों को खूब बेवकूफ बनाया करते थे। एक रोज **हेराक्लीज़** ने उन्हें अपने बिस्तर के पास घूमते हुए पकड़ लिया और उन्हें उल्टा लटका दिया। लेकिन उल्टा लटककर वे दोनों ज़ोर-ज़ोर से हँसने लगे। उनकी हँसी रुकने में ही न आती थी। **हेराक्लीज़** को बड़ा आश्चर्य हुआ। उसने कारण पूछा। बात यह थी कि **हेराक्लीज़** जो शेर की खाल पहनता था उससे उसके नितम्ब नहीं ढँकते थे। अतः उसका पृष्ठ भाग सूर्य की गर्मी और **केकस** और **क्रीट** के साँड की ज्वलित साँसों से झुलसकर एकदम चमड़े की तरह हो गया था। **सेकॉप्स** यही देखकर हँस रहे थे। जब **हेराक्लीज़** को कारण पता चला तो वह भी वहीं एक चट्टान पर बैठकर खूब जी खोलकर हँसा और **सेकॉप्स** के अनुरोध और अनुनय-विनय पर उन्हें स्वतन्त्र भी कर दिया।

लीडिया की एक गुहा में **साइलेयस** नाम का एक व्यक्ति रहता था जो आते-जाते पथिकों को पकड़कर अपनी अंगूर वाटिका की खुदाई में बलात् लगा देता था। **हेराक्लीज़** ने उसकी वाटिका ही उखाड़ फेंकी। जब **ईटानी** के वासियों ने **ऑम्फ़ेल** के देश में लूटमार की तो **हेराक्लीज़** ने उनका दमन किया। उनके नगर को विनष्ट कर दिया और लूट का सारा माल वापस ले आया। राजा **मायनॉस** का अवैध पुत्र **लिटरसेज़** अनजान यात्रियों को फ़सल काटने की प्रतियोगिता में आमंत्रित करता और हारे हुए प्रतियोगियों के सिर काटकर उनके शव वहीं छिपा देता। चरवाहे **डैफ़निस** की प्रेयसी को भी उसने अपनी दासी बना रखा था। **हेराक्लीज़** ने फ़सल काटने की प्रतियोगिता जीत कर **लिटरसेज़** का सिर हँसिए से काट डाला और उसके शव को नदी में फेंक दिया। **लिटरसेज़** का प्रासाद **डैफ़निस** को दहेज के रूप में मिल गया। इसके बाद **हेराक्लीज़** ने **सैगरिस** नदी के पास रहनेवाले एक भीमाकार सर्प का वध किया जो फ़सल और जन-जीवन की अत्यन्त हानि कर रहा था।

ऑम्फ़ेल ने **हेराक्लीज़** को क्रय तो एक दास के रूप में किया था, लेकिन उसके अभूतपूर्व पराक्रम का वैभव देखने और उसके श्रेष्ठ वंश का पता लग जाने के बाद दास और स्वामिनी का यह सम्बन्ध प्रेमी और प्रेयसी के सम्बन्ध में परिवर्तित हो गया। **ऑम्फ़ेल** को **हेराक्लीज़** से तीन, अथवा कुछ स्रोतों के अनुसार, चार पुत्र हुए। इस प्रेम सम्बन्ध के कारण ग्रीस में यह अफ़वाह फैल गई कि **हेराक्लीज़** अपने गरिमामय अतीत को भूल, अपनी शूरवीरता को छोड़ स्त्रैण हो गया है। वह आभूषण पहनता है, हार और कंगन धारण करता है, स्त्रियोचित पोशाक पहनकर सारा दिन **ऑम्फ़ेल** के चरणों में

बैठकर तकुआ काता करता है और जरा-सी भी चूक होने पर अपनी स्वामिनी के भय से काँपने लगता है। कई पुराने चित्रों में भी उसे पीले रंग का पेटीकोट पहने दिखाया गया है। **ऑम्फ़ेल** की दासियाँ उसकी कंघी कर रही हैं और **ऑम्फ़ेल हेराक्लीज़** की शेर की खाल पहने, उसकी गदा और बाण लिए सिंहासन पर बैठी है।

वस्तुतः इन सारी अफ़वाहों का आधार एक छोटी-सी घटना थी। हुआ यह कि एक दिन **ऑम्फ़ेल** और **हेराक्लीज़ टमोलस** पर्वत पर स्थित अंगूर वाटिकाओं के निरीक्षण के लिए गए। **ऑम्फ़ेल** ने रक्तलोहित वर्ण की सुन्दर पोशाक पहन रखी थी। जिस पर सुनहरे तारों से कढ़ाई की गई थी। उसके केश सुगन्धित थे और एक सुनहरी छाते के नीचे उसका रूप मणि की भाँति जगमगा रहा था। दूर एक पर्वत की चोटी से **पैन** ने उसे आते हुए देखा और वह **ऑम्फ़ेल** पर आसक्त हो गया। पर्वत की देवी से विदा लेते हुए उसने यह घोषणा की कि अब से केवल **ऑम्फ़ेल** ही उसकी प्रेयसी होगी। यह कहकर वह उसी दिशा में चल पड़ा।

उधर **ऑम्फ़ेल** और **हेराक्लीज़** दिन-भर अंगूर वाटिकाओं का निरीक्षण करने के बाद साँझ को एक गुहा में विश्राम के लिए रुके। वहाँ मज़ाक में ही **ऑम्फ़ेल** ने **हेराक्लीज़** के और **हेराक्लीज़** ने **ऑम्फ़ेल** के वस्त्र पहन लिए। **ऑम्फ़ेल** का गाउन पूरा खुल जाने पर भी **हेराक्लीज़** की बाँहों में मुश्किल से अटा, उसके खूबसूरत चप्पलों में **हेराक्लीज़** के पंजे ही फँसे। इस तरह हँसते और बातचीत करते वे दोनों रात का भोजन करने के बाद प्रातःकाल मदिरा के देवता **डायोनिसस** को बलि देने का निश्चय कर अलग-अलग बिस्तर पर सो गए। गुहा में गहन अन्धकार था जब **पैन** ने वहाँ प्रवेश किया। रेशम के कपड़ों की चमक और सरसराहट से धोखा खाकर वह **हेराक्लीज़** की शय्या पर जा पहुँचा। **हेराक्लीज़** की आँख खुल गई और उसने इतनी ज़ोर से पाँव मारा कि **पैन** वहाँ दूर गुहा के एक कोने में जा गिरा और उसे बहुत-सी खरोंचे आईं। आवाज़ सुनकर **ऑम्फ़ेल** भी उठ बैठी और उसने अपनी दासियों को प्रकाश करने की आज्ञा दी। प्रकाश होने पर पर सबने एक कोने में सिमटे, कराहते हुए **पैन** को देखा और खूब हँसे। पर **पैन** तब से वस्त्रों से घृणा करने लगा और **हेराक्लीज़** से प्रतिशोध लेने के लिए उसने **ग्रीस** जाकर यह अफ़वाह फैला दी कि **हेराक्लीज़** तो स्त्रैण हो गया, स्त्रियों के वस्त्र पहनता है और तकुआ कातता है। यह विवरण **ओविड** से प्राप्य है।

हीसियानी

इफ़िटस की हत्या का पश्चात्ताप पूरा करके **हेराक्लीज़** बहुत से उपहारों से लदा **लीडिया** से वापस **टाइरन** लौटा। वह अब पूर्णतया सामान्य था और नवीन उद्यमों के लिए तैयार। सबसे पहले उसने **ट्रॉय** जाने की योजना बनाई। कारण यह था कि जब **हेराक्लीज़ टेलमॉन** के साथ **अमेज़न्स** के देश से लौट रहा था तो उसने रास्ते में **ट्रॉय** के तट पर एक अतीव सुन्दरी कन्या को एक चट्टान से बँधे देखा था। यह रमणी विवस्त्र थी।

उसके शरीर पर केवल कुछ आभूषण मात्र ही थे। **हेराक्लीज़** ने उस निर्दोष युवती को उसकी असहनीय और लज्जास्पद यातना से मुक्त कराने का व्रत लिया। यह **ट्रॉय** के राजा **लाओमीडन** की कन्या **हीसियानी** थी। ऐसा ज्ञात होता है कि **लाओमीडन** ने देवता **अपोलो** और समुद्र देवता **पॉसायडन** को **ट्रॉय** की दीवारें बनाने का उचित पारिश्रमिक नहीं दिया था, जिससे कि वे दोनों क्रुद्ध हो गए और **लाओमीडन** को यह दण्ड दिया। ऐसा भी कहा जाता है कि **लाओमीडन** ने अपने राज्य में एक वर्ष के अन्तर्गत जन्म लेनेवाले सभी चौपायों को उन्हें बलि देने का वचन दिया था लेकिन उसने ऐसा नहीं किया और इस कारण दैवी कोप का भागी बना। एक धारणा यह भी है कि **लाओमीडन** ने **अपोलो** को नहीं केवल **पॉसायडन** को ही रुष्ट किया था। परिणाम यह हुआ कि समुद्र से एक भयानक दैत्य निकला और **ट्रॉय** के प्राणियों को खाने, और फ़सलों को नष्ट करने लगा। इस आपत्ति से बचाव का उपाय जानने के लिए **लाओमीडन ज़्यूस एमॉन** के प्रश्न-स्थल पर गया। वहाँ यह आदेश हुआ कि अपनी कन्या **हीसियानी** को वह समुद्र-तट पर एक चट्टान से बाँध दे। लेकिन **लाओमीडन** देवाज्ञा का पालन करने को राज़ी न हुआ। उसका कहना था कि **ट्रॉय** की मुक्ति के लिए वह अकेला ही बलिदान क्यों दे। अन्य सभी राजपरिवारों की श्रेष्ठ कन्याएँ भी **हीसियानी** के साथ जाएँ। नगर के अभिजात वर्ग की सभा बुलाई गई। उसमें यही निश्चित हुआ कि इस दैवी आपत्ति का कारण **लाओमीडन** ही है, अतः मुक्ति का मूल्य भी अकेले उसी को चुकाना होगा। **लाओमीडन** के हठ पर गुट्टियों द्वारा निर्णय लेना सर्वसम्मति से निश्चित हुआ। किन्तु दुर्भाग्यवश उसमें भी **हीसियानी** का ही नाम निकला। हताश **लाओमीडन** को यह निर्णय स्वीकार करना पड़ा और **हीसियानी** को चट्टान पर शृंखलाओं से बाँध दिया गया। यहीं **हेराक्लीज़** ने उसे देखा।

ट्रॉय पहुँचकर **हेराक्लीज़** ने **हीसियानी** के बन्धन तोड़ उसे मुक्त किया और उसके पिता **लाओमीडन** के पास पहुँचा। इसी **लाओमीडन** के पास **ज़्यूस** द्वारा प्रदत्त वायु में उड़ने और पानी पर दौड़नेवाले दो बर्फ से सफ़ेद घोड़े थे। **हेराक्लीज़** ने कहा कि यदि **लाओमीडन** ये अश्व उसे देने का वचन दे तो वह उस जल दैत्य के हनन का दायित्व लेने को तैयार है। **लाओमीडन** ने, झट ही यह प्रस्ताव स्वीकार कर लिया। **एथीनी** की सहायता से **ट्रॉय** के निवासियों ने **हेराक्लीज़** के लिए ऊँची दीवार बनाई ताकि वह दैत्य समुद्र से निकलते ही सीधा उस पर आक्रमण न कर सके। अस्त्र-शस्त्र से सज्जित **हेराक्लीज़** दैत्य की प्रतीक्षा करने लगा। जैसे ही इस विशालकाय दानव ने पास पहुँचकर अपने भयावह जबड़े खोले, **हेराक्लीज़** उसके मुँह में कूद गया और उसके गले से नीचे उतर पेट में पहुँच गया। **हेराक्लीज़** को इस दैत्य के पेट में तीन दिन तक दुर्धर्ष संघर्ष करना पड़ा। यहाँ तक कि उसके सिर पर एक भी बाल न बचा। लेकिन अन्ततः वह विजयी होकर, उसका पेट फाड़कर बाहर निकला।

लाओमीडन ने इस उपकार के बदले भी विश्वासघात ही किया। वह अपने वचन से मुकर गया। एक अन्य प्राप्य विस्तृत विवरण के अनुसार **लाओमीडन** ने उस

असाधारण वेग से जल-स्थल पर दौड़नेवाले अमर्त्य अश्वों के बदले, वैसे ही दिखनेवाले दो मर्त्य घोड़े **हेराक्लीज़** को दे दिए। पर **हेराक्लीज़** शीघ्र ही सत्य को जान गया और उसने युद्ध की धमकी दी। **लाओमीडन** पर कोई असर नहीं हुआ। सो **हेराक्लीज़** पहले **पेरॉस** के द्वीप पर गया और वहाँ **ज़्यूस** और **अपोलो** की बलिदेवियाँ अर्पित कीं। फिर **टाइरन** लौटकर उसने सेना एकत्रित की। **हेराक्लीज़** पचास पतवारवाले अठारह बड़े-बड़े बेड़े लेकर **ट्रॉय** पर आक्रमण करने गया था, या केवल छह छोटे-छोटे जलपोत लेकर, यह विवादास्पद है। उसके मित्र **इयोलस, टेलमॅन, ऑयक्लीज** और **डीमैकस** उसके साथ थे।

टेलमॅन से **हेराक्लीज़** की भेंट **सैलेमिस** में हुई जहाँ वह अपने मित्रों के साथ आनन्दोत्सव मना रहा था। **हेराक्लीज़** को देखते ही उसने उसे स्वर्ण-पात्र में मदिरा दी और देव-सम्राट **ज़्यूस** को पहला तर्पण देने का सम्मान दिया। **हेराक्लीज़** इस आतिथ्य से बड़ा प्रसन्न हुआ और उसने आकाश की ओर हाथ उठाकर यह प्रार्थना की—''हे पिता **ज़्यूस! टेलमॅन** को एक ऐसा पुत्र दो जिसकी त्वचा सिंह की इस खाल की भाँति अभेद्य हो, और जिसकी शक्ति भी इसी के उपयुक्त हो।'' उस समय **टेलमॅन** की पत्नी **पेरिबोइया** प्रसव में थी। **हेराक्लीज़** की प्रार्थना स्वीकार हुई। आकाश से एक गरुड़ उड़ता हुआ नीचे आया। प्रीतिभोज के समाप्त होते ही **पेरिबोइया** ने एक बालक को जन्म दिया जो **एजैक्स** महान के नाम से प्रसिद्ध हुआ। **हेराक्लीज़** ने अपनी सिंह की खाल बच्चे पर डाली जिससे उसकी ग्रीवा और बगल को छोड़कर शरीर का शेष भाग अभेद्य हो गया।

हेराक्लीज़ ने **ट्रॉय** के निकट पहुँचकर लंगर डाला और **ऑयक्लीज** को बेड़ों की सुरक्षा का भार सौंप कर नगर पर आक्रमण कर दिया। वह इतना आकस्मिक था कि **लाओमीडन** को अपनी सेना तैयार करने का भी समय नहीं मिला। नगर के अप्रशिक्षित वासी ही तलवार और भाले लेकर लड़े। **लाओमीडन** कुछ लोगों के साथ मशालें लेकर **हेराक्लीज़** के जहाज़ जलाने के लिए समुद्र-तट की ओर शीघ्रता से अग्रसर हुआ। वहाँ **ऑयोक्लीज़** ने अन्तिम साँस तक उसका सामना किया। उसके साथी जहाज़ लेकर तट से दूर चले गए। इसके बाद **लाओमीडन** नगर की ओर लौटा और किसी तरह से शत्रु-पक्ष के बीच से निकलकर **ट्रॉय** में प्रवेश कर गया। नगर के अभेद्य द्वार बन्द हो गए और **हेराक्लीज़** बाहर ही रह गया।

हेराक्लीज़ में इतनी सहनशीलता कहाँ कि वह बाहर घेरा डाले पड़ा रहता! उसने आज्ञा दी कि जैसे भी हो **ट्रॉय** की दीवारों को तोड़ा जाए। **टेलमॅन** को इस असम्भव काम में सफलता मिली। वस्तुतः उसने नगर के पश्चिमी भाग की दीवार के उस हिस्से को तोड़ना शुरू किया जिसे उसके पिता **इएकस** ने बनाया था। **हेराक्लीज़** को यह पता चला तो वह ईर्ष्या से पागल हो उठा और हाथ में तलवार लिए उसके पास पहुँचा। पर जैसे ही **टेलमॅन** ने **हेराक्लीज़** को देखा, वह अपनी अन्तर्दृष्टि से उसका अभिप्राय भाँप गया। वह जल्दी से दीवार से निकले हुए बड़े-बड़े पत्थर इकट्ठे करने लगा। ''यह क्या

कर रहे हो?'' **हेराक्लीज़** ने गरजकर पूछा।

''अशुभ का नाश करनेवाले विजेता **हेराक्लीज़** के सम्मान में एक वेदी बना रहा हूँ।'' **टेलमॅन** ने नम्रता से उतर दिया। **हेराक्लीज़** प्रसन्न हुआ। उसे धन्यवाद दिया और **ट्रॉय** के ध्वंस का दायित्व उसे सौंप कर आगे बढ़ गया।

ट्रॉय का पतन हुआ। **लाओमीडन** और उसके पुत्र मारे गए। **पॉड्रेसेज़** नाम का **लाओमीडन** का केवल एक ही पुत्र बचा। **पॉड्रेसेज़** ने अमर्त्य अश्वों को लेकर सदा **हेराक्लीज़** का पक्ष लिया था। **हीसियानी** ने भी उसके प्राणों के लिए प्रार्थना की। उसी को **ट्रॉय** की सत्ता सौंप कर **हेराक्लीज़** यहाँ से विदा हुआ। **हीसियानी** को **टेलमॅन** को दे दिया गया लेकिन यह निश्चित नहीं कि उनका विवाह हुआ। ये दोनों यहाँ से **सैलेमिस** चले गए और **हीसियानी** से **टेलमॅन** के दो पुत्र हए। **डीमैकस** इस युद्ध में वीर गति को प्राप्त हुआ। **हेराक्लीज़** ने उसकी गर्भवती पत्नी **ग्लॉशिया** को संरक्षण दिया और इस तरह एक प्रिय मित्र के वंश को समाप्त होने से बचा लिया। **ग्लॉशिया** का पुत्र **स्कैमैन्डर** के नाम से प्रसिद्ध हुआ।

ट्रॉय का स्वामी **पॉड्रेसेज़** ही बाद में **प्रायम** के नाम से जाना गया। वैसे एक धारणा यह भी है कि ये दो भिन्न व्यक्ति थे और **हेराक्लीज़** के आक्रमण के समय **प्रायम** शिशु मात्र था।

हेराक्लीज़ जब **ट्रॉय** से चला तो **ओलिम्पस** पर देव-सम्राट **ज़्यूस** को झपकी आ गई। **हेरा** ने अवसर हाथ से जाने नहीं दिया। उसने समुद्र में ऐसा तूफ़ान उठाया कि **हेराक्लीज़** का जहाज़ अपनी दिशा छोड़ कास के द्वीप पर जा पहुँचा। जब **ज़्यूस** की आँख खुली तो वह गुस्से से पागल हो उठा। उसने नींद को आकाश से पृथ्वी पर पटक देने की धमकी दी। लेकिन रात्रि के हस्तक्षेप और आग्रह के कारण **ज़्यूस** ने उसे क्षमा कर दिया। लेकिन **हेरा** को उसने कठिन दण्ड दिया। कहते हैं कि इसी अवसर पर उसने **हेरा** की कलाइयों को शृंखलाओं में बद्ध कर शून्य में लटका दिया था। **हेफ़ास्टस** को भी **ओलिम्पस** से नीचे पटक दिया। इसके बाद **ज़्यूस** को **हेराक्लीज़** का ध्यान आया और उसे सुरक्षित **आगोस** पहुँचाने के बाद ही उसने चैन की साँस ली।

ऐसा भी कहते हैं कि **कास** के निवासियों ने **हेराक्लीज़** को डाकू समझकर उसके बेड़े पर पत्थरों की बौछार शुरू कर दी थी जिसके कारण उसे इस द्वीप पर रुकना पड़ा। रातोंरात उसने **कास** के राजा को मारकर वहाँ अधिकार कर लिया।

एक अन्य विवरण यह है कि तूफ़ान में **हेराक्लीज़** के पाँच बेड़े नष्ट हो गए। छठा बेड़ा **कास** के तट पर जा लगा। बड़ी कठिनाई से अपनी जान और अस्त्र बचाकर ये लोग उस द्वीप पर पहुँचे। जब ये हाँफते हुए तट पर खड़े थे और इनके कपड़ों से अभी पानी चू रहा था, एक चरवाहा वहाँ से निकला। **हेराक्लीज़** ने उससे एक भेड़ माँगा, लेकिन वह चरवाहा जिसका नाम **एन्टागॉरस** बताया जाता है, अच्छे डील-डौल का मज़बूत और अभिमानी व्यक्ति था। उसने **हेराक्लीज़** को कुश्ती के लिए ललकारा और कहा कि भेड़ उसे जीतने पर ही मिल सकता है। **हेराक्लीज़** ने चुनौती स्वीकार की और

दोनों गुत्थमगुत्था हो गए। लेकिन **एन्टागॉरस** के साथी उसकी सहायता को आ गए। **हेराक्लीज़** के साथी भी चुपचाप खड़े तमाशा नहीं देख सकते थे। अतः दोनों पक्षों के बीच एक युद्ध-सा छिड़ गया। खूब मारपीट हुई। **एन्टागॉरस** के साथी संख्या में कहीं ज्यादा थे और **हेराक्लीज़** और उसके मित्र कम और थके-माँदे। शत्रु उन पर हावी हो गया, अतः इन लोगों ने भागने में ही कुशल समझी। **हेराक्लीज़ थ्रेस** की एक स्त्री के घर में छिप गया और उसने स्त्रियों के ही वस्त्र पहन लिए। कुछ आराम और खाने-पीने के बाद इन्होंने फिर **मेरोपियन** चरवाहों को पकड़ा और उन्हें बुरी तरह परास्त किया। **हेराक्लीज़** अभी भी स्त्री वस्त्रों में था। इसी वेशभूषा में उसने रक्तपात से अपना शुद्धीकरण करवाया और **कैलसियोपी** से विवाह किया। तब से कास में यह परम्परा चली कि पति अपनी दुल्हन का अपने घर में स्त्री वस्त्रों में स्वागत करता है।

एलिस की विजय

ट्रॉय से लौटने के बाद **हेराक्लीज़** ने सेना का संगठन करना आरम्भ किया। उसने **टाइरन** और **आर्केडिया** के अभिजात कुल के युवकों को अपने साथ लिया और **एलिस** पर आक्रमण करने की योजना बनाई। **एलिस** के राजा **ऑजियस** से उसे एक पुराना हिसाब चुकाना था। आपको याद होगा, अपने पाँचवें श्रम के अन्तर्गत **हेराक्लीज़** ने **ऑजियस** को बरसों से गंदी पड़ी पशुशाला की सफाई केवल एक दिन में नदियों की धाराएँ काटकर की थी। लेकिन **ऑजियस** ने काम पूरा हो जाने पर **हेराक्लीज़** को निश्चित पारिश्रमिक देने से इनकार कर दिया था। **हेराक्लीज़** इस अन्याय का बदला लेने की धमकी देकर चला आया था। अब **हेराक्लीज़** ने आक्रमण की तैयारी की। उधर **ऑजियस** भी हाथ पर हाथ धरे नहीं बैठा था। उसने इस भावी आक्रमण का सामना करने के लिए **एक्टर** और **मोलियानी** के **मोलियोनीज़** नाम से विख्यात बेटों को अपना सेनापति नियुक्त किया और अपने समय के जाने-माने शक्तिशाली योद्धाओं को भाँति-भाँति के प्रलोभन देकर अपने साथ मिला लिया।

हेराक्लीज़ को इस युद्ध में विशेष सफलता नहीं मिली। वह बीमार पड़ गया और **मोलियोनीज़** ने उसकी सेना को बुरी तरह परास्त किया। **हेराक्लीज़** का भाई **इफ़िक्लीज** इस लड़ाई में ज़ख्मी हुआ। उसके मित्र उसे किसी तरह शत्रु की दृष्टि से बचाकर **आर्केडिया** में **फ़ीनियस** नामक स्थान पर ले गए। **हेराक्लीज़** के बहुत से सैनिक मारे गए। उसने स्वयं भी **मोलियोनीज़** के श्वसुर **डैक्सामेनस** के पास **ओलेनस** में शरण ली। इसी **डैक्सामेनस** की सम्भवतः **डियानीरा** नाम की एक बेटी थी जिसका **हेराक्लीज़** ने भोग किया।

टाइरन लौटने पर **यूरिस्थियस** ने कुछ आरोप लगाकर **हेराक्लीज़** को **आरगोलिस** से निष्कासित कर दिया। अपनी माँ **एल्कमीनी** और भतीजे **इआलस** के साथ **हेराक्लीज़** **इफ़िक्लीज** के पास **फ़ीनियस** पहुँचा। यहीं एक दिन **हेराक्लीज़** को पता चला कि **एलिस**

से **मोलियोनीज़** के नेतृत्व में एक जन-समूह **इस्थमस** के तीसरे पर्व में **पॉसायडन** को श्रद्धांजलि अर्पित करने जा रहा है। **हेराक्लीज़** ने अवसर का लाभ उठाया और इन लोगों को रास्ते में घेर लिया। **मोलियोनीज़** और **ऑजियस** का बेटा **यूरिटस** दोनों मारे गए।

अब **हेराक्लीज़** ने **ऑन्कस** से उसका काले बालोंवाला घोड़ा **एरियों** कुछ दिन के लिए उधार लिया। उसे नियंत्रित कर सवारी का अभ्यास करने के बाद उसने **आर्गोस, थीब्ज़** और **आर्केडिया** से एक नई सेना तैयार करके **एलिस** को पराभूत किया। **ऑजियस** और उसके बेटों को मौत के घाट उतार दिया और **एलिस** के सिंहासन पर उसके वैध अधिकारी **फ़ीलियस** को बैठाया। इसके बाद **हेराक्लीज़** ने **एरियों** को उसके स्वामी को लौटा दिया क्योंकि वह वस्तुतः पैदल लड़ना ही अधिक पसन्द करता था।

एलिस की विजय के बाद **हेराक्लीज़** ने अपनी सेना **पीज़ा** में एकत्रित की और **एलिस** में लूटी धनराशि से **ज़्यूस** के सम्मान में **ओलम्पिक** खेलों का आरम्भ किया। यहाँ उसने **ज़्यूस** का देवालय एक खुले क्षेत्र में निर्मित किया और उसकी परिधि निश्चित करने के बाद पास की पहाड़ी पर **ओलिम्पस** के बारह देवताओं के सम्मान में छह बलि-वेदियाँ बनवाईं। **ज़्यूस** को उसने श्वेत पीपल पर भुने बलि-पशु की रानों की भेंट दी। **हेराक्लीज़** ने अपने परदादा **पीलॉप्स** की स्मृति में भी एक मन्दिर बनवाया।

ओलम्पिक खेलों का सारा प्रबन्ध हो गया लेकिन इस घाटी में पेड़ बहुत विरल थे और सूर्य की गर्मी से बचने के लिए छाया का अभाव। सो **हेराक्लीज़** अब **हाइपरबोरियन्स** के देश गया और वहाँ **अपोलो** के पुजारी से अनुरोध कर जंगली जैतून का पौधा लाया। यह पौधा उसने **ज़्यूस** के मन्दिर के पिछले भाग में लगाया और यह घोषणा की कि **ओलम्पिक** खेलों के विजेताओं को इस वृक्ष की पत्तियों से सुशोभित किया जाएगा और यही उनका पुरस्कार होगा।

वैसे एक अन्य प्राचीन किंवदन्ती के आधार पर यह कहा जाता है कि **ओलम्पिक** खेलों का प्रारम्भ **डैक्टिल हेराक्लीज़** ने किया था, **एल्कमीनी** और **ज़्यूस** के पुत्र ने नहीं। ये खेल चार वर्ष के व्यवधान से आयोजित किए जाते थे और इनमें किसी भी अपराधी अथवा दंडित व्यक्ति को भाग लेने की आज्ञा नहीं थी।

पायलस का पराभव

एलिस को विजय करने के बाद **हेराक्लीज़** ने **पायलस** को पराभूत करने का निश्चय किया। **पायलस** वासियों ने युद्ध में **एलिस** के राजा **ऑजियस** का साथ दिया था। यहाँ का शासक **नीलियस** था। आपको याद होगा **इफ़िटस** की हत्या के बाद **हेराक्लीज़** शुद्धीकरण के लिए **नीलियस** के पास आया था लेकिन उसने **हेराक्लीज़** को शुद्ध करने से इनकार कर दिया था। प्रतिशोध लेने का समय आ गया था।

इस युद्ध में देवताओं ने भाग लिया। देवी **एथीनी हेराक्लीज़** की ओर से लड़ी और **पायलस** की ओर से **हेरा, पॉसायडन, हेडीज़** और **एरीज़**। **एथीनी** और युद्ध-देवता **एरीज़**

का सामना हुआ और उधर **हेराक्लीज़** और **पॉसायडन** का। गदा और त्रिशूल के घात-प्रतिघात हुए और त्रिशूल को हार माननी पड़ी। **पॉसायडन** से निबटकर **हेराक्लीज़** **एथीनी** की सहायता के लिए आगे बढ़ा। उसका भाला **एरीज़** के कवच को चीर गया और उसकी दूसरी चोट से युद्ध-देवता की जाँघ जख्मी हो गई। पीड़ा से कराहता हुआ **एरीज़ ओलिम्पस** भागा। वहाँ **अपोलो** ने अपनी औषधियों और पीड़ा हरनेवाले लेप से उसे कुछ ही क्षणों में ठीक कर दिया। अतः वह फिर रणभूमि में लौट आया। इस बार **हेराक्लीज़** के बाण से उसका कन्धा बुरी तरह घायल हो गया। **एरीज़** फिर **ओलिम्पस** भागा लेकिन लौटकर नहीं आया। इसी बीच **हेराक्लीज़** का एक बाण **हेरा** के दाहिने वक्ष में लगा और उसे भी युद्ध-स्थल छोड़ना पड़ा।

देवताओं के अतिरिक्त **हेराक्लीज़** का एक उल्लेखनीय शत्रु **नीलियस** का बेटा **पेरीक्लायमेनस** था जिसे **पॉसायडन** के वरदान से अपरिमित शक्ति और इच्छानुसार आकार परिवर्तन की कला प्राप्त थी। इस युद्ध में उसने पहले एक बाघ का रूप धारण किया, फिर सर्प का और फिर **हेराक्लीज़** की तीक्ष्ण दृष्टि से बचने के लिए एक मक्खी बनकर उसके रथ पर जा बैठा। लेकिन **हेराक्लीज़** ने उसे **एथीनी** के संकेत पर फिर भी पहचान लिया। जैसे ही **हेराक्लीज़** उस पर प्रहार करने लगा **पेरीक्लायमेनस** एक गरुड़ बन गया और **हेराक्लीज़** की आँखें नोचने की चेष्टा करने लगा। पर तभी अकस्मात् **हेराक्लीज़** के एक बाण ने उसका हृदय भेद डाला और वह पृथ्वी पर गिर पड़ा। इस तरह **पेरीक्लायमेनस** और **नीलियस** के अन्य कई पुत्र रणभूमि में काम आए। केवल **नेस्टर,** जो उस समय **पायलस** में नहीं था, वही बच सका। एक धारणा यह भी है कि **नीलियस** ने भी भागकर अपनी जान बचा ली थी। **हेराक्लीज़** ने **पायलस** का राज्य **नेस्टर** को सौंप दिया। उसने यह वचन दिया कि वह **हेराक्लीज़** के उत्तराधिकारी को यह अमानत लौटा देगा। **नेस्टर** के स्वभाव से **हेराक्लीज़** बहुत प्रभावित हुआ और शीघ्र ही उसकी गणना अपने निकटतम मित्रों में करने लगा।

हिप्पोकून के पुत्र

अब **हेराक्लीज़ स्पार्टा** की ओर बढ़ा। उसे **हिप्पोकून** के बेटों को दण्ड देना था। इन लोगों ने भी **इफ़िटस** की हत्या के बाद शरणागत **हेराक्लीज़** को शुद्ध करने से इनकार कर दिया था, और अब उसके विरुद्ध **नीलियस** की ओर से लड़े थे। इतना ही नहीं, **हेराक्लीज़** के मित्र **इयूनस** की हत्या भी इन्हीं के हाथों हुई थी। जब **हेराक्लीज़** और **इयूनस स्पार्टा** में भ्रमण कर रहे थे अचानक एक शिकारी कुत्ता **इयूनस** पर झपटा। **इयूनस** ने अपनी सुरक्षा के लिए एक पत्थर उठाकर उसे मारा जो कुत्ते के थूथन पर लगा। तभी महल से **हिप्पोकून** के बेटे भागते हुए बाहर आए और उन्होंने **इयूनस** को इतना पीटा कि उसकी मृत्यु हो गई। **हेराक्लीज़** बहुत दूरी पर था। अपने मित्र को संकट में पड़ा देखा तो वह सहायता के लिए भागा लेकिन उसके घटना-स्थल पर पहुँचने तक **इयूनस** समाप्त

हो चुका था। **हेराक्लीज़** को भी हथेली और जाँघ पर चोटें आईं और वह देवी **डिमीटर** के मन्दिर में जा छिपा। वहाँ **एस्केलेप्युस** ने उसके घाव ठीक किए। स्वस्थ होने पर **हेराक्लीज़** ने एक छोटी-सी सेना तैयार की और **टेगिया** गया। **टेगिया** का राजा **सेफ़ियस** था। उसके बीस बेटे थे। **हेराक्लीज़** ने उससे युद्ध में सहायता माँगी। **सेफ़ियस** को भय था कि कोई शत्रु उसकी अनुपस्थिति से लाभ उठाकर **टेगिया** पर अधिकार न कर ले। **हेराक्लीज़** ने उसकी बेटी **एरोपी** को **गॉरगन** के बालों की एक लट दी और कहा कि यदि कोई शत्रु आक्रमण करे तो वह पीठ करके यह लट तीन बार प्रासाद की छत से दिखा दे। शत्रु वापस लौट जाएगा। इस प्रकार **टेगिया** की सुरक्षा का प्रबन्ध करके **हेराक्लीज़ सेफ़ियस** और उसके पुत्रों के साथ **स्पार्टा** की ओर बढ़ा।

भीषण युद्ध हुआ। **सेफ़ियस** और उसके सत्रह बेटे काम आए। लेकिन **हिप्पोकून** भी अपने बारह पुत्रों सहित मारा गया। **हेराक्लीज़** ने यह नगर भी अपने वंशजों की धरोहर के रूप में **टिन्डेरियस** को सौंप दिया।

इस युद्ध में **हेरा** ने **हेराक्लीज़** का किसी प्रकार से भी विरोध नहीं किया था, अतः **हेराक्लीज़** ने कृतज्ञता प्रदर्शन के लिए **हेरा** का एक मन्दिर **स्पार्टा** में बनवाया और वहाँ बकरियों की बलि दी। एक देवालय **एथीनी** को भेंट किया और एक **एस्केलेप्युस** को जिसने उसके घाव ठीक किए थे। **टेगिया** में **हेराक्लीज़** की एक प्रतिमा है जिसमें उसकी जाँघ में ज़ख्म दिखाया गया है।

ऐलसेसटिस

हेराक्लीज़ के बारह श्रमों में से एक था **डायेमीडीज़** की मानव-भक्षी वाजिनियों को जीवित वशीभूत करना। इस अभिप्राय से **थ्रेस** जाते हुए **हेराक्लीज़** रास्ते में एक दिन **फ़ेरा** के राजा **एडमेटस** के पास रुका। **एडमेटस** के प्रासाद में मृत्यु-विजेता के रूप में **हेराक्लीज़** की कीर्ति मानो उसकी प्रतीक्षा ही कर रही थी। असम्भव को सम्भव और असाध्य को साध्य बनानेवाले **हेराक्लीज़** ने बारह श्रमों के अतिरिक्त जहाँ अनन्त साहस का परिचय दिया उनमें यह घटना विशेषतया उल्लेखनीय है। यह उसकी स्वभावगत उदारता और संवेदनशीलता का भी दर्पण है।

यह कथा इस प्रकार है :

मृतकों को जिलाने के अपराध में देव-सम्राट **ज़्यूस** ने विश्वविख्यात वैद्य **अपोलो** पुत्र **एस्केलेप्युस** को अपने वज्र से मार दिया। क्रुद्ध और शोकग्रस्त **अपोलो** ने इसके बदले में **ज़्यूस** के कुशल शिल्पियों **साइक्लॉप्स** की हत्या कर दी। **अपोलो** को अन्धे प्रतिशोध की भावना से की गई हत्याओं के लिए एक वर्ष का दासत्व दण्ड के रूप में मिला। **ज़्यूस** ने राजा **एडमेटस** को उसका स्वामी नियत किया। देव-सम्राट की आज्ञा शिरोधार्य कर **अपोलो** ने एक वर्ष का समय **एडमेटस** के राज्य में बिताया। इस अवधि में वह राजा, उसकी रानी और अन्य सभी राजाधिकारियों इत्यादि से घुल-मिल गया। **एडमेटस** से तो

उसका मित्र-सा सम्बन्ध हो गया। दासत्व का समय समाप्त होने पर **ओलिम्पस** वापस जाने से पहले **अपोलो** ने **एडमेटस** का एक ऐसा उपकार किया जो देवताओं के लिए भी कठिन है। उसने **एडमेटस** को उसकी मृत्यु का दिन और समय बता दिया। उसने भाग्य की तीन देवियों से पता लगाया कि **एडमेटस** के जीवन के गिने-चुने दिन ही शेष रह गए हैं और उसके प्राणों का धागा शीघ्र ही कटनेवाला है। इतना ही नहीं, **अपोलो** ने उनसे यह छूट भी प्राप्त कर ली कि यदि उसके स्थान पर कोई और स्वेच्छा से देह त्याग दे, तो **एडमेटस** जीवित रह सकता है। **एडमेटस** इस सूचना से बड़ा कृतज्ञ हुआ। उसे विश्वास था कि उसके अनेक हितैषियों में से कोई न कोई अवश्य ही उसकी जगह यह संसार छोड़ने को सहर्ष तैयार हो जाएगा। उसने **अपोलो** को धन्यवाद दिया और अपना स्थानापन्न ढूँढ़ने में लग गया। लेकिन आश्चर्य कि मित्रों ने उससे शाब्दिक सहानुभूति तो की लेकिन उसकी जगह कोई भी प्रकाशमय संसार छोड़ अँधेरों के प्रदेश में जाने को प्रस्तुत नहीं हुआ। **एडमेटस** को बड़ी निराशा हुई। क्रोध भी आया। अब वह अपने वृद्ध माता-पिता के पास गया। लेकिन उन्होंने भी असमर्थता प्रकट की। वे जीवन के गिने-चुने शेष दिनों का भी मोह न छोड़ पाए। दुखी **एडमेटस** भारी मन से अपने महल में लौट आया। उसकी सुन्दर, स्नेहमयी, युवा पत्नी **ऐलसेसटिस** उसकी प्रतीक्षा ही कर रही थी। प्रेम की परीक्षा में एक वही खरी उतरी और स्वेच्छा से अपने पति के स्थान पर मृत्यु का वरण करने को तैयार हो गई।

निश्चित दिन और समय पर **ऐलसेसटिस** ने बहते हुए जल में स्नान किया, सुन्दर वस्त्रों और आभूषणों से शृंगार किया, अपने बच्चों को प्यार किया और पति से अश्रुपूरित नेत्रों से विदा ली। कुछ ही क्षण में उसके प्राणपखेरू उड़ गए। **एडमेटस** रो-रोकर पागल हुआ जा रहा था। आज उसकी पत्नी ने अपनी पतिभक्ति का प्रमाण दे दिया था। सारे प्रासाद में हाहाकार मचा था। दास-दासियाँ अपनी उदारमना स्वामिनी के शोक में ग्रस्त थे। यही समय था जब अचानक **हेराक्लीज़** वहाँ आ पहुँचा। **हेराक्लीज़ डायेमीडीज़** के अश्वों को पकड़ने जा रहा था। रास्ते में अपने मित्र का आतिथ्य स्वीकारने रुक गया। उसे क्या पता था **एडमस** कितना दुखी है और उस पर कैसी आपत्ति आ पड़ी है।

एडमेटस को जब **हेराक्लीज़** के आगमन की सूचना मिली तो वह स्वयं उसके स्वागत के लिए बाहर आया। उसने शोक-सूचक वस्त्र तो अवश्य पहन रखे थे लेकिन अब वह रो नहीं रहा था। वह **हेराक्लीज़** को बड़े उत्साह से मिला और उसके इस अप्रत्याशित आगमन पर बड़ा हर्ष प्रकट किया। वह **ऐलसेसटिस** की मृत्यु का समाचार देकर अपने अतिथि-मित्र को दुखी नहीं करना चाहता था। पूछने पर उसने इतना ही बताया कि महल में किसी स्त्री की मृत्यु के कारण शोक मनाया जा रहा है और उसे खेद है कि वह **हेराक्लीज़** का साथ न दे सकेगा। उसे अन्तिम यात्रा में साथ जाना है। **हेराक्लीज़** ने कहा कि वह रात्रि कहीं और व्यतीत कर लेगा। पर **एडमेटस** ने उसे हठ करके अपने महल में रखा और उसके रहने का प्रबन्ध कुछ दूर स्थित कक्ष में कर दिया ताकि रुदन-विलाप की ध्वनि उस तक न पहुँच सके। **एडमेटस** ने सेवकों को आदेश

दिया कि **हेराक्लीज़** के खाने-पीने और सोने का बढ़िया प्रबन्ध किया जाए और उसे **ऐलसेसटिस** की मृत्यु का पता न चले।

हेराक्लीज़ ने अपने सुविधापूरित कक्ष में अकेले ही भोजन किया। अनेक सेवक भाग-भाग कर उसकी असाधारण क्षुधा को शान्त करने में लगे थे और मदिरा पिलाने वाले को तो एक क्षण भी सुस्ताने का समय न मिलता था। वह पात्र भरता और **हेराक्लीज़** खाली करता जाता। धीरे-धीरे **हेराक्लीज़** पर मद्य का प्रभाव होने लगा और वह उछलने-कूदने और नाचने-गाने लगा। मृत्युवाले घर में ऐसा शोर सर्वथा अनुचित और शालीनता के विरुद्ध था। **एडमेटस** के सेवक चुपचाप सहमे से छिपी दृष्टि से एक-दूसरे को देख भर लेते थे। **हेराक्लीज़** उनके म्लान, अवसादयुक्त चेहरे देखकर क्रुद्ध हो उठा। उसने उन्हें भी डाँटकर मद्य के लिए आमंत्रित किया। इस पर एक सेवक ने डरते हुए कहा कि यह समय मदिरा-पान के उपयुक्त नहीं।

''क्यों?'' **हेराक्लीज़** गरजा, ''केवल इसलिए कि एक अजनबी स्त्री मर गई है?''

''अजनबी–?'' सेवक हकलाया।

''हाँ, हाँ, **एडमेटस** ने तो यही बताया है।'' **हेराक्लीज़** ने कुछ सन्देह से कहा, ''वह झूठ नहीं बोल सकता।''

''नहीं, नहीं,'' सेवक जल्दी से बोला, ''झूठ नहीं। हमारे राजा अतिथि का स्वागत करना जानते हैं। लीजिए, थोड़ी मदिरा और ग्रहण कीजिए।''

वह पात्र भरने को झुका लेकिन **हेराक्लीज़** ने उसे अपनी मज़बूत पकड़ में जकड़ लिया। ''क्या बात है?...बताओ, क्या हुआ है यहाँ?'' उसने पूछा।

''आप देख ही रहे हैं, हम शोक-ग्रस्त हैं। महल में एक मृत्यु हो गई है,'' दास ने कहा।

''हाँ! मगर किसकी? किसकी मृत्यु हुई है? बोलो।''

'**ऐलसेसटिस** की,'' टूटते स्वर में उत्तर मिला, ''हमारी स्वामिनी की।''

हेराक्लीज़ की पकड़ अनायास ही ढीली पड़ गई, कुछ क्षण तक वह चुप रहा और फिर अपना मदिरा-पात्र उठाकर फेंक दिया। दुःख और पश्चात्ताप से उसका मन भर आया। **एडमेटस** के असाधारण अतिथि-सत्कार के प्रति कृतज्ञता से उसे रोमांच हो आया। उसने निश्चय किया कि वह अपनी अशिष्टता का प्रायश्चित्त करेगा। लेकिन कैसे? कुछ देर सोचने के बाद वह इस निर्णय पर पहुँचा कि वह मृत्यु से लड़कर **ऐलसेसटिस** को वापस लाएगा। अगर मृत्यु का अधिष्ठाता उसे **हेडीज़** में ले गया होगा तो वह वहाँ से भी उसे लौटा लाएगा।

जब **एडमेटस** अपने सूने घर की ओर लौट रहा था, **हेराक्लीज़ ऐलसेसटिस** की समाधि की ओर जा रहा था। वहाँ मृत्यु से उसकी मुठभेड़ हुई। **हेराक्लीज़** ने अपनी मज़बूत बाँहों में मृत्यु को दबोच लिया और तब तक नहीं छोड़ा जब तक उसे **ऐलसेसटिस** जीवित वापस नहीं मिल गई। इस अनुपम भेंट को लेकर वह प्रासाद में लौटा। **एडमेटस** ने अतिथि-सत्कार का पुरस्कार पाया। सारे राज्य में हर्ष की लहर दौड़ गई। महल की

शोकग्रस्त वीथिकाएँ उत्सव के लिए सजने लगीं।

यह विवरण **यूरीपिडीज़** से प्राप्य है। इसमें **हेराक्लीज़** के मानवी पक्ष को बड़ी सुन्दरता से उभारा गया है। उसकी कोमल भावनाओं और संवेदनशील प्रकृति को मुखरता मिली है। वह अपनी ग़लती को झट स्वीकार कर लेनेवाला है और पश्चात्ताप एवं दण्ड को सदा स्वेच्छा से प्रस्तुत। **हेराक्लीज़** का यही रूप ग्रीसवासियों की श्लाघ्य था।

डियानीरा

विक्षिप्तावस्था में **मेगारा** और अपने पुत्रों की हत्या करने के बाद **हेराक्लीज़** ने बहुत समय तक विवाह नहीं किया। अब उसकी न तो कोई पत्नी थी और न ही वैध पुत्र। **फ़ीनियस** में कुछ वर्ष व्यतीत करने के बाद वह अपनी सेना को लेकर **कैलिडोन** गया और वहीं बसने का निश्चय किया। **कैलिडोन** के राजकुमार **मेलियगर** से **हेराक्लीज़** की भेंट **टारटॉरस** में हुई थी और उसे मृतात्मा का एक सन्देश उसकी बहन **डियानीरा** तक पहुँचाना था। राजा **यूनियस** की बेटी **डियानीरा** अतीव सुन्दरी थी और विवाह योग्य अवस्था की भी। ऐसा भी कहते हैं कि वस्तुतः **डियानीरा** का जन्म **यूनियस** की पत्नी **एल्थाया** और मदिरा के देवता **डायोनिसस** के संयोग से हुआ था। **डायोनिसस** की यह सुन्दरी पुत्री **एटलान्टा** की भाँति रण-विद्या और रथ-वाहन में भी कुशल थी। उसके रूप-गुण की ज्योति से आकृष्ट अनेक युवक अपना भाग्य आज़माने चले आए थे। लेकिन जब **हेराक्लीज़** वहाँ पहुँचा तो सबके आशापूर्ण हृदय पर निराशा के बादल छा गए और वे स्वयं ही पीछे हट गए। **हेराक्लीज़** का केवल एक ही प्रतिद्वन्द्वी बचा। यह था नदी का देवता **एकिलू** जो इच्छानुसार साँड, सर्प और साँड के सिरवाले व्यक्ति का रूप धारण कर सकता था। उसका शरीर काई जैसा फिसलता था और दाढ़ी से हर समय पानी गिरा करता था। **हेराक्लीज़** और **एकिलू** का सामना हुआ। **हेराक्लीज़** ने कहा कि यदि **डियानीरा** उससे विवाह करती है तो उसे **ज़्यूस** को अपना श्वसुर कहने का गौरव प्राप्त होगा। इस पर **एकिलू** ने **हेराक्लीज़** की माता का उपहास किया जो **हेराक्लीज़** को सहन नहीं हुआ। दोनों में मल्लयुद्ध छिड़ गया। **हेराक्लीज़** ने जब **एकिलू** को उठाकर पृथ्वी पर पटका तो वह साँप बन गया। इस पर **हेराक्लीज़** यह कहकर हँसा कि साँपों को तो उसने अपने पालने में ही मारना सीख लिया था। वह उसे गर्दन से पकड़ने को झुका तो **एकिलू** साँड बन गया और उस पर हमला कर दिया। **हेराक्लीज़** फुर्ती से उसके सामने से हट गया और फिर उसे सींगों से पकड़कर इतनी ज़ोर से पटका कि उसका एक सींग ही टूट गया। **एकिलू** शर्म से पानी-पानी हो गया। उसने अपनी हार मान ली। कहते हैं कि अपने सींग के बदले में उसने **हेराक्लीज़** को **एमलथीया** नामक बकरी का सींग दिया। यह भी कहा जाता है कि **नायड्स** ने इस सींग को **एमलथीया** के सींग में परिवर्तित कर दिया और यह 'हार्न ऑफ प्लेन्टी' अर्थात् बाहुल्य के प्रतीक के रूप में

प्रसिद्ध हुआ। इससे जो भोज्य पदार्थ माँगा जाए वह अपरिमित मात्रा में मिलता था। **'कार्नुकोपिया'** भी इसी को कहते हैं और प्राचीन कलाकारों के चित्रों में इसे फल-फूलों से भरा हुआ दिखाया जाता था।

डियानीरा से विवाह होने के बाद सम्भवतः **हेराक्लीज़** कुछ समय तक **कैलिडोन** में ही रहा। ऐसी किंवदन्ती है कि एक बार **हेराक्लीज़** के हाथों अनजाने में ही **यूनियस** के एक सेवक की हत्या हो गई। यह एक कुमार था जो भोजन के बाद **हेराक्लीज़** के हाथ धुलवा रहा था लेकिन असावधानी से पानी उसकी टाँगों पर गिरा दिया। **हेराक्लीज़** ने उसका कान उमेठ दिया। उसका अभिप्राय लड़के को मारने का नहीं था लेकिन उसकी मृत्यु हो गई। **हेराक्लीज़** को बड़ा दुख हुआ और प्रायश्चित्त के लिए वह **कैलिडोन** छोड़ **ट्रैकीस** की ओर चल पड़ा। उसके इस प्रवास के अन्य कारण भी बताए जाते हैं।

ट्रैकीस की ओर जाते हुए **हेराक्लीज़ इवेनस** नदी पर पहुँचा। नदी बाढ़ पर थी और **हेराक्लीज़** के साथ उसकी पत्नी **डियानीरा** थी। लेकिन भाग्यवश उन्हें तट पर **सेन्टॉर नैसस** मिल गया जो थोड़े से पारिश्रमिक के बदले यात्रियों को अपनी पीठ पर बिठाकर पार ले जाता था। **डियानीरा** को उस पार पहुँचाने का दायित्व **नैसस** को सौंपकर **हेराक्लीज़** ने अपने शस्त्र नदी के दूसरे तट पर फेंके और पानी में कूद गया। **नैसस** उसके पीछे चला। **हेराक्लीज़** आगे निकल गया। उसने आधी से अधिक नदी पार कर ली थी कि **नैसस** की नीयत बदल गई। सुन्दरी **डियानीरा** के स्पर्श से उसकी कामाग्नि भड़क उठी थी। वह उसे लेकर विपरीत दिशा में तैरने लगा। वापस तट पर ले जाकर उसने **डियानीरा** को पृथ्वी पर गिरा दिया और बलात् उसका भोग करने की चेष्टा करने लगा। **डियानीरा** की चीख-पुकार सुनकर **हेराक्लीज़** ने पीछे देखा। वह दूसरे तट पर पहुँच रहा था। वापस मुड़ने के बजाय वह तीव्रता से किनारे लगा और अपना बाण साधकर नदी के उस पार **नैसस** को मारा। **हेराक्लीज़** के घातक बाण से आहत **नैसस** वहीं गिर पड़ा। वह अपने जीवन की अन्तिम घड़ियाँ गिन रहा था, पर मरते समय भी वह **हेराक्लीज़** की मौत का सामान कर गया। उसने **डियानीरा** से कहा कि वह उसके रक्त को अपने पास रख ले अथवा उसमें कोई वस्त्र भिगोकर सुरक्षित कर ले और जब भी कभी **हेराक्लीज़** किसी अन्य स्त्री पर आसक्त हो, उसे वही वस्त्र पहनने के लिए दे। उसको धारण करने से वह अपनी पत्नी के लिए सदा वफ़ादार रहेगा और एकनिष्ठ हो केवल उसी को प्यार करेगा। स्त्री स्वभाव से ही शंकालु और ईर्ष्यालु होती है। **डियानीरा** तो बहुधा **हेराक्लीज़** के अस्थायी प्रेम-सम्बन्धों के विषय में सुनती ही रहती थी। वह **नैसस** के इस उपकार से प्रसन्न हुई और उसका रक्त अपने पास सुरक्षित कर लिया। ऐसा भी कहते हैं कि **नैसस** ने उसे अपने रक्त में भीगी ऊन दी थी और कहा था कि इसका वस्त्र बुनकर आवश्यकता पड़ने पर **हेराक्लीज़** को दे। या सम्भवतः उसने अपनी रक्त से भीगी कमीज़ ही उतारकर दी थी। जो भी था **डियानीरा** ने उस धूर्त पर विश्वास कर लिया और **हेराक्लीज़** से इस विषय में एक शब्द भी नहीं कहा। **डियानीरा** से **हेराक्लीज़** के चार पुत्र हुए—**हीलस, टेसीपस, ग्लेनस** और **ऑडिटीज**। और एकमात्र पुत्री **मेकेरिया**।

ट्रैकीस में **हेराक्लीज़** ने कुछ समय बिताया। यहाँ **ड्रायोपियन्स** से उसके छिटपुट संघर्ष होते रहे। इसके बाद वह **इटोनस** आया। यहाँ उसकी भेंट युद्ध-देवता **एरीज़** और **पेलॉपिया** के बेटे **सिन्कस** से हुई। **सिन्कस** बड़ा शक्तिशाली था और अपने नगर में आनेवाले अतिथियों को रथ-युद्ध के लिए आमंत्रित किया करता था। वह इस कला में इतना कुशल था कि आज तक उसे कोई भी हरा नहीं पाया था। हारनेवाले प्रतिद्वन्द्वियों को मारकर वह उनकी खोपड़ियों को अपने पिता **एरीज़** के मन्दिर में सज़ा देता था। उसने बलि के लिए **डेल्फ़ी** के देवालय में लिवाए जाते हुए पशु-समूह को रास्ते में ही पकड़ लिया जिससे **अपोलो** ने क्रुद्ध होकर **हेराक्लीज़** को **सिन्कस** के विरुद्ध भड़काया। दोनों के बीच युद्ध अवश्यम्भावी हो गया। यह युद्ध रथों पर सवार होकर होना था। यद्यपि **हेराक्लीज़** को पैदल युद्ध का ही अभ्यास था, उसने इस चुनौती को स्वीकार किया। यह निश्चित हुआ कि **हेराक्लीज़** का रथवाहक **इऑलस** उसके साथ रहेगा, और **सिन्कस** के साथ **एरीज़। हेराक्लीज़** ने इस युद्ध में देवताओं द्वारा दिए गए उपहारों का प्रयोग किया और जगमगाते हुए कवच, अस्त्र-शस्त्र और शिरस्त्राण से शोभित हुआ। **हेफ़ास्टस** द्वारा विशेष रूप से इसी अवसर के लिए बनाए गए तीर-कमान, भाला और कवच धारण किए। **ओलिम्पस** से **एथीनी** यह सन्देश लेकर आई कि वह **सिन्कस** को धराशायी अवश्य करे लेकिन इन शस्त्रों का प्रयोग **एरीज़** के प्रहारों से सुरक्षा के लिए ही किया जाए। उन पर आकमण न करे। यदि **एरीज़** इस युद्ध में परास्त हो जाए तो भी उसके अश्व तथा शस्त्रादि न छीने जाएँ। **एथीनी** स्वयं **हेराक्लीज़** के रथ पर सवार हुई और जब यह रथ चला तो इसके बोझ से पृथ्वी कराह उठी। दोनों ओर से रथ तीव्र गति से दौड़ते हुए आए और एक ही टक्कर में **हेराक्लीज़** और **सिन्कस** पृथ्वी पर आ गिरे। पर दोनों शीघ्र ही सँभलकर जूझ पड़े। कुछ ही देर में **हेराक्लीज़ सिन्कस** पर हावी हो गया और भाले से उसकी गर्दन छेद डाली। अब वह **एरीज़** की ओर मुड़ा। **एरीज़** ने **हेराक्लीज़** पर भाले से प्रहार किया जिसे **एथीनी** ने बचाया। इस बार **एरीज़** तलवार लेकर **हेराक्लीज़** पर झपटा। **हेराक्लीज़** ने अपने बचाव के लिए वार किया और **एरीज़** की जाँघ में चोट लगी। अर्ध चेतनावस्था में पड़े **एरीज़** को **एथीनी ओलिम्पस** ले गई। **सिन्कस** का वहीं एक नदी के किनारे अन्तिम संस्कार कर दिया गया।

हेराक्लीज़ आगे बढ़ा। **पीलियन** पर्वत के चरण में स्थित **आर्मेनियन** नगर पर आक्रमण किया। वहाँ के राजा को मारकर उसकी बेटी **एस्टीडामिया** का भोग किया। **एस्टीडामिया** से **हेराक्लीज़** का एक पुत्र हुआ।

यूली

यूली राजा **यूरिटस** की बेटी थी। अपने बारह श्रम सम्पन्न कर दासत्व से मुक्त हो जब **हेराक्लीज़ थीब्ज़** लौटा था तो वह शर-सन्धान की प्रतियोगिता में **यूली** का हाथ जीतने **ऑकेलिया** गया था। लेकिन विजयी होने पर भी **यूरिटस** ने उसे अपना दामाद बनाने

से इनकार कर दिया। उसका अपमान किया और चोरी का आरोप लगाया। इसी के बेटे **इफ़िटस** की हत्या के कारण **हेराक्लीज़** को दूसरी बार दास बनना पड़ा था। **हेराक्लीज़** ने शपथ ली थी कि वह बदला लेगा। वह सेना लेकर **ऑकेलिया** पर चढ़ आया। उसने **यूरिटस** और उसके बेटों को अपने बाण का निशाना बनाया और नगर को रौंद डाला। उसके अपने कई साथी मारे गए, लेकिन **यूली** को उसने बन्दी बना लिया। **यूली** ने नगर के प्राचीर से कूदकर प्राण देने की चेष्टा की लेकिन पेड़ में वस्त्र अटक जाने से वह बच गई। एक लम्बी अवधि के बाद अपने लक्ष्य को प्राप्त कर **हेराक्लीज़** प्रसन्न था। उसने अन्य बन्दी स्त्रियों के साथ **यूली** को **ट्रैकीस** में **डियानीरा** के पास भेज दिया और स्वयं देवताओं को वेदियाँ समर्पित करने में व्यस्त हो गया। उसने सदा की तरह इस अवसर पर पहनने के लिए **डियानीरा** से नए वस्त्र मँगा भेजे।

हेराक्लीज़ का अन्त

ज़्यूस ने भविष्यवाणी की थी, "पृथ्वी का कोई भी जीवित प्राणी **हेराक्लीज़** को नहीं मार सकता। एक मृतक ही उसके अन्त का कारण बनेगा।" और ऐसा ही हुआ। **डियानीरा** से विदा लेते हुए **हेराक्लीज़** ने उसे बताया भी था कि पन्द्रह माह के भीतर ही या तो उसकी मृत्यु हो जाएगी या वह एक लम्बे जीवन का शेष भाग सुख से व्यतीत करेगा। यह सूचना उसे **डोडोना** के प्रश्न-स्थल से आई हुई दो बत्तखों ने दी थी। शौर्य में पृथ्वी पर जिसका कोई सानी नहीं था, वह **हेराक्लीज़** एक स्त्री की ईर्ष्या के कारण बेमौत मारा गया।

यूली जब **ट्रैकीस** में **डियानीरा** के पास पहुँची तो **डियानीरा** के मन में उसके रूप और यौवन को देखकर बड़ा संशय हुआ। नित नई युवतियों के साथ शयन करने की **हेराक्लीज़** की आदत से वह भली-भाँति परिचित थी। और इन अस्थायी काम-सम्बन्धों को उसने स्वीकार भी कर लिया था। लेकिन कोई भी स्त्री **हेराक्लीज़** की अंकशायिनी बनकर उसी के घर में रहे, यह स्थिति असहनीय थी। वह सौत को स्वीकार नहीं कर सकती थी। फिर वह यह भी जानती थी कि **यूली** के लिए **हेराक्लीज़** के मन में बड़ा पुराना आकर्षण है। वह युवती है, सुन्दरी है और **डियानीरा** आयु के ढलान पर थी। उसने सोचा, क्यों न **नैसस** द्वारा वर्षों पूर्व दिए गए प्रेम-मन्त्र का प्रयोग किया जाए, ताकि **हेराक्लीज़** का उसके प्रति प्रेम स्थायी हो। यही सोचकर उसने **हेराक्लीज़ के** लिए एक नई कमीज़ बुनी और उसे **नैसस** के रक्त में डुबो लिया। जब **हेराक्लीज़** का दूत अपने स्वामी का सन्देश लेकर **ट्रैकीस** पहुँचा तो **डियानीरा** ने इसी घातक पोशाक को एक छोटे से बॉक्स में बन्द करके उसे दे दिया। दूत चला गया। ऐसा कहते हैं कि उसके जाने के कुछ ही देर बाद **डियानीरा** को अपनी भयानक भूल का पता चल गया। उस ऊन का एक रक्त में डूबा टुकड़ा उसने बाहर खुले में फेंक दिया था। सूर्य के ताप से वह टुकड़ा सहसा जल उठा और पल-भर में ही राख हो गया। उस स्थान से लाल बबूले

से उठने लगे और देर तक धुआँ निकलता रहा। **डियानीरा** सहम गई। वह जान गई कि उसके पति का भी यही अन्त होनेवाला है। **नैसस** ने उसे धोखा दिया। झट एक दूत को तीव्रतम अश्व पर दौड़ाया लेकिन जब तक वह लक्ष्य पर पहुँचा, बहुत देर हो चुकी थी।

हेराक्लीज़ ने अपनी प्रिय पत्नी के हाथों बनी नई कमीज़ पहनी और देवताओं की आराधना में लग गया। सबसे पहले उसने **ओलिम्पस** के बारह देवों को बारह अति सुन्दर श्वेत साँडों की बलि दी। फिर एक सौ चौपाए लेकर पूजा-वेदियों पर गया। वह वेदियों पर एक स्वर्ण-पात्र से मदिरा उँडेल रहा था और अग्नि में सुगन्धि डाल रहा था कि अचानक बहुत ज़ोर से चिल्लाया जैसे किसी विषैले नाग ने डस लिया हो। आग के ताप से **नैसस** के रक्त में मिला **हाइड्रा** का विष पिघलने लगा था और **हेराक्लीज़** के रोम-रोम को ज़हर में बुझे बाणों की तरह बेधता जा रहा था। असह्य पीड़ा से **हेराक्लीज़** चीख रहा था। घायल साँड की तरह वह इधर-उधर भागता और पृथ्वी पर लोटता था। वह बुरी तरह हाथ-पाँव पटक रहा था। दोनों हाथों से उसने उस कमीज़ को उतार फेंकने की कोशिश की लेकिन इस घातक पोशाक का एक-एक धागा उसके शरीर से इस तरह चिपक गया था कि मांस के लोथड़े नोचे बिना अलग नहीं हो सकता था। सारी बलि-वेदियाँ पलट गईं, चौपाए रँभाने लगे, सेवकों में भगदड़ मच गई। किसी की समझ में नहीं आ रहा था कि क्या करना चाहिए। **हेराक्लीज़** दर्द से तड़प रहा था और उसका मुख विवर्ण हो गया था। इस यातना से मुक्ति पाने के लिए वह एक झरने में कूद गया। उसे तो ठंडक न पड़ी पर झरने का पानी उबलने लगा। इस असहनीय पीड़ा से पागल **हेराक्लीज़** ने जंगल के कई पेड़ जड़ से उखाड़ डाले, पर्वतों को हिला दिया और उस दूत को जो यह घातक पोशाक लेकर आया था, उठाकर **यूबोइयन** समुद्र में फेंक दिया। वहाँ समुद्र के मध्य में वह निर्दोष सन्देशवाहक मानवाकार पहाड़ी के रूप में आज भी खड़ा है।

हेराक्लीज़ के साथी, मित्र, उसके पुत्र और सारी सेना अपने स्वामी और परम मित्र की ऐसी शोचनीय दशा देखकर चीत्कार कर रही थी। **हेराक्लीज़** जैसे महान व्यक्ति और योद्धा के ऐसे भयावह अन्त की किसी ने कल्पना भी न की थी। सारे विवश हाथ बाँधे खड़े थे। उसकी असीम यातना कोई बाँट भी तो नहीं सकता था। **हेराक्लीज़** समझ गया, अब अन्त आ गया है। उसने अपने बेटे **हीलस** को पुकारा और कहा कि उसे पर्वत की चोटी पर ले चले। वह शान्ति से मरना चाहता है। वह चाहता था कि मृत्यु के समय उसके सारे पुत्र और माँ **एल्कमीनी** उसके पास हों और वह उन्हें कुछ आदेश दे सके। लेकिन ऐसा सम्भव नहीं था। अतः उसने **हीलस** को कहा :

"**ज़्यूस** की सौगन्ध है तुम्हें, मुझे इस पर्वत की सबसे ऊँची चोटी पर ले जाकर जला दो। मेरी मृत्यु पर कोई विलाप न करे। मुझे ओक और जंगली जैतून की लकड़ी पर जलाया जाए। और तुम **ट्रैकीस** वापस लौटकर **यूली** से विवाह कर लेना, यही मेरी अन्तिम इच्छा है।"

हीलस ने शपथ ली। वह और **हेराक्लीज़** के कुछ मित्र उसे पर्वत की चोटी पर ले गए और उसकी चिता तैयार की। **हेराक्लीज़** की वह दाहक पीड़ा न जाने कब तक चलती, पर वह उससे छुटकारा पाने लिए चिता पर लेट गया और आज्ञा दी कि चिता को आग लगा दी जाए। लेकिन कोई भी ऐसा करने को तैयार नहीं था। उधर से निकलते हुए एक चरवाहे के बेटे **फ़िलाकटेटीज** ने उसकी इच्छा पूरी की और इसके बदले में **हेराक्लीज़** ने अपना कमान और घातक बाण उसे दे दिए। अपनी गदा को सिरहाने रख, अपनी शेर की खाल बिछाकर वह शान्त मन से जलती हुई चिता पर सदा के लिए सो गया। इससे पहले कि अग्नि उसके शरीर को राख करती, आकाश से बिजली गिरी और वहाँ राख का एक ढेर मात्र रह गया। **डियानीरा** अपने पति से पहले ही संसार छोड़ चुकी थी।

ओलिम्पस पर **ज़्यूस** ने अपने पुत्र के आगमन की घोषणा की। देवताओं की सभा में उसने कहा कि **हेराक्लीज़** ने अपने असाधारण पराक्रम से अपने को देव-पद का अधिकारी सिद्ध किया है, और उसका अर्जित पुरस्कार उसे मिलना ही चाहिए। यदि कोई इस निर्णय से असहमत है तो विपक्ष में प्रमाण दे।

यह बात **हेरा** को लक्ष्य करके कही गई थी। पर अब इस अपमान को चुपचाप पी जाने के अतिरिक्त कोई चारा नहीं था। सभी देवताओं ने सहमति प्रकट की। अग्नि में **हेराक्लीज़** का मर्त्य अंश जलकर राख हो गया लेकिन उसमें जो अंश अपने पिता **ज़्यूस** का था वह अमर हो गया। पुरानी केंचुल को उतार **हेराक्लीज़** ने नवजीवन प्राप्त किया। बिजलियों की चमक के बीच वह **एथीनी** के संरक्षण में बादल में लिपटा **ओलिम्पस** पहुँचा। सभी देवताओं ने उसका स्वागत किया। **हेरा** ने भी अपनी पुरानी ईर्ष्या-द्वेष छोड़ अपनी बेटी यौवन की देवी **हीबी** से उसका विवाह कर दिया। **हेराक्लीज़** का दैवी अंश **ओलिम्पस** पर अधिष्ठित हो गया, पर उसका मानवी और नश्वर अंश प्रेतात्मा के रूप में **टारटॉरस** में भी है। **टारटॉरस** का **हेराक्लीज़** अपना कमान-बाण और गदा लिए मृतात्माओं के बीच घूम रहा है। उसके बाएँ कन्धे से एक सुनहला पट्टा लटक रहा है जिस पर भयानक बाघ, चीते, भालू और वराह बने हैं। इस पर युद्ध के चित्र भी अंकित हैं। ये उन उपलब्धियों की स्मृति हैं जो उसने अपने जीवन-काल में प्राप्त कीं।

इऑलस ने **ट्रैकीस** पहुँचकर **मेनोटियस** एवं अन्य साथियों सहित एक भेड़, एक साँड और वराह की बलि **हेराक्लीज़** को दी और **ओपस** पर एक महान योद्धा के रूप में उसकी पूजा शुरू कराई। **थीब्ज़** वासियों ने भी उनका अनुसरण किया। लेकिन देवता के रूप में उसकी उपासना सबसे पहले **एथेन्स** के लोगों ने की और फिर धीरे-धीरे सभी उसे देवता मानने और बलि देने लगे। **सीक्यान** में उसकी पूजा एक शूर-वीर के रूप में ही होती थी लेकिन **हेराक्लीज़** के पुत्र **फ़ैसटस** ने आग्रह किया कि उसे देवोपयुक्त अर्पण दिया जाए। तब से **सीक्यान** के लोग दुम्बे को मारकर उसकी जाँघें देवता **हेराक्लीज़** की वेदी पर जला देते हैं और बाकी मांस वीर **हेराक्लीज़** को अर्पित करते हैं।

हेराक्लीज़ का वंश

हेराक्लीज़ के वैध एवं अवैध पुत्रों में से कोई भी अपने पिता के योग्य सिद्ध नहीं हुआ। **हेराक्लीज़** की ही भाँति भाग्य ने कभी उसके बेटों का भी साथ नहीं दिया। और भाग्यधारा के विपरीत तैरने का उनमें से किसी में साहस न था। वैसे भी **हेराक्लीज़** की मृत्यु के समय उसके अधिकांश पुत्र अवयस्क ही थे। इनमें से कुछ को साथ लेकर **एल्कमीनी टाइरन** चली गई। बाकी **थीब्ज़** और **ट्रैकीस** में बस गए। **यूरिस्थियस** ने अपना द्वेष **हेराक्लीज़** की मृत्यु के बाद भी निभाया और उन्हें **ग्रीस** से निष्कासित कर देने का निर्णय किया। उसने सभी शासकों के पास यह सन्देश भेजा कि वे **हेराक्लायड्स** को शरण न दें। **यूरिस्थियस** का विरोध करने की उनमें शक्ति नहीं थी, अतः वे **ट्रैकीस** छोड़कर शरणार्थियों के रूप में इधर-उधर भटकने लगे। लेकिन किसी ने भी उनकी सहायता नहीं की। केवल **एथेन्स** की जनता ही अपने आदर्शों की रक्षा करने में सफल हुई और **थीसियस** अथवा उसके उत्तराधिकारी **डेमोफ़ून** ने उन्हें शरण दी। इस पर **यूरिस्थियस** ने **एथेन्स** पर आक्रमण कर दिया। **एथेन्स** की सेना का नेतृत्व **डेमोफ़ून, इयॉलस** और **हीलस** ने किया। यह भविष्यवाणी हुई कि **एथेन्स** की विजय तभी होगी जब **हेराक्लीज़** की कोई सन्तान सर्वहित के लिए अपनी बलि दे। इस पर **हेराक्लीज़** की एकमात्र कन्या **मेकेरिया** ने अपना बलिदान दिया। घमासान युद्ध में **यूरिस्थियस** की हार हुई। उसके कई बेटे और सेनापति मारे गए। **यूरिस्थियस** रथ पर बैठ भाग निकला लेकिन **हीलस** अथवा **इयॉलस** ने उसका पीछा किया और **एल्कमीनी** की आज्ञा से उसका वध कर दिया गया।

अब **हीलस** एवं अन्य **हेराक्लायड्स थीब्ज़** लौटे और **पेलॉपनीज़** के अनेक नगरों पर अधिकार कर लिया। लेकिर दूसरे वर्ष वहाँ भयानक अकाल पड़ गया और यह दैवी घोषणा हुई कि **हेराक्लायड्स** उचित समय से पूर्व **पेलॉपनीज़** आ गए हैं। वे वापस लौट जाएँ। **हीलस मैरेथों** लौट गया। उचित समय से क्या अभिप्राय है, यह जानने के लिए वह **डेल्फ़ी** के प्रश्न-स्थल पर गया। वहाँ बताया गया, "तीसरी फ़सल तक प्रतीक्षा करो।" तीसरी फ़सल पर वह फिर लौटा और **इस्थमस** के **एटरियस** से उसकी भेंट हुई। **हीलस** ने युद्ध में दोनों पक्षों में रक्तपात बचाने के लिए यह प्रस्ताव रखा कि शत्रु सेना का कोई भी वीर उससे द्वन्द्व युद्ध कर ले। जीतने पर राज्य उसका होगा और यदि हार गया तो अगले पचास वर्ष तक **हेराक्लायड्स** उधर का रुख नहीं करेंगे। **टेगिया** के **इकेमस** ने यह चुनौती स्वीकार की। द्वन्द्व-युद्ध में **हीलस** मारा गया और **हेराक्लायड्स** वापस लौट गए। **डेल्फ़ी** की तीसरी फ़सल का अभिप्राय तीसरी पीढ़ी से था लेकिन **हीलस** ने उसे शाब्दिक अर्थ में लिया।

एल्कीमीनी थीब्ज़ लौट गई थी। वहीं वृद्धावस्था में उसकी मृत्यु हुई और वहीं उसका स्मारक बनाया गया। कहते हैं कि **ज़्यूस** ने उसकी आत्मा को सुखी लोगों के देश में भेज दिया और वहाँ उसका विवाह **रॉडामिन्थस** से हुआ।

चौथी पीढ़ी में **हेराक्लीज़** के वशंजों ने अन्ततः **ऑरेस्टीज़** के बेटे **मायसीनी** के शासक **टिसैमिनीज** को मारकर **पेलॉपनीज़** पर विजय प्राप्त की। इस विजय का श्रेय **टेमिनस, क्रेस-फ़ॉनटीज़** और **प्राक्लीस** एवं **यूरिस्थनीज़** नामक जुड़वाँ भाइयों को दिया जाता है।

हेराक्लीज़ के वंशजों में कोई भी इस योग्य नहीं हुआ जो उसकी उज्ज्वल परम्परा को जीवित रख पाता।

ट्रोजन युद्ध की पृष्ठभूमि

ट्रॉय की स्थापना

एक बार **क्रीट** में भयंकर अकाल पड़ा। अन्न-जल की कमी के कारण **क्रीट** की लगभग एक-तिहाई जनसंख्या राजकुमार **स्कैमेन्डर** के नेतृत्व में अपने पर्वजों की धरती छोड़ कहीं दूर एक नई बस्ती निकल पड़ी। **फ्रीजिया** पहुँचने पर उन्होंने समुद्र के तट पर डेरा डाल दिया। देवता **अपोलो** ने उन्हें आदेश दिया था कि जहाँ रात्रि के अन्धकार में पृथ्वी से उत्पन्न शत्रु उन पर आक्रमण करें, वे वहीं बस जाएँ। भाग्यवश उसी रात अकाल-त्रस्त मूषकों के एक समूह ने उन पर हमला कर दिया और उनके तम्बुओं, चमड़े से बने पट्टों और थैलों इत्यादि को कुतरने लगे। **स्कैमेन्डर** ने इस दैवी संकेत को समझकर वहीं बस जाने का निश्चय किया। अपोलो की कृपा से उसने आस-पास की कई जातियों को पराभूत कर उनके राज्यों पर अधिकार भी कर लिया। लेकिन एक दिन अपने पड़ोसी राजा से लड़ते हुए **ग्ज़ैन्थस** नदी में गिरकर उसकी मृत्यु हो गई। उसके उत्तराधिकारी **ट्यूसर** ने राज्य-विस्तार की इस परम्परा को जारी रखा और वह **फ्रीजिया** तक गया। **फ्रीजिया** के राजा **डाडेनेस** ने **ट्यूसर** का सम्मान किया और अपनी पुत्री का विवाह उससे कर दिया। **फ्रीजिया** के निवासी तभी से **ट्यूसरियन्स** के नाम से विख्यात हुए।

लेकिन **एथेन्स** में **ट्रॉय** की स्थापना सम्बन्धी एक भिन्न कहानी बताई जाती है। वहाँ प्रचलित धारणा के अनुसार **ट्यूसर** का **क्रीट** से कोई सम्बन्ध नहीं था। वह **एथेन्स** से प्रवास कर **फ्रीजिया** गया था और वहाँ **डाडेनेस** उसके पास शरणागत के रूप में आया था। **ट्यूसर** ने उसका उचित सत्कार किया, उसे आस-पास के प्रदेश जीतने में सहायता दी, और अपनी पुत्री का विवाह उससे कर दिया। **डाडेनेस** ने **एटी** की पहाड़ी पर एक छोटे-से नगर की नींव डालने की योजना बनाई। लेकिन **फ्रीजिया** के **अपोलो** ने उसे चेतावनी दी कि इस स्थान पर बसनेवाले नगर के निवासी सदा दैवी-कोप के भागी होंगे। अतः **डाडेनेस** ने एटी के स्थान पर **एडा पर्वत** के ढलानों को अपने नगर की स्थापना के लिए चुना। यह नगर **डाडेनिया** के नाम से विख्यात हुआ। इस **डाडेनेस** के तीन पुत्रों के नाम प्राप्य हैं–**ईडियस, एरेक्थॉनियस** एवं **ईलस। डाडेनेस** के बाद ज्येष्ठ पुत्र **एरेक्थॉनियस** राजा बना। यह अपने समय का बड़ा धनी एवं समृद्ध शासक माना जाता था और उसके पास तीन हज़ार अश्व थे। **एरेक्थॉनियस** का एक पुत्र हुआ–**ट्रास।** यह **ट्रास** राजा **स्कैमेन्डर** की पुत्री **कैलिरूई** के संयोग से **क्लयोपेट्रा, ईलस, एसारकस** एवं

गोनिमेडीज़ का पिता बना।

एरेक्थॉनियस का छोटा भाई **ईलस फ़्रीजिया** में आयोजित खेलों में विजयी हो पचास कुमार और पचास सुन्दर कन्याओं को पुरस्कार के रूप में लेकर लौटा। **फ़्रीजिया** के राजा ने उसे एक चितकबरी गाय भी उपहार में दी और यह परामर्श दिया कि जहाँ यह गाय थककर गिर जाए, वहीं एक नगर की स्थापना करे। यह गाय **एटी** की पहाड़ी पर आकर बैठ गई। यह वही स्थान था जहाँ **अपोलो** ने **डाडेनेस** को नगर का निर्माण करने से रोका था। **ईलस** ने यहाँ जिस नगर की नींव डाली, वह पहले **ईलियम** और फिर **ट्रॉय** के नाम से प्रसिद्ध हुआ। इस नगर की दीवारें **ईलस** ने नहीं बनवाईं। लेकिन जब विश्वविख्यात **ट्रॉय** का निर्माण हो रहा था, **ईलस** ने देव-सम्राट **ज़्यूस** से प्रार्थना की कि वह अपने अनुग्रह का कोई चिह्न देने की कृपा करे। दूसरे दिन सवेरे **ईलस** ने देखा, उसके तम्बू के बाहर देवी **पैलेस-एथीनी** की एक प्रतिमा पृथ्वी में आधी धँसी हुई पड़ी थी। यह प्रतिमा देवी **एथीनी** ने अपनी प्रिय सखी **पैलेस** की स्मृति में बनाई थी। इसको **पैलेडियम** कहा जाता था। **पैलेडियम** पृथ्वी पर आने से पहले **ज़्यूस** के सिंहासन के पास स्थापित थी और सभी देवताओं द्वारा आदृत थी। **ईलस** को आदेश हुआ कि वह इस प्रतिमा की सुरक्षा का पूरा ध्यान रखे क्योंकि उसके नगर की सुरक्षा इसी पर निर्भर करती है। **ईलस** ने एक भव्य मन्दिर बनवाकर उसमें **पैलेडियम** की स्थापना की।

ईलस का विवाह **एड्रास्टस** की पुत्री **यूरीडिसी** से हुआ और उनका **लाओमेडन** नामक एक पुत्र हुआ। **लाओमेडन** बड़े धूर्त स्वभाव का था। मनुष्य क्या, वह देवताओं का भी लिहाज़ नहीं करता था। इसी **लाओमेडन** ने **ट्रॉय** की सुरक्षा के लिए नगर के चारों ओर दीवार बनवाई। सौभाग्यवश उसे इस काम के लिए **अपोलो** एवं समुद्र-देवता **पॉसायडन** भृत्य-रूप में मिल गए। वस्तुतः देव-सम्राट **ज़्यूस** ने इन देवताओं को क्रान्ति के अपराध में एक वर्ष के लिए **ओलिम्पस** से निष्कासित कर दिया था। यह एक वर्ष उन्हें पृथ्वी पर दास के रूप में व्यतीत करना था। **लाओमेडन** को उनका स्वामी चुना गया। **पॉसायडन** ने **ट्रॉय** की दीवारों का निर्माण किया और **अपोलो** सारा दिन राजा के चौपाए चराया करता था। लेकिन दासत्व की अवधि समाप्त होने पर **लाओमेडन** ने बेईमानी करके उन्हें उनका पूर्व निश्चित पारिश्रमिक देने से इनकार कर दिया। दोनों देवता रुष्ट होकर चले गए और **ट्रॉय** सदा के लिए उनकी सद्भावना से वंचित हो गया। लेकिन **पॉसायडन** द्वारा बनाई जाने के कारण **ट्रॉय** की दीवारें अभेद्य हो गईं।

पॉसायडन ने इस धृष्टता का दण्ड देने के लिए एक भीमकाय जल-दैत्य कोई **ट्रॉय** भेजा। और **लाओमेडन** को अपनी बेटी **हीसियानी** को उसके लिए त्यागना पड़ा। यहाँ जल के मध्य में एक चट्टान से शृंखलाबद्ध नग्न **हीसियानी** का परित्राण **हेराक्लीज़** ने किया था। लेकिन **लाओमेडन** ने इस उपकार का बदला भी बेईमानी से दिया। क्योंकि **हेराक्लीज़** उस समय **यूरिस्थियस** का दास था, अतः वह प्रतिशोध लिए बिना वापस लौट गया। लेकिन दासत्व की अवधि समाप्त होने पर **हेराक्लीज़** ने **ट्रॉय** पर आक्रमण किया और उसे धराशायी कर डाला। **लाओमेडन** और उसके चार पुत्र मारे गए। **हीसियानी**

के आग्रह पर **हेराक्लीज़** ने उसके एक भाई **पॉडरेसेज़** को प्राणों की भिक्षा दी और उसे ही **ट्रॉय** का राज्य सौंप कर वह अपने अगले अभियान पर चल पड़ा। यही **पॉडरेसेज़ ट्रॉय** के इतिहास में **प्रायेम** के नाम से प्रसिद्ध हुआ। इसके समय में **ट्रॉय** का पुनरुत्थान हुआ और वह एशिया का सबसे सुन्दर, सम्पन्न एवं सुदृढ़ नगर बन गया। **प्रायेम** की पहली पत्नी का नाम था **ऐरिसबी,** जिससे उसका एक पुत्र हुआ। दूसरी का नाम था **हेकेबी** जिसे लैटिन में **हेकयूबा** कहते हैं। **प्रायेम** के पचास पुत्रों में से उन्नीस **हेकेबी** से उत्पन्न हुए, शेष रखेलों से। **हेकेबी** के सबसे बड़े बेटे का नाम **हेक्टर** था। इसके बाद उसने **पैरिस** को जन्म दिया। फिर **क्रिसु, लूयिडिस, पॉलिक्सिना, डायफ़ोबस, हेलिनस, क्ज़ेन्ड्रा, पैमौन, पॉलाइट्रस, एन्टीफ़स, हिप्पानू** और **पॉलिडॉरस! ट्रॉयलस** को उसने **अपोलो** के संयोग से जन्म दिया।

पैरिस के जन्म से कुछ समय पूर्व **हेकेबी** ने स्वप्न देखा कि उसकी कोख से एक उल्का का जन्म हुआ है जिससे सारे **ट्रॉय** और **एडा** पर्वत पर आग लग गई है। धू-धू कर जलती हुई आग की लपटें आकाश तक पहुँच रही हैं। **हेकेबी** भयभीत होकर उठ बैठी। उसने **प्रायेम** को बताया। **प्रायेम** ने तत्काल भविष्यद्रष्टा **इसेकस** को बुला भेजा और उसे इस स्वप्न की व्याख्या करने को कहा। **इसेकस** ने बताया कि **हेकेबी** के गर्भ से जन्म लेनेवाला यह बालक **ट्रॉय** के विनाश का कारण होगा। **प्रायेम** स्तब्ध रह गया। इसके कुछ दिन बाद **इसेकस** ने फिर यह घोषणा की, "राजकुल की जो स्त्री आज एक बालक को जन्म दे, उसे और उसके बच्चे, दोनों को मौत के हवाले कर दिया जाए अन्यथा **ट्रॉय** की कुशल नहीं।" उसी दिन **प्रायेम** की बहन ने एक लड़के को जन्म दिया। **प्रायेम** ने माँ और बच्चे की हत्या करवा दी और उनका विधिवत संस्कार भी कर दिया। लेकिन होनी को कौन टाल सका है! भाग्य की बात। उसी रात **हेकेबी** ने भी एक पुत्र को जन्म दिया। लेकिन अब **प्रायेम** उन्हें मार डालने का साहस न जुटा पाया। **अपोलो** की उपासिका एवं **ट्रॉय** के अन्य सभी भविष्यद्रष्टाओं ने **प्रायेम** की भर्त्सना की और कहा कि देश की सुरक्षा के लिए उसे कम-से-कम अपने पुत्र की बलि तो देनी ही चाहिए। बच्चे को स्वयं मारने में असमर्थ, विवश **प्रायेम** ने अन्ततः अपने मुख्य चरवाहे को बुला भेजा और बच्चा उसे देकर यह हृदयहीन कर्म करने का उत्तरदायित्व सौंपा। यह चरवाहा, जिसका नाम **इजेलस** था, बड़ी उदार प्रकृति का सिद्ध हुआ। उसने तलवार या रस्सी के प्रयोग से बच्चे को मारने के बजाय उसे **एडा** पर्वत पर मर जाने के लिए छोड़ दिया। वह एक निर्दोष बच्चे की हत्या अपने सिर नहीं लेना चाहता था। पाँच दिन के बाद जब **इजेलस** वहाँ लौटा तो उसने बच्चे को सही-सलामत वहाँ खेलते हुए पाया। इसे एक चमत्कार मानकर वह बच्चे को अपने घर ले गया और अपने नवजात पुत्र के साथ ही उसका भी पालन-पोषण करने लगा। यही बालक आगे चलकर **पैरिस** के नाम से जाना गया।

हेकेबी की सन्तान में **कज़ेन्ड्रा** एवं **हेलिनस** को दिव्य-दृष्टि प्राप्त थी। कहते हैं कि ये जुड़वाँ बच्चे थे और इनके जन्म-दिन की धूमधाम में **प्रायेम** और **हेकेबी** ने इतनी अधिक मदिरा पी ली थी कि वे बच्चों को साथ लिए बिना ही प्रासाद को लौट गए।

कुछ देर बाद जब उन्हें अपनी भूल का पता चला तो वे भागे हुए वापस **अपोलो** के मन्दिर में पहुँचे जहाँ वे दोनों बच्चे सोए पड़े थे। **हेकेबी** के विस्फारित नेत्रों ने देखा, **अपोलो** के जयपत्र से दो सर्प निकले और उन्होंने दोनों बच्चों की आँखों और कानों को अपनी जिह्वा से स्पर्श किया और पल-भर में ही अदृश्य हो गए। उसी दिन से **कज़ेन्ड्रा** और **हेलिनस** को भविष्य ज्ञान प्राप्त हुआ।

इस विषय में एक अन्य अधिक प्रचलित धारणा यह है कि भविष्य ज्ञान की शक्ति केवल **कज़ेन्ड्रा** में थी और यह उसे अपने प्रणयी देवता **अपोलो** से उपहार रूप में प्राप्त हुई थी। **कज़ेन्ड्रा** ने इसके बदले में **अपोलो** की अंकशायिनी बनना स्वीकार किया था लेकिन दिव्य-दृष्टि प्राप्त हो जाने के बाद वह अपने वचन से फिर गई। इस पर **अपोलो** ने क्रुद्ध होकर यह शाप दिया कि उसकी सच्ची भविष्यवाणी पर भी कोई विश्वास नहीं करेगा और इस तरह वह विद्या उसके लिए महान यन्त्रणा का कारण बनकर रह जाएगी।

ट्रॉय की सत्ता को पुनर्स्थापित करने, उसके खजानों को अतुल धन-सम्पदा से भरने एवं अपनी बुद्धिमत्ता से प्रजा को यथासम्भव सुखी एवं सम्पन्न करने के बाद एक दिन **प्रायेम** ने युद्ध-परिषद् बुलाई और उसमें **हीसियानी** को वापस **ट्रॉय** लाने का प्रस्ताव रखा। **हेराक्लीज़** ने **हीसियानी** का विवाह अपने मित्र **टेलमॉन** से कर दिया था और अब वह वर्षों से **ग्रीस** में सुखी पारिवारिक जीवन बिता रही थी। लेकिन इससे **ट्रॉय** की मर्यादा को धक्का लगा था। परिषद् ने यह निर्णय लिया कि पहले शान्तिपूर्ण साधन प्रयोग किए जाएँ, और कुछ दूतों को **हीसियानी** को वापस लाने के लिए **ग्रीस** भेजा जाए। यदि ग्रीक **हीसियानी** को समर्पित नहीं करते तो उनके विरुद्ध शस्त्र उठाना उचित होगा। इस निर्णय के अनुसार **ट्रॉय** के कुछ सम्मानित व्यक्ति सन्देशवाहक के रूप में **टेलमॅन** के दरबार में गए। लेकिन वहाँ उन्हें उचित आदर-सत्कार नहीं मिला। वहाँ एकत्रित ग्रीक योद्धाओं ने उल्टे इस प्रस्ताव की हँसी उड़ाई और इस तरह **ट्रॉय** के दूत अपमानित होकर घर लौटे। यह घटना **ट्रॉय** के युद्ध का एक मुख्य कारण बताई जाती है। **पैरिस** किस तरह **ट्रॉय** के विध्वंस का कारण बना और **हेकेबी** का स्वप्न कैसे पूरा हुआ, यह आप आगे पढ़ेंगे।

पैरिस एवं हेलेन

फूल पत्तों के बीच नहीं छिपता। चरवाहों के बीच बढ़ता, फूलता **पैरिस** अपने असाधारण रूप, प्रज्ञा एवं शक्ति के कारण उन सबसे अलग दिखाई देता था। यद्यपि उसके वंश के विषय में **इजेलस** के अतिरिक्त कोई कुछ नहीं जानता था पर उसकी अद्वितीय प्रतिभा, साहस एवं शौर्य ने उसे सबका प्रिय बना दिया। **पैरिस** अभी कुमार ही था जब उसने चौपाए चुरानेवाले पर्वतीय डाकुओं का दमन किया। इससे उसका मान बहुत बढ़ गया और उसके साथी उसे 'एलैग्ज़ैन्डर' अर्थात 'मानवों का सहायक' कहकर पुकारने लगे। वन-देवी **इनूनी** से उसका प्रेम सम्बन्ध हो गया। वे दोनों **एडा** पर्वत की रमणीय

घाटियों में मखमली घास, हरे-भरे कुंज और गुनगुनाते झरनों के किनारे भ्रमण करते। चीड़ों से लिपटी वाष्प उनका आवरण थी और पराग में सने दूर्वास्तर उनके अभिसार-स्थल। प्रकृति का भव्य मौन ही इन प्रणयोन्माद में सिक्त क्षणों का साक्षी था जिन पर सरल हृदया **इनूनी** ने अपना जीवन लुटा दिया। **एडा** की शिखाओं से दृष्टिगोचार होनेवाली **ट्रॉय** की अट्टालिकाएँ एक मूक निमन्त्रण दे रही थीं **पैरिस** को। पीपल और करंज के वृक्षों पर खुदे **इनूनी** और **पैरिस** के नाम बहुत शीघ्र ही काल के आघात का शिकार होनेवाले हैं, यह कौन जानता था!

पैरिस के मनोरंजन का विशेष साधन था **इजेलस** के साँडों को लड़ाना। वह जीतनेवाले साँड का फूलों से शृंगार करता और हारनेवाले का सूखी घास-फूस से। फिर अपने विजयी साँड का मुकाबला आस-पास के अन्य चरवाहों के साँडों से करवाता। धीरे-धीरे उसका एक साँड इस प्रतियोगिता में इतना निपुण हो गया कि अब कोई भी अन्य साँड उसके सामने टिक नहीं सकता था। **पैरिस** ने यह घोषणा की कि जो साँड उसके साँड को हरा देगा वह उसके सींगों पर स्वर्ण का मुकुट मढ़वा देगा। युद्ध-देवता **एरीज़** ने यह घोषणा सुनकर कौतुक के लिए एक वृषभ का रूप धारण किया और **पैरिस** के साँड को परास्त कर दिया। इस पर **पैरिस** ने सहर्ष उठकर स्वर्ण किरीट विजयी वृषभ को पहना दिया। उसने अपनी पराजय पर एक क्षण के लिए भी मन मलिन नहीं किया। **ओलिम्पस** से **ज़्यूस** एवं अन्य देवताओं ने **पैरिस** की इस विशाल हृदयता को देखा और उसकी भरपूर प्रशंसा की। यही कारण था कि **ज़्यूस** ने देवियों की सौन्दर्य-प्रतियोगिता का निर्णायक **पैरिस** को नियुक्त किया।

ओलिम्पस की देवियों के बीच हुई सौन्दर्य-प्रतियोगिता की कहानी इस प्रकार है :

देव-सम्राट **ज़्यूस नीरियस** की बेटी जलपरी **थेटिस** की ओर आकृष्ट था और उसे अपनी सम्राज्ञी बनाना चाहता था। किन्तु विधिवत पाणिग्रहण संस्कार सम्पन्न होने से पहले **ज़्यूस** ने भाग्य की देवियों का परामर्श लेना उचित समझा। **ज़्यूस** के सौभाग्य से यह अच्छा ही हुआ। भाग्य की अधिष्ठात्रियों ने उसे बताया कि **थेटिस** से जन्म लेनेवाला बालक अपने पिता से कहीं अधिक शक्तिशाली, पराक्रमी, योग्य एवं कीर्तिवान होगा। यह सुनकर **ओलिम्पस** के स्वामी ने **थेटिस** से विवाह का विचार त्याग दिया और उसका सम्बन्ध राजा **पीलियस** से पक्का कर दिया। **थेटिस** की मानरक्षा के लिए उसने यह वचन दिया कि वह उसके विवाहोत्सव को **ओलिम्पस** के समस्त देवताओं के साथ सुशोभित करेगा। समुद्र की फेनिल लहरों के नीचे स्थित **नीरियस** के मूँगे के महल में **थेटिस** का विवाह सम्पन्न हुआ। इस अवसर पर सभी देवी-देवता उपस्थित थे। हर्ष-उल्लास का वातावरण था। स्वर्ण पात्रों से नव-विवाहित दम्पति के सुखमय जीवन की कामना में मधु-मदिरा का पान हो रहा था। दैवी संगीत की लहरें समुद्र की लहरों से गले मिल रही थीं। जल-परियों का जमघट था। मोतियों, मूँगों की भरमार। तभी अचानक एकत्रित अतिथियों के बीच एक स्वर्ण का सेब कहीं से आ गिरा। इस सेब पर बड़े स्पष्ट शब्दों में खुदा था, "सबसे सुन्दर रमणी के लिए।" बात यह थी कि **थेटिस** के विवाह पर

आयोजित इस प्रीति-भोज में कलह की अधिष्ठात्री **एरिस** को आमंत्रित नहीं किया गया था। **एरिस** ने अपने स्वभाव के अनुकूल आचरण किया और इस अवमानना का बदला लेने के लिए यह स्वर्ण सेब एकत्रित देवियों के मध्य फेंक दिया। सौन्दर्य जहाँ पुरुष की दुर्बलता है वहाँ स्त्री के गौरव की पूँजी। और यहाँ आकाश, पृथ्वी और समुद्र के देवी-देवताओं, वन-देवियों, जल-परियों, विख्यात राजा-महाराजाओं के सामने तो यह प्रतिष्ठा का प्रश्न बन गया। प्रत्येक उपस्थित स्त्री अपने आपको ही सर्वाधिक रमणीय समझकर स्वयं को इस पुरस्कार की अधिकारिणी मान रही थी। लेकिन धीरे-धीरे एक-एक करके सभी पीछे हट गईं और अब इस सौन्दर्य प्रतियोगिता में स्वर्ण-सेब के केवल तीन ही दावेदार बचे—**ओलिम्पस** की रानी **हेरा,** प्रज्ञा एवं विभिन्न कलाओं की देवी **एथीनी** और प्रेम की देवी **ऐफ्रॉडायटी**। अब समस्या यह थी कि इनका निर्णय कौन करे। **ज़्यूस** बड़ी चतुराई से इस जटिल स्थिति से बच निकला। उसने कहा कि **एडा** पर्वत पर रहनेवाला सुन्दर युवक **पैरिस** सौन्दर्य का सच्चा पारखी है, अतः इस प्रतियोगिता का हम उसे ही निर्णायक नियुक्त करते हैं। **ज़्यूस** का सन्देश एवं तीनों देवियों को साथ लेकर देवदूत **हेमीज़ पैरिस** के पास **एडा** की रमणीय घाटी में पहुँचा और उसे अपने आगमन का अभिप्राय बताया। **पैरिस** को बड़ा आश्चर्य हुआ। भय भी लगा। कहीं ऐसा न हो कि एक के पक्ष में निर्णय देने से अन्य दो देवियाँ उसके विरुद्ध हो जाएँ और उसे दंडित करें। **हेमीज़** ने उसे आश्वस्त किया और कहा कि यह **ज़्यूस** का आदेश है, अतः उसे पालन करना ही उचित है।

अनावृत देवी-सौन्दर्य का निरीक्षण करते हुए **पैरिस** उल्लसित भी था और रोमांचित भी। **ओलिम्पस** की देवियों की सौन्दर्य-प्रतियोगिता का स्वयं **ज़्यूस** द्वारा निर्णायक नियुक्त किया जाना निश्चय ही बड़े गर्व की बात थी। उसने देवियों को एक-एक कर सामने आने का अनुरोध किया। सबसे पहले सम्राज्ञी **हेरा** ने अपने विभूतिमान शरीर का प्रदर्शन किया। उसका एक-एक अंग जैसे साँचे में ढला था और उससे एक अलौकिक प्रभा फूट रही थी। उसके रोम-रोम से वह तेज़, वह वैभव, वह गरिमा टपकती थी जो केवल देव-सम्राज्ञी की ही सम्पदा है। पल-भर को **पैरिस** अभिभूत हो गया। वह सौन्दर्य जिस पर केवल देव-सम्राट **ज़्यूस** का अधिकार है, जिसकी कमनीयता पर चाँद-सूरज की दृष्टि भी नहीं पड़ी, **पैरिस** के सम्मुख सारी लाज छोड़ निर्वस्त्र पुंजीभूत था। पल-भर को तो इस भोले-भाले चरवाहे को उसकी उपस्थिति पर भी सन्देह हुआ। कहीं देवता झूठ-मूठ की इन प्रतिमाओं को भेजकर उसकी परीक्षा तो नहीं ले रहे! उसका मज़ाक तो नहीं उड़ा रहे। लेकिन तभी उसके सामने घूमकर प्रत्येक अंग का सुन्दरतम प्रदर्शन करती हुई **हेरा** ने कहा, "**पैरिस!** यदि तुमने निर्णय मेरे पक्ष में दिया तो मैं तुम्हें सारे **एशिया** का स्वामी बना दूँगी। धन-सम्पदा तुम्हारे चरणों की दासी होगी, शक्ति तुम्हारी अनुगामिनी। विश्व के अमूल्य रत्न-जवाहरात से तुम्हारे कोष भरे होंगे और धनाढ्यतम व्यक्ति तुम्हारे पैरों की धूल मस्तक से लगा कृतार्थ होंगे।"

पैरिस ने ध्यान से **हेरा** का निरीक्षण किया और इस प्रस्ताव को सुना। अब **एथीनी**

की बारी थी। प्रज्ञा की सौम्य देवी ने कहा, **''पैरिस,** यदि तुम मुझे सर्वसुन्दरी के पुरस्कार से आभूषित करो तो मैं तुम्हें विश्व का सबसे अधिक बुद्धिमान व्यक्ति बना दूँगी। प्रत्येक अभियान पर सफलता तुम्हारा वरण करेगी और तुम्हारे नाम से शत्रुओं के पाँव उखड़ जाएँगे। तुम विश्व-विजेता बनोगे, दूर दिशाओं में तुम्हारी जयध्वनि गूँजेगी।''

अन्त में **ऐफ़्रॉडायटी** की बारी थी। नग्न **ऐफ़्रॉडायटी** समीर के एक झोंके की तरह आई और **पैरिस** का रोम-रोम सिहर उठा। वह **पैरिस** के इतना निकट आ गई थी कि उसका कोई अंग कभी **पैरिस** को छू भी जाता और उसके भीतर कुछ सनसना उठता। लावण्य की वह साक्षात प्रतिमा, रमणीयता का मानवीकरण और उस पर मधु-धारा-सा कंठ : **''पैरिस,'' ऐफ़्रॉडायटी** अपनी मधुर स्मित के साथ मन्द-मन्द स्वर में कह रही थी, ''मैं समझती हूँ कि सारे **फ्रीजिया** में तुम-सा सुन्दर युवक दूसरा नहीं। लेकिन मैं समझ नहीं पा रही कि तुम यहाँ, इस पर्वत पर, इन चरवाहों और चौपायों के बीच क्यों अपना यौवन गँवा रहे हो। तुम जैसे रूपवान, सुशील, सशक्त एवं प्रज्ञावान युवक के लिए संसार में क्या कमी है। तुम तो जिस राह से निकल जाओ वहाँ रूपसियों के हृदय बिछ जाएँ, तुम्हारी एक झलक के लिए तो कोई भी युवती अपना जीवन होम कर दे, तुम्हारे प्रणय की भीख जिसे मिल जाए, वह अपना यौवन धन्य माने। इस तिमिर को भेद कर प्रकाश में आओ, अपने तेज़ को निष्प्रभ न करो। किसी सभ्य, सुसंस्कृत देश में चले जाओ और वहाँ अपने अनुरूप जीवन जियो। विश्व की सर्वाधिक सुन्दरी रमणी तुम्हारी पत्नी होगी, यह मेरा वादा रहा।''

पैरिस ने स्वर्ण-फल **ऐफ़्रॉडायटी** के हाथ में दे दिया। **हेरा** और **एथीनी** के स्वाभिमान को चोट लगी, क्रोध से उनके मुख विकृत हो उठे और वे पैर पटकती हुई वापस **ओलिम्पस** लौट गईं। एक नटखट मुस्कान के साथ **ऐफ़्रॉडायटी** ने उन्हें जाते हुए देखा। अब वह **पैरिस** की ओर मुड़ी। उसे अपना वचन पूरा करना था। उसने **पैरिस** को **ट्रॉय** जाने की सलाह दी। वहीं से उसके सौभाग्य का शुभारम्भ होगा।

इस घटना के कुछ ही समय बाद **ट्रॉय** में **प्रायेम** के स्वर्गीय पुत्र की स्मृति में आयोजित खेलों के लिए उसके दास, **इजेलस** का सबसे हृष्ट-पुष्ट साँड लेने के लिए आए। **पैरिस** ने उनके साथ **ट्रॉय** जाने की इच्छा प्रकट की। **इजेलस** ने बहुत मना किया लेकिन वह नहीं माना। अन्त में विवश होकर **इजेलस** स्वयं **पैरिस** के साथ **ट्रॉय** गया। **पैरिस** ने वहाँ **प्रायेम** के पुत्रों से प्रतियोगिता की, और रथ-वाहन, मल्ल-युद्ध, पैदल-दौड़ में उन सबको हराकर पुरस्कार जीते। इस हार से **प्रायेम** के पुत्र इतना क्षुब्ध और कुपित हुए कि उन्होंने स्टेडियम के हरद्वार पर **पैरिस** को मारने के लिए अपने व्यक्ति नियुक्त कर दिए। **हेक्टर** और **डायफ़ोबस** तलवारें लेकर उसकी ओर लपके। **पैरिस** की जान को खतरा देखकर **इजेलस** से न रहा गया। वह भागकर **प्रायेम** के चरणों पर गिर गया और कहा : ''महाराज! **पैरिस** आपका ही बेटा है। उसकी रक्षा कीजिए।'' तुरन्त **हेकेबी** को बुलाया गया और कुछ वस्त्रों और एक झुनझुने के आधार पर, जो शिशु **पैरिस** के पास था, उसकी पहचान की गई। अपने वर्षों पहले खोए हुए पुत्र को पाकर **प्रायेम** के हर्ष

की सीमा न रही। ऐसे रूपवान और पराक्रमी युवक का पिता कहलाना गर्व की बात थी। उसने अपना सारा स्नेह **पैरिस** पर लुटा दिया। उसके आगमन की खुशी में उत्सव मनाए गए, प्रीतिभोज दिए गए, मदिरा की नदियाँ बहा दी गईं, और सारे **ट्रॉय** को नववधू की तरह सजाया गया। शायद यह बुझती हुई दीपशिखा का अन्तिम वैभव था। इसके बाद **ट्रॉय** में कभी कोई हर्ष का अवसर नहीं आया। **अपोलो** के पुजारियों और नगर के भविष्यद्रष्टाओं को जब यह समाचार मिला तो वे तत्काल **प्रायेम** के पास पहुँचे और उसे समझाया कि वह **पैरिस** की हत्या करवा दे अन्यथा **ट्रॉय** का विनाश हो जाएगा। लेकिन **प्रायेम** पुत्र-प्रेम से आह्लादित था। इस समय उसे **ट्रॉय** की भी चिन्ता नहीं थी, ''भले ही **ट्रॉय** का विनाश हो जाए लेकिन अब मैं **पैरिस** को अपने से अलग नहीं करूँगा।'' उसने घोषणा की।

पैरिस ट्रॉय का राजकुमार बन गया। अब **ऐफ्रॉडायटी** को विश्व की सुन्दरतम रमणी से उसका पाणिग्रहण करवाना था और वह रमणी थी **स्पार्टा** के राजा **मेनेलियस** की पत्नी **हेलेन।**

हेलेन देव-सम्राट **ज़्यूस** और **लीडा** की बेटी थी। उसका जन्म एक अंडे से हुआ था और इसी कारण उसकी त्वचा निर्मल दर्पण की तरह पारदर्शी और कोमल थी। **ग्रीस** में ही नहीं, सुदूर देशों में भी उसके रूप की चर्चा थी। वह साक्षात् **ऐफ़्रॉडायटी** का रूप थी। उसके नेत्रों में अलौकिक ज्योति थी। पार्थिव तो वह लगती ही न थी। **हेलेन** अभी बहुत छोटी थी जब **एथेन्स** का सम्राट **थीसियस** उसका अपहरण करके ले गया। लेकिन **हेलेन** के ड्यूस्करी भाई **कैस्टर** और **पौलक्स** उसे वापस ले आए। जब **हेलेन** विवाह-योग्य हुई तो उसकी माता **लीडा** के पति **टिन्डेरियस** के महल में राजपुत्रों की भीड़ लग गई। **ग्रीस** का कोई भी अभिजात युवक ऐसा नहीं था जो **हेलेन** को अपना बनाने का स्वप्न नहीं सँजोए था। **डायेमेडीज़, एजैक्स, ट्यूसर, फ़िलॉक्टेटीज़, इडोमेनियस, पैट्रोक्लस, मेनेसथियस, ऑडिसियस, मेनेलियेस** इत्यादि राजकुमार अपना भाग्य आज़माने **स्पार्टा** पहुँचे। जो स्वयं नहीं पहुँच सके उनके प्रतिनिधि आए। **हेलेन** से विवाहेच्छुक राजपुत्रों की संख्या

देखकर **टिन्डेरियस** चिन्तित हो उठा। उसकी समझ में नहीं आ रहा था कि **हेलेन** किसका वरण करे और इनमें से शेष की प्रतिकिया क्या होगी। उसे भय था कि शेष राजकुमार इसे अपमान समझकर उससे अथवा **हेलेन** के पति से बदला अवश्य लेंगे और **ग्रीस** की सम्मिलित शक्ति का सामना करना किसी एक के बस की बात नहीं थी। बहुत सोच-विचारकर उसे एक उपाय सूझा। या सम्भवतः यह उपाय इथाका के राजा **ओडिसियस** द्वारा सुझाया गया। **टिन्डेरियस** ने उन सभी राजपुत्रों को एकत्रित कर यह शपथ दिलाई कि वे **हेलेन** की पसन्द का आदर करेंगे और भविष्य में यदि **हेलेन** के कारण उसके पति पर कोई आपदा आई, या किसी ने **हेलेन** का अपहरण करने की चेष्टा की तो वे सब मिलकर शत्रु का विरोध करेंगे। राजकुमारों ने सहर्ष यह सौगन्ध ली; क्योंकि उनमें से प्रत्येक स्वयं को ही **हेलेन** का भावी पति समझ रहा था। यह स्पष्ट नहीं कि **हेलेन** के पति का चुनाव उसके पिता ने किया अथवा **हेलेन** ने **मेनेलियस** का स्वयं वरण किया। **हेलेन** और **मेनेलियस** का पाणिग्रहण सम्पन्न हुआ और शेष सभी राजपुत्र अपने-अपने देश लौट गए। यह **मेनेलियस एगमेमनन** का भाई था। **टिन्डेरियस** की मृत्यु और **कैस्टर** एवं **पौलक्स** के देवत्व प्राप्त करने के बाद वह **स्पार्टा** का शासक घोषित हुआ और कुछ वर्षों तक उसका वैवाहिक जीवन सुखमय रहा। लेकिन ऐसा लगता है कि **टिन्डेरियस** की बेटियों में एकनिष्ठता का सर्वथा अभाव था। ऐसा भी कहते हैं कि **टिन्डेरियस** ने देवी **ऐफ्रॉडायटी** को अप्रसन्न कर दिया था, अतः उसके श्राप से उसकी तीनों बेटियाँ—**क्लाइटीमनेस्ट्रा, टिमान्डरा** एवं **हेलेन**—परपुरुषगमन के लिए प्रसिद्ध हुईं।

उधर **पैरिस** के भाई उसके विवाह पर ज़ोर दे रहे थे। लेकिन वह तो विश्व-सुन्दरी **हेलेन** से संयोग के स्वप्न देख रहा था। उपेक्षित **इनूनी** जानती थी कि यह स्वप्न **पैरिस** का जीवन नष्ट कर देगा, उसकी मातृभूमि का नाश कर देगा, लेकिन अब वह समझाने-बुझाने की सीमा से परे था। विधि का विधान हो चुका था। **पैरिस** को **स्पार्टा** जाना ही था। यही उसकी नियति थी।

ट्रॉय में **हीसियानी** को वापस लाने के सम्बन्ध में दूसरी युद्ध-परिषद बुलाई गई। **पैरिस** ने **ग्रीस** के विरुद्ध भेजे जानेवाले इस अभियान का नेतृत्व करने की इच्छा प्रकट की। **प्रायेम** एवं अन्य सदस्यों ने इसका समर्थन किया और **पैरिस** अनेक सैनिकों के साथ एक बड़े जलयान पर **ग्रीस** रवाना हुआ। मन-ही-मन वह कुछ और योजना बना चुका था। यदि ग्रीसवासी **हीसियानी** को समर्पित नहीं करते तो इस अपमान का बदला किसी अभिजात कुल की ग्रीक युवती के अपहरण से लिया जा सकता है। **ऐफ्रॉडायटी** की कृपा से अनुकूल वायु बही और बिना किसी कठिनाई के कुछ ही दिनों में **पैरिस** का यान **स्पार्टा** के तट पर जा लगा। **स्पार्टा** के राजा **मेनेलियस** ने उसका स्वागत किया और नौ दिन तक उसके मनोरंजन के लिए उत्सव मनाए गए। **पैरिस** के आतिथ्य में **मेनेलियस** ने कोई कसर न उठा रखी लेकिन उसे नहीं पता था कि उसका अतिथि उसी के सम्मान के लिए घातक होगा। **पैरिस** प्रथम दृष्टि में ही विश्व सुन्दरी **हेलेन** पर आसक्त हो चुका

था और उसे देख-देखकर ठंडी आहें भरा करता था। कई बार वह चुपके से **हेलेन** का जूठा पात्र उठाकर उससे मदिरा पीता और अपने प्रणयोन्माद के ऐसे ही अन्य निर्लज्ज संकेत उस तक पहुँचाता रहता। **हेलेन** उसके इस आकर्षण के प्रति अनजान नहीं थी। कभी वह लजा जाती तो कभी घबरा जाती। निष्पाप **मेनेलियस** को इस पर भी तृण मात्र सन्देह नहीं हुआ और वह अपने अतिथि को अपने महल में छोड़कर एक आवश्यक कार्य से **क्रीट** को रवाना हो गया। **ऐफ्रॉडायटी पैरिस** का साथ दे रही थी। **हेलेन** अपने पति के साथ बिताई मधु-रात्रियों को भूल गई। विवाह के पवित्र बन्धन को तोड़, अपने बच्चों का मोह छोड़ वह उसी रात **पैरिस** के साथ **ट्रॉय** की ओर चल पड़ी। जाते-जाते वह **स्पार्टा** के कोष आधे से अधिक खाली कर गई और अपने साथ पाँच विश्वस्त दासियों को ले गई जिनमें से एक **थीसियस** की माँ **एथरा** थी और एक **थीसियस** के परम मित्र **पेरिथु** की बहन। **हेलेन** के साथ जब **पैरिस** ने **स्पार्टा** से प्रस्थान किया तो उसे सारी दुनिया के वैभव इस उपलब्धि के सामने छोटे लगे। धन-सम्पदा, राजसत्ता, सैन्य-शक्ति, सभी कुछ देह-सुख के सम्मुख फीका पड़ गया। उसके सामने **हेलेन** थी, **ऐफ्रॉडायटी** का प्रतिरूप, और उस पर **पैरिस** का अधिकार था। बस इसके अतिरिक्त कुछ भी सत्य नहीं था। प्रणयोन्मत्त दो हृदय संसार के अस्तित्व को भूल बैठे थे और **पैरिस** यह भी भूल गया था कि वह किस उद्देश्य से **ट्रॉय** से चला था। **पैरिस** को चेतावनी भी दी गई। रास्ते में सहसा वायु के रुक जाने से शान्त समुद्र पर उसका पोत एकदम स्थिर हो गया। पानी से एक जल-देवता प्रकट हुआ और उसने स्पष्ट शब्दों में कहा, ''पराई सम्पत्ति का अपहरण करनेवाले धृष्ट युवक, तू नहीं जानता **हेलेन** के रूप में तू **ट्रॉय** के विध्वंस को साथ लिए जा रहा है। ग्रीसवासी इस अपमान का बदला लेंगे। समुद्र का वक्ष पार कर हज़ारों ग्रीक जलपोत, असंख्य वीर योद्धाओं को लेकर आएँगे। **ट्रॉय** की गगनचुम्बी अट्टालिकाएँ मिट्टी में मिल जाएँगी। पथ लाशों से पट जाएँगे और रक्त की नदियाँ बह जाएँगी।''

लेकिन **पैरिस हेलेन** के प्रेम में पागल था। वह अपना तन-मन-धन ही नहीं, अपना देश तक इस दाँव पर लगा चुका था। परिणाम को सोचने-समझने का क्षण बीत चुका था। **फॉनीशिया, साइप्रस** और **मिस्र** होते हुए **पैरिस ट्रॉय** पहुँचा। ट्रॉयवासियों ने अद्वितीय सुन्दरी **हेलेन** को देखा और उसके रूप के पुजारी हो गए। **प्रायेम** ने सौगन्ध खाई कि वह किसी भी मूल्य पर **हेलेन** को **ट्रॉय** से जाने नहीं देगा। **हेलेन** ट्रोजन प्रतिष्ठा का प्रतीक बन गई और इस तरह ट्रोजन-युद्ध की पृष्ठभूमि तैयार हुई।

ट्रॉय का युद्ध

सैन्य संयोजन

पैरिस ने कभी गम्भीरतापूर्वक नहीं सोचा था कि उसे **हेलेन** के अपहरण का मूल्य देना पड़ेगा। आखिर **ग्रीस** ने **हीसियानी** के अपहरण का क्या बदला दिया था? क्या **ज़्यूस** के नाम पर **क्रीट** द्वारा किए गए **यूरोपे** के अपहरण को **फ्रानिशियन्स** ने चुपचाप नहीं सह लिया था? **मेडीया** के बदले में **ग्रीस** ने **कॉलकिस** को क्या दिया था? **अरियाडनी** के अपहरण का आखिर **क्रीट** ने क्या प्रतिशोध लिया था **एथेन्स** से? फिर भला उसे ही क्यों **हेलेन** की कीमत चुकानी पड़ेगी? यही सोचकर **पैरिस** निश्चिन्त था। लेकिन देवता ट्रोजन-युद्ध का विधान कर चुके थे।

क्रीट में ही **मेनेलियस** को **हेलेन** के अपहरण की सूचना मिली। वह शीघ्रातिशीघ्र अपने भाई **ऐगमेमनन** के पास पहुँचा और उसे वस्तुस्थिति से अवगत कराया। **ऐगमेमनन** **ग्रीस** का एक शक्तिशाली सम्राट था और सभी राज्यों के शासक उसके मत का आदर करते थे। **ऐगमेमनन** ने अपने दूत **ट्रॉय** भेजे, लेकिन वहाँ से कोई सन्तोषजनक उत्तर नहीं आया। अब युद्ध के अतिरिक्त और कोई रास्ता नहीं था। **ऐगमेमनन** ने **मेनेलियस,** अपने अनेक उच्चाधिकारियों एवं परम मित्रों को दूत के रूप में **ग्रीस** के विभिन्न राजपुत्रों के पास **हेलेन** के स्वयंवर पर देवताओं को साक्षी मान उठाई गई शपथ याद दिलाने भेजा। उसने कहा कि यह केवल **मेनेलियस** का ही नहीं, सारे **ग्रीस** का अपमान है। यदि अपराधी को दण्ड न दिया गया तो **ग्रीस** का गर्वोन्नत शीर्ष सदा के लिए **ट्रॉय** के सामने झुक जाएगा। यदि **हेलेन** की प्रतिलब्धि न की गई तो पर-स्त्री का अपहरण करनेवालों के हौसले बढ़ जाएँगे, किसी भी राजकुल की लाज सुरक्षित न रहेगी। **मेनेलियस** सबसे पहले **पाइलस** के वृद्ध शासक **नेस्टर** को साथ लेकर आया। **नेस्टर** अपने बुद्धिबल, चतुराई और प्रत्युत्पन्नमति के लिए बड़ा प्रसिद्ध था। अब ये दोनों सैन्य-संयोजन अभियान पर निकल पड़े।

ऐगमेमनन स्वयं **मेनेलियस** एवं **पैलेमेडीज़** को साथ लेकर **ओडिसियस** को लेने **इथाका** गया। यह **ओडिसियस** यद्यपि **लेयरटीज़** के पुत्र के रूप में प्रसिद्ध था किन्तु वस्तुतः इसका जन्म **सिसिफ़स** और विख्यात चोर **ऑटोलिकस** की पुत्री **एन्टीक्लाया** के संसर्ग से हुआ था। **ओडिसियस** अपने बाहुबल के अतिरिक्त नीतिवत्ता के लिए **ग्रीस** में प्रतिष्ठित था। वह भी **हेलेन** के विवाहेच्छुक युवकों में से एक था। बाद में उसका

विवाह **इकेरियस** और जलपरी **परिबोइया** की सुशील कन्या **पिनेलपी** से हो गया। एक प्रश्न-स्थल से **ओडिसियस** के लिए यह भविष्यवाणी हुई कि यदि वह **ट्रॉय** के युद्ध में भाग लेने के लिए गया तो बीस वर्ष से पहले स्वदेश नहीं लौट सकेगा। और वह भी अकेला और दीन-हीन। इसी कारण **ओडिसियस ऐगमेमनन** के साथ नहीं जाना चाहता था। सुख-सम्पन्न यौवन के बीस वर्ष विदेश की धरती पर गँवा देने की स्थिति से बचने के लिए उसने पागल का अभिनय करना शुरू किया। जब **ऐगमेमनन, मेनेलियस** और **पैलेमेडीज़ इथाका** पहुँचे तो उन्होंने देखा कि **ओडिसियस** एक किसान की टोपी पहने, हल में एक बैल और एक गधे को जोतकर खेत में काम कर रहा है। इन तीनों ने उसे बहुत तरह से प्रभावित करने की चेष्टा की, लेकिन व्यर्थ। **ओडिसियस** बड़ी कुशलता से अपना अभिनय निभाता गया। अब **पैलेमेडीज़** ने एक चाल चली। जब **ओडिसियस** पूरे वेग से अपने हल को चला रहा था, उसने **पिनेलपी** की गोद में से शिशु **टेलेमकस** को छीन कर उसके सामने डाल दिया। **ओडिसियस** ने झट हल की दिशा मोड़ दी। **टेलेमकस** के प्राण तो बच गए लेकिन **ओडिसियस** का भेद खुल गया और उसे **ऐगमेमनन** के साथ **ट्रॉय** जाना पड़ा।

ओडिसियस और **मेनेलियस** अब **साइप्रस** गए जहाँ का राजा **सिनरॉस** भी **हेलेन** के प्रणय निवेदकों में से एक था। उसने **ऐगमेमनन** को एक कवच भेंट किया और युद्ध में भाग लेने के लिए पचास सैनिक बेड़े भेजने का वचन दिया। लेकिन उसने बाद में केवल एक असली जहाज़ भेजा और उनचास मिट्टी के खिलौने। इस पर **ऐगमेमनन** ने उसे अभिशाप दिया और **अपोलो** ने इसे उसके प्राण लेकर चरितार्थ किया।

अपोलो के पुजारी **कैलकस** ने भविष्यवाणी की कि **एकिलीज़** के युद्ध में भाग लेने पर **ट्रॉय** का पतन सम्भव है। यह **एकिलीज़, पीलियस** और **थेटिस** का पुत्र था और **थेटिस** ने उसे **स्टिक्स** नदी में नहलाकर अमर्त्य कर दिया था। **एकिलीज़** की एड़ी ही उसके शरीर का एकमात्र ऐसा भाग था जिस पर शस्त्र का प्रभाव हो सकता था। सम्भवतः **थेटिस** ने **स्टिक्स** में नहलाते समय उसे एड़ी से ही पकड़ रखा था। इसलिए वह हिस्सा जल के स्पर्श से बच गया और **एकिलीज़** पूर्णतया अनश्वर नहीं हो सका। **एकिलीज़** का पालन-पोषण **लीलियन** पर्वत पर स्थित **कायरो** की गुहा में हुआ था। ऐसा कहते है कि **कायरो** उसे सिंह और वराह की आँतें और जंगली भालू का मेदा खिलाया करता था ताकि वह बहुत शक्तिशाली और निर्भीक बने। यहाँ **एकिलीज़** ने घुड़सवारी, शस्त्र-विद्या, आखेट आदि वीरोचित कलाओं में दक्षता प्राप्त की। **म्यूज़ कैलियोपी** ने उसे गायन-कला की शिक्षा दी। उसने बाँसुरी बजाने के अतिरिक्त चिकित्सा में भी योग्यता प्राप्त की। **एकिलीज़** केवल छह वर्ष का था जब उसने एक जंगली वराह का शिकार किया। उसके बाद तो **एकिलीज़** द्वारा आखेटित सिंहों और वराहों के शरीर **कायरो** की गुहा में आते ही रहे। इतना ही नहीं, **एकिलीज़** वायु की तरह इतनी तेज़ दौड़ता था कि वह बिना शिकारी कुत्तों की सहायता के ही हिरणों और बारहसिंघों का शिकार कर लेता था। उसकी फुर्ती और गति को देखकर **एथीनी** और आखेट की देवी **आर्टेमिस** भी

आश्चर्यचकित रह जाती थीं।

एकिलीज़ की माँ **थेटिस** को मालूम था कि यदि **एकिलीज़ ट्रॉय** गया तो वह अनन्त यश अर्जित करेगा लेकिन उसकी अल्पायु में ही मृत्यु हो जाएगी। अतः वह उसे इस युद्ध में नहीं भेजना चाहती थी। उसने कुमार **एकिलीज़** को **स्कीरॉस** के राजा **लायकोमेडीज़** के पास एक कन्या के रूप में भेज दिया जहाँ वह महल के अन्तःकक्ष में अन्य लड़कियों के साथ रहने लगा। **ऐगमेमनन** को पता चला कि **एकिलीज़** को **लायकोमेडीज़** के महल में छिपा दिया गया है। उसने **ओडिसियस, नेस्टर** और **ऐजैक्स** को उसे ढूँढ़ निकालने के लिए भेजा। उन्होंने **लायकोमेडीज़** से अनुमति लेकर सारा महल छान मारा लेकिन **एकिलीज़** को न खोज सके। चतुर **ओडिसियस** को सन्देह हुआ कि **एकिलीज़** सम्भवतः स्त्रियों के बीच छिपा हुआ है। अतः ये तीनों योद्धा व्यापारियों का वेश धारण कर राजमहल में गए और उन्होंने अपने साथ विक्रय के लिए लाए गए सामान की प्रदर्शनी की। इनमें बहुत से जवाहरात, आभूषण, मेखलाएँ, कढ़ाईवाली पोशाकें, और कुछ शस्त्र थे। अन्तःपुर की सारी युवतियों ने इस प्रदर्शनी को देखा और अपनी पसन्द के वस्त्राभूषण खरीदे, लेकिन स्त्रियोचित वस्त्रों में आवेषित **एकिलीज़** ने कवच और भाला उठा लिया, और युद्ध-दुन्दुभि बजाने लगा। **ओडिसियस** की चाल सफल हुई और **एकिलीज़** ने सहर्ष उनके साथ **ट्रॉय** को प्रस्थान किया। **एकिलीज़** की आयु इस समय सम्भवतः केवल पन्द्रह वर्ष की थी।

एकिलीज़ का अभिन्न मित्र था **पेट्रोक्लस। पेट्रोक्लस** आयु में उससे बड़ा था। वह **एकिलीज़** की तरह युद्ध-कला में निष्णात नहीं था और न ही किसी महान राजकुल से सम्बन्ध रखता था लेकिन इन दोनों में बड़ा प्रेम था। इस अभियान पर **पेट्रोक्लस** भी **एकिलीज़** के साथ गया।

जब ग्रीक सेना **ऑलिस** पर एकत्रित हो रही थी, क्रीट के राजदूत **ड्यूकॉलीयन** के पुत्र, राजा **इडोमेनियस** का सन्देश लेकर आए। **इडोमेनियस** ने कहलवाया कि **ट्रॉय** के विरुद्ध अपने एक सौ समुद्री बेड़े देगा यदि **ऐगमेमनन** उसे अपने समकक्ष सेनाधिपति का पद दे। **ऐगमेमनन** ने यह शर्त स्वीकार कर ली और **इडोमेनियस** भी इस अभियान में सम्मिलित हो गया।

टेलमॅन और **पेरिबोइया** का पुत्र **ऐजैक्स** महान भी इस युद्ध में शामिल हुआ। युद्ध-कौशल, बाहुबल और सौन्दर्य में **एकिलीज़** के बाद **ऐजैक्स** का ही स्थान माना जाता है। इसका शरीर भी **एकिलीज़** की भाँति अभेद्य था और उसे केवल बगल में प्रहार करके ही मारा जा सकता था। उसे अपने आप पर बड़ा विश्वास था। यहाँ तक कि जब **ट्रॉय** के युद्ध के दौरान एक संकट की घड़ी में देवी **एथीनी** ने उसे सहायता देनी चाही तो उसने इस दैवी कृपा को ठुकरा दिया। **ऐजैक्स** का सौतेला भाई, **ग्रीस** का सर्वोत्तम धनुर्धर **ट्यूसर** भी उसके साथ **ट्रॉय** गया। कहते हैं कि वह **ऐजैक्स** के कवच की ओट से शत्रु पर बाण चलाया करता था और आवश्यकता पड़ने पर उसके पीछे छिप जाता था।

लोक्रिया के छोटे **ऐजैक्स** ने भी **ट्रॉय** के युद्ध में भाग लिया और भाला फेंकने में

अद्वितीय कुशलता का प्रदर्शन किया। पैदल भागने में भी **एकिलीज़** के बाद उसका स्थान माना जाता था। वह **ऐजैक्स** महान की टुकड़ी का योद्धा था और वह जहाँ भी जाता, एक छह फीट लम्बा पालतू साँप कुत्ते की तरह उसके पीछे-पीछे रहता था।

आगु से **डायेमेडीज़,** एपीगनी **स्थेनेलियस** एवं **एगनॉट यूरेलस** के साथ आया। **डायेमेडीज़ हेलेन** का प्रणयी था, अतः उसके अपमान का प्रतिशोध लेना अपना परम निजी कर्तव्य समझता था। **हेराक्लीज़** के एक पुत्र ने भी अपने सात समुद्री बेड़ों के साथ इस युद्ध में भाग लिया।

ग्रीस के विभिन्न राज्यों से आनेवाले ये वीर योद्धा **ऑलिस** में एकत्रित हुए। यहाँ इनकी सेनाओं के लिए खाद्य-समाग्री **डेलॉस** का राजा **एनियस** भेजा करता था। **एनियस** का जन्म देवता **अपोलो** एवं राजकुमारी **रोहियो** के संसर्ग से हुआ था। **अपोलो** ने **एनियस** के अवस्था प्राप्त करने पर उसे **डेलॉस** में अपना पुजारी सम्राट बना दिया, और उसे भविष्य-ज्ञान दिया। **एनियस** का **डॉरिप्पे** से विवाह हुआ और उसकी तीन पुत्रियाँ और एक पुत्र हुआ। इन तीनों कन्याओं को, जिनके नाम क्रमशः **एले, स्प्रमो** और **ईनो** थे, **एनियस** ने मदिरा के देवता **डायोनिसस** को भेंट कर दिया। **डायोनिसस** ने प्रसन्न होकर यह वरदान दिया कि उसकी अभ्यर्थना के बाद **एले** जिस वस्तु को हाथ लगाएगी वह तेल में परिवर्तित हो जाएगी, **स्प्रमो** के स्पर्श से अनाज और **ईनो** के स्पर्श से मदिरा बन जाएगी। यही कारण था कि **एनियस** को **ग्रीस** के असंख्य सैनिकों को रसद भेजने में कोई कठिनाई नहीं हुई। **ऑलिस** से प्रस्थान करने से पहले **ऐगमेमनन** ने **एनियस** के पास यह सन्देश भेजा कि वह उसकी तीनों कन्याओं को अपने साथ इस अभियान पर **ट्रॉय** ले जाना चाहता है। लेकिन **एनियस** ने विनम्रता से इनकार कर दिया। वह अपनी दिव्य-दृष्टि से युद्ध का परिणाम जान चुका था, अतः उसने **मेनेलियस** से कहा, "**ट्रॉय** का पतन दसवें वर्ष में होगा। नौ वर्ष तक आप लोग व्यर्थ ही नगर का घेरा डालकर अपनी शक्ति का ह्रास करेंगे। उत्तम तो यह होगा कि आप इन नौ वर्षों तक मेरा आतिथ्य ग्रहण कर **डेलॉस** में ही रहें। दसवें वर्ष, यदि आवश्यक हुआ तो मैं अपनी तीनों बेटियों को आपके साथ **ट्रॉय** भेज दूँगा।" लेकिन **मेनेलियस** ने उसकी बात नहीं मानी। **ऐगमेमनन** की आज्ञा थी कि यदि **एनियस** उन तीनों बहनों को भेजने से इनकार करे तो बल-प्रयोग किया जाए। **ओडिसियस** ने उन तीनों को बलात अपने यान पर चढ़ा लिया। उनकी सारी अनुनय-विनय व्यर्थ गई। तब उन्होंने अपने देवता को स्मरण किया। **डायोनिसस** ने उनकी प्रार्थना स्वीकार की और उन्हें फाख़्ता बना दिया। **डेलॉस** के द्वीप पर इस पक्षी को मारना अपराध माना जाता है।

ऑलिस में जब **ऐगमेमनन** ने देव-सम्राट **ज़्यूस** और **अपोलो** को बलि-भेंट दी तो वेदी के नीचे से नीले रंग का रक्तिम चिकत्तियोंवाला एक साँप निकला और पास के एक वृक्ष पर चढ़ गया। इस वृक्ष की चोटी पर एक चिड़िया का घोंसला था जिसमें आठ अंडे थे। साँप उस चिड़िया और उसके आठों अंडों को निगल गया और तभी पेड़ की डाल से लिपटा ही पाषाण-मूर्ति में परिवर्तित हो गया। भविष्यद्रष्टा **कैलकस** ने इस घटना

के आधार पर **एनियस** की भविष्यवाणी का समर्थन किया। **ट्रॉय** का पतन तो अवश्य होगा लेकिन नौ वर्ष के बाद।

ऑलिस के बन्दरगाह पर एक हज़ार समुद्री बेड़े और अनगिनत योद्धा एकत्रित हो चुके थे लेकिन वायु विपरीत होने के कारण यात्रा आरम्भ नहीं हो सकती थी। यह हवा कई दिनों तक निरन्तर चली। देवताओं को प्रसन्न करने के कई उपाय किए गए लेकिन कुछ लाभ न हुआ। प्रतीक्षा की इस अकर्मण्य स्थिति से योद्धा ऊबने और खीझने लगे। उनका अमूल्य समय व्यर्थ हुआ जा रहा था। भविष्यद्रष्टा **कैलकस** ने बताया कि आखेट की देवी **आर्टेमिस ऐगमेमनन** से रुष्ट है और जब तक वह अपनी ज्येष्ठा पुत्री **इफ़िजीनिया** की बलि नहीं देगा, वायु अनुकूल नहीं होगी। **ऐगमेमनन** पर **आर्टेमिस** के इस कोप के कई कारण बताए जाते हैं। कहते हैं कि एक द्रुतगामी बारहसिंघे का शिकार करने पर **ऐगमेमनन** ने बड़े गर्व से अपनी तुलना आखेट की देवी से कर डाली; जिससे वह रुष्ट हो गईं। एक मत यह भी है कि **ऐगमेमनन** के हाथों **आर्टेमिस** के प्रिय हिरण अथवा बकरी की हत्या हो गई थी, या सम्भवतः उसने **आर्टेमिस** को अपने राज्य में जन्म लेनेवाले सुन्दरतम प्राणी की बलि देने के वचन का पालन नहीं किया था। कारण कुछ भी रहा हो, **ऐगमेमनन** ने जब **आर्टेमिस** के परितोषण का उपाय सुना तो पिता का हृदय द्रवित हो उठा। वात्सल्य के प्रथम आवेग में तो वह इस अभियान का नेतृत्व तक अपनी बेटी के लिए छोड़ने को प्रस्तुत हो गया। **मेनेलियस** और अन्य साथियों ने समझाया। अपने-अपने देश लौट जाने की धमकी भी दी। आखिर इस अभियान का संयोजन तो **ऐगमेमनन** ने ही किया था और अब वह स्वयं ही पीठ दिखा रहा था। **ऐगमेमनन** ने बहाना किया कि **क्लाइटिमनेस्ट्रा** किसी भी तरह **इफ़िजीनिया** की बलि के लिए तैयार नहीं होगी। इस पर **पैरिस** से प्रतिशोध लेने को उत्कंठित **मेनेलियस** ने प्रस्ताव किया कि **क्लाइटिमनेस्ट्रा** के पास **ऐगमेमनन** यह सन्देश भेजे कि उसने **इफ़िजीनिया** का विवाह **एकिलीज़** से करना निश्चित किया है, अतः वह उसे साथ लेकर **ऑलिस** आ जाए। बाध्य होकर **ऐगमेमनन** ने **ओडिसियस** को दूत बनाकर भेजा। लेकिन साथ ही एक अन्य सन्देशवाहक द्वारा गुप्त रीति से यह सन्देश भेज दिया कि वह **ओडिसियस** पर विश्वास न करे। इस गुप्त सन्देश-वाहक को **मेनेलियस** ने रास्ते में ही रोक लिया और **ऐगमेमनन** की बड़ी भर्त्सना की। **ऐगमेमनन** को अपनी दुर्बलता पर पश्चात्ताप हुआ और उसने एक बार फिर अपने भाई का साथ देने की प्रतिज्ञा की।

कुछ ही दिनों में **क्लाइटिमनेस्ट्रा, इफ़िजीनिया** और शिशु **ऑरेस्टीज़** को साथ लेकर **ऑलिस** पहुँच गई। **इफ़िजीनिया** सलज्ज अपने पिता से लिपट गई। वह मुदित थी, लेकिन उसके हर्षोल्लास का कोई उचित प्रत्युत्तर नहीं मिल रहा था। **इफ़िजीनिया** भोली थी, लेकिन **क्लाइटिमनेस्ट्रा ऐगमेमनन** एवं अन्य उपस्थित व्यक्तियों के आचरण से सशंक हो उठी। उसका संशय भय में बदल गया जब उसे पता चला कि **एकिलीज़** को इस विवाह-सम्बन्ध की कोई सूचना नहीं। जब **क्लाइटिमनेस्ट्रा** को सत्य का ज्ञान हुआ तो उसके दुःख और क्रोध की सीमा न रही। उसने **ऐगमेमनन** को बहुत धिक्कारा। रोती

हुई **इफ़िजीनिया** पिता के चरणों पर गिर पड़ी। किन्तु सारे योद्धागण बलिदान माँग रहे थे और **ऐगमेमनन** को अपने आवाहन पर जान हथेली पर रखकर आनेवालों की पुकार सुनती थी। उनमें केवल **एकिलीज़** ही ऐसा था जो **इफ़िजीनिया** के लिए विद्रोह करने को तत्पर हो गया। लेकिन अन्य वयोवृद्ध राजाओं एवं योद्धाओं ने उसे किसी तरह शान्त किया। **क्लाइटिमनेस्ट्रा** का विरोध किसी काम नहीं आया। अन्ततः **इफ़िजीनिया** ने साहस से काम लिया और वह अपने देश की प्रतिष्ठा की खातिर अपना बलिदान देने को प्रस्तुत हो गई, ''यदि भाग्य को यही स्वीकार है तो मैं **ग्रीस** के लिए अपने प्राण दूँगी। **ट्रॉय** का पतन ही मेरा महापर्व हो।''

इफ़िजीनिया को बलिवेदी पर ले जाया गया। वह शान्त थी। **कैलकस** ने बलि के लिए तलवार निकाली। **ऐगमेमनन** ने अपनी आँखें बन्द कर लीं। एक दिव्य प्रकाश भासित हुआ और सबने देखा, बलिवेदी पर एक पक्षी लहूलुहान पड़ा है। ऐसा विश्वास किया जाता है कि **इफ़िजीनिया** के व्यवहार से **आर्टेमिस** का हृदय करुणार्द्र हो आया और उसने उसके स्थान पर एक हंस अथवा दुम्बा भेज कर बलिदान की स्वीकृति का संकेत दे दिया। **इफ़िजीनिया** वहाँ से दूर **टॉरियन** जाति के देश में **एथीनी** के देवालय की कुमारी पुजारिन बना दी गई। कई वर्षों बाद जब **ऑरेस्टीज़** देवी की प्रतिमा चुराने वहाँ गया तो उसे पता चला कि उसकी बहन जीवित है। इस घटना के बाद वायु अनुकूल हो गई और ग्रीक समुद्री जहाज़ों ने **ट्रॉय** की ओर प्रस्थान किया। रोती-कलपती **क्लाइटिमनेस्ट्रा** वापस लौट गई। **इफ़िजीनिया** के मूक बलिदान ने उसके हृदय में अपने पति के प्रति जो घृणा और क्रोध की अग्नि सुलगाई, उसने एक दिन **ट्रॉय** विजेता **ऐगमेमनन** को जलाकर भस्म कर दिया।

ग्रीस के यान रास्ते में सबसे पहले **लेसबॉस** द्वीप पर रुके। यहाँ का राजा **फ़िलामेलायडीज़** अपने अतिथियों को मल्ल-युद्ध के लिए ललकार कर उन्हें मार डालता

था। लेकिन इस बार उसका पाला **ओडिसियस** से पड़ा और वह बड़ी बुरी मौत मरा। इसके बाद ये लोग **टेनडॉस** पहुँचे, जहाँ **सिन्कस** के पुत्र **टेनस** का राज्य था। वस्तुतः **टेनस** देवता **अपोलो** का **सिन्कस** की पत्नी **प्रॉक्लाया** से उत्पन्न पुत्र था।

थेटिस ने **एकिलीज़** को यह चेतावनी दी थी कि वह **अपोलो** के किसी पुत्र को न मारे अन्यथा उसकी अपनी मृत्यु **अपोलो** के हाथों होगी। इस बात की याद दिलाते रहने के लिए उसने एक सेवक को **एकिलीज़** के साथ भेज दिया था। लेकिन जब **एकिलीज़** ने **टेनस** को एक पहाड़ी से ग्रीक जलयानों पर पाषाण-खंड लुढ़काते हुए देखा तो वह आपा खो बैठा और समुद्र में छलाँग लगा दी। कुछ ही क्षणों में वह तैरकर किनारे जा पहुँचा और फिर पहाड़ी पर खड़े **टेनस** के वक्ष में ऐसा प्रहार किया कि वह वहीं धराशायी हो गया। इस तरह **एकिलीज़** के हाथों **अपोलो** का पुत्र मारा गया और उसका अपना अन्त अवश्यम्भावी हो गया। **एकिलीज़** को जब अपनी भूल का पता चला तो उसने उस सेवक को भी मार डाला जिसे **थेटिस** ने उसके साथ भेजा था। **ग्रीस** के योद्धाओं ने **टेनडॉस** पर विजय प्राप्त की और वहाँ से बहुत-सा धन लूटकर वे आगे बढ़े। **पैलेमेडीज़** ने इस विजय के लिए अपोलो को धन्यवाद दिया और बलि अर्पित की। जब यह समारोह चल रहा था **फ़िलॉक्टेटीज़** को एक साँप ने काट लिया। बड़ा उपचार किया गया लेकिन **फ़िलॉक्टेटीज़** का घाव ठीक नहीं हुआ। वह रात-दिन पीड़ा से इतनी ज़ोर से कराहता रहता था कि अब उसे आगे साथ ले जाना असम्भव हो गया। अतः ग्रीक वीरों ने यह निर्णय किया कि उसे रास्ते में **लेम्नास** के द्वीप पर छोड़ दिया जाए। **फ़िलॉक्टेटीज़** इसी द्वीप पर कई वर्षों तक आखेट करके जीवन-निर्वाह करता रहा। आखिर ग्रीक वीरों को एक दिन उसे लेने वापस आना पड़ा क्योंकि यह भविष्यवाणी हुई थी कि **हेराक्लीज़** के बाणों के बिना **ट्रॉय** का पतन नहीं हो सकता। ये बाण **हेराक्लीज़** ने मरते समय **फ़िलॉक्टेटीज़** को दिए थे।

टेनडॉस से प्रस्थान कर ग्रीक जलयानों ने **ट्रॉय** के सामने लंगर डाला। ट्रॉयवासियों को जब उनके उद्‌देश्य का पता चला तो उन्होंने शत्रु पर पत्थरों की बौछार शुरू कर दी। कुछ देर तक ग्रीक योद्धाओं ने अपने बेड़ों से ही उनका सामना किया लेकिन शीघ्र ही स्थल पर आना आवश्यक हो गया। विधि का यह विधान था कि ट्रॉय की भूमि पर सबसे पहले पाँव रखनेवाला व्यक्ति मारा जाएगा। अभी जब अन्य वीर दुविधा में ही पड़े थे **प्रॉटेसिलॉस** यान से कूद पड़ा। बहुत से ट्रोजन सैनिकों को मारने के बाद उसे हेक्टर के बाण से वीरगति प्राप्त हुई। यह **प्रॉटेसिलॉस** राजा **इफ़िक्लास** का पुत्र था, और इसका विवाह **एकास्टस** की बेटी **लाओडामिया** से हुआ था। **लाओडामिया** अपने पति से इतना प्रेम करती थी कि पल-भर का वियोग भी उसे सह्य नहीं था। **प्रॉटेसिलॉस** के **ट्रॉय** प्रस्थान करते ही उसने उसकी मोम की एक प्रतिमा बनवा ली और विरह के दिन-रात उस प्रतिमा के आलिंगन में रो-रोकर काट रही थी। जब उसे **प्रॉटेसिलॉस** की मृत्यु का दुःखद समाचार मिला तो उसने **ज़्यूस** से प्रार्थना की कि वह कुछ समय के लिए उसके पति को जीवित कर दे। देव-सम्राट ने यह प्रार्थना स्वीकार की और देवदूत

हमीज़ टारटॉरस से **प्रॉटेसिलॉस** की आत्मा को लेकर आया और उसे उस मोम के पुतले में प्रविष्ट करा दिया। **प्रॉटेसिलॉस** को तीन घंटे का अवकाश मिला। उसकी आत्मा के **टारटॉरस** लौटते ही **लोओडामिया** ने एक कटार अपने वक्ष में भोंक कर आत्महत्या कर ली और उसकी आत्मा अपने स्वामी का अनुसरण कर पाताल को चली गई।

प्रॉटेसिलॉस के बाद **एकिलीज़ ट्रॉय** की भूमि पर उतरा और उसके पीछे अन्य ग्रीक वीर योद्धा एवं सैनिक।

युद्ध के नौ वर्ष

प्रॉटेसिलॉस के **ट्रॉय** की भूमि पर पाँव रखते ही जो युद्ध छिड़ा, वह अगले नौ वर्ष तक चला। **एकिलीज़** और उसके साथी सैनिक **मरमिडॉन्ज़** बड़ी कुशलता से लड़े और **ट्रॉय** के पहले युद्ध में उनका सामना **पॉसायडन** के अमर्त्य पुत्र **सिन्कस** से हुआ। अपने सभी शस्त्रों का उस पर असफल प्रयोग कर चुकने के बाद **एकिलीज़** ने अपनी तलवार से उसके मुँह पर निरन्तर कई प्रहार किए और उसे एक चट्टान पर गिराकर उसकी छाती पर चढ़ बैठा। **एकिलीज़** ने **सिन्कस** के शिरस्त्राण के पट्टों से ही उसका गला घोंट दिया। सम्भवतः **पॉसायडन** ने इस समय अपने पुत्र को एक मृगशावक के रूप में बदलकर उसकी रक्षा की। **ट्रॉय** के सैनिक भागकर नगर के भीतर घुस गए और द्वार बन्द कर लिए। ग्रीक सेना ने **ट्रॉय** पर घेरा डाल दिया।

सिमाएस और **स्केमेण्डर** नदियों के संगम पर **ट्रॉय** के सामने ही **ग्रीस** के जलयान एक पंक्ति में लगा दिए गए। प्रत्येक सेनानायक ने अपनी टुकड़ी के साथ मिट्टी और लकड़ी के घरों और तम्बुओं की एक बस्ती बना ली। इन असंख्य बस्तियों के बीच बहुत-सा खुला स्थान जन-सभाओं के लिए खाली छोड़ दिया गया। यहीं पर विभिन्न इष्ट देवी-देवताओं की वेदियाँ बना दी गईं। **ट्रॉय** के बाहर बसे इस विशाल नगर के एक छोर की सुरक्षा का भार **एकिलीज़** पर था और दूसरे का **ऐजैक्स** महान पर। **ओडिसियस, मेनेलियस, डायेमेडीज़** और **नेस्टर** के तम्बुओं के बीच मुख्य सेनाधिपति **ऐगमेमनन** का तम्बू लगाया गया। **ग्रीस** के सुदूर स्थित राज्यों से कीर्ति अर्जित करने के लिए स्वदेश एवं स्वजनों को छोड़कर आए वीर, **ट्रॉय** की अभेद्य दीवारों के टूटने की प्रतीक्षा में यहाँ बस गए। प्रतिदिन प्रातःकाल रण-दुन्दुभियों की गूँज उठती, शस्त्रों की झंकार के बीच रथों की गड़गड़ाहट जलपूरित मेघों-सी गरजती और घोड़ों के खुरों से उठी मिट्टी से दिशाएँ धूमिल हो जातीं। भालों की नोक से न जाने कितने शरीर प्रतिदिन छिद गए और कितने जीवन तलवारों के प्रहार से नष्ट हो गए। कितनी ललनाओं के सुहाग उजड़ गए और कितनी ही माताओं की गोद सूनी हो गई, बुढ़ापे की लाठी छिन गई और नन्हे बच्चों के सिर से बाप का साया उठ गया। न जाने सृजन के कितने कोमल स्वप्न मिट्टी के घरौंदों से टूट गए, एक छोटा-सा घर बसाने के अरमान घोड़ों की टापों के नीचे कुचले गए, महत्त्वाकांक्षाओं के महल ढह गए। **ट्रॉय** और **ग्रीस** के वे युवक जिनकी उँगलियाँ

वीणा के तारों में झंकार पैदा करने के लिए बनाई गई थीं, जिनके अधर वंशी में स्वर भरने के लिए रचे गए थे, जिनके नयन उगते सूरज से गीत चुराने के लिए थे, जो विस्तृत नभ में स्वतन्त्र पक्षियों की तरह उड़ानें भरना चाहते थे, जो सौन्दर्य और कला की उपासना में जीवन की भेंट चढ़ाना चाहते थे, जिनके भीतर का कलाकार अभिव्यक्ति पाने को तरस रहा था, वे युवक हाथों में तलवार, और पीठ पर तरकस लिए एक स्त्री के अपहरण का प्रतिशोध लेने के लिए रक्त से सिंची धरती पर प्राणों की आहुति चढ़ा रहे थे। और **ट्रॉय** की प्यासी धरती इतने बलिदान से भी तृप्त होती न थी।

ऐसी धारणा थी कि यदि **ट्रॉय** का किशोर **ट्रॉयलस** बीस वर्ष का हो गया तो **ट्रॉय** का पतन नहीं होगा। कहते हैं कि **ट्रॉयलस** बहुत सुन्दर और आकर्षक था। **एकिलीज़** ने जब उसे देखा तो वह उससे प्रेम करने लगा। इस अस्वाभाविक कामुकता से बचने के लिए **ट्रॉयलस** ने थिम्बरियन **अपोलो** के मन्दिर में शरण ली। **एकिलीज़** ने उसका पीछा किया और अपनी वासना का प्रत्युत्तर न मिलने पर देवालय में ही तलवार से उसका सिर काट लिया। मन्दिर को अपवित्र करने का दण्ड **एकिलीज़** को मिला और वह स्वयं भी अन्ततः उसी स्थान पर मारा गया जहाँ उसने **ट्रॉयलस** की हत्या की थी। **ट्रॉयलस** बीस वर्ष की अवस्था नहीं प्राप्त कर सका।

ट्रॉय की दीवारों को भेदने का कोई साधन नहीं था, अतः **ग्रीस** के सेनानायक आस-पास के प्रदेशों पर आक्रमण कर उन्हें धराशायी करने लगे। इसी लूटमार में वे अस्त्र-शस्त्र, धन एवं खाद्य-सामग्री भी प्राप्त करते थे। **एडा** पर्वत पर **एकिलीज़** की मुठभेड़ **प्रायेम** के दामाद **ईनियस** से हुई। **ईनियस** ने इस समय तक युद्ध में सक्रिय भाग नहीं लिया था। वह अपने **डारडेनियन्स** सैनिकों के साथ तटस्थता की नीति अपनाए हुए थे। लेकिन **एकिलीज़** के आक्रामक व्यवहार ने उसे **ट्रॉय** की सहायता करने को विवश कर दिया। **एकिलीज़** ने उसके चरवाहों को मार डाला, चौपायों को साथ ले गया और **ईनियस** के नगर को तहस-नहस कर डाला। **ईनियस** के प्राण बड़ी कठिनता से बचे। **ऐफ्रॉडायटी** का पुत्र एवं भविष्य में **ट्रॉय** पर राज्य करनेवाले राजकुल का पूर्वज होने के कारण उस पर देवताओं की विशेष कृपा थी।

ट्रॉय के अनेक मित्र-नगर ग्रीक-योद्धाओं का शिकार हो गए। युद्ध के दसवें वर्ष में ग्रीक-शिविर में कुछ महत्त्वपूर्ण घटनाएँ घटीं। **ऐगमेमनन** ने **ओडिसियस** को रसद लाने के लिए **थ्रेस** भेजा था। लेकिन वह खाली हाथ वापस लौट आया। इस पर **पैलेमेडीज़** ने उसका मज़ाक उड़ाया और उसे कायर ठहराया। **ओडिसियस** ने उसे चुनौती दी, "यदि **ऐगमेमनन** ने मेरे स्थान पर तुम्हें भेजा होता तो तुम भी खाली हाथ ही लौटते। वहाँ से कुछ नहीं मिल सकता।" **पैलेमेडीज़** ने इस चुनौती को स्वीकार किया और स्वयं **थ्रेस** गया। वापसी पर उसके साथ अन्न से भरा जहाज़ था।

ओडिसियस को यह अपमान सहन नहीं हुआ। बहुत दिनों तक आहत अहम लिए वह **पैलेमेडीज़** को नीचा दिखाने का उपाय सोचता रहा। एक दिन प्रातःकाल वह **ऐगमेमनन** के पास गया और कहा, "रात्रि को मैंने स्वप्न देखा कि हमारा कोई मित्र

विश्वासघात कर रहा है। देवताओं ने मुझे आदेश दिया है कि इस कुकर्म के परिणाम से बचने के लिए तुम सारे शिविर को चौबीस घंटे के लिए यहाँ से दूर ले जाओ।'' **ऐगमेमनन** ने तुरन्त सैनिकों को प्रयाण की आज्ञा दे दी। आदेश का पालन हुआ और **ग्रीस** सेना अपने स्थान से हट गई। अब **ओडिसियस** ने **प्रायेम** की ओर से **पैलेमेडीज़** के नाम एक जाली पत्र लिखवाया जिसका सारांश यह था, ''अपने साथियों के साथ विश्वासघात के बदले में तुमने जितना स्वर्ण माँगा था, वह हम भेज रहे हैं।'' यह पत्र एक सन्देशवाहक के हाथ उस निर्जन स्थान पर भेजा जहाँ पहले **पैलेमेडीज़** का तम्बू था। और फिर स्वयं ही उस दूत को मरवा डाला। दूसरे दिन जब ग्रीक सेना अपने शिविर में लौटी तो किसी ने उस मृत सैनिक को देखा और वह पत्र ले जाकर **ऐगमेमनन** को दे दिया। **पैलेमेडीज़** पर विश्वासघात का आरोप लगाया। उसने सफाई देने की बहुत चेष्टा की लेकिन व्यर्थ। सभी प्रमाण उसके विरुद्ध थे। खोदने पर उसके तम्बू के नीचे स्वर्ण गड़ा मिला। यह भी **ओडिसियस** की योजना का ही एक भाग था। विश्वासघाती मान कर सैनिकों ने **पैलेमेडीज़** को पत्थर मारकर मार डाला। जब **पैलेमेडीज़** पर पत्थर बरस रहे थे, उसने इतना ही कहा, ''मुझसे पहले ही सत्य की मृत्यु हो गई। मैं उसी का शोक मना रहा हूँ।''

कहते हैं कि इस षड्यन्त्र में **ऐगमेमनन** और **डायेमेडीज़** ने भी **ओडिसियस** का साथ दिया था। ये लोग **पैलेमेडीज़** से ईर्ष्या रखते थे। **पैलेमेडीज़** एक वीर योद्धा ही नहीं, एक अन्वेषक भी था। उसने जुए की गोटी, नाप-तौल के यन्त्र, प्रकाश-स्तम्भ, डिस्कस एवं वर्णमाला का ज्ञान **ग्रीस** को दिया।

एकिलीज़ का कोप

ट्रॉय के निकटवर्ती प्रदेशों से लूटमार में धन एवं खाद्य-सामग्री के अतिरिक्त युवतियों का भी अपहरण किया जाता था और उन्हें सेनाधिकारियों में वितरित कर दिया जाता। इन्हीं में से एक युवती थी **क्रिसियस,** जो मुख्य सेनापति **ऐगमेमनन** के हिस्से में आई। यह **अपोलो** के पुजारी **क्रिसेस** की पुत्री थी। अपनी बेटी के अपहरण की सूचना मिलने पर वह ग्रीक शिविर में आया और **ऐगमेमनन** से अनुरोध किया कि वह **क्रिसियस** को स्वतन्त्र कर दे। वह उसकी मुक्ति के लिए धन देने को भी प्रस्तुत था। लेकिन **ऐगमेमनन** ने उसकी बात पर कोई ध्यान न दिया। वृद्ध **क्रिसेस** निराश और खिन्न मन वापस लौटा। अब उसने अपने आराध्य देव **अपोलो** का आवाहन किया कि वह ग्रीक्स से अपने उपासक की कन्या के अपमान का बदला ले। **क्रिसेस** की प्रार्थना स्वीकार हुई। **अपोलो** अपना बाणों से भरा तरकस लिए, क्रोध में अपनी सुनहली घुँघराली लटें झटकता हुआ **ओलिम्पस** से नीचे उतरा और ग्रीक सैनिकों पर तीरों की बौछार कर दी। अनेक ग्रीक सैनिक मारे गए, जन-जीवन की अपार हानि हुई। ग्रीक शिविर में दिन-रात चिताएँ धू-धू कर जलने लगीं। नौ दिन तक यह भयानक नरसंहार चलता रहा। ग्रीक योद्धाओं का

साहस छूटने लगा। युद्ध के नौ वर्षों में भी उनकी इतनी हानि हुई थी। स्पष्ट था कि **ट्रॉय** को दैवी सहायता मिल रही है। ग्रीक शिविर में एक सभा बुलाई गई और **कैलकस** से इस दैवी कोप का कारण पूछा गया। **कैलकस** अपनी दिव्य-दृष्टि से **अपोलो** को देख चुका था। लेकिन सभा में कारण बताने से हिचकिचा रहा था। **एकिलीज़** ने उसे प्राण-रक्षा का आश्वासन दिया। तब **कैलकस** ने बताया कि **क्रिसियस** के अपहरण और उसके वृद्ध शरणागत पिता के अपमान का यह दण्ड **अपोलो** ने ग्रीक्स को दिया है। उपाय केवल यही है कि **क्रिसियस** को उसके पिता को लौटा दिया जाए। सभी उपस्थित सेनापतियों ने इस प्रस्ताव का अनुमोदन किया। **ऐगमेमनन** क्रोध से भभक उठा। वह **क्रिसियस** का समर्पण करने को किसी तरह भी तैयार नहीं था। सम्भवतः वह **क्रिसियस** से प्रेम करने लगा था। और साथ ही यह उसकी प्रतिष्ठा का प्रश्न था। **एकिलीज़** ने इस बात पर ज़ोर दिया कि **क्रिसियस** को वापस लौटा दिया जाए। दोनों में विवाद छिड़ गया। बहुत सम्भव था कि फैसला तलवारों से होता और एक बार फिर एक स्त्री की खातिर रक्त की धारा बह जाती; लेकिन बहुमत अपने विपरीत देख **ऐगमेमनन** ने **क्रिसियस** के समर्पण की बात स्वीकार कर ली। लेकिन उसकी एक शर्त थी। वह यह कि **क्रिसियस** के बदले में उसे **ब्रिसियस** दी जाए। **ब्रिसियस** वह सुन्दरी थी जो **एकिलीज़** के हिस्से आई थी। यह **एकिलीज़** का अपमान था। इस माँग से **ऐगमेमनन** की धृष्टता झलकती थी। ऐसे स्वार्थी सेनाधिपति के लिए आखिर क्यों कोई अपने प्राण संकट में डाले? **एकिलीज़** से रहा नहीं गया और भरी सभा में वह बोल उठा :

''धूर्त! दुराचारी! स्वार्थी! तू अपने आपको राजा कहता है। अरे मूर्ख! राजा अपने मित्रों से दास जैसा व्यवहार नहीं करते। वे शत्रुओं को मित्र बनाते हैं, मित्रों को शत्रु नहीं। कौन ग्रीक होगा जो तेरे लिए रणभूमि में जान हथेली पर ले जाए? कौन मूर्ख होगा वह जो तेरे जैसे सर्वहित चिन्तक की आज्ञा पर प्राणों की बाज़ी लगा दे? कम-से-कम मैं नहीं। मेरी क्या शत्रुता थी **ट्रॉय** से? मेरा क्या बिगाड़ा था **प्रायेम** ने? मेरा क्या अहित किया था **पैरिस** और **हेक्टर** ने? अपना राज-पाट, अपना हास-विलास, अपने प्रियजन और अपनी ममतामयी धरती छोड़ समुद्र की लहरों से जूझते हम क्यों कर आए यहाँ? क्यों जीवन की अपेक्षा मृत्यु का वरण किया हमने? क्यों सुख-शान्ति की अपेक्षा रक्तपात को वरीयता दी हमने? केवल इसलिए कि **ऐगमेमनन** की प्रतिष्ठा को ठेस न लगे, उसकी प्रभुता बनी रहे। हमने तुम्हें कन्धों पर चढ़ाया तो तुमने आकाश को छुआ। यत्न हम करते हैं, फल तुम्हें मिलता है। रणभूमि में जान हम देते हैं, विजयश्री सेनाधिपति का वरण करती है। और फिर भी तुम मुझसे डाह करो, यह बात कहाँ तक उचित है? **ब्रिसियस** को मैंने तुमसे नहीं छीना। वह युद्ध-क्षेत्र में मेरे पराक्रम का पुरस्कार है। सर्वसम्मति से उसे मुझे दिया गया था। अब यदि उसे मुझसे छीना गया तो याद रखो **ग्रीस** मेरी सेवाओं से वंचित हो जाएगा। मैं अपमानित होकर यहाँ नहीं रहूँगा।''

''जाओ! चले जाओ।'' **ऐगमेमनन** गुस्से से गुर्राया, ''तुम जैसा झगड़ालू मित्र हमें नहीं चाहिए, और न ही हमें तुम जैसे शत्रु से कोई भय है। लेकिन **ब्रिसियस** को तुम्हें

त्यागना ही पड़ेगा।''

अब **एकिलीज़** आपा खो बैठा। उसकी आँखों से लपटें निकलने लगीं और हाथ अनायास ही तलवार की मूठ पर जा पड़ा। लेकिन तभी उसे देवी **एथीनी** ने दर्शन दिए और **ऐगमेमनन** के विरुद्ध शस्त्र-प्रयोग न करने का संकेत किया। **एकिलीज़** ने बड़ी कठिनाई से अपने आपको रोका और **ऐगमेमनन** को कोसता हुआ अपने शिविर की ओर चल पड़ा। **पेट्रोक्लस** उसके साथ था। कुछ ही देर में **ऐगमेमनन** के सेवक आए और **ब्रिसियस** को ले गए। **क्रिसियस** को उसके पिता को लौटा दिया गया और ग्रीक सैनिकों का **अपोलो** के घातक बाणों से परित्राण हुआ। लेकिन **एकिलीज़** ने **ग्रीस** की सहायता न करने की शपथ खा ली। वह क्षुब्ध, आहत स्वाभिमान लिए अपने तम्बू में बैठ गया।

अन्याय से क्षुब्ध **एकिलीज़** रोता हुआ समुद्र के किनारे गया और अपनी माता का आवाहन किया। समुद्र की फेनिल लहरों से **थेटिस** प्रकट हुई और **एकिलीज़** के अपमान और व्यथा की कथा सुन उसने ग्रीक सेना को दंडित करने का निश्चय किया। **ऐगमेमनन** को इस अहंकार का फल मिलना ही चाहिए। बारह दिन बाद जब देव-सम्राट **ज़्यूस इथियोपिया** से वापस **ओलिम्पस** पर लौटा तो **थेटिस** उसके पास गई और उसके पाँव पकड़ लिए। **ज़्यूस** ने बहुत बचना चाहा लेकिन **थेटिस** की अनुनय-विनय के आगे उसकी एक न चली। **एकिलीज़** के अपमान का दण्ड उसे ग्रीक सेना को देना ही होगा। **ज़्यूस** को झुकना पड़ा पर उसने **थेटिस** को शीघ्रातिशीघ्र वापस चले जाने का आदेश दिया ताकि ईर्ष्यालु **हेरा** उसे न देख ले। लेकिन प्रतिक्षण सतर्क रहनेवाली **हेरा** ने **थेटिस** की पदचाप सुन ही ली और वह पूछताछ करने **ज़्यूस** के पास आ पहुँची। **ज़्यूस** ने इस बार बड़ी कठोरता से उसकी उत्सुकता का दमन कर दिया और सभी देवताओं का ध्यान बँटाने के लिए **ओलिम्पस** पर एक उत्सव का आयोजन कर डाला।

उस रात **ज़्यूस** ने **ऐगमेमनन** को स्वप्न में दर्शन दिए और कहा कि यदि वह अभी **ट्रॉय** पर आक्रमण कर दे तो उसे सफलता मिलेगी। **ऐगमेमनन** ने इस स्वप्न की सत्यता पर विश्वास कर सेना को तैयार होने की आज्ञा दे दी। लेकिन इस आक्रमण में **ग्रीस** की बड़ी हानि हुई। उसके बहुत से सैनिक मारे गए। भीषण रक्तपात हुआ। एक बार

तो ऐसा लगा कि परास्त एवं हतोत्साह ग्रीक सेना **ट्रॉय** की धरती ही छोड़कर भाग जाएगी। अपने ही सैनिकों पर **ऐगमेमनन** का नियन्त्रण टूट गया। उस समय **ओडिसियस** ने कमान अपने हाथ में ली और अपनी वाक्‌पटुता से भागती हुई सेना को रोका। उन्हें उनकी प्रतिज्ञाओं, उनकी शपथों, उनकी आकांक्षाओं और उन चिह्नों की याद दिलाई जिनसे **ट्रॉय** के पतन की भविष्यवाणी हुई थी। कहते हैं कि **ओडिसियस** ने यह सब देवी **हेरा** की प्रेरणा से किया था। वह नहीं चाहती थी कि **ग्रीस** की सेना **ट्रॉय** का मूलतः विध्वंस करने से पहले लौट जाए।

एक बार फिर ग्रीक शिविर में सारी सेना ने एकत्रित होकर देवताओं को बलि दी और धूल का गुबार उठाते हुए ट्रोजन सैनिकों से भिड़ गए। बड़े नरसंहार के बाद यह निश्चय हुआ कि युद्ध का निर्णय **पैरिस** एवं **मेनेलियस** के द्वन्द्व युद्ध से हो। दोनों पक्षों की सेनाएँ पीछे हट गईं और रणक्षेत्र में दो प्रतिद्वन्द्वियों का सामना हुआ। **ट्रॉय** की दीवार से **प्रायेम** यह युद्ध देख रहा था। वृद्धावस्था के कारण उसने सेनाधिपतित्व अपने ज्येष्ठ पुत्र **हेक्टर** को सौंप दिया था। **हेलेन** उसके पास बैठी थी और उसे विभिन्न ग्रीक योद्धाओं के बारे में बता रही थी। लेकिन जब उसने **पैरिस** और **मेनेलियस** को अपने रथों से सिंह की तरह कूद कर रणक्षेत्र में आते देखा, तो वह सहम गई। उसकी दृष्टि आँसुओं से धुँधला गई। **मेनेलियस** का पौरुष प्रतिशोध को अग्नि से दहक उठा था। उसकी आँखों से अंगारे बरस रहे थे। इतने वर्षों तक उसने इसी पल की प्रतीक्षा की थी। आज वह **हेलेन** का अपहरण करनेवाले अधम के रक्त से अपनी तलवार की प्यास बुझाएगा। आज वर्षों से उसके भीतर धधकता दावानल शान्त होगा। आज वह **पैरिस** को जीवित नहीं छोड़ेगा। उधर **पैरिस** अपने दोष के भार से आप ही दबा जा रहा था। उसके अनैतिक आचरण ने उसे कायर बना डाला था। सत्य **मेनेलियस** के साथ था। उसका तेज़ **पैरिस** को असह्य था।

पहला वार करने का अवसर **पैरिस** के हिस्से आया। **पैरिस** ने लक्ष्य साधकर भाला **मेनेलियस** की ओर फेंका। **हेलेन** की दृष्टि ने उसका पीछा किया। सूर्य के प्रकाश में मशाल की तरह दमकता हुआ भाला **मेनेलियस** के चमकीले कवच से टकराया और वापस जा गिरा। अब **मेनेलियस** ने देवताओं को स्मरण कर अपना भाला फेंका जो **पैरिस** के कवच और वस्त्रों को भेद उसके वक्ष से जा लगा। **पैरिस** समय रहते बिजली के वेग से पीछे हट गया अन्यथा यह प्रहार निश्चय ही घातक सिद्ध होता। वह लड़खड़ाकर गिर पड़ा। **मेनेलियस** की सेना ने विजय ध्वनि की। इस कर्णभेदी जयजयकार के बीच दुगुने उत्साह से **मेनेलियस पैरिस** पर झपटा और उसे शिरस्त्राण के पट्टों से पकड़ लिया। लेकिन इससे पहले कि **मेनेलियस पैरिस** को घसीटते हुए ग्रीक शिविर में ले जाकर अपने अपमान का बदला ले, एक घना अन्धकार-सा रणक्षेत्र के उस भाग पर घिर आया जहाँ इन दो प्रतिद्वन्द्वियों का सामना हुआ था। जब यह गुबार छँटा तो **मेनेलियस** के हाथ में केवल शिरस्त्राण था और **पैरिस** का कहीं पता न था। देवी **ऐफ्रॉडायटी** उसे एक बादल के आवरण में लपेटकर नगर के भीतर ले गई थी जहाँ **मेनेलियस** के पौरुष से गर्वित

और **पैरिस** की नपुंसकता से खिन्न **हेलेन** ने उसकी सेवा-सुश्रूषा की।

द्वन्द्व-युद्ध में **मेनेलियस** विजयी हुआ। पूर्वनिश्चित शर्तों के अनुसार अब **ट्रॉय** को **हेलेन** का समर्पण करना था। लेकिन **हेलेन** के समर्पण का अर्थ था युद्ध का अन्त। **ओलिम्पस** पर देवताओं की सभा हुई। बहुमत युद्ध-विराम के पक्ष में था। लेकिन **हेरा** और **एथीनी** को **ट्रॉय** का विनाश किए बिना चैन कहाँ! **एथीनी** चुपके से फिर रणक्षेत्र में पहुँची। दोनों ओर सेनाएँ शान्त, निष्क्रिय खड़ी आनेवाले शान्तिमय कल की कल्पना कर रही थीं। तभी **एथीनी** की प्रेरणा से धनुर्धर **पेन्डेरस** ने **मेनेलियस** पर बाण छोड़ दिया। ग्रीस-सेना ने समझा, **ट्रॉय** को युद्ध-विराम स्वीकार नहीं। वह सन्धि की ओट में विश्वासघात कर रहा है। देखते ही देखते युद्धनाद के साथ दोनों ओर से बाणों की बौछार शुरू हो गई। **ऐगमेमनन** ने समझा कि **मेनेलियस** वीरगति को प्राप्त हुआ। वह क्रोध से पागल सिंह की तरह शत्रु पर टूट पड़ा। मरनेवालों के चीत्कार और मारनेवालों की हर्षध्वनि से आकाश गूँज उठा। रक्त से सिंची धरती पर लाशों के ढेर लग गए। कोई जीवन की अन्तिम साँसें गिन रहा था, तो कोई अपंग जीवन जीने को विवश हो गया था। अब इस युद्ध में मनुष्य ही नहीं, देवी-देवता भी प्रत्यक्ष रूप से भाग ले रहे थे। **हेक्टर** ने द्वन्द्व युद्ध के लिए **एकिलीज़** को ललकारा, लेकिन **एकिलीज़** ने लड़ना स्वीकार नहीं किया। वह अभी तक क्रुद्ध-क्षुब्ध बैठा था। **ग्रीस** ने **ऐजैक्स** महान को उसके स्थान पर **हेक्टर** से युद्ध के लिए चुना। ये दोनों योद्धा सुबह से रात तक एक पल विश्राम किए बिना लड़ते रहे। उनके शरीर लहूलुहान हो गए लेकिन दोनों में से कोई भी नहीं गिरा। रात हो जाने पर उन्हें पकड़कर अलग किया गया। दोनों ही बुरी तरह क्षत-विक्षत हो चुके थे। उनको साँस लेना भी कठिन हो रहा था। लेकिन दोनों एक-दूसरे के रण-कौशल से इतने प्रभावित थे कि **ऐजैक्स** ने अपना कटिबन्ध **हेक्टर** को भेंट कर दिया और **हेक्टर** ने अपनी चाँदी की मूठवाली तलवार **ऐजैक्स** को उपहार के रूप में दे दी। **ऐजैक्स** ने इसी तलवार से बाद में आत्महत्या की और **हेक्टर** इसी कटिबन्धक से घसीट कर मारा गया।

इस दिन के युद्ध में **ऐजैक्स** के अतिरिक्त ग्रीक सेनाधिपतियों में **डायेमेडीज़** ने विशेष पराक्रम दिखाया। उसका सामना **प्रायेम** के जामाता वीर **ईनियस** से हुआ। **ईनियस ऐफ़्रॉडायटी** का पुत्र था, अतः जब **डायेमेडीज़** ने उसे घायल कर दिया तो वह भागती हुई रणभूमि में आ पहुँची। उसने **ईनियस** को अपनी बाँहों का सहारा दिया। लेकिन युद्धोन्मत्त **डायेमेडीज़** ने **ऐफ़्रॉडायटी** का भी लिहाज़ नहीं किया। प्रेम की देवी को युद्ध से क्या काम! उसने प्रहार किया और **ऐफ़्रॉडायटी** का हाथ जख्मी कर दिया। दर्द से कराहती हुई **ऐफ़्रॉडायटी ईनियस** को वहीं छोड़ रोती हुई **ओलिम्पस** वापस चली गई। वहाँ सदा हँसनेवाली देवी को रोता देख **ज़्यूस** को हँसी आ गई। उसने **ऐफ़्रॉडायटी** को समझाया कि वह लड़ाई-झगड़े से दूर रहा करे। अपने रूप-यौवन की देखभाल करे और प्रणयप्रार्थियों की समस्याओं का समाधान। युद्ध से भला उसे क्या काम। **ऐफ़्रॉडायटी** के जाने के बाद **अपोलो** ने **ईनियस** की प्राण-रक्षा की।

ईनियस से निपटकर **डायेमेडीज़** आगे बढ़ा और ट्रोजन सैनिकों को घास की तरह काटने लगा। उसे रोकने के लिए अब **हेक्टर** सामने आया। तभी **डायेमेडीज़** ने देखा कि युद्ध देवता **एरीज़** भी **हेक्टर** के साथ है। वह भयभीत हो उठा और अपनी सेना को पीछे हटने का आदेश दिया। **हेरा** को **एरीज़** का यह पक्षपात सहन नहीं हुआ। उसने भी **ज़्यूस** से आज्ञा लेकर खुलेआम **ग्रीस** का साथ देना आरम्भ कर दिया। उसने **डायेमेडीज़** को उत्साहित किया, और उसे समझाया कि भयानक दिखनेवाला यह युद्ध देवता वास्तव में बड़ा भीरु है। **हेरा** की उपस्थिति से **डायेमेडीज़** का शौर्य द्विगुणित हो उठा और उसने विद्युत वेग से झपटकर **एरीज़** पर भाले से प्रहार किया। **एथीनी** ने उसकी सहायता की और वह भाला **एरीज़** के वक्ष में जा लगा। पीड़ा से कराहता हुआ **एरीज़** अपने रथ में बैठ **ओलिम्पस** भाग गया और **ज़्यूस** से **एथीनी** और **हेरा** के इस अन्याय की कहानी कही। प्रत्युत्तर में **ज़्यूस** ने उसे खूब फटकारा। उसके बाद **एरीज़** और **ऐफ्रॉडायटी** ने फिर युद्ध में सक्रिय भाग नहीं लिया।

हेक्टर के लिए कोई भविष्यवाणी नहीं हुई थी लेकिन फिर भी उसका मन कहता था कि **एकिलीज़** की तरह उसे भी इसी युद्ध में वीर गति प्राप्त होगी। और फिर पराक्रमी योद्धा तो एक ही बार मरता है, कायर की तरह हर रोज नहीं। वह सिर पर कफ़न बाँधकर लड़ रहा था। अब उसे जीवन का मोह नहीं, वीरोचित मृत्यु के वरण की लालसा थी। ग्रीक सेना को **एकिलीज़** की अनुपस्थिति में अप्रत्याशित सफलता मिलते देख वह किसी तरह नगर के भीतर स्थित प्रासाद में स्वयं गया अथवा अपनी माता **हेकेबी** तक किसी के द्वारा यह सन्देश पहुँचाया कि वह अपना सुन्दरतम जोड़ा देवी **एथीनी** को भेंट कर दे और उससे नगर की रक्षा की प्रार्थना करे। **हेकेबी** ने ऐसा ही किया। वह सितारों-सी झिलमिलाती पोशाक लेकर **एथीनी** के मन्दिर में गई और प्रार्थना की, "देवी! हमारे नगर की रक्षा करो। **ट्रॉय** की स्त्रियों के सुहाग की लाज रख लो। छोटे-छोटे बच्चे कहीं अनाथ न हो जाएँ।"

लेकिन **एथीनी** ने यह प्रार्थना स्वीकार नहीं की।

दूसरे दिन **हेक्टर** युद्ध के लिए शस्त्र धारण कर तैयार हुआ। पहले उसने **पैरिस** को खोजा। **पैरिस, हेलेन** एवं अन्य स्त्रियों के बीच घिरा अपने शस्त्रों से खिलवाड़ कर रहा था, जबकि सारा **ट्रॉय** उसके इस विलास का मूल्य चुका रहा था। **हेक्टर** से रहा नहीं गया। उसने **पैरिस** को बहुत धिक्कारा। **हेलेन** ने भी उसका साथ दिया। लज्जित **पैरिस** विलास का मोह छोड़ उठ खड़ा हुआ। **हेलेन** की भर्त्सना से उसका पौरुष जाग उठा था। **हेक्टर** उसके सोए स्वाभिमान को जगाकर वहाँ से अपनी प्रिय जीवन-संगिनी **एन्ड्रॉमकी** से विदा लेने चल पड़ा। **एन्ड्रॉमकी ट्रॉय** की दीवारों से, लड़ते और गिरते हुए योद्धाओं को देख रही थी। रह-रहकर उसका मन भर आता था। वह अपने पिता और अपने भाइयों को इसी युद्ध में खो चुकी थी। अब उसका सारा स्नेह, सारी आशाएँ अपने पति और अपने शिशु **ऐस्टायनैक्स** पर केन्द्रित थीं। जब **हेक्टर** उससे विदा लेने पहुँचा तो **एन्ड्रॉमकी** की आँखें भर आईं। उसने **हेक्टर** से आग्रह किया कि वह रणभूमि में न

जाए, **ट्रॉय** में रहकर ही उसकी रक्षा करे। आखिर उसकी पत्नी, उसके बच्चे, उसके प्रियजनों का भी तो **हेक्टर** के जीवन पर कुछ अधिकार है।

''**हेक्टर!** मैं अपने माता-पिता, भाइयों, बहनों सभी को तुम्हारी आँखों में देखती हूँ। जब तक तुम मेरे सामने हो, मुझे उनका अभाव नहीं खलता, लेकिन तुम्हारे बिना मेरा जीवन कितना अन्धकारमय हो जाएगा, कुछ इसका विचार करो। मत जाओ **हेक्टर!**''

लेकिन ऐसा नहीं हो सकता था, यह **एन्ड्रॉमकी** भी जानती थी। **हेक्टर** से युद्ध में सबसे आगे रहने की अपेक्षा की जाती थी, घर में छिपकर बैठने की नहीं। वह **ट्रॉय** की एकमात्र आशा, उसके भविष्य का दर्पण था। **एन्ड्रॉमकी** उसे प्रिय थी। लेकिन इसी प्रेम के कारण मान-मर्यादा उसे अपनी अर्धांगिनी से भी अधिक इष्ट थी। उसे जाना ही था। दोनों ने दिल कड़ा किया। **हेक्टर** ने **ऐस्टायनैक्स** की ओर बाँहें फैला दीं। लेकिन **ऐस्टायनैक्स** जो अब तक कौतूहल से **हेक्टर** को देख रहा था उसके दमकते हुए कवच, शिरस्त्राण और उस पर लहराते हुए पंखों से भयभीत हो चीख पड़ा। **एन्ड्रॉमकी** के आँसू हँस पड़े। **हेक्टर** ने अपना शिरस्त्राण उतारकर रख दिया और **एस्टायनैक्स** को गोद में लेकर **ज़्यूस** से प्रार्थना की, ''हे पिता **ज़्यूस!** मेरे पुत्र पर सदा कृपा करना। यह **ट्रॉय** का यशस्वी सम्राट हो। यह वीर योद्धा हो और इसका राज्य सुदृढ़। जब मेरा बेटा रक्त में सने शस्त्र लेकर शत्रुओं का दमन कर रणभूमि से लौटे तो लोग कहें, 'वह देखो, **हेक्टर** का बेटा अपने पिता से भी अधिक शक्तिशाली है।' और इसकी माँ की आँखें इसे देखकर सदा इसी तरह हँसती रहें।'' यह कहकर **हेक्टर** ने **ऐस्टायनैक्स** को **एन्ड्रॉमकी** की गोद में दे दिया। उन दोनों के निर्दोष मुख को देख **हेक्टर** का मन एक बार आर्द्र हो उठा। विदा लेते हुए उसने इतना ही कहा, ''**एन्ड्रॉमकी!** मेरे लिए चिन्तित मत होना। जो जन्मा है, वह नष्ट अवश्य होगा, लेकिन मुझे मेरे समय से पहले कोई नहीं मार सकता। देवताओं के विधान पर विश्वास रखो।'' **हेक्टर** ने अपना शिरस्त्राण धारण किया और रथ पर सवार हो गया। जाते-जाते एक बार फिर रोती हुई **एन्ड्रॉमकी** को मुड़कर देखा। युद्ध को देख सकने में असमर्थ वह अपनी सेविकाओं के साथ अपने निवास को वापस जा रही थी।

उस दिन रणभूमि में **हेक्टर** शक्ति का साकार रूप बन गया। जिधर देखो बस **हेक्टर** का ही शिरस्त्राण दृष्टिगोचर होता, जहाँ सैनिक गिरते वहाँ **हेक्टर** का भाला ही चमचमाता, चीत्कारों के बीच उसी की ललकार विजयगर्व से हँसती दिखाई देती। ग्रीक सेना में **हेक्टर** का यह दुर्धर्ष पराक्रम देख भगदड़ मच गई। **हेक्टर** के तेज़ के सामने उस दिन उनका कोई योद्धा न टिक पाया। ग्रीक टुकड़ियों के ऊपर से **हेक्टर** का रथ विद्युत वेग से दोनों ओर मार करता हुआ निकल जाता। ऐसा लगता था जैसे उसके घोड़ों में भी कोई अलौकिक शक्ति बस गई थी। चहुँओर हाहाकार मचा था। उस रात जब युद्ध समाप्त हुआ तो हर ज़बान पर **हेक्टर** का नाम था। रणभूमि लाशों से पटी पड़ी थी। ग्रीक शिविर में शोक छाया था। **हेक्टर** ने उन्हें समुद्र-तट के पीछे खदेड़ दिया था।

ग्रीक शिविर में सारे सेनाधिपति एक बार फिर एकत्रित हुए। **ऐगमेमनन** तो युद्ध समाप्त कर वापस लौट चलने के पक्ष में था। उसके पास **हेक्टर** का कोई समकक्ष नहीं था। अपने सैनिकों को पशुओं की तरह कटवाने से क्या लाभ? लेकिन वृद्ध **नेस्टर** ने स्थिति को सँभाला। उसने खड़े होकर बड़े स्पष्ट शब्दों में **ऐगमेमनन** को इस असफलता के लिए उत्तरदायी ठहराया। यदि वह अपनी कामुकता के कारण **ब्रिसियस** को **एकिलीज़** से न छीनता तो आज उनकी यह दशा न होती। यह उसके स्वार्थ और अधमता का दुष्परिणाम था कि उन्होंने **एकिलीज़** जैसा वीर योद्धा खो दिया। लेकिन अब भी समय है। परास्त और अपमानित होकर **ग्रीस** लौटने से तो कहीं अच्छा है कि अपने कर्मों का प्रायश्चित्त कर लिया जाए। **एकिलीज़** को **ब्रिसियस** लौटा दी जाए।

ऐगमेमनन की आँखें तो पहले ही खुल चुकी थीं। वह अपने को दोषी मान रहा था। अतः चुपचाप इस भर्त्सना को पी लिया। वह अपने किए का प्रायश्चित्त करने को प्रस्तुत था। वाक्पटु **ओडिसियस, एजैक्स** महान एवं **फ़ीनिक्स** को इस काम के लिए चुना गया। वे बहुत-सा स्वर्ण, स्वर्ण के ही बीस पात्र, सात बलिदेवी पर प्रयोग किए जाने वाले त्रिपाद और बारह असाधारण शक्ति और गतिवाले अश्व, भेंट के रूप में लेकर **एकिलीज़** के पास गए। साथ ही उन्हें यह सन्देश देना था कि यदि **एकिलीज़** उनकी ओर से युद्ध करना स्वीकार करे तो **ऐगमेमनन ब्रिसियस** को उसे लौटा देगा। इतना ही नहीं, उसके साथ सात अन्य सुन्दरियाँ भी उसे भेंट करेगा और इनके अतिरिक्त **ट्रॉय** की बन्दी रमणियों में से बीस सेविकाएँ वह अपनी मर्ज़ी से चुन सकेगा। विजय प्राप्त कर स्वदेश लौटने पर **ऐगमेमनन** उसे अपना जामाता बना लेगा और सात नगर दहेज़ में देगा।

यह सन्देश, भेंट, उपहार लेकर **ओडिसियस, एजैक्स** एवं **फ़ीनिक्स** कुछ सेवकों को साथ लेकर **मरमिडॉन्ज** के शिविर में पहुँचे। **ग्रीस** और **ट्रॉय** के बीच होनेवाले घमासान युद्ध, उनकी विजय-पराजय, सफलता-असफलता, आशा-निराशा की परछाईं भी यहाँ तक न पहुँची थी। **एकिलीज़** अपने तम्बू में बैठा वीणा बजा रहा था। **पेट्रोक्लस** उसके साथ था। इस शिष्टमंडल के आगमन का समाचार पाकर **एकिलीज़** वीणा छोड़कर उठ खड़ा हुआ और उनका स्वागत किया। बड़ी विनम्रता से उसने प्रत्येक ग्रीक योद्धा का अभिवादन किया, उन्हें आसन दिया और **पेट्रोक्लस** ने मदिरा के पात्र अभ्यर्पित किए। **एकिलीज़** का आतिथ्य ग्रहण करने के बाद **ओडिसियस** ने सेवकों को संकेत किया और उन्होंने साथ लाए हुए सारे उपहार वहाँ ला रखे। **ओडिसियस** ने कहा कि **ऐगमेमनन** को अपने किए पर पश्चात्ताप है। वह **एकिलीज़** से मित्रता करना चाहता है। ये उपहार उसकी सद्भावना का प्रतीक मानकर **एकिलीज़** स्वीकार करे। इसके अतिरिक्त **ऐगमेमनन** उसे **ब्रिसियस** के साथ अनेक रमणियाँ देने को भी प्रस्तुत है। और यदि इन वस्तुओं का **एकिलीज़** की दृष्टि में कोई मूल्य नहीं तो वह इतना तो याद करे कि वह एक ग्रीक है और उसकी आँखों के सामने **ग्रीक** के योद्धा **ट्रॉय** के हाथों अपमानित हो रहे हैं। क्या वह अपने देश की आन की रक्षा नहीं करेगा? क्या वह सर्वश्रेष्ठ योद्धा

के रूप में **हेक्टर** की कीर्ति सह सकेगा? क्या सचमुच **ग्रीस** में **हेक्टर** का कोई समकक्ष नहीं!

एकिलीज़ ने नतमस्तक हो बड़े धैर्य से यह सब सुना लेकिन **ऐगमेमनन** के प्रति उसका क्षोभ कम नहीं हुआ। उसके आहत स्वाभिमान का यह मूल्य बहुत कम था। उसके घावों पर स्वर्ण की मरहम का कोई लाभ नहीं। **ऐगमेमनन** ने उसका जो अपमान किया, उसका परिणाम उसे भुगतना ही चाहिए। **एकिलीज़ ग्रीस** छोड़कर सुन्दरी रमणियाँ और धन-ऐश्वर्य खोजने **ट्रॉय** नहीं आया था। यह सब तो उसे अपने देश में भी प्राप्त था, और यहाँ भी बाहुबल से जीत सकता था।

ओडिसियस ने अपने वाक्कौशल और अपनी सारी चतुराई का प्रयोग कर डाला, **एजैक्स** ने उसके पौरुष को ललकारा, **फ़ीनिक्स** ने, जो कभी **एकिलीज़** का गुरु था, उसे उसकी आज्ञाकारिता का स्मरण दिलाया लेकिन **एकिलीज़** टस से मस नहीं हुआ। उसने बड़ी विनम्रता लेकिन दृढ़ता से उन्हें समस्त उपहारों सहित लौटा दिया।

उस रात **ऐगमेमनन** सो नहीं सका। वह सारे शिविर में चक्कर लगाता रहा। प्रत्येक सेनापति के पास गया और विचार-विमर्श करता रहा। अगले दिन युद्ध आरम्भ हुआ और **ट्रॉय** का पलड़ा फिर भारी रहा। **ऐगमेमनन** घायल हो गया और उसे रणभूमि छोड़ वापस अपने तम्बू में जाना पड़ा। **डायेमेडीज़** जो अपने को **हेक्टर** के समान शक्तिशाली समझता था, उसके भाले से आहत हो गया। ग्रीक सेना को पीछे हटना पड़ा। जब **हेरा** ने **ग्रीस** को इस तरह परास्त होते देखा तो वह चिन्तित हो उठी। **ज़्यूस ट्रॉय** की सहायता कर रहा था। उसका ध्यान बँटाना आवश्यक था और **हेरा ज़्यूस** की दुर्बलता को जानती थी। उसने अपने सर्वोत्तम सौन्दर्य-प्रसाधनों से शृंगार किया और **ऐफ्रॉडायटी** से उसकी करधनी भी कुछ देर के लिए माँग ली। इस करधनी का यह विशेष गुण था कि इसे पहननेवाले का रूप द्विगुणित हो उठता था। इस तरह सज-धज कर **हेरा** मधुर मुस्कान बिखेरती हुई **ज़्यूस** के पास गई और उसे रिझाने लगी। वज्रों का स्वामी **ट्रॉय** का युद्ध भूलकर उसके रूप-रस के आस्वादन में डूब गया। और उधर **पॉसायडन** की सहायता से एक बार फिर **ग्रीस** की बन आई। **हेक्टर** को **एजैक्स** ने बुरी तरह घायल कर दिया। यदि **ईनियस** उसे उठाकर नगर के भीतर न ले जाता तो सम्भवतः उसकी मृत्यु ही हो जाती। **ट्रॉय** के सैनिक भयभीत होकर पीछे भागने लगे। बहुत सम्भव था कि युद्ध का निर्णय उसी दिन हो जाता लेकिन तभी **ज़्यूस** की आँख खुल गई। रणक्षेत्र की यह बदली हुई स्थिति देखते ही वह **हेरा** की सारी चाल समझ गया। **ज़्यूस** के क्रोध के सामने **हेरा** सदा असहाय हो जाती थी। पर इस बार उसके पास एक ओट थी। उसने सारा दोष **पॉसायडन** पर डाल दिया। **ज़्यूस** ने तत्काल **आइरस** के द्वारा **पॉसायडन** के पास यह सन्देश भेजा कि वह युद्ध-क्षेत्र से हट जाए। इच्छा न होते हुए भी **पॉसायडन** ने इस आज्ञा का पालन किया। **हेक्टर** को अब तक **अपोलो** ने अपनी चिकित्सा से स्वस्थ कर दिया था। **पैरिस** और **ईनियस** के साथ वह घायल सिंह की तरह शत्रु पर टूट पड़ा। ग्रीक सेना में भगदड़ मच गई। **हेक्टर** उन्हें पीछे धकेलता हुआ उनके जलयानों तक ले गया।

अब ग्रीक योद्धा विजय के लिए नहीं, अपने बेड़ों को बचाने के लिए लड़ रहे थे। तभी एक जहाज़ से आग की लपटें उठीं। **एकिलीज़** और **पेट्रोक्लस** यह दृश्य अपने शिविर से देख रहे थे। **एकिलीज़** अभी भी अपने शस्त्र उठाने को तैयार नहीं था। लेकिन **पेट्रोक्लस** से अब नहीं रहा गया। **ग्रीस** के इस विनाश ने उसे झकझोर डाला। उसकी रगें फड़कने लगीं। अब वह अपने मित्र की खातिर भी चुपचाप खड़ा यह विध्वंस नहीं देख सकता था। काँपते हुए उसने **एकिलीज़** से आग्रह किया कि यदि वह रणभूमि में नहीं जाना चाहता तो उसे अनुमति दे। मन ही मन द्रवित, किन्तु प्रत्यक्ष रूप से तटस्थ **एकिलीज़** ने कहा, ''अवश्य जाओ। लेकिन मैं नहीं जाऊँगा। मेरे साथ अन्याय हुआ है। तुम जाओ। और यह लो मेरा कवच और शिरस्त्राण। इसे धारण कर लो। मेरी सेना भी लेते जाओ। यदि शत्रु मेरे शिविर अथवा मेरे बेड़ों के निकट आया तो मैं उसका सामना अवश्य करूँगा। लेकिन अन्यायी **ऐगमेमनन** के लिए शस्त्र नहीं उठाऊँगा।''

जब **एकिलीज़** ने अपने **मरमिडॉन्ज** को युद्ध में **पेट्रोक्लस** के साथ जाने की अनुमति दी तो वे इस तरह हर्षित हुए मानो बन्दीगृह से मुक्त हुए हों। उनका उत्साह देखकर रुष्ट वीर का रक्त भी गरम हो उठा। अपने अस्त्र-शस्त्र से सज्जित **पेट्रोक्लस** को उसने विजय और सुरक्षित वापसी की शुभकामनाओं के साथ विदा किया। उसने **पेट्रोक्लस** को यह चेतावनी भी दी कि **हेक्टर** का सामना न करे। शायद मन ही मन **एकिलीज़** **हेक्टर** को अपनी तलवार से गिराने का स्वप्न अब भी सँजोए था।

मरमिडॉन्ज का नेता **पेट्रोक्लस** जब **एकिलीज़** के कवच में अकस्मात प्रकट हुआ तो ग्रीक और ट्रोजन्स दोनों ही स्तम्भित रह गए। ट्रोजन सेना का काल आ गया और **ग्रीस** की जीवनाशा उदित हुई। धुएँ और धूल से भरे आकाश में वह सूर्य की तरह चमका और **ट्रॉय** की सेना पर टूट पड़ा। सभी ने उसे **एकिलीज़** समझा और उनकी हिम्मत वैसे ही टूट गई। इस दिन **पेट्रोक्लस** सचमुच **एकिलीज़** की ही तरह लड़ा। वही तेज़ उसके मुख पर था, वही विद्युत-सी गति उसके अंगों में। **ग्रीस** के हौसले दुगुने हो गए। ट्रोजन सैनिक नगर की ओर भागने लगे। **पेट्रोक्लस** ने उनका पीछा किया। यहीं उसकी मुठभेड़ **हेक्टर** से हो गई। अपने उन्माद में **पेट्रोक्लस** **एकिलीज़** की चेतावनी भूल गया। **हेक्टर** के भाले के एक ही प्रहार से वह नीचे आ गिरा। **हेक्टर** उसकी छाती पर चढ़ गया और **पेट्रोक्लस** के जीवन का सूर्य अस्त हो गया। मरते समय बड़ी कठिनाई से हाँफते हुए **पेट्रोक्लस** के मुँह से इतना ही निकला :

''**हेक्टर!** मुझे मारकर तूने अपनी मृत्यु को निमन्त्रण दिया है। **एकिलीज़** तुझे ज़िन्दा नहीं छोड़ेगा।''

हर्षोन्मत्त ट्रोजन सैनिक **पेट्रोक्लस** के शव के चारों ओर एकत्रित हो गए। **हेक्टर** ने **एकिलीज़** का कवच और शिरस्त्राण उतारकर स्वयं धारण कर लिया। **एजैक्स** ने बड़ी कठिनता से **पेट्रोक्लस** के शव को अपमानित होने से बचाया।

प्रतीक्षा करते हुए **एकिलीज़** के पास जब **हेक्टर** के हाथों **पेट्रोक्लस** की हत्या का समाचार पहुँचा तो वह दुःख और क्षोभ से पागल हो उठा। अपनी सारी मान-मर्यादा भूलकर वह रोता-चिल्लाता हुआ मिट्टी में लोटने लगा। उसके सुन्दर बलिष्ठ अंग धूल-धूसरित हो गए। लम्बी लटों में मिट्टी भर गई। उसने अपने बाल नौंच डाले। उसके हृदय-द्रावक चीत्कारों ने योद्धाओं को हिला डाला। शिविर की समस्त बन्दी स्त्रियाँ **पेट्रोक्लस** के शव के पास ज़ोर-ज़ोर से छाती पीटने लगीं। उनके हिम से श्वेत वक्ष लहूलुहान हो गए। यदि **एन्टीलॉकस** पकड़ न लेता तो **एकिलीज़** कटार अपने सीने में भोंक लेता। इस रुदन की ध्वनि समुद्र की लहरों में छिपी जलपरियों ने सुनी और वे **थेटिस** के पास पहुँचीं। यह समाचार सुनकर चाँदी के पैरोंवाली **थेटिस** सभी जलपरियों को साथ लेकर रोती हुई **एकिलीज़** के शिविर में पहुँचीं। माँ को देखकर **एकिलीज़** फफक पड़ा। **थेटिस** ने उसे अपनी बाँहों में लेकर सान्त्वना दी और समझाया कि वीरों का काम आँसू बहाना नहीं, प्रतिशोध लेना है। **थेटिस** जानती थी कि **हेक्टर** की मृत्यु के बाद **एकिलीज़** बहुत दिन तक जीवित नहीं रहेगा। लेकिन अब उसे रोकने का प्रयास करना मूर्खता थी। अतः वह उसके लिए नया कवच, शिरस्त्राण और अस्त्र-शस्त्र बनवाने के लिए **हेफ़ास्टस** की शिल्पशाला में गई और उससे अनुरोध किया कि वह यह काम एक रात में ही कर दे। **हेफ़ास्टस** उसी समय अनेक धातुओं को लेकर **एकिलीज़** के शस्त्र बनाने में जुट गया। रात-भर उसकी भट्ठियाँ जलती रहीं, लपटें उठती रहीं। **हेफ़ास्टस** ने एक पल भी आँख नहीं झपकी। सुबह होने से पहले कवच एवं अन्य शस्त्र तैयार थे। इस कवच पर युद्ध एवं शान्ति के दृश्य अंकित थे और यह अभेद्य था। **हेफ़ास्टस** की यह एक अनुपम भेंट थी **एकिलीज़** को।

एकिलीज़ सारी रात **पेट्रोक्लस** के शव पर सिर धुनता रहा। उसके आँसुओं से उसके मित्र का लहूलुहान शरीर धुल गया। उसने शपथ ली कि वह अपने प्राण देकर भी उसके वध का प्रतिशोध लेगा। **पेट्रोक्लस** अकेला **हेडीज़** नहीं जाएगा। उसका हत्यारा शीघ्र ही उसका अनुसरण करेगा। तभी **थेटिस** नया कवच लेकर पहुँची। **एकिलीज़** ने आँसू पोंछ डाले और युद्ध के लिए तैयार हुआ। उसके नए सूर्य से दहकते कवच को देख **मरमिडॉन्ज** ने हर्षध्वनि की। अब **एकिलीज़** की आँखों में पानी नहीं, आग थी। उसके अंगों में शिथिलता नहीं प्रतिशोध की तड़पन थी। **ऐगमेमनन** का अन्याय **हेक्टर** के अपराध के सामने छोटा पड़ गया। **एकिलीज़** ग्रीक शिविर में गया जहाँ **ऐगमेमनन, ओडिसियस** और अन्य योद्धा घायल पड़े थे। कुछ कहने-सुनने की विशेष आवश्यकता नहीं थी। दोनों ही पक्ष समझौते को प्रस्तुत थे। **ऐगमेमनन** ने उसका सत्कार किया, उपहार दिए और **ब्रिसियस** को उसके तम्बू में वापस भेज दिया। **ओडिसियस** ने सलाह दी कि वह कुछ जलपान ग्रहण कर ले लेकिन **एकिलीज़** के गले से नीचे न उतरता था। जब तक **पेट्रोक्लस** का प्रतिशोध नहीं लिया जाता, वह अन्न-जल नहीं ग्रहण करेगा।

एक तूफ़ान की तरह **एकिलीज़** के नेतृत्व में ग्रीक सेना अपने शिविर से निकली। **एकिलीज़** के हाथों तो आज ही **ट्रॉय** का विनाश हो जाएगा, यह सोचकर देव-सम्राट **ज़्यूस** ने **ओलिम्पस** पर देवी-देवताओं की एक सभा बुलाई और सभी को **ट्रॉय** अथवा **ग्रीस** को सहयोग देने की खुली छूट दे दी। **हेरा, एथीनी, पॉसायडन, हेमीज़** और **हेफ़ास्टस** ने **ग्रीस** का पक्ष लिया तो **एरीज़, ऐफ्रॉडायटी, आर्टेमिस** एवं **अपोलो** ने **ट्रॉय** का। **ज़्यूस** ने जब **हेक्टर** और **एकिलीज़** के भाग्य को तौला तो **हेक्टर** का पलड़ा नीचे झुक गया जिसका अर्थ था कि **हेडीज़** पहले **हेक्टर** को स्वीकार करेगा।

रक्त से भीगी धरती पर जब वायु-वेग से **एकिलीज़** का रथ दौड़ा तो उससे धुआँ उठने लगा। प्रचण्ड ज्वाला की तरह वह ट्रोजन सैनिकों की पंक्तियों के बीच जा पहुँचा। उसकी तलवार से वृद्ध, युवक, बालक सभी बिना भेद के गाजर-मूली की तरह कट रहे थे। शत्रु-पक्ष में खलबली मच गई। ट्रोजन बड़े धैर्य और साहस के साथ लड़ रहे थे लेकिन **एकिलीज़** को कोई एक पल भी न रोक पाया। **एकिलीज़** ने इतना भयावह नर-संहार किया कि **स्कैमैन्डर** का पानी लाल हो गया और वह लाशों से भर गई। इस पर नदी का देवता क्रुद्ध हो उठा। उसने अपने बहाव में **एकिलीज़** को डूबो देने की चेष्टा की लेकिन **हेफ़ास्टस** ने एक अग्नि-शिखा को भेजा और हुँकारती हुई नदी का पानी ताप से सूख गया। **एकिलीज़** रक्त से सनी तलवार लिए **हेक्टर** को ढूँढ़ रहा था। मानव ही नहीं, देवता भी बड़े उत्साह से इस युद्ध में सक्रिय भाग ले रहे थे। देव-सम्राट **ज़्यूस** **ओलिम्पस** पर बैठा तटस्थता से इस कौशल को देख रहा था। **एथीनी** ने एक विशाल पाषाण खंड लेकर **एरीज़** को दे मारा और आहत **एरीज़** का भीमकाय शरीर कई एकड़ धरती पर फैल गया। **हेरा** ने **आर्टेमिस** का बाण छीनकर उसके खूब कान उमेठे। **पॉसायडन** ने **अपोलो** को युद्ध के लिए ललकारा। लेकिन **अपोलो** ने इस चुनौती को स्वीकार नहीं किया। वह जानता था, इस युद्ध का परिणाम क्या होना निश्चित हुआ है। **ट्रॉय** के लिए अब लड़ना व्यर्थ था।

ट्रॉय के द्वार खोल दिए गए, ताकि ट्रोजन सेना वहाँ संरक्षण ले सके। नगर के बाहर लड़ना अब व्यर्थ था। हज़ारों की संख्या में बेतहाशा भागते हुए सैनिक भीतर घुसने लगे। द्वार पर **अपोलो** निरीक्षण के लिए खड़ा था ताकि शत्रु-पक्ष का कोई योद्धा नगर में प्रविष्ट न हो सके। लेकिन **हेक्टर** अवसर रहने पर भी भीतर नहीं गया। **एकिलीज़** उससे बहुत दूर नहीं था। वह उसे देख रहा था और सोच रहा था, "**ट्रॉय** का नेतृत्व आज तक मैंने किया। क्या अब इस संकट की घड़ी में पीठ दिखाकर भाग जाऊँ? कायर कहलाऊँ! या मृत्यु को सम्मुख देख घुटने टेक दूँ? नहीं, नहीं। मैं ऐसा नहीं कर सकता। कभी नहीं कर सकता। मरना तो एक दिन है ही। क्यों न शत्रु का सामना करते हुए वीरगति प्राप्त करूँ।"

युद्ध करने का निर्णय कर **हेक्टर** ने तत्काल सोच डाला कि **एकिलीज़** को परास्त करने के लिए उसे क्या करना चाहिए। वह जानता था **एकिलीज़** एक लम्बे समय तक युद्ध-क्षेत्र में नहीं आया। वह शस्त्रों का अभ्यास भले ही करता रहा हो, लेकिन पैदल

दौड़ने में अवश्य ही शीघ्र थक जाएगा। अतः **एकिलीज़** के निकट आते ही उसने भागना आरम्भ कर दिया। **हेक्टर** के वृद्ध माता-पिता उसे भीतर बुलाते रह गए लेकिन उसने उनकी आर्त पुकार की ओर कोई ध्यान नहीं दिया। ट्रोजन और ग्रीक सैनिक शत्रुता भूलकर स्तम्भित से इस दौड़ को देखने लगे। **हेक्टर** प्राणपण से भाग रहा था और **एकिलीज़** उसके पीछे था। **हेक्टर** को विश्वास था कि यदि वह किसी भी आकस्मिक कारण से **एकिलीज़** का सामना करने में असमर्थ रहा तो उसके भाई-बन्धु या सैनिक उसे नगर के भीतर ले लेंगे लेकिन **एकिलीज़** उससे अधिक बुद्धिमान प्रमाणित हुआ। वह नगर-द्वारों के निकट से भागने के उसके सभी प्रयास असफल कर रहा था। **हेक्टर** ने दौड़ते हुए **ट्रॉय** के विशाल नगर का एक चक्कर लगाया फिर दूसरा और फिर तीसरा। **अपोलो** उसके अंगों को शक्ति दे रहा था। लेकिन उधर **एकिलीज़** से भी क्लान्ति कोसों दूर थी। नगर की तीन बार परिक्रमा कर चुकने के बाद **हेक्टर** ने सोचा, भागने से कोई लाभ नहीं। युद्ध अवश्यम्भावी है। **एथीनी** ने उसके भाई **डेफ़ोबस** का रूप धारण कर उसे रुकने का संकेत भी कर दिया था। अपने भाई की उपस्थिति से आश्वस्त हो **हेक्टर** रुक गया और **एकिलीज़** को कहा :

"यदि मेरे हाथों तुम मारे गए तो मैं तुम्हारा शव तुम्हारे साथियों को सौंप दूँगा और यदि मैं वीरगति को प्राप्त हुआ तो मेरे शव को अपमानित मत करना।"

"सिंह और मानव के बीच न कभी कोई समझौता हुआ है, न होगा। भेड़िए और लोमड़ी के बीच कैसी सन्धि!" **एकिलीज़** गुस्से में गुर्राया और यह कहते-कहते लक्ष्य साध कर **हेक्टर** पर भाले से चोट की। वार चूक गया लेकिन **एथीनी** ने **एकिलीज़** को भाला वापस ला दिया। अब **हेक्टर** ने भाला फेंका जो **एकिलीज़** के कवच पर जाकर लगा। **हेफ़ास्टस** के हाथों बना यह कवच अभेद्य था। **एकिलीज़** बच गया। **हेक्टर** ने **एकिलीज़** का वह कवच धारण कर रखा था जिसे पहनकर **पेट्रोक्लस** लड़ने आया था। **एकिलीज़** जानता था, इस कवच में गर्दन के पास थोड़ा-सा खुला स्थान है। इस बार उसने वहीं लक्ष्य करके भाला फेंका। **हेक्टर** के पास भाला नहीं था। जब वह भाला लेने के लिए मुड़ा तो **डायफ़ोबस** का कहीं पता न था। वह समझ गया, देवताओं ने उसके साथ छल किया है। तलवार लेकर वह **एकिलीज़** पर लपका लेकिन तब तक वह भाला उसकी गरदन के पार हो गया। **हेक्टर** वहीं ढेर हो गया। अन्तिम साँसें लेते हुए उसने एक बार फिर **एकिलीज़** से आग्रह किया कि वह उसका शव उसके माता-पिता को लौटा दे। प्रतिशोध की अग्नि में जलते हुए **एकिलीज़** का क्रोध अभी भी शान्त नहीं हुआ था। वह गरजा, "चुप रह अभागे! तेरा मांस तो मैं कुत्तों और गिद्धों को खिला दूँगा।" **हेक्टर** ने उसे केवल इतना स्मरण कराया कि उसका अन्त भी यहीं, **ट्रॉय** की दीवारों के बाहर ही होना है। यह कहकर **ट्रॉय** के रक्षक **हेक्टर** महान के प्राण-पखेरू उड़ गए।

ट्रॉय की दीवारों से ऐसा करुण आर्तनाद उठा कि ग्रीक सैनिकों की हर्षध्वनि उसमें डूबकर रह गई। **प्रायेम** और **हेकेबी** ने सिर पीट लिया। विक्षिप्तों की भाँति अपने सुयोग्य

पुत्र के शोक में रोते हुए उन्होंने अपने कपड़े फाड़ डाले। **एन्ड्रॉमकी** यह दुखद समाचार सुनते ही अचेत हो गई। भाइयों की दाहिनी भुजा टूट गई। **ट्रॉय** का भविष्य अन्धकार में डूब गया।

ग्रीस के वीर योद्धा एवं सैनिक **हेक्टर** के शव के चारों ओर इकट्ठे हो रहे थे। आज तक जिस व्यक्ति को निकट से देखने तक का साहस न जुटा पाए थे, आज उसके भीमकाय, जीवनहीन शरीर को ठोकरें मार रहे थे।

हेक्टर को मारकर भी **एकिलीज़** का क्षोभ कम नहीं हुआ। उसके भीतर की अग्नि अब पशुता पर उतर आई। उसने **हेक्टर** के पैरों में छेद किए, उनमें चमड़े की डोरी डाल कर अपने रथ के पीछे बाँध दिया और उसके रोते, क्रन्दन करते बूढ़े माता-पिता की आँखों के सामने उसके शव को घसीटते हुए **ट्रॉय** की दीवारों के चारों ओर ले गया। महान **हेक्टर** का नग्न शरीर पृथ्वी पर घिसट रहा था और उसकी काली लम्बी लटें धूल से भर गई थीं। इसी तरह नगर के कई चक्कर लगाने के बाद वह **हेक्टर** के शव को अपने शिविर में ले गया। जहाँ **पेट्रोक्लस** का शव अभी तक अन्तिम संस्कार की प्रतीक्षा में पड़ा था। अब **एकिलीज़** ने सैनिकों को चिता के लिए लकड़ी लाने वन में भेजा। **पेट्रोक्लस** के शव पर उसके वीर साथियों ने अपने बालों की एक-एक लट अर्पित की। बहुत से बैल, भेड़, कुत्ते और चार श्रेष्ठ अश्व उसके साथ चिता में जलाने के लिए लाए गए। बारह ट्रोजन बन्दियों को भी **पेट्रोक्लस** के शव के साथ जीवित जला दिया गया। **एकिलीज़** ने चिता को आग दी। वायु के देवताओं ने अग्नि को भड़काया। बलि दी गई। सारी रात **एकिलीज़** जलती हुई चिता के पास बैठा रहा। प्रातःकाल उसने मदिरा से कोयले बुझाकर एक स्वर्ण-कलश में **पेट्रोक्लस** की राख सुरक्षित कर ली। **पेट्रोक्लस** के सम्मान में खेलों का आयोजन भी किया गया।

एकिलीज़ ने **हेक्टर** का शव **प्रायेम** को नहीं लौटाया। वह प्रतिदिन उसे उसी तरह घसीटता हुआ ले जाता और **पेट्रोक्लस** की समाधि के तीन चक्कर लगाता। सारा **ट्रॉय** इस अन्याय से क्षुब्ध था। वृद्ध माता-पिता का हृदय दुख से फटा जाता था लेकिन **एकिलीज़** का क्रोध शान्त होने में न आता था। बारह दिन इसी तरह बीत गए। देवताओं की दया से **हेक्टर** का शव सड़ा नहीं लेकिन **एकिलीज़** की उद्दंडता सीमातिक्रमण कर रही थी। **ज़्यूस ने थेटिस** से कहा कि वह अपने बेटे को समझाए और दूसरी ओर **प्रायेम** को कहा कि वह धनराशि लेकर **एकिलीज़** के पास जाए और **हेक्टर** के शव के लिए आग्रह करे।

दूसरे दिन ही स्वर्ण और अमूल्य रत्नों से भरी गाड़ी लेकर वृद्ध **प्रायेम** ग्रीक शिविर में आया। **हेमीज़** ने उसका पथ-प्रदर्शन किया। **प्रायेम** ने जाते ही **एकिलीज़** के घुटने पकड़ लिए और उसके हाथों को चूमते हए आर्द्र स्वर में कहा, "**एकिलीज़!** तुम्हारा भी एक वृद्धा पिता है जो अपने पुत्र के वियोग में घुल रहा होगा। लेकिन मुझे देखो! मुझ जैसा अभागा कौन होगा! मैं वह कर रहा हूँ जो आज तक संसार में किसी पिता ने न किया होगा। मैं अपने बेटे के हत्यारे के सामने हाथ फैला रहा हूँ। मुझे मेरे **हेक्टर**

का शव दे दो...।" कहते-कहते **प्रायेम** का स्वर रुँध गया।

एकिलीज़ ने **प्रायेम** को उठाकर अपने पास बिठाया। सेवकों को आज्ञा दी कि वे **हेक्टर** के शरीर को नहलाकर स्वच्छ वस्त्रों से ढँक दें। **प्रायेम** ने **हेक्टर** के शोक के लिए बारह अथवा नौ दिन का युद्ध-विराम माँगा। **एकिलीज़** ने यह भी स्वीकार कर लिया। जब **प्रायेम हेक्टर** का शव लेकर **ट्रॉय** लौटा तो नगर का बच्चा-बच्चा खून के आँसू रोया। उस दिन तो **हेलेन** के भी आँसू न रुके। **हेक्टर** ने सदा उसके साथ मधुर व्यवहार किया और आखिर प्राण भी उसी के लिए दे दिए। **हेक्टर** के स्नेह में वह अपने भाइयों तक को भूल गई थी। एक वही व्यक्ति था सारे **ट्रॉय** में जिसने इतने भीषण नर-संहार के लिए भी कभी उसे दोषी नहीं ठहराया, कभी ताना नहीं दिया। वह मधुर-भाषण करनेवाला स्वर सदा के लिए खो दिया।

वीरोचित सम्मान के साथ **हेक्टर** का अन्तिम संस्कार किया गया और नगर में कई दिनों तक शोक मनाया गया।

होमर का 'इलियड' यहीं समाप्त हो जाता है।

एकिलीज़ का अन्त

हेक्टर की मृत्यु के बाद भी न तो **ट्राय** का पतन हुआ और न ही युद्ध में विजय का स्वरूप निश्चित हो पाया। एक वीर रणभूमि में गिरता तो दूसरा उसका स्थान ले लेता। एक शक्ति नष्ट होती तो दूसरी उभरकर सामने आ जाती। **हेक्टर** के देहान्त के बाद **ग्रीस** सैनिकों को कुछ समय तक **अमेज़न्स** की रानी **पेन्थेसिलाया** का सामना करने में जन-जीवन की काफ़ी हानि उठानी पड़ी। यह योद्धा स्त्री **हिप्पॉलाइटी** की बहन थी और अनजाने में उसकी हत्या हो जाने के कारण **एरिनीज़** से बचने के लिए **ट्रॉय** चली आई थी। **प्रायेम** ने इसे शुद्ध किया और इस उपकार के बदले में **पेन्थेसिलाया** ने युद्ध में **ट्रॉय** का साथ दिया। वह और उसकी संगी स्त्रियाँ बड़ी वीरता से लड़ीं। कई बार तो **एकिलीज़** को भी अपने प्राण बचाने के लिए भागना पड़ा। लेकिन आखिर एक दिन **पेन्थेसिलाया एकिलीज़** के प्रहारों के सामने हार गई। युद्ध-क्षेत्र में लड़ते हुए उसने वीरगति प्राप्त की। ऐसा कहते हैं कि **एकिलीज़** ने जब मृत **पेन्थेसिलाया** का कवच और शिरस्त्राण उतारा तो वह स्तब्ध रह गया। **पेन्थेसिलाया** अतीव सुन्दरी थी। **एकिलीज़** को उसकी हत्या का इतना दुख हुआ कि वह रो पड़ा। यदि वह जीवित **पेन्थेसिलाया** का यह मोहक रूप देख पाता तो अस्त्र-शस्त्र फेंककर उसका प्रणयी बन जाता। **एकिलीज़** की इस दुर्बलता पर **थेसायटीज़** ने उसका मज़ाक उड़ाया। **एकिलीज़** को इतना क्रोध आया कि उसने बिना कुछ सोचे-समझे **थेसायटीज़** पर वार किया और उसे वहीं ढेर कर दिया। इस घटना से ग्रीक योद्धाओं में बड़ा असन्तोष फैल गया। विशेष रूप से **डायेमेडीज़** के लिए तो यह प्रतिष्ठा का प्रश्न था। **थेसायटीज़** उसका भाई था। सम्भवतः इस उद्दंडता का प्रतिशोध लेने के लिए **डायेमेडीज़ पेन्थेसिलाया** के शव को रणभूमि से घसीटता हुआ ले गया और

स्कैमैन्डर नदी में फेंक दिया। **स्कैमैन्डर** से **एकिलीज़** अथवा ट्रोजन सैनिकों ने **पेन्थेसिलाया** के शव को निकाला और बड़े सम्मान के साथ उसका अन्तिम संस्कार किया।

अपनी सैनिक शक्ति क्षीण होते देख **प्रायेम** ने अपने सौतेले भाई **एसीरिया** के राजा **टिथॉनस** के पास यह सन्देश भेजा कि वह अपने बेटे **मेमनन** को युद्ध के लिए भेज दे। **मेमनन** तीन हज़ार सैनिकों एवं दो सौ रथों को लेकर **ट्रॉय** आ गया। यह **मेमनन** एकदम श्यामवर्ण का था लेकिन फिर भी अपने समय का सबसे सुन्दर युवक समझा जाता था। इसके पास भी **हेफ़ास्टस** द्वारा निर्मित कवच था। इस युद्ध में **मेमनन** ने तहलका मचा दिया। अनेक ग्रीक योद्धा उसके हाथों मारे गए। उनमें **नेस्टर** का पुत्र **एन्टीलॉकस** भी था। **नेस्टर** नहीं चाहता था कि **एन्टीलॉकस** इस युद्ध में भाग ले। एक भविष्यवाणी के अनुसार किसी **इथियोपियन** के हाथों उसकी मृत्यु निश्चित थी। अतः **नेस्टर** अकेला ही **ट्रॉय** आया था। लेकिन युद्ध में भाग लेने को विकल **एन्टीलॉकस** पिता की आज्ञा के बिना ही **ट्रॉय** चला आया और यहाँ आकर **एकिलीज़** से आग्रह किया कि वह **नेस्टर** से उसे लड़ने की अनुमति ले दे। **एन्टीलॉकस** के उत्साह के सामने **नेस्टर** को झुकना पड़ा। बहुत तेज़ दौड़नेवाले छोटी-सी आयु के इस सुन्दर युवक ने युद्ध में बड़े कौशल का प्रदर्शन किया, और **नेस्टर** की रक्षा करते हुए अपने प्राण दे दिए।

उस दिन के युद्ध में **ग्रीस** की बड़ी क्षति हुई। **मेमनन** ने उनके कुछ एक जलयान तक जला डाले लेकिन अँधेरा हो जाने के कारण उसे वापस लौटना पड़ा। यह निश्चित हुआ कि अगले दिन **मेमनन** और **एजैक्स** महान का द्वन्द्व-युद्ध हो। जब इस युद्ध की तैयारी हो रही थी **एकिलीज़** को अपने मित्र **एन्टीलॉकस** की मृत्यु की सूचना मिली और वह एक बार फिर एक मित्र की हत्या का प्रतिशोध लेने सिंह की तरह दहाड़ता हुआ रणक्षेत्र में पहुँचा। **मेमनन** मारा गया तब कहीं **एन्टीलॉकस** की चिता की अग्नि शान्त हुई। मिस्री **थीब्ज़** में एक बहुत बड़ी काले पत्थर की मूर्ति है जिसमें से प्रतिदिन सूर्य निकलने पर वीणा के तार टूटने जैसी आवाज़ होती है। **ग्रीस** के लोग इसे **मेमनन** कहते हैं।

मेमनन की मृत्यु से ट्रोजन सेना में खलबली मच गई। **एकिलीज़** ने उन्हें खदेड़ना शुरू किया। लेकिन अब **एकिलीज़** का काल भी निकट आ गया था। समुद्र देवता **पॉसायडन** एवं **अपोलो** ने **सिन्कस** और **ट्रॉयलस** की हत्या का बदला लेने की ठानी। वैसे भी **एकिलीज़** बहुत-सी सफलताओं से बड़ा अहंकारी हो गया था और अपने समक्ष देवताओं को भी कुछ नहीं समझता था। **अपोलो** ने **पैरिस** को खोजा और उसके बाण में शक्ति फूँक कर उसका निर्देश किया। बाण सीधा **एकिलीज़** की एड़ी में जाकर लगा जो उसके शरीर का एकमात्र भेद्य अंग थी। पीड़ा से तड़पते हुए **एकिलीज़** ने प्राण त्याग दिए। अब **एकिलीज़** के शव के लिए युद्ध और भी भीषण हो उठा। ट्रोजन शव को अपने अधिकार में लेकर **हेक्टर** के साथ किए गए दुर्व्यवहार का बदला लेना चाहते थे और ग्रीक अपने वीर सेनानायक के शरीर को इस अपमान से बचाने के लिए प्राणपण से लड़ रहे थे। इस युद्ध में **एजैक्स** महान के हाथों ट्रोजन **ग्लॉकस** वीरगति को प्राप्त हुआ। उसका कवच इत्यादि उतार लेने के बाद तीरों की बौछार के बीच **एजैक्स** ने

एकिलीज़ को उठा लिया और ग्रीक शिविर की ओर भाग लिया। **ओडिसियस** ने उसका पीछा करनेवाले शत्रु-सैनिकों को रोका। और इस तरह **एकिलीज़** का शव सुरक्षित अपने साथियों के बीच पहुँच गया। इसके बाद बड़े ज़ोरों की आँधी चली और युद्ध रोक दिया गया।

एकिलीज़ की यह अन्तिम इच्छा थी कि **प्रायेम** की बेटी **पॉलिक्सिना** की बलि उसकी समाधि पर दी जाए। **एकिलीज़** ने एक बार **ग्रीस** और **ट्रॉय** की संयुक्त सीमा पर स्थिर मन्दिर में **हेकेबी** के साथ पूजा के लिए आई **पॉलिक्सिना** को देखा था और तभी से वह उसके प्रेम में पागल था। कहते हैं कि उसने **हेक्टर** के शव के बदले में भी **प्रायेम** से **पॉलिक्सिना** को माँगा था। लेकिन **प्रायेम** ने अस्वीकार कर दिया। वह केवल एक शर्त पर **पॉलिक्सिना** का हाथ **एकिलीज़** को देने को तैयार था और वह यह कि ग्रीक योद्धा **ट्रॉय** का घेरा उठा लें और स्वदेश लौट जाएँ। लेकिन ग्रीक जिस काम के लिए आए थे उसे पूरा किए बिना लौटना असम्भव था।

एकिलीज़ की मृत्यु का समाचार सुन रोती हुई **थेटिस** ग्रीक शिविर में पहुँची। उसके साथ असंख्य जलपरियाँ भी इस शोक में सम्मिलित थीं। नौ **म्यूज़ेज़** ने मृत्यु गीत गाए। सत्रह दिन तक **एकिलीज़** का शोक मनाया गया। और अठारहवें दिन उसकी चिता को अग्नि दी गई। **एकिलीज़** की राख को **पेट्रोक्लस** की राख के साथ एक ही कलश में सुरक्षित कर दिया गया। जहाँ इस राख को दफ़नाया गया वहाँ एक भव्य स्मारक का निर्माण हुआ। **एकिलीज़** के सम्मान में खेलों का आयोजन किया गया जिसमें **यूमेलस** ने रथ-वाहन, **डायेमेडीज़** ने पैदल दौड़ और **एजैक्स** ने डिसकस फेंकने की प्रतियोगिता में प्रथम स्थान प्राप्त किए। **ट्यूसर** शरसन्धान में प्रथम रहा।

एकिलीज़ की आत्मा को ईलिसियन क्षेत्र में भेज दिया गया जहाँ **हेलेन** के शरीर त्याग करने पर इन दोनों का विवाह कर दिया गया। कहते हैं **एकिलीज़ ने थेटिस** द्वारा प्रेषित स्वप्न में एक बार **हेलेन** का भोग किया था। इससे उसे इतना सुख प्राप्त हुआ कि मृत्यु के बाद भी उसने **हेलेन** से ही विवाह का विशेष आग्रह किया। इस तरह **थीसियस, मेनेलियस, पैरिस** और **डीफ़ोबस** के बाद **एकिलीज़** ईलिसियना प्रदेश में **हेलेन** का पाँचवाँ पति हुआ। वैसे एक अन्य धारणा यह भी है कि **एकिलीज़** का विवाह **हेलेन** से नहीं **मेडीया** से हुआ था। ऐसा भी एक मत है कि **एकिलीज़** को ईलिसियन प्रदेश नहीं, **हेडीज़** को भेजा गया जहाँ उसकी आत्मा इस अन्याय पर कुढ़ती घूम रही है।

एकिलीज़ ट्रॉय का पतन अपनी आँखों से नहीं देख सका। लेकिन मरते समय भी उसे विश्वास था कि इस युद्ध में विजय **ग्रीस** की ही होगी और वह समय अब दूर नहीं।

एजैक्स की विभ्रान्ति

थेटिस की अनुमति से यह निश्चित हुआ कि **एकिलीज़** का कवच और उसके शस्त्र **ट्रॉय** के विरुद्ध युद्ध करनेवाले सर्वश्रेष्ठ योद्धा को पुरस्कार के रूप में दिए जाएँ। इस पुरस्कार

का दावा **ओडिसियस** और **एजैक्स** महान ने किया। ये दोनों वीरता में अतुलनीय होने के साथ **एकिलीज़** के शव को सुरक्षित ग्रीक शिविर में ले आने के श्रेय के अधिकारी थे। कहते हैं कि **ऐगमेमनन एजैक्स** को पसन्द नहीं करता था, अतः उसने व्यक्तिगत कारणों से उसे नीचा दिखाने के लिए ये शस्त्र **ओडिसियस** और **मेनेलियस** में बराबर बाँट दिए। यह भी कहते हैं कि निर्णय की इस कठिन स्थिति से बचने के लिए उसने ग्रीक योद्धाओं से गुप्त मतदान करवाया था। एक अन्य धारणा के अनुसार **नेस्टर** के परामर्श पर कुछ गुप्तचरों को ट्रॉय-निवासियों का निष्पक्ष विचार जानने के लिए नगर की दीवारों के बाहर भेजा गया था। उनके द्वारा लाए गए विवरणों के आधार पर यह निश्चित हुआ कि **एकिलीज़** के शस्त्रों का अधिकारी **ओडिसियस** को ही होना चाहिए। **ट्रॉय** की जनता उसे **एजैक्स** से अधिक वीर मानती थी। अतः ये शस्त्र **ओडिसियस** को प्रदान किए गए। इस पुरस्कार का मिलना जहाँ बड़े सम्मान की बात थी, वहाँ इसका न मिलना बहुत बड़ा अपमान था। **एजैक्स** इतने बड़े निरादर को कैसे पी जाता! प्रकट रूप से तो वह शान्त रहा लेकिन विक्षोभ ने भीतर से उसे मथ डाला। उसने बदला लेने का निश्चय किया। लेकिन उसी रात अतिशय मानसिक घात-प्रतिघात के कारण अथवा **एथीनी** के शाप से **एजैक्स** पागल हो गया। उसने **ट्रॉय** के निकटवर्ती प्रदेशों से लूट में लाए गए चौपायों को ग्रीक सैनिक समझकर काट डाला। रात-भर में न जाने कितने ही असहाय पशु उसके पागलपन का शिकार हो गए। फिर उसने दो सफ़ेद पैरोंवाले बलिष्ठ भेड़ लिए और उन्हें **ऐगमेमनन** और **मेनेलियस** मान कर उनके सिर काट डाले, उनकी ज़बान खींच ली। फिर एक भेड़ को एक स्तम्भ से बाँधकर **ओडिसियस** का नाम लेकर गालियाँ देते हुए कोड़े से खूब मारा।

चेतना लौटने पर जब **एजैक्स** को अपनी अमर्यादित हरकतों का पता चला तो वह शर्म से पानी-पानी हो गया। लज्जा और अपमान से व्यथित **एजैक्स** ने आत्महत्या करने की ठान ली। उसने अपने पुत्र **यूरीसेसेज** को बुलाया और अपना विख्यात कवच सौंपते हुए आदेश किया कि उसके अन्य शस्त्र मरणोपरान्त उसके शव के साथ ही दफना दिए जाएँ। **एजैक्स** का सौतेला भाई **ट्यूसर** जो कि **टेलमॅन** और **प्रायेम** की बेटी **हीसियानी** का पुत्र था, उस समय **मायसिया** गया हुआ था। **एजैक्स** ने उसे अपने पुत्र का संरक्षक नियुक्त किया और ग्रीक शिविर से किसी निर्जन स्थान की खोज में निकल पड़ा। एक जगह **हेक्टर** द्वारा प्रदत्त चाँदी की मूठवाली तलवार को पृथ्वी में गाड़कर उसने **ज़्यूस** से प्रार्थना की कि **ट्यूसर** को उसका शव दे दिया जाए, उसकी आत्मा को **एस्फ़ाडेल** में स्थान मिले एवं **एरीनीज़** उसका प्रतिशोध लें। यह कहकर उसने बगल में वह तलवार भोंक ली। उसके शरीर का केवल यही भाग भेद्य था। इस प्रकार **एजैक्स** महान के जीवन का यह गर्हित अन्त हुआ।

ट्यूसर को **एजैक्स** की आत्महत्या की सूचना **ज़्यूस** द्वारा पहुँचा दी गई। ग्रीक शिविर में अभी तक किसी को इस घटना का पता नहीं था। **ट्यूसर** ने उसके शव को भी खोज निकाला। रक्त के एक ताल में पड़े **एजैक्स** महान के विशालकाय शरीर को देख वह

ग्रीस के प्रति वितृष्ण हो उठा। वह सोच ही रहा था कि अपने पिता **टेलमॅन** को कैसे वह यह दुःखद सम्वाद देगा कि तभी **मेनेलियस** वहाँ आ पहुँचा और उसने कहा कि **एजैक्स** के शरीर को चीलों और गिद्धों के लिए वहीं खुला छोड़ दे। आत्महत्या करनेवाले को वीरोचित संस्कार नहीं दिया जाता। **यूरीसेसेज** को **एजैक्स** के शव की रक्षा का भार सौंपकर **ट्यूसर** क्रोध से चीखता-चिल्लाता **ऐगमेमनन** के तम्बू में पहुँचा और **एजैक्स** के लिए उचित सम्मान की माँग की। इस वाद-विवाद में **ओडिसियस** ने **ट्यूसर** का साथ दिया। अन्ततः **कैलकस** के परामर्शानुसार **एजैक्स** के शव को दफनाना निश्चित हुआ। उसे युद्ध भूमि में वीरगति प्राप्त करनेवाले योद्धाओं के योग्य अन्तिम संस्कार नहीं दिया गया।

एजैक्स की मृत्यु पर **सैलेमिस** में लाल चिकत्तियोंवाला एक श्वेत फूल खिला जिसके ऊपर लिखा था, ''आह! आह!'' ऐसा भी कहते हैं कि यह फूल उस धरती पर खिला जहाँ **एजैक्स** का रक्त गिरा था। **ट्यूसर** जब वापस **सैलेमिस** पहुँचा तो **टेलमॅन** ने उसे **एजैक्स** और **ओडिसियस** के बीच **एकिलीज़** के कवच के अधिकार को लेकर हुए झगड़े में **एजैक्स** का साथ न देने, **एजैक्स** की अस्थियाँ और उसके पुत्र **यूरिसेसेज** को स्वेदश न लाने के अपराध में निष्कासित कर दिया। **ट्यूसर साइप्रस** चला गया और वहाँ एक नए **सैलेमिस** की नींव डाली।

कैलकस की भविष्यवाणी

ग्रीक सैनिकों को **ट्रॉय** का घेरा डाले नौ वर्ष बीत गए। उनके महान योद्धा एवं अनगिनत साथी इस युद्ध में काम आए। लेकिन **ट्रॉय** के पतन के कोई लक्षण अब भी दिखाई नहीं देते थे। विदेश की भूमि पर एक सुन्दर स्त्री के अपहरण का प्रतिशोध लेने आए सैनिक अब निराश हो चले थे। रणभूमि में वीरगति को प्राप्त होना कितने ही गौरव की बात क्यों न हो, युद्ध के वीभत्स परिणामों से नहीं बचा जा सकता। पहाड़ों से उछलती-कूदती निकलनेवाली नदी भी कहीं तो किसी समतल पर अपना वेग खो मंथर गति से सरकने लगती है। दस वर्ष पहले ये योद्धा जिस उन्माद और उत्साह से यश कमाने निकले थे, वह अब ठंडा पड़ने लगा था। सभी किसी निश्चय पर पहुँचने के लिए विकल थे। **ग्रीस** से प्रस्थान करने के पूर्व मिले दैवी संकेतों के अनुसार भी अब **ट्रॉय** का पतन होना चाहिए था। **कैलकस** ने अपनी दिव्य-दृष्टि के आधार पर यह बताया कि जब तक **हेराक्लीज़** के धनुष और बाणों का प्रयोग नहीं किया जाता, **ट्रॉय** का पतन असम्भव है। ये बाण **हेराक्लीज़** ने मरते समय **फ़िलॉक्टेटीज़** को दिए थे। **ऑलिस** से **फ़िलॉक्टेटीज़** ग्रीक योद्धाओं के साथ ही **ट्रॉय** के युद्ध में भाग लेने के लिए चला था लेकिन रास्ते में उसे एक साँप ने काट लिया था। अतः ग्रीक बेड़े उसे **लेमनॉस** के द्वीप पर अकेला छोड़कर चले आए थे। अब **ओडिसियस** और **डायमेडीज़** ने उसे मना कर उससे **हेराक्लीज़** के बाण लाने के लिए **लेमनॉस** प्रस्थान किया। **फ़िलॉक्टेटीज़** अभी तक

उस घाव से परेशान उसी द्वीप पर जैसे-तैसे पशु-पक्षी मारकर अपना निर्वाह कर रहा था। **ओडिसियस** की योजना उसके बाण चुराने की थी लेकिन **डायेमेडीज़** ने यह उचित नहीं समझा। उसने **फ़िलॉक्टेटीज़** को सारी स्थिति समझाकर उससे **ट्रॉय** चलने का अनुरोध किया। लेकिन **फ़िलॉक्टेटीज़** को रोष दिखाने का अवसर मिला था, वह राज़ी नहीं हुआ। इस पर देवता **हेराक्लीज़** ने उसे आदेश दिया, "**फ़िलॉक्टेटीज़!** तुम **ट्रॉय** अवश्य जाओ। मैं चाहता हूँ कि **ट्रॉय** का विध्वंस दूसरी बार भी मेरे ही बाणों से हो। तुम्हारा भी वहाँ उचित आदर होगा, महान योद्धा के रूप में तुम्हें सम्मान दिया जाएगा। **पैरिस** की हत्या तुम्हारे हाथों होगी और तुम्हें **ट्रॉय** के पतन पर अपार धनराशि भी मिलेगी। तुम्हारा यह घाव ठीक करने के लिए मैं चिकित्सक भी वहीं भेजूँगा। जाओ, सौभाग्य वहाँ तुम्हारी प्रतीक्षा कर रहा है। असीम यश अर्जित करो। लेकिन एक बात स्मरण रखना। तुम **ट्रॉय** को **एकिलीज़** के पुत्र **नियोपटॉलेमस** की सहायता के बिना नहीं जीत सकते, और न ही वह तुम्हारे बिना यह दुष्कर कार्य सम्पन्न कर सकता है।"

फ़िलॉक्टेटीज़ ने **हेराक्लीज़** की आज्ञा का पालन किया। वह **ओडिसियस** और **डायेमेडीज़** के साथ ही **ट्रॉय** आ गया। वहाँ पहुँचकर स्नानादि से निवृत्त होकर जब वह **अपोलो** के मन्दिर में सोया तो शल्यक्रिया में निपुण **मेकों** ने उसके सड़ते हुए घाव को काटकर साफ किया, उसमें मदिरा डाली और कुछ जड़ी-बूटियों तथा सर्पिल धातु के मरहम का लेप किया। स्वस्थ होने पर **फ़िलॉक्टेटीज़** ने **पैरिस** को शरसन्धान की प्रतियोगिता में ललकारा। उसका पहला बाण व्यर्थ गया, लेकिन दूसरे से **पैरिस** का हाथ घायल हो गया और तीसरे से आँख। चौथा बाण **पैरिस** के टखने में लगा और वह गिर पड़ा। **पैरिस** के घावों की चिकित्सा **इनूनी** कर सकती थी, अतः उसने अपने साथियों को कहा कि उसे **एडा** पर्वत पर ले चलें। **इनूनी** वही वन देवी थी जिसके साथ **पैरिस** ने प्रथम बार प्रेम के रस का आस्वादन किया था। उसके प्रथम प्रेमाकर्षण के साक्षी उन वृक्षों, उन कुंजों, उन झरनों और पहाड़ियों ने इतने वर्षों तक परित्यक्ता **इनूनी** के विरह अश्रुओं को अपने वक्ष पर झेला था। **इनूनी** कैसे भूल जाती कि जब वह इन एकाकी स्थलों पर अपने अतीत के चित्र दोहराती लम्बे श्वास लिया करती थी, **पैरिस** अपने महल में **हेलेन** के प्रगाढ़ आलिंगन में सोया करता था। उसने मुँह मोड़ लिया। **पैरिस** के मार्मिक आग्रहों से भी वह न पसीजी। असह्य वेदना झेलने के बाद **ट्रॉय** पर विनाश के बादल लानेवाला **प्रायेम** का लाड़ला बेटा चल बसा। **इनूनी** को जब **पैरिस** की मृत्यु का सम्वाद मिला तो वह एक पहाड़ी से कूद गई, या सम्भवतः **पैरिस** की चिता पर सती हो गई। यही उसके एकनिष्ठ प्रेम का प्रमाण था, यही उसका प्रायश्चित्त।

पैरिस की मृत्यु से भी **ट्रॉय** की दीवारें न हिलीं। वस्तुतः यह नगर इससे पहले कहीं अधिक गहरे आघात सह चुका था और फिर भी किसी पर्वत की तरह स्थिर, सुदृढ़, अभेद्य खड़ा था। **पैरिस** की मृत्यु के बाद **हेलेन** पर अधिकार के प्रश्न को लेकर **प्रायेम** के बेटों में वैमनस्य उत्पन्न हो गया। **डायफ़ोबस** और भविष्यद्रष्टा **हेलिनस** में से प्रायेम ने **डायफ़ोबस** का पक्ष लिया क्योंकि **डायफ़ोबस** ने इस युद्ध में अपने भाई की अपेक्षा

अधिक पराक्रम का प्रदर्शन किया था। कहते हैं कि **हेलेन** अब किसी नए विवाह-सम्बन्ध के लिए प्रस्तुत नहीं थी और उसने रात्रि के अन्धकार में एक रस्सी के सहारे **ट्रॉय** से भागकर ग्रीक शिविर में चले जाने की असफल चेष्टा भी की। **डायफ़ोबस** ने उससे बलात् विवाह कर लिया। इस पर **हेलिनस** रुष्ट होकर **ट्रॉय** से **एडा** पर्वत के ढलानों पर **एरिज़नी** के साथ रहने चला गया।

इधर **कैलकस** ने ग्रीक योद्धाओं को बताया कि वह **ट्रॉय** के पतन सम्बन्धी कोई भविष्यवाणी अब नहीं कर सकता। यदि वे जानना चाहते हैं कि नगर की सुरक्षा अन्य किन तथ्यों पर निर्भर है तो उन्हें **हेलिनस** के पास जाना चाहिए। इस काम के लिए **ओडिसियस** को भेजा गया। **ओडिसियस** शस्त्र-प्रयोग के लिए तैयार होकर गया था लेकिन **हेलिनस** उसके बिना ही **ट्रॉय** से विश्वासघात करने को प्रस्तुत था। उसके बदले में वह **ट्रॉय** के पतन के बाद सुदूर स्थित एक छोटा-सा राज्य चाहता था। **ओडिसियस** ने वचन दिया। **हेलिनस** ने बताया :

''**ट्रॉय** का पतन इसी ग्रीष्म में हो सकता है यदि **पीलॉप्स** की अस्थियाँ ग्रीक शिविर में लाई जाएँ, **नियोपटॉलेमस** सेना का नेतृत्व करे और **एथीनी** के **पैलेडियम** को **ट्रॉय** के मन्दिर से चुरा लिया जाए क्योंकि इस मूर्ति पर नगर की सुरक्षा निर्भर करती है। जब तक **पैलेडियम ट्रॉय** के भीतर है, उसकी दीवारों को कोई नहीं तोड़ सकता।''

इस भविष्यवाणी के अनुसार **ऐगमेमनन** ने तुरन्त अपने कुछ व्यक्ति **पीलॉप्स** की अस्थियाँ लाने के लिए **पीसा** भेज दिए। इसी बीच **मेनेलियस, ओडिसियस, फ्रीनिकस** और **डायेमेडीज़ स्कीरॉस** से **नियोपटॉलेमस** को लाने के लिए गए। कहते हैं, **एकिलीज़** का पुत्र **नियोपटॉलेमस** उस समय केवल बारह वर्ष का था और **लायकोमेडीज़** उसका संरक्षक था। **एकिलीज़** की आत्मा ने उसे इस अभियान पर जाने का आदेश दिया। **नियोपटॉलेमस** ने आज्ञा का पालन किया और युद्ध एवं बुद्धिमत्ता दोनों में ख्याति प्राप्त की। अब तीसरा काम **पैलेडियम** को चुरा कर लाना था। इसके लिए **ओडिसियस** और **डायेमेडीज़** ने मिलकर एक योजना बनाई। **डायेमेडीज़** ने **ओडिसियस** को दिखावे के लिए इतना पीटा कि उसका शरीर लहूलुहान हो गया। फटे-पुराने गंदे चिथड़ों में, क्षत-विक्षत **ओडिसियस** ने एक शरणागत के रूप में **ट्रॉय** में प्रवेश किया। इस वेश-परिवर्तन और अभिनय के बावजूद भी **हेलेन** ने उसे पहचान लिया, लेकिन चुप रही। इतना ही नहीं, उसने **पैलेडियम** को चुराने में **ओडिसियस** की सहायता भी की। यह **पैरिस** की मृत्यु के बाद **ट्रॉय** में एक दासी का-सा जीवन बिता रही थी। और अब वापस **स्पार्टा** जाने को विकल थी। इस तरह **हेलेन** की सहायता से **ओडिसियस** रात्रि के अन्धकार के आवरण में **पैलेडियम** को चुराने में सफल हुआ। एक अन्य विवरण के अनुसार **पैलेडियम** को **डायेमेडीज़** ने चुराया था। उसने **ओडिसियस** की सहायता से **ट्रॉय** की दीवार का अतिक्रमण करके नगर में प्रवेश किया और उस प्रतिमा को लेकर निश्चित स्थल पर लौट आया। कहते हैं कि **डायेमेडीज़** की इस सफलता से **ओडिसियस** को बड़ी ईर्ष्या हुई और जब **डायेमेडीज़** उसके आगे हाथ में प्रतिमा लिए चल रहा था, **ओडिसियस** ने उस पर तलवार से वार किया। भाग्यवश **डायेमेडीज़** ने चाँदनी रात

में अपने सामने पड़ती हुई **ओडिसियस** की परछाईं को देख लिया और वह वार बचा गया। उसने **ओडिसियस** के शस्त्र छीन लिए और उसे मारता हुआ ग्रीक शिविर में ले आया।

इस तरह ग्रीक सेना ने **हेराक्लीज़** के बाणों के अतिरिक्त **पीलॉप्स** की अस्थियाँ, **नियोपटॉलेमस** का नेतृत्व और पवित्र **पैलेडियम**—सभी कुछ प्राप्त कर लिया। लेकिन अभी भी **ट्रॉय** के पतन के कोई लक्षण दिखाई नहीं देते थे। उसकी दीवारें आज भी उतनी हो अभेद्य थीं जितनी दस वर्ष पहले। बल्कि सच तो यह है कि दस वर्ष का यह युद्ध **ट्रॉय** के बाहर, उसके आस-पास, उसकी अभेद्य दीवारों के नीचे होता रहा था। लेकिन नगर पर सीधा एक भी आक्रमण ग्रीक नहीं कर पाए थे। इतना स्पष्ट था कि यदि ग्रीक **ट्रॉय** में प्रवेश नहीं कर पाते तो उन्हें अपनी पराजय स्वीकार करनी पड़ेगी। और इतने लम्बे युद्ध के बाद ग्रीक पराजय के अपमान का दंश सहने को प्रस्तुत नहीं थे।

ट्रॉय का पतन

काष्ठ-अश्व

आखिर एक दिन **ओडिसियस** को एक चाल सूझी। ऐसा भी कहते हैं कि इतनी लम्बी प्रतीक्षा से तंग आकर देवी **एथीनी** ने **ट्रॉय** के पराभव के लिए **हेमीज़** के पुत्र द्वारा इस उपाय की प्रेरणा भेजी। **ओडिसियस** ने **एपियस** नामक एक शिल्पी को आदेश दिया कि वह एक विशालाकार लकड़ी के घोड़े का निर्माण करे। यह घोड़ा **ट्रॉय** की दीवारों से भी ऊँचा हो और इसका भीतरी भाग खाली हो ताकि कुछ ग्रीक योद्धा इसके अन्दर छिपकर बैठ सकें। **एपियस** ने ऐसा ही किया। उसने एक बहुत बड़े आकार का घोड़ा बनाया और उसमें प्रवेश करने और निकलने के लिए एक द्वार की व्यवस्था की। इस घोड़े पर बड़े-बड़े स्पष्ट अक्षरों में अंकित था, "ग्रीक अपनी सुरक्षित वापसी यात्रा के लिए यह अश्व देवी **एथीनी** को भेंट करते हैं।" यह निश्चित हुआ कि चुने हुए कुछ ग्रीक योद्धा इस घोड़े के खोल में छिपकर द्वार बन्द कर लें। शेष सभी ग्रीक सैनिक शिविर उठा लें और अपने जलयानों को लेकर किसी निकटतम द्वीप पर पहाड़ियों की ओट में छिप जाएँ। इससे **ट्रॉय** के वासी यह समझेंगे कि ग्रीक अपने देश लौट गए हैं, और उन्होंने पराजय स्वीकार कर लिया है। इस योजना का अगला कदम था किसी भी तरह इस काष्ठ-अश्व का **ट्रॉय** में प्रवेश कराना। इसकी व्यवस्था भी **ओडिसियस** ने कर ली थी।

यह एक बड़ी खतरनाक योजना थी। बहुत सम्भव था कि ट्रोजन इस अश्व को नगर के भीतर ले जाने के बदले उसे ग्रीक सेनापतियों की कोई चाल समझकर आग लगा दें, या किसी अन्य साधन से नष्ट कर दें। उस अवस्था में जलयानों में जानेवाले

सैनिक और सेनाधिकारी तो सुरक्षित स्वदेश लौट सकते थे लेकिन अश्व के भीतर छिपे एक भी योद्धा का बचना असम्भव था। लेकिन अब उसके अतिरिक्त और कोई चारा भी नहीं था। जान हथेली पर लेकर **मेनेलियस, ओडिसियस, डायेमेडीज़, स्थेनलियस, एक्मास, थुआ** और **नियोपटॉलेमस** आदि कुछ वीर घोड़े के भीतर एक सीढ़ी की सहायता से घुसे। इनकी कुल संख्या, तेईस, तीस और कहीं-कहीं पचास बताई गई है। बहुत लोभ देने और धमकाने पर ही **एपियस** सबसे बाद में इस घोड़े में घुसा और सीढ़ी को ऊपर खींच लिया। केवल **एपियस** ही इस द्वार को खोलने की विधि जानता था।

उस रात **ओडिसियस** के आदेशानुसार शिविर में आग लगा दी गई और सभी **ग्रीक** सैनिक **ऐगमेमनन** के सेनापतित्व में अपने समुद्री-बेड़ों पर सवार होकर **ट्रॉय** की भूमि से कूच कर गए। उन्हें दूसरे दिन सन्ध्या तक संकेत की प्रतीक्षा करनी थी। संकेत देने के लिए **ओडिसियस** के निकट सम्बन्धी **सिनॅन** की नियुक्ति हुई।

दूसरे दिन प्रातःकाल जब ट्रॉयवासियों ने अपनी गगनचुम्बी अभेद्य दीवारों से नीचे देखा तो वे आश्चर्यचकित रह गए। ग्रीक शिविर में सन्नाटा था। दूर-दूर तक कहीं कोई प्राणी दृष्टिगोचर न होता था। यहाँ-वहाँ धुएँ में लिपटी कुछ जलने की गन्ध उठ रही थी। और इस सन्नाटे के बीच एक बृहदाकार काष्ठ-अश्व खड़ा था। इस अश्व को देखने से कौतूहल तो होता ही, भय भी लगता था। वह किसी प्रेतात्मा की तरह निश्चल खड़ा था। उसमें न तो गति थी और न ही कोई ध्वनि। इन दो आश्चर्यजनक घटनाओं का केवल एक ही अर्थ निकलता था। वह यह कि आखिर **ग्रीस** ने अपनी पराजय स्वीकार कर ही ली। सारे **ट्रॉय** में हर्ष की लहर दौड़ गई। जनसाधारण अपने घरों से निकल यह कौतूक देखने उमड़ पड़े। नगर के द्वार खोल दिए गए। युद्ध और रक्तपात के दिन बीत गए, भय और अविश्वास अतीत के अंग बन गए। एक नए युग का आरम्भ हुआ, शान्ति और समृद्धि का युग। युवकों के मन में एक नई उमंग जागी, स्त्रियों ने चैन की साँस ली। लेकिन यह उल्लास कितना अल्पकालिक सिद्ध होगा, **ट्रॉय** की प्रजा को यह नहीं मालूम था। अभी तो इस युग का अन्त होना शेष था। यह तो सृजन से पहले पतन की भूमिका मात्र थी।

झुंड के झुंड लोग उस सारे क्षेत्र में फैल गए जहाँ कभी ग्रीक-शिविर था। वे कौतूहल से निर्भय होकर देखते और कहते, ''यह देखो, यहाँ **एकिलीज़** का तम्बू था जहाँ वह **ऐगमेमनन** से रूठ कर बैठा रहा था। यहाँ **ऐगमेमनन** रहता था—ग्रीक का मुख्य सेनाधिपति। और यहाँ चालाक, वाक्पटु **ओडिसियस** का तम्बू था।'' इत्यादि, इत्यादि। आज जन-साधारण निर्भय होकर उस प्रदेश में विचरण कर रहे थे जिसके उल्लेख मात्र से उनका हृदय हिल जाता था। उधर बहुत से लोग लकड़ी के उस भीमकाय घोड़े को घेरे खड़े थे। वृद्ध **प्रायेम** भी इसे देखने के लिए बाहर आया था। सभी ट्रोजन योद्धा, स्त्री-पुरुष, बच्चे वहाँ एकत्रित थे। **डायेफ़ोबस** और **हेलेन** भी। किसी की समझ में नहीं आ रहा था कि इस घोड़े का क्या किया जाए। **थायमोटीज़** बहुत सोचने के बाद बोला, ''इसे **एथीनी** को भेंट किया गया है, इसलिए मेरे विचार से तो इसे नगर के भीतर ले

चलना उचित होगा।'' लेकिन **कैपिस** को सन्देह था कि इसमें कोई चाल है। ''नहीं, नहीं। ऐसा मत करना। इस युद्ध में **एथीनी** ने एक दिन भी हमारा साथ नहीं दिया। यह उसका कोई नया शस्त्र न हो। मैं तो कहता हूँ, हमें इस अश्व को जला देना चाहिए।'' **प्रायेम** की बेटी **कज़ैन्ड्रा** का भी यही मत था। **ट्रॉय** के संत और भविष्यवक्ता **लाओकूँ** ने भी इसका समर्थन किया। लेकिन **प्रायेम** और उसके कुछ साथियों ने इस बात का विरोध किया। इस बीच घोड़े के खोल में बैठे ग्रीक योद्धा सिर से लेकर पाँव तक काँप रहे थे, और **एपियस** के तो आँसू ही न रुकते थे। बड़ी कठिनता से उसकी सिसकियों की आवाज़ को रोका गया। केवल **नियोपटॉलेमस** ही इस स्थिति में भी दृढ़ रहा। उसे **ओडिसियस** के युद्ध-संकेत की प्रतीक्षा थी। तभी **एन्काइसेज़** ने चिल्लाकर कहा, ''मूर्खो! ग्रीक का कभी विश्वास न करो। नष्ट कर दो इस घोड़े को। आग लगा दो। दे मारो इसे **ट्रॉय** की दीवारों पर।'' और यह कहते हुए उसने अपने भाले से अश्व पर प्रहार किया जो **नियोपटॉलेमस** के सिर के पास लकड़ी में घुस गया। लेकिन इस विरोध पर भी **प्रायेम** का वृद्ध अन्धविश्वासी मन इस अश्व को नष्ट कर देने को तैयार न हुआ। उसका कहना था कि **एथीनी** की इस भेंट को नगर के भीतर ले चलना चाहिए। यह वाद-विवाद चल ही रहा था कि कुछ ट्रोजन सैनिक एक रोते-कलपते ग्रीक को पकड़कर **प्रायेम** के सम्मुख लाए। उसकी अवस्था से लगता था कि उस पर बड़ा अत्याचार हुआ है। वह रो-रोकर बार-बार यही कहता था कि ग्रीक होने से तो मर जाना अच्छा है। **प्रायेम** ने उसका परिचय पूछा तो उसने सच-सच बता दिया कि वह ग्रीक है, उसका नाम **सिनॅन** है और वह इस युद्ध में भाग लेने के लिए अपने पिता के परम मित्र **पैलेमेडीज़** के साथ आया था। यह पूछे जाने पर कि उसकी यह दशा क्यों हुई, और ग्रीक उसे निसहाय छोड़कर कहाँ और क्यों चले गए, **सिनॅन** ने उत्तर दिया :

''इतने लम्बे युद्ध से ग्रीक तंग आ गए थे, और स्वदेश वापस लौटना चाहते थे, लेकिन वायु प्रतिकूल बह रही थी। ग्रीक सेनापतियों ने बहुत प्रतीक्षा की लेकिन फिर भी न तो प्रकृति अनुकूल हुई और न ही स्वदेश सुरक्षित वापसी का कोई दैवी संकेत मिला। वस्तुतः **पैलेडियम** को चुराने के कारण देवी **एथीनी** हम लोगों पर कुपित थीं। आखिर कुछ लोगों को प्रश्न-स्थल पर भेजकर देवी को प्रसन्न करने का उपाय पूछा गया। वहाँ यह आदेश हुआ कि जैसे **ऑलिस** से **ट्रॉय** की ओर प्रस्थान करते समय राजपुत्री **इफ़िजीनिया** की बलि दी गई थी, उसी प्रकार यहाँ से सुरक्षित वापस लौटने के लिए भी किसी अभिजात युवक की बलि दी जाए, तभी वायु अनुकूल बहेगी। अब यह प्रश्न था कि बलि किसकी दी जाए। इस पर उस धूर्त **ओडिसियस** ने **कैलकस** से मेरी ओर संकेत करवा दिया। आप तो जानते ही हैं **ओडिसियस** कितना दुष्ट और अधम है। अपनी स्वार्थपूर्ति के लिए वह कुछ भी कर सकता है। पीठ में छुरी भोंकने में उस जैसा कुशल शायद ही कोई हो। दुर्भाग्यवश सारे ग्रीक शिविर में केवल मैं ही उसका यह रहस्य जानता था कि उसने **पैलेमेडीज़** पर विश्वासघात का झूठा आरोप लगाकर उसे

मरवा दिया था। इसलिए **ओडिसियस** सदा मुझे मारने की घात में रहता था। इतने समय तक मैं जैसे-तैसे बचता रहा लेकिन आखिर उसका दाँव लग गया। उस कपटी ने बलि के लिए मुझे चुना। सभी ने इस निर्णय को सहर्ष स्वीकार कर लिया क्योंकि वे स्वयं इस दुर्भाग्य से बचने की चिन्ता में थे। अब आप ही बताइए, मैं क्या करता। मुझे उन्होंने शृंखलाओं में जकड़ दिया। लेकिन जब वे लोग लंगर उठाने की तैयारी में व्यस्त हुए, मैं निकल भागा। भाग्यवश तभी अनुकूल वायु बहने लगी और सारे ग्रीक जलयान सदा के लिए इस देश की भूमि से विदा हो गए। और मैं अभागा अपनी मातृभूमि कभी न देख पाने का दण्ड चुपचाप स्वीकार करके यहीं छिप गया।" यह कहकर **सिनॅन** हिचकियाँ लेकर रोने लगा, "मेरा दुर्भाग्य! मैं किसी के भी काम न आ सका। न मित्रों ने मेरा साथ दिया, न शत्रुओं ने। आपसे भला मैं किस दया की आशा कर सकता हूँ। मार ही डालिए मुझे। अन्त कर दीजिए इस व्यर्थ असफल जीवन का। मैं अब जीकर क्या करूँगा?"

यह कहानी इतनी कुशलता से गढ़ी गई थी कि किसी को भी **सिनॅन** पर अविश्वास नहीं हुआ। अपितु उनके मन में इस असहाय व्यक्ति के लिए सहानुभूति उत्पन्न हो गई। उसका अभिनय इतना वास्तविक और मार्मिक था कि **प्रायेम** ने उसे जीवन-दान दिया और उसे **ट्रॉय** में स्वीकार कर लेने की घोषणा भी कर दी। अब वह उस लकड़ी के घोड़े के विषय में जानना चाहता था। ग्रीक इसे यहाँ क्यों छोड़ गए और इसका आकार इतना बड़ा क्यों बनाया गया। इस विषय में **सिनॅन** ने बताया कि–

"जिस रात **ओडिसियस** और **डायेमेडीज़ पैलेडियम** को चुराकर ग्रीक शिविर में पहुँचे, प्रतिमा में से तीन बार आग की लपटें उठीं। वह क्रोध से थर-थर काँपी और उसके अंगों पर पसीना झलक आया। इस पर **कैलकस** ने बताया कि देवी इस अपराध के लिए हमसे बहुत रुष्ट है, और हमें अब यहाँ सफलता नहीं मिल सकती। उसने **ऐगमेमनन** को परामर्श दिया कि एक अश्व देवी को भेंट करके वापस **ग्रीस** लौट चले और फिर कभी शुभ मुहूर्त में सेना एकत्रित कर **ट्रॉय** पर आक्रमण करे। इस अश्व का आकार जान-बूझकर इतना बड़ा बनाया गया ताकि आप लोग इसे नगर के भीतर न ले जा सकें। **कैलकस** कहता था, यदि **ट्रॉय** ने इस अश्व को नष्ट कर दिया तो उनका नगर भी नष्ट हो जाएगा लेकिन अगर वे इसे अन्दर ले गए तो फिर विश्व की कोई भी शक्ति **ट्रॉय** का कुछ नहीं बिगाड़ सकेगी। इतना ही नहीं, **ट्रॉय** का साम्राज्य बढ़ेगा और एक दिन उसकी सत्ता **एशिया** से जा टकराएगी, **ग्रीस** को अभिभूत करेगी और **मायसीनी** पर उसका विजय-ध्वज लहराएगा।"

"यह झूठ बोलता है," **लाओकूँ** चिल्लाया, "महाराज, इसका विश्वास न करें। मुझे तो यह सारी गढ़ी हुई कहानी प्रतीत होती है।" लेकिन **लाओकूँ** एकमात्र व्यक्ति था जो अश्व को नगर में ले जाने का विरोध कर रहा था। **कज़ैन्ड्रा** पहले ही हताश हो अपने महल को लौट गई थी। जिस **ट्रॉय** का विध्वंस **एकिलीज़** न कर सका, **एजैक्स** महान की शक्ति जिसका कुछ न बिगाड़ सकी, **डायेमेडीज़** का बाहुबल जिसके सामने व्यर्थ हो

गया, **मेनेलियस** का सारा क्रोध ठंडा पड़ गया, एक हज़ार समुद्री बेड़े और असंख्य सैनिक जिसकी दीवारों पर दस साल तक सिर धुनते रहे, वह **ट्रॉय ओडिसियस** की एक चाल से हार गया।

लाओकूँ अपने दोनों बेटों के साथ समुद्र-देवता **पॉसायडन** को एक साँड बलि देने का प्रबन्ध कर रहा था कि अचानक समुद्र से दो साँप निकले और उन दोनों लड़कों को अपनी लपेट में ले लिया। बेचारे बच्चे भय के मारे अपने स्थान से हिल भी न पाए। **लाओकूँ** ने जब यह देखा तो वह कटार लेकर उन पर झपटा, लेकिन साँपों ने उसे भी अपनी कुंडली में कस लिया और वे तीनों वहीं समाप्त हो गए। इसके बाद वे दोनों सर्प **एथीनी** के मन्दिर में प्रवेश कर गए। देवता भी जानते थे कि आनेवाली रात **ट्रॉय** के पतन की रात है। अब उसका साथ देना व्यर्थ है। इस घटना ने यह निश्चित कर दिया कि काष्ठ-अश्व को नगर में अवश्य ही ले जाना चाहिए। इसका विरोध करनेवाले **लाओकूँ** को देवी ने दण्ड दिया है।

बस, फिर क्या था! हर्ष-उल्लास की लहरें उठीं, विजय-गीत गाए जाने लगे। स्त्रियों ने फूलों से काष्ठ-अश्व का शृंगार किया और अनेक योद्धा जय-निनाद के बीच उसे धकेलकर नगर की ओर ले चले। इतना शोर था चारों ओर कि वे लोग हर झटके पर अश्व के भीतर होनेवाली शस्त्रों की झंकार भी न सुन सके। अश्व को भीतर ले जाने के लिए उन्हें अपनी दीवार को तोड़ना भी पड़ा। इसके बाद भी वह द्वार से निकलते समय चार बार टकराया। अश्व को मन्दिर पहुँचाकर ट्रोजन विजयोत्सव मनाने में संलग्न हो गए। उन्होंने अपने हथियार उतार फेंके। युद्ध समाप्त हो गया, अब उनकी भला क्या आवश्यकता थी! स्थान-स्थान पर सैनिकों के समूह गाने-बजाने और मदिरा-पान में डूबे हुए थे। रात हुई और सारा **ट्रॉय** थककर गहरी नींद सो गया।

सिनॅन, जो ट्रोजन्स के साथ ही नगर में आया था और उनके विजयोल्लास में पूरी तरह सम्मिलित था, अब तक इसी घड़ी की प्रतीक्षा कर रहा था। उसने ग्रीक सेना को अग्नि प्रज्वलित कर संकेत दिया, जिसका **ऐगमेमनन** ने उत्तर दिया और ग्रीक जलयान **ट्रॉय** की ओर लौट पड़े। अब **सिनॅन** ने काष्ठ-अश्व में से ग्रीक योद्धाओं को बाहर निकलने में सहायता दी। एक-एक करके शस्त्रों से सज्जित योद्धा उन्मत्त से बाहर कूदने लगे। उनमें से कुछ नगर के अरक्षित द्वार खोलने के लिए भागे और शेष चुपचाप सोई हुई ट्रोजन जनता को मौत के घाट उतारने लगे। घरों में आग लगा दी गई। एकबारगी सारा **ट्रॉय** धू-धू कर जल उठा। जब तक ट्रोजन सैनिक उठते, हड़बड़ाते हुए अपने शस्त्र खोजते, उन्हें धारण कर शत्रु का सामना करने को तैयार होते, तब तक दृष्टि के छोर तक आग फैल चुकी थी। जो कोई भी उसकी लपटों से बचकर बाहर निकल पाता, वह ग्रीक सैनिकों की तलवार का शिकार हो जाता। यह युद्ध नहीं, नृशंस नर-संहार था। मरनेवाले को शस्त्र उठाने का अवसर तक नहीं दिया गया। बड़े-बड़े ट्रोजन योद्धा तलवार का एक बार किए बिना ही शत्रु के हाथों कट गए। ग्रीक-सैनिकों का जय-निनाद, मरते हुए ट्रोजन सैनिकों की पुकार, निस्सहाय स्त्री-बच्चों का करुण आर्तनाद, दुन्दुभियों का

गगनभेदी स्वर, दबे-दबे आग्रह-प्रार्थनाएँ, फैले हुए आँचल, आश्चर्य विस्फारित नेत्र और विश्वासघात की यंत्रणा से सिसकता हुआ **ट्रॉय!** बस एक अग्निपुंज मात्र। जहाँ कहीं भी कुछ एक ट्रोजन सैनिक इकट्ठे हो सके उन्होंने ग्रीक्स का डटकर मुकाबला किया। कुछ ने तो मृत ग्रीक सैनिकों की वर्दियाँ उतारकर स्वयं पहन ली, और इस तरह मित्र के पहनावे में शत्रु को मूर्ख बनाया। लेकिन ये छोटी-छोटी चालें एक व्यवस्थित योजना के सामने न टिक सकीं। शीघ्र ही स्पष्ट हो गया कि **ट्रॉय** का अन्तिम समय आ पहुँचा है।

हेकेबी ने **प्रायेम** और अपनी बेटियों के साथ **ज़्यूस-**मन्दिर के अहाते में एक प्राचीन जय-पत्र वृक्ष के नीचे शरण ली। वृद्ध **प्रायेम** वह रक्तपात सह पाने में असमर्थ हो बार-बार योद्धाओं के बीच कूदने की चेष्टा करता लेकिन **हेकेबी** अनुनय-विनय से उसे किसी प्रकार रोके हुए थी। तभी **प्रायेम** का छोटा पुत्र **पॉलाइट्स** उसके पास से भागता हुआ निकला। ग्रीक उसका पीछा कर रहे थे। **प्रायेम** की वृद्ध दृष्टि के सामने ही **पॉलाइट्स** शत्रु के प्रहार का शिकार हो गया और उसने प्राण त्याग दिए। अब **प्रायेम** से न रहा गया। उसने **पॉलइट्स** को मारनेवाले **एकिलीज़** के बेटे **नियोपटॉलेमस** पर अपना भाला फेंका। लेकिन उसके दुर्बल हाथ से किया गया वार **नियोपटॉलेमस** के कवच पर कोई चिह्न तक न छोड़ सका। हाँ, इस प्रकार से **नियोपटॉलेमस** का ध्यान उसकी ओर अवश्य ही आकृष्ट हो गया और उसने **प्रायेम** को बलिवेदी की सीढ़ियों से घसीटते हुए उसके प्रासाद के सामने उसका वध कर दिया।

उधर **ओडिसियस** और **मेनेलियस डायफ़ोबस** के महल की ओर गए। वहाँ उन्हें विजय के लिए बड़ा घमासान युद्ध करना पड़ा। इन दोनों में से **डायफ़ोबस** को मारने का श्रेय किसे है, यह प्रश्न विवादास्पद है। कुछ लोग तो ऐसा भी कहते हैं कि स्वयं **हेलेन** ने लड़ाई के दौरान पीठ में छुरा भोंककर उसकी हत्या की थी और उसके इस कृत्य को देखकर **मेनेलियस** ने अतीत को भूल उसे फिर से स्वीकार कर लिया। बीस वर्ष के व्यवधान और दस वर्ष के युद्ध के बाद **मेनेलियस** का उद्देश्य पूरा हुआ। **हेलेन** उसके साथ **स्पार्टा** लौटी।

इस नरसंहार में केवल **ईनियस** का परिवार ही बच पाया। **ईनियस** ने **ट्रॉय** की अन्तिम रात्रि के इस युद्ध में उसका साथ नहीं छोड़ा। वह अपने साथियों के साथ बड़े साहस से लड़ा और अनेक ग्रीक सैनिकों को मौत के घाट उतारा। इन लोगों ने **प्रायेम** के प्रासाद का एक मीनार उठाकर शत्रु पर फेंक दिया जिससे उसकी बड़ी हानि हुई। इस पर ग्रीक सैनिकों की एक नई टुकड़ी इन पर टूट पड़ी। **ईनियस** के सारे साथी एक-एक कर मारे गए। अब **ट्रॉय** के लिए युद्ध करना व्यर्थ था। **ईनियस** को अपने वृद्ध पिता, अपनी पत्नी और बच्चे का ध्यान आया। वह रात्रि के उस विभ्रम के बीच लाशों के ऊपर से भागता हुआ अपने महल में पहुँचा। आग की लपटों और शत्रु के प्रहारों से उस समय **ऐफ़्रॉडायटी** ने ही उसे बचाया। उसके वृद्ध पिता **एन्कीसेस** ने उस पर बोझ बनना अस्वीकार कर दिया। वह स्वयं भागने में असमर्थ था। उसने कहा कि **ईनियस**

अपनी पत्नी **क्रुसा** और बच्चे के प्राणों की रक्षा करे। लेकिन पितृभक्त **ईनियस** ने **एन्कीसेस** को क्रूर मृत्यु के मुख में छोड़कर जाना स्वीकार नहीं किया। उसने अपने पिता को कन्धों पर उठा लिया और **क्रुसा** को पीछे आने का आदेश दे सेवकों को अलग-अलग मार्ग से महल से बाहर निकाल दिया। नगर के बाहर एक स्थान पर सब का मिलना निश्चित हुआ। लेकिन जब **ईनियस** वृद्ध पिता और पुत्र के साथ वहाँ पहुँचा तो उसे पता चला कि **क्रुसा** कहीं मार्ग भटक गई। वह हाथ में तलवार लिए **क्रुसा** को पुकारता हुआ लाशों से पटे राजपथ पर भागता हुआ वापस अपने निवास-स्थल की ओर चला, लेकिन तभी **क्रुसा** की आत्मा एक स्वप्न की तरह उसे दिखाई दी और उसने **ईनियस** को वापस चले जाने का आदेश दिया। **क्रुसा** का पार्थिव शरीर नष्ट हो चुका था। **ईनियस** भारी मन लिए लौट गया और एक जहाज़ द्वारा **ट्रॉय** से प्रस्थान किया। कई वर्षों तक भटकने के बाद **ईनियस इटली** पहुँचा। उसकी इस समुद्री यात्रा का वर्णन **विरजिल** के महाकाव्य 'ईनियड' में हुआ है।

थीसियस की माँ **एथरा** जो **हेलेन** की सेविका थी, इस बीच भागकर ग्रीक शिविर में चली गई जहाँ उसके पौत्रों **एकमस** और **डेमोफ़ू** ने उसे पहचान लिया और युद्ध में मिलनेवाले अन्य पुरस्कारों के बदले उन्होंने **एथरा** और **पेरीथु** की बहन को **ऐगमेमनन** से माँग लिया।

ट्रॉय में जब नरसंहार आरम्भ हुआ, **कज़ेन्ड्रा** भागकर देवी **एथीनी** के मन्दिर में घुस गई और देवी की काष्ठ-प्रतिमा से चिपट गई। लेकिन छोटे **एजैक्स** ने उसे वहाँ से घसीट कर उसके साथ बलात्कार किया। बाद में **कज़ेन्ड्रा ऐगमेमनन** के हिस्से आई और **ऐजैक्स** ने इस आरोप का खंडन किया। लेकिन देवी की प्रतिमा का अपमान करने के अपराध का दण्ड उसे मिला। **ट्रॉय** से वापस लौटते समय उसका जहाज़ नष्ट हो गया और जब वह किसी तरह तैरकर तट पर पहुँचा तो **एथीनी** ने **ज़्यूस** के वज्र से उसे मार डाला। **थेटिस** ने उसके शव का अन्तिम संस्कार किया। **एथीनी** का क्रोध अभी भी शान्त नहीं हुआ था, अतः यह विधान किया गया कि उसके देशवासी दो कन्याओं को प्रतिवर्ष **ट्रॉय** के **एथीनी** के मन्दिर में सेवा करने के लिए भेजें। इस आज्ञा का पालन हुआ। इन कन्याओं को गुप्त मार्ग से **ट्रॉय** के देवालय में पहुँचाया जाता था। इनके आगमन का पता लग जाने पर ट्रोजन उन्हें पत्थरों से मार डालते थे लेकिन मन्दिर में प्रवेश पा जाने के बाद उन्हें कोई भय नहीं था। यह परम्परा एक हज़ार वर्ष तक चली।

ट्रॉय के समस्त कर्णधारों का वध करने के बाद ग्रीक सैनिकों ने **ट्रॉय** को खूब लूटा। बहुत-सा स्वर्ण और अमूल्य रत्न-जवाहरात उनके हाथ लगे जिनको बाद में एक परिषद में लिए गए निर्णय के अनुसार बाँट दिया गया। धन-सम्पत्ति के अतिरिक्त बहुत-सी ट्रोजन स्त्रियों और कुमारों को बन्दी बनाया गया। इनका भी युद्ध में दिखाए गए शौर्य के आधार पर वितरण हुआ। **प्रायेम** की सबसे सुन्दर कन्या **कज़ेन्ड्रा ऐगमेमनन** के हिस्से आई। **हेकेबी ओडिसियस** को मिली। कहते हैं कि अपने पति और पुत्रों की हत्या और **ट्रॉय** का विनाश अपनी आँखों से देखने पर **हेकेबी** विक्षिप्तप्राय हो गई थी और वह

ग्रीक्स को इतनी गालियाँ और अभिशाप दिया करती थी कि तंग आकर उन्होंने उसे मार डाला। ऐसा भी मत है कि उसे मारा नहीं गया अपितु वह स्वयं ही समुद्र में कूद गई और एक कुतिया के रूप में परिवर्तित हो गई जो मायाविनी **हेक्टी** के पीछे-पीछे रहती है।

सभा में **पॉलिक्सिना** को **एकिलीज़** की समाधि पर बलि करने के प्रश्न पर भी विचार हुआ। **एकिलीज़** ने मरते समय कहा था कि **ट्रॉय** का पतन होने पर उसे **पॉलिक्सिना** की बलि दी जाए। और अब भी उसकी आत्मा **नियोपटॉलेमस** एवं अन्य ग्रीक सेनाधिपतियों को स्वप्न में दिखाई दी और कहा कि यदि उसे उसका पुरस्कार नहीं दिया गया तो प्रतिकूल वायु के कारण ग्रीक बेड़े **ट्रॉय** से प्रस्थान नहीं कर सकेंगे। रात्रि के समय एक प्रेतात्मा ग्रीक शिविर में भटकती हुई देखी गई और **एकिलीज़** की समाधि पर यह आवाज़ सुनी गई, ''मेरे शौर्य का पुरस्कार मुझे न देना अन्याय होगा। मेरी स्मृति का सम्मान किए बिना ग्रीक्स यहाँ से नहीं जा सकते।''

कैलकस ने कहा कि **पॉलिक्सिना** की बलि दे दी जाए लेकिन **ऐगमेमनन** एक प्रेतात्मा की सन्तुष्टि के लिए एक सुन्दर रमणी की बलि देने के पक्ष में नहीं था। उसका कहना था कि **ट्रॉय** में पहले ही बहुत रक्तपात हो चुका है और मृत योद्धा का, चाहे वह कितना ही पराक्रमी और प्रसिद्ध क्यों न रहा हो, जीवित प्राणी पर कोई अधिकार नहीं। लेकिन **एकमस** और **डेमोफूँ** ने **ऐगमेमनन** पर आरोप लगाया कि वह **पॉलिक्सिना** का पक्ष **कज़ैन्ड्रा** का प्रेम जीतने के लिए ले रहा है। **ओडिसियस** आदि अन्य वीरों का भी यही मत था कि **एकिलीज़** को उसका अधिकार मिलना चाहिए। अन्ततः **ऐगमेमनन** को सहमति देनी पड़ी। **ओडिसियस** **पॉलिक्सिना** को **एकिलीज़** की समाधि पर लेकर आया, **नियोपटॉलेमस** ने पुजारी का कर्तव्य सम्पन्न किया और ग्रीक सेना की उपस्थिति में **पॉलिक्सिना** की बलि **एकिलीज़** को दी गई। उसके शव का विधिवत संस्कार कर दिया गया। इसके बाद अनुकूल वायु बहने लगी।

एगमेमनन का उद्‌देश्य **ट्रॉय** का मूल नाश करना था ताकि भविष्य में भी **प्रायेम** के वंश का कोई व्यक्ति **ट्रॉय** का पुनरुत्थान कर **ग्रीस** से प्रतिशोध न ले सके। **कैलकस** ने भी यह भविष्यवाणी की कि **हेक्टर** का पुत्र **ऐस्टायेनेक्स** यदि जीवित रहा तो अपने पिता की मृत्यु का बदला लेगा। अतः यह निश्चित हुआ कि शिशु **ऐस्टायेनेक्स** के जीवन का अन्त कर दिया जाए। साँप के बच्चे को जीवित रहने का अवसर देना अपने लिए संकट पालना है। लेकिन सभी योद्धा एक नन्हे से निर्दोष शिशु की हत्या करने से हिचक रहे थे। आखिर **ओडिसियस** ने यह क्रूर कर्म पूरा किया और रोती हुई **एन्ड्रॉमकी** की गोद से छीनकर **ऐस्टायेनेक्स** को एक ऊँची अट्टालिका से नीचे फेंक दिया। एक अन्य धारणा यह है कि इस काम को **नियोपटॉलेमस** ने किया था। **एन्ड्रॉमकी** पुरस्कार रूप में उसे मिली थी।

अब **प्रायेम** और **हेकेबी** का केवल एक बालक शेष बचा था–**पॉलिडॉरस।** इसे इसके माता-पिता ने सुरक्षा के विचार से उसकी आंटी **ईलीयाना** के पास भेज दिया था जहाँ

ईलीयाना के पति राजा **पॉलिम्नेस्टर** के संरक्षण में वह उसके बेटे **डीफ़ीलियस** के साथ पल रहा था। **ऐगमेमनन** ने **पॉलिम्नेस्टर** के पास यह सन्देश भेजा कि यदि वह **प्रायेम** के पुत्र को मार दे तो वह उसका विवाह रूपसी **इलेक्ट्रा** से कर देगा और दहेज में अपरिमित स्वर्ण देगा। **पॉलिम्नेस्टर** इस लोभ का संवरण नहीं कर सका। लेकिन उसने **पॉलिडॉरस** को मारने के बजाय अपने पुत्र **डीफ़ीलियस** को मारकर ग्रीक दूतों को सन्तुष्ट कर दिया। इस प्रकार **पॉलिडॉरस** के प्राण बच गए। लेकिन वह कोई उल्लेखनीय योद्धा नहीं सिद्ध हुआ।

कहते हैं कि **एन्टेनर ने ट्रॉय** का पुनर्निर्माण किया और वहाँ का शासक बना। ऐसी भी धारणा है कि **ऐस्टायेनेक्स** का वध नहीं किया गया था और युवक होने पर उसने **ट्रॉय** की सत्ता अपने हाथ में ले ली। इतना निश्चित है कि **ट्रॉय** के सिंहासन पर भविष्यवाणी के अनुसार **ईनियस** के पुत्र **एस्केनियस** का अधिकार अन्ततः हुआ और **ट्रॉय** ने फिर से उसके अधिपतित्व में बड़ी उन्नति की। लेकिन फिर भी वह अपने अतीत की परछाईं मात्र ही बनकर रह गया।

ग्रीक योद्धाओं की वापसी

नृशंस नरसंहार एवं असीम रक्तपात के बाद **ट्रॉय** का दस वर्षीय युद्ध समाप्त हुआ। **ट्रॉय** की अभेद्य दीवारें शत्रु की चाल के सामने ढह गईं और नगर की गगनचुम्बी अट्टालिकाएँ मिट्टी का ढेर हो गईं। **एशिया** के सर्वाधिक सम्पन्न एवं सुदृढ़ नगर का वैभव एक फुलझड़ी के तरह खिलखिलाकर बुझ गया। **प्रायेम** के वंश का समूल नाश हो गया, उसके तेज़ का मार्तण्ड कहीं समुद्र में जा छिपा और फिर कभी प्राची में उसकी लालिमा नहीं बिखरी। असंख्य हृदयों के स्वप्न, उनकी आशाएँ और महत्त्वाकांक्षाएँ भी **पैरिस** के एक उन्माद की भेंट हो गईं। जीवन के दो अमूल्य दशक समुद्र के सीने और **ट्रॉय** की धरती पर गँवा कर बचे खुचे ग्रीक सेनाधिपति और सैनिक अपने देश की ओर लौटे। **हेलेन** के अपहरण का प्रतिशोध पूरा हुआ, **ग्रीस** की प्रतिष्ठा की रक्षा हुई। **मेनेलियस** को अपनी रूपसी पत्नी मिल गई, रण में दस वर्ष तक जूझनेवाले सैनिकों को क्या मिला, इसका विचार कौन करता! सेनापति के आदेश पर जीवन होम कर देनेवाले असंख्य युवक किसी कीर्ति के अधिकारी भी तो नहीं थे। इनमें से **ट्रॉय** की कहानी कहने के लिए घर तक पहुँच भी कितने लोग पाए!

''वायु अनुकूल है। हमें शीघ्र ही चल पड़ना चाहिए।'' **मेनेलियस** ने कहा।

''लेकिन पहले **एथीनी** को बलि तो दे लें।'' **ऐगमेमनन** की राय थी।

''**एथीनी** ने हमारा कोई उपकार नहीं किया। वह तो एक लम्बे समय तक **ट्रॉय** की ही रक्षा करती रही है,'' यह कहकर **मेनेलियस एथीनी** को धन्यवाद दिए बिना ही **ट्रॉय** से विदा हो गया। परिणामस्वरूप **ऐगमेमनन डायेमेडीज़** और **नेस्टर** सकुशल घर पहुँचे लेकिन **एथीनी** के कोप के कारण **मेनेलियस** का जहाज़ एक तूफ़ान में फँस गया। उसके

सभी जलयानों में से केवल पाँच ही बचे और ये यान भी दिशा भटककर **क्रीट** जा पहुँचे। **क्रीट** से ये लोग **मिस्र** गए और आठ वर्ष तक दक्षिण में भटकते रहे। **साइप्रस, फ़ोनिशिया, इथियोपिया** और **लीबिया** के राजाओं ने उनका सत्कार किया और बहुमूल्य उपहार भेंट किए। फरो में एक जलपरी ने **मेनेलियस** को बताया कि यदि वह जल-देवता **प्रोटियस** को अभिभूत कर ले तो उसे इस दुर्भाग्य से छुटकारा मिल सकता है और अनुकूल वायु भी प्राप्त की जा सकती है। **मेनेलियस** अपने साथियों के साथ समुद्र-तट पर **प्रोटियस** की प्रतीक्षा करने लगा और बाहर निकलते ही उसे पकड़ लिया। यद्यपि **प्रोटियस** ने कई रूप बदले, पर **मेनेलियस** ने उसे नहीं छोड़ा। विवश होकर **प्रोटियस** को यह भविष्यवाणी करनी पड़ी कि **मेनेलियस** को एक बार फिर मिस्र जाना होगा, वहाँ देवताओं को बलि भेंट आदि देने के बाद ही उसे अनुकूल वायु प्राप्त होगी। **प्रोटियस** ने ही **मेनेलियस** को यह बताया कि **ऐगमेमनन** की हत्या हो चुकी है, अतः **मिस्र** में उसकी एक शून्य-समाधि भी बनवाए। **मेनेलियस** ने ऐसा ही किया। **मिस्र** पहुँचकर उसने देवताओं को प्रसन्न किया और **ऐगमेमनन** का स्मारक बनवाया। इसके बाद मौसम अनुकूल हो गया और **मेनेलियस हेलेन** के साथ **स्पार्टा** वापस पहुँचा।

ग्रीक्स के बहुत से जलयान **नॉपलिस** के झूठे संकेत का अनुसरण करने के कारण नष्ट हो गए। **एम्फ़ीलॉक्स, कैलकस, पॉडेलीरियस** एवं अन्य कुछ लोगों ने स्थल मार्ग से यात्रा की और **कोलोफान** पहुँचे। यहाँ **कैलकस** की मृत्यु हो गई। बहुत समय पहले यह भविष्यवाणी हुई थी कि अपने से अधिक योग्य भविष्यद्रष्टा से भेंट होने पर **कैलकस** की मृत्यु हो जाएगी। ऐसा ही हुआ। यहाँ **कैलकस** की भेंट **अपोलो** अथवा **टियरेसियस** की बेटी **मेन्टो** के पुत्र **मोपसस** से हुई। **कैलकस** ने उसे नीचा दिखाने के विचार से एक अंजीर के वृक्ष की ओर संकेत करते हुए पूछा, "प्रिय मित्र, क्या तुम बता सकते हो कि इस वृक्ष से कुल कितने अंजीर उतरेंगे?"

मोपसस को गणना की अपेक्षा अपनी अन्तर्दृष्टि पर अधिक विश्वास था। उसने कुछ क्षण नेत्र मूँदे और फिर उत्तर दिया, "पहले दस हज़ार अंजीर के बाद एक बशूशल भरने पर एक अंजीर शेष बचेगा।"

कैलकस उस एक अंजीर पर बड़े व्यंग से हँसा लेकिन जब वृक्ष से अंजीर उतारे गए तो **मोपसस** की गणना एकदम सही निकली। अब **मोपसस** की बारी थी। उसने मुस्कराकर कहा, "हज़ारों की बात नहीं। एक छोटा-सा हिसाब लगाओ। यह बताओ कि इस मादा सूअर के गर्भ में कितने बच्चे हैं? कितने नर? और कितने मादा? और इनका जन्म कब होगा?"

"इसके आठ बच्चे होंगे। सभी नर और उनका जन्म नौ दिन के भीतर होगा," **कैलकस** ने बड़ी लापरवाही से उत्तर दिया क्योंकि नौ दिन से पूर्व ही उसे यह द्वीप छोड़ देना था। लेकिन **मोपसस** ने एक बार फिर आँखें बन्द करके कहा, "मैं तुमसे सहमत नहीं हूँ। मेरे विचार से इसके तीन बच्चे होंगे। उनमें केवल एक नर। और उनका जन्म कल दोपहर बारह बजे होगा।"

दूसरे दिन ही उस मादा सूअर ने दोपहर बारह बजे तीन बच्चों को जन्म दिया। **मोपसस** की भविष्यवाणी सही सिद्ध हुई और **कैलकस** की मृत्यु हो गई। **पॉडलिरियस** ने **डेल्फ़ी** के प्रश्न-स्थल की भविष्यवाणी के अनुसार स्वदेश न लौटकर **केरिया** में **सिनॉस** नामक स्थान पर डेरा डाला और यहीं बस गया। **मोपसस** और **एम्फ़ीलॉकस** ने मिलकर **मैलस** नामक नगर का निर्माण किया। किन्तु **एम्फ़ीलॉकस** राज्याधिकार **मोपसस** को सौंपकर **आगु** चला गया। कुछ समय बाद जब **एम्फ़ीलॉकस** वापस लौटा तो **मोपसस** ने सत्ता उसके पक्ष में समर्पित करना अस्वीकार कर दिया। परिणामस्वरूप द्वन्द्व युद्ध हुआ और इसमें दोनों मारे गए।

नियोपटॉलेमस अपने पिता की आत्मा को तुष्ट करने और देवताओं को बलि देने के पश्चात **ट्रॉय** से विदा हुआ। अपने मित्र **हेलिनस** के परामर्शानुसार चलने के कारण वह समुद्री तूफ़ानों से बचकर **मोलोसिया** पहुँचा और वहाँ का राज्य **हेलिनस** को सौंपकर स्वयं **इऑलकस** चला गया। वहाँ उसने अपने पितामह **पीलियस** के राज्य को **एकास्टस** से वापस छीना और कुछ समय तक सुख से वहीं रहा। **एन्ड्रॉमकी** से उसके दो पुत्र हुए। इसके बाद **नियोपटॉलेमस डेल्फ़ी** के प्रश्नस्थल पर गया और देवता **अपोलो** से न्याय की माँग की। उसका विश्वास था कि उसके पिता **एकिलीज़** को **अपोलो** ने **पैरिस** का रूप धारण करके मारा था। लेकिन जब देवालय की पुजारिन ने इसे अस्वीकार किया तो उसने मन्दिर में आग लगा दी। इसके बाद वह **स्पार्टा** गया। **ट्रॉय** के सामने **मेनेलियस** ने अपनी **हेलेन** से उत्पन्न पुत्री **हेमायनि** का विवाह उससे करने का वचन दिया था लेकिन **हेमायनि** के पितामह **टिन्डेरियस** ने उसका विवाह **ऐगमेमनन** के पुत्र **ऑरेस्टीज़** से करने का निर्णय किया था। **नियोपटॉलेमस** ने इस निर्णय का विरोध किया। **हेमायनि** उसकी वागदत्ता थी और **ऑरेस्टीज़** उन दिनों अपनी माता की हत्या के अपराध के कारण प्रतिशोध की अधिष्ठात्रियों **एरीनीज़** द्वारा त्रस्त था। अतः **हेमायनि** का विवाह **नियोपटॉलेमस** से कर दिया गया। लेकिन **हेमायनि** के बाँझ सिद्ध होने पर **नियोपटॉलेमस** इसका कारण जानने के लिए एक बार फिर **डेल्फ़ी** के भग्न देवालय में गया। वहीं कुछ झगड़ा होने पर एक **फ़ाशिया** के निवासी ने उसे बलि के खंजर से मार डाला। उसके शव को मन्दिर की पुनर्स्थापना के समय द्वार पर दफना दिया गया।

एथेन्स को लौटते समय **डेमोफ़ूँ** रास्ते में **थ्रेस** पर रुका और वहाँ की राजकुमारी से विवाह कर लिया। लेकिन शीघ्र ही उसका मन **थ्रेस** से भर गया और वह **एथेन्स** लौटने की तैयारी करने लगा। राजकुमारी ने उसे बहुत रोका लेकिन वह न माना। विवश होकर राजकुमारी को उसे विदा करना पड़ा। विदा के समय उसने एक छोटा-सा जार **डेमोफ़ूँ** को देते हुए कहा, ''इसे उस दिन खोलना जिस दिन **थ्रेस** लौटने की तुम्हारी सारी आशाएँ समाप्त हो जाएँ।'' **डेमोफ़ूँ** वहाँ से **साइप्रस** पहुँचा और वहीं बस गया। उसका **थ्रेस** वापस लौटने का कोई विचार नहीं था। एक वर्ष समाप्त होने पर उसने एक दिन कौतूहलवश उस जार को खोला। उसमें न जाने ऐसा क्या था कि जिसे देखते ही वह पागल हो गया। विक्षिप्तावस्था में ही उसने आत्महत्या कर ली।

लीशिया के राजा **लायकस** के हाथों से बड़ी कठिनता से बचकर जब **डायेमेडीज़ आगु** पहुँचा तो उसे पता लगा कि उसके राज्य पर उसकी पत्नी के किसी प्रेमी का अधिकार हो चुका है। उसने अपने जीवन का शेष भाग इटली के गनिया में बिताया और वहीं अनेक नए नगरों का निर्माण किया। **इटली** में उसकी उपासना एक देवता के रूप में की जाती थी।

बहुत कम ग्रीक योद्धा सकुशल अपने घर पहुँच सके। और जो पहुँचे दुर्भाग्य ने उनका वहाँ स्वागत किया। ऐसे अभागों में **ऐगमेमनन** का नाम सबसे पहले लिया जाएगा, जिसको अपने घर में एक समय का भोजन करने की मोहलत भी नहीं मिली। **फ़िलॉक्टेटीज़** जब **मेलिबोइया** पहुँचा तो विरोधी पक्ष का वहाँ शासन स्थापित हो चुका था। वह अपने प्राण लेकर **इटली** भाग गया। केवल वृद्ध **नेस्टर** ही एक ऐसा व्यक्ति था जो **ट्रॉय** के युद्ध के बाद सकुशल घर लौटा और जीवन का शेष भाग बड़े सुख और शान्ति में व्यतीत किया। उसकी न्यायवृत्ति, बुद्धिमत्ता एवं उदारता के कारण देवता भी उसका आदर करते थे। उसके पुत्र भी बड़े वीर और मेधावी सिद्ध हुए।

ट्रॉय के युद्ध की कहानी हमें मुख्यतः **होमर** के 'ओडिसी' और 'इलियड' से प्राप्त होती है। 'इलियड' का आरम्भ ग्रीक योद्धाओं के **ट्रॉय** पहुँचने पर होता है। इसमें **इफ़िजीनिया** की बलि का उल्लेख भी नहीं किया गया। यह घटना हमें विस्तृत रूप में **यूरीपिडीज़** के 'इफ़िजीनिया इन ऑलिस' से मिलती है। दूसरे त्रासदी लेखक **ईस्किलस** के 'ऐगमेमनन' से भी इस पर प्रकाश पड़ता है। **पैरिस** के निर्णय की कथा **यूरीपिडीज़** के 'ट्रोजन वीमेन' से ली गई है और **इनूनी** की प्रणय-कथा का आधार **अपोलोडॉरस** के गद्य-वृतान्त हैं। **अपोलोडॉरस** के गद्य में भी इस विषय का निर्वाह पद्य की संगीतमयता से हुआ है। **होमर** का 'इलियड' **हेक्टर** की मृत्यु के साथ समाप्त हो जाता है। **ट्रॉय** के पतन की कहानी **विरजिल** की 'ईनियड' के दूसरे भाग से मिलती है। ये **विरजिल** की कहानी-कला के सर्वोत्तम अंशों में से है। **एजैक्स** महान की मृत्यु और **फ़िलॉक्टेटीज़** के विवरण **सोफोक्लीज** के 'एजैक्स' और 'फ़िलॉक्टेटीज़' से मिलते हैं। जहाँ **रोम** और **ग्रीस** के अन्य कवि युद्ध को मानव की गरिमा और मर्यादा का मापदण्ड मानते हैं वहाँ **यूरीपिडीज़** एकमात्र ऐसा कवि है जिसकी लेखनी से इस विश्वविख्यात युद्ध की निःस्सारता की वेदना झलकती है। 'ट्रोजन वीमेन' का लेखक मानो पूछता है, "क्या प्राप्य है युद्ध का? एक ध्वस्त नगर, कुछ लाशें और आर्तनाद करती स्त्रियाँ?"

ओडिसियस की वापसी

ओडिसियस जब अपनी पत्नी **पिनेलपी,** पुत्र शिशु **टेलेमेकस** और **इथाका** के राज्य को छोड़कर **ट्रॉय** जाने के लिए विवश हुआ, वह तभी जानता था कि बीस वर्ष से पहले अपनी भूमि पर पाँव रखना उसके भाग्य में नहीं। **ट्रॉय** का युद्ध तो दस वर्ष में समाप्त हो गया और सौभग्य से **ओडिसियस** ने अपने पराक्रम और विलक्षण विदग्धता के अनुरूप यश भी अर्जित किया, लेकिन उसके जीवन के अगले दस अमूल्य वर्ष समुद्र के तूफ़ानों की भेंट हो गए। भाग्य का यही विधान है, **ओडिसियस** जानता था। नियति को स्वीकारने के अतिरिक्त कोई चारा नहीं था। **ट्रॉय** पर प्राप्त विजय के लिए देवताओं का धन्यवाद कर उसने **इथाका** के लिए प्रस्थान किया। लेकिन लगता है कि वे देवता जो प्राणपण से **ट्रॉय** के युद्ध में उनकी सहायता करते रहे, अब ग्रीक योद्धाओं से विमुख हो गए थे। **ट्रॉय** के पतन से **हेरा** का उद्देश्य पूरा हो गया। अब उसे किसी की चिन्ता नहीं थी। **पॉसायडन** ने घर को वापस लौटते हुए योद्धाओं से क्यों शत्रुता की, इसका कारण समझ में नहीं आता। **एथीनी** के मन्दिर से **कज़ैन्ड्रा** की देवी प्रतिमा सहित घसीटकर **एजैक्स** ने उससे बलात्कार किया था, अतः देवी **एथीनी** ग्रीस से रुष्ट हो गई। कहते हैं कि इस दुराचार को सह सकने में असमर्थ **एथीनी** की काष्ठ-प्रतिमा ने अपनी दृष्टि आकाश की ओर फेर ली थी। **ऐफ़्रॉडायटी** ने **पैरिस** के निर्णय से लेकर आज तक कभी **ग्रीस** की सहायता नहीं की थी। **ज़्यूस** की रुचि सहायता-कार्य की अपेक्षा अनुवेक्षण में अधिक थी। वह तो अति हो जाने पर ही किसी स्थिति पर विचार करता था। सो जब ग्रीक

योद्धा **ट्रॉय** से विदा हुए तो उनके साथ किसी भी देवता की शुभकामनाएँ नहीं थीं।

ओडिसियस के जहाज़ सबसे पहले जिस द्वीप पर किनारे लगे वहाँ बर्बर **सिकॉन** जाति का आधिपत्य था। लगता है **ट्रॉय** का युद्ध और वहाँ की लूटमार ग्रीक सैनिकों के लिए पर्याप्त नहीं थी, अन्यथा वे **सिकान्स** से क्यों भिड़ते? वे एक तूफ़ान की तरह इस जाति पर छा गए और समुद्र के निकटवर्ती प्रदेश को खूब लूटा। **अपोलो** के पुजारी मेरो को जीवन-दान देकर इन्होंने अवश्य ही बुद्धिमानी का काम किया लेकिन **ओडिसियस** के आदेश का उल्लंघन करके विजयोत्सव मनाने के लिए वहीं टिक गए। परिणामस्वरूप द्वीप के भीतरी भाग में **सिक्रॉन्स** फिर से संगठित हुए और उन्होंने ग्रीक्स पर आकस्मिक आक्रमण कर दिया। ग्रीक्स इसके लिए तैयार नहीं थे, अतः दिन-भर चलनेवाले इस युद्ध में उन्हें जान-माल की काफ़ी हानि उठानी पड़ी। आखिर उन्होंने जहाज़ों पर चढ़कर इस द्वीप से पलायन किया।

लोटस-ईटर्स

समुद्र की तूफ़ानी लहरें **सिक्रॉन्स** से अधिक भयानक सिद्ध हुईं। वायु-वेग से हिचकोले खाते हुए जहाज़ दिशा खोकर भटकते हुए दस दिन बाद एक अजनबी प्रदेश में आकर रुके। यहाँ लंगर डालने के बाद **ओडिसियस** ने अपने तीन साथियों को इस द्वीप के लोगों के बारे में जानकारी प्राप्त करने के लिए भेजा। लेकिन बहुत समय बीत गया और वे तीनों वापस नहीं लौटे तो **ओडिसियस** को चिन्ता हुई। अब वह स्वयं उनकी खोज करने निकला। यह 'लोटस-ईटर्स' का देश था। शीघ्र ही **ओडिसियस** को पता चल गया कि यहाँ गेरुए रंग का छोटे-से आकार का बीजरहित एक फल बहुतायत से प्राप्त है। इस फल की यह विशेषता थी कि जो भी इसे खा लेता, वह अपना सब कुछ भूलकर बस उसी देश का होकर रह जाता। इसको खाने से एक बोझिल अकर्मण्यता-सी शरीर पर छा जाती, आँखें स्वप्निल हो उठतीं और कुछ भी करने या कहीं भी जाने की इच्छा समाप्त हो जाती। **ओडिसियस** के साथी यही फल खाकर लोटस-ईटर्स क बीच मग्न बैठे थे। उन्हें अपने यान, अपने साथियों की कुछ भी स्मृति न थी और न ही स्वदेश लौटने की चाह। वे तो यह भूल गए थे कि **ओडिसियस** ने उन्हें किस काम से यहाँ भेजा था। उनकी आवाज़ एकदम धीमी हो गई थी, जैसे कहीं बहुत दूर से आ रही हो। उनकी आँखें खुली थीं लेकिन फिर भी वे सोए से लगते थे। अपनी ही साँसों का संगीत उनके कानों में बज रहा था। लगता था, वे बहुत थक गए हैं। वे तीनों धीमे-धीमे यही गा रहे थे, "अपना देश सुन्दर है, अपने बन्धु-बान्धव अति प्रिय। लेकिन हम थक गए हैं। समुद्र से उकता गए हैं, इस लम्बी यात्रा से घबरा गए हैं। हम पतवार नहीं चलाएँगे। हम कहीं नहीं जाएँगे। अब हम यहीं रहेंगे। हम सदा यहीं रहेंगे।"

ओडिसियस को लोटस के लिए कौतूहल तो हुआ लेकिन उसने अपनी इच्छा पर नियंत्रण किया। अपने साथियों को समझाया-बुझाया। लेकिन जब वे किसी भी तरह इस

द्वीप को छोड़ने पर राज़ी नहीं हुए तो **ओडिसियस** बलात् उन्हें बाँधकर ले गया और जलयान पर बिठाकर शीघ्रातिशीघ्र लंगर उठाने का आदेश दे दिया। उसे भय था कि लोटस का आकर्षण कोई और समस्या न खड़ी कर दे।

पॉलिफ़ेमस

अब **ओडिसियस** और उसके साथी एक बड़े उपजाऊ और हरे-भरे प्रदेश में आकर रुके। अपने बेड़ों को वहीं किनारे लगाकर **ओडिसियस** एक यान और बारह साथियों को लेकर उसके दूसरे तट पर वहाँ के निवासियों का परिचय प्राप्त करने के लिए गया।

इस द्वीप पर तीन विभिन्न गुहाओं में तीन **साइक्लॉप्स** रहते थे। **ज़्यूस** ने देवासुर संग्राम में जब राक्षसों का दमन किया तो **साइक्लॉप्स** को उनकी अद्भुत शिल्प-कला के कारण जीवन-दान दे दिया। इन **साइक्लॉप्स** ने एक शिल्पशाला का निर्माण किया और यहाँ पर **ज़्यूस** के वज्र का सृजन हुआ। **ज़्यूस** ने प्रसन्न होकर इन्हें पृथ्वी पर यह द्वीप पुरस्कार के रूप में दे दिया। यहाँ खुदाई-बोआई और जोताई के बिना ही अन्न, फल-फूल उत्पन्न होता था। इन **साइक्लॉप्स** के पास बहुत से भेड़ और बकरियाँ थीं जिनसे वे जीवन-निर्वाह करते थे। इनका आस-पास के द्वीपों पर बसनेवालों से कोई सम्पर्क नहीं था। ये आकार में बहुत बड़े और भयावह थे, तथा इनके माथे के बीच में स्थित केवल एक आँख थी। ये मानवभक्षी थे। इनके लिए न कोई नियम थे, न न्यायालय। न ये लोग व्यापार जानते थे, न कृषि और न ही नौका-संचालन। **ओडिसियस** ने जहाँ अपना यान रोका, वहाँ **साइक्लॉप्स पॉलिफ़ेमस** की गुहा थी। इस गुहा के विशाल द्वार पर तरह-तरह की बेलें उगी हुई थी। **ओडिसियस** ने बड़ी निर्भीकता से अपने साथियों सहित इस गुहा में प्रवेश किया। इन्हें खाद्य-पदार्थों की आवश्यकता थी। अपने मेज़बान के लिए वे बहुत-सी मदिरा भी साथ लेते आए थे। लेकिन गुहा में उस समय कोई नहीं था। **पॉलिफ़ेमस** अपने चौपाए चराने बाहर गया हुआ था। लेकिन गुहा को देखने से लगता था कि इसका स्वामी निश्चय ही बड़ा समृद्ध होगा। बहुत से सुकोमल दुम्बों का मांस दीवार से टँगा हुआ था। पत्थर के मेज़ पर ढेरों पनीर पड़ा था और दूध-दही की बड़ी-बड़ी बाल्टियाँ भरी हुई थीं। ऐसा समृद्ध व्यक्ति उदार भी होगा, यह सोचकर **ओडिसियस** और उसके साथी इन सुस्वादु भोज्य पदार्थों पर टूट पड़े। एक अवधि के बाद उन्हें ताज़ा मांस और पनीर खाने को मिला था। अच्छी तरह पेट भर जाने के बाद वे गुहा के स्वामी की प्रतीक्षा करने लगे।

जब अँधेरा घिरने लगा तो **पॉलिफ़ेमस** वापस लौटा। वह इतना भीमकाय और भयानक था कि उसे देखकर ही **ओडिसियस** और उसके साथियों के दिल दहल गए और वे गुहा के एक कोने में सिमटकर बैठ गए। **पॉलिफ़ेमस** ने पीठ से पेड़ों के तनों का एक गट्ठर नीचे फेंका और अपने चौपायों को अन्दर करके गुहा का द्वार एक विशाल पाषाण-खंड से बन्द कर दिया। वह पत्थर इतना बड़ा और भारी था कि बीस साँडों द्वारा

भी हिलाया तक नहीं जा सकता था। **ओडिसियस** के साथी अपने अन्धकारमय भविष्य की कल्पना से पसीना-पसीना हो गए। इसके बाद **पॉलिफ़ेमस** बकरियों को दोहने में व्यस्त हो गया। इस कार्य से निवृत होकर जब उसने आग जलाई तब कहीं उसकी दृष्टि एक कोने में दुबके इस मानव-समूह पर पड़ी। ,

"कौन हो तुम लोग?" वह साँड की तरह रँभाया, "चोर-डाकू या व्यापारी? और यहाँ क्यों आए हो?"

ओडिसियस ने साहस बटोरकर उत्तर दिया, "हम लोग ग्रीक्स है। **ट्रॉय** के पतन के बाद अपने देश वापस जा रहे थे कि दिशा भूलकर यहाँ आ पहुँचे। अब तो हम केवल शरणागत हैं, तुम्हारे शरणागत! **ज़्यूस** के विधान का पालन कर अतिथियों का सत्कार करना ही तुम जैसे शक्तिशाली दानव को शोभा देगा। वैसा ही करो।"

पॉलिफ़ेमस जवाब में गुर्राया और अपने दोनों हाथों में एक-एक ग्रीक सैनिक को पकड़कर इतनी ज़ोर से पृथ्वी पर पटका कि उनका भेजा निकल आया। रक्त से सने उन दो शरीरों को वह कच्चा ही खा गया और इसके बाद एक बाल्टी दूध पीकर निश्चिन्त होकर सो गया। वह जानता था कि शत्रु शक्तिशाली होने पर भी उसका कुछ नहीं बिगाड़ेगा क्योंकि गुहा के द्वार पर जो पत्थर पड़ा है, उसे हटाना किसी के बस की बात नहीं। उसे मारकर आजन्म कारावास भोगने की यन्त्रणा कौन मूर्ख झेलना चाहेगा। और सचमुच यही कारण था कि **ओडिसियस** ने सोए हुए **पॉलिफ़ेमस** पर वार नहीं किया।

पॉलिफ़ेमस तो निश्चिन्त होकर सो गया लेकिन **ओडिसियस** और उसके साथियों को नींद कहाँ! उन्होंने सारी रात भय से काँपते हुए काट दी। **ओडिसियस** अपने दो अभागे साथियों का मार्मिक अन्त देख सोच रहा था कि इससे तो **ट्रॉय** के युद्ध में वीरगति प्राप्त करना श्रेष्ठ था। इस अनजाने प्रदेश से तो उनके मरने की सूचना तक **इथाका** नहीं पहुँच पाएगी। आखिर इस गर्हित अन्त से कैसे बचा जाए? इस उधेड़बुन में रात निकल गई। **ओडिसियस** के मस्तिष्क में कोई योजना अभी तक स्पष्ट नहीं थी। प्रातःकाल **पॉलिफ़ेमस** उठा और उसने **ओडिसियस** के दो और साथियों के मांस से कलेवा किया। फिर वह अपने चौपायों को चराने बाहर ले गया। जाते समय उसने गुहा का द्वार अच्छी तरह बन्द कर दिया ताकि उसके बन्दी भाग न जाएँ। सारा दिन भी उसके साथियों ने भय से काँपते काट दिया। तभी **ट्रॉय** के पतन के लिए काष्ठ-अश्व बनानेवाले चालाक **ओडिसियस** के सामने एक नई योजना की रूपरेखा उभरी। उसने देखा, गुहा में बहुत-सी लकड़ियाँ इधर-उधर पड़ी थीं। **ओडिसियस** ने उनमें से एक बहुत बड़ी और भारी बल्ली का चुनाव किया और अपने साथियों की सहायता से इसके एक कोने को खूब नुकीला कर लिया। फिर उसने इसे और अधिक मज़बूत करने के लिए आग पर पकाया और धूल-मिट्टी में छिपाकर रख दिया। इस शस्त्र के प्रयोग में सहायता के लिए उसने चार साथियों को चुना।

शाम को **पॉलिफ़ेमस** वापस लौटा। चौपायों को अन्दर कर गुहा का द्वार बन्द किया और बकरियाँ दोहने के बाद फिर **ओडिसियस** के दो साथियों को मारकर भोजन किया।

जब वह खाना खा चुका तो **ओडिसियस** एक पात्र में मदिरा लेकर उसके पास गया। और इसे स्वीकार करने का विनम्र आग्रह किया। **पॉलिफ़ेमस** ने एक घूँट भरा। ऐसा पेय तो उसने जीवन में कभी नहीं चखा था। उसने होंठ चाटे और एक ही बार में पात्र खाली करके और माँगने लगा। **ओडिसियस** ने फिर उसका पात्र भर दिया। दूध, लस्सी पीनेवाले के लिए यह एक अनोखा अनुभव था। **पॉलिफ़ेमस** मस्त होने लगा और बहुत प्रसन्न भी। उसने **ओडिसियस** से पूछा :

''क्या नाम है तुम्हारा?''

''मेरा नाम ऊडियस है। **ऊडियस।''** चतुर **ओडिसियस** ने उत्तर दिया। **ऊडियस** का अर्थ होता है 'कोई नहीं।'

''मित्र **ऊडियस!** हम तुम पर बहुत प्रसन्न हैं। हम तुम्हें सबसे बाद में खाएँगे।'' **पॉलिफ़ेमस** ने कहा और एक के बाद एक मदिरा-पात्र खाली करता गया। मद्य ने शीघ्र ही अपना प्रभाव दिखाया और **पॉलिफ़ेमस** खर्राटे लेने लगा। जब वह गहरी नींद सो गया तो **ओडिसियस** ने उस बल्ली को निकाला और उसके कोने को आग पर खूब पकाया। यहाँ तक कि वह जलने लगी। फिर चार साथियों की सहायता से बल्ली को उठाकर देवताओं का स्मरण कर पूरे वेग से उसकी नोक सोए हुए **पॉलिफ़ेमस** की एक आँख में घुसेड़ दी और उसे गोल घुमाया। **पॉलिफ़ेमस** की आँख से जलता हुआ खून बहने लगा और वह असह्य पीड़ा से चीखकर उठ बैठा। वह जख्मी शेर की तरह दहाड़ कर इधर-उधर हाथ मार रहा था। लेकिन **ओडिसियस** और उसके साथी **पॉलिफ़ेमस** के हाथ में न आते थे। अब वह देख नहीं सकता था। पीड़ा और नपुंसक क्रोध से वह ज़ोर-ज़ोर से पाँव पटकता हुआ चीख रहा था। उसके आर्तनाद से सारा जंगल हिल उठा। यहाँ तक कि पहाड़ी के उस पार रहनेवाले अन्य दोनों **साइक्लॉप्स** इस शोर को सुनकर **पॉलिफ़ेमस** की गुहा के बाहर आ पहुँचे। वे अपनी नींद खराब होने के कारण क्रुद्ध थे और बड़बड़ा रहे थे। उनमें से एक ने पूछा :

''क्या बात है **पॉलिफ़ेमस**? क्यों चिल्ला रहे हो? क्या कोई तुम्हें तंग कर रहा है? तुम्हारे चौपाए ले जा रहा है?''

''अरे, मुझे **ऊडियस** ने लूट लिया। मुझे **ऊडियस** ने अन्धा कर दिया। यह सब **ऊडियस** की करनी है,'' **पॉलिफ़ेमस** चिल्लाया।

दोनों **साइक्लॉप्स** हँसने लगे, ''अरे भाई, जब तुम्हें कोई नहीं तंग कर रहा तो चिल्लाते क्यों हो? क्यों हमारी नींद खराब की? आराम से सो जाओ और हमें भी सोने दो।'' यह कहकर वे अपनी-अपनी गुहा को वापस चले गए। सारी रात **पॉलिफ़ेमस** पीड़ा से कराहता रहा और **ओडिसियस** भोर की प्रतीक्षा करता रहा।

दिन निकलने पर **पॉलिफ़ेमस** ने सदा की तरह चौपायों को बाहर ले जाने के लिए गुहा का द्वार खोला और स्वयं दरवाजे पर बैठ गया। वह शत्रु को भी अपनी तरह मंद बुद्धि समझ रहा था। वह हाथ फैलाकर एक-एक भेड़-बकरी को छूकर बाहर निकाल देता। लेकिन वह अपने हृष्ट-पुष्ट भेड़ों की केवल पीठ ही छू रहा था। उसे पता भी

नहीं चला कि शत्रु तीन भेड़ों की पंक्ति में बीचवाले भेड़ के नीचे चिपटा हुआ है। इस तरह अन्धे **पॉलिफ़ेमस** को धोखा देकर **ओडिसियस** और उसके साथी गुफा से बाहर निकल गए। उन्होंने खुली हवा में साँस ली और सरपट अपने बेड़े की ओर भागे जहाँ उनके साथी उनके लौटने की आशा छोड़ बैठे थे। अब **ओडिसियस** अपने उल्लास को छिपा नहीं पाया और जहाज़ पर चढ़ते ही उसने ज़ोर से चिल्लाकर **पॉलिफ़ेमस** को अलविदा कहा। इसके उत्तर में **पॉलिफ़ेमस** ने एक बड़ी चट्टान आवाज़ की दिशा में फेंकी जो जहाज़ के पास ही जाकर गिरी और उस पर सवार सैनिकों के प्राण बाल-बाल बचे। यान को पूरे वेग से खेते हुए **ओडिसियस** ज़ोर से हँसा और चिल्लाकर कहा :

"अगर तुमसे कोई पूछे कि तुम्हें अन्धा किसने किया तो कहना कि यह काम **इथाका** के **ओडिसियस** का है। **ओडिसियस!"**

इस पर कराहते हुए **पॉलिफ़ेमस** ने फिर कुछ पाषाण-खंड उठाकर उधर फेंके लेकिन शीघ्र ही **ओडिसियस** का जहाज़ उनकी पहुँच से बाहर पहुँच गया। **पॉलिफ़ेमस** देर तक खड़ा उन्हें अभिशाप देता रहा और **पॉसायडन** के इस पुत्र ने अपने पिता से प्रार्थना की कि वह अपने बेटे के साथ ऐसा दुर्व्यवहार करनेवाले से बदला ले। उसका जहाज़ नष्ट हो जाए। **पॉलिफ़ेमस** की प्रार्थना स्वीकार हुई। **ओडिसियस** को **इथाना** पहुँचने के लिए अनगिनत कठिनाइयों का सामना करना पड़ा और वर्षों बाद वह स्वेदश पहुँचा भी तो बिल्कुल अकेला और दीन-हीन। लेकिन अभी तो वह **पॉलिफ़ेमस** से बच ही निकला था। शीघ्र ही ये लोग दूसरे तट पर अपने साथियों के पास जा पहुँचे। **ओडिसियस पॉलिफ़ेमस** के कुछ चौपाए भी साथ ले आया था। उनमें से सबसे अधिक पुष्ट भेड़ उसने देवताओं को अर्पित किया और शेष का मांस सबने मिलकर खाया। एक दिन इसी द्वीप पर अपने नए जीवन की खुशी में बिताकर **ओडिसियस** ने यहाँ से भी प्रस्थान किया।

पवन-संरक्षक इयूलस

साइक्लॉप्स पॉलिफ़ेमस से बचकर अब **ओडिसियस** के बेड़े पवन-संरक्षक इयूलस के द्वीप पर पहुँचे। स्वयं देव-सम्राट **ज़्यूस** ने **इयूलस** को हर तरह की वायु का रक्षक नियुक्त किया था। इस द्वीप पर **ओडिसियस** का बड़ा स्वागत हुआ। **इयूलस** और उसके पुत्र **ट्रॉय** के युद्ध की कहानियाँ सुनने को उत्सुक थे। **ओडिसियस** ने एक माह तक इनका आतिथ्य स्वीकार किया और विदा के समय **इयूलस** ने उसे एक बड़ा-सा बैग भेंट में दिया। इस बैग में सभी तूफ़ानी हवाएँ बन्द थीं और इसका मुँह चाँदी के तार से कसकर बँधा हुआ था। केवल मंद बहनेवाली पश्चिमी वायु को इसमें बन्दी नहीं बनाया गया था। **इयूलस** ने **ओडिसियस** को बताया कि पश्चिमी वायु की सहायता से उसका यान स्वतः ही **इथाका** की ओर बढ़ता जाएगा और तूफ़ानी हवाएँ बैग में बन्द होने के कारण उसे परेशान नहीं कर सकेंगी। यदि वह अपना मार्ग बदलना चाहे तो इनमें से किसी हवा की सहायता ले सकता है अन्यथा इसे न खोले। यह **इयूलस** की असीम अनुकम्पा

थी जिसे **ओडिसियस** ने बड़ी कृतज्ञता से स्वीकार किया। शान्त समुद्र पर नौ दिन नौयात्रा करने के बाद **इथाका** के भवन दृष्टिगोचर होने लगे। सभी ने चैन की साँस ली। लम्बी यात्रा से क्लान्त **ओडिसियस** की आँख लग गई। वह **पिनेलपी** और **टेलेमेकस** से मिलने के मधुर स्वप्न देखने लगा। अब तो मंजिल बिल्कुल सामने थी। लेकिन विधि का विधान भला कैसे टल सकता था! अभी **ओडिसियस** का वापसी का समय नहीं आया था। जब वह गहरी और सुख की नींद सो रहा था, उसके साथियों ने मिलकर सलाह की कि **ओडिसियस** के बैग को खोलकर देखा जाए। पिछले नौ दिनों से उसने एक पल भी उस बैग को न छोड़ा था। हर समय उसे अपने पास रखता था। और उसकी देखभाल के प्रति बड़ा सतर्क था। निश्चय ही इसमें या तो बढ़िया मदिरा होगी या कुछ दुर्लभ रत्न-जवाहरात। दोनों ही सम्भावनाएँ बड़ी आकर्षक थीं। अतः अवसर मिलते ही उन्होंने उस बैग को खोल डाला। लेकिन जैसे ही बैग खोला, उसमें बन्दी सभी हवाएँ भरभरा कर बाहर निकल पड़ीं और **ओडिसियस** का यान जैसे भँवर में हिचकोले खाने लगा। उसके साथी समुद्र में गिरते-गिरते बचे। **ओडिसियस** की आँख खुली तो बहुत देर हो चुकी थी। उसके सारे यान वेग से वापस **इयूलस** के द्वीप की ओर चले जा रहे थे। **ओडिसियस** ने अपने साथियों को बहुत फटकारा, वे स्वयं भी अपने किए पर बेहद शर्मिन्दा और दुखी थे, लेकिन अब पश्चात्ताप से तो कोई लाभ न था। **ओडिसियस** फिर हिम्मत करके **इयूलस** के पास गया और क्षमा माँगते हुए आग्रह किया कि वह उसे एक अवसर और दे। लेकिन **इयूलस** ने दूर से उन्हें चले जाने का आदेश दिया। "देवता जिनके विरुद्ध हों, उन अभागों की कोई सहायता करना व्यर्थ है," उसने कहा।

निराश **ओडिसियस** फिर अपनी अनन्त यात्रा पर चल पड़ा। अब तो कोई भी वायु उनके अनुकूल नहीं थी। लेकिन वे फिर भी चलते जा रहे थे। चलना ही जैसे उनकी नियति बन गया था। वे जिधर भी बढ़ते, उनका लक्ष्य क्षितिज की भाँति दूर और दूर होता चला जाता। उनके हाथ थक जाते, मन बोझिल हो उठता, भाग्य पर से विश्वास टूटता जाता लेकिन फिर भी वे चलते ही जाते। कई दिनों तक असहिष्णु समुद्र पर यान खेने के बाद वे जिस द्वीप पर पहुँचे वहाँ मानव-भक्षी **लीस्ट्रायगनीज** का आधिपत्य था। समुद्र पर प्रकृति और पृथ्वी पर मानव दोनों ही उनके विपरीत थे। अपने पिछले अनुभव के कारण वे इस बार सतर्क तो अवश्य थे, लेकिन फिर भी उन्हें वहाँ सबसे अधिक हानि उठानी पड़ी। **ओडिसियस** के जहाज़ एक-एक कर धीरे-धीरे तट की ओर जा रहे थे जब **लीस्ट्रायगनीज** ने इन्हें देखा और बड़ी-बड़ी चट्टानें और पत्थर इन पर लुढ़काने आरम्भ कर दिए। इस आकस्मिक आक्रमण में **ओडिसियस** के सारे जहाज़ यात्रियों सहित नष्ट हो गए। केवल उसका अपना यान सबसे पीछे होने के कारण बच गया। स्थिति भाँपते ही उसने अपने साथियों को पूरी शक्ति से यान को विपरीत दिशा में खेने का आदेश दिया। बड़ी कठिनाई से ही यह एक जहाज़ **लीस्ट्रायगनीज** के पत्थरों की मार से बच पाया।

सेसी के द्वीप में

ओडिसियस का जहाज़ **लीस्ट्रायगनीज** के देश से निकलकर पूर्व की ओर यात्रा करता हुआ बहुत दिन बाद **ईये** पहुँचा। यहाँ **कॉलकिस** के राजा **ईटीज़** की बहन मायाविनी **सेसी** रहती थी। लेकिन **ओडिसियस** और उसके साथी इतना थक गए थे कि तट पर पहुँचने के बाद भी वे दो दिन और दो रात वहीं पड़े रहे। उनके शरीर में इतनी शक्ति तक नहीं थी कि वे द्वीप पर बसनेवालों के विषय में कुछ पता लगा सकें। दो दिन के विश्राम से कुछ स्वस्थ होकर अब उन्होंने इस पर विचार किया। **ओडिसियस** स्वयं पहाड़ी की चोटी तक गया और वहाँ से उसे किसी घर से धुआँ उठता दिखाई दिया। इससे यह तो निश्चित हो गया कि इस द्वीप पर मनुष्यों का वास है। नीचे आकर उसने अपने साथियों को यह बात बताई और फिर उन्हें दो बराबर की संख्या में विभाजित कर दिया। एक दल का नेता **ओडिसियस** स्वयं था और दूसरे का **यूरीलेक्स।** लॉटरी द्वारा यह निश्चित हुआ कि **यूरीलेक्स** अपने दल को लेकर द्वीप पर जाए और **ओडिसियस** जहाज़ की रक्षा का भार सँभाले। **यूरीलेक्स** अपने बाईस साथियों को लेकर खोजबीन करने चला। उसने देखा कि द्वीप पर बड़ी हरियाली है और विशेषतया ओक वृक्षों की बहुतायत। सावधानी से धीरे-धीरे आगे बढ़ते हुए अन्त में वे वृक्षों के झुंडों के बीच स्थित एक सुन्दर महल के पास पहुँचे। तभी उन्होंने देखा कि वहाँ बहुत से बाघ, भेड़िए एवं अन्य जंगली जानवर विचरण कर रहे थे। पहले तो वे डर गए, और अपनी सुरक्षा के प्रति सतर्क हो उठे लेकिन यह देखकर उनके आश्चर्य की सीमा न रही कि वे बाध और भेड़िए अत्यधिक शान्ति के साथ उनके पास आए और उनके हाथ चाटने लगे मानो वे खूँखार जंगली जानवर न होकर पालतू पशु हों। उनका व्यवहार मनुष्य जैसा अधिक प्रतीत होता था। और वास्तव में वे थे भी मानव। उन्हें जादूगरनी **सेसी** ने अपनी माया से इस रूप में परिवर्तित कर दिया था। इस बात का पता **यूरीलेक्स** को शीघ्र ही चल गया।

महल से किसी स्त्री के गायन का मधुर स्वर आ रहा था। **यूरीलेक्स** के साथियों ने साहस करके द्वार खटखाटाया। वह बाहर आई और सहर्ष इन पथिकों का स्वागत किया। यह रूपसी युवती ही **सेसी** थी और इस द्वीप पर इस महल में अकेली रहती थी। वह तांत्रिक विद्या से असम्भव को सम्भव बना सकती थी लेकिन अपनी इस असाधारण शक्ति का प्रयोग बहुधा मानव के अहित में ही किया करती थी। यही उसका मनोरजंन था। **यूरीलेक्स** के साथियों को वह महल के भीतर ले गई और उन्हें स्वादिष्ट पकवान और मदिरा दी। **यूरीलेक्स** को कुछ सन्देह हुआ, अतः वह बाहर ही रुक गया और एक झरोखे से उसकी गतिविधि देखने लगा। उसके कई दिनों के भूखे और क्लान्त साथियों ने इस अप्रत्याशित आतिथ्य को सहर्ष स्वीकार किया और बड़े निःशंक होकर खाने-पीने लगे। पनीर, जौ, शहद, मदिरा सभी कुछ तो **सेसी** उन्हें दे रही थी। लेकिन उन्हें यह नहीं पता था कि इन खाद्य पदार्थों में कोई औषधि ऐसी भी मिली हुई है जो कुछ ही

देर में उनकी मानवाकृति छीनकर उन्हें पशु बना देगी। जब वे खा चुके तो **सेसी** ने एक-एक कर उन्हें अपनी जादू की छड़ी से छुआ और वे सूअर बन गए। **सेसी** ने द्वार खोलकर उन्हें बाड़े में हाँक दिया और फिर तकुआ कातने और गाने में मग्न हो गई। **यूरीलेक्स** ने यह कल्पनातीत दृश्य अपनी आँखों से देखा और वह भय से रोता हुआ वापस जहाज़ की ओर भागा। उसने सारी घटना **ओडिसियस** को कह सुनाई। अपने साथियों की दुर्दशा का वृतान्त सुनकर **ओडिसियस** के क्षोभ की सीमा न रही। वह उन्हें इस हाल में छोड़कर नहीं जा सकता था। परिणाम को सोचे-विचारे बिना **ओडिसियस** ने तलवार खींची और **सेसी** के महल की ओर चल पड़ा। वह नहीं जानता था कि उसे क्या करना है, पर चलता जा रहा था। अपने साथियों को ऐसी शोचनीय अवस्था में छोड़कर भाग जाना कायरता थी। इस अनैतिक कर्म के लिए **ओडिसियस** की आत्मा उसे कभी क्षमा न करती। जब **ओडिसियस** बड़ी उद्विग्नता से **सेसी** के प्रसाद की ओर बढ़ रहा था, अचानक उस निर्जन वन में उसकी भेंट एक अतीव सुन्दर युवक से हो गई। यह युवक देवदूत **हेमीज़** था जो इस प्रशंसनीय उद्देश्य की पूर्ति के लिए **ओडिसियस** की सहायता करने वहाँ आया था। उसके मुख पर दिव्य आभा थी। उसने **ओडिसियस** का हाथ अपने हाथ में लेते हुए कहा, ''तुम वीर हो, इसमें सन्देह नहीं। लेकिन तुम्हारी तलवार **सेसी** की माया का सामना नहीं कर सकती। वह जादूगरनी है। कुछ भी करने में समर्थ है। तीर-तलवार उसका कुछ नहीं बिगाड़ सकते। बुद्धिमत्ता से भी उसे नहीं जीता जा सकता। जानते नहीं, तुम्हारे सारे साथी उसकी शूकरशाला में पशु की आकृति में कैद हैं। पहले अपने शत्रु की शक्ति का अनुमान लगा लो और फिर यह भी समझ लो कि उसकी तांत्रिक शक्ति से दैवी-बल ही टकरा सकता है।'' यह कहकर **हेमीज़** ने श्वेत रंग का काली टहनीवाला सुंगधित फूल **ओडिसियस** को दिया और बताया कि इसको सूँघने पर **सेसी** का जादू उस पर असर नहीं करेगा। यह फूल **हेमीज़** को **एथीनी** ने देकर भेजा था और इसे केवल देवी-देवता ही तोड़ सकते थे। इस उपकार के लिए धन्यवाद देकर **ओडिसियस सेसी** के प्रासाद में पहुँचा। **सेसी** ने हँसकर उसका स्वागत किया। और उसे भी खाने को सुस्वादु भोज्य पदार्थ और पीने को औषधि और मधुयुक्त मदिरा दी। जब **ओडिसियस** ने भोजन समाप्त कर लिया तो **सेसी** ने अपनी जादुई छड़ी से उसे छूते हुए कहा, ''जा तू भी बाड़े में अपने साथियों के पास।'' लेकिन यह क्या! **ओडिसियस** पर तो **सेसी** के औषधियुक्त भोजन और मंत्र-तंत्र का कुछ भी प्रभाव नहीं हुआ। उसने चुपके से वह फूल सूँघ लिया था जो उसे **हेमीज़** ने दिया था। **सेसी** अपनी असफलता पर स्तम्भित-सी खड़ी थी कि **ओडिसियस** ने अपनी तलवार खींच ली। आश्चर्यचकित और घबराई हुई **सेसी** उसके पैरों पर गिर पड़ी और गिड़गिड़ाते हुए कहने लगी, ''मुझे छोड़ दो। मेरी जान मत लो। जैसा तुम कहोगे, मैं वैसा ही करूँगी। मैं और मेरा यह राज आज से तुम्हारा हुआ।'' लेकिन **ओडिसियस** को विश्वास नहीं हुआ। उसने सुना था कि मायाविनी स्त्रियाँ पुरुषों को अपने प्रेम-पाश में फँसाकर रतिक्रिया में उनका सारा रक्त पी जाती हैं, अतः उसने **सेसी** से कहा कि वह शपथ खाए कि उसकी कोई

हानि नहीं करेगी और उसके सारे साथियों को भी फिर से मनुष्य बना देगी। **सेसी** ने सभी देवताओं की सौगन्ध खाई तब कहीं **ओडियस** ने तलवार म्यान में डाली। **सेसी** ने अपनी सदिच्छा का प्रमाण भी दिया। उसने एक लेप के प्रयोग से **ओडिसियस** के सभी साथियों को फिर से मनुष्य बना दिया। **सेसी** ने आग्रह किया कि वे उसका आतिथ्य स्वीकार करें। **ओडिसियस** वापस समुद्र-तट पर गया और बड़ी कठिनता से **यूरीलेक्स** एवं अन्य साथियों को समझा-बुझाकर **सेसी** के महल में लाया। सब ने तेल से अभिषेक कर स्नान किया और नए वस्त्र पहने। **सेसी** के महल में प्रत्येक सुविधा उपलब्ध थी और खाने-पीने के पदार्थों की प्रचुरता। एक लम्बे समय के बाद इन्हें कुछ चिन्तारहित क्षण मिले थे। **ओडिसियस** और उसके साथी इस विलास में ऐसे डूबे कि दिन, सप्ताह, महीने और साल बीत गए। **सेसी** ने **ओडिसियस** के तीन पुत्रों को जन्म दिया। **सेसी** के प्रेम में **ओडिसियस** कुछ समय के लिए तो **पिनेलपी** को भी विस्मृत कर बैठा। लेकिन अकर्मण्यता का आकर्षण बहुत दिनों तक नहीं चला। सदा संकट से खेलने वाले वीर, खाने-पीने और सो जाने के आवृत्तिमय दैनिक व्यापार से ऊब गए। उन्हें अपनी पत्नी और बच्चों की याद सताने लगी। अब वहाँ एक दिन रहना भी उन्हें दूभर हो उठा। समुद्र की लहरें उन्हें बुला रही थीं। उन्हें जाना ही था। जब **ओडिसियस** ने अपना आशय स्पष्ट किया तो **सेसी** ने अश्रु नहीं बहाए। न ही अपनी बाहुलताओं को उसके गले का पाश बनाया। उसने शान्त मन से **ओडिसियस** की **इथाका** लौटने की इच्छा पर विचार किया और उसके मार्ग की बाधा बनने की बजाय उसे अपना पूरा सहयोग दिया।

ओडिसियस हेडीज़ में

ओडिसियस एक सुन्दर स्वप्न से जागा और एक बार फिर समुद्र की तूफ़ानी लहरों का सामना करने की तैयारी करने लगा। उसके साथियों के मन में भी घर लौटने की आशा फिर से झिलमिलाने लगी थी, लेकिन उस स्वप्न को साकार बनाने के लिए अभी कटु यथार्थ को झेलना शेष था। **सेसी** ने उन्हें बताया कि रास्ते में उन्हें अनेक ऐसे संकटों का सामना करना पड़ सकता है जिनके विषय में केवल **टियरेसियस** ही बता सकेगा। **टियरेसियस,** आपको याद होगा, **थीब्ज़** का प्रसिद्ध अन्धा भविष्यद्रष्टा था, और उसकी मृत्यु हो चुकी थी। **सेसी** ने कहा कि **ओडिसियस** मृतकों के लोक **हेडीज़** में जाकर **टियरेसियस** की प्रेतात्मा को खोजे। उसने वहाँ पहुँचने का रास्ता भी बताया, "यहाँ से उत्तरी वायु का अनुसरण करते चले जाओ। **ओसिनस** के पार **सिमेरियन्स** का देश है जहाँ सूर्य का प्रकाश नहीं पहुँचता और बारह माह अन्धकार छाया रहता है। अपने जहाज़ को वहीं छोड़कर स्थल-यात्रा करते हुए तुम एक ऐसी चट्टान के पास पहुँचोगे जहाँ से **फ्लेग्यों, कॉकीटास** और **स्टिकस** तीनों नदियाँ वेग से निकलती हैं। इस जगह पर एक गड्ढा खोदकर इसे बलि दी हुई भेड़ के रक्त से भर देना। प्रेतात्माओं को रक्तपान बहुत प्रिय है। वे सब भागी हुई आएँगी लेकिन उन्हें तब तक इसे छूने मत

देना जब तक **टियरेसियस** की आत्मा तृप्त न हो जाए। इस प्रकार उसे प्रसन्न करके तुम उससे अपनी यात्रा सम्बन्धी प्रश्न पूछ सकते हो।''

यह सुनकर **ओडिसियस** के साथियों के मुँह उतर गए। जीते-जी मृतकों के लोक में जाने के विचार से उनके दिल काँप उठे। कुछ तो रोने भी लगे। लेकिन **ओडिसियस** इस परीक्षा के लिए भी प्रस्तुत था। उसने आज्ञा दी कि प्रस्थान की तैयारी की जाए। इसी भाग-दौड़ में **ओडिसियस** का एक मदमत्त साथी **एल्पेनर सेसी** के महल की छत से गिरकर मर गया। किन्तु शेष सभी इस मायामय द्वीप से सकुशल किन्तु आशंकित, **हेडीज़** की ओर चल पड़े। **सेसी** के प्रभाव से वायु उन्हें अनुकूल मिली। बलि के लिए भेड़ भी उन्होंने साथ ले लिए थे। **सिमेरियन्स** के अँधेरे द्वीप के पास काले पीपल का **पर्सीफ़नी** का कुंज था। यहाँ से **ओडिसियस** ने अकेले यात्रा की और **सेसी** द्वारा बताए गए स्थान पर एक गड्ढा खोदकर भेड़ों की बलि दी और उनके रक्त से गड्ढे को भर दिया। उसने **टियरेसियस** का नाम पुकारते हुए उसे मधु, मदिरा और दूध का तर्पण भी दिया। यह वचन भी दिया कि वह **इथाका** पहुँचते ही उसकी आत्मा को अपनी सबसे अच्छी सुनहरी धेनु की बलि देगा। रक्त की गन्ध से **हेडीज़** में घूमती हुई प्रेतात्माएँ **ओडिसियस** की ओर खिंचती हुई आने लगीं। उनमें वृद्ध भी थे, युवक भी और जीवन को जाने बिना मृत्यु लोक में आ पहुँचनेवाले सुकुमार बालक भी। वहाँ सुन्दर कन्याएँ भी थीं, नववधुएँ और वृद्धाएँ भी। वे सब के सब **ओडिसियस** को घेरकर खड़े हो गए। **ओडिसियस** का साहसी मन भी एक बार तो सिहर उठा लेकिन फिर उसने तलवार निकाल ली और उस काले रक्त से भरे गड्ढे की रक्षा करने लगा। उसे **टियरेसियस** की प्रतीक्षा थी। प्रेतात्माओं के इस झुंड में से जो आत्मा सबसे पहले आगे निकलकर आई वह **एल्पेनर** की थी। **एल्पेनर** बड़ा दुखी-सा वहाँ भटक रहा था क्योंकि उसका मृत शरीर अभी भी **सेसी** के महल के बाहर पड़ा था और उसकी अन्त्येष्टि नहीं की गई थी। **ओडिसियस** ने वचन दिया कि वह यहाँ से लौटते ही उसका विधिवत संस्कार करेगा, लेकिन उसे भी रक्त नहीं पीने दिया। तभी उसकी दृष्टि एक वृद्धा पर पड़ी। उसकी आँखें भीगी थीं और वह अपनी बाँहें उसकी ओर फैलाए थी। यह **एन्टीक्लाया** थी—**ओडिसियस** की माँ! जब **ओडिसियस** ने ट्रॉय के लिए प्रस्थान किया तो वह जीवित थी और उसकी मृत्यु का समाचार उस तक नहीं पहुँचा था। उसे और उसके करुणामय आग्रह को देख **ओडिसियस** का मन द्रवित हो उठा लेकिन फिर भी उसने अपनी माँ को उस रक्त को छूने नहीं दिया। आखिर **टियरेसियस** की आत्मा अपनी सुनहरी छड़ी के सहारे आ पहुँची और शताब्दियों से प्यासे व्यक्ति की तरह उस रक्त पर टूट पड़ी। इससे उसे वाणी मिल गई और तृप्त होने के बाद उसने **ओडिसियस** को बताया :

''तुम्हारे कष्ट अभी समाप्त नहीं हुए हैं। **इथाका** की वापसी यात्रा में अभी कई खतरे तुम्हारी प्रतीक्षा कर रहे हैं। समुद्र का देवता **पॉसायडन** तुमसे अप्रसन्न है क्योंकि तुमने उसके **साइक्लॉप्स** पुत्र को अन्धा कर दिया था। इसके अतिरिक्त **सिसली** पहुँचने पर इस बात का विशेष ध्यान रखना कि तुम्हारे साथी वहाँ चरनेवाले टाइटन सूर्य-देवता

हाइपेरियन के चौपायों की कोई हानि न करें। ये चौपाए बड़े हृष्ट-पुष्ट और सुन्दर हैं और इनको मारनेवाले को **हाइपेरियन** कभी क्षमा नहीं करता। इस अपराध का दण्ड है–विनाश। इसलिए सावधान रहना। **इथाका** पहुँचने पर भी तुम्हें कई आशातीत कठिनाइयों का सामना करना पड़ेगा। वहाँ से कुछ समय के लिए तुम्हें निष्कासित भी होना पड़ेगा। उस अवस्था में तुम पतवार अपने कन्धे पर उठाकर पैदल यात्रा करना और जिस देश के लोग पतवार को ओसाना समझकर तुम्हारी हँसी उड़ाएँ, वहीं बस जाना। यदि भाग्य के इस विधान को तुमने सहज स्वीकार कर लिया तो तुम्हारी वृद्धावस्था सुखमय होगी और तुम **इथाका** में बहुत समय तक राज्य करोगे। लेकिन तुम्हारी मृत्यु समुद्र से ही आएगी।''

ओडिसियस ने **टियरेसियस** का धन्यवाद किया और उसे **इथाका** पहुँचने पर और बलि देने का वचन देकर अन्य प्रेतात्माओं को भी रक्त-पान की अनुमति दे दी। **एन्टीक्लाया** ने रक्त पीने के बाद **ओडिसियस** से पूछा कि वह जीवित रहते मृतकों के लोक में क्यों और कैसे आया। और फिर बताया कि कैसे उसके शोक में उसने शरीर त्यागा और कैसे वृद्ध **लियारटस** अब भी उसकी प्रतीक्षा के दिन गिन रहा है और **पिनेलपी** उसकी राह में पलकें बिछाए बैठी है। **ओडिसियस** की आँखों में आँसू आ गए। उसने तीन बार माँ को अपनी बाँहों में लेने की चेष्टा की लेकिन वह छाया की तरह उसके हाथों से निकल गई। इसके बाद अन्य बहुत-सी प्रेतात्माओं ने रक्त-पान किया और **ओडिसियस** से बातचीत की। यहाँ बहुत से वे लोग थे जिनके विषय में **ओडिसियस** ने सुन रखा था, बहुत से वीर योद्धा और अतीव रूपसी रमणियाँ। **ओडिसियस** ने **एन्टीयोपी, आयोकास्ट, क्लोरिस, लीडा, एफीडामिया, फ़ैडरा, प्राक्रिस, अरियाडनी, मायरा, क्लीमनी,** आदि से भेंट की। सुदृढ़ शरीरवाले **ऐगमेमनन** को प्रेतात्माओं के मध्य देखकर **ओडिसियस** आश्चर्यचकित रह गया। **ऐगमेमनन** ने उसे बताया कि **ट्रॉय** के युद्ध के कुछ ही समय बाद सकुशल घर पहुँचने पर उसकी दुराचारी पत्नी **क्लाइटिमनेस्ट्रा** ने अपने प्रेमी के साथ मिलकर उसे बेमौत मार डाला। **ऐगमेमनन** जानना चाहता था कि उसके पुत्र **ऑरेस्टीज़** ने अपनी माँ से प्रतिशोध लिया या नहीं, लेकिन **ओडिसियस** इससे अनभिज्ञ था। वह कुछ नहीं बता सका। उसकी स्वदेश-यात्रा के सम्बन्ध में **ऐगमेमनन** ने उसे यह सलाह दी कि वह **इथाका** में गुप्त रूप से छद्म-वेश में प्रवेश करे और वहाँ की स्थिति को भली-भाँति समझने के बाद ही कोई कदम उठाए। **ओडिसियस** मृतकों के बीच भी सम्राट की तरह दिखने और आचरण करनेवाले **एकिलीज़** से भी मिला। वह बड़ा क्षुब्ध जान पड़ता था लेकिन **ओडिसियस** के मुँह से अपने बेटे **नियोपटॉलेमस** के पराक्रम की कहानियाँ सुनकर उसके पीले मुख पर गर्व की मुस्कान खेल गई। उसने **एजैक्स** महान को भी देखा। लेकिन **एजैक्स** अभी तक **एकिलीज़** के शस्त्रों के बँटवारेवाली घटना की स्मृति को लेकर **ओडिसियस** से रुष्ट था। **ओडिसियस** ने उसे समझाया और यह भी बताया कि **एकिलीज़** का कवच तो उसने उसके पुत्र **नियोपटॉलेमस** को स्वेच्छा से दे दिया था। इनके अतिरिक्त **ओडिसियस** ने **मायनॉस** को

निर्णय देते, **ओरियन** को आखेट करते और **सिसीफ़स** तथा **टैंटलस** को कल्पनातीत यन्त्रणा भोगते हुए देखा। उसने **हेराक्लीज़** के मानवी अंश को भी देखा और इसके अतिरिक्त बहुत-सी अन्य रुदन करती आत्माओं पर भी उसकी दृष्टि गई। इसे देखकर वह फिर एक बार काँप उठा। उसका उद्‌देश्य तो पूरा हो ही गया था। अतः वह वेग से मृतात्माओं के देश **हेडीज़** से वापस जाने के लिए मुड़ा। उसके साथी उसकी प्रतीक्षा कर रहे थे। **ओडिसियस** को देख उन्होंने हर्षध्वनि की और पूरी शक्ति लगाकर अपने यान को वापस ले चले।

सायरन बहनें

हेडीज़ से **ओडिसियस** सुरक्षित वापस **ईये** पहुँच गया। वहाँ **सेसी** ने उसका स्वागत किया। साधारण मनुष्य तो देहावसान पर ही मृत्यु लोक जाते हैं लेकिन **ओडिसियस** सदेह **हेडीज़** की यात्रा करके आया था। यह एक असाधारण उपलब्धि थी। **सेसी** का आतिथ्य स्वीकार करने के बाद उसके मार्गदर्शन के अनुसार **ओडिसियस** ने **इथाका** के लिए प्रस्थान किया। अपनी माया से **सेसी** जिन भावी संकटों को देख सकती थी, उनके प्रति उसने **ओडिसियस** को सचेत कर दिया। अनुकूल वायु में यान विदा हुआ और बहुत शीघ्र ही **सायरन** बहनों के द्वीप पर आ पहुँचा। इन **सायरन्स** के मुख स्त्रियों जैसे किन्तु शरीर और पैर चिड़ियों की तरह थे। इनके पंख भी थे किन्तु ये उड़ नहीं सकती थीं। ऐसा कहते हैं कि **म्यूज़ेज** के साथ हुई एक गायन प्रतियोगिता में परास्त हो जाने पर **म्यूज़ेज** ने इनके पंख काटकर अपने विजय-किरीट बना लिए थे। ये **सायरन बहनें** कौन थीं और इनकी यह दशा कैसे हुई, इस सम्बन्ध में विभिन्न मत हैं। **एकिलो** तथा **फ़ॉरकीज़** को इनका जनक बताया जाता है। कहते हैं कि इन्होंने **हेडीज़** को **पर्सीफ़नी** का अपहरण करके ले जाते हुए देखा था लेकिन **पर्सीफ़नी** की कोई सहायता नहीं की। इस पर **डिमीटर** ने क्रुद्ध होकर इन्हें श्राप दे दिया। एक अन्य धारणा के अनुसार ये बहनें बड़ी अहंकारी

थीं और किसी देवी-देवता के सामने भी सिर नहीं झुकाती थीं। घमंड का सिर आखिर तो नीचा ही होता है। **ऐफ्रॉडायटी** ने उनका रूप-परिवर्तन कर दिया। इन **सायरन** बहनों के सम्बन्ध में विशेषतया उल्लेखनीय तथ्य यह है कि ये घातक गीत गाया करती थीं। इनके गीत की धुन और बोल दोनों ही इतने आकर्षक होते थे कि उस द्वीप से होकर निकलनेवाले यान अनायास ही इनकी ओर खिंचे चले आते और वहीं डूब जाते थे। इस तरह से मरने वाले अनजान पथिकों की अस्थियों का ढेर तट पर लगा था जिनके बीच ये दोनों अथवा तीनों गीत गाया करती थीं। इनके गीत को सुनकर अपने आप पर नियन्त्रण रख पाना असम्भव था। अतः जैसे ही **ओडिसियस** इस द्वीप की सीमा पर पहुँचा उसने **सेसी** के आदेशानुसार अपने साथियों के कान मोम से बन्द कर दिए ताकि वे **सायरन** के घातक गीत सुन ही न सकें। लेकिन वह स्वयं उन्हें सुनने को उत्सुक था। अतः उसने अपने साथियों से कहा कि उसे यान की एक मज़बूती बल्ली से रस्सी द्वारा कसकर बाँध दें और वह चाहे जितना भी चीखे-चिल्लाए या धमकाए उसे तब तक न खोलें जब तक कि जहाज़ **सायरन** के द्वीप की सीमा से बाहर न हो जाएँ। ऐसा ही किया गया। जब **ओडिसियस** ने **सायरन** बहनों के मधुर गीत को सुना, अतीत के दुखों के लिए सान्त्वना, वर्तमान के लिए शक्ति और भविष्य का ज्ञान देने के वचन को सुना तो वह अधीर हो उठा। वह अपनी पूरी शक्ति लगाकर रस्सियों को तोड़ने की चेष्टा करने लगा। उसने अपने साथियों को डराया, धमकाया, आज्ञाएँ दीं लेकिन व्यर्थ। किसी ने उसकी ओर ध्यान नहीं दिया। और इस तरह ये लोग **सायरन** के द्वीप के पार पहुँचे। कहते हैं कि **सायरन** बहनों ने इस पराजय से क्षुब्ध होकर आत्महत्या कर ली।

स्किला और कैरिब्डीज़

एक संकट टला। अब दूसरे का सामना करने को तैयार होना था। **ओडिसियस** को अब कुछ ही दूरी पर स्थित दो चट्टानों के मध्य से अपना जहाज़ निकालना था। इनमें से एक चट्टान पर **स्किला** रहती थी और दूसरी पर **कैरिब्डीज़**। **कैरिब्डीज़** पृथ्वी और **पॉसायडन** से उत्पन्न राक्षसी थी जिसे **ज़्यूस** ने अपने वज्र-प्रहार से यहाँ इस चट्टान पर फेंक दिया था। **कैरिब्डीज़** दिन में तीन बार समुद्र से बहुत सारा पानी पीती और फिर उसे एकदम से उलट देती। परिणामस्वरूप इन दो चट्टानों के बीच दिन में तीन बार तूफ़ान आता, भँवर पड़ते और आने-जानेवाले जहाज़ उनमें फँसकर नष्ट हो जाते। **हेक्टी** और सम्भवतः **फ़ॉरकीज** की बेटी **स्किला** किसी समय बहुत सुन्दर थी लेकिन उसके प्रति नदी के देवता **ग्लॉकस** के आकर्षण से ईर्ष्यालु **एम्फ़ीत्राइत** ने पानी में कुछ ऐसी जड़ी-बूटियाँ मिला दीं जिससे **स्किला** भयावह दानवी बन गई। अब उसकी सूरत एक कुत्ते की तरह थी। उसके छह सिर थे और बारह पैर। वह यात्रियों को अपने छह मुखों में पकड़कर उनकी हड्डियों का चूरा कर डालती और निगल जाती। इन दो दानवियों

के विरुद्ध बल-प्रयोग व्यर्थ है। अतः अब जलयान को पूरी शक्ति के साथ इन चट्टानों के मध्य से निकालने की चेष्टा के अतिरिक्त कोई चारा नहीं था। **कैरिब्डीज़** द्वारा उत्पन्न किए गए भँवर से बचने के प्रयास में यान दूसरी चट्टान के निकट जा पहुँचा और **ओडिसियस** के देखते ही देखते **स्किला** ने उसके छह साथियों को अपने छह मुखों में पकड़ लिया। **ओडिसियस** विवश होकर उन्हें हाथ-पैर पटकते और चिल्लाते देखता रहा लेकिन उनकी कोई सहायता नहीं कर सका। जब तक **स्किला** ने उन छह का काम तमाम किया, **ओडिसियस** का यान खतरे की सीमा पार कर गया था।

हाइपेरियन के चौपाए

मौत के मुँह से निकल आने के बाद **ओडिसियस** और उसके साथियों ने चैन की साँस ली। अब वे आगे बढ़े। शीघ्र ही **सिसली** के हरे-भरे तट दृष्टिगोचर होने लगे। यहीं टाइटन सूर्य-देवता **हाइपेरियन** अथवा **हीलियस** का द्वीप था जहाँ खुले मैदान में उसकी गायें और भेड़ें चरा करती थीं। **टियरेसियस** ने **ओडिसियस** को चेतावनी दी थी कि वह **हाइपेरियन** के चौपायों की कोई हानि न करे अन्यथा देवता उसे नष्ट कर देगा। अतः **ओडिसियस** ने अपने साथियों को आदेश दिया कि वे कहीं भी रुके बिना यान को इस द्वीप से आगे ले चलें। लेकिन उसके साथी संकटमय लम्बी यात्रा करते हुए इतने थक गए थे कि उन्होंने अपने नेता की आज्ञा का पालन करने से भी इनकार कर दिया। वे एक रात विश्राम किए बिना आगे बढ़ने को तैयार नहीं थे। विवश **ओडिसियस** को लंगर डालने की अनुमति देनी पड़ी। लेकिन उसने अपने सभी साथियों को यह सौगन्ध दिलाई कि वे किसी भी स्थिति में **हाइपेरियन** के चौपायों की हानि नहीं करेंगे। इसके बाद वे सब किनारे लगे, भोजन किया और सो गए। दूसरे दिन सवेरे उन्हें प्रस्थान करना था। लेकिन दुर्भाग्यवश उस रात समुद्र में ऐसा भयंकर तूफ़ान उठा कि लंगर उठाना असम्भव हो गया। तीस दिन तक निरन्तर प्रतिकूल वायु बहती रही और उत्ताल तरंगें उठती रहीं। **सेसी** द्वारा दिए गए सारे खाद्य-पदार्थ चुक गए। कुछ दिन तक वे मछलियाँ पकड़कर और चिड़ियाँ मारकर जैसे-तैसे काम चलाते रहे। पर यह भोजन उनके लिए पर्याप्त न उपलब्ध होता था। फिर एक ऐसी अवस्था आ गई कि ये लोग बिल्कुल ही भूखे मरने लगे। क्षुधातुर मनुष्य हर अनुचित काम कर गुज़रता है। रह-रहकर उनकी दृष्टि **हाइपेरियन** के हृष्ट-पुष्ट चौपायों पर जा पड़ती थी। लेकिन **ओडिसियस** के भय से मन मारकर रह जाना पड़ता। एक दिन जब **ओडिसियस** इस अकाल से दुखी होकर देवताओं से प्रार्थना करने के लिए किसी निर्जन स्थान पर गया, **यूरीलॉक्स** ने उसकी अनुपस्थिति का लाभ उठाकर अपने साथियों को **हाइपेरियन** के पवित्र चौपायों को मारने पर उकसाया। उसने कहा, "**हाइपेरियन** का कठोरतम दण्ड मृत्यु ही हो सकती है और मर तो हम इस तरह भी जाएँगे। फिर भूख से एड़ियाँ रगड़-रगड़ कर क्यों मरें? हम विवश हैं। हमारे सामने और कोई रास्ता नहीं। क्या देवता हमारी इस विवशता की लाज

न रखेंगे? हमें क्षमा न कर देंगे? हम स्वयं भोजन करने से पहले देवताओं को बलि देंगे और **इथाका** पहुँचने पर **हाइपेरियन** के मन्दिर का निर्माण करवाएँगे।"

ओडिसियस के साथियों ने भूख के सामने सिर झुका दिया। और **हाइपेरियन** की बहुत-सी गौएँ मारकर उनकी जाँघों की हड्डियाँ और मांस देवताओं को अर्पित कर अपने लिए अगले छह दिन का प्रबन्ध कर लिया। जब ये लोग मांस भूनने लगे थे **ओडिसियस** वापस लौटा। यह अनर्थ देख उसने अपना सिर पीट लिया। लेकिन अब क्या हो सकता था! अब तो केवल प्रलय की प्रतीक्षा करना ही शेष था। एक सप्ताह तक **ओडिसियस** के साथी मौज करते रहे। आखिर वायु अनुकूल हुई और जहाज़ का लंगर उठाया गया।

उधर जब **हाइपेरियन** को अपने प्रिय चौपायों के संहार की सूचना मिली, वह क्रोध से काँपता हुआ सीधा **ज़्यूस** के पास गया और यह माँग की कि **ओडिसियस** के साथियों को कठोरतम दण्ड दिया जाए अन्यथा वह आकाश छोड़कर पाताल चला जाएगा और पृथ्वी अन्धकार में डूब जाएगी। **पॉसायडन** तो पहले ही कुपित बैठा था। जब **ओडिसियस** का जहाज़ तट से दूर पहुँचा तो अकस्मात् भीषण तूफ़ान उठा और मस्तूल के गिरने से प्रधान नाविक की मृत्यु हो गई। अनियंत्रित यान लहरों के साथ उठने-गिरने और हिचकोले खाने लगा। तभी आकाश से एक वज्र गिरा और जहाज़ के टुकड़े-टुकड़े हो गए। **ओडिसियस** के सभी साथी डूब गए। केवल वह अकेला ही बचा। उसने किसी तरह उठते-गिरते मस्तूल को पकड़ लिया और उसी से चिपका रहा। तूफ़ान कुछ शान्त होने पर उसने टूटे हुए यान के कुछ अन्य टुकड़े पकड़कर उन्हें मस्तूल के साथ बाँधकर अपने लिए एक बेड़ा-सा बना लिया। अभी यह काम पूरा ही हुआ था कि वेगपूर्ण दक्षिणी हवा चली और **ओडिसियस** का यह बेड़ा उसे लेकर वापस **स्किला** और **कैरिब्डीज़** की ओर चल पड़ा। यहाँ **कैरिब्डीज़** का भँवर उसे डुबो देता लेकिन वह उस चट्टान पर उगे अंजीर की डालियों से लटक गया और बेड़े को छोड़ दिया। **कैरिब्डीज़** के मुँह से निकले तूफ़ान में डूबकर जब कुछ समय बाद वह बेड़ा फिर सतह पर आया तो **ओडिसियस** ने उसे पकड़ लिया। दक्षिणी वायु भी अब रुक चली थी। अपनी बाँहों से पतवार का काम लेता हुआ वह आगे बढ़ा और नौ दिन तक इसी तरह हवाओं और समुद्री लहरों का सामना करता हुआ एक दिन **कैलिप्सो** के द्वीप पर पहुँचा।

कैलिप्सो के द्वीप में

कैलिप्सो को जलदेवी **थेटिस** और **ओसिनू** की बेटी बताया जाता है। वैसे **एटलस** को भी उसका पिता कहा जाता है। **कैलिप्सो** अतीव सुन्दरी और मोहिनी थी। उसकी गुहा के बाहर पीपल, भोजपत्र और सरू के वृक्ष थे जिन पर भाँति-भाँति के पक्षी चहचहाया करते थे। उसकी गुहा के द्वार पर फूलों से ढँकी बेलें थीं और पास में ही केसर और अजवायन के खेत थे जिनके बीच से होकर चार निर्मल झरने बहते थे। सारांश में

कैलिप्सो का द्वीप प्रकृति का स्वर्ग था। वहाँ किसी चीज़ की भी कमी न थी। जब **कैलिप्सो** ने **ओडिसियस** को देखा तो वह उसे अपनी गुहा में ले आई और उसे पौष्टिक भोजन और मदिरा दी। तूफ़ानों से जूझने के कारण थका-हारा, फटे कपड़ोंवाला, बदहाल **ओडिसियस** भी उसे बहुत अच्छा लगा। वह उससे प्रेम करने लगी थी। **ओडिसियस** भी इस लावण्यमयी के आँचल से ऐसा बँधा कि सब कुछ भूल गया। प्रेम-पगे दिन और महीने क्षणों की तरह बीतने लगे। इसी तरह पाँच अथवा सात वर्ष पानी की धारा की तरह हाथ से निकल गए। कई बार **ओडिसियस** को **इथाका** और **पिनेलपी** की याद सताती। **टेलेमेकस** को देखने का बड़ा जी चाहता। अपने बूढ़े पिता के दर्शन की आस उभरती और **ओडिसियस कैलिप्सो** की शयूया का सुख छोड़ उदास मन से समुद्र-तट पर बैठा सूनी आँखों से उधर से किसी जहाज़ के निकलने की प्रतीक्षा किया करता। इसका शरीर वहाँ था लेकिन मन कहीं दूर भटकता रहता।

ओडिसियस की यह दशा देखकर आखिर एक दिन **ज़्यूस** को दया आ गई। उसे **ओडिसियस** से कभी कोई द्वेष नहीं था लेकिन अन्य देवी-देवताओं को प्रसन्न करने के लिए उसे दंडित करना पड़ रहा था। लेकिन हर चीज़ की कोई सीमा होती है। अब **ओडिसियस** के साथ न्याय होना चाहिए। देवी **एथीनी** का भी यही विचार था। अतः वह कुछ आवश्यक सुझाव **टेलेमेकस** को देने के लिए रूप बदलकर **इथाका** गई और **पॉसायडन** की अनुपस्थिति का लाभ उठाकर **ज़्यूस** ने **हेमीज़** द्वारा **कैलिप्सो** को यह सन्देश भेजा कि वह **ओडिसियस** को स्वतन्त्र कर दे। **कैलिप्सो** को अच्छा तो नहीं लगा लेकिन **ज़्यूस** को अप्रसन्न करना उचित नहीं था। **ओडिसियस** भी घर लौटने को बेचैन था। अतः मन मारकर उसने **ओडिसियस** को कुछ औजार देकर उसे पेड़ काटकर अपने लिए एक बेड़ा तैयार करने को कहा। पहले तो **ओडिसियस** को विश्वास नहीं हुआ। लेकिन जब **कैलिप्सो** ने **स्टिक्स** नदी की सौगन्ध खाकर कहा कि उसका कोई ग़लत अभिप्राय नहीं तो **ओडिसियस** उसके प्रति और भी सहृदय हो उठा। वह जानता था, **कैलिप्सो** उसे अमर यौवन और अनश्वर जीवन दे सकती है और रूप गरिमा में उसकी और **पिनेलपी** की कोई तुलना नहीं लेकिन फिर भी वह स्वदेश लौटना चाहता था। उसने **कैलिप्सो** का बहुत-बहुत धन्यवाद किया और अब वह लकड़ियाँ काटकर अपना बेड़ा तैयार करने में संलग्न हो गया। **कैलिप्सो** ने हर तरह से उसकी सहायता की और विदा के समय उसे बहुत-सा अनाज, मदिरा, मांस और पीने का पानी साथ दिया। **कैलिप्सो** की शुभ कामनाओं के साथ **ओडिसियस** यहाँ से विदा हुआ।

ओडिसियस बड़ी धीर गति से लक्ष्य की ओर बढ़ रहा था और अब उसे विश्वास हो चला था कि वह शीघ्र ही अपनी मातृभूमि के दर्शन कर सकेगा। तभी **इथियोपिया** से लौटते हुए **पॉसायडन** ने समुद्र की सतह पर एक बेड़े को देखा और तत्काल उसके चालक, अपने बेटे **साइक्लॉप्स** के हत्यारे को भी पहचान लिया। उसने क्रुद्ध होकर त्रिशूल पानी में मारा और समुद्र से तूफ़ानी लहरें उठने लगीं। सारी हवाएँ भी उसकी आज्ञा से विपरीत बहने लगीं। एक बड़ी लहरों ने उसके बेड़े को उलट दिया। **ओडिसियस** बड़ा निपुण तैराक

था लेकिन भारी वस्त्रों के कारण उसे तैरने में बड़ी कठिनाई हो रही थी। वह बिल्कुल पानी के नीचे पहुँच गया और उसके फेफड़े फटने से लगे। **ओडिसियस** ने अपने वस्त्र उतार फेंके और हाथ-पाँव मारता हुआ फिर अपने बेड़े पर पहुँचा। लेकिन तूफ़ान शान्त होने में नहीं आ रहा था। **ओडिसियस** की यह दुर्दशा देख जलपरी **ल्यूकोथिया** को उस पर दया आ गई और वह एक समुद्री पक्षी के रूप में उसके बेड़े पर आ बैठी। उसकी चोंच में एक जादुई चुनरी थी। वह चुनरी **ओडिसियस** को देकर उसने कहा कि इसे अपनी कमर में बाँध ले। वह डूबने से बच जाएगा। पहले तो **ओडिसयिस** को उस पर विश्वास नहीं हुआ। उसने सोचा, शायद उसे मारने के लिए **पॉसायडन** कोई नई चाल चल रहा है लेकिन जब उसका बेड़ा फिर डूबने लगा तो उसने चुनरी कमर से बाँध ली और अपने आपको लहरों के हवाले कर दिया। **पॉसायडन** अपने महल को लौट गया। **एथीनी** ने लहरों को शान्त किया और दो दिन पानी पर बहने के बाद तीसरे दिन सुबह **ओडिसियस** को पृथ्वी के दर्शन हुए। लेकिन तट पर पहुँचना कोई सरल काम न था। वहाँ बहुत-सी चट्टाने थीं जिनसे टकराकर पानी की लहरें दुगुने वेग से पीछे लौट आतीं। **ओडिसियस** ने इनको पकड़ने की बहुत चेष्टा की लेकिन सफल नहीं हुआ। उसके हाथों से खून निकलने लगा। लेकिन किसी तरह तैरता हुआ वह एक नदी में निकल आया। उसने नदी के देवता से प्रार्थना की कि उसे एक शरणागत समझ स्वीकार करे। कुछ ही देर में किसी तरह अपने को घसीटता हुआ किनारे आ गया। इस संघर्ष में **ओडिसियस** इतना निढाल हो चुका था कि तट पर आ पहुँचने के बाद भी वह कुछ देर तक उठ नहीं सका। निरन्तर पानी और ठंडी हवाओं का सामना करते रहने से उसका शरीर सुन्न हुआ जा रहा था। उसके शरीर पर वस्त्र नाममात्र को भी नहीं था। इस पर रात घिरती आ रही थी। **ओडिसियस** ने ऐसे वृक्षों का एक झुंड तलाश किया जो पृथ्वी तक झुके हुए थे। उनके बीच सूखे पत्तों का बिस्तर लगाकर **ओडिसियस** ने अपने को सूखे पत्तों के ढेर से ढँक दिया। इस तरह उसका शरीर कुछ गरम हुआ और बहुत दिनों बाद वह चैन से सोया।

नौसिका से भेंट

ओडिसियस जहाँ आ पहुँचा था वह **फ़ैशियन्स** का देश था। ये लोग बड़े सिद्धहस्त नाविक, व्यापारी थे। अतिथि-सत्कार उनका विशेष गुण था। इनका राजा था **एल्सीनू** और रानी **एरेटी।** यही वह राज-दम्पति थी जिसने कुछ समय पूर्व **कॉलकिस** से पलायन करके आए **जेसन** और **मेडीया** को शरण दी थी। **एल्सीनू** एक बुद्धिमान व्यक्ति था और अपनी पत्नी की असाधारण प्रज्ञा का आदर करता था। इनकी एक कन्या थी जिसका नाम था **नौसिका। नौसिका** सुन्दरी होने के साथ गृह-कार्य में भी कुशल थी। राज-परिवार की स्त्रियों में भी ऐसी विशेषता गर्व का कारण समझी जाती थी। उस दिन जब **ओडिसियस** नदी के तट पर एक घने कुंज में सूखे पत्तों के बिछौने पर नग्न सोया हुआ था, **नौसिका** ने महल के गन्दे कपड़े एक गाड़ी में भरवाए और अपनी

सखी-सहेलियों के साथ उन्हें धोने के लिए नदी पर आई। **एरेटी** ने लड़कियों के नहाने-धोने और खाने का प्रबन्ध कर दिया। दो घोड़ियों वाली गाड़ी को चलाकर **नौसिका** नदी के तट पर आई और वहाँ उतरी जहाँ **ओडिसियस** सो रहा था। लड़कियों ने कपड़े निकाले और नदी पर ले आईं। आस-पास बहुत से ताल भी थे। इनका जल बहुत स्वच्छ और निर्मल था। लड़कियों ने कपड़े पानी में डालकर उन पर नृत्य करना शुरू किया। उनके इस खेल में ही कपड़ों की सारी मैल निकल गई। अब हँसते-गाते चुहल करते इन लोगों ने कपड़े निचोड़े और किनारे पर सूखने डाल दिए। फिर तेल लगाकर नदी में स्नान किया। इनके किल्लोल से सारा वन गूँज रहा था लेकिन **ओडिसियस** अभी भी सोया पड़ा था। नहाने के बाद **नौसिका** और उसकी सखियों ने भोजन किया और फिर कन्दुक खेलने लग गईं, तभी अचानक उनका गेंद नदी के बीच जा गिरा। सारी लड़कियाँ एक साथ इतनी ज़ोर से चीखीं कि **ओडिसियस** की आँख खुल गई। वह नहीं जानता था कि वह कहाँ है। उसने निश्चय किया कि इनसे सहायता की प्रार्थना करनी चाहिए। लेकिन **ओडिसियस** नग्न था। उसने किसी तरह से पत्तों को अपने गिर्द लपेटा और उन लड़कियों के पास गया। कुछ लड़कियाँ तो उसे देखकर भयभीत-सी भागने लगीं, लेकिन **नौसिका** वहीं खड़ी रही। **ओडिसियस** ने उसे सम्बोधित करते हुए कहा :

"हे सुन्दरी, मैं नहीं जानता तुम कौन हो! मानवी या कोई देवी? लेकिन इतना सच है कि मैंने ऐसा रूप पृथ्वी पर आज से पहले नहीं देखा। मेरी सहायता करो। मैं एक अभागा यात्री हूँ जिसका जहाज़ क्रोधी **पॉसायडन** ने टुकड़े-टुकड़े कर दिया। कई दिनों तक तूफ़ान से जूझने के बाद मैं यहाँ पहुँचा हूँ। मेरे पास कोई वस्त्र भी नहीं है। यदि आप मेरी कुछ सहायता कर सकें, और मुझे किसी निकटतम नगर का रास्ता बता सकें तो आपकी बड़ी कृपा होगी।"

नौसिका ने किसी अभिजात कन्या के अनुरूप सौम्यता का प्रमाण दिया। वह प्रथम दृष्टि में ही समझ गई थी कि यह व्यक्ति शरणार्थी है, कोई डाकू-लुटेरा नहीं। **ओडिसियस** के निवेदन को सुनकर उसने उसे आश्वस्त किया, अपनी सखियों को वापस बुलाया और उन्हें इस अनजान पथिक को तेल और पहनने के वस्त्र देने का आदेश दिया। **ओडिसियस** ने सधन्यवाद इस भेंट को स्वीकार किया। और जब वह तेल से अपने सारे शरीर पर लिपटा कीचड़ और रक्त छुड़ाकर, स्नान करके धुले वस्त्र पहनकर नदी से बाहर निकला तो **नौसिका** और उसकी सखियाँ इस शरणार्थी का देवतुल्य तेज़ देखकर आश्चर्यचकित रह गईं। **नौसिका** ने उसे भोजन दिया और बताया कि वह उसे अपने साथ नगर नहीं ले जा सकतीं क्योंकि एक अजनबी को इस तरह उसके साथ देखकर नगरवासी सन्देह करेंगे। अतः वह उसकी गाड़ी के पीछे उसके बनाए मार्ग का अनुसरण करता हुआ राजमहल पहुँच जाए और वहाँ रानी **एरेटी** से सहायता की प्रार्थना करे। राजा **एल्सीनू** अपनी पत्नी के निर्णय का आदर करता है। मन ही मन **नौसिका** की शालीनता की प्रशंसा करता हुआ **ओडिसियस** उसकी गाड़ी के पीछे चल दिया। **नौसिका** उससे पूर्व ही घर पर पहुँचकर अन्तःपुर में चली गई। जब **ओडिसियस** वहाँ पहुँचा तो वह राजप्रसाद के अनुपम वैभव को देखकर दंग रह गया। अपने जीवन में उसने ऐसा शिल्प कभी नहीं देखा था। ऐसा लगता था जैसे चाँद और सूरज को काटकर इस महल को बनाया गया हो। सभी कुछ इतना सुन्दर और सुव्यवस्थित था कि एक बार तो **ओडिसियस** प्रवेश करने में भी झेंप गया। लेकिन शीघ्र ही वह स्वस्थचित्त हो भीतर पहुँचा। एक विशाल कक्ष में राजा **एल्सीनू** अपने सामन्तों के साथ भोजन कर रहा था। **ओडिसियस** सीधा **एरेटी** के पास गया और नीचे बैठकर उसके घुटने पकड़ लिए। वह शरणागत था और अपनी स्थिति के उपयुक्त ही व्यवहार कर रहा था। सभी उपस्थित जन उसकी ओर देखने लगे। **एरेटी** के संकेत पर **एल्सीनू** ने उसे हाथ पकड़कर उठाया और आसन दिया। अतिथि को भोजन कराया गया। **एल्सीनू** ने भोजन के बीच प्रश्न पूछकर उसे परेशान नहीं किया। भोजनोपरान्त **ओडिसियस** ने उन्हें बताया कि उसका जहाज़ नष्ट हो गया था और वह नदी के किनारे पर आ लगा था जहाँ उनकी सुशील कन्या **नौसिका** ने उस पर अनुग्रह किया। **एरेटी** अपने यहाँ बुने गए उसके वस्त्र देखकर पहले ही समझ गई थी कि **ओडिसियस** का मार्गदर्शन किसने किया है। **ओडिसियस** ने उनसे आग्रह किया कि वे उसके स्वदेश लौटने का प्रबन्ध कर दें तो वह बड़ा अनुगृहीत होगा। **एल्सीनू** ने स्वीकृति दे दी लेकिन उसे अभी तक यह नहीं मालूम था कि यह देवताओं-सा दिखनेवाला व्यक्ति कौन है, और किस देश का रहनेवाला है। वह तो उसके व्यक्तित्व से प्रभावित होकर उसकी सहायता कर रहा था। अतिथि के लिए शयन की व्यवस्था की गई और मुलायम गर्म बिस्तर पर **ओडिसियस** चैन से सोया।

दूसरे दिन **एल्सीनू** ने आज्ञा दी कि अतिथि के लिए यान का प्रबन्ध किया जाए। **फैशियन्स** इतने कुशल नाविक थे कि पृथ्वी के किसी भी कोने तक जाना उनके लिए कोई बड़ी समस्या न थी। उस दिन भी अतिथि के सत्कार में प्रीतिभोज और खेलों का

आयोजन किया गया। खेलों में **ओडिसियस** ने ऐसी असाधारण शक्ति का परिचय दिया कि **एल्सीनू** और उसके नगरवासी स्तम्भित रह गए। उन्हें विश्वास हो गया कि यह विदेशी निश्चय ही कोई देवता है जो वेश बदलकर उनके बीच आया है। **ओडिसियस** ने अभी तक उन्हें अपनी वास्तविकता नहीं बताई थी। भोजन के बाद जब चारण-दल ने **ट्रॉय** के युद्ध के गीत गाए और **लियार्टीज** के बेटे के पराक्रम का वर्णन किया तो **ओडिसियस** की आँखें भर आईं। वह मुँह फेरकर अपने अश्रु पोंछने लगा। **एल्सीनू** ने यह देखकर गीत बन्द करने की आज्ञा दी और अतिथि के कन्धे पर हाथ रखते हुए पूछा कि वह कौन है और **ट्रॉय** के युद्ध से उसका क्या सम्बन्ध है? संक्षिप्त-सा उत्तर मिला, "मैं ही **ओडिसियस** हूँ।" **ओडिसियस**–जिसकी वीरता की कहानियाँ देश-विदेश में गाई जाती थीं लेकिन जिसकी **ट्रॉय** के युद्ध की समाप्ति के बाद किसी को भी कोई सूचना नहीं मिली। **एल्सीनू** ने अपने को धन्य माना और वह रात उसने, उसके बेटे और अधिकारियों ने **ओडिसियस** की यात्रा का वर्णन सुनते हुए गुजार दी।

बहुत से उपहारों से लदा जलयान **ओडिसियस** को लेकर **इथाका** के लिए विदा हुआ। **ओडिसियस** के दुर्भाग्य का अन्त आ गया था और सौभाग्य का सूरज उसके जीवन-क्षितिज पर जगमगा रहा था। नाविकों ने बेड़े में ही उसके लिए शय्या लगा दी और सब कुछ उनके भरोसे छोड़कर वह सो गया। वर्षों की क्लान्ति उसे बार-बार दबोच लेती थी। दूसरे दिन सवेरे जब यान **इथाका** के तट पर पहुँचा **ओडिसियस** अभी भी सो रहा था। नाविकों ने उसे जगाया नहीं बल्कि उसे उसी तरह उठाकर एक वृक्ष के नीचे लिटा दिया और पास ही उसके उपहारों का ढेर लगा दिया। बीस वर्ष के बाद **ओडिसियस** अपनी धरती पर वापस पहुँचा था।

जब **एल्सीनू** का जहाज़ **ओडिसियस** को छोड़कर वापस जा रहा था तब **पॉसायडन** की दृष्टि उस पर पड़ी। **ओडिसियस** पर उसका कोप अभी भी कम नहीं हुआ था। लेकिन वह तो सुरक्षित स्वदेश पहुँच गया था, अतः **पॉसायडन ने फैशयिन्स** पर अपना गुस्सा निकाला। और जब यह यान अपने बन्दरगाह में प्रवेश करने को ही था, उसने इसे और इसके यात्रियों को पत्थर में बदल दिया। **एल्सीनू** को अतिथि-सत्कार का अच्छा बदला मिला। उसका भेजा हुआ जहाज़ समुद्र के बीच एक चट्टान की तरह सदा के लिए स्थिर हो गया।

ओडिसियस इथाका में

टेलेमेकस द्वारा पिता की खोज

ओडिसियस की पत्नी का नाम था **पिनेलपी। पिनेलपी** की अपने पति के प्रति एकनिष्ठता ग्रीक कथाओं में अतुलनीय है। वह शालीनता, लज्जा और करुणा जैसे स्त्रियोचित गुणों का प्रतीक बन गई है। यह **पिनेलपी इकेरियस** और जलपरी **पेरिबोइया** की बेटी थी। इसका बचपन का नाम **आरनिया** था। कहते हैं जहाँ **पिनेलपी** का जन्म हुआ तो उसके पिता ने उसे **नौपलियस** द्वारा समुद्र में फिंकवा दिया। लेकिन वहाँ कुछ लोहितवर्ण की धारियोंवाली बत्तखों ने उसे अपनी पीठ पर रोक लिया और तैरती हुई उसे फिर तट पर छोड़ गईं। इस चमत्कार से **इकेरियस** का मन पसीज गया और उसने बच्ची को फिर से स्वीकार कर लिया। तभी से इसका नाम **पिनेलपी** पड़ा। **पिनेलपी** जब बड़ी हुई तो उसका पिता **इकेरियस** उसे इतना प्यार करने लगा था कि उसके विवाह के विचार से ही रो पड़ता। लेकिन कन्या का विवाह तो करना ही था। **इकेरियस** ने घोषणा की कि रथ-वाहन प्रतियोगिता का विजेता ही **पिनेलपी** के पाणिग्रहण का अधिकारी होगा। उधर **हेलेन** का विवाह **मेनेलियस** से सम्पन्न होने के बाद **ओडिसियस** एवं अन्य अभिजात युवक अब अपने योग्य जीवन-संगिनियों की तलाश में थे। **ओडिसियस** पहले ही **पिनेलपी** की ओर आकृष्ट था। **टिन्डेरियस** की सहायता से उसने रथ-चालन प्रतियोगिता में विजय प्राप्त की और उसका विवाह **पिनेलपी** से हो गया। लेकिन जब बेटी की बिदा का समय आया तो **इकेरियस** आर्त हो उठा और उसने **ओडिसियस** से आग्रह किया कि वह वहीं **स्पार्टा** में ही रह जाए। **ओडिसियस** ने यह प्रस्ताव अस्वीकार कर दिया। जब **ओडिसियस** ने **पिनेलपी** के साथ **स्पार्टा** से प्रस्थान किया तो **इकेरियस** उनके पीछे-पीछे बहुत दूर तक आया और **पिनेलपी** से रुकने का अनुरोध करता रहा। अब **ओडिसियस** की सहनशीलता जवाब दे गई। उसने रथ को रोका और **पिनेलपी** की ओर मुड़कर कहा, "यदि तुम स्वेच्छा से मेरे साथ **इथाका** चल रही हो तो ठीक है। किन्तु यदि तुम यहाँ अपने पिता के पास, अपने पति से विलग रहना चाहो तो मुझे कोई आपत्ति नहीं। मैं तुम्हें बाध्य नहीं करूँगा।" **पिनेलपी** ने उत्तर में अपना घूँघट नीचे खींच लिया। आश्वस्त **ओडिसियस** आगे बढ़ा। और **इकेरियस** वहीं रुक गया। जिस स्थान पर यह घटना घटी वहाँ **इकेरियस** ने शालीनता की एक प्रतिमा बनवाई। यह **स्पार्टा** से लगभग चार मील की दूरी पर है।

पिनेलपी ने उस दिन अपना घूँघट खींचकर जिस लज्जाशीलता और मर्यादा का

परिचय दिया उसे जीवन-भर निभाया। **टेलेमेकस** अभी शिशु ही था कि **ओडिसियस** को **ट्रॉय** के युद्ध में भाग लेने के लिए जाना पड़ा। **ओडिसियस** के वैवाहिक जीवन का आरम्भ ही हुआ था, अभी तो पितृत्व के गौरव का वह पूरी तरह आनन्द भी न उठा पाया था, न ही **पिनेलपी** के सलज्ज रूपास्वादन से आँखें भर पाई थीं कि **ऐगमेमनन** का सन्देश आ पहुँचा। **ओडिसियस** का अभिनय भी किसी काम न आया और उसे **ट्रॉय** के विरुद्ध युद्ध में भाग लेने के लिए जाने को बाध्य होना पड़ा। दस वर्ष के घेरे के बाद **ट्रॉय** का पतन हुआ और ग्रीक योद्धाओं की वापसी-यात्रा आरम्भ हुई। कुछ लोग तो **पॉसायडन** की कृपा से शीघ्र ही अपने घर पहुँच गए। लेकिन **ओडिसियस** उन सौभाग्यशालियों में से नहीं था। और उसे इस तथ्य का ज्ञान एक भविष्यवाणी से बहुत पहले ही हो चुका था। मातृभूमि के दर्शन बीस वर्ष से पूर्व उसके भाग्य में नहीं थे। लेकिन इतना निश्चित था कि एक दिन **इथाका** लौटेगा अवश्य। इसी विश्वास के सहारे **पिनेलपी** हज़ारों आँधियों में भी उसकी स्मृति का दीप जलाए बैठी थी। अब तो **टेलेमेकस** भी युवा हो गया था। **पिनेलपी** ने पितृप्रेम उसके रक्त में भर दिया था। माँ-बेटा दोनों उस दिन की प्रतीक्षा में थे जब **ओडिसियस** लौटकर आएगा और बन्धु-बान्धवों के हृदय हर्षित करता हुआ राजदण्ड सँभालेगा। **पिनेलपी** की तपस्या पूरी होगी और **टेलेमेकस** को पिता का स्नेह मिलेगा। लेकिन यह साधना इतनी सरल न थी। **ट्रॉय** के पतन के बाद भी जब **ओडिसियस** घर न लौटा तो **इथाका** में यह अफ़वाह फैल गई कि उसकी मृत्यु हो गई है। **ओडिसियस** की माँ पुत्र शोक में चल बसी थी और बूढ़ा **लियारटस** जीवन के दिन गिन रहा था। **टेलेमेकस** अभी कुमार था। सो आस-पास के द्वीपों से अनेक राजा-महाराजा और कुलीन युवक **पिनेलपी** से विवाह की इच्छा से **इथाका** में आ इकट्ठे हुए थे। इनका विश्वास था कि **ओडिसियस** मर चुका है, अतः **पिनेलपी** को पुनर्विवाह करना चाहिए। **पिनेलपी** अतीव सुन्दरी थी, और एक राज्य की स्वामिनी किन्तु अशक्त। इसी बात का लाभ हर कोई उठाना चाहता था। इनकी संख्या लगभग एक सौ और बारह थी और ये सभी बड़े घमंडी, धृष्ट एवं लालची थे। ये लोग अपना सारा दिन **ओडिसियस** के महल के एक विशाल कक्ष में खाते-पीते, हँसते और फूहड़ मज़ाक करते हुए बिताते थे। ये **ओडिसियस** का

भोजन करते, उसकी गायों, भेड़ों और चौपायों को मारते, उसका ईंधन प्रयोग करते, उसी की मदिरा पीते और उसी के सेवकों पर स्वामी की तरह शासन करते। सारांश यह कि **ओडिसियस** की प्रत्येक वस्तु पर इन्होंने अपना अधिकार जमा लिया था और अब यहाँ से हिलने का नाम न लेते थे। इनका कहना था कि जब तक **पिनेलपी** उनमें से किसी एक का वरण नहीं करती, वे यहाँ से नहीं जाएँगे। लेकिन **पिनेलपी** अपने पति के प्रति निष्ठावान थी। उसे विश्वास था कि **ओडिसियस** एक दिन अवश्य घर लौटेगा। लम्बी निष्फल प्रतीक्षा से वह कभी निराश भी होने लगती, लेकिन आशा-निराशा के संघर्ष में विजय विश्वास की ही होती। **पिनेलपी** इन सभी विवाहेच्छुक प्रार्थियों से मन ही मन घृणा करती थी लेकिन अपनी भावना को प्रकट न होने देती। वह जानती थी कि **टेलेमेकस** इनकी सम्मिलित शक्ति का सामना करने में असमर्थ है। **टेलेमेकस** को भी इन आतताइयों की उद्दंडता असह्य हो रही थी लेकिन चुप रहने को बाध्य था। अपने धनधान्य और सम्पत्ति का दुरुपयोग वह प्रतिदिन अपनी आँखों से देखता और भीतर ही भीतर उबलता रहता। उसे अपनी माँ से बड़ा स्नेह था और वह उसके आदर्श का आदर करता था, लेकिन यह नहीं जानता था कि वह इस आदर्श की कब तक रक्षा कर सकेगा। **पिनेलपी** ने प्रतीक्षारत प्राथियों को काफ़ी समय तक अपनी चतुराई से ठगा। उसने कहा कि वह एक देवी की आज्ञा से अपने वृद्ध श्वसुर के लिए एक शव-परिधान बुन रही है और जब तक वह पूरा नहीं हो जाता वह विवाह नहीं कर सकती। उन लोगों ने भी ऐसी पवित्र कर्तव्य भावना में बाधा देना उचित नहीं समझा। लेकिन वस्तुतः यह **पिनेलपी** की एक चाल थी। उस वस्त्र को वह दिन-भर बुनती और रात्रि के अन्धकार में सारा खोल डालती। बुनने और खोलने का यह क्रम तीन वर्ष तक चलता रहा। सभी हैरान थे आखिर यह कफ़न कब पूरा होगा। कहीं यह उनकी अपनी आशाओं और आकांक्षाओं का ही कफ़न न बन जाए। लेकिन एक रात को इन्होंने **पिनेलपी** को यह शव-परिधान खोलते हुए देख लिया और उसका यह बहाना भी बेकार हो गया। अब अश्रुभीगी प्रार्थनाओं के अतिरिक्त उसके पास कोई चारा नहीं था। शायद किसी देवता को उस पर दया आ जाए और **ओडिसियस** घर लौट आए।

ट्रोजन युद्ध के दस वर्षों में देवी **एथीनी** ने ग्रीक्स का साथ दिया था। विशेषतया **ओडिसियस** अपनी चतुराई और प्रत्युपन्नमति के कारण उसे विशेष प्रिय था। लेकिन जब **पॉसायडन** का **ओडिसियस** पर कोप हुआ तो उसने प्रकट विरोध करके अपने चाचा को अप्रसन्न करना उचित नहीं समझा। इसी कारण **ओडिसियस** दैवी-कृपा से वंचित हो इधर-उधर भटक रहा था। लेकिन अब **एथीनी** ने उसकी सहायता का निश्चय किया। उधर **ओडिसियस कैलिप्सो** के आलिंगन से मुक्त हो पुनः अपनी यात्रा पर चला। उसके **फैशियन्स** के देश में पहुँचने का प्रबन्ध कर **एथीनी इथाका** की ओर मुड़ी। **टेलेमेकस** पर भी उसका बड़ा स्नेह था। केवल इसलिए नहीं कि वह **ओडिसियस** का बेटा था, बल्कि इसलिए कि वह बड़ा शान्त, सौम्य, साहसी, समझदार और विश्वसनीय था। **एथीनी** एक नाविक का वेश धारण कर उसके पास गई। **टेलेमेकस** में आतिथ्य का गुण

कूट-कूटकर भरा था। उसने इस अनजान पथिक का सत्कार किया, उसे भोजन और मदिरा से तृप्त किया। दोनों कुछ देर इधर-उधर की बातें करते रहे। नाविक के रूप में आई **एथीनी** ने उसमें समुद्र-यात्रा के खतरों के प्रति आकर्षण जगाया और **इथाका** की स्थिति उसके मुँह से सुनने के बाद यह सुझाव दिया कि **टेलेमेकस** को अपने पिता का पता लगाने के लिए **ट्रॉय** के योद्धाओं के पास जाना चाहिए। **नेस्टर** एवं **मेनेलियस** शायद **ओडिसियस** का कुछ समाचार दे सकें। इससे उसके पितृ-प्रेम का आदर होगा, **पिनेलपी** के विवाह-प्रार्थी उसे केवल एक बच्चा न समझकर युवक मनाने को बाध्य होंगे और साथ ही यात्रा से उसका ज्ञानवर्धन होगा। यह बात **टेलेमेकस** को भा गई। उसके मन में अपने प्रति विश्वास जागा और उसने यह निश्चय कर लिया कि वह अपने पिता को खोजने अवश्य जाएगा।

दूसरे दिन जब उन धृष्ट युवकों को **टेलेमेकस** के उद्‌देश्य का पता लगा तो वे खूब हँसे। उन्होंने **टेलेमेकस** का बहुत मज़ाक उड़ाया। **टेलेमेकस** कुछ हतोत्साह तो हुआ लेकिन उसने यात्रा का विचार नहीं छोड़ा। **ओडिसियस** के विश्वस्त साथी **मेन्टर** के रूप में **एथीनी** ने उसके साथ **नेस्टर** के राज्य **पायलस** जाना स्वीकार किया। इससे **टेलेमेकस** का हौसला बढ़ गया और उसने **इथाका** से प्रस्थान किया।

जब **टेलेमेकस** और **मेन्टर पायलस** पहुँचे, उस समय **नेस्टर** अपने पुत्रों के साथ समुद्र-देवता को बलि अर्पित कर रहा था। उसने **टेलेमेकस** का हार्दिक स्वागत किया लेकिन वह उन्हें **ओडिसियस** के सम्बन्ध में कोई सूचना नहीं दे सका। वह **ट्रॉय** से अकेला ही चला था और शीघ्र ही अपने देश पहुँच गया था। शायद **मेनेलियस** उनकी कुछ सहायता कर सके। वह सारे **मिस्र** की यात्रा करते हुए कई वर्षों में **स्पार्टा** वापस पहुँचा था। **नेस्टर** ने **टेलेमेकस** की सलाह दी कि वह जहाज़ के बजाय रथ द्वारा **स्पार्टा** की यात्रा करे। स्थल मार्ग की यात्रा अधिक सुरक्षित है और इसमें समय भी कम लगेगा। उसने मार्ग-दर्शन के लिए अपने पुत्र को भी साथ भेजा। जलयान की सुरक्षा का भार **मेन्टर** को सौंपकर **टेलेमेकस** रथ से **स्पार्टा** के लिए विदा हुआ।

स्पार्टा का राजमहल देखकर ये दोनों युवक चकित रह गए। उन्होंने अपने जीवन में स्थापत्य कला का ऐसा नमूना पहले कभी नहीं देखा था। महल की प्रत्येक वस्तु से **मेनेलियस** की सम्पन्नता झलक रही थी। सेविकाओं ने इन दोनों को सुगन्धित तेल मलकर चाँदी के टब में सुवासित जल से स्नान कराया और नीललोहित वर्ण के गर्म दुशाले धारण करवा के भोजन-कक्ष में ले गईं। यहाँ **मेनेलियस** ने उनका स्वागत किया और इस अतुलनीय वैभव के सामने लजाते हुए **टेलेमेकस** और नेस्टर-पुत्र ने उसका आतिथ्य ग्रहण किया। **मेनेलियस** के मुख से **ओडिसियस** के पराक्रम की कहानियाँ सुनकर **टेलेमेकस** का हृदय सब कुछ भूलकर, अपने पिता का समाचार पाने को विकल हो उठा। इसी बीच विश्व-सुन्दरी **हेलेन** ने वहाँ पदार्पण किया। उसके शरीर की सुगन्ध ने उसके आगमन की सूचना दी और सबकी दृष्टि अनायास ही उधर उठ गई। **हेलेन** का रूप देखकर वे दोनों युवक अप्रतिभ से रह गए। सचमुच वह सौन्दर्य ही ऐसा था

जिसके लिए एक नहीं, अनेक युद्ध लड़े जा सकते थे। **हेलेन** के साथ उसकी परिचारिकाएँ थीं। एक दासी उसका आसन वहन कर रही थी, दूसरी उसके कोमल चरणों के नीचे रक्तिम कालीन बिछा रही थी, तो तीसरी गुलाबी ऊन से भरी चाँदी की टोकरी लिए चल रही थी। युवकों ने **हेलेन** का अभिवादन किया। **हेलेन** ने **टेलेमेकस** को औपचारिक परिचय के बिना ही पहचान कर, नाम से सम्बोधित किया। बहुत देर तक ये लोग **ट्रॉय** के युद्ध की बातें करते रहे। **टेलेमेकस** ने उन्हें **इथाका** की स्थिति के बारे में बताया और **ओडिसियस** का समाचार पूछा। **मेनेलियस** ने बताया कि घर पहुँचने से पहले उसे भी कई वर्ष तक भटकना पड़ा था। इसी बीच उसने एक भविष्यवाणी के अनुसार नदी के देवता **प्रोटियस** को अभिभूत कर मार्गदर्शन के लिए बाध्य किया। इसी **प्रोटियस** ने बताया था कि **ओडिसियस** किसी द्वीप पर **कैलिप्सो** नाम की परी के पास है और घर लौटने को विकल है। इसके बाद **मेनेलियस** को भी **ओडिसियस** की कोई सूचना नहीं मिली।

एक रात वहाँ विश्राम करके **टेलेमेकस** ने **इथाका** को प्रस्थान किया।

ओडिसियस इथाका में

सोए हुए **ओडिसियस** को **इथाका** के तट पर उपहारों सहित छोड़कर **फैशियन्स** वापस लौट गए। कुछ समय बाद जब **ओडिसियस** की आँख खुली तो उसने अपने चारों तरफ देखा। लेकिन उस समय वहाँ कुछ ऐसा धुँधलका छाया हुआ था कि वह अपने देश को भी पहचान न सका। वह हतबुद्धि-सा यों ही खड़ा था कि उसने एक सुन्दर कुमार चरवाहे को उधर से निकलते हुए देखा। यह कुमार अपने रूप से किसी उच्च कुल का जान पड़ता था। **ओडिसियस** ने बड़ी नम्रता से उससे उस द्वीप का नाम पूछा। कुमार चरवाहे ने आश्चर्य से कहा, ''अरे! तुम **इथाका** को नहीं जानते! यह द्वीप भले ही छोटा हो लेकिन इसकी कीर्ति **ट्रॉय** तक फैली हुई है।'' फिर **ओडिसियस** पर सिर से पाँव तक दृष्टिपात करते हुए पूछा, ''कौन हो तुम? और कहाँ से आए हो?''

यह जानकर कि वह अपने देश पहुँच गया है **ओडिसियस** के हर्ष की सीमा न रही। लेकिन उसने अपने उत्साह को दबाते हुए चरवाहे को बताया कि वह एक विदेशी यात्री है जिसे उसके साथी यहाँ निर्जन में छोड़कर चले गए हैं। इतना सुनते ही वह कुमार अदृश्य हो गया और उसके स्थान पर देवी **एथीनी** अपने वास्तविक रूप में प्रकट हुई। **ओडिसियस** की चतुराई और सावधानी पर हँसते हुए उसने कहा कि वह अपने चाचा **पॉसायडन** को अप्रसन्न करने के भय से उसकी सहायता न कर सकी। इसीलिए उसे स्वदेश पहुँचने में इतना समय लगा। लेकिन अब वह घर पहुँच गया है और उसे अपने नए शत्रुओं का सामना करने के लिए तैयार हो जाना चाहिए। अपने घर में विवाहेच्छुक राजाओं के जमघट के विषय में सुनकर **ओडिसियस** का खून खौल उठा, लेकिन वह यह जानकर प्रसन्न भी हुआ कि **पिनेलपी** आज तक उसके प्रति वफ़ादार

रही है और उसने किसी भी प्रणयी को उत्साहित नहीं किया। **टेलेमेकस** उसे ढूँढ़ने **स्पार्टा** गया हुआ है और अब शीघ्र ही लौट आएगा। **ओडिसियस** ने **एथीनी** की सहायता से अपने साथ लाए हुए बहुमूल्य उपहार एक निकटवर्ती गुहा में छिपा दिए। **एथीनी** ने नगर पर छाया हुआ धुँधलका हटा दिया और **ओडिसियस** को अपना प्रासाद एवं अन्य अट्टालिकाएँ स्पष्ट दिखने लगीं। **एथीनी** ने उसे सलाह दी कि वह घर जाने के बजाय पहले अपने शूकर-रक्षक विश्वसनीय **यूमियस** के पास जाए और वस्तुस्थिति का ज्ञान प्राप्त करे। **ओडिसियस** को कोई पहचान न सके, इसलिए **एथीनी** ने उसे एक वृद्ध भिखारी के रूप में परिवर्तित कर दिया। **ओडिसियस** का मांस लटकने लगा, चेहरा झुर्रियों से भर गया, आँखों की चमक लुप्त हो गई, शरीर पर नाममात्र को चिथड़े भर रह गए। हाथ में लाठी लिए यह दीन-हीन प्राणी आश्रय की खोज में नगर की ओर चल पड़ा। शीघ्र ही वह वृद्ध **यूमियस** के पास पहुँच गया। यह **यूमियस** अनेक वर्षों से **ओडिसियस** के राज्य में शूकर-संरक्षक के रूप में नियुक्त था। अपने काम को पूरी ईमानदारी और सावधानी से करने के अतिरिक्त, वह बड़ा स्वामीभक्त भी था। वह आज तक **ओडिसियस** को नहीं भूला था और प्रतिदिन उसके घर लौटने की प्रार्थना किया करता था। उसे **पिनेलपी** के उन तमाम प्रणयप्रार्थियों से बड़ी घृणा थी जो उसकी असहाय स्वामिनी को परेशान कर रहे थे और प्रतिदिन उसके सर्वाधिक हृष्ट-पुष्ट शूकरों को मारकर खा जाते थे। लेकिन वह बेचारा कर ही क्या सकता था। बस इसी विश्वास के सहारे जी रहा था कि एक दिन **ओडिसियस** अवश्य इन दुराचारियों को मारकर **इथाका** का उद्धार करेगा।

जब वृद्ध के वेश में **ओडिसियस** उसके द्वार पर आया तो **यूमियस** ने शरणागत जानकर उसे आश्रय दिया। उसे शूकर मांस, जौ और मदिरा पीने को दी। इसके बाद वह बहुत देर तक अपने स्वामी, स्वामिनी और **इथाका** की शोचनीय स्थिति के बारे में बातें करता रहा। उसने वृद्ध भिखारी को बताया कि दयालु **टेलेमेकस स्पार्टा** गया हुआ है। जब वह लौटकर आएगा तो उसके सारे अभाव मिट जाएँगे। वह बड़ा उदार और शरणार्थियों का रक्षक है। जब ये लोग इस तरह बातें कर रहे थे, अचानक **टेलेमेकस** आ पहुँचा। **एथीनी** उसे शीघ्रातिशीघ्र वापस स्वदेश ले आई थी। लेकिन **इथाका** पहुँचने पर वह सीधा घर नहीं गया अपितु अपनी अनुपस्थिति में होनेवाले परिवर्तनों की जानकारी प्राप्त करने के लिए पहले **यूमियस** के पास आया। **यूमियस** ने उसका अश्रु-भीगे हर्ष से स्वागत किया और राजमहल में हुई घटनाओं की सूचना दी। **टेलेमेकस** के लिए भोजन का प्रबन्ध करके और उसे वृद्ध शरणार्थी के बारे में बताकर **यूमियस यूपिनेलपी** को उसके आगमन की सूचना देने चला गया। अब वहाँ पिता और पुत्र दोनों रह गए। अपने युवक बेटे को देख पिता का वक्ष गर्व से फूल रहा था, और वह कठिनाई से अपने आँसू रोके था। **टेलेमेकस** ने उसे आश्वासन दिया कि यद्यपि वह अपने ही घर में स्वामी नहीं रहा है लेकिन फिर भी उस जैसे वृद्ध आश्रयी के लिए जीवन-निर्वाह की समस्या नहीं रहेगी। **ओडिसियस** एकटक उसे निहार रहा था, और दत्तचित्त उसकी

वाणी का रस ले रहा था। तभी द्वार पर उसे **एथीनी** दिखाई दी। देवी ने उसे आने का संकेत किया। जब वह बाहर गया तो **एथीनी** ने उसे अपनी शक्ति से उसके वास्तविक रूप में पहुँचा दिया। वृद्ध भिखारी की जगह एक गठीले बदन और सुदृढ़ मांसपेशियों वाले बलवान, तेज़युक्त व्यक्ति ने जब कमरे में प्रवेश किया तो **टेलेमेकस** उसे देखकर स्तम्भित रह गया। उसने समझा, शायद किसी देवता ने उसकी परीक्षा ली है। लेकिन **ओडिसियस** ने उसे गले लगाते हुए रुँधे कंठ से कहा :

"मैं तुम्हारा पिता हूँ। **ओडिसियस।**"

खून ने खून को पहचान लिया और भावाभिभूत पिता-पुत्र आँसुओं में डूब गए। लेकिन समय बहुत कम था। उन्होंने अपने आपको सँभाला और शत्रुओं का संहार किस तरह किया जाए, इस पर विचार करने लगे। यद्यपि **ओडिसियस** के आ जाने से **टेलेमेकस** की शक्ति कई गुना बढ़ गई थी लेकिन फिर भी उन दोनों को एक सौ बारह लोगों का सामना करने के लिए बड़ी समझदारी से काम लेने की आवश्यकता थी। **यूमियस** को भी इस रहस्य का भागीदार नहीं बनाया गया। अतः जब वह लौटकर आया तो वहाँ **ओडिसियस** की जगह वही बूढ़ा भिखारी था। उन दोनों को दूसरे दिन राजमहल में आने का आदेश देकर **टेलेमेकस** चला गया।

दूसरे दिन **यूमियस** और वृद्ध भिखारी के वेश में **ओडिसियस** नगर की ओर चले। रास्ते में उनकी भेंट बकरियों के रक्षक **मेलनथियस** से हुई जो अपने सर्वाधिक हृष्ट-पुष्ट पशु अनिमंत्रित मेहमानों को खिलाने के लिए ले जा रहा था। वृद्ध भिखारी पर दया करना तो दूर वह उल्टे व्यंग से उस पर हँसा और अपनी छड़ी से उसकी पीठ पर चोट भी की। **ओडिसियस** का जी तो चाहा कि वह अपनी लाठी के एक प्रहार में इस दुष्ट को **हेडीज़** पहुँचा दे, लेकिन उसने स्वयं को रोका। उसे बड़ी सहनशीलता से काम लेना था। भिखारी का अभिनय अभी उसे काफ़ी देर तक करना था। अपनी योजना के अनुसार उसे **पिनेलपी** से विवाह की इच्छा से एकत्रित हुए उन व्यक्तियों से सहायता की याचना करनी थी। इस तरह से वह उन सभी को देख भी सकेगा और उनके स्वभाव, चरित्र और शक्ति का अनुमान भी लगा सकेगा। **मेलनथियस** तो अपने नए स्वामियों को प्रसन्न करने के उत्साह में आगे निकल गया, लेकिन इन दो वृद्धों को वहाँ पहुँचने में कुछ देर लगी। बीस वर्ष के बाद **ओडिसियस** ने एक वृद्ध भिखारी के रूप में अपने महल में प्रवेश किया। सौभाग्यवश उसे वहाँ बड़ा मैत्रीपूर्ण स्वागत भी मिला; लेकिन किसी मनुष्य से नहीं, एक कुत्ते से जिसे **ओडिसियस** ने पाला था। इसका नाम **आगु** था। **आगु** बहुत वृद्ध हो चुका था। उसमें हिलने-डुलने की शक्ति भी नहीं थी, लेकिन अपने स्वामी की गंध पाते ही उसके कान खड़े हो गए, और मुख से एक अस्पष्ट-सी ध्वनि निकली। उसने रेंगकर आगे आने की चेष्टा की लेकिन हिल नहीं सका। और अपने स्वामी की ओर करुण दृष्टि से देखता हुआ वहीं उसी पल समाप्त हो गया। उसके प्राण मानो **ओडिसियस** को एक बार देखने के लिए ही अटके पड़े थे। **ओडिसियस** की आँख से एक बूँद आँसू टपक पड़ा।

अब **यूमियस** और वृद्ध भिखारी ने इस विशाल कक्ष में प्रवेश किया जहाँ बाहर के लोग बलात् मेहमान बनकर **ओडिसियस** की सम्पत्ति के ज़ोर पर अनधिकार गुलछर्रे उड़ा रहे थे। **यूमियस** को **टेलेमेकस** ने भीतर बुला लिया और **ओडिसियस** वहीं द्वार पर बैठ गया। पिता-पुत्र दोनों के ही आत्मनियन्त्रण की यह परीक्षा थी। वृद्ध भिखारी के लिए कुछ मांस और रोटी वहीं भिजवा दी गई। जब भोजन समाप्त हुआ तो **ओडिसियस** उठा और एक-एक करके उन सभी उपस्थित व्यक्तियों से भिक्षा की याचना करने लगा। कुछ लोगों ने उसे भिक्षा दी तो कुछ ने हँसी उड़ाई। **ओडिसियस** वाक्पटु तो था ही। उसने उन लोगों को ऐसी कहानी बताई कि किसी समय में वह भी बड़ा सुखी और सम्पन्न था, लेकिन दुर्भाग्यवश इस दयनीय स्थिति को प्राप्त हुआ। किसका पाँसा कब पलट जाए, कुछ कहा नहीं जा सकता। अतः भाग्यहीन लोगों की सहायता करनी चाहिए। लेकिन इस सबके बावजूद भी **एन्टीनू** नाम का एक सामन्त उससे बड़ी रुक्षता से पेश आया और **ओडिसियस** के बार-बार याचना करने पर एक मेज उठाकर उसे दे मारा। **टेलेमेकस** का मुँह गुस्से से लाल हो गया। उसके अपने घर में उसके पिता के साथ यह व्यवहार, एक बाहर का आदमी करे, यह **टेलेमेकस** को सहन नहीं था। इससे पहले कि वह **एन्टीनू** पर टूट पड़ता, स्थिति की नजाकत समझनेवाले **ओडिसियस** ने उसे शान्त रहने का संकेत किया और स्वयं झूठ-मूठ कराहता हुआ फिर द्वार पर जाकर बैठ गया। **पिनेलपी** को जब पता लगा कि उसकी छत के नीचे एक शरणागत के साथ ऐसा निर्दय व्यवहार हुआ है, तो उसे बहुत खेद हुआ और उसने वृद्ध भिखारी को सन्ध्या समय अपने कक्ष में बुला भेजा। **पिनेलपी** को अभी तक वास्तविकता का पता नहीं था। **ऐगमेमनन** के अनुभव सुनकर **ओडिसियस** स्त्रियों पर विश्वास करने के मामले में बड़ा सावधान हो गया था। इस विदेशी भिखारी को बुलाने में **पिनेलपी** का मुख्य उद्‌देश्य **ओडिसियस** के सम्बन्ध में सूचना प्राप्त करना था।

वृद्ध भिखारी **ओडिसियस** द्वार पर बैठा हुआ था जब वहाँ **इरस** नाम का एक दूसरा भिखारी आ पहुँचा। यह उसका क्षेत्र था और अपने क्षेत्र में एक नए भिखारी को देखकर वह आगबबूला हो गया और उसे वहाँ से चले जाने को कहा। **ओडिसियस** ने उसे समझाया कि उसे वहीं पड़ा रहने दे। आखिर हर कोई अपना भाग्य ही लेगा। लेकिन **इरस** नहीं माना और उसे ज़ोर से गालियाँ देने लगा। इस विवाद से आकृष्ट होकर सभी उनकी ओर देखने लगे। **एन्टीनू** ने हँसते हुए कहा कि क्यों न दोनों मल्ल युद्ध से इस विवाद का फैसला कर लें। **इरस** झट तैयार हो गया। प्रतिद्वन्द्वी उसे बड़ा क्षीणकाय और वृद्ध दिख रहा था। लेकिन जब **ओडिसियस** ने लड़ने के लिए अपने चीथड़े उतारे तो उसकी उभरी हुई मांसपेशियाँ देखकर वह दंग रह गया। उसे अपनी जल्दबाज़ी पर पश्चात्ताप हुआ। लेकिन अब तो बचने का कोई रास्ता नहीं था। **ओडिसियस** की एक ही चोट में **इरस** धूल चाटने लगा। उसके मुँह से रक्त बह चला। **ओडिसियस** ने बड़े हल्के हाथ से चोट की थी। उसे भय था कि कहीं ज़ोर से आघात करने पर **इरस** मर ही न जाए। इसके बाद **ओडिसियस** फिर पूर्ववत द्वार पर जाकर बैठ गया।

तभी **पिनेलपी** ने उस कक्ष में प्रवेश किया। उसके मुख पर लम्बा पारदर्शी घूँघट था और साथ कई परिचारिकाएँ थीं। जब **टेलेमेकस** और **ओडिसियस** अपने ढंग से यह बाज़ी जीतने की योजनाएँ बना रहे थे, बुद्धिमती **पिनेलपी** अपनी चाल चल रही थी। वह जानती थी कि अपने प्रणय-प्रार्थियों को इतने लम्बे समय तक कोई आश्वासन दिए बिना संशय में लटकाए रखना खतरनाक साबित हो सकता है। वह समय-समय पर उन्हें अपने मनोहारी रूप की झलक दिखा देती। लेकिन आज वह एक और उद्देश्य से आई थी। पहले तो उसने इस भिखारी के साथ किए गए दुर्व्यवहार की भर्त्सना की और फिर उन सबको सम्बोधित करते हुए कहा :

"मैं सोचती थी, मेरा पति एक दिन अवश्य लौट आएगा लेकिन बीस साल की साधना के बाद अब मेरा विश्वास भी क्षीण हो चला है। मैंने **ओडिसियस** से कहा था कि **टेलेमेकस** के युवा होने तक मैं उसकी प्रतीक्षा करूँगी। **टेलेमेकस** युवक हो गया है लेकिन **ओडिसियस** अभी तक नहीं लौटा। यद्यपि पुनर्विवाह में मेरी रुचि नहीं, पर आप लोगों का आग्रह भी अब मैं देर तक नहीं टाल सकती। मैं शीघ्र ही कोई निर्णय लेना चाहती हूँ। लेकिन आप लोगों की प्रणय-प्रार्थना का ढंग मेरी कुछ समझ में नहीं आया। लोग जिसे प्यार करते हैं, उसे उपहारों से लाद देते हैं, उसी के धनधान्य को नष्ट नहीं करते।"

इस मीठी फटकार से वे सभी बड़े लज्जित हुए। अब उनमें **पिनेलपी** को उपहार देने की होड़ लग गई। बहुमूल्य वस्त्र, मोती, मूँगे, जवाहरात के आभूषणों का ढेर लग गया। हर कोई अपनी विशालहृदयता एवं सम्पन्नता का प्रमाण दे उसे प्रभावित करना चाहता था। **पिनेलपी** अपने कक्ष में लौट गई और उसके प्रणयी फिर राग-रंग में मग्न हो गए। **ओडिसियस** मन-ही-मन **पिनेलपी** की चतुराई पर बड़ा प्रसन्न था, लेकिन अभी उसे अपनी पत्नी की परीक्षा लेनी थी। रात को जब सभी मेहमान अपने-अपने शयन-कक्ष में चले गए, वृद्ध भिखारी **ओडिसियस पिनेलपी** की सेवा में प्रस्तुत हुआ। **पिनेलपी** ने उसे बैठने को आसन दिया। अपने पति के वियोग में उसका रूप सचमुच मलिन पड़ गया था। उषा की उज्ज्वलता का स्थान सन्ध्या के विलास ने ले लिया था। निरन्तर अश्रु बहने से सितारों-सी आँखों की चमक मन्द पड़ गई थी। **पिनेलपी** ने जब वृद्ध भिखारी से उसकी वर्षों पूर्व **ओडिसियस** से हुई भेंट के विषय में सुना, तो वह विह्वल हो उठी और एक अजनबी की उपस्थिति में भी अपने आँसुओं को न रोक सकी। वृद्ध भिखारी ने उसे आश्वासन दिया कि यदि **ज़्यूस** की कृपा हुई तो **ओडिसियस** अवश्य ही शीघ्र लौट आएगा। **पिनेलपी** ने कहा कि यदि उसकी बात सच निकली तो वह उसे पारितोषिक देगी। **पिनेलपी** की विकलता देखने के बाद भी **ओडिसियस** ने अपने आप पर नियन्त्रण रखा और अपनी वास्तविकता नहीं प्रकट होने दी। **पिनेलपी** ने अपनी वृद्धा परिचारिका **यूरिक्लाया** को अतिथि के पाँव धोने का आदेश दिया और वह अन्य दासियों को गृह-कार्य सम्बन्धी आज्ञाएँ देने में व्यस्त हो गई। **यूरिक्लाया** एक पात्र में गर्म पानी लेकर आई और **ओडिसियस** की टाँगें और पाँव धोने लगी। वह **यूरिक्लाया** महल की

सबसे पुरानी और वृद्धा परिचारिका थी और इसी ने **ओडिसियस** को पाला था। पाँव धोते समय उसकी दृष्टि **ओडिसियस** की टाँग के उस घाव के निशान पर पड़ गई जो एक जंगली वराह से हुई मुठभेड़ में उसे लगा था। **यूरिक्लाया** ने स्वयं कई दिनों तक इस चोट की मरहम-पट्टी की थी। वह भूल नहीं कर सकती। आश्चर्य से उसके नेत्र विस्फारित हो गए और आवाज़ पल-भर को गले में ही घुट गई। उसके हाथ से **ओडिसियस** का पाँव छूट गया और पात्र का पानी उछलकर बाहर फैल गया। लेकिन इससे पहले कि उसके मुँह से कोई आवाज़ निकलती, **ओडिसियस** ने उसके मुँह पर हाथ रख दिया और कड़े स्वर में कहा, ''खबरदार **यूरिक्लाया!** अगर जरा भी आवाज़ निकाली या किसी पर भी यह भेद प्रकट किया तो मैं तुम्हें जान से मार डालूँगा।'' हर्ष से **यूरिक्लाया** की आँखें भर आईं। उसने स्वीकृति में सिर हिलाया और फिर उसके पाँव धोने में लग गई। इसके बाद **पिनेलपी** अपनी सूनी शय्या पर और **ओडिसियस** **यूरिक्लाया** द्वारा लगाए गए भेड़ की खाल के बिस्तर पर सोने चला गया। लेकिन दोनों की ही आँखों में नींद नहीं थी। दोनों अपनी-अपनी योजनाएँ बनाने में व्यस्त थे। **पिनेलपी** सोच रही थी, **टेलेमेकस** के भविष्य को बिगाड़ने का, उसकी धन-सम्पदा नष्ट करने का उसे कोई अधिकार नहीं। यदि वह **इथाका** छोड़ देती है तो **टेलेमेकस** सुख से राज्य कर सकेगा। लेकिन वह **ओडिसियस** से कम योग्य और गुणी व्यक्ति से विवाह नहीं करना चाहती थी। अतः उसने अपने प्रणयी राजाओं की परीक्षा लेने का निश्चय किया। इस परीक्षा में असफल होने पर उन्हें अपने राज्य वापस लौट जाना होगा। उधर **ओडिसियस** सोच रहा था कि उसे कल ही **इथाका** को शत्रु-मुक्त कर देना है। **पिनेलपी** और **टेलेमेकस** का और अपमान अब वह नहीं सह सकता। उसने **टेलेमेकस** को आदेश दे दिया था कि वह अतिथि-कक्ष में दीवारों पर टँगे तमाम अस्त्र-शस्त्र हटवा दे ताकि शत्रु आत्म-रक्षा के लिए उनका प्रयोग न कर सके।

दूसरे दिन प्रातःकाल जब आँख खुली तो **ओडिसियस** ने आकाश की ओर हाथ उठाकर **ज़्यूस** से अपने अनुग्रह का चिह्न देने की प्रार्थना की। निर्मल आकाश में तभी बिजली चमकी। दिन निकलते ही **ओडिसियस** के महल की सेविकाएँ अतिथि-कक्ष को साफ और व्यवस्थित करने में लग गईं। शूकर, भेड़ एवं बकरी-रक्षक उनके भोजन के लिए चौपाए लेकर आने लगे। उनकी रोटियों के लिए कई दासियाँ सारी रात अनाज पीसती रही थीं। मेजों पर साफ पात्र लगा दिए गए और सारे मेहमान एक-एक करके वहाँ एकत्रित हो गए। सारा प्रासाद एक बार फिर उनके ठहाकों से गूँज उठा। भिखारी के वेश में **ओडिसियस** भी वहीं था। **टेलेमेकस** ने उसके लिए भी एक ओर एक मेज लगवा दिया था जिस पर बहुत आपत्ति हुई। लेकिन **टेलेमेकस** ने बड़ी दृढ़ता से उनका विरोध किया और कहा कि अपने घर में उचित-अनुचित का निर्णय करने का अधिकार केवल उसका है। **टेलेमेकस** के इस बदले हुए रूप को देखकर एक बार तो सभी लोग स्तब्ध रह गए। फिर उनमें से एक ने, जिसका नाम **इजेलस** था, उठकर कहा कि यदि वह सचमुच ही अपने स्वामित्व के प्रति इतना सचेत है तो **पिनेलपी** से अपना पति चुन

लेने को क्यों नहीं कहता। इस पर **टेलेमेकस** ने कहा कि उसे कोई आपत्ति नहीं लेकिन वह अपनी माँ को अपना घर छोड़ने को बाध्य नहीं कर सकता। इसके बाद वे सभी फिर खाने-पीने में व्यस्त हो गए। **टेलेमेकस ओडिसियस** के संकेत की प्रतीक्षा कर रहा था, और **ओडिसियस** उचित अवसर की। तभी अकस्मात् **पिनेलपी** ने अपनी परिचारिकाओं के साथ उस कक्ष में प्रवेश किया। वह अपने साथ वह धनुष और बाण लेकर आई थी जो उसके पति को एक महामहिमामय पूर्वज ने दिए थे। साथ में एक कुल्हाड़ियों से भरा बक्स था। **पिनेलपी** एक स्तम्भ के पीछे आकर खड़ी हो गई। उसके मुख पर घूँघट था। सभी की आँखें उसी की ओर लगी थीं और वे इस अप्रत्याशित आगमन के कारण का अनुमान करने की चेष्टा में थे। **पिनेलपी** ने उन्हें सम्बोधित करते हुए कहा :

"मेरे कारण बड़ी हानि हो चुकी है इस राज्य की। **टेलेमेकस** का वंशाधिकार विनष्ट हो रहा है। मैं सोचती हूँ कि इस अन्याय का अन्त होना चाहिए। मैं पुनर्विवाह के लिए सहमत हूँ। लेकिन मेरी एक शर्त है। यह धनुष और बाण जो मैं अपने साथ लाई हूँ, मेरे पति **ओडिसियस** का है। जब से वे गए हैं, इसकी किसी ने प्रत्यंचा नहीं चढ़ाई। **ओडिसियस** इस पर धनुर्विद्या का अभ्यास किया करते थे। वे बारह कुल्हाड़ियों को एक पंक्ति में लगाकर तीर छोड़ते और वह बारहों छेदों में से होकर निकल जाता। आप लोगों में से जो कोई इस काम को कर सकेगा, वही मेरा पति होगा और मैं उसके साथ अपने इस प्यारे घर को छोड़कर चली जाऊँगी।"

यूमियस ने बारह कुल्हाड़ियों को बराबर की दूरी पर एक पंक्ति में पृथ्वी में गाड़ दिया। अपने खोए हुए स्वामी के धनुष के दर्शन मात्र से उसकी आँखें भर आई थीं। अपने पिता का धनुष देखकर **टेलेमेकस** की भुजाएँ भी फड़क उठीं। उसने घोषणा की कि यदि वह इस परीक्षा में सफल हुआ तो **पिनेलपी** के सभी प्रणयप्रार्थियों को स्वदेश लौट जाना होगा। यह कहकर वह धनुष की प्रत्यंचा चढ़ाने के प्रयास में लग गया। एक-दो, तीन बार भरपूर चेष्टा करने पर भी वह अपने इस उद्‌देश्य में सफल नहीं हो पाया। कई वर्षों से प्रयोग में न लाए जाने के कारण धनुष बड़ा कड़ा पड़ गया था। लेकिन जब **टेलेमेकस** ने चौथी बार उसे उठाया तो ऐसा लगा कि इस बार वह निश्चय ही प्रत्यंचा चढ़ाने में सफल होगा। ऐसी सम्भावना का अनुमान होते ही **ओडिसियस** ने संकेत किया कि वह धनुष को रख दे। **टेलेमेकस** ने अपनी हार मान ली और धनुष को नीचे रख दिया। अब **पिनेलपी** के प्रणयप्रार्थियों की बारी थी। उन लोगों ने पहले **मेलनथियस** को चर्बी लाने का आदेश दिया ताकि उसको रगड़कर धनुष का कड़ापन कम किया जा सके। लेकिन इससे भी कोई लाभ नहीं हुआ। एक-एक करके सभी ने प्रयास किया और लज्जित हो पराजय स्वीकार की। **ओडिसियस** ने इस बीच **यूमियस** एवं **फ़िलोटियस** नाम के अपने एक अन्य सेवक को विश्वास में ले लिया था। उन लोगों ने सहर्ष अपने स्वामी को सहयोग का वचन दिया। **ओडिसियस** ने उन्हें अन्तःपुर के द्वार बन्द करने का आदेश दिया ताकि स्त्रियों की कोई हानि न हो। और साथ ही

कक्ष का मुख्य द्वार भी बन्द करवा दिया ताकि कोई भी व्यक्ति भागने का प्रयास न कर सके। इतना प्रबन्ध करके वह अतिथि-कक्ष में वापस लौटा। इस समय **एन्टीनू** और **यूरीमेकस** प्रत्यंचा चढ़ाने के प्रयास में लगे हुए थे। लेकिन उन्हें भी सफलता नहीं मिली। अपनी झेंप मिटाने के लिए उन्होंने इस परीक्षा को एक दिन के लिए स्थगित करने की माँग की और अपने-अपने स्थान पर जाकर पराजय की लज्जा को मदिरा के पात्रों में डुबोने की चेष्टा करने लगे। तभी अकस्मात् वह बूढ़ा भिखारी उठ खड़ा हुआ और कहा :

"यदि आपत्ति न हो तो मैं भी इस धनुष की प्रत्यंचा चढ़ाने का प्रयत्न करूँ। मैं देखना चाहता हूँ कि मेरी भुजाओं में कितनी शक्ति रह गई है।"

इस पर कक्ष में बड़ी हलचल मच गई। कुछ लोगों को क्रोध भी आया और वे इस धृष्टता के लिए बूढ़े को गालियाँ देने लगे। वे किसी भी तरह एक बुड्ढे भिखारी को अपना समकक्ष मानने को तैयार नहीं थे। **टेलेमेकस** ने खड़े होकर उन्हें शान्त कराया और कहा कि वृद्ध अजनबी को यह अवसर देने या न देने का निर्णय करना उसका काम है न कि प्रतियोगियों का। उसने अपनी माता **पिनेलपी** को वापस उसके कक्ष में भेज दिया और फिर **यूमियस** को आज्ञा दी कि वह धनुष वृद्ध भिखारी को दे। **टेलेमेकस** ने प्रतिद्वन्द्वियों के विरोध की परवाह नहीं की और धनुष अपने स्वामी के हाथों में पहुँच गया। **ओडिसियस** ने बड़े प्यार से धनुष को छुआ और उसे उठा लिया। **टेलेमेकस** के अतिरिक्त सभी उपस्थित व्यक्तियों को यह विश्वास था कि वह किसी भी तरह इस परीक्षा में सफल नहीं हो सकेगा। लेकिन देखते ही देखते **ओडिसियस** ने धनुष को उठाकर उसके तार को इस तरह बजाया जैसे कोई संगीतकार अपनी वीणा को बजाता है। उसने धनुष की प्रत्यंचा चढ़ाई। उधर आकाश में बिजली चमकी और शेष प्रतिद्वन्द्वियों के मुँह का रंग पीला पड़ गया। आँख झपकते बाण छूटा और बारह कुल्हाड़ियों के छेदों में से होकर निकल गया। सारी सभा सकते में आ गई। **ओडिसियस** ने हर्षध्वनि की। शस्त्रों से सज्जित **टेलेमेकस** उसके पास आ खड़ा हुआ और **ओडिसियस** का पहला बाण **एन्टीनू** के सीने के पार हो गया। वह तड़पकर गिरा और वहीं ढेर हो गया। **ओडिसियस** ने सिंह की तरह गरजकर घोषणा की, "मैं हूँ **ओडिसियस! ओडिसियस,** इस घर का स्वामी, जिसकी सम्पत्ति तुम लोगों ने नष्ट की है। न्याय की घड़ी आ गई। **ओडिसियस** तुम्हारा काल बनकर आया है।"

इससे पहले कि **पिनेलपी** के चाहनेवाले, स्थिति को पूरी तरह समझ पाते, **ओडिसियस** ने उन पर बाणों की बौछार कर दी। वे शस्त्र लेने के लिए दीवारों की ओर लपके लेकिन वहाँ तो कुछ भी नहीं था। अब उन्होंने अपनी तलवारें सँभाली और मेज़ों को कवच की तरह प्रयोग करते हुए आत्म-रक्षा में जुट गए। उनका नेता **यूरिमेकस** शीघ्र ही **ओडिसियस** के बाण से घायल हो समाप्त हो गया। उसका स्थान **एम्फीनोमू** ने लिया, लेकिन वह भी भाले की एक चोट से मारा गया। शत्रुपक्ष में खलबली मच गई। वे लोग जान बचाने के लिए बाहर भागे, पर द्वार बन्द थे। इस बीच **टेलेमेकस,**

यूमियस और **फ़िलोटियस** के लिए भी शस्त्र ले आया। शत्रुओं के लिए शस्त्र लाता हुआ **मेलनथियस** रास्ते में ही पकड़ा गया। **ओडिसियस** की बाण वर्षा से हाहाकार मच गया। अनेक शत्रु वहीं ढेर हो गए। शेष उनकी लाशों पर से होते हुए बरांडे के अन्तिम छोर तक पीछे हटते चले गए। उनके प्रहारों से **एथीनी** ने **ओडिसियस** की रक्षा की। जीवन की कोई आशा न रहने पर पुजारी **लियोडीज़ ओडिसियस** के पैरों पर गिर पड़ा लेकिन उसे क्षमा नहीं मिली। हाँ, **फ़ेमियस** नाम के चारण को **ओडिसियस** ने प्राणदान दिया। वह देवताओं और मनुष्यों को आनन्दित करनेवाले स्वर को सदा के लिए समाप्त करने का पाप नहीं करना चाहता था। **मेडन** नाम के दूत को भी दण्ड नहीं दिया गया। ये दोनों **ज़्यूस** की प्रतिमा से लिपट गए और शेष सभी अपने और अपने साथियों के रक्त में लथपथ वहीं समाप्त हो गए। अब **ओडिसियस** ने द्वार खोले। **यूरिक्लाया** को बुलाकर पूछा गया कि अपने स्वामी की अनुपस्थिति में महल की कितनी सेविकाओं ने शत्रु के विलास का माध्यम बनना स्वीकार किया। **यूरिक्लाया** ने बताया कि पचास में से केवल बारह दासियों ने यह अपराध किया था। उन बारहों को **मेलनथियस** के साथ फाँसी दे दी गई। **ओडिसियस** और **टेलेमेकस** ने हाथ धोए, अग्नि प्रज्वलित की और गन्धक जलाया ताकि वातावरण शुद्ध हो। **पिनेलपी** अपने सभी प्रणयप्रार्थियों को मृत देख आश्चर्यचकित रह गई। उसने सोचा नहीं था कि किसी दिन इस मुसीबत से उसकी इस तरह मुक्ति हो जाएगी। लेकिन वह अभी भी उस वृद्ध को **ओडिसियस** मानने को तैयार नहीं थी। बीस साल के दुखों से वह सावधान और सतर्क हो गई थी। अतः उसने परीक्षा लेने के लिए **यूरिक्लाया** को आज्ञा दी कि वह शयनकक्ष से **ओडिसियस** का पलंग वहीं ले आए ताकि वह विश्राम कर सके। इस पर **ओडिसियस** ने हँसकर कहा :

"नहीं। रहने दो। मेरे पलंग को उठाना किसी मनुष्य के वश की बात नहीं। यह महल मैंने एक जैतून के विशाल वृक्ष को कटवाकर बनवाया था, लेकिन उसके तने को काटने की बजाय उसी में से वहीं पर अपने और अपनी पत्नी के लिए पलंग बनवा दिया था। जैतून के तने को पृथ्वी से भला कौन उखाड़कर लाएगा।"

यह सुनते ही **पिनेलपी** उसके चरणों पर गिर पड़ी और अपने पति को न पहचान पाने के लिए क्षमायाचना करने लगी। बीस वर्ष के वियोग के बाद **ओडिसियस** और **पिनेलपी** का मिलन हुआ। अश्रु-भीगे आलिंगन में बँधे न जाने कब भोर हो गई।

वृद्ध **लियारटस** को अपना पुत्र मिल गया, **इथाका** को अपना वैध शासक। लेकिन **ओडिसियस** की कठिनाइयों का अभी भी अन्त नहीं हुआ था। दूसरे दिन जब **इथाका** के राजमहल में **ओडिसियस** की वापसी का जश्न मनाया जा रहा था, उसके हाथों मारे गए व्यक्तियों के निकट सम्बन्धी वहाँ आ पहुँचे। उन्होंने लाशों की माँग की और साथ ही बदला लेने की धमकी भी दी। इनकी सम्मिलित सेना से **ओडिसियस** का युद्ध हुआ जिसमें **लियारटस** ने भी भाग लिया। **एथीनी** ने इन दो दलों में सन्धि करवा दी।

होमर की 'ओडिसी' यहीं समाप्त हो जाती है। किन्तु अन्य स्रोतों से प्राप्त सूचनाओं के अनुसार **ओडिसियस** को इस नरसंहार के दण्डस्वरूप **इथाका** से दस वर्ष के लिए निष्कासित कर दिया गया। उसकी अनुपस्थिति में **टेलेमेकस** ने **इथाका** में शासन किया और **ओडिसियस** द्वारा मारे गए सामन्तों के उत्तराधिकारियों ने अपने पूर्वजों द्वारा की गई **इथाका** की क्षति की पूर्ति की। **ओडिसियस** को अभी **पॉसायडन** को प्रसन्न करना था। अतः वह **टियरेसियस** के प्रेत के द्वारा दिए गए आदेशानुसार कन्धे पर पतवार लेकर पद-यात्रा को निकल पड़ा। **एपिरस** पर्वत के पार जब वह **थेस्प्राटिस** पहुँचा तो वहाँ के निवासी इस अजनबी को देखकर हँसने लगे, "अरे भाई, वसन्त ऋतु में ओसारे का क्या काम?" इन लोगों ने कभी समुद्र नहीं देखा था, अतः पतवार को ओसारा समझे। बस! **ओडिसियस** यहीं बस गया। उसने **पॉसायडन** को एक बलिष्ठ भेड़, एक साँड और एक वराह की बलि दी। तब कहीं जाकर समुद्र देवता **पॉसायडन** का क्रोध शान्त हुआ और उसने **ओडिसियस** को क्षमा कर दिया। लेकिन **ओडिसियस इथाका** नहीं लौट सकता था। वह दस वर्ष के लिए निष्कासित हुआ था। **ओडिसियस** ने **थेस्प्राटियन्स** की रानी से विवाह कर लिया और वहीं बस गया। नौ वर्ष के बाद यह राज्य, अपनी नई पत्नी से उत्पन्न पुत्र को सौंपकर **ओडिसियस इथाका** लौटा जहाँ **टेलेमेकस** की अनुपस्थिति में **पिनेलपी** राज्य कर रही थी। यह भविष्यवाणी हुई थी कि **ओडिसियस** अपने पुत्र के हाथों मारा जाएगा और उसकी मृत्यु समुद्र से आएगी। इस भविष्यवाणी के पहले पक्ष को मानते हुए पितृ-हत्या के पाप से बचने के लिए **टेलेमेकस** अपने पिता की वापसी से पहले ही **इथाका** से चला गया। **ओडिसियस** की मृत्यु अपने बेटे के हाथों ही हुई लेकिन **पिनेलपी** से उत्पन्न पुत्र द्वारा नहीं। वर्षों तक जब **ओडिसियस** का पता नहीं चला तो **सेसी** ने उसके पुत्र **टेलेगोनस** को अपने पिता का पता लगाने के लिए समुद्र-मार्ग से भेजा। **टेलेगोनस** ने **इथाका** को **कारस्यारा** द्वीप समझकर उस पर आक्रमण कर दिया। **ओडिसियस** ने इस आक्रमण का जवाब दिया और समुद्र के तट पर अपने पुत्र **टेलेगोनस** के भाले से मारा गया। अपने पिता की हत्या का प्रायश्चित्त करने के बाद **टेलेगोनस** ने **पिनेलपी** से विवाह कर लिया और **टेलेमेकस** ने **सेसी** से। और इस तरह ये दो परिवार सम्बद्ध हुए।

ऐसा भी विश्वास किया जाता है कि जीवन का अधिकांश भाग समुद्र पर बिताने से **ओडिसियस** को समुद्र से कुछ ऐसा लगाव हो गया कि वह कभी स्थल पर सन्तुष्ट न रह सका। अपना राज्य **टेलेमेकस** को सौंपकर वह फिर एक अनन्त यात्रा पर रहस्यमय द्वीपों का अन्वेषण करने निकल पड़ा। वह सूर्य के देश से आगे जाना चाहता था, वह सितारों की दुनिया पर विजय पाने को आकुल था। वह ईलिसियन फ़ील्ड्स को ढूँढ़ निकालना चाहता था। उसके हाथों में पतवार थी। यौवन बीत गया था लेकिन आगे बढ़ते जाने का उत्साह कम नहीं हुआ था, संकटों से खेलने का साहस कम नहीं हुआ था। उसकी आँखें क्षितिज के पार कुछ ढूँढ़ निकालना चाहती थीं, उसके प्राणों में यही आकुलता बसी थी। उसे रुकना नहीं था। वह रुक सकता नहीं था। उसे झुकना नहीं

था। उसकी आत्मा ने पराजय को परास्त कर दिया था। उसे आगे ही बढ़ते जाना था, तब तक जब तक कि पतवार हाथों से छूट न जाए, और क्षितिज आँखों की बुझती हुई ज्योति में धुँधलाकर न रह जाए। उसकी यात्रा असीम थी, प्यास अनन्त। कवि **टेनीसन** ने अपनी कविता 'यूलिसिज़' में **ओडिसियस** के इसी रूप का हृदयग्राही चित्रण किया है। **ओडिसियस** एक ऐसी प्यास है जिसे अपने पानी की तलाश है।

ओडिसियस की इस कहानी का आधार **होमर** की 'ओडिसी' है।

ग्रीस की प्रसिद्ध प्रेम-कथाएँ

क्यूपिड और साइके

एक राजा की तीन बेटियाँ थीं। तीनों ही सुन्दर, लेकिन सबसे छोटी **साइके** सबसे अधिक रूपवती। असाधारण था उसका रूप-लावण्य। पृथ्वी की मानवी तो वह लगती ही न थी। एक स्वर्गिक आभा फूटती थी उसके साँचे में ढले हुए अंगों से। पाँच तत्त्वों के अतिरिक्त न जाने क्या चुरा लाई थी वह देवलोक से, कि जो भी उसे देखता बस देखता ही रह जाता। उसके सौन्दर्य की सुरभि ऐसी फैली कि उसे देखने के लिए दूर-दूर से लोग आने लगे। उस प्रियदर्शिनी की एक झलक से ही जन-जीवन धन्य हो उठता। मस्तक श्रद्धा से नत हो जाते। भाषा में इतनी सामर्थ्य कहाँ कि उसके रूप का बखान कर सके, लेकिन भावों की अभिव्यक्ति का और माध्यम भी क्या हो! उसकी प्रशंसा के गीत गाए जाते और उसके मार्ग में फूलों की वर्षा होती। यहाँ तक कि लोग उसकी तुलना सौन्दर्य और प्रेम की देवी, **ओलिम्पस** की निवासिनी, अखंड रूप-यौवन की स्वामिनी **ऐफ़्रॉडायटी** से करने लगे। एक अफवाह यह भी उड़ी कि **साइके** कोई साधारण रमणी नहीं, अपितु स्वयं **ऐफ़्रॉडायटी** है, जो विश्व को अपने सौन्दर्य से चमत्कृत करने के लिए मानवी का रूप धरकर आई है। कुछ लोग तो उसे देवी **ऐफ़्रॉडायटी** से भी अधिक श्रेष्ठ सुन्दरी मानने

लगे। परिणामस्वरूप **ऐफ़्रॉडायटी** के उपासना-गृह सूने हो गए, धूप-अगर की सुगन्ध लुप्त हो गई, दीप भग्नाशा की भाँति बुझ गए। **पैफ़ॉस** और **सीथेरा** के मन्दिरों को रीता छोड़ श्रद्धालु जन, **साइके** के चरणों पर फूल चढ़ाने लगे।

स्त्री कुछ भी सह सकती है पर अपने रूप की अवमानना नहीं। देवी **ऐफ़्रॉडायटी** को यह अपमान भला कैसे सह्य होता। **ओलिम्पस** पर जिसके रूप की तुलना नहीं, उसकी प्रतिस्पर्धा एक मर्त्य नारी करे! **ऐफ़्रॉडायटी** क्रोध और ईर्ष्या से दग्ध हो उठी। उसने **साइके** को दंडित करने का एक अनूठा उपाय खोज निकाला। साँप भी मर जाए और लाठी भी न टूटे। **ऐफ़्रॉडायटी** ने सुनहरे बालों और तितली के पंखोंवाले अपने नटखट बेटे को बुला भेजा। **क्यूपिड** की शक्ति से भला कौन परिचित नहीं ! देवता या पृथ्वी का मर्त्य प्राणी, जिसे भी **क्यूपिड** के सुकुमार हाथों से छूटे पुष्प-बाण छू गए, उसकी प्रणय-व्यथा का फिर अन्त नहीं। राजाओं ने इस तीर से घायल हो राज्य त्याग दिए और सर्व-समर्थ देवता **ओलिम्पस** का वैभव छोड़ पृथ्वी पर मारे-मारे फिरे। उसी **क्यूपिड** को **ऐफ़्रॉडायटी** ने आदेश दिया, ''जाओ। अपनी माँ की गरिमा को ग्रहण लगा देनेवाली इस धृष्ट लड़की को दण्ड दो। कुछ ऐसी योजना करो, कि अपने को **ऐफ़्रॉडायटी** की समकक्ष समझनेवाली मूर्ख **साइके** विश्व के सर्वाधिक घृण्य और अधम व्यक्ति से प्रेम करने लगे। उसका मान भंग ही मेरा प्रतिशोध होगा।''

माता का आदेश पाकर **क्यूपिड** तत्काल पृथ्वी की ओर उड़ चला। प्रेम का यह चपल देवता अर्धरात्रि गए **साइके** के प्रासाद में पहुँचा और अदृश्य होकर प्रहरियों के बीच से होता हुआ **साइके** के शयन-कक्ष में जा पहुँचा। **साइके** सो रही थी। **क्यूपिड** ने पुष्प-बाण तरकश से खींचा और धीरे-धीरे उसकी शय्या की ओर बढ़ा। तभी **साइके** ने करवट ली और खुली खिड़की से आती हुई चाँदनी में उसका रूप जगमगा उठा। **क्यूपिड** ठगा-सा खड़ा रह गया। ऐसा निर्दोष सौन्दर्य आज तक उसकी दृष्टि से नहीं गुज़रा था! पृथ्वी तो क्या, **ओलिम्पस** पर भी **साइके** का कोई सानी नहीं था। सचमुच वह अद्वितीय थी। ऐसा लगता जैसे एक बहुत बड़े मोती में से उसे तराश कर बनाया गया हो। रेशम-सी अलकों में एक भोला-भाला मुखड़ा, लम्बी, पतली, पारदर्शी ग्रीवा के नीचे श्वास की गति से उठता-गिरता पुष्प-पुंज-सा वक्ष। **क्यूपिड** के मुख से एक आह निकली। हाथ से छूटकर बाण अपने ही पाँव पर आ गिरा। प्रेम का नटखट देवता अपनी चपलता का खुद ही शिकार हो गया। पाँव पर घाव, मन में कसक और प्राणों में विकलता लिए वह वापस **ओलिम्पस** लौटा।

इधर **साइके** के माता-पिता दिन-रात उसके विवाह की चिन्ता में घुला करते। उनकी दोनों बड़ी कन्याओं का विवाह उपयुक्त राज-परिवारों में हो चुका था पर **साइके** के असाधारण रूप के कारण हीन-भावना से ग्रस्त राजकुमार उससे परिणय-प्रस्ताव करने का साहस ही न कर पाते थे। आत्मा में आँखों के मार्ग से रूप का उजाला फैलता, मस्तक श्रद्धा से झुक जाते, पर मन प्रणय से डरता। अपने को **साइके** के अयोग्य समझकर वे मन मार लेते। **साइके** के बड़ी बहनों के प्रासादों में वसन्त फूलता, ग्रीष्म

खिलखिलाती पर **साइके** के कक्ष में अकेलेपन का पतझड़ कसमसाया करता। एक ओर इन्द्रधनुष की सतरंगी बहारें थीं, तो दूसरी ओर मेघों से बोझिल साँझ का झुटपुटा। **साइके** का अतुलनीय सौन्दर्य उसके लिए अभिशाप बन गया। रमणीयता भार हो उठी। **साइके** के माता-पिता ने, अन्ततः **अपोलो** के प्रश्न-स्थल पर जाने का निश्चय किया। उन्हें सन्देह था कि देवताओं के रोष के कारण ही उनकी पुत्री को सुपात्र नहीं मिल पा रहा है। **अपोलो** के प्रश्न-स्थल पर देव-प्रेरित उपासिका द्वारा जो भविष्यवाणी हुई वह इस प्रकार थी :

"अद्वितीय सुन्दरी **साइके** का वरण पृथ्वी का कोई मर्त्य प्राणी नहीं करेगा। उसके योग्य पात्र इस संसार में नहीं। उसे एक पर्वत की चोटी पर अकेली छोड़ दो। वहीं उसका पति उसे मिलेगा। **साइके** का वरण करनेवाले का प्रतिरोध देवता भी नहीं कर सकते।"

साइके के माता-पिता रोते-कलपते राज-प्रासाद को लौटे। न जाने किस अपराध के लिए उन्हें ऐसा भीषण दण्ड मिला था। अपने कलेजे के टुकड़े को अदृश्य के हाथ कैसे सौंप दें। लेकिन अब इसके सिवा कोई रास्ता नहीं था। भविष्यवाणी की अवहेलना से केवल राज-परिवार ही नहीं अपितु सारी प्रजा के अहित का भय था। राजा-रानी ने दिल पर पत्थर रखा और दुल्हिन-सी सजी, चुपचाप आँसुओं को पीती **साइके** को लेकर पर्वत की ओर चल पड़े। यों तो शुभ अवसर था, पर सबके मन अज्ञात की आशंका से भारी थे। बोझिल कदम आगे न बढ़ते थे। मशालें भी धीमी-धीमी उदास-सी जल रही थीं और विवाह-गीतों की ध्वनि में रुदन का आभास था।

पवर्त की चोटी पर पहुँचकर मशालें बुझा दी गईं। माता-पिता, सखी-सहेलियों और दासियों ने **साइके** से करुण विदा ली। उन्हें विश्वास था कि भाग्य की मारी **साइके** को वे कभी न देख पाएँगे। रात के बढ़ते हुए सन्नाटे के साथ पग-ध्वनियाँ दूर होती गईं और उस निर्जन पर्वत की ऊँची चोटी पर **साइके** अकेली हतप्रभ-सी खड़ी रह गई। अदृश्य के भय से पत्ते की तरह काँपती हुई अर्धचेतन-सी न जाने वह कब गिर पड़ी। लेकिन पर्वत के पथरीले सीने पर गिरकर आहत होने से पहले ही उसे मधुरिम वायु **ज़ेफ़िरस** ने अपनी गोद में ले लिया। एक सुकोमलता उसे चारों ओर से लपेटे कहीं दूर ले गई और नरम घास के बिछौने पर डाल दिया। शीघ्र ही **साइके** को नींद आ गई।

सवेरे जब **साइके** की आँख खुली तो उसने स्वयं को घने वृक्षों के कुंज से होकर बहती हुई एक नदी के किनारे पाया। अब तक वह कुछ आश्वस्त हो चुकी थी और अपना भाग्य स्वीकारने को तैयार। रात्रि की मीठी नींद ने उसकी आशंकाओं को कम कर दिया था। कुंज के बाहर आते ही **साइके** ने जो देखा वह कल्पनातीत था। सामने दूर तक फैला एक उद्यान था जिसमें प्रत्येक ऋतु के फूल खिले थे। उद्यान के मध्य में स्थित स्वच्छ निर्मल जल का फव्वारा अपने निनाद से वातावरण को संगीतमय बना रहा था और इस फव्वारे के पीछे था एक भव्य प्रासाद जो मनुष्य के हाथों की कृति तो कदापि नहीं था। इस महल की दीवारें चाँदी की थीं और स्तम्भ स्वर्ण के। दिवस के प्रकाश में वह ऐसे जगमगा रहा था जैसे एक नए सूर्य ने जन्म लिया हो। सम्मोहित

साइके आगे बढ़ी। महल के द्वार खुले पड़े थे, जैसे उन्हें **साइके** की ही प्रतीक्षा थी। बहुमूल्य रत्नों से जड़ित सीढ़ियों पर धीमे-धीमे पाँव रखती वह द्वार पर पहुँचकर रुक गई। कहीं कोई नहीं था। वह अनिश्चय की अवस्था में आश्चर्यचकित-सी खड़ी थी कि बहती नदी की मरमर ध्वनि जैसे स्वर ने उसका स्वागत किया :

"स्वामिनी! यह प्रासाद आपका है। यहाँ की प्रत्येक वस्तु पर आपका अधिकार है और हम सब आपके अदृश्य सेवक हैं। हमें आदेश दे अनुगृहीत करें। स्नान का प्रबन्ध कर दिया गया है। स्नानगृह में पधारें।"

साइके ने चाँदी के टब में स्नान किया और उसके बाद भोजन की इच्छा व्यक्त की। पलक झपकते किन्हीं अदृश्य सेवकों ने सोने की मेज पर भाँति-भाँति के खाद्य-पदार्थ सज़ा दिए। चकित **साइके** ने इस अतीव सुस्वादु भोजन को ग्रहण किया। संगीत की मधुर ध्वनि कक्ष में लहरा रही थी। न तो वहाँ कोई गायक था और न कोई वादक था, केवल मादक संगीत और उसकी लय पर डूबती-उतराती **साइके।** इसी तरह सारा दिन बीत गया। रात घिरी और **साइके** का शयन-कक्ष सज़ा दिया गया। अपनी कोमल शय्या पर जाते हुए **साइके** को विश्वास था कि यही उसकी अभिसार-रात्रि होगी। आज रात ही वह अपने उस पति का वरण करेगी जिसकी भविष्यवाणी **अपोलो** के प्रश्न-स्थल पर हुई थी, जिसकी शक्ति असाधारण है और जो इस सारी सम्पदा का स्वामी है। **साइके** की हृदय-गति बढ़ती जाती थी। प्रतीक्षा की आतुरता और रात्रि का अन्धकार गहराते जा रहे थे। तभी अकस्मात् एक रोमांचक स्पर्श से वह सिहर उठी। दो अनदेखी सुडौल बाँहों ने उसे आलिंगन में बाँध लिया और दो प्रणयोन्मत्त अधर उसकी चेतना को मथते चले गए। फिर सूखी धरती पर पानी की पहली फुहार-सा स्नेहासिक्त स्वर :

"मेरी प्रिय **साइके,** मैं हूँ तेरा पति। तुझे अपनी अर्धांगिनी बनाने का सौभाग्य विधि ने मुझे दिया है। आज से तुम मेरी पत्नी हो। लेकिन मैं कौन हूँ यह कभी न पूछना। न ही कभी मुझे देखने का प्रयास करना। मुझे तुमसे अधिक प्रिय कोई नहीं। मेरे प्रेम में विश्वास रखना। यही शुभ है।"

ऐसे ही मधुर आश्वासनों में प्रेम की प्रथम रात्रि न जाने कब बीत गई। भोर होने से पहले ही **साइके** का यह अनदेखा पति, रात को फिर लौट आने का वचन देकर चला गया। इसी क्रम में बँधा समय बीतने लगा। **साइके** सारा दिन अपने भव्य किन्तु सूने प्रासाद में अकेली अपने पति की प्रतीक्षा करती। अमूल्य रत्नों के भंडार उसे बहुत दिन तक न लुभा सके। समय के साथ-साथ हर नयापन पुराना होता गया। वह स्वर्ण महल उसे पिंजरे-सा लगता। दिन-भर बेचैन-सी वह रात आने की प्रतीक्षा करती। पहाड़-सा दिन कटने में न आता, और रात आती तो आँख झपकते बीत जाती। प्रेम की रसीली बातों में जाने कब सवेरा हो जाता और पूर्व में **इऑस** की लालिमा फैलने से पहले ही उसका पति लौट जाता। **साइके** ने कई बार आग्रह किया कि वह एक दिन उसके साथ रहे। किन्तु वह न जाने क्यों, अनदेखा ही रहना चाहता था। **साइके** की अनुनय-विनय और हठ का सदा यही प्रत्युत्तर होता, "मैं तुम्हें बहुत प्यार करता हूँ । बहुत। बस मेरे

प्रेम पर विश्वास करो। इसी में सुख है। मुझे जानकर क्या करोगी? मेरे प्रेम को जानना क्या पर्याप्त नहीं?''

और **साइके** सोचती—अपने पति के एकनिष्ठ निर्मल प्रेम के अतिरिक्त स्त्री को और चाहिए भी क्या! फिर **साइके** के चरणों पर तो विश्व की सम्पदा समर्पित थी। वह अपने को आश्वस्त करने का हर सम्भव प्रयत्न करती लेकिन अपने पति को एक बार देख पाने की लालसा फिर भी मन के किसी प्रच्छन्न कोने में पलती रही।

अकेलेपन से घबराकर एक रात **साइके** ने अपनी बहनों से मिलने की इच्छा प्रकट की। वह बहुधा अपने माता-पिता और प्रिय जनों को याद कर दिन में रोया करती। और अब तो इस एकाकी महल में वह कोई मानवाकृति देखने को तरस गई थी। उसके पति को यह बात अच्छी नहीं लगी किन्तु **साइके** का हठ और उसके निर्मम एकाकीपन से द्रवित होकर उसने ''हाँ'' कह दी। पर साथ ही यह चेतावनी भी दी, ''मुझे भय है कि तुम्हारी बहनें तुम्हारे अहित का कारण न बन जाएँ। उन्हें मेरे विषय में कुछ भी न बताना और न ही उनकी बातों में आकर मुझे देखने की चेष्टा करना। अन्यथा तुम्हारा अनिष्ट होगा।

साइके ने वचन दिया कि वह अपने स्वामी की इच्छा के विरुद्ध कुछ नहीं करेगी। दूसरे ही दिन **ज़ेफ़िरस साइके** की दोनों बहनों को उसके प्रासाद में ले आया। **साइके** ने हर्ष के आँसुओं से उनका स्वागत किया। वह बेहद खुश थी। उसने उन्हें उपवन और महल दिखाया, हीरे-जवाहरातों के ढेर दिखाए, स्वर्ण-पात्रों में स्वादिष्ट भोजन कराया, अति मधुर और कर्णप्रिय संगीत से उनका मनोरंजन किया। उसकी बहनें **साइके** के असाधारण ऐश्वर्य को विस्फारित नेत्रों से देख रही थीं और उनके हृदय ईर्ष्या की अग्नि में फुँके जा रहे थे। लेकिन उन्होंने अपने मनोभावों को भोली **साइके** पर व्यक्त न होने दिया। पहले छोटी बहन का असाधारण रूप उनकी जलन का विषय था और अब यह कल्पनातीत वैभव। जब उन्होंने **साइके** के पति के बारे में पूछा तो वह यह कहकर टाल गई कि उसके पति को मृगया का बेहद शौक है, अतः वह भोर होते ही अपने शस्त्र लेकर वन को निकल जाता है और साँझ को घर आता है। **साइके** की बहनों को यह बात खटकी। उन्हें लगा **साइके** कुछ छिपा रही है। लेकिन वे चुप रहीं और शाम को बहुमूल्य उपहार ले अपने-अपने घर को लौट गईं। जब वे दूसरी बार आईं तो उन्होंने फिर उसके पति के बारे में पूछा। **साइके** इस बार सकपका गई। बस फिर क्या था ! वे समझ गईं कि दाल में कुछ काला है। अपनी वाक्पटुता से उन्होंने शीघ्र ही **साइके** से यह मनवा लिया कि उसने आज तक अपने पति को देखा ही नहीं और वह उसके पास रात गहराने के बाद आता और भोर फूटने से पहले चला जाता है।

इतना सुनना था कि **साइके** की बहनों ने सिर पीट लिए और बड़ी सहानुभूति और आत्मीयता दर्शाती हुई बोलीं, ''**साइके!** तू बड़ी भोली है बहन। हमें तो पहले ही यही डर था। न जाने भाग्य ने क्यों ऐसा क्रूर उपहास किया तेरे रूप का। जरा सोच पगली, किसी भी पति को अपनी पत्नी से छिपने की भला क्या आवश्यकता हो सकती है?

पति-पत्नी के सम्बन्ध में दुराव-छिपाव कैसा? हमें तो लगता है कि रात्रि में तेरा भोग करनेवाला अवश्य ही कोई वीभत्स दैत्य है जो अपने वास्तविक रूप में तेरे सामने प्रकट नहीं होना चाहता। अभी वह मीठी-मीठी बातों से तेरा मन जीत रहा है लेकिन सन्तुष्टि हो जाने पर वह तुझे निगल जाएगा।''

साइके उनकी बातें सुनकर भयभीत हो रो पड़ी। उसकी समझ में नहीं आया कि वह अपनी बहनों के तर्क का किस तरह विरोध करे। आखिर इस गोपनीयता का और क्या कारण हो सकता है? उसने अपनी बहनों से पूछा कि उसे क्या करना चाहिए। वे दोनों तो पहले से ही तैयार होकर आई थीं। झट बोलीं, ''देख **साइके,** हम दोनों आयु में तुझसे बड़ी हैं। हमने जीवन को तुझसे अधिक देखा-समझा है। और यह भी विश्वास रख कि हमारा उद्देश्य तेरा हित है, तुझे सुखी देखना है। आज रात तू एक दीया और कटार तैयार रख। जब तेरा पति गहरी नींद में सो जाए तो चुपचाप उठकर दीया जलाना और प्रकाश में उसका वास्तविक रूप देखना। यदि वह दैत्य हो तो कटार उसके सीने में भोंक देना। साहस करेगी तो ही तेरी मुक्ति सम्भव है।''

साइके के मन में अविश्वास की आँधी उठाकर वे दोनों लौट गईं। उसका मन कहता था यह विश्वासघात होगा। उसका पति कोई दैत्य नहीं, देवता है, जो प्राणपण से उसे प्यार करता है। वह स्वयं भी अनदेखे ही उसके प्रेमपाश में बँध चुकी थी। लेकिन उसकी बहनों ने जो कहा वह भी सारहीन नहीं था। प्रेम की धरती पर सन्देह का बीज पड़ गया। वह सन्देह मुक्त होना चाहती थी। लेकिन पति के आदेश का उल्लंघन किए बिना यह सम्भव न था। इसी मानसिक द्वन्द्व में दिन बीत गया। साँझ तक **साइके** अपने स्वामी को देखने का निर्णय कर चुकी थी।

सदा की भाँति उस रात भी अँधेरा घना होने पर **साइके** का पति उसके कक्ष में आया और उसे आलिंगन में बाँध लिया। कुछ देर बाद जब वह सो गया तो **साइके** धीरे-से उठी और निश्चित स्थान पर रखा दीया जलाया। एक हाथ में जलता दीया और दूसरे में कटार लेकर वह निःशब्द शय्या की ओर बढ़ी। दीपक का प्रकाश सोई हुई आकृति पर पड़ते ही चकित **साइके** के हाथ से कटार छूट गई। शय्या पर कोई दैत्य नहीं अपितु तीनों लोकों का सबसे सुन्दर युवक **क्यूपिड** निद्रामग्न था। उसकी रेशमी अलकें घुँघराली थीं और कपोल रक्तिम। उसका रंग बर्फ की तरह श्वेत था और उसकी प्रतिच्छाया से दीपक का प्रकाश चौगुना हो उठा था। उसके सुडौल कन्धों पर वसन्त का चरमोत्कर्ष अपने में समेटे दो रंगीन पंख थे और पास ही धनुष और पुष्प-बाणों से भरा तरकस। **साइके** के आनन्द की सीमा न थी। वह मुग्ध-सी देखती रही। एक पल में ही वह रूप-ऐश्वर्य की इस अद्भुत छटा को हृदय में बसा लेना चाहती थी। वह **क्यूपिड** को अधिक निकट से देखने के लिए आगे बढ़ी। और निकट। आज उसकी बीती हुई तमाम रातों के हर पल का अर्थ बदल गया था। वह चमत्कृत थी। तभी अचानक ऊपर तक भरे दीपक से गर्म तेल की एक बूँद **क्यूपिड** के कन्धे पर टपकी और वह सीत्कार कर उठ बैठा। भय से काँपती हुई **साइके,** हाथ में थरथराता हुआ दीया और

पृथ्वी पर गिरी कटार। **क्यूपिड** को स्थिति समझते देर न लगी। उसकी आँखों में भर्त्सना थी। विकल **साइके** उसके पैरों पर गिर पड़ी। लेकिन **क्यूपिड** ने अपने बाण उठाए और बाहर उड़ चला। आर्त स्वर में पुकारती **साइके** उसके पीछे भागी पर **क्यूपिड** आँखों से ओझल हो गया। भागते-भागते वह आहत होकर गिर पड़ी। तभी उसे यह अत्यन्त क्षुब्ध स्वर सुनाई दिया :

''मूर्ख **साइके!** मेरे प्रेम का क्या प्रतिदान दिया तूने! अपनी माँ का विरोध कर मैंने तुझे अपनी पत्नी के रूप में स्वीकार किया किन्तु तू सचमुच इस योग्य नहीं थी। जा, लौट जा अपनी बहनों के पास जिनका द्वेषयुक्त परामर्श तेरे लिए मेरे आदेश से अधिक मूल्य रखता है। शायद विरह की आग में जलना ही तेरी नियति है। **क्यूपिड** की कामना व्यर्थ है अब। जहाँ सन्देह है वहाँ प्रेम नहीं।''

साइके देर तक अर्धमूर्च्छित-सी वहाँ पड़ी रही। जब चेतना लौटी तो न वहाँ भव्य प्रासाद था, न उपवन। सभी कुछ स्वप्न-सा बीत गया था। आशा-निराशा के भँवर में डूबती-उतराती, निरन्तर पश्चात्ताप के आँसू बहाती **साइके** अपने बिछुड़े प्रेमी की प्रतीक्षा में कई दिनों तक वहीं बैठी रही। लेकिन वह न आया। हताश **साइके** अपने जीवन का अन्त करने के लिए एक पहाड़ी से तीव्रगामी नदी में कूद पड़ी। लेकिन अभी **साइके** को जीवित रहना था, प्रेम की कठिन अग्नि-परीक्षा देनी थी। भाग्य को उसकी मृत्यु स्वीकार नहीं थी। नदी के देवता को भोली **साइके** पर दया आ गई और उसने **साइके** को किनारे लगा दिया, जहाँ नदी-पुत्रियों ने उसका उपचार किया। स्वस्थ होने पर **साइके** फिर **क्यूपिड** की खोज में निकल पड़ी। वह पर्वतों, वनों, नगरों और गाँवों में पगली-सी घूमती फिर रही थी। उसे नहीं मालूम था कि इस यात्रा का अन्त कब और कहाँ होगा। बस वह तो चलती जा रही थी, दुख सहती, भटकती आगे बढ़ती जा रही थी।

उधर वियोगाग्नि में दग्ध, प्रेयसी के विश्वासघात से आहत और गर्म तेल की बूँद के घाव से पीड़ित **क्यूपिड** अपनी माँ **ऐफ्रॉडायटी** के महल के किसी कक्ष में पड़ा था। **क्यूपिड** तो मौन था किन्तु एक पक्षी ने एक मर्त्य स्त्री से उसके असफल प्रेम-सम्बन्ध की कहानी **ऐफ्रॉडायटी** को कह सुनाई। यह जानकर तो **ऐफ्रॉडायटी** का क्रोध और भड़क उठा कि वह रमणी कोई और नहीं, रूप की देवी की समकक्षता का दुस्साहस करनेवाली धृष्ट **साइके** ही है जिसके दर्प को भंग करने की आज्ञा उसने अपने बेटे को दी थी। **ऐफ्रॉडायटी** ने **क्यूपिड** को बहुत डाँटा। उसकी प्रीति-मशाल बुझा देने और उसके पुष्प-बाण तोड़ डालने की धमकी भी दी ताकि वह भविष्य में कभी ऐसी विचारहीन हरकत न करे। **ओलिम्पस** की अन्य देवियों ने उसे समझाया कि **क्यूपिड** आखिर अब बच्चा नहीं है और यदि प्रेम-देवता को प्रेम-विवाह का अधिकार नहीं तो और किसे है। उन्होंने तो यह संकेत भी किया कि **ऐफ्रॉडायटी** को अपनी पुत्र-वधू को स्वीकार कर लेना चाहिए। लेकिन **ऐफ्रॉडायटी** पर इन परामर्शों का कोई प्रभाव नहीं हुआ। वह तो द्वेष और ईर्ष्या से क्षुब्ध हो रही थी। उसने **साइके** को दण्ड देने का निर्णय कर लिया था। **हेमीज़** को **ओलिम्पस** भेजकर उसने देव-सम्राट से अनुमति ली और पृथ्वी पर यह घोषणा

करवा दी कि जो कोई भी **साइके** को शरण देगा वह देवी के कोप का भागी होगा और उसका तिरस्कार करनेवाले को रूप और यौवन की देवी **ऐफ्रॉडायटी** सात चुम्बन प्रदान करेगी। इस अनूठे पुरस्कार का लोभ भला कोई कैसे संवरण करता! दुर्भाग्य और **ऐफ्रॉडायटी** के क्रोध की मारी **साइके** दर-दर भटक रही थी। उसने सभी देवी-देवताओं की अभ्यर्थना की, उनके मन्दिरों में धूप-दीप जलाए, रो-रोकर अनुग्रह की भीख माँगी किन्तु किसी ने उस पर कृपा न की। **साइके** से सहानुभूति तो सभी को थी किन्तु उसके कारण कोई भी **ऐफ्रॉडायटी** से अपने सम्बन्ध बिगाड़ने को प्रस्तुत न था। अन्ततः एक दिन अन्न की देवी **सेरीज़** अथवा **डिमीटर** ने उसकी लगन से द्रवित होकर उसे **ऐफ्रॉडायटी** के पास जाने और उसे हर सम्भव प्रयत्न से प्रसन्न करने का परामर्श दिया। **साइके** की मुक्ति का यही एकमात्र उपाय था। उसने **डिमीटर** की आज्ञा को शिरोधार्य किया। वह **ऐफ्रॉडायटी** से भयभीत तो अवश्य थी किन्तु विरह की मर्मान्तक वेदना से छुटकारा पाने के लिए उसे कुछ भी करना स्वीकार था। उसके मन में कहीं यह आस भी थी कि शायद **क्यूपिड** अपनी माता के प्रासाद में ही हो।

द्वारपाल ने जब **साइके** को **ऐफ्रॉडायटी** के सम्मुख प्रस्तुत किया तो देवी तिरस्कार से उपहास करती हुई बोली, "तो तुम आ ही गईं। अपने दम्भ का प्रतिकार करने आई हो या अपने स्वामी को देखने? वह बेचारा तो तुम्हारी मूर्खता और क्रूरता से घायल हो बिस्तर पर पड़ा है। केवल रूपसी ही नहीं बड़ी बुद्धिमती भी हो। अब तनिक यह भी तो पता चले कि तुम कितनी कार्य-दक्ष हो। स्वयं को **क्यूपिड** के योग्य सिद्ध करने पर ही तुम उसे पा सकोगी। तुम्हारे दुर्विनय का यही दण्ड है।"

यह कहकर **ऐफ्रॉडायटी साइके** को अपने भंडार घर में ले गई। वहाँ गेहूँ, चना, ज्वार, बाजरा, मटर, सेम और विभिन्न दालों का मिश्रित ढेर लगा हुआ था। **साइके** को इस ढेर में से हर तरह का अनाज अलग करके उसकी अलग ढेरी बनाने की आज्ञा देकर **ऐफ्रॉडायटी** सज-धज कर किसी विवाहोत्सव में सम्मिलित होने के लिए चली गई। शाम को उसकी वापसी तक **साइके** को यह दुष्कर कार्य सम्पन्न करना था। किंकर्तव्यविमूढ़ **साइके** उस ढेर के सामने हाथ पर हाथ धरकर बैठ गई। यह तो बिल्कुल असम्भव था। भावी दण्ड की आशंका से भयभीत वह मन ही मन रोती हुई साँझ की प्रतीक्षा करने लगी। उसे इस तरह उदास बैठे एक चींटी ने देखा। चींटी को **साइके** पर दया आ गई। पल-भर में वह सहस्रों चींटियों को बुला लाई और वे सब अनाजों की अलग-अलग ढेरियाँ लगाने में लग गईं। सूरज ढलने से पहले ही उनका काम समाप्त हो गया और वे प्रसन्नवदना **साइके** से विदा लेकर अपने बिलों में लौट गईं।

गुलाब के फूलों की शिरोमाल्य धारण किए, मदिरा-पान से दपदपाती **ऐफ्रॉडायटी** जब शाम को घर लौटी तो **साइके** का काम पूरा हुआ देखकर क्रुद्ध हो उठी। "यह तूने नहीं किया," वह चीखकर बोली और रोटी का एक टुकड़ा उसकी ओर फेंककर, उसे वहीं पृथ्वी पर सोने का आदेश देकर, पाँव पटकती वह अपनी सुकोमल शय्या पर शयन करने चली गई।

दूसरे दिन। नदी के तट पर स्थित एक पहाड़ी की शिखा की ओर संकेत करते हुए **ऐफ्रॉडायटी** ने कहा, ''वह देख! वहाँ एक छोटा-सा जंगल है जहाँ बहुत से भेड़ बिना किसी चरवाहे के घूमते हैं। वे भेड़ सिंह की तरह खूँखार हैं, पर उनके बाल सोने की तरह चमकते हैं। मुझे उनकी सुनहरी पशम चाहिए। यह काम आज शाम सूरज ढलने तक हो जाना चाहिए।''

साइके देवी की आज्ञानुसार इस अल्पकालिक यात्रा पर चल पड़ी। लेकिन इस दुस्साहस का परिणाम उस पर स्पष्ट था। उसने सोचा, भेड़ों के नुकीले सींगों और पैने दाँतों से दारुण यातना पाकर मरने से तो नदी में कूदकर प्राण देना सरल होगा। यही निर्णय कर वह नदी के किनारे गई लेकिन वहाँ उसे नदी के उदार देवता द्वारा प्रेरित एक सुकुमार हरे नरकुल की हवा जैसी सरसराती आवाज़ सुनाई दी :

''**साइके!** नदी के पवित्र जल को आत्महत्या से दूषित मत करो। अधीर न हो। कठिनतम समस्या का भी समाधान होता है। सुनो, मैं तुम्हें रास्ता बताता हूँ। वे भेड़िए सत्य ही बड़े खूँखार हैं और सूर्य की गर्मी के साथ-साथ तो और भी प्रचंड हो उठते हैं, किन्तु अपराह्न में जब सूरज ढलने लगता है तो वे थककर चुपचाप लेट जाते हैं। उस समय तुम निर्भय हो झाड़ियों और वृक्ष-शाखाओं पर अटके उनके सुनहली ऊन के गुच्छे एकत्र कर सकती हो।''

साइके ने ऐसा ही किया और शाम तक वह सुनहरी पशम लेकर **ऐफ्रॉडायटी** की सेवा में प्रस्तुत हो गई। असम्भव को सम्भव हुआ देखकर देवी और भी क्रुद्ध हो उठी। वह समझ गई कि किसी दैवी-शक्ति द्वारा **साइके** की सहायता हो रही है, अन्यथा इस सुकुमार और अल्पबुद्धि में इतना शौर्य कहाँ! अतः इस बार **ऐफ्रॉडायटी** ने एक ऐसा दुसाध्य काम **साइके** को सौंपा जिसमें कोई भी उसकी सहायता न कर सके। एक ऊँचे पर्वत की ओर संकेत कर उसने कहा :

''वह देखो! उस काले पर्वत की चोटी से एक काले जल की धारा निकलती है जिसे **स्टिक्स** नदी कहते हैं। जाओ और उसके स्रोत से यह कलश भरकर लाओ।''

साइके कलश हाथ में लेकर चल पड़ी। पर्वत की चढ़ाई सीधी और खतरनाक थी। पत्थरों पर काई जमी थी। इतना ही नहीं इन चट्टानों पर भाँति-भाँति के दैत्य और भयावह सर्प फुँकार रहे थे। उनकी आँखों से चिंगारियाँ बरसती थीं। **साइके** का साहस छूट गया। पाषाण-प्रतिमा-सी वह एक स्थान पर बैठ गई। वह समझ गई कि इस बार उसका जीवित वापस लौटना असम्भव है। अब तो उसके आँसू भी सूख गए थे। तभी किसी पक्षी के पंखों की फड़फड़ाहट सुनकर **साइके** ने सिर उठाया। देव-सम्राट **ज़्यूस** का प्रिय पक्षी, एक गरुड़ ऊपर मँडरा रहा था। गरुड़ ने **साइके** के हाथ से वह कलश अपनी चोंच में लिया और पर्वत की शिखा की ओर उड़ गया। **साइके** हतबुद्धि-सी देखती रह गई। कुछ ही देर में वह **स्टिक्स** के स्रोत से भरे हुए कलश को लिए लौट आया। गरुड़ को धन्यवाद दे, अनुगृहीत **साइके** दिन ढलने से पहले ही लौट आई।

ऐफ्रॉडायटी ने सोचा था कि **साइके** इतने दुष्कर कार्यों को सम्पन्न नहीं कर पाएगी।

निराश होकर या तो वह आत्महत्या कर लेगी या फुँकारते साँपों और खूँखार भेड़ों का ग्रास बन जाएगी। और यदि जीवित रही भी तो इतनी तनावपूर्ण स्थितियों से गुज़रने के बाद अपने रूप का वह आकर्षण अवश्य ही खो बैठेगी जिस पर **क्यूपिड** प्रथम दृष्टि में हृदय हार बैठा था। लेकिन ऐसा कुछ भी नहीं हुआ। **ऐफ्रॉडायटी** की सभी योजनाएँ असफल होती जा रही थीं और यह असफलता आग में घी का काम कर रही थी। अन्ततः उसने **साइके** को ऐसी जगह भेजने का निश्चय किया जहाँ कोई भी प्राणी सदेह नहीं जा सकता। उसने **साइके** को एक छोटी-सी मंजूषा देकर कहा :

"इसे लेकर **हेडीज़** चली जाओ। वहाँ की महारानी **पर्सीफ़नी** से कहना कि घायल बेटे की दिन-रात सेवा-सुश्रूषा से देवी **ऐफ्रॉडायटी** क्लान्त हैं, अतः अपना वह विशेष सौन्दर्य-प्रसाधन इस मंजूषा में दे दीजिए जिसके प्रयोग से उनका रूप फिर खिल उठे। और सुनो, देर मत लगाना। आज शाम ही मुझे देव-सभा में जाना है।"

साइके मंजूषा हाथ में लेकर चल पड़ी। लेकिन न तो उसे **हेडीज़** का रास्ता पता था और न ही वह मार्ग में आनेवाली कठिनाइयों के अतिक्रमण का उपाय जानती थी। कुछ ही देर बाद वह थककर एक मीनार के पास बैठ गई। भाग्य **साइके** के साथ था। मीनार से एक आवाज़ आई और उसने **साइके** को **हेडीज़** जानेवाली सुरंग का पता बताया। यह सुरंग उसे पाताल-लोक में बहनेवाली मृत्यु की नदी के किनारे ले जाएगी, जहाँ बूढ़े नाविक **केरों** को पारिश्रमिक देकर वह नदी पार कर सकेगी। पाताल के मुख्य द्वार पर **सेब्रस** कुत्ता चौकसी करता है। उसे एक केक देकर वह **पर्सीफ़नी** के महल में प्रवेश पा सकती है। महारानी **पर्सीफ़नी** से वह सौन्दर्य-प्रसाधन लेकर उसी मार्ग से सूरज ढलने से पहले पृथ्वी पर वापस लौट आए। लेकिन, मीनार से आते स्वर ने चेतावनी दी, **साइके** उस मंजूषा को खोलकर कदापि न देखो। देवी-देवताओं के जीवन में हस्तक्षेप करना मर्त्य प्राणियों को उचित नहीं।

साइके इस अप्रत्याशित सहायता से प्रोत्साहित होकर सुरंग-मार्ग से **हेडीज़** की ओर चल पड़ी। देवी **पर्सीफ़नी** ने उसका स्वागत किया और सन्देश के अनुसार सौन्दर्य-प्रसाधन भरकर मंजूषा **साइके** को लौटा दी। शाम तक **साइके** मृत्यु लोक से सुरक्षित पृथ्वी पर लौट आई। किन्तु यहाँ एक बार फिर स्त्री-सुलभ कौतूहल ने उसे आ घेरा। वह सोचने लगी, "मैं भी तो इतने दिनों के कठिन परिश्रम से बहुत थक गई हूँ। क्यों न इस स्वर्गिक सौन्दर्य-प्रसाधन का थोड़ा-सा प्रयोग कर लूँ। क्या पता किस दिन मेरा मीत तुझे मिल जाए। यह श्रान्त और बुझा हुआ मुख उसके लिए सज़ा लूँ।"

साइके ने मंजूषा खोल डाली। आश्चर्य! मंजूषा तो खाली थी। केवल एक धुएँ का बादल-सा उठा और **साइके** के तन-मन पर छा गया। वह मूर्च्छित होकर गिर पड़ी।

उधर **क्यूपिड** का घाव भर चला था। अकेलापन उसे असह्य हो उठा। **साइके** के साथ किए गए अपनी माँ के व्यवहार की सूचना उसे थी। मन खिन्न था। अवसर पाते ही वह उस कारा से निकल आया और खोजता हुआ वहीं पहुँचा जहाँ **साइके** अचेत पड़ी थी। **क्यूपिड** ने अपनी शक्ति से उस नींद को समेटकर फिर मंजूषा में बन्द किया।

उसके एक चुम्बन से सोई हुई **साइके** जाग उठी। अनियंत्रित कौतूहल के लिए **साइके** को एक मीठी झिड़की देकर और **ऐफ़्रॉडायटी** के प्रासाद की ओर निर्देशित कर वह **ओलिम्पस** की ओर उड़ गया। वे दोनों अपने प्रेम की बहुत परीक्षा दे चुके थे। अब और वियोग असह्य था। **क्यूपिड** ने नत-शिर हो देव-सम्राट **ज़्यूस** से प्रार्थना की कि वे उसके **साइके** के साथ हुए विवाह-सम्बन्ध को वैधानिक घोषित करें और उसकी पत्नी को अमरत्व प्रदान करें। यह सुनकर देव-सम्राट हँस पड़े :

''दूसरों पर बाण चलानेवाला नटखट आज स्वयं ही घायल होकर अनुग्रह माँगने आया है! पर **ओलिम्पस** के लाड़ले बेटे, यह तो बता, तूने कभी किसी का लिहाज़ किया? तेरे इन पुष्प-शरों से घायल होकर मैंने क्या-क्या नहीं किया। मैं, देव-सम्राट, अपनी गरिमा त्याग कभी बैल बना तो कभी हंस। चल, विवाह के बन्धन में बँधकर तेरी शरारतें कुछ तो कम होंगी। मैं अनुकम्पा करता हूँ क्योंकि तुझ पर स्नेह रखता हूँ।''

ज़्यूस ने तत्काल सभी देवी-देवताओं को बुला भेजा। **हेमीज़ साइके** को लेकर उपस्थित हुआ। **ऐफ़्रॉडायटी** भी आई। सबके सामने देव-सम्राट ने **क्यूपिड** और **साइके** के विवाह को मान्यता दी और स्वयं अपने हाथों से **अम्ब्रोसिया** (अमृत) का पात्र **साइके** के अधरों से लगाकर उसे अखंड रूप-यौवन और अमरत्व प्रदान किया। **क्यूपिड** का मुरझाया मुख खिल उठा। और **साइके** का रूप तो प्रिय-मिलन से द्विगुणित हो उठा। **साइके** की अमरत्व-प्राप्ति से **ऐफ़्रॉडायटी** का क्रोध भी जाता रहा। **ओलिम्पस** पर यह विवाहोत्सव बड़ी धूमधाम से मनाया गया। **हेफ़ास्टस** ने स्वादिष्ट पकवान तैयार किए, **डायोनिसस** और **गेनीमीड** ने मदिरा के पात्र भरे। ऋतुओं ने उपस्थित देवी-देवताओं का फूलों से श्रृंगार किया, **ग्रेस** बहनों ने सुगन्धि बरसाई। **अपोलो** के वाद्य पर **म्यूज़ेज़** ने गीत गाए और नृत्य का नेतृत्व किया **ऐफ़्रॉडायटी** ने।

क्यूपिड और **साइके** का दाम्पत्य जीवन सुखमय था। उनकी एक बेटी भी हुई जिसका नाम था—**ज्वॉय।**

क्यूपिड-साइके के वियोग और पुनर्मिलन की यह कहानी दूसरी शताब्दी के लेखक **एप्पॉलियस** से मिलती है। अन्य आख्यानों की अपेक्षा यह कथा काफ़ी बाद की है। ऐसा लगता है कि **एप्पॉलियस** ने इसे एक रूपक के रूप में आरम्भ किया था लेकिन शीघ्र ही वह कथा के सहज-सौन्दर्य के साथ बह गया और एक सुन्दर प्रेम-कथा की रचना हो गई। ग्रीक में **साइके** के दो अर्थ हैं—तितली और आत्मा। अपने क्रोड़ से रंग-बिरंगे पंखों में निकलनेवाली तितली की तुलना प्रिय-मिलन को व्यथित पर अज्ञान के कारण दुख सहती आत्मा से की जा सकती हे। दुखों को सहकर आत्मा का परिमार्जन होता है और वह प्रिय से समागम के योग्य हो जाती है। **क्यूपिड** अथवा **एरॉस** का अर्थ है 'प्रेम'। प्रेम और आत्मा के मिलन से सच्चे सुख की सृष्टि होती है। **एप्पॉलियस** ने **एरॉस** के स्थान पर सर्वत्र **क्यूपिड** नाम का प्रयोग किया है। वह ही इस कथा का एकमात्र स्रोत है, अतः प्रस्तुत विवरण में भी **क्यूपिड** नाम ही दिया गया है।

ईको तथा नारसिसस

नीलपरी **लेरियोपी** तथा नदी के देवता **सेफ़िसस** के संसर्ग से एक सुकुमार शिशु का जन्म हुआ जिसका नाम **नारसिसस** रखा गया। **लेरियोपी** बालक का भाग्य जानने की उत्सुकता से उसे अपने समय के प्रसिद्ध भविष्यवक्ता अन्धे **टेरेसियस** के पास ले गई। शिशु को ममता-भरे वक्ष से लगाए माँ ने बड़ी व्याकुलता से संत **टेरेसियस** से पूछा :

"शिशु की आयु लम्बी होगी न?"

"हाँ", **टेरेसियस** ने कहा, "यदि वह अपने आपको न जान सका तो सौ वर्ष तक जिएगा।" इतना कहकर **टेरेसियस** चुप हो गया। साधु के शब्दों का अभिप्राय उस समय कोई न समझ सका।

धीरे-धीरे शैशव बीत चला। **नारसिसस** की मधुर मासूम किलकारियों से **लेरियोपी** के आँगन में फूल खिलते रहे। उसकी तुतली बातों से माँ के मन में आनन्द की धारा बहने लगती, आँखें सितारों-सी जगमगा उठतीं। उसे लगता **नारसिसस** पृथ्वी का सबसे अधिक सुन्दर बालक है। **लेरियोपी** माँ थी। उसका अपने शिशु के लिए ऐसा सोचना स्वाभाविक था लेकिन शीघ्र ही यह सिद्ध हो गया कि **लेरियोपी** की धारणा ग़लत नहीं। ज्यों-त्यों बालक की आयु बढ़ती गई, उसके रूप के प्रशंसकों की संख्या भी बढ़ती गई। जो कोई उसे देखता, बस देखता ही रह जाता। चाहने पर भी दृष्टि उसके चन्द्र-मुख

से न हटती। वह अभी सोलह वर्ष का ही हुआ था कि सहस्रों कुमारियों के मन में उसके प्रेम की लता लहराने लगी, उसे पाने की आस फलने लगी। न जाने कितने युवक ऐसे रूपवान किशोर के साहचर्य को तरसने लगे। वह जिस ओर से निकल जाता युवक-युवतियों के हृदय राह में बिछ जाते लेकिन **नारसिसस** ने न जाने कितनी अभूतपूर्व, अनुपम सुन्दरी रमणियों, वनदेवियों, अप्सराओं के प्रेम-प्रस्ताव निर्दयता से ठुकरा दिए। वह उनकी ओर आँख उठाकर भी न देखता। किसी भी रूपसी को वह अपने सहवास के योग्य नहीं समझता था। रूप के अभिमान में उसने प्रेम जैसी निधि का मूल्य भी न जाना। सहस्रों कुमारियों के प्रणय का उसने तिरस्कार किया, उनकी व्यथित प्रार्थनाओं का उत्तर भर्त्सना से दिया, उनके कमल से कोमल हृदयों को अप्रतिदत्त-प्रेम की दारुण वेदना में सुलगने को छोड़ दिया। लेकिन फिर भी **नारसिसस** पर प्राण न्यौछावर करनेवालों की संख्या कम न हुई। इन्हीं में से एक नाम था **ईको।**

ईको अतीव सुन्दरी थी। समस्त वनपरियों में उस जैसा पवित्र मनोहारी एवं निर्दोष रूप किसी का न था। अद्‌भुत आकर्षण था उसके भोले-भाले मुखड़े में। प्रकृति ने जैसे अपना सारा सौन्दर्य उसके अंगों में समो दिया था। सारा दिन वह स्वच्छन्द वनों, पर्वतों, कन्दराओं में घूमा करती, अपनी सखियों के संग खेलती, गीत गाती, इधर-उधर थिरकती फिरती। विश्व की किसी वेदना से उसका परिचय न था, प्रेम का रस अभी उसके अधरों ने छुआ न था। उसे बस एक ही शौक था—बातें करने का। वह खूब बोलती, न जाने कहाँ-कहाँ की बातें किया करती थी। और इतने आकर्षक एवं रोचक ढंग से कि सुननेवाले का मन न भरता। अद्‌भुत कला थी यह भी; लेकिन इसके लिए **ईको** को बड़ा भारी मूल्य चुकाना पड़ा। एक दिन की बात। देव-सम्राट **ज़्यूस** कुछ वनपरियों के साथ आमोद-प्रमोद में मग्न था और बेचारी **हेरा** अपने पति की खोज में। लेकिन इससे पहले कि वह **ज़्यूस** की रासलीला देख पाती और उन वनपरियों को अपने क्रोध की अग्नि में भस्म करती, **ईको** ने उसे रास्ते में ही बातों में उलझा लिया। **ईको** की बातों में कितना समय बीत गया पता ही न चला। **हेरा** को तब स्थिति का भान हुआ जब **ज़्यूस** अपने महल लौट आया और वनपरियाँ अपने निवासस्थान तक पहुँचने में सफल हो गई। अब तो **हेरा** के क्रोध की सीमा न रही। वह समझ गई कि **ईको** ने उसे जान-बूझकर इतनी देर बातों में उलझाए रखा। स्पष्ट था कि इस काम के लिए **ईको** की नियुक्ति **ज़्यूस** ने ही की होगी लेकिन **हेरा** को उस निर्दोष रमणी पर इतना क्रोध आया कि उसे श्राप ही दे डाला—"कैंची की तरह चलनेवाली तेरी यह जिह्वा आज के बाद अपनी इच्छा से एक बात भी न कह सकेगी। तू केवल बोलनेवाले व्यक्ति के अन्तिम शब्द ही दोहराएगी। आज के बाद कोई तेरी इस सम्भाषण-कला का शिकार नहीं होगा।"

और हुआ भी ऐसा ही। अब **ईको** लाख चाहने पर भी अपनी ओर से कोई बात न कर सकती थी। उसके मन में न जाने कितने भाव उमड़ते लेकिन वाणी के अभाव में तड़पकर रह जाते। मुँह तक बात आती पर वहीं अटक जाती। ज़बान साथ न देती,

अधर काँपकर रह जाते। **हेरा** के शाप से अब उसकी निवृत्ति न थी। बेचारी दुखी **ईको** अकेली वन में घूमती रहती। तभी उसने एक दिन **नारसिसस** को देखा और देखते ही उस पर मोहित हो गई। पहली बार **ईको** ने किसी से प्रेम किया और सुध-बुध खो बैठी। उसका जी चाहता वह **नारसिसस** के पास जाए, उसे अपनी विरह-व्यथा कह सुनाए, उसके दामन को अपने आँसुओं से भिगो दे, उसके पाषाण-हृदय को अपनी आहों से पिघला दे। लेकिन यह सब कैसे सम्भव था? **ईको नारसिसस** को देखकर अपने हृदय में उमड़ते हुए प्रेमावेग को दबाने पर विवश हो जाती। वह बोल जो नहीं सकती थी। कैसा दुर्भाग्य था कि वह अपने प्रेमी को इतना भी नहीं बता सकती थी कि वह उसे कितना प्यार करती है। वह प्रतिदिन **नारसिसस** की प्रतीक्षा करती। उसका रोम-रोम **नारसिसस** का नाम जपा करता, उसकी पलकें **नारसिसस** की राह में बिछी रहतीं। और जब **नारसिसस** आखेट के लिए वन में आता वह छिपती-छिपती छाया की तरह उसके पीछे रहती। **नारसिसस** बहुधा अपने ही विचारों में खोया रहता था। शायद उसने कभी अपनी इस मूक प्रेमिका की ओर देखा भी नहीं।

एक दिन **नारसिसस** अपने कुछ साथियों के साथ वन में हिरण पकड़ने के लिए आया। **ईको** आज भी उसके साथ थी। इसी बीच वह अपने साथियों से बिछुड़ गया। देर तक अकेले घूमते-घूमते **नारसिसस** परेशान हो उठा। उसने अपने साथियों को पुकारा :

''कोई इधर है?''

''इधर है।'' **ईको** ने जवाब दिया। **नारसिसस** ने सुना और आश्चर्यचकित रह गया क्योंकि वह किसी भी प्राणी को देख नहीं पा रहा था। पल-भर इधर-उधर देख **नारसिसस** ने कहा :

''तो आओ न।''

''आओ न!'' फिर वही स्वर वन के सन्नाटे में तैर गया।

''तुम मुझसे छिप क्यों रहे हो?''

''छिप क्यों रहे हो?''

''मेरे पास आओ न।''

''मेरे पास आओ न!'' यह कहते हुए **ईको** फूल-सी खिलती अपनी भुजलताएँ **नारसिसस** के आलिंगन को फैलाए सामने आ गई। उसे देखते ही **नारसिसस** के मुख का भाव बदल गया। उसने **ईको** को एक ओर झटक दिया और तिरस्कार-भरे स्वर में बोला, ''तुम्हारे सहवास से तो मर जाना अच्छा है।'' और शीघ्रता से वहाँ से चला गया।

''मर जाना अच्छा है।'' **ईको** ने काँपते स्वर में अपने आपसे कहा और अपने अस्वीकृत प्रेम की वेदना हृदय में दबाए, आँखों में आँसुओं का तूफान छिपाए वह एक निर्जन प्रदेश में चली गई। अब वह किसी मनुष्य को देखना और उसके सम्पर्क में आना नहीं चाहती थी। वह यह भी नहीं चाहती थी कि उसकी असफल प्रेम-कहानी की लोगों में चर्चा हो। उसकी विरह-व्यथा फिर भी कम न हुई। खंडहरों, गुहाओं और कन्दराओं

का एकाकीपन उसे डसता रहा। **नारसिसस** की छवि एक पल के लिए भी उसकी आँखों के सामने से न हटती। **ईको** के कपोलों के रक्तिम गुलाब पीले पड़ गए, आँखों की हिरणों की चंचलता का स्थान असह्य वेदना ने ले लिया। फूल-सा सौरभ लुट गया। शरीर कृश होने लगा। लेकिन मनमन्दिर में प्रतिष्ठित देवता के प्रति उपासिका का प्रेम कम न हुआ।

नारसिसस का ढंग फिर भी न बदला। वह सदा ही प्रेम का बदला तिरस्कार से देता रहा। आखिर न जाने किस हताश प्रेमिका ने आकाश की ओर हाथ उठाकर यह प्रार्थना की, "जो किसी से प्रेम नहीं कर सका उस **नारसिसस** को आत्मप्रेम का दण्ड दो प्रभु—ऐसा प्रेम जिसका कोई प्रतिदान न हो, जिसकी कभी निष्पत्ति न हो ताकि **नारसिसस** जान सके कि असफल प्रेम की पीड़ा कैसी होती है।"

न्यायोचित प्रतिशोध की देवी **नेमेसिस** ने इस प्रार्थना को सुना और कहा, "तथास्तु!"

एक दिन **नारसिसस थेसपिया के** एक जलस्रोत के पास अपनी प्यास बुझाने आया। इस झरने का पानी चाँदी की तरह स्वच्छ, श्वेत और निर्मल था। उसके चारों ओर सदाबहार वृक्ष थे। कभी किसी सूखी पीली पत्ती ने उस जल का स्पर्श नहीं किया था। आज तक कभी कोई ग्वाला अपने चौपायों को उधर नहीं लाया था, न ही किसी जंगली पशु ने उसे दूषित किया था। इस झरने का जल एक स्वच्छ दर्पण की भाँति उज्ज्वल था। उसके एक ओर खड़ी पहाड़ियाँ सूर्य की प्रचंड किरणों को भी उसका अछूता वक्ष स्पर्श न करने देती थीं। प्यासा **नारसिसस** वृक्षों के समूह में घिरे इस जलाशय के पास पहुँचा। ठंडी-ठंडी हवा बह रही थी। सारा दिन धूप में आखेट से थके-हारे **नारसिसस** की क्लान्ति पल-भर में मिट गई। वह मुग्ध-सा इस प्राकृतिक सौन्दर्य को देखता रहा और फिर पानी पीने के लिए किनारे उगे फूलों के पौधों को जरा-सा हटाकर अपने घुटनों पर झुक गया। जैसे ही वह अंजलि में जल पीने को ज़रा आगे सरका, पानी में उसे एक अतीव सुन्दर आकृति झाँकती दिखाई दी। "कौन है?" एक बार तो वह सकपकाकर पीछे हट गया। लेकिन फिर उस अद्भुत रूप को एक बार और देखने का लोभ संवरण न कर सका। वह आगे झुका और वही आकृति फिर दिखाई दी। **नारसिसस** देखता ही रह गया। सितारों-सी चमकती हुई आँखें, चाँद से माथे पर बिखरी हुई लटें, गोरे गोल रक्तिम आभा लिए कपोल, सुराहीदार लम्बी गर्दन, संगमरमर से तराशे कन्धों तक झुकी हुई अपोलो जैसी सुनहली अलकें, बिम्बाफल से अधखुले अधर, साँचे में ढला हुआ एक-एक अंग जैसे साक्षात सौन्दर्य का मानवीकरण। **नारसिसस** की आँखें प्रशंसा से चमक उठीं। वह मन्त्रमुग्ध-सा उसे देखता ही रह गया।

"इतने सुन्दर तुम कौन हो?" **नारसिसस** ने एकटक उसकी ओर देखते हुए पूछा। आकृति के ओंठ हिले लेकिन कोई उत्तर नहीं सुनाई दिया। वह मुस्कुराया, आकृति के अधरों पर भी स्मित रेखा खेल गई। **नारसिसस** ने उसका आलिंगन करने के लिए बाँहें फैला दीं और धीरे-धीरे हाथ उसकी ओर बढ़ाने लगा। यह देखकर **नारसिसस** के हर्ष

की सीमा न रही कि उस छवि ने भी उत्तर में अपनी बाँहें अपने प्रेमी की ओर बढ़ाईं। लेकिन जैसे ही **नारसिसस** की उँगलियों ने जल की सतह का स्पर्श किया, वह आकृति अदृश्य हो गई, जैसे पानी में ही घुल-मिल गई। **नारसिसस** ने निराश होकर हाथ पीछे खींच लिए। वह कोई सपना तो नहीं देख रहा था। नहीं, तो फिर यह सब क्या है? पल-दो पल में जल स्थिर हो गया और साथ ही वह आकृति भी लौट आई। **नारसिसस** ने उसे कौतूहल से देखा, उसकी आँखों में भी वैसा ही आश्चर्य था। इस बार वह छवि उसे पहले से भी अधिक सुन्दर लगी। **नारसिसस** समझा, सम्भवतः यह कोई जलपरी है जो इस प्रकार उससे खिलवाड़ कर रही है। बड़े ही मधुर स्वर में वह बोला, ''तुम्हारे रूप ने मेरा मन मोह लिया है। लेकिन मुझसे ऐसी लज्जा क्यों? क्या मैं तुम्हारे योग्य नहीं? सचमुच तुम बहुत सुन्दर हो, बहुत आकर्षक। ऐसा रूप मैंने सारी पृथ्वी पर कहीं नहीं देखा लेकिन मेरी आकृति भी तो ऐसी बुरी नहीं। न जाने कितनी ही अप्सराएँ मुझ पर प्राण देती हैं और देखो...तुम्हारी दृष्टि में भी प्रशंसा की झलक मुझे स्पष्ट दीख रही है। मैं मुस्काता हूँ तो तुम्हारे अधर भी कली से खिल उठते हैं, मैं आलिंगन के लिए बढ़ता हूँ तो तुम्हारी भुजलताएँ भी खुल जाती हैं लेकिन...'' **नारसिसस** की आँखों से आँसू बह निकले। अश्रुकण गिरते ही वह सलोनी छवि फिर न जाने कहाँ चली गई। ''ठहरो! ठहरो!'' **नारसिसस** ने अपने आँसू पोंछते हुए कहा, ''मैं अब तुम्हें छूने की कोशिश नहीं करूँगा, लेकिन मेरे नेत्रों को तो अपने रूप-रस का पान करने दो। मेरी आँखों से दूर न जाओ। तुम्हारे बिना मेरा जीवन व्यर्थ है।''

''तुम्हारे बिना मेरा जीवन व्यर्थ है...व्यर्थ है!'' दूर कहीं पेड़ की आड़ में खड़ी **ईको** ने दोहराया। वह अब भी छाया की तरह **नारसिसस** के साथ रहती और कहीं दूर से ही अपने प्रिय को निहारा करती। **नारसिसस** ने प्रेम की अवमानना का दण्ड पाया। वह अपने ही प्रेम में पागल हो गया। अपनी छवि को देखे बिना वह एक पल भी न रह सकता था। अतः न जाने कितने दिनों तक इसी तरह भूखा-प्यासा उस लघु-सरिता के पथरीले तट पर लेटा रहा। जब रात घिर आती, आसमान में चाँद चमकने लगता, वह चौंक-चौंककर उठ बैठता और जलाशय पर छिटकी चाँदनी में बार-बार अपनी छवि देखता। लेकिन वह उसे छू तक नहीं सकता था। **नारसिसस** दिन-रात आहें भरता रहता। **ईको** उसे देखकर दुखी होती लेकिन उसकी आहों को प्रतिध्वनित करने के अतिरिक्त वह और कर ही क्या सकती थी। अतृप्त आकांक्षा की अग्नि में जलता हुआ **नारसिसस** यही कहता, ''आह! आज मैंने जाना कि कितनी सुकुमारी सुन्दर रमणियों को मेरे प्रेम के कारण कैसी भयानक यातना झेलनी पड़ी। आज मैं उसी यन्त्रणा को स्वयं भोग रहा हूँ। यह आग मेरे तन-मन को फूँके डाल रही है। आह! क्या करूँ मैं? कैसे इस छवि को अपना बनाऊँ? इसके बिना अब मैं जी नहीं सकता। अब तो मृत्यु ही इस असह्य वेदना से मुक्ति दिला सकती है।'' और यह कहते हुए एक दिन भग्नाश **नारसिसस** ने कटार अपने वक्ष में भोंक ली। ''विदा! विदा प्रिय! '' उसने उस आकृति की ओर अन्तिम दृष्टि डालते हुए कहा। ''विदा! विदा प्रिय!'' **ईको** ने काँपते हुए स्वर में कहा।

जिस जगह पर **नारसिसस** का रक्त गिरा वहाँ एक नीलाभ पराग और श्वेत पंखुड़ियोंवाला फूल उग आया जो आज तक **नारसिसस** के नाम से जाना जाता है।

वनदेवियों के चीत्कार से सारा जंगल गूँज उठा। वे छाती पीट-पीटकर रोने लगीं। **ईको** ने अपने बाल नोच डाले, वस्त्र फाड़ डाले और विक्षिप्तों की तरह भागती हुई न जाने किस गुहा में जा छिपी। कहते हैं **नारसिस** के वियोग में घुलते-घुलते **ईको** का शरीर एक दिन समाप्त हो गया और केवल उसकी आवाज़ शेष रह गई। आज भी तमाम खंडहरों, कन्दराओं और गहरी घाटियों में वह हर किसी के अन्तिम शब्दों को प्रतिध्वनित किया करती है।

कहते हैं जब **नारसिसस** को **कैरों** नौका से मृतकों के देश **टारटॉरस** ले जा रहा था, वह अन्तिम बार **स्टिक्स** नदी में अपनी छवि देखने को एक बार फिर झुका था।

नारसिसस की यह कहानी हमें **ओविड** से प्राप्त होती है।

हेरो-लिआन्डर

युद्धक्षेत्र में सिर पर कफ़न बाँधकर लड़नेवाले ही प्रेम में प्राणों की बाज़ी लगाने का साहस भी रखते हैं, **लिआन्डर** से अधिक उपयुक्त इसका उदाहरण नहीं। **ट्रॉय** के वीरों की अमर गाथा गानेवाले कवि **एबीडॉस** के इस युवक को कभी न भूल सकेंगे। **हेलिसपॉन्ट** की लहरें आज तक उसके ही पवित्र प्रेम के गीत गुनगुना रही हैं।

लिआन्डर की प्रेयसी का नाम था **हेरो। हेरो** का जन्म कुलीन, समृद्ध परिवार में हुआ, किन्तु बचपन में ही माता-पिता ने उसे देवी **ऐफ्रॉडायटी** की सेवा में अर्पित कर दिया। समुद्र से घिरी पहाड़ी की शिखा पर स्थित इस मन्दिर में ही **हेरो** की किशोरावस्था ने अँगड़ाई ली। राज-परिवार की शालीनता, पुजारिन की पवित्रता और तरुणाई की सहज लाज का संगम था **हेरो** का रूप। पहाड़ी के पथरीले वक्ष पर जब इस कली ने पाँखुरियाँ खोलीं तो वायु उसकी सुरभि को ले उड़ी। **हेरो** के सौन्दर्य की दूर-दूर तक चर्चा हुई और आसक्त भौंरे मँडराने लगे। किन्तु **हेरो** निःसंग भाव से अपनी देवी की उपासना में डूबी थी। प्रेम की देवी **ऐफ्रॉडायटी** की लावण्यमयी उपासिका हृदयहीन नहीं थी। उसके मन में भी किसी अनदेखे के लिए प्रेम और आत्मसमर्पण का सागर उद्वेलित हो रहा था लेकिन कौन था जो इस उमड़ते वेग को अपनी बाँहों में बाँध पाता। समर्पण को सुपात्र की खोज थी। महानदी सागर से मिल जाने को विकल।

ऐफ़्रॉडायटी के वार्षिकोत्सव का समय आया। **सेसटॉस** का द्वीप फूल-सा खिल उठा। पहाड़ी ने हरे मखमल की चोली पहनी, फूलों की चूनर ओढ़ी और किशोर-किशोरियों की झिलमिलाती हँसी से उसका शरीर भी किसी अभिसारिका की तरह रोमांचित हो उठा। सुदूर प्रदेशों से युवक-युवतियाँ **ऐफ़्रॉडायटी** की आराधना करने आने लगे। इन्हीं में एक था **लिआन्डर।**

लिआन्डर एबीडॉस का निवासी था और उसे अपने देश का सर्वोत्कृष्ट युवक होने का मान प्राप्त था। **लिआन्डर**-सा पुरुषोचित रूप, उमड़ता हुआ यौवन और उस जैसी शूरवीरता अन्यत्र दुर्लभ थी। **एबीडॉस** की तरुणियाँ उसकी एक कृपा-दृष्टि पर तन-मन न्यौछावर कर देने को तत्पर थीं लेकिन **लिआन्डर** किसी अनदेखी, अनचीन्ही की रमणीक छवि मन में बसाए सोचता था कि न जाने कब कहाँ उसकी कल्पना उसे साकार मिलेगी। **सेसटॉस** और **एबीडॉस** के बीच बहनेवाले **हेलिसपॉन्ट** की लहरों से उसने **हेरो** के मनोहारी रूप के गीत सुने थे और सुनकर अपने भीतर एक सिहरन महसूस की थी। वह मन में **हेरो** को देखने की ललक सँजोए था कि **ऐफ़्रॉडायटी** का पर्व उसके लिए वरदान बनकर आ गया। **लिआन्डर** देवी की अर्चना के लिए **सेसटॉस** के मन्दिर जा पहुँचा। बारी आने पर **लिआन्डर** ने मन्दिर में प्रवेश किया और **हेरो** पर दृष्टि पड़ते ही ठगा-सा खड़ा रह गया। जितनी प्रशंसा सुनी थी उससे कहीं अधिक सुन्दर थी **हेरो। लिआन्डर** भूल गया कि वह मन्दिर में खड़ा है, आराधना करने आया है। उसके मन-मन्दिर में तो दूसरी ही देवी आ विराजी। बस, सम्मोहित-सा देखता ही रह गया। उधर **हेरो** का भी यही हाल था। दोनों के नेत्र मिले। **ऐफ़्रॉडायटी** ने देखा। हौले से मुस्काई, **एरॉस** को संकेत किया और नटखट **एरॉस** का एक ही बाण दोनों के हृदय भेद गया। मन-मन्दिर में प्रेम की ज्योति जल उठी। वंश, मान-मर्यादा, अभिमान के सारे भाव तिरोहित हो गए। सहसा **हेरो** को अपनी स्थिति का भान हुआ। **लिआन्डर** की आँखों में निर्निमेष झाँकते हुए नेत्र झुक गए जैसे खिले हुए कमल ने शीघ्रता से पंखुड़ियाँ समेट लीं। पर भौंरा तो बन्दी हो ही चुका था। लाज से उसके कपोल अरुण हो उठे। **लिआन्डर** तो पहले ही जीवन की सारी खुशियों की भेंट उसके चरणों में चढ़ा चुका था। समय कम था। शीघ्रता से उसने अस्फुट वाणी में प्रणय-निवेदन किया और एकान्त में मिलने की याचना की। **हेरो** का मौन उसकी स्वीकृति का चिह्न था।

हेरो और **लिआन्डर** का प्रेम अमरलता-सा बढ़ने लगा। **सेसटॉस** और **एबीडॉस** के बीच **हेलिसपॉन्ट** बहता था लेकिन प्रेम के उमड़ते तूफान के आगे उसकी गरजती लहरें भी कुछ नहीं थीं। वह कौन-सी बाधा है जिस पर सच्चा प्रेमी विजय नहीं पा सकता। दिन-भर **हेरो** देवी के मन्दिर की देखभाल और आराधना में व्यस्त रहती। कौन जाने उस समय भी उसके हृदय में **लिआन्डर** के स्पर्श का रोमांच सागर की लहरों-सा थरथराता नहीं था। दिन ढलने लगता। सागर के दो तटों पर प्रेमियों की व्याकुलता बढ़ती जाती। दिन रात से मिलता और **लिआन्डर हेरो** के मिलन को व्यथित हो उठता। आकाश पर साँझ का पहला तारा टिमटिमाता और पहाड़ी के सन्नाटे और अँधेरे को चीरती हुई **हेरो**

की उल्का चोटी पर जल उठती। **हेलिसपॉन्ट** के उस पार **लिआन्डर** इसी की प्रतीक्षा में बेचैन खड़ा रहता। जलती हुई मशाल देखते ही उसकी रगों में बिजली दौड़ जाती, मुख सूर्य-सा दीप्त हो उठता, अंगों में नया तेज भर जाता, आँखें चमक उठतीं और मन में प्रेम का उन्माद हिलोरें लेने लगता। इसी संकेत पर वह निर्भय होकर **हेलिसपॉन्ट** में कूद पड़ता। लहरें उसके विशाल स्कन्धों से टकराकर टुकड़े-टुकड़े हो जातीं और वह पूरे वेग से **सेसटॉस** की ओर तैरता चला जाता। **हेलिसपॉन्ट** को तैरकर पार करने की कल्पना भी युवकों के लिए असम्भव-सी थी। लेकिन **लिआन्डर** की अद्भुत शक्ति और साहस का स्रोत था उसका प्रेम। **हेरो** को अपने वक्ष से लगाकर उसके अधरों की स्मित रेखा और कपोलों पर फैली लाज की लाली अपनी आँखों से भर लेने के लिए **लिआन्डर** कुछ भी कर सकता था। उस स्वर्गिक आनन्द के लिए वह कोई भी मूल्य देने को तैयार था। बस यही कल्पना उसे बल देती और वह उस उल्का की ओर देखता बढ़ता ही चला जाता। कभी-कभी लहरें उसके सिर से ऊँची हो जातीं और **सेसटॉस** की पहाड़ी पर प्रज्वलित वह प्रकाशपुंज पल-भर को आँखों से ओझल हो जाता लेकिन फिर वे उसके प्रेम की महानता के समक्ष नतशिर हो जातीं। फिर वही दीपशिखा झिलमिला उठती और कुछ ही देर में **लिआन्डर** तट पर जा पहुँचता। **हेरो** दौड़कर उससे लिपट जाती और उसके स्पर्श से ही **लिआन्डर** की सारी थकान मिट जाती। **लिआन्डर** की सशक्त बाँहों के घेरे में प्यार-भरी रात कब बीत जाती कुछ पता न चलता। शरमाती हुई **इऑस** (उषा) जब पूरब से चुपके से झाँकने लगती, **लिआन्डर** एक अन्तिम चुम्बन लेकर फिर अथाह सागर में कूद जाता। सूर्य देवता की दृष्टि ने उसे कभी **सेसटॉस** में नहीं देखा। हर रात **लिआन्डर** आता, चाँद की तरह और दिन निकलने से पहले लौट जाता। सारा दिन फिर वही बेचैनी, वही व्याकुलता और प्रतीक्षा। इसी तरह ग्रीष्म ऋतु बीत गई।

मौसम बदला। **हेलिसपॉन्ट** के शान्त जल में हिलोरें उठने लगीं। शुभ स्वच्छ आकाश को काले मेघों ने आच्छादित कर लिया। दिन-भर सागर की लहरें गरजती रहीं। शंकित **हेरो** हिरणी-सी आँखों से देखती रही। दिन ढल गया पर आकाश में एक भी तारे को झाँकने का साहस न हुआ। **हेरो** ने सोचा, प्राण हथेली पर रखकर **लिआन्डर** आज यह दुस्साहस न करे। पर रात होते ही न जाने किस अज्ञात शक्ति ने उसे फिर पहाड़ी की शिखा पर ला खड़ा किया। उसके हाथ में वही उल्का थी—प्रतीक्षा का संकेत। साँय-साँय कर हवा चलने लगी। सागर की लहरें जैसे आकाश के चाँद को छूने का प्रयास करने लगीं। रात के अँधेरे में टूटी लहरों का दुग्ध-सा फेनिल झाग चमक उठा। **लिआन्डर** ने देखा, मन्दिर पर जलती हुई उस दीपशिखा को और कूद पड़ा **हेलिसपॉन्ट** के अथाह जल में। सागर की लहरें इस दुस्साहस पर गरज उठीं। भीषण तूफान उठा। वायु इतने वेग से बही जैसे आकाश के सितारों को भी उड़ा ले जाएगी। **हेरो** की ज्योति टिमटिमाई, थरथराई। **लिआन्डर** उछलती हुई लहरों से संघर्ष कर रहा था। वह आगे बढ़ने का प्रयास करता, वे उसे पीछे धकेल देतीं। कुछ देर तक जिन्दगी और मौत का यह भयानक खेल चला और फिर **लिआन्डर** की शक्ति जवाब देने लगी। शरीर शिथिल पड़ने लगा। एक

बार फिर पूरी शक्ति लगाकर **लिआन्डर** ने प्रयास किया। सागर की उफनती लहरों में मृत्यु अट्टहास कर उठी, आकाश तक उसकी प्रतिध्वनि से काँप उठा, बादलों के दिल फट गए। एक और थपेड़ा। **लिआन्डर** का अशक्त सिर एक बार ऊपर उठा, **सेसटॉस** की पहाड़ी पर अँधेरा था। वायु के वेग ने एकमात्र आशा-दीप को बुझा डाला और फिर **हेलिसपॉन्ट** की लहरों में **लिआन्डर** सदा के लिए सो गया। आखिरी वक्त भी उसके होंठों पर **हेरो** का नाम था।

उधर **हेरो** ने बुझी हुई ज्योति को फिर से प्रज्वलित किया और अपने आँचल से उसको हवा के थपेड़ों से बचाने का प्रयास करती रही। रात गहरी होती गई। **लिआन्डर** नहीं आया। आशंका से **हेरो** का हृदय वेग से धड़कने लगा। आशा-निराशा के सागर में वह डूबने-उतराने लगी। कोई अज्ञात-सा भय उसकी समस्त इन्द्रियों पर हावी होने लगा। शरीर पत्ते-सा काँपने लगा। पर आँखें दूर उधर सागर की ओर घने अँधेरे को चीरकर देखने के असफल प्रयास में लगी थीं। मुख विवर्ण हो उठा, मूक व्यथा से कलेजा मुँह को आने लगा। पर **लिआन्डर** न आया। यहाँ तक कि रात भी धुँधली पड़ गई, पूर्व दिशा में भोर के चिह्न उभरने लगे। एक ठंडी साँस लेकर **हेरो** नीचे उतर आई ताकि स्नानदि से निवृत हो दैनिक क्रम में प्रवृत्त हो जाए। भारी मन से नीचे उतरते हुए अचानक उसकी दृष्टि समुद्र के तट पर जा पड़ी। वह भय से चीख पड़ी। रक्त में सने **लिआन्डर** के शव को सागर की लहरों ने **सेसटॉस** के उसी तट पर ला फेंका था जहाँ उसने अपनी प्रेमिका को अभिसार का वचन दिया था। **हेरो** फटी-फटी आँखों से उसे देखती रही और फिर **हेलिसपॉन्ट** में कूद पड़ी। पल-भर में **हेरो** को सागर की लहरें निगल गईं। और उसका निर्जीव शरीर **लिआन्डर** के शव से आ मिला। **सेसटॉस** की बेटी ने अपने प्राण देकर विश्व को सच्चे प्रेम की एक अमरगाथा भेंट कर दी जिसे सदियों तक विभिन्न गीतकार दोहराते रहे। आज तक न जाने कितने ही कलाकारों ने **हेरो** और **लिआन्डर** को चित्रों में सजीव करने का प्रयास किया और अनेक ही कवियों की वाणी में इस अमर प्रेम की अनन्त व्यथा उभरी। इस सम्बन्ध में **बायरन** का 'ब्राइड ऑफ़ एबीडॉस' विशेष रूप से उल्लेखनीय है। यहाँ यह बता देना भी उचित होगा कि कुछ लोगों के अनुसार **हेलिसपॉन्ट** को **लिआन्डर** द्वारा तैरकर पार किया जाना कपोल-कल्पना मात्र है। सबसे छोटा रास्ता भी लगभग एक मील लम्बा है और एक मील तक फैले सागर के उमड़ते अथाह जल को तैर पाना असम्भव नहीं तो आश्चर्यजनक अवश्य है। लेकिन अंग्रेजी के प्रसिद्ध कवि तथा 'ब्राइड ऑफ़ एबीडॉस' के रचयिता लार्ड **बायरन** ने पहली बार स्वयं **हेलिसपॉन्ट** को तैर कर पार किया। अतः इस विषय में अब सन्देह करके **हेरो** और **लिआन्डर** की प्रेम-कथा के सौन्दर्य को नष्ट करना उचित नहीं। और फिर महीवाल से मिलने चिनाब को पार करके आनेवाली सोहनी की कहानी को क्या झुठलाया जा सकता है! प्रेम युग-युगान्तर से मानव की अजस्र शक्ति का स्रोत रहा है, इसमें सन्देह नहीं।

एडस तथा मारपेसा

थिसली की राजकुमारी ने युद्ध के देवता **एरीज़** के संसर्ग से **इवेनस** को जन्म दिया। **इवेनस** भी अपने पिता की भाँति उग्र प्रकृति का था। उसे हिंसा में आनन्द आता और वह लड़ाई-झगड़े के अवसर खोजा करता। भाग्यवश **इवेनस** को कोई पुत्र न हुआ जिसे वह अस्त्र-शस्त्र की शिक्षा देकर अपनी तरह बनाता। **इवेनस** की केवल एक पुत्री थी–**मारपेसा। इवेनस** को पुत्र के अभाव का दुख था लेकिन जैसे-जैसे **मारपेसा** बड़ी होती गई उसका पुत्री के प्रति अनुराग बढ़ता गया। **मारपेसा** थी भी इतनी सुन्दर और सुशील कि देखनेवाले की आत्मा तृप्त हो उठती। **इवेनस** का मोह इतना बढ़ा कि उसने **मारपेसा** का विवाह न करने का निश्चय किया। वह उसे अपने पास ही रखना चाहता था। लेकिन प्रकाश के पुंज को भी कभी कोई छिपा पाया है? फूल खिलता है तो उसकी सुगन्ध पर पहरा नहीं बिठाया जा सकता। **मारपेसा** की अवस्था के साथ-साथ उसके रूप-गुण की कीर्ति चारों ओर फैलने लगी और दूर-दूर से सुन्दर-सजीले नवयुवक **मारपेसा** की परिणयेच्छा से **इवेनस** के राज्य में आने लगे। **इवेनस** दुविधा में पड़ गया। वह साफ इनकार करके उन्हें अपना शत्रु नहीं बनाना चाहता था। अतः उसने बड़ी बुद्धिमत्ता एवं चतुराई से एक उपाय सोच निकाला। राज्य में यह घोषणा कर दी गई कि रथ-प्रतियोगिता में **इवेनस** को परास्त करनेवाला युवक ही **मारपेसा** के पाणिग्रहण का अधिकारी होगा। हार जाने पर उसे इस दुस्साहस का मूल्य अपने प्राण देकर चुकाना होगा। वास्तविकता यह थी कि **इवेनस** को उसके पिता **एरीज़** ने अपने **थ्रेस** स्थित अस्तबल से दो सुडौल और सुन्दर घोड़े भेंट में दिए थे। **इवेनस** जानता था कि पृथ्वी के अश्व देवता **एरीज़** के अश्वों का गति में मुकाबला नहीं कर सकते। स्पष्ट था कि इस प्रतियोगिता में हर बार **इवेनस** ही विजयी होगा और **मारपेसा** आजन्म कुमारी रहेगी।

मारपेसा के आकर्षण ने मृत्यु के भय पर विजय पाई और प्रतिदिन नए से नए युवक उसे अपनी सहधर्मिणी बनाने का स्वप्न आँखों में सँजोए **इवेनस** की रथ-चालन प्रतियोगिता में भाग लेने आने लगे। किन्तु **इवेनस** को कोई भी न हरा पाया। लक्ष्य तक पहुँचते ही **इवेनस** अपना भाला खींचकर पीछे आते युवक को मारता और वह लहूलुहान हो वहीं गिर पड़ता। इन राजकुमारों के सिर काटकर नगर की दीवारों पर लटका दिए गए ताकि भविष्य में कोई ऐसा दुस्साहस न करे। लेकिन यौवन और दुस्साहस का चोली-दामन का साथ है। इस पर भी **मारपेसा** के प्रणयप्रार्थी आते ही रहे और **इवेनस** के हाथों प्राण गँवाते रहे। दुल्हन की तरह सजी-सज़ाई लक्ष्य के पास खड़ी **मारपेसा** दिल

पर पत्थर रखकर यह हत्याकांड देखा करती। कहते हैं कि **इवेनस** ने इस प्रकार लगभग चार सौ से अधिक युवकों को मौत के घाट उतारा। **मारपेसा** सूनी आँखों से देखती और आह भरकर रह जाती। हर प्रतियोगिता के बाद वह भारी कदमों से अपने कक्ष में लौट जाती।

एक दिन लक्ष्य के पास खड़ी **मारपेसा** ने प्रतियोगिता में भाग लेने को आए एक नए, सुन्दर, स्वस्थ युवक को देखा। उसे देखते ही न जाने क्यों **मारपेसा** के मन में हूक-सी उठी। उसे लगा, वह युवक की मृत्यु अपनी आँखों से नहीं देख पाएगी। प्रतिदिन रक्तपात देख-देख कर अभ्यस्त हुए हृदय में कहीं अनुराग का अंकुर फूटा और वह भी उस युवक के लिए जो जान हथेली पर लिए बेधड़क मृत्यु की ओर बढ़ता आ रहा था। काश कि वह उसे रोक पाती। तभी तूर्य ध्वनि हुई और दो रथ दो समानान्तर रास्तों पर दौड़ पड़े। **मारपेसा** की साँस रुक गई। वह पत्थर की मूर्ति-सी खड़ी निर्निमेष नेत्रों से देख रही थी। एक ओर उसके पिता के भूरे रंग के घोड़े सरपट भाग रहे थे, दूसरी ओर उस अजनबी के दूध से सफेद, बलिष्ठ, लम्बी गर्दनवाले अश्व सागर पर उभरे फेन की तरह बढ़े चले आते थे। उनके सिरों पर लगी नीली कलगियाँ समुद्र की नीली लहरों की याद दिलाती थीं। मोड़ आ गया और उस नवागंतुक युवक का रथ बिजली के वेग से घूमकर **इवेनस** के रथ से आगे बढ़ आया। **मारपेसा** भय से सिहर उठी। **इवेनस** हमेशा यही चाल चलता था। मोड़ से वह अपने प्रतिद्वन्द्वी को जान-बूझकर आगे निकल जाने देता, पर लक्ष्य पर उसके पहुँचने से पहले वह अपने अश्वों की गति बढ़ा देता और पल-भर में आगे बढ़ जाता। जब तक कि युवक आशा-निराशा के चक्रव्यूह से निकल पाता **इवेनस** का भाला उसके सीने के पार हो जाता। श्वेत अश्वोंवाला रथ बढ़ता ही चला आ रहा था और उसके कुछ पीछे धूल के बादल में लिपटा राजा **इवेनस** का रथ। **मारपेसा** ने आनेवाले पल की कल्पना से भयभीत होकर अपनी आँखें बन्द कर लीं। तभी रथ के पहियों की गम्भीर गड़गड़ाहट के साथ **मारपेसा** को एक झटका-सा लगा, आँखें खोलीं तो अपने आपको युवक की बाँहों के घेरे में पाया। रथ पूरे वेग से दौड़ता जा रहा था। **मारपेसा** के नेत्र अजनबी युवक के हर्ष और विजय से उन्मत्त सितारों से जगमगाते नेत्रों से मिल गए। ''नहीं। नहीं। ऐसा नहीं हो सकता।'' **मारपेसा** इस अनहोनी पर विश्वास न कर सकी। 'मैं सपना तो नहीं देख रही?' वह धीरे से बुदबुदाई। युवक के कन्धे से लगे उसने सिंह-सी गर्जना करते, हाथ से भाला चमकाते क्रोध से तमतमाए हुए मुखवाले अपने पिता **इवेनस** के रथ को आते देखा। वह भय से चीख उठी, ''शीघ्रता करो युवक! वह देखो मेरे पिता का रथ वायु वेग से आ रहा है। तुम नहीं जानते उसके पास युद्ध-देवता **एरीज़** के घोड़े हैं। विश्व का कोई अश्व उनका मुकाबला नहीं कर सकता।''

''क्या **पॉसायडन** के अश्व भी नहीं?'' यह कहकर युवक हँस पड़ा। उस हँसी में **मारपेसा** का तन-मन भीग गया। ''चिन्ता न करो सुन्दरी, मैं **इवेनस** की सारी चालों को जानता हूँ।'' इतना कहकर उसने लगाम और ढीली छोड़ दी। फिर क्या था! अश्व वायु

वेग से पत्थरों, पहाड़ों, घाटियों पर मानो उड़ने लगे। उनके चमकते हुए खुर पृथ्वी पर पड़ते ही न थे। **इवेनस** का रथ बहुत पीछे छूट गया। दूर कहीं एक अस्पष्ट-सा धब्बा नजर आता था। **मारपेसा** को विश्वास हो गया कि उसे रथ में बैठाकर उड़ाए लिए जानेवाला कोई साधारण व्यक्ति नहीं अपितु **ओलिम्पस** का देवता है। उसके मन में अनजाना-सा भय समा गया। तभी वे **इवेनस** की राज्य सीमा पर बहनेवाली **लिकॉरमस** नदी के तट पर आ पहुँचे। बरसात आरम्भ हो चुकी थी। नदी अपने पूर्ण यौवन पर थी। पर **पॉसायडन** के अश्वों को जल से कैसा भय? वे उमड़ती, गरजती फेनिल लहरों पर सरपट भागने लगे और पल-भर में नदी भी पीछे छूट गई। **इवेनस** जब नदी के तट पर पहुँचा तो दूर-दूर तक विजेता का कहीं कोई चिह्न न था। रथ से नदी को पार करना असम्भव था। **इवेनस** क्रोध में पागल हो उठा। वह ऐसी पराजय नहीं सह सकता था। उसने अपने भाले से दोनों अश्वों को मार डाला और फिर स्वयं भी नदी में कूद पड़ा। **लिकॉरमस** की तूफानी लहरें उसे पल-भर में निगल गईं।

अजनबी युवक का रथ सन्ध्या तक दक्षिण दिशा में दौड़ता रहा। इतना चलने के बाद भी अश्वों में क्लान्ति का नाम न था। अन्त में वह एक हरे-भरे मैदान में रुक गया और घोड़ों को चरने के लिए खोल दिया। यह स्थान बिल्कुल निर्जन था। लेकिन बहुत सुन्दर। पास ही निर्मल जल का एक झरना बह रहा था और कुछ दूर हटकर एक पुराना मन्दिर था जहाँ थके-हारे यात्री रात्रि में आश्रय लेते। **मारपेसा** को रथ से उतारते हुए युवक ने कहा, "मेरे पास कुछ भोजन और थोड़ी-सी मदिरा है। मेरा विचार है आज की रात यहीं व्यतीत करके हम सवेरे अपनी यात्रा फिर आरम्भ करें। तुम भी तो थक गई होगी?" उसने प्यार से **मारपेसा** की ओर देखकर मुस्कराते हुए कहा। लेकिन **मारपेसा** चुप रही। वह उदास थी। कारण पूछने पर वह हिचकिचाते हुए बोली, "तुमने अपने विषय में मुझे अभी तक कुछ भी नहीं बताया युवक। मैं मानती हूँ मैंने प्रथम दृष्टि में ही तुम्हें अपना हृदय दे दिया और शपथ लेती हूँ कि सदा ही इस प्रेम को निभाती रहूँगी लेकिन...लेकिन मुझे भय है कि तुम मनुष्य नहीं कोई देवता हो और देवता के संसर्ग से आज तक किस स्त्री ने सुख पाया है?"

युवक **मारपेसा** के इस भोलेपन पर खिलखिलाकर हँस पड़ा, जैसे पृथ्वी से अकस्मात् झरना फूट पड़ा हो। "नहीं, नहीं, प्रिय," उसने शंका समाधान करते हुए कहा, "मैं कोई देवता नहीं, एक साधारण मनुष्य हूँ। मेरा नाम **एडस** है। **मेसेनिया** के राजा **एफ़ेरियस** मेरे पिता हैं। समुद्र देवता **पॉसायडन** का बहुत पहले से ही हमारे परिवार पर विशेष अनुग्रह रहा है। उन्हीं के दिए हुए इन अश्वों तथा अमूल्य परामर्श की सहायता से मैं तुम्हें **इवेनस** से जीत लाया हूँ। हमारे राज्य की सीमा अब कुछ ही दूर है। वहाँ तुम्हारे स्वागत की तैयारियाँ हो रही होंगी। कल ही हम विवाह के पवित्र सूत्र में बँध जाएँगे।

मारपेसा का मुख खिल उठा जैसे धूप में झुलसते फूल पर वर्षा की ठंडी फुहार पड़ गई। देर तक दोनों रस-भीगी बातों का आदान-प्रदान करते रहे और वहीं मन्दिर के भीतर सो गए।

सवेरे सूरज की पहली किरण फूटने से पहले **एडस** एक चीख की आवाज़ सुनकर चौंककर उठ बैठा। उसने देखा एक सुनहरे बालोंवाला लम्बा छरहरे बदनवाला युवक **मारपेसा** को बलात् लिए जा रहे है। **एडस** ने तलवार खींच ली और उसे ललकारा। युवक ने मुड़कर देखा। उसका मुख सूर्य के समान उद्भासित था। चारों ओर प्रकाश की किरणें नृत्य कर रही थीं। उसके स्वर्ण के तरकस और बाणों को देखते ही **एडस** समझ गया कि यह सुन्दर युवक कोई और नहीं स्वयं **ओलिम्पस** निवासी **अपोलो** है। लेकिन इस पर भी **एडस** अपनी प्राणों से प्रिय **मारपेसा** को छोड़ने को राज़ी न हुआ। वह देवता से भी लोहा लेने को तैयार था। **अपोलो** की बाँहों में पीतवर्णा **मारपेसा** काँप रही थी। देवता ने **एडस** की ओर देखा और उपेक्षा की हँसी हँस दिया। **एडस** चीख पड़ा, ''**मारपेसा** को छोड़ दो **अपोलो,** वह मेरी वाग्दत्ता पत्नी है। तुम देवता अवश्य हो लेकिन उसे छोड़ दो नहीं तो पछताओगे। मैंने उसे प्रतियोगिता में जीता है। वह मेरी है और मेरी ही रहेगी।''

अपोलो का तेज क्रोध से द्विगुणित हो उठा, ''**मारपेसा** मेरी है, मैंने उसे अपने मन्दिर में पाया है। मूर्ख युवक, कृतज्ञ हो कि मैंने इस वधू के साथ-साथ तेरे प्राण नहीं ले लिए।''

लेकिन **एडस** को प्राणों का मोह ही कहाँ रह गया था! वह तलवार खींचकर यह कहता हुआ **अपोलो** पर झपटा, ''**ज़्यूस** की सौगन्ध खाकर कहता हूँ, मेरे प्राण रहते तुम **मारपेसा** को नहीं ले जा पाओगे।'' **अपोलो** ने अपनी बाँहों से **मारपेसा** को मुक्त करके धनुष-बाण सँभाल लिया। परन्तु इससे पहले कि दोनों एक-दूसरे पर वार करते, भयंकर गर्जना हुई जैसे आकाश फटकर दो टुकड़े हो गया। विद्युत की तरह एक वज्र **अपोलो** और **एडस** के बीच आ गिरा। मेघ गर्जन की तरह गम्भीर स्वर में **ज़्यूस** ने कहा :

''ओ **लीटो** के पुत्र **अपोलो,** मुझे तेरी शक्ति पर गर्व है लेकिन उस शक्ति का दुरुपयोग एक मर्त्य प्राणी के विरुद्ध न कर। और वह भी एक इतनी साधारण बात के लिए। तेरे इस अन्याय से महान ओलिम्पसवासियों की प्रतिष्ठा पर आँच आएगी, और यह मैं नहीं सह सकता। मैं **मारपेसा** को यह अधिकार देता हूँ कि वह अपनी इच्छानुसार तुम दोनों में से अपना पति चुन ले और तुम्हें आज्ञा है कि **मारपेसा** के निर्णय का पूरा सम्मान किया जाए।''

इसके बाद पृथ्वी एक बार ज़ोर से काँपी और वह प्रकाशपुंज लुप्त हो गया। **अपोलो** ने बाण वापस तरकस में डाल लिया और अपने संगीतमय स्वर में **मारपेसा** से प्रणय-प्रार्थना की। वह उस सुख और वैभव का शाब्दिक चित्रण करना भी न भूला जो **मारपेसा** को एक देवता के सम्पर्क से प्राप्त होगा। **मारपेसा** चुपचाप सुनती रही। दोनों प्रार्थी उसके उत्तर की प्रतीक्षा में दम साधे खड़े थे। एक ओर अनन्त वैभव, सौन्दर्य और यौवन का स्वामी **अपोलो** और दूसरी ओर एक पृथ्वी का साधारण नश्वर पुत्र **एडस।** इसी अन्तर ने उसके निर्णय लेने में सहायता की। वह **अपोलो** को सम्बोधित कर बोली, ''देव-पुत्र, **अपोलो,** तुम्हारा वैभव सचमुच रमणीय है, लेकिन उसके लिए अपनी

सुख-शान्ति को कैसे बलिदान कर दूँ? तुम्हारे प्रेम का आधार मेरा विकसित यौवन है। लेकिन मैं मर्त्य हूँ। खिले हुए पुष्प की पाँखुरियाँ समय आने पर झड़ जाएँगी। जीवन के पतझड़ में अमर यौवन के स्वामी तुम, क्या मुझे प्रेम का अमृत दे सकोगे? कुछ दिनों की दान में मिली खुशी से मैं अपना आँचल कब तक भरूँगी? नहीं देव। जो जीवन के हर उतार-चढ़ाव में मेरा साथ दे सके, जो आजन्म मेरा हो के रहे, मेरे साथ जिए, मेरे सुख से सुखी हो, मेरे दुख से दुखी मेरे साथ यौवन के सुख उठाए, मेरी वृद्धावस्था में साथ दे, वही मेरा पति है।''

यह कहते हुए **मारपेसा** ने अपना हाथ **एडस** की ओर बढ़ा दिया। निराशा की एक बदली से **अपोलो** का तेज मन्द पड़ गया और वह शीघ्रता से अपनी राह चल दिया।

पिगमेलियन-गेलेशिया

सौन्दर्य एवं प्रेम की देवी **ऐफ्रॉडायटी** के प्रिय द्वीप **साइप्रस** का निवासी था प्रसिद्ध शिल्पी **पिगमेलियन।** कला ही उसका जीवन थी और शिल्पशाला ही उसका संसार। उगता सूरज और चमकते सितारे उसे सिर झुकाए, पत्थरों को काट-काटकर जीवन देते ही देखते। उसकी लगन देख साँझ का मुख धूमिल पड़ जाता। घटते-बढ़ते चाँद का वर्ण पीला हो उठता और सितारों की आँखें झपकने लगतीं। शिल्पकला से **पिगमेलियन** का प्रेम इतना बढ़ा कि जीवन के सहज स्वाभाविक व्यापारों के प्रति उसे अरुचि हो गई। मुख्यतः स्त्री-जाति से तो उसे बिल्कुल ही घृणा हो गई। प्रकृति की इस सुन्दर रचना में उसे दोष ही दोष दिखने लगे। एक अपूर्णता का आभास कलाकार के हृदय को कचोटने लगा। उसने अविवाहित रहने का संकल्प कर लिया। कोई भी मर्त्य स्त्री उसकी कल्पना के पूर्ण सौन्दर्य से मेल न खाती थी। सम्भवतः इसी विषमता को मिटाने और विश्व को निर्दोष, सम्पूर्ण रूप से दर्शन कराने की इच्छा से उसने **ज़्यूस** की भाँति एक नई **पंडोरा** की रचना करने का निश्चय किया। शीघ्र ही **पिगमेलियन** इस काम में जुट गया। उसने दिन-रात लगकर एक स्त्री की प्रतिमा बनाई। प्रतिदिन उसकी अभ्यस्त कुशल उँगलियाँ हाथीदाँत को औजारों से तराशकर अनूठा रूप देतीं। युवती का एक-एक अंग सचमुच साँचे में ढला था। लम्बा कद, कबूतरों के जोड़े

से सुन्दर पैर, सुडौल पिडलियाँ, सुचिक्कण जंघाएँ, क्षीण कटि, उभरता वक्ष, सुराहीदार ग्रीवा, और उस पर एक सलोना मुख। अधखिली कली से कोमल अधर मानो अभी कुछ कह उठेंगे। पीठ पर खुली लटें जैसे अभी वायु के झोंकों से लहरा उठेंगी। प्रशस्त भाल, कमान-सी खिंची भँवें और उनके नीचे सागर-सी गहरी, सितारों-सी कोमल, बड़ी-बड़ी आँखें अनकहे ही बहुत कुछ कह जातीं। ऐसी लुभावनी, सुन्दर और सजीव थी **पिगमेलियन** की प्रतिमा। सारे संसार में कोई स्त्री उसका मुकाबला नहीं कर सकती थी। वह तो जैसे स्वयं **ऐफ़्रॉडायटी** का ही रूप थी। **पिगमेलियन** ने अपनी कल्पना का सारा सौन्दर्य उसके अंगों में सँजो डाला, अपनी आत्मा का रस पत्थर पर उँडेल दिया और अकस्मात् ही एक दिन उसने जाना कि उसके भीतर का कलाकार तो रीता हो गया है। उस हृदय में तो अब दूसरी ही ज्वाला भड़क उठी थी। **पिगमेलियन** ने इतने प्रेम और लगन से बनाया था इस प्रतिमा को कि जब उसके सौन्दर्य और शालीनता की इस साकार प्रतिकृति को अपने सामने खड़ा पाया तो वह स्वयं स्तब्ध रह गया। देखनेवाले प्रशंसा से अभिभूत हो 'वाह! वाह!' कह उठे। कोई विश्वास नहीं कर पाता था कि पत्थर से भी ऐसे सजीव सौन्दर्य की रचना हो सकती है। ऐसा लगता था जैसे कोई स्वर्ग की अप्सरा पल-भर को वहाँ थम गई हो। बेचारा **पिगमेलियन** हृदय हार बैठा। वह दिन-रात प्यासी आँखों से अपनी ही कृति को निहारा करता और ठंडी आहें भरता। काश कि वह पत्थर में प्राण फूँक पाता ! **पिगमेलियन** उस प्रतिमा के मादक रूप पर मोहित हो गया। स्त्री-मात्र से घृणा करनेवाला कलाकार एक स्त्री-प्रतिमा के प्रणय का भिखारी बन गया। अनूठा था यह प्रेम और अद्भुत था वह प्रेमी। और प्रेयसी चुपचाप खड़ी थी। **पिगमेलियन** के प्रणय का उन्माद प्रत्युत्तर के अभाव में पल-पल ज्वार की तरह बढ़ता गया। **गेलेशिया** के बिना जीवन अर्थहीन लगने लगा। हाँ, **गेलेशिया** ही नाम रखा था **पिगमेलियन** ने अपनी मूक-प्रियतमा का। प्रेम में मनुष्य पागल हो उठता है, इसमें सन्देह नहीं। **पिगमेलियन** का भी यही हाल हुआ। वह पागलों की तरह **गेलेशिया** के होंठों को चूमता, उसके कपोलों पर अनगिनत प्रणय-चिह्न अंकित करता, उसे अपनी बाँहों में भर लेता, अपने वक्ष से चिपटा लेता। शायद वह अपनी गर्म साँसों से प्रतिमा में जीवन का संचार करने में सफल हो जाए। लेकिन **गेलेशिया** के अधर पत्थर से ठंडे ही रहे और **पिगमेलियन** के आलिंगनों की गरमाहट उसके पथरीले वक्ष को कोमल न बना सकी। वह उसकी हथेलियों को सहलाता, उसकी गोरी कलाइयों की गोलाई महसूस करता, उसके सलोने मुखड़े को अपने हाथों में ले लेता लेकिन **गेलेशिया** गतिहीन, निश्चल, चुपचाप खड़ी रहती। **पिगमेलियन** के हृदय में हूक उठती। उसका मन **गेलेशिया** को प्रसन्न करने को पागल था। वह नित नए रंग-बिरंगे वस्त्रों से उसे सजाता, उसके बालों में फूल-मालाएँ गूँथता, उसके शरीर को भाँति-भाँति के आभूषणों से सँवारता। **गेलेशिया** का रूप और भी खिल उठता। **पिगमेलियन** के हृदय की टीस और भी गहरी पैठती जाती। वह फूलों के गुलदस्ते, चहकते हुए रंग-बिरंगे पक्षी, भाँति-भाँति के चमकीले पत्थर, सीपियाँ और मोती **गेलेशिया** को भेंट करता और उसे लगता कि उसकी प्रेमिका

की आँखें कृतज्ञता और अनुराग से चमकने लगती हैं। रात झुक आती तो वह **गेलेशिया** को अपनी शय्या पर लिटा देता और उसे इसी तरह अपने वक्ष से लगाकर सोता जैसे कोई बच्चा अपनी गुड़िया को। उसने **गेलेशिया** के लिए बड़ी ही कोमल शय्या तैयार की थी और उसका तकिया पंखों से बनाया था, जैसे कि वह इस कोमलता का आनन्द उठा सकती थी ! लेकिन आखिर यह आत्मप्रवंचना कब तक चलती? **पिगमेलियन** **गेलेशिया**-सी रूपसी के सहवास को आतुर हो उठा।

प्रेम की देवी **ऐफ्रॉडायटी** आश्चर्य से इस कौतुक को देख रही थी। ऐसा अद्भुत प्रेम उसके लिए भी एक नया अनुभव था। देवी ने हताश प्रेमी की सहायता करने का निश्चय किया। **साइप्रस** **ऐफ्रॉडायटी** का प्रिय द्वीप था। जब समुद्र के उज्ज्वल फेन से **ऐफ्रॉडायटी** पहली बार निकली तो **साइप्रस** ने ही पहले उसका स्वागत किया था। **साइप्रस** निवासी उसी अवसर की स्मृति में प्रत्येक वर्ष उत्सव मनाते। देश-भर के युवक-युवतियाँ, प्रेमी-प्रेमिकाएँ इसमें भाग लेते, देवी की आराधना करते, उसके गीत गाते, अपने प्रेम की सफलता के लिए प्रार्थना करते। **ऐफ्रॉडायटी** के मन्दिर में दीप-माला होती, अगर की सुगन्ध से वातावरण महक उठता। आकांक्षा का दीप मन में जलाए इस वर्ष **पिगमेलियन** भी वहाँ पहुँचा। देवी की पवित्र वेदी के पास खड़े होकर विनीत भाव से उसने कहा, ‘‘प्रेमियों की इच्छा पूर्ण करनेवाली, विरही जनों को मिलानेवाली देवी मुझ पर भी अनुग्रह करो! मुझे...’’ **पिगमेलियन** पल-भर तो समझ न पाया कि क्या कहे। फिर कुछ रुक-रुक कर बोला, ‘‘देवी, मुझे मेरी **गेलेशिया** जैसी एक वधू दे दो।’’

पिगमेलियन की प्रार्थना स्वीकार हुई। देवी की ज्योति से अग्नि-शिखा तीन बार ऊपर उठी। **पिगमेलियन** का हृदय इस शुभ शकुन से आह्लादित हो उठा। भावनाओं का एक ज्वार-सा उठा। चकित-सा घर लौटा। कुछ समझ में नहीं आ रहा था कि उसकी आराधना-पूर्ति का रूप क्या होगा। इसी सोच में डूबा वापस लौटा, द्वार खोला, **गेलेशिया** सदा की तरह चुपचाप अपनी जगह पर खड़ी थी। **पिगमेलियन** ने उसके पाषाण से ठंडे अधरों पर अपने अधर रख दिए लेकिन तभी प्रतिमा के शरीर में कँपकँपी-सी हुई और वह तत्क्षण पीछे हट गया। **गेलेशिया** के होंठों में पत्थर की कठोरता नहीं, पुष्प-सी कोमलता थी। पल-भर तो वह देखता ही रह गया, फिर आगे बढ़ा, **गेलेशिया** को अपनी बाँहों में भर लिया और फिर एक बार चूमा। आश्चर्य! **गेलेशिया** के गालों पर लाज की लालिमा फैल गई, अधर काँपने लगे, बड़ी-बड़ी मुस्कुराती आँखें झुक गईं। **पिगमेलियन** के हर्ष की सीमा न थी। देवी **ऐफ्रॉडायटी** के प्रसाद से पाषाण-प्रतिमा जी उठी। **पिगमेलियन** ने उसके एक-एक अंग को स्पर्श किया। सब कुछ मांसल, कोमल, **पिगमेलियन** के स्पर्श से रोमांचित। वह पत्थर सूरज के ताप में मोम की तरह न जाने कब पिघल गया। अब वहाँ एक अनुपम सुन्दरी खड़ी थी। **पिगमेलियन** को रोमांच हो आया। उसने **गेलेशिया** को अपने आलिंगन में बाँध लिया। दो हृदयों की धड़कन मिलकर एक हो गई।

पिगमेलियन तथा **गेलेशिया** के विवाहोत्सव को स्वयं **ऐफ्रॉडायटी** ने अपनी उपस्थिति

से सुशोभित किया और उन्हें आशीर्वाद दिया। दोनों के संयोग से समय आने पर **पैफ़ॉस** का जन्म हुआ जिसने **पैफ़ॉस** नगर की नींव डाली और **ऐफ़्रॉडायटी** के एक भव्य मन्दिर का निर्माण कराया।

पिगमेलियन के अनूठे प्रेम की इस कहानी का स्रोत **ओविड** का 'मेटामारफ़ॉसिस' है।

पिरेमस एवं थिज़बि

बहुत समय की बात है, **बेबीलोन** में **पिरेमस** और **थिज़बि** रहा करते थे। **पिरेमस** सारे **बेबीलोन** में सबसे अधिक बलिष्ठ, हृष्ट-पुष्ट, फुर्तीला एवं सुन्दर, लम्बे छरहरे बदन का युवक था। **थिज़बि** का रूप सारे पूर्व में अद्वितीय था। उसका एक-एक अंग जैसे विधाता ने अपने हाथों से बनाया था। गोरे मुखड़े पर गहरी नीली आँखें और लहराते हुए सुनहले बाल जैसे नील-कमल पर सुबह की धूप खिली हो। **पिरेमस** और **थिज़बि** के परिवार साथ-साथ ही रहते थे और दोनों मकानों को केवल एक दीवार अलग करती थी। बाल्यकाल से ही **पिरेमस** और **थिज़बि** साथ-साथ खेले। बचपन का खेल यौवन में पदार्पण करते ही प्रेम में परिवर्तित हो गया। **पिरेमस** को देखकर **थिज़बि** की आँखें झुक जातीं और कपोलों के गुलाब लज्जा से आरक्त हो उठते। **पिरेमस** का हृदय वेग से धड़कने लगता। **थिज़बि** को अपने निकट पाने की उत्कट इच्छा उसे कल न पड़ने देती। दुर्भाग्यवश दोनों परिवारों में अच्छे सम्बन्ध न थे। **पिरेमस** और **थिज़बि** को मिलने तक की स्वतन्त्रता न थी। लेकिन **एरॉस** का बाण दोनों के हृदय भेद चुका था। दोनों हर पल जागती आँखों से एक-दूसरे के सपने देखा करते थे। माता-पिता के लगाए प्रतिबन्ध उन्हें बहुत समय तक अलग न रख सके। जहाँ चाह वहाँ राह। दोनों प्रेमियों ने देखा, उनके दो घरों को अलग करनेवाली दीवार में एक दरार है। बस फिर क्या था! वह दरार ही उनके प्रेम-भरे शब्दों के आदान-प्रदान का साधन बन गई। जब सारे घर में सन्नाटा छाया होता, दीवार के एक ओर **पिरेमस** और दूसरी ओर **थिज़बि** अपनी आहें, अपनी विकलता और व्यथा छिद्र के माध्यम से एक-दूसरे तक पहुँचाते। अपने कोमल, मधुर, धीमे स्वर में जब **थिज़बि पिरेमस** को सम्बोधित करती, **पिरेमस** उसे अपनी बाँहों में भर लेने को विकल हो उठता। उसकी आत्मा **थिज़बि** में घुल-मिलकर एक हो जाने को तड़प उठती। लेकिन वह दीवार! **पिरेमस** कभी-कभी उस दीवार पर ही क्रुद्ध हो उठता और तभी **थिज़बि** की खनकती हुई हँसी में लिपटे शब्द सुनाई देते, ''हमें तो इस दीवार के प्रति कृतज्ञ होना चाहिए **पिरेमस**। इसके माध्यम से हम अपने मन की बात एक-दूसरे तक पहुँचा तो सकते हैं।'' **पिरेमस** की उत्तेजना लुप्त हो जाती और वह मुस्कराते हुए एक प्यार-भरा चुम्बन उस छिद्र पर अंकित कर देता। दोनों के अधर कभी मिल नहीं पाए। लेकिन वह दीवार प्रेमियों के अनगिनत चुम्बनों को चुपचाप अपने पथरीले सीने पर समोती रही।

रात का अँधेरा घिर आता, क्लान्त सूरज पश्चिम में समुद्र-तट पर जा उतरता, तो

दोनों प्रेमी अपना वार्तालाप समाप्त करने को बाध्य हो जाते। रात करवटें बदलते बीत जातीं। फिर सुबह होती, आस की किरण जगमगाती, रात के आँसू सूख जाते और **पिरेमस, थिज़बि** फिर अपनी व्यथा बाँटने आ जुटते। लेकिन प्यार की यह आँखमिचौली कब तक चलती। यह तो स्पष्ट ही था कि उनके माता-पिता कभी भी इस सम्बन्ध की अनुमति नहीं देंगे। दोनों ही व्याकुल थे। यह दूरी जब असह्य हो उठी तो एक दिन दोनों ने रात के समय नगर के बाहर **नायनस** की कब्र के पास मिलने की योजना बनाई। यह कब्र नगर से कुछ ही दूर वन के पास थी निर्जन प्रदेश में। उसके समीप ही एक शहतूत का वृक्ष था और एक झरना। इसी शहतूत के वृक्ष के पास मिलना निश्चित हुआ। वह दिन न जाने कितना लम्बा हो गया। एक-एक पल एक युग की तरह बीता। जैसे-तैसे दिन ढला, अँधेरा घिरने लगा। **थिज़बि** न जाने क्यों बहुत ही बेचैन हो रही थी। उसके हृदय की गति तीव्र हो गई। शीघ्रता से उसने अपने वस्त्र ठीक किए, एक बार दर्पण में अपना सलोना मुख देखा, घूँघट ओढ़ा और काँपते मन से, ठिठकते कदमों से, डरती, लजाती, उत्कंठित-सी **नायनस** की समाधि की ओर चल पड़ी। ज़रा-सी आहट से भी वह भयभीत हो उठती। **पिरेमस** से मिलने की उत्सुकता में वह संकेत-स्थल पर निश्चित समय से पहले ही जा पहुँची। अभी **पिरेमस** नहीं आया था। **नायनस** की समाधि पर बर्फ से सफ़ेद शहतूतों से लदा वृक्ष झुका था। उस जमाने में शहतूत बिल्कुल श्वेत हुआ करते थे। पास ही चाँद की स्वच्छ चाँदनी में झरने की चाँदी-सी लहरें थिरक रही थीं। रात के अँधेरे में जंगल के वृक्ष भीमकाय दैत्यों से जान पड़ते थे। **थिज़बि** बहुत घबराई हुई थी। एक पल की प्रतीक्षा भी उसे असह्य हो रही थी। पर **पिरेमस** का प्रेम किसी भी भय से अधिक शक्तिशाली था। जरा-सी आहट पर भी वह चौंक उठती शायद **पिरेमस** आ गया। लेकिन नहीं। न जाने क्यों **पिरेमस** ने देर कर दी। वह आशा-निराशा के सागर में यों ही हिचकोले खा रही थी कि सारा वन एक भयानक गर्जना से गूँज उठा। **थिज़बि** का हृदय काँप उठा। उसका मुख पीला पड़ गया। उसने देखा, घनी झाड़ियों को चीरते हुए एक शेरनी उसी ओर बढ़ी चली आ रही है। वह अभी-अभी किसी शिकार से निवृत्त होकर आई थी, अतः उसके पंजे रक्त से सने थे और मुँह से खून टपक रहा था। शेरनी अभी दूर थी लेकिन वह निश्चित रूप से उसी दिशा की ओर बढ़ रही थी। **थिज़बि** भय से चीखकर प्राण-रक्षा के लिए घने वृक्षों की ओर भागी। इसी बीच उसका घूँघट वहीं गिर गया। लेकिन **थिज़बि** प्राणपण से भागती गई। भाग्यवश उसे कुछ ही दूरी पर एक गुहा दिखाई दी और वह उसी में छिप गई। उसका अंग-अंग काँप रहा था। शेरनी का पेट भरा था, इसलिए उसने **थिज़बि** का पीछा करने की आवश्यकता नहीं समझी। वह झरने पर अपनी प्यास बुझाने आई थी। तभी **थिज़बि** का घूँघट उसके हाथ पड़ गया। शेरनी ने अपने मुँह और पंजों से उसे चीथड़े कर दिया और फिर पानी पीकर अपनी माँद में जा बैठी।

दूर से आते हुए **पिरेमस** ने सिंहनी की गर्जना और एक स्त्री की चीख सुनी। यह आवाज़ पहचानने में वह ग़लती नहीं कर सकता था। तलवार खींचकर **पिरेमस नायनस**

की कब्र की ओर वेग से भागा लेकिन शेरनी तब तक जा चुकी थी। "**थिज़बि! थिज़बि!!**" उसने ज़ोर से पुकारा लेकिन कोई उत्तर नहीं मिला। तभी उसकी दृष्टि पड़ी शेरनी के पंजों के निशान पर और **थिज़बि** के रक्त से सने फटे हुए घूँघट पर। **पिरेमस** स्तब्ध रह गया। उसका चेहरा सफ़ेद पड़ गया जैसे शरीर का सारा रक्त, सारी शक्ति सूख गई हो। काँपते हाथों से उसने **थिज़बि** के घूँघट को उठाया और धाड़ें मारकर रो उठा। वह वहीं धूल में गिर गया, सारे अंग मिट्टी में सन गए। वह सिर पटक-पटककर रो रहा था और कह रहा था, "मैंने तुझे मार डाला **थिज़बि,** मैंने तुझे मार डाला। क्यों अकेले भेज दिया तुझे मैंने इस निर्जन वन में? क्यों भेज दिया? तेरे फूल से कोमल शरीर को हिंस्र शेरनी मेरी ही भूल से नोचकर खा गई। हा! शोक! अपने हाथों मैंने तेरी हत्या कर डाली! **थिज़बि।** मुझे क्षमा करना!"

इस प्रकार विलाप करते हुए **पिरेमस** उस शहतूत के वृक्ष के पास गया। वह पागलों की तरह **थिज़बि** के वस्त्र को चूम रहा था। उसके आँसुओं की धारा से वह घूँघट बिल्कुल भीग गया। पर अश्रुओं की धारा मन में लगी शोकाग्नि को बुझा न सकी। "तुझे मौत के मुँह में धकेलकर अब मैं क्योंकर जियूँ प्रिये? आज अपने रक्त में मेरा रक्त मिल जाने दे।" यह कहते हुए **पिरेमस** ने तलवार अपने सीने में भोंक ली। खून का एक फव्वारा छूटा और शहतूत के फल पर जा गिरा। रक्त की धारा वृक्ष की जड़ से होती हुई उसकी शिराओं में फैल गई और उस दिन से शहतूत के फल का रंग **पिरेमस** के रक्त से फ़ालसी हो गया।

कुछ देर तक गुहा में छिपी रहने के बाद **थिज़बि** बाहर निकली। उसे प्राणों का भय तो अवश्य था पर वह किसी भी मूल्य पर अपने प्रेमी को निराश नहीं करना चाहती थी। हौले-हौले कदम रखती वह **नायनस** की समाधि की ओर लौटी लेकिन आश्चर्य कि वह श्वेत शहतूत का वृक्ष वहाँ नहीं था। कहीं ग़लत जगह पर तो नहीं आ गई, **थिज़बि** ने सोचा। सामने तो एक लाल फलों का वृक्ष था। चाँद की धूमिल चाँदनी में उसने फिर ध्यान से देखा। ऐसा लगा जैसे वृक्ष के नीचे कोई छाया-सी है। वह काँप गई पर साहस करके और आगे बढ़ी। वृक्ष के नीचे खून के दरिया में डूबा **पिरेमस** का शरीर पड़ा था। "**पिरेमस!**" वह ज़ोर से चीखी और भागकर उससे लिपट गई। उसने **पिरेमस** को अपनी बाँहों में लपेट लिया और विक्षिप्तों की तरह उसके ठंडे ओंठों को चूमने लगी, "**पिरेमस!** मेरे प्रिय **पिरेमस!** यह क्या हो गया है? आँखें खोलो **पिरेमस...**देखो मैं...मैं...तुम्हारी **थिज़बि...।**"

थिज़बि का नाम सुनकर **पिरेमस** ने धुँधलाती हुई आँखें खोल दीं, एक क्षीण-सी मुस्कान अधरों पर काँपती-सी आई, बोलने की कोशिश की लेकिन सफल न हो सका। और फिर हमेशा के लिए नींद की गोद में सो गया। "**पिरेमस!**" **थिज़बि** चीत्कार कर उठी। सुनसान जंगल में उसकी अकेली आवाज़ गूँजकर मर गई। उसने अपने बाल नोच डाले, कपड़े फाड़ डाले, सिर में धूल भर ली और छाती पीट-पीटकर रोने लगी। तभी उसने देखा, खून से सना **पिरेमस** के पास गिरा अपना फटा हुआ घूँघट। पल-भर में

थिज़बि सब कुछ समझ गई। ''तुमने–तुमने मेरे लिए अपने प्राण दे दिए **पिरेमस!** मुझ अभागन के लिए...।'' फटी-फटी आँखों से वह **पिरेमस** के शव की ओर देखती रही। ''जीवन में नहीं मिल सके लेकिन आज मृत्यु में मिलेंगे हम दोनों **पिरेमस!** बस मेरी यही अन्तिम अभिलाषा है कि हम दोनों एक ही चिता पर जलाए जाएँ।'' यह कहकर उसने **पिरेमस** के वक्ष से गर्म रक्त में सनी तलवार निकालकर अपने वक्ष में दे मारी और वहीं **पिरेमस** के पास ढेर हो गई। दोनों का रक्त मिलकर एक हो गया। **थिज़बि** की अन्तिम अभिलाषा पूरी हुई। दोनों प्रेमियों का एक ही चिता पर अन्तिम संस्कार किया गया और एक ही पात्र में उनके अवशेष रखे गए।

पिरेमस थिज़बि की यह मर्मान्तक कहानी हमें केवल **ओविड** के 'मेटामारफॉसिस' से प्राप्त होती है।

इऑस तथा टिथोनस

टाइटन **हाइपेरिअन** तथा **थिआ** की पुत्री **इऑस** अथवा **ऑरोरा** से भला किसका परिचय नहीं। सुन्दरी **इऑस** के अंग-अंग में गुलाब खिलते हैं, और गुलाबी मुखड़े पर रुपहली स्मित रेखा। कोमल शरीर पर केसरी परिधान है। अलसाई आँखों में लाल डोरे लिए जब वह शय्या का त्याग करती है तो सारी पृथ्वी अँगड़ाई ले उठती है। ओस में भीगे फूल धीमे से मुस्कुराकर उसका स्वागत करते हैं, कृति का रूप खिल उठता है, थकी-हारी जीवात्मा में एक नए जीवन, नए विश्वास का संचार हो जाता है। उषा की देवी **इऑस** हर सुबह मानव-मात्र के लिए आशा की ज्योति लिए पूर्व दिशा में जगमगाती है। प्रातःकाल वह अपने दो घोड़ों के रथ पर सवार होकर सूर्य के आगमन की सूचना देती है और फिर अपनी लम्बी गुलाबी उँगलियों के पोरों से पूर्व के विशाल द्वार खोल देती है। दिन निकल आता है। दिन-भर वह सूर्य-देवता **हीलियस** के साथ **हेमीरा** के रूप में यात्रा करती है और सन्ध्या के समय पश्चिम समुद्र के तट पर **हेस्पेरा** के रूप में **हीलियस** का रथ पहुँचने की घोषणा करती है। इस प्रकार वह तीन रूपों में सदा सूर्य के साथ बनी रहती है।

इऑस की तीन-चार प्रेमकथाएँ विशेष रूप से प्रसिद्ध हैं। इनके कारण का निर्देश करते हुए यह कहा जाता है कि एक बार सौन्दर्य की देवी **ऐफ्रॉडायटी** ने **इऑस** को अपने प्रेमी युद्ध-देवता **एरीज़** के साथ शयन करते देख लिया। क्रुद्ध होकर **ऐफ्रॉडायटी** ने यह शाप दे डाला, "जा, आज से सुख और शान्ति तेरे भाग्य में नहीं। तू सदा ही किसी न किसी नश्वर प्रेमी के प्रणय में पागल रहेगी।"

और हुआ भी ऐसा ही। **इऑस** को प्रेम का रोग ही लग गया। **अपोलोडॉरस, होमर** तथा **हीसियड** के अनुसार **इऑस** विवाहित थी। उसके पति का नाम था **एस्ट्रेयस।** वह सम्भवतः टाइटन परिवार से सम्बन्ध रखता था। **इऑस** ने **एस्ट्रेयस** के संसर्ग से उत्तरी, पश्चिमी, दक्षिणी वायु, **फ़ॉसफ़ोरस** तथा कुछ सूत्रों के अनुसार आकाश के सभी नक्षत्रों को जन्म दिया। लेकिन **ऐफ्रॉडायटी** के शाप ने अपना रंग दिखाया और छबीली **इऑस** को प्रणय-क्रीड़ा में अद्‌भुत आनन्द आने लगा। पहले वह **ओरियन** पर आसक्त हुई पर **ओरियन** की **आर्टेमिस** के बाण से मृत्यु हो गई। फिर वह **सेफ़ालस** के प्रेम में पग गई लेकिन **सेफ़ालस** के अन्त से यह प्रणय-कथा भी अधूरी ही रह गई। इस बार **इऑस** के मन को **मेलाम्पस** के पौत्र **क्लेटस** का रूप भा गया पर उसका भी परिणाम अच्छा न निकला। ये सभी मर्त्य मानव थे। इधर **इऑस** पृथ्वी के एक अन्य युवक **टिथोनस**

के सम्पर्क में आई।

टिथोनस ट्रॉय का राजकुमार था। **होमर** के अनुसार वह **लाओमीडन** का पुत्र तथा **प्रायम** का भाई था। बाद के कुछ लेखकों ने उसे **लाओमीडन** की धर्मपत्नी की बजाय **स्केमेन्ड्रास** की पुत्री **स्ट्रीमो** से उत्पन्न सिद्ध करने की चेष्टा की है। कुछ लोगों ने उसे **लाओमीडन** का भाई भी कहा है। बहरहाल **टिथोनस** का **ट्रॉय** से सम्बन्ध अवश्य है।

ट्रॉय का राजकुमार **टिथोनस** बड़ा सजीला युवक था। उसका लम्बा, छरहरा परन्तु सुडौल शरीर, कुलीनता की आभा से दीप्त मुख तथा सुनहली घुँघराली अलकें किसी भी युवती की हृद्‌तन्त्री को झंकृत करने के लिए पर्याप्त थीं। रूप में वह किसी देवता से कम न लगता था। भाग्य की बात, **टिथोनस** ने एक दिन प्रातःकाल **इऑस** को आते देखा और उस पर मुग्ध हो गया। गुलाबी मुखड़ेवाली **इऑस** उसके मन में समा गई। सारा दिन वह बड़ी विकलता से व्यतीत करता, जैसे-तैसे करवटें बदलते रात बीतती और भोर होने से पहले ही **इऑस** की प्रतीक्षा में पूर्व की ओर दृष्टि टिका देता। आकाश में **इऑस** की आभा फैलती और आकांक्षा की लहर **टिथोनस** का हृदय मथ डालती। जब तक देख पाता **इऑस** का रूप निहारता रहता निर्निमेष और फिर आह भरकर रह जाता। **टिथोनस** का भाग्य जागा। एक दिन **इऑस** की दृष्टि अपने इस मूक प्रेमी पर पड़ गई और प्रथम दृष्टि में ही वह अपना हृदय हार बैठी। **टिथोनस** भी शीघ्र ही यह जान गया कि **इऑस** पर उसके प्रेम का रंग चढ़ गया है। प्रातःकालीन **इऑस** पहले से कहीं अधिक आरक्त होने लगी। और फिर एक दिन **ट्रॉय** की भूमि उनका संकेत-स्थल बन गई।

इऑस सुन्दर **टिथोनस** से बहुत प्रेम करती थी। **टिथोनस** के बिना उसे पल-भर भी चैन न पड़ता। अपने प्रेमी के वियोग में अमर जीवन का एक-एक पल उसे भार हो उठता। रक्तवर्ण में पीत आभा घुलने लगी। अन्ततः उसने **टिथोनस** को **ओलिम्पस** पर ले आने का संकल्प किया। किन्तु इसके लिए **ज़्यूस** की आज्ञा आवश्यक थी। देव-सम्राट की अनुमति के बिना कोई मानव न **ओलिम्पस** तक पहुँच सकता है, न अमृत एवं देवताओं के भोज्य पदार्थों को ग्रहण कर सकता है। **इऑस** ने बड़े ही विनीत स्वर में अपनी प्रेमकथा एवं विरहावस्था का विवरण देकर **ज़्यूस** से यह प्रार्थना की कि वह **टिथोनस** को देवताओं की भाँति अमर जीवन प्रदान करे। **इऑस** की प्रार्थना स्वीकार हुई। उसकी खुशी का ठिकाना न था। शीघ्र ही वह **टिथोनस** को **ओलिम्पस** पर ले आई, और उसे अमृत पान कराया। **टिथोनस** अमर हो गया और अब दोनों प्रेमी दिन-रात **इऑस** के प्रासाद में प्रणय-क्रीड़ा में मग्न रहने लगे।

कुछ पलों की तरह कई वर्ष बीत गए। एक दिन **इऑस टिथोनस** की सुनहली लटों में सफ़ेद बाल देखकर आश्चर्यचकित रह गई। समय के चिह्न **टिथोनस** के मुख पर दृष्टिगोचर होने लगे थे। **इऑस** सशंक हो उठी। उसे याद आया देव-सम्राट **ज़्यूस** से **टिथोनस** के लिए अमर जीवन माँगते समय वह देवताओं का अमर, अनन्त, कभी न मुरझानेवाला यौवन माँगना तो भूल ही गई थी। लेकिन अब क्या हो सकता था ! **इऑस**

के मन में हूक-सी उठी। वह **टिथोनस** को अब भी प्यार करती थी। उसकी एक भूल के कारण **टिथोनस** सदियों तक वृद्धावस्था का कष्ट उठाता रहे, यह **इऑस** को असह्य था। लेकिन अब वह कुछ कर भी तो नहीं सकती थी। **टिथोनस** अन्य मानवों की तरह पग-पग बुढ़ापे की ओर बढ़ता ही चला गया। उसके बाल सफ़ेद हो गए, मुख का तेज लुप्त हो गया, माथे पर लकीरें पड़ने लगीं, हाथ-पैर शिथिल होने लगे। लेकिन **टिथोनस** मर नहीं सकता था। उसे **ज़्यूस** से अमर-जीवन का वरदान जो मिला था। ज्यों-ज्यों उसकी अवस्था बढ़ती गई, शरीर बेकार होने लगा। वह **ओलिम्पस** पर बैठा ठंडी आहें भरा करता। उसे पृथ्वी के साधारण प्राणियों से ईर्ष्या होती जो वृद्धावस्था के बाद मर तो सकते हैं। अमर जीवन उसके लिए भार हो गया। **इऑस** उसकी दुर्दशा देखकर बहुत दुखी थी। उसने **ज़्यूस** से प्रार्थना की कि वह अपना वरदान वापस ले ले। लेकिन देवता एक बार जो वरदान दे देते हैं वह लौटाया नहीं जा सकता। **टिथोनस** अब मर नहीं सकता था।

सदियाँ बीत गईं। **टिथोनस** अब मांस के टुकड़े पर झुर्रियों का ढेर मात्र रह गया था। बहुत समय तक **इऑस** ने उसे अपने एक कक्ष में बन्द कर रखा लेकिन अन्त में उसका रूप परिवर्तित करके उसे पृथ्वी पर छोड़ गई। **टिथोनस** टिड्डे के रूप में आज भी जीवित है और अपनी प्रेयसी **इऑस** का स्वागत अपनी तीखी आवाज़ से प्रातःकाल नित्य करता है।

टिथोनस के संसर्ग से **इऑस** ने **मेम्नान** को जन्म दिया था जिसने **ट्रॉय** के लिए लड़ते हुए युद्ध में अपने प्राण दिए। आज तक **इऑस मेम्नान** को भूल नहीं पाई। सारी-सारी रात बहाए गए उसके आँसू ओस बनकर पृथ्वी पर बिखरे आज भी देखे जा सकते हैं।

मेलियगर तथा एटलान्टे

एरीज़ के पुत्र **थेसटियस** के चार शक्तिशाली पुत्र एवं दो सुन्दर कन्याएँ थीं। दोनों कन्याओं का विवाह योग्य वर ढूँढ़ कर राज-परिवारों में किया गया। बड़ी लड़की **एल्थाया** का शुभ पाणिग्रहण **केलिडोनिया** के राजा **ओनियस** से सम्पन्न हुआ एवं सुन्दरी **लीडा** का **स्पार्टा** के राजा **टिन्डेरियस** से। ऐसा कहा जाता है कि विश्व के सबसे अधिक रूपवान युवक, **सिलीने** के प्रेमी **एन्डीमियन** के किसी अन्य स्त्री के संसर्ग स्वरूप **आयटोलस** नामक पुत्र का जन्म हुआ जिससे **एन्डीमियन** का वंश चलता रहा। **एल्थाया** के पति **ओनियस** का सम्भवतः इसी परिवार से सम्बन्ध था।

विवाह के कुछ समय पश्चात् **एल्थाया** तथा **ओनियस** को पुत्र-रत्न की प्राप्ति हुई। एक अन्य धारणा के अनुसार **एल्थाया** ने इस शिशु को युद्ध-देवता **एरीज़** के संसर्ग से जन्म दिया। एक रात, जब शिशु अभी लगभग सात ही दिन का था, **एल्थाया** आधी जागी, आधी सोई-सी अपनी शय्या पर लेटी थी। तभी उसे अग्नि-कुंड के पास तीन स्त्रियों की उपस्थिति का भान हुआ। उनके पत्थर जैसे भावहीन मुख अग्नि के प्रकाश में और भी पीले लग रहे थे। उनके हाथ में सोने के तकुए थे। **एल्थाया** को यह समझते देर न लगी कि ये तीनों ही मनुष्य के जीवन-मरण की अधिष्ठात्री देवियाँ हैं। तभी उनमें से एक ने बालक के पालने पर झुकते हुए कहा :

''वह अपने पिता की तरह महान होगा।''

''सारे विश्व में उसके शौर्य के गीत गाए जाएँगे।'' दूसरी धीरे-से बुदबुदाई।

तभी धागा कातती हुई **क्लोथो** से एक ने पूछा :

''लेकिन इसके जीवन का धागा कितना लम्बा है, यह तो तुमने बताया ही नहीं।''

जिससे प्रश्न किया गया था, वह एक क्षण रुककर बोली, ''बहुत छोटा। पृथ्वी पर उसका जीवन सिर्फ चौबीस वर्ष है।''

यह सुनते ही **एल्थाया** पर जैसे वज्रपात हो गया। वह एकदम उठ बैठी और बच्चे को सीने से लगा लिया, ''दया करो, देवियो, मेरे नन्हे से बच्चे पर दया करो। इसी पल मेरे प्राण ले लो लेकिन मेरे लाल को चिरायु का वरदान दो। मैं इसके लिए कोई भी कष्ट सहने को तैयार हूँ।'' **एल्थाया** का स्वर काँप गया और आँखों से आँसुओं की धारा बह निकली। उसके आगे वह कुछ कह न सकी। आवाज़ गले में ही रुँध कर रह गई।

धीमे स्वर में **क्लोथो** ने कहा, ''**एल्थाया,** शायद तू नहीं जानती कि तू क्या माँग रही है, और किससे माँग रही है। हमें संसार का चालन करना है। इस व्यापार में

भावावेग के लिए कोई स्थान नहीं। निष्ठुरता ही तो हमारा धर्म है। लेकिन फिर भी तेरी ममता और पुत्र-वात्सल्य को देखते हुए यह वरदान देती हूँ कि तेरे बालक का जीवन तेरे हाथ में रहेगा।'' यह कहकर **क्लोथो** ने अग्निकुंड में जलती हुई एक लकड़ी की ओर संकेत किया, ''जब तक यह काष्ठ का टुकड़ा जलकर राख नहीं हो जाता तेरा पुत्र जीवित रहेगा। इसके समाप्त होते ही बालक का जीवन भी समाप्त हो जाएगा।''

एल्थाया ने झपटकर जलती हुई लकड़ी को उठा लिया और उस पर घड़ों पानी डालकर अग्नि को शान्त कर दिया। इसके बाद **एल्थाया** नींद में बेसुध-सी हो गई। प्रातःकाल जब आँख खुली तो रात की हर बात उसे स्वप्न-सी लगी। लेकिन बुझी हुई लकड़ी का टुकड़ा उसकी शयूया के पास ही पड़ा था। **एल्थाया** ने उसे उठा लिया और एक गुप्त सुरक्षित स्थान में रख दिया। वह बहुत प्रसन्न थी। पुत्र का जीवन अब उसके अपने हाथ में था।

ओनियस एवं **एल्थाया** के इस पुत्र का नाम रखा गया **मेलियगर।** चन्द्रमा की कलाओं-सा **मेलियगर** दिन-दिन बढ़ता गया। हर गली में उसके रूप और गुण की चर्चा थी। **एल्थाया** की छाती उस जैसा होनहार पुत्र देख गर्व से फूल उठती। **ओनियस मेलियगर-**सा उत्तराधिकारी पा हर ओर से निश्चिन्त हो गया। **मेलियगर** बड़ा ही निर्भीक योद्धा था। सारे ग्रीस में नेजा फेंकने में कोई उसका सानी न था। **एकासटस** की बरसी पर आयोजित खेलों में भी विजय का सेहरा **मेलियगर** के ही सिर बँधा। शुभ लग्न में **एडस** तथा **मारपेसा** की सुन्दरी पुत्री **क्लयोपेट्रा** से उसका विवाह भी सम्पन्न हो गया। **मेलियगर** निश्चय ही पारिवारिक सुख एवं राजसम्पदा का चिरकाल तक आनन्द उठाता यदि उसका पिता **ओनियस** देवी **आर्टेमिस** को भूल से रुष्ट न कर बैठता। किन्तु होनी को कौन टाल सका है!

प्रत्येक वर्ष फ़सल की कटाई पर **केलिडोनिया** में बड़ा उत्सव मनाया जाता था। इस अवसर पर समाज के सभी वर्गों के लोग मिल-जुलकर नाचते-गाते, धूम मचाते और कई दिनों तक आमोद-प्रमोद में मग्न रहते। इस पर्व पर सबसे पहले देवताओं को उचित भेंट चढ़ाने की प्रथा थी। यह एक प्रकार का धार्मिक अनुष्ठान था जिसमें अच्छी फ़सल के लिए देवताओं को धन्यवाद दिया जाता एवं आगामी वर्ष के लिए अनुग्रह की प्रार्थना की जाती। **ओनियस** ने देवी **डिमीटर** के मन्दिर में अन्न का ढेर लगा दिया, देवता **डायोनिसस** की वेदी पर मदिरा पानी की तरह बहाई लेकिन वह ऋतु के पहले फल देवी **आर्टेमिस** को भेंट करना भूल गया। **आर्टेमिस** इस अवहेलना से कुपित हो उठी। और उसने **ओनियस** को इस अपराध का दण्ड देने की ठानी। देवी **आर्टेमिस** ने एक भयानक जंगली वराह को **केलीडोनिया** में छोड़ दिया। ऐसा भंयकर एवं दैत्याकार वराह मनुष्य जाति ने पहले कभी न देखा था। उसकी आँखों से चिनगारियाँ निकलती थीं, मुँह से झाग टपकता, दाँत भारतीय हाथियों की तरह लम्बे और बाहर निकले थे। उसके शरीर के बाल कड़े और तलवार की धार की तरह नुकीले थे। इस वराह ने **केलिडोनिया** के तमाम खेतों को रौंद डाला, फल-फूलों, अंगूर लताओं को कुचल डाला। सारी फ़सल नष्ट

हो गई। कृषकों के दिन-रात के परिश्रम पर पानी फिर गया। सोने-सी गेहूँ की बलियाँ धूल में मिल गईं। सब कुछ तहस-नहस हो गया। चारों ओर हाहाकार मच गया। वराह को मारने के अनेक प्रयास किए गए, किन्तु व्यर्थ। **ओनियस** के अनेक सैनिकों ने इस वराह के हाथों अपने प्राण गँवा दिए। जंगल के भयानक पशु भी उसके सामने टिकने का साहस न करते थे। जो भी प्राणी सामने पड़ जाता उसके वह अपने नुकीले दाँतों से टुकड़े-टुकड़े कर डालता। त्रस्त प्रजा ने घर से निकलना छोड़ दिया। खेतों में उल्लू बोलने लगे। राजा **ओनियस** बड़ा चिन्तित हुआ। राज्य के अनेक चौपाए उस राक्षस के पेट में जा चुके थे। यदि वराह की हत्या न की गई तो सारा देश निर्जन हो जाएगा। **मेलियगर कॉलकिस** से लौटा तो अपने राज्य की ऐसी दुर्दशा देखकर क्षुब्ध हो उठा। **मेलियगर** वीर था, विशेषतया आखेट में उसे अद्भुत कुशलता प्राप्त थी। फिर भी वह शीघ्र ही समझ गया कि इस भयानक वराह का अकेले सामना करना मृत्यु को जान-बूझ कर आमन्त्रण देना है। अतः उसने ग्रीस के सभी महान वीरों को आखेट में सम्मिलित होने का निमन्त्रण भेज दिया। साथ ही यह भी घोषणा कर दी गई कि वराह को मारनेवाला ही उसकी खाल और नुकीले दाँतों का अधिकारी होगा। जब **मेलियगर** मृगया के लिए अपने अस्त्र-शस्त्र और शिकारी कुत्तों का समूह तैयार कर रहा था एक महात्मा **केलिडोनिया** में आ पहुँचा। ऐसा कहा जाता है कि इस साधु ने राजा **ओनियस** को **मेलियगर** को आखेट पर न भेजने का परामर्श दिया, "वस्तुतः यह वराह देवी **आर्टेमिस** ने अपने अपमान का बदला लेने के लिए **केलिडोनिया** को नष्ट-भ्रष्ट करने भेजा है। उसकी हत्या न करें। देवी को आराधना एवं भेंट से प्रसन्न करके आप इस भय से मुक्ति पा सकते हैं। इस वराह की हत्या करना देवी को क्रोधाग्नि में घृत डालने के समान है जिसका परिणाम आपके परिवार के लिए अच्छा नहीं होगा।"

ओनियस को साधु की वाणी सुनकर **मेलियगर** के जीवन के लिए शंका हुई। **मेलियगर** उसका एकमात्र पुत्र, उसकी आँखों का तारा था। लेकिन **एल्थाया** को यह शंका निर्मूल जान पड़ी। वह जानती थी कि जब तक भाग्य की देवियों द्वारा प्रदत्त वह काष्ठ-खंड सुरक्षित है **मेलियगर** पर कोई आँच नहीं आ सकती। और फिर अब **मेलियगर** को रोकना भी असम्भव था। मृत्यु के भय से पीछे हटना उसके स्वाभिमान का अपमान था।

मेलियगर का सन्देश पाते ही **स्पार्टा** से **कैस्टर** तथा **पॉलिड्यूसेज़, मायसीनी** से **एडस** तथा **लिन्सियस, एथेन्स** से **थीसियस, लारिसा** से **पेरीथूज़, इयालकस** से **जेसन, फेराया** से **ऐडमेटस, पीलस** से **नेस्टर, फिथया** से **पीलियस** तथा **यूरीशन, थीब्ज़** से **इफ़ीक्लीज, आरगॉस** से **एम्फ़ीयॉरस, सेलोमिस** से **टेलामॉन, मेगनेशिया** से **सायनियस** तथा **आर्केडिया** से **एन्सियस** तथा **सेफ़ियस** आदि वीर **केलिडोनिया** पहुँच गए। और उनके साथ ही पहुँची **एटलान्टे, आर्केडिया** की प्रसिद्ध आखेटिका। **एटलान्टे** का सम्बन्ध **आर्केडिया** के राज-परिवार से था किन्तु भाग्यवश उसका सारा जीवन वनों में आखेट करते ही बीता। उसके पिता का नाम था **इयासस**। राजा **इयासस** को एक पुत्र की बड़ी कामना थी किन्तु

जब उसे कन्या के जन्म की सूचना मिली तो वह इतना आहत हुआ कि उसने नवजात शिशु को भूख और जाड़े से मरने के लिए निर्जन पर्वत पर छोड़ दिया। लेकिन **इयासस** का उद्देश्य पूरा न हो सका। बालिका का भाग्य प्रबल था। मानव की अपेक्षा जंगली पशु अधिक सहृदय सिद्ध हुए और एक मादा-रीछ ने उसे स्तनपान कराया, गर्म रखा और उसे पूरा संरक्षण देकर मृत्यु के मुँह से बचा लिया। बाद में कुछ आखेटकों की उस बालिका पर दृष्टि पड़ गई और वह उसे रीछ की माँद से निकाल ले गए। इन्हीं आखेटकों के सम्पर्क में **एटलान्टे** फलने-फूलने लगी। उन्होंने उसे बाल्यकाल से ही भाला फेंकना, नेजे का प्रयोग, शर-सन्धान आदि सिखाया। **एटलान्टे** ने सुपात्र की भाँति इस शिक्षा को ग्रहण किया और वन के कठोर जीवन की अभ्यस्त हो गई। धीरे-धीरे **एटलान्टे** की मृगया-निपुणता की चर्चा दूर-दूर तक फैल गई। वह निर्भय अकेली वन में विचरण करती और भीषण हिंस्र पशुओं का बड़ी सरलता से संहार कर डालती। बड़े-बड़े अनुभवी एवं कुशल आखेटक उसकी सूक्ष्म दृष्टि, प्रत्युत्पन्नमति एवं तत्परता का लोहा मानते थे। कठिन से कठिन परिस्थिति में भी वह अपना मस्तिष्क सन्तुलित रखती थी। उसके पैरों में वायु की गति थी। उसकी आखेट-कुशलता के सम्बन्ध में अनेक कहानियाँ प्रचलित थीं। **एटलान्टे** कुमारी थी। एक बार की बात दो **सेनटॉर्ज़** की दृष्टि उस पर पड़ गई और वे उसके पीछे पड़ गए। **एटलान्टे** भागी नहीं। उसने कान तक खींचकर लक्ष्य करके एक बाण छोड़ा और फिर दूसरा। **एटलान्टे** का वार खाली नहीं जाता था। दोनों **सेनटॉर्ज़** वहीं ढेर हो गए। ऐसी वीर रमणी थी **एटलान्टे।**

मेलियगर की घोषणा सुनकर जब **एटलान्टे केलिडोनिया** पहुँची तो सभी की उत्सुक आँखें उसकी ओर लग गईं। आखेट की उपयुक्त वेशभूषा में सज्जित लम्बे सुडौल शरीर वाली **एटलान्टे** के मुख पर न तो राजप्रसाद के ऐश्वर्य में विकसित होनेवाली किशोरियों-सी कोमलता थी, न हिंस्र कार्यों में रत पुरुषों की कठोरता; अपितु दोनों ही भावों का एक ऐसा सम्मिश्रण जो उसे असाधारण व्यक्तित्व प्रदान किए था। हिरणी-सी आँखों में निर्भीकता का तेज था, धूप में तपे गोरे अंगों में काँसे की रंगत। उसके चमकते हुए भूरे बाल बड़े सीधे-सादे ढंग से पीछे बँधे थे। बाएँ कन्धे पर हाथी दाँत का तूणीर और हाथ में भाला। **मेलियगर** को **एटलान्टे** असाधारण सुन्दरी प्रतीत हुई और प्रथम दृष्टि में ही वह उस पर हृदय न्यौछावर कर बैठा। ''आह! कितना सौभाग्यशाली होगा वह जिसे **एटलान्टे** वरण करेगी।'' अनजाने ही मुख से निकल गया।

एटलान्टे की अद्भुत आखेट निपुणता की कहानियाँ सभी वीर सुन चुके थे फिर भी एक स्त्री की इस कार्य के लिए उपस्थिति उन्हें अच्छी न लगी। विशेषतः **एल्थाया** के भाइयों **टाक्सियस** तथा **प्लेक्सिपस** को यह अपना अपमान जान पड़ा और उन्होंने इसका खुलकर विरोध किया। **मेलियगर** भला यह सब सहनेवाला था। उसने अपने मामा को धिक्कारते हुए कहा, ''**एटलान्टे** घर की चारदीवारी में बैठ तकुआ कातनेवाली युवती नहीं। उसके पराक्रम को सारा विश्व जानता है। वह शौर्य में किसी पुरुष से कम नहीं। सच तो शायद यह है कि आप लोग ईर्ष्या की आग में जले जा रहे हैं। लेकिन मैं **एरीज़**

की सौगन्ध खाकर कहता हूँ कि **एटलान्टे** हमारे साथ जाएगी और अवश्य जाएगी। **एटलान्टे** जैसी वीर रमणी का अपमान अक्षम्य अपराध एवं संकुचित विचारधारा का द्योतक है।"

मेलियगर के पिता **ओनियस** तथा अन्य उपस्थित सज्जनों ने उसका समर्थन किया और **इयासस** की पुत्री को उचित सम्मान दिया। किन्तु मामा-भांजे के सम्बन्ध में कहीं अनदेखी-सी दरार पड़ गई।

ओनियस ने नौ दिन तक अपने अतिथियों का बड़े प्रेम से आदर-सत्कार किया और दसवें दिन वे आखेट के लिए निकल पड़े। वराह की माँद और उसके प्रिय विचरण स्थान का पहले ही पता लगा लिया गया था। चारों ओर उसे फँसाने के लिए जाल बिछा दिए गए। घने वृक्षों के बीच शिकारी कुत्ते छोड़ दिए। दो-दो, तीन-तीन व्यक्तियों के समूह में सारे आखेटकों ने अपनी मृगया-बुद्धि के अनुसार उचित स्थान ग्रहण कर लिए और अपने शस्त्र साध लिए। वराह को खोजने में कुछ विशेष कठिनाई नहीं हुई। जलाशय के पास बेंत वृक्षों में सरसराहट हुई। सारे आखेटक सतर्क हो गए। सबकी आँखें उसी ओर लग गईं। और तभी वह विशालकाय भयानक वराह कूदकर बाहर आ गया। वह अचानक ही इतने वेग से छलाँगा कि सतर्क शिकारी भी एक पल के लिए हड़बड़ा गए। उसने एक ही झपट में दो-तीन युवकों को मार गिराया। वह इस वेग से युवक **नेस्टर** की ओर लपका कि शर-सन्धान भूल, उसने एक वृक्ष पर चढ़कर ही अपने प्राण बचाए। वीर **जेसन** ने **आर्टेमिस** का स्मरण करके पूरी शक्ति से भाला फेंका पर वह वराह को छूकर निकल गया। उसे घायल नहीं कर सका। **इफ़ीक्लीज** का भाला उसके कन्धे को जरा-सा खुरचकर निकल गया। अब तो वराह और भी भयानक हो उठा। उसकी आँखों से चिनगारियाँ बरसने लगीं। इससे पहले कि वह झपटकर अपने खूनी पंजों से किसी और शरीर को चीर डालता **टेलामॉन** ने खींचकर भाला भेंका। लेकिन यह भाला भी लक्ष्य चूककर एक वृक्ष के तने में जा गड़ा। और उधर **टेलामॉन** अपनी जगह पर लड़खड़ा कर गिर पड़ा। भागकर **पीलियस** ने उसे सहारा देना चाहा और तभी वराह ने वेग से उन पर आक्रमण कर दिया। वह इतना निकट था कि वराह उन दोनों के टुकड़े कर डालता कि **एटलान्टे** का छोड़ा हुआ तीर उसके कान के पीछे घुस गया और वह दर्द से चिंघाड़ता हुआ पलट पड़ा। पहली बार **एटलान्टे** के बाण से उसके शरीर से रक्त की धारा बह निकली। **एन्सियस एटलान्टे** की इस सफलता से क्षुब्ध हो उठा और "यह कोई आखेट का तरीका नहीं। मुझे देखो।" कहकर उसने अपनी कुल्हाड़ी अथवा बरछी से वराह पर वार किया पर दूसरे ही पल वह स्वयं पृथ्वी पर लुढ़का पड़ा था। इसी हड़बड़ी में **पीलियस** ने अपने ही एक साथी को मार डाला, और स्वामियों के नेज़ों से न जाने कितने खूँखार शिकारी कुत्ते मारे गए। **एम्फ़ीयारस** का तीर वराह की आँखों में जा घुसा, **थीसियस** का भाला उसके ऊपर से होकर निकल गया पर **मेलियगर** का बाण वराह के दाहिने भाग में गड़ गया। दर्द से चीखकर जब वह **मेलियगर** की ओर पलटा तो **मेलियगर** ने वेग से लक्ष्य साधकर भाला दे मारा जो वराह के बाएँ कन्धे को चीरता हुआ हृदय

को भेद गया। एक बार तड़फड़ाकर वह भीषण पशु वहीं समाप्त हो गया। **केलिडोनिया** का काल अपने ही खून में लथपथ पृथ्वी पर पड़ा था।

वराह के गिरते ही आखेटक हर्ष-निनाद कर उठे। विजय गर्व से झूमते हुए **मेलियगर** ने तत्काल उसके सीने पर अपना पैर जमाकर वराह की खाल खींच ली। ग्रीस के सभी वीरों ने उसे बधाई देने के लिए चारों ओर से घेर लिया। उनकी हर्ष-ध्वनि से जंगल और घाटियाँ गूँज उठीं। **मेलियगर** के सेवकों ने जब उस भीमकाय वराह की रक्त टपकाती हुई खाल उतार ली तो **मेलियगर** ने उसे **एटलान्टे** के पैरों पर रखते हुए कहा, ‘‘ओ **आर्केडिया** की पवित्र रमणी, इस पुरस्कार पर मेरा नहीं, तुम्हारा अधिकार है। तुम्हारे ही बाण ने सबसे पहले वराह के रक्त का पान किया। अतः इसे स्वीकार करो।’’ **मेलियगर** के इतना कहते ही साथी आखेटकों में द्वेष की लहर दौड़ गई। **मेलियगर** के हाथों ही वराह का अन्त हुआ था, अतएव यदि वह इस सम्मान को स्वयं ग्रहण करता तो किसी को आपत्ति न होती। किन्तु सारे ग्रीस के विख्यात योद्धाओं तथा स्वयं **मेलियगर** के दोनों मामा के वहाँ उपस्थित होते हुए यह अधिकार एक स्त्री को दिया जाना सबका अपमान था। **एल्थाया** के भाई यह सहन नहीं कर सके। क्रोध में तमतमाया हुआ **टाक्सियस** गरजा, ‘‘क्या **एटोलिया** और सारे उत्तर के पुरुष नपुंसक हो गए हैं जो इस विश्वविख्यात आखेट का पुरस्कार **आर्केडिया** की एक स्त्री ले जाएगी? नहीं, कभी नहीं। **एरीज़** की सौगन्ध खाकर कहता हूँ खून का दरिया बह जाएगा लेकिन यह सम्मान **आर्केडिया** को नहीं दिया जाएगा।’’ यह कहते हुए उसने वराह की खाल उठा ली और **एटलान्टे** को एक ओर झटक दिया। क्रोध में पागल **मेलियगर** वह खाल **टाक्सियस** के हाथ से छीनने को झटका लेकिन **प्लेक्सिपस** उसके रास्ते में आ गया और **मेलियगर** का हाथ पकड़कर व्यंग-भरी मुस्कान के साथ बोला, ‘‘बस! बस! अपनी विदेशी प्रेमिका के लिए कोई अन्य भेंट ढूँढ़ लो। यह खाल तो **एल्थाया** के ही भवन की शोभा बढ़ाएगी। मालूम नहीं था कि एक सुन्दर मुखड़े के लिए तुम अपने वंश की प्रतिष्ठा तक को भूल जाओगे। धिक्कार है तुम पर।’’

इस लांछन का जवाब दिया **मेलियगर** के क्रुद्ध भाले ने जो पल-भर में **प्लेक्सिपस** के सीने के पार हो गया। एक भी शब्द किए बिना **एल्थाया** के प्रिय भाई का निर्जीव शरीर पृथ्वी पर लुढ़क गया। देखनेवाले स्तब्ध रह गए जैसे चारों ओर पत्थर की प्रतिमाएँ खड़ी हों। **मेलियगर** अपने मामा के वक्ष से भाला निकालने को झुका और तभी **टाक्सियस** भूखे भेड़िए की तरह उस पर झपटा। एक बार फिर भाले चमक उठे। लोहे की झनझनाहट ने वातावरण की स्तब्धता को चीर डाला। लोग साँस रोके देखते रहे। **मेलियगर** का उद्दण्ड यौवन **टाक्सियस** की अवस्था पर हावी हुआ और वह सिर पर घातक चोट खाकर अपने बड़े भाई के शव पर ही गिर पड़ा। अपनी माँ के प्राणप्रिय भाइयों के रक्त से सनी बरछी लिए **मेलियगर** को स्वयं युद्ध-देवता **एरीज़**-सा सामने खड़ा देखकर कोई भी उसका सामना करने का साहस न कर सका। केवल **एटलान्टे** उसकी ओर बढ़ी और धीरे-से अपना हाथ उसके कन्धे पर रख दिया। **मेलियगर** ने एक क्षण

एटलान्टे की मार्मिक दृष्टि की ओर देखा और फिर अपने सम्बन्धियों के शव को। उसके हाथ से तलवार छूट गई और सारा बदन पतझड़ के पत्ते-सा काँपने लगा, "ओ माँ! माँ! यह मैंने क्या कर डाला?..." **मेलियगर** ने हाथों से अपना मुँह ढँक लिया और फूट-फूटकर रोने लगा।

उधर **एल्थाया** अपने प्रासाद के द्वार पर खड़ी **मेलियगर** के सन्देश की प्रतीक्षा कर रही थी। **मेलियगर** ने वराह के अन्त का सन्देश भेजने के लिए एक दूत को पहले ही नियुक्त कर दिया था। **मेलियगर** के बरछे से जैसे ही भीषण वराह गिरा, तत्काल वह दूत एक तेज़ दौड़नेवाले घोड़े पर बैठ महारानी के महल की ओर रवाना हो गया। **मेलियगर** की अभूतपूर्व सफलता का सन्देश पाकर रानी गर्व से फूल उठी। दूत ने मुँहमाँगा इनाम पाया। सारे महल में हलचल मच गई। दास-दासियाँ भाग-भागकर राजकुमार के स्वागत की तैयारियाँ करने लगे। आनन्द-भोज का सामान जुटाया जाने लगा। रानी पूजा की सामग्री लेकर देव-सम्राट **ज़्यूस,** वंश के अधिष्ठाता **एरीज़** तथा देवी **आर्टेमिस** के मन्दिर की ओर चली। उसका अंग-अंग हर्ष से खिला था। रोम-रोम से पुत्र के लिए आशीर्वचन निकल रहे थे। लेकिन तभी अचानक **एल्थाया** ने एक विशाल जनसमूह को अपनी ही ओर आते देखा। उनके मुख म्लान थे, सिर झुके हुए। **एल्थाया** को आश्चर्य हुआ। इस हर्ष के अवसर पर दुख का क्या काम। तभी उसकी दृष्टि घास-फूस और लकड़ी की दो अर्थियों पर पड़ी जिन पर उसके प्यारे भाई **प्लेक्सिपस** तथा **टाक्सियस** चिरनिद्रा में सोए पड़े थे। **एल्थाया** चीत्कार कर उठी। पूजा के फूल मार्ग की धूल में मिल गए। हर्ष की नैया दुख के अथाह सागर में डूब गई। वह अपने भाइयों के शव पर गिर पड़ी, "यह कैसे हुआ? किसने मारा मेरे भाइयों को? कौन था इनका शत्रु? और मेरा बेटा **मेलियगर** कहाँ है? वह जरूर...हाँ, वह जरूर इनके हत्यारे से प्रतिशोध ले रहा होगा। यह अपने मामा की हत्या का अवश्य बदला लेगा। अवश्य! लेकिन यह किसका कुकर्म है? इस अभागन बहन को कुछ तो बताओ..." लोग एक-दूसरे का मुख देखने लगे। उनकी समझ में न आता था कि क्या उत्तर दें। तब एक ने साहस करके कहा, "महारानी, राजकुमार सकुशल है...लेकिन वह इस हत्या का बदला कैसे ले सकते हैं?...ये दोनों उनके हाथों मारे गए।" जब वह सैनिक आखेट और फिर **प्लेक्सिपस** तथा **टाक्सियस** की **मेलियगर** के हाथों क्रूर हत्या की कथा कह रहा था, **एल्थाया** मूक खड़ी थी, निःशब्द, पाषाण-प्रतिमा की भाँति। **ओनियस** ने सिर पीट लिया, दास-दासियों के रुदन से सारा महल हिल उठा, सगे-सम्बन्धी छाती पीट-पीट विलाप करने लगे लेकिन **एल्थाया** मौन खड़ी थी। उसकी आँख से एक आँसू न टपका। बस, एक बार झुकी और धीरे से अपने भाइयों का माथा चूमा और फिर तेजी से अपने कक्ष की ओर चली गई।

रानी एकान्त चाहती है, यह सोचकर **ओनियस** ने सेविकाओं को कक्ष में जाने का निषेध कर दिया। लेकिन **एल्थाया** के मन में प्रतिहिंसा की कैसी आग धधक रही है यह कोई न जान सका। **एल्थाया** ने चौबीस वर्ष से सहेजकर सुरक्षित रखी अपनी निधि को

निकाला—एक तेल से भरे जग में काष्ठ का टुकड़ा। भाग्य की निष्ठुर देवियों की भविष्यवाणी क्या आज सच होकर रहेगी! माँ क्या बच्चे के प्राणों की ग्राहक हो जाएगी। **एल्थाया** के हाथ में लकड़ी का टुकड़ा था और सामने प्रज्वलित अग्निकुंड। माँ और बहन के कर्तव्य में भयंकर द्वन्द्व मच गया। **एल्थाया** का हाथ अग्नि की ओर बढ़ा और तभी कहीं से एक स्वर उभर आया, ''यह क्या कर रही है **एल्थाया**? अपने होनहार बेटे, अपनी आँख के तारे, अपने जिगर के टुकड़े के प्राण ले लेगी? जिन हाथों से उसे खिलाया, उन्हीं से उसे मौत के मुँह में डाल देगी? तू इतनी निष्ठुर हो सकेगी **एल्थाया**? होश से काम ले। आखिर यह तेरा बच्चा है... ।'' माँ का आगे बढ़ा हुआ हाथ काँप गया। कितने अरमानों से पाला था **मेलियगर** को। सारे जीवन की आशाओं का वही तो एकमात्र केन्द्र था और आज जब उन आशाओं के फलीभूत होने का समय आया है तो...**एल्थाया** के विचारों का क्रम टूट गया। हृदय में भावों का एक तूफान उठा। बहन के कर्तव्य ने धिक्कारा, ''खून का बदला खून होता है **एल्थाया। ओनियस** का बेटा **केलिडोनिया** में राज्य करे और अभागे **थेसटियस** का घर वीरान रहे? यह कैसा अन्याय है? क्या **थेसटियस** के बेटों की हत्या का प्रतिशोध नहीं लिया जाएगा? क्या उनकी दुखी आत्माएँ सदा **टारटॉरस** के अँधेरों में भटकती रहेंगी? नहीं **एल्थाया।** आज तुझे बहन का कर्तव्य निभाना होगा। बदला से **एल्थाया,** बदला ले। नष्ट कर दे उसका जीवन जिसने तेरी माँ के सपूतों के प्राण ले लिए। भड़कने दे इस आग को...''

बहन ने माँ पर विजय पाई। **एल्थाया** ने मुँह फेर लिया और वह काष्ठ-खंड अग्नि की भेंट हो गया। इधर लकड़ी ने आग पकड़ी उधर प्रासाद की सीढ़ियों पर सिर झुकाए चढ़ता हुआ **मेलियगर** अचानक चीख पड़ा। न जाने किस आन्तरिक वेदना से वह तड़प उठा। उसकी नस-नस में जैसे आग फैल गई, आँखों के सामने अँधेरा छा गया और वह वहीं गिर पड़ा। सारे लोग हतबुद्धि से देख रहे थे। किसी की समझ में न आता था कि राजकुमार को अचानक क्या हो गया। कुछ दास वैद्य को बुलाने दौड़े। लेकिन उधर काठ का टुकड़ा जलकर राख हुआ और उधर अज्ञात यन्त्रणा में हाथ-पैर पटकते **मेलियगर** के प्राण-पखेरू उड़ गए। उसके अन्तिम शब्द थे, ''मुझे क्षमा करना माँ।''

एक अभागा दिन था वह **ओनियस** के परिवार के लिए। **केलिडोनिया** का एकमात्र मेधावी सर्वगुण-सम्पन्न उत्तराधिकारी अपनी माँ के हाथों मारा गया। **ओनियस** के बुढ़ापे की लाठी टूट गई। आशा की एकमात्र किरण थरथराकर बुझ गई। रह गया सिर्फ धुआँ और कभी न खत्म होनेवाला अँधेरा...**एल्थाया** की क्रोधाग्नि जैसे भड़की थी वैसे ही बुझ भी गई। और उसका स्थान ले लिया घोर ग्लानि एवं पश्चात्ताप ने। कुछ आश्चर्य नहीं कि पल-भर बाद ही विलाप करती दासियों ने **ओनियस** को **एल्थाया** की आत्महत्या की सूचना दी। उसने गले में फंदा लगा लिया। उधर **मेलियगर** की पत्नी **क्लयोपेट्रा** ने जब अपने मृत पति का मुख देखा तो वक्ष में कटार मार ली। आखिर वह उस **मारपेसा** की बेटी थी जिसने देवता **अपोलो** की प्रणय-प्रार्थना ठुकराकर **एडस** का वरण किया था।

इस तरह समाप्त हुआ **केलिडोनिया** का प्रसिद्ध वराह-आखेट और साथ ही

ओनियस का परिवार। केवल बची **ओनियस** की आठवर्षीया पुत्री **डियानियारा।** कहते हैं उत्तराधिकारी के लिए सम्भावित फूट तथा रक्तपात से बचने के लिए राज्य अधिकारियों के परामर्श से **ओनियस** ने **हिप्पोनूस** की पुत्री **पेरिबोइया** से विवाह कर लिया जिससे उसका **टाइडियस** नामक एक पुत्र हुआ। लेकिन दुर्भाग्य ने कभी इस वंश का साथ न छोड़ा। बुढ़ापे में एक बार फिर **ओनियस** को पुत्र-वियोग सहना पड़ा और किस प्रकार उसने विदेशी भूमि पर प्राण दिए इसकी कहानी आप आगे पढ़ेंगे।

एटलान्टे

विभिन्न स्रोतों में **एटलान्टे** नामक दो वीर रमणियों का उल्लेख मिलता है। **लिकरगस** एवं **क्लीमिनी** के पुत्र, **आर्केडिया** के निवासी **इयासस** की पुत्री **एटलान्टे** तथा **बोआशिया** के **स्कॉनियस** की बेटी **एटलान्टे।** लेकिन ग्रीक पौराणिक कथाओं में एक वीर आखेटिका के रूप में **एटलान्टे** का नाम महत्त्वपूर्ण है, उसके पिता का नहीं। अतः पिता के नाम पर मतभेद होना कोई आश्चर्य की बात नहीं। सम्भावना यही अधिक है कि **एटलान्टे** नाम की एक ही युवती थी जिसने **केलिडोनिया** की वराह-मृगया में ही नहीं, सम्भवतः **एगनाट्स** के समुद्री-अभियान में भी भाग लिया।

एटलान्टे के जन्म एवं एक मादा-रीछ द्वारा उसकी प्राण-रक्षा तथा आखेटकों द्वारा उसके पालन-पोषण की कहानी आप पढ़ चुके हैं। **केलिडोनिया** के आखेट का पुरस्कार वराह-चर्म लेकर जब वह **आर्केडिया** लौटी तो चारों ओर उसके शौर्य की धूम मच गई। लोग उसे देवी **आर्टेमिस** का साक्षात रूप मानने लगे। **एटलान्टे** थी भी कुमारी। विवाह में उसे लेशमात्र भी रुचि न थी, न ही वह पारिवारिक जीवन से परिचित थी। पुरुषों को वह आखेट में अपने साथियों के अतिरिक्त और कुछ न समझती थी। **मेलियगर** ने उसके प्रेम के कारण अपने परिवार का सर्वनाश कर डाला और स्वयं भी **एल्थाया** की क्रोधाग्नि में जलकर राख हो गया, लेकिन यह कहना कठिन है कि **एटलान्टे** के मन में भी उसके लिए कोई स्थान था। और यदि **मेलियगर** के प्रेम की ज्योति **एटलान्टे** के हृदय

में प्रज्वलित हुई भी थी तो वह **मेलियगर** की मृत्यु के साथ ही बुझ गई। **इयासस एटलान्टे** के शौर्य की कथाएँ सुन चुका था, अतः जब वह **केलिडोनिया** से लौटी तो माता-पिता उसे मना कर घर ले आए। **इयासस** का घर अभी तक सूना था। **एटलान्टे** के बाद उसकी कोई सन्तान नहीं हुई। और अब तो **एटलान्टे** जैसी बेटी का बाप होना बड़े गर्व और अभिमान की बात थी। लेकिन राजप्रासाद में आकर भी **एटलान्टे** का मन ऐश्वर्य एवं स्त्रियोचित गृह-कार्यों में न रमा। वह अब भी खेलकूद, व्यायाम, भाग-दौड़, शर-सन्धान, आखेट आदि में व्यस्त रहती। गृहस्थ-जीवन में प्रवेश करने की उसे किंचित मात्र भी इच्छा न थी। **डेल्फ़ी** के प्रश्न-स्थान से भी यही भविष्यवाणी हुई थी, "**एटलान्टे!** विवाह मत करना। गार्हस्थ्य में तेरे लिए सुख नहीं।"

लेकिन **इयासस** की यह हार्दिक इच्छा थी कि **एटलान्टे** शीघ्र ही विवाह कर ले। और फिर उससे पाणिग्रहण के इच्छुक युवकों की भी कमी न थी। एक तो **एटलान्टे** की वीरता, उसके शौर्य की ख्याति, उसका रूप और फिर **आर्केडिया** का राज्य। भला क्यों न **इयासस** के महल में राजकुमारों का ताँता लग जाता! पिता के बार-बार आग्रह करने तथा परिस्थिति को देखते हुए **एटलान्टे** ने यह घोषणा करा दी कि जो भी युवक उसे पैदल दौड़ की प्रतियोगिता में परास्त करेगा वही उसके पाणिग्रहण का अधिकारी होगा। किन्तु परास्त होने पर इस दुस्साहस का पुरस्कार होगी—मृत्यु!

एटलान्टे के पैरों में वायु की गति थी। वह दौड़ती तो हवा में तैरती हुई-सी जान पड़ती। **एटलान्टे** भली प्रकार जानती थी कि पैदल दौड़ में विश्व का कोई भी युवक उसे परास्त नहीं कर सकता। और यह बात थी भी अक्षरशः सत्य। परिणाम यह होगा कि न कोई **एटलान्टे** को इस प्रतियोगिता में परास्त कर पाएगा और न उसे विवाह-सूत्र में बँधना पड़ेगा। इस पर भी अनेक युवक अपने भाग्य की परीक्षा करने चले आए। वही हुआ जो होना था। न जाने कितने ही दुस्साहसी युवकों ने **एटलान्टे** के हाथों अपने प्राण गँवा दिए। **एटलान्टे** जब अपने भारी राजसी वस्त्र उतारकर दौड़ना आरम्भ करती तो उसके पैरों में जैसे पंख लग जाते। उसके भूरे बाल कन्धों के पीछे हवा में उड़ते और गोरा शरीर उत्तेजना से गुलाबी हो उठता जैसे संगमरमर पर डूबते सूरज की लाली रगड़ दी गई हो। उसके प्रतियोगी न जाने कितना ही पीछे छूट जाते और नियति के सामने सिर झुकाने को विवश हो जाते।

एक बार **हिप्पोमेनीज** ने इस प्रतियोगिता को देखा। वह एक स्त्री के लिए प्राणों की बाज़ी लगा देना मूर्खता समझता था और बहुधा ऐसी मूर्खता करनेवालों की हँसी उड़ाया करता था। लेकिन जब **हिप्पोमेनीज** ने अर्धनग्न **एटलान्टे** को दौड़ते हुए देखा तो अनायास ही कह उठा, "क्षमा करना मित्रो। मैं नहीं जानता था कि इस प्रतियोगिता का पुरस्कार ऐसा असाधारण है। इसके लिए तो ऐसे सौ जीवन निछावर कर देना भी बड़ी बात नहीं।"

हिप्पोमेनीज़ एटलान्टे से प्रेम करने लगा, लेकिन वह भली प्रकार जानता था कि उसे दौड़ में परास्त कर पाना असम्भव है। **हिप्पोमेनीज** सुन्दर बलिष्ठ युवक था लेकिन

दौड़ने में उसे विशेष कुशलता प्राप्त नहीं थी। **एरॉस** का बाण हृदय भेद गया था। **हिप्पोमेनीज** को एक पल चैन न पड़ता। आखिर उसने सौन्दर्य एवं प्रेम की देवी **ऐफ़्रॉडायटी** की शरण ली। उसकी प्रार्थना से प्रसन्न होकर देवी ने **हिप्पोमेनीज** को अपने प्रिय **साइप्रस** द्वीप में सुनहली डालियों और पत्तियोंवाले वृक्ष के तीन स्वर्ण के सेब दिए और उनके उपयोग का ढंग बताया। ये सेब इतने सुन्दर एवं आकर्षक थे कि कोई भी उनको प्राप्त करने के लोभ का संवरण न कर सकता था। स्त्री होने के नाते **ऐफ़्रॉडायटी** को स्त्री-हृदय की अच्छी परख थी। इन सेबों को लेकर जब **हिप्पोमेनीज एटलान्टे** की प्रतियोगिता के लिए पहुँचा तो उसके रूप एवं यौवन को देखकर **एटलान्टे** को उस पर दया आ गई। उसने **हिप्पोमेनीज** को प्रतियोगिता में भाग न लेने की सलाह दी लेकिन **हिप्पोमेनीज** कब माननेवाला था। प्रतियोगिता का समय आ पहुँचा। दोनों प्रतियोगी साथ खड़े थे। संकेत हुआ और प्राणपण से दोनों भागने लगे। कुछ पल साथ दौड़ने के बाद **हिप्पोमेनीज** पीछे छूटने लगा। **एटलान्टे** कुछ आगे बढ़ गई। बस यही उपयुक्त अवसर था। **हिप्पोमेनीज** ने देवी **ऐफ़्रॉडायटी** के आदेशानुसार एक स्वर्ण सेब चुपके से लुढ़का दिया। **एटलान्टे** की दृष्टि जैसे ही इस चमकते हुए पदार्थ पर पड़ी वह आश्चर्य अथवा उत्सुकता से पल-भर वहीं रुक गई और उस सेब को उठा लिया। बस इतनी ही देर में **हिप्पोमेनीज** आगे निकल गया। लेकिन **एटलान्टे** इस कला में इतनी दक्ष थी कि उसे अपने प्रतियोगी को पीछे छोड़ने में कुछ भी समय न लगा और वह वायु वेग से आगे बढ़ने लगी। अब **हिप्पोमेनीज** ने कुछ टेढ़ा करके सेब उसके आगे फेंका। **एटलान्टे** लोभ का संवरण न कर सकी और फिर उसे उठाने को झुक गई। **हिप्पोमेनीज** ने अवसर से लाभ उठाया। **एटलान्टे** फिर पूरी शक्ति से दौड़ी। लक्ष्य अब कुछ ही दूर रह गया था। **हिप्पोमेनीज** के जीवन का फैसला होने में कुछ ही पल की देर थी। एक क्षण खोना भी मृत्यु को आह्वान देता था। **हिप्पोमेनीज** ने अब तीसरा सेब **एटलान्टे** के आगे फेंका। **एटलान्टे** फिर अपने आपको रोक न सकी। स्वर्ण के सेब को उठाकर जैसे ही वह आगे बढ़ी–**हिप्पोमेनीज** लक्ष्य तक पहुँच चुका था। अपने वचन के अनुसार **एटलान्टे** ने **हिप्पोमेनीज** का वरण किया और दोनों सुख से रहने लगे। **एटलान्टे** ने **पारथेनोपायस** नामक एक पुत्र को भी जन्म दिया।

अपने हर्षोन्माद में ये दोनों प्रेमी देवी **ऐफ़्रॉडायटी** को धन्यवाद देना भी भूल गए, अतः देवी के कोप का भाजन बने। उनके दुर्भाग्य के भिन्न कारण दिए जाते हैं। सम्भवतः **ज़्यूस** के मन्दिर की परिधि में रतिक्रिया करने अथवा देवी **सिबीले** का अपमान करने के कारण उन्हें सिंह के रूप में परिवर्तित कर दिया। ये सिंह युगल अब **सिबीले** के रथ में जुते हैं।

एटलान्टे की कहानी **ओविड** तथा **अपोलोडॉरस** की कृतियों से प्राप्त होती है। **हीसियड** की एक तथाकथित कविता **एटलान्टे** की धावन-प्रतियोगिता तथा स्वर्ण के सेबों का विवरण देती है। **केलिडोनिया** के वराह-आखेट का वर्णन **होमर** के 'इलियड' से लिया गया है। **ओविड** तथा **अपोलोडॉरस** ने भी इस अभियान का सुन्दर शाब्दिक चित्रण किया है।

सेफ़ैलस-प्रॉक्रिस

सेफ़ैलस अथवा केफ़ैलस एक सुन्दर युवक था। उसे आखेट से बड़ा प्रेम था। वह प्रातः काल सूर्योदय से पूर्व ही अपने शस्त्र लेकर वन की ओर निकल जाता और दिन ढले घर लौटता। शस्त्राभ्यास से उसका शरीर भी बड़ा पुष्ट हो गया था। सारा दिन धूप में भ्रमण करने के कारण अंग काँसे-से तप उठते जिससे उसका पौरुष और भी निखर उठता। एक बार **सेफ़ैलस** की दृष्टि आखेट की देवी **आर्टेमिस** की प्रिय सखी **प्रॉक्रिस** पर पड़ गई। **प्रॉक्रिस** युवती थी, सुन्दरी थी। प्रथम दृष्टि में ही दोनों एक-दूसरे से प्रेम करने लगे। **ऐफ़्रॉडायटी** और **एरीज़** को बन्दी बनाने के लिए **हेफ़ास्टस** द्वारा बुने गए जाल से कहीं अधिक सूक्ष्म, कोमल और दृढ़ है प्रेम के रसभीने धागों का बन्धन। जब देवता तक उसका प्रतिरोध करने में असमर्थ हैं, तो मानव का दोष ही क्या! प्रेमलतिका दिन-दूनी रात-चौगुनी फूलने लगी। शीघ्र ही दोनों विवाह के पवित्र बन्धन में बँध गए। इस अवसर पर देवी **आर्टेमिस** ने अपनी सखी को दो वस्तुएँ उपहार में दीं—विश्व का सबसे अधिक द्रुतगामी एक कुक्कुर और कभी लक्ष्य न चूकनेवाला भाला। एक आखेटक के लिए इनसे अधिक मूल्यवान और कौन-सी भेंट हो सकती थी। **प्रॉक्रिस** ने देवी के दोनों उपहार अपने पति **सेफ़ैलस** को दे दिए। **सेफ़ैलस** बहुत ही प्रसन्न था **प्रॉक्रिस** जैसी सुन्दर, सुशील एवं अनुरक्त पत्नी पाकर। वह **प्रॉक्रिस** को प्राणों से भी अधिक प्यार करता था। अपनी पत्नी के अतिरिक्त उसने कभी किसी स्त्री की ओर स्नेहिल दृष्टि तक न डाली थी। दोनों ही एक-दूसरे के प्रति वफ़ादार थे, एक-दूसरे की भावनाओं का आदर करते और यही कारण था कि इस नव-विवाहित दम्पति का प्रेम हर पल बढ़ता ही जाता था। प्रेम की ज्योति विश्वास के तेल से बल रही थी। सुख-सरिता में यों ही जीवन की नौका मन्थर गति से बढ़ती जाती लेकिन अकस्मात् ही एक भँवर बीच में आ पड़ी। **सेफ़ैलस** प्रतिदिन मुँह अँधेरे ही **प्रॉक्रिस** की कोमल शय्या छोड़ मृगया के लिए वन की ओर निकल जाता था। एक दिन उषा की देवी **इऑस** की दृष्टि इस सजीले युवक पर पड़ गई। अब वह प्रतिदिन भोर होते ही **सेफ़ैलस** को देखने को बेचैन हो उठती। वह युवक आखेटक पर आसक्त थी लेकिन **प्रॉक्रिस के** सच्चे साहचर्य से तृप्त **सेफ़ैलस** की आँखों में कहीं तृष्णा नहीं थी। उसे अपनी पत्नी के सामने **इऑस** का गुलाबी रूप भी फीका जान पड़ता। **इऑस** ने भाँति-भाँति से उसे अपने रूप-यौवन के जाल में फँसाने का प्रयास किया पर असफल रही। एक साधारण मनुष्य उषा की देवी के अनुग्रह का तिरस्कार करे यह **इऑस** को असह्य हो उठा।

उसने इस अपराध के लिए **सेफ़ैलस** को दण्ड देने का निश्चय किया। प्रेम में हताश स्त्री क्या नहीं कर सकती।

जब सूर्य आकाश के मध्य में पहुँच जाता, प्रातःकाल से आखेट करता थका-हारा **सेफ़ैलस** एक ठंडे जल के झरने के किनारे घने वृक्षों के कुंज में विश्राम करता। वह अपने वस्त्र उतारकर, अस्त्र-शस्त्र एक ओर रख कोमल हरी दूब के बिछौने पर लेट जाता और ठंडी हवा का आह्वान करता। वह बहुधा कह उठता, "आओ, मेरी प्यारी समीर। आओ और मेरे उष्ण अंगों को अपने आँचल की हवा दो, मेरे धूप से जलते शरीर को शीतल करो...।"

इऑस ने कई बार **सेफ़ैलस** को इसी प्रकार ठंडी समीर को पुकारते सुना था। वह भली-भाँति जानती थी कि यह समीर कोई स्त्री नहीं, ग्रीष्म से घबराए **सेफ़ैलस** को शीतलता प्रदान कर उसकी क्लान्ति मिटानेवाली वायु ही है। **इऑस** के मस्तिष्क में एक विचार बिजली-सा कौंधा। **सेफ़ैलस** से बदला लेने का इससे उत्तम और सरल उपाय और क्या हो सकता है! साँप भी मर जाए और लाठी भी न टूटे। वह मुँह लटकाए **प्रॉक्रिस** के पास पहुँची और बड़े दुख और सहानुभूतिपूर्ण शब्दों में उसे यह सूचना दी कि उसका प्रिय पति तो समीर नाम की किसी सुन्दर रमणी पर आसक्त है, और प्रतिदिन ही दोपहर के समय उसे झरने के पास वृक्षों के कुंज में मिलता है। **प्रॉक्रिस** को अपने पति पर अपूर्व श्रद्धा थी और उसके प्रेम पर अटल विश्वास। वह किसी प्रकार भी **इऑस** की बात मानने को तैयार न थी। लेकिन हाथ कंगन को आरसी क्या! मन में शंका का बीज पड़ गया। हृदय की कोमल भूमि प्रेम और शंका दोनों के ही विकास के लिए बड़ी उपयुक्त है। दूसरे ही दिन **प्रॉक्रिस** भारी मन से आशा-निराशा के भँवर में डूबती-उतराती **इऑस** द्वारा बताए गए स्थान के पास ही झाड़ियों में छिप गई।

दोपहर हुई। नित्यप्रति की भाँति **सेफ़ैलस** आया और कुंज की हरी घास पर लेटकर धीरे-धीरे कोमल स्वर में बोला, "आओ प्रिय समीर, आओ। अपने आँचल की हवा से मेरे जलते हुए अंगों को शीतल करो। सच कितनी प्यारी हो तुम! इस निर्जन कुंज का सौन्दर्य तुम्हीं से तो है..."

प्रॉक्रिस के मन पर ऐसा गहरा आघात लगा कि वह अपने आपको सँभाल न सकी और वहीं झाड़ी में गिर पड़ी। झाड़ियों में सरसराहट होते ही **सेफ़ैलस** चौंककर उठ बैठा और किसी जंगली जानवर की आशंका से उसने साध कर अपना भाला उसी दिशा में फेंका। यह वही भाला था जो कभी अपना लक्ष्य नहीं चूका। अपनी स्वामिनी का वक्ष भेदते समय भी वह स्थिर रहा। एक स्त्री की चीख जंगल के सन्नाटे को चीर गई। **सेफ़ैलस** घबराकर उस ओर भागा। **प्रॉक्रिस** उसके भाले से आहत, रक्त में लथपथ पड़ी मृत्यु की घड़ियाँ गिन रही थी। प्राणों से प्रिय **प्रॉक्रिस** को अपने ही भाले से आहत देख **सेफ़ैलस** का शरीर अकथनीय व्यथा से काँपने लगा। उसने **प्रॉक्रिस** का सिर अपनी गोद में रख लिया। भाला अलग निकाल फेंका, रक्त को वस्त्र से साफ किया और कातर स्वर में उसे पुकारने लगा। घाव गहरा लगा था। **प्रॉक्रिस** ने अपनी धुँधलाती आँखें एक पल

को खोली, **सेफ़ैलस** की ओर देखा और बड़ी कठिनाई से बोली, **सेफ़ैलस,** मुझे तुम्हारे प्रेम पर बड़ा विश्वास था। मैं कभी सोच भी नहीं सकती थी कि मेरा पति किसी अन्य स्त्री...यह समीर...'' **प्रॉक्रिस** का स्वर गले में ही रुँध गया और **सेफ़ैलस** की आँखें आश्चर्य से फैली रह गईं। पल-भर में वह सारी स्थिति समझ गया, ''ओह, **प्रॉक्रिस** तुमने मुझे ग़लत समझा।'' और तब उसने सारी बात **प्रॉक्रिस** को कह सुनाई। उसने अपने जीवन में **प्रॉक्रिस** के अतिरिक्त कभी किसी स्त्री से प्यार नहीं किया। उसका मन-प्राण सभी कुछ **प्रॉक्रिस** थी। प्रॉक्रिस ने सुना। उसकी आँखों में शान्ति झलक उठी। ईर्ष्या की कालिमा सच्चे प्यार के दो आँसुओं में धुल गई। अब वह जीना चाहती थी। लेकिन जी नहीं सकती थी। जीवन के गिने-चुने पल पूरे हो गए और उसने **सेफ़ैलस** की गोद में प्राण दे दिए।

एरिक्थियस की बेटी **प्रॉक्रिस** तथा वायु के देवता **इयूलस** के पुत्र **सेफ़ैलस** की दुखान्त प्रेम-कथा का यह एक विवरण है। लेकिन इसको विभिन्न लेखकों ने अलग-अलग प्रकार से भी बताया है, और **ओविड** ने अपने 'मेटामारफॉसिस' में सभी प्राप्य विवरणों को समेटा है। दूसरी कहानी इस प्रकार है :

सेफ़ैलस एवं **प्रॉक्रिस** विवाहित थे और उनका दाम्पत्य जीवन बड़ा ही सुखी था। **सेफ़ैलस** को आखेट पर जाते उषा की देवी **इऑस** ने देखा और उससे प्रेम करने लगी। **इऑस** के प्रत्येक आमंत्रण के उत्तर में **सेफ़ैलस** सदैव यही कहता, ''मैं अपनी पत्नी से विश्वासघात नहीं कर सकता।'' **इऑस** ने उसे बहुत दिनों तक अपने पास रखा लेकिन फिर भी **सेफ़ैलस प्रॉक्रिस** के प्रेम के बल पर सदा ही उसके आकर्षण का प्रतिरोध करता रहा। आखिर **इऑस** की सहनशीलता जवाब दे गई। वह कुपित हो उठी और उसने **सैफ़ेलस** को विदा करते हुए अपना अन्तिम बाण छोड़ा, ''जिस **प्रॉक्रिस** के प्रेम में तुम पागल हो, क्या तुम समझते हो कि तुम्हारी इतनी लम्बी अनुपस्थिति में वह भी अब तक तुम्हारे प्रति वफ़ादार रही होगी?'' और उसके अधरों पर एक कुटिल मुस्कान खेल गई। **सेफ़ैलस** कुछ भी सह सकता था लेकिन अपनी प्रिया पर ऐसा दोषारोपण नहीं। उसे **प्रॉक्रिस** पर विश्वास था। **इऑस** के इस घृणित संकेत पर वह क्षुब्ध हो उठा। वह यह प्रमाणित करने को व्याकुल हो उठा कि **प्रॉक्रिस** केवल उसी की है और किसी भी स्थिति में वह किसी अन्य के गले का हार नहीं बन सकती। **प्रॉक्रिस** को निर्दोष सिद्ध करने की इस व्याकुलता में न जाने कहाँ से सन्देह भी आ मिला। उसने **प्रॉक्रिस** की परीक्षा लेने का निश्चय किया।

सेफ़ैलस ने अपना वेश बदल डाला या सम्भवतः **इऑस** ने ही उसे एक अन्य व्यक्ति के रूप में परिवर्तित कर दिया। इस नए रूप में **सेफ़ैलस** अपने देश लौटा। वह **सेफ़ैलस** के एक मित्र के रूप में अपने घर गया और उसे यह देखकर बड़ी प्रसन्नता हुई कि सारा घर **सेफ़ैलस** की प्रतीक्षा में पलक पाँवड़े बिछाए है। वह **प्रॉक्रिस** से मिला। **प्रॉक्रिस** बहुत कृशकाय हो गई थी, उसका मुख भी पीला पड़ गया था। वह बहुत दुखी जान पड़ती थी। एक बार तो **सेफ़ैलस** का जी चाहा कि वह **प्रॉक्रिस** को अपनी बाँहों में भर ले, अपने चुम्बनों से उसके आँसू सुखा डाले और कहे, ''मैं ही **सेफ़ैलस** हूँ। तुम्हारा अपना

सेफ़ैलस!'' लेकिन **इऑस** के शब्दों ने उसके पैरों में ज़ंजीर डाल दी। यह तो नाटक का आरम्भ ही था। अब इसका दूसरा पक्ष शुरू हुआ। **सेफ़ैलस** एक अजनबी के रूप में **प्रॉक्रिस** के प्रति अपने प्रणय का प्रदर्शन करने लगा। और इसके साथ ही वह यह कहना भी न भूलता, ''तुम कब तक उस विश्वासघाती की प्रतीक्षा में अपने रूप-यौवन की निधि तिल-तिलकर जलाती रहोगी? वह तो **इऑस** की शय्या पर पड़ा है और तुम व्यर्थ ही उसके लिए अपने प्राण दिए दे रही हो। आओ, हम दोनों मिलकर एक नई दुनिया बसा लें।''

लेकिन **प्रॉक्रिस** हर बार एक ही उत्तर देती, ''मैं **सेफ़ैलस** की हूँ। वह कहीं भी रहे, मैं सदा उसे ही प्यार करती रहूँगी।'' इसी तरह कई दिन बीत गए। **सेफ़ैलस** नित्य-प्रति **प्रॉक्रिस** के लिए नए शब्द-जाल बिछाता, नई आशाएँ बँधाता, नए वचन देता। **प्रॉक्रिस** बस एक ही बात दोहरा देती। एक दिन जब **सेफ़ैलस** इसी प्रकार **प्रॉक्रिस** को अपने प्रेम-जाल में फँसाने की कोशिश कर रहा था,वह चुप रही। उसने कोई उत्तर नहीं दिया, न ही पहले की भाँति विरोध किया। बस फिर क्या था! **सेफ़ैलस** गुस्से में पागल हो उठा। वह अपने वास्तविक रूप और वेश-भूषा में आते हुए चीखा, ''झूठी, धोखेबाज औरत! देख, मैं तेरा पति हूँ—**सेफ़ैलस!** ऐसी विश्वासघातिनी है तू आज मैंने अपनी आँखों से देख लिया... ।'' वस्तुतः **प्रॉक्रिस** के व्यवहार में कुछ भी ऐसा नहीं था जिसके आधार पर उस पर विश्वासघात का आरोप लगाया जा सकता। सच तो यह है कि **इऑस** के व्यंग, सन्देह और अविश्वास ने **सेफ़ैलस** को अन्धा कर दिया था। **प्रॉक्रिस** ने एक बार भरपूर दृष्टि से **सेफ़ैलस** की ओर देखा जो आज तक अजनबी बनकर उससे प्रणय-प्रार्थना करता रहा था, उसके प्रेम की परीक्षा ले रहा था। **प्रॉक्रिस** के मन में विद्रोह की आग जल उठी। प्रेम का स्थान घृणा ने ले लिया। यद्यपि **प्रॉक्रिस** ने मुख से एक शब्द भी नहीं कहा लेकिन उसकी दृष्टि **सेफ़ैलस** को धिक्कार रही थी। शीघ्र ही **सेफ़ैलस** को अपनी भूल का एहसास हो गया। लेकिन तीर हाथ से निकल चुका था। **सेफ़ैलस** का अपना आचरण ही दूषित था। **प्रॉक्रिस** पर सन्देह करना उसके प्रेम और श्रद्धा का अपमान था। सत्य अपनी सफ़ाई देना नहीं पसन्द करता। सो **प्रॉक्रिस** चुपचाप ही **सेफ़ैलस** को छोड़कर चली गई। जीवन के अमूल्य वर्ष उसने घने जंगलों और निर्जन पर्वतों पर ही बिता दिए। **सेफ़ैलस** पश्चात्ताप की आग में जलता रहा। उसने सैकड़ों बार **प्रॉक्रिस** से क्षमा-याचना की। वह छाया की तरह उसके साथ रहा। सम्भवतः **सेफ़ैलस** के प्रेम और श्रद्धा ने एक बार फिर **प्रॉक्रिस** का मन जीत लिया और पति-पत्नी सुख से साथ रहने लगे।

इस पुनर्मिलन के बाद ही एक बार वन में आखेट करते समय ग़लती से **सेफ़ैलस** का भाला लग जाने से **प्रॉक्रिस** की मृत्यु हो गई।

एक अन्य विवरण के अनुसार **सेफ़ैलस इऑस** के अनुराग में **प्रॉक्रिस** को छोड़कर चला गया था। **इऑस** ने **सेफ़ैलस** के संसर्ग से **फ़ेथन** नामक एक पुत्र को जन्म दिया जिसे **ऐफ्रॉडायटी** अपने पवित्र मन्दिरों की देखभाल करने के लिए चुरा ले गई। उधर **सेफ़ैलस** द्वारा त्यक्ता **प्रॉक्रिस** इधर-उधर भटकती **क्रीट** पहुँची और वहाँ के राजा **मायनॉस**

को एक भयानक बीमारी से कुछ औषधियों की सहायता से मुक्त कराया। सम्भवतः दोनों में शारीरिक सम्बन्ध भी था और वह भाला तथा कुक्कुर **मायनॉस** ने **प्रॉक्रिस** को भेंट में दिए थे। लेकिन इसके फौरन बाद ही **प्रॉक्रिस एथेन्स** लौट आई। तब तक **सेफ़ैलस** भी **इऑस** के महल से लौट आया था। एक किशोर के वेश में कुछ समय तक **प्रॉक्रिस सेफ़ैलस** के साथ शिकार खेलती रही। आखिर दोनों पर सच्चाई स्पष्ट हुई और वे फिर से एक हो गए। भाला और कुक्कुर **प्रॉक्रिस** ने **सेफ़ैलस** को दे दिए और अन्त में इसी भाले से अपने पति के ही हाथों **प्रॉक्रिस** की मृत्यु हुई।

सेफ़ैलस को हत्या के अभियोग में **एरियोपैगस** ने देश से निर्वासित कर दिया। अब वह इधर-उधर भटकता **थीब्ज़** पहुँचा। **थीब्ज़** में उस समय **एम्फ़ीट्रयों** का राज्य था। **एम्फ़ीट्रयों** उस समय **टेलीबॉन** जाति पर आक्रमण करने की तैयारी कर रहा था एवं इस कार्य के लिए उसने **क्रियों** से सैनिक सहायता माँगी। **क्रियों** के राज्य में उन दिनों एक लोमड़ी ने बड़ा तहलका मचा रखा था। उसे मारने के सारे प्रयास असफल हो चुके थे। देवताओं के वरदान-स्वरूप दौड़ने में कोई भी उससे पार नहीं पा सकता था। **क्रियों** ने इस शर्त पर **एम्फ़ीट्रयों** का साथ देना स्वीकार किया कि वह इस लोमड़ी को जीवित पकड़ने अथवा मारने में उसकी सहायता करे। **एम्फ़ीट्रयों** ने स्वीकार कर लिया और राज्य के सभी आखेटकों को इस नए कौतुक के लिए आमन्त्रण दे दिया। इसी समय **सेफ़ैलस** भी अपने द्रुतगामी शिकारी कुत्ते **लियेलेप्स** के साथ वहाँ पहुँचा। **लियेलेप्स** भी दौड़ में किसी से हारनेवाला नहीं था। फिर क्या था! **सेफ़ैलस** के कुत्ते ने उस लोमड़ी के पीछे भागना शुरू किया। दोनों हवा से बातें करने लगे। **ओलिम्पस** से सभी देवता और एक पहाड़ी पर खड़े **सेफ़ैलस** और उसके साथी यह अद्भुत दौड़ देख रहे थे। ऐसा लगता था, दोनों हवा में उड़ रहे हैं, केवल उनके पैरों के निशान ही इसके विपरीत प्रमाण थे। लोमड़ी ने कई चालें चलीं, देर तक उल्टे-सीधे गोलाकार दौड़ती रही लेकिन **लियेलेप्स** भी मुँह खोले, जीभ लटकाए, झाग फेंकता उसके पीछे लगा ही रहा। इस दौड़ का अन्त होना असम्भव ही था क्योंकि दोनों ही पशुओं को विशिष्ट देवताओं का अनुग्रह प्राप्त था। आखिर तंग आकर **ज़्यूस** को हस्तक्षेप करना पड़ा और उसने उन्हें पत्थर की मूर्तियों में बदल दिया। इतनी सजीव थीं ये प्रतिमाएँ कि लोमड़ी अब भी प्राणपण से भागती और कुत्ता मुँह खोले उसे पकड़ने को उद्यत लगता।

इसके पश्चात **सेफ़ैलस** ने **एम्फ़ीट्रयों** की **टेलिबॉन्स** को जीतने में सहायता की और उस प्रदेश को **सेफ़ैलेनिया** के नाम से जाना जाने लगा। लेकिन इस सबके बावजूद भी **सेफ़ैलस प्रॉक्रिस** को कभी नहीं भूल सका। उसके हाथ अपनी प्रियतमा के खून से रँगे थे। वह भला चैन कहाँ पा सकता था। आखिर एक दिन वह **ल्यूकस** गया और वहाँ **अपोलो** के एक मन्दिर का निर्माण कराने के बाद पहाड़ की चोटी से समुद्र में कूदकर प्राण दे दिए। नीचे गिरते समय भी उसने **प्रॉक्रिस** का ही नाम लिया जिसकी उसने अनजाने ही हत्या कर डाली थी। इस प्रकार **प्रॉक्रिस** और उसके प्रेमी **सेफ़ैलस** का दुखद अन्त हुआ।

ऑरफ़ियस-यूरिडिसी

थ्रेस का निवासी **ऑरफ़ियस** एक महान गायक था। कहा जाता है कि उसका जन्म देवता **अपोलो** तथा महाकाव्य की देवी **कैलीयोपे** के संसर्ग से हुआ। **अपोलो** की वीणा के मधुर स्वरों पर **ओलिम्पस** के समस्त देवता झूम उठते और **ऑरफ़ियस** की कला पर पृथ्वी के मानव। सम्भवतः इसी समानता के कारण इस धारणा ने जन्म लिया कि संगीत कला **ऑरफ़ियस** को अपने पिता **अपोलो** से वंश-परम्परा में मिली। **अपोलो** को काव्य एवं संगीत का देवता होने के कारण नौ **म्यूज़ेज़** के सम्पर्क में आने का पर्याप्त अवसर मिलता था और **कैलीयोपे** इन्हीं में से एक थी। कुछ आश्चर्य नहीं कि दोनों एक-दूसरे की ओर आकृष्ट हुए और इस महामिलन से **ऑरफ़ियस** जैसे कुशल कलाकार का जन्म हुआ। किन्तु एक अन्य धारणा के अनुसार **ऑरफ़ियस** का पिता **थ्रेस** का राजकुमार **ओयेग्रस** था। संगीत की शिक्षा उसे अपनी माता **कैलीयोपे** तथा **अपोलो** से मिली। **अपोलो** ने ही **ऑरफ़ियस** को एक वीणा भेंट में दी और **म्यूज़ेज़** ने उसके स्वर को वीणा के तारों का साथ देना सिखाया। बाल्यकाल में ही इन दैवी शिक्षकों के प्रभाव से **ऑरफ़ियस** को गायन तथा वीणा-वादन पर अभूतपूर्व अधिकार हो गया। अवस्था के साथ-साथ उसकी कला भी विकसित होती गई। एक महान गायक के रूप में उसकी ख्याति फूलों की सुगंध की तरह दूर-दूर तक फैल गई। कहते हैं **ऑरफ़ियस** के संगीत में अद्भुत शक्ति थी। जब वह अपनी अँगुलियों से वीणा

के तार झंकृत करता तो आध्यात्मिक आनन्द का एक सोता-सा फूट पड़ता। पक्षी चहचहाना भूल जाते, नदियों और झरनों की गति थम जाती, वायु रुक-रुककर दबे पाँव चलती, पत्थरों के भी दिल धड़कने लगते। नगर-ग्राम, वन-उपवन जहाँ कहीं **ऑरफ़ियस** का स्वर लहराता, सुननेवाले अपने आपको भूल कर किसी अज्ञात शक्ति से खिंचे चले आते। एक पल के लिए प्रकृति के सारे व्यापार थम जाते। वन के हिंस्र जन्तु शिकार भूलकर **ऑरफ़ियस** के पैरों पर लोटने लगते, मृगया के लिए आखेटकों के उठे हुए भाले और खिंचे हुए बाण हवा में ही स्थिर हो जाते। इतना ही नहीं पहाड़, और गर्व से सिर उठाए वन के विशाल वृक्ष अपनी जगह छोड़कर **ऑरफ़ियस** के गिर्द जमा हो जाते। ऐसा आकर्षण था उस महान गायक के स्वर में कि सारी प्रकृति मन्त्रमुग्ध हो उठती। **थ्रेस** के **जोन** नामक स्थान पर आज भी ओक वृक्ष उसी क्रम से और स्थिति में खड़े हैं जैसे उन्हें **ऑरफ़ियस** छोड़ आया था।

वीर **जेसन** के साथ **आगू** द्वारा **ऑरफ़ियस** की समुद्र-यात्रा का विवरण हमें तीसरी शताब्दी के ग्रीक कवि **रोड्स** के **अपोलोनियस** से मिलता है। इस यात्रा में भी **ऑरफ़ियस** ने अपनी असाधारण कला के चमत्कार दिखाए और **जेसन** तथा उसके साथियों को मौत के मुँह से बचाया। जलयान खेते-खेते जब मल्लाहों के अंग शिथिल होने लगते, **ऑरफ़ियस** का संगीत उन्हें नई शक्ति देता, क्लान्त तन-मन में नई स्फूर्ति भर देता, जीवन के संग्राम में कठिनाइयों का सामना करते हुए आगे बढ़ने का सन्देश देता। जब **एगनॉट्स ने सायरेन** स्त्रियों की सुरीली आवाज़ सुनी, वे सब कुछ भूलकर मृत्यु की ओर बढ़ने लगे। **सायरेन** युवतियों के पास ऐसा अद्‌भुत और मादक स्वर था कि जो भी उनके गीत सुनता मन्त्रमुग्ध-सा उनकी ओर खिंचा चला आता और फिर वे उसे मारकर खा जातीं। वहाँ न जाने कितने ही ऐसे अभागों की हड्डियों का ढेर लगा था। सब कुछ जानते हुए भी नाविक उस मोहिनी शक्ति का प्रतिरोध न कर पाते और जलयान अपने-आप ही उसी दिशा में बढ़ने लगता। ऐसा ही आगू के यात्रियों के साथ भी हुआ। **ऑरफ़ियस** ने जब उन्हें मन्त्रमुग्ध-सा मृत्यु की ओर बढ़ते देखा, उसने झपटकर अपनी वीणा उठा ली और उस पर ऐसे स्वर छेड़ दिए कि नाविकों पर जादू छा गया। **सायरेन** का घातक सुरीला स्वर **ऑरफ़ियस** के जीवनदायक गीतों में दबकर रह गया और **एगनॉट्स** सकुशल अपने देश पहुँचने में सफल हुए। ऐसी शक्ति थी **ऑरफ़ियस** के संगीत में।

ऑरफ़ियस जैसे गायक के स्वर पर भला कौन न मुग्ध हो जाता। पर्वतों और वृक्षों की देवियाँ तो उसकी राहों में पलकें बिछाती थीं। उसकी एक दृष्टि के लिए न जाने कितनी अप्सराएँ तरसतीं। कोई भी रमणी **ऑरफ़ियस** का सहवास पा अपना जीवन धन्य मानती। किन्तु यह सौभाग्य प्राप्त हुआ सुन्दरी **यूरिडिसी** को। फूलों से झुकी सुकुमार लता-सी, वीणा के तारों पर तरंगित स्वर-लहरी-सी, पावस की पहली रसभीनी फुहार-सी **यूरिडिसी ने ऑरफ़ियस** के गीतों में प्रणय का रस घोल दिया। जीवन का सुनहला प्रभात जगमगाया, कल्पना को नए रंग मिल गए। **ऑरफ़ियस** की आराधना ने वरदान पाया, **यूरिडिसी** वधू बनकर उसके घर आ गई। लेकिन दुर्भाग्य! **ऑरफ़ियस** को इतना सुख रास

न आया। **यूरिडिसी** को वन में फूल चुनते हुए दुष्ट **एरिसटेयस** ने देख लिया। **यूरिडिसी** का अनुपम कोमल रूप और विकसित यौवन देखकर **एरिसटेयस** के मन में तृष्णा का ज्वार उठा। **यूरिडिसी** उसका मनोभाव जानते ही अपने सतीत्व की रक्षा के लिए **ऑरफ़ियस** को पुकारती हुई भागी। दुर्भाग्यवश **ऑरफ़ियस** उस समय कुछ दूर निकल गया था, **यूरिडिसी** की करुण पुकार उस तक न पहुँच सकी। भागते-भागते **यूरिडिसी** का पाँव लम्बी घास में छिपे एक विषैले सर्प पर पड़ गया। क्रुद्ध सर्प फुँकार उठा और **यूरिडिसी** को डस लिया। सर्पदंश से पीड़ित **यूरिडिसी** वहीं गिर पड़ी, उसका शरीर नीला पड़ने लगा और कुछ ही क्षणों में जीवन की लौ बुझ गई। **यूरिडिसी** की मिलन-शयूया उसकी मृत्यु-शयूया बन गई।

अपनी प्रेयसी के लिए जिन पुष्प-वल्लरियों को लिए **ऑरफ़ियस** घर लौटा वे **यूरिडिसी** की अन्तिम यात्रा के काम आईं। **ऑरफ़ियस** के दुख की सीमा न थी। जिस **यूरिडिसी** को वह एक पल अपनी आँखों से ओझल न होने देता था, वह सदा के लिए उसे छोड़कर चली गई। जीवन अर्थहीन हो गया, कल्पना के सारे रंग धूल में मिल गए, वीणा के स्वर रुदन करने लगे। शोकार्त **ऑरफ़ियस** के करुण विलाप से पाषाण-हृदय पिघल गए, आसमान की आँख भी रो उठी। सारी प्रकृति उसके दुख से दुखी थी लेकिन जीवन-मरण का दैवी-विधान कैसे बदला जा सकता था। मित्रों ने बहुत समझाया, सान्त्वना दी, लेकिन **ऑरफ़ियस** की आँखों से बहती आँसुओं की लड़ी न टूटी। गायक का कोमल हृदय प्रेयसी का वियोग न सह सका। **अपोलो, कैलीयोपे** एवं अन्य सहृदय देवी-देवता उसके दुख से दुखी अवश्य थे लेकिन मृत्युलोक के देवता **हेडीज़** के कार्यक्षेत्र में हस्तक्षेप करने का अधिकार किसी को नहीं। जब **यूरिडिसी** की विरह-वेदना असह्य हो उठी, और समय जैसा महान चिकित्सक उसके घाव भरने में असफल रहा तो **ऑरफ़ियस** ने स्वयं **टारटॉरस** जाने का निश्चय किया। **हेडीज़** का अँधेरा **टारटॉरस** जहाँ सूर्य की एक किरण तक जाते भय से काँपती है, केवल मृत आत्माओं का निवास-स्थान है। कोई भी जीवित मनुष्य आज तक वहाँ नहीं जा पाया, **ऑरफ़ियस** यह भली-भाँति जानता था लेकिन **यूरिडिसी** के बिना जीवन का क्या मूल्य? जब आत्मा ही नहीं तो शरीर किस काम का? **ऑरफ़ियस** को अब प्राणों का मोह नहीं था। **यूरिडिसी** के प्रेम ने उसे निडर कर दिया। वह जाएगा। अवश्य जाएगा और मृतकों के लोक से **यूरिडिसी** को लौटा लाएगा अन्यथा वहाँ प्राण दे देगा। और **ऑरफ़ियस** हाथ में वीणा, हृदय में पीड़ा, आँखों में आँसू, स्वर में करुणा का तूफान लिए **टारटॉरस** की ओर चल पड़ा। वह गीत गा रहा था उस अक्षय, अमर, अनन्त प्रेम के जिसकी रमणीयता समय के प्रभाव से मलिन नहीं होती, उस आस के जो हर पल नवीन है, विरह की उस पीड़ा के जो कभी नहीं मरती। भीषणकाय **कैरों** उसके करुण स्वर में ऐसा खोया कि चुपचाप उसे **स्टिक्स** के पार पहुँचा दिया। **स्टिक्स** के पार ही था **हेडीज़** का अन्धकारमय साम्राज्य जहाँ अभी मार्ग में अनेक कठिनाइयों का **ऑरफ़ियस** को सामना करना था। लेकिन **ऑरफ़ियस** के गीतों की मोहिनी शक्ति से **टारटॉरस** के लौह-द्वार अपने आप ही खुल गए। **टारटॉरस** का द्वारपाल

तीन सिरवाला भयानक कुत्ता **सेब्रस** चुपचाप सिर झुकाए बैठा रहा। और **ऑरफ़ियस** आगे बढ़ता गया। किसी ने उसे नहीं रोका, उसके मार्ग में बाधा नहीं दी। न जाने कैसी तन्द्रा छाई थी **टारटॉरस** के सेवकों पर कि एक जीवित मानव उनकी आँखों के सामने से मृत्युलोक में प्रवेश कर गया और वे चुपचाप, खोए-खोए, हाथ पर हाथ धरे बैठे ही रह गए। अब **ऑरफ़ियस** मृत आत्माओं के बीच से गुज़र रहा था **यूरिडिसी** को खोजता हुआ। मृत्यु लोक में जीवन का ऐसा मधुर और करुण संगीत सुनते ही स्तब्धता छा गई। सैकड़ों वर्ष से अभिशप्त **टैन्टेलस** पल-भर को अपनी कभी न बुझनेवाली प्यास भूल गया, **सिसीफ़स** चट्टान पर ही स्थिर हो गया, **इक्सायेन** का अबाध गति से घूमनेवाला चक्र रुक गया, **डॉनास** की अभागी बेटियाँ छलनी में पानी भरना भूल गईं। मधुर विस्मृति का एक पल शताब्दियों की निरन्तर यातना पर छा गया। एक क्षण के लिए वर्षों से पश्चात्ताप की अग्नि में जलती हुई आत्माएँ संगीत के रस में डूब गईं। आश्चर्य तो यह कि मृत आत्माओं के लिए कठोरतम दण्ड का विधान करनेवाली क्रूर-प्रकृति **फ्यूरीज़** के गाल भी आँसुओं से भीगते देखे गए। पत्थर को पिघलाने की शक्ति रखनेवाला **ऑरफ़ियस** वेदना के गीत गाता **टारटॉरस** के श्याम वर्ण, भीमकाय सम्राट **हेडीज़** के सम्मुख पहुँचा। **हेडीज़** के साथ ही स्वर्ण सिंहासन पर आसीन थी सुन्दरी **पर्सीफ़नी,** जिसके गौर वर्ण को **टारटॉरस** के अँधेरे मलिन किए थे। बस यही **ऑरफ़ियस** की स्वर-साधना की परीक्षा थी। उसकी काँपती उँगलियों ने वीणा के तार छेड़े, **टारटॉरस** की बंजर भूमि पर रस की फुहार गिरने लगी। आँखों से आँसू बहते थे, अधरों से संगीत की सुर-सरिता। यह एक टूटे हुए हृदय की पुकार थी, अन्तरात्मा की गहराइयों को छू लेनेवाला, विरही प्रेमी का स्वर। **ऑरफ़ियस** गा रहा था :

''ओ **टारटॉरस** के नीरव अन्धकार के स्वामी! तेरी महिमा अपार है। सारी पृथ्वी पर कौन ऐसा प्राणी है जो तेरा ऋणी नहीं? यह जीवन तेरी धरोहर ही तो है। तू जब चाहे ले ले। वीर, मेधावी, गुणी, सच्चरित्र, रूपवान–सब का तू ही अन्तिम शान्ति स्थल है। तू अपराजेय है। कोई शक्ति, कोई सौन्दर्य, कोई वैभव ऐसा नहीं जो तेरे सामने नतमस्तक नहीं हुआ। हम पृथ्वी के नश्वर प्राणियों की तू ही गति है। लेकिन देव, दीपशिखा को प्रज्वलित होने से पहले मृत्यु की आँधी ने क्यों बुझा डाला? कली को विकसित होने से पहले क्यों मसल डाला? जिसने अभी जीवन के प्रभात का दर्शन भी न किया था उसे **टारटॉरस** के अँधेरे में क्यों धकेल दिया? धृष्टता क्षमा हो, देव। नियति को चुपचाप स्वीकार कर लेने की बड़ी चेष्टा की मैंने लेकिन प्रेम की शक्ति को तो तुम जानते ही हो। जिस प्रेम के वशीभूत हो **टारटॉरस** का समर्थ स्वामी **सिसली** में फूल चुनती हुई सुन्दरी **पर्सीफ़नी** का अपहरण कर लाया था, उसी प्रेम की कसक आज मुझे भी यहाँ खींच लाई है। दया करो देव! **यूरिडिसी** के जीवन के बिखरे सूत्र एक बार फिर मिला दो। मेरी प्रेरणा का स्रोत, मेरे सूने जीवन का वसन्त, मेरी कल्पना के रंग, मेरे प्राणों की ललक मुझे लौटा दो। लौटा दो, मेरे गीतों की रागिनी मुझे लौटा दो देव। अन्यथा एक नहीं दो आत्माओं को **टारटॉरस** में स्थान दो क्योंकि **ऑरफ़ियस** अपनी **यूरिडिसी** को

लिए बिना आज नहीं जाएगा।''

पर्सीफ़नी के नेत्रों से अश्रु-धारा बहने लगी। पहली बार **हेडीज़** के मुख से कठोरता का भाव पिघला। **ऑरफ़ियस** की स्वर-लहरी अभी तक वातावरण में तैर रही थी। तभी **हेडीज़** का मेघ-गर्जन-सा गम्भीर स्वर गूँज उठा। सारे **टारटॉरस** ने साँस रोककर सुना :

''जाओ **ऑरफ़ियस,** अपने देश लौट जाओ। **यूरिडिसी** छाया की भाँति तुम्हारे पीछे आ रही है। लेकिन सावधान। मार्ग में कहीं रुकना मत, न बात करने की चेष्टा करना और न पीछे मुड़कर देखना अन्यथा **यूरिडिसी** को फिर कभी न देख पाओगे। जाओ, शीघ्रता करो। विश्वास रखो **टारटॉरस** के नीरव मार्ग में तुम अकेले नहीं होओगे। सूर्य के प्रकाश में नहाई हुई धरती पर पहुँचते ही **यूरिडिसी** तुम्हारी होगी।''

ऑरफ़ियस तत्काल **टारटॉरस** के द्वार की ओर चल दिया। उसने **यूरिडिसी** को पुकारे जाते हुए सुना। उसके हृदय की गति तीव्र हो गई। अपने सौभाग्य पर वह स्वयं आश्चर्यचकित दूर पृथ्वी पर चमकती हुई प्रकाश की किरण की ओर तेज कदमों से बढ़ता चला जा रहा था। चारों ओर मौत का भयानक सन्नाटा था। केवल उसकी पदचाप ही गुहा में प्रतिध्वनित हो रही थी, और बाहर आशा की किरण जगमगा रही थी। धीरे-धीरे अँधेरा कम होने लगा, द्वार निकट आ गया और पल-भर में **ऑरफ़ियस** ने गुहा-द्वार के बाहर पृथ्वी पर कदम रखा। वह अपनी उत्कंठा का और अधिक निरोध न कर सका। तत्काल अपनी प्राणों से प्रिय भार्या की ओर पलटकर देखा। अभागे **ऑरफ़ियस** का धैर्य कुछ जल्दी साथ छोड़ गया। **यूरिडिसी** अभी गुहा के अँधेरे में ही थी। उसने देखा, **यूरिडिसी** की बाँहें अपने प्रेमी के आलिंगन के लिए खुली थीं लेकिन कोई दैवी शक्ति उसे पीछे लिए जा रही थी जैसे वह नदी के प्रचंड बहाव में बहती चली जा रही हो। उसके अधरों से मंद अस्फुट से शब्द निकले, ''विदा **ऑरफ़ियस।** विदा मेरे प्रियतम।'' और वह एक बार फिर **टारटॉरस** के अँधेरे में खो गई। **ऑरफ़ियस** पागलों की तरह **''यूरिडिसी! यूरिडिसी!''** पुकारता हुआ उसके पीछे भागा लेकिन इस बार उसे **टारटॉरस** में प्रवेश की अनुमति नहीं मिल सकी। हताश **ऑरफ़ियस** कई दिनों तक अन्न-जल ग्रहण किए बिना **स्टिक्स** के तट पर सिर पटकता रहा लेकिन **कैरों** को दया न आई। कोई भी जीवित मनुष्य **टारटॉरस** में दो बार भला कैसे जा सकता है। जीत कर भी **ऑरफ़ियस** हार गया। **यूरिडिसी** को पाकर उसने फिर खो दिया। उसे संसार से विरक्ति हो गई। मानव-मात्र से उसने अपना नाता तोड़ लिया। वह अकेला वीणा हाथ में लिए विरह के गीत गाता पर्वतों, घाटियों, वनों में घूमता फिरता। अब वे ही उसके साथी थे, उसकी व्यथा के साक्षी। **थ्रेस** की युवतियाँ अब भी उसके संगीत पर मुग्ध थीं। वे भाँति-भाँति से **ऑरफ़ियस** को आकृष्ट करने की चेष्टा करतीं लेकिन उसके मानस-पट पर खिंचा **यूरिडिसी** का चित्र धुँधला न हो सका। कहते हैं इस अपमान से **थ्रेस** की स्त्रियाँ इतनी क्षुब्ध हो उठीं कि एक बार मदिरा के देवता **डायोनिसस** के विलासोत्सव में मद्यपान से उन्मत्त होकर उन्होंने **ऑरफ़ियस** को मार डाला और उसके कटे हुए अंग **हेब्रस** नदी में फेंक दिए।

ऑरफ़ियस की मृत्यु का कारण निर्देश करते हुए यह भी कहा जाता है कि एक बार जब **डायोनिसस थ्रेस** देश में आया, **ऑरफ़ियस** ने उसे उचित सम्मान नहीं दिया। वह **डायोनिसस** के उत्सवों में होनेवाली बलि-प्रथा से सहमत नहीं था, अतः उसने उसके विरुद्ध **थ्रेस** में प्रचार किया। इसी कारण रुष्ट होकर देवता **डायोनिसस** ने अपनी अनुयायी **मीनड** स्त्रियों को इतना उन्मत्त कर दिया कि उन्होंने **पेन्थियस** की तरह ही **ऑरफ़ियस** की भी निर्ममता से हत्या कर डाली और उसका सिर **हेब्रस** नदी में फेंक दिया। **ऑरफ़ियस** का गाता हुआ सिर नदी के प्रवाह में बहता **लेसबास** द्वीप पहुँचा। वहीं **म्यूज़ेज़** ने दुखी मन से अपने प्रिय गायक के अंग एकत्र करके **ओलिम्पस** पर्वत के पास **लेबथ्रा** नामक स्थान पर उसका अन्तिम संस्कार किया। आज तक भी उस प्रदेश की नाइटिंगेल विश्व के अन्य सभी सजातीय पक्षियों से कहीं अधिक मधुर स्वर में गाती है।

ऑरफ़ियस का सिर **एन्टिसा** की एक गुहा में दफना दिया गया। **एन्टिसा** तभी से **ऑरफ़ियस** का विश्वविख्यात प्रश्न-स्थान बन गया क्योंकि उसका सिर वहाँ निरन्तर भविष्यवाणी करता था। परिणामस्वरूप **अपोलो** के प्रश्न-स्थान **डेल्फ़ी, क्लेरस, ग्रीनियम** आदि वीरान हो गए। तब **अपोलो** स्वयं **एन्टिसा** गया और जहाँ सिर रखा गया था वहाँ खड़े होकर यह कहा, "मैं बहुत समय से यह धृष्टता सहता आ रहा हूँ। अब मेरे काम में हस्तक्षेप करना बन्द करो।" बस, तभी से वह सिर शान्त हो गया और फिर कभी नहीं बोला। **ऑरफ़ियस** की वीणा भी बहती हुई **लेसबास** द्वीप जा पहुँची थी जहाँ उसे अपोलो के मन्दिर में प्रस्थापित कर दिया गया किन्तु बाद में नौ **म्यूज़ेज़** तथा देवता **अपोलो** की कृपा से उसे आकाश के नक्षत्रों में स्थान मिला।

कहते हैं **ऑरफ़ियस** की क्रूर हत्या की देवताओं ने बहुत निन्दा की और **डायोनिसस** ने उस **मीनड** स्त्रियों को ओक वृक्षों में बदलकर उनके प्राण बचाए। महान गायक **ऑरफ़ियस** के असफल प्रेम की अविस्मरणीय कहानी हमें **ओविड, वरजिल** तथा **अपोलोनियस** से प्राप्त हुई है।

एन्डीमियन

एन्डीमियन कौन था इस विषय में विभिन्न धारणाएँ हैं। कुछ लेखकों का मत है कि वह **एलिस** देश का राजा था, कुछ के अनुसार एक आखेटक या एक चरवाहा। लेकिन इस बात पर सभी सहमत हैं कि **ज़्यूस** और समुद्र-कन्या **कैलिके** का यह पुत्र अद्भुत सौन्दर्य का स्वामी था और इस अप्रतिम सौन्दर्य ने ही उसके भाग्य को एक अनोखा मोड़ दे डाला।

एक रात जब चन्द्रमा की देवी **सिलीने** चाँदी के रथ पर बैठी अपनी रात्रि-यात्रा कर रही थी, **लैटमस** पर्वत पर सोए **एन्डीमियन** पर उसकी दृष्टि अकस्मात् जा पड़ी। बड़ी मनोहर रात थी। आकाश पर तारे खिले थे। पृथ्वी के पेड़-पौधे गहरी नींद में डूबे थे, मन्द-मन्द वायु उन्हें थपकियाँ देती थी। कहीं कोई आवाज़ नहीं थी। ऐसा लगता था जैसे सारा वातावरण एक कभी न टूटनेवाली खामोशी के आवरण में लिपटा हो। फूल सिर झुकाकर सो गए थे, लताएँ भी विलासी रमणियों-सी बेसुध पड़ी थीं। पक्षियों के गीत तक सो गए थे, केवल संगीत समाप्त होने के बाद तक रहनेवाली मधुर तन्मयता हवा में घुल-सी गई थी। **एन्डीमियन** के सुन्दर मुखड़े पर चाँद की किरणें सीधी पड़ रही थीं। **सिलीने** ने देखा तो देखती ही रह गई। ऐसा लगा जैसे किसी कुशल शिल्पी ने चाँद के टुकड़े को तराश कर मानव-आकृति दे डाली हो। **सिलीने** का रथ रुक गया, चाँद **लैटमस** पर्वत की चोटी पर अटक गया। ऐसा रूप **सिलीने** ने पहले कभी नहीं देखा था। उसका हृदय वेग से धड़कने लगा। केवल प्रशंसा और आश्चर्य से नहीं। उसके मन में प्रेम का अंकुर अनजाने ही उग आया था।

सिलीने अपने आपको रोक न सकी। धीरे से रथ से उतरी और हवा पर जैसे तैरती हुई पर्वत पर आ गई। **एन्डीमियन** उसकी उपस्थिति से बेखबर बेसुध सोया था। वह कुछ और आगे बढ़ी, **एन्डीमियन** पर झुक गई, और उसके अधखुले अधरों पर अपने प्रेम का एक जीवित चिह्न अंकित कर दिया। ऐसा लगा जैसे **एन्डीमियन** के शरीर में गति हुई, जैसे उसकी पलकें ऊपर उठीं। **सिलीने** ने एक पल भी देर न की और शीघ्रता से अपने रथ पर जा बैठी। चाँद की सवारी आगे बढ़ गई।

एन्डीमियन ने आँखें खोलीं तो वहाँ कुछ भी नहीं था। क्या कोई स्वप्न था? उसने सोचा। अभी तो ऐसा लगा जैसे चाँद मेरे बिल्कुल पास था, बस यहीं, इसी जगह। लेकिन यह दूरी! वह मुस्कुरा दिया। भला यह कहाँ सम्भव है। फिर भी वह रात-भर उसी स्वप्न को साक्षात देखने की आस लगाए बैठा रहा। लेकिन **सिलीने** उस रात फिर नहीं आई।

दूसरी रात जब **एन्डीमियन** उसी जगह पर सो रहा था, **सिलीने** फिर आई। रथ से उतरी, अपने सोए हुए प्रेमी को प्यार किया और तेजी से वापस चली गई। फिर हर रात ऐसा ही होने लगा। हर रात **एन्डीमियन** की आधी सोई, आधी जागी आँखें यह मधुर सपना देखतीं और दूसरी रात की प्रतीक्षा में खो जातीं।

सिलीने की इस अद्‌भुत प्रेम-कथा का नायक आज भी **लैटमस** पर्वत की किसी गुहा में सो रहा है। वह नहीं चाहती थी कि उसके प्रेमी के अतीव सुन्दर शरीर पर आयु की कुदृष्टि पड़े, वह नहीं चाहती थी कि **एन्डीमियन** की स्निग्ध आकृति पर परिश्रम का स्वेद झलके, या क्लान्ति की अवांछित छाया भी पड़े। अतः **सिलीने** ने अपने युवक प्रेमी को चिर-निद्रा में सुला दिया। वह जीवित है लेकिन सो रहा है और चिरकाल तक उसी नींद में खोया रहेगा। उसके मुखड़े के गुलाब कभी नहीं मुरझाएँगे। परियों के राजकुमार जैसे **एन्डीमियन** और चन्द्रमा की देवी **सिलीने** की यह मधुर कल्पनाओं में लिपटी अनूठी प्रेम-कथा भी सदा कवियों के आकर्षण का केन्द्र बनी रहेगी।

प्राचीन काल में **सिलीने** को ही चन्द्रमा की देवी माना जाता था लेकिन समय ने देवी-देवताओं को भी नहीं छोड़ा। बाद की कृतियों में **सिलीने** और आखेट की देवी **आर्टेमिस** को एकरूप कर दिया गया। ऐसा ही परिवर्तन सूर्य-देवता के सम्बन्ध में भी हुआ। पहले **हीलियस** सूर्य देवता के पद पर प्रतिष्ठित था, लेकिन बाद में लेखकों ने यह स्थान **अपोलो** को दे दिया। इस तरह सूर्य-देवता **अपोलो** की बहन **आर्टेमिस** चन्द्रमा की देवी हुई जो कि एक प्रकार से संगत भी है। **अपोलो** भाई होने के नाते अपनी बहन **आर्टेमिस** को प्रकाश देता है और चाँद सूर्य के तेज से ही चमकता है।

विविध आख्यान

टैंटलस

टारटॉरस में अविराम असह्य यन्त्रणा भोगनेवाली आत्माओं में **टैंटलस** का नाम प्रमुख है। **हेडीज़** के न्यायाधीशों तथा **एरीनीज़** द्वारा उसे दिया गया दण्ड भी असाधारण है। **टैंटलस** एक नदी अथवा जल-कुंड के मध्य में खड़ा है। पानी उसकी कमर से टकराकर बह रहा है। कभी-कभी तो जल की सतह उसकी गर्दन तक उठ आती है लेकिन जैसे ही **टैंटलस** पानी पीने के लिए सिर झुकाता है सारी नदी में रेत ही रेत रह जाती है। जल की इठलाती लहरें न जाने कहाँ स्वप्न-सी लुप्त हो जाती हैं। कभी भाग्यवश थोड़ा-सा जल उसके हाथ में आ भी जाता है तो मुँह तक ले जाने में ही उँगलियों से बहकर उसी मिट्टी में मिल जाता है और **टैंटलस** प्यासा ही रह जाता है। उसका गला प्यास से सूख रहा है, जिह्वा जैसे लकड़ी हो गई है, होंठ फट गए हैं लेकिन आज तक वह इस मृगतृष्णा से छुटकारा नहीं पा सका है। इतना ही नहीं **टैंटलस** के सिर के ऊपर भाँति-भाँति के रसीले एवं स्वादिष्ट फलों से लदी डालियाँ लटकी हैं। **टैंटलस** भूखा है! वह भूखी निगाहों से अपने सिर के ठीक ऊपर झूलती हुई उन शाखाओं को देखता है किन्तु जैसे ही किसी फल को तोड़ने के लिए हाथ उठाता है, हवा का कोई तेज निर्मम झोंका उन्हें उसकी पहुँच के बाहर उड़ा ले जाता है। क्षुधार्त, प्यासा **टैंटलस** शताब्दियों से **टारटॉरस** की यह यातना भोग रहा है। **हेडीज़** के विधान को भला कौन बदल सकता है। किन्तु आश्चर्य होता है और यह जानने की उत्सुकता भी कि यह **टैंटलस** था कौन? क्या पाप किया उस अभागे ने जिसके लिए ऐसा कठोर दण्ड-विधान किया गया?

टैंटलस का वंश एक विवादास्पद विषय है किन्तु इसमें किंचित भी सन्देह नहीं कि उसका जन्म बड़े समृद्ध एवं कुलीन परिवार में हुआ था। यह भी सम्भावना है कि उसकी धमनियों में किसी देवात्मा का रक्त था। **हीसियड** के अनुसार उसकी माता **क्रॉनस** तथा **रिआ** अथवा **ओसिनस** तथा **टेथिस** की पुत्री **प्लूटो** थी। **ओविड** के **'मेटामारफ़ॉसिस'** तथा **अपोलोडॉरस** के मतानुसार **टैंटलस** का पिता देव-सम्राट **ज़्यूस** अथवा **लीडिया** का सम्राट, **टमोलस** पर्वत का पूज्य देवता **टमोलस** था जिसकी पत्नी का नाम **ऑम्फ़ेल** था। इसी **टमोलस** को सूर्य देवता **अपोलो** तथा **पैन** को संगीत प्रतियोगिता में निर्णायक नियुक्त किया गया था। **हाइजीनस** तथा कुछ अन्य विद्वानों का विचार है कि **टैंटलस** **आरगोस** अथवा **कॉरिन्थ** का सम्राट था जबकि एक अन्य विचारधारा के अनुसार वह **लीडिया** का शासक था एवं उसने **सिपीलस** से आगे बढ़कर **पैफ़्लागोनिया** पर विजय

प्राप्त की। बाद में देवताओं के अभिशाप से ग्रस्त होकर उसे इसी प्रदेश में **फ़्रीजिया** के **ईलस** के हाथों मात खानी पड़ी। **ज़्यूस** का प्रिय पत्रवाहक **गेनीमिडीज़** इसी **ईलस** का छोटा भाई था।

टैंटलस का विवाह नदी के देवता **पैक्टॉलस** की पुत्री **यूरियानसा** से हुआ। **यूरियानसा,** नदी-देवता **ज़ैन्थस** की कन्या **यूरीथेमिस्टा,** प्लायड **डिआनी** तथा **क्लीटिआ** के संसर्ग से **टैंटलस** की तीन सन्तान हुईं—**पीलॉप्स, निओबी** तथा **ब्रोटिआस।** कुछ लोग **पीलॉप्स** को **टैंटलस** का अवैध पुत्र भी कहते हैं।

टैंटलस एक शक्तिशाली एवं समृद्ध राजा था। **ज़्यूस** का पुत्र होने अथवा किसी अन्य कारणवश देवताओं की उस पर विशेष कृपा थी। देव-सम्राट **ज़्यूस** का उससे मित्रवत् व्यवहार था। **ओलिम्पस** पर आयोजित उत्सवों पर उसे आमन्त्रित किया जाता। सम्भवतः **टैंटलस** ही एकमात्र मानव था जिसका अमृत तथा देवताओं के योग्य भोजन से सत्कार किया जाता था। ऐसा सौभाग्य शायद ही कभी किसी मर्त्य व्यक्ति को प्राप्त हुआ हो। किन्तु यह अकल्पनीय ऐश्वर्य ही **टैंटलस** के विनाश का कारण बन गया। वह अपनी वास्तविकता भूलकर स्वयं को देवताओं का समकक्ष समझने लगा। अभिमान के मद में अन्धा होकर वह **ओलिम्पस** के गुप्त रहस्यों का बड़ी असावधानी से पृथ्वी के निवासियों के सम्मुख उद्घाटन करने लगा। इतना ही नहीं वह **ओलिम्पस** से देवताओं का भोजन चुराकर अपने मर्त्य मित्रों को **ज़्यूस** की आज्ञा बिना खिलाने लगा। इतने पर भी उसके अहम् की तुष्टि न हुई। अपनी श्रेष्ठता को जन-साधारण के समक्ष सिद्ध करने के विचार से **टैंटलस** ने एक दिन **ओलिम्पस** के देवताओं को अपने निवास-स्थान पर एक भोज में आमन्त्रित किया। देवताओं ने अपने कृपापात्र की इस प्रार्थना को सहर्ष स्वीकार कर लिया। देव-सम्राट **ज़्यूस** सहित सभी इस भोज में सम्मिलित हुए। जिस समय देवता भोजन कर रहे थे, न जाने **टैंटलस** को क्या सूझी कि उसने अपने पुत्र **पीलॉप्स** को मारकर उसके शरीर के टुकड़े-टुकड़े कर उस मांस को पकाकर देवताओं के सम्मुख परोस दिया। **टैंटलस** के इस वीभत्स कर्म के अनेक कारण बताए जाते हैं। कुछ विद्वानों के अनुसार **टैंटलस** देवताओं के आगमन से कृतार्थ हो इतना आत्म-विभोर हो उठा कि उसने अपने पुत्र की ही बलि दे दी। सम्भवतः वह इतने बड़े बलिदान से देवताओं को प्रभावित करना चाहता था। अथवा शायद भोज्य पदार्थ की कमी पड़ जाने के कारण **टैंटलस** को ऐसा करना पड़ा, या वह देवताओं की परख शक्ति की परीक्षा लेकर उन्हें मानव-भक्षी सिद्ध करना चाहता था। कारण जो भी रहा हो, **टैंटलस** ने यह कुकर्म किया अवश्य और इसका उल्लेख **हाइजीनस** के 'फ़ेबुला', **पिन्डार** के 'ओलम्पियन ओड्स' तथा अन्य अनेक पुस्तकों में मिलता है। सच तो यह है कि **टैंटलस** का दुर्भाग्य उसके सिर पर मँडरा रहा था, धूप-सी उजली प्रतिष्ठा पर कलंक की कालिमा घिर आई थी। **टैंटलस** ने देवताओं से छल करना चाहा पर स्वयं धोखा खा गया। वह अपनी अहम्मन्यता में यह भी भूल गया कि त्रिकालदर्शी देवताओं से कुछ भी नहीं छिपाया जा सकता। जैसे ही **पीलॉप्स** का मांस परोसा गया, **टैंटलस** की जघन्य क्रूरता से स्तम्भित देवताओं ने

भोजन से हाथ खींच लिया। किसी ने उसका स्पर्श तक नहीं किया। केवल **डिमीटर** ने अनजाने में उस मांस का एक टुकड़ा मुँह में डाल लिया। ऐसी बात नहीं कि **डिमीटर** में सत्य-ज्ञान की शक्ति नहीं थी, वस्तुतः वह उन दिनों अपनी पुत्री **पर्सीफ़नी** के अचानक अपहरण से बहुत खिन्न थी। शोकमग्न, विषण्णमना **डिमीटर** ने यह देखा ही नहीं कि उसके सामने क्या लाया गया है।

ज़्यूस का क्रोध भड़क उठा। देवताओं की भवें तन गईं। **टैंटलस** का काल आ पहुँचा। कहा जाता है कि **ज़्यूस** ने तत्काल अपने वज्र से **टैंटलस** की हत्या कर दी। उसे ऐसा भयानक दण्ड देना निश्चय किया गया जिससे आनेवाले युगों में लोग शिक्षा लें और फिर कभी सर्व-समर्थ देवताओं का अपमान करने का साहस न करें। भूखा-प्यासा **टैंटलस** आज तक **टारटॉरस** में उसी पाप की सज़ा भुगत रहा है।

टैंटलस को दण्ड दे चुकने के बाद देव-सम्राट **ज़्यूस** ने उसके निरपराध पुत्र **पीलॉप्स** को पुनर्जीवन देने का निश्चय किया। **ज़्यूस** के आदेशनुसार **हेमीज़** ने शीघ्र ही **पीलॉप्स** के शरीर के सभी कटे हुए अंगों को एक स्थान पर एकत्रित किया। इसमें एक कन्धा कम था जो ग़लती से **डिमीटर** ने खा लिया था। इन अंगों को उसी पतीले में रखकर फिर से उबाला गया। **ज़्यूस** ने अपनी शक्ति से उन अंगों को जोड़कर एक शरीर का रूप दिया। **डिमीटर** ने अप्राप्य अंग के स्थान पर हाथीदाँत का एक कन्धा बनाकर दिया। भाग्य की देवी **क्लोथो** ने उसमें प्राण फूँके। नया जीवन पाकर कुमार **पीलॉप्स** जब उस पतीले से एक नई आभा लेकर निकला तो **पैन** खुशी से नाचने लगा। समुद्र-देवता **पॉसायडन** तो उस पर ऐसा मोहित हुआ कि उसे अपने चार सुनहले घोड़ोंवाले रथ में बैठाकर अपने साथ ले गया जहाँ **पीलॉप्स** काफ़ी समय तक **पॉसायडन** के पत्रवाहक तथा व्यक्तिगत सेवक के रूप में कार्य करता रहा।

पीलॉप्स की माता **यूरियानसा** को बाद में केवल इतना ही पता चला कि **टैंटलस** ने उसके पुत्र को मारकर देवताओं को खिला दिया था। वह अपने पुत्र को मृत ही समझती रही और यही भावना **लीडिया** के निवासियों में भी व्याप्त रही। कुछ लोग सदा ही **टैंटलस** के बाद सिंहासनासीन होनेवाले **पीलॉप्स** को देवताओं द्वारा पुनर्जीवित किए जानेवाले **पीलॉप्स** से भिन्न मानते रहे हैं।

टैंटलस के पाप और नरक में उसकी असह्य यातना का एक विवरण तो यह है। इसके अतिरिक्त **प्लूटार्क** तथा **यूरीपिडीज़** के 'ऑरेस्टीज़' के अनुसार जलकुंड के मध्य में खड़े **टैंटलस** के सिर पर **सिपीलस** पर्वत का एक विशाल पाषाण-खंड लटक रहा है जो किसी भी समय गिरकर **टैंटलस** की अस्थियाँ तक चूर कर डालेगा। **टैंटलस** दिन-रात इस भय से काँपता रहता है। यह दण्ड **टैंटलस** को चोरी और उस पर सीनाज़ोरी के अपराध में मिला है। इस सम्बन्ध में प्रचलित एक अन्य कथा इस प्रकार है।

बाल **ज़्यूस** का पालन-पोषण गुप्त रूप से **रिआ** के संरक्षण में **क्रीट** पर किया जा रहा था। **एमेल्थिया** नामक बकरी उसे दूध पिलाती थी। कुशल कलाकार **हेफ़ास्टस** ने **रिआ** को एक सुनहरा कुत्ता **ज़्यूस** की देखभाल के लिए भेंट किया। **हेफ़ास्टस** की अन्य

कृतियों की भाँति यह कुत्ता भी अद्वितीय था। **लीडिया** अथवा **क्रीट** के निवासी, **मेरोप्स** के पुत्र **पेन्डेरियस** की दृष्टि इस कुत्ते पर लगी थी। मौका पाते ही **पेन्डेरियस** उसे **क्रीट** से उठा लाया और उसे छिपाने के लिए उचित स्थान के अभाव में **टैंटलस** के पास धरोहर के रूप में रखवा दिया। **टैंटलस** ने **सिपीलस** पर्वत की किसी गुहा में इस सुनहरे कुत्ते को छिपा दिया। कुछ समय तक कुत्ते की खोजबीन होती रही किन्तु शीघ्र ही देवता इस ओर से विमुख हो गए। जब किसी प्रकार का भय न रहा तो **पेन्डेरियस टैंटलस** से अपनी अमानत वापस लेने जा पहुँचा। उधर **टैंटलस** की नीयत पहले ही खराब थी। **पेन्डेरियस** द्वारा पूछे जाने पर उसने स्पष्ट कह दिया कि वह किसी सुनहरे कुत्ते के बारे में कुछ नहीं जानता। उसने तो कभी यह सुना तक नहीं था कि विश्व में कोई सुनहरा कुत्ता भी है। यहाँ तक कि **टैंटलस** अपने पक्ष को दृढ़ करने के लिए **ज़्यूस** की झूठी कसम खा गया। बस, यही ग़लती उसे ले डूबी। जैसे ही इस मिथ्या सौगंध का समाचार **ज़्यूस** तक पहुँचा तत्काल **हेमीज़** को मामले की जाँच-पड़ताल का आदेश दे दिया गया। चोरों के देवता **हेमीज़** के लिए यह भला क्या कठिन काम था। बल-प्रयोग अथवा नीति-कौशल से शीघ्र ही उसने सुनहरा कुत्ता **टैंटलस** से प्राप्त कर लिया। **ज़्यूस** को **टैंटलस** के इस आचरण पर इतना क्रोध आया कि उसने तत्क्षण **सिपीलस** पर्वत का एक विशाल पाषाण-खंड उठाकर **टैंटलस** के सिर पर दे मारा। **टैंटलस** की तत्काल मृत्यु हो गई और उसकी आत्मा आज तक **टारटॉरस** में उस झूठ का मूल्य चुका रही है। **पेन्डेरियस** तथा उसकी पत्नी को भी इस अपराध के फलस्वरूप अपने प्राणों से हाथ धोने पड़े। इस विवरण में एक विसंगति है। इसके अनुसार बाल **ज़्यूस** की रक्षा के लिए सुनहरा कुत्ता **हेफ़ास्टस** द्वारा भेंट किया गया। इस प्रकार **हेफ़ास्टस** का जन्म **ज़्यूस** से पहले हुआ। अन्य सभी प्राप्त पुस्तकों एवं लेखकों की मान्यता यही है कि **हेफ़ास्टस** का जन्म **ज़्यूस** के विवाह के पश्चात् **हेरा** से हुआ।

उक्त विवरण हमें केवल **एन्टोनियस लिब्रली** के 'ट्रान्सफ़ॉरमेशन्स' तथा **पॉसानियस** से मिलता है।

इस प्रकार पृथ्वी के गर्भ में **हेडीज़** के साम्राज्य में स्थित नरक में अनन्त यातना भोगनेवाले **टीटॉस, सिसीफ़स, इक्सायेन** तथा **डानायड्स** की श्रेणी में अभागे **टैंटलस** का नाम और जुड़ गया जो देवताओं का अनुग्रह प्राप्त करके भी उसका उपभोग न कर सका।

पीलॉप्स

टैंटलस की मृत्यु के पश्चात् उसका पुत्र **पैफ़्लेगोनिया** का राजा हुआ। उसका नाम था **पीलॉप्स।** सम्भवतः यह वही **पीलॉप्स** था जिसे उसके पिता ने मार डाला था किन्तु जिसे देवताओं ने कृपा कर नवीन जीवन दिया। कुछ समय तक वह समुद्र-देवता **पॉसायडन** की सेवा में रहा। बाद में वह **टैंटलस** का उत्तराधिकारी घोषित किया गया। **पीलॉप्स** ने सम्भवतः **लीडिया** तथा **फ्रीज़िया** पर भी राज्य किया। कहते हैं **पीलॉप्स** अपार सम्पत्ति का स्वामी था। उसके कोष में स्वर्ण एवं अमूल्य हीरे-मोतियों के ढेर लगे थे। कुछ समय तक **पीलॉप्स** ने एक विस्तृत भूभाग पर शासन किया। कुछ असभ्य एवं बर्बर जातियों के आक्रमण से आक्रान्त होकर **पीलॉप्स** को **पैफ़्लेगोनिया** छोड़कर **लीडिया** के **सिपीलस** पर्वत पर जाना पड़ा। किन्तु **ट्रॉय** के शासक **ईलस** ने उसे वहाँ भी चैन से न रहने दिया। अन्ततः **पीलॉप्स** अपनी सारी सम्पत्ति लेकर अपने स्वामी-भक्त साथियों के साथ **एगियन** समुद्र के पार आ गया। उसने अपने बाहुबल से एक नए सुदृढ़ साम्राज्य की स्थापना करने का संकल्प किया।

उस समय **पीसा** तथा **एलिस** पर **ईनोमेयस** का राज्य था। **ईनोमेयस** को युद्ध-देवता **एरीज़** का पुत्र कहा जाता है। उसकी माता के सम्बन्ध में मतभेद है। **ईनोमेयस** का जन्म नदी-देवता **एसोपस** की कन्या **हारपीना, प्लायड एस्ट्री, एस्ट्रोपी** अथवा **यूरीथो** के गर्भ से हुआ। **ईनोमेयस** एक वीर योद्धा एवं कुशल अश्वारोही था। अश्वारोहण में उसकी विशेष रुचि थी। उसके अस्तबल में बढ़िया नस्ल के बहुत से घोड़े थे।

एक्रीसियस की पुत्री **यूरेटी** अथवा **स्टेरोपी** से **ईनोमेयस** का विवाह हुआ। इससे उसे तीन पुत्र—**ल्यूसीयस, हिप्पोडेमस** तथा **डिस्पॉन्टियस** एवं एक पुत्री—**हिप्पोडामिया** की प्राप्ति हुई। **ईनोमेयस** के तीनों पुत्र योग्य थे। उन्हें राजकुमारों के उचित शिक्षा भी दी गई। **ईनोमेयस** की पुत्री **हिप्पोडामिया** अद्वितीय सुन्दरी थी। जब **हिप्पोडामिया** युवती हुई तो विभिन्न देशों से विवाह-प्रस्ताव आने लगे। **हिप्पोडामिया** की आयु भी अब विवाह के योग्य थी। किन्तु किसी कारणवश **ईनोमेयस** उसका विवाह कर देने को तैयार न था। कहते हैं कि **ईनोमेयस** के मन में अपनी बेटी के लिए कुछ अप्रकृत स्नेह था जिस कारण वह उसे अपने से अलग नहीं करना चाहता था। एक अन्य धारणा है कि किसी भविष्यवाणी के अनुसार **ईनोमेयस** की मृत्यु उसके दामाद के हाथों निश्चित थी, अतः वह **हिप्पोडामिया** को आजन्म अविवाहित रखकर विधि के विधान को टालना चाहता था। किन्तु शक्तिशाली राज्यों से आए हुए विवाह-प्रस्तावों को अस्वीकार करके उनसे

अकारण ही शत्रुता भी मोल न लेना चाहता था। अतः उसने एक उपाय सोच निकाला। **ईनोमेयस** ने **हिप्पोडामिया** से विवाह के इच्छुक नवयुवकों को रथ की दौड़ में ललकारा। **पीसा** से आरम्भ करके रथ को दौड़ाते हुए **एलिफ़यस** नदी के किनारे से होते हुए **कॉरिन्थ** के **इस्थमस** पर स्थापित **पॉसायडन** के मन्दिर तक ले जाना था। रथ में सम्भवतः चार घोड़े जुते होते थे। **हिप्पोडामिया** दुल्हन-सी सजी-सँवरी प्रतियोगिता में भाग लेनेवाले युवक के साथ उसके रथ में बैठती। सम्भवतः यह भी एक चाल थी। **हिप्पोडामिया** के मनोहर रूप से आकृष्ट प्रतियोगी रथ-चालन की ओर पर्याप्त ध्यान न दे पाता। **ईनोमेयस** के प्रतिद्वन्द्वी को **ईनोमेयस** से आधा घंटा पहले रथ ले चलने की अनुमति थी। इस बीच **ईनोमेयस ओलम्पिया** के **ज़्यूस** मन्दिर में एक दुम्बे की बलि देकर उचित धार्मिक अनुष्ठान करता और फिर देवताओं को स्मरण कर नियत मार्ग पर अपना रथ छोड़ देता। **ईनोमेयस** के घोड़े वायु-वेग से दौड़ते थे। वस्तुतः यह घोड़े वायु के ही पुत्र थे। इनका जन्म **प्लिसा** तथा **हारपीना** के संयोग से हुआ था। युद्ध-देवता **एरीज़** ने अपने पुत्र **ईनोमेयस** को यह **ग्रीस** के सर्वश्रेष्ठ पवन वेग से उड़नेवाले अश्व भेंट के रूप में दिए थे। इस रथ के द्वारा आधा घंटा पहले यात्रा प्रारम्भ किए हुए रथ तक पहुँच पाना भी कुछ कठिन न था। प्रतियोगी के भाले की पहुँच की सीमा में आते ही **ईनोमेयस** उसका काम तमाम कर देता। प्रतियोगिता की यही शर्त थी। पराजित को अपने प्राण देकर इस दुस्साहस का मूल्य चुकाना पड़ता। किसी भी युवक प्रतियोगी के विजय प्राप्त करने पर **हिप्पोडामिया** से पाणिग्रहण अथवा **ईनोमेयस** की उसके हाथों मृत्यु निश्चित थी। किन्तु आज तक कोई **ईनोमेयस** को रथ-चालन में हराकर उसके भाले की चोट से बच नहीं पाया था। बारह साहसी, सुन्दर, समर्थ युवकों का **ईनोमेयस** के हाथों इसी प्रकार अन्त हुआ। इन युवकों के सिर एवं अन्य अंग काटकर नगर के मुख्य द्वार पर टाँग दिए गए ताकि इस वीभत्स अन्त की कल्पना से ही **हिप्पोडामिया** पर मोहित युवकों के पत्थर से मज़बूत इरादे मोम बन जाएँ।

हिप्पोडामिया के अनुपम सौन्दर्य की चर्चा **पीलॉप्स** के कानों तक भी पहुँच चुकी थी। वह उसे अपनी रानी बनाना चाहता था। लेकिन वह **ईनोमेयस** के कुशल रथ-चालन, प्रतियोगी युवकों के दुस्साहस एवं उनके दयनीय अन्त की कथा भी सुन चुका था। वह जानता था कि वायु से उत्पन्न अश्वों को परास्त करना सहज नहीं। इस सम्बन्ध में **पॉसायडन** से ही सहायता की आशा की जा सकती थी। अतः **इलिस** पहुँचने पर **पीलॉप्स** ने समुद्र के तट पर बलि देकर अपने स्वामी समुद्र देवता **पॉसायडन** की अभ्यर्थना की। **पीलॉप्स** की प्रार्थना स्वीकार हुई। **ईनोमेयस** की क्रूरता देवताओं को भी असह्य हो उठी थी। **ओलिम्पस** पर इसकी अनेक बार चर्चा हुई। देवताओं की भी इच्छा थी कि इस निर्मम हत्याकांड का शीघ्र ही अन्त हो ताकि **पीसा** के नगर-द्वार पर हड्डियों का ढेर न लग जाए। **पॉसायडन** ने बड़ी प्रसन्नता से **पीलॉप्स** को सहायता का वचन दिया और शीघ्र ही **पीलॉप्स** ने अपने आपको चार अश्रान्त परोंवाले, अमर घोड़ों से जुते स्वर्ण रथ का स्वामी पाया। ये घोड़े पृथ्वी के समान ही जल पर भी दौड़ सकते थे किन्तु उनके

खुर तक गीले नहीं होते थे।

पीलॉप्स अब **सिपीलस** पर्वत पर स्थित सौन्दर्य एवं प्रेम की देवी **ऐफ़्रॉडायटी** के मन्दिर पर गया और सदाबहार की लकड़ी से बनी देवी की एक प्रतिमा भेंट की। इसके बाद रथ के वेग परीक्षण के लिए **पीलॉप्स** ने उसी से **एगियन** समुद्र को पार किया। पलक झपकते ही रथ **लेसबॉस** आ पहुँचा। यहाँ पहुँचते ही **पीलॉप्स** के सारथि **सीलस** की रथ के वेग के कारण मृत्यु हो गई। **पीलॉप्स** ने वह रात **लेसबॉस** में ही व्यतीत की। रात को स्वप्न में उसने **सीलस** की आत्मा को विलाप करते देखा। रथ के वेग के कारण **सीलस** का असमय ही निधन हुआ और वह वीरोचित सम्मान से वंचित रह गया था। प्रातःकाल उठते ही **पीलॉप्स** ने **सीलस** के शव को यथाविधि दफ़नाया और उसके निकट ही सीलियन **अपोलो** के देवालय की स्थापना की। अब **पीलॉप्स** स्वयं रथ का संचालन करते हुए **पीसा** आया। **पीसा** में स्थित **ईनोमेयस** के महल की दीवारों से टँगे पराजित वीरों के क्षत-विक्षत, विकृत शव देखकर पल-भर को **पीलॉप्स** स्तम्भित रह गया। पर्वत-सी ऊँची महत्त्वाकांक्षा जलते हुए सूर्य की किरणों के ताप से बर्फ-सी पिघलने लगी। उसे अपने दुस्साहस पर पश्चात्ताप हुआ। आत्मविश्वास घटने लगा। किन्तु रणक्षेत्र में पीठ दिखाना कायरो का काम है। **पीलॉप्स** खाली हाथ वापस भी नहीं जाना चाहता था। और अकारण प्राण खोना भी बुद्धिमत्ता नहीं। अतः **पीलॉप्स** ने 'साम-दाम-दण्ड-भेद' की नीति अपनाई।

ईनोमेयस के सारथि का नाम था **मेटिलस। मेटिलस** का जन्म देवता **हेमीज़** के थियोबुली अथवा डानायड् **फ़ेथुसा** से संसर्ग के परिणामस्वरूप हुआ। कुछ लोग **मेटिलस** को **ज़्यूस** तथा **क्लीमिनी** का पुत्र भी कहते हैं। **मेटिलस** अपने स्वामी **ईनोमेयस** की पुत्री **हिप्पोडामिया** पर आसक्त था किन्तु रथ-चालन में उसका सामना करने का साहस न कर पाता था। युद्ध और प्रेम में उचित-अनुचित का भेद नहीं रहता। **पीलॉप्स** जानता था कि उसकी सहायता केवल एक ही व्यक्ति कर सकता है और वह है **मेटिलस।** अतः वह **मेटिलस** से मिला और दोनों में यह निश्चित हुआ कि यदि **मेटिलस** अपने स्वामी से विश्वासघात करके **पीलॉप्स** का विजय मार्ग प्रशस्त कर दे तो वह विजयी होने पर **ईनोमेयस** के राज्य का आधा भाग तथा प्रथम रात्रि को **हिप्पोडामिया** के सम्भोग का अधिकार उसे देगा। **मेटिलस** इस शर्त पर कुछ भी करने को तैयार था।

रथ-संचालन आरम्भ करने से पहले **पीलॉप्स** ने सीडोनियन **एथीनी** के देवालय में बलि देकर देवी को सन्तुष्ट किया। यह दृश्य **ज़्यूस** के **ओलम्पिया** स्थित मन्दिर की दीवार पर अंकित है। ऐसा भी कहा जाता है कि **सीलस** की आत्मा प्रकट हुई और उसने रथ-संचालन में **पीलॉप्स** की सहायता की। किन्तु इस विश्वास को अधिक मान्यता प्राप्त है कि **पीलॉप्स** ने रथ का संचालन स्वयं ही किया और नववधू-सी सज्जित **हिप्पोडामिया** उसके पार्श्व में खड़ी थी। कुछ अन्य स्रोतों के अनुसार **हिप्पोडामिया पीलॉप्स** से स्नेह करने लगी थी, अतः उसने स्वयं **मेटिलस** से इस विषय में सहायता माँगी थी और **पीलॉप्स** के विजयी होने पर पुरस्कृत करने का वचन दिया था। **मेटिलस** इस लोभ में

अपने स्वामी से विश्वासघात करने को तत्पर हो गया। उसने **ईनोमेयस** के रथ की धुरी की केन्द्रीय तीलियों को निकालकर उसके स्थान पर मोम की बनी हुई तीलियाँ लगा दीं। **ईनोमेयस** इस षड्यन्त्र को न जान सका। रथ-दौड़ आरम्भ हुई। **पीलॉप्स** का रथ पूरे वेग से उड़ा जा रहा था और **ईनोमेयस** उतनी ही तेज़ी से उसका पीछा कर रहा था। द्रुत गति से दौड़ते अश्वों की टापों के नीचे पृथ्वी काँप रही थी। धूल के बादल दिशाओं में छा गए। साँस रोककर लोग यह अद्भुत प्रतियोगिता देख रहे थे। **पीलॉप्स** का रथ **इस्थमस** के निकट ही था और **ईनोमेयस** उससे कुछ ही पीछे। इससे पहले कि **पीलॉप्स** लक्ष्य तक पहुँच पाता **ईनोमेयस** ने अपना भाला साधा। किन्तु तभी बड़े ज़ोर की ध्वनि हुई जैसे जल से भरे मेघ गर्जना कर उठे। **ईनोमेयस** के रथ का पहिया निकल गया और उसके साथ ही वेग से दौड़ता हुआ रथ सवार सहित वहीं उलट गया। न जाने कितनी दूर तक **ईनोमेयस** का शरीर टूटे रथ में फँसा पृथ्वी पर घिसटता चला गया। कुछ लोगों का यह भी विचार है कि **पॉसायडन** के असाधारण घोड़ों के रथ ने शीघ्र ही **ईनोमेयस** के रथ को पीछे छोड़ दिया। अपनी इस पराजय से **ईनोमेयस** ग्लानि से भर उठा और उसने आत्महत्या कर ली अथवा लक्ष्य पर विजयी **पीलॉप्स** के हाथों उसकी हत्या कर दी गई। **ईनोमेयस** की हत्या जिस प्रकार भी हुई हो किन्तु मरते-मरते वह अपने विश्वासघातक सारथि को यह शाप दे गया कि उसकी मृत्यु उसी **पीलॉप्स** के हाथों हो जिसकी खातिर उसने अपने स्वामी को धोखा दिया। इस कथा-रूप का अनुमोदन **पिन्डार, ल्यूसियन** तथा **अपोलोडॉरस** आदि साहित्यकारों ने किया है।

बारह राजकुमारों को मौत के घाट उतारनेवाला **ईनोमेयस** स्वयं बेमौत मारा गया। **पीलॉप्स** विजयी हुआ और इस प्रकार **हिप्पोडामिया** का पति। सन्ध्या समय **पीलॉप्स, हिप्पोडामिया** तथा **मेटिलस** रथ में बैठकर घूमने के लिए समुद्र की ओर गए। **हिप्पोडामिया** को बहुत प्यास लगी थी। उसका गला सूख रहा था। आस-पास कहीं पीने योग्य जल नहीं था। **पीलॉप्स** चिन्तित हो उठा। उसने तत्काल **हेलेनी** के मरुस्थल में रथ रोक दिया और जल की खोज में निकल पड़ा। कुछ ही देर बाद जब **पीलॉप्स** अपने शिरस्त्राण में जल लिए लौटा तो बुरी तरह रोती हुई **हिप्पोडामिया** उससे लिपट गई और रुँधे गले से यह बताया कि **मेटिलस पीलॉप्स** की अनुपस्थिति का अनुचित लाभ उठाकर उसका कौमार्य भंग करना चाहता था। **पीलॉप्स** की आँखों में खून उतर आया। उसने **मेटिलस** को उसकी धृष्टता के लिए धिक्कारा और उसके मुँह पर थप्पड़ भी दे मारा। **मेटिलस** का क्रोध भी भड़क उठा। बड़ी कठिनाई से अपने को संयत करते हुए उसने **पीलॉप्स** को उसके वचन का स्मरण कराया, "मत भूलो कि तुम्हारी विजय का कारण मैं हूँ। मेरे ही कारण आज तुम जीवित हो, इतना ही नहीं **हिप्पोडामिया** के पति भी हो। लेकिन तुम्हारे उस अनुबन्ध के अनुसार प्रथम रात्रि को **हिप्पोडामिया** पर मेरा अधिकार है। क्या तुम अपना वचन भंग करोगे?" **पीलॉप्स** ने इसका कोई उत्तर नहीं दिया। चुपचाप अश्वों की रास अपने हाथ में ले ली और रथ-संचालन करने लगा। तीनों चुप बैठे थे अपने-अपने विचारों में खोए। रथ वायुवेग से आगे बढ़ता गया। **यूबोइया** के

दक्षिण में स्थित **केप गेरास्टस** के पास पहुँचते ही अकस्मात् **पीलॉप्स ने मेटिलस** को इतनी ज़ोर से धक्का दिया कि वह अपने आपको सँभालने में असमर्थ वेग से लुढ़कता हुआ समुद्र में जा गिरा। **पीलॉप्स** के पास **मेटिलस** से छुटकारा पाने का कोई और रास्ता न था। **ईनोमेयस** का शाप पूरा हुआ। **पीलॉप्स** ने अपने वचन की मर्यादा भंग की। डूबता-डूबता **मेटिलस** भी **पीलॉप्स** और उसके परिवार को शाप दे गया। कहते हैं कि **हेमीज़** ने अपने पुत्र **मेटिलस** को नक्षत्र के रूप में आकाश में प्रतिष्ठित किया। **मेटिलस** का शव **यूबोइया** द्वीप में किनारे लगा और आरकेडियन **फ़ीनियस** में उसका अन्तिम संस्कार किया गया। **पीलॉप्स** का रथ आगे बढ़ता गया। अन्ततः वह समुद्र के पश्चिमी किनारे पर जाकर रुका जहाँ देवता **हेफ़ास्टस** ने **मेटिलस** की हत्या के अपराध से पवित्रीकरण द्वारा उसकी निवृत्ति कराई। तत्पश्चात् **पीलॉप्स पीसा** लौट आया और **ईनोमेयस** के राज्य का अधिकारी घोषित किया गया। **पीलॉप्स** ने शीघ्र ही अपने पराक्रम से सम्पूर्ण **एपिया** पर विजय प्राप्त कर ली और तब से वह प्रदेश **'पीलॉप्पोनीज़'** अर्थात् 'पीलॉप्स का द्वीप' कहलाने लगा। **हेमीज़** के पुत्र **मेटिलस** की हत्या के परिशोध में **पीलॉप्स** ने **पीलॉप्पोनीज़** में **हेमीज़** के देवालय का निर्माण कराया। **मेटिलस** की आत्मा को सन्तुष्ट करने के लिए उसकी स्मृति में **ओलम्पिया** पर एक शून्य समाधि बनवाई और उसे वीरोचित सम्मान दिया। **हिप्पोडामिया** को जीतने की आशा में मारे गए युवकों का भी उसने यथाविधि संस्कार करके सम्मानित किया। **पीलॉप्स** ने राजा **एपियस** से **ओलम्पिया** जीत लिया और अपने शासनकाल में बड़ी धूमधाम से **ज़्यूस** के सत्कार में **ओलम्पिक** खेलों का आयोजन किया।

टैंटलस के पाप का दण्ड उसके वंशजों को भी भुगतना पड़ा। उसका पुत्र **ब्रोटियस** देवी **एथीनी** के शाप से पागल होकर जलती चिता में कूदकर भस्म हो गया। उसकी अभागी बेटी **निओबी** ने **अपोलो** तथा **आर्टेमिस** को अपने अभिमान से क्रुद्ध करके अपनी आँखों के सामने अपने चौदह बच्चों का अन्त देखा और रोते-रोते पत्थर हो गई। किन्तु **पीलॉप्स** पर देवताओं का कुछ विशेष ही अनुग्रह था। **टैंटलस** की सन्तान में से अकेला **पीलॉप्स** ही न केवल देवताओं के कोप से सुरक्षित रहा अपितु एक शासक के रूप में भी उसकी वीरता, शौर्य और पराक्रम की चर्चा दूर-दूर तक फैली। उसका पारिवारिक जीवन भी सुखी था। मृत्यु के पश्चात् **पीलॉप्स** की स्मृति में एक विशाल मन्दिर का निर्माण किया गया। **पीलॉप्पोनीज़** के निवासी बड़ी श्रद्धा तथा आदर से उसका नाम लेते थे।

एटरियस तथा थेसटीज़

पीलॉप्स तथा **हिप्पोडामिया** के संयोग से **टैंटलस** का अभिशप्त वंश खूब फला-फूला। उनकी सन्तान में **एटरियस** तथा **थेसटीज़** ही विशेष रूप से उल्लेखनीय हैं क्योंकि उन्हीं के परिवार में **एगिस्थस** तथा **ट्रॉय** के युद्ध में भाग लेनेवाले वीर **ऐगमेमनन** तथा **मेनेलियस** का जन्म हुआ। भाग्य की देवियों का विधान था कि **एटरियस** तथा **थेसटीज़** सगे भाई होते हुए भी जीवनपर्यन्त एक-दूसरे के शत्रु रहे और ऐसा ही हुआ।

पीलॉप्स की मृत्यु के पश्चात् **एटरियस** तथा **थेसटीज़** में **मायसीनी** के आधिपत्य को लेकर विवाद उठ खड़ा हुआ। **हेमीज़** वर्षों से अपने पुत्र **मेटिलस** की हत्या का प्रतिशोध लेने की ताक में था। इससे अधिक उपयुक्त अवसर और क्या हो सकता था। उसने दोनों भाइयों की परस्पर शत्रुता का लाभ उठाने का निश्चय किया। देवता **पैन** ने **हेमीज़** का साथ दिया और एक लम्बे सींग तथा स्वर्ण के बालोंवाले दुम्बे की रचना करके उसे उन चौपायों के मध्य छोड़ दिया जिन पर **पीलॉप्स** की वसीयत के अनुसार **एटरियस** तथा **थेसटीज़** का अधिकार था। कुछ वर्ष पहले **एटरियस** ने अपने सर्वोत्तम भेड़ को देवी **आर्टेमिस** की वेदी पर बलि करने की शपथ ली थी। लेकिन उसने अपना वचन पूरा नहीं किया था। अभी तक दोनों भाइयों के बीच चौपायों का बँटवारा भी नहीं हुआ था। कुछ लोगों का विचार है कि यह स्वर्णिम बालोंवाला दुम्बा स्वयं देवी **आर्टेमिस** ने **एटरियस** की परीक्षा लेने के लिए भेजा था। यह स्वाभाविक ही था कि **एटरियस** उस दुम्बे पर अधिकार करना चाहेगा और इस प्रकार दोनों भाइयों का वैमनस्य और बढ़ेगा।

एटरियस को वह सुनहला दुम्बा भा गया। अपनी प्रतिज्ञा के अनुसार उसने उस दुम्बे की देवी **आर्टेमिस** की वेदी पर बलि दे दी। प्रतिज्ञा पूरी हुई किन्तु केवल आंशिक रूप से। **एटरियस** ने दुम्बे का मांस तो देवी की वेदी पर चढ़ा दिया लेकिन उसकी खाल को अपने पास रख लिया। **एटरियस** ने इस खाल में भूसा भरवाकर उसे एक दुम्बे का रूप देकर एक सुरक्षित स्थान में सज़ा दिया। इस काम को कारीगरों ने ऐसी कुशलता से किया कि वह दुम्बा बिल्कुल सजीव जान पड़ता। **एटरियस** को अपनी इस अद्भुत सम्पत्ति पर बड़ा गर्व था और वह बहुधा अपने मित्रों तथा नगरनिवासियों के मध्य इसके रंग-रूप और स्वर्णिम ऊन की प्रशंसा किया करता। विश्व में ऐसा दूसरा दुम्बा दुर्लभ था। **एटरियस** उसे अपनी सम्पन्नता का प्रतीक मानने लगा। इससे **थेसटीज़** की ईर्ष्या और भी भड़क उठी।

एटरियस की पहली पत्नी एक बालक को जन्म देकर ही चल बसी। वह बालक

भी अपंग था। अतः **एटरियस** ने **एरोपी** अथवा **यूरोपी** से विवाह कर लिया। **एरोपी** सम्भवतः राजा **केटरियस** की पुत्री थी किन्तु किसी कारणवश उसे **क्रीट** से निष्कासित कर दिया गया था। **एरोपी** अपने पति के भाई **थेसटीज़** पर आसक्त हो गई और उसे आकृष्ट करने के लिए प्रत्येक सम्भव उपाय प्रयोग में लाने लगी। **थेसटीज़** ने **एरोपी** की इस निर्बलता से लाभ उठाया और वह इस शर्त पर **एरोपी** का प्रेमी बनने को तैयार हो गया कि वह चोरी-छिपे **एटरियस** का वह सुनहला भेड़ उसे दे दे। वासना के मद में अन्धी **एरोपी** इस शर्त पर भी पति से विश्वासघात करने को तत्पर हो गई। **एटरियस** जान भी न सका और वह सुनहला दुम्बा **थेसटीज़** के भवन में पहुँच गया।

मायसीनी के आधिपत्य को लेकर अभी दोनों भाइयों में झगड़ा चल ही रहा था। **मायसीनी** के सभा-भवन में असंख्यों नगर-वासियों की भीड़ के सामने अपने पक्ष को न्यायोचित सिद्ध करते हुए **एटरियस** ने यह घोषणा की, "**मायसीनी** के राज्य पर मेरा अधिकार है क्योंकि मैं **पीलॉप्स** का ज्येष्ठ पुत्र हूँ और साथ ही सुनहले भेड़ का स्वामी भी, जो कि इस सिंहासन के स्वामी को देवताओं द्वारा भेजी गई अनुपम भेंट है।"

यह सुनकर **थेसटीज़** उठ खड़ा हुआ और उसने **एटरियस** को जनता के समक्ष सम्बोधित करते हुए पूछा, "क्या तुम प्रजा को साक्षी रखकर इस बात की घोषणा करते हो कि सुनहले भेड़ का स्वामी ही **मायसीनी** का उत्तराधिकारी होगा?"

"हाँ," **एटरियस** ने पूरे विश्वास एवं गर्व से उत्तर दिया।

"यह शर्त मुझे भी स्वीकार है," कहते हुए **थेसटीज़** के मुख पर एक कुटिल मुस्कान खेल गई।

मायसीनी के निवासी अपने नए राजा के स्वागत की तैयारियाँ करने लगे। चारों ओर हर्ष की लहर दौड़ गई। देवालयों में पुष्प वर्षा होने लगी, कब से सूनी पड़ी वेदियों में अग्नि-शिखाएँ प्रज्वलित हो उठीं, सुनहले भेड़ की प्रशंसा में गीत गाए जाने लगे, घर-घर दीप जल उठे। नगर के गणमान्य नागरिकों को लेकर **थेसटीज़** अपने भवन की ओर चल पड़ा। **एटरियस** भी उनके साथ था और मन ही मन **थेसटीज़** की मूर्खता पर हँस रहा था। **थेसटीज़** पूरे विश्वास के साथ आगे बढ़ रहा था। बेचारे **एटरियस** को यह आशंका तक न थी कि सुनहला भेड़ किसी भी प्रकार से **थेसटीज़** के संरक्षण में पहुँच सकता है। वह वस्तुस्थिति से पूर्णतया अनभिज्ञ था। उसे **थेसटीज़** के **एरोपी** से सम्बन्ध के विषय में कुछ भी नहीं मालूम था। **थेसटीज़** का भवन आ पहुँचा। उसने एक विशाल कक्ष का द्वार खोला और **एटरियस** अपने सुनहले भेड़ को वहाँ देखकर स्तम्भित रह गया। जन-समुदाय में हर्ष की लहर दौड़ गई। **एटरियस** को काटो तो खून नहीं। **थेसटीज़** को सर्वसम्मति से **मायसीनी** का सम्राट घोषित किया गया। उसका मुख विजय-दर्प से चमक रहा था। **एटरियस** परास्त हुआ। इस घटना का उल्लेख **अपोलोडॉरस** तथा **यूरीपिडीज़** के नाटक 'इलेक्ट्रा' में हुआ है।

थेसटीज़ का राज्याभिषेक हुआ किन्तु किसी कारणवश देव-सम्राट को यह स्थिति रुचिकर न हुई। **ज़्यूस** ने तुरन्त **हेमीज़** को इस सन्देश के साथ **एटरियस** के पास भेजा–

''**थेसटीज़** को बुलाकर यह पूछो कि यदि सूर्य अपना पथ छोड़कर पीछे मुड़ जाए तो क्या वह तुम्हारे समर्थन में राज्य त्याग करेगा?'' **एटरियस** ने ऐसा ही किया। एक बार फिर सभा-भवन में दर्शकों की भीड़ लग गई। **थेसटीज़** ने इस प्रस्ताव को सुना और इसे असम्भव जानकर यह घोषणा कर दी कि यदि ऐसा हुआ तो वह अपना स्वत्व त्याग करेगा।

अपराह्न का समय था। सूर्य आकाश के मध्य में था। **ज़्यूस** ने **एरीज़** की सहायता से प्रकृति के नियम को तोड़ डाला। हज़ारों आँखें आकाश की ओर लगी थीं। पल-भर को सूर्य का देवता **हीलियस** जैसे एक ही स्थल पर स्थिर हो गया। फिर उसने अश्वों की रास सँभाली और आश्चर्यचकित जन-समूह ने देखा कि सूर्य का रथ अपना निश्चित मार्ग छोड़कर पीछे पूर्व की ओर मुड़ गया। उस शाम पहली और अन्तिम बार सूर्य पश्चिम की बजाय पूर्व में अस्त हुआ। यह एक अभूतपूर्व घटना थी जिसे उस दिन के बाद कभी दोहराया नहीं जा सका। स्पष्ट हो गया कि **थेसटीज़** ने धोखे से **मायसीनी** के सिंहासन पर अधिकार किया था। घर-घर में उसकी नीचता की निन्दा होने लगी। **एटरियस** राजा बना और **थेसटीज़** को देश से निष्कासित कर दिया गया। इस अनूठी घटना का विवरण **अपोलोडॉरस** के 'एपीटॉस', **यूरीपिडीज़** के नाटक 'ऑरेस्टीज़,' **ओविड** के 'आर्ट आफ़ लव' तथा अन्य अनेक साहित्यिक रचनाओं में मिलता है।

थेसटीज़ के निष्कासन के बाद ही **एटरियस** को उसके **एरोपी** से अनुचित सम्बन्ध के बारे में पता चला। इस उद्भेद ने अग्नि में घृत का काम किया किन्तु प्रकट रूप से **एटरियस** शान्त रहा। अन्दर ही अन्दर प्रतिशोध की ज्वाला भड़कती रही। वह **थेसटीज़** के इस अपराध की उपेक्षा न कर सका। कुछ वर्षों बाद **एटरियस** ने प्रकट रूप से भ्रातृ-प्रेम से प्रेरित होकर **थेसटीज़** को वापस **मायसीनी** लाने के लिए एक दूत भेजा। उसने केवल अपने भाई को क्षमा करने का ही अभिनय नहीं किया अपितु **मायसीनी** का आधा राज्य भी बिना किसी शर्त के उसे दे देने का वचन दिया। **थेसटीज़** इस अप्रत्याशित उदारता का कारण नहीं समझ सका। वह वाक्पटु दूत की बातों में आ गया और उसके साथ **मायसीनी** लौट आया। **एटरियस** ने उसके स्वागत की शानदार तैयारी की और **थेसटीज़** के एक नायड् से उत्पन्न तीन पुत्रों तथा **एरोपी** से उत्पन्न दो अवैध पुत्रों को मारकर उनके टुकड़े करके उस मांस को पकाकर **थेसटीज़** के सामने परोस दिया। **थेसटीज़** कुछ न जान सका और अपनी ही सन्तान को आनन्द से खाता रहा। जब वह भरपेट खा चुका तो **एटरियस** ने उसके बेटों के सिर लाकर उसके सामने रख दिए। अनजाने में वह अपने ही बच्चों का मांस खा गया था, यह देखकर **थेसटीज़** का सिर चकरा गया और वह वहीं पर गिर पड़ा। न जाने कब तक **थेसटीज़** वहाँ पड़ा उल्टियाँ करता रहा और **एटरियस** की सन्तान को शाप देता रहा।

थेसटीज़ अपना सब कुछ लुटाकर, केवल अपने प्राण लेकर किसी तरह भटकता हुआ **सीक्यान** के राज्य **थेस्प्रोटस** की शरण में पहुँचा। उसका रोम-रोम निर्बल क्रोध की वेदना में झुलस रहा था। वह हर कीमत पर अपने बेटों की हत्या का बदला लेना चाहता

था। दिन-रात उसे एक पल भी चैन न था। उसके बच्चों की बिलखती हुई आत्माएँ जैसे हर पल चीख रही थीं, "प्रतिशोध! प्रतिशोध!!" **थेसटीज़** के मन में प्रतिशोध की अग्नि धधक रही थी लेकिन शक्ति में वह **मायसीनी** के राजा का सामना नहीं कर सकता था। अतः **थेसटीज़ डेल्फ़ी** में स्थित प्रश्न-स्थान पर गया और वहाँ **एटरियस** से बदला लेने का तरीका पूछा। वहाँ यह भविष्यवाणी हुई कि **थेसटीज़** का उसकी अपनी पुत्री से उत्पन्न पुत्र ही इस संहार का प्रतिशोध लेगा। **थेसटीज़ सीक्यान** लौट आया। वहीं एक मन्दिर में **थेसटीज़** की कन्या **पीलॉपिया** पुजारिन थी। **थेसटीज़** मन्दिर जा पहुँचा। रात्रि का समय था। **पीलॉपिया** देवी **एथीनी** की आराधना कर रही थी। **थेसटीज़** ने उसमें बाधा देना उचित नहीं समझा और मन्दिर के बाहर एक कुंज में छिप गया। उपासना के पश्चात् नृत्य करते हुए **पीलॉपिया** गिर पड़ी जिससे उसके कपड़े गन्दे हो गए, अतः वह मन्दिर के पीछे स्थित जल-कुंड की ओर चली गई। यहीं अकस्मात् **थेसटीज़** ने उसे पकड़कर बलात्कार किया। **पीलॉपिया** उसे पहचान नहीं सकी क्योंकि **थेसटीज़** के मुख पर कपड़ा बँधा था। इस कुकर्म के बाद **थेसटीज़** वहाँ से भाग निकला। लेकिन इसी बीच उसकी तलवार वहीं गिर पड़ी। **पीलॉपिया** ने वह तलवार ले जाकर **एथीनी** की मूर्ति के पीछे छिपा दी। जब **थेसटीज़** ने अपनी म्यान खाली देखी तो उसे भय हुआ कि यह रहस्य कहीं खुल न जाए। अतः वह **सीक्यान** छोड़कर **लीडिया** भाग गया।

उधर **एटरियस** अपने भतीजों की निर्मम हत्या के परिणाम के भय से त्रस्त था। अतः वह भी **डेल्फ़ी** स्थित प्रश्न-स्थल पर आ पहुँचा। उसे आदेश हुआ, "**सीक्यान** से **थेसटीज़** को बुला लो।" अतः **एटरियस सीक्यान** की ओर चल पड़ा लेकिन भाग्यवशात् उसके वहाँ पहुँचने से पहले ही **थेसटीज़ सीक्यान** छोड़ चुका था और उसका कहीं पता न था। **सीक्यान** में **एटरियस** की दृष्टि **एथीनी** की उपासिका **पीलॉपिया** पर पड़ी और वह उस पर आसक्त हो गया। **एरोपी** के संसर्ग से **एटरियस** को तीन पुत्रों की प्राप्ति हुई थी—**ऐगमेमनन, मेनेलियस** तथा **एनेब्ज़ीवाया।** तत्पश्चात् उसने **एरोपी** के **थेसटीज़** से अनुचित सम्बन्ध के आधार पर या तो उसकी हत्या कर दी, या त्याग दिया। अब उसकी इच्छा **पीलॉपिया** से विवाह करने की थी। वह **पीलॉपिया** को राजा **थेस्प्रोटस** की कन्या समझ रहा था। राजा ने भी इस रहस्य का उद्घाटन नहीं किया। अतः **एटरियस** का अपने भाई की पुत्री **पीलॉपिया** से विधिपूर्वक विवाह सम्पन्न हो गया। विवाह के पश्चात् समय आने पर **पीलॉपिया** ने **थेसटीज़** के पुत्र को जन्म दिया। **पीलॉपिया** ने नवजात शिशु को पर्वत पर अकेला छोड़ दिया किन्तु **एटरियस** के दूत उसे सुरक्षित लौटा लाए। **एटरियस** ने समझा कि **पीलॉपिया** असह्य प्रसव-वेदना के कारण अपने होश-हवास खो बैठी है, अतः उसके इस आचरण की ओर कोई विशेष ध्यान नहीं दिया। बालक का नाम **ईजिस्थस** रखा गया। **एटरियस** ने उसे अपना उत्तराधिकारी घोषित कर दिया।

मायसीनी में प्रकृति का प्रकोप हुआ। अकाल पड़ने लगा। अतः **एटरियस** ने अपने पुत्र **ऐगमेमनन** तथा **मेनेलियस** को **थेसटीज़** की खोज में भेजा। काफ़ी दौड़-धूप के बाद दोनों भाई **थेसटीज़** को बन्दी बनाकर **मायसीनी** लाने में सफल हो गए। उसे एक अँधेरे

बन्दीगृह में डाल दिया गया। इस समय **ईजिस्थस** की आयु सात वर्ष की थी। रात्रि के समय जब **थेसटीज़** बन्दीगृह में सोया था **एटरियस** ने **ईजिस्थस** को तलवार देकर उसे **थेसटीज़** की हत्या करने की आज्ञा दी। बालक **ईजिस्थस** वार चूक गया। **थेसटीज़** की आँख खुल गई और उसने झपटकर **ईजिस्थस** के हाथ से तलवार छीन ली। लेकिन यह क्या! यह तो वही तलवार थी जो **सीक्यान** के एथीनी मन्दिर के पिछवाड़े गिरी थी। **थेसटीज़** को अपनी तलवार पहचानते देर न लगी। उसने **ईजिस्थस** को आज्ञा दी कि वह अपनी माता को बुलाकर लाए। **ईजिस्थस** ने ऐसा ही किया। **पीलॉपिया** अपने पिता को पहचानकर उससे लिपटकर रोने लगी। लेकिन जब तलवार का भेद खुला और **पीलॉपिया** को इस वीभत्स सत्य का पता चला कि उसके कौमार्य को भंग करनेवाला उसका अपना ही पिता था, तो क्रोध और ग्लानि से उसने अपनी वक्ष में कटार मार ली। अब **थेसटीज़** की आज्ञा से **ईजिस्थस** ने **एटरियस** की उसी तलवार से हत्या कर दी और उसका पिता **थेसटीज़ मायसीनी** का सम्राट घोषित हुआ। इस प्रकार **मायसीनी** की राजलक्ष्मी ने क्रूर नर-संहार और राज-परिवार के अनेक सदस्यों को निगलने के बाद एक बार फिर **पीलॉप्स** के पुत्र **थेसटीज़** का वरण किया। **थेसटीज़** के पुत्र **ईजिस्थस** तथा **एटरियस** के पुत्र **ऐगमेमनन** तथा **मेनेलियस** के सम्बन्ध में आप आगे पढ़ेंगे। पारस्परिक शत्रुता की इस परम्परा को अगली पीढ़ी ने भी पूरी तरह निभाया।

ऐगमेमनन और क्लाइटिमनेस्ट्रा

एटरियस के दो बेटे थे–**ऐगमेमनन** और **मेनेलियस**। जब अपने भाई **थेसटीज़** के पुत्र **ईजिस्थस** के हाथों **एटरियस** का वध हुआ उस समय **ऐगमेमनन** और **मेनेलियस** बहुत छोटे थे। उनकी परिचारिका उन्हें किसी तरह से बचाकर इटोलियन राजा **ईनयूस** के पास ले गई। वहीं पर इन दोनों भाइयों का पालन-पोषण हुआ और उन्हें राजकुमारों के उपयुक्त शिक्षा दी गई। उन्हें अपने पिता के वध का प्रतिशोध लेना था और पारिवारिक शत्रुता की परम्परा को जीवित रखना था। **स्पार्टा** के राजा **टिन्डेरियस** का उन पर विशेष अनुग्रह था, अतः उसने दोनो भाइयों के युवक होने पर उन्हें **मायसीनी** का राज्य वापस दिला दिया। **थेसटीज़** को निष्कासित कर दिया गया और **ईजिस्थस** अपने प्राण बचाकर भाग गया। यह सूचना हमें **हाइजीनस** के 'फेबुला' और **ईस्किलस** के 'ऐगमेमनन' से मिलती है। **होमर** ने इन घटनाओं का विस्तृत विवरण नहीं दिया। केवल कहीं-कहीं उल्लेख मात्र हुआ है। 'इलियड' में **एटरियस**-परिवार की चंचला राजलक्ष्मी को **ईजिस्थस** के प्रतिशोध से लेखक की पूरी एकाग्रता मिली है।

ऐसा कहा जाता है कि **ज़्यूस** ने शक्ति दी **ईएकस** के परिवार को, बुद्धिमत्ता **एमिथों** के राजवंश को और लक्ष्मी आई **एटरियस** कुल के हिस्से में। **हीसियड** और **होमर** का कहना है कि **कॉरिन्थ, ओरनिआया, आरथीरिया, सीक्यान, हाइपरेसिया, गानेसा थैलीनी, ईजियम, इजीयालस** और **हेलिस** इत्यादि अनेक देशों के राजा इस वंश को कर देते थे। **ऐगमेमनन** अब इस अपार सम्पदा का स्वामी था।

ऐगमेमनन ने पीसा के राजा **टैंटलस** को युद्ध में हराया और उसका वध करके उसकी विधवा **क्लाइटिमनेस्ट्रा** से बलात् विवाह किया। यह **क्लाइटिमनेस्ट्रा लीडा** और राजा टिन्डेरियस की बेटी थी और इस तरह **हेलेन** की बहन। **क्लाइटिमनेस्ट्रा** के **ड्रियूस्करी** नाम से विख्यात दो भाई इस सम्बन्ध से सन्तुष्ट नहीं थे, अतः उन्होंने **मायसीनी** पर आक्रमण करने के लिए प्रस्थान किया। **ऐगमेमनन** ने बुद्धिमत्ता से काम लिया और **क्लाइटिमनेस्ट्रा** के पिता **टिन्डेरियस** से मिलकर उसकी सहमति प्राप्त कर ली और इस तरह **मायसीनी** पर घिर आए युद्ध और विनाश के बादल छँट गए। **ड्रियूस्करी** की मृत्यु के बाद **ऐगमेमनन** के भाई **मेनेलियस** का विवाह उनकी दूसरी बहन **हेलेन** से हुआ और **टिन्डेरियस** ने **स्पार्टा** का राज्य अपने जामाता को सौंप दिया। **हेलेन** अपने समय की सबसे अधिक सुन्दर स्त्री थी। इसी का **ट्रॉय** के राजकुमार **पेरिस** द्वारा अपहरण हुआ और **ट्रॉय** का युद्ध छिड़ा जो दस वर्ष तक चला और जिसमें **ग्रीस** के सभी वीरों ने भाग लिया।

क्लाइटिमनेस्ट्रा से **ऐगमेमनन** का एक पुत्र हुआ—**ऑरेस्टीज़** और तीन पुत्रियाँ—**इफ़िजीनिया, इलेक्ट्रा** एवं **क्रिसोथेमीज़।** विवाह के कुछ ही वर्ष बाद **ऐगमेमन** को **ट्रॉय** जाना पड़ा जहाँ वह दस वर्ष तक रहा।

ट्रॉय के इस युद्ध ने अनेक राज्यों के इतिहास बदल डाले। राजकुमारों की दस वर्ष की अनुपस्थिति में कई तख्त पलट गए। कहीं गृह-युद्ध छिड़ गया, किसी के उत्तराधिकारी शत्रुओं के शिकार हो गए, किसी के सेवक विश्वासघाती सिद्ध हुए तो किसी की पत्नी शत्रु-वीर की शय्या का शृंगार बन गई। **थेसटीज़** के बेटे **ईजिस्थस** ने **ऐगमेमनन** की लम्बी अनुपस्थिति का लाभ उठाने की योजना बनाई। अपने पिता **थेसटीज़** का प्रतिशोध लेने और **मायसीनी** का राज्य हस्तगत करने का यह स्वर्णिम अवसर था और अवसर को हाथ से न जाने देना ही बुद्धिमत्ता है। **ईजिस्थस** जानता था कि **क्लाइटिमनेस्ट्रा ऐगमेमनन** से कभी भी सन्तुष्ट नहीं रही। रहती भी कैसे? **ऐगमेमनन** उसके प्रथम पति का हत्यारा था और परिस्थितियों से बाध्य होकर ही उसे विजेता-शत्रु से विवाह करना पड़ा था। अनिच्छा से स्वीकारे गए सम्बन्ध में प्रेम कहाँ? इतना ही नहीं, विवाह के कुछ वर्ष बाद **ऐगमेमनन ट्रॉय** के युद्ध में भाग लेने चला गया। जाते-जाते वह **क्लाइटिमनेस्ट्रा** की संवेदना पर एक और प्रहार कर गया। समुद्र पर अनुकूल वायु और **ट्रॉय** तक सुरक्षित यात्रा के लिए उसने अपनी और **क्लाइटिमनेस्ट्रा** की ज्येष्ठा पुत्री **इफ़िजीनिया** की बलि दे दी। असहाय क्रोध की आग में माँ का तन-मन जल रहा था। अपनी निर्दोष बच्ची की बलि वह आज तक भुला नहीं पाई थी। लाचार ममता **क्लाइटिमनेस्ट्रा** की स्वभावगत दृढ़ता के साथ मिलकर क्या कर बैठे कुछ कहा नहीं जा सकता थ। सूखी घास का ढेर लगा था, बस आग दिखाने भर की देर थी। प्रतिशोध की इस आग के प्रस्फुटन के लिए समय भी अनुकूल था क्योंकि उसे दमन करनेवाला तो स्वदेश से दूर शत्रु की भूमि पर युद्धरत था और ऐसा लगता था कि **ट्रॉय** का युद्ध कभी भी समाप्त नहीं होगा। और यदि हो भी गया तो कौन जाने कि **ऐगमेमनन** वहाँ से जीवित ही लौटेगा। परिस्थितियाँ हर प्रकार से अनुकूल थीं। **ईजिस्थस** ने देर नहीं की। वह बहुमूल्य उपहारों के साथ प्रणय-निवेदन करने **मायसीनी** आ पहुँचा।

ईजिस्थस का उद्देश्य केवल **क्लाइटिमनेस्ट्रा** का प्रेमी बन **मायसीनी** का राज्य हस्तगत करना ही नहीं था, उसे अपने पिता और चाचा के बीच मृत्युपर्यन्त चलनेवाली शत्रुता को एक निष्कर्ष देना था, वह **एटरियस** के परिवार को निर्मूल करने आया था। अन्तर्यामी **ज़्यूस ईजिस्थस** के इस दूषित उद्देश्य से अवगत था, अतः उसने **हेमीज़** को भेजकर **ईजिस्थस** को चेतावनी दी कि वह **ऐगमेमनन** का वध न करे क्योंकि यह नियत था कि **ऑरेस्टीज़** अपने पिता की हत्या का बदला लेगा। लेकिन वाकपटु **हेमीज़** की सारी चतुराई चिकने घड़े पर पानी की बूँद की तरह फ़िसल गई। **ईजिस्थस** किसी तरह भी हाथ में आया अवसर छोड़ने को तैयार नहीं था। आनेवाले कल की सुखद कल्पना में उसकी सारी आशाएँ केन्द्रित थीं। देवताओं की उदारता भी उसकी उद्दंडता को विनाश की ओर अग्रसर होने से न रोक सकी।

मायसीनी पहुँचने पर **ईजिस्थस** को पता चला कि **क्लाइटिमनेस्ट्रा** का प्रेम जीतने के लिए भी कुछ प्रतिद्वन्द्वियों को हराना पड़ेगा। इसके अतिरिक्त **ऐगमेमनन** अपने राजकवि को **क्लाइटिमनेस्ट्रा** पर कड़ी निगाह रखने का आदेश देकर गया था। सबसे पहले तो **ईजिस्थस** ने इस राजकवि का काम तमाम किया और उसे ऐसे निर्जन द्वीप पर पटका जहाँ न कुछ खाने को था न पीने को। बेचारा कवि वहाँ जंगली जानवरों का शिकार हो गया। उसके रास्ते से हट जाने से **क्लाइटिमनेस्ट्रा** भी स्वतंत्र और आश्वस्त हुई। शायद उसे भी **ऐगमेमनन** से प्रतिशोध लेने के लिए एक उपयुक्त व्यक्ति की तलाश थी। **ईजिस्थस** के भाग्य ने उसका साथ दिया और शीघ्र ही **क्लाइटिमनेस्ट्रा** उसकी अकंशायिनी बन गई। इस अप्रत्याशित सफलता के लिए **ईजिस्थस** ने प्रेम की देवी **ऐफ्रॉडायटी** को धन्यवाद दिया और उसके मन्दिर पर बलि दी और **आर्टेमिस** को स्वर्ण और चित्रयवनिका भेंट की। **ईजिस्थस** जानता था **आर्टेमिस एटरियस** के वंश से प्रसन्न नहीं है।

ईजिस्थस और **क्लाइटिमनेस्ट्रा** भोग-विलास में डूबे थे पर **ऐगमेमनन** के अकस्मात् लौट आने की आशंका से काँप भी उठते थे। वे चाहते थे कि **ऐगमेमनन** की वापसी की सूचना उन्हें पहले ही मिल जाए ताकि वे उसके स्वागत की पूरी तैयारी कर सकें। अतः **क्लाइटिमनेस्ट्रा** ने अपने पति को यह सन्देश भेजा कि वह **ट्रॉय** का पतन होते ही **एडा** पर्वत पर अग्नि प्रज्वलित करे। इसके बाद **क्लाइटिमनेस्ट्रा** ने **ट्रॉय** से **मायसीनी** के मार्ग के बीच पड़ने वाले तमाम पहाड़ों की चोटियों पर अपने आदमी नियुक्त कर दिए। उन्हें आदेश दिए गए कि वे **एडा** पर्वत पर प्रकाश देखते ही उसी माध्यम से अगले पर्वत पर प्रतीक्षा करते हुए व्यक्ति को संकेत दे। एक प्रहरी की नियुक्ति महल की छत पर की गई कि वह निकटतम पर्वत पर अग्नि देखते ही इसकी सूचना **क्लाइटिमनेस्ट्रा** को दे। यह प्रहरी चौकीदार कुत्ते की तरह अपनी कुहनियों पर टिका एक वर्ष तक एकटक **ट्रॉय** की दिशा में देखता रहा।

दस वर्ष के युद्ध के बाद देवताओं के हाथों बने **ट्रॉय** का पतन हुआ। नगर के अभेद्य द्वार खुल गए, भयानक नर-संहार हुआ। विध्वंस से दिशाएँ धुँधला गईं, **ट्रॉय** के अनगिनत वीर मारे गए, कुमारियों का अपहरण हुआ, किशोर दास बने, खजाने लुट गए और तब कहीं जाकर एक स्त्री के अपहरण का प्रतिशोध पूरा हुआ।

इस युद्ध में भाग लेने के लिए दूर देशों से आए वीर अपना यौवन **ट्राय** की भेंट चढ़ाकर वापस लौटे। यौवन और उससे सम्बद्ध तमाम सुखों, घर-गृहस्थी, पत्नी-बच्चों और अन्य निकटतम सम्बन्धों की गर्माहट के बदले में उन्हें मिला दास-दासियों का एक झुंड और कुछ रत्न-जवाहरात। बहुत कुछ खोकर बहुत थोड़ा पाया था लेकिन जो पाया था उसे भी लेकर सुरक्षित घर न लौट सके। कोई **पॉसायडन** की चित्त चंचलता का शिकार हो समुद्र के गर्भ में ही सदा के लिए समा गया तो कोई प्रतिकूल वायु और उद्दण्ड लहरों के थपेड़े सहता कभी निर्जन द्वीपों, तो कभी असभ्य और बर्बर आदिवासियों के बीच भटकता रहा। कुछ लोग तो घर लौट ही नहीं सके, और जो लौटे

उन्हें देशवासियों ने पहचानने तक से इनकार कर दिया। निकटतम मित्रों और सम्बन्धियों की आँखों पर राजसत्ता के लोभ ने परदा डाल दिया। वे अपने राज्य में ही शरणागत बन गए। लेकिन दस वर्ष के प्रवास के बाद स्वदेश लौटनेवालों में सबसे वीभत्स अन्त हुआ **ऐगमेमनन** का। कितना अच्छा होता अगर **ऐगमेमनन ट्रॉय** की भूमि पर ही वीरगति प्राप्त करता! कम से कम उसे **एकिलीज़** और **हेक्टर** की तरह यश तो मिलता। लेकिन होना तो वही था जो विधि को स्वीकार था।

ट्रॉय का पतन हुआ। **एडा** पर्वत पर आह्लादित अग्नि जल उठी। प्रकाश की एक रेखा **ट्रॉय** से **मायसीनी** तक खिंच गई। महल की छत पर नियुक्त प्रहरी ने साँप के मुख से निकली मणि जैसी इस ज्योति को अँधेरी रात के आँचल में दमकते देखा और वह **क्लाइटिमनेस्ट्रा** को समाचार देने भागा। **क्लाइटिमनेस्ट्रा** हड़बड़ाकर उठी। भाग्य-निर्णय का समय आ गया था। **ऐगमेमनन** के स्वागत की तैयारी करनी थी। **ईजिस्थस** ने एक दास को समुद्र के निकट मीनार पर नियुक्त किया कि वह **ऐगमेमनन** के जहाज़ का लंगर पड़ते ही राजप्रासाद में सूचना दे।

ट्रॉय के विजेता **ऐगमेमनन** का जहाज़ **मायसीनी** के बन्दरगाह पर आ पहुँचा। सारी प्रजा में यह खबर आग की तरह फैल गई। सबके सामने बस एक ही सवाल था—अब क्या होगा? एक ही उत्सुकता से नेत्र विस्फारित थे, दिल सहमे हुए और आवाज़ें दबी-दबी। कौन नहीं जानता था कि **क्लाइटिमनेस्ट्रा** और **ईजिस्थस** का पति-पत्नी-सा सम्बन्ध है और **ऐगमेमनन** के आगमन की सूचना मिल जाने के बाद भी **ईजिस्थस** राजप्रासाद में ही है—उस राजप्रासाद में जिसकी दीवारें पहले ही खून से रँगी हैं, जिसके एक-एक पत्थर का अपना एक इतिहास है, जिसका भव्य मौन चीख-चीखकर यह कह रहा है—"**ऐगमेमनन!** रुक जाओ! **इफ़िजीनिया** का खून आज **क्लाइटिमनेस्ट्रा** के सिर पर सवार है। **थेसटीज़** के मासूम बच्चों की भटकती हुई आत्माएँ प्रतिशोध माँग रही हैं। वंशगत शत्रुता का अभिशाप तुम्हारे सिर पर मँडरा रहा है। यहाँ सुख और शान्ति नहीं, अपराधों की एक अनन्त शृंखला है जो अपनी पकड़ में कसकर तुम्हारा जीवन निचोड़ डालना चाहती है। सावधान।"

यही मौन चीत्कार **मायसीनी** के निवासियों के मस्तिष्क में गूँज रहा था जब **ऐगमेमनन** ने जहाज़ से उतरकर अपनी माटी को चूमा। धूर्त **क्लाइटिमनेस्ट्रा** जगदिखावे के लिए देवताओं को धन्यवाद देकर अपने पति का स्वागत करने आई थी। एक वफ़ादार पत्नी की भूमिका कुछ देर अभी और निभानी थी उसे। उसके मुख पर गर्व था, आँखों में हर्ष की नमी और वाणी में वियोग में बिताए वर्षों का कम्पन। **क्लाइटिमनेस्ट्रा** ने देखा दासियों के समूह से अलग दिखनेवाली एक सुन्दर स्त्री थी **ऐगमेमनन** के साथ। यह **ट्रॉय** के राजा **प्रायम** की बेटी **कज़ेन्ड्रा** थी। **क्लाइटिमनेस्ट्रा** कुछ सुन चुकी थी उसके विषय में। **कज़ेन्ड्रा** के पास दिव्य दृष्टि थी। उसकी खोई-खोई आँखें अदृश्य में न जाने भयातुर-सी क्या देख रही थीं। उसका मुख उदास और विवर्ण था। **क्लाइटिमनेस्ट्रा** ने हँसकर अपने पति का स्वागत किया। और उसके प्रासाद तक के मार्ग

में रक्तिम कालीन बिछवाया। लेकिन जब यह कालीन खोला जा रहा था अचानक विक्षिप्त-सी **कज़ैन्ड्रा** चीख उठी :

"यह खून से रँगा है। देखो, देखो, यहाँ हर तरफ खून ही खून है। फर्श पर, दीवारों पर, द्वारों और झरोखों पर। सुनो, सुनो। बच्चे रो रहे हैं। तुम्हें नहीं सुनाई देता उनका बिलखना!"

सबने उसे पागल समझा। अभागी **कज़ैन्ड्रा** को **अपोलो** ने दिव्य दृष्टि तो दी थी पर साथ ही यह अभिशाप भी दिया था कि उसकी बात पर कोई विश्वास नहीं करेगा। **ऐगमेमनन** ने भी उसकी ओर ध्यान नहीं दिया और वह अपनी पत्नी के साथ राजमहल में चला गया। प्रासाद के भव्य द्वार एक बार जो बन्द हुए तो फिर **ऐगमेमनन** के लिए नहीं खुले। **कज़ैन्ड्रा** विक्षिप्त-सी रव करती रह गई।

लम्बी यात्रा से क्लान्त **ऐगमेमनन** के लिए चाँदी के टब में स्नान का विशेष प्रबन्ध किया गया था और स्वादिष्ट भोजन की गर्म गन्ध नासिकारन्ध्रों में भर रही थी। लेकिन **ऐगमेमनन** के भाग्य में इसे ग्रहण करना नहीं लिखा था। स्नान से निवृत हो जैसे ही वह टब से बाहर निकला, **क्लाइटिमेनेस्ट्रा** ने द्वार के पीछे से अपने हाथों से बुना मजबूत तन्तुओं का जाल उस पर फेंका और उसे बन्धन में कस लिया। **ऐगमेमनन** ने अपने सुदृढ़ हाथ-पाँव बहुत पटके पर वह स्वतंत्र नहीं हो सका, जाल में फँसी मछली की तरह तड़पता रह गया। **ईजिस्थस** ने दो बार उस पर तलवार से वार किया। लेकिन **क्लाइटिमनेस्ट्रा** इतने से सन्तुष्ट नहीं हुई और उसने कुल्हाड़ी से अपने पति का सिर धड़ से अलग कर दिया। अपने ही रक्त में स्नात **ऐगमेमनन** का शव उस चाँदी के स्नानागार में पड़ा था।

देखते ही देखते राजमहल में कोहराम मच गया। **ऐगमेमनन** के अंगरक्षकों ने तलवारें निकाल लीं पर **ईजिस्थस** के द्वारा नियुक्त सैनिकों के सामने वे टिक नहीं सके। **ट्रॉय** के युद्ध से जीवित और सफल लौटनेवाले योद्धा अपनी मातृभूमि पर कुत्ते की मौत मारे गए। **कज़ैन्ड्रा** का भी वही अन्त

हुआ जो **ऐगमेमनन** का हुआ। **क्लाइटिमनेस्ट्रा** ने जो कुछ भी किया उसके लिए उसे किंचित पश्चात्ताप नहीं था। वह **ऐगमेमनन** के रक्त से सनी कुल्हाड़ी लिए प्रजा के सामने आई। उसके कपड़ों पर अपने पति के खून के छींटे थे और आँखों में न्याय करने का अभिमान। उसने कोई अपराध नहीं किया था। अपनी निर्दोष बेटी की हत्या का बदला लिया था और **ईजिस्थस** ने अपने भाइयों के निर्मम वध का प्रतिशोध। घोषणा की गई कि **ईजिस्थस** का **क्लाइटिमनेस्ट्रा** से विवाह होगा और वे दोनों **मायसीनी** में सुख-शान्ति से राज्य करेंगे। अब कभी **मायसीनी** में रक्तपात नहीं होगा।

नगर के गणमान्य व्यक्तियों ने सुना, सफ़ेद बालों और अनुभवी आँखोंवाले वृद्धों ने सुना और मन ही मन कहा, ''दुष्टता का अन्त दुष्टता से नहीं होता। पाप से पाप ही जन्म लेता है और खून का बदला खून ही होता है। तुम दोनों न जाने किस भ्रम में हो। अधर्म से प्राप्त सुख स्थायी नहीं होता।''

जब **मायसीनी** में यह कांड हुआ, **ऐगमेमनन** का भाई **मेनेलियस** उस समय **मिस्र** में था। **ट्रॉय** से लौटते समय उसका जहाज़ प्रतिकूल वायु अथवा दिशा भूल जाने से **मिस्र** जा पहुँचा था। वहाँ एक भविष्यद्रष्टा ने उसे **ऐगमेमनन** के क्रूर अन्त के विषय में बताया। **मेनेलियस** ने भाई की आत्मा की शान्ति के लिए वहाँ एक स्मारक का निर्माण कराया और इस घटना के आठ वर्ष बाद **स्पार्टा** पहुँचने पर **ज़्यूस ऐगमेमनन** को एक देवालय-समर्पित किया।

ऐगमेमनन की भटकती हुई आत्मा को स्मारकों और श्रद्धांजलियों से शान्ति नहीं मिलनेवाली थी। वह प्रतिशोध माँग रही थी और यह कर्तव्य पूरा करना था उसके बेटे **ऑरेस्टीज़** को!

ऑरेस्टीज़ का प्रतिशोध

यूरीपिडीज़ के 'ऑरेस्टीज़' एवं 'इफ़िजीनिया इन ऑलिस' के अनुसार **ऑरेस्टीज़** का बचपन अपने पितामह **टिन्डेरियस** के पास बीता और **क्लाइटिमनेस्ट्रा** और **इफ़िजीनिया** के साथ ही वह **ऑलिस** आया था। परन्तु **ईस्किलस** के 'ऐगमेमनन' और 'लाइबेशन बेयरर्स' तथा **यूरीपिडीज़** के ही 'इलेक्ट्रा' से पता चलता है कि **क्लाइटिमनेस्ट्रा** ने अपने पति **ऐगमेमनन** के **ट्रॉय** से लौटने के कुछ समय पूर्व ही उसे जान-बूझकर **फ़ॉसिस** भेज दिया था। जबकि एक अन्य विचारधारा यह है कि **ऐगमेमनन** के वध के समय **ऑरेस्टीज़** **मायसीनी** के राजप्रासाद में ही था और उसकी आयु लगभग दस-बारह वर्ष की थी। उसकी परिचारिका ने, जिसका नाम **आसिनोई, लाओडामिया** और **गेलिसा** बताया जाता है, **ऑरेस्टीज़** के स्थान पर अपने पुत्र को सुला दिया ताकि **ईजिस्थस ऑरेस्टीज़** के धोखे में उसे मारकर अपनी रक्त की प्यास बुझा ले। एक अन्य विवरण यह है कि **ऑरेस्टीज़** की प्राणरक्षा उसकी बहन **इलेक्ट्रा** ने अपने पिता के एक वृद्ध शिक्षक की सहायता से की थी। **ऑरेस्टीज़** उस समय शिशु था जिसे उसने अपने हाथ से कढ़ाई किए हुए वस्त्रों में लपेटकर किसी तरह **मायसीनी** से बाहर भिजवा दिया। कुछ समय तक इस वृद्ध शिक्षक ने **ऑरेस्टीज़** को चरवाहों के एक परिवार में छिपाकर रखा और उचित एवं सुरक्षित अवसर आने पर उसे **फ़ॉसिस** के राजा **स्ट्रॉफ़ियस** के पास ले गया। **स्ट्रॉफ़ियस ऐगमेमनन** की बहन का पति था। उसने सहर्ष **ऑरेस्टीज़** की देखभाल का उत्तरदायित्व स्वीकार कर लिया। **स्ट्रॉफ़ियस** का एक पुत्र था–**पिलेडीज़।** यह आयु में **ऑरेस्टीज़** से कुछ छोटा था। दोनों की शिक्षा एक साथ हुई और दोनों इतने अच्छे और घनिष्ठ मित्र बन गए कि एक पल के लिए भी अलग न होते थे। वे व्यायाम, शस्त्र-विद्या, आखेट एवं अन्य खेलों में एक साथ रहते। बचपन ही नहीं उनका यौवन भी साथ ही बीता और जीवन के सुख-दुख में **पिलेडीज़** ने कभी भी **ऑरेस्टीज़** को अकेला नहीं छोड़ा। उनकी मित्रता और उनके परस्पर प्रेम की लोग कहानियाँ कहा करते थे।

युवक **ऑरेस्टीज़** को अपने पिता के वृद्ध शिक्षक से ही **मायसीनी** में हुए उस भयानक हत्याकांड का विवरण मिला और उसे यह भी पता चला कि **ऐगमेमनन** का अन्तिम **संस्कार** भी विधिवत नहीं किया गया था, और **मायसीनी** के निवासियों को शव-यात्रा में सम्मिलित होने की अनुमति नहीं दी गई थी। समय आ गया था कि **ऑरेस्टीज़** अपने पिता की क्रूर हत्या का बदला ले।

उधर अनेक वर्षों से **ईजिस्थस मायसीनी** में राज्य कर रहा था। वह **ऐगमेमनन** के

सिंहासन पर विराजता, उसका राजदण्ड धारण करता, उसके रथ पर यात्रा करता, उसके राजसी वस्त्र धारण करता और उसी की शय्या पर उसी की पत्नी के साथ शयन करता। **मायसीनी** के राज्य को धन की कमी न थी। हीरे-जवाहरातों से कोष भरे पड़े थे। वह दोनों हाथों से स्वर्ण लुटाता। भोग-विलास के सारे साधन उसे प्राप्त थे, सुन्दरतम किशोर एवं दासी किशोरियाँ दिन-रात उसकी सेवा में रत रहते। दूर देशों से उसके ऐश्वर्य की सामग्री जुटाई जाती। परन्तु राजसत्ता वास्तव में **ईजिस्थस** के नहीं **क्लाइटिमनेस्ट्रा** के हाथ में थी और तमाम राज-सम्पदा के बावजूद **ईजिस्थस** देवताओं की वह चेतावनी भूला नहीं था कि **ऐगमेमनन** के वध का प्रतिशोध एक न एक दिन उसका बेटा **ऑरेस्टीज़** अवश्य लेगा। यदि **ऑरेस्टीज़** का पता उसे चल जाता तो वह **क्लाइटिमनेस्ट्रा** के विरुद्ध जाकर भी उसे मरवा डालता और फिर चैन से आजीवन राज्य करता। लेकिन जब तक **ऑरेस्टीज़** जीवित था **ईजिस्थस** को शान्ति कहाँ! कभी-कभी वह मदिरा के नशे में धुत होकर विक्षिप्तों का-सा व्यवहार करता और **ऐगमेमनन** की समाधि पर पत्थर मारकर ज़ोर-ज़ोर से चिल्लाता, "**ऑरेस्टीज़**! आ! आ और अपना कर्तव्य पूरा कर! शक्ति है तो ले प्रतिशोध अपने पिता का।" सच तो यह है कि **ऑरेस्टीज़** के लौट आने की सम्भावना उसे घुन की तरह खाए जा रही थी। अनेक अंगरक्षकों से घिरे महल की मखमली शय्या पर भी उसे नींद न आती थी। हर दिन उसे मौत के हाथों से छीना हुआ लगता। असीम धन-सम्पदा से घिरा वह घोर मानसिक यातना सह रहा था। वह इतना अधिक भयभीत था कि उसने **ऑरेस्टीज़** की बहन **इलेक्ट्रा** को भी विवाह नहीं करने दिया कि कहीं उसका पति ही **ऐगमेमनन** का प्रतिशोध न ले। **इलेक्ट्रा** को मारना उसने उचित नहीं समझा या सम्भवतः **क्लाइटिमनेस्ट्रा** ने उसे ऐसा नहीं करने दिया। एक अकेली लड़की उसकी क्या हानि कर सकती थी भला! ऐसा प्रतीत होता है कि **क्लाइटिमनेस्ट्रा** को **ऑरेस्टीज़** और **इलेक्ट्रा** दोनों से ही मोह नहीं था। पिता और भाई-बहन के स्नेह से वंचित **इलेक्ट्रा** को माँ की ममता भी नहीं मिली। अपने ही घर में उससे दासी जैसा व्यवहार किया जाता। बल्कि **यूरीपिडीज़** के 'इलेक्ट्रा' में तो यह कहा गया है कि **ईजिस्थस** ने उसका विवाह एक बेहद निर्धन किसान से कर दिया था जिसकी झोंपड़ी में वह भिखारिनों का-सा जीवन व्यतीत कर रही थी। उसके मन में हर समय **ईजिस्थस** और **क्लाइटिमनेस्ट्रा** के लिए नफरत की आग जलती रहती। वह एक-एक साँस के साथ उस दिन की प्रतीक्षा कर रही थी जब उसका भाई अपने पिता का प्रतिशोध लेने **मायसीनी** आएगा।

युवक **ऑरेस्टीज़** ने जब सारी स्थिति पर विचार किया तो उसके मन में द्वन्द्व छिड़ गया। पिता के वध का प्रतिशोध लेना उसका परम कर्तव्य था लेकिन उसका अपराधी उसकी अपनी माँ थी, और बेटे द्वारा माँ की हत्या एक जघन्य पाप है, जिसे समाज और दैवी विधान कोई भी क्षमा नहीं करता। कर्तव्य और अपराध के बीच संघर्ष छिड़ा था। वह क्या करे, क्या न करे। यदि माँ की हत्या करता है तो देवताओं और मनुष्यों द्वारा घृणित नारकीय जीवन मिलता है और यदि पिता का प्रतिशोध नहीं लेता तो उसकी

भटकती हुई आत्मा उसे कभी भी क्षमा नहीं करेगी। एक पवित्र कर्तव्य के साथ एक जघन्य पाप जुड़ा था। **ऑरेस्टीज़** ने जितना सोचा वह अनिश्चय के दलदल में धँसता चला गया। अन्ततः उसने निर्णय भाग्य पर छोड़ा और **डेल्फ़ी** के प्रश्न-स्थल पर जाकर प्रार्थना की कि उसे कर्तव्य-निर्देश किया जाए। **ज़्यूस** की सम्मति से **अपोलो** द्वारा प्रेरित उपासिका ने उसे आदेश दिया कि वह अपने पिता का प्रतिशोध ले, अन्यथा उसे मन्दिरों में प्रवेश नहीं दिया जाएगा, लोग उसकी छाया से भी दूर भागेंगे और वह कोढ़ी हो जाएगा। साथ ही यह भी कहा गया कि मातृहत्या के अपराध से भी उसे सरलता से शुद्ध नहीं किया जा सकेगा और उसे परिणाम के लिए तैयार रहना चाहिए। प्रतिशोध और मानसिक यन्त्रणा की अधिष्ठात्रियाँ उसे चैन से नहीं बैठने देंगी। वे उस पर निरन्तर प्रहार करेंगी जिनसे वह अपनी रक्षा **अपोलो** द्वारा प्रदत्त एक सींग के बने धनुष से कर सकेगा। लेकिन फिर भी उसे अपना कर्तव्य पूरा करना चाहिए। देवता उसकी रक्षा करेंगे।

अब संशय के लिए स्थान नहीं था और न ही देर करने को समय। **डेल्फ़ी** से एकनिष्ठ **ऑरेस्टीज़** अपने परम मित्र **पिलेडीज़** के साथ **मायसीनी** की ओर चल पड़ा।

इलेक्ट्रा की साधना पूरी हुई। एक दिन **ऑरेस्टीज़** अपने पिता **ऐगमेमनन** की समाधि पर पहुँचा और अपने बालों की एक लट काटकर भेंट की। उसने देवताओं, मुख्यतः पितृत्व के संरक्षकों से, यह प्रार्थना की कि वे उसे शक्ति दें। तभी उसने काले वस्त्र पहने रोती-धोती और अपने बाल नोचती कुछ दासियों को समाधि की ओर आते देखा। वह अपने मित्र के साथ झट से झाड़ियों के पीछे छिप गया। ये स्त्रियाँ **क्लाइटिमनेस्ट्रा** द्वारा भेजी गई थीं। वास्तव में बात यह थी कि पिछली रात **मायसीनी** की महारानी **क्लाइटिमनेस्ट्रा** ने एक बड़ा भयानक स्वप्न देखा था। उसने देखा कि उसकी कोख से एक साँप का जन्म हुआ है जिसे वह अपना स्तन-पान करा रही है। लेकिन वह साँप दूध के साथ-साथ उसका रक्त चूसने लगता है। **क्लाइटिमनेस्ट्रा** चीखकर उठ बैठी। राजमहल के सारे दास-दासियाँ इकट्ठे हो गए। झट भविष्यद्रष्टाओं को बुलाकर इस सपने का अर्थ पूछा गया। उन्होंने बताया कि **क्लाइटिमनेस्ट्रा** पर उसके मृत पति का कोप है, अतः उसकी आत्मा को सन्तुष्ट करने की चेष्टा की जाए। इसी कारण इन स्त्रियों को **क्लाइटिमनेस्ट्रा** की ओर से **ऐगमेमनन** की समाधि पर भेजा गया था। इन स्त्रियों में **इलेक्ट्रा** भी थी। उसने मृतात्मा को तर्पण अपनी माँ की ओर से नहीं, अपनी ओर से किया और आताताइयों के लिए क्षमा की नहीं, प्रतिशोध की माँग की। उसने **हेमीज़,** पृथ्वी की देवी और पाताल के देवताओं का उद्बोध किया। तभी अकस्मात् **इलेक्ट्रा** की दृष्टि **ऐगमेमनन** की समाधि पर चढ़ाई गई बालों की लट पर गई। मन में आशा की एक किरण फूटी। इन बालों का रंग उसके अपने बालों से मिलता था। और फिर ऐसी भेंट चढ़ाने का साहस कोई निकट सम्बन्धी ही कर सकता था। वह अन्य स्त्रियों की दृष्टि से बचती हुई मिट्टी पर अंकित पदचिह्नों का अनुसरण करती हुई वहाँ पहुँचती जहाँ **ऑरेस्टीज़** छिपा हुआ था। **इलेक्ट्रा** को यह समझते देर न लगी कि देवताओं

ने उसकी प्रार्थना स्वीकार कर ली है। **ऑरेस्टीज़** अपने साथ **इलेक्ट्रा** के हाथों कढ़े हुए वे वस्त्र लाया था जिनमें लपेटकर उसे **मायसीनी** से बाहर भेजा गया था। लेकिन **इलेक्ट्रा** को प्रमाण की आवश्यकता नहीं थी। ख़ून ने ख़ून को पहचान लिया था। **इलेक्ट्रा** ने अपने भाई को सारी स्थिति से अवगत कराया। फिर दोनों ने मिलकर अपने परिवार के अधिष्ठाता देव-सम्राट **ज़्यूस** की आराधना की और प्रार्थना की कि वह उनकी सहायता करे ताकि **मायसीनी** में उसे एक शत वृष का बलिदान देने की प्रथा चलती रहे।

इलेक्ट्रा की **ऐगमेमनन** की कब्र पर तर्पण की कथा **ईस्किलस** के 'लायबेशन बेयरर्स' पर आधारित है।

अब **ऑरेस्टीज़,** उसके मित्र **पिलेडीज़** और **इलेक्ट्रा** ने मिलकर इस प्रतिशोध की रूप-रेखा बनाई। **इलेक्ट्रा** महल में लौट गई। उसके वहाँ पहुँचने के कुछ ही समय बाद **ऑरेस्टीज़** एक शरणागत पथिक के रूप में राजप्रासाद के द्वार पर पहुँचा। उसने कहा कि वह **फ़ॉसिस** से आया है और स्वामिनी से मिलता चाहता है। शरणागत का उचित सत्कार न करना उन दिनों बड़ा अपराध माना जाता था। अतः **क्लाइटिमनेस्ट्रा** स्वयं आई लेकिन वह अपने ही रक्त को पहचान न सकी। पथिक के वेश में आए **ऑरेस्टीज़** ने कहा कि रास्ते में उसकी भेंट **आर्गॉस** जाते हुए एक भद्र व्यक्ति **स्ट्रॉफ़ियस** से हुई थी और उसने यह दुखद समाचार देने के लिए उसे **मायसीनी** भेजा है कि **ऑरेस्टीज़** की मृत्यु हो गई है। उसकी राख एक कांस्य-कलश में सुरक्षित है। **स्ट्रॉफ़ियस** ने यह जानने की इच्छा की है कि यह कलश **मायसीनी** भेजा जाए या उसे वहाँ ही दफ़ना दिया जाए।

क्लाइटिमनेस्ट्रा अपने पुत्र की मृत्यु का समाचार सुन मन ही मन बड़ी हर्षित हुई। वह उस पथिक को महल में ले गई। ऐसा शुभ संवाद लानेवाले का तो जितना भी सत्कार किया जाए कम है। प्रत्यक्ष रूप से दुखी होते हुए उसने एक वृद्धा परिचारिका को देवालय में गए **ईजिस्थस** को बुलाने भेजा। यह वृद्धा **ऑरेस्टीज़** की पुरानी परिचारिका थी और उसके वेश-परिवर्तन और बोलचाल के बनावटी ढंग के बावजूद उसे पहचान गई थी। वह झट **ईजिस्थस** के पास गई और कहा कि अब उसे जीवन में कभी शस्त्रों की आवश्यकता नहीं पड़ेगी क्योंकि उसका शत्रु **ऑरेस्टीज़** मर चुका है। **फ़ॉसिस** से एक युवक यह समाचार लेकर आया है और महारानी ने उसे बुला भेजा है।

निःशंक एवं मुदित मन **ईजिस्थस** ने प्रासाद में प्रवेश किया। तभी एक कांस्य-कलश लिए हुए एक अन्य युवक वहाँ पहुँचा और उसने वह कलश **क्लाइटिमनेस्ट्रा** को देते हुए बताया कि इसमें **ऑरेस्टीज़** की राख थी और **फ़ॉसिस** के राजा **स्ट्रॉफ़ियस** ने अन्ततः इस कलश को अपने राज्य में दफ़नाने की अपेक्षा **मायसीनी** भेज देना ही उचित समझा था। अब तो सन्देह की कोई बात ही नहीं थी। प्रथम सन्देश की दूसरे ने पुष्टि कर दी थी। पथिकों का सत्कार होने लगा। **इलेक्ट्रा** भी उस समय वहीं थी। उसने किसी कार्य से सभी दास-दासियों को बाहर भेज दिया। अब **ऑरेस्टीज़** ने तलवार निकाली और यह कहते हुए कि "**ऐगमेमनन** को भूल गए क्या? मैं हूँ उसका बेटा **ऑरेस्टीज़**। अपने

पिता का प्रतिशोध लूँगा आज!" **ईजिस्थस** के दो टुकड़े कर दिए। **क्लाइटिमनेस्ट्रा** को काटो तो खून नहीं। अब उसकी समझ में आया कि उसके सामने उसकी अपनी ही कोख से जन्मा बेटा खड़ा है। **ऑरेस्टीज़** के सिर पर खून सवार था। **क्लाइटिमनेस्ट्रा** ने देखा कि अब हथियारों से कोई लाभ नहीं। वह झट **ऑरेस्टीज़** के सामने घुटने पर झुक गई और अपना वक्ष खोलते हुए भीगे स्वर में बोली,–"**ऑरेस्टीज़!** मेरे बेटे! यह तू क्या कर रहा है? जिस माँ ने तुझे जन्म दिया तू उसकी हत्या करेगा? देख यह वक्ष जिस पर नींद से बोझिल अपना सिर टिकाकर तू सोया करता था, जिसके दूध से फला-फूला, बढ़ा, आज उसी वक्ष में कटार भोंक सकेगा तू?"

ऑरेस्टीज़ का हाथ एक बार काँपा लेकिन देवताओं का आदेश उसकी स्मृति में बिजली-सा कौंध गया और पल-भर में ही **क्लाइटिमनेस्ट्रा** का तड़पता हुआ शरीर अपने प्रेमी के शव के पास ही ठंडा हो गया। महल के द्वार खुले और अपनी माँ के रक्त से सने हाथ लिए **ऑरेस्टीज़** बाहर निकला। उसने देवताओं की आज्ञा का पालन तो कर दिया था लेकिन माँ के हत्यारे को न तो समाज ही क्षमा करनेवाला था और न मानसिक यन्त्रणा की देवियाँ।

ईजिस्थस और **क्लाइटिमनेस्ट्रा** के शव को नगर के बाहर दफ़नाया गया। और उस रात जब **ऑरेस्टीज़** और **पिलेडीज़** उनकी कब्र पर पहरा दे रहे थे साँपों के बालों, कुत्ते के सिर और चमगादड़ के पंखोंवाली **एरिनीज़** ने माँ के हत्यारे **ऑरेस्टीज़** पर अपने कोड़ों से आक्रमण कर दिया। **ऑरेस्टीज़** फटी-फटी आँखों से न जाने कहाँ घूरता हुआ पागलों की तरह चिल्लाता, "देखो, देखो। वे काली भयानक स्त्रियाँ मुझे मार रही हैं। देखो उनके बालों की जगह ज़हरीले नाग लहरा रहे हैं। वे मुझे मार डालेंगे। मुझे बचाओ!" **अपोलो** द्वारा प्रदत्त धनुष से भी **ऑरेस्टीज़** अपनी रक्षा न कर सका। वह छह दिन तक बिना कुछ खाए-पिए **क्लाइटिमनेस्ट्रा** की कब्र के पास पड़ा रहा। कभी वह विक्षिप्तों की तरह चीखता-चिल्लाता, अपने बाल नोचता तो कभी शिथिल होकर मुर्दों की तरह गिर जाता। **पिलेडीज़** और **इलेक्ट्रा** दिन-रात उसकी सेवा में लगे थे लेकिन उनका प्रेम और उनकी तमाम सद्भावना **ऑरेस्टीज़** को मातृ-हत्या के अपराध से मुक्त नहीं करा सकती थी।

उधर जब **टिन्डेरियस** को अपनी बेटी **क्लाइटिमनेस्ट्रा** की हत्या का समाचार मिला तो वह **स्पार्टा** से **मायसीनी** पहुँचा और उसने **मायसीनी** के गणमान्य व्यक्तियों को एकत्र करके **ऑरेस्टीज़** को मातृहत्या के अपराध का दोषी ठहराया और सर्वसम्मति से यह घोषणा की कि अन्तिम निर्णय होने तक **ऑरेस्टीज़** और **इलेक्ट्रा** को जातिच्युत किया जाए। कोई भी उन्हें शरण न दे। उन्हें जल और अग्नि का प्रयोग भी न करने दिया जाए। और इस तरह **ऑरेस्टीज़** को अपनी माँ के रक्त से सने हाथ भी नहीं धोने दिए गए।

इसी बीच सात वर्ष तक **मिस्र** एवं अन्य देशों में घूमने के बाद **ऑरेस्टीज़** का चाचा **मेनेलियस** अपनी पत्नी **हेलेन** और बहुत-सा धन लेकर **मायसीनी** वापस लौटा। एक मछियारे से उसे **ईजिस्थस** और **क्लाइटिमनेस्ट्रा** के वध की सूचना मिली। **मेनेलियस** ने

वास्तविकता जानने के लिए रात के अन्धकार में **हेलेन** को नगर की ओर भेजा। **हेलेन** अपनी बेवफाई के कारण हुए **ट्रॉय** के नरसंहार से पहले ही बहुत लज्जित थी और यहाँ अब **मायसीनी** पहुँचकर उसे पता चला कि उसकी बहन **क्लाइटिमनेस्ट्रा** भी उसी पापाचरण के कारण अपने ही बेटे के हाथों मारी गई। वह खुलकर रो भी न सकती थी। उसमें **क्लाइटिमनेस्ट्रा** की कब्र तक भी खुलेआम जाने का साहस नहीं था क्योंकि **ट्रॉय** में उसके कारण **मायसीनी** के अनेक लाल मारे गए थे। उसे भय था कि उन मृतकों के सम्बन्धी उसे कभी क्षमा नहीं करेंगे। अतः उसने **इलेक्ट्रा** से अनुरोध किया कि वह उसके बालों की एक लट उसकी ओर से **क्लाइटिमनेस्ट्रा** की समाधि पर चढ़ा दे। लेकिन जब **इलेक्ट्रा** ने यह देखा कि **हेलेन** ने अपने रूपाभिमान में बालों के छोटे-छोटे टुकड़े ही काटे हैं तो उसने जाने से इनकार कर दिया और कहा कि वह अपनी बेटी **हेमायनि** को भेज दे। **हेलेन** जब अपने पति के साथ विश्वासघात कर, **पेरिस** के साथ **ट्रॉय** गई थी, **हेमायनि** उस समय केवल नौ वर्ष की थी। बाद में **ट्रॉय** के युद्ध में जाते समय **मेनेलियस** उसे **क्लाइटिमनेस्ट्रा** को सौंप गया था। अब वह युवती थी। **हेमायनि** ने अपनी माँ को पहचान लिया और उसकी भेंट लेकर **क्लाइटिमनेस्ट्रा** की समाधि की ओर चली गई।

टिन्डेरियस ने **मेनेलियस** को आदेश दिया कि अपने अपराधी भतीजे और भतीजी को दण्ड दिए बिना वह **स्पार्टा** की भूमि पर कदम न रखे। **ऑरेस्टीज़** का अपराध अक्षम्य था। उसने अपनी माँ की हत्या की थी जबकि **क्लाइटिमनेस्ट्रा** का न्याय किसी अन्य ढंग से भी किया जा सकता था। यह राय दी गई कि **इलेक्ट्रा** और **ऑरेस्टीज़** को पत्थर मार-मारकर मार डाला जाए, लेकिन बाद में यह निर्णय लिया गया कि उन्हें देश से निष्कासित कर दिया जाए। **मेनेलियस** अपने श्वसुर **टिन्डेरियस** को रुष्ट नहीं करना चाहता था, अतः उसने इस निर्णय का अनुमोदन किया। **इलेक्ट्रा** को जब इस बात का पता चला तो उसने **क्लाइटिमनेस्ट्रा** की समाधि से लौटती हुई **हेमायनि** का अपहरण करके **मेनेलियस** को पाठ पढ़ाने की सोची। उधर **मेनेलियस** के दुर्व्यवहार से क्षुब्ध **ऑरेस्टीज़** और **पिलेडीज़** ने **हेलेन** से बदला लेने की योजना बनाई और जब वह ऊन बुनती बैठी थी, पथिकों के वेश में वे दोनों वहाँ गए और उस पर आक्रमण कर दिया। लेकिन इससे पहले कि **हेलेन** का बाल भी बाँका होता, **अपोलो** ने **ज़्यूस** की आज्ञा से इस सुन्दर प्रलय को एक बादल में लपेट **ओलिम्पस** पर पहुँचा दिया जहाँ उसे अखंड यौवन और अनन्त जीवन के उपहार भेंट किए गए।

हेलेन के **ओलिम्पस** अभिगमन के सम्बन्ध में विभिन्न कहानियाँ प्रचलित हैं। यह भी कहा जाता है कि **ट्रॉय** के युद्ध के बाद **मेनेलियस** और **हेलेन** ने अनेक वर्षों तक सुख से **स्पार्टा** में राज्य किया और अन्त में वे दोनों सौभाग्यशाली आत्माओं के लिए सुरक्षित **इलीसियन** प्रदेश में भेज दिए गए। दूसरी धारणा यह है कि **हेलेन** अपने पति **मेनेलियस** के साथ **टॉरियन्स** के देश में गई थी जहाँ **इफ्रीजीनिया** ने उन दोनों की देवी **आर्टेमिस** की वेदी पर बलि दे दी।

उधर **इलेक्ट्रा** ने **क्लाइटिमनेस्ट्रा** की समाधि से लौटती हुई **हेमायनि** को बन्दी बना लिया। जब **मेनेलियस** को इस बात का पता चला तो उसने तत्काल अपनी बेटी की प्राण-रक्षा के लिए सैनिक भेजे। इन सैनिकों ने महल के द्वार तोड़ डाले। **मेनेलियस** ने महल को आग लगा देने के विचार से मशाल हाथ में ली पर इससे पहले कि इस आग में **हेमायनि** और **ऑरेस्टीज़** तथा अन्य सभी लोग भस्म हो जाते, देवता **अपोलो** प्रकट हुए और **मेनेलियस** के हाथ से मशाल छीनते हुए **मेनेलियस** को यह आदेश दिया कि वह **हेमायनि** की सगाई **ऑरेस्टीज़** से कर दे, स्वयं पुनर्विवाह करके **स्पार्टा** लौट जाए। अब **ऑरेस्टीज़** का न्याय करना उसका नहीं देवताओं का काम था।

यह कहानी **यूरीपिडीज़** के **'ऑरेस्टीज़'** पर आधारित है।

अब **ऑरेस्टीज़** जयपत्र की डाली हाथ में लिए और उसी का शिरोमाल्य धारण किए अपने पाप के प्रायश्चित्त के लिए निकल पड़ा। **पिलेडीज़** और **इलेक्ट्रा** छाया की तरह उसके साथ थे। पहले वह **डेल्फ़ी** गया। वहाँ देवता **अपोलो** ने उसकी सहायता करने का वचन दिया और कहा कि निष्कासन का समय पूरा होने पर वह **एथेन्स** जाए और वहाँ देवी **एथीनी** की प्रतिमा का आलिंगन करे। वहीं इस अभिशाप से उसे अपने **ईजिस** से मुक्त कराएगी। **एरिनीज़** को वहीं सोया छोड़ **ऑरेस्टीज़** चुपके से भाग निकला लेकिन **क्लाइटिमनेस्ट्रा** के प्रेत ने उन्हें जगाकर फिर **ऑरेस्टीज़** के पीछे लगा दिया। एक वर्ष तक **ऑरेस्टीज़ एरिनीज़** के कोड़े खाता हुआ, न जाने कहाँ-कहाँ भटकता रहा। अनेक बार उसे सूअरों के रक्त और बहती हुई जल-धारा से शुद्ध करने के प्रयास किए गए पर **एरिनीज़** किसी तरह से सन्तुष्ट न होती थी। शुद्धीकरण का प्रभाव कुछ देर तक ही रहता और फिर **ऑरेस्टीज़** पागलों का-सा व्यवहार करने लगता। एक दिन तो उसने अपनी एक अँगुली काटकर इन कुपित देवियों की भेंट चढ़ा दी। अपना सिर मुँडा डाला, हर मन्दिर में बलि दी। संक्षिप्त यह कि शुद्धीकरण के हर उपाय पर **ऑरेस्टीज़** ने आचरण किया और पश्चात्ताप की अवधि समाप्त होने पर **आर्केडिया** होता हुआ **एथेन्स** पहुँचा और वहाँ **एक्रॉपालिस** पर स्थित **एथीनी** की काष्ठ-प्रतिमा का आलिंगन किया। **एथेन्स** के निवासियों ने उसे धिक्कारा नहीं, बल्कि अपने घरों में आमंत्रित किया और एक अलग मेज पर भोजन और मदिरा से उसका आतिथ्य किया।

एरिनीज़ यहाँ भी आ पहुँची और **एथेन्स** के लोगों को **ऑरेस्टीज़** के विरुद्ध भड़काने लगी। पर देवी **एथीनी** ने **ऑरेस्टीज़** का न्याय करने के लिए **एरोपैगस** की सभा बुलाई। इस न्यायालय में **अपोलो** ने प्रतिरक्षक और **एरिनीज़** ने अभियोजिकाओं की भूमिका निभाई। **अपोलो** ने इस आधार पर मातृत्व के महत्त्व से इनकार किया कि स्त्री केवल निष्क्रिय धरती की भाँति है जिसमें पुरुष अपना बीज डालता है। अतः जन्मदाता पुरुष ही है और वही जनक के नाम का अधिकारी। अतः पिता की हत्या के बदले में माँ का वध करना पूर्णतया न्यायोचित है और इस तरह **ऑरेस्टीज़** निरपराध सिद्ध होता है। निर्णय के लिए मतदान हुआ और पक्ष-विपक्ष में बराबर मत प्राप्त होने पर **एथीनी** ने अपना मत **ऑरेस्टीज़** के पक्ष में देकर उसे मातृ-हत्या के अपराध से मुक्त घोषित किया।

पुराने मूल्यों के इस उन्मूलन पर **एरिनीज़** बड़ा रोई-पीटी और यह धमकी दी कि यदि निर्णय बदला नहीं गया तो वे अपने हृदय के रक्त की एक बूँद गिराकर **एथेन्स** की भूमि को सदा के लिए बंजर कर देगी। अब **एथीनी** ने इन दुस्तोष्य देवियों को प्रसन्न करने के लिए खुशामद से काम लिया, और उन्हें अपने से कहीं अधिक बुद्धिमान मानते हुए ये आग्रह किया कि वे **ऑरेस्टीज़** का पीछा छोड़कर **एथेन्स** के एक शुक्ताग्रह को अपने आवास के लिए स्वीकार करें। उसने उन्हें विश्वास दिलाया कि **एथेन्स** के निवासी नियमित रूप से उनकी पूजा करेंगे, उनकी शक्ति पर विश्वास करेंगे, उन्हें पाताल के देवी-देवताओं के उपयुक्त सभी भेंट चढ़ाएँगे, विवाह और शिशु-जन्म के अवसर पर उन्हें ऋतु के पहले फल-फूल अर्पित करेंगे। जिस घर में उनकी आराधना नहीं होगी वह घर कभी समृद्ध नहीं होगा। पर अब वे अपना प्रचंड क्रोध छोड़कर **एथेन्स** में ही बस जाएँ, उसकी भूमि को उपजाऊ बनाएँ, उसके जहाज़ों के लिए अनुकूल वायु चलाएँ, नैतिक मूल्यों का प्रचार करें, दुराचार से बचाएँ और **एथेन्स** को युद्ध में विजय का वरदान दें।

कुछ सोच-विचार के बाद तीन **एरिनीज़** ने यह प्रस्ताव स्वीकार कर लिया और **एथेन्स** की ही एक गुहा में बस गईं। उन्हें अब **एरिनीज़** के स्थान पर **यूमेनाइड्स** कहा जाने लगा। सत्य और न्याय की अधिष्ठात्रियों के रूप में उनकी पूजा होने लगी। उनका निवास-स्थल पथिकों को आश्रय देने लगा और एक लोकप्रिय प्रश्न-स्थान बन गया। **ऐरोपैगस** के तीन मुकदमों का निर्णय करने का अधिकार उन्हें दिया गया।

एरिनीज़ के परितोषण का विवरण **यूरीपिडीज़** के 'इलेक्ट्रा' **पॉरफ़ीरी** के 'कन्सनिंग द केव्स आफ़ द निम्फस', **एरिस्टोफेनीज़** के 'नाइट्स', **ईस्किलस** के 'यूमेनाइड्स' से मिलता है।

एथीनी के प्रस्ताव पर केवल तीन **एरिनीज़** ने **ही एथेन्स** में बसना स्वीकार किया था, बाकी ने अब भी **ऑरेस्टीज़** का पीछा नहीं छोड़ा। **ऑरेस्टीज़** बहुत ही दुखी और निराश हो चला था। वह फिर **डेल्फ़ी** लौटा और रो-रोकर **अपोलो** से यह प्रार्थना की कि या तो वह उसे इस यन्त्रणा से मुक्त कराए या उसका जीवन ले ले। इस पर देवोपासिका ने आदेश दिया कि वह **बासफॉरस** की ओर जाए और उत्तर की ओर काले समुद्र को पार करके **टॉरयिन्स** के देश से देवी **ऑर्टेमिस** की काष्ठ-प्रतिमा लेकर आए तभी उसकी मुक्ति होगी।

टॉरिस में **डायोनिसस** और **अरियाडनी** के बेटे **थूआ** का राज्य था। यहाँ के लोग बर्बर और असभ्य थे। ये लोग दिशाभ्रम में या तूफान के थपेड़ों से भूले-भटके **टॉरिस** आ पहुँचनेवाले लोगों की धन-सम्पत्ति लूट लेते और उन्हें जान से मार डालते। मारे हुए पथिकों की खोपड़ियाँ वे अपने घरों में लटका देते ताकि उन्हें मृतात्माओं का संरक्षण मिलता रहे। इसी **टॉरिस** में समुद्र के किनारे एक पहाड़ी की ऊँची चोटी पर स्थित मन्दिर में देवी **आर्टेमिस** की काष्ठ-प्रतिमा स्थापित थी। इस मन्दिर की पुजारिन किसी अज्ञात राजवंश की सुन्दरी कन्या थी जिसे स्वयं देवी **आर्टेमिस** ने अपनी सेवा में नियुक्त किया था। इस पुजारिन को दैवी अनुकम्पा का पवित्र प्रतीक माना जाता था और **टॉरिस** के

असभ्य निवासी भी उसका आदर करते थे। यदि **टॉरिस** के प्रदेश में भूले-भटके आ पहुँचनेवाला व्यक्ति किसी राजकुल का होता तो उसे यह पुजारिन ही अपने हाथों से देवी की वेदी पर बलि करती और उसके शव को **टारटॉरस** से निकलती हुई पवित्र अग्नि की भेंट कर देती। इसी मन्दिर से **ऑरेस्टीज़** को **आर्टेमिस** की प्रतिमा लाने का आदेश हुआ।

ऑरेस्टीज़ डेल्फ़ी से अब **टॉरिस** की ओर चल पड़ा। उसका परम मित्र **पिलेडीज़** उसके साथ था। इस अग्नि-परीक्षा में **पिलेडीज़** ने कभी भी **ऑरेस्टीज़** का साथ नहीं छोड़ा। उसने अपना राज्य अपने माता-पिता, भाई-बन्धुओं सभी को अपनी मित्रता के लिए त्याग दिया। **स्ट्रॉफ़ियस** ने उसे मातृ-हन्ता **ऑरेस्टीज़** का साथ देने के कारण उत्तराधिकार से वंचित कर दिया था। पर उसे अपने मित्र का जीवन संसार के हर सुख से अधिक प्रिय था। ये दोनों मित्र अब पचास पतवारोंवाले पोत में सवार होकर **टॉरिस** की ओर चले। अनेक कठिनाइयों पर विजय प्राप्त करने के बाद वे दोनों **टॉरिस** पहुँचे और अपने जहाज़ को एक पहाड़ी के पीछे छिपा दिया। यहीं पर **ऑरेस्टीज़** को अकस्मात् पागलपन का दौरा पड़ा और वह तलवार लेकर चरते हुए भेड़ों को मारने दौड़ा। इस पर चरवाहों ने इन दोनों को पकड़ लिया और राजा के पास ले गए। राजा ने आज्ञा दी कि इन कुलीन दिखनेवाले युवकों को तत्काल **आर्टेमिस** के मन्दिर में बलि चढ़ा दिया जाए। राजा के सेवक उन्हें मन्दिर में ले गए और राजा का सन्देश वहाँ की पुजारिन को दिया। **आर्टेमिस** की उपासिका ने इन दोनों युवकों को देखा और उसका स्त्री-हृदय दया से आर्द्र हो उठा। उसने दुखी स्वर में कहा :

''ओ भाग्यहीन युवको! क्या तुम **टॉरिस** के विधान को नहीं जानते? क्या तुम्हें नहीं पता कि यहाँ आनेवाले हर परदेसी को मौत के घाट उतार दिया जाता है? क्यों जान-बूझकर मौत के मुँह में चले आए?''

''देवी-देवताओं में आस्था रखनेवाले लोग इतने बर्बर कैसे हो सकते हैं भला।'' उनमें से एक ने कहा। ''हम लोग भाग्यवश इस द्वीप पर आ पहुँचे हैं और आप लोगों से सहानुभूति की अपेक्षा रखते हैं जो शरणागत का अधिकार है।''

उसका साथी चुपचाप खाली आँखों से पृथ्वी को घूरता खड़ा रहा। वह सामान्य नहीं लग रहा था। ऐसा लगता था जैसे उसे अपने चारों ओर शत्रु दिखाई दे रहे हों। ''तुम्हारे जीवन-मूल्य यहाँ कोई महत्त्व नहीं रखते। विदेशी भाषा बोलनेवालों का स्वागत यहाँ मृत्यु से ही किया जाता है। वैसे तुम लोग कौन हो और कहाँ से आए हो?'' पुजारिन ने पूछा।

दूसरे ने एक फीकी-सी हँसी हँसकर कहा, ''मेरा नाम दैन्य है। जीवन से छुटकारे में ही मेरा उद्धार है।''

लेकिन उसका पहला साथी देवी-देवताओं की दुहाई देकर प्राण-भिक्षा की याचना करने लगा।

दयार्द्र उपासिका ने कहा, ''मैं तुम दोनों में से एक के प्राण बचा सकती हूँ। देवी

की बलि के लिए एक का जीवन पर्याप्त होगा। अब बताओ, तुम दोनों में से कौन **ग्रीस** वापस जाकर अपने साथी की मृत्यु का सन्देश देगा?''

''मुझे मर जाने दो! मुझे जीने की कोई इच्छा नहीं।'' दीन से दिखनेवाले व्यक्ति ने कहा।

''नहीं, नहीं!'' दूसरे ने उसे काटते हुए ज़ोर से कहा, ''कदापि नहीं। मेरे मित्र को जीवन-दान दो। मेरे जीते जी उस पर आँच नहीं आ सकती। मैंने प्रण लिया है।''

''नहीं, मैं जीने के योग्य नहीं। मुझे मार डालो।''

''नहीं। इसकी बात मत सुनो। तुम नहीं जानतीं, इसकी मृत्यु से एक राजवंश का अन्त हो जाएगा। यह अपने कुल का अन्तिम दीप है।''

''हाँ, इसीलिए तो मैं कह रहा हूँ कि मुझे मार डालो। मेरी मृत्यु पर आँसू बहाने वाला कोई नहीं, पर मेरे मित्र के वृद्ध माता-पिता हैं जो इस आघात को सह नहीं सकेंगे। उसकी नव-विवाहिता पत्नी आजन्म उसकी प्रतीक्षा करती रह जाएगी। उसका होनेवाला पुत्र पिता का मुँह भी न देख पाएगा।''

उपासिका को बड़ा आश्चर्य हुआ और हर्ष भी। मित्रता का ऐसा सुन्दर और मार्मिक दृश्य अपना उदाहरण आप था। उनके परस्पर प्रेम और सद्‌भावना से वह विभोर हो उठी। गद्‌गद स्वर में उसने पूछा :

''ऐ अजनबी युवको! तुम कौन हो? अपना परिचय तो दो।''

''मैं **ऑरेस्टीज़** हूँ। **ऐगमेमनन** का बेटा। जिसने अपने पिता की हत्यारी माँ से प्रतिशोध लिया और इस अपराध के दण्ड में भटकता फिर रहा है। और यह मेरा परम मित्र **पिलेडीज़** है जिसने इस काँटों-भरे रास्ते में भी मेरा साथ नहीं छोड़ा।''

''ऑरेस्टीज़!'' **इफ़िजीनिया** के अधरों से एक दबी हुई चीख निकल गई। देवी **आर्टेमिस** की यह पुजारिन **ऑरेस्टीज़** की बड़ी बहन **इफ़िजीनिया** थी जिसे **ऑरेस्टीज़** और अन्य सभी मृत समझे हुए थे। **ट्रॉय** के युद्ध में जाते समय **ऐगमेमनन** ने देवी की आज्ञा के अनुसार अनुकूल वायु प्राप्त करने के लिए अपनी ज्येष्ठा पुत्री **इफ़िजीनिया** की **ऑलिस** में बलि दी थी। बलि के समय **इफ़िजीनिया** अदृश्य हो गई और बलिवेदी पर एक हंस उसकी जगह प्रकट हुआ। वस्तुतः देवी **आर्टेमिस** ने दया करके उसे जीवन-दान दिया और उसे **ऑलिस** से अपने संरक्षण में **टॉरिस** लाकर अपने मन्दिर की पुजारिन नियुक्त किया। तब से **इफ़िजीनिया** इस अजनबी प्रदेश में अपने सगे-सम्बन्धियों से दूर प्रवास कर रही थी। उस तक न **ट्रॉय** के पतन की सूचना पहुँची थी, न अपने पिता **ऐगमेमनन** की हत्या का दुःखद समाचार। उसकी आँखें अपने देशवासियों को देखने को तरस गई थीं, और कान अपनी भाषा सुनने को। उसे यह भी नहीं मालूम था कि उसकी माँ **क्लाइटिमनेस्ट्रा** भी अब इस संसार में नहीं है, और उसका अपना भाई **ऑरेस्टीज़** उसकी हत्या के अपराध में भटकता आज उसके सामने खड़ा था। क्या उसे **ऑरेस्टीज़** की हत्या करनी होगी? जिसे बचपन में गोद खिलाया, क्या उस पर तलवार उठा सकेगी? और **ऑरेस्टीज़** की जगह जान दे देने को तत्पर यह युवक क्या उसके हाथों मृत्यु का

पुरस्कार पाएगा? **इफ़िजीनिया** बड़े धर्मसंकट में थी। उसे **टॉरिस** के राजा और वहाँ के निवासियों का भी भय था जो इन्हें एक अन्य भाषा में बड़ी आत्मीयता से बातचीत करते संदिग्ध दृष्टि से देख रहे थे। **इफ़िजीनिया** ने सब कुछ विस्तार से जान लेने के बाद उन्हें एक रात बन्द रखने का आदेश दिया और अपने कर्तव्य पर विचार करने लगी। उसे हर हालत में अपने कुलदीपक और उसके मित्र की प्राणरक्षा करनी थी। रात गए वह उस कोठरी में गई और **ऑरेस्टीज़** और **पिलेडीज़** को अपना परिचय दिया। उन दोनों के हर्ष की सीमा न रही। बरसों के बिछड़े भाई-बहन मिले और देर तक आँसुओं की बरसात होती रही।

ऑरेस्टीज़ के **टॉरिस** आने का उद्‌देश्य जानकर **इफ़िजीनिया** ने उनकी सहायता की योजना बनाई। दूसरे दिन प्रातःकाल वह राजा के पास गई और यह कहा कि इन युवकों की बलि नहीं दी जा सकती क्योंकि वे पापी हैं। इनमें से एक अपनी जननी का हत्यारा है और दूसरे ने इस जघन्य अपराध में उसका साथ दिया है। मन्दिर में उनके प्रवेश से सारा वातावरण दूषित हो उठा है, देवी ने अपनी दृष्टि फेर ली है, सारा देवालय उनकी उपस्थिति से अपवित्र हो गया है। अतः यह आवश्यक है कि समुद्र में स्नान करा के उन्हें बलि के लिए शुद्ध किया जाए, और देवी की प्रतिमा को भी समुद्र में धोया जाए। राजा **थूआ इफ़िजीनिया** का बड़ा आदर करता था। उसे किंचित मात्र भी सन्देह नहीं हुआ, अपितु वह पुजारिन की निष्ठा और पवित्रता से अत्यधिक प्रभावित हुआ और उसने सेवकों को आज्ञा दी कि वे देवी की पुजारिन और बन्दियों के साथ समुद्र-तट पर जाएँ। और वह स्वयं बड़ी आस्था से मन्दिर को पवित्र कराने के काम में लग गया। समुद्र-तट पर पहुँचते ही वे तीनों पहाड़ी के पीछे छिपे जहाज़ पर सवार हो गए। देवी की काष्ठ-प्रतिमा **इफ़िजीनिया** के हाथ में थी। **थूआ** के सेवकों ने उन्हें आसानी से नहीं निकलने दिया। बहुत लड़ाई हुई, **थूआ** के कई आदमी मारे गए, कुछ "धोखा! धोखा!" चिल्लाते वापस भागे लेकिन सहायता पहुँचने से पहले **ऑरेस्टीज़** का जहाज़ समुद्र पर दूर निकल गया था। **एथीनी** के आग्रह पर **पॉसायडन** ने उन्हें अनुकूल वायु और निर्मल समुद्र-सतह का वरदान दिया।

इस तरह **ऑरेस्टीज़ आर्टेमिस** की प्रतिमा लेकर वापस पहुँचा और **एथेन्स** अथवा **आर्गोलिस** में उसकी स्थापना की। **इफ़िजीनिया** ने अपना शेष जीवन भी उसी की सेवा में अर्पित किया। माँ की हत्या के अपराध से **ऑरेस्टीज़** की मुक्ति हुई और **एरिनीज़** ने भी अन्ततः उसे क्षमा कर दिया। इस कथा का आधार **यूरीपिडीज़** का 'इफ़िजीनिया अमंग द टॉरियन्स' है।

ऑरेस्टीज़ की लम्बी अनुपस्थिति का लाभ उठाकर शत्रु-पक्ष ने उसकी मृत्यु की अफवाह फैला दी, और **थेसटीज़** का बेटा **एलेटीज़ मायसीनी** का शासक बन बैठा। **ऑरेस्टीज़** वापस लौटा। **पिलेडीज़** और **इफ़िजीनिया** उसके साथ थे। **इलेक्ट्रा** ने उसका स्वागत किया और सभी मिलकर **मायसीनी** आए। **ऑरेस्टीज़** ने **एलेटीज़** को मारकर राजदण्ड धारण किया और इस तरह **एटरियस** और **थेसटीज़** के परिवार में चली आई

शत्रुता का अन्त हुआ। **ऑरेस्टीज़** ने सम्भवतः **एलेटीज़** की बहन **एरीगनी** से विवाह भी किया जिससे उसे **पेन्थीलस** नामक पुत्र की प्राप्ति हुई। **मेनेलियस** और **हेलेन** की बेटी **हेमायनि** भी उसकी पत्नी थी और उससे उत्पन्न **टिसेमेनस मायसीनी** का उत्तराधिकारी हुआ। **इलेक्ट्रा** से **पिलेडीज़** के दो पुत्र हुए। **इफ़िजीनिया** को सम्भवतः **आर्टेमिस** ने अमरत्व प्रदान किया।

ऑरेस्टीज़ ने बाहुबल से अपने राज्य का विस्तार किया और **आर्केडिया** का बहुत-सा क्षेत्र जीत लिया। उसने **आर्गॉस** पर भी अधिकार किया। **मेनेलियस** की मृत्यु के बाद **स्पार्टा** निवासियों ने उसे **स्पार्टा** में राज्य करने के लिए आमंत्रित किया। कई वर्षों तक निर्विरोध राजश्री का भोग करने के बाद सत्तर वर्ष की आयु में साँप के काटने से **ऑरेस्टीज़** की **ऑरेस्टिया** नामक नगर में मृत्यु हुई और उसकी अस्थियों को **टेगिया** में दफ़नाया गया जहाँ से बाद में उन्हें **स्पार्टा** ले जाया गया।

ऑरेस्टीज़ के उत्तराधिकारी **टिसेमेनस** को **हेराक्लीज़** के बेटों ने **मायसीनी, स्पार्टा** और **आर्गॉस** से खदेड़ दिया। उसका बेटा **कॉमेटीज़ एशिया** चला गया।

ऐगमेमनन के परिवार के इन विवरणों का आधार **यूरीपिडीज़** का 'ऑरेस्टीज़', इफ़िजीनिया इन ऑलिस', 'इफ़िजीनिया अमंग द टॉरियन्स', 'इलेक्ट्रा', **ईस्किलस** का 'ऐगमेमनन', 'लायबेशन बेयरर्स', 'यूमेनिडीज़', **एपोलोडॉरस** का 'इपिटोम', **सोफ़ोक्लीज** का 'इलेक्ट्रा', **हाइजीनस** का 'फ़ेबुला' और **होमर** की 'ऑडिसी' है।

इकसायेन

इकसायेन के वंश के सम्बन्ध में कुछ निश्चित रूप से नहीं कहा जा सकता किन्तु ऐसा अनुमान है कि वह **लैपिथ** जाति के राजा **फ़्लीग्यास** का पुत्र था। अपने पिता की भाँति वह भी बहुत ही दुष्ट एवं धूर्त प्रकृति का था। **फ़्लीग्यास** के बाद जब **इकसायेन** राजा हुआ तो उसे एक रानी की आवश्यकता हुई। **फ़ासिस** के राजा **इयोनियेस** की पुत्री **डिया** रूपवती एवं सुशील कन्या थी। उसके पाणिग्रहण के अनेक युवक इच्छुक थे, अतः **इयोनियेस** ने **डिया** के लिए बहुत-सा वधू-मूल्य निश्चित कर दिया। **इकसायेन** ने उतना ही वधू-मूल्य देने का वचन दिया। वह देखने में भी सुन्दर था और एक शक्तिशाली परिवार से सम्बन्ध रखता था। अतः **इयोनियेस** ने सहर्ष **डिया** का हाथ **इकसायेन** के हाथ में दे दिया। विधिपूर्वक पाणिग्रहण संस्कार सम्पन्न हुआ और **इकसायेन** वधू को लेकर अपने राज्य में लौट आया। कुछ समय व्यतीत हो गया, किन्तु **इकसायेन** ने अनुबन्ध के अनुसार वधू-मूल्य उसके पिता को नहीं भेजा। अतः **इयोनियेस** ने अपने कुछ दूतों को भेजा किन्तु **इकसायेन** ने उसका अपमान करके वापस लौटा दिया। **इयोनियेस** को बड़ा आश्चर्य हुआ। उसने सोचा, जामाता कम से कम मेरा तो उचित सत्कार करेगा ही। इसी विचार से वह स्वयं **इकसायेन** के पास आया। **इकसायेन** ने उसका बड़े प्रेम एवं सौहार्द से स्वागत किया। दूतों को खाली हाथ लौटाने का कारण बताते हुए उसने कहा, ''उन लोगों ने मुझे आपकी राजमुद्रा तो दिखाई ही नहीं, इसी कारण मुझे सन्देह हुआ। भला ऐसे अविश्वसनीय लोगों के हाथ में मैं स्वर्ण का ढेर कैसे दे देता? अब आप स्वयं आए हैं तो आपके हाथ में जीवन-भर के प्रयास से अर्जित स्वर्ण देकर मैं निश्चित हो जाऊँगा। आज रात आप हमारा आतिथ्य स्वीकार करें और कल ही कोष से अपनी अमानत ले लें।''

इयोनियेस यह जानकर हर्ष से फूला न समाया कि **इकसायेन** वधू-मूल्य स्वर्ण के रूप में देगा। किन्तु **इकसायेन** के मन में कुछ और ही था। उसने कोष की ओर जाने वाले मार्ग के द्वार पर एक गड्ढा खोदकर उसमें जलते हुए अंगारे भर दिए और उसे बेंत की टहनियों से ढँककर उस पर मिट्टी डाल दी। यह सब इतनी कुशलता से किया गया कि देखनेवाले को तृणमात्र भी शंका नहीं हो सकती थी। रात आमोद-प्रमोद में बीत गई। दूसरे दिन **इकसायेन** अपने श्वसुर को कोष की ओर लेकर चला। वह स्वयं आवश्यक कार्य का बहाना कर दूर ही रुक गया और **इयोनियेस** को मार्ग निर्देश कर दिया। **इयोनियेस** ज्यों ही लम्बे-लम्बे डग भरता कोष की ओर चला, ऊपर से समतल

दिखनेवाली भूमि उसके पाँव तले धँस गई और वह जलते हुए अंगारों पर जा पड़ा। वह गड्ढा ही **इयोनियेस** की कब्र बन गया।

किसी भी सगे-सम्बन्धी की छल द्वारा हत्या करना बहुत बड़ा पाप समझा जाता था। राजा होने के कारण वह शारीरिक दण्ड से तो बच गया लेकिन लोक-निन्दा से न बच सका। शीघ्र ही उसे अपनी भूल का एहसास हो गया। उसके सभी मित्र, सगे-सम्बन्धी यहाँ तक कि अपने ही परिवार के सदस्य उससे घृणा करने लगे। **लैपिथ** जाति उसका मुख देखना भी अशुभ समझती। साधारण दास तक उसकी छाया से बचने लगे। कोई भी देवी-देवता, साधु-सन्त, राजा-महाराजा **इकसायेन** को पवित्र करने को तैयार न होता था। लोग उसका नाम सुन घृणा से मुख फेर लेते थे। **इकसायेन** का जीना मुश्किल हो गया। वह कई राजाओं, भविष्य-द्रष्टाओं, सन्तों के पास गया लेकिन कोई परिणाम न निकला। निराश होकर अन्ततः वह देव-सम्राट **ज़्यूस** के मन्दिर में गया और रो-रोकर प्रार्थना करने लगा :

"हे शरणागतों के रक्षक **ज़्यूस**, मुझ पर कृपा कर। सारी दुनिया ने मुझे ठुकरा दिया, पर तू तो न निराश कर। मुझे पवित्र करो देव, नहीं तो मैं यहीं भूखा-प्यासा प्राण त्याग दूँगा। ऐसे अपमानित जीवन से तो मृत्यु अच्छी।"

ज़्यूस को **इकसायेन** पर दया आ गई। वह स्वयं पर्वत पर प्रकट हुआ और **इकसायेन** को अपने साथ **ओलिम्पस** पर ले गया। वहीं **ज़्यूस** ने स्वयं उसे पवित्र करके समादृत किया। **ज़्यूस इकसायेन** के पश्चात्ताप से पसीज गया था। इधर **ज़्यूस** उसे पवित्र कर **ओलिम्पस** पर आतिथ्य दे रहा था, उधर धूर्त **इकसायेन** की आँख दैवी रूप की निधि **ज़्यूस** की पत्नी सम्राज्ञी **हेरा** पर लगी थी। वह अपनी हस्ती भूल गया और **हेरा** का भोग करने के सपने देखने लगा। उसका विचार था कि **ज़्यूस** के नित नए प्रेम सम्बन्धों से रुष्ट **हेरा** सहज ही उसकी प्रणय-प्रार्थना स्वीकार कर लेगी। जिस **ज़्यूस** ने अक्षम्य अपराध से उसका उद्धार किया, **इकसायेन** उसी की प्रतिष्ठा पर कलंक लगाने की घात में बैठा था। उसे **हेरा** की सहज मुस्कान भी आमन्त्रण लगने लगी। एक दिन अवसर पाकर **इकसायेन** ने ऐसी धृष्टता से अपने प्रेम का प्रस्ताव रखा कि **हेरा** का मुख क्रोध और लज्जा से तमतमा उठा, और वह बिना कुछ उत्तर दिए वहाँ से चली गई। **हेरा** स्वामी भक्त थी। उसने कभी अपने पति से विश्वासघात नहीं किया। वह तत्काल **ज़्यूस** के पास गई और ऐसे कुपात्र पर कृपा करने के लिए उसे धिक्कारा। साथ ही अपने अपमान की कथा भी कह सुनाई। **ज़्यूस** के तन-मन में आग लग गई। यह **हेरा** का ही नहीं, **ज़्यूस** का अपमान था। उसने **हेरा** को किसी प्रकार शान्त किया, "चिन्ता न करो देवी, **इकसायेन** को इस धृष्टता का मूल्य चुकाना पड़ेगा। मैं उसे ऐसा दण्ड दूँगा कि सारी मानवता काँप उठे और भविष्य में कभी कोई देवताओं के प्रति अकृतज्ञता का अपराध न करे। लेकिन पहले मुझे उसका पूरा पतन देख लेने दो। ताकि कोई यह न कहे कि अन्यायी **ज़्यूस** ने निर्मूल शंका के आधार पर **इकसायेन** को दंडित किया।"

उस रात जब **इकसायेन** की आँख खुली **हेरा** उसकी शय्या के पास खड़ी थी। उसने

अपनी मधुर स्मित के साथ यह आश्वासन दिया कि केवल **ज़्यूस** के भय से वह **इकसायेन** का प्रेम-प्रस्ताव ठुकराने को बाध्य हुई थी। लेकिन इस समय **ज़्यूस** निश्चिन्त अपने प्रासाद में सोया है और किसी प्रकार का भय नहीं है। **इकसायेन** ने तत्काल **हेरा** को अपनी बाँहों में भर लिया और अपनी दूषित वासना-पूर्ति में मग्न हो गया। लेकिन तभी वह **हेरा**-सी लगनेवाली स्त्री **इकसायेन** के आलिंगन में ही पिघलने लगी और देखते ही देखते वाष्प बनकर उड़ गई। वस्तुतः यह **हेरा** नहीं थी। **ज़्यूस** ने चतुराई से एक बादल के टुकड़े को काटकर **हेरा** की प्रतिमूर्ति बनाकर **इकसायेन** की परीक्षा लेने भेजा था। **इकसायेन** जब तक स्थिति को समझ पाता सारा **ओलिम्पस ज़्यूस** के अट्टहास से हिल उठा। फिर अन्य सभी देवताओं की सम्मिलित तिरस्कारपूर्ण हँसी उसके चारों ओर गूँज उठी। **इकसायेन** सह नहीं सका, उसने अपने कान बन्द कर लिए। अब उसमें **ज़्यूस** का सामना करने का साहस नहीं था। **ज़्यूस** की फटकार उसके कानों में पिघले सीसे की तरह उतरती गई। वह समझ गया अब अन्त निकट है। उसने भय से आँखें मींच लीं। एक भयानक विस्फोट हुआ और जब **इकसायेन** ने आँखें खोलीं तो वह **ओलिम्पस** पर नहीं अँधेरे **टारटॉरस** की गर्त में पड़ा था।

टारटॉरस के चार जलते हुए आरों से बने चक्र के साथ **इकसायेन** को बाँध दिया गया। यह अग्नि-चक्र अबाध गति से चल रहा है और उसके साथ ही **इकसायेन** भी। असहनीय पीड़ा से चिल्लाता हुआ **इकसायेन** बार-बार यही कहता है, "उपकार करनेवाले का सम्मान करो" और "विश्वासघात सबसे बड़ा पाप है।" दुष्ट **इकसायेन** ने अपने उपकारक **ज़्यूस** से विश्वासघात का ऐसा कठोर दण्ड पाया कि जिसका अन्त नहीं। वह आज भी **टारटॉरस** के उसी चक्र से बँधा घूम रहा है और अनन्त काल तक इस यंत्रणा को सहता रहेगा।

इकसायेन के संसर्ग से **हेरा** की प्रतिकृति ने, जिसे बाद में **नेफेली** के नाम से जाना गया, **सेरटॉर** अथवा **सेन्टॉर्ज़** की पूरी जाति को जन्म दिया। ये आधे मनुष्य और आधे घोड़े के शरीर के थे, या कभी इनका ऊपर का पूरा भाग मनुष्य का और पिछले पाँव घोड़े के होते थे। **मेगनेशिया** की घोड़ियों से इनके संसर्ग से इस जाति के प्राणियों की संख्या बढ़ी और उनमें से **केरों** सेनटार विशेष प्रसिद्ध हुआ।

इस कथा के अंश हमें **पिन्डार, हाइजीनस** तथा अन्य कुछ बाद के लेखकों से प्राप्त हुए हैं।

सिसिफ़स

इयोलस का पुत्र **सिसिफ़स कॉरिन्थ** का राजा था। **होमर** में उसका चित्रण पृथ्वी के सबसे अधिक चतुर व्यक्ति के रूप में हुआ है। बाद के लेखकों ने उसे दुष्ट एवं धूर्त कहा है पर किसी-किसी स्थान पर उसके बुद्धिकौशल की भी प्रशंसा की गई है। **सिसिफ़स** का विवाह **एटलस** की सात **प्लायेड** पुत्रियों में से **मेरोपी** से हुआ। इस सम्बन्ध से **ग्लॉकस, ऑरनीशियन** तथा **सिनॉन** का जन्म हुआ। **सिसिफ़स** एक समृद्ध राजा था तथा **कॉरिन्थ** के **इस्थमस** में उसके अनेक पशु थे। पशु-पालन का उस समय बड़ा प्रचलन था।

सिसिफ़स के राज्य के निकट ही **किऑनी** का पुत्र **ऑटोलिकस** रहता था। **ऑटोलिकस** का पिता कौन था यह निश्चित रूप से नहीं कहा जा सकता। उसके जुड़वाँ भाई **फ़िलमॉन** को **अपोलो** का पुत्र कहा जाता है जबकि **ऑटोलिकस** को **हेमीज़** का पुत्र होने का अभिमान था। **ऑटोलिकस** को अपने तथाकथित पिता की भाँति चोरी करने का अच्छा अभ्यास था। **हेमीज़** के वरदानस्वरूप वह चुराए हुए पशुओं का रंग बदल सकता था और कभी-कभी कुछ सीमा तक आकृति भी। उदाहरणार्थ वह सफ़ेद पशुओं को काला कर देता, और काले को सफेद; सींगवाले पशु को बिना सींग का और इसका उल्टा। चोरी के लिए यह कला बड़े काम की थी। शीघ्र ही उसने उसका प्रयोग भी आरम्भ कर दिया। वह अपने पड़ोसी **सिसिफ़स** के चौपाए चुराने लगा। धीरे-धीरे **सिसिफ़स** के पशुओं की संख्या घटने लगी और **ऑटोलिकस** के पशु बढ़ने लगे। यह देखकर **सिसिफ़स** बड़ा चिन्तित हो उठा। उसे **ऑटोलिकस** पर सन्देह हुआ। किन्तु बिना ठोस प्रमाण के उसे अपराधी भी तो नहीं ठहराया जा सकता था। अन्ततः उसे एक उपाय सूझा। एक रात उसने अपने सभी पशुओं के खुरों पर 'एस एस' (SS) अथवा '**ऑटोलिकस** द्वारा चुराया गया' अंकित कर दिया। **ऑटोलिकस** प्रतिदिन की भाँति उस रात भी **सिसिफ़स** के कुछ पशु हाँक ले गया। उसे अपने आप पर पूरा विश्वास था और **सिसिफ़स** की ओर से किंचित मात्र भी आशंका न थी। लेकिन **सिसिफ़स** उसकी कल्पना से कहीं अधिक चतुर निकला। दूसरे दिन प्रातःकाल उसने कच्चे रास्ते पर जानवरों के खुरों के निशान देखे। उसने फौरन आस-पड़ोस के सभी लोगों को इकट्ठा कर लिया। उनको साथ लेकर वह **ऑटोलिकस** के अस्तबल में गया और अंकित अक्षरों की सहायता से सारे पशुओं को पहचान लिया। **ऑटोलिकस** का अपराध प्रमाणित हो गया किन्तु फिर भी वह इतनी सरलता से कहाँ माननेवाला था। **सिसिफ़स** के साथी प्राप्त साक्ष्यों

के आधार पर देर तक उससे वाद-विवाद करते रहे। इसी बीच **सिसिफ़स** चुपके से खिसक लिया और **ऑटोलिकस** की पुत्री **एन्टीक्लाया** को अकेली पाकर उससे बलात्कार किया। इसी **एन्टीक्लाया** का बाद में **लियार्टस** से विवाह हुआ और उसने वीर **ओडीसियस** को जन्म दिया।

सिसिफ़स ने **इफ़ारा** नगर की नींव डाली। बाद में यही नगर **कॉरिन्थ** के नाम से प्रसिद्ध हुआ। **सिसिफ़स** के सम्बन्ध में किंवदन्ती है कि वह बड़ा ही क्रूर एवं धूर्त था। लड़ाई-झगड़े और मार-पीट में उसे विशेष रुचि थी। ऐसा भी कहा जाता है कि वह यात्रियों को लूटा करता था और उसने कई हत्याएँ कीं। लेकिन **कॉरिन्थ** के व्यापार की उसने काफ़ी उन्नति की।

इयोलस की मृत्यु के पश्चात् ज्येष्ठ पुत्र होने के नाते **सिसिफ़स** का ही राज्य पर अधिकार था, किन्तु छल से उसके भाई **सेलमोनियस** ने **थिसली** का सिंहासन छीन लिया। **सिसिफ़स** इतनी आसानी से कैसे इतनी बड़ी सम्पदा हाथ से जाने दे सकता था। बहुत सोच-विचार के बाद वह **डेल्फ़ी** में स्थित **अपोलो** के प्रश्न-स्थान पर गया। वहीं यह भविष्यवाणी हुई, "भतीजी से उत्पन्न तेरे पुत्र तेरे अपमान का बदला लेंगे।" अतः अब **सिसिफ़स** ने अपने भाई **सेलमोनियस** की पुत्री **टायरो** को झूठा प्रेम-प्रदर्शन कर फुसलाना शुरू किया। **टायरो** उसके जाल में फँस गई और **सिसिफ़स** के संसर्ग से उसने दो पुत्रों को जन्म दिया। **सिसिफ़स** की चाल कामयाब हुई। लेकिन शीघ्र ही **टायरो** को यह पता चल गया कि **सिसिफ़स** ने उसे किसी प्रेम की भावना के कारण नहीं, अपितु पिता **सेलमोनियस** से प्रतिशोध लेने के लिए अपनी वासना का शिकार बनाया। **टायरो** यह सह न सकी। उसने आवेश में **सिसिफ़स** से उत्पन्न अपने दोनों बेटों की हत्या कर डाली। **टायरो** के माध्यम से **सेलमोनियस** से बदला लेने की योजना असफल रही। इस बार फिर **सिसिफ़स** ने कपट से काम लिया। **लारिसा** के बाजार से कुछ स्त्री-पुरुषों के शव बरामद हुए जिनके लिए **सेलमोनियस** को दोषी ठहराया गया। हत्या और बलात्कार के आरोप में **सेलमोनियस** को **थिसली** से निष्कासित कर दिया गया। **हाइजीनस** का ऐसा ही विचार है।

सिसिफ़स थिसली का राजा तो हो गया किन्तु उसकी प्रकृति न बदली। छल, कपट तो उसके स्वभाव के अंग बन गए थे। यहाँ तक कि वह अपने को देवताओं से भी अधिक समझने लगा।

एक बार देव-सम्राट **ज़्यूस** नदी के देवता **एसोपस** की सुन्दरी पुत्री **एगिना** पर आसक्त हो गया। देवताओं की इच्छा-तृप्ति में बाधा कैसी? फौरन **ज़्यूस** का गरुड़ उड़ता हुआ आया और **एगिना** को उठा ले गया। **सिसिफ़स** ने कहीं यह देख लिया। **एगिना** का भाग्य उसे कहाँ लिए जा रहा है यह समझते **सिसिफ़स** को पल-भर भी न लगा। उधर बेचारा **एसोपस** पागलों की तरह पहाड़ों, जंगलों, नदियों में अपनी बेटी को ढूँढ़ता फिर रहा था। **एगिना** को खोजते हुए **एसोपस सिसिफ़स** के पास पहुँचा। **सिसिफ़स** ने उसे इस शर्त पर **एगिना** का पता बताने का वायदा किया कि वह **कॉरिन्थ** के दुर्ग में

जल की सुविधा के लिए एक बारह महीने निरन्तर बहनेवाला झरना बना दे। **एसोपस** मान गया और **ऐफ्रॉडायटी** के मन्दिर के पीछे एक सदा बहनेवाला **पेरीनी** नाम का झरना निकल आया। आज भी उस स्थान पर **ऐफ्रॉडायटी,** सूर्य देवता तथा प्रेमबाण मारनेवाले **एरॉस** की प्रतिमाएँ उपलब्ध हैं। इस उपकार के बदले में **सिसिफ़स** ने जो कुछ देखा था वह **एसोपस** को कह सुनाया।

इस रहस्य के उद्‌घाटन पर **ज़्यूस** बड़ा क्रुद्ध हुआ। उसने तत्काल **हेडीज़** को **सिसिफ़स** को **टारटॉरस** में डालने की आज्ञा दी। स्वयं मृत्यु का देवता **सिसिफ़स** को लेने **कॉरिन्थ** गया। इस पर भी **सिसिफ़स** ने हार न मानी । उसने खेल ही खेल में धोखे से मृत्यु के हाथों में हथकड़ियाँ डालकर उसे बन्दी बना लिया। इसका अर्थ था कि अब दुनिया में कभी कोई नहीं मरेगा। देवताओं को बड़ी चिन्ता हुई। बहुत सोच-विचार के पश्चात् युद्ध के देवता **एरीज़** को भेजा गया। **एरीज़** ने अपने बाहुबल से मृत्यु के देवता को मुक्त कराया और उन शृंखलाओं में **सिसिफ़स** को ही बाँध दिया। अब तो मृत्यु निश्चित ही थी किन्तु इतने पर भी **सिसिफ़स** हिम्मत नहीं हारा। **टारटॉरस** जाने से पहले उसने गुप्त रूप से अपनी पत्नी तक यह आदेश पहुँचा दिया कि वह **सिसिफ़स** के शरीर को दफ़नाए या जलाए न। बस ऐसे ही फेंक दे। **मेरोपी** ने ऐसा ही किया।

सिसिफ़स ने **टारटॉरस** पहुँचकर एक नई चाल चली। **पर्सीफ़नी** को अकेली पा वह रोनी सूरत बनाए उसके पास गया और बोला, "मैं बड़ा अभागा हूँ देवी कि मेरी मृत्यु के बाद पत्नी ने मेरा अन्तिम संस्कार भी नहीं किया। और जब तक मेरा अन्तिम संस्कार नहीं होता, **टारटॉरस** में मेरी उपस्थिति अनुचित है। ऐसी आत्माएँ तो **स्टिक्स** के उस पार ही रोक दी जाती हैं। तुम मुझे एक बार फिर पृथ्वी पर जाने की आज्ञा दो ताकि मैं अपना अन्तिम संस्कार कर आऊँ और इस उपेक्षा के लिए अपनी पत्नी को उचित दण्ड भी दे सकूँ। मैं वचन देता हूँ कि इस कार्य से निवृत होकर तीन दिन के भीतर ही लौट आऊँगा।"

भोली-भाली **पर्सीफ़नी सिसिफ़स** की चालाकी न समझ सकी और उसे पृथ्वी पर जाने की आज्ञा दे दी। बस फिर क्या था! एक बार पृथ्वी पर पहुँचकर **सिसिफ़स** सारे वायदे भूल गया। कहते हैं कि फिर वह कई वर्षों तक जिया और पृथ्वी का आनन्द वृद्धावस्था तक भोगता रहा। किन्तु एक अन्य स्रोत के अनुसार **पर्सीफ़नी** को धोखा देकर पृथ्वी पर चले जाने पर देवताओं ने इस बार **हेमीज़** को उसके पीछे भेजा। चोरों का राजा **हेमीज़** छल-कपट से उसे फिर बाँध लाया।

टारटॉरस में **सिसिफ़स** को ऐसा भयानक दण्ड दिया गया जो आप अपनी मिसाल है। इसका कारण सम्भवतः **सेलमोनियस** से दुर्व्यवहार अथवा **ज़्यूस** के **एगिना** सम्बन्धी रहस्य का उद्‌घाटन था। वैसे भी **सिसिफ़स** ने जीवन में सदा ही लोगों को लूटा, सताया और हत्याएँ की थीं। उसके अपराधों पर मृतलोक के निर्णायकों ने विचार-विमर्श किया और इस दण्ड का विधान किया। **टारटॉरस** में एक बहुत बड़ा और भारी पत्थर है। **सिसिफ़स** को यह आज्ञा हुई कि वह उस पत्थर को एक सीधी पहाड़ी के शिखर तक

ज़ोर लगाकर चढ़ा ले जाए और फिर दूसरी ओर ढलान से नीचे लुढ़का दे। किन्तु भाग्य की विडम्बना! हाँफता-काँपता, पसीने से लथपथ **सिसिफ़स** जैसे ही चोटी तक पहुँचने को होता है, वह पत्थर फिर नीचे लुढ़क जाता है। **सिसिफ़स** बार-बार प्रयास करता है, बार-बार असफल होता है। आज तक वह पत्थर को पहाड़ी के शिखर तक नहीं ले जा पाया। **इकसायेन** एवं **टेन्टलस** की तरह उसका भी यह पीड़ादायक असफल प्रयास अनन्त काल तक चलता रहेगा।

कहते हैं कि अपने पति की **टारटॉरस** में एक पापी के रूप में यह दुर्दशा देखकर **मेरोपी** इतनी क्षुब्ध हुई कि उसने आकाश में नक्षत्र रूप में चमकनेवाली **प्लायेड** बहनों का साथ छोड़ दिया। इसी कारण आकाश में अब सात के स्थान पर छह नक्षत्र ही स्पष्ट दिखाई देते हैं। न जाने बेचारी **मेरोपी** लज्जा से कहाँ अपना मुख छिपाए बैठी है।

सिसिफ़स के कुकर्मों एवं **टारटॉरस** में उसकी अनन्त यातना का उल्लेख हमें **अपोलोडॉरस, हाइजीनस, सोफ़ाक्लीज, ओविड, होमर** इत्यादि के ग्रन्थों में मिलता है।

कैडमस

लीबिया और **पॉसायडन** के बेटे, **बीलस** के जुड़वाँ भाई **एगनर** का विवाह **टेलेफ़ासा** से हुआ जिससे उसके **कैडमस, फ्रीनिक्स, सिलिक्स, थेसस, फ्रीनियस** नाम के पाँच बेटे और **यूरोपे** नाम की एक बेटी हुई। इनमें से **यूरोपे** के विषय में आप पहले पढ़ चुके हैं। देव-सम्राट **ज़्यूस** ने एक दिन एक अति सुन्दर बैल का रूप धारण कर **यूरोपे** का अपहरण किया और समुद्र पर तैरता हुआ उसे **क्रीट** ले गया जहाँ **ज़्यूस** ने एक गरुड़ के रूप में उसका संसर्ग किया और **यूरोपे** को **मायनास, रैडमेन्थेस** और **सरपेडन** नामक तीन पुत्रों की प्राप्ति हुई।

यूरोपे की भयभीत सखियों ने जब रोते हुए जाकर **एगनर** को बेटी के अपहरण की कथा सुनाई तो **एगनर** क्रोध और दुख से पागल हो उठा। **यूरोपे** उसकी एकमात्र कन्या थी और पिता का उस पर अपार स्नेह था। उसने पाँचों दिशाओं में **यूरोपे** का पता लगाने के लिए दूत छोड़ दिए। लेकिन कुछ भी परिणाम न निकला। दिन बीतते गए पर **एगनर** का दुख बढ़ता गया। आखिर उसने अपने चारों बेटों को यह आज्ञा दी कि वे जैसे भी हो **यूरोपे** को ढूँढ़कर लाएँ और उसे लिए बिना घर न लौटें।

यूरोपे के भाई इस रहस्य को सुलझाने अलग-अलग दिशाओं में निकल पड़े। उनकी माँ को कल कहाँ! वह भी अपने बड़े बेटे **कैडमस** के साथ बेटी को खोजने चल पड़ी। महीनों और फिर बरसों तक वे जहाँ-तहाँ भटकते रहे पर **यूरोपे** का कोई पता न मिला। किसी ने भी उसे नहीं देखा था। धीरे-धीरे वे इस निरर्थक खोज से तंग आकर किन्हीं देशों में बस गए। **कैडमस** सबसे पहले **रोड्स** गया और उसने एक विशाल हण्डा देवी **एथीनी** को समर्पित किया और समुद्र देवता **पॉसायडन** का एक मन्दिर बनवाया। वहाँ से वह अपनी माँ **टेलेफ़ासा के** साथ **थेरा** गया और वहाँ भी उसी तरह के एक मन्दिर का निर्माण कराया। थ्रेशियन **एडोनियन्स** की भूमि पर **टेलेफ़ासा** का देहान्त हो गया। उसके अन्तिम संस्कार के बाद **कैडमस** अपने कुछ विश्वस्त सेवकों को लेकर **डेल्फ़ी** स्थित प्रश्न-स्थल पर गया। वहाँ **यूरोपे** का पता पूछने पर देव-प्रेरित उपासिका ने कहा :

यूरोपे को भूल जाओ। उसे ढूँढ़ने से अब कोई लाभ नहीं। अपने भविष्य की चिन्ता करो। इस तरह भटकने से क्या होगा? जाओ। यहाँ से निकलते ही पास के चरागाह में जो गाय चर रही है उसके पीछे-पीछे चलते जाओ। जहाँ वह गाय थककर रुक जाए वहीं तुम एक नगर का निर्माण करना।''

कैडमस ने ऐसा ही किया। वह गाय के पीछे-पीछे जंगलों और घाटियों को पार

करता एक अनजाने प्रदेश में निकल गया। पूर्व स्थित इस प्रदेश का नाम बाद में **बिउषे** पड़ा। यहीं आखिर थककर वह गाय गिर पड़ी। **कैडमस** ने झुककर उस पृथ्वी को चूमा जो देवताओं ने उसे दी थी। उसने **एथीनी** को उस गाय की विधिपूर्वक बलि देने के लिए अपने साथियों को पानी लाने के लिए भेजा।

पास में ही एक घना कुंज था जिसके लम्बे और विशालकाय ओक वृक्षों को कभी कुल्हाड़ी से छुआ नहीं गया था। वहीं एक अँधेरी गुहा में स्वच्छ निर्मल जल का एक झरना बह रहा था। लेकिन इस कुंज का स्वामी एक भीमाकार सर्प था जिसके तीन सिर थे। उसकी आँखें आग-सी दहकती थीं, शरीर विष की अधिकता से फूला हुआ था, और मुँह में दाँतों की तीन-तीन पंक्तियाँ थीं। वह साँस लेता तो आग निकलती जिससे उसके आस-पास की सारी वनस्पति नष्ट हो गई थी। **कैडमस** के साथी इसी कुंज में पानी लेने गए और लौटे नहीं। बहुत देर तक प्रतीक्षा करने के बाद **कैडमस** स्वयं उन्हें खोजने निकला। तभी उसने सिसकारने की आवाज़ सुनी और घने पेड़ों से धुआँ उठता देखा। झाड़ियों के बीच से होता हुआ जब **कैडमस** भीतर की ओर गया तो अपने साथियों के शव देखकर स्तब्ध रह गया। उसके दुख की सीमा न थी। उसने उन शवों को छूकर शपथ ली :

''या तो मैं तुम्हारी हत्या का प्रतिशोध लूँगा या तुम्हारे ही साथ मृत्यु लोक की यात्रा करूँगा।''

कैडमस को अपने शत्रु को ढूँढ़ने में देर नहीं लगी। अँधेरी गुहा में आग-सी आँखें दपदपा रही थीं और फिर लपलपाती हुई जीभें बाहर निकलीं और मृत शरीरों को चाटने लगीं। **कैडमस** को देख साँप ज़ोर से फुंकारा। क्रुद्ध **कैडमस** के मन में बदले की आग जल रही थी। इससे पहले कि साँप उस पर आक्रमण करता उसने लपककर एक बहुत बड़ा पाषाण-खंड उठाकर उसे दे मारा। यह पत्थर इतना बड़ा था कि ज़ोर से मारने से किसी किले की दीवार तक हिल जाती लेकिन साँप पर उसका कुछ भी असर न हुआ। **कैडमस** समझ गया कि उसका बड़े भयानक शत्रु से पाला पड़ा है, पर उसने साहस और प्रत्युत्पन्नमति से काम लिया और सर्प पर इस बार बरछे से वार किया। बरछा सर्प के शरीर में गड़ गया। पीड़ा और क्रोध से वह फुँकारा और सिर पीछे पलटकर बरछी निकालने की कोशिश करने लगा। उसके सिर पटकने से बरछी टूट गई और उसका कुछ हिस्सा सर्प के शरीर में ही रह गया और उसकी आँतों में खुभने लगा। साँप ने अब अपनी कुंडली खोली और अपने विषाक्त शरीर को पूरा फैलाकर **कैडमस** की ओर बढ़ा। **कैडमस** सावधान था। वह बचता हुआ पीछे हटने लगा। साँप ने कई बार उसे लपेट में लेने की कोशिश की पर **कैडमस** हर बार फुर्ती से उसकी पहुँच के बाहर हो गया। **कैडमस** के हाथ में अब केवल एक भाला था और वह अपनी बारी की ताक में था। जैसे ही सर्प का सिर एक पेड़ के तने के सामने आया **कैडमस** ने भाले की नोक से उसे तने पर ही गाड़ दिया। साँप ने बड़ा ज़ोर लगाया, बड़ी पूँछ पटकी पर भाला निकल न सका। उसके खिंचाव के कारण वह विशालकाय वृक्ष दोहरा हो गया। कुछ

देर इसी तरह तड़पकर वह भयावह दैत्य ठंडा पड़ गया।

पसीने से लथपथ **कैडमस** जब हाँफता हुआ उस मृत सर्प के पास खड़ा अपनी सफलता पर खुद ही आश्चर्य कर रहा था तभी उसे देवी **एथीनी** ने दर्शन दिए। उसके साहस की भूरि-भूरि प्रशंसा करते हुए देवी ने **कैडमस** के नगर को अपने **ईजिस** का संरक्षण प्रदान किया और कहा :

''इस दैत्य के दाँत निकालकर धरती में बो दो।'' **कैडमस** को बड़ा आश्चर्य हुआ पर उसने आज्ञा का पालन किया। थोड़ी-सी धरती खोदकर उसने साँप के दाँत वहाँ गाड़ दिए। तभी एकदम वह धरती उखड़ने लगी और उसमें से भालों की नोकें बाहर निकल आईं। फिर शिरस्त्राण दिखाई दिए और देखते ही देखते अस्त्र-शस्त्र से सुसज्जित बहुत से योद्धा बाहर निकल आए। **कैडमस** बड़ा आश्चर्यचकित हुआ और वह इन नए शत्रुओं का सामना करने की तैयारी करने लगा। लेकिन वे सब तो आपस में ही लड़ने लगे। शस्त्रों की झंकार और युद्ध ध्वनि से सारा वन गूँजने लगा। रक्त की नदियाँ बह गईं। कट-कटकर शरीर गिरने लगे। धीरे-धीरे सभी योद्धा मारे गए। हाँफते-हाँफते, क्षत-विक्षत केवल पाँच सैनिक बचे और उन्होंने एकमत हो **कैडमस** को अपना स्वामी मान लिया। इन पाँचों ने **कैडमस** के साथ उसके नगर का निर्माण किया जिसका नाम पड़ा—**थीब्ज़!**

कैडमस को अभी एक प्रायश्चित्त करना था। बात इस तरह थी कि जिस दैत्याकार सर्प की **कैडमस** ने हत्या की वह युद्ध के देवता **एरीज़** को प्रिय था। **एरीज़** ने **कैडमस** को दण्ड दिया और उसने आठ वर्ष तक **एरीज़** के सेवक रूप में काम किया। इस प्रायश्चित्त को पूरा करने के बाद **कैडमस थीब्ज़** लौटा और अपने नगर के निर्माण में लग गया।

कैडमस का विवाह **ऐफ़्रॉडायटी** और **एरीज़** की बेटी **हार्मोनिया** से सम्पन्न हुआ। **पीलॉप्स** और **थेटिस** के विवाह के बाद यह दूसरा शुभ अवसर था जिसे **ओलिम्पस** के सभी देवताओं ने अपनी उपस्थिति से सुशोभित किया। उनके स्वागत का पूरा प्रबन्ध किया गया और जहाँ आज **थीब्ज़** का बाजार है वहाँ सोने के बारह सिंहासन लगाए गए। **ऐफ़्रॉडायटी** ने **हार्मोनिया** को **ओलिम्पस** के शिल्पी **हेफ़ास्टस** के हाथ का बनाया एक हार उपहार के रूप में दिया। इस हार को पहनने से सुन्दरता में चार चाँद लग जाते थे। **एथीनी** ने उसे एक सुनहरा जोड़ा दिया, **हेमीज़** ने एक वीणा भेंट की। **इलेक्ट्रा** ने **हार्मोनिया** को देवियों की उपासना-विधि सिखाई। **डिमीटर** ने जौ की बढ़िया फ़सल उगाने का तरीका बताया। **म्यूज़ेज़** ने गीत गाए और **अपोलो** ने अपनी वीणा पर उनकी संगत की।

लेकिन ऐसा लगता है कि **एरीज़ कैडमस** के प्रायश्चित्त से सन्तुष्ट नहीं हुआ था। इस अपराध का दुष्परिणाम उसे और उसके वंशजों को भुगतना पड़ा। उनकी बेटी **ईनो** ने समुद्र में कूदकर आत्महत्या की और **सिमीले** देव-सम्राट **ज़्यूस** के ज्वलित तेज की आग में जलकर भस्म हो गई। उसका पौत्र **एक्टायेन** देवी **आर्टेमिस** के कोप से हिरन बन

गया और अपने ही श्वानों द्वारा मारा गया।

वृद्धावस्था में उनके पौत्र **पेनथियस** ने उन्हें अपदस्थ कर दिया था या सम्भवतः स्वेच्छा से **पेनथियस** को राजपाट सौंपकर **कैडमस** और **हार्मोनिया** एन्केलियन्स के देश को चले गए। इस असभ्य जाति ने **कैडमस** को अपना राजा मान लिया। लेकिन **कैडमस** का हृदय अपने बच्चों के दुखद अन्त की स्मृति में दग्ध था और एक दिन ठंडी आह भरकर वह कह उठा :

''यदि एक साँप का जीवन देवताओं को इतना प्रिय हो सकता है तब तो मनुष्य होने की अपेक्षा साँप होना अच्छा है।''

इतना कहते ही **कैडमस** सीने के बल पृथ्वी पर गिर पड़ा, उसकी त्वचा साँप की चितकबरी वल्कल में बदल गई और उसके अंग साँप की कुंडली में। अपने पति को इस अवस्था में देख **हार्मोनिया** ने देवताओं से प्रार्थना की कि वे उसे भी सर्पिणी बना दें ताकि वह हर हालत में अपने स्वामी के साथ रह सके। उसकी प्रार्थना स्वीकार हुई और **हार्मोनिया** का आकार भी उसी तरह बदल गया। ऐसा कहते हैं कि **ज़्यूस** ने इस सर्प-युग्म को अनन्त सुख के द्वीप पर भेज दिया।

ईडिपस

कैडमस का वंशज था **थीब्ज़** का राजा **लाएस। लाएस** का विवाह हुआ **आयोकास्ट** से और काफ़ी समय निस्सन्तान रहने के बाद उनका एक पुत्र हुआ। पुत्र का भविष्य जानने के लिए **लाएस डेल्फ़ी** स्थित सत्य और प्रकाश के देवता **अपोलो** के प्रश्न-स्थल पर गया। वहाँ यह भविष्यवाणी हुई कि यह बच्चा अपने पिता का हत्यारा होगा और अपनी माता से विवाह करके कुल को कलंकित और अपनी मातृभूमि को अपमानित करेगा। यह सुनकर **लाएस** स्तम्भित रह गया। वह जानता था कि देव-प्रेरित उपासिका द्वारा आज तक जो भी भविष्यवाणी हुई वह सच निकली। लेकिन इस दुर्भाग्य का निवारण करना आवश्यक था और उसका केवल एक ही उपाय था। **लाएस** ने दिल पर पत्थर रखा और नवजात शिशु को जंगली जानवरों के हाथों मरने के लिए **सीथरों** पर्वत पर छोड़ दिया। ऐसा करने से पहले उसने बच्चे के पाँव को सुई से बेध दिया और उसके दोनों पाँव बाँध दिए। बच्चे को बेसहारा पर्वत पर छोड़ देने के बाद **लाएस** और **आयोकास्ट** आश्वस्त हुए। उन्होंने सोचा कि होनी टल गई। लेकिन भाग्य की निष्ठुर और दुस्तोष्य देवियों ने एक बार जो निश्चय कर लिया वह टलता नहीं। और फिर सत्य के देवता की भविष्यवाणी भला कैसे असत्य हो सकती है? जिस विश्वस्त सेवक पर बच्चे को पर्वत पर छोड़ने का उत्तरदायित्व था, वह भी आखिर मनुष्य ही था। बच्चे के रुदन से उसका मन पसीज गया और उसने उसे **कॉरिन्थ** के एक चरवाहे को सौंप दिया। चरवाहे से वह बच्चा **कॉरिन्थ** के निस्सन्तान राजा **पॉलिबस** के पास पहुँचा। **पॉलिबस** ने उसे गोद ले लिया और **थीब्ज़** का भाग्यहीन राजकुमार **ईडिपस कॉरिन्थ** के राजप्रासाद में बढ़ने-फूलने लगा। जी हाँ, **ईडिपस** नाम रखा गया इस बच्चे का। **ईडिपस** का अर्थ होता है सूजे हुए पैरवाला। सुई के घाव से **ईडिपस** का पाँव सूज गया था।

ईडिपस के जन्म और निस्तार की यह कहानी **अपोलोडॉरस** से मिलती है। **सोफोक्लीज** ने इसी विवरण को अपने नाटक 'ईडिपस' में अपनाया है, लेकिन **हाइजीनस** ने बच्चे की जीवन-रक्षा के सम्बन्ध में एक और ही कहानी दी है। उसके अनुसार नवजात शिशु को एक लकड़ी के बक्स में बन्द करके समुद्र पर छोड़ दिया गया। यह बक्स बहता-बहता **सीक्यान** जा पहुँचा। वहाँ उस दिन संयोगवश **पॉलिबस** की निस्सन्तान रानी **पेरिबोइआ** समुद्र-तट पर राजसी वस्त्रों की धुलाई का निरीक्षण कर रही थी। उसने वह बक्स देखा और बच्चे को बड़ी गोपनीयता से झाड़ियों के पीछे ले गई। वहाँ उसने प्रसव-वेदना का बहाना किया और एक-दो दासियों को अपने विश्वास में

लेकर यह खबर फैला दी कि **पेरिबोइआ** ने पुत्र को जन्म दिया है। **पॉलिबस** को उसने वास्तविकता बता दी और पति-पत्नी दोनों ने उस बच्चे को अपना लिया।

ईडिपस बड़ा हुआ। उसे अपने कुल और वंश का कुछ भी पता न था। वह **पॉलिबस** और **पेरिबोइया** को ही अपना पिता और माँ समझता था। लेकिन एक दिन उसके किसी साथी ने व्यंग किया कि वह शक्ल-सूरत से अपने माता-पिता से बिलकुल नहीं मिलता। इस पर एक अन्य युवक ने कहा कि ''मिले कैसे? **ईडिपस** उनका पुत्र हो तब न!''

ईडिपस को बड़ा क्रोध आया। वह अपनी माँ के पास गया और उससे पूछा। वह **ईडिपस** के उस प्रश्न से कुछ हतप्रभ हो गई और कुछ सन्तोषजनक उत्तर न दे सकी। **पॉलिबस** के साथ भी ऐसा ही हुआ। **ईडिपस** बड़ा हैरान हुआ। आखिर उसके माता-पिता उसे अपना पुत्र कहने में गर्व क्यों नहीं अनुभव करते? हिचकिचा क्यों रहे हैं? शंकाकुल वह **डेल्फ़ी** के प्रश्न-स्थान पर गया पर वहाँ दैव-प्रेरित उपासिका ने उसे धिक्कारते हुए कहा, ''हट जा! दूर रह, इस मन्दिर पर तेरी दूषित छाया भी नहीं पड़नी चाहिए। अभागे, तू अपने पिता का हत्यारा होगा और अपनी माँ से विवाह कर कुल को कलंकित करेगा।''

ईडिपस काँप उठा। वह समझ गया कि **पॉलिबस** और **पेरिबोइया** उसे स्वीकार करने में झिझक क्यों रहे थे। नहीं। नहीं। वह अपने कुल को कलंकित नहीं करेगा। अपने प्रिय पिता की हत्या नहीं करेगा। वह अपने माता-पिता से सदा के लिए बहुत दूर चला जाएगा। वह कभी भी **कॉरिन्थ** की ओर मुँह नहीं करेगा। अपने प्रियजनों का अहित करने और उनके विनाश का कारण बनने से तो कहीं अच्छा है कि वह उन्हें कभी न मिले। यह निश्चय करके **ईडिपस कारिन्थ** की विपरीत दिशा में चल पड़ा। **डेल्फ़ी** से **डॉलिस** की ओर जाते हुए एक सँकरे से रास्ते पर उसने एक रथ आता हुआ देखा। रथ पर एक वृद्ध सवार था और उसके साथ चार-पाँच सेवक थे। रथ के चालक ने कर्कश स्वर में उसे रास्ता देने को कहा। **ईडिपस** को आदेश सुनने और पालन करने की नहीं आदेश देने की आदत थी। वह पूर्ववत चलता रहा। इस पर रथ पर सवार वृद्ध ने क्रुद्ध होकर उस आज्ञा को दोहराया। पर **ईडिपस** के उद्दण्ड यौवन पर फिर भी कोई प्रभाव न हुआ। उनमें से एक ने इस बार अधीर होकर **ईडिपस** पर भाले की चोट की और चालक रथ को दौड़ा ले गया जिससे **ईडिपस** को काफ़ी चोट और खरोंचें लगीं। **ईडिपस** के क्रोध की सीमा न रही। इस धृष्टता पर उसका खून खौल उठा। उसने ईंट का जवाब पत्थर से दिया और देखते ही देखते उन सभी को भाले मार-मारकर मौत के घाट उतार दिया। उस वृद्ध ने उसका सामना किया। लेकिन **ईडिपस** का यौवन उसकी वृद्धावस्था पर हावी हो गया और उसने वृद्ध को शस्त्रों से क्षत-विक्षत कर घोड़ों के पीछे बाँध दिया। इस तरह रक्त से लथपथ, अश्वों के पीछे घिसटते हुए उस वृद्ध के जीवन का अन्त हुआ और **डेल्फ़ी** के प्रश्न-स्थल पर हुई भविष्यवाणी का पहला भाग सत्य हुआ। रथ पर सवार वृद्ध, **ईडिपस** का पिता **लाएस** था जो **डेल्फ़ी** जा रहा था।

बहुत दिनों तक इधर-उधर भ्रमण करने के बाद **ईडिपस थीब्ज़** पहुँचा। सारा नगर

शोकग्रस्त था। पता करने पर मालूम हुआ कि उस नगर के राजा की लुटेरों ने हत्या कर दी है। इसके अतिरिक्त **थीब्ज़** उन दिनों एक भयानक दानवी से आक्रान्त था। यह राक्षसी सम्भवतः **टायफों** और **एकीडनी** अथवा **आरथ्रस** और **किमेरे** की सन्तान थी। उसे **हेडीज़** के द्वारपाल तीन मुँहवाले खूँखार कुत्ते **सेब्रस** की बहन भी बताया गया है। इसका सिर स्त्री का, शरीर शेरनी का और पूँछ साँप की थी, और उसके कन्धों पर बाज़ के पंख थे। इस विकट जन्तु को **स्फ़िंक्स** के नाम से जाना जाता था। यह विकटाकार राक्षसी एक चट्टान की चोटी पर बैठी थी और हर आने-जाने वाले से एक सवाल पूछती। कोई भी उसका सही उत्तर न दे पाता और ग़लत जवाब देनेवाले को वह ज़िन्दा निगल जाती। यह भीमाकार दानवी **थीब्ज़** का दुर्भाग्य थी क्योंकि उसकी उपस्थिति के कारण नगर में अकाल और महामारी का बोलबाला था। लोग डर के मारे घरों से न निकलते थे। जीवन के सभी व्यापार स्थगित हुए पड़े थे। खेतों में खड़ी फ़सलें नष्ट हुई जा रही थीं। प्रतिदिन कोई न कोई अनजान पथिक इस राक्षसी का कलेवा बन जाता था। पर इतना सर्वविदित था कि जिस दिन कोई इस **स्फ़िंक्स** की पहेली का सही हल बता देगा उस दिन वह **थीब्ज़** छोड़कर चली जाएगी, या अपना अन्त कर लेगी। इस प्रयास में भी **थीब्ज़** के कई योग्य और दुःसाहसी बेटे मारे जा चुके थे।

राजा की हत्या के बाद उसकी कोई सन्तान न होने के कारण **थीब्ज़** की राजसत्ता उन दिनों रानी **आयोकास्ट** के भाई **क्रियों** के हाथ में थी। उसे सत्ता का लोभ नहीं था। वह राजपाट और महारानी को योग्य हाथों में सौंपकर इस उत्तरदायित्व से मुक्त होना चाहता था। अतः उसने यह घोषणा करवा दी कि जो कोई भी **स्फ़िंक्स** से थीब्ज़ को मुक्त कराएगा वही **थीब्ज़** की राजश्री और महारानी **आयोकास्ट** के पाणिग्रहण का अधिकारी होगा।

बेघर **ईडिपस** को अब जीवन का मोह नहीं था। माता-पिता, बन्धु-बान्धवों से स्वेच्छा से नाता तोड़ वह दर-दर भटकता फिर रहा था। न उसका कोई मित्र था न कोई सुख-दुख का साथी। उसके जीवन का एकमात्र उद्देश्य अब उस कलंक से बचना था जिसकी **डेल्फ़ी** में भविष्यवाणी हुई थी। अनजान **ईडिपस** नहीं जानता था कि विधि के अटल विधान से बचने की चेष्टा में वह उसे ही सत्य प्रमाणित करता जा रहा था। **क्रियों** की घोषणा सुनकर उसने अपने निरर्थक जीवन की **थीब्ज़** के लिए बलि देने की ठानी। वह **क्रियों** के सम्मुख उपस्थित हुआ और अपना आशय उसे बताया। **क्रियों** के सेवकों ने उसे **स्फ़िंक्स** के निवास-स्थान का निर्देश किया।

यह एक पथरीला इलाका था जहाँ उस वीभत्स दानवी के अतिरिक्त दूर-दूर तक कोई प्राणी नहीं था, क्योंकि जो भी कोई उसकी पहुँच के दायरे में आता उसे वह तत्काल समाप्त कर देती। वहाँ उसके द्वारा मारे गए अभागे जीवों की हड्डियों के ढेर लगे थे। मौत के सन्नाटे में बस कभी-कभी उसकी भयानक दिल दहला देनेवाली हुंकार गूँज जाती। **ईडिपस** यह दृश्य देखकर विचलित नहीं हुआ। जीवन उसके लिए अमूल्य रत्न नहीं, पत्थर का एक बेकार टुकड़ा था जिसे वह कहीं भी फेंक देना चाहता था। वह

बड़ी सहज मुद्रा में **स्फ़िंक्स** के पास उस पहाड़ी की जड़ के पास पहुँचा, जिस पर वह बैठी थी और चिल्लाकर कहा :

"पूछो, तुम्हें कौन-सा सवाल पूछना है?"

स्फ़िंक्स की वहशी आँखें शिकार देखकर चमक रही थीं। उसने अपनी क्रूर दृष्टि **ईडिपस** पर गड़ाकर कहा :

"वह कौन-सा प्राणी है जो सुबह चार पैरों पर चलता है, दोपहर में दो पर और शाम को तीन पर?"

"यह तो बड़ा आसान है," **ईडिपस** ने मुस्कुराकर कहा, "वह प्राणी मनुष्य है जो बचपन में दो हाथ और दो पैरों पर चलता है, यौवन की दुपहरी में दोनों टाँगों पर और वृद्धावस्था में एक छड़ी के साथ तीन पर।"

इतना सुनते ही **स्फ़िंक्स** ने एक दारुण चीत्कार किया, अपने विशाल पंख फड़फड़ाए और उड़ गई। अपनी हार से पीड़ित इस दानवी ने **फ़ीशियम** पर्वत से घाटी में गिरकर आत्महत्या कर ली। यह देखते ही दूर खड़े नगरवासी भागते हुए आए और उन्होंने **ईडिपस** को कन्धों पर उठा लिया। सारा **थीब्ज़ ईडिपस** की जय-जयकार से गूँज उठा। लोगों ने उसे फूलों से लाद दिया। **ईडिपस** उनकी दृष्टि में कोई साधारण मानव नहीं, किसी देवता का रूप था, जो **थीब्ज़** का उद्धार करने आया था। सर्वसम्मति से **ईडिपस थीब्ज़** का सम्राट घोषित किया गया और मृत राजा की रानी **आयोकास्ट** से उसका विधिवत विवाह सम्पन्न हुआ। और इस तरह **अपोलो** के प्रश्न स्थल पर हुई दूसरी भविष्यवाणी भी सत्य सिद्ध हुई। **आयोकास्ट** की कोख से **ईडिपस** जन्मा था। लेकिन उन दोनों में से सच को कोई नहीं जानता था। **ईडिपस** प्रसन्न था कि **कॉरिन्थ** से भागकर वह अपनी जननी से परिणय करने के कलंक से बच गया था और उसके हाथों पर अपने पिता का रक्त नहीं था।

कई वर्षों तक **ईडिपस** ने **थीब्ज़** में राज्य किया। उसके शासनकाल में **थीब्ज़** में सुख-समृद्धि और खुशहाली थी, चहुँओर शान्ति का साम्राज्य था। जनता अपने शासक का आदर करती थी और उसकी आज्ञापालन को सदैव तत्पर रहती। **ईडिपस** का पारिवारिक जीवन भी सुखी था। उसका अपनी पत्नी **आयोकास्ट** पर अपार स्नेह था। **आयोकास्ट** से उसकी चार सन्तानें हुईं—दो पुत्र **इटोक्लीज़ एवं पॉलिनिसेज़** और दो बेटियाँ—**एन्टीगनी** एवं **इज़्मइन** लेकिन सुख-शान्ति का यह साम्राज्य अधिक दिनों तक नहीं चला। **थीब्ज़** में भयंकर महामारी फैली। **ईडिपस** प्रजा-हित-चिन्तक शासक था। उसने तत्काल इसका निवारण-उपाय जानने के लिए **क्रियों** को **डेल्फ़ी** भेजा। वहाँ से यह उत्तर आया कि जब तक **लाएस** की हत्या का प्रतिशोध नहीं लिया जाएगा, यह दैवी प्रकोप चलता रहेगा। वस्तुतः इस विश्वास के आधार पर कि **लाएस** का वध डाकुओं के हाथों हुआ था, उसके हत्यारे को ढूँढ़ने का कोई विशेष प्रयास ही नहीं किया गया था। लेकिन यह कोई बहुत कठिन काम नहीं था। **ईडिपस** ने घोषणा करवा दी कि इस सम्बन्ध में विश्वस्त सूचना देनेवाले को पुरस्कृत किया जाएगा, हत्यारे को शरण देने

वाला दण्ड का भागी होगा, और ढूँढ़ लिए जाने पर उसे देश निकाला दिया जाएगा। लेकिन इन सब प्रयासों का कोई परिणाम नहीं निकला। अन्ततः **ईडिपस** ने उस समय के प्रसिद्ध अन्धे भविष्यद्रष्टा **टियरेसियस** को बुला भेजा। कहा जाता है कि **टियरेसियस** ने एक बार भूल से देवी **एथीनी** को नग्न स्नान करते देख लिया था जिससे कुपित होकर **एथीनी** ने उसे अन्धेपन का शाप दे डाला, किन्तु बाद में उसकी माँ की करुण प्रार्थनाओं से द्रवित हो **टियरेसियस** को दिव्य दृष्टि प्रदान की। **एथीनी** ने **ईजिस** से अपने **एरिक्थोनियस** नामक सर्प को उतारकर उसे **टियरेसियस** की आँखें और कान चाट देने की आज्ञा दी। इसके फलस्वरूप अन्धा **टियरेसियस** भूत, भविष्य, वर्तमान देखने और पशु-पक्षियों की भाषा समझने में समर्थ हुआ।

ईडिपस ने **टियरेसियस** से **लाएस** के हत्यारे का पता पूछा। लेकिन बहुत आग्रह करने पर भी **टियरेसियस** ने अपराधी का नाम बताने से इनकार कर दिया। **ईडिपस** ने बहुत ज़ोर डाला, धमकी भी दी, लेकिन फिर भी **टियरेसियस** अपने हठ पर अड़ा रहा। इस पर **ईडिपस** ने आरोप लगाया कि **टियरेसियस** ही सम्भवतः **लाएस** का हत्यारा है, अतः वास्तविकता को छिपाना चाहता है। यह सुनते ही **टियरेसियस** बोल पड़ा :

''बहुत अच्छा होता यदि तुम मुझे चुप रहने देते, और मैं यह रहस्य अपने भीतर ही लिए मर जाता। पर तुम्हारी उद्दंडता मुझे बोलने को बाध्य कर रही है। **लाएस** के हत्यारे तुम हो **ईडिपस।** तुम! तुमने ही **डेल्फ़ी** के एक सँकरे रास्ते में उसकी नृशंस हत्या की थी। तुम्हारी ही वजह से **थीब्ज़** को आज यह दिन देखना पड़ा है।''

ईडिपस को याद आया वह दिन जब उसने **डेल्फ़ी** से **थीब्ज़** की ओर आते हुए रथ पर सवार एक कुलीन से दिखनेवाले बड़े दम्भी वृद्ध को मार डाला था। क्या वही **लाएस** था? **ईडिपस** ने **आयोकास्ट** से उसके रूप-रंग के बारे में पूछा और उसे विश्वास हो गया कि **लाएस** और किसी के नहीं उसके अपने ही हाथों मारा गया था। लेकिन **आयोकास्ट** को विश्वास था कि उसकी हत्या डाकुओं ने ही की थी। दैवी भविष्यवाणियों और भविष्यद्रष्टाओं का मज़ाक उड़ाते हुए **आयोकास्ट** बोली :

''इन सबका कुछ विश्वास नहीं। तुम व्यर्थ ही दुविधा में न पड़ो। जानते हो, **डेल्फ़ी** के प्रश्न-स्थल पर यह भविष्यवाणी हुई थी कि **लाएस** अपने बेटे के हाथों मारा जाएगा। इतना ही नहीं, वह बेटा अपनी माँ से विवाह करेगा। लेकिन ऐसा कुछ नहीं हुआ। हमारा एक ही पुत्र हुआ और उसे हमारे सेवक ने मार डाला।''

इतना कहकर **आयोकास्ट** ने उस वृद्ध सेवक को बुला भेजा जो उस बच्चे की मृत्यु का साक्षी था। लेकिन पूछे जाने पर वह विकल होकर महारानी के चरणों पर गिर पड़ा और यह स्वीकार किया कि उसने शिशु को मारा नहीं बल्कि उसे **कॉरिन्थ** के एक चरवाहे को दे दिया था। तभी **कॉरिन्थ** से रानी **पेरिबोइया** का पत्र लेकर एक दूत आ पहुँचा। **पॉलीबस** की अचानक मृत्यु हो गई थी और रानी ने **ईडिपस** के जन्म सम्बन्धी रहस्य को उद्घाटित करने का अवसर जान उसे सब कुछ विस्तार से लिख भेजा था। अब तो सन्देह के लिए कोई स्थान न था।

आयोकास्ट को काटो तो खून नहीं। **ईडिपस** तो पत्थर ही हो गया। जिस पाप से बचने के लिए वह अपने तथाकथित माता-पिता और **कॉरिन्थ** को छोड़ **थीब्ज़** आया था वह पाप उससे पहले उसके देश पहुँच चुका था। उसके हाथ अपने जनक के रक्त से रँगे थे और उसकी आत्मा अपनी जननी के संसर्ग से कलुषित थी। **आयोकास्ट** के लिए अब मृत्यु के अतिरिक्त कोई प्रायश्चित्त न था। वह भागकर अपने कक्ष में गई और अपनी करधनी गले में डाल आत्महत्या कर ली। रोते-कलपते **ईडिपस** ने उसके शव को देखा।

"तेरे दुख तो मिट गए, पर मेरे लिए मृत्युदंड भी कम है"। यह कहकर उसने **आयोकास्ट** के नुकीले पिन से अपनी दोनों आँखें फोड़ डालीं और इस तरह **ईडिपस** के जीवन में सदा के लिए अन्धकार छा गया। क्षीणकाय, सफ़ेद बालोंवाले, अन्धे **ईडिपस** ने उस नगर को छोड़ दिया जिसे एक दिन **स्फ़िंक्स** के पंजों से छुड़ाकर वह जयघोष के बीच सम्राट घोषित हुआ था। वहाँ से जाते समय केवल उसकी बेटी **एन्टीगनी** उसके साथ थी। बहुत भटकने के बाद अन्ततः वे दोनों **कोलोनस** पहुँचे, जहाँ **थीसियस** ने उसे शरण दी और मृत्यु के बाद उसका विधिवत संस्कार किया। **एन्टीगनी** अन्तिम समय तक अपने पिता के साथ थी। भाग्य के हाथों में कठपुतली की तरह नाचते **ईडिपस** की त्रासदी उसके जीवन के साथ ही समाप्त हुई।

ईडिपस की कथा का स्रोत **अपोलोडॉरस, हाइजीनस, यूरीपिडीज़, हीसियड, ओविड, होमर** एवं **सोफ़ोक्लीज़** हैं।

थीब्ज़ के सात आक्रमणकारी

ऐसा लगता है कि **थीब्ज़** का राजपरिवार देवताओं द्वारा अभिशप्त था। भाग्य ने कभी इस वंश का साथ नहीं दिया। बिना किसी अपराध के दण्ड भुगतना ही इनकी नियति थी। यहाँ तक कि देवी **एथीनी** के संरक्षण में जिस व्यक्ति ने इस नगर की नींव रखी और जिसके विवाहोत्सव को **ओलिम्पस** के श्रेष्ठ देवताओं ने शोभित किया और अनेक दैवी उपहार दिए, वही **कैडमस** वृद्धावस्था में अपदस्थ किए जाने पर असभ्य जातियों के बीच जाकर रहने को विवश हुआ। बाद में उसका एक साँप में रूपान्तरण हुआ। **कैडमस** के वंशजों में फिर **ईडिपस** इस दैवी-प्रकोप का भागी बना। वह आजन्म अपने दुर्भाग्य से बचने के लिए भागता रहा लेकिन वह जहाँ भी पहुँचा दुर्भाग्य उसे अपनी प्रतीक्षा करता मिला। उसकी जीवन-त्रासदी आप पढ़ ही चुके हैं। इसी **ईडिपस** के दो बेटे थे—**पॉलिनिसेज़** और **इटोक्लीज़। ईडिपस** की मृत्यु के बाद उत्तराधिकार के प्रश्न पर दोनों भाइयों में वैमनस्य हो गया। ये सम्भवतः जुड़वाँ थे, अतः **थीब्ज़** के सिंहासन पर किसका अधिकार हो यह निश्चय करना कठिन हो गया। ऐसा भी कहा जाता है कि **पॉलिनिसेज़** बड़ा था लेकिन **थीब्ज़** में उस समय तक ज्येष्ठ पुत्र के उत्तराधिकार की प्रथा नहीं थीं। बड़े वाद-विवाद के बाद यह निश्चय हुआ कि दोनों भाई बारी-बारी से एक-एक साल के लिए **थीब्ज़** में राज्य करें। पहला सत्र **इटोक्लीज़** के हिस्से आया। लेकिन सत्ता एक बार हाथ में आ जाने पर उसे छोड़ने को किसका मन करता है! अपने राज्य-काल की अवधि पूरी होने पर **इटोक्लीज़** ने राजदण्ड **पॉलिनिसेज़** के हाथ में देने से इनकार ही नहीं किया बल्कि उस पर दोषारोपण कर **थीब्ज़** से निष्कासित कर दिया। **थीब्ज़** छोड़कर **पॉलिनिसेज़ आर्गॉस** पहुँचा।

उधर **केलिडोन** के राजा **ओनियस** का बेटा **टायडेयस** अपने भाई **मेलेनियस** को हत्या के अपराध में स्वदेश से निर्वासित हो **एड्रास्टस** के राज्य **आर्गॉस** चला आया। इस **एड्रास्टस** की दो बेटियाँ थीं—**ईजिया** और **डेपिला।** दोनों विवाह योग्य थीं और उनसे पाणिग्रहण के इच्छुक राजकुमारों की कमी न थी। **एड्रास्टस** के लिए चुनाव करना कठिन था क्योंकि किसी एक को स्वीकार करने का अर्थ था दूसरों से शत्रुता मोल लेना। अतः वह **डेल्फ़ी** के प्रश्न-स्थान पर गया। वहाँ आदेश हुआ :

"तुम्हारे महल में जब एक शेर और एक रीछ आपस में लड़ते हुए देखे जाएँ तो उन्हें ही दो पहिए के रथ में जोत देना।"

संयोगवश **पॉलिनिसेज़** और **टायडेयस** एक रात ही में **आर्गॉस** के राजमहल में पहुँचे

और अँधेरे के कारण एक-दूसरे को अपना शत्रु समझकर लड़ने लगे या सम्भवतः उनमें अपने-अपने देश की बड़ाई करने में ही कोई विवाद उठ खड़ा हुआ और उन्होंने इसका फैसला शस्त्रों से करना तय किया। उनके शस्त्रों की झंकार और अद्वितीय पौरुष से आकृष्ट हो **एड्रास्टस** वहाँ पहुँचा और **डेल्फ़ी** की भविष्यवाणी उसके कानों में गूँज उठी। बात यह थी कि **पॉलिनिसेज़** का कुल चिह्न था शेर, और **टायडेयस** का रीछ। और इन दोनों के कुल-चिह्न उनके कवचों पर अंकित थे। **डेल्फ़ी** की रहस्यमयी भविष्यवाणी के बाद से **एड्रास्टस** अपनी कन्याओं के भविष्य को लेकर बड़ा चिन्तित था। **टायडेयस** और **पॉलिनिसेज़** के कुल प्रतीकों को देख वह हर्षित हो उठा, उसने दोनों में समझौता कराया और अपनी बेटियों का उनसे विधिवत विवाह सम्पन्न किया।

अब **एड्रास्टस** ने अपने जामाताओं **पॉलिनिसेज़** और **टायडेयस** को उनके राज्य वापस दिलाने का वचन दिया और क्योंकि **थीब्ज़ कैलिडोन** की अपेक्षा **आर्गॉस** के निकट था, अतः पहले **थीब्ज़** पर ही आक्रमण करने का फैसला हुआ। इस महोद्‌यम के लिए जिन वीरों को सेना का नेतृत्व सौंपा गया, वे थे—**एड्रास्टस** का भाई **हिप्पामेडन,** उसका भतीजा **केपेनियस,** उसकी बहन का पति **एम्फ़ीरॉस** और **मेलेगर** और **एटलान्टा** का बेटा **पार्थनॉपेयस।** स्वयं **एड्रास्टस, पॉलिनिसेज़** और **टायडेयस** इनके साथ थे ही। इस प्रकार इनकी कुल संख्या सात हुई। इनमें से **एड्रास्टस** का बहनोई **एम्फ़ीरॉस** युद्ध में जाने का इच्छुक नहीं था। **एम्फ़ीरॉस** युद्ध-कौशल में किसी से कम नहीं था लेकिन वह एक भविष्यद्रष्टा भी था और अपनी दैवी शक्ति से उसने जान लिया था कि इस युद्ध से केवल एक ही व्यक्ति जीवित लौटेगा। बाकी छह वीरगति को प्राप्त होंगे। अतः उसने इस आक्रमण में हिस्सा लेने से इनकार कर दिया। पर **एड्रास्टस एम्फ़ीरॉस** को लिए बिना जाने को तैयार नहीं था। **पॉलिनिसेज़** के लिए यह बड़ी अप्रत्याशित समस्या थी। पर इसका हल उसे बड़ी सरलता से ही मिल गया। अपनी पर्यवेक्षण-शक्ति से उसने यह अनुभव किया था कि **एम्फ़ीरॉस** पर अपनी पत्नी **एरिफ़िल** का बड़ा प्रभाव है और वह उसके किसी आग्रह को नहीं टालता।

वस्तुतः बात यह थी कि एक बार **एड्रास्टस** और **एम्फ़ीरॉस** में विवाद हो गया। नौबत शस्त्रों तक जा पहुँची। बहुत सम्भव था कि दोनों एक-दूसरे को मार डालते पर ऐन मौके पर **एड्रास्टस** की बहन और **एम्फ़ीरॉस** की पत्नी **एरिफ़िल** बीच में आ गईं और उन दोनों से वचन लिया कि भविष्य में कभी कोई विवाद होने पर लड़ेंगे नहीं बल्कि **एरिफ़िल** का निर्णय मानेंगे। **एरिफ़िल** को अपने पक्ष में कर लेने से **पॉलिनिसेज़** की समस्या हल हो सकती थी। अतः उसने **एरिफ़िल** की स्त्री-सुलभ दुर्बलता का लाभ उठाया। **पॉलिनिसेज़ थीब्ज़** से निर्वासन के समय वह हार, सुनहरी जोड़ा, और घूँघट अपने साथ ले आया था जो देवताओं ने विवाह के उत्सव पर **कैडमस** की पत्नी **हार्मोनिया** को भेंट किए थे। इनकी विशेषता सर्वज्ञात थी। स्त्री के लिए अपने रूप से बढ़कर कोई विधि नहीं, **पॉलिनिसेज़** ने पहननेवाले के रूप को द्विगुणित कर देनेवाला, **हेफ़ास्टस** द्वारा निर्मित वह हार **एरिफ़िल** को भेंट कर दिया और उससे यह आग्रह किया कि वह किसी

भी तरह अपने पति **एम्फ़ीरॉस** को युद्ध में जाने के लिए राजी कर दे। **एरिफ़िल** ने उस हार के बदले अपने पति को अनजाने ही मौत के मुँह में धकेल दिया। **एम्फ़ीरॉस** को जाना पड़ा और इस तरह सात कुशल सेनानायकों के नेतृत्व में इस सम्मिलित सेना ने **थीब्ज़** पर आक्रमण किया और **थीब्ज़** के सातों नगरद्वारों पर घेरा डाल दिया।

एड्रास्टस ने **इटोक्लीज़** के पास सन्देश भेजा कि यदि वह **पॉलिनिसेज़** को उसका अधिकार लौटा दे तो युद्ध को टाला जा सकता है। लेकिन **इटोक्लीज़** को अपनी शक्ति पर बड़ा अभिमान था। उसके दर्पयुक्त प्रत्युत्तर ने युद्ध को अवश्यम्भावी बना दिया। अब **इटोक्लीज़** ने **थीब्ज़** के प्रसिद्ध अन्धे भविष्यद्रष्टा **टियरेसियस** से युद्ध के परिणाम के विषय में पूछा। **टियरेसियस** ने कहा :

''**थीब्ज़** के लिए यह बड़ा भारी संकट है। इसे टालने का केवल एक यही उपाय है कि **थीब्ज़** के राजकुल का सबसे छोटा राजकुमार देश के हित में स्वेच्छा से अपनी बलि दे।''

राजकुल का सबसे छोटा सदस्य था **आयोकास्ट** के भाई **क्रियों** का बेटा **मेनॉसियस।** लेकिन **क्रियों** किसी तरह भी अपने बेटे की बलि देने को तैयार नहीं था। उसने कहा, ''मैं अपनी जान दे सकता हूँ, लेकिन अपने बेटे के प्राण मैं किसी कीमत पर जन्मभूमि के लिए भी न्यौछावर करने को तैयार नहीं।''

क्रियों ने चोरी-छिपे **मेनॉसियस** को कहीं दूर भेज देने का निश्चय किया लेकिन **थीब्ज़** का राजकुमार कायरो की तरह भाग जाने के लिए तैयार नहीं हुआ। उसने सोचा, ''वृद्ध पिता मेरे स्नेह में अन्धे होकर देश का अहित करने जा रहे हैं, उसकी विजय की एकमात्र आशा समाप्त कर देना चाहते हैं। लेकिन मैं कायर नहीं हूँ। मातृभूमि को धोखा देने का अपराध कभी क्षमा नहीं किया जा सकता। यदि मैं भाग गया तो इतिहास में सदा **क्रियों** के बेटे का नाम घृणा से लिया जाएगा, उसे देशद्रोही कहा जाएगा, कायर कहा जाएगा। यदि मेरे बलिदान से विजयश्री **थीब्ज़** का वरण कर सकती है तो मैं अपने आपको जन्मभूमि पर न्यौछावर कर दूँगा।

यह निश्चय करके **मेनॉसियस** नगर के प्राचीर पर गया और वहीं से कूदकर अपनी जान दे दी। **मेनॉसियस** का बलिदान स्वीकार हुआ।

युद्ध छिड़ गया। भयंकर रक्तपात हुआ। दोनों पक्षों के अनेक सैनिक मारे गए। **हिप्पामेडन, पार्थनापेयस, केपेनियस** और **टायडयेस** वीरगति को प्राप्त हुए। ऐसा कहा जाता है कि इस युद्ध में **ज़्यूस** ने भी हस्तक्षेप किया और जब **केपेनियस** सीढ़ी लगाकर **थीब्ज़** के प्राचीर का अतिक्रमण करने ही वाला था, **ज़्यूस** ने उसे अपने वज्र से मार डाला। रणक्षेत्र में शत्रु के सेनानायकों को गिरते देख **थीब्ज़** के हौसले बढ़ गए। वे बड़े साहस से लड़े और आक्रमणकारियों को नगर के बाहर ही रोके रखा। विजय दोनों ही पक्षों के लिए संदिग्ध थी। भीषण नरसंहार देखते हुए **एड्रास्टस, पॉलिनिसेज़,** और **एम्फ़ीरॉस** ने एक बार फिर **इटोक्लीज़** के पास दूत भेजा और यह प्रस्ताव किया कि युद्ध का निर्णय **पॉलिनिसेज़** और **इटोक्लीज़** के द्वन्द्व युद्ध से हो। **इटोक्लीज़** ने इस चुनौती को स्वीकार

किया और दोनों पक्षों की सेनाओं के बीच एक-दूसरे के खून के प्यासे एक ही माँ की कोख से जन्मे, दो भाइयों का सामना हुआ। **पॉलिनिसेज़** और **इटोक्लीज़** हर तरह से समकक्ष थे। एक घर में जन्मे, एक साथ पले, एक साथ अस्त्र-शस्त्र विद्या में दीक्षित दोनों भाइयों में कौन उन्नीस था, और कौन बीस, इसका फैसला करना कठिन था। ढालों से टकराकर भाले टुकड़े-टुकड़े हो गए, तलवारों के प्रहार से शरीर क्षत-विक्षत हुए, रक्त बहा, और लड़ते-लड़ते दोनों ही गिर पड़े। परिणाम दोनों के लिए ही घातक सिद्ध हुआ। **ईडिपस** के दोनों बेटे एक-दूसरे के हाथों मारे गए और **थीब्ज़** की राजसत्ता दोनों भाइयों को छल कर फिर **क्रियों** के हाथ में जा पहुँची।

क्रियों के नेतृत्व में **थीब्ज़** ने बचे-खुचे आक्रमणकारियों को खदेड़ डाला। **एम्फ़ीरॉस** प्राण बचाकर भागा। लेकिन शत्रुओं ने उसके रथ का पीछा किया। इससे पहले कि **एम्फ़ीरॉस** शत्रु के हाथों मारा जाता, **ज़्यूस** के वज्र-प्रहार से पृथ्वी फट गई और **एम्फ़ीरॉस** अपने रथ और सारथि सहित उसमें समा गया। अकेला **एड्रास्टस** ही अपने पंखोंवाले घोड़े एरियों पर बैठ सुरक्षित **आर्गॉस** वापस पहुँच सका। **एम्फ़ीरॉस** की भविष्यवाणी सत्य सिद्ध हुई। लेकिन **थीब्ज़** को भी भीषण नरसंहार के अतिरिक्त कुछ हाथ न लगा।

क्रियों ने **इटोक्लीज़** और अपने मृत सैनिकों का विधिवत अन्तिम संस्कार किया लेकिन यह घोषणा करवा दी कि यदि कोई भी व्यक्ति शत्रु पक्ष के नायकों, सैनिकों अथवा देशद्रोही **पॉलिनिसेज़** को दफ़नाने की कोशिश करेगा तो उसे मौत के घाट उतार दिया जाएगा।

आपको याद होगा **ईडिपस** की दो बेटियाँ भी थीं– **एन्टीगनी** और **इज़्मइन**। इनमें से **एन्टीगनी** प्रवास के समय अपने अन्धे पिता **ईडिपस** के साथ थी, और उसकी मृत्यु तक साथ ही रही। **ईडिपस** की मृत्यु हो जाने पर **थीसियस** ने उसे सुरक्षित वापस **थीब्ज़** पहुँचा दिया था। **एन्टीगनी** निस्वार्थ प्रेम और सेवा की साक्षात प्रतिमा थी। पिता पर ही नहीं, दोनों भाइयों पर भी उसका बड़ा स्नेह था। **इज़्मइन** भी अपने भाइयों को प्यार करती थी पर उनमें अटल विश्वास और दृढ़ता की कमी थी। युद्ध के समय ये बेचारी दोनों बहनें किंकर्तव्यविमूढ़-सी बस होनी की प्रतीक्षा में ही दिन काट रही थीं। प्रार्थना में हाथ भी न उठते थे। किसकी विजय की प्रार्थना करतीं आखिर? दोनों ओर अपना ही खून था। अब जब **एन्टीगनी** ने **क्रियों** की घोषणा सुनी, तो उससे न रहा गया। अपने या पराए व्यक्ति के शव को विधिवत दफ़नाना एक पवित्र कर्तव्य समझा जाता था। जिन मृतकों का अन्तिम संस्कार नहीं किया जाता उन्हें मृतात्माओं के देश में प्रवेश नहीं मिलता और उनकी अपमानित आत्माएँ अनन्त काल तक **स्टिक्स** नदी के किनारे भटकती रहती हैं, ऐसा उन दिनों विश्वास किया जाता था। **क्रियों** मृतकों को दण्ड देकर दैवी-विधान अपने हाथ में ले रहा था, मानवता के मूल्यों का उल्लंघन कर रहा था। उसके इस व्यवहार से सभी क्षुब्ध थे और दबी आवाज़ में निन्दा भी कर रहे थे, लेकिन स्पष्ट रूप से उसका विरोध करने का किसी का साहस न था। **एन्टीगनी** के कोमल हृदय को यह सह्य न हुआ। वह अपनी माँ की कोख से जन्मे **पॉलिनिसेज़** की आत्मा को

व्यथित नहीं कर सकती थी। उसने **पॉलिनिसेज़** के शव को दफ़नाने का निश्चय किया। **इज़्मइन** में उसका साथ देने का साहस नहीं था। दुःखी तो वह अवश्य थी, पर वह सोचती थी कि एक स्त्री राज्य के कानूनों का पालन करने के अतिरिक्त और कर भी क्या सकती है! उसकी दुर्बलता ने **एन्टीगनी** को और बल दिया।

उस रात जब सारा नगर सो रहा था, सिर्फ कहीं-कहीं प्रहरी के पदचाप ही सुनाई देते थे, **एन्टीगनी** अपने कक्ष से निकलकर अँधेरे के आवरण में छिपती श्वानों और गिद्धों द्वारा नोचे गए शवों के ढेर में से अपने भाई **पॉलिनिसेज़** को ढूँढ रही थी। शव को पहचानकर वह अभागी न जाने कब तक उसे अपने आँसुओं से नहलाती रही, और फिर उसने उसको भली-भाँति दफ़नाने की असमर्थता के कारण शव पर मिट्टी की एक तह जमा दी। युद्ध में मारे गए सैनिकों के लिए इतना ही पर्याप्त समझा जाता था।

दूसरे दिन सवेरे जब प्रहरियों ने यह देखा तो वे अपने प्राणों के भय से त्रस्त हो **क्रियों** के पास आए और काँपते हुए सारी बात कह सुनाई। **क्रियों** क्रोध से फुँकार उठा। उसने सैनिकों को मिट्टी की तह **पॉलिनिसेज़** के शरीर से हटाकर, अब अधिक सतर्क रहने की आज्ञा दी। **एन्टीगनी** अगली रात फिर जब **पॉलिनिसेज़** के शव के पास गई तो उसे बन्दी बना लिया गया। यह जानकर कि उसकी आज्ञा का उल्लंघन करनेवाली **एन्टीगनी** है **क्रियों** के क्रोध की सीमा न रही। वह चीखा :

''मूर्ख लड़की! क्या तुझे कल बनाए गए विधान तक का ज्ञान नहीं?''

''नहीं! मैं तुम्हारे विधान को नहीं मानती। मैं उस विधान को मानती हूँ जो न कल का है न केवल आज का, अपितु अनन्त काल का है—यह विधान है दया का जो मुझसे अपनी माँ के बेटे के विधिवत अन्तिम संस्कार की माँग करता है। मैं उस माँग को नहीं ठुकरा सकती।'' **एन्टीगनी** की आँखों में दिव्य ज्योति थी, वाणी में अटूट निश्चय के साथ द्रवित कोमलता।

''अगर तुझे अपने भाई से इतना ही प्यार है तो मृत्युलोक भी उसके साथ ही जा।'' **क्रियों** गरजा।

एन्टीगनी विचलित नहीं हुई। वह राजाज्ञा के उल्लंघन का परिणाम जानती थी और उसे स्वीकार करके ही ऐसा दुस्साहस करने गई थी। उसने उत्तर दिया :

''तुम मुझे मृत्यु से बढ़कर कोई दण्ड नहीं दे सकते, और उसके लिए मैं तैयार हूँ। लेकिन आनेवाली पीढ़ियाँ याद रखेंगी कि **एन्टीगनी** एक बहन के कर्तव्य से विमुख नहीं हुई। और फिर दुखों से भरे संसार में जीवन का मोह कैसा?''

एन्टीगनी के उत्तर ने क्रोधाग्नि में घृत का काम किया और **क्रियों** ने अपने बेटे **हीमेन** को, जिससे **एन्टीगनी** का विवाह होना निश्चित हुआ था, यह आज्ञा दी कि वह **एन्टीगनी** का वध कर दे। लेकिन ऐसा कहा जाता है कि **हीमेन** ने अपने पिता की आज्ञा के विरुद्ध भेष बदलकर **एन्टीगनी** को कहीं दूर चरवाहों के बीच रहने को भेज दिया। वहाँ **एन्टीगनी** ने उसके एक पुत्र को भी जन्म दिया। लेकिन काफ़ी समय बाद भेद खुलने पर **हीमेन ने एन्टीगनी** को मारकर स्वयं आत्महत्या कर ली।

एक अन्य विवरण के अनुसार **एन्टीगनी** को जीवित ही दफ़ना दिया गया, जिस पर **हीमेन** ने अपने जीवन का अन्त कर दिया। अन्तिम समय **इज़्मइन** ने भी अपनी बहन के भाग्य में हिस्सा बँटाना चाहा लेकिन **एन्टीगनी** ने उसे **पॉलिनिसेज़** को दफ़नाने का अपराध अपने सिर नहीं लेने दिया। **इज़्मइन** के लिए किसी ने कविता नहीं लिखी, किसी ने श्रद्धांजलि नहीं अर्पित की, लेकिन **एन्टीगनी** के निस्वार्थ प्रेम और बलिदान की कहानी अमर हो गई। **सोफोक्लीज** ने उसके नाम से एक नाटक लिखा–'एन्टीगनी' और दूसरा 'ईडिपस एट कोलोनस' जिससे पिता की सेवा में रत निष्ठावान **एन्टीगनी** का चित्र मिलता है। **यूरीपिडीज़** के 'एन्टीगनी', 'फ़ोनीशियन वीमेन', **ईस्कीलस** के 'सेवेन एगेन्स्ट थीब्ज़' के अतिरिक्त **हाइजीनस** और **अपोलोडॉरस** की कृतियों में भी उसे स्थान मिला है।

पॉलिनिसेज़ के मृत शरीर के अन्तिम अधिकार के लिए लड़ते हुए उसकी बहन ने प्राण दे दिए किन्तु लड़ाई में मारे गए अन्य वीरों का अन्तिम संस्कार कैसे हो, यह सोचना **एड्रास्टस** का काम था। **क्रियों** की घोषणा के अनुसार तो उन अभागी आत्माओं को सदा **स्टिक्स** के तट पर ही भटकना था। **एड्रास्टस** ने **एथेन्स** के सम्राट **थीसियस** से अनुरोध किया कि वह मृतकों की इस अनादर से रक्षा करे। मृत सैनिकों के निकट सम्बन्धी, उनकी माताओं, पत्नियों और अनाथ बच्चों ने मिलकर प्रार्थना की और अन्ततः **थीसियस ने एथेन्स** की जनता और उसके प्रतिनिधियों की सम्मति से यह सन्देश **क्रियों** के पास भेजा :

''हम जानते हैं कि शान्ति युद्ध की अपेक्षा कहीं अधिक उत्तम और कल्याणकारी है। दूसरों की कमजोरी का फायदा उठाकर युद्ध करके उन्हें अपना दास बनाने की महत्त्वाकांक्षा कोरी मूर्खता है। हम आपके राज्य की कोई हानि नहीं करना चाहते। हमें तो केवल उन मृतकों की अपेक्षा है जो मिट्टी में मिल जाने को तड़प रहे हैं। आखिर

हम और आप इस पृथ्वी के स्वामी तो नहीं, पल-भर के मेहमान ही हैं।''

लेकिन **क्रियों** ने **थीसियस** के अनुरोध को ठुकरा दिया। **थीसियस** को **थीब्ज़** पर आकमण करने के लिए विवश होना पड़ा। उसने रातोंरात **थीब्ज़** पर अधिकार करके **क्रियों** को बन्दी बना लिया। **थीसियस** ने स्वयं अपने हाथों से वीरगति प्राप्त सेनापतियों के शवों को नहला-धुला कर उन्हें चिता पर रखा। युद्ध में मारे गए अन्य सभी सैनिकों की एक सम्मिलित चिता बनाई गई। **एड्रास्टस** ने उन्हें श्रद्धांजलियाँ अर्पित कीं। **केपेनियस** क्योंकि **ज़्यूस** के वज्र से मारा गया था, अतः उसकी चिता सबसे अलग बनाई गई। जब चिता में आग दी गई तभी उसकी पत्नी **इवाडनी** वहाँ पहुँची और चिता में कूदकर जीवित भस्म हो गई। इस आक्रमण का उल्लेख **हाइजीनस** के 'फैबुला' और **प्लूटार्क** के 'थीसियस' में मिलता है। **ईस्किलस** और **यूरीपिडीज़** ने इस विषय पर नाटक लिखे। लेकिन इस विषय पर सबसे अधिक आधुनिक शैली की रचना यूरीपिडीज़ का नाटक 'द सप्लाएन्ट्स' को माना गया है। **ओविड, अपोलोडॉरस, प्लूटार्क, पासेनियस** आदि कथाकारों ने इन घटनाओं का वर्णन किया है। **मेनॉसियस** के बलिदान की कहानी भी मुख्यतः **यूरीपिडीज़** के 'द सप्लाएन्ट्स' पर ही आधारित है।

थीसियस का उद्‌देश्य राज्य-विस्तार नहीं था, अतः मृतकों का अन्तिम संस्कार करने के बाद वह **एथेन्स** लौट गया। मृतकों की स्त्रियों ने देवताओं को धन्यवाद दिया। लेकिन **थीब्ज़** में वीरगति को प्राप्त हुए सेनानायकों के कुमार पुत्रों ने चिता की लपटों के सामने शपथ खाई कि वे इस पराजय का प्रतिशोध अवश्य लेंगे।

एपिगनी का प्रतिशोध

पॉलिनिसेज़ का एक बेटा था **थज़ैन्डर,** जो उसकी मृत्यु के बाद आगॉस में ही पलकर जवान हुआ। **थीब्ज़** के युद्ध में वीरगति को प्राप्त हुए सेनानायकों के बेटों, और **थैजे ख** ने मिलकर उस पराजय और अपमान का प्रतिशोध लेने की ठानी। **थीब्ज़** के सात आक्रमणकारियों में से केवल एक ही जीवित था **एड्रास्टस**। लेकिन **एड्रास्टस** अब बहुत वृद्ध हो चुका था और सेना का नेतृत्व करने योग्य नहीं था। **डेल्फ़ी के** प्रश्न-स्थल पर यह भविष्यवाणी हुई कि यदि इस अभियान का नेतृत्व **एम्फ़ीरॉस** का पुत्र **एल्कमों** करे तो सफलता मिल सकती है। लेकिन **एल्कमों** इस युद्ध में भाग लेने को ही तैयार नहीं था। बल्कि वह अपने भाई **एम्फ़ीलॉकस** को भी इस प्रतिशोध की निरर्थकता बताकर युद्ध से विमुख करना चाहता था। **थज़ैन्डर** ने वही शस्त्र प्रयोग किया जो वर्षों पहले उसके पिता **पॉलिनिसेज़** ने **एम्फ़ीरॉस** को युद्ध में ले जाने के लिए किया था–रिश्वत। **हार्मोनिया** को देवी **एथीनी** से एक और उपहार भी मिला था। यह था एक सुनहरी जोड़ा और घूँघट। यह पैतृक सम्पत्ति **थज़ैन्डर** के पास थी। उसने इनको **एल्कमों** की माता **एरिफ़िल** को भेंट करके यह अनुरोध किया कि वह अपने बेटे को **थीब्ज़** जाने को राजी कर दे। **एरिफ़िल** का अपने बेटों पर भी काफ़ी प्रभाव था। **एल्कमों** को न चाहते हुए भी माँ की आज्ञा माननी पड़ी और इस तरह कुछ युवकों का यह संघ जिसे **एपिगनी** के नाम से जाना जाता है **एल्कमों** के नेतृत्व में **थीब्ज़** की ओर चल पड़ा।

थीब्ज़ के बाहर युद्ध हुआ। दोनों पक्ष बड़ी वीरता से लड़े, लेकिन इसमें **इटोक्लीज़** का बेटा **लाओडम्स** और उधर **एड्रास्टस** का पुत्र **इजेलियस** मारे गए। **टियरेसियस** ने, जो अब सौ वर्ष से भी ऊपर था, **थीब्ज़** के पराभव की भविष्यवाणी की। उसने कहा कि **थीब्ज़** की दीवारें शत्रुओं के लिए तभी तक अभेद्य हैं जब तक उसके पुराने सात आक्रमणकारियों में से एक जीवित है। उसकी मृत्यु होते ही **थीब्ज़** नष्ट हो जाएगा। उन सात में से केवल **एड्रास्टस** ही जीवित था, और बहुत सम्भव था कि **इजेलियस** की मृत्यु का समाचार मिलते ही वह पुत्रशोक में चल बसे। अतः **टियरेसियस** ने सलाह दी कि **थीब्ज़** वासी रातोंरात नगर छोड़कर अपने सम्बन्धियों और चल सम्पत्ति के साथ कहीं दूर निकल जाएँ। उसकी अपनी मृत्यु भी **थीब्ज़** की दीवारों के गिरते ही होनी निश्चित थी।

नगरवासियों ने **टियरेसियस** की भविष्यवाणी के अनुसार ही आचरण किया और रात के अँधेरे में अपने स्त्री-बच्चों को लेकर गुप्त मार्ग से निकल गए। बहुत दूर निकल

जाने पर जहाँ उन्होंने डेरा डाला वह स्थल **हेस्टिया** के नाम से प्रसिद्ध हुआ। उषा काल में जब बूढ़ा **टियरेसियस** पानी पीने के लिए एक झरने पर गया तो वहीं अकस्मात उसकी मृत्यु हो गई। उधर पुत्र शोक में **एड्रास्टस** चल बसा था और **थीब्ज़** की **अभेद्य** दीवारें धराशायी हो गई थीं। **आर्गॉस** के सैनिकों ने बड़ी लूट-मार की। इसमें से कुछ सामान **डेल्फ़ी** के प्रश्न-स्थल पर भेंट कर दिया गया और **टियरेसियस** की बेटी जिसका नाम **मेन्टो** अथवा **डाफ़्ने** था वहीं देव-प्रेरित उपासिका नियुक्त हुई।

लेकिन भाग्य का क्रम **थीब्ज़** के पराभव के साथ रुक नहीं गया। विजयोन्मत्त **थर्ज़ेन्डर** ने कहीं **एल्कमों** को सुनाकर बड़े गर्व से कहा कि यदि वह अपने पिता की तरह **एरिफ़िल** को दैवी वस्त्र भेंट न करता तो **थीब्ज़** को पराजित करना असम्भव होता। यह सफलता तो उसी की चतुराई और बुद्धिमत्ता का परिणाम है और इसका सारा श्रेय उसी को है। उस दिन **एल्कमों** पर पहली बार यह भेद खुला कि परोक्ष रूप से **एरिफ़िल** का मिथ्या आडम्बर ही उसके पिता **एम्फ़ीरॉस** की मृत्यु के लिए उत्तरदायित्व था, और उसकी अपनी मृत्यु का भी कारण बन सकता था। वह क्रोध से पागल हो उठा और **आर्गॉस** लौटते ही अपनी माँ की हत्या कर दी। कहते हैं कि इस जघन्य अपराध में उसके भाई **एम्फ़ीलॉकस** ने भी उसका साथ दिया। मरती हुई **एरिफ़िल** ने शाप दिया, "मेरे हत्यारों को इस पृथ्वी पर कहीं भी शरण न मिले।"

मातृहत्या के पाप से कलुषित **एल्कमों** ने **आर्गॉस** सदा के लिए छोड़ दिया। इस दोष से अब मुक्त होना कठिन था। वह दर-दर भटकता रहा, लेकिन जहाँ भी वह गया प्रतिशोध की शक्तियों ने जिन्हें **एरीनीज़** कहा जाता है, उसका पीछा किया और उसे कहीं भी चैन न लेने दिया। वह पागलों की तरह भागता फिरता था। उसे कोई भी शरण देने को तैयार न था। **थेस्प्रोशिया** के राजा ने उसे अपनी भूमि पर प्रवेश नहीं दिया। लेकिन जब वह इस तरह भटकता हुआ **सॉफिस** पहुँचा तो वहाँ के दयालु राजा **फ़ेगियस** ने देवता **अपोलो** के नाम पर उसे शुद्ध किया और अपनी बेटी **आसिनोइ** का हाथ उसे विवाह में दिया। **एल्कमों** कुछ समय तक ठीक रहा। उसने वह हार और वह वस्त्र अपनी पत्नी को उपहार के रूप में दे दिए, जो उसे अपनी माँ **एरिफ़िल** से मिले थे। यद्यपि ये देवताओं की भेंट थी और **ओलिम्पस** के शिल्पी **हेफ़ास्टस** के हाथों निर्मित थी, पर ऐसा लगता है कि पृथ्वी पर किसी को यह भेंट रास नहीं आई। इन्हें पहननेवाले के रूप को तो चार चाँद लग जाते थे पर भाग्य का सूरज अस्त हो जाता था। जिस किसी के हाथ में ये वस्तुएँ गईं उसी के विनाश का कारण बन गईं।

यद्यपि **फ़ेगियस** ने **एल्कमों** को शुद्ध कर दिया था पर देवताओं ने उसका अपराध क्षमा नहीं किया था, और न ही **एरीनीज़** की सन्तुष्टि हुई थी। अब **एल्कमों** के पाप का दण्ड उस पृथ्वी को मिला जिसने उसे शरण दी थी। **फ़ेगियस** के राज्य में अकाल पड़ा, खेत सूख गए, पृथ्वी में दरारें पड़ गईं, लोग अन्न-जल को तरसने लगे। **फ़ेगियस डेल्फ़ी** गया। वहाँ आदेश हुआ कि माँ के हत्यारे **एल्कमों** को निष्कासित किया जाए। उसे केवल वह पृथ्वी शरण दे सकती है जिसका उद्गम **एरिफ़िल** की हत्या के बाद हुआ हो।

एक बार फिर **एल्कमों** अपना सब कुछ छोड़कर भटकने निकल पड़ा। बहुत खोज के बाद वह **एकिलो** नदी के उद्‌गम पर स्थित एक द्वीप पर पहुँचा जिसकी स्थापना उसकी माता की हत्या के समय हुई थी। नदी के देवता **एकिलो** ने उसे पुनः शुद्ध किया। अब **एरिनीज़** ने उसका पीछा छोड़ दिया। उसका पश्चात्ताप पूरा हुआ और वह सामान्य जीवन व्यतीत करने लगा। यहीं **एल्कमों** ने अपनी पहली पत्नी को भुलाकर **एकिलो** की बेटी **कैलिरुइ** से विवाह कर लिया। उसके दो पुत्र भी हुए—**एकरनन** और **एम्फ़ॉट्रस। एल्कमों** अब स्थायी रूप से वहीं बस गया था, पर वह सुख भी स्थायी सिद्ध न हुआ।

कैलिरुई ने उस विश्वविख्यात हार और जोड़े के विषय में सुना था। वह ज़िद कर बैठी कि **एल्कमों** वे दोनों चीज़ें उसे लाकर दे। **एल्कमों** ने बड़ा समझाया-बुझाया और बहलाने की कोशिश की, पर सब बेकार। उसे **कैलिरुइ** की हठ के सामने हार माननी पड़ी। **एल्कमों** फिर **फ़ेगियस** के राज्य में लौटा और अपनी पहली पत्नी **आसिनोइ** से मिला, जिसके पास वे दोनों अभिशप्त उपहार थे। **एल्कमों** ने उसे अपने दूसरे विवाह के विषय में नहीं बताया। बल्कि यह झूठ बोला कि **एरिनीज़** ने अभी भी उसे क्षमा नहीं किया है और वह अब तक विक्षिप्त-सा घूमता फिर रहा है। **डेल्फ़ी** के प्रश्न-स्थल से उसे यह आदेश हुआ है कि वह हार और दैवी-वस्त्र देवता **अपोलो** को अर्पित कर दे तभी उसे मुक्ति मिल सकती है। **आसिनोइ** ने सहर्ष वे दोनों उपहार अपने पति को लौटा दिए। वह **एल्कमों** के लिए कुछ भी करने को प्रस्तुत थी। लेकिन जब **एल्कमों** वे दोनों वस्तुएँ लेकर महल से निकल रहा था तभी उसके एक मूर्ख पर बातूनी सेवक ने उसके पुनर्विवाह की सारी बात **आसिनोइ** के पिता **फ़ेगियस** को बता दी। **फ़ेगियस** को बड़ा क्रोध आया। उसने तत्काल अपने पुत्रों को आज्ञा दी कि वे **एल्कमों** का वध कर दें। **आसिनोइ** के भाइयों ने महल से निकलते ही **एल्कमों** को घेर लिया और उसे मार डाला। भाग्यवश **आसिनोइ** ने अपने प्रासाद के झरोखे से यह नृशंस हत्याकांड देख लिया। वह नहीं जानती थी कि **एल्कमों** ने उसे छला है। अपने पति को अपने पिता और भाइयों द्वारा मारे जाते देख वह दुख से पागल-सी हो गई और उसने शाप दिया कि अगले शुक्ल पक्ष का पहला चाँद निकलने से पहले **फ़ेगियस** का वंश निर्मूल हो जाए। **ज़्यूस** ने उसकी पुकार को सुना और 'तथास्तु' कहा।

फ़ेगियस ने उसे बहुत समझाने की चेष्टा की, अपने आपको निर्दोष सिद्ध करना चाहा पर विक्षुब्ध **आसिनोइ** ने कुछ भी सुनने से इनकार कर दिया। क्रुद्ध होकर उसने **आसिनोइ** को एक कोठरी में बन्द कर दिया, और वह हार और जोड़ा अपने बेटों को देकर यह ओदश दिया कि वे दोनों वस्तुएँ **डेल्फ़ी** के मन्दिर में समर्पित कर आएँ, ताकि उनके पीछे अब और रक्तपात न हो। **फ़ेगियस** के पुत्रों ने **डेल्फ़ी** की ओर प्रस्थान किया।

उधर जब **कैलिरुइ** को **एल्कमों** की हत्या का समाचार मिला तो उसने हाथ उठाकर **ज़्यूस** से प्रार्थना की कि उसके दोनों बच्चे एक ही दिन में युवावस्था प्राप्त करें, ताकि वे अपने पिता के वध का तत्काल प्रतिशोध ले सकें। **कैलिरुइ** की प्रार्थना स्वीकार हुई। **एकरनन** और **एम्फ़ॉट्रस** एक ही दिन में जवान हो गए और शस्त्रों से सज्जित होकर

पिता का बदला लेने चल पड़े। **फ़ेगियस** के बेटे **डेल्फ़ी** के देवालय में वह हार और जोड़ा समर्पित करके लौट रहे थे तभी रास्ते में **कैलिरुइ** के बेटों ने उन पर आकमण किया और उन्हें मौत के घाट उतार दिया। इसके बाद वे **सॉफिस** गए और **फ़ेगियस** को भी मार डाला। इस तरह शुक्ल पक्ष का पहला चाँद निकलने से पहले **फ़ेगियस** के वंश का अन्त हो गया।

एकरनन और **एम्फ़ॉट्रस** को कोई भी शुद्ध करने को तैयार नहीं हुआ। अतः वे सुदूर पश्चिम चले गए और वहाँ एक देश बसाया जो बड़े भाई के नाम पर **एकरनिनया** कहलाया।

थीब्ज़ के राजवंश का अन्त हुआ। **इटोक्लीज़** के बेटे **लाओडम्स** की मृत्यु और **थीब्ज़** वासियों के प्रवास के बाद वहाँ का इतिहास अन्धकारमय है। इस वंश के संस्थापक **कैडमस** को विवाह पर जो उपहार देवताओं से मिले, वे उसके अपने वंश का नाश करने के बाद **आर्गॉस** के लिए भी अभिशाप सिद्ध हुए। इतना ही नहीं **फ़ेगियस** का वंश भी इन्हीं के कारण निर्मूल हो गया। तीन कुलों की अपार हानि करने के बाद ये **डेल्फ़ी** के देवालय पहुँचे जहाँ सम्भवतः ईसा से चार सौ वर्ष पूर्व तक इन्हें देखा गया और वहाँ से **फ़ोशिया** का **फ़ेलॉस** नामक लुटेरा इन्हें लूटकर ले गया। इसमें सत्य कहाँ तक है यह तो नहीं कहा जा सकता पर **अपोलोडॉरस** और **ओविड** का यही विचार है।

थीब्ज़ पर **एपिगनी** के इस आक्रमण का विवरण **हाइजीनस** के 'फ़ेबुला' और **ईस्किलस** और **सोफ़ोक्लीज** के 'एपिगनी' के उद्धरणों पर आधारित है।

मायनॉस

देव-सम्राट **ज़्यूस** ने एक सुन्दर बैल के रूप में राजा **एगनर** की रूपसी पुत्री **यूरोपे** का अपहरण किया और उसे अपनी पीठ पर बैठाकर समुद्र मार्ग से **क्रीट** ले गया। वहाँ **यूरोपे** ने **ज़्यूस** के संसर्ग से तीन पुत्रों को जन्म दिया—**मायनॉस, रॉडामिन्थस** एवं **सरपेडन। ज़्यूस** के **ओलिम्पस** लौट जाने पर **यूरोपे** का विवाह **क्रीट** के राजा **एसटेरियस** से सम्पन्न हुआ किन्तु इस सम्बन्ध से **यूरोपे** के कोई सन्तान नहीं हुई। अतः उदार हृदय **एसटेरियस** ने **मायनॉस, रैडमैनथेस** और **सरपेडन** को गोद ले लिया और उन्हें अपना उत्तराधिकारी घोषित किया। **एसटेरियस** की इच्छा थी कि साम्राज्य को तीन बराबर भागों में बाँटकर, एक-एक हिस्सा तीनों भाइयों को दे दिया जाए। किन्तु **एसटेरियस** की मृत्यु के बाद यह सम्भव न हो सका। तीनों भाइयों में सम्भवतः **मिलेटस** नाम के एक युवक को लेकर झगड़ा हो गया। यह सुन्दर युवक देवता **अपोलो** और निम्फ **एरिआया** का पुत्र था। **ओविड** के अनुसार इस विवाद का निर्णायक **मिलेटस** को ही बनाया गया। **मिलेटस** ने निर्णय **सरपेडन** के पक्ष में दिया क्योंकि वह तीनों भाइयों में से उसे ही अधिक चाहता था। इस पर **मायनॉस** बड़ा क्रुद्ध हुआ और उसकी शक्ति के भय से **मिलेटस** को क्रीट छोड़कर **एशिया माइनर** भाग जाना पड़ा। एक अन्य विवरण के अनुसार **मिलेटस** ने **मायनॉस** के विरुद्ध षड्यन्त्र किया था, इसलिए उसे **क्रीट** छोड़ना पड़ा। **मायनॉस** अविभाजित **क्रीट** का राजा बनना चाहता था, अतः उसने देवताओं को प्रसन्न करके अपने पक्ष में कर लिया और देवताओं ने सदा उसकी प्रार्थनाओं का समुचित प्रतिदान दिया। **मायनॉस** ने **पॉसायडन** को एक वेदी समर्पित की और आराधना की कि समुद्र से एक बैल प्रकट हो। **मायनॉस** की प्रार्थना स्वीकार हुई और एकत्रित जनसमूह के सामने ही समुद्र की लहरों पर तैरता हुआ एक अतीव सुन्दर बैल किनारे आ लगा। यह बैल इतना सुन्दर था कि **मायनॉस** ने **पॉसायडन** को उसकी बलि देने के बजाय उसे अपने पास रख लिया और उसके स्थान पर एक अन्य बैल की बलि दे दी। इस घटना के बाद **मायनॉस** को **क्रीट** का एकछत्र सम्राट स्वीकार कर लिया गया।

सरपेडन क्रीट से भागकर **सिलीशिया** गया, जहाँ उसने **सिलिक्स** से मित्रता करके **मिल्यन** जाति को हराकर सत्ता अपने हाथ में ले ली। **मिल्यन्स** का यह राज्य **सरपेडन** के उत्तराधिकारी **लायकस** के नाम से **लीशिया** कहलाने लगा। कुछ कथाकारों का ऐसा विश्वास है कि **सरपेडन, मायनॉस** का भाई नहीं था। क्योंकि **सरपेडन** का उल्लेख **ट्रॉय** के युद्ध के सन्दर्भ में आता है, और एक मनुष्य का इतने वर्षों तक जीवित रहना

अविश्वसनीय लगता है। इसका स्पष्टीकरण **अपोलोडॉरस** और **हेरोडोटस** ने इस प्रकार दिया है कि **सरपेडन** को **ज़्यूस** ने तीन पीढ़ियों तक जीवित रहने का वरदान दिया था।

रॉडामिन्थस अपने भाई **सरपेडन** से अधिक समझदार था। उसने **मायनॉस** के साथ मैत्रीपूर्ण सम्बन्ध रखे और **क्रीट** में ही बना रहा। बाद में **मायनॉस** ने उसे अपने राज्य का तीसरा भाग दे दिया। **रॉडामिन्थस** ने एक ईमानदार और निरपेक्ष नैयायिक के रूप में बड़ा यश कमाया। समाज को हानि पहुँचाने वाले तत्त्वों का उसने दमन किया और अपराधियों के लिए दण्ड विधान। केवल **क्रीट** ही नहीं, **एशिया माइनर** ने भी उसके विधानों को स्वीकार किया। ऐसा कहा जाता है कि हर नवें वर्ष **रॉडामिन्थस ज़्यूस** की गुहा से विधिशास्त्र के नए नियम लाया करता था। **मायनॉस** ने भी इन्हीं नियमों का अनुसरण किया।

रॉडामिन्थस की मृत्यु के बाद **ज़्यूस** ने उसे मृतकों के तीन निर्णायकों में स्थान दिया। अन्य दो न्यायाधीश **मायनॉस** और **इएकस** हैं।

मायनॉस ने **हीलियस** और निम्फ़ **क्रीट** की बेटी **पैसिफ़े** से विवाह किया। **मायनॉस** ने **पॉसायडन** के बैल को अपने पास रखकर जो भूल की थी समुद्र-देवता ने उसे उसका दण्ड दिया और **पैसिफ़े** उस बैल पर आसक्त हो गई। इस असंगत संसर्ग को **डीडेलेस** ने सम्भव बनाया। इस संसर्ग से एक नरवृषभ का जन्म हुआ जिसके लिए **डीडेलेस** ने एक चक्रव्यूह का निर्माण किया। इसी व्यूह को भेद कर वीर **थीसियस** ने नरवृषभ का संहार किया।

पैसिफ़े के अलावा **मायनॉस** ने **पैरिया** नामक निम्फ का भोग किया जिससे उत्पन्न उसके पुत्रों ने **पैरॉस** में एक उपनिवेश की स्थापना की। इनका वध **हेराक्लीज़** के हाथों हुआ। **एल्ड्रोजीनिया** के साथ भी **मायनॉस** का सम्बन्ध था। **लीटो** की पुत्री **ब्रिटोमेरटिस** का भी **मायनॉस** ने नौ महीनों तक पीछा किया। उससे तंग आकर **ब्रिटोमेरटिस** ने समुद्र में छलाँग लगा दी। वहाँ कुछ मछियारों ने उसकी प्राण-रक्षा की।

पैसिफ़े से **मायनॉस** के जो बच्चे हुए उनके नाम थे—**एकाकैलिस, अरियाडनी, एन्ड्रोजियस, केटरियस, ग्लॉकस** और **फ़ैडरा। अरियाडनी** का **थीसियस** से प्रेम-सम्बन्ध था और विवाह उसका हुआ मदिरा के देवता **डायोनिसस** से। **केटरियस** जो कि **मायनॉस** के बाद **क्रीट** का राजा हुआ, **रोड्स** में अपने ही बेटे के हाथों मारा गया। **फ़ैडरा** का विवाह **थीसियस** से हुआ लेकिन अपने सौतेले पुत्र **हिप्पॉलिटस** द्वारा ठुकराए जाने पर उसने आत्महत्या कर ली। **एकाकैलिस अपोलो** की पहली प्रेयसी थी। **ग्लॉकस** के बचपन के विषय में एक रुचिकर घटना का वर्णन हमें **अपोलोडॉरस** और **हाइजीनस** से मिलता है।

ग्लॉकस बहुत छोटा-सा ही था कि एक दिन गेंद खेलता-खेलता वह अचानक कहीं खो गया। सारे महल में शोर मच गया। दास-दासियाँ और खुद **मायनॉस** और **पैसिफ़े** ने उसे जहाँ-तहाँ खोजा पर **ग्लॉकस** का कहीं पता न मिला। हताश माता-पिता ने **डेल्फ़ी** में स्थित **अपोलो** के प्रश्न-स्थल पर जाने का फैसला किया। वहाँ उन्हें यह बताया गया

कि **क्रीट** में उन्हीं दिनों जन्मे एक अद्भुत शकुनकारी प्राणी के लिए, जो भी सबसे अच्छी उपमा देगा वही **ग्लॉकस** को ढूँढ़ने में समर्थ होगा। जाँच-पड़ताल करवाने पर पता चला कि **मायनॉस** के चौपायों में एक गाय ने एक विलक्षण बछड़े को जन्म दिया था जो दिन में तीन बार रंग बदलता था—श्वेत से रक्तिम और रक्तिम से श्याम। **मायनॉस** ने सारे ज्योतिषियों, नक्षत्र-विद्या के जानकारों, भविष्य-वक्ताओं, साधु-सन्तों और विद्वानों को अपने दरबार में इकट्ठा किया पर उनमें से कोई भी एक उपयुक्त उपमा इस करिश्मे को न दे सका। अन्ततः **मेलाम्पस** के वंशज आरंगिव **पोलायडस** को सूझा कि ''यह बछड़ा पकते हुए जामुन (अथवा शहतूत) से मिलता है।''

यह सुनते ही **मायनॉस** ने उसे **ग्लॉकस** को ढूँढ़ने की आज्ञा दी।

पोलायडस बहुत परेशान हुआ, पर अब राजा की आज्ञा का पालन तो करना ही था। वह महल के सभी टेढ़े-मेढ़े और रहस्यमय कक्षों और रास्तों में **ग्लॉकस** को तलाश करने लगा। **ग्लॉकस** को ढूँढ़ते-ढूँढ़ते आखिर **पोलायडस** एक तहखाने के द्वार पर पहुँचा। वहाँ उसने एक उल्लू को बैठे देखा जो मधुमक्खियों को भगा रहा था। तहखाने में प्रवेश करने पर उसे शहद से भरा एक बहुत बड़ा कलश दिखाई दिया। **ग्लॉकस** का शव इसी कलश में था। खेल-खेल में ही मधु-कलश में गिर जाने से **ग्लॉकस** की मृत्यु हो गई थी। **पोलायडस** ने जब यह सूचना **मायनॉस** को दी तो उसने **पोलायडस** को **ग्लॉकस** को जिलाने की आज्ञा दी। **पोलायडस** बहुत घबराया। न तो राजाज्ञा के उल्लंघन में ही कुशल थी, और न ही उसके पास **एस्कलेपियस** की तरह मृतकों को जिलाने की ही शक्ति थी। उसने भाँति-भाँति से **मायनॉस** को समझाने की कोशिश की, लेकिन कुछ लाभ न हुआ। **मायनॉस** ने आज्ञा दी :

''**पोलायडस** को **ग्लॉकस** के शरीर और एक तलवार के साथ एक कब्र में बन्द कर दिया जाए, और जब तक **ग्लॉकस** जी न उठे **पोलायडस** को मुक्ति नहीं दी जाएगी।''

तहखाने में **ग्लॉकस** के शव के साथ बन्दी **पोलायडस** अपने भाग्य को रो रहा था तभी उसे एक साँप दिखाई दिया। **पोलायडस** ने झट तलवार के वार से सर्प को मार डाला। तभी कहीं से एक और सर्प आया, उसने मरे हुए अपने साथी को देखा और ग़ायब हो गया। कुछ देर बाद वह लौटा और इस बार उसके मुँह में कोई जड़ी-बूटी थी। वह बूटी उसने मृत शरीर पर रख दी और कुछ ही देर में वह मृत सर्प जी उठा। **पोलायडस** ने यह चमत्कार देखा तो उसकी आँखें हर्ष से चमक उठीं। उसने झट वह बूटी **ग्लॉकस** के लिए प्रयोग की और **ग्लॉकस** भी कुछ ही देर में जी उठा। अब **ग्लॉकस** और **पोलायडस** सहायता के लिए चिल्लाने लगे। **मायनॉस** को सूचना मिली तो उसने आकर दोनों को स्वतन्त्र किया और अपने पुत्र को जीवित देखकर उसके हर्ष की सीमा न रही। उसने **पोलायडस** को बहुत-सा पारितोषिक दिया और उससे यह आग्रह किया कि वह स्वदेश लौटने से पहले अपनी विद्या **ग्लॉकस** को सिखा दे। **पोलायडस** ने अनिच्छा से यह अनुरोध स्वीकार कर लिया और **ग्लॉकस** को भविष्य ज्ञान दिया। लेकिन जब

पोलायडस आर्गॉस लौटने के लिए जलपोत पर चढ़ने को था तो उसने **ग्लॉकस** से कहा, "बेटा, मेरे मुँह में थूक दो।"

ग्लॉकस ने ऐसा ही किया, और थूकते ही उसका सारा ज्ञान वापस **पोलायडस** में चला गया। वह सब कुछ भूल गया।

बाद में इसी **ग्लॉकस** ने पश्चिम पर आक्रमण किया। यद्यपि उसे वहाँ विशेष सफलता नहीं मिली, पर **इटली** में कवच का प्रयोग प्रचलित करने के कारण उसे यश अवश्य मिला।

मायनॉस का बेटा **एन्ड्रोजियस** बड़ा वीर और साहसी था। खेलों में उसकी विशेष रुचि थी। इसी सम्बन्ध में वह **एथेन्स** गया और वहाँ की सभी प्रतियोगिताओं में विजय प्राप्त की। **एथेन्स** के राजा **एगियस** की **पॉलास** के पचास विद्रोही पुत्रों से शत्रुता थी, और **एन्ड्रोजियस** उनका मित्र था। अतः **एगियस** ने खेलों में भाग लेने **थीब्ज़** जाते हुए शत्रु के मित्र **एन्ड्रोजियस** को रास्ते में घेर लिया। **एन्ड्रोजियस** बड़े साहस से लड़ा परन्तु वीरगति को प्राप्त हुआ। एक अन्य धारणा इस प्रकार है कि **क्रीट** का राजकुमार **मायनॉस** का पुत्र **एन्ड्रोजियस** (एन्ड्रोगियस) जब **एथेन्स** आया तो वहाँ के राजा **एगियस** (थीसियस का पिता) ने उसे जान-बूझकर एक भीमकाय और नासिकारन्ध्रों से आग उगलनेवाले बैल को मारने भेज दिया। इस बैल के कारण सारे **एथेन्स** में तहलका मचा हुआ था। **एन्ड्रोजियस** इस अभियान से जीवित वापस न लौट सका।

मायनॉस को जब **एन्ड्रोजियस** के वध की सूचना मिली तो उसने **एथेन्स** से बदला लेने की ठानी। वह कई द्वीपों पर गया और वहाँ के शासकों से जलपोत और सैनिक इकट्ठे किए। कुछ लोगों ने उसकी सहायता की, तो कुछ ने इनकार भी कर दिया। इसी बीच उसने **नीसा** पर घेरा डाला। **नीसा** में उस समय **नायसस** का राज्य था जिसकी **स्किला** नाम की एक बेटी थी। यह घेरा बहुत दिनों तक चला क्योंकि **नायसस** के नगर को तब तक ध्वंस करना असम्भव था जब तक कि **नायसस** के सिर पर नीललोहित वर्ण के बालों की एक लट थी। नगर की सुरक्षा इसी पर निर्भर करती थी। **मायनॉस** छह माह तक घेरा डाले पड़ा रहा। **नायसस** की बेटी **स्किला** नगर के एक मीनार पर प्रतिदिन आया करती थी। इस मीनार पर एक ऐसा पत्थर था जिस पर कंकड़ मारने से वीणा-वादन की ध्वनि उत्पन्न होती थी। यह मीनार सम्भवतः देवता **अपोलो** ने **ओलिम्पस** से निष्कासन के समय बनाया था। काम करते-करते उसने अपनी वीणा को उस पत्थर पर रख दिया था और तभी से पत्थर में संगीत की यह अद्भुत शक्ति पैदा हो गई थी। **स्किला** इस मीनार पर प्रतिदिन आती और संगमरमर के छोटे-छोटे टुकड़ों को उस पत्थर पर मारकर उस संगीत को सुना करती। इस मीनार से शत्रु के कैम्प को भी देखा जा सकता था। घेरा इतने लम्बे समय तक चला कि **स्किला** को शत्रु-पक्ष के सभी प्रमुख सेनाधिकारियों की पहचान हो गई। वह उनके नाम भी जान गई थी। **मायनॉस** के पौरुष, उसके शौर्य, उसकी चाल-ढाल, गठन, बातचीत के ढंग, रणक्षेत्र में लड़ने के तरीके, शत्रुओं के दिल दहला लेनेवाली उसकी आवाज़, बिजली-सी चमकती

तलवार, भाले की अचूक चोट, इन सभी गुणों से वह बहुत प्रभावित हुई। वह घंटों मीनार से **मायनॉस** को देखा करती और प्रशंसा से उसकी आँखें चमक उठतीं। उसे सारे **नीसा** में कोई भी **मायनॉस** जैसा न दिखता था। प्रशंसा ने धीरे-धीरे प्रेम का रूप ले लिया और **स्किला** अपनी आग में खुद ही जलने लगी, जबकि **मायनॉस** को इसकी खबर भी न थी। वह सोचती, इस युद्ध से आखिर क्या लाभ? इतना रक्तपात किसलिए? क्यों इतने घरों को उजाड़ा जाए? सन्धि कर लेने से आखिर क्या बिगड़ जाएगा? लेकिन वह यह सब कुछ अपने पिता से नहीं कह पाती थी। कह सकती ही नहीं थी। **मायनॉस** को पाने का उसे एक ही रास्ता दिखाई देता था—अपने पिता और अपने देश से विश्वासघात। कई दिनों तक **स्किला** के मन में द्वन्द्व रहा। आखिर एक रात, जब सारा नगर सो रहा था, वह अपने पिता के शयनकक्ष में गई और नीललोहित लट काट ली जिस पर नगर की सुरक्षा निर्भर करती थी। बालों का वह गुच्छा लेकर **स्किला मायनॉस** के पास पहुँची। उसके काँपते होंठों और वासना से दीप्त आँखों ने सारा किस्सा कह सुनाया। एक विवरण के अनुसार, **मायनॉस** ने अवसर का लाभ उठाया और दूसरे ही दिन **नीसा** पर अधिकार कर लिया। एक रात उसने **स्किला** के साथ बिताई और उसे वहीं छोड़कर **क्रीट** लौट गया। एक अन्य विवरण यह है कि **स्किला** की इस हरकत से **मायनॉस** स्तम्भित रह गया। उसने देश और पिता की द्रोही **स्किला** को बड़ा धिक्कारा और दूसरे ही दिन घेरा उठाकर **क्रीट** की ओर चल पड़ा।

इतना निश्चय है कि पिता की हत्यारी, कलंकिनी **स्किला** को उसने अपने साथ **क्रीट** ले जाना स्वीकार नहीं किया। रोती-कलपती **स्किला** ने जब **मायनॉस** के जहाज़ को जाते देखा तो वह समुद्र में कूद पड़ी और जहाज़ के पतवार को पकड़ लिया। वह रो-रोकर **मायनॉस** को साथ ले चलने की प्रार्थना कर रही थी। तभी एक समुद्री बाज़ आया और उसने अपनी पैनी चोंच और पंजों से **स्किला** को घायल कर दिया। पतवार उसके हाथ से छूट गई। देवताओं ने दया करके उसे एक चिड़िया बना दिया जिसका वक्ष नीललोहित और पैर लाल हैं। बाज़ की इस चिड़िया से आज तक दुश्मनी है। वह जहाँ भी उसे देखता है ऊँची उड़ान से उतरकर उस पर वार अवश्य करता है। वास्तव में यह बाज़ और कोई नहीं **नायसस** की दग्ध आत्मा है जो **स्किला** को उसके पुरातन पाप की सज़ा दे रही है।

एथेन्स से **मायनॉस** का सदा युद्ध चलता रहा लेकिन वह पूरी तरह सफल नहीं हो सका। अतः उसने **ज़्यूस** से प्रार्थना की, जिसके फलस्वरूप **एथेन्स** में अकाल, महामारी और भूचाल आने लगे। एथेन्सवासियों ने इस दैवी प्रकोप से बचने के बड़े उपाय किए पर सब व्यर्थ। अन्त में **डेल्फ़ी** के प्रश्न स्थान से उन्हें **मायनॉस** से समझौता करने का आदेश मिला। उन्होंने ऐसा ही किया। **मायनॉस** ने इस शर्त पर सन्धि की कि **एथेन्स** के निवासी **एन्ड्रोजियस** के जीवन के बदले हर नवें वर्ष अपने देश के श्रेष्ठतम सात युवक और सात युवतियों को बलि के लिए **क्रीट** भेजें। एथेन्सवासियों ने यह शर्त स्वीकार की और तभी दैवी कोप से उनकी रक्षा हुई।

मायनॉस का अन्त **डीडेलेस** की खोज करते हुए **सिसली** में धोखे से किया गया।

मायनॉस और **स्किला** की कहानी सभी प्राप्य स्रोतों से मिलती है। **अपोलोडॉरस, हाइजीनस, ओविड, विरजिल** आदि सभी ने इसे अपना-अपना रंग दिया है।

डीडेलेस

एथेन्स के प्रसिद्ध शिल्पी **डीडेलेस** के माता-पिता के सम्बन्ध में निश्चित रूप से कुछ नहीं कहा जा सकता। विभिन्न स्रोतों से उसकी माता का नाम **एलसिप्पी, मेरोपी** और कहीं **इफ़ीनो** मिलता है। इसी तरह पिता के नाम पर भी साहित्यकार एकमत नहीं हैं। वैसे सामान्यतः यह विश्वास किया जाता है कि **डीडेलेस** का सम्बन्ध **एथेन्स** के राज-परिवार से था। **डीडेलेस** अपने समय का सबसे अधिक चतुर और बुद्धिमान शिल्पकार माना गया है। **एन्थेस** में ही नहीं सुदूर स्थित देशों में उसके असाधारण कौशल की धूम थी। युवावस्था में ही उसके कीर्ति-ध्वज लहराने लगे थे और अनेक कुमार उससे शिल्प की शिक्षा लेने आते थे। इन शिष्यों में **टैलस** भी था जो **डीडेलेस** की बहन **पॉलीकास्ट** अथवा **परडिक्स** का पुत्र था। कहते हैं कि बड़ी छोटी-सी अवस्था में ही **टैलस** अपने गुरु से आगे निकल गया। एक बार समुद्र के किनारे पड़े एक मछली के मेरुदण्ड को देखकर **टैलस** ने उसी तरह का औजार लोहे की पट्टी को काटकर बना दिया और इस तरह आरी का आविष्कार हुआ। उसने लोहे के दो पतले टुकड़ों को एक कोने से बाँधकर उनके दूसरे किनारों को नुकीला करके वृत्त खींचने के लिए 'कंपास' का आविष्कार किया। उसकी विलक्षण मेधाविता और आविष्कार बुद्धि से **डीडेलेस** को ईर्ष्या होने लगी, अतः उसने एक दिन जब वे दोनों एक मीनार के ऊपरी हिस्से पर काम कर रहे थे, धोखे से **टैलस** को धक्का देकर नीचे गिरा दिया। इस तरह **टैलस** की मृत्यु हो गई और **डीडेलेस** ने उसके शव को एक बोरे में बन्द करके कहीं दफ़ना दिया। एक अन्य कथा के अनुसार देवी **एथीनी** ने **टैलस** के शरीर के पृथ्वी पर गिरने से पहले ही उसके प्राण एक चिड़िया में डाल दिए जिसे पारट्रिज कहते हैं। यह चिड़िया न तो ऊँचा उड़ती है, और न वृक्ष शिखाओं पर घोंसले बनाती है। अपने अतीत की याद के कारण यह ऊँचाई से डरती है और अपना घोंसला झाड़ियों में बनाती है।

जब **टैलस** की माँ **परडिक्स** को उसकी मृत्यु की सूचना मिली तो उसने आत्महत्या कर ली। **डीडेलेस** का अपराध छिपा नहीं रह सका और वह **एथेन्स** से भाग गया या सम्भवतः उसे निष्कासित कर दिया गया। **डीडेलेस** ने पहले **एट्टिक डेमीस** में शरण ली। वहाँ के लोग तब से **डीडेलिड्स** के नाम से जाने जाते हैं। इसके बाद वह **क्रीट** गया। **क्रीट** के यशस्वी राजा **मायनॉस** ने इस प्रवीण कारीगर का स्वागत किया और उसे अपने यहाँ उचित स्थान दिया।

दुर्भाग्यवश राजा **मायनॉस** की पत्नी **पैसिफ़े** उस श्वेत साँड पर आसक्त हो गई जो

वास्तव में **पॉसायडन** को बलि किया जाना चाहिए था। स्त्री के रूप में उसका साँड से संयोग असम्भव था, अतः उसने अपनी इस अप्राकृतिक इच्छा को **डीडेलेस** पर प्रकट किया। **डीडेलेस** ने अपनी कला से उसे गाय का रूप देकर इस संयोग को सम्भव बनाया। इसके परिणामस्वरूप **पैसिफ़े** ने एक भयानक नरवृषभ को जन्म दिया, जिसके लिए उस विश्वविख्यात भूल-भुलैया का निर्माण **डीडेलेस** के द्वारा ही हुआ जिसमें प्रवेश करके किसी भी प्राणी के लिए बाहर निकलना असम्भव था। इसके रास्ते बड़े टेढ़े-मेढ़े, घुमावदार और अँधेरे थे, और हर रास्ता भीतर की ओर ही ले जाता था। वीर **थीसियस** ने **अरियाडनी** को **डीडेलेस** द्वारा दिए गए धागे की मदद से ही इसमें प्रवेश किया था और नरवृषभ का संहार कर सकुशल बाहर आने में समर्थ हुआ था। अन्यथा ऐसा कहा जाता है, कि स्वयं **डीडेलेस** भी किसी सूत्र के बिना बाहर नहीं निकल सकता था। यह चक्रव्यूह **डीडेलेस** की अद्‌भुत सूझबूझ का परिचायक था। जब **मायनॉस** को यह पता चला कि **डीडेलेस** की मदद से ही उसकी रानी **पैसिफ़े** की पाशविक वासना-पूर्ति हुई थी तो उसने **डीडेलेस** और उसके बेटे **इकरेस** को इसी भूल-भुलैया में डाल दिया। यहाँ से उनकी मुक्ति **पैसिफ़े** की सहायता से हुई। लेकिन अब **क्रीट** में रहना सुरक्षित न था। पर भागने का भी कोई रास्ता नहीं था। **मायनॉस** की आज्ञा के अनुसार **क्रीट** से जानेवाले सभी जलपोतों का सैनिकों द्वारा निरीक्षण किया जाता था। स्थल पर पीछा किए जाने की आशंका थी। तब **डीडेलेस** ने सोचा, ''जल और स्थल पर **मायनॉस** का आधिपत्य है, वायु और खुले आकाश पर तो नहीं। मैं इसी रास्ते से **क्रीट** से पलायन करूँगा।''

यही सोचकर **डीडेलेस** अपनी एक नई योजना के अनुसार कार्यरत हो गया। उसने अपनी विलक्षण शिल्प बुद्धि से उड़ने के लिए पंख तैयार किए। छोटे पंखों से शुरू करके वह बड़े पंखों को उनमें धागे और मोम की मदद से जोड़ता चला गया। ये पंख बिल्कुल किसी विशालकाय पक्षी के पंखों जैसे थे। पंख तैयार हो जाने पर पहले उसने उनका स्वयं परीक्षण किया और सन्तुष्ट होने पर एक जोड़ा पंख अपने बेटे **इकेरस** के कन्धों पर लगा दिए। उसने **इकेरस** को उनके प्रयोग की विधि समझाई और **क्रीट** से उड़ने से पहले उसे यह चेतावनी दी :

''देखो बेटा **इकेरस,** इन परों की मदद से तुम नभ की विस्तृत ऊँचाइयों में उड़ सकते हो। पर एक बात का ध्यान रखना। हमेशा मध्यम मार्ग अपनाना ही उचित होता है। उड़ते समय न तो बहुत ऊँचा उड़ना कि सूर्य की गर्मी से मोम पिघल जाए और न ही इतना नीचा उड़ना कि समुद्र के वाष्प से तुम्हारे पंख सील जाएँ और वे पूरी तरह फैल न सकें। मैं तुम्हारे आगे उडूँगा। तुम पीछे-पीछे उसी गति और ऊँचाई का अनुगमन करना।''

यह कहकर **डीडेलेस** ने अपने सुकुमार से बेटे का चुम्बन लिया। किसी अज्ञात आशंका से उसकी आँखें नम हो उठी थीं। **डीडेलेस** ने उड़ान भरी और **इकेरस** इसके पीछे उड़ने लगा। पौराणिक कथाओं में भी मानव की पंखों पर उड़ान एक अद्‌भुत घटना थी। जब **डीडेलेस** और **इकरेस** आकाश में उड़ रहे थे, अनेक लोगों ने उन्हें देखा। चरवाहे

और मछियारे, खेतों में काम करते किसान–सभी अपना काम छोड़कर आश्चर्यचकित हो देखते ही रह गए। उन्होंने सोचा, शायद **ओलिम्पस** के देवता आकाश में क्रीड़ा कर रहे हैं।

इसी तरह उड़ते हुए वे **नैक्सॉस, डेलॉस** और **पेरॉस** द्वीपों को पीछे छोड़ आए। नभ की नीली ऊँचाइयों में एक पक्षी की तरह पर फैलाए उड़ता **इकेरस** बहुत खुश था। यह एक अनूठा अनुभव था जिसकी कोई कल्पना भी नहीं कर सकता था। अपने हर्षातिरेक में **इकेरस** पिता के आदेशों को भूल गया, और ऊपर उड़ने लगा जैसे कि आकाश को छू लेना चाहता हो। दहकते हुए सूर्य के ताप से मोम पिघलने लगी। देखते ही देखते पंख टूट-टूटकर गिरने लगे और पलभर में ही एक आर्त चीत्कार के साथ **इकेरस** समुद्र में जा गिरा। **डीडेलेस** ने जब पलटकर देखा तो समुद्र के सीने पर बिखरे हुए पंख ही दिखाई दिए। **'इकेरस! इकेरस!'** पुकारता वह चक्कर काटकर नीचे आया। तब तक **इकेरस** का शव सतह पर आ गया था। **डीडेलेस** को अपनी शिल्प कला का बड़ा महँगा मूल्य देना पड़ा। **परड्रिक्स** की आत्मा ने अपना प्रतिशोध ले लिया था। **डीडेलेस** ने जहाँ **इकेरस** को दफ़नाया वह प्रदेश **'इकेरिसा'** के नाम से जाना जाता है।

इकेरस की मृत्यु का यह विवरण **ओविड** के 'मेटामारफ़ॉसिस' और **हाइजीनस** के 'फेबुला' से मिलता है। किन्तु **अपोलोडॉरस** के अनुसार जल मार्ग से **क्रीट** से भागते हुए **इकरेस** समुद्र में डूब गया था और उसका अन्तिम संस्कार **डीडेलेस** ने नहीं, **हेराक्लीज़** ने किया। **डीडेलेस** ने **पीसा** में **हेराक्लीज़** की एक मूर्ति बनाकर अपनी कृतज्ञता का प्रदर्शन किया। कहते हैं यह मूर्ति इतनी सजीव लगती थी कि स्वयं **हेराक्लीज़** उसे देखकर घबरा गया और उसे अपना समकक्ष समझकर उस पर टूट पड़ा।

सिसली पहुँचकर **डीडेलेस** ने अपने पंख **अपोलो** के मन्दिर में अर्पित कर दिए। **सिसली** के राजा **कोकेलस** ने उसका स्वागत किया। **डीडेलेस** बहुत समय तक **सिसली**

रहा और उसने वहाँ अनेक भव्य इमारतों का निर्माण किया।

उधर **मायनॉस डीडेलेस** के इस तरह अचानक भाग जाने से हैरान और क्रुद्ध था। उसने **डीडेलेस** को खोज निकालने का उपाय सोचा। **मायनॉस** ने अपने देशों में अपने दूतों के साथ एक सर्पिल घोंघा भेजा जिसके दोनों कानों पर छेद थे। यह घोषणा की गई कि इस घोंघे के अन्दरूनी घुमावदार रास्ते से धागा निकाल देनेवाले को अपार सम्पत्ति पारितोषिक के रूप में दी जाएगी। जब **डीडेलेस** ने इस विषय में सुना तो उसने **सिसली** के राजा को यह चुनौती स्वीकार कर लेने को कहा। **डीडेलेस** ने एक चींटी की टाँग में धागा बाँधकर उसे घोंघे के एक छेद से प्रविष्ट करा दिया और दूसरे छोर पर शहद लगा दिया। चींटी अपनी टाँग में बँधे उस महीन धागे के साथ घोंघे की कुन्तलाकार बनावट में से होती हुई दूसरे छेद से बाहर निकल आई। जब धागा पड़ा हुआ घोंघा **मायनॉस** के पास पहुँचा तो वह झट समझ गया कि **डीडेलेस सिसली** में ही है। उसके अतिरिक्त इस काम को कोई और नहीं कर सकता था। **मायनॉस** फौरन **सिसली** पहुँच गया और **कोकेलस** को कहा कि वह **डीडेलेस** को लौटा दे। पर **कोकेलस** ने इनकार कर दिया। उसने **डीडेलेस** के साथ एक षड्यंत्र करके **मायनॉस** को उबलते पानी में गिराकर मार डाला और उसका शव **क्रीट** वापस भेज दिया। **क्रीट** वासियों को यह बताया गया कि राजा **मायनॉस** की मृत्यु एक दुर्घटना में हो गई।

डीडेलेस ने अपने जीवन के अन्तिम वर्ष **सरडीनिया** में बिताए जहाँ उसके बनाए शिल्प के नमूने आज भी विद्यमान हैं।

मेलाम्पस

मेलाम्पस प्राचीन **ग्रीस** का एक प्रसिद्ध भविष्यद्रष्टा था। वह सम्भवतः पहला मनुष्य था जिसने मदिरा के देवता **डायोनिसस** के मन्दिर बनवाए, उसकी उपासना-पद्धति का प्रचार किया एवं मद्य में पानी मिलाकर पीने की प्रथा चलाई। वह एक कुशल चिकित्सक भी था।

एक बार **मेलाम्पस** ने साँप के दो बच्चों के प्राण बचाए। इन बच्चों के माता-पिता को **मेलाम्पस** के सेवकों ने मार डाला था। वे उन्हें भी मार डालते पर **मेलाम्पस** ने इन छोटे साँपों की प्राण-रक्षा की और सर्प युग्म के शरीर को भली-भाँति विधिपूर्वक जला दिया। बाल-सर्प बड़े कृतज्ञ हुए और उन्होंने इस अनुकम्पा के बदले में सोए हुए **मेलाम्पस** की आँखों और कानों पर अपनी द्विशाखी जीभ फिरा दी। उस क्षण से **मेलाम्पस** में भविष्य-ज्ञान और रोग-हरण की शक्तियाँ केन्द्रित हुईं। उसकी आँखों को दिव्य-दृष्टि मिली और कान पक्षियों और अन्य जानवरों की भाषा समझने लगे। इसके अतिरिक्त एक दिन **मेलाम्पस** की भेंट देवता **अपोलो** से **एल्फ़ियस** नदी के किनारे हुई और **अपोलो** ने उसे बलि में मारे गए पशुओं के शवों की मदद से भविष्यवाणी करना सिखाया। पशु-पक्षियों का प्रकृति-ज्ञान मनुष्यों की अपेक्षा अधिक होता है और वे उसके रहस्यों को भी समझते हैं। उनकी भाषा के ज्ञान से **मेलाम्पस** पर भी ये रहस्य उद्घाटित हुए।

मेलाम्पस का एक भाई था। उसका नाम था—**बायेस।** दोनों भाइयों में परस्पर बड़ा प्रेम था। **बायेस** अपने पिता के सौतेले भाई राजा **नीलियस** की सुन्दरी पुत्री **पेरो** से विवाह करना चाहता था। परन्तु **नीलियस** की यह शर्त थी कि जो कोई भी उसे **फ़िलैकस** के चौपाए वधू-मूल्य के रूप में देगा वही **पेरो** के पाणिग्रहण का अधिकारी होगा। **फ़िलैकस** की सुन्दर हृष्ट-पुष्ट सुनहरी गौओं की दूर-दूर तक चर्चा थी। **फ़िलैकस** यह बात जानता था। अतः उसने कभी न सोनेवाले एक खूँखार कुत्ते को उनकी सुरक्षा के लिए नियुक्त कर रखा था। जो कोई भी **फ़िलैकस** की भूरी गौओं को चुराने गया, वह पकड़ा गया। **बायेस** के लिए यह शर्त पूरी करना असम्भव था। वह उदास रहने लगा। किसी भी काम में उसका मन न लगता। **पेरो** का मधुर-मधुर मुस्कराता हुआ मुख उसके हृदय-पट पर अंकित था। **मेलाम्पस** ने शीघ्र ही **बायेस** की उदासी का कारण भाँप लिया और **फ़िलैकस** की गौएँ ला देने का वचन दिया। उसने अपने भाई से कहा कि इस काम में समय लग सकता है, पर वह निश्चय ही सफल होकर लौटेगा, अतः वह उसकी प्रतीक्षा करे।

बायेस के उदास मुख की रूठी हुई स्मित रेखा फिर से मना लाने के उद्‍देश्य से **मेलाम्पस** एक रात **फ़िलैकस** की गौएँ चुराने जा पहुँचा। लेकिन वही हुआ जिसकी **अपेक्षा** थी। **मेलाम्पस** पकड़ा गया और **फ़िलैकस** ने उसे इस अपराध के लिए एक वर्ष की कैद दी। एक साल **मेलाम्पस** ने जेल की दीवारों में काटा। उसकी सज़ा खत्म होने में एक रात बाकी थी। **मेलाम्पस** अपनी कोठरी में लेटा था। उसे नींद नहीं आ रही थी। तभी उसने दो दीमकों को बात करते सुना। एक ने कहा :

''अब और कितनी देर का श्रम बाकी है?''

''बस अब ज्यादा देर नहीं। कल सवेरे तक यह खोखला पेड़ गिर पड़ेगा और इसके साथ ही यह छत भी।'' दूसरे ने जवाब दिया।

यह सुनते ही **मेलाम्पस** उछलकर खड़ा हो गया और जेल के सींखचों को पकड़कर चिल्लाने लगा : ''बचाओ, बचाओ! **फ़िलैकस** मुझे किसी दूसरी कोठरी में डाल दो।''

यह सुनकर जेल के सारे अधिकारी इकट्ठे हो गए और उन्होंने कारण पूछा। **मेलाम्पस** ने उन्हें बताया कि कुछ ही देर में बाहर खड़े एक विशालकाय वृक्ष के साथ इमारत का वह हिस्सा गिरने वाला था। उसकी बात सुनकर सब लोग हँसने लगे पर **मेलाम्पस** के करुण अनुरोध को उन्होंने स्वीकार कर लिया और उसे एक दूसरी कोठरी में डाल दिया। कुछ ही देर बाद धमाके के साथ वह पेड़ गिरा और उसके हाथ ही जेल की छत नीचे आ रही। जेल के अधिकारी आश्चर्यचकित रह गए। वे भागे-भागे **फ़िलैकस** के पास गए और उसे सारी घटना कह सुनाई। **फ़िलैकस** समझ गया कि **मेलाम्पस** के पास दिव्य-दृष्टि है। उसने झट **मेलाम्पस** को स्वतन्त्र कर दिया। उसका आदर-सत्कार किया और उपहार भी दिए। वास्तव में बात यह थी कि **फ़िलैकस** का **इम्फ़ीकल्स** नाम का एक बेटा था जो नपुंसक था। उसके कोई सन्तान न होती थी और **फ़िलैकस** एक पोते का मुँह देखने को तरस रहा था। उसने **मेलाम्पस** से **इम्फ़ीकल्स** का इलाज करने की प्रार्थना की और पुरस्कार में बहुत-सी धनराशि देने का वचन दिया। लेकिन **मेलाम्पस** को धनराशि नहीं **फ़िलैकस** की गौओं की ज़रूरत थी। अतः उसने इस शर्त पर **इम्फ़ीकल्स** की चिकित्सा करना स्वीकार किया कि उसके ठीक हो जाने पर **फ़िलैकस** पुरस्कार में उसे अपने चौपाए दे देगा। **फ़िलैकस** ने यह शर्त सहर्ष स्वीकार कर ली।

इम्फ़ीकल्स को ठीक करने के लिए सबसे पहले उसकी नपुंसकता का कारण जानना आवश्यक था। **मेलाम्पस** ने देवता **अपोलो** को दो बैलों की बलि दी और उनका मांस जल जाने पर कंकालों को खुले मैदान में फेंक दिया। पल-भर में आकाश में चक्कर लगाते हुए दो गिद्ध नीचे उतर आए। उन्होंने इधर-उधर देखा और अपने शिकार के पास बैठ गए। एक गिद्ध ने पहचानते हुए कहा :

''भाई, इस जगह तो कई वर्ष पहले भी हम एक बार आए थे।''

''हाँ, मुझे खूब याद है। तब **इम्फ़ीकल्स** छोटा-सा ही था। उसका पिता **फ़िलैकस** कुछ भेड़ों को खस्सी कर रहा था। उसके हाथ में खून से सना हुआ चाकू था। जब **इम्फ़ीकल्स** ने उसे चाकू हाथ में लिए आता देखा तो, वह डर से चीखकर भागा। वह

पूरे ज़ोर से चीखता बेतहाशा भागता गया था और **फ़िलैकस** उसे आश्वस्त करने के लिए उसके पीछे भाग रहा था। रास्ते में उसने चाकू एक नाशपाती के पेड़ में भोंक दिया ताकि वह उसे खो न बैठे। **इम्फ़ीकल्स** उस अचानक सदमे और डर से नपुंसक हो गया। शायद अपने पिता को भेड़ों का पुंसत्व हरण करते देखने की बाल-हृदय पर यह प्रतिक्रिया थी, जो उसके पौरुष पर एक धब्बा बन गई। देखो, देखो। उस पेड़ में अभी तक वह चाकू लगा है। अब तो सिर्फ उसकी मूँठ ही दिखाई पड़ रही है।''

उनका वार्तालाप सुनकर **मेलाम्पस** ने विनीत स्वर में अभ्यर्थना की :

''बुद्धिमान पक्षियो। आपने **इम्फ़ीकल्स** के नपुंसकत्व का कारण बताकर मुझ पर बड़ा अनुग्रह किया। अब कृपया यह भी बताएँ कि इसकी चिकित्सा क्या होगी?''

यह सुनकर एक गिद्ध ने उत्तर दिया :

''वह चाकू पेड़ के तने से निकालकर उसे पानी में धोकर वह पानी दस दिन तक **इम्फ़ीकल्स** को पिलाने से उसका नपुंसकत्व दूर हो सकता है।''

मेलाम्पस ने उनका कोटि-कोटि धन्यवाद किया और उनकी बताई विधि से **इम्फ़ीकल्स** को नीरोग किया। एक वर्ष के भीतर ही **इम्फ़ीकल्स** को पुत्र-रत्न की प्राप्ति हुई। बूढ़े **फ़िलैकस** की अभिलाषा पूरी हुई। उसने अपने वचन के अनुसार भूरी गौएँ दे **मेलाम्पस** को पुरस्कृत किया और **मेलाम्पस** के भाई **बायेस** ने वे गौएँ वधू-मूल्य के रूप में **नीलियस** को देकर **पेरो** को पत्नी-रूप में प्राप्त किया। इस घटना के बाद भविष्यद्रष्टा एवं चिकित्सक के रूप में **मेलाम्पस** की कीर्ति दूर-दूर तक फैल गई।

आरगोलिस के राजा, **एक्रीसियस** के भाई **प्रोटियस** की तीन सुन्दर कन्याएँ थीं– **लायसिप्पे, इफ़ीनी** और **इफ़ियान्सा**। इन तीनों ने सम्भवतः अपने रूप के घमंड में देवी **हेरा** का अनादर किया और उसके सम्मान में होनेवाले त्रिवर्षी समारोह में सम्मिलित नहीं हुईं। अथवा उनके राज्य में मदिरा के देवता **डायोनिसस** का समुचित सत्कार नहीं हुआ। दैवी-कोप के परिणामस्वरूप **प्रोटियस** की तीनों बेटियाँ पागल हो गईं और राजमहल छोड़ विक्षिप्तावस्था में चीखती-चिल्लाती और अनुचित हरकतें करती जंगल में भाग गईं। राजा के सैनिक भी उन्हें पकड़ने में समर्थ न हुए। उनमें न जाने कहाँ से इतनी रुद्र शक्ति आ गई थी कि वे जंगली जानवरों तक को पकड़कर उन्हें चीर डालतीं और उनका मांस कच्चा ही खा जातीं। **प्रोटियस** बहुत दुखी थी। **मेलाम्पस** को जब इस अनहोनी का पता चला तो वह खुद **प्रोटियस** के पास आया और उसके राज्य के तीसरे हिस्से के बदले में उसकी तीनों कन्याओं को ठीक कर देने का प्रस्ताव रखा। पर **प्रोटियस** ने इतना शुल्क देना स्वीकार न किया। **मेलाम्पस** लौट गया।

कुछ ही दिनों के भीतर **प्रोटियस** के राज्य की अनेक स्त्रियों को पागलपन का वही दौरा पड़ा और वे सब भी घर-गृहस्थी, पति और बच्चों को छोड़कर भाग गईं। अब तो **प्रोटियस** बड़ा संत्रस्त हुआ। ऐसा लगता था कि **आरगोलिस** के सारे घर उजड़ जाएँगे। घबड़ाकर उसने **मेलाम्पस** को बुला भेजा। पर **मेलाम्पस** ने अब अपना शुल्क बढ़ा दिया था। आधे राज्य के बदले में उसने यह काम करने का बीड़ा उठाया और **प्रोटियस** ने

स्वीकार कर लिया।

अब **मेलाम्पस** अपने भाई **बायेस** और कुछ अन्य साहसी युवकों को साथ लेकर वन में गया और उन विक्षिप्त स्त्रियों को खदेड़कर **सीक्यान** ले गया। वहाँ पहुँचते ही वे स्त्रियाँ प्रकृतस्थ हो गईं। अब **मेलाम्पस** ने एक झरने के जल से उन्हें पवित्र किया ताकि पागलपन में किए अपराधों का पाप उन्हें न लगे। **प्रोटियस** की तीनों बेटियाँ **आर्केडिया** के **लूसी** नामक क्षेत्र में जाकर ठीक हुईं। उनमें से दो का **मेलाम्पस** ने पवित्रीकरण किया। तीसरी की सम्भवतः रास्ते में ही झरने में गिरने से मृत्यु हो गई थी।

मेलाम्पस ने **लायसिप्पे** और **बायेस** ने **इफ़ियान्सा** से विवाह किया। **प्रोटियस** ने अपने जामाताओं को सहर्ष अपने राज्य के दो हिस्से दे दिए।

मेलाम्पस के जीवन और उसकी अलौकिक शक्तियों से सम्बद्ध इन्हीं दो घटनाओं का विस्तृत विवरण मिलता है। **अपोलोडॉरस, होमर** की 'ओडिसी' और **हीसियड** के 'कैटेलाग ऑफ़ वीमेन' में इनका उल्लेख मिलता है।

डैनायड्स

देव-सम्राट **ज़्यूस** की प्रेमिका **इओ,** जिसे सम्राज्ञी **हेरा** ने ईर्ष्या तथा प्रतिशोध के वशीभूत होकर एक गाय बना डाला था, वर्षों इधर-उधर भटकने के बाद **मिस्र** पहुँची। यहीं **ज़्यूस** के अनुग्रह से उसकी यातना का अन्त हुआ और उसे अपने वास्तविक स्वरूप की प्राप्ति हुई। **इओ** ने **इपैफ़स** नामक पुत्र को जन्म दिया। कहा जाता है कि **ज़्यूस** के स्पर्श से **इओ** को गर्भ हुआ था। **'इपैफ़स'** का अर्थ भी है—'स्पर्श से उत्पन्न'। **इपैफ़स** की **लीबिया** नामक एक पुत्री हुई। **लीबिया** तथा समुद्र के देवता **पॉसायडन** के संसर्ग से राजा **बीलस** का जन्म हुआ। इस राजा **बीलस** के जुड़वाँ पुत्र हुए—**एजिप्टस** तथा **डॉनस। एजिप्टस** को अपने पिता से अरब का साम्राज्य मिला। उसने **मेलाम्पोडीज़** के देश को भी जीतकर अपने राज्य में मिला लिया और तब से वह देश **एजिप्टस** के नाम से **ईजिप्ट** कहलाने लगा। **एजिप्टस** ने **लीबिया, अरब** तथा **फ़ोनीशिया** की अनेक राजकुमारियों से विवाह किया जिसके फलस्वरूप उसे पचास पुत्रों की प्राप्ति हुई। **लीबिया** पर **एजिप्टस** के जुड़वाँ भाई **डॉनस** का अधिकार था। उसने भी अनेक **नायड्स, हमड्रायड्स, एलिफ़ेन्टिस, इथियोपिया** तथा **मेम्फ़िस** की कुलीन कन्याओं से विवाह-सम्बन्ध स्थापित किए जिनसे **डॉनस** पचास पुत्रियों का पिता बना।

राजा **बीलस** की मृत्यु के बाद दोनों भाइयों में उत्तराधिकार के प्रश्न पर झगड़ा उठ खड़ा हुआ। **एजिप्टस** ने झगड़े को सुलझाने की इच्छा से अपने पचास पुत्रों का **डॉनस** की पचास पुत्रियों जिन्हें **डैनायड्स** कहा जाता है, से विवाह-प्रस्ताव रखा। किन्हीं कारणों से **डॉनस** ने इस प्रस्ताव को अस्वीकार कर दिया। **डॉनस** को सम्भवतः यह सन्देह हो गया था कि विवाह के उपरान्त **एजिप्टस** उसकी सभी पुत्रियों को मरवाकर उसके वंश का अन्त कर देगा। इसका एक अन्य कारण यह भी बताया जाता है कि **डॉनस** तथा **डैनायड्स** को भाई-बहन के इस विवाह-प्रस्ताव पर आपत्ति थी। वे ऐसे सम्बन्ध को अनुचित समझते थे, अतएव अपने वंश को इस कलंक से बचाने के लिए उन्होंने **एजिप्टस** के प्रस्ताव को ठुकरा दिया। यह भी कहा जाता है कि एक भविष्यवाणी के अनुसार **डॉनस** की हत्या उसके किसी दामाद के हाथों होना निश्चित थी, अतः **डॉनस** उस समय किसी ऐसे प्रस्ताव का अनुमोदन करने की मानसिक स्थिति में नहीं था।

विवाह-प्रस्ताव को अस्वीकार करने का अर्थ था—युद्ध। **डॉनस** की शक्ति **एजिप्टस** की अपेक्षा बहुत कम थी। **एजिप्टस** के पचासों पुत्र सुन्दर, हृष्ट-पुष्ट एवं वीर थे। वे **एजिप्टस** के राज्य के सुदृढ़ स्तम्भ थे। **डॉनस** के पास **लीबिया** छोड़कर भाग जाने के

अतिरिक्त अन्य कोई मार्ग न था। उसने देवी **एथीनी** की सहायता से अपने तथा अपनी पुत्रियों के लिए एक विशाल जलयान का निर्माण किया और उस पर बैठकर समुद्र मार्ग से **रोड्स** से होता हुआ **ग्रीस** की ओर बढ़ने लगा। **रोड्स** पहुँचकर **डैनायड्स** ने देवी **एथीनी** के सम्मान में एक मन्दिर की स्थापना की और उसमें देवी की प्रतिमा को प्रतिष्ठित किया। लेकिन शीघ्र ही उन्हें पता चला कि **एजिप्टस** के पचास पुत्र अपने सेवकों सहित एक अन्य जलयान से उनका पीछा कर रहे हैं। **डॉनस** अपनी पुत्रियों की सुरक्षा के लिए चिन्तित हो उठा। शीघ्र ही लंगर उठा दिया गया और जहाज़ **आर्गॉस** की ओर बढ़ने लगा। ग्रीष्म की एक सुबह यह जलयान **आर्गॉस** के तट पर जा लगा। **डॉनस** तथा उसकी पचास पुत्रियों ने श्वेत ऊन से बँधी एक-एक हरी डाली अपने हाथ में ले ली। इसका अर्थ था कि वे लोग **आर्गॉस** में शरणागत के रूप में आए थे। सबसे आगे वृद्ध **डॉनस** था और उसके पीछे पचास भयभीत **डैनायड्स** जो बार-बार मुड़कर पीछे देख लेती थीं। यह काफिला द्रुत गति से नगर की ओर बढ़ रहा था। सहसा **डॉनस** की दृष्टि एक ऊँची पहाड़ी पर स्थित देव-मन्दिर पर पड़ी। उसने अपनी बेटियों को देव-मन्दिर में आश्रय लेने का आदेश दिया। यही उन कुमारियों के लिए एक सुरक्षित स्थान था। देव-मन्दिर में हत्या अथवा अनैतिक आचरण ऐसा अपराध है जिसका दण्ड स्वयं देवता देते हैं। मन्दिर में पहुँचकर **डॉनस** कुछ आश्वस्त हुआ। अनुभवी **डॉनस** अब **आर्गॉस** के राजा तथा प्रजा की सहानुभूति प्राप्त करने का मार्ग सोचने लगा। बड़ी शोचनीय स्थिति थी। **लीबिया** का निष्कासित सम्राट् **आर्गॉस** में शरणागत बनकर आया था। **डैनायड्स** अभी तक अपने भय पर विजय न पा सकी थीं। वे एक-दूसरे से सटी मन्दिर के भीतर बैठी थीं। व्याकुलता से उनके सुन्दर मुख मलिन हो गए थे। अनिश्चित भविष्य की आशंका से मन काँप-काँप उठता था। **डॉनस** ने उन्हें धिक्कारा, "यदि तुम अपने आप पर संयम न रख सकीं तो समझ लो जीती बाज़ी हार बैठोगी। याद रखो कि **आर्गॉस** का राजा, **इओ** के पिता, नदी के देवता **इनाकस** की ही सन्तान है और इस प्रकार हमारा सम्बन्धी। हम सभी एक ही वृक्ष की शाखाएँ हैं। इस सम्बन्ध के आधार पर हम आशा कर सकते हैं कि हमें **आर्गॉस** में उचित सत्कार मिल सकेगा। लेकिन इसके लिए यह आवश्यक है कि तुम्हारा आचरण कुलीन वंश की राजकुमारियों के योग्य हो। यह अधीरता तुम्हें शोभा नहीं देती।"

राजकुमारियों के सिर लज्जा से झुक गए। उन्हें स्थिति का भान हुआ और वे अपने वंश के गौरव के प्रति सचेत हो उठीं। भय को मन से निकाल फेंका और एक अटल निश्चय तथा विश्वास से उनके मुख चमकने लगे। तभी कुछ दूरी पर धूल का बादल उड़ता दिखाई दिया। **आर्गॉस** के राजा **पेलासगस** (अथवा कुछ अन्य सूत्रों के अनुसार **गेलानॅर**) को अपने राज्य की सीमा में कुछ विदेशियों के आने की सूचना मिल गई थी। अतः वह स्वयं कुछ सेवकों के साथ रथ पर बैठकर उनका परिचय तथा आगमन का अभिप्राय जानने आया था। यद्यपि **डॉनस** शरणागत बनकर आया था परन्तु इस रूप में उस देश के राजा से वार्तालाप करना उसकी प्रतिष्ठा पर गहरा आघात था। अतः

डॉनस ने अपनी पुत्रियों को हरी शाखाएँ ऊँची करके पकड़ने तथा अपनी सबसे बड़ी पुत्री को **पेलासगस** से संक्षेप में, किन्तु बड़ी कुशलता से बातचीत करने का आदेश दिया। वह स्वयं गम्भीरता से **ज़्यूस** की प्रतिमा के चरणों में बैठ गया। कुछ ही क्षणों में रथ मन्दिर के निकट आ गया। धूल के बादल मलिन होकर मिट गए। **पेलासगस** ने आश्चर्य से इन पचास कन्याओं को देखा। उनके हाथों में श्वेत ऊन से बँधी हरी शाखाएँ थीं। **पेलासगस** आश्वस्त हुआ किन्तु उससे कहीं अधिक आश्चर्यचकित। रंग-बिरंगे वस्त्रों में लिपटी, बादामी त्वचा और काले बालोंवाली यह सुकुमारियाँ इतनी संख्या में कहाँ से आई थीं? किस देश और जाति की थीं? **आर्गॉस** में आने का क्या प्रयोजन था? **पेलासगस** इन्हीं विचारों में उलझा था कि **डैनायड्स** की सबसे बड़ी बहन सम्भवतः **हाइपरमेंस्ट्रा** ने राजा को मधुर शब्दों में सम्बोधित किया और अपने वंश का परिचय देकर लीबिया से भागकर **आर्गॉस** आने का कारण भी स्पष्ट किया, "राजन्! हम निष्कासित अवश्य हैं किन्तु निरपराध। विश्वास करो, **इनाकस** के वंशज झूठ बोलकर अपने पूर्वजों को लज्जित नहीं करेंगे। हमने न तो किसी सगे-सम्बन्धी की हत्या की है, न ही प्रजा पर अत्याचार। हमें **एजिप्टस** के पुत्रों से विवाह करके एक पवित्र सम्बन्ध को कलुषित करने को विवश किया जा रहा था। शत्रु की शक्ति हमसे कहीं अधिक थी। अतः एक परम्परा की रक्षा के लिए हमें अपना देश, अपना घर छोड़कर विदेश की धूल फाँकनी पड़ी। हम जलयान द्वारा **लीबिया** से इस अज्ञात-लक्ष्य यात्रा पर निकल पड़े। किन्तु शीघ्र ही हमें पता चला कि **एजिप्टस** के पचास पुत्र हमारा पीछा कर रहे हैं। अब हम तुम्हारी शरण आए हैं। **आर्गॉस** के सर्वसमर्थ सम्राट! तुम ही हमारी एकमात्र आशा हो। हमारी रक्षा करो। **इनाकस** की विवश शरणागत सन्तान की शत्रु की दुर्दम्य वासना से रक्षा करो राजन्, अन्यथा हमारे पास इसके अतिरिक्त और कोई रास्ता नहीं रह जाएगा।" यह कहते हुए **हाइपरमेंस्ट्रा** ने अपनी कमर में बँधा दुपट्टा खोलकर आगे बढ़ा दिया, "हमारा अन्तिम निर्णय यही है कि यदि **आर्गॉस** ने हमें शरण न दी, तो हम यहीं इसी देव-मन्दिर में अपने प्राण त्याग देंगी।" बाकी सभी कुमारियों ने समवेत स्वर में इस निर्णय का समर्थन किया। **आर्गॉस** का स्वामी दुविधा में पड़ गया। शरण में आए अपने सम्बन्धियों की रक्षा न करना भी अनुचित था, और उनकी मृत्यु का मौन साक्षी बने रहना तो और भी जघन्य अपराध। किन्तु **पेलासगस** बिना प्रजा की सम्मति के **डैनायड्स** को आश्रय देकर युद्ध का खतरा भी मोल नहीं लेना चाहता था। अन्ततः उसने **डॉनस** को यह परामर्श दिया कि वह **आर्गॉस** की जनता से एक बार स्वयं सहायता की प्रार्थना करे। **डॉनस** ने इस प्रस्ताव को स्वीकार कर लिया और जनता के समक्ष अपने पक्ष को इतनी विनम्रता और कुशलता से निवेदन किया कि सर्वसम्मति से **डॉनस** और उसकी पचास कन्याओं को आश्रय देना स्वीकार कर लिया गया। उनके लिए एक विशाल भवन का प्रबन्ध भी कर दिया गया और सम्मानित अतिथियों की भाँति उन्हें वहाँ लाया गया। इतना ही नहीं, जन-साधारण में **एजिप्टस** के बेटों के प्रति घृणा व्याप गई। वे **डैनायड्स** को इस अत्याचार से बचाने के लिए कृतसंकल्प हो गए।

उधर **एजिप्टस** के पुत्रों का जलयान भी **आर्गॉस** के तट पर आ लगा। उन्होंने दूत द्वारा **आर्गॉस** के राजा के पास यह सन्देश भेजा कि वह **डॉनस** तथा उसकी पचास पुत्रियों को उनके हवाले कर दे। इससे **आर्गॉस** निवासियों का क्रोध और भी भड़क उठा। उन्होंने **एजिप्टस** के पुत्रों के इस प्रस्ताव को निर्भीकता से ठुकरा दिया। युवकों की समझ में आ गया कि युद्ध के बिना **डैनायड्स** की प्राप्ति असम्भव है। और युद्ध के लिए उनके पास पर्याप्त साधन नहीं थे। अतः वे **साइप्रस** चले गए। वहाँ का राजा **एजिप्टस** का सामन्त था। **साइप्रस** में उनका यथेष्ट स्वागत हुआ और तीन हज़ार धनुषधारी सैनिक युद्ध के लिए उनके साथ हो लिए। पाँच हज़ार भालेबाज़ **मिस्र** से उसकी सहायता के लिए आ गए। इस प्रकार युद्ध के लिए तैयार होकर **एजिप्टस** के पुत्र **आर्गॉस** लौटे और नगर पर घेरा डाल दिया। भीषण युद्ध हुआ। हज़ारों वीर युवा सैनिक मारे गए। **आर्गॉस** का राजा **पेलासगस** भी शत्रु से युद्ध करता हुआ वीरगति को प्राप्त हुआ। **आर्गॉस** ने अपना वचन निभा दिया। **डैनायड्स** की रक्षा के लिए रक्त की नदियाँ बह गईं। चारों ओर हाहाकार मच गया। **आर्गॉस** में पानी की कमी थी। **पॉसायडन** के शाप से उस क्षेत्र की नदियाँ सूख गई थीं। नगर-निवासी प्यास से व्याकुल होकर मरने लगे। इतना अत्याचार **डॉनस** सहन न कर सका। अन्ततः उसने **आर्गॉस** के बचे-खुचे परिवारों की रक्षा के लिए **एजिप्टस** के पुत्रों की शर्त मान ली और नगर का घेरा उठा लिया गया। **आर्गॉस** ने चैन की साँस ली।

दूसरे दिन **आर्गॉस** में एक विशाल उत्सव का आयोजन हुआ। **मिस्र** की सेना दूर समुद्र-तट की ओर आमोद-प्रमोद में व्यस्त थी। **डैनायड्स** बहनें साज-सिंगार किए दुल्हन बनी बैठी थीं। **डॉनस** ने यथाविधि अपनी पुत्रियों का **एजिप्टस** के पुत्रों से विवाह सम्पन्न किया। वर्षों की आस पूरी हुई। **एजिप्टस** के बेटे फूले न समाते थे। विजयश्री के साथ-साथ सुन्दर पत्नियों ने भी उनको अंगीकार किया। हर्ष-उल्लास से छलकती वह एक अनोखी रात थी। अन्धकार घिर आया। आकाश-दीप जल उठे। आँखों में भविष्य के सपने और बाँहों में नव-वधुओं के कोमल-गात लिए विजय गर्व से उन्मत्त युवक अपने-अपने शयनगृह को चल दिए।

न जाने कब रात बीती। सूरज की पहली किरण फूटी और **डैनायड्स** के कुकृत्य को देखकर मलिन पड़ गई। दिन के उजाले ने शर्म से मुँह छिपा लिया। मिस्री सैनिकों में हाहाकार मच गया। उनके उनचास युवा राजकुमार अपने-अपने शयनकक्ष में मृत पड़े थे। और पचासवें का कहीं पता न था। **डॉनस** ने इसी योजना के आधार पर सन्धि स्वीकार की थी। अपनी हार का बदला लेने के लिए उसने अपनी पचास कन्याओं को बुलाकर उन्हें ज़हर में बुझी एक-एक कटार देकर यह प्रतिज्ञा करवाई कि वे अपनी सुहागरात को ही अपने पतियों को मौत के घाट उतार दें। सबसे बड़ी कन्या **हाइपरमेंस्ट्रा** के अतिरिक्त सभी ने अपने पिता की आज्ञा का पालन किया। जो काम सहस्रों सशस्त्र सैनिकों से न हो सका वह **डैनायड्स** ने कर दिखाया। मिस्री सैनिकों में भगदड़ मच गई। वह इसे कोई दैवी आपत्ति समझकर सिर पर पाँव रखकर भाग खड़े हुए। **डैनायड्स** की

इस चाल को देखकर आर्गॉसवासी दंग रह गए। नगर के इतिहास में वह एक अद्‌भुत क्षण था। हर्ष-विषाद का अनूठा मिश्रण था। जो खो गया था उसके लिए दुख स्वाभाबिक था, किन्तु जो विजय इस अप्रत्याशित रूप से मिल गई थी, उस पर उल्लास भी कम न था। **डैनायड्स** ने आश्रय देनेवाली नगरी के प्रति अपने कर्तव्य को पूरा कर दिखाया। घर-घर उनकी प्रशंसा के गीत गाए जाने लगे। स्त्री-पुरुष, बच्चे-बूढ़े उनके दर्शन को आने लगे। **डैनायड्स** को '**आर्गॉस** की रक्षिकाओं' के नाम से जाना जाने लगा। **पेलासगस** अविवाहित ही परलोक सिधार गया था। अतः उसकी मृत्यु के बाद **डॉनस** को **आर्गॉस** का सम्राट घोषित कर दिया गया।

हाइपरमेंस्ट्रा ने पिता की आज्ञा के विरुद्ध अपने पति **लिन्सियस** की प्राण-रक्षा की। बस्तुतः **लिन्सियस** बहुत ही सुन्दर, वीर एवं प्रतिभाशाली युवक था। वह जानता था कि **डैनायड्स** को **आर्गॉस** की रक्षा के लिए विवश होकर यह पराजय स्वीकार करनी पड़ी है। ऐसी स्थिति में उनसे उस पवित्र प्रेम की अपेक्षा नहीं की जा सकती, जो सुखी दाम्पत्य जीवन का आधार है। अतः उसने अपनी पत्नी **हाइपरमेंस्ट्रा** से कोई जबरदस्ती नहीं की, अपितु उसे अपने पति के व्यक्तित्व को समझने और निकट आने का अवसर देना अधिक उपयुक्त समझा। **हाइपरमेंस्ट्रा** उसकी शालीनता से अत्यधिक प्रभावित हुई और उसी क्षण से उसे प्रेम करने लगी। सोए हुए **लिन्सियस** की सौम्यता ने **हाइपरमेंस्ट्रा** का हृदय-परिवर्तन कर दिया। रात्रि का अन्तिम पहर था। जब शेष **डैनायड्स** की कटारें **एजिप्टस** के उनचास पुत्रों के वक्ष में उतर चुकी थीं, **हाइपरमेंस्ट्रा ने लिन्सियस** को उठाया, उसे वस्तुस्थिति से परिचित कराया और शीघ्रातिशीघ्र वहाँ से भाग जाने की सलाह दी। **लिन्सियस** ने वैसा ही किया।

प्रातःकाल जब **डॉनस** को **लिन्सियस** की प्राण-रक्षा का समाचार मिला तो वह आग-बबूला हो उठा। **हाइपरमेंस्ट्रा** ने अपना अपराध स्वीकार कर लिया और उसके उचित किसी भी दण्ड के लिए सहर्ष तैयार हो गई। **आर्गॉस** के न्यायाधीशों के सम्मुख यह मुकदमा लाया गया। देर तक वाद-विवाद होता रहा। किन्तु कोई निर्णय न लिया जा सका। कहा जाता है कि उस समय स्वयं दैवी **ऐफ्रॉडायटी** ने सभा के सम्मुख प्रकट होकर यह घोषणा की कि **हाइपरमेंस्ट्रा** को इस आचरण की प्रेरणा स्वयं उन्होंने दी थी, अतः वह निर्दोष है। देवी की आज्ञा का उल्लंघन असम्भव था। **हाइपरमेंस्ट्रा** को मुक्त कर दिया गया। किन्तु इतना पर्याप्त न था। **हाइपरमेंस्ट्रा** इस अनुग्रह को तब तक स्वीकार करने को तैयार न थी जब तक कि उसके पति **लिन्सियस** को **डॉनस** क्षमा करके अपने जामाता के रूप में अंगीकार न कर ले। नगर की सभी विवाहित स्त्रियों ने **हाइपरमेंस्ट्रा** का साथ दिया। अन्ततः उसकी यह प्रार्थना भी स्वीकार कर ली गई।

लिन्सियस एवं **हाइपरमेंस्ट्रा** का पुनर्मिलन हुआ। **डॉनस** ने अपने वचन के अनुसार इस सम्बन्ध को सहर्ष स्वीकार कर लिया। कुछ स्रोतों के अनुसार **लिन्सियस** ने अपने श्वसुर **डॉनस** की हत्या करके अपने भाइयों की मृत्यु का प्रतिशोध लिया किन्तु कुछ अन्य के अनुसार **डॉनस** ने बहुत काल तक सुख से राज्य किया और उसकी मृत्यु के पश्चात्

लिन्सियस आर्गॉस का राजा बना।

यद्यपि **डैनायड्स** ने बड़े साहस एवं दृढ़ता से **एजिप्टस** के पुत्रों से **आर्गॉस** की रक्षा की परन्तु निकट सम्बन्धियों की निर्मम हत्या का कलंक उनके माथे पर लग ही गया। मृतकों के शवों का समुचित आदर के साथ अन्तिम संस्कार किया गया। स्वयं देव-सम्राट **ज़्यूस** ने **हेमीज़** तथा **एथीनी** को **डैनायड्स** को पवित्र करने के लिए पृथ्वी पर भेजा। उन्हें **लरना** में स्नान करवाया गया। देव-सम्राट ने यह घोषणा की कि पाप का पश्चात्ताप आवश्यक है। आपको याद होगा कि **आर्गॉस** देश के स्वामित्व को लेकर सम्राज्ञी **हेरा** तथा समुद्र-देवता **पॉसायडन** में झगड़ा हो गया था। उसके निर्णय के लिए नदी के देवता **इनाकस** को न्यायाधीश नियुक्त किया गया था। **इनाकस** ने निर्णय हेरा के पक्ष में दिया। फलस्वरूप क्रुद्ध **पॉसायडन** ने **आर्गॉस** की सभी नदियों को सुखा डाला। तभी से **आर्गॉस** में पानी की सख्त कमी रहने लगी। **डैनायड्स** के पश्चात्ताप के लिए यह निश्चित हुआ कि वे सभी बहनें प्रतिदिन **आर्गॉस** के बाहर सुदूर स्थित नदियों से जल भरकर लाया करें। यह क्रिया सात अथवा तीन वर्ष तक निरन्तर करते रहने के पश्चात् ही उनका पश्चात्ताप पूरा होगा। यह काम कुछ सरल न था। रास्ते में बीहड़ वन पड़ते थे, जहाँ भयानक पशु स्वच्छन्द विचरण किया करते। **डैनायड्स** के फूलों से कोमल पैरों से रक्त की धाराएँ बह निकलतीं किन्तु उन्होंने प्रयास न छोड़ा।

डैनायड्स बहनों में सबसे छोटी और सबसे अधिक रूपवती थी **एमीमोनी** । एक दिन वह सुकुमारी वन में घूमती हुई **लरना** के निकट जा पहुँची। सम्भवतः चापल्यवश एक हिरण का पीछा करते-करते उसका पैर लम्बी घास में सोए एक **सैटर** को लग गया। **सैटर** बौखला कर उठ बैठा और उसने **एमीमोनी** का हाथ पकड़ लिया। अधखिली कली-सी सुन्दर घबराई हुई **एमीमोनी** पर वह आसक्त हो गया और उसका कौमार्य भंग करने की चेष्टा करने लगा। **एमीमोनी** भय से चीखने और देवताओं को पुकारने लगी। भाग्यवशत् समुद्र का देवता **पॉसायडन** कहीं पास ही था। उसने असहाय **एमीमोनी** की पुकार सुनी और खींचकर अपना त्रिशूल **सैटर** को दे मारा। **सैटर पॉसायडन** को देखते ही भाग खड़ा हुआ। **पॉसायडन** का निशाना चूक गया और वह त्रिशूल एक पहाड़ी के पथरीले वक्ष में गड़ गया। **एमीमोनी** कुछ आश्वस्त हुई। किन्तु **पॉसायडन** ने उस रूपसी को देखा तो देखता ही रह गया। एक बार तो **एमीमोनी** उस दृष्टि से काँप उठी। पर देवता ने बड़ी नम्रता और स्नेह से प्रणय-निवेदन किया और **एमीमोनी** इस प्रार्थना को अस्वीकार न कर सकी। इसके लिए **एमीमोनी** को उचित पुरस्कार भी मिला। जब **पॉसायडन** ने अपना त्रिशूल पहाड़ी से खींचकर निकाला तो उससे जल की तीन धाराएँ बह निकलीं। **पॉसायडन** ने **एमीमोनी** को वरदान दिया कि यह तीन धाराएँ **आर्गॉस** को सदा हरा-भरा रखेंगी और भयानक गर्मी में भी नहीं सूखेंगी। इस प्रकार **डैनायड** कन्या ने **आर्गॉस** का एक और महान उपकार किया। कहा जाता है कि उसके बाद **एमीमोनी आर्गॉस** नहीं लौटी। **पॉसायडन** की कृपा से अमरत्व प्राप्त कर वह नदी की **नायड्स** देवियों के साथ ही रहने लगी।

पश्चात्ताप की अवधि समाप्त होने पर **डॉनस** ने अपनी पुत्रियों का विवाह योग्य तथा कुलीन युवकों के साथ कर देने का निश्चय किया। यह काम काफ़ी कठिन था पर अनुभवी **डॉनस** ने समझ-बूझ से मार्ग सोच निकाला। **आर्गॉस** में बड़े स्तर पर एक उत्सव का आयोजन किया गया जिसमें दौड़, धनुर्सन्धान, अश्वारोहण तथा भाला फेंकने की प्रतियोगिताओं के लिए विभिन्न राजकुमारों को आमंत्रित किया गया। विजयी राजकुमारों को पुरस्कार के रूप में मिलीं कुल-वधुएँ **डैनायड्स**। इस प्रकार सभी पुत्रियों का विवाह करके **डॉनस** इस उत्तरदायित्व से भी मुक्त हुआ।

यद्यपि **डैनायड्स** ने अपने पाप का प्रायश्चित्त किया था, तथा देवताओं ने भी उन्हें पवित्र करने का पूरा प्रयास किया परन्तु **हेडीज़** के न्यायाधीश इस जघन्य अपराध को क्षमा न कर सके। मृत्यु के उपरान्त उनकी आत्माओं को **एरीनीज़** ने **टारटॉरस** में धकेल दिया जहाँ आज तक वे निकट सम्बन्धियों की हत्या के अपराध में अनन्त यन्त्रणा भोग रही हैं। उनके हाथों में बड़े-बड़े जलपात्र हैं लेकिन इन पात्रों के तल में असंख्य छेद हैं। वे बार-बार नदी से पानी भरकर एक निश्चित स्थान तक ले जाने का प्रयास करती हैं, परन्तु हर बार उन छिद्रों से बहकर जल बाहर निकल जाता है। आज तक न जाने कितनी बार वे यह असफल चेष्टा कर चुकी हैं और अनन्त काल तक करती रहेंगी। सम्भवतः इस जल से स्नान करने पर वे पवित्र हो सकेंगी अथवा सम्भवतः पृथ्वी पर किए गए प्रायश्चित्त का ही यह अविच्छिन्न क्रम है, कौन जाने।

डैनायड्स की इस कहानी को **ईस्किलस** ने तीन भागों में विभाजित करके नाटक का रूप दिया। इनमें से केवल पहला भाग 'सप्लाएन्ट्स' अर्थात् 'शरणागत कुमारियाँ' ही प्राप्य हैं। अन्य दो नाटकों 'एजिप्पटी' तथा 'डैनायड्स' के कुछ अंश ही प्राप्त हुए हैं। **डॉनस** द्वारा **डैनायड्स** के धावन-प्रतियोगिता द्वारा पुनर्विवाह का वर्णन **पिन्डार** से मिलता है। **एमीमोनी** के सौभाग्य की कथा **हाइजीनस** तथा **अपोलोडॉरस** में प्राप्य है। मरणोपरान्त **डैनायड्स** की आत्माओं द्वारा भोगी जानेवाली यन्त्रणा का उल्लेख **पिन्डार, हाइजीनस, वरजिल** आदि अनेक लेखकों ने किया है।

एयों

एशिया माइनर में **एट्टिका** को **एयोनियन्स** की मातृभूमि होने का गर्व प्राप्त है। इस सम्बन्ध में यह कहानी प्रचलित है।

एरेक्थियस एथेन्स का राजा था। उसके वंश के विषय में कुछ भी ज्ञात नहीं है। ऐसा विश्वास था इसका जन्म पृथ्वी से हुआ। **एरेक्थियस** के कोई पुत्र न था, केवल पुत्रियाँ थीं और वे सभी किसी कारणवश समुद्र-देवता **पॉसायडन** के क्रोध का शिकार हुईं। उनमें से केवल एक बची, जिसका नाम था **क्रिसू। क्रिसू** सुन्दरी थी। देवता **अपोलो** उस पर मोहित हो गया। **अपोलो** के संसर्ग से **क्रिसू** ने एक पुत्र को जन्म दिया। **क्रिसू** ने अपने पिता के भय से शिशु को कुछ कपड़ों में भली भाँति लपेटकर टोकरी में लिटाकर एक गुहा में छोड़ दिया। कुछ समय के पश्चात् **क्रिसू** का विवाह एक पड़ोसी देश के राजा **ज़ुथुस** से हो गया। **एरेक्थियस** तथा **ज़ुथुस** में मैत्री-भाव तो था ही अब पारिवारिक सम्बन्ध भी हो गया। सम्भवतः **एरेक्थियस** की वृद्धा-वस्था में **ज़ुथुस** ने ही **एथेन्स** का राज्य-भार सँभाला। **ज़ुथुस क्रिसू** जैसी सुन्दर एवं सुशील पत्नी पाकर अपने को धन्य मानता था किन्तु एक दुख दोनों को ही काँटे-सा खटका करता। **ज़ुथुस** से विवाह के पश्चात् **क्रिसू** के कोई सन्तान नहीं हुई। **क्रिसू** बहुधा **अपोलो** से उत्पन्न अपने पुत्र को याद करके रोया करती जिसे उसने स्वयं गुफा में मरने के लिए छोड़ दिया था।

क्रिसू नहीं जानती थी कि उसका पुत्र जीवित है। **अपोलो** को उस असहाय नवजात-शिशु पर दया आ गई और उसने देवदूत **हेमीज़** को इस सम्बन्ध में कुछ आवश्यक आदेश देकर विदा किया। **हेमीज़** बालक को गुहा से उठाकर **अपोलो** के प्रश्न-स्थान तथा विश्व-विख्यात मन्दिर **डेल्फ़ी** में ले आया और उसे मन्दिर की सीढ़ियों पर छोड़ दिया। मन्दिर की पुजारिन अथवा किसी सेविका ने उसे देखा और गोद ले लिया। उसी स्त्री के संरक्षण में बालक पलने लगा। इस बालक का नाम रखा गया **एयों।** पुजारिन ने उसे सत्कर्म की शिक्षा दी और उसकी धार्मिक वृत्ति को दृढ़ किया। **एयों अपोलो** के मन्दिर की सेवा में मन-प्राण से लग गया। वह अपनी कर्तव्यपरायणता के कारण शीघ्र ही सबको प्रिय लगने लगा। इसी तरह कई वर्ष बीत गए। **एयों** अब युवक था।

एक दिन **एथेन्स** के राजा और रानी अपने सेवकों के साथ राजसी सवारियों पर बैठकर **डेल्फ़ी** आए। ये कोई अन्य नहीं **ज़ुथुस** और **क्रिसू** ही थे। अभी तक भाग्यवश उनके कोई सन्तान नहीं थी। **ज़ुथुस** चिन्तित था कि उसके बाद **एथेन्स** का राज्य कौन

सँभालेगा। इसी कारण पति-पत्नी **अपोलो** के **डेल्फ़ी** स्थित प्रश्न-स्थान पर कुछ परामर्श लेने आए थे। मन्दिर के बाहर ही **क्रिसू** की दृष्टि **एयों** पर पड़ गई। न जाने क्यों अकस्मात् ही उसके मन में ममता का सोता उमड़ आया। वह वहीं रुककर युवक **एयों** से बात करने लगी। उसके बातचीत के परिमार्जित ढंग, मधुर वाणी, सरल व्यक्तित्व से **क्रिसू** बहुत प्रभावित हुई और उसे अपना शिशु याद आने लगा। यदि वह जीवित रहता तो आज इतना ही बड़ा होता। **क्रिसू** इन्हीं विचारों में उलझी थी कि **ज़ुथुस** मन्दिर के भीतर भी चला गया। उसके आराधना करने तथा अपनी समस्या स्पष्ट करने पर देवता **अपोलो** द्वारा अभिप्रेरित पुजारिन ने यह कहा कि मन्दिर से बाहर निकलते ही जिस व्यक्ति पर तेरी दृष्टि सबसे पहले पड़े वही तेरा पुत्र है। खुशी के मारे दौड़ता हुआ **ज़ुथुस** बाहर आया। और बाहर आते ही जिस सुन्दर युवक पर उसकी दृष्टि पड़ी वह **एयों** था। **ज़ुथुस** ने दौड़कर उसे अपनी बाँहों में ले लिया और उसकी आँखों से हर्ष के आँसू बहने लगे। **एयों** जैसा पुत्र पाकर उसका जीवन सफल हो गया।

क्रिसू इस खुशी में अपने पति का साथ न दे सकी। नारी स्वभाव से शंकालु होती है। **क्रिसू** ने सोचा, यह युवक अवश्य ही **ज़ुथुस** का अवैध पुत्र होगा। **क्रिसू** को सारी घटना से षड्यन्त्र की गन्ध आने लगी। उसे लगा कि किसी पूर्वनिश्चित योजना के अनुसार ही पुजारिन ने ऐसी संदिग्ध घोषणा की है। क्षण-भर पहले जिस **एयों** के लिए उसके मन में स्नेह का सागर उमड़ आया था, अब **क्रिसू** उसी की शत्रु हो गई। शंका ने उसके मन को मलिन कर दिया। वह **एथेन्स** के उत्तराधिकारी **एयों** के प्रति ईर्ष्या से जलने लगी। उधर **ज़ुथुस** खुशी से फूला न समाता था और **एयों** अपने सौभाग्य पर चकित था। शीघ्र ही राजा ने **एयों** को दत्तक पुत्र के रूप में स्वीकार करने के उपलक्ष में एक बड़े आनन्द भोज का प्रबन्ध करने की आज्ञा दी। सारे राज्य में हर्ष की लहर दौड़ गई। जनता अपने राजकुमार का दर्शन करने के लिए जलपूरित नदी की तरह उमड़ पड़ी। आनन्द भोज हुआ। राजसी वस्त्रों में **ज़ुथुस** एवं **एयों** ने उत्सव को सुशोभित किया। मदिरा के पात्र भरे जाने लगे। तभी एक वृद्ध सेवक ने **एयों** के सम्मान में पहला मदिरा-पात्र भरकर उसके सामने प्रस्तुत किया। **एयों** ने इसे सहर्ष स्वीकार कर लिया और उसे अपने अधरों से लगाने से पहले मदिरा का कुछ भाग देवताओं को अर्पण किया। मन्दिर की परिधि में अनेक कबूतर फड़फड़ा रहे थे। जैसे ही मदिरा पृथ्वी पर गिरी, एक कबूतर भाग्यवश वहाँ आ पहुँचा लेकिन मदिरा में चोंच लगते ही बेचारा पक्षी अपनी तीखी महीन आवाज़ में चीखा और पल-भर में पंख फड़फड़ाकर जान दे दी। स्पष्ट था कि मदिरा विषाक्त थी और वह **एयों** के प्राण लेने के उद्देश्य से उसे दी गई थी। **एयों** क्रोध से पागल हो उठा। उसने पात्र पृथ्वी पर दे मारा, अपने राजसी वस्त्र फाड़ डाले और चीखने लगा। तत्काल वृद्ध सेवक को बन्दी बना लिया गया और प्राण-दण्ड की धमकी दिए जाने पर उसने यह स्वीकार किया कि ऐसा जघन्य कार्य करने की आज्ञा महारानी **क्रिसू** ने दी थी। हाँ, **क्रिसू** ने ही **ज़ुथुस** के सम्भावित अवैध पुत्र **एयों** की हत्या करने के लिए मदिरा में गॉरगन **मेडुसा** के रक्त की दो बूँदें मिला दी थीं। यह

रक्त देवी **एथीनी** ने **क्रिसू** के पिता **एरेक्थियस** को दिया था। इस विष का निराकरण देवता भी नहीं कर सकते थे। रहस्य खुलते ही जनता में कोलाहल मच गया। सभी का यही विचार था कि मन्दिर में ऐसा घोर अपराध करने का दण्ड **क्रिसू** को अवश्य ही मिलना चाहिए।

जैसे ही **क्रिसू** ने यह सुना वह भागकर **अपोलो** के मन्दिर में घुस गई। वह जानती थी कि मन्दिर के भीतर उस पर कोई हाथ नहीं उठाएगा। **एयों** ने उसका पीछा किया। वह क्रोध से पागल हो रहा था लेकिन फिर भी मन्दिर के नियमों से उसका भली-भाँति परिचय था। उसका जीवन **अपोलो** के मन्दिर में ही विकसित हुआ था। वह **क्रिसू** को उसकी नीचता के लिए धिक्कार रहा था तभी **अपोलो** की पुजारिन ने इस रहस्य का उद्घाटन किया कि **एयों** वस्तुतः **क्रिसू** का **अपोलो** से उत्पन्न पुत्र है। **एयों** की धात्री ने प्रमाण के लिए वह टोकरी तथा वस्त्र प्रस्तुत किए जिनमें लिपटा शिशु उसे मन्दिर की सीढ़ियों पर मिला था। उन कपड़ों को देखते ही **क्रिसू** आश्चर्य मिश्रित हर्ष से चीख पड़ी। इन वस्त्रों को उसने अपने हाथों से काढ़ा था और टोकरी–हाँ, बिल्कुल वही थी जिसमें दिल पर पत्थर रखकर वह अपने नवजात शिशु को डालकर गुहा में छोड़ आई थी। जिस **एयों** की वह हत्या करने पर तुली थी वह उसका अपना ही पुत्र था। आह्लाद और ग्लानि का अद्भुत मिश्रण था यद्यपि इस विषय में सन्देह के लिए विशेष स्थान न था फिर भी **एयों** कुछ देर तक **कसू** को अपनी माँ मानने को तैयार न होता था। उसकी शंका-निवारण के लिए **अपोलो** ने अपनी बहन **एथीनी** को भेजा। स्वयं देवी **एथीनी** ने सारा वृतान्त उन्हें कह सुनाया। **एयों** यह जानकर आश्चर्यचकित रह गया कि वह स्वयं देवता **अपोलो** का पुत्र है। सारे संशय मिट गए। माँ को अपना खोया हुआ बेटा मिल गया और बेटे को माँ। यह भी भविष्यवाणी हुई कि **क्रिसू** को **ज्रुथुस** के संसर्ग से दो पुत्रों की प्राप्ति होगी–**डोरस** एवं **एकियस।**

सारा परिवार प्रसन्न मन **एथेन्स** लौट गया। **एयों एथेन्स** का सम्राट हुआ। **सेलीनस** की पुत्री **हेलिसे** से उसका विवाह हुआ और चार पुत्रों की प्राप्ति हुई। **एयों** के नाम से यह जाति **एयोनियन** के नाम से प्रसिद्ध हुई।

फ़िलोमेला तथा प्रॉक्नी

एरेक्थियस अथवा **एरिक्थॉनियस** के पौत्र, **एथेन्स** के राजा **पेनडियन** की दो पुत्रियाँ थीं—**प्रॉक्नी** तथा **फ़िलोमेला।** एक बार **पेनडियन** का अपने पड़ोसी राजा से सीमा-स्थित क्षेत्रों को लेकर युद्ध हो गया। इसमें **थ्रेस** के राजा **टेरियस** ने **पेनडियन** की सहायता की और वह विजयी हुआ। **टेरियस** युद्ध-देवता **एरीज़** का पुत्र था, अतः युद्ध-कौशल एवं उद्दंडता उसे उत्तराधिकार में मिली थी। **पेनडियन** ने उसके वंश से अपना पारिवारिक सम्बन्ध स्थापित करने की इच्छा से अपनी पुत्री **प्रॉक्नी** का विवाह **टेरियस** से कर दिया। विवाह से पूर्व **टेरियस** ने दोनों बहनों को देखा और उनमें से बड़ी बहन **प्रॉक्नी** को स्वयं ही पसन्द किया। धूमधाम से विवाह सम्पन्न हुआ। **टेरियस** के एरीज़-पुत्र होने के नाते सभी देवताओं को भी आमन्त्रण भेजा गया लेकिन आश्चर्य कि इस अवसर पर विवाह का देवता **हिम्म** वर-वधू को आशीर्वाद देने नहीं आया। ओलिम्पस-सम्राज्ञी **हेरा** तथा **ग्रेस** बहनों की अनुपस्थिति भी कम महत्त्वपूर्ण नहीं थी। सगे-सम्बन्धियों के मन में भाँति-भाँति की शंकाएँ उठने लगीं। रात के समय वधू के शयनकक्ष के पास उल्लू बोलता भी सुना गया। यह सब बड़े ही अशुभ शकुन थे, लेकिन **टेरियस** ने इन पर कोई ध्यान नहीं दिया। विवाह निर्विघ्न सम्पन्न हुआ और **टेरियस** अपनी वधू के साथ **थ्रेस** लौट गया। बड़े आनन्द से समय व्यतीत होने लगा। **प्रॉक्नी** के एक पुत्र हुआ जिसका नाम **इटिस** रखा गया। यद्यपि **टेरियस** कुछ उग्र स्वभाव का था पर **प्रॉक्नी** की स्वामिभक्ति तथा प्रेम ने दम्पति को एक सूत्र में बाँधे रखा।

थ्रेस में अपने पति के घर रहते हुए **प्रॉक्नी** को पाँच वर्ष हो गए। अर्ध-सभ्य **थ्रेस** निवासियों को देखकर उसे बहुधा **एथेन्स** की सभ्यता तथा संस्कृति की याद आ जाती। अपने देश, घर-परिवार से बिछड़े कितना समय हो गया था। अक्सर वह अकेली बैठी रोने लगती। उसका मन अपने पिता तथा अपनी प्यारी बहन **फ़िलोमेला** से मिलने को बेचैन हो उठता। उसने **टेरियस** से बड़ा आग्रह किया कि वह उसे कुछ समय के लिए पीहर जाने दे, लेकिन **टेरियस** न माना। **प्रॉक्नी** रोने लगी। उसके आँसू देखकर पति का मन कुछ पसीजा। उसने **प्रॉक्नी** से वायदा किया कि वह स्वयं **एथेन्स** जाकर **फ़िलोमेला** को कुछ दिनों के लिए अपने साथ **थ्रेस** लेता आएगा ताकि **प्रॉक्नी** अपनी बहन से मिल सके और उसका मन भी बहल जाए। इस विचार से **टेरियस** ने **एथेन्स** की ओर प्रस्थान किया।

एथेन्स में **पेनडियन** ने अपने जामाता **टेरियस** का बड़ा आदर-सत्कार किया। कुछ

दिन रहकर **टेरियस** ने अपनी तथा **प्रॉक्नी** की इच्छा **पेनडियन** पर प्रकट की। **पेनडियन** **फ़िलोमेला** को उसके साथ भेज देने को राजी हो गया। **फ़िलोमेला** भी **थ्रेस** जाने और अपनी बहन **प्रॉक्नी** से मिलने को बड़ी उत्सुक थी। **पेनडियन** को **फ़िलोमेला** से बहुत प्रेम था। किन्तु उसने बच्चों की खुशी के लिए कुछ समय तक उसका वियोग सहना स्वीकार कर लिया। **फ़िलोमेला** को विदा करते समय वह रो उठा। उसने **टेरियस** से आग्रह किया कि वह उसकी बच्ची का अच्छी तरह ध्यान रखे। उसे यात्रा में किसी प्रकार का कष्ट न होने पाए। **टेरियस** ने उसे मधुर शब्दों में सान्त्वना दी और यात्रा आरम्भ की।

यद्यपि **टेरियस** अपनी पत्नी **प्रॉक्नी** की इच्छा से ही **एथेन्स** आया था किन्तु **फ़िलोमेला** को देखते ही उसकी नीयत बदल गई। पाँच वर्ष पूर्व की किशोरी यौवन की दहलीज पर खड़ी थी। कली खिलकर फूल बन गई थी। भाग्य ने उसे रूप भी ऐसा लुभावना दिया था कि वह साक्षात स्वर्ग की अप्सरा जान पड़ती। **टेरियस** के मन में वासना धधक उठी, तृष्णा का तूफान उमड़ आया। **टेरियस** विवाहित था। **फ़िलोमेला** से उसका परिणय सम्भव नहीं था। शायद **पेनडियन** भी इस सम्बन्ध की आज्ञा न दे। उसने **फ़िलोमेला** को ही अपने प्रेम-जाल में फँसाने की सोची। वह **फ़िलोमेला** का बड़ा ध्यान रखने लगा, उसे नित्यप्रति नए-नए उपहार भेंट करता। किन्तु **फ़िलोमेला** के मन में पाप नहीं था, वह इस सारे अनुग्रह को बड़े सहज रूप से स्वीकार करती रही। शीघ्र ही **टेरियस** समझ गया कि **फ़िलोमेला** अपनी बहन से विश्वासघात करने को किसी भी दशा में तैयार न होगी। अधिक प्रतीक्षा करने का समय नहीं था। समुद्र की यात्रा समाप्त हो चुकी थी और अब वे घने निर्जन वनों से होते हुए **थ्रेस** की ओर बढ़ रहे थे। **टेरियस** कामोन्माद में अन्धा हो रहा था। बिना कुछ सोचे-विचारे उसने निर्जन वन के घने वृक्षों की ओट में भोली-भाली **फ़िलोमेला** का सतीत्व बलात् भंग कर डाला। **फ़िलोमेला** बहुत चीखी-चिल्लाई, रोई लेकिन जंगल में उसकी सहायता करने कौन आता! उसकी सारी प्रार्थनाएँ भी व्यर्थ गईं। किसी देवता को उस पर दया न आई।

अपनी वासना-तृप्ति हो जाने पर **टेरियस** को यह चिन्ता हुई कि **फ़िलोमेला** अपनी बहन **प्रॉक्नी** पर यह भेद न खोल दे। अतः उस निर्दयी ने तलवार से **फ़िलोमेला** की जिह्वा काट ली और उसे **थ्रेस** ले जाकर वन में स्थित कारा में डाल दिया ताकि **प्रॉक्नी** को कभी अपनी बहन का पता न मिल सके। और वह स्वयं मगरमच्छ के आँसू बहाता हुआ **प्रॉक्नी** के पास गया और बड़े ही दुःख से मार्ग में **फ़िलोमेला** की मृत्यु का शोक-सम्वाद सुनाया। **प्रॉक्नी** पछाड़ खाकर गिर पड़ी। वह **फ़िलोमेला** से बहुत प्यार करती थी। जब से **टेरियस** **एथेन्स** गया था वह हर पल **फ़िलोमेला** की ही प्रतीक्षा में लगी थी। उसने **फ़िलोमेला** की पसन्द की ढेरों चीज़ें मँगा रखी थीं। पाँच वर्ष बाद उसकी प्यारी बहन आ रही थी। इतने इन्तजार के बाद **टेरियस** लौटा भी तो **फ़िलोमेला** के मृत्यु-सम्वाद के साथ। तत्काल **एथेन्स** दूत भेज दिया गया। अपनी लाड़ली बेटी **फ़िलोमेला** की मृत्यु की सूचना पाकर **पेनडियन** मूर्च्छित हो गया और इसी शोक में उसने प्राण त्याग दिए।

कुछ समय ऐसे ही बीत गया। **प्रॉक्नी** अपने पिता और बहन के शोक में घुलती जाती थी। अब वह बहुत कम बातचीत करती, बहुधा एकान्त में अपने दुर्भाग्य पर आँसू बहाती रहती। उधर **फ़िलोमेला** उस कारा में रो-रोकर दिन काट रही थी । दुष्ट **टेरियस** ने उसकी जिह्वा काट ली थी सो अब वह बेचारी बोल भी नहीं सकती थी। किसी से अपना दुख कह न सकती थी। लेकिन **टेरियस** के प्रति उसके मनस में घृणा की आग सदा धधकती रहती। वह विवश थी। उसकी कोई हानि नहीं कर सकती थी। उसने अपनी बुद्धि से अनुमान लगाया कि **टेरियस** ने अवश्य ही अपना पाप छिपाने के लिए उसकी मृत्यु की घोषणा कर दी होगी और बेचारी **प्रॉक्नी** अपनी बहन को मृत समझ बैठी होगी। **फ़िलोमेला** ने निश्चय किया कि वह अपनी लज्जाजनक आपबीती का विवरण **प्रॉक्नी** तक अवश्य पहुँचाएगी। वह बोल तो सकती नहीं थी। न ही उस कारा से बाहर जा सकती थी, अतः उसने एक अन्य उपाय सोच निकाला। उस समय **ग्रीस** की स्त्रियों में बुनाई-कढ़ाई का बड़ा प्रचलन था। रंग-बिरंगे धागों की मदद से अनेक प्रकार के फूल-पत्ते, प्राकृतिक दृश्य, महल, जन-समूह इत्यादि का बड़ा सजीव चित्रण कपड़े पर किया जाता था। **फ़िलोमेला** समय बिताने के लिए बुनाई किया करती थी। उसकी जिह्वा नहीं थी, मस्तिष्क और हाथ तो थे। वह इस कला में पारंगत थी। सफ़ेद वस्त्र पर उसने रंगीन धागों से **टेरियस** द्वारा अपने पर किए गए अन्याय और अपनी वर्तमान स्थिति का जीता-जागता चित्रण किया और कारावास की एक वृद्धा परिचारिका से प्रार्थना करके अथवा प्रलोभन देकर उस वस्त्र को **प्रॉक्नी** तक पहुँचा दिया।

प्रॉक्नी ने किसी अज्ञात स्त्री द्वारा भेजे गए उपहार को खोला तो आश्चर्यचकित रह गई। यह तो **फ़िलोमेला** का चित्र था और यह? हाँ, यह उसका पति **टेरियस**। पल-भर में सारी स्थिति **प्रॉक्नी** की समझ में आ गई। क्रोध और क्षोभ से उसका तन-मन जलने लगा। पत्नी के स्वाभिमान को ठेस लगी और बहन के प्रति ममता उमड़ आई। उसे **टेरियस** से घृणा हो गई। उस दुष्ट ने दोनों ही बहनों से विश्वासघात किया। और बेचारी **फ़िलोमेला!** उसका दोष ही क्या था जिसका उसे इतना भयंकर दण्ड मिल रहा है। आह **फ़िलोमेला! प्रॉक्नी** दुख से कराह उठी। फौरन उस वृद्धा स्त्री के साथ वन में गई और कारावास का द्वार तुड़वा दिया। **फ़िलोमेला** भागकर **प्रॉक्नी** के गले से लिपट गई। दोनों बहनों के आँसुओं का बाँध टूट गया। न जाने कब तक दोनों फफक-फफककर रोती रहीं। **प्रॉक्नी** के मन में ऐसी भंयकर आग लगी थी जिसे आँसुओं की अविरल धारा न बुझा सकी। और **फ़िलोमेला** की दयनीय अवस्था, उसकी निर्दोष आँखों से बहते अश्रु उस अग्नि में घृत का काम कर रहे थे। ''यह आग अब **टेरियस** का सब कुछ जलाकर भस्म कर देगी,'' **प्रॉक्नी** ने शपथ ली। रोती-कलपती **फ़िलोमेला** को साथ लिए **प्रॉक्नी** घर लौटी लेकिन आज उसके मन में उस घर की ममता सदा के लिए समाप्त हो गई थी। जिस घर को अपने हाथों सजाया-सँवारा था उसकी एक-एक चीज़ से उसे घृणा हो गई। उसका जी चाहा महल में आग लगा दे, सब कुछ नष्ट-भ्रष्ट कर दे। शायद तभी उसके मन को शान्ति मिले। अन्दर प्रवेश करते ही **प्रॉक्नी** की दृष्टि अपने पुत्र

इटिस पर पड़ी। ओह! यह रहा उस राक्षस का पुत्र! बिल्कुल वही चेहरा! वहीं रंग-रूप...**प्रॉक्नी** बड़बड़ाई और भूखी शेरनी की तरह **इटिस** पर झपट पड़ी। कटार के एक ही वार ने बालक का काम तमाम कर दिया। इस पर भी उसकी क्रोधाग्नि न बुझी। दोनों बहनों ने **इटिस** के टुकड़े-टुकड़े कर डाले और एक बड़े पात्र में उसका मांस भून लिया।

सन्ध्या समय जब **टेरियस** घर लौटा, **प्रॉक्नी** ने वही **इटिस** का भुना हुआ मांस उसे परोस दिया। **टेरियस** बड़े आनन्द से उस मांस को खाता रहा और जब उसने पूछा कि इतना स्वादिष्ट मांस किस पक्षी का है, अचानक गूँगी **फ़िलोमेला** द्वार खोलकर अन्दर आ गई और उसने **इटिस** का कटा हुआ सिर **टेरियस** की ओर फेंक दिया। **टेरियस** स्तब्ध रह गया। जब तक वह स्थिति समझकर कुछ कर पाता दोनों बहनें दौड़कर महल से बाहर निकल गईं और प्रासाद धू-धू कर जलने लगा। **टेरियस** ने तलवार खींच ली और उनके पीछे दौड़ा। दूर तक वन में तीनों भागते चले गए। इससे पहले कि **टेरियस** की तलवार **फ़िलोमेला** या **प्रॉक्नी** के रक्त से लाल होती, देवताओं ने ऐसे कलंकित वंश को ही समाप्त कर दिया। वे तीनों विभिन्न पक्षी बन गए। **प्रॉक्नी** एक मधुर तथा दुखी स्वर में गानेवाली नाइटिंगेल, **फ़िलोमेला,** अबाबील और **टेरियस** हूपू! नाइटिंगेल दुखित स्वर में आज तक उस बच्चे को पुकार रही है जिसकी उसने **इटिस** के रूप में हत्या कर डाली थी। **प्रॉक्नी** अपने जघन्य अपराध को सदियों के बाद भी भूल नहीं पाई और दिन-रात ''इतु! इतु!'' पुकारा करती है। **फ़िलोमेला** एक अबाबील के रूप में इधर-उधर पर फड़फड़ाकर अस्पष्ट से स्वर में भागती-फिरती है। उसकी जिह्वा कट गई थी न। और **टेरियस** आज तक हूपू के रूप में अबाबील की खोज में फड़फड़ाता चीखता रहता है ''पू? पू?'' (कहाँ? कहाँ)

फ़िलोमेला के दुर्भाग्य एवं **प्रॉक्नी** के भीषण प्रतिशोध की यह कहानी **सोफ़ोक्लीज, ईस्किलस, ओविड** तथा **अपोलोडॉरस** के विवरणों से प्राप्त होती है। लैटिन लेखकों ने इसी कथा को दूसरे ढंग से कहा है। उनके अनुसार **टेरियस** ने अपनी पत्नी **प्रॉक्नी** की जीभ काटकर उसे कारावास में डाल दिया और **पेनडियन** को उसकी मृत्यु का समाचार दे दिया। **पेनडियन** ने अपनी बेटी **फ़िलोमेला** का उससे सहर्ष पाणिग्रहण कर दिया। **फ़िलोमेला** को **प्रॉक्नी** ने अपने दुर्भाग्य एवं **टेरियस** की निर्ममता की कहानी बुनकर भेजी। दोनों बहनों ने **इटिस** की हत्या करके प्रतिशोध लिया और देवताओं ने **प्रॉक्नी** को अबाबील तथा **फ़िलोमेला** को नाइटिंगेल बना दिया। यद्यपि पहली कथा अधिक संगत जान पड़ती है तथापि अंग्रेजी साहित्य में प्रत्येक स्थान पर **फ़िलोमेला** का ही नाइटिंगेल के रूप में उल्लेख आया है।

एरियों

ऑरफ़ियस के बाद ग्रीक पौराणिक कथाओं में जिस गायक की शुभ-कीर्ति ने विस्तार पाया उसका नाम **एरियों** था। **एरियों** उन विख्यात ग्रीक कवियों, गायकों एवं साहित्यकारों में से है जिनका नाम स्वाति नक्षत्र में पानी की एक बूँद की भाँति समय की सीपी में टपका और मोती बन गया। सदियों में भी इस मोती की चमक धुँधली नहीं पड़ी। कुछ नामों के आगे काल भी हार जाता है।

एरियों कॉरिन्थ के राजा **पेरियान्डर** के दरबार का गायक था। **पेरियान्डर** कहने को तो आश्रयदाता था परन्तु **एरियों** पर उसका स्नेह भाई की तरह था। वह उसकी कला का उपासक था। **कॉरिन्थ** में **एरियों** का बड़ा सम्मान था। कॉरिन्थवासी उसे देवताओं द्वारा अनुग्रह कर प्रदान की गई भेंट के समान विशिष्ट मानते और सहेजकर रखना चाहते थे। पर **एरियों कॉरिन्थ** से बाहर जाकर भी अपनी संगीत कला का प्रदर्शन करना चाहता था। उन्हीं दिनों **सिसली** में बड़े स्तर पर एक संगीत-प्रतियोगिता का आयोजन हुआ। जिसमें सुदूर देशों के गायक एवं वादक भाग लेने गए। इस प्रतियोगिता में विजेता कलाकार को अमूल्य रत्न-जवाहरात दिए जानेवाले थे, और इसके अतिरिक्त सुगन्धि-सी फैलनेवाली कीर्ति जो आप अपना पुरस्कार है। **एरियों ने सिसली** जाने की इच्छा प्रकट की। किन्तु **पेरियान्डर** का उस पर इतना प्रेम था कि वह उसे अपनी आँखों से दूर न भेजना चाहता था। किन्तु कला के लिए कैसा बन्धन? कलाकार की आत्मा अभिव्यक्ति के लिए तड़प रही थी। **एरियों** का आनन्द बँटकर बढ़नेवाला था, उसकी कला विस्तार से द्विगुणित होना चाहती थी। **एरियों** को विधाता ने असंख्य सूने हृदयों में भाव-उर्मियाँ जगाने के लिए रचा था। वे उसकी प्रतीक्षा कर रहे थे। **एरियों** को जाना ही था। **पेरियान्डर** को अनुमति देनी पड़ी और एक दिन **एरियों कॉरिन्थ** से विदा लेकर जल-मार्ग से **सिसली** की ओर चल पड़ा। वहाँ सौभाग्य ने उसका स्वागत किया। विजयश्री उसके वरण को लालायित थी। तीनों कालों और तीनों लोकों का भेद मिटा देनेवाले **एरियों** के स्वर और वीणा के तारों पर थिरकते हुए संगीत ने दर्शकों के मन की गहराइयों और आत्मा की ऊँचाइयों को सहज ही कुछ ऐसे छुआ कि एक स्वर में सारे कह उठे, ''धन्य हो! **एरियों,** तुम विश्व के श्रेष्ठतम गायक हो।''

अमूल्य रत्नों, अनुपम उपहारों और अपरिमित स्वर्ण से लदा **एरियों कॉरिन्थ** के एक जलपोत से स्वदेश की ओर रवाना हुआ। सौभाग्य से वायु अनुकूल थी और समुद्र शान्त। प्रकृति भी मानो श्रेष्ठ गायक की सुरक्षित स्वदेश-यात्रा में अपना अनुदान दे रही

थी। **एरियों** इस सम्पदा और सुयश के साथ **पेरियान्डर** से मिलने की कल्पना से आह्लादित था। सफलता की मदिरा से उसका रोम-रोम उन्मत्त था। उधर जलपोत के उस छोर पर लेकिन कोई षड्यन्त्र हो रहा था। जहाज़ के प्रधान नाविक और उसके साथियों की दृष्टि **एरियों** की सम्पत्ति पर थी। **एरियों** अकेला था—अरक्षित। कुछ देर विचार-विमर्श करने के बाद वे लोग **एरियों** के पास आए और जलपोत के नायक ने उसे सम्बोधित करते हुए कहा :

"**एरियों,** हमें खेद है कि तुम **कॉरिन्थ** जीवित नहीं पहुँच सकोगे।"

"लेकिन क्यों?" **एरियों** स्तब्ध रह गया। "मैंने ऐसा क्या अपराध किया है?"

"तुम्हारी सम्पत्ति ही तुम्हारा अपराध है," नायक ने कहा।

एरियों सारी बात समझ गया। उसे सम्पत्ति से अधिक अपना जीवन प्रिय था, अपनी कला और अपनी वीणा प्रिय थी। उसने अनुरोध किया :

"तुम मेरी सारी सम्पत्ति ले लो। यह रत्न-जवाहरात, सोना-चाँदी सब ले लो लेकिन मुझे मत मारो। मैंने तो तुम्हारा कुछ नहीं बिगाड़ा। तुम मुझे छोड़ दो। मैं वचन देता हूँ कि तुम्हारी कभी कोई हानि नहीं करूँगा।"

"किन्तु हम कैसे विश्वास कर लें? **कॉरिन्थ** पहुँचते ही तुम अपना वचन भूल जाओगे। फिर सम्राट की तुम पर विशेष कृपा है। हम इतने मूर्ख नहीं कि तुम्हें जीवन देकर अपनी मृत्यु मोल ले लें।" नायक के अधरों पर एक कुटिल मुस्कान खेल गई।

एरियों ने बहुत प्रार्थना की, पर लोभ में अन्धे वे हत्भाग्य न पसीजे। हताश **एरियों** ने कहा :

"अच्छा! जैसा तुम चाहो वैसा करो। पर मेरी एक अन्तिम इच्छा है। मुझे मरने से पहले इस वीणा की संगीत में एक गीत गा लेने दो। गीत समाप्त होते ही मैं स्वयं ही अपने जीवन का अन्त कर दूँगा। इस प्रकार तुम हत्या के अपराध से भी बच जाओगे।"

जलपोत के नायक ने यह प्रार्थना स्वीकार कर ली। वस्तुतः वे लोग भी विश्व के इस प्रसिद्ध गायक का एक गीत सुनने का लोभ संवरण न कर सके। **एरियों** ने परम्परागत नीललोहित वर्ण के वस्त्र धारण किए, आभूषण पहने, बालों को सुगन्धित किया और **अपोलो** के प्रिय वृक्ष **लॉरेल** की पत्तियों का ताज पहना और हाथ में वीणा लेकर अपना मृत्यु-गीत आरम्भ किया। ऐसा कहा जाता है कि जब स्थल पर **एरियों** गीत गाता था तो शेर और बकरी मन्त्र-मुग्ध हो साथ बैठकर उसके संगीत का रस लेते थे, चिड़िया और बाज़ वायु में ही स्थिर हो जाते थे, प्रकृति के सारे जीव अपना व्यवसाय छोड़ उस लय में खो जाते थे। वह **एरियों** आज अपने जीवन का अन्तिम गीत गा रहा था। उसका स्वर करुण था, आँखें भीगी और अधर कम्पित। जलपोत के निर्मम लोभी नाविक भी कुछ देर को सुध-बुध खो बैठे। न जाने कब गीत समाप्त हुआ और कब **एरियों** ने समुद्र की नीली गहराइयों में छलाँग लगा दी। एक छपाके की आवाज़ हुई और नाविकों की तन्द्रा टूटी। वे सन्तुष्ट ही हुए कि ऐसे असाधारण गायक की हत्या उन्हें

अपने हाथों से नहीं करनी पड़ी।

किन्तु **एरियों** मरा नहीं। उसके मधुर गीत से आकृष्ट होकर **डॉल्फ़िन** नाम की बहुत-सी स्थूलकाय मछलियाँ जहाज़ के चारों ओर एकत्र हो गई थीं। जैसे ही **एरियों** पानी में गिरा, लहरों के कुछ ही नीचे एक **डॉल्फ़िन** ने उसे अपनी पीठ पर रोक लिया। हाथ में वीणा लिए भीगे घुँघराले केशों और नीलवर्ण वस्त्र धारण किए गायक को वह डॉल्फ़िन अपनी पीठ पर बिठाकर **कॉरिन्थ** की ओर चल पड़ी और अपनी तीव्र गति से शीघ्र ही जलपोत को पीछे छोड़कर किनारे आ लगी। **एरियों** कृतज्ञ हुआ। दोनों मित्र बन गए थे किन्तु दोनों के रास्ते अलग-अलग थे, जीवन-तत्त्व विभिन्न। **डॉल्फ़िन** पानी में लौट गई और **एरियों** ने राजा **पेरियान्डर** के पास पहुँचकर उसे आप-बीती कह सुनाई। **पेरियान्डर** एक **डॉल्फ़िन** द्वारा **एरियों** की जीवन-रक्षा की कहानी सुनकर आश्चर्यचकित रह गया। किन्तु साथ ही नाविकों के दुर्व्यवहार से उसका रक्त खौल उठा।

एक दिन जब **कॉरिन्थ** का वह जलपोत किनारे लगा तो **पेरियान्डर** ने प्रकट रूप से नाविकों को **एरियों** का समाचार जानने के लिए बुला भेजा। जहाज़ के नायक ने बड़े आश्वस्त स्वर में कहा :

''**एरियों** को **टेनेरॉस** के निवासियों ने कुछ दिन के लिए रोक लिया है। वे विश्व-विख्यात संगीतकार का सत्कार कर अपना जीवन धन्य करना चाहते हैं।''

नायक के इतना कहते ही पर्दे के पीछे छिपा **एरियों** सामने आ गया। वह उन्हीं वस्त्रों और आभूषणों को धारण किए था जो जलपोत से गिरते समय उसके शरीर पर थे, और उसके हाथ में वीणा थी। उसे जीवित देखकर जलपोत का नायक और उसके साथी **पेरियान्डर** के चरणों पर गिर पड़े और दया की भीख माँगने लगे। उन्हें विश्वास हो गया था कि अथाह समुद्र, बिना नाव के पार कर **कॉरिन्थ** पहुँचनेवाला **एरियों** अवश्य ही कोई देवता है। वे आर्त स्वर में क्षमा-याचना करने लगे। किन्तु **पेरियान्डर** ने कठोरतम माध्यम से उनकी मृत्यु का विधान किया ताकि भविष्य में कोई किसी कलाकार के साथ ऐसा कपटपूर्ण व्यवहार न करे।

जहाँ **डॉल्फ़िन** ने **एरियों** को किनारे लगाया था वहाँ इस घटना की स्मृति में **डॉल्फ़िन** की पीठ पर बैठे **एरियों** की एक कांस्य-प्रतिमा का निर्माण कराया गया। कहते हैं कि ललित कलाओं के संरक्षक देवता **अपोलो** ने बाद में **एरियों** और उसकी वीणा को नक्षत्रों में स्थान दिया।

एरियों एवं **पेरियान्डर** सातवीं शताब्दी ईसापूर्व के ऐतिहासिक व्यक्तित्व हैं, एवं **एरियों** के 'हिम टू पॉसायडन' का एक अंश प्राप्त है।

ओरियन

ओरियन के जन्म के विषय में दो मत प्रचलित हैं। एक कथा इस प्रकार है—**हाइरियस** नाम के एक मधुमक्खियाँ पालनेवाले किसान की कोई सन्तान नहीं थी। उसकी पत्नी की भी बहुत समय पहले मृत्यु हो चुकी थी। अब वह स्वयं भी वृद्ध हो चला था। सन्तान की अभिलाषा उसके मन में दबकर ही रह गई। एक दिन देव-सम्राट **ज़्यूस,** समुद्र-देवता **पॉसायडन** और देवताओं का सन्देशवाहक **हेमीज़,** तीनों वेश बदलकर भ्रमण करते हुए **हाइरियस** के द्वार पर आ पहुँचे। **हाइरियस** ने अपना जीवन संयम से पूजा-पाठ में व्यतीत किया था। वह उदार प्रकृति का था। तीनों देवताओं को श्रान्त पथिक जानकर उसने उन्हें आश्रय दिया और उनका उचित सत्कार किया। देवता बहुत प्रसन्न हुए और उसकी मनोकामना पूछी। **हाइरियस** ने उत्तर दिया कि उसके जीवन में एक ही कमी है, लेकिन ऐसी कमी है जो अब पूरी नहीं हो सकती। उसकी अभिलाषा थी कि वह पुत्रवान हो। देवताओं ने उसे सलाह दी कि वह एक बैल की बलि देकर, उसकी खाल को पानी में भिगोकर अपनी पत्नी की समाधि में गाड़ दे। **हाइरियस** ने ऐसा ही किया और नौ महीने के बाद उसे एक पुत्र की प्राप्ति हुई जिसका नाम **यूरियन** रखा गया। इसी कारण उसे पृथ्वी-पुत्र भी कहा जाता है। बाद में **यूरियन ओरियन** कहलाने लगा। यह कहानी **अपोलोडॉरस** से मिलती है।

फ़ेरेकिडीज़ के अनुसार सुन्दर, स्वस्थ, सुदृढ़ और विशाल आकृति वाला **ओरियन** समुद्र के देवता **पॉसायडन** और **यूरियेल** का पुत्र था। पिता ने उसे पैदल पानी पर चलकर समुद्र को पार कर लेने की शक्ति दी थी। उसकी पहली पत्नी का नाम था **साइड**। ऐसा कहा जाता है कि **साइड** ने अपने सौन्दर्य की तुलना देव-सम्राज्ञी **हेरा** से करने का दुस्साहस किया था, अतः **ज़्यूस** ने क्रुद्ध होकर उसे पाताल में डाल दिया। वैसे बोआशियन भाषा में **साइड** का अर्थ होता है अनार, जिसका **पर्सीफ़नी** की कहानी के अनुसार पाताल-लोक से कुछ विशेष सम्बन्ध है।

ओरियन एक कुशल आखेटक होने के साथ ही बड़ा रसिक और शृंगारप्रिय प्रकृति का था। एक बार वह देवता **डायोनिसस** के पुत्र, **किऑस** के राजा **ओनोपियन** की सुन्दरी पुत्री **मेरोपी** पर आसक्त हो गया। वह उसे अपनी पत्नी बनाना चाहता था। **ओनोपियन** पर भी यह बात स्पष्ट थी। उसने **ओरियन** को वचन दिया कि वह अपनी पुत्री **मेरोपी** का विवाह निश्चय ही उससे कर देगा यदि वह उसकी राज्य सीमा के आस-पास के जंगलों में घूमने और जनता को आक्रान्त करनेवाले भयानक पशुओं को मार डाले।

ओरियन ने सहर्ष इस शर्त को स्वीकार कर लिया। आखेट का शौक तो उसे था ही । वह रोज़ सवेरे अपने अस्त्र-शस्त्र लेकर जंगल की ओर निकल जाता, पशुओं का शिकार करता और साँझ ढले उन्हें लाकर अपनी प्रेमिका को दिखाता। इसी तरह कुछ समय बीत गया। कई हिंस्र शेर, भालू और चीते **ओरियन** के अद्भुत शौर्य का शिकार हो गए लेकिन **ओनोपियन** ने अपना वायदा पूरा करने के प्रति कोई उत्सुकता नहीं दिखाई। वस्तुतः वह **मेरोपी** का विवाह **ओरियन** से करना नहीं चाहता था। और उसकी शक्ति के कारण स्पष्ट रूप से मना भी नहीं कर सकता था, अतः वह उसे यों ही टालता रहा।

ओरियन को **ओनोपियन** का यह आचरण असह्य हो उठा। एक रात हताश होकर उसने बहुत-सी मदिरा पी ली जिससे कि वह बड़ा उत्तेजित हो उठा। मदिरा के नशे और क्रोध की अग्नि दोनों ने उचित-अनुचित का भेद मिटा डाला। **ओरियन** रात के अँधेरे में **मेरोपी** के शयनकक्ष में घुस गया और उसके सतीत्व को भंग कर डाला। दूसरे दिन सवेरे जब **ओनोपियन** को इस बात का पता चला तो वह दुख और क्रोध से पागल हो उठा। उसने अपने पिता **डायोनिसस** से प्रार्थना की कि वह **ओरियन** से बदला लेने में उसकी सहायता करे। **डायोनिसस** ने अपने कुछ सेवकों को बहुत-सी मदिरा देकर **ओरियन** के पास भेजा। उन्होंने उसे खूब शराब पिलाई। यहाँ तक कि वह अपनी चेतना खो बैठा। अब **ओनोपियन** ने उसकी आँखें फोड़ डालीं और उसे समुद्र-तट पर फिंकवा दिया।

अन्धा **ओरियन** समुद्र के किनारे पड़ा इधर-उधर हाथ-पैर चला रहा था, तभी यह भविष्यवाणी हुई कि यदि वह सुदूर-पूर्व में जाकर उदित होते हुए सूर्य की ओर आँखें करके खड़ा रहे तो उसकी आँखों की ज्योति वापस मिल सकती है। **ओरियन** ने फौरन सूर्य देवता के महल तक जाने का निश्चय कर लिया। लेकिन अन्धा होने के कारण उसे तो मार्ग सूझता नहीं था, अतः वह **साइक्लॉप्स** की हथौड़ियों की आवाज़ का अनुसरण करता हुआ **हेफ़ास्टस** की शिल्प-शाला में जा पहुँचा। **लेमनास** पहुँचकर उसने वहाँ से **सीडेलियन** नाम के एक लड़के को अपने साथ ले लिया। **ओरियन** ने उसे अपने कन्धे पर बिठा लिया और उसके द्वारा बताए गए मार्ग पर चलकर, स्थल और समुद्र पार करके वह उस स्थान पर पहुँच गया जहाँ से सूर्य उदित होता है। यहीं पर उषा की देवी **इऑस** या **ऑरोरा** ने उसे देखा और उसके आकर्षक व्यक्तित्व पर मोहित हो गई। **इऑस** की सहायता और सूर्य की अनुकम्पा से **ओरियन** को दृष्टि मिल गई। **इऑस** की अभिलाषा भी पूरी हुई और **डेलास** के पवित्र द्वीप में दोनों प्रेमियों ने अपनी मिलन-रात्रि मनाई।

ओरियन अब वापस **किऑस** लौट आया। वह **ओनोपियन** से बदला लेना चाहता था। बहुत ढूँढ़ा लेकिन **मेरोपी** का पिता उसके हाथ न लगा। वास्तव में वह भय के मारे **हेफ़ास्टस** द्वारा बनाए गए एक तहखाने में छिपा बैठा था। उसे खोजता हुआ **ओरियन** **क्रीट** आ पहुँचा जहाँ उसकी भेंट आखेट की देवी **आर्टेमिस** से हुई। **ओरियन** **ओनोपियन** को भूलकर **आर्टेमिस** के साथ मृगया में जुट गया।

आर्टेमिस और **ओरियन** दोनों की एक ही रुचि थी, एक ही शौक। दोनों सवेरे-सवेरे

ही जंगल में निकल जाते और सारा दिन जंगली जानवरों का शिकार करते। कुछ समय के लिए **ओरियन** की कामुकता को आखेट के शौक ने दबा दिया लेकिन दोनों आखेटकों में मित्रता बढ़ रही थी। **आर्टेमिस** एक कुमारी कन्या थी। उसने स्वयं अपनी इच्छा से पिता **ज़्यूस** से चिर-कौमार्य का वरदान लिया था। उसके भाई **अपोलो** ने जब इस बढ़ती हुई निकटता को देखा तो वह दुविधा में पड़ गया। **ओरियन** के आकर्षण की अवहेलना कर पाना कठिन था। वह जानता था कि स्वयं **इऑस** (ऑरोरा) भी **डेलॉस** जैसे पवित्र स्थान में उसकी अंकशायिनी बनने का प्रलोभन निवारण न कर सकी थी और आज तक उसी की स्मृति में भोर होते ही संसार के सामने आने पर उसका मुँह लज्जा से लाल हो जाता है, तो कहीं ऐसा न हो कि **आर्टेमिस** भी अपनी मर्यादा को भूल जाए। यही सोचकर **अपोलो** पृथ्वी माता के पास गया और **ओरियन** के इस दावे को नमक-मिर्च लगाकर दोहराया कि वह सारी पृथ्वी को जंगली जानवरों और दैत्यों से रहित कर देगा। माँ-पृथ्वी क्रुद्ध हो उठी। उसने एक विशालकाय भयानक बिच्छू को **ओरियन** के पीछे लगा दिया। **ओरियन** बड़ी वीरता से उससे लड़ा किन्तु उस बिच्छू पर किसी मानवी शस्त्र से आघात नहीं किया जा सकता था। अतः अन्त में **ओरियन** अस्त्र-शस्त्र छोड़कर समुद्र में कूद गया और तैरकर उसे पार किया। उसे विश्वास था कि उस पार **इऑस** उसकी सहायता करेगी।

ओरियन भयंकर बिच्छू से बच निकला। अब **अपोलो** ने दूसरी तरकीब सोच निकाली। **ओरियन** को मारा जाए और वह भी स्वयं **आर्टेमिस** के हाथों। उसने **आर्टेमिस** को बुला भेजा। देर तक दोनों भाई-बहन इधर-उधर की बातें करते रहे। बातों ही बातों में **अपोलो** ने कहा कि वह देखना चाहता है कि **आर्टेमिस** का निशाना कैसा है। **आर्टेमिस** को भला क्या एतराज़ हो सकता था। एक कुशल लक्ष्य-साधक की तरह उसने सहर्ष यह चुनौती स्वीकार कर ली। दोनों घूमते हुए बाहर आए। समुद्र की ओर संकेत करते हुए **अपोलो** ने कहा, ‘‘समुद्र की सतह पर तैरता, उठता-गिरता वह काला बिन्दु देख रही हो? वह **आरटीजिया** के बिल्कुल पास...हाँ। वह दुष्ट **केनडॉन** का सिर है। उसने अभी-अभी तुम्हारी हाइपरबोरियन पुजारिन से अनुचित व्यवहार किया है। इस प्रकार वह दण्ड का भागी है और तुम्हारे बाण दुष्टों को दण्ड देने के लिए हैं। बाण उठाओ, लक्ष्य साधो, **ओपिस** के अपमान का प्रतिशोध लो और आज मुझे भी देखने दो अपना बाण-कौशल।’’

आर्टेमिस ने तरकस से बाण निकला, प्रत्यंचा चढ़ाई और कान तक खींचकर बाण छोड़ दिया। वायु-वेग से सरसराता हुआ तीर उस काले बिन्दु को बेध गया। अपने शिकार को देखने के लिए जब **आर्टेमिस** नीचे आई तो लहरों ने **ओरियन** के मृत शरीर को किनारे पर ला फेंका। **आर्टेमिस** ने सिर पीट लिया। वस्तुतः **ओरियन** का बोआशियन नाम **केनडॉन** था जिसका **आर्टेमिस** को पता नहीं था। **अपोलो** ने इसी नाम का दुरुपयोग किया और **ओरियन** को उसकी मित्र के हाथों मरवा डाला। **आर्टेमिस** बहुत रोई-धोई लेकिन व्यर्थ। अब हो ही क्या सकता था। तभी उसे **अपोलो** के पुत्र, पृथ्वी के सुप्रसिद्ध

वैद्य **एस्कलेपियस** का ध्यान आया। वह मृतक को जीवित करने की शक्ति रखता था और ऐसा चमत्कार पहले भी कर चुका था। **आर्टेमिस** ने कातर स्वर में उससे प्रार्थना की कि वह अपनी विद्या के प्रयोग से **ओरियन** को जीवन-दान दे। बदले में विश्व की जो निधि चाहे वह देगी। **एस्कलेपियस** सहमत हो गया और **ओरियन** को जिलाने के प्रयत्न में लग गया। उसके एक सफल प्रयास से आकाश, पाताल और **ओलिम्पस** में पहले ही तहलका मच चुका था। यदि मनुष्यों के जीवन पर भी देवताओं का अधिकार न रहा तो सृष्टि कैसे चलेगी। **हेडीज़** बेहद परेशान था। उसका तो राज्य ही तहस-नहस हो जाएगा। वह पहले भी यह प्रार्थना लेकर **ज़्यूस** के पास आ चुका था। अब जब फिर **एस्कलेपियस** ने प्रकृति के शाश्वत नियम का विरोध करने की ठान ली तो **ज़्यूस** को शस्त्र उठाना पड़ा। उसने अपने वज्र से **एस्कलेपियस** पर प्रहार किया और मुर्दों को जिलानेवाले इस प्रसिद्ध वैद्य के प्राण-पखेरू उड़ गए। अब कोई रास्ता नहीं था। **आर्टेमिस** ने **ओरियन** को आकाश में एक नक्षत्र के रूप में प्रतिष्ठित कर दिया जहाँ आज भी वह भयानक बिच्छू उसके पीछे लगा हुआ है।

ऐसा भी कहा जाता है कि **आर्टेमिस** और **ओरियन** के बीच कोई मित्रता नहीं थी। जब **मेरोपी** की प्राप्ति के लिए **ओनोपियन** को दिए वचन के अनुसार वह जंगलों में आखेट करता घूम रहा था, उसने **आर्टेमिस** को देखा और उसके कौमार्य को भंग करने की चेष्टा की। क्रुद्ध **आर्टेमिस** ने अपने बाण से उसे मार डाला। एक अन्य धारणा यह है कि **आर्टेमिस** के साथ लौहचक्र फेंकने की प्रतियोगिता में **ओरियन** मारा गया।

इस सम्बन्ध में एक कथा प्रसिद्ध है। **ओरियन एटलस** और **प्लेयोनी** की सात पुत्रियों, जिन्हें **प्लेयाडीज़** कहा जाता है, पर आसक्त था। ये सातों **आर्टेमिस** की सेविकाएँ थीं। **ओरियन** ने उन्हें कहीं वन में देख लिया और उनका पीछा करने लगा। वे उससे बचने के लिए दूर तक भागती गईं लेकिन **ओरियन** से मुकाबला कर पाना उनके वश की बात नहीं थी। **ओरियन** उन पर हावी होने ही वाला था कि उनकी प्रार्थनाएँ सुनकर देवताओं को उन पर दया आ गई और उन्होंने **प्लेयडीज़** को कबूतरों के रूप में बदल दिया और बाद में नक्षत्रों के रूप में सातों बहनों को आकाश में स्थान दिया। **ओरियन** भी नक्षत्र बन गया और आकाश में भी उनके पीछे लगा हुआ है। सात **प्लेयडीज़** नक्षत्रों में से केवल छह ही दिखलाई देते हैं। इसका कारण यह है कि सातवीं बहन **इलेक्ट्रा** ने अपने पद का त्याग कर दिया था। वह आकाश पर स्थित होकर **ट्रॉय** का विनाश नहीं देखना चाहती थी, क्योंकि उस नगर की नींव उसके पुत्र **डारडेनस** ने डाली थी। बाकी छह बहनें भी **ट्रॉय** का विनाश देखकर क्षुब्ध हो उठीं और दुःख से उनके चेहरे पीले पड़ गए। आज तक भी, जबकि दूसरे सितारे खूब चमकते हैं, उनका प्रकाश पीला और धुँधला-सा है।

राजा मिडास

मिडास का पिता **गॉरडियस** एक गरीब किसान था। एक दिन जब वह **फ्रीजिया** के **टेलमिसस** नामक स्थान की ओर जा रहा था, एक गरुड़ उसकी बैलगाड़ी पर बैठ गया। **गॉरडियस** का आश्चर्य और भी बढ़ गया जब बैलगाड़ी चलने पर भी वह उड़ा नहीं। यहाँ तक कि **गॉरडियस** अपनी गाड़ी हाँकता हुआ **टेलमिसस** में स्थापित किसी देवता के प्रश्न-स्थान पर आ पहुँचा। नगर के द्वार पर ही उसे एक पुजारिन युवती दिखाई दी जिसने बैलगाड़ी पर बैठे गरुड़ को शुभ शकुन जानकर **गॉरडियस** को तुरन्त देव-सम्राट **ज़्यूस** को बलि देने की सलाह दी। वह सहमत हो गया और साथ ही युवती पर आसक्त भी। बैलगाड़ी पर बैठकर बलि के लिए उचित पशु खोजने के लिए जाते हुए **गॉरडियस** ने युवती से विवाह-प्रस्ताव कर दिया। वह उसकी सुन्दरता एवं बुद्धिमत्ता से प्रभावित था। युवती ने भी सहमति दे दी।

इसी समय अचानक **फ्रीजिया** के राजा की मृत्यु हो गई। निस्सन्तान राजा का कोई उत्तराधिकारी न था। सभी इस चिन्ता में थे कि राज्य की बागडोर कौन सँभालेगा। तभी आकाशवाणी हुई, "**फ्रीजिया** के निवासियो, तुम्हारा नया राजा अपनी रानी के साथ एक बैलगाड़ी में बैठकर आ रहा है।"

जब **गॉरडियस** की बैलगाड़ी बाजार में प्रविष्ट हुई, सभी उत्सुकता से उन्हें तथा बैलगाड़ी पर बैठे गरुड़ को देखने लगे। देवाज्ञा के अनुसार **गॉरडियस** सर्वसम्मति से **फ्रीजिया** का राजा स्वीकार कर लिया गया। कृतज्ञ **गॉरडियस** ने इस उपलक्ष्य में अपनी बैलगाड़ी **ज़्यूस** के मन्दिर में भेंट कर दी और साथ उसके जुए को हलदंड से एक अनूठे तरीके से बाँध दिया। यही गॉरडियन गाँठ थी। इसके सम्बन्ध में यह भविष्यवाणी हुई कि जो इस गाँठ को खोल सकेगा वह सम्पूर्ण एशिया का एकछत्र सम्राट होगा। इस जुए और हलदंड को बाद में **गॉरडियस** द्वारा स्थापित नगर **गॉरडियस** के **ज़्यूस** मन्दिर में स्थानान्तरित कर दिया गया जहाँ अनेक शताब्दियों तक **ज़्यूस** के पुजारी इसकी रक्षा करते रहे। अन्त में एक दिन मकदूनिया का सिकन्दर महान वहाँ आया और उसने तलवार से गॉरडियन गाँठ को काट डाला।

मिडास इसी **फ्रीजिया** के राजा **गॉरडियस** का पुत्र था। अथवा **गॉरडियस** ने निस्सन्तान होने के कारण **मिडास** को गोद लिया था। **गॉरडियस** की मृत्यु के बाद **मिडास** **फ्रीजिया** का राजा हुआ। जब **मिडास** नन्हा-सा शिशु था एक अजीब घटना घटी। **मिडास** पालने में सो रहा था, उसके पास चीटियों की एक लम्बी कतार लग गई। उन चींटियों

के मुँह में गेहूँ के दाने थे। वे दानों को ले जाकर सोए हुए **मिडास** के होंठों में रख रही थीं। इस शकुन के आधार पर ज्योतिषियों ने यह भविष्यवाणी की कि **मिडास** अपार धनराशि का स्वामी होगा और ऐसा ही हुआ भी।

मिडास बहुत ही समृद्ध राजा था, किन्तु सभी धनी व्यक्तियों की भाँति उसका मन भी 'और अधिक' के पीछे लगा था। धन की लालसा धन-प्राप्ति के साथ बढ़ती ही जाती है। यही हाल **मिडास** का भी था। **मिडास** का महल बड़ा भव्य था और उसमें गुलाब के कई बाग थे। **फ्रीजिया** वैसे भी गुलाब की उपज के लिए प्रसिद्ध है। **मिडास** को गुलाब पसन्द थे, अतः उसके उपवन में भाँति-भाँति के गुलाब लगाए गए थे। एक दिन मदिरा के देवता **डायोनिसस** का शिक्षक वृद्ध **सिलेनस** मद्य के नशे में चूर होकर **मिडास** के गुलाब के उपवन में पड़ा रह गया और देवता अपने अनुयायियों सहित आगे बढ़ गया। **मिडास** के सेवकों ने इस अद्भुत शक्ल-सूरत वाले बूढ़े को मनोरंजन का अच्छा साधन समझा और उसे गुलाब की मालाओं से बाँधकर, फूलों से सज़ा-सँवारकर राजा के पास ले गए। **मिडास** ने उसे पहचान लिया और दस दिन तक अतिथि के रूप में अपने महल में रखा। ये दस दिन हँसी-खुशी, आमोद-प्रमोद और भाँति-भाँति से **सिलेनस** का सत्कार करने में बीत गए। **सिलेनस** ने **मिडास** को अपनी विदेश-यात्रा के अनेक अद्भुत अनुभव सुनाए। ग्यारहवें दिन **मिडास** वृद्ध **सिलेनस** को **डायोनिसस** के पास पहुँचाने आया। **डायोनिसस** अपने खोए हुए साथी को फिर से पाकर बहुत प्रसन्न हुआ और उसने **मिडास** से वर माँगने को कहा। निर्बुद्धि **मिडास** बिना सोचे-विचारे जल्दी से बोला, ''मुझे ऐसा वरदान दो कि मैं जिस चीज़ को छू लूँ वही सोना हो जाए।''

''ऐसा ही हो,'' **डायोनिसस** ने हँसते हुए कहा।

खुशी-खुशी अपनी अपरिमित सम्पत्ति के सपने देखता **मिडास डायोनिसस** से विदा लेकर घर की ओर चला। देवता द्वारा दी गई सामर्थ्य की परीक्षा करने के लिए उसने एक वृक्ष की शाखा तोड़ी। आ-हा! उसके हाथ में एक सोने की डाली थी। **मिडास** का मन बल्लियों उछलने लगा। उसने हाथ में एक पत्थर उठाया, वह सोना हो गया। मिट्टी के एक ढेले को स्पर्श किया, वह भी सोना हो गया। उसने जिस फूल को छुआ, वह भी ठोस स्वर्ण में बदल गया। एक सेब तोड़ा तो वह **हेस्पेरीडीज़** के सेब-सा चमकने लगा। उसके सेवक बेचारे सोने के बोझ से दबे जाते थे। **मिडास** ने घर पहुँचने तक कई मन स्वर्ण इकट्ठा कर लिया। अपने स्वर्ण वस्त्रों के भार से उसको चलना दूभर होने लगा तो वह एक खच्चर पर बैठ गया। पर बेचारा खच्चर एक पग आगे न बढ़ सका। वह तो स्वर्ण की प्रतिमा मात्र रह गया था। बड़ी कठिनाई से उसके सेवक **मिडास** को सोने की शिविका में डालकर घर लाए। मूर्ख **मिडास** की आँखें अभी भी न खुलीं। अपने स्पर्श से प्रासाद के द्वारों, स्तम्भों को विशुद्ध स्वर्ण में परिवर्तित होते देख वह हर्ष से फूला न समाता था। विश्राम करने के लिए वह जिस मुलायम रेशम के आसन पर बैठा वह भी ठोस सोना हो गया।

इतनी लम्बी यात्रा के बाद **मिडास** को भूख लग आई थी। उसने अपने सेवकों को

भोजन परोसने की आज्ञा दी। तत्काल मेज पर भाँति-भाँति के स्वादिष्ट भोज्य पदार्थ सज़ा दिए गए। वह शान से मुस्कुराता हुआ सोने की कुर्सी पर बैठ गया। उसके स्पर्श से सभी तश्तरियाँ और गिलास भी स्वर्ण-पात्रों में बदल गए। संसार में इतना धनी कौन होगा भला यह सोचते हुए **मिडास** ने गर्व से एक कौर तोड़कर मुँह में डाला। लेकिन यह क्या! उसके मुँह में स्वादिष्ट भोजन के स्थान पर सोने का टुकड़ा था। **मिडास** की सारी खुशी पल-भर में हवा हो गई। मछली के टुकड़े उसके दाँतों में राख की तरह बुरबुराने लगे। जल-पात्र उठाया तो वह सोना हो गया। लाल मदिरा सुनहली हो उठी। **मिडास** न कुछ खा सकता था, न पी सकता था। भूख और प्यास से उसके प्राण निकलने लगे, कलेजा मुँह को आने लगा। अपार धन का स्वामी होकर भी वह अपनी पाकशाला के निर्धन सेवक से बदतर था। चारों तरफ चमकता पीला सोना उसकी आँखों में गड़ने लगा। प्राचुर्य के सागर में वह अभाव की नैया पर भूखा-प्यासा बैठा था। जैसे-तैसे रात कटी। उषा का उजाला फैलने से पहले **मिडास** गिरता-पड़ता **डायोनिसस** के पास भागा जा रहा था। उसी रास्ते पर जिससे वह एक दिन पहले हर्षोन्मत्त सोने का ढेर लिए घर लाया था। देवता का वरदान ऐसा अभिशाप सिद्ध होगा यह उसने कभी नहीं सोचा था। वस्तुतः यह उसकी अपनी ही अदूरदर्शिता और लोभ का परिणाम था। वह **डायोनिसस** के चरणों पर गिर पड़ा और उससे रो-रोकर अपना वरदान वापस लेने की प्रार्थना करने लगा। **डायोनिसस** को उस पर दया आ गई। उसने आज्ञा दी, "जाओ, **पैक्टोलस** नदी का उद्गम-स्थान ढूँढ़कर उसमें स्नान करो। **पैक्टोलस** के पवित्र जल से इस वर का प्रभाव धुल जाएगा।"

मिडास सरपट **पैक्टोलस** की ओर भागा। पहाड़, जंगल पार करता वह हाँफता, काँपता **पैक्टोलस** के उद्गम-स्थान तक जा पहुँचा। **पैक्टोलस** के किनारे की बालू तक उसके स्पर्श के सुनहली हो गई। पर जैसे ही **मिडास** ने सिर तक स्नान किया उसकी **डायोनिसस** के घातक वरदान से मुक्ति हो गई। देवता के अनुग्रह से अब वह एक बार फिर साधारण मनुष्यों की भाँति खाने-पीने में समर्थ था।

मिडास की अदूरदर्शिता की यह कहानी हमें **ओविड** से मिलती है। उसके सम्बन्ध में प्रचलित एक अन्य कथा भी बड़ी रोचक है। **डायोनिसस** की कृपा से **मिडास** स्वर्ण के अभिशाप से तो मुक्ति पा गया लेकिन रहा मूर्ख ही। इस अनुभव ने उसकी बुद्धि में किंचितमात्र भी वृद्धि नहीं की। इसका उदाहरण यह घटना है :

दुर्भाग्यवश एक दिन **मिडास** की भेंट वन में घूमते हुए देवता **अपोलो** तथा **पैन** से हो गई। उन दोनों को ही अपनी संगीत-कला पर नाज़ था, अतः यह निर्णय करना कठिन हो गया था कि उनमें अधिक कुशल संगीतज्ञ एवं वादक कौन है। यह विवाद चल ही रहा था कि **मिडास** भी वहाँ पहुँच गया। दोनों प्रतियोगियों की सम्मति से **मिडास** को निर्णायक नियुक्त किया गया। प्रतियोगिता आरम्भ हुई। **पैन** ने अपनी नरकुलों से बनी बाँसुरी पर मधुर स्वर छेड़े और उसके बाद **अपोलो** की चाँदी की वीणा झंकृत हुई। निस्सन्देह तीनों लोकों में कोई **अपोलो**-सा कुशल कलाकार न था परन्तु **मिडास** इतना

कला-मर्मज्ञ कहाँ? अपनी बुद्धिहीनता या पक्षपात की भावना से उसने निर्णय **पैन** के पक्ष में दे दिया। एक अन्य विवरण के अनुसार निर्णायक नदी का देवता **टमोलस** था किन्तु प्रतियोगिता के समय राजा **मिडास** भी वहाँ उपस्थित था। **टमोलस** ने **अपोलो** को विजयी घोषित किया। इस पर **मिडास** ने आपत्ति की। उसके विचार से **लॉरेल पैन** को मिलना चाहिए था। **अपोलो** ऐसे रस-संवेदनाहीन कानों को सहन नहीं कर सका, अतः उसके शाप से **मिडास** के सिर पर लम्बे-लम्बे बालोंवाले गधे के कान उग आए। मन्दबुद्धि **मिडास** को **अपोलो** जैसे शक्तिशाली देवता को कुपित करने का उपयुक्त दण्ड मिल गया। इस बार देवता को प्रसन्न कर शाप से छुटकारा पा लेने की भी कोई सम्भावना न थी।

सिर पर गधे के कान लिए संतप्त मन **मिडास** अपने राज्य में लौटा। रात के अँधेरे में छिपते-छिपाते उसने अपने महल में प्रवेश किया। अब वह बहुत कम बाहर निकलता और हर समय एक बड़ी-सी पगड़ी सिर पर लपेटे रहता। वह हर हालत में अपनी लज्जा प्रजा की नजरों से बचाना चाहता था लेकिन सारे राज्य में एक मनुष्य तो इस रहस्य को जानता ही था। और वह था राजा **मिडास** का नाई। **मिडास** ने नाई को बहुत डराया-धमकाया। और शपथ दिलाई कि वह इस रहस्य को किसी और प्राणी से नहीं कहेगा। अन्यथा उसका सिर धड़ से अलग कर दिया जाएगा। अपने प्राणों का मोह किसे नहीं होता? लेकिन फिर भी किसी रहस्य को पचा जाना बड़ा मुश्किल काम है। **मिडास** का नाई दिन-रात उदर-पीड़ा से तड़पने लगा। क्या करे? किससे कहे कि बात राजा तक न पहुँचे? अन्त में जब इतने बड़े रहस्य का भार असह्य हो उठा तो नाई पेट पकड़े नगर के बाहर एक नदी के किनारे गया। वहाँ एकान्त देखकर उसने पृथ्वी में एक गड्ढा खोदा और उसके पास मुँह ले जाकर धीरे से फुसफुसाया, "**मिडास** के सिर पर गधे के कान हैं।" बस इतना ही कहकर उसने गड्ढे को फिर से भर दिया और हल्के मन से घर लौट आया। कुछ ही समय बाद उस स्थान पर सरकंडों का एक पुंज उग आया। अब जितनी बार हवा सरसराती हुई वहाँ से निकलती सरकंडे सिर हिला-हिलाकर कहते, "**मिडास** के सिर पर गधे के कान हैं...**मिडास** के सिर पर गधे के कान हैं... ।" आते-जाते सारे यात्रियों ने सुना और देखते ही देखते सारे नगर में यह बात जंगल की आग की तरह फैल गई। बेचारा **मिडास!**

नामानुक्रमणिका

इ

ई

ऊ

ए

ऐ

च

ज

ट

ओ

क

ड

त

थ

ओ

क

च

ज

ट

ग

ड

फ

ब

म

य

र

ल

व

स

ह

●●●